JUBILÄUMSBAND HEYNE VERLAG

HEYNE BÜCHER

W0281748

In derselben Reihe
erschienen außerdem als Heyne-Taschenbücher:

Spannung · Band 50/1
Das biologische Gartenbuch · Band 50/2
Fantasy · Band 50/5
Thriller · Band 50/6
Heiteres · Band 50/7
Liebe · Band 50/8
Unheimliches · Band 50/9
Europäische Erzähler des 20. Jahrhunderts · Band 50/10
Action · Band 50/13
Erotik · Band 50/15
Deutsche Erzähler des 20. Jahrhunderts · Band 50/17
Agenten · Band 50/18
Klinik · Band 50/19
Witze · Band 50/20
Horror · Band 50/21
Hallo, Liebling · Band 50/22
Crime · Band 50/25
Das endgültige Buch der Sprüche und Graffiti · Band 50/26
Amerikanische Erzähler des 20. Jahrhunderts · Band 50/27
Hochspannung · Band 50/28
Angst · Band 50/29
Schicksal · Band 50/30
Sinnlichkeit · Band 50/31
Ratgeber Recht · Band 50/32
Schocker · Band 50/33
Noch mehr Witze · Band 50/34
Zukunftsabenteuer · Band 50/37
Super-Thriller · Band 50/38
Das Buch der Sprüche und Graffiti Band 50/39
Lust · Band 50/40
Ratgeber Gesundheit · Band 50/41
Mord · Band 50/42
Englische Erzähler des 20. Jahrhunderts Band 50/43
Der Versicherungs-Ratgeber · Band 50/45
Top Secret · Band 50/46
Beschwingt & heiter · Band 50/47
Superhorror · Band 50/48
Frauen · Band 50/49
Sex · Band 50/50
Orakel · Band 50/51
Deutsche Erzähler des 19. Jahrhunderts · Band 50/52
Sehnsucht · Band 50/53
Ratgeber Versicherung · Band 50/54
Ratgeber Börse · Band 50/55
Begierde · Band 50/56
Körner, Sprossen, Keime · Band 50/57
Horror Pur · Band 50/58
Glück muß man haben · Band 50/59
Schweizer Erzähler · Band 50/60
Leidenschaft · Band 50/61
Männerwitze · Band 50/62
Super-Spannung · Band 50/63
Russische Erzähler · Band 50/64
Zauber der Leidenschaft · Band 50/65
Ratgeber Geld · Band 50/66
Super-Sex · Band 50/67
Ärzt · Band 50/68
Immer fröhlich und heiter · Band 50/69
Ratgeber Auto · Band 50/70
Alptraum · Band 50/71
Bürosprüche · Band 50/72

HEYNE JUBILÄUMS BAND

ALPTRAUM

Drei ungekürzte Horror-Romane

WILHELM HEYNE VERLAG
MÜNCHEN

HEYNE JUBILÄUMSBÄNDE
Nr. 50/71

QUELLENHINWEIS

Dean R. Koontz WENN DIE DUNKELHEIT KOMMT/Darkfall
Copyright © 1984 by Dean R. Koontz
Copyright © 1987 by Wilhelm Heyne Verlag GmbH & Co. KG, München
Aus dem Amerikanischen übersetzt von Irene Holicki
(Der Titel erschien bereits in der Allgemeinen Reihe mit der Bd.-Nr. 01/6833)

Charles L. Grant DIE SCHWINGEN DES TODES/The nestling
Copyright © 1982 by Charles L. Grant
Copyright © 1984 der deutschen Übersetzung by
Wilhelm Heyne Verlag GmbH & Co. KG, München
Aus dem Amerikanischen übertragen von Rolf Jurkeit
(Der Titel erschien bereits in der Reihe
„Die unheimlichen Bücher“ mit der Bd.-Nr. 11/12)

John Saul DAS GOTT-PROJEKT/The god project
Copyright © 1982 by John Saul
Copyright © 1984 der deutschen Übersetzung by
Wilhelm Heyne Verlag GmbH & Co. KG, München
Aus dem Amerikanischen übertragen von Rolf Jurkeit
(Der Titel erschien bereits in der Reihe
„Die unheimlichen Bücher“ mit der Bd.-Nr. 11/13)

Copyright © dieser Ausgabe 1992 by
Wilhelm Heyne Verlag GmbH & Co. KG, München
Printed in Germany 1992
Umschlagillustration: VEGA, Agentur Luserke, Friolzheim
Umschlaggestaltung: Atelier Ingrid Schütz, München
Satz: IBV Satz- und Datentechnik, Berlin
Druck und Bindung: Presse-Druck Augsburg
ISBN 3-453-05713-9

Inhalt

DEAN R. KOONTZ

Wenn die Dunkelheit kommt

Widmung

Da der eigentliche Preis zu schwer zu erringen war, widme ich dieses Buch Freunden – Oliviero und Becky Migneco und Jeff und Bonnie Paymar –, in der aufrichtigen Hoffnung, daß eine solche Widmung ein annehmbarer Ersatz ist.

(Auf diese Weise ist wenigstens die Gefahr eines Prozesses viel geringer.)

Besonderen Dank schulde ich Mr. Owen West dafür, daß er mir die Möglichkeit gab, diese Variation über ein Thema unter meinem Pseudonym zu veröffentlichen.

Prolog

1

Mittwoch, 8. Dezember, 1.12 Uhr

Penny Dawson schreckte auf und hörte, wie sich etwas durch das dunkle Schlafzimmer bewegte.

Zuerst dachte sie, das Geräusch gehöre noch zu ihrem Traum. Sie hatte von Pferden geräumt und von langen Geländeritten, und es war der herrlichste, schönste, aufregendste Traum gewesen, den sie in den elfeinhalb traumerfüllten Jahren ihres Lebens jemals gehabt hatte. Als sie allmählich aufwachte, wehrte sie sich dagegen, versuchte, den Schlaf festzuhalten, damit der wundervolle Traum nicht verschwand. Aber sie hörte einen ungewohnten Laut, und das machte ihr Angst. Sie sagte sich, es sei nichts als ein Pferd, was sie da hörte, oder das Rascheln des Strohs im Stall in ihrem Traum. Nichts, worüber man erschrecken müßte. Aber sie konnte sich selbst nicht davon überzeugen; sie konnte den fremden Laut nicht in ihren Traum einordnen, und so wurde sie schließlich ganz wach.

Das sonderbare Geräusch kam von der anderen Seite des Zimmers her, von Daveys Bett.

Was machte er da? Was heckte er jetzt wieder für einen Streich aus?

Penny setzte sich im Bett auf. Sie blinzelte in die undurchdringlichen Schatten, sah nichts, legte den Kopf schief und lauschte gespannt.

Ein Rascheln und Seufzen durchbrach die Stille.

Dann herrschte wieder Ruhe.

Sie hielt den Atem an und lauschte noch angespannter.

Ein Zischen. Dann ein unbestimmtes Geräusch, schlurfend und kratzend.

Es war stockfinster. Die Tür war angelehnt.

Sie ließen sie immer ein paar Zentimeter weit offen, wenn sie schliefen, damit Daddy sie besser hören konnte, wenn sie in der

Nacht nach ihm riefen. Aber in der übrigen Wohnung brannte nirgends Licht, und durch die angelehnte Tür drang keine Helligkeit herein.

Penny sagte leise: »Davey?«

Er antwortete nicht.

»Davey, bist du das?«

Raschel-raschel-raschel.

»Davey, hör auf damit.«

Keine Antwort.

Siebenjährige Jungens waren manchmal wirklich eine Plage. Sie konnten einem gewaltig auf den Wecker gehen.

Sie sagte: »Wenn das so ein blödes Spielchen ist, dann wird dir das noch sehr leid tun.«

Ein trockenes Geräusch. Wie ein altes, verdorrtes Blatt, das knisterte und knackte, weil jemand mit dem Fuß darauf trat. Es war jetzt näher als vorher.

»Davey, laß den Unsinn.«

Noch näher. Etwas kam durch den Raum auf das Bett zu.

Davey war das nicht. Er mußte immer lachen; er hätte inzwischen bestimmt nicht mehr an sich halten können und sich verraten.

Ihre Augen tränten, weil sie so angestrengt ins Dunkel starrte. Sie tastete nach dem Schalter der kegelförmigen Leselampe, die am Kopfende ihres Bettes befestigt war. Sie konnte ihn schrecklich lange nicht finden. Verzweifelt fummelte sie im Dunkeln herum.

Die unheimlichen Geräusche kamen jetzt aus der Schwärze neben ihrem Bett. Das Ding hatte sie erreicht.

Plötzlich fanden ihre tastenden Finger den metallenen Lampenschirm und dann den Schalter. Ein Lichtkegel fiel über das Bett und auf den Fußboden.

In der Nähe war nichts zu sehen, vor dem sie sich hätte fürchten müssen.

Davey lag in seinem Bett auf der anderen Seite des Zimmers, er schlief in einem Durcheinander von Decken, unter großen Postern von Chewbacca, dem Wookie, aus dem ›Krieg der Sterne‹ und E. T.

Penny hörte das seltsame Geräusch nicht mehr. Sie wußte, daß sie es sich nicht eingebildet hatte, und sie war auch kein Mädchen, das einfach das Licht ausschalten, sich die Decken über den Kopf ziehen und die ganze Sache vergessen konnte.

Daddy behauptete, sie sei neugieriger als tausend Katzen. Sie warf die Decke zurück, stieg aus dem Bett, stand im Schlafanzug mit bloßen Füßen reglos da und lauschte.

Kein Laut.

Schließlich ging sie zu Davey hinüber und sah ihn sich genauer an. Das Licht ihrer Lampe reichte nicht so weit; er lag größtenteils im Schatten, schien aber fest zu schlafen. Sie beugte sich dicht über ihn, beobachtete seine Augenlider und entschied schließlich, daß er nicht simulierte.

Das Geräusch begann wieder. Hinter ihr.

Sie wirbelte herum.

Jetzt war es unter dem Bett. Ein zischendes, kratzendes, leise rasselndes Geräusch, nicht besonders laut, aber auch nicht mehr verstohlen.

Das Ding unter dem Bett wußte, daß sie es hörte. Es machte absichtlich Lärm, wollte sie reizen, versuchte, sie zu ängstigen.

Nein! dachte sie. Das ist ja albern.

Das war nur ein ... eine Maus. Ja! Das war es. Nur eine Maus, die wahrscheinlich viel mehr Angst hatte als sie.

Sie fühlte sich ein wenig erleichtert. Sie mochte zwar keine Mäuse und wollte sie ganz bestimmt nicht unter ihrem Bett haben, aber wenigstens war eine einfache kleine Maus nicht allzu beängstigend.

Sie stand da, die kleinen Hände an den Seiten zu Fäusten geballt, und versuchte zu entscheiden, was sie als nächstes tun sollte.

Da wäre noch Daddy.

Penny wollte ihren Vater erst aufwecken, wenn sie absolut und hundertprozentig sicher war, daß da tatsächlich eine Maus war. Wenn Daddy kam, um nach einer Maus zu suchen, das Zimmer auf den Kopf stellte und dann keine fand, würde er sie behandeln, als wäre sie ein *Kind*, du meine Güte. Bis zu ihrem zwölften Geburtstag waren es nur noch zwei Monate, und sie haßte nichts mehr, als wie ein Kind behandelt zu werden.

Sie konnte nicht unter das Bett sehen, weil es darunter sehr dunkel war und die Decken seitlich heruntergerutscht waren; sie hingen fast bis auf den Boden und versperrten die Sicht.

Das Ding unter dem Bett – die *Maus* unter dem Bett! – zischte und machte ein gurgelnd-kratzendes Geräusch. Es klang fast wie eine Stimme. Eine kratzige, kalte, böse kleine Stimme, die in einer fremden Sprache etwas zu ihr sagte.

Konnte eine Maus so ein Geräusch machen?

Sie warf einen Blick auf Davey. Er schlief immer noch.

An der Wand, neben dem Bett ihres Bruders, lehnte ein Baseballschläger aus Plastik. Sie packte ihn am Griff.

Sie machte ein paar Schritte auf ihr Bett zu und ließ sich auf Händen und Knien auf den Fußboden nieder. Sie nahm den Plastikschläger in die rechte Hand, streckte sie aus, schob das andere Ende unter die herabhängenden Decken, hob sie hoch und stieß sie auf das Bett zurück, wo sie hingehörten.

Sie konnte da unten immer noch nichts sehen. Der niedrige Raum war schwarz wie eine Höhle.

Die Geräusche hatten aufgehört.

Penny hatte das unheimliche Gefühl, daß aus diesen öligschwarzen Schatten etwas zu ihr herausspähte ... etwas, das mehr war als nur eine Maus ... schlimmer als nur eine Maus ... etwas, das wußte, daß sie nur ein schwaches, kleines Mädchen war ... etwas mit Köpfchen, nicht nur ein dummes Tier, etwas, das mindestens so schlau war wie sie, etwas, das wußte, daß es herausstürmen und sie bei lebendigem Leibe verschlingen konnte, wenn es das wirklich wollte.

Himmel. Nein. Kinderkram. Blödsinn.

Sie biß sich auf die Unterlippe, nahm sich vor, sich nicht wie ein hilfloses Kind zu benehmen, und stieß mit dem dicken Ende des Baseballschlägers unter das Bett. Sie fuhr damit hin und her, um die Maus entweder zum Quieken zu bringen oder herauszutreiben.

Plötzlich wurde das andere Ende des Plastikschlägers gepackt und festgehalten. Penny wollte ihn wegziehen. Es ging nicht. Sie ruckte und drehte daran – vergeblich.

Dann wurde er ihr aus der Hand gerissen. Er verschwand mit einem dumpfen Rasseln unter dem Bett.

Penny fuhr wie der Blitz zurück und rutschte über den Fußboden – bis sie gegen Daveys Bett prallte. Sie wußte nicht einmal mehr, daß sie sich bewegt hatte. Vor einer Sekunde hatte sie noch auf Händen und Knien neben ihrem eigenen Bett gelegen; in der nächsten stieß sie mit dem Kopf gegen Daveys Matratze.

Ihr kleiner Bruder ächzte, schnaubte, prustete und schlief dann einfach weiter.

Unter Pennys Bett bewegte sich nichts.

Jetzt hätte sie gerne nach ihrem Vater geschrien, wäre mit Freuden das Risiko eingegangen, für ein Kind gehalten zu werden, wirklich mit Freuden, und sie schrie tatsächlich, aber die Worte hallten nur in ihrem Kopf: ›Daddy, Daddy, Daddy!‹ Von ihren Lippen kam kein Laut. Sie hatte plötzlich die Sprache verloren.

Das Licht flackerte. Das Kabel führte nach unten zu einer Steckdose in der Wand hinter dem Bett. Das Ding unter dem Bett versuchte, den Stecker herauszuziehen.

»Daddy!«

Diesmal brachte sie zwar einen Laut zustande, aber viel war nicht zu hören; die Worte kamen nur als heiseres Flüstern heraus.

Und die Lampe erlosch.

Sie hörte eine Bewegung in dem lichtlosen Raum. Etwas kam unter dem Bett hervor und wollte über den Fußboden.

»Daddy!«

Es war immer noch nicht mehr als ein Flüstern. Sie schluckte, merkte, daß es ihr schwerfiel, schluckte noch einmal und versuchte, ihre halb gelähmte Kehle wieder unter Kontrolle zu bringen.

Etwas knarrte.

Penny spähte schaudernd ins Dunkel.

Dann merkte sie, daß das Knarren ihr vertraut war. Die Tür zum Schlafzimmer. Sie mußte unbedingt mal geölt werden.

In der Dunkelheit bemerkte sie, daß die Tür aufschwang; sie spürte es mehr, als daß sie es sah. Die Angeln hörten auf zu quietschen.

Das unheimliche Kratzen und Zischen entfernte sich immer weiter. Das Ding wollte sie doch nicht angreifen. Es ging fort.

Jetzt war es in der Türöffnung, an der Schwelle.

Jetzt war es im Korridor.

Jetzt mindestens zehn Fuß von der Tür weg.

Und jetzt... fort.

Was war das gewesen?

Keine Maus. Kein Traum.

Was dann?

Irgendwann stand Penny auf. Ihre Beine waren wie aus Gummi.

Sie tastete um sich und fand die Lampe an Daveys Kopfende. Der Schalter klickte, Licht ergoß sich über den schlafenden Jungen. Schnell drehte sie den kegelförmigen Schirm von ihm weg.

Sie ging zur Tür, blieb auf der Schwelle stehen und horchte in die Wohnung hinein. Stille. Immer noch zitternd schloß sie die Tür. Das Schloß schnappte leise ein.

Ihre Hände waren feucht. Sie wischte sie am Schlafanzug ab.

Nun fiel genügend Licht auf ihr Bett, und sie ging zurück und schaute darunter. Da unten hockte nichts Bedrohliches.

Sie holte den Baseballschläger hervor, der hohl und sehr leicht war. Das dicke Ende, das sie unter das Bett geschoben hatte, war an drei Stellen eingedellt. In zwei der Dellen waren kleine Löcher. Das Plastik war durchbohrt worden. Aber... wovon? Von Klauen?

Was war das gewesen?

Je länger sie darüber nachdachte, desto unwirklicher kam ihr das Ganze vor. Vielleicht hatte sich der Baseballschläger nur irgendwie im Bettrahmen verfangen; vielleicht waren die Löcher durch Schrauben oder Nägel entstanden, die aus dem Rahmen hervorragten. Vielleicht war die Tür zum Korridor von nichts Unheimlicherem als einem Luftzug geöffnet worden.

Vielleicht...

Endlich stand sie, ganz kribbelig vor Neugier, auf, ging in die Diele, knipste das Licht an, sah, daß sie alleine war, und schloß sorgfältig die Schlafzimmertür hinter sich.

Stille.

Die Tür zum Zimmer ihres Vaters war wie üblich angelehnt. Sie stellte sich daneben, legte das Ohr an den Spalt und lauschte. Er schnarchte. Davon abgesehen konnte sie nichts, keine fremden, raschelnden Geräusche hören.

Wieder überlegte sie, ob sie Daddy wecken sollte. Er war Kriminalbeamter, Lieutenant Jack Dawson. Er hatte eine Pistole. Wenn wirklich etwas in der Wohnung war, konnte er es in tausend Stücke schießen. Andererseits, wenn sie ihn aufweckte und sie fanden nichts, würde er sie necken und mit ihr sprechen wie mit einem Kind. Gott, noch schlimmer, wie mit einem *Säugling*. Sie zögerte, dann seufzte sie. Nein. Es lohnte sich einfach nicht, eine solche Demütigung zu riskieren.

Mit pochendem Herzen schlich sie durch die Diele zur Eingangstür und probierte sie. Sie war immer noch fest verschlossen.

An der Wand neben der Tür war ein Garderobenständer befestigt. Sie nahm einen zusammengerollten Schirm von einem der Haken. Die Metallzwinge war spitz genug, um als einigermaßen gute Waffe zu dienen.

Sie hielt den Schirm vor sich und schlich ins Wohnzimmer, schaltete alle Lichter an und sah überall nach. Sie durchsuchte die Eßnische und auch die kleine, L-förmige Küche.

Nichts.

Bis auf das Fenster.

Das Küchenfenster über der Spüle war offen. Kalte Dezemberluft strömte durch den zehn Zoll breiten Spalt.

Penny war sicher, daß es noch nicht offen gewesen war, als sie zu

Bett ging. Und wenn Daddy es aufgemacht hatte, um frische Luft hereinzulassen, hätte er es später wieder geschlossen; er war in solchen Dingen sehr gewissenhaft.

Sie trug den Küchenhocker zur Spüle, stieg hinauf und schob das Fenster weiter hoch, so weit, daß sie sich hinausbeugen und einen Blick nach unten werfen konnte. Vier Stockwerke tiefer war der Durchgang an den dunkelsten Stellen schwärzer als schwarz, an den hellsten aschgrau. Nur das Rauschen des Windes in der Betonschlucht war zu hören. Sonst regte sich nichts.

Ein Stück weiter, in der Nähe des Schlafzimmerfensters, führte eine Feuertreppe zum Durchgang hinunter. Aber hier, am Küchenfenster, gab es keine Feuertreppe, kein Sims, keine Möglichkeit für jemanden, der einbrechen wollte, das Fenster zu erreichen, keine Stelle, wo er stehen oder sich hätte festhalten können, um sich Zugang zu verschaffen.

Ein Einbrecher war es jedenfalls nicht gewesen. Einbrecher waren nicht klein genug, um sich unter dem Bett einer jungen Dame zu verstecken.

Sie schloß das Fenster und stellte den Hocker an seinen Platz zurück. Den Schirm hängte sie wieder an den Garderobenständer im Gang, obwohl es ihr ein wenig widerstrebte, sich von der Waffe zu trennen. Unterwegs schaltete sie die Lichter aus, schaute aber nicht zurück in die Dunkelheit und kehrte in ihr Zimmer zurück, ging wieder ins Bett und zog sich die Decke bis zum Kinn.

Davey schlief immer noch fest.

Der Nachtwind drückte gegen das Fenster.

Weit weg, auf der anderen Seite der Stadt, sang eine Sanitäts- oder Polizeisirene ihr trauriges Lied.

Penny blieb eine Weile im Bett sitzen, gegen die Kissen gelehnt; die Leselampe warf einen schützenden Lichtkreis um sie. Sie war müde und wollte schlafen, aber sie fürchtete sich davor, das Licht auszuschalten. Sie ärgerte sich über ihre Angst. War sie nicht fast zwölf Jahre alt? Und war sie mit zwölf nicht zu groß, um sich vor der Dunkelheit zu fürchten? War sie jetzt nicht die Hausherrin, war sie nicht schon seit mehr als anderthalb Jahren die Hausherrin, seit ihre Mutter gestorben war? Nach etwa zehn Minuten hatte sie sich wieder soweit unter Kontrolle, daß sie die Lampe ausschaltete und sich hinlegte.

Ihre Gedanken konnte sie nicht so einfach ausschalten.

Was war es gewesen?

Nichts. Ein Überbleibsel aus einem Traum. Oder ein Luftzug. Nur das, weiter nichts.

Dunkelheit.

Sie horchte.

Nichts.

Sie schlief ein.

2

Mittwoch, 1.34 Uhr

Vince Vastagliano war auf halbem Wege die Treppe hinunter, als er erst einen Schrei und dann ein heiseres Kreischen hörte. Es war nicht schrill. Es war nicht durchdringend. es war ein erschrockener, gutturaler Schrei, den er vielleicht gar nicht gehört hätte, wenn er oben gewesen wäre; trotzdem drückte er nacktes Entsetzen aus. Vince blieb stehen, eine Hand am Treppengeländer, ganz still, den Kopf zur Seite geneigt, und horchte angespannt; sein Herz hämmerte plötzlich, und er war vorübergehend in Unschlüssigkeit erstarrt.

Noch ein Schrei.

Ross Morrant, Vinces Leibwächter, war in der Küche und richtete für sie beide einen späten Imbiß her, und es war Morrant, der geschrien hatte. Die Stimme war unverkennbar.

Vince hörte auch Geräusche eines Kampfes. Ein Krachen und Klirren, als etwas umgeworfen wurde. Einen harten Schlag. Das scharfe, dissonante Klirren zerbrechenden Glases.

Ross Morrants verzweifelte, von Angst verzerrte Stimme hallte im unteren Korridor von der Küche her wider, zwischen Stöhnen, Keuchen und entnervenden Schmerzenslauten waren Worte zu hören: »Nein... nein... bitte... Jesus, nein... Hilfe... zu Hilfe... O mein Gott, mein Gott, bitte... nein!«

Vince trat der Schweiß auf die Stirn.

Morrant war ein großer, starker, gemeiner Scheißkerl. Seit vierzehn Monaten arbeitete er für Vince als Einpeitscher, Geldeintreiber und Leibwächter; in dieser Zeit hatte Vince nie erlebt, daß er Angst hatte. Er konnte sich nicht vorstellen, daß Morrant sich vor irgend jemand oder irgend etwas fürchtete. Und daß Morrant um Gnade bettelte... nein, das war einfach undenkbar; selbst jetzt, als

Vince den Leibwächter wimmern und flehen hörte, konnte er es nicht fassen; es schien einfach nicht wirklich zu sein.

Etwas kreischte schrill. Das war nicht Morrant. Es war ein gräßlicher, unmenschlicher Laut. Ein schneidender, durchdringender Ausbruch von Wut, Haß und einem fremden Wollen, der in einen Science-fiction-Film gehörte, der entsetzliche Schrei eines Wesens aus einer anderen Welt.

Vince stieg schnell zwei weitere Stufen hinunter und schaute den Korridor entlang zur Eingangstür. Der Weg war frei. Er konnte wahrscheinlich die letzten Stufen hinunterspringen, durch den Gang rennen, die Eingangstür aufschließen und das Haus verlassen, ehe die Eindringlinge aus der Küche kamen und ihn sahen. Aber ein kleiner Rest von Zweifel blieb, und wegen dieser Unschlüssigkeit zögerte er ein paar Sekunden zu lange.

In der Küche kreischte Morrant noch entsetzlicher, ein letzter Aufschrei trostloser Verzweiflung und Todesqual, der abrupt abriß.

Vince wußte, was Morrants plötzliches Schweigen zu bedeuten hatte. Der Leibwächter war tot.

Dann gingen überall im Haus die Lichter aus. Offenbar hatte jemand im Sicherungskasten unten im Keller die Hauptsicherung ausgeschaltet.

Vince wagte nicht, noch länger zu zögern, und wollte im Dunkeln die Treppe hinunter, aber er hörte, wie sich im unbeleuchteten Korridor hinten bei der Küche etwas bewegte und in seine Richtung kam, und blieb wieder stehen. Es war nichts so Normales wie sich nähernde Schritte, was er da hörte, es war vielmehr ein fremdartiges, unheimliches Zischen-Rascheln-Klirren-Brummen, das ihn frösteln ließ und ihm eine Gänsehaut über den Rücken jagte. Er spürte, daß etwas Gräßliches, etwas mit bleichen, toten Augen und kalten, klammen Händen auf ihn zukam. Eine solch fantastische Vorstellung war für Vince Vastagliano, der die Fantasie eines Baumstumpfs hatte, völlig untypisch, aber er konnte die abergläubische Furcht, die ihn überfallen hatte, nicht abschütteln.

Er drehte sich um und kletterte die Treppe hinauf. Einmal stolperte er im Dunkeln, wäre fast gestürzt, fand aber das Gleichgewicht wieder. Als er das große Schlafzimmer erreichte, klangen die Geräusche hinter ihm wilder, näher, lauter – und hungriger.

Zerfließende schwache Lichtfinger krochen durch die Schlafzimmerfenster, verirrte Strahlen von den Straßenlaternen draußen, die einen leichten Schimmer auf das italienische Baldachinbett aus dem achtzehnten Jahrhundert und die anderen Antiquitäten warfen und auf den schräggeschliffenen Kanten der Kristallbriefbeschwerer glitzerten, die auf dem Schreibtisch zwischen den beiden Fenstern aufgereiht waren. Wenn Vince sich umgedreht und nach hinten geschaut hätte, hätte er wenigstens einen Umriß seines Verfolgers erkennen können. Aber er sah nicht hin. Er hatte Angst davor.

Ein übler Geruch stieg ihm in die Nase. Schwefel? Nicht ganz. Aber etwas Ähnliches.

Er eilte durch die Schatten in das große Bad, das sich an das Schlafzimmer anschloß. In der klebrigen Dunkelheit prallte er unsanft gegen die halbgeschlossene Badezimmertür. Mit einem Krachen flog sie ganz auf. Etwas betäubt von dem Stoß taumelte er in den großen Raum, tastete nach der Tür, warf sie zu und verschloß sie hinter sich.

In jenem letzten, ungeschützten Augenblick, als die Tür zuschwang, hatte er alptraumhafte, silbrige Augen in der Dunkelheit glühen sehen. Nicht nur zwei Augen. Ein ganzes Dutzend. Vielleicht auch mehr.

Jetzt schlug etwas gegen die andere Seite der Tür. Wieder und wieder. Das waren mehrere da draußen, nicht nur einer. Die Tür bebte, und das Schloß klirrte, aber es hielt.

Die Wesen im Schlafzimmer kreischten und zischten jetzt beträchtlich lauter. Obwohl ihre eisigen Schreie völlig fremdartig klangen, anders als alles, was Vince je gehört hatte, war klar, was sie bedeuteten; es war offensichtlich ein Jaulen des Zorns und der Enttäuschung. Die Wesen, die ihn verfolgten, waren sicher gewesen, ihn in der Falle zu haben, und sie waren nicht bereit, es wie sportliche Verlierer hinzunehmen, daß er ihnen entkommen war.

Die Geschöpfe scharrten an der anderen Seite der Tür, bohrten und kratzten am Holz und rissen Splitter heraus. Dem Geräusch nach zu urteilen hatten sie scharfe Klauen. Verdammt scharf.

Was zum Teufel waren das für Wesen?

Vince war immer auf Gewalttätigkeit gefaßt, denn Gewalttätigkeit war ein wesentlicher Bestandteil der Welt, in der er sich bewegte. Man konnte nicht erwarten, als Drogenhändler das beschauliche Leben eines Oberschullehrers zu führen. Aber mit einem solchen Angriff hatte er nie gerechnet. Ein Mann mit einer Pistole – das ja. Ein Mann mit einem Messer – auch damit konnte er fertig werden. Eine an die Zündung seines Wagens angeschlossene Bombe – das lag sicherlich im Bereich des Möglichen. Aber das hier war schierer Wahnsinn.

Während die Wesen draußen versuchten, sich mit Zähnen, Klauen und Schlägen durch die Tür zu arbeiten, suchte Vince in der Dunkelheit herum, bis er die Toilette fand. Er klappte den Deckel herunter, setzte sich und griff nach dem Telefon.

Als er zwölf Jahre alt gewesen war, hatte er zum erstenmal das Telefon im Bad seines Onkels Gennaro Carramazza gesehen, und von diesem Augenblick an war ein Telefon auf dem Klo für ihn *das* Symbol für die Bedeutung eines Menschen, der Beweis, daß er unentbehrlich und reich war. Sobald Vince alt genug gewesen war, um sich eine eigene Wohnung zuzulegen, hatte er in jedem Raum einschließlich des Lokus ein Telefon anschließen lassen. Jetzt war er froh, daß er den Apparat griffbereit hatte, um Hilfe herbeizurufen.

Aber es kam kein Freizeichen.

Er rüttelte im Dunkeln an der Gabel, wollte dem Apparat befehlen zu funktionieren.

Die Leitung war tot.

Die unbekannten Wesen im Schlafzimmer kratzten, drückten und hämmerten weiter gegen die Tür.

Vince sah zu dem einzigen Fenster hinauf. Es war viel zu klein, um als Fluchtweg zu dienen. Das Glas war undurchsichtig und ließ fast kein Licht ein.

Sie werden nicht durch die Tür kommen, redete er sich verzweifelt ein. Irgendwann werden sie es satt haben, sie werden aufgeben, und dann werden sie weggehen. Bestimmt werden sie das. Natürlich.

Ein metallisches Quietschen und Klirren ließ ihn aufschrecken. Das kam von innerhalb des Badezimmers. Von diesseits der Tür.

Er stand auf, die Hände zu Fäusten geballt, verkrampft, und spähte nach rechts und nach links in die Dunkelheit.

Irgendein Metallgegenstand krachte auf den Fliesenboden, und Vince fuhr zusammen und schrie überrascht auf.

Der Türknopf. O Gott. Irgendwie hatten sie den Knauf und das Schloß abmontiert!

Er warf sich gegen die Tür, fest entschlossen, sie zuzuhalten, stellte aber fest, daß sie immer noch standhielt; der Knopf war noch dran; das Schloß war eingerastet. Mit zitternden Händen tastete er hektisch im Dunkeln umher und suchte nach den Türangeln; auch sie waren noch da und unbeschädigt.

Aber was war dann auf den Boden geklirrt?

Keuchend drehte er sich um, stemmte sich mit dem Rücken gegen die Tür, blinzelte in den pechschwarzen Raum und versuchte, das, was er gehört hatte, zu deuten.

Er spürte, daß er im Bad nicht länger alleine und in Sicherheit war. Angst kroch ihm wie ein Tausendfüßler den Rücken hinauf.

Das Gitter vor dem Auslaß des Heizungsrohrs – *das* war es, was heruntergefallen war.

Er drehte sich um und schaute hinauf zu der Wand oberhalb der Tür. Zwei strahlende Silberaugen funkelten ihn aus der Schachtöffnung an. Mehr konnte er von dem Geschöpf nicht sehen. Augen ohne Unterscheidung zwischen Weiß, Iris und Pupille. Augen, die schimmerten und flackerten, als bestünden sie aus Feuer. Augen ohne eine Spur von Erbarmen.

Eine Ratte?

Nein. Eine Ratte hätte das Gitter nicht entfernen können. Außerdem hatten Ratten doch rote Augen – oder nicht?

Es zischte ihn an.

»Nein«, sagte Vince leise.

Er konnte nirgendwohin.

Das Ding stieß sich von der Wand ab und segelte auf ihn herunter. Es traf sein Gesicht. Klauen durchbohrten seine Backen, drangen in seinen Mund, kratzten an seinen Zähnen und gruben sich in seinen Gaumen. Der Schmerz überfiel ihn plötzlich und heftig.

Zähne rissen an seiner Kopfhaut.

Sein Schrei wurde von dem namenlosen Wesen erstickt, das sich an seinen Kopf krallte, und er bekam keine Luft mehr. Er griff nach der Bestie. Sie war kalt und schmierig wie ein Meerestier, das aus den Tiefen des Wassers emporgestiegen war. Er riß es sich vom Gesicht und hielt sie auf Armeslänge von sich weg. Das Ding kreischte, zischte und schnatterte unartikuliert, es wand und drehte sich, zappelte und zuckte und biß ihn in die Hand, aber er ließ nicht los, weil er fürchtete, es würde ihn sofort wieder anspringen und diesmal auf seine Kehle oder auf seine Augen losgehen.

Was *war* das? Wo kam es her?

Etwas biß ihn in den linken Knöchel.

Etwas anderes begann an seinem rechten Bein hinaufzuklettern und riß ihm dabei die Hose auf.

Noch mehr solche Kreaturen waren aus dem Rohr in der Wand gekommen. Als ihm das Blut aus den Schädelwunden die Stirn herunterlief und ihm den Blick trübte, begriff er, daß viele Silberaugen im Raum waren. Dutzende.

Die Eindringlinge krochen voller Gier seine Brust, seinen Rücken hinauf auf seine Schultern, alle waren so groß wie Ratten, aber es waren keine Ratten, und alle kratzten und bissen. Sie waren überall, zogen ihn zu Boden. Er fiel auf die Knie. Er ließ die Bestie los, die er in den Händen hielt, und schlug mit den Fäusten auf die anderen ein.

Er hörte sich selbst genauso erbärmlich flehen wie vorher Ross Morrant, dann wurde die Dunkelheit noch dichter, und ewiges Schweigen senkte sich über ihn.

TEIL EINS

Mittwoch,
7.35 Uhr bis 15.30 Uhr

Heilige Männer sagen, ein Geheimnis sei das Leben.
Und sie wollen sich diesem Gedanken gerne ergeben.
Doch manches Geheimnis bellt und beißt,
Es kommt aus dem Dunkel und fasset dich dreist.

THE BOOK OF COUNTED SORROWS

Ein Regen von Schatten, ein Sturm, ein Orkan!
Des Tages Licht weicht; die Nacht jagt heran.
Strahlt hell alles Gute, scheut das Böse das Licht,
Nehmen Mauern des Bösen der Welt alle Sicht.
Nun nahet das Ende, die Öde, Finsternis.

THE BOOK OF COUNTED SORROWS

Kapitel eins

1

Als erstes sagte Rebecca am nächsten Morgen zu Jack Dawson: »Zwei Leichen.«

»Hm?«

»Der Anruf kam grade rein.«

»Hast du zwei Leichen bestellt?«

»Sei doch mal ernst.«

»*Ich* habe keine zwei Leichen bestellt.«

»Die Uniformierten sind schon am Tatort«, sagte sie.

»Unsere Schicht fängt erst in sieben Minuten an.«

»Soll ich wirklich sagen, wir fahren nicht raus, weil die zwei so rücksichtslos waren, so früh am Morgen zu sterben?«

»Haben wir denn nicht mal mehr Zeit für den Austausch von Höflichkeiten?« fragte er zurück.

»Nein.«

»Paß auf, es sollte eigentlich so sein ... du müßtest sagen: ›Guten Morgen, Lieutenant Dawson.‹ Und dann sage ich: ›Guten Morgen, Lieutenant Chandler.‹ Dann sagst du: ›Wie geht es Ihnen heute morgen?‹ Und ich zwinkere und sage ...«

Sie runzelte die Stirn. »Es ist genauso wie bei den beiden anderen, Jack. Blutig und – sonderbar. Genau wie der Fall am Sonntag und der gestern. Aber diesmal sind es *zwei* Männer. Beide mit Beziehungen zu kriminellen Familienclans, wie es scheint.«

Jack Dawson stand in dem schmuddeligen Bereitschaftsraum des Polizeidezernats; er hatte seinen schweren grauen Mantel halb ausgezogen und ein schiefes Lächeln aufgesetzt und starrte sie nun ungläubig an. Es überraschte ihn nicht, daß es wieder ein oder zwei Morde gegeben hatte. Er war Beamter beim Morddezernat; es gab *immer* noch einen Mord. Oder zwei. Es überraschte ihn nicht einmal, daß es sich wieder um einen *sonderbaren* Mord handelte; schließlich waren sie in New York City. Was er nicht glauben konnte, war ihre Haltung, die Art, wie sie ihn behandelte – ausgerechnet an diesem Morgen.

»Zieh deinen Mantel lieber wieder an«, sagte sie.

»Rebecca...«

»Sie erwarten uns.«

»Rebecca, gestern nacht...«

»Noch so ein Verrückter«, sagte sie und schnappte sich ihre Handtasche von einem etwas ramponierten Schreibtisch.

»Haben wir nicht...«

»Diesmal haben wir es wirklich mit einem Kranken zu tun«, sagte sie und ging zur Tür. »Wirklich krank.«

»Rebecca...«

Sie blieb in der Tür stehen und schüttelte den Kopf. »Weißt du, was ich mir manchmal wünsche?«

Er starrte sie an.

Sie sagte: »Manchmal wünsche ich mir, ich hätte Tiny Taylor geheiratet. Dann säße ich jetzt da oben in Connecticut gemütlich in meiner voll automatisierten Küche, hätte Kaffee und Hörnchen zum Frühstück, die Kinder wären in der Schule, die Zugehfrau würde sich um den Haushalt kümmern, und ich könnte mich auf das Mittagessen im Country Club mit den anderen Mädels freuen...«

Warum tut sie mir das an? fragte er sich.

Sie bemerkte, daß er seinen Mantel immer noch halb ausgezogen hatte und sagte: »Hast du nicht gehört, Jack? Wir haben einen Anruf bekommen.«

»Ja. Ich...«

»Wieder zwei Leichen.«

Sie verließ den Bereitschaftsraum, der danach noch kälter und schäbiger wirkte.

Er seufzte.

Er schlüpfte wieder in seinen Mantel.

Er folgte ihr.

2

Jack fühlte sich grau und ausgelaugt, teilweise, weil Rebecca sich so seltsam benahm, aber auch, weil der Tag selbst grau war und er immer sehr empfindlich auf das Wetter reagierte.

Er stieg einen halben Block vor der Park Avenue aus dem Zivilwagen, und ein kalter Windstoß fuhr ihm ins Gesicht. Die Dezemberluft roch schwach nach Friedhof. Er steckte die Hände in die tiefen Taschen seines Mantels.

Rebecca Chandler stieg auf der Fahrerseite aus und schlug die Tür zu. Ihr langes blondes Haar flatterte im Wind. Sie hatte ihren Mantel nicht zugeknöpft; er schlug ihr um die Beine. Die Kälte und das allgegenwärtige Grau, das sich wie Asche über die ganze Stadt gesenkt hatte, schienen sie nicht zu stören.

Eine Wikingerfrau, dachte Jack. Stoisch. Resolut. Man sehe sich nur dieses Profil an!

Widerwillig wandte er den Blick von Rebecca und schaute zu den drei Streifenwagen hinüber, die schräg am Randstein parkten. Auf einem blinkten die roten Warnlichter, der einzige Farbfleck an diesem öden Tag.

Harry Ulbeck, ein Polizist, den Jack kannte, stand auf der Treppe vor dem hübschen Ziegelhaus im georgianischen Stil, in dem die Morde passiert waren. Er trug einen dunkelblauen Dienstmantel, einen Wollschal und Handschuhe, aber trotzdem zitterte er.

Dem Ausdruck auf seinem Gesicht konnte Jack entnehmen, daß das nicht von der Kälte kam. Harry Ulbeck fröstelte wegen der Dinge, die er im Haus gesehen hatte.

»Schlimm?« fragte Rebecca.

Harry nickte. »Ganz schlimm, Lieutenant.«

Er war erst dreiundzwanzig oder vierundzwanzig, aber im Augenblick schien er Jahre älter; sein Gesicht wirkte abgespannt und verfroren.

»Wer sind die Verstorbenen?« fragte Jack.

»Ein Kerl namens Vincent Vastagliano und sein Leibwächter Ross Morrant.«

Jack zog die Schultern hoch und neigte den Kopf nach vorne, als ein heftiger Windstoß durch die Straßen fegte. »Wohlhabende Gegend«, meinte er.

»Warten Sie mal ab, bis Sie es von innen sehen«, sagte Harry. »Da drin sieht es aus wie in einem Antiquitätenladen an der Fifth Avenue.«

»Wer hat die Leichen gefunden?« erkundigte sich Rebecca.

»Eine Frau namens Shelly Parker. Sieht klasse aus. Vastaglianos Freundin, glaube ich.«

»Ist sie jetzt hier?«

»Drin. Aber ich bezweifle, daß sie Ihnen eine große Hilfe sein wird. Wahrscheinlich kriegen Sie aus Nevetski und Blaine mehr raus.«

Rebecca stand mit immer noch offenem Mantel in dem ständig umspringenden Wind und fragte: »Nevetski und Blaine? Wer ist das?«

»Drogendezernat«, erklärte Harry. »Sie haben diesen Vastagliano überwacht.«

»Und dann wurde er vor ihrer Nase umgebracht?« fragte Rebecca.

»Das sollten Sie lieber nicht so ausdrücken, wenn Sie mit ihnen reden«, warnte Harry. »Da sind sie furchtbar empfindlich. Ich meine, sie waren nicht nur zu zweit. Sie leiteten ein Sechs-Mann-Team, das alle Eingänge des Hauses beobachtete. Hatten alles abgeriegelt. Aber jemand ist trotzdem irgendwie reingekommen, hat Vastagliano *und* seinen Leibwächter getötet und ist wieder rausgekommen, ohne gesehen zu werden. Nevetski und Blaine, die Ärmsten, stehen jetzt da, als hätten sie geschlafen.«

Jack taten sie leid.

Rebecca nicht. Sie sagte: »Tja, von mir haben sie, verdammt noch mal, kein Mitgefühl zu erwarten. Hört sich so an, als hätten sie tatsächlich gepennt.«

»Glaub' ich nicht«, sagte Harry Ulbeck. »Sie waren wirklich schockiert. Sie schwören, daß sie das Haus nicht aus den Augen gelassen haben.«

»Was sollten sie denn sonst sagen?« fragte Rebecca mürrisch.

»Man sollte im Zweifelsfall immer zu einem Kollegen halten«, mahnte Jack.

»Ach ja?« gab sie zurück. »Den Teufel werd' ich tun. Ich halte nichts von blinder Loyalität. Ich erwarte sie nicht, und ich gebe sie nicht. Ich habe gute Polizisten kennengelernt, und wenn ich *weiß*, daß sie gut sind, dann tue ich alles, um ihnen zu helfen. Aber ich habe auch ein paar richtige Blödmänner erlebt, bei denen man sich nicht mal drauf verlassen konnte, daß sie ihre Hosen richtig rum anziehen.«

Jack seufzte.

Harry starrte Rebecca entgeistert an.

Ein dunkler Zivilkombi fuhr am Randstein vor. Drei Männer stiegen aus, einer trug eine Kameratasche, die beiden anderen kleine Koffer.

»Die Laborleute sind da«, sagte Harry.

Jack Dawson schauderte.

Der Wind pfiff wieder durch den Tag. Am Straßenrand schlugen die nackten Äste der entlaubten Bäume gegeneinander. Bei dem

Geräusch kam einem ein gespenstisches Bild lebender Skelette in den Sinn, die einen Totentanz aufführen.

3

Der Leichenbeschauer und zwei weitere Männer aus der Pathologie waren in der Küche, wo Ross Morrant, der Leibwächter, in einem Durcheinander aus Blut, Mayonnaise, Senf und Salami lag. Er hatte offensichtlich gerade einen Mitternachtsimbiß hergerichtet, als man ihn angegriffen und getötet hatte.

Im zweiten Stock, im großen Badezimmer, war auch noch der letzte Winkel mit Blut verziert: Spritzer, Flecken und Tropfen; blutige Handabdrücke an den Wänden und auf dem Rand der Wanne.

Jack und Rebecca standen in der Tür und spähten hinein, ohne etwas anzufassen. Nichts durfte verändert werden, bis die Spurensicherung fertig war.

Vincent Vastagliano lag, vollständig bekleidet, zwischen Badewanne und Waschbecken eingeklemmt, sein Kopf lehnte am Fuß der Toilette. Er war groß und etwas aufgedunsen gewesen, mit dunklem Haar und buschigen Augenbrauen. Seine Hosen und sein Hemd waren blutdurchtränkt. Ein Auge war aus der Höhle gerissen. Das andere war weit geöffnet und starrte blicklos ins Leere. Eine Hand war geballt. Die andere war offen und entspannt. Gesicht, Hals und Hände waren von Dutzenden von kleinen Wunden übersät. Seine Kleider waren an mindestens fünfzig oder sechzig Stellen zerrissen, und durch die schmalen Schlitze im Gewebe konnte man weitere dunkle, blutige Verletzungen erkennen.

»Schlimmer als die drei anderen«, sagte Rebecca.

»Viel schlimmer.«

Das war die vierte, gräßlich zerfleischte Leiche, die sie in den vergangenen vier Tagen gesehen hatte. Rebecca hatte wahrscheinlich recht: Da wütete ein Psychopath.

Aber hier war nicht bloß ein wahnsinniger Killer am Werk, der in einem Tobsuchtsanfall oder in geistiger Umnachtung Menschen abschlachtete. Dieser Irre war noch schrecklicher, er schien nämlich ein Psychopath zu sein, der ein Ziel hatte, vielleicht sogar einen heiligen Kreuzzug führte: Alle vier Opfer hatten auf die eine oder andere Weise mit illegalem Rauschgifthandel zu tun gehabt.

Es gingen Gerüchte um, daß sich ein Bandenkrieg anbahnte, ein

Streit um Einflußbereiche, aber Jack hielt nicht viel von dieser Erklärung. Zum einen waren die Gerüchte... sonderbar. Außerdem sahen diese Fälle nicht wie Bandenmorde aus. Das Werk eines professionellen Killers waren sie sicher nicht; nichts an ihnen war sauber, effizient oder professionell. Es war ein wüstes Abschlachten, das Produkt einer bösen, abgründigen, verkorksten Persönlichkeit.

»Die Anzahl der Wunden paßt in das Schema«, stellte Jack fest.

»Aber es sind nicht die gleichen Verletzungen, wie wir sie vorher gesehen haben. Damals waren es Stichwunden. Das hier sind eindeutig keine Stichverletzungen. Dafür sind die Wundränder zu zerfetzt. Vielleicht ist der Mord doch nicht von derselben Hand ausgeführt worden.«

»Doch«, sagte er.

»Das kann man noch nicht sagen.«

»Es ist derselbe Fall«, beharrte er.

»Das klingt so sicher.«

»Ich *spüre* es.«

»Komm mir nicht mit der mystischen Tour, so wie gestern.«

»Gestern haben wir brauchbare Anhaltspunkte verfolgt.«

»In einem Voodoo-Laden, in dem man Ziegenblut und magische Amulette kaufen kann.«

»Na und? Trotzdem war es ein brauchbarer Anhaltspunkt«, sagte er.

Sie musterten schweigend die Leiche.

Dann meinte Rebecca: »Sieht fast so aus, als hätte ihn irgend etwas an die hundertmal gebissen. Er sieht so... *zerfressen* aus.«

»Ja. Etwas Kleines«, stimmte er zu.

»Ratten?«

»Das hier ist wirklich eine gute Gegend.«

»Ja, sicher, aber sie gehört auch zu der einen, großen, glücklichen Stadt, Jack. Die guten und die schlechten Gegenden teilen sich die gleichen Straßen, die gleichen Abwasserkanäle und die gleichen Ratten. Das ist praktizierte Demokratie.«

»Wenn das Rattenbisse sind, dann sind die verdammten Biester dahergekommen und haben ihn angeknabbert, nachdem er schon tot war; der Blutgeruch muß sie angelockt haben. Ratten sind im Grunde Aasfresser. Sie sind alles andere als mutig. Sie sind nicht aggressiv. Die Leute werden nicht im eigenen Heim von Rattenhorden angefallen. Hast du so was schon mal gehört?«

»Nein«, gab sie zu. »Die Ratten kamen also, nachdem er schon tot war, und sie haben ihn angenagt. Aber es waren nur Ratten. Versuch nicht, etwas Mystisches draus zu machen.«

»Habe ich irgendwas *gesagt*?«

»Du hast mich gestern wirklich beunruhigt.«

»Wir haben doch nur brauchbare Anhaltspunkte verfolgt.«

»Und uns zu diesem Zweck mit einem Hexenmeister unterhalten«, sagte sie verächtlich.

»Der Mann war kein Hexenmeister. Er war...«

»Verrückt. Genau das war er. Verrückt. Und du bist dagestanden und hast ihm mehr als eine halbe Stunde lang zugehört.«

Jack seufzte.

»Das sind Rattenbisse«, sagte sie. »Und sie haben die eigentlichen Verletzungen kaschiert. Wir müssen die Autopsie abwarten, um die wirkliche Todesursache zu erfahren.«

»Ich bin jetzt schon sicher, daß es die gleiche sein wird wie bei den anderen. Eine Menge kleiner Stichwunden unter diesen Bissen.«

»Wahrscheinlich hast du recht«, sagte sie.

Jack verspürte eine leichte Übelkeit und wandte sich von dem Toten ab.

Rebecca sah sich weiter um.

Der Rahmen der Badezimmertür war zersplittert, und das Türschloß war aufgebrochen.

Während Jack den Schaden untersuchte, sprach er einen bulligen, rotgesichtigen Streifenbeamten an, der in der Nähe stand. »Sie haben die Tür so vorgefunden?«

»Nein, nein, Lieutenant. Sie war fest verschlossen, als wir herkamen.«

Rebecca drehte sich um und sah den Streifenbeamten an. »Verschlossen?«

Der Beamte sagte: »Sehen Sie, diese Mieze, die Parker... hm, ich meine, diese Miß Parker... sie hatte einen Schlüssel. Sie hat aufgesperrt, ist ins Haus gegangen und hat nach Vastagliano gerufen, dann dachte sie, er schläft noch und ist heraufgekommen, um ihn zu wecken. Sie fand die Badezimmertür verschlossen, bekam keine Antwort und kriegte Angst, daß er vielleicht einen Herzanfall gehabt haben könnte. Sie schaute unter der Tür durch, sah seine Hand, irgendwie ausgestreckt, und das ganze Blut. Sie hat sofort 911 angerufen und es gemeldet. Ich und Tony – mein Partner – waren als erste hier, und wir haben die Tür aufgebrochen, für den Fall, daß der Bursche noch lebte; aber wir haben auf einen Blick gesehen, daß das nicht der Fall war. Dann fanden wir den anderen in der Küche.«

»Die Badezimmertür war von innen verschlossen?« fragte Jack.

Der Streifenpolizist kratzte sich sein breites, gespaltenes Kinn. »Tja, sicher, sie war von innen verschlossen. Sonst hätten wir sie doch nicht aufzubrechen brauchen, oder? Und sehen Sie sich das mal an. Dieses Schloß *kann* gar nicht von außen zugesperrt werden.«

Rebecca blickte ihn finster an. »Der Mörder kann also unmöglich zugesperrt haben, nachdem er Jack erledigt hatte?«

»Nein«, sagte Jack und untersuchte das zertrümmerte Schloß genauer. »Sieht so aus, als hätte sich das Opfer selbst eingeschlossen, um dem, der hinter ihm her war, zu entkommen.«

»Aber es hat ihn doch erwischt«, sagte Rebecca.

»Ja.«

»In einem verschlossenen Raum?«

»Ja.«

»Wo das größte Fenster nicht mehr ist als ein schmaler Schlitz.«

»Ja.«

»Zu schmal, als daß der Mörder auf diesem Weg hätte flüchten könnten.«

»Viel zu schmal.«

»Wie ist es dann passiert?«

»Keine verdammte Ahnung«, sagte Jack.

Sie warf ihm einen finsteren Blick zu.

»Es gibt eine Erklärung.«

»Sicher gibt es die.«

»Eine *logische* Erklärung.«

»Natürlich.«

4

Als Penny Dawson an diesem Morgen zur Schule kam, passierte etwas Schlimmes.

Die Wellton-Privatschule befand sich in einem großen dreistöckigen Sandsteingebäude an einer gepflegten, von Bäumen gesäumten Straße in einer recht achtbaren Gegend. Das Erdgeschoß war zu einem Musiksaal mit perfekter Akustik und einer kleinen Turnhalle umgestaltet worden. Der erste Stock beherbergte die Klassenräume für die Klassen eins bis drei, während die vierten bis sechsten Klassen im zweiten Stock unterrichtet wurden. Im dritten Stock befanden sich die Büros und das Archiv.

Penny besuchte als Sechstkläßlerin den Unterricht im zweiten Stock. Hier, im Trubel der etwas überheizten Garderobe, passierte es.

Um diese Zeit, kurz vor Unterrichtsbeginn, war die Garderobe voller schwatzender Kinder, die sich aus dicken Mänteln, Stiefeln und Überschuhen schälten. An diesem Morgen war zwar kein Schnee gefallen, aber der Wetterbericht sagte für den Nachmittag Niederschläge voraus, und alle waren entsprechend angezogen.

Schnee, der erste Schnee in diesem Jahr! Auch wenn die Stadtkinder keine Felder, Hügel und Wälder hatten, wo sie Ski oder Schlitten fahren konnten, war der erste Schnee des Jahres doch ein magisches Ereignis. Und die Aussicht auf einen Schneesturm steigerte die übliche morgendliche Aufregung noch.

Penny stand mit dem Rücken zu dem aufgeregten Treiben, zog sich gerade die Handschuhe aus und nahm dann den langen Wollschal ab, als sie bemerkte, daß die Tür ihres hohen, schmalen Metallspinds unten eingedellt und an einem Rand leicht nach außen gebogen war, als hätte jemand versucht, sie aufzustemmen. Bei näherem Hinsehen stellte sie fest, daß auch das Kombinationsschloß kaputt war.

Stirnrunzelnd öffnete sie die Tür – und wich überrascht zurück, als ihr eine Papierlawine vor die Füße fiel. Sie hatte ihren Spind sauber und ordentlich zurückgelassen. Jetzt war alles wie Kraut und Rüben durcheinandergeworfen. Schlimmer noch, jedes einzelne ihrer Bücher war auseinandergerissen und die Seiten herausgetrennt worden; einige Seiten waren auch zerfetzt und einige zerknüllt. Ihr gelber, linierter Block war zu einem Haufen Konfetti zerschnipselt. Ihre Bleistifte waren in kleine Stücke zerbrochen.

Ihr Taschenrechner war zertrümmert.

Mehrere Kinder standen nahe genug, um zu sehen, was da aus ihrem Spind gefallen war. Der Anblick dieser Zerstörung erschreckte sie und ließ sie verstummen.

Wie betäubt kauerte Penny sich nieder, griff in den unteren Teil des Spinds und holte einiges Gerümpel heraus, bis sie schließlich auf ihr Klarinettenetui stieß. Sie hatte das Instrument am Abend zuvor nicht mit nach Hause genommen, weil sie einen langen Aufsatz schreiben mußte und keine Zeit zum Üben gehabt hatte. Die Schnappschlösser an dem schwarzen Kasten waren aufgebrochen.

Sie wagte nicht, hineinzuschauen.

Sally Wrather, Pennys beste Freundin, beugte sich zu ihr nieder. »Was ist passiert?«

»Ich weiß es nicht.«

»Du warst es nicht?«

»Natürlich nicht. Ich... ich fürchte, meine Klarinette ist kaputt.«

»Wer würde denn so was machen? Das ist doch richtig gemein.«

Zögernd öffnete Penny den beschädigten Klarinettenkasten. Die Silberklappen waren abgerissen. Außerdem war das Instrument in zwei Teile zerbrochen.

Sally legte eine Hand auf Pennys Schulter.

Penny starrte die Klarinette an, sie hätte am liebsten geweint, nicht, weil sie zerbrochen war (obwohl das schlimm genug war), sondern weil sie sich fragte, ob jemand sie kaputtgemacht hatte, um ihr damit zu sagen, daß sie hier nicht erwünscht war.

In der Wellton-Schule waren sie und Davey die einzigen, die sich eines Vaters rühmen konnten, der Polizist war. Die anderen Kinder waren Sprößlinge von Anwälten, Ärzten, Geschäftsleuten, Zahnärzten, Börsenmaklern und Werbemanagern. Einige der Schüler hatten die snobistische Einstellung ihrer Eltern übernommen und fanden, daß die Kinder eines Bullen in einer teuren Privatschule wie Wellton eigentlich nichts zu suchen hatten. Glücklicherweise gab es von dieser Sorte nicht viele. Den meisten Kindern war es egal, womit sich Jack Dawson sein Brot verdiente, und es gab sogar ein paar, die es toll, aufregend und besser fanden, das Kind eines Polizisten zu sein, als einen Bankier oder einen Buchhalter zum Vater zu haben.

Inzwischen hatten alle in der Garderobe mitbekommen, daß da etwas Schlimmes passiert war, und alle waren verstummt.

Penny stand auf, drehte sich um und musterte sie der Reihe nach.

Hatte einer von den Snobs ihren Spind demoliert?

Sie entdeckte zwei der schlimmsten – zwei Mädchen aus der sechsten Klasse, Sissy Johansen und Cara Wallace –, und plötzlich hätte sie sie am liebsten gepackt, sie geschüttelt und ihnen ins Gesicht geschrien, was in ihr vorging, damit sie endlich begriffen.

›Ich habe nicht darum gebeten, in eure verdammte Schule kommen zu dürfen. Mein Dad kann sich das auch nur leisten, weil das Versicherungsgeld meiner Mutter und die Abfindung von dem Krankenhaus da war, wo sie sie getötet haben. Glaubt ihr, ich wollte, daß meine Mutter stirbt, nur damit ich nach Wellton kann?

Mein Gott! Heiliger Gott! Glaubt ihr denn, ich würde Wellton nicht sofort aufgeben, wenn ich dafür meine Mutter wiederkriegen könnte? Ihr schleimigen, rotzfressenden Erzreaktionäre! Glaubt ihr denn, um Himmels willen, daß ich froh bin, daß meine Mutter tot ist? Ihr blöden Kriecher! Was ist bloß los mit euch?‹

Aber sie schrie nicht. Sie weinte auch nicht.

Ein paar Sekunden später war sie froh, daß sie die Mädchen nicht angefaucht hatte, denn sie begriff allmählich, daß nicht einmal Sissy und Cara, so boshaft sie manchmal sein konnten, zu einer solchen Dreistigkeit und Gemeinheit wie der Verwüstung ihres Spinds und der Zerstörung ihrer Klarinette fähig waren. Nein. Das war weder Sissy noch Cara, noch einer von den anderen Snobs gewesen.

Aber wenn nicht sie... wer dann?

Ein Junge hatte sich vor Pennys Spind gehockt und kramte in dem Verhau herum. Jetzt stand er auf und hielt einen Packen übel zugerichteter Seiten aus ihren Schulbüchern in der Hand. »He, seht euch das an. Das Zeug ist nicht nur zerrissen. Sieht ganz so aus, als ob es jemand *angefressen* hätte.«

»Angefressen?« fragte Sally Wrather.

»Seht ihr diese Spuren von kleinen Zähnen?«

Penny sah sie.

»Wer sollte denn wohl Bücher anfressen?« fragte Sally.

Spuren von Zähnen, dachte Penny.

»Ratten«, sagte der Junge.

Wie die Löcher in Daveys Plastikbaseballschläger.

»Ratten?« sagte Sally und schnitt eine Grimasse. »Oh, pfui Teufel.«

Letzte Nacht. Das Ding unter dem Bett.

»Ratten...«

Das Wort flog durch den Raum.

Ein paar Mädchen kreischten hysterisch.

Mehrere Kinder schlüpften aus der Garderobe, um den Lehrern zu erzählen, was geschehen war.

Ratten.

Aber Penny wußte, daß es keine Ratte gewesen war, die ihr den Baseballschläger aus der Hand gerissen hatte. Es war... etwas anderes gewesen.

Ebensowenig hatte eine Ratte ihre Klarinette zerbrochen. Etwas anderes.

Aber was?

5

Jack und Rebecca fanden Nevetski und Blaine unten in Vincent Vastaglianos Arbeitszimmer. Sie durchsuchten gerade die Schubladen und Fächer eines Sheraton-Schreibtischs und eine Wand voll kunstvoll geschnitzter Eichenvitrinen.

Roy Nevetski sah aus wie ein Englischlehrer an der High School circa 1955. Weißes Hemd. Ansteckfliege. Grauer Pullover mit V-Ausschnitt.

Im Gegensatz dazu wirkte Nevetskis Partner Carl Blaine wie ein Schläger. Nevetski war eher schmal, aber Blaine war untersetzt, mit breitem Brustkorb, mächtigen Schultern und einem Stiernacken. Roy Nevetskis Gesicht schien Intelligenz und Empfindsamkeit auszustrahlen, Blaine hingegen wirkte ungefähr so empfindsam wie ein Gorilla.

»Bleibt uns bloß aus dem Weg«, schnaubte Nevetski gereizt. »Wir werden jeden Spalt und jede Ritze in dieser verdammten Hütte durchwühlen. Wir gehen erst weg, wenn wir gefunden haben, was wir suchen.« Er hatte eine überraschend harte Stimme, ganz tief, mit metallisch kratzenden Tönen, wie eine kaputte Maschine. »Also, haltet euch zurück.«

»Eigentlich«, sagte Rebecca, »seid ihr, nachdem Vastagliano jetzt tot ist, doch wohl ziemlich aus der Sache raus.«

Jack zuckte bei dieser Unverblümtheit und der nur allzu vertrauen Kaltschnäuzigkeit zusammen.

»Langsam, langsam, langsam«, sagte er schnell und beschwichtigend. »Wir haben hier alle Platz. Selbstverständlich.«

Rebecca warf ihm einen giftigen Blick zu.

Er tat, als sähe er ihn nicht. Er konnte sehr gut so tun, als sähe er die Blicke nicht, die sie ihm zuwarf. Er hatte genügend Übung darin.

Zu Nevetski sagte Rebecca: »Es besteht kein Grund, das Haus in einen Schweinestall zu verwandeln.«

»Vastagliano ist so tot, daß ihm das egal ist«, entgegnete Nevetski.

»Ihr macht es Jack und mir nur schwerer, wenn wir das ganze Zeug selbst durchsuchen müssen.«

»Hören Sie«, sagte Nevetski, »ich hab's eilig. Außerdem gibt es, wenn ich so 'ne Suchaktion mache, keinen Scheißgrund, daß jemand noch mal hinter mir hersucht. Ich übersehe nie was.«

»Sie müssen Roy entschuldigen«, sagte Carl Blaine, in Tonfall und Gestik genauso beschwichtigend wie Jack. »Er meint es nicht so.«

»So wie er sich aufführt«, sagte Rebecca, »könnte man fast meinen, er hätte seine Tage.«

Nevetski funkelte sie wütend an.

›Es gibt nichts Schöneres als den Kameradschaftsgeist bei der Polizei‹, dachte Jack.

Blaine sagte: »Es ist ja nur, weil wir Vastagliano streng überwachten, als er getötet wurde.«

»Wohl doch nicht streng genug«, meinte Rebecca.

»So was kommt in den besten Familien vor«, sagte Jack und wünschte gleichzeitig, er hätte den Mund gehalten.

»Irgendwie«, erklärte Blaine, »ist der Mörder an uns vorbei sowohl rein- wie rausgekommen. Wir haben nichts von ihm gesehen.«

»Gibt verdammt noch mal keinen Sinn«, sagte Nevetski und knallte wütend eine Schreibtischschublade zu.

»Die Parker sahen wir gegen zwanzig nach sieben hier reingehen«, sagte Blaine, »'ne Viertelstunde später fuhr der erste Schwarzweiße vor. Da erfuhren wir erst, daß jemand Vastagliano das Licht ausgeblasen hat. Ganz schön peinlich. Der Captain wird uns was erzählen.«

»Verdammt, der Alte schneidet uns die Eier ab und macht Christbaumkugeln draus.«

Blaine nickte zustimmend. »Wäre schon gut, wenn wir Vastaglianos Geschäftsunterlagen finden und die Namen seiner Partner und Kunden auftreiben könnten, vielleicht sogar genügend Indizien sammeln, um einen von den Drahtziehern zu verhaften.«

»Dann könnten wir sogar noch als Helden aus der Sache rauskommen«, sagte Nevetski, »aber im Moment wäre ich schon zufrieden, wenn ich meinen Kopf aus der Scheiße rauskriegte, ehe ich drin ersticke.«

Rebeccas Gesicht drückte tiefe Mißbilligung über Nevetskis obszöne Redeweise aus.

Jack betete zu Gott, daß sie Nevetski nicht wegen seiner dreckigen Sprache rüffeln würde.

Sie fragte: »Dieser Vincent Vastagliano war also im Drogenhandel?«

»Verkauft MacDonalds Hamburger?« fragte Nevetski zurück.

»Er gehörte zur Carramazza-Familie«, erklärte Blaine.

Von den fünf Mafia-Familien, die das Glücksspiel, die Prostitution und andere illegale Geschäftszweige in New York kontrollierten, waren die Carramazzas die mächtigsten.

»Ja«, sagte Blaine, »Vastagliano war der Neffe von Gennaro Carramazza persönlich. Sein Onkel Gennaro hatte ihm die Gucci-Clique zugeteilt.«

»Die was?« fragte Jack.

»Die feinste Kundschaft im Drogengeschäft«, erklärte Blaine. »Die Leute, die zwanzig Paar Gucci-Schuhe im Schrank stehen haben.«

Nevetski sagte: »Vastagliano hat keinen Shit an Schulkinder verkauft. Sein Onkel hätte nicht zugelassen, daß er so was Mieses macht. Vince gab sich nur mit dem Showgeschäft und mit Leuten aus der besten Gesellschaft ab. Hochgestochene Snobiety.«

»Nicht etwa, daß Vince Vastagliano dazugehört hätte«, fügte Blaine schnell hinzu. »Er war nichts weiter als ein billiger Ganove, der sich nur deshalb in den richtigen Kreisen bewegte, weil er den Zucker besorgen konnte, hinter dem einige von diesen Limousinentypen her waren.«

»Er war ein Dreckskerl«, sagte Nevetski. »Dieses Haus, die ganzen Antiquitäten, das war nicht *er*. Das war nur so eine Fassade, die er einfach für notwendig hielt, wenn er der Bonbonverkäufer für den Jet-set sein wollte.«

»Wir sind schon lange hinter Vastagliano her«, fuhr er fort. »Wir hatten ihn auf dem Kieker. Er schien ein schwaches Glied zu sein. Der Rest der Carramazza-Familie ist so diszipliniert wie das Scheiß-Marine-Corps. Aber Vince trank zuviel, hurte zuviel rum, rauchte zuviel Pot und nahm gelegentlich sogar Kokain.«

Blaine sagte: »Wir dachten, wenn wir ihm was anhängen, genügend Material sammeln könnten, um ihm 'ne Gefängnisstrafe zu garantieren, würde er klein beigeben und uns helfen, anstatt den harten Burschen zu markieren. Wir glaubten, wir könnten über ihn endlich ein paar von den Klugscheißern vom harten Kern der Carramazza-Organisation in die Finger kriegen.«

»Das Ding ist geplatzt«, sagte Rebecca. »Das ist aus und vorbei. Warum kümmert sich also nicht jeder um seinen Kram, und ihr überlaßt die Sache uns?«

Nevetski warf ihr seinen patentierten Zornesblick zu.

Selbst Blaine sah so aus, als würde jetzt auch er auf sie losgehen.

Jack sagte: »Laßt euch Zeit. Sucht, was ihr braucht. Ihr stört uns nicht. Wir haben hier auch so noch 'ne Menge zu tun. Komm, Rebecca. Mal sehen, was uns die Leute von der Leichenbeschau zu erzählen haben.«

Widerstrebend ging Rebecca in die Halle hinaus.

Ehe Jack ihr folgte, blieb er an der Tür stehen und schaute zu Nevetski und Blaine zurück. »Ist euch an der Sache irgendwas Ungewöhnliches aufgefallen?«

»Zum Beispiel?« fragte Nevetski.

»Irgendwas«, sagte Jack. »Irgendwas, das aus dem Rahmen fällt, irgendwas Sonderbares, Unheimliches, Unerklärliches.«

»Ich kann nicht erklären, wie zum Teufel der Killer hier reinkam«, sagte Nevetski gereizt. »Das ist verdammt sonderbar.«

»Sonst noch was?« fragte Jack weiter. »Irgendwas, was euch auf die Idee bringt, daß das hier mehr als nur ein gewöhnlicher Mord im Drogenmilieu ist?«

Sie sahen ihn verständnislos an.

Er sagte: »Gut, was ist mit dieser Frau, Vastaglianos Freundin oder was immer sie ist...«

»Shelly Parker«, sagte Blaine. »Sie wartet im Wohnzimmer, wenn Sie mit ihr sprechen wollen.«

»Haben Sie schon mit ihr gesprochen?« fragte Jack.

»Ein wenig«, antwortete Blaine. »Sehr gesprächig ist sie nicht.«

»Eine richtige Schlampe, mehr nicht«, sagte Nevetski.

»Nicht sonderlich gesprächig«, sagte Blaine.

»Eine wenig kooperative Schlampe. Aber ein tolles Weib.«

Jack fragte: »Hat sie mal einen Haitianer erwähnt?«

»Einen was?«

»Meinen Sie... jemanden aus Haiti? Von der Insel?«

»Von der Insel«, bestätigte Jack.

»Nein«, antwortete Blaine. »Von einem Haitianer hat sie nichts gesagt.«

»Ein Bursche namens Lavelle«, erklärte Jack. »Baba Lavelle.«

»Baba?« fragte Blaine.

»Hört sich an wie ein Clown«, sagte Nevetski.

»Hat Shelly Parker ihn erwähnt?«

»Nein.«

»Wie paßt dieser Lavelle da rein?«

Darauf antwortete Jack nicht. Statt dessen erklärte er: »Hört mal, hat Miß Parker euch was erzählt über... na ja, hat sie was erzählt, das euch irgendwie *sonderbar* vorkam?«

Nevetski und Blaine sahen ihn stirnrunzelnd an.

»Wie meinen Sie das?« fragte Blaine.

Gestern hatten sie das zweite Opfer gefunden: einen Schwarzen namens Freeman Coleson, einen Drogenhändler mittlerer Größenordnung, der siebzig oder achtzig Straßendealer in einem Bezirk in Manhattan belieferte, den ihm die Carramazza-Familie übertragen hatte, welche als Arbeitgeber allen die gleichen Chancen bot, um böses Blut und Rassenkämpfe in der New Yorker Unterwelt zu vermeiden.

Coleson war tot aufgefunden worden, aus mehr als hundert kleinen Stichwunden blutend, genau wie das erste Opfer am Sonntagabend.

Sein Bruder Darl Coleson hatte völlig durchgedreht und war so nervös gewesen, daß ihm der Schweiß in Strömen herunterlief. Er hatte Jack und Rebecca eine Geschichte über einen Haitianer erzählt, der versuchte, den Kokain- und Heroinhandel unter seine Kontrolle zu bringen. Es war die wildeste Geschichte, die Jack je gehört hatte, aber Darl Coleson hatte ganz offensichtlich jedes Wort davon geglaubt.

Wenn Shelly Parker Nevetski und Blaine etwas Ähnliches erzählt hätte, hätten sie das nicht vergessen. Sie hätten nicht zu fragen brauchen, was er mit ›sonderbar‹ eigentlich meinte.

Jack zögerte. Dann schüttelte er den Kopf. »Schon gut. Ist auch gar nicht so wichtig.«

6

Letzte Woche, am Donnerstagabend, bei der zweimal im Monat stattfindenden Pokerpartie, an der Jack seit mehr als acht Jahren teilnahm, war er in die Situation gekommen, Rebecca verteidigen zu müssen. Während einer Spielpause hatten die anderen Spieler – Al Dufresne, Witt Yardman und Phil Abrahams – sich den Mund über sie zerrissen.

»Ich verstehe nicht, wie du es mit ihr aushältst, Jack«, sagte Witt.

»Sie ist richtig kalt«, sagte Al.

»Direkt eine Eisjungfrau«, sagte Phil.

Während Al geschäftig die Karten schnalzen ließ, ergingen sich die Männer in weiteren Beschimpfungen.

Schließlich sagte Jack: »Ach, so schlimm ist sie gar nicht, wenn man sie genauer kennt.«

»Die entmannt jeden«, meinte Al.

»Hört mal«, sagte Jack. »Wenn sie ein Mann wäre, würdet ihr sagen, sie ist einfach ein abgebrühter Bulle, und ihr würdet sie deshalb irgendwie sogar bewundern. Aber weil sie ein abgebrühter *weiblicher* Bulle ist, sagt ihr, sie ist ein eiskaltes Biest.«

»Die schneidet jedem die Eier ab, das sieht man auf hundert Meter gegen den Wind«, sagte Al.

»Sie hat durchaus ihre guten Seiten«, widersprach Jack.

»Ja?« zweifelte Phil Abrahams. »Welche denn?«

»Sie beobachtet scharf.«

»Das tut ein Geier auch.«

»Sie hat Grips. Sie ist tüchtig«, sagte Jack.

»Das war Mussolini auch. Er hat dafür gesorgt, daß die Züge pünktlich fuhren.«

Jack sagte: »Und sie würde ihren Partner nie im Stich lassen, wenn es draußen auf der Straße mal brenzlig wird.«

»Verdammt, *kein* Bulle würde seinen Partner im Stich lassen«, sagte Al.

»Einige schon«, meinte Jack.

»Verdammt wenige. Und wenn, dann bleiben sie nicht lange Bullen.«

»Sie arbeitet hart«, sagte Jack. »Und sie hat's nicht gerade leicht.«

»Okay, okay«, sagte Witt. »Ihre Arbeit macht sie vielleicht ganz gut. Aber warum kann sie dabei nicht auch ein Mensch sein?«

»Ich glaube, ich habe sie noch nie lachen hören«, meinte Phil.

»Wo ist ihr Herz?« fragte Al. »Hat sie denn kein Herz?«

»Doch, sicher«, sagte Witt. »Ein kleines Steinherz.«

»Na schön«, sagte Jack. »Ich glaube, Rebecca ist mir als Partner lieber als einer von euch geschniegelten Lackaffen.«

»Tatsächlich?«

»Ja. Sie ist empfindsamer, als ihr ihr zutraut.«

»Oho! *Empfindsam!*«

»Jetzt kommt's raus!«

»Er spielt nicht nur den Kavalier!«

»Er ist *vergafft* in sie.«

»Die schneidet dir die Eier ab und trägt sie als Halskette, Kumpel.«

»So, wie er aussieht, hat sie das wohl schon gemacht.«

Jack wehrte sich: »Hört mal, Jungs, zwischen Rebecca und mir ist nichts, außer...«

Er wußte, daß es keinen Sinn hatte zu widersprechen. Seine Beteuerungen würden sie nur amüsieren und erst recht reizen. Er lächelte und ließ die Welle gutmütiger Schmähungen über sich hinwegrollen, bis sie das Spiel schließlich leid waren.

Irgendwann sagte er: »Na schön, ihr habt euren Spaß gehabt. Aber ich will nicht, daß daraus irgendwelche dummen Gerüchte entstehen. Ich möchte klarstellen, daß zwischen Rebecca und mir nichts ist. Ich glaube, daß sie unter ihrer dicken Haut ein wirklich empfindsamer Mensch ist. Hinter dieser Pose der kalten Unnahbarkeit, um die sie sich so bemüht, verstecken sich Wärme und Zärtlichkeit. Das glaube ich, aber ich weiß es nicht aus persönlicher Erfahrung. Verstanden?«

»Vielleicht ist wirklich nichts zwischen euch beiden«, sagte Phil, »aber so, wie dir die Zunge raushängt, wenn du von ihr redest, wünschst du dir ganz offensichtlich, daß es anders wäre.«

»Ja«, sagte Al, »du sabberst ja richtig, wenn du von ihr redest.«

Die Neckerei begann wieder von vorne, aber diesmal kamen sie der Wahrheit viel näher als vorher. Jack wußte nicht aus eigener Erfahrung, daß Rebecca ein empfindsamer, besonderer Mensch war, aber er spürte es, und er wollte ihr näherkommen. Er hätte fast alles darum gegeben, mit ihr zusammenzusein, nicht nur in ihrer Nähe – in ihrer Nähe war er seit fast zehn Monaten fünf oder sechs Tage in der Woche –, sondern wirklich *mit* ihr *zusammen*, und ihre innersten Gedanken zu teilen, die sie immer eifersüchtig hütete.

Hin und wieder, selten, nicht mehr als einmal in der Woche, gab es einen unbewachten Augenblick, ein paar Sekunden, da öffnete sich ihre harte Schale ein wenig und ließ ihn hinter dem bekannten, kalten Äußeren ganz kurz eine zweite, ganz andere Rebecca sehen, jemanden, der verletzlich und einmalig war, den kennenzulernen sich lohnte und den man vielleicht festhalten sollte. *Das* faszinierte Jack Dawson: dieser kurze Augenblick der Wärme und Zärtlichkeit, dieses helle Leuchten, das sie immer sofort abschaltete, wenn sie bemerkte, daß sie es durch ihre strenge Maske hatte schlüpfen lassen.

Jetzt, weniger als eine Woche später, wußte Jack, was unter der Maske lag. Er wußte es aus persönlicher Erfahrung. Aus *sehr* persönlicher Erfahrung. Und was er gefunden hatte, war noch aufregender, anziehender, einzigartiger als das, was er zu finden gehofft hatte. Sie war wundervoll.

Aber an diesem Morgen war nicht die geringste Spur der anderen Rebecca zu sehen, es gab nicht die leiseste Andeutung, daß sie mehr war als die kalte, abweisende Amazone, die sie mit solchem Eifer darstellte.

Es war, als hätte es die vergangene Nacht nie gegeben.

In der Halle vor dem Arbeitszimmer, wo Nevetski und Blaine immer noch nach Beweisen suchten, sagte sie: »Ich habe gehört, was du sie gefragt hast – nach dem Haitianer.«

»Und?«

»Oh, um Himmels willen, Jack!«

»Tja, Baba Lavelle ist doch bisher unser einziger Verdächtiger.«

»Es stört mich nicht, daß du nach ihm gefragt hast«, sagte sie. »Nur die Art, *wie* du gefragt hast.«

»Ich habe englisch gesprochen, oder nicht?«

»Jack...«

»War ich nicht höflich genug?«

»Jack...«

»Ich verstehe eben einfach nicht, was du meinst.«

»Doch, du verstehst.« Sie äffte ihn nach, tat so, als spräche sie mit Nevetski und Blaine: »Ist euch an der Sache etwas *Ungewöhnliches* aufgefallen? Irgendwas, was aus dem Rahmen fällt? Etwas *Sonderbares*? Etwas *Unheimliches*?«

»Ich habe nur einen Anhaltspunkt verfolgt«, verteidigte er sich.

»So wie gestern, als du den halben Nachmittag in der Bücherei vertrödelt und dich über Voodoo informiert hast.«

»Wir waren nicht mal eine Stunde in der Bibliothek.«

»Und dann sind wir nach Harlem rausgefahren, damit du dich mit diesem Hexenmeister unterhalten konntest.«

»Er ist kein Hexenmeister.«

»Dieser *Irre*.«

»Carver Hampton ist kein Irrer«, sagte Jack.

»Ein richtiger Irrer«, beharrte sie.

»In dem Buch stand ein Artikel über ihn.«

»Auch wenn über ihn in einem Buch geschrieben wird, macht ihn das nicht automatisch respektabel.«

»Er ist ein Priester.«

»Das ist er nicht. Er ist ein Betrüger.«

»Er ist ein Voodoo-Priester, der nur weiße Magie, gute Magie praktiziert. Ein *Houngon*. So nennt er sich jedenfalls.«

»Ich kann behaupten, daß ich ein Obstbaum bin, aber deshalb brauchst du nicht zu erwarten, daß mir Äpfel an den Ohren wachsen«, sagte sie. »Hampton ist ein Scharlatan. Nimmt Leichtgläubige aus.«

»Seine Religion mag vielleicht exotisch erscheinen...«

»Sie ist albern. Der Laden, den er da führt! Jesus. Er verkauft Kräuter und Flaschen mit Ziegenblut, Amulette und Zaubersprüche und lauter solchen Unsinn...«

»Für ihn ist es kein Unsinn. Er glaubt daran.«

»Weil er verrückt ist.«

»Du mußt dich entscheiden, Rebecca. Entweder ist Carver Hampton verrückt oder ein Betrüger. Ich glaube nicht, daß du beides haben kannst.«

»Na schön. Vielleicht hat dieser Baba Lavelle tatsächlich alle vier Opfer getötet.«

»Er ist bisher unser einziger Verdächtiger.«

»Aber er hat es nicht mit Voodoo gemacht. So etwas wie schwarze Magie gibt es nicht. Er hat sie erstochen, Jack. Er hat Blut an den Händen, genau wie jeder andere Mörder.«

»Der Leichenbeschauer sagt, die Waffe, die bei diesen beiden ersten Morden verwendet wurde, kann nicht größer als ein Taschenmesser gewesen sein.«

»Na schön. Dann war es eben ein Taschenmesser.«

»Rebecca, das ergibt doch keinen Sinn.«

»Mord ergibt nie einen Sinn.«

»Welcher Mörder geht denn, um Himmels willen, mit einem Taschenmesser auf seine Opfer los?«

»Ein Irrer.«

»Geistesgestörte Mörder bevorzugen gewöhnlich dramatische Waffen – Schlachtermesser, Beile, Schrotflinten...«

»Im Kino vielleicht.«

»In der Wirklichkeit auch. Und wie überwältigt er sie? Wenn er nur ein Taschenmesser hat, warum können seine Opfer sich dann nicht gegen ihn wehren oder flüchten?«

»Es gibt eine Erklärung«, sagte sie stur. »Und wir werden sie finden.«

Im Haus war es warm, und es wurde immer wärmer. Jack zog seinen Mantel aus.

Rebecca ließ den ihren an. Die Hitze schien ihr nicht mehr auszumachen als die Kälte.

»Und in allen Fällen«, sagte Jack, »hat das Opfer versucht, sich gegen seinen Angreifer zu wehren. Es gab immer Anzeichen für einen heftigen Kampf. Und doch scheint es keinem der Opfer gelungen zu sein, seinen Angreifer zu verletzen; es war nie Blut zu sehen – außer dem des Opfers. Das ist verdammt sonderbar. Und was ist mit Vastagliano – der in einem verschlossenen Badezimmer ermordet wurde?«

Sie starrte ihn plötzlich an, antwortete aber nicht.

»Paß auf, Rebecca, ich will nicht sagen, daß es Voodoo oder sonst etwas auch nur im mindesten Übernatürliches ist. Ich bin nicht besonders abergläubisch. Ich will nur sagen, daß diese Morde das Werk von jemandem sein könnten, der an Voodoo glaubt, daß sie etwas Ritualistisches an sich haben könnten. Der Zustand der Leichen weist bestimmt in diese Richtung. Ich habe nicht behauptet, daß Voodoo funktioniert, ich will damit nur andeuten, daß der Killer vielleicht *glaubt*, daß es funktioniert, und sein Glaube an Voodoo könnte uns zu ihm führen und uns Material verschaffen, das wir brauchen, um ihn zu überführen.«

Sie schüttelte den Kopf. »Jack, ich weiß, daß du so einen bestimmten Zug an dir hast.«

»Und was für ein Zug soll das sein?«

»Nennen wir es mal – ›übermäßige Aufgeschlossenheit‹.«

»Wie kann man ›übermäßig aufgeschlossen‹ sein? Das ist, als wäre man *zu* aufrichtig.«

»Als Darl Coleson sagte, daß dieser Baba Lavelle den Drogenhandel unter seine Kontrolle bringen wolle, indem er Voodooverwünschungen anwendet, um seine Konkurrenten zu töten, da hast du zugehört... nun... du hast zugehört wie ein Kind, du warst ganz gebannt.«

»Das stimmt nicht.«

»Doch. Und ehe ich mich's versehe, sind wir unterwegs nach Harlem zu einem Voodoo-Laden!«

»Wenn dieser Baba Lavelle sich wirklich für Voodoo interessiert, dann ist es durchaus sinnvoll, davon auszugehen, daß jemand wie Carver Hampton ihn kennen oder in der Lage sein könnte, für uns etwas über ihn herauszufinden.«

»Ein Verrückter wie Hampton kann uns überhaupt nicht helfen. Glaubst du an Geister, Jack?«

»Du meinst, ob ich an ein Leben nach dem Tode glaube?«

»An Geister.«

»Ich weiß es nicht. Vielleicht. Wer kann das sagen?«

»*Ich* kann es sagen. Ich glaube nicht an Geister. Aber deine Ausflüchte beweisen mir, daß ich recht habe.«

»Rebecca, es gibt Millionen von völlig normalen, achtbaren, intelligenten Menschen mit klarem Verstand, die an ein Leben nach dem Tode glauben.«

»Ein Detektiv hat vieles mit einem Wissenschaftler gemeinsam«, sagte sie. »Er muß logisch denken.«

»Aber er braucht doch in Gottes Namen kein *Atheist* zu sein!«

Ohne seinen Einwurf zu beachten sagte sie: »Logik ist das beste Werkzeug, das wir haben.«

»Ich sage doch nur, daß wir etwas Sonderbarem auf der Spur sind. Und da der Bruder eines der Opfer glaubt, daß Voodoo mit hineinspielt –«

»Ein guter Kriminalbeamter muß vernünftig und systematisch vorgehen.«

»...sollten wir die Sache verfolgen, auch wenn es lächerlich scheint.«

»Ein guter Detektiv muß unsentimental und realistisch sein.«

»Ein guter Detektiv muß auch fantasievoll und flexibel sein«, konterte er. Dann fragte er, unvermittelt das Thema wechselnd: »Rebecca, was ist mit gestern nacht?«

Sie bekam einen roten Kopf. Dann wich sie aus: »Wir sollten uns mit der Parker unterhalten«, und wollte sich von ihm abwenden.

Er packte sie am Arm und hielt sie zurück. »Ich dachte, daß letzte Nacht etwas ganz Besonderes geschehen ist.«

Sie antwortete nicht.

»Habe ich es mir nur eingebildet?« fragte er.

»Wir wollen jetzt nicht darüber sprechen.«

»War es wirklich so furchtbar für dich?«

»Später«, sagte sie.

»Warum behandelst du mich so?«

Sie wollte ihm nicht in die Augen schauen; das war ungewöhnlich für sie. »Es ist ein wenig kompliziert, Jack.«

»Ich meine, wir sollten darüber reden.«

»Später«, sagte sie. »Bitte.«

»Wann?«

»Wenn wir Zeit dazu haben.«

»Wann wird das sein?« beharrte er.

»Wenn wir Zeit zum Mittagessen haben, dann könnten wir darüber reden.«

»Wir werden uns die Zeit nehmen.«

»Komm, wir haben zu tun«, sagte sie und entzog sich ihm. Diesmal ließ er sie gehen.

Sie ging eilig auf das Wohnzimmer zu, wo Shelly Parker wartete. Er folgte ihr und überlegte dabei, worauf er sich da eigentlich eingelassen hatte, als er mit dieser anstrengenden Frau eine intime Beziehung anfing. Vielleicht war sie selbst verrückt. Vielleicht war sie all den Ärger, den sie ihm machte, gar nicht wert. Vielleicht würde sie ihm nur weh tun, und vielleicht würde er irgendwann den Tag verwünschen, an dem er sie kennengelernt hatte.

Aber, wie Nevetski sagen würde: ›Zum Teufel damit.‹

Er würde nicht einen anderen Partner anfordern.

So leicht gab er nicht auf.

Außerdem hatte er das Gefühl, irgendwie verliebt zu sein.

Kapitel zwei

1

Sie verhörten Vince Vastaglianos Freundin seit fünfzehn Minuten. Nevetski hatte recht. Sie war ein wenig kooperatives Biest.

Jack hockte auf dem Rand eines Queen-Anne-Stuhls, beugte sich vor und sprach endlich den Namen aus, den Darl Coleson ihm gestern genannt hatte. »Kennen Sie einen Mann namens Baba Lavelle?«

Shelly Parker blickte ihn an, dann schaute sie schnell auf ihre Hände hinunter, die ein Glas Scotch umklammerten, aber in diesem unbewachten Moment sah er die Antwort in ihren Augen.

»Ich kenne niemanden, der Lavelle heißt«, log sie.

Rebecca saß in einem zweiten Queen-Anne-Stuhl, die Beine übereinandergeschlagen, die Arme auf den Lehnen, sie wirkte entspannt, selbstbewußt und unendlich viel beherrschter als Shelly Parker. Sie sagte: »Vielleicht *kennen* Sie Lavelle nicht, aber gehört haben Sie vielleicht von ihm. Ist das möglich?«

»Nein«, sagte Shelly.

Jack sagte: »Passen Sie auf, Ms. Parker, wir wissen, daß Vince mit Dope handelte, und vielleicht könnten wir Ihnen im Zusammenhang damit etwas anhängen...«

»Damit hatte ich nichts zu tun!«

»... aber wir haben gar nicht vor, Ihnen irgend etwas anzuhängen...«

»Das können Sie auch nicht!«

»... wenn Sie mit uns zusammenarbeiten.«

»Sie haben nichts gegen mich in der Hand«, sagte sie.

»Wir können Ihnen das Leben sehr schwer machen.«

»Das können die Carramazzas auch. Über die sage ich kein einziges Wort.«

»Wir verlangen ja auch gar nicht, daß Sie über sie reden«, sagte Rebecca. »Sie sollen uns nur von diesem Lavelle erzählen.«

Shelly schwieg. Sie kaute nachdenklich an ihrer Unterlippe.

»Er ist Haitianer«, sagte Jack, um sie zu ermutigen.

Shelly hörte auf, an ihrer Lippe zu nagen, und lehnte sich auf dem weißen Sofa zurück. Sie versuchte, lässig zu wirken, aber es gelang ihr nicht. »Was für ein -aner ist er?«

Jack blinzelte sie an. »Wie?«

»Was für ein -aner ist dieser Lavelle?« wiederholte sie. »Japaner, Burmaner, Pakistaner... Sie sagten doch, er sei Asiat.«

»*Haitianer.* Er ist aus Haiti.«

»Ach so. Dann ist er ja gar kein -aner.«

»Überhaupt kein -aner«, stimmte Rebecca zu.

Shelly hörte offenbar die Verachtung in ihrer Stimme heraus, denn sie rutschte nervös herum, obwohl sie anscheinend nicht ganz begriff, womit sie diese Verachtung herausgefordert hatte. »Ist er ein schwarzer Kerl?«

»Ja«, sagte Jack, »und das wissen Sie ganz genau.«

»Ich treibe mich nicht mit schwarzen Kerlen rum«, sagte Shelly, hob den Kopf, straffte die Schultern und setzte eine gekränkte Miene auf.

Rebecca sagte: »Wir haben gehört, daß Lavelle den Drogenhandel unter seine Kontrolle bringen will.«

»Davon weiß ich nichts.«

Jack fragte: »Glauben Sie an Voodoo, Ms. Parker?« Rebecca seufzte gelangweilt.

Jack sah sie an und bat: »Hab Nachsicht mit mir.«

»Das ist doch sinnlos.«

»Ich verspreche dir, nicht übermäßig aufgeschlossen zu sein«, sagte Jack lächelnd. Zu Shelly Parker gewandt fragte er: »Glauben Sie an die Macht des Voodoo?«

»Natürlich nicht.«

»Ich dachte, daß Sie vielleicht deshalb nicht über Lavelle sprechen wollten – weil Sie Angst haben, er könnte Sie mit dem bösen Blick oder sonst etwas verfolgen.«

»Das ist doch alles bloß Quatsch.«

»Wirklich?«

»Das ganze Voodoo-Zeug – Quatsch.«

»Aber von Baba Lavelle haben Sie schon gehört?« fragte Jack.

»Nein, ich habe doch eben gesagt...«

»Wenn Sie nichts über Lavelle wüßten«, erklärte Jack, »wären Sie überrascht gewesen, als ich etwas so Ausgefallenes wie Voodoo erwähnte. Sie hätten mich gefragt, was zum Teufel Voodoo denn mit der ganzen Sache zu tun hätte. Aber Sie waren nicht überrascht, und das bedeutet, daß Sie etwas über Lavelle wissen.«

Shelly hob eine Hand an den Mund, steckte einen Fingernagel zwischen die Zähne und begann fast, daran zu kauen, dann zögerte sie und entschied, daß die Erleichterung, die ihr das Hineinbeißen bringen würde, es nicht lohnte, die Maniküre für vierzig Dollar zu ruinieren.

Sie sagte: »Na schön. Ich weiß von Lavelle.«

Jack blinzelte Rebecca zu. »Siehst du?«

»Nicht schlecht«, gab sie zu.

»Raffinierte Verhörtechnik«, sagte Jack. »*Fantasie.*«

Shelly fragte: »Kann ich noch 'nen Scotch haben?«

»Warten Sie, bis wir mit dem Verhör fertig sind«, sagte Rebecca.

Shelly stand vom Sofa auf, ging zur Bar, nahm eine Waterford-Karaffe und goß sich noch einen Scotch ein.

Diesmal war eigentlich nicht Rebecca schuld an der Feindseligkeit, die in der Luft lag. Sie war mit Shelly nicht so kalt und scharf umgegangen, wie es in ihrer Macht stand. Sie war sogar fast freundlich gewesen, bis Shelly mit dem Gerede über die ›-aner‹ anfing. Offenbar hatte Shelly sich jedoch mit Rebecca verglichen und war zu der Ansicht gelangt, daß sie nur als Zweitbeste abschnitt. Und *das* hatte die Feindseligkeit erzeugt.

Jack glaubte zu wissen, warum sie sofort eine Antipathie gegen Rebecca entwickelt hatte. Shelly war die Art Frau, die viele Männer begehrten, von der sie träumten. Rebecca war andererseits die Frau, die die Männer begehrten, von der sie träumten, *und die sie heirateten.*

Er konnte sich vorstellen, mit Shelly Parker eine heiße Woche auf den Bahamas zu verbringen, o ja. Aber nicht mehr als eine Woche. Am Ende dieser Woche würde sie ihn, trotz ihrer sexuellen Energie und ihrer zweifelsohne glänzenden Leistungen auf sexuellem Gebiet höchstwahrscheinlich langweilen. Am Ende dieser Woche wäre ein Gespräch mit Shelly wahrscheinlich weniger lohnend als ein Gespräch mit einer Steinmauer. Rebecca hingegen würde nie langweilig werden; sie war eine Frau mit unendlich vielen Facetten, bei der man endlos neue Entdeckungen machen konnte. Auch nach zwanzig Jahren Ehe würde er Rebecca sicher immer noch faszinierend finden.

Ehe? Zwanzig Jahre?

Mein Gott, hör mich nur an! dachte er erstaunt. Hat's mich erwischt, oder bin ich reingefallen?

Zu Shelly sagte er: »Und was wissen Sie denn nun über Baba Lavelle?«

Sie seufzte. »Aber ich sage nichts über die Carramazzas.«
»Nach denen fragen wir auch nicht. Nur nach Lavelle.«
»Und dann vergessen Sie mich. Ich gehe hier weg. Keine faulen Tricks, kein Festhalten als wichtige Zeugin.«
»Sie waren ja nicht dabei, als die Morde passierten. Sagen Sie uns nur, was Sie über Lavelle wissen, dann können Sie gehen.«
»Na schön. Er ist vor ein paar Monaten aus dem Nichts aufgetaucht und hat angefangen, mit Koks und Schnee zu handeln. Und nicht in kleinen Mengen. Innerhalb eines Monats hatte er ungefähr zwanzig Straßendealer organisiert, belieferte sie und machte deutlich, daß er eine Ausweitung des Geschäfts beabsichtige. Wenigstens hat Vince mir das erzählt. Aus erster Hand weiß ich es nicht, weil ich nie mit Drogen zu tun hatte.«
»Natürlich nicht.«
»Nun, in dieser Stadt dealt niemand, aber auch wirklich niemand, ohne Absprache mit Vinces Onkel. Das habe ich jedenfalls gehört.«
»Ich habe das auch gehört«, sagte Jack trocken.
»Deshalb ließen ein paar von Carramazzas Leuten Lavelle wissen, er solle mit dem Dealen aufhören, bis er sich mit der Familie geeinigt hätte. Ein freundschaftlicher Rat.«
»Wie von der Briefkastentante«, sagte Jack.
»Ja«, sagte Shelly. Sie lächelte nicht einmal. »Aber er hörte nicht auf, als man es ihm sagte. Statt dessen schickte der verrückte Neger Carramazza eine Nachricht und bot ihm an, das New Yorker Geschäft aufzuteilen, jeder sollte die Hälfte bekommen, obwohl Carramazza doch schon *alles* hat.«
»Ziemlich unverfroren von Mr. Lavelle«, sagte Rebecca.
»Es war Klugscheißerei, weiter nichts«, sagte Shelly. »Ich meine, Lavelle ist doch ein Niemand. Wer hatte denn zuvor schon irgendwas von ihm gehört? Nach dem, was Vince sagte, glaubte der alte Carramazza, Lavelle hätte die erste Botschaft einfach nicht verstanden, deshalb schickte er ein paar Burschen rüber, um sie ihm genauer zu erklären.«
»Sie wollten Lavelle die Beine brechen?« fragte Jack.
»Oder schlimmer.«
»Schlimmer wird es immer.«
»Aber mit den Boten ist etwas passiert«, sagte Shelly.
»Tot?«
»Ich bin nicht sicher. Vince glaubte wohl, sie seien einfach nicht mehr wiedergekommen.«

»Das heißt tot«, sagte Jack.
»Wahrscheinlich. Jedenfalls hat Lavelle Carramazza gewarnt, er sei so was wie ein Voodoo-Zauberdoktor, und nicht einmal die Familie könne ihm etwas anhaben. Natürlich lachten alle darüber. Und Carramazza schickte fünf von seinen besten Leuten hin, große, gemeine Schweinehunde, die wissen, wie man beobachtet, abwartet und den richtigen Moment abpaßt.«
»Und auch mit denen ist etwas passiert?« fragte Rebecca.
»Ja. Vier davon kamen nie zurück.«
»Was ist mit dem fünften?« wollte Jack wissen.
»Den hat man auf dem Gehsteig vor Gennaro Carramazzas Haus in Brooklyn Heights abgeladen. Lebend. Schlimm zerschlagen, zerkratzt, zerschnitten – aber lebend. Das Problem war nur, er hätte genausogut tot sein können.«
»Wieso?«
»Er war hinüber.«
»Was?«
»Verrückt. Tobsüchtig, völlig irre«, sagte Shelly und drehte das Scotch-Glas nervös in ihren langfingrigen Händen herum. »Nach dem, was Vince hörte, muß der Bursche mit angesehen haben, was mit den vier anderen passiert ist, und was immer es war, es hat ihn eindeutig um den Verstand gebracht, er war restlos hinüber.«
»Wie hieß er?«
»Das hat Vince nicht gesagt.«
»Wo ist er jetzt?«
»Ich nehme an, Don Carramazza hat ihn irgendwo hingebracht.«
»Und er ist immer noch... verrückt?«
»Das nehme ich an.«
»Hat Carramazza noch ein drittes Killerkommando geschickt?«
»Soviel ich weiß, nicht. Dieser Lavelle hat dem alten Carramazza daraufhin wohl eine Botschaft geschickt: ›Wenn Sie Krieg wollen, dann können Sie ihn haben.‹ Und er hat die Familie davor gewarnt, die Macht des Voodoo zu unterschätzen.«
»Und diesmal hat keiner mehr gelacht«, sagte Jack.
»Keiner«, bestätigte Shelly.
Sie schwiegen einen Augenblick.
Jack sah sich Shelly Parkers Augen an. Sie waren nicht rot. Die Haut ringsherum war nicht verquollen. Es gab keine Anzeichen dafür, daß sie um Vince Vastagliano, ihren Liebhaber, geweint hatte.
Er fragte: »Ms. Parker, glauben Sie, daß das alles tatsächlich durch... Voodoo-Verwünschungen gemacht wurde?«

»Nein. Vielleicht. Verdammt, ich weiß es nicht. Nach allem, was in den letzten Tagen passiert ist, wer kann das sagen? An eines glaube ich sicher: Ich glaube, daß dieser Baba Lavelle ein raffinierter, heimtückischer und ganz übler Typ ist.«

Jetzt schaltete sich Rebecca ein: »Wir haben gestern ein wenig von seiner Geschichte gehört, vom Bruder eines weiteren Opfers. Nicht so ausführlich, wie Sie sie uns erzählt haben. Er schien nicht zu wissen, wo wir Lavelle finden können. Wissen Sie's?«

»Er hatte früher eine Wohnung im Village«, erklärte Shelly. »Aber da ist er nicht mehr. Seit das alles angefangen hat, kann ihn keiner mehr finden. Seine Straßendealer arbeiten noch für ihn und werden auch noch beliefert, das hat jedenfalls Vince gesagt, aber niemand weiß, wo Lavelle sich verkrochen hat.«

»Die Wohnung im Village, wo er mal war«, sagte Jack. »Wissen Sie zufällig die Adresse?«

»Nein. Ich habe Ihnen doch gesagt, ich habe mit diesem Drogengeschäft eigentlich nichts zu tun. Ehrlich. Ich weiß es nicht. Ich weiß nur, was Vince mir erzählt hat.«

Jack warf Rebecca einen Blick zu. »Noch was?«

»Nein.«

Zu Shelly sagte er. »Sie können gehen.«

Sie trank endlich einen Schluck Scotch, stellte das Glas ab, stand auf und zog ihren Pullover zurecht. Dann verließ sie den Raum, und sie hörten ihre Schritte im Korridor.

2

Der Leichenbeschauer, der den Fall übernommen hatte, hieß Ira Goldbloom und sah eher wie ein Schwede als wie ein Jude aus. Er war groß, mit heller Haut und so blondem Haar, daß es fast weiß wirkte; seine Augen waren blau mit vielen grauen Einsprengseln.

Jack und Rebecca fanden ihn oben im großen Schlafzimmer. Er hatte die Untersuchung der Leiche des Leibwächters in der Küche abgeschlossen, einen Blick auf Vince Vastagliano geworfen und holte gerade einige Instrumente aus seinem schwarzen Lederkoffer.

»Für einen Mann mit schwachem Magen«, sagte er, »habe ich mir den falschen Beruf ausgesucht.«

Jack sah, daß Goldbloom noch bleicher wirkte als gewöhnlich.

Rebecca sagte: »Wir glauben, daß diese beiden, der Charlie-Novello-Mord am Sonntag und der Coleson-Mord gestern etwas miteinander zu tun haben. Können Sie da eine Verbindung herstellen?«

»Vielleicht.«

»Nur vielleicht?«

»Ja, nun, es gibt da tatsächlich eine Möglichkeit, eine Beziehung herzustellen«, sagte Goldbloom. »Die Anzahl der Verletzungen... die Verstümmelung... es sind einige Ähnlichkeiten vorhanden. Aber wir müssen den Obduktionsbericht abwarten.«

Jack war überrascht. »Aber was ist mit den Wunden selbst? Stellen die kein Verbindungsglied dar?«

»Von der Anzahl her ja. Aber nicht vom Typ. Haben Sie sich die Verletzungen angesehen?«

»Auf den ersten Blick«, sagte Jack, »scheinen es irgendwelche Bisse zu sein. Rattenbisse, dachten wir.«

»Aber wir glauben, daß sie die *wirklichen* Verletzungen nur verdecken«, sagte Rebecca.

»Die Ratten kamen offensichtlich erst, nachdem die Männer schon tot waren. Richtig?« fragte Jack.

»Falsch«, widersprach Goldbloom. »Soweit ich nach einer Voruntersuchung feststellen kann, hat keines der beiden Opfer Stichverletzungen. Vielleicht ergeben sich bei Gewebeschnitten derartige Verletzungen unter einigen der Bisse, aber ich bezweifle es. Vastagliano und sein Leibwächter wurden heftig gebissen. Sie verbluteten an diesen Bissen. Dem Leibwächter wurden mindestens drei Arterien zerrissen, große Gefäße: die äußere Halsschlagader, die linke Armschlagader und die Femoralarterie am linken Oberschenkel. Vastagliano sieht noch schlimmer aus.«

Jack sagte. »Aber Ratten sind doch nicht so aggressiv, verdammt. Man wird einfach nicht in seinem eigenen Haus von Ratten überfallen.«

»Ich glaube auch nicht, daß es Ratten waren«, sagte Goldbloom. »Ich meine, ich habe schon Rattenbisse gesehen. Hin und wieder betrinkt sich ein Saufbruder in irgendeinem Durchgang und bekommt einen Herzanfall oder einen Schlaganfall direkt hinter der Mülltonne, wo ihn vielleicht zwei Tage lang niemand findet. Inzwischen gehen die Ratten dran. Daher weiß ich, wie Rattenbisse aussehen, und das hier scheint in mehreren Punkten einfach nicht dazuzupassen.«

»Könnten es... Hunde gewesen sein?« fragte Rebecca.

»Nein. Schon allein, weil die Bisse zu klein sind. Ich glaube, wir können auch Katzen ausschließen.«

»Irgendeine andere Idee?« fragte Jack.

»Nein. Es ist komisch. Vielleicht findet man bei der Obduktion etwas heraus.«

Rebecca sagte: »Wußten Sie, daß die Badezimmertür versperrt war, als die Polizisten eintrafen? Sie mußten sie aufbrechen.«

»Das habe ich gehört. Das Geheimnis des verschlossenen Zimmers«, sagte Goldbloom.

»Vielleicht ist es gar nicht so geheimnisvoll«, meinte Rebecca nachdenklich. »Wenn Vastagliano von irgendeinem Tier getötet wurde, dann war es vielleicht klein genug, um unter der Tür durchzukommen.«

Goldbloom schüttelte den Kopf. »Dazu hätte es *wirklich* klein sein müssen. Nein. Es war größer. Viel größer als der Spalt unter der Tür.«

»Wie groß, würden Sie ungefähr meinen?«

»Wie eine große Ratte.«

Rebecca überlegte einen Augenblick. Dann: »Da drin ist ein Ventil von einem Heizungsrohr. Vielleicht kam das Wesen durch das Rohr.«

»Aber über der Öffnung ist ein Gitter«, wandte Jack ein. »Und die Schlitze im Gitter sind noch schmäler als der Spalt unter der Tür.«

Rebecca machte zwei Schritte zum Bad hin, beugte sich durch die Tür und verdrehte sich den Hals, um hineinschauen zu können. Dann kam sie zurück und sagte: »Du hast recht. Und das Gitter sitzt fest an seinem Platz.«

»Und das kleine Fenster ist geschlossen.«

»Und verriegelt«, fügte Goldbloom hinzu.

Rebecca strich sich eine schimmernde Haarsträhne aus der Stirn. »Was ist mit den Abflußrohren? Könnte eine Ratte durch den Badewannenabfluß heraufkommen?«

»Nein«, sagte Goldbloom. »Nicht bei modernen Installationen.«

»Die Toilette?«

»Unwahrscheinlich.«

»Aber möglich?«

»Vorstellbar, nehme ich an. Aber wissen Sie, ich bin sicher, daß es nicht nur ein Tier war.«

»Wie viele?« wollte Rebecca wissen.

»Ich kann Ihnen unmöglich eine genaue Zahl nennen. Aber...

ich würde meinen, was immer es war, es müssen mindestens... ein Dutzend gewesen sein.«

»Gütiger Himmel«, sagte Jack.

»Vielleicht zwei Dutzend. Vielleicht auch noch mehr.«

»Wieso glauben Sie das?«

»Nun ja«, meinte Goldbloom. »Vastagliano war ein großer Mann, ein kräftiger Mann. Mit ein, zwei oder auch drei Tieren von der Größe einer Ratte wäre er fertig geworden, ganz gleich, was für Wesen das waren. Ja, höchstwahrscheinlich hätte er auch ein halbes Dutzend geschafft. Sicher, er wäre ein paarmal gebissen worden, aber er hätte sich wehren können. Vielleicht hätte er nicht alle töten können, aber ein paar hätte er erledigt und die übrigen in Schach gehalten. Deshalb sieht es für mich so aus, als müßten es so viele von den Wesen gewesen sein, eine solche Horde, daß sie ihn einfach überwältigten.«

»Und Ross, der Leibwächter«, fragte Rebecca. »Glauben Sie, daß er auch von vielen angegriffen wurde?«

»Ja«, sagte Goldbloom. »Hier gilt genau das gleiche.«

Rebecca stieß als Ausdruck ihrer Frustration ihren Atem durch die zusammengebissenen Zähne. »Damit ist das verschlossene Badezimmer noch schwieriger zu erklären. Nach allem, was ich gesehen habe, sind Vastagliano und sein Leibwächter offenbar beide in der Küche gewesen, um sich einen Mitternachtsimbiß herzurichten. Anscheinend begann der Angriff dort. Ross wurde schnell überwältigt, Vastagliano rannte davon. Er wurde gejagt, konnte die Eingangstür nicht erreichen, weil sie ihm den Weg abschnitten, und so lief er nach oben und schloß sich im Badezimmer ein. Nun, die Ratten – oder was immer – waren nicht da drin, als er die Tür zusperrte. Wie kamen sie also hinein?«

»Und wieder hinaus?« erinnerte Goldbloom.

»Es müssen die Abflußrohre sein, die Toilette.«

»Diese Möglichkeit habe ich wegen der Anzahl der Beteiligten ausgeschlossen«, sagte Goldbloom. »Selbst wenn es keine Siphons gäbe, die so gebaut sind, daß sie eine Ratte aufhalten können, und selbst wenn sie den Atem angehalten hätte und durch alle vorhandenen Wassersperren geschwommen wäre, kaufe ich Ihnen diese Erklärung einfach nicht ab. Denn wir reden hier von einem ganzen Rudel von Lebewesen, die auf diese Weise hereingerutscht sind, eins hinter dem anderen, wie ein Kommandotrupp meinetwegen. Ratten sind einfach nicht so schlau oder so... entschlossen. *Kein* Tier ist das. Es ergibt keinen Sinn.«

Endlich sagte Jack: »Noch etwas. Selbst wenn Vastagliano und sein Leibwächter von Massen dieser... dieser Dinger überwältigt worden wären, hätten sie doch ein paar getötet, oder nicht? Aber wir haben keine einzige tote Ratte und auch sonst nichts Totes gefunden – außer toten Menschen natürlich.«

»Und auch keinen Kot«, sagte Goldbloom.

»Keinen was?«

»Kot. Ausscheidungen. Wenn Dutzende von Tieren beteiligt gewesen wären, würde man Kot finden, wenigstens ein paar Häufchen, wahrscheinlich ganze Berge von Kot.«

»Wenn Sie Tierhaare finden...«

»Wir werden bestimmt danach suchen«, versicherte Goldbloom. »Wir saugen natürlich den Boden um jede Leiche herum ab und analysieren den Kehricht. Wenn wir ein paar Haare finden könnten, würde uns das sicher weiterhelfen.« Der Leichenbeschauer fuhr sich mit einer Hand über das Gesicht, als könne er damit seine Anspannung und seinen Ekel wegwischen und fortwerfen. Er rieb so fest, daß tatsächlich rote Flecken auf seinen Wangen entstanden, aber der gequälte Ausdruck wich nicht aus seinen Augen. »Da ist noch etwas, was mich beunruhigt. Die Opfer wurden nicht... gefressen. Gebissen, zerfleischt, aufgerissen... all das... aber soweit ich sehen kann, wurde kein Gramm Fleisch verzehrt. Ratten hätten die weichen Teile gefressen: Augen, Nase, Ohrläppchen, Hoden... Sie hätten die Körper aufgerissen, um an die Organe zu kommen. Das hätte auch jedes andere Raubtier und jeder Aasfresser gemacht. Aber in diesem Fall gab es nichts dergleichen. Diese Wesen töteten zielbewußt, rationell, systematisch... und verschwanden dann einfach wieder, ohne einen Fetzen ihrer Beute zu verschlingen. Das ist unnatürlich. Unheimlich. Welches Motiv, welche Kraft trieb sie? Und *warum*?«

3

Mrs. Quillen, Pennys Lehrerin in der Wellton-Schule, konnte nicht begreifen, warum ein Zerstörungswütiger nur einen Spind verwüstet haben sollte.

»Vielleicht wollte er sie alle kaputtmachen, bekam aber dann Bedenken. Oder vielleicht hat er mit deinem Spind angefangen, Penny, dann ein Geräusch gehört, hat gedacht, es käme jemand, hat Angst bekommen und ist davongelaufen. Aber die Schule ist nachts doch bombensicher verschlossen, und dann ist da außerdem noch die Alarmanlage. Wie ist er nur rein- und wieder rausgekommen?«

Penny wußte, daß es kein Zerstörungswütiger gewesen war. Sie wußte, daß es etwas viel Schlimmeres war. Sie wußte, daß die Verwüstung ihres Spinds irgendwie mit dem unheimlichen Erlebnis letzte Nacht in ihrem Zimmer zusammenhing. Aber sie wußte nicht, wie sie dieses Wissen artikulieren sollte, ohne daß sie sich anhörte wie ein Kind, das sich vor Gespenstern fürchtet, deshalb versuchte sie gar nicht erst, Mrs. Quillen die Dinge zu erklären, die sie, wenn sie ehrlich war, nicht einmal sich selbst erklären konnte.

Nach einigen Diskussionen, vielen Bekundungen von Mitgefühl und noch mehr Unverständnis schickte Mrs. Quillen Penny ins Untergeschoß, wo auf wohlgeordneten Lagerregalen die Lehrmittel und die Ersatzbücher aufbewahrt wurden.

»Hol dir alles, was kaputtgemacht wurde, Penny. Alle Bücher, neue Bleistifte, ein Ringbuch und Blätter dazu und einen neuen Block. Und trödle bitte nicht, in ein paar Minuten fängt die Mathematikstunde an, und du weißt, daß du in diesem Fach am meisten arbeiten mußt.«

Penny ging die Vordertreppe hinunter ins Erdgeschoß und blieb am Haupttor stehen, um durch die Facettenglastüren in die wirbelnden Schneeflocken hinauszuschauen, dann eilte sie durch den Gang zur Rückseite des Gebäudes, an der verlassenen Turnhalle und am Musiksaal vorbei, wo gerade eine Stunde anfing.

Die Kellertür befand sich ganz am Ende des Korridors. Sie öffnete sie und schaltete das Licht ein. Eine lange, schmale Treppe führte nach unten.

Sie erreichte den Fuß der Treppe. Ihre Schritte klangen hart und klar auf dem Betonboden und hallten hohl in einer entfernten Ecke wider.

Das Kellergeschoß zog sich unter dem ganzen Gebäude hin und war in zwei Räume unterteilt. Von der Treppe aus gesehen lag am anderen Ende der Heizungsraum, hinter einer schweren Feuertür aus Metall, die immer geschlossen war. Der größere der beiden Räume befand sich diesseits der Tür. In der Mitte stand ein Arbeitstisch, an den Wänden zogen sich freistehende Lagerregale aus Metall entlang, alle randvoll mit Büchern und Schreibmaterial.

Penny nahm sich einen Faltkorb von einem Ständer, klappte ihn auf und suchte sich die Sachen zusammen, die sie brauchte. Sie hatte gerade das letzte Schulbuch gefunden, als sie hinter sich ein seltsames Geräusch hörte. *Jenes* Geräusch. Das Zischen-Scharren-Brummeln, das sie letzte Nacht in ihrem Schlafzimmer gehört hatte.

Sie wirbelte herum.

So weit sie sehen konnte, war sie allein.

Das Problem war, daß sie nicht überallhin sehen konnte. Unter der Treppe ballten sich dichte Schatten. In einer Ecke des Raumes, drüben bei der Feuertür, war eine Deckenlampe ausgebrannt. In diesem Bereich hatten sich Schatten breitgemacht. Außerdem stand jedes Metallregal auf sechs Zoll hohen Füßen, und der Raum zwischen dem untersten Regalbrett und dem Fußboden wurde vom Licht nicht erfaßt. Es gab eine Menge Stellen, wo etwas Kleines, Flinkes sich verstecken konnte.

Sie wartete wie erstarrt, horchte; zehn lange Sekunden vergingen, dann fünfzehn, zwanzig, das Geräusch kam nicht wieder, und sie fragte sich schon, ob sie es wirklich gehört oder es sich nur eingebildet hatte; wieder vertickten ein paar Sekunden so langsam wie Minuten, aber dann hörte sie über sich, oben an der Treppe, einen dumpfen Knall: die Kellertür.

Sie hatte die Tür offengelassen.

Jemand oder etwas hatte sie soeben zugeworfen.

Den Korb mit Büchern und Schreibmaterial in einer Hand, ging Penny auf die Treppe zu, blieb aber unvermittelt stehen, als sie oben auf dem Treppenabsatz erneut Geräusche hörte. Zischen. Knurren. Murmeln. Klickende und kratzende Bewegungen.

Letzte Nacht hatte sie sich einreden wollen, daß das Wesen in ihrem Zimmer nicht wirklich dagewesen war, daß es nur die Nachwirkung eines Traumes gewesen war. Jetzt wußte sie, daß es mehr war als das. Aber was war es denn? Ein Geist? Aber ein Geist folgte einem doch nicht von einem Ort zum anderen. Nein, es war umgekehrt. Nicht *Menschen* wurden vom Spuk heimgesucht. In *Häusern* spukte es, und die Geister, die spukten, waren an einen Ort gebunden, bis ihre Seelen endlich Ruhe fanden; sie konnten diesen besonderen Ort, an dem sie spukten, nicht verlassen, konnten nicht einfach überall in der Stadt umherstreifen und ein bestimmtes junges Mädchen verfolgen.

Und doch war die Kellertür zugezogen worden.

Vielleicht war sie einfach von selbst zugefallen.

Vielleicht. Aber oben auf dem Treppenabsatz, wo sie nicht hinsehen konnte, bewegte sich etwas. Kein Luftzug. Etwas Seltsames.

Einbildung.

Ach ja?

Sie blieb an der Treppe stehen, schaute hinauf, versuchte zu erkennen, was es war, versuchte, sich zu beruhigen, indem sie eindringlich mit sich selbst sprach:

– ›Nun, wenn es kein Geist ist, was ist es dann?‹

– ›Etwas Schlimmes.‹

– ›Nicht unbedingt.‹

– ›Etwas sehr, sehr Schlimmes.‹

– ›Hör auf damit! Hör auf, dir selbst angst zu machen. Es hat letzte Nacht nicht versucht, dir etwas zu tun, oder?‹

– ›Nein.‹

– ›Na also. Dann bist du doch nicht in Gefahr.‹

– ›Aber jetzt ist es zurückgekommen.‹

Poch!

Die Lichter gingen aus.

Penny keuchte.

Das Pochen hörte auf.

In der plötzlichen Dunkelheit setzten die unheimlichen, so beunruhigend erwartungsvollen Geräusche auf allen Seiten ein, nicht nur auf dem Treppenabsatz über ihr, und sie entdeckte, daß sich in der beängstigenden Schwärze etwas bewegte. Da war nicht nur ein unbekanntes, unsichtbares Wesen mit ihr im Keller; es waren viele.

Aber was waren es für Wesen?

Etwas streifte ihren Fuß und flitzte dann in die unterirdische Dunkelheit davon.

Sie schrie. Es war laut, aber nicht laut genug. Ihre Stimme war nicht über den Keller hinausgedrungen.

Im selben Augenblick begann Mrs. March, die Musiklehrerin, im direkt darüberliegenden Musiksaal auf das Klavier einzuhämmern. Da oben fingen Kinder zu singen an. ›Frosty the Snowman‹. Sie probten für eine Weihnachtsfeier, die die Schule unmittelbar vor den Weihnachtsferien für die Eltern veranstalten wollte.

Nun würde ohnehin niemand Penny hören, auch wenn sie einen lauteren Schrei herausbrachte.

Wegen der Musik und des Singens konnte sie andererseits auch die Wesen nicht mehr hören, die sich im Dunkeln um sie herumbewegten. Aber sie waren noch da. Daran zweifelte sie nicht.

Sie atmete tief ein. Sie nahm sich fest vor, nicht den Kopf zu verlieren. Sie war doch kein *Kind* mehr.

Sie werden mir nichts tun, dachte sie.

Aber sie war nicht so recht überzeugt davon.

Vorsichtig schlich sie an den Fuß der Treppe, in einer Hand den Korb, die andere vor sich ausgestreckt, tastete sie sich voran, als ob sie blind wäre, was sie ebensogut hätte sein können.

Sie erreichte die Treppe und schaute hinauf. Tiefe, tiefe Schwärze. Mrs. March hämmerte immer noch auf dem Klavier herum, und die Kinder sangen immer noch von dem Schneemann, der lebendig geworden war.

Penny hob einen Fuß, fand die erste Stufe.

Über ihr, oben an der Treppe, erschienen nur wenige Zentimeter über dem Boden des Treppenabsatzes zwei Augen, wie körperlos, als schwebten sie in der Luft, obwohl sie zu einem Tier gehören mußten, das ungefähr so groß war wie eine Katze. Natürlich war es keine Katze. Sie wünschte, es wäre eine. Die Augen waren auch so groß wie die einer Katze, und sehr hell, nicht nur reflektierend, wie bei einer Katze, sondern so unnatürlich hell, daß sie wie zwei winzige Laternen glühten. Auch die Farbe war seltsam: weiß, mondbleich, mit einer ganz schwachen Spur Silberblau. Diese kalten Augen funkelten auf sie herab.

Sie nahm den Fuß von der ersten Stufe.

Das Geschöpf über ihr rutschte vom Treppenabsatz auf die oberste Stufe, näherte sich vorsichtig.

Penny wich zurück.

Das Ding stieg wieder zwei Stufen herab, nur an seinen starren Augen war zu erkennen, daß es sich bewegte. Die Dunkelheit verbarg seine Gestalt.

Schwer atmend, mit so laut klopfendem Herzen, daß es die Musik von oben übertönte, wich sie zurück, bis sie gegen ein Metallregal stieß. Nirgendwo konnte sie sich hinwenden, nirgendwo sich verstecken.

Das Ding war jetzt die Treppe zu einem Drittel heruntergekommen und kam immer näher. Penny spürte, daß sie pinkeln mußte. Sie lehnte sich mit dem Rücken gegen das Regal und preßte die Schenkel zusammen.

Das Ding war auf der Treppenmitte. Und wurde schneller.

Aus den Augenwinkeln bemerkte Penny, daß weiter rechts im Keller noch etwas war: ein weiches Blinken, ein Aufblitzen, ein Leuchten, eine Bewegung. Sie wagte es, den Blick von dem Geschöpf zu wenden, das vor ihr die Treppe herunterkam und schaute in den lichtlosen Raum – sofort wünschte sie, sie hätte es nicht getan.

Augen.

Silberweiße Augen.

Die Dunkelheit war voll davon. Zwei Augen glühten vom Boden zu ihr auf, kaum mehr als einen Meter entfernt, beobachteten sie mit kalter Gier. Wenig mehr als einen Fuß hinter dem ersten Paar waren noch zwei Augen. Vier weitere leuchteten eisig von einem Punkt, mindestens drei Fuß über dem Boden mitten im Raum, und einen Augenblick lang dachte sie, sie hätte die Größe der Geschöpfe falsch eingeschätzt, aber dann begriff sie, daß zwei davon auf den Arbeitstisch geklettert waren. Zwei, vier, sechs Augen*paare* spähten bösartig von verschiedenen Regalen an der gegenüberliegenden Wand zu ihr herüber. Drei weitere Paare befanden sich auf Fußbodenhöhe nahe an der Tür, die zum Heizraum führte. Einige waren völlig reglos; andere bewegten sich unruhig hin und her; wieder andere krochen langsam auf sie zu. Keines blinzelte. Aus dem Raum unter der Treppe kamen noch mehr. Ungefähr zwanzig von den Wesen waren da: vierzig hell leuchtende, bösartige, unirdische Augen.

Zitternd und wimmernd riß Penny den Blick von der dämonischen Horde im Keller los und schaute wieder zur Treppe.

Das einzelne Tier hatte vor nicht mehr als einer Minute begonnen, vom Treppenabsatz nach unten zu schleichen, und jetzt war es unten angekommen. Es stand auf der letzten Stufe.

4

Östlich und westlich von Vincent Vastaglianos Haus wohnten die Nachbarn in ebenso großen, behaglichen, elegant möblierten Häusern. In diese stattlichen Gebäude drang die Stadt nicht ein, und keiner der Bewohner hatte in der blutigen Mordnacht etwas Ungewöhnliches gehört.

Nach weniger als einer halben Stunde hatten Jack und Rebecca ihre Ermittlungen beendet und standen wieder auf dem Gehsteig. Sie zogen die Köpfe ein, um dem Wind, der stetig stärker geworden war, möglichst wenig Angriffsfläche zu bieten.

Die Schneeflocken fielen jetzt dichter. Die Straße war noch immer kahler, schwarzer Asphalt, aber bald würde sie mit einer frischen, weißen Haut prunken.

Jack und Rebecca gingen zurück zu Vastaglianos Haus und hatten es fast erreicht, als jemand sie anrief. Jack drehte sich um und sah Harry Ulbeck, den jungen Beamten, der vorher auf Vastaglianos Eingangsstufen Wache gehalten hatte; Harry beugte sich aus einem der drei Schwarzweißen, die am Randstein parkten. Er sagte etwas, aber der Wind zerriß seine Worte zu bedeutungslosen Lauten. Jack ging zum Wagen, beugte sich zum offenen Fenster hinunter und sagte: »Entschuldigen Sie, Harry, ich habe Sie nicht verstanden.« Dabei dampfte ihm der Atem in kalten, weißen Schwaden aus dem Mund.

»Kam gerade über Funk«, sagte Harry. »Sie sollen sofort kommen. Sie und Lieutenant Chandler.«

»Weshalb sollen wir kommen?«

»Sieht so aus, als hätte es mit dem Fall zu tun, an dem Sie arbeiten. Es hat noch mehr Morde gegeben. Ähnlich wie diese hier. Vielleicht noch schlimmer… noch blutiger.«

5

Die Augen waren ganz anders, als Augen sein sollten. Sie sahen eher aus wie Schlitze in einem Ofengitter, die einen kurzen Blick auf das Feuer dahinter freigaben. Ein silberweißes Feuer. Diese Augen hatten keine Iris, keine Pupillen wie menschliche und tierische Augen. Da war nur dieses wilde Leuchten, das weiße Licht aus dem Inneren heraus, pulsierend und flackernd.

Das Geschöpf auf der Treppe kroch von der letzten Stufe herunter auf den Kellerboden. Es schob sich auf Penny zu, blieb dann stehen und starrte zu ihr hinauf.

Sie konnte jetzt keinen einzigen Zoll mehr zurückweichen. Schon jetzt drückte eine der Metallverstrebungen schmerzhaft gegen ihre Schulterblätter.

Plötzlich merkte sie, daß die Musik aufgehört hatte. Im Keller war es still. Es war schon seit einiger Zeit still. Vielleicht eine halbe Minute. Starr vor Entsetzen hatte sie nicht sofort reagiert, als ›Frosty the Snowman‹ zu Ende war.

Verspätet öffnete sie den Mund und wollte um Hilfe schreien, aber da setzte das Klavier wieder ein. Diesmal war es ›Rudolph the Red-Nosed Reindeer‹, und das war noch lauter als das erste Lied.

Das Wesen am Fuß der Treppe fuhr fort, sie anzustarren, und obwohl seine Augen ganz anders waren als die eines Tigers, wurde sie dennoch an das Bild eines Tigers erinnert, das sie in einer Illustrierten gesehen hatte. Die Augen auf diesem Foto und die seltsamen Augen hier sahen sich absolut nicht ähnlich, und doch hatten sie etwas gemeinsam: es waren Raubtieraugen. Rechts von ihr begannen sich die anderen Geschöpfe im Keller zu regen, fast gleichzeitig, und alle hatten sie dasselbe Ziel. Sie fuhr zu ihnen herum, ihr Herz raste, der Atem stockte ihr in der Kehle.

Am Leuchten der Silberaugen konnte sie erkennen, daß sie von den Regalen herunterkamen, auf denen sie gehockt hatten.

Jetzt holen sie mich.

Die beiden auf dem Arbeitstisch sprangen auf den Boden.

Penny schrie, so laut sie konnte.

Die Musik hörte nicht auf. Kam nicht einmal aus dem Takt.

Niemand hatte sie gehört.

Bis auf das eine Geschöpf am Fuß der Treppe hatten sich alle zusammengerottet. Ihre lodernden Augen sahen aus wie funkelnde Diamanten auf schwarzem Samt.

Keines kam näher. Sie warteten.

Sie wandte sich wieder der Treppe zu.

Jetzt bewegte sich auch die Bestie am Fuß der Treppe. Aber sie kam nicht auf sie zu. Sie flitzte in den Keller und schloß sich ihren Artgenossen an.

Die Treppe war frei, wenn auch dunkel.

Das ist nur ein Trick.

Soweit sie sehen konnte, würde sie nichts daran hindern, die Treppe hinaufzusteigen, so schnell sie konnte.

Es ist eine Falle.

Die flackernden, eisweißen Augen beobachteten sie.

Mrs. March hämmerte auf das Klavier ein.

Die Kinder sangen.

Penny sprang mit einem Satz von den Regalen weg, stürzte zur Treppe und rannte hinauf.

Auf jeder Stufe rechnete sie damit, daß die Dinge sie in die Fersen beißen, sich an ihr festkrallen und sie hinunterziehen würden. Einmal stolperte sie, wäre beinahe gefallen, erwischte dann aber mit ihrer freien Hand das Geländer und lief weiter. Die oberste Stufe. Der Treppenabsatz. Im Dunkeln nach dem Türknopf tasten. Der Korridor. Licht. Sicherheit. Sie warf die Tür hinter sich zu. Lehnte sich dagegen. Keuchte.

Im Musiksaal sangen sie immer noch ›Rudolph the Red-Nosed Reindeer‹.

Der Korridor war menschenleer.

Schwindlig, mit wackeligen Beinen rutschte Penny auf den Boden und setzte sich, den Rücken gegen die Tür gelehnt. Sie ließ den Korb los. Sie hatte ihn so fest umklammert, daß der Griff einen Abdruck auf ihrer Handfläche hinterlassen hatte. Ihre Hand schmerzte.

Das Lied war zu Ende.

Ein neues Lied. ›Silver Bells‹.

Allmählich kam Penny wieder zu sich, beruhigte sich und konnte klar denken. Was waren das für abscheuliche kleine Wesen? Wo kamen sie her? Was wollten sie von ihr?

Das klare Denken half gar nichts. Ihr fiel keine einzige annehmbare Antwort ein.

Eine Menge wirklich blöder Antworten kam ihr jedoch ständig in den Sinn: Kobolde, Wichte, Unholde... Himmel. Es konnte nichts dergleichen sein. Das war doch das wirkliche Leben und kein Märchen.

Wie konnte sie jemandem von ihrem Erlebnis im Keller erzählen, ohne einen kindischen oder, noch schlimmer, sogar leicht verrückten Eindruck zu machen? Natürlich vermieden die Erwachsenen den Ausdruck ›verrückt‹ Kindern gegenüber. Man konnte so verrückt sein, daß man in die Klapsmühle gehörte, schnattern wie ein Blödmann, in Möbel beißen, Katzen anzünden und mit Ziegelmauern reden; solange man noch ein Kind war, würden sie – zumindest in der Öffentlichkeit – schlimmstenfalls sagen, man sei ›emotionell gestört‹, obwohl sie damit nichts anderes meinten als ›verrückt‹. Wenn sie Mrs. Quillen oder ihrem Vater oder sonst einem Erwachsenen von den Wesen erzählte, die sie im Schulkeller gesehen hatte, würden alle meinen, sie wolle nur Aufmerksamkeit und Mitleid erregen; sie würden glauben, sie habe den Tod ihrer Mutter immer noch nicht verwunden. Ein paar Monate, nachdem ihre Mutter gestorben war, war Penny tatsächlich in schlechter Verfassung gewesen, verwirrt, zornig, verängstigt, ein Problem für ihren Vater und sich selbst. Sie hatte eine Zeitlang Hilfe gebraucht. Wenn sie jetzt von den Wesen im Keller erzählte, würden alle glauben, daß sie wieder Hilfe brauchte. Man würde sie zu einem ›Berater‹ schicken, der in Wirklichkeit ein Psychologe oder irgendeine andere Art von Irrenarzt war, und alle würden für sie tun, was sie konnten, sie würden ihr soviel Aufmerksamkeit und Mitgefühl wie möglich entgegenbringen und alle möglichen Behandlungsmethoden anwenden, aber sie würden ihr einfach nicht *glauben* – bis sie mit eigenen Augen die Wesen sahen, die sie gesehen hatte.

Oder bis es zu spät war.

Ja, *dann* würden sie ihr alle glauben – wenn sie tot war.

Sie hatte nicht den geringsten Zweifel, daß die Wesen mit den feurigen Augen früher oder später versuchen würden, sie zu töten. Sie wußte nicht, *warum* sie sie töten wollten, aber sie spürte ihre böse Absicht, ihren Haß. Bisher hatten sie ihr zwar nichts getan, aber sie wurden immer dreister. Das eine Wesen, letzte Nacht in ihrem Schlafzimmer, hatte außer dem Plastikbaseballschläger, mit dem sie nach ihm gestochert hatte, nichts beschädigt, aber heute morgen waren sie schon so dreist geworden, daß sie den Inhalt ihres Spinds zerstört hatten. Und jetzt hatten sie sich, noch dreister, gezeigt und sie bedroht.

Sie schauderte.

Was soll ich nur tun? überlegte sie verzweifelt. *Was soll ich tun?*

6

Das Hotel, eines der besten in der Stadt, lag am Central Park. Es war dasselbe Hotel, in dem Jack und Linda vor dreizehn Jahren ihre Flitterwochen verbracht hatten. Die Bahamas, Florida oder auch nur die Catskills hatten sie sich nicht leisten können. In den achtzehn Monaten seit Lindas Beerdigung hatte Jack oft an die Bahamas gedacht, die ihm nun für immer vergällt waren, und auch an dieses Hotel.

Die Morde waren im sechzehnten Stock begangen worden; zwei Streifenpolizisten – Yeager und Tufton – waren jetzt dort am Lift postiert. Sie ließen niemanden durch, außer man hatte einen Polizeiausweis oder konnte beweisen, daß man eingeschriebener Gast war und auf dieser Etage sein Zimmer hatte.

»Wer waren die Opfer?« fragte Rebecca Yeager. »Gewöhnliche Bürger?«

»Nein«, antwortete Yeager. Er war schlaksig und hatte riesige, gelbe Zähne. Jedesmal, wenn er eine Pause machte, fuhr er mit der Zunge über seine Zähne und leckte daran herum. »Zwei davon waren offensichtlich professionelle Muskelprotze.«

»Sie kennen den Typ«, sagte Tufton, als Yeager verstummte, um wieder in seinen Zähnen zu stochern. »Groß, große Hände, große

Arme; man könnte auf ihrem Nacken einen Axtstiel zerbrechen, und die würden es nur für einen plötzlichen Windstoß halten.«

»Der dritte«, sagte Yeager, »war einer von den Carramazzas.« Er unterbrach sich; seine Zunge schnellte heraus und fuhr über die oberen Zähne. »Noch dazu aus der engsten Verwandtschaft.« Er scheuerte mit der Zunge über die unteren Zähne. »Genauer gesagt...« stocher, stocher, »...es ist Dominick Carramazza.«

»Oh, Scheiße!« entfuhr es Jack. »Gennaros *Bruder*?«

»Ja, der kleine Bruder des Paten, sein Lieblingsbruder, seine rechte Hand«, erklärte Tufton schnell, ehe Yeager zu einer Antwort ansetzen konnte. Tufton war mit dem Reden schnell bei der Hand, er hatte ein scharfgeschnittenes Gesicht, einen eckigen Körper und bewegte sich schnell, mit energischen, rationellen Gesten. Yeagers Langsamkeit muß ein ständiges Ärgernis für ihn sein, dachte Jack. »Und sie haben ihn nicht nur getötet. Sie haben ihn ziemlich schlimm zugerichtet. Kein Bestattungsunternehmer auf der Welt kann Dominick so zusammenflicken, daß er aufgebahrt werden kann, und Sie wissen doch, wie wichtig Beerdigungen für diese Sizilianer sind.«

»Jetzt wird auf den Straßen Blut fließen«, sagte Jack müde.

»Ein Bandenkrieg, wie wir ihn seit Jahren nicht erlebt haben«, stimmte Tufton zu.

Rebecca fragte: »Dominick...? Ist das nicht der, der den ganzen Sommer über in den Schlagzeilen war?«

»Ja«, sagte Yeager. »Der Staatsanwalt dachte, er könnte ihn festnageln, wegen...«

Als Yeager sich unterbrach, um seine gelben Zähne mit seiner großen rosa Zunge abzuwischen, sagte Tufton schnell: »Handel mit Rauschgift. Er ist für die gesamte Rauschgiftorganisation der Carramazzas zuständig. Sie versuchen seit zwanzig Jahren, vielleicht auch schon länger, ihn hinter Schloß und Riegel zu bringen, aber er ist ein Fuchs. Er geht immer als freier Mann aus dem Gerichtssaal.«

»Was hatte er wohl hier im Hotel zu suchen?« überlegte Jack.

»Ich glaube, er war untergetaucht«, sagte Tufton.

»Hat sich unter falschem Namen eingetragen«, fügte Yeager hinzu.

Tufton sagte: »Hat sich mit diesen beiden Gorillas als Schutztruppe hier verkrochen. Sie müssen gewußt haben, daß man es auf ihn abgesehen hatte, aber es hat ihn trotzdem getroffen.«

»Getroffen?« fragte Yeager verächtlich. Er hielt inne, um seine Zähne zu bearbeiten und ließ dabei ein unangenehm saugendes

Geräusch hören. Dann: »Verdammt, das war mehr als nur ein Treffer. Das war völlige Vernichtung. Es war verrückt, völlig ausgeflippt; genau *das* war es. Gott, wenn ich es nicht besser wüßte, würde ich sagen, die drei hier sind *zerbissen* worden, einfach in Stücke gebissen.«

Der Schauplatz des Verbrechens war eine Zwei-Zimmer-Suite. Die Tür war von den Polizisten eingeschlagen worden, die als erste den Tatort erreicht hatten. Ein Polizeiarzt, ein Polizeifotograf und zwei Labortechniker waren in den beiden Räumen an der Arbeit.

Der Salon, ganz in Beige und Königsblau gehalten, war elegant eingerichtet – eine geschmackvolle Zusammenstellung von Stükken im französischen Landhausstil und schlichten, modernen Möbeln. Der Raum hätte warm und einladend gewirkt, wäre er nicht über und über mit Blut bespritzt gewesen.

Die erste Leiche lag ausgestreckt am Boden des Salons, neben einem umgestürzten, ovalen Kaffeetisch. Ein Mann in den Dreißigern. Groß, stämmig. Seine dunkle Hose war zerrissen. Auch sein weißes Hemd war zerrissen und hatte an vielen Stellen rote Flekken. Der Mann befand sich im gleichen Zustand wie Vastagliano und Ross: zerbissen, zerfleischt.

Jack war schlecht.

»Das ist ein verdammtes Schlachthaus«, sagte Rebecca.

Der Tote hatte eine Pistole getragen. Das Schulterhalfter war leer. Eine .38 mit Schalldämpfer lag neben ihm.

Jack sprach einen der Labortechniker an, der langsam im Salon herumging und von verschiedenen Flecken Blutproben nahm. »Sie haben die Pistole nicht angerührt?«

»Natürlich nicht«, sagte der Techniker. »Wir bringen sie in einer Plastiktüte ins Labor und sehen, ob wir irgendwelche Fingerabdrücke feststellen können.«

»Ich habe nur überlegt, ob sie abgefeuert worden ist«, sagte Jack.

»Tja, das ist fast sicher. Wir haben vier leere Patronenhülsen gefunden.«

»Vom gleichen Kaliber wie die Waffe?«

»Ja.«

»Haben Sie auch Kugeln gefunden?« fragte Rebecca.

»Alle vier«, sagte der Techniker. Er streckte den Finger aus: »Zwei in dieser Wand, eine im Türrahmen da drüben, und eine steckte mitten im Polsterknopf am Rücken dieses Sessels.«

Jack fragte: »Wie konnte er auf so kurze Distanz viermal danebenschießen?«

»Ich will verdammt sein, wenn ich das weiß«, sagte der Techniker. Er zuckte die Achseln und ging wieder an seine Arbeit.

Das Schlafzimmer war noch schlimmer mit Blut besudelt als der Salon. Hier lagen zwei tote Männer.

Auch zwei lebendige Männer waren da. Ein Polizeifotograf knipste die Leichen aus jedem Blickwinkel. Ein Leichenbeschauer namens Brendan Mulgrew, ein großer, hagerer Mann mit vorspringendem Adamsapfel, studierte die Lage der beiden Leichen.

Eines der Opfer lag auf dem großen Bett, mit dem Kopf am Fußende, die bloßen Füße zum Kopfende zeigend, eine Hand an der zerrissenen Kehle, die andere an der Seite, die Handfläche offen und nach oben gerichtet. Der Mann war mit einem Bademantel und mit Blut bekleidet.

»Dominick Carramazza«, sagte Jack.

Mit einem Blick auf das zerstörte Gesicht fragte Rebecca: »Woran erkennst du das?«

»Ich ahne es eher.«

Der zweite Tote lag auf dem Fußboden, flach auf dem Bauch, den Kopf auf eine Seite gewendet, das Gesicht war in Fetzen gerissen. Er war genauso gekleidet wie der im Salon: weißes Hemd mit offenem Kragen, dunkle Hose, Schulterhalfter.

Die Opfer im Schlafzimmer waren beide bewaffnet gewesen. Beiden hatten die Waffen ebensowenig genützt wie dem Mann im Salon.

Jack sagte zu Mulgrew: »Sieht es so aus, als seien beide Waffen abgefeuert worden?«

Der Leichenbeschauer nickte. »Ja, den ausgeworfenen Patronenhülsen nach zu urteilen wurde das Magazin der Pistole völlig geleert. Zehn Schuß. Der Bursche mit der .357 Magnum hat fünf Schüsse rausgekriegt.«

»Und seinen Angreifer nicht getroffen«, stellte Rebecca fest.

Sie mußten beiseite treten, um dem Fotografen Platz zu machen.

Jack bemerkte zwei eindrucksvolle Löcher in der Wand links vom Bett. »Sind die von der .357?«

»Ja«, sagte Mulgrew. Er schluckte krampfhaft; sein Adamsapfel hüpfte auf und ab. »Beide Geschosse gingen durch die Wand ins nächste Zimmer.«

»Himmel. Ist da drüben jemand verletzt?«

»Nein. Aber es war knapp. Der Kerl im Nebenzimmer tobt vor Wut.«

»Das kann ich ihm nicht verdenken«, sagte Jack.

»Hat schon jemand seine Geschichte aufgenommen?« erkundigte sich Rebecca.

»Er hat möglicherweise mit den Uniformierten gesprochen«, sagte Mulgrew. »Aber ich glaube, von einem Kriminalbeamten wurde er noch nicht offiziell befragt.«

Rebecca sah Jack an. »Dann holen wir ihn uns, solange er noch frisch ist.«

»Gut. Augenblick noch.« Jack fragte Mulgrew: »Diese drei Opfer... wurden sie zu Tode gebissen?«

»Sieht so aus.«

»Rattenbisse?«

»Ich würde lieber auf den Laborbericht warten, die Obduktion...«

»Ich möchte nur eine *inoffizielle* Meinung«, sagte Jack.

»Tja... inoffiziell... keine Ratten.«

»Hunde? Katzen?«

»Höchst unwahrscheinlich.«

»Haben Sie Kothäufchen gefunden?«

Mulgrew war überrascht. »Ich habe daran gedacht, aber es ist komisch, daß Sie darauf kommen. Ich habe überall gesucht. Kein einziges Stückchen Kot.«

»Sonst etwas Ungewöhnliches?«

»Sie haben die Tür bemerkt, nicht wahr?«

»Davon abgesehen.«

»Reicht das nicht?« fragte Mulgrew erstaunt. »Hören Sie, die ersten zwei Leute am Tatort mußten die Tür einschlagen, um reinzukommen. Die Suite war fest verschlossen – von innen. Die Fenster sind ebenfalls von innen verschlossen, und zusätzlich sind sie, glaube ich, mit Farbe verklebt. Also... ganz gleich, ob es nun Menschen oder Tiere waren, wie sind die Mörder rausgekommen? Sie haben es mit dem Geheimnis des verschlossenen Zimmers zu tun. Ich halte das für ziemlich ungewöhnlich. Sie nicht?«

Jack seufzte. »Eigentlich wird es allmählich das Übliche.«

7

Der nächste Raum auf dem Korridor, an dem die Suite des verstorbenen Dominick Carramazza lag, war geräumig und freundlich, mit einem großen Bett, einem Schreibtisch, einem Toilettenschrank, einer Kommode und zwei Stühlen. Er war in Korallenrot mit türkisfarbenen Einsprengseln gehalten.

Burt Wicke, der Bewohner, war Ende Vierzig. Er war etwa sechs Fuß groß und hatte früher einmal einen kompakten, kräftigen Körper besessen, aber jetzt war alles feste Fleisch in Fett eingebettet. Seine Schultern waren breit, aber gerundet, und er hatte einen mächtigen Brustkorb; der Bauch hing ihm über den Gürtel, und als er auf der Bettkante saß, spannten sich die Hosen straff um seine massigen Schenkel.

Seine Stimme überraschte Jack, sie war höher, als er erwartet hatte.

»Ich habe hier im Zimmer gefrühstückt. Ich stand gerade im Bad und kämmte mich, als ich jemanden rufen hörte. Dann schreien. Ich trat aus dem Bad und lauschte, und ich war ziemlich sicher, daß das alles von nebenan kam. Es war mehr als eine Stimme.«

»Was riefen sie?« fragte Rebecca.

»Hörte sich überrascht an, erschrocken. Verängstigt. Ja, richtiggehend verängstigt.«

»Nein, ich meine – können Sie sich an irgendwelche Worte erinnern?«

»Keine Worte.«

»Oder vielleicht Namen?«

»Sie riefen keine Worte und keine Namen; nichts dergleichen.«

»Was riefen sie denn?«

»Tja, vielleicht waren es sogar Worte oder Namen oder beides, aber so deutlich konnte man das durch die Wand nicht hören. Es war – einfach Lärm.«

»Und was dann?« fragte Rebecca.

»Tja, das Rufen dauerte nicht lange. Dann ging fast sofort die Schießerei los.«

»Diese beiden Geschosse kamen durch die Wand?« fragte Jack und deutete auf die Löcher.

»Nicht gleich. Vielleicht eine Minute später. Und woraus ist diese Hütte zum Teufel eigentlich gebaut, wenn die Wände nicht mal 'ne Kugel abhalten können?«

»Es war eine .357 Magnum«, erklärte Jack. »Die hält nichts auf.«

»Wände wie Toilettenpapier«, sagte Wicke, der nichts hören wollte, was vielleicht zur Entlastung des Hotels beitragen konnte. Er ging zum Telefon, das auf einem Nachttisch neben dem Bett stand, und legte die Hand auf den Hörer. »Sobald die Schießerei anfing, rannte ich hier herüber, wählte die Nummer der Hotelvermittlung und sagte der Frau, sie solle die Polizei holen. Es dauerte *sehr* lange, bis sie kam. Dauert es in dieser Stadt immer so lange, bis Sie kommen, wenn jemand Hilfe braucht?«

»Wir tun, was wir können«, sagte Jack.

»Ich legte also den Hörer auf und zögerte; ich wußte nicht, was ich tun sollte, und so blieb ich einfach stehen und hörte zu, wie sie da drüben schrien und schossen, und dann fiel mir ein, daß ich vielleicht in der Schußlinie war, deshalb wollte ich ins Bad zurück, ich dachte, ich verkrieche mich dort, bis alles vorbei ist, und dann, ganz plötzlich, Jesus, da stand ich wirklich in der Schußlinie. Der erste Schuß kam durch die Wand und verfehlte mein Gesicht um vielleicht sechs Zoll. Der zweite war noch näher. Ich ließ mich auf den Boden fallen und preßte mich gegen den Teppich, aber das waren die beiden letzten Schüsse, und ein paar Sekunden später waren auch keine Schreie mehr zu hören.«

»Und was dann?« fragte Jack.

»Dann wartete ich auf die Polizei.«

»Sie sind nicht auf den Korridor hinausgegangen?«

»Warum sollte ich?«

»Um nachzusehen, was passiert ist.«

»Sind Sie verrückt? Wie sollte ich wissen, wer da draußen im Korridor war? Vielleicht war einer von denen noch draußen und hatte seine Pistole dabei.«

»Sie haben also niemand gesehen? Oder etwas Wichtiges gehört, einen Namen vielleicht?«

»Das habe ich Ihnen doch schon gesagt – nein.«

Sie standen auf, und Burt Wicke – immer noch nervös – sagte: »Das war von Anfang an eine scheußliche Reise, absolut scheußlich. Erst mußte ich während des ganzen Fluges von Chicago neben einer kleinen alten Dame aus Peorio sitzen, die den Mund nicht halten konnte. Langweilige alte Hexe. Dann geriet das Flugzeug in Turbulenzen, wie Sie es nicht für möglich halten würden. Dann gehen mir gestern zwei Geschäfte durch die Lappen, und ich muß feststellen, daß es in meinem Hotel Ratten gibt, in einem so *teuren* Hotel wie diesem...«

»Ratten?« fragte Jack.

»Hm?«

»Sie sagten, in dem Hotel gibt es Ratten.«

»Tja, das stimmt auch.«

»Haben Sie sie gesehen?« fragte Rebecca.

»Es ist eine Schande«, sagte Wicke. »Ein Haus wie dieses, mit so einem mordsmäßigen Ruf, und dann wimmelt es von Ratten.«

»Haben Sie sie gesehen?« wiederholte Rebecca.

Wicke legte den Kopf schief und runzelte die Stirn. »Warum interessieren Sie sich so für Ratten? Das hat doch nichts mit den Morden zu tun.«

»Haben Sie sie nun gesehen?« wiederholte Rebecca etwas schärfer.

»Nicht direkt. Aber ich habe sie gehört. In den Wänden.«

»Sie haben Ratten in den Wänden gehört?«

»Tja, eigentlich im Heizungssystem. Es hörte sich an, als seien sie ganz nahe, als wären sie direkt hier in diesen Wänden, aber Sie wissen ja, wie diese hohlen Heizungsrohre aus Metall den Schall übertragen können. Die Ratten könnten auch auf einer anderen Etage gewesen sein, sogar in einem anderen Flügel, aber sie hörten sich wirklich ganz nahe an. Ich stieg auf den Schreibtisch hier und legte das Ohr an das Gebläse, und ich schwöre, die können nicht mehr als ein paar Zoll entfernt gewesen sein. Sie quiekten. Ein komisches Quieken. Schnatternde, zwitschernde Geräusche. Vielleicht ein halbes Dutzend, so wie es sich anhörte. Ich konnte hören, wie ihre Krallen auf Metall kratzten – ein Schaben und Rasseln, bei dem ich eine Gänsehaut bekam. Ich habe mich beschwert, aber die Direktion hier kümmert sich ja nicht um Beschwerden.«

Rebecca fragte: »Wann haben Sie die Ratten gehört?«

»Heute morgen. Gleich nachdem ich mit dem Frühstück fertig war, telefonierte ich mit dem Empfang, um denen zu sagen, wie gräßlich das Essen war, das sie einem aufs Zimmer servieren. Nach einem höchst unbefriedigenden Gespräch mit dem diensthabenden Angestellten legte ich auf – und genau in diesem Augenblick hörte ich die Ratten. Nachdem ich ihnen eine Weile zugehört hatte und völlig sicher war, daß es sich wirklich um Ratten handelte, rief ich den Manager persönlich an, um mich *darüber* zu beschweren, wieder mit unbefriedigendem Ergebnis. Daraufhin faßte ich den Entschluß, mich zu duschen, mich anzuziehen, meine Koffer zu packen und mir noch vor meinem ersten Termin heute ein anderes Hotel zu suchen.«

»Wissen Sie noch, wann genau Sie die Ratten gehört haben?«

»Nicht auf die Minute. Aber es muß so gegen acht Uhr dreißig gewesen sein.«

Jack warf Rebecca einen Blick zu. »Etwa eine Stunde, ehe nebenan die Morde begangen wurden.«

Sie wirkte verstört. Sie sagte: »Das wird ja immer verrückter.«

8

In der Todessuite lagen die drei verstümmelten Leichen immer noch so, wie sie hingefallen waren.

Die Laborleute waren mit ihrer Arbeit fertig. Im Salon saugte einer von ihnen den Teppich um die Leiche herum ab. Den Staub würde man später analysieren.

Jack und Rebecca gingen zum nächsten Heizungsschlitz, einer ein Fuß mal acht Zoll großen, rechteckigen, ein paar Zoll unterhalb der Decke an die Wand montierten Platte. Jack stellte einen Stuhl darunter, stieg hinauf und untersuchte das Gitter.

Er sagte: »Am Ende des Rohrs führt ein nach innen gebogener Flansch ganz herum. Die Schrauben gehen durch den Rand des Gitters und durch den Flansch.«

»Von hier aus«, sagte Rebecca, »sehe ich zwei Schraubenköpfe.«

»Mehr sind auch nicht da. Aber wenn etwas aus dem Rohr heraus will, müßte es zumindest eine dieser Schrauben entfernen, um das Gitter zu lockern.«

»Und so schlau ist keine Ratte«, sagte sie.

»Selbst wenn es eine schlaue Ratte wäre, so schlau wie keine andere Ratte, die Gott jemals auf diese Erde setzte, ein regelrechter Albert Einstein des Rattenreiches, könnte sie diese Aufgabe trotzdem nicht lösen. Auf der Innenseite des Rohrs hätte sie es mit dem spitzen Ende der Schraube zu tun, die außerdem ein Gewinde hat. Mit den Pfoten allein könnte sie das verdammte Ding nicht fassen und drehen.«

»Und mit den Zähnen auch nicht.«

»Nein. Dazu braucht man Finger.«

Das Rohr war natürlich viel zu eng, als daß ein Mann – oder auch nur ein Kind – hätte durchkriechen können.

Rebecca sagte: »Nehmen wir mal an, daß viele Ratten, ein paar Dutzend, sich hintereinander in das Rohr zwängen und sich alle

Mühe geben, durch ein Lüftungsgitter hinauszukommen. Wenn eine ganze Horde von der anderen Seite des Gitters genügend Druck ausübte, könnten sie dann vielleicht die Schrauben durch den Flansch schieben und das Gitter in den Raum stoßen, um sich den Weg freizumachen?«

»Vielleicht«, sagte Jack ziemlich skeptisch. »Sogar das klingt mir für Ratten zu raffiniert. Ich nehme aber an, wenn die Löcher im Flansch viel größer wären als die durchgeschobenen Schrauben, würde sich das Gewinde nicht verhaken, und das Gitter könnte weggestoßen werden.«

Er rüttelte an der Lüftungsplatte, die er gerade untersucht hatte. Sie ließ sich ein wenig hin- und her- und auf- und abschieben, aber nicht viel.

Er sagte: »Die hier ist fest eingepaßt.«

»Vielleicht ist eine von den anderen lockerer.«

Jack stieg vom Stuhl herunter und stellte ihn an seinen Platz zurück.

Sie durchsuchten die Suite, bis sie alle Heizungsschlitze überprüft hatten: zwei im Salon, einen im Schlafzimmer und einen im Bad. An jedem Auslaß saß das Gitter fest in der Öffnung.

»Durch die Heizungsrohre ist nichts in die Suite gelangt«, sagte Jack. »Ich kann mir vielleicht noch einreden, daß Ratten sich gegen die Rückseite des Gitters stemmen und es wegdrücken könnten, aber ich werde auch in einer Million Jahre nicht glauben, daß sie durch denselben Schacht wieder verschwunden sind und es irgendwie geschafft haben, das Gitter hinter sich wieder einzusetzen. Keine Ratte – kein Tier, das du mir nennen kannst – könnte so gut abgerichtet, so geschickt sein.«

»Nein. Natürlich nicht. Das ist lächerlich.«

»Also«, sagte er.

»Also«, sagte sie. Sie seufzte. »Dann hältst du es also für einen merkwürdigen Zufall, daß die Männer hier offenbar zu Tode gebissen wurden, kurz nachdem Wicke Ratten in den Wänden hörte?«

»Ich mag Zufälle nicht«, sagte er.

»Ich auch nicht.«

»Gewöhnlich stellt sich heraus, daß es gar keine Zufälle sind.«

»Genau.«

»Aber trotzdem ist es die einzige Möglichkeit. Zufall, meine ich. Es sei denn...«

»Es sei denn was?«

»Es sei denn, du willst Voodoo, schwarze Magie und so weiter in Betracht ziehen…«
»Nein, danke.«
»…Dämonen, die durch die Wände kriechen…«
»Jack, in Gottes Namen!«
»…herauskommen, um zu morden, wieder mit der Wand verschmelzen und einfach verschwinden.«
»Ich höre mir das nicht länger an.«
Er lächelte. »Ich mache doch nur Spaß, Rebecca.«
»Den Teufel tust du. Du meinst vielleicht, daß du diesem Hokuspokus keinen Glauben schenkst, aber tief im Inneren gibt es einen Teil von dir, der…«
»Übermäßig aufgeschlossen ist«, vollendete er.
»Wenn du unbedingt Witze darüber machen willst…«
»Das will ich. Unbedingt.«
»Aber es ist trotzdem wahr.«
»Ich bin vielleicht übermäßig aufgeschlossen, wenn das überhaupt möglich ist…«
»Das ist es.«
»…aber wenigstens bin ich nicht unflexibel.«
»Ich auch nicht.«
»Oder habe Angst.«
»Was willst du damit sagen?«
»Denk selber darüber nach.«
»Willst du damit etwa sagen, daß ich Angst habe?«
»Hast du denn keine, Rebecca?«
»Wovor?«
»Zum Beispiel vor gestern nacht.«
»Red keinen Unsinn.«
»Dann laß uns darüber sprechen.«
»Nicht jetzt.«
Er sah auf seine Uhr. »Zwanzig nach elf. Um zwölf machen wir Mittagspause. Du hast mir versprochen, beim Mittagessen darüber zu reden.«
»Ich sagte, *wenn* wir Zeit zum Mittagessen haben.«
»Wir werden Zeit haben.«
»Du bist unmöglich, Jack.«
»Fest entschlossen.«
»Verdammt.«
»Und außerdem reizend«, behauptete er.
Sie war offensichtlich nicht seiner Ansicht. Sie entfernte sich. An-

scheinend sah sie sich lieber eine von den verstümmelten Leichen an.

Hinter dem Fenster fiel der Schnee jetzt sehr dicht. Der Himmel war grau. Obwohl es noch nicht einmal Mittag war, sah es draußen aus, als dämmere es schon.

9

Lavelle trat aus der Hintertür des Hauses. Er ging zum Ende der Veranda und stieg drei Stufen hinunter. Er blieb am Rand des verdorrten braunen Rasens stehen und blickte hinauf in das wirbelnde Chaos der Schneeflocken.

Er hatte noch nie Schnee gesehen. Auf Bildern natürlich schon. Aber nicht in Wirklichkeit. Bis zum letzten Frühjahr hatte er sein ganzes Leben – dreißig Jahre – auf Haiti, in der Dominikanischen Republik, auf Jamaica und auf mehreren anderen Karibischen Inseln verbracht.

Er hatte erwartet, daß der Winter in New York für jemanden, der nicht daran gewöhnt war, unangenehm, sogar beschwerlich sein würde. Sehr zu seiner Überraschung hatte er ihn jedoch bisher als erregend und positiv empfunden.

Außerdem hatte er in dieser großen Stadt ein gewaltiges Reservoir der Macht entdeckt, auf die er für seine Arbeit angewiesen war: die unendlich nützliche Macht des Bösen. Natürlich blühte das Böse überall, auch auf dem Lande und in den Vororten, nicht nur innerhalb der Stadtgrenzen von New York. Es herrschte auch in der Karibik, wo er seit seinem zweiundzwanzigsten Lebensjahr als *Bocor* – als ein in der Ausübung der schwarzen Magie erfahrener Voodoo-Priester – tätig war, kein Mangel daran. Aber hier, wo so viele Menschen sich auf einem so relativ kleinen Stück Erde zusammendrängten, hier, wo jede Woche zwanzig bis vierzig Morde verübt wurden, hier, wo tätliche Angriffe, Vergewaltigungen, Raubüberfälle und Einbrüche jedes Jahr in die Zehntausende gingen – sogar in die Hunderttausende – hier, wo eine Armee von Straßenmädchen nach Freiern Ausschau hielt, wo Legionen von Betrügern nach Opfern suchten, wo es alle möglichen verdrehten Irren, Perversen, Punks, Vergewaltiger und Schläger ohne Zahl gab – *hier* war die Luft geschwängert mit unvermischten Strömungen des Bösen, die man sehen, riechen und spüren konnte – wenn man, wie

Lavelle, dafür empfänglich war. Mit jeder bösen Tat stiegen Ausdünstungen des Bösen aus der verderbten Seele auf und reicherten die knisternden Ströme in der Luft an, machte sie stärker, zerstörerischer.

Die Stadt war auch von anderen, davon völlig verschiedenen Strömen des Guten durchzogen; Effluvien, die von guten, rühmenswerte Taten vollbringenden Seelen aufstiegen. Es gab Ströme der Hoffnung und der Liebe, des Mutes und der Barmherzigkeit, der Unschuld und Güte, der Freundschaft, der Aufrichtigkeit und der Würde. Auch diese Energie war sehr mächtig, aber für sie hatte Lavelle absolut keine Verwendung. Ein *Houngon*, ein in der weißen Magie geschulter Priester, konnte diese Energie des Guten anzapfen, um zu heilen, um mit Beschwörungen zu helfen und Wunder zu wirken. Aber Lavelle war ein *Bocor*, kein *Houngon*. Er hatte sich den schwarzen Künsten verschrieben, den Riten des *Congo* und des *Pétro*, nicht den verschiedenen Riten des *Rada*, der weißen Magie. Und sich dieser dunklen Sphäre der Zauberkunst zu weihen bedeutete auch, darauf beschränkt zu sein.

Sein langjähriger Umgang mit dem Bösen hatte ihn jedoch nicht freudlos, traurig oder auch nur mürrisch gemacht; er war ein fröhlicher Mann. Er lächelte breit, wie er da hinter dem Hause stand, am Rand des toten braunen Grases, und in das Schneegestöber hinaufschaute. Er fühlte sich stark, entspannt, zufrieden, fast überwältigend zufrieden mit sich selbst.

Er war groß, sechs Fuß drei Zoll. In seinen engen schwarzen Hosen und dem langen, knappsitzenden grauen Kaschmirmantel wirkte er noch größer. Er war ungewöhnlich hager, wirkte aber kräftig, obwohl er wenig Fleisch auf den Knochen hatte. Nicht einmal der unaufmerksamste Beobachter konnte ihn für einen Schwächling halten, denn er strahlte richtiggehend Selbstvertrauen aus, und wenn man seine Augen sah, wollte man ihm am liebsten schleunigst aus dem Weg gehen. Seine Hände waren groß, die Gelenke breit und knochig. Er hatte ein edles Gesicht, dem des Filmschauspielers Sidney Poitier nicht unähnlich. Seine Haut war außergewöhnlich dunkel, sehr schwarz, mit einem fast violetten Unterton, ein wenig wie die Schale einer reifen Aubergine. Schneeflocken schmolzen auf seinem Gesicht, blieben in seinen Augenbrauen hängen und überzuckerten sein drahtiges schwarzes Haar.

Das Haus, aus dem er gekommen war, war ein zweistöckiges Ziegelgebäude, pseudo-viktorianisch, mit einem falschen Turm, einem Schieferdach und vielen Zuckerbäckerverzierungen, aber stark mitgenommen, verwittert und schmutzig. Es war in den Anfängen des Jahrhunderts erbaut worden, in einer damals wirklich guten Wohngegend. Die meisten Häuser waren inzwischen zu Apartmentgebäuden umgebaut worden. Dieses hier nicht, aber es befand sich in dem gleichen baufälligen Zustand wie die anderen. Es war nicht das Haus, das Lavelle sich ausgesucht hätte; er *mußte* hier wohnen, bis er seinen kleinen Privatkrieg zu seiner Zufriedenheit beendet hatte; es war sein Versteck.

In einer Ecke von Lavelles Grundstück stand an der Garagenwand ein Schuppen aus Wellblech mit weißem Lackanstrich und zwei grünen Metalltüren. Er hatte ihn bei Sears gekauft; die Arbeiter hatten ihn vor einem Monat aufgestellt. Als er nun lange genug in den fallenden Schnee hinaufgeschaut hatte, ging er zu diesem Schuppen, öffnete eine der Türen und trat ein.

Hitze schlug ihm entgegen. Obwohl der Schuppen keine Heizung hatte und die Wände nicht einmal isoliert waren, herrschte in dem kleinen Gebäude – zwölf mal zehn Fuß – doch eine überaus hohe Temperatur. Lavelle war kaum eingetreten und hatte die Tür hinter sich zugezogen, da mußte er auch schon seinen Neunhundert-Dollar-Mantel ausziehen, um frei atmen zu können.

Ein sonderbarer, leicht schwefelähnlicher Geruch hing in der Luft. Die meisten Menschen hätten ihn als unangenehm empfunden. Aber Lavelle schnupperte, atmete dann tief ein und lächelte. Er mochte den Gestank. Für ihn war es ein süßer Duft, denn es war der Geruch der Rache.

Der Schweiß war ihm ausgebrochen.

Er zog sein Hemd aus.

Er stimmte einen monotonen Singsang in einer fremdartigen Sprache an.

Er zog seine Schuhe aus, dann seine Hose und seine Unterwäsche.

Nackt kniete er auf dem Erdboden nieder.

Er begann, leise zu singen. Die Melodie war rein, bezwingend, und seine Stimme trug gut. Er sang gedämpft, so daß ihn außerhalb seines Grundstücks niemand hätte hören können.

Der Schweiß lief in Strömen an ihm herab. Sein schwarzer Körper glänzte.

Er wiegte sich beim Singen sanft vor und zurück. Nach einer kleinen Weile geriet er fast in Trance.

Der Text, den er sang, setzte sich aus beschwingten, rhythmischen Wortketten in einer ungrammatikalischen, verschlungenen, aber wohltönenden Mischung aus Französisch, Englisch, Kisuaheli und Bantu zusammen. Es war teils haitianisches Patois, teils jamaicanisches Patois, teils ein afrikanischer Juju-Gesang: die so reiche ›Sprache‹ des Voodoo.

Er sang von Rache. Von Tod. Vom Blut seiner Feinde. Er verlangte die Vernichtung der Familie Carramazza, eines Mitglieds nach dem anderen, wie sie auf der Liste standen, die er angefertigt hatte.

Schließlich sang er von dem Gemetzel an den beiden Kindern jenes Polizeibeamten, das jeden Augenblick notwendig werden konnte.

Die Vorstellung, Kinder zu töten, beunruhigte ihn nicht. Im Gegenteil, diese Aussicht war erregend.

Seine Augen leuchteten.

Seine langfingrigen Hände bewegten sich sinnlich streichelnd langsam an seinem hageren Körper auf und ab.

Sein Atem ging mühsam, als er die schwere, warme Luft einsog und einen noch schwereren, noch wärmeren Dunst ausstieß.

In den Schweißperlen auf seiner ebenholzschwarzen Haut spiegelte sich schimmernd orangefarbenes Licht.

Obwohl er die Deckenbeleuchtung nicht eingeschaltet hatte, als er den Schuppen betreten hatte, war es im Inneren nicht ganz dunkel. Die Wände des kleinen, fensterlosen Raumes waren in Schatten gehüllt, aber aus dem Fußboden in der Mitte stieg ein schwaches, orangefarbenes Glühen auf. Es kam aus einem etwa fünf Fuß großen Loch. Als Lavelle es ausgehoben hatte, hatte er ein kompliziertes, sechs Stunden dauerndes Ritual vollzogen und dabei zu vielen Göttern des Bösen gesprochen – Congo Savanna, Congo Maussai, Congo Moudongue – und zu den bösen Engeln wie dem Zandor, dem Ibos ›je rouge‹, dem Petro Maman Pemba und zu Ti Jean Pie Fin.

Die Aushöhlung hatte die Form eines Meteorkraters, die Wände neigten sich nach innen und bildeten eine Art Becken. Das Zentrum des Beckens war nur drei Fuß tief. Wenn man jedoch lange genug hineinstarrte, schien es allmählich viel, viel tiefer zu werden. Auf geheimnisvolle Weise veränderte sich, wenn man ein paar Minuten lang in das flackernde Licht starrte und sich sehr bemühte, seinen Ursprung zu erkennen, unvermittelt und drastisch die Perspektive, und man sah, daß der Boden des Loches Hunderte, wenn nicht Tausende von Fuß tiefer lag. Es war nicht nur ein Loch im Erdboden des Schuppens – nicht mehr; plötzlich wurde es ein magisches Tor ins Herz der Erde. Aber dann, mit einem Lidschlag, schien es wieder nur ein flaches Becken zu sein.

Jetzt beugte sich Lavelle, immer noch singend, nach vorne.

Er blickte in das seltsame, pulsierende, orangefarbene Licht.

Er schaute in das Loch.

Schaute hinunter.

Hinunter...

Hinunter in...

Hinunter in den Abgrund.

In den Höllenschlund.

Kapitel drei

1

Captain Walter Gresham von der Mordkommission hatte ein Gesicht wie eine Schaufel. Nicht, daß er häßlich gewesen wäre; eigentlich sah er auf eine etwas grobschlächtige Weise sogar ganz gut aus. Aber sein ganzes Gesicht neigte sich nach vorne, seine kräftigen Züge liefen nach unten und nach vorne auf die Kinnspitze zu, so daß man unwillkürlich an eine Gartenschaufel denken mußte.

Er kam ein paar Minuten vor Mittag im Hotel an und traf am Ende der Liftnische im sechzehnten Stockwerk neben einem Fenster, das auf die Fifth Avenue hinausging, mit Jack und Rebecca zusammen.

»Was sich hier zusammenbraut, ist ein ausgewachsener Bandenkrieg«, meinte Gresham. »So etwas haben wir zu meinen Lebzeiten noch nicht gehabt. Das ist ja wie in den wilden Zwanzigern, verdammt noch mal! Auch wenn sich da nur ein Haufen Gangster und Dreckskerle gegenseitig umbringen, ich mag das nicht. Werde das in meinem Zuständigkeitsbereich auf keinen Fall dulden. Ich habe mit dem Commissioner gesprochen, ehe ich hierherkam, und er ist da ganz meiner Ansicht: Wir können das nicht weiter so behandeln, als wäre es nur eine gewöhnliche Morduntersuchung; wir müssen Druck dahinterbringen. Wir bilden eine Sonderkommission. Wir richten in zwei Verhörräumen das Hauptquartier der Kommission ein, legen eigene Telefonleitungen und so weiter.«

»Soll das heißen, daß Jack und ich von dem Fall abgezogen werden?«

»Nein, nein«, sagte Gresham. »Ich übertrage euch die Leitung der Sonderkommission. Ich möchte, daß ihr jetzt ins Büro zurückfahrt, einen Angriffsplan, eine Strategie ausarbeitet und euch überlegt, was ihr alles braucht. Wie viele Leute – Uniformierte und Kriminalbeamte? Wieviel Büropersonal? Wie viele Fahrzeuge? Stellt besondere Verbindungen zu den Rauschgiftdezernaten der Stadt, des Staates und des Bundes her, damit wir nicht jedesmal die ganze Bürokratie durchlaufen müssen, wenn wir eine Information brauchen. Dann kommt ihr um fünf in mein Büro.«

»Wir haben hier noch einiges zu tun«, sagte Jack.

»Das kann auch jemand anderer machen«, verfügte Gresham. »Und übrigens haben wir ein paar Reaktionen auf eure Anfragen bezüglich Lavelle bekommen.«

»Die Telefongesellschaft?« fragte Jack.

»Das ist eine davon. Sie haben keine registrierte und keine Geheimnummer für jemanden namens Baba Lavelle.«

»Was ist mit dem Elektrizitätswerk?« fragte Jack.

»Das gleiche«, antwortete Gresham. »Kein Baba Lavelle.«

»Vielleicht hat er für die Anschlüsse den Namen eines Freundes benützt.«

Gresham schüttelte den Kopf. »Wir haben auch Antwort von der Einwanderungsbehörde bekommen. Niemand namens Lavelle – Baba oder anders – hat im letzten Jahr eine Aufenthaltsgenehmigung beantragt, weder kurzfristig noch langfristig.«

Jack runzelte die Stirn. »Also hält er sich illegal im Lande auf.«

»Oder er ist überhaupt nicht hier«, sagte Rebecca.

Sie schauten sie verblüfft an.

Sie führte aus: »Ich bin durchaus nicht überzeugt davon, daß es wirklich einen Baba Lavelle gibt.«

»Lavelle existiert«, sagte Jack.

»Sie sind sich da sehr sicher«, stellte Gresham fest. »Warum?«

»Ich weiß es nicht genau.« Jack sah aus dem Fenster zu den Türmen von Manhattan hinüber. »Ich will nicht so tun, als hätte ich Gründe dafür. Es ist nur... Instinkt. Ich spüre es in allen Knochen. Lavelle existiert. Er ist irgendwo da draußen... und ich glaube, er ist der bösartigste, gefährlichste Schweinehund, mit dem unsereiner es jemals zu tun bekommen wird.«

2

Als die Klassen im zweiten Stock der Wellton-Schule Mittagspause hatten, war Penny Dawson nicht hungrig. Sie machte sich nicht einmal die Mühe, zu dem ihr neu zugewiesenen Spind zu gehen und ihre Essensdose zu holen. Sie blieb an ihrem Platz, legte den Kopf auf die Arme und schloß die Augen, als wolle sie ein Nickerchen machen. Ein saurer, eiskalter Klumpen lag ihr bleischwer im Magen. Ihr war übel – aber nicht, weil sie etwa krank war, sondern vor Angst.

Sie hatte niemandem von den Kobolden mit den Silberaugen im Keller erzählt. Niemand würde ihr glauben, daß sie sie wirklich gesehen hatte. Und sicher würde auch niemand glauben, daß die Kobolde irgendwann versuchen würden, sie zu töten.

Aber sie wußte, was kommen würde. Sie wußte nicht, warum es ausgerechnet ihr passieren sollte. Sie wußte nicht genau, wie oder wann es passieren würde. Sie wußte nicht, woher die Kobolde kamen. Sie wußte nicht, ob sie eine Chance hatte, ihnen zu entkommen; vielleicht gab es keinen Ausweg. Aber sie *wußte*, was sie ihr antun wollten. O ja.

Sie machte sich nicht nur wegen ihres eigenen Schicksals Gedanken. Sie hatte auch Angst um Davey. Wenn die Kobolde es auf sie abgesehen hatten, dann vielleicht auch auf ihn.

Sie fühlte sich für Davey verantwortlich, besonders, seit ihre Mutter gestorben war. Sie war schließlich seine große Schwester. Eine große Schwester war verpflichtet, über ihren kleinen Bruder zu wachen und ihn zu beschützen, auch wenn er manchmal wirklich lästig sein konnte.

Im Augenblick befand sich Davey mit seinen Klassenkameraden und seinen Lehrern unten im ersten Stock. Jedenfalls für eine Weile war er in Sicherheit. Die Kobolde würden sich bestimmt nicht zeigen, wenn viele Leute dabei waren; sie schienen sehr darauf bedacht, im verborgenen zu bleiben.

Aber was war später? Was würde geschehen, wenn die Schule aus war und es Zeit wurde, nach Hause zu gehen?

Sie wußte nicht, wie sie sich oder Davey schützen konnte.

3

In der Hotelhalle blieben Jack und Rebecca bei den Telefonzellen stehen. Jack versuchte, seine Zugehfrau anzurufen. Wegen der Berufung in die Sonderkommission würde er die Kinder nicht wie geplant von der Schule abholen können, und er hoffte, sie würde Zeit haben, sie mitzunehmen und sie eine Weile bei sich zu behalten. Sie meldete sich nicht, und er dachte, sie sei vielleicht noch in seiner Wohnung beim Saubermachen, deshalb versuchte er es auch unter seiner eigenen Nummer, aber ohne Erfolg.

Nur ungern rief er Faye Jamison an, seine Schwägerin, Lindas einzige Schwester. Faye hatte Linda fast genausosehr geliebt, wie

Jack sie geliebt hatte. Aus diesem Grunde brachte er Faye große Zuneigung entgegen – obwohl es nicht immer einfach war, sie gern zu haben. Sie war überzeugt, daß niemand ohne ihre Ratschläge ein ordentliches Leben führen konnte. Sie meinte es gut. Aber trotz aller guten Absichten war sie aufreibend, und es gab Zeiten, da fand Jack ihre sanfte Stimme so durchdringend wie eine Polizeisirene.

Zum Beispiel jetzt, am Telefon, nachdem er gefragt hatte, ob sie die Kinder am Nachmittag von der Schule abholen würde, und sie sagte: »Natürlich, Jack, gerne, aber wenn sie dich erwarten und du dann nicht auftauchst, werden sie enttäuscht sein, und wenn so etwas zu oft passiert, werden sie mehr als nur enttäuscht sein; dann werden sie sich verlassen vorkommen.«

»Faye...«

»Die Psychologen sagen, wenn Kinder schon ein Elternteil verloren haben, dann brauchen sie...«

»Faye, entschuldige, aber ich habe im Moment wirklich keine Zeit, um mir anzuhören, was die Psychologen sagen. Ich...«

»Aber gerade für so etwas solltest du dir Zeit nehmen, mein Lieber.«

Er seufzte. »Vielleicht hast du recht.«

»Alle modernen Eltern sollten sich mit Kinderpsychologie auseinandersetzen.«

Jack warf einen Blick auf Rebecca, die ungeduldig neben dem Telefon wartete. Er zog die Augenbrauen hoch und zuckte die Achseln, als Faye weiterschwafelte.

»Du bist ein altmodischer, instinktgeleiteter Vater, mein Lieber. Du glaubst, mit Liebe und Bonbons ist alles getan. Liebe und Bonbons gehören natürlich dazu, aber das ist doch bei weitem nicht alles...«

»Faye, jetzt hör mir mal zu, wenn ich den Kindern zehnmal sage, daß ich komme, dann bin ich neunmal davon auch wirklich da. Aber manchmal geht es eben nicht. In meinem Beruf hat man nicht immer geregelte Arbeitszeiten. Als Kriminalbeamter bei der Mordkommission kann man nicht einfach mittendrin weglaufen, wenn man eine heiße Spur verfolgt, nur weil man Dienstschluß hat. Außerdem haben wir hier eine Krise. Eine große. Also, holst du nun die Kinder ab?«

»Natürlich, mein Lieber«, sagte sie, und es hörte sich leicht gekränkt an.

»Ich bin dir sehr dankbar, Faye.«

»Nicht der Rede wert.«

»Tut mir leid, wenn ich... kurz angebunden war.«

»Das warst du nicht. Mach dir deshalb keine Gedanken. Sollen Davey und Penny zum Dinner bleiben?«

»Wenn es dir nichts ausmacht?«

»Natürlich nicht. Wir haben sie gerne hier, Jack.«

»Also dann, vielen Dank, Faye. Ich weiß nicht, was ich tun würde, wenn Keith und du mir nicht hin und wieder aushelfen würdet; wirklich. Aber ich muß jetzt los. Bis später.«

Ehe Faye ihm noch weitere Ratschläge mit auf den Weg geben konnte, legte Jack auf, er fühlte sich erleichtert und zugleich schuldbewußt.

Im Westen hatte sich ein scharfer, heftiger Wind angestaut. Er fegte in einem erbarmungslosen Schwall durch die kalte graue Stadt und trieb den Schnee vor sich her.

Vor dem Hotel schlugen Rebecca und Jack die Mantelkrägen hoch, zogen das Kinn ein und gingen vorsichtig über das glatte, schneebedeckte Pflaster.

Gerade als sie ihren Wagen erreichten, sprach sie ein Fremder an. Er war groß, dunkelhäutig und gut gekleidet. »Lieutenant Chandler? Lieutenant Dawson? Mein Boß möchte mit Ihnen sprechen.«

»Wer ist Ihr Boß?« fragte Rebecca.

Statt einer Antwort deutete der Mann auf eine schwarze Mercedes-Limousine, die weiter vorne an der Hotelauffahrt parkte. Er ging darauf zu, sichtlich überzeugt, daß sie ihm ohne weitere Fragen folgen würden.

Nach kurzem Zögern taten sie das wirklich, und als sie die Limousine erreichten, glitt das dunkel getönte Rückfenster herunter. Jack erkannte den Insassen sofort, und er sah, daß auch Rebecca wußte, wer der Mann war: Don Gennaro Carramazza, das Oberhaupt der mächtigsten Mafia-Familie in New York.

Der große Mann stieg vorne ein und setzte sich neben den Chauffeur, und Carramazza, der alleine im Fond saß, öffnete seine Tür und winkte Jack und Rebecca, zu ihm zu kommen.

»Was wollen Sie?« fragte Rebecca, machte aber keine Anstalten, in den Wagen zu steigen.

»Mich ein wenig unterhalten«, sagte Carramazza nur mit einem Hauch eines sizilianischen Akzents. Er hatte eine überraschend kultivierte Stimme.

»Dann reden Sie«, sagte sie.

»Nicht so. Dazu ist es zu kalt«, widersprach Carramazza. Schnee wehte an ihm vorbei in den Wagen. »Machen wir es uns doch bequem.«

»Ich habe es bequem«, sagte sie.

»Nun, ich nicht«, entgegnete Carramazza. Er runzelte die Stirn. »Hören Sie, ich habe äußerst wichtige Informationen für Sie. Ich wollte sie Ihnen persönlich aushändigen. Zeigt Ihnen das nicht, wie wichtig es ist? Aber ich werde bei Gott nicht auf der Straße, in aller Öffentlichkeit mit Ihnen sprechen.«

Jack sagte: »Steig ein, Rebecca.«

Sie gehorchte mit einem Ausdruck des Widerwillens auf dem Gesicht.

Jack stieg hinter ihr in den Wagen. Sie setzten sich auf die Plätze zu beiden Seiten der eingebauten Bar und des Fernsehgeräts, dem Heck der Limousine zugewandt, während Carramazza nach vorne schaute.

Im vorderen Teil des Wagens berührte Rudy einen Schalter, und eine dicke Trennwand aus Plexiglas schob sich zwischen diesem Teil des Wagens und dem Fahrgastraum hoch.

Carramazza nahm einen Diplomatenkoffer und legte ihn auf seinen Schoß, öffnete ihn aber nicht. Er betrachtete Jack und Rebecca mit nachdenklicher Miene.

Der Alte sah aus wie eine Eidechse. Seine Augen waren von schweren, faltigen Lidern verdeckt. Sein Schädel war fast völlig kahl. Sein Gesicht war voller Runzeln und ledrig, mit scharfen Zügen und einem breiten, schmallippigen Mund.

Es hätte Jack nicht überrascht, wenn zwischen Carramazzas trockenen Lippen eine lange, gespaltene Zunge herausgeschnellt wäre.

Carramazza schwenkte seinen Kopf zu Rebecca hin. »Sie haben wirklich keinen Grund, sich vor mir zu fürchten.«

Sie sah ihn überrascht an. »Fürchten? Aber das tue ich nicht.«

»Ich dachte nur, weil Sie zögerten, in den Wagen zu steigen...«

»Oh, das war keine Furcht«, entgegnete sie eisig. »Ich machte mir nur Sorgen, ob es die Reinigung denn schaffen würde, den Gestank wieder aus meinen Kleidern zu kriegen.«

Carramazzas harte, kleine Augen wurden schmal.

Jack stöhnte innerlich auf.

Der alte Mann sagte: »Ich sehe keinen Grund, warum wir nicht höflich miteinander umgehen sollten, besonders wenn es im beiderseitigen Interesse liegt, daß wir zusammenarbeiten.«

Er hörte sich nicht wie ein Ganove an. Er hörte sich an wie ein Bankier.

»Wirklich?« fragte Rebecca. »Sie sehen wirklich keinen Grund? Dann gestatten Sie mir bitte, es Ihnen zu erklären.«

Jack sagte: »Äh, Rebecca...«

Sie war nicht zu bremsen: »Sie sind ein Gangster, ein Dieb und ein Mörder, ein Drogenhändler und ein Zuhälter. Ist das Erklärung genug?«

»Rebecca...«

»Keine Angst, Jack. Ich habe ihn nicht beleidigt. Man kann ein Schwein nicht dadurch beleidigen, daß man es ein Schwein nennt.«

»Vergiß nicht«, mahnte Jack, »daß er heute seinen Neffen und seinen Bruder verloren hat.«

»Die beide Drogenhändler, Gangster und Mörder waren«, gab sie zurück.

Ihre Heftigkeit hatte Carramazza die Sprache verschlagen.

Rebecca warf ihm einen wütenden Blick zu und sagte: »Sie scheinen über den Verlust Ihres Bruders nicht gerade untröstlich zu sein. Findest du, daß er untröstlich aussieht, Jack?«

Ohne eine Spur von Zorn oder auch nur Erregung in der Stimme sagte Carramazza: »Sizilianische Männer in der *fratellanza* weinen nicht.«

Aus dem Mund eines verhutzelten Greises klang diese Macho-Erklärung maßlos albern.

Immer noch ohne erkennbare Feindseligkeit und weiterhin mit der beschwichtigenden Stimme eines Bankiers erklärte Carramazza: »Aber wir haben Gefühle. Und wir nehmen Rache.«

Rebecca musterte ihn mit unverhohlenem Abscheu.

Die reptilienartigen Hände des alten Mannes lagen völlig reglos auf dem Diplomatenkoffer. Er richtete seine Kobraaugen auf Jack.

»Lieutenant Dawson, vielleicht sollte ich mich in dieser Sache an Sie wenden. Sie scheinen die... Vorurteile von Lieutenant Chandler nicht zu teilen.«

Jack schüttelte den Kopf. »Da befinden Sie sich im Irrtum. Ich stimme allem zu, was sie gesagt hat. Ich hätte es nur nicht ausgesprochen.«

Er sah Rebecca an.

Sie lächelte ihm zu, zufrieden, weil er sie unterstützte.

Jack sah sie an, wandte sich aber an Carramazza, als er sagte: »Manchmal sind der Eifer und die Aggressivität meiner Partnerin etwas übertrieben und destruktiv, eine Lektion, die sie anscheinend nicht lernen kann oder will.«

Ihr Lächeln verschwand sehr schnell.

Mit deutlichem Sarkasmus sagte Carramazza: »Was haben wir denn hier – zwei selbstgerechte, scheinheilige Typen? Sie haben wohl noch nie Bestechungsgeld angenommen, nicht einmal früher, als Sie noch Streifenpolizist waren und kaum genug verdienten, um die Miete zu bezahlen?«

Jack sah dem Alten in die harten, wachsamen Augen und sagte: »Ja. Das stimmt. Das habe ich nie getan.«

Carramazza betrachtete sie einen Augenblick lang schweigend, während eine Schneewolke um den Wagen wirbelte und die Stadt verhüllte. Endlich sagte er: »Dann habe ich es also mit zwei Monstren zu tun.« Er stieß das Wort ›Monstren‹ mit solcher Verachtung heraus, daß man deutlich sah, wie sehr ihm allein der Gedanke an einen ehrlichen Beamten zuwider war.

»Nein, Sie irren sich«, sagte Jack. »Wir sind nichts Besonderes. Wir sind keine Monstren. Nicht alle Polizisten sind bestechlich. Nicht einmal die meisten davon.«

»Die meisten werden auf die eine oder andere Weise geschmiert«, behauptete Carramazza.

»Das ist einfach nicht wahr.«

Rebecca sagte: »Es hat keinen Sinn zu diskutieren, Jack. Er *muß* glauben, daß alle anderen korrupt sind. Nur so kann er rechtfertigen, was er tut.«

Der alte Mann seufzte. Er öffnete den Diplomatenkoffer auf seinem Schoß, zog einen Manila-Umschlag heraus und reichte ihn Jack. »Das könnte nützlich für Sie sein.«

Jack nahm ihn mit nicht geringen Befürchtungen. »Was ist das?«

»Keine Aufregung«, sagte Carramazza. »Es ist kein Bestechungsgeld. Es sind Informationen. Alles, was wir über den Mann in Erfahrung bringen konnten, der sich Baba Lavelle nennt. Seine letzte bekannte Adresse. Die Restaurants, die er besuchte, ehe er diesen Krieg anfing und untertauchte. Die Namen und Adressen aller Pusher, die seine Ware während der letzten drei Monate verteilt haben – obwohl Sie einige von ihnen wahrscheinlich nicht mehr verhören können.«

»Weil Sie sie haben töten lassen?« fragte Rebecca.

»Nun, vielleicht sind sie einfach fortgegangen.«

»Sicher.«

»Jedenfalls steht alles hier drin«, sagte Carramazza. »Vielleicht haben Sie diese Informationen alle schon; vielleicht auch nicht. Ich glaube nicht.«

»Warum geben Sie sie uns?« fragte Jack.

»Ist das nicht offensichtlich?« fragte der alte Mann und öffnete seine verdeckten Augen ein wenig weiter. »Ich möchte, daß Lavelle gefunden wird. Ich möchte, daß er gestoppt wird.«

Jack hielt den großformatigen Umschlag in der Hand, klopfte sich damit aufs Knie und sagte: »Ich hätte geglaubt, Sie haben viel bessere Chancen, ihn zu finden als wir. Schließlich ist er Drogenhändler. Er gehört zu Ihrer Welt. Sie haben alle Quellen, alle Kontakte...«

»Die üblichen Quellen und Kontakte sind in diesem Fall wenig oder gar nichts wert«, sagte der alte Mann. »Dieser Lavelle... er ist ein Einzelgänger. Noch schlimmer. Es ist... als könne er sich... in Luft auflösen.«

»Sind Sie sicher, daß er tatsächlich existiert?« fragte Rebecca. »Vielleicht ist er nur ein Strohmann. Vielleicht haben ihn Ihre *wirklichen* Feinde nur aufgebaut, um sich hinter ihm zu verstecken.«

»Er ist sehr real«, sagte Carramazza mit Nachdruck. »Er ist im letzten Frühjahr illegal ins Land gekommen. Er kam über Puerto Rico von Jamaica hierher. In dem Umschlag hier ist eine Fotografie von ihm.« Jack öffnete hastig den Umschlag, kramte den Inhalt durch und zog ein acht mal zehn Zoll großes Hochglanzfoto heraus.

Carramazza sagte: »Das ist die Vergrößerung eines Schnappschusses; er wurde, kurz nachdem Lavelle anfing, in dem Gebiet zu operieren, das traditionell uns gehört, in einem Restaurant aufgenommen.«

Das Foto war ein wenig unscharf, aber Lavelles Gesicht war deutlich genug, so daß Jack ihn in Zukunft erkennen konnte, sollte er ihm jemals auf der Straße begegnen.

Er gab das Bild Rebecca.

Carramazza sagte: »Lavelle will mir mein Geschäft wegnehmen, meinen Ruf innerhalb der *fratellanza* ruinieren und mich als schwach und hilflos hinstellen. *Mich.* Mich, den Mann, der die Organisation seit achtundzwanzig Jahren mit eiserner Hand führt! *Mich!*«

Endlich schwang eine Andeutung von Gefühl in seiner Stimme mit: kalter, harter Zorn. Als er weitersprach, spuckte er die Worte aus, als hätten sie einen fauligen Geschmack.

»Aber das ist noch nicht das Schlimmste. Nein. Sehen Sie, das

Geschäft interessiert ihn eigentlich gar nicht. Sobald er es hat, wird er es wegwerfen, wird zulassen, daß die anderen Familien nachrücken und es unter sich aufteilen. Er will nur nicht, daß ich oder irgend jemand anderer mit dem Namen Carramazza es hat. Das ist nicht nur ein Kampf um ein Gebiet, nicht nur ein Machtkampf. Für Lavelle ist es ganz eindeutig ein Rachefeldzug. Er will mich auf jede nur denkbare Weise leiden sehen. Er hat vor, mich zu isolieren, und hofft, mich zu vernichten, indem er mir mein Imperium raubt und meine Neffen und meine Söhne tötet. Ja, alle – einen nach dem anderen. Er droht, auch meine besten Freunde zu ermorden, jeden, der mir jemals etwas bedeutet hat. Er schwört, er werde meine fünf geliebten Enkelkinder töten. Können Sie sich so etwas vorstellen? Er bedroht kleine Kinder! Keine Rache, ganz gleich, wie gerechtfertigt sie sein mag, sollte jemals unschuldige Kinder treffen.«

»Hat er Ihnen tatsächlich gesagt, daß er all das tun wird?« fragte Rebecca. »Wann? Wann hat er es Ihnen gesagt?«

»Mehrmals.«

»Sie sind persönlich mit ihm zusammengetroffen?«

»Nein. Ein persönliches Treffen würde er nicht überleben.«

Das Image des Bankiers hatte sich in nichts aufgelöst. Die vornehme Fassade war zerbröckelt. Der Alte wirkte mehr denn je wie ein Reptil. Wie eine Schlange in einem Tausend-Dollar-Anzug. Eine sehr giftige Schlange.

Er fuhr fort: »Dieser Dreckskerl von Lavelle hat mir das alles am Telefon gesagt. Er hat mich unter meiner geheimen Privatnummer angerufen. Ich lasse die Nummer ständig ändern, aber der Schleicher bekommt die neue jedesmal in die Finger, praktisch sofort, wenn sie angeschlossen ist. Er erzählt mir... er sagt... wenn er meine Freunde, meine Neffen, Söhne und Enkel getötet hat, dann... er sagt, er wird... er sagt, er wird...«

Einen Augenblick lang war Carramazza angesichts der Erinnerung an Lavelles arrogante Drohungen unfähig weiterzusprechen. Zorn blockierte seine Kiefer; seine Zähne preßten sich aufeinander, die Muskeln an Hals und Wangen traten hervor. Seine dunklen Augen, die einem Angst einjagten, funkelten jetzt in so intensiver, unmenschlicher Wut, daß sie sich Jack mitteilte und ihm einen Schauder über den Rücken jagte.

Schließlich bekam sich Carramazza wieder unter Kontrolle. Aber als er sprach, war seine Stimme nur mehr ein stoßweises, kaltes Flüstern: »Dieser Abschaum, dieser Niggerbastard, dieses Stück *Scheiße* – er sagt, er will meine Frau abschlachten, meine Nina. *Ab-*

schlachten, das war das Wort, das er verwendete. Und wenn er sie geschlachtet hat, sagt er, dann wird er mir auch meine Tochter wegnehmen.« Die Stimme des alten Mannes wurde weich, als er von seiner Tochter sprach. »Meine Rosie. Meine wunderschöne Rosie, die Freude meines Lebens. Siebenundzwanzig ist sie, aber sie sieht aus wie siebzehn. Und klug ist sie. Studiert Medizin. Wird Ärztin. Fängt dieses Jahr mit ihrem Praktikum an. Eine Haut wie Porzellan. Die schönsten Augen, die Sie je gesehen haben.« Er schwieg einen Augenblick, als er Rosie im Geiste vor sich sah, dann wurde sein Flüstern wieder scharf. »Lavelle sagt, er will meine Tochter vergewaltigen und sie dann in Stücke schneiden, zerteilen... vor meinen Augen. Er hat die Dreistigkeit, solche Sachen zu mir zu sagen.« Der alte Mann schwieg ein paar Sekunden; er atmete in tiefen, zittrigen Stößen. Seine Klauenfinger ballten sich zu Fäusten, öffneten, schlossen, öffneten, schlossen sich. Dann: »Ich will, daß jemand diesen Bastard unschädlich macht.«

»Sie haben alle Ihre Leute auf ihn angesetzt?« fragte Jack. »Alle Quellen angezapft?«

»Ja.«

»Aber Sie können ihn trotzdem nicht finden.«

»Neiiiin«, gestand Carramazza ein, und als er dieses eine Wort so in die Länge zog, ließ das eine Frustration erkennen, die fast ebensogroß war wie sein Zorn. »Er hat seine Wohnung im Village verlassen und ist in den Untergrund gegangen, versteckt sich. Deshalb erzähle ich Ihnen all das.«

Jack fragte: »Sie haben uns erzählt, daß Lavelles Motiv Rache ist. Aber wofür? Was haben Sie ihm angetan, daß er Ihre ganze Familie, sogar Ihre Enkel auslöschen will?«

»Das werde ich Ihnen nicht sagen. Ich *kann* es Ihnen nicht sagen, denn wenn ich es täte, würde mich das möglicherweise kompromittieren.«

»Wohl eher *belasten*«, sagte Rebecca.

Jack schob das Foto von Lavelle in den Umschlag zurück. »Ich habe mir schon wegen Ihres Bruders Dominick Gedanken gemacht.«

Bei der Erwähnung seines toten Bruders schien Gennaro Carramazza zusammenzuschrumpfen und schlagartig zu altern.

Jack fuhr fort: »Ich meine, er wollte sich doch in diesem Hotel hier offenbar verstecken, als Lavelle ihn erwischte. Aber wenn er wußte, daß er auf der Abschußliste stand, warum hat er sich nicht in seinem eigenen Haus verkrochen oder ist zu Ihnen gekommen, um Sie um Schutz zu bitten? Unter solchen Umständen gäbe es doch in der ganzen Stadt keinen sichereren Ort als Ihr Haus. Angesichts dessen, was sich hier abspielt, haben Sie sich doch da draußen in Brooklyn Heights sicher wie in einer Festung verschanzt.«

»Das stimmt«, sagte der Alte. »Mein Haus ist eine Festung.« Seine Augen blinzelten einmal, zweimal, so langsam wie Eidechsenaugen. »Eine Festung – aber doch nicht sicher. Lavelle hat schon zweimal in meinem eigenen Haus zugeschlagen, trotz der strengen Sicherheitsvorkehrungen.«

»Sie meinen, er hat in Ihrem Haus getötet...«

»Ja.«

»Wen?«

»Ginger und Pepper.«

»Wer ist das?«

»Meine Hündchen. Ein Zwergspanielpärchen.«

»Aha.«

»Kleine Hunde, wissen Sie.«

»Und sie wurden in Ihrem Haus getötet?«

Carramazza blickte auf. »Gestern nacht. In Stücke gerissen. Irgendwie – wir wissen immer noch nicht, wie – ist Lavelle oder einer seiner Leute ins Haus gelangt, hat meine süßen kleinen Hündchen getötet und es wieder verlassen, ohne entdeckt zu werden.« Er schlug mit seiner knochigen Hand auf den Diplomatenkoffer. »Verdammt! Dabei ist das ganz unmöglich! Das Haus ist vollkommen dicht! Von einer kleinen Armee bewacht! Ginger und Pepper waren so zutraulich. Sie hätten nie jemand gebissen. Nie. Sie bellten auch fast nie. Sie haben es nicht verdient, so brutal behandelt zu werden. Zwei unschuldige kleine Wesen.«

Jack war einigermaßen erstaunt. Dieser Mörder, dieser greisenhafte Rauschgifthändler, dieser alte Halsabschneider, diese gefährliche, giftige Eidechse von einem Menschen, der um seinen toten Bruder nicht weinen konnte oder wollte, schien jetzt gleich in Tränen ausbrechen zu wollen, weil jemand seine Hündchen umgebracht hatte.

Jack warf einen Blick auf Rebecca. Sie starrte Carramazza an, halb mit großäugigem Erstaunen, halb wie jemand, der beobachtet, wie eine besonders abscheuliche Kreatur unter einem Stein hervorkriecht.

Jack war sich nicht ganz sicher, wie er einen weinerlichen Mafia-Chef behandeln sollte, und er versuchte, Carramazza von seinen Hunden abzulenken, ehe der Alte endgültig in jenen kläglichen und peinlichen Zustand abglitt, dem er jetzt gefährlich nahe war. Er sagte: »Es wird gemunkelt, daß Lavelle behauptet, er ginge mit Voodoo gegen Sie vor.«

Carramazza nickte. »Das sagt er.«

»Und Sie glauben es?«

»Er scheint es ernst zu meinen.«

»Und glauben Sie, daß an dieser Voodoo-Sache etwas dran ist?«

Carramazza antwortete nicht. Er blickte durch das Seitenfenster hinaus in das Schneegestöber, das der Wind an der Limousine vorbeipeitschte.

Obwohl Jack merkte, daß Rebecca ihn mißbilligend ansah, hakte er nach: »Glauben Sie, da ist etwas dran?«

Carramazza wandte sein Gesicht vom Fenster ab. »Sie meinen, ob ich glaube, daß es funktioniert? Vor einem Monat hätte ich noch gelacht, wenn mich das jemand gefragt hätte, aber jetzt...«

Jack sagte: »Jetzt fragen Sie sich, ob nicht vielleicht...«

»Ja. Ob nicht vielleicht...«

Jack sah, daß sich die Augen des alten Mannes verändert hatten. Sie waren immer noch hart, immer noch kalt, immer noch wachsam, aber jetzt lag etwas Neues darin. Angst. Es war ein Gefühl, dem der gehässige alte Bastard eigentlich schon lange entwöhnt sein mußte.

»Finden Sie ihn«, sagte Carramazza.

»Wir werden es versuchen«, versprach Jack.

»Halten Sie ihn auf«, verlangte Carramazza, und seine Stimme hörte sich an, als wäre er so nahe daran wie nie davor, zu einem Vertreter des Gesetzes ›bitte‹ zu sagen.

Die Mercedes-Limousine fuhr vom Rinnstein weg und die Hotelauffahrt hinunter und hinterließ tiefe Spuren in dem Viertelzoll Schnee, der jetzt das Pflaster bedeckte.

Jack und Rebecca blieben einen Augenblick auf dem Gehsteig stehen und sahen dem Wagen nach.

Rebecca sagte: »Wir müssen ins Hauptquartier zurück.«

Jack nahm das Foto von Lavelle aus dem Umschlag, den Carramazza ihm gegeben hatte, und steckte es in die Innentasche seines Mantels.

»Was hast du vor?« fragte Rebecca.

Er reichte ihr den Umschlag. »Ich bin in einer Stunde im Hauptquartier.«

»Du willst nach Harlem hinaus, stimmt's?«

»Hör zu, Rebecca...«

»Zu diesem verdammten Voodoo-Laden.«

Er sagte nichts.

Sie sagte: »Ich wußte es. Du rennst da hinaus, um noch einmal mit Carver Hampton zu sprechen. Mit diesem Scharlatan. Diesem Betrüger.«

»Er ist kein Betrüger. Er glaubt an das, was er tut. Ich sagte, ich würde heute noch einmal zu ihm kommen.«

»Das ist blödsinnig.«

»Wirklich? Lavelle existiert. Wir haben jetzt ein Foto von ihm.«

»Dann existiert er also? Das bedeutet noch nicht, daß Voodoo funktioniert!«

»Das weiß ich selbst.«

»Wie soll ich ins Büro kommen, wenn du da rausfährst?«

»Du kannst den Wagen nehmen. Ich lasse mich von einem Streifenpolizisten hinbringen.«

»Jack, verdammt noch mal.«

»Ich habe so ein Gefühl, Rebecca.«

»Zum Teufel damit.«

»Ich habe das Gefühl, daß ... irgendwie ... die Voodoo-Subkultur – vielleicht nichts wirklich Übernatürliches – aber wenigstens die Subkultur selbst untrennbar mit dieser Sache zusammenhängt. Ich habe wirklich das Gefühl, daß man den Fall von dieser Seite angehen muß.«

4

Der Neuschnee ließ die Straße heller und freundlicher erscheinen. Die Gegend war immer noch schäbig, schmutzig, von Abfall übersät und völlig heruntergekommen, aber sie sah nicht halb so schlimm aus wie gestern, ohne Schnee.

Carver Hamptons Laden war gleich um die Ecke. Auf dem Schild über der Tür stand nur ein einziges Wort: *Rada.* Gestern hatte Jack Hampton gefragt, was dieser Name bedeute, und er hatte erfahren, daß es drei große Liturgien oder geistliche Richtungen gab, die das Voodoo beherrschten. Zu zweien gehörten die bösen Gottheiten; sie hießen *Congo* und *Pétro*. Das Pantheon der guten Götter hieß Rada. Da Hampton nur mit Substanzen, Gerätschaften und zeremoniellen Gewändern handelte, die zur Ausübung der weißen (guten) Magie benötigt wurden, brauchte er nicht mehr als dieses eine Wort über der Tür, um genau die Kundschaft anzulocken, nach der er suchte – jene Leute aus der Karibik und ihre Nachkommen, die, als sie nach New York City verschlagen worden waren, ihre Religion mitgebracht hatten.

Jack öffnete die Tür; eine Glocke verkündete sein Eintreten, und er ging hinein und ließ den eisigen Dezemberwind draußen.

Auf das Klingeln hin kam Carver Hampton durch einen grünen Perlenvorhang aus dem Hinterzimmer an der Rückseite des Ladens. Er schien überrascht. »Lieutenant Dawson! Wie nett, Sie wiederzusehen. Aber ich hatte nicht erwartet, daß Sie noch einmal hierherkommen würden, noch dazu bei diesem abscheulichen Wetter. Ich dachte, Sie würden nur anrufen und fragen, ob ich etwas für Sie herausgefunden habe.«

Jack ging durch den Laden, und sie schüttelten sich über die Verkaufstheke hinweg die Hände.

Carver Hampton war großgewachsen, mit breiten Schultern und einem riesigen Brustkorb, er hatte etwa vierzig Pfund Übergewicht, wirkte aber sehr beeindruckend. Auch wenn er nicht besonders gut aussah, wirkte er doch sehr freundlich, wie ein sanfter Riese, das Urbild eines schwarzen Santa Claus.

Er sagte: »Es tut mir so leid, daß Sie den ganzen Weg umsonst gemacht haben.«

»Dann haben Sie also seit gestern nichts herausgefunden?« fragte Jack.

»Nicht viel. Ich habe so herumgehorcht. Ich frage immer noch hier und da und stochere herum. Bisher habe ich nur erfahren, daß es tatsächlich jemanden gibt, der sich Baba Lavelle nennt und behauptet, er sei ein *Bocor*.«

»*Bocor?* Das ist ein Priester, der Hexerei betreibt – richtig?«

»Richtig. Schwarze Magie. Das ist alles, was ich weiß: daß es ihn wirklich gibt, worüber Sie sich gestern nicht so sicher waren; ich nehme also an, daß das wenigstens einen gewissen Wert für Sie hat. Aber wenn Sie angerufen hätten...«

»Tja, eigentlich bin ich gekommen, um Ihnen etwas zu zeigen, das nützlich sein könnte. Ein Foto von Baba Lavelle persönlich.«

»Wahrhaftig?«

»Ja.«

»Dann wissen Sie also schon, daß es ihn wirklich gibt. Lassen Sie es mich aber doch sehen. Es könnte von Nutzen sein, wenn ich den Mann beschreiben kann, nach dem ich frage.«

Jack zog das Hochglanzfoto aus der Innentasche seines Mantels.

Hamptons Gesicht veränderte sich augenblicklich, als er Lavelle sah. Wenn ein Schwarzer überhaupt blaß werden kann, dann wurde er das. Nicht so sehr der Farbton seiner Haut veränderte sich, aber sie wurde stumpf und verlor alle Lebendigkeit.

Er sagte: »Dieser Mann!«

»Was?« fragte Jack.

Das Foto zitterte, als Hampton es schnell zurückgab. Er stieß es Jack hin, als wolle er es schnellstens loswerden, als könne er sich irgendwie mit einer schlimmen Krankheit infizieren, wenn er das fotografische Abbild von Lavelle auch nur berührte. Seine großen Hände bebten.

Jack fragte: »Was ist? Was ist denn los?«

»Ich kenne ihn«, sagte Hampton. »Ich... ich habe ihn schon gesehen. Ich wußte nur seinen Namen nicht.«

»Wo haben Sie ihn gesehen?«

»Hier.«

»Hier im Laden?«

»Ja.«

»Wann?«

»Letzten September.«

»Seitdem nicht mehr?«

»Nein.«

»Was wollte er hier?«

»Er wollte Kräuter und pulverisierte Blumen kaufen.«

»Aber ich dachte, Sie handeln nur mit guter Magie? *Rada!*«

»Viele Substanzen kann sowohl ein *Bocor* wie auch ein *Houngon* zu sehr verschiedenen Zwecken verwenden, für böse oder gute Magie. Es ging um Kräuter und pulverisierte Blumen, die äußerst selten sind und die er nirgendwo sonst in New York hatte auftreiben können.«

»Gibt es noch *mehr* solche Läden wie den Ihren?«

»Einen, der so ähnlich ist, aber nicht so groß. Und dann gibt es zwei praktizierende *Houngons* – die beiden sind keine großen Magier, kaum mehr als Amateure, sie haben beide nicht genug Macht oder Wissen, um sehr erfolgreich zu sein – sie verkaufen die magischen Sachen in ihrer Wohnung. Aber die kennen alle drei keine Skrupel. Sie verkaufen an *Bocors* und an *Houngons*.«

»Lavelle kam also hierher, als er bei denen nicht alles bekommen konnte, was er brauchte.«

»Ja. Er erzählte mir, er hätte das meiste gefunden, aber er sagte, mein Laden sei der einzige, der ein vollständiges Sortiment auch der ganz selten benützten Ingredienzien für Zaubersprüche und Beschwörungen führt. Was natürlich stimmt. Ich bin stolz auf meine Auswahl und auf die Qualität meiner Ware. Aber im Gegensatz zu den anderen verkaufe ich nicht an einen *Bocor* – wenn ich weiß, daß er einer ist. Jedenfalls, dieser Mann, der auf dem Foto...«

»Lavelle«, sagte Jack.

»Damals kannte ich seinen Namen nicht. Als ich die paar Sachen einpackte, die er sich ausgesucht hatte, entdeckte ich, daß er ein *Bocor* war, und ich weigerte mich, das Geschäft abzuschließen. Er dachte, ich sei wie all die anderen Händler, ich würde einfach an jeden verkaufen, und er war wütend, als ich ihm nicht geben wollte, was er verlangte. Ich wies ihm die Tür und dachte, damit sei die Sache erledigt.«

»Das war sie aber nicht?« fragte Jack.

»Nein.«

»Er kam zurück?«

»Nein.«

»Was geschah dann?«

Hampton kam hinter der Verkaufstheke hervor. Er ging zu den Regalen, auf denen Hunderte und Aberhunderte von Flaschen standen; Jack folgte ihm.

Hamptons Stimme war gedämpft und hatte einen ängstlichen Unterton. »Zwei Tage, nachdem Lavelle hier war, war ich alleine im Laden, saß da hinten an der Theke und las – da fielen plötzlich alle Flaschen von den Regalen auf den Boden. Alle im gleichen Augenblick. Das war vielleicht ein Krach! Die Hälfte davon zerbrach, der Inhalt floß ineinander, alles war ruiniert. Ich rannte hin, um zu sehen, was geschehen war, wodurch das Ganze ausgelöst worden war, und als ich näherkam, begannen einige der verschütteten Kräuter, Pulver und zerstoßenen Wurzeln... nun, sich zu *bewegen*... eine Gestalt zu bilden... lebendig zu werden. Aus den Trümmern wand sich zusammengesetzt aus mehreren Substanzen... eine schwarze Schlange, ungefähr achtzehn Zoll lang, empor. Mit gelben Augen. Giftzähnen. Einer hin- und herschnellenden Zunge. So wirklich wie eine aus dem Ei geschlüpfte Schlange.«

Jack starrte den großen Mann an, er wußte nicht, was er von ihm oder von seiner Geschichte halten sollte. Bis zu diesem Augenblick hatte er gedacht, Carver Hampton glaube aufrichtig an seine religiösen Vorstellungen und sei ein völlig vernünftiger Mensch, nicht weniger rational, nur weil seine Religion nicht der Katholizismus oder das Judentum war, sondern Voodoo. Jetzt starrte er ihn mit äußerst gemischten Gefühlen an, skeptisch und vorsichtig akzeptierend zugleich.

Rebecca würde jetzt sagen, er sei wieder einmal übermäßig aufgeschlossen.

Hampton starrte die Flaschen an, die auf den Regalen standen, und sagte: »Die Schlange glitt auf mich zu. Ich wich durch den ganzen Raum zurück. Ich konnte nirgendwohin fliehen. Ich fiel auf die Knie. Sprach Gebete. Es waren die richtigen Gebete für diese Situation, und sie taten ihre Wirkung. Entweder war es das... oder Lavelle wollte gar nicht, daß die Schlange mir Schaden zufügt. Vielleicht wollte er mich damit nur warnen, mich nicht in seine Angelegenheiten einzumischen, wollte mir sozusagen eine Ohrfeige geben, weil ich ihn so kurzerhand rausgeworfen hatte. Jedenfalls löste sich die Schlange schließlich wieder in die Kräuter, Pulver und zerstoßenen Wurzeln auf, aus denen sie entstanden war.«

»Woher wissen Sie, daß Lavelle es war, der das getan hat?« fragte Jack.

»Einen Moment, nachdem die Schlange... sich aufgelöst hatte... klingelte das Telefon. Es war dieser Mann, der, den ich nicht hatte bedienen wollen. Er sagte mir, es sei mein gutes Recht zu entscheiden, ob ich ihn bedienen wolle oder nicht, und er nehme mir das nicht übel. Aber er sagte, er gestatte niemandem, Hand an ihn zu legen, wie ich es getan hätte. Um mir das zu vergelten, habe er meine Sammlung von Kräutern zerstört und die Schlange heraufbeschworen. Das sagte er. Das war *alles*, was er sagte. Dann legte er auf.«

»Sie hatten mir nicht erzählt, daß Sie ihn tatsächlich mit Gewalt aus dem Laden *geworfen* hatten«, sagte Jack.

»Das habe ich auch nicht getan. Ich habe ihm nur die Hand auf den Arm gelegt und ihn... wie soll ich sagen?... hinausge*führt*. Entschieden, ja, aber ohne wirklich Gewalt anzuwenden, ohne ihm weh zu tun. Trotzdem reichte das, um ihn so wütend zu machen, daß er sich rächen wollte.«

»Und das war alles im September?«

»Ja.«

»Und er ist nie mehr wiedergekommen?«

»Nein.«

»Hat auch nicht angerufen?«

»Nein. Und ich brauchte fast drei Monate, bis ich mein Sortiment an seltenen Kräutern und Pulvern wieder beieinander hatte. Viele von diesen Artikeln sind so furchtbar schwer zu bekommen. Sie können sich das nicht vorstellen. Erst vor kurzem wurde ich damit fertig, diese Regale aufzufüllen.«

»Sie haben also durchaus Gründe zu wünschen, daß diesem Lavelle das Handwerk gelegt wird«, meinte Jack.

Hampton schüttelte den Kopf. »Im Gegenteil.«

»Wie?«

»Ich will mit der Sache nichts mehr zu tun haben.«

»Aber...«

»Ich kann Ihnen nicht mehr helfen, Lieutenant.«

»Das verstehe ich nicht.«

»Es müßte doch klar sein. Wenn ich Ihnen helfe, schickt Lavelle mir etwas auf den Hals. Etwas Schlimmeres als die Schlange. Und diesmal wird es nicht nur eine Warnung sein. Nein, diesesmal geht es mir mit Sicherheit ans Leben.«

Jack sah, daß Hampton es ernst meinte, daß er wirklich verängstigt war. Der Mann glaubte an die Macht des Voodoo. Er zitterte. Selbst Rebecca würde, wenn sie ihn jetzt sähe, nicht mehr behaupten können, er sei ein Scharlatan. Er *glaubte* wirklich.

Jack sagte: »Aber Sie müßten doch genauso wie ich wünschen, daß er hinter Gitter kommt. Sie müßten doch, nach allem, was er Ihnen angetan hat, wollen, daß ihm sein schmutziges Handwerk gelegt wird.«

»Sie werden ihn nie ins Gefängnis bringen.«

»O doch.«

»Ganz gleich, was er tut, Sie werden ihm nie etwas anhaben können.«

»Wir werden ihn schon kriegen.«

»Er ist ein sehr mächtiger *Bocor*, Lieutenant. Kein Amateur. Kein Durchschnittszauberer. Ihm steht die Macht der Dunkelheit, der letzten Dunkelheit des Todes, der Dunkelheit der Hölle, der Dunkelheit der Anderen Seite zur Verfügung. Es ist eine kosmische Macht, die jegliches menschliche Begriffsvermögen übersteigt. Er ist nicht nur mit Satan im Bunde, mit eurem christlichen und jüdischen König der Dämonen. Das wäre schlimm genug. Aber, sehen Sie, er dient auch *allen* bösen Göttern der afrikanischen Religionen, die bis in die Antike zurückreichen; er hat dieses große, bösartige Pantheon hinter sich. Einige dieser Gottheiten sind weit mächtiger und unermeßlich viel brutaler, als man Satan jemals dargestellt hat. Eine gewaltige Heerschar böser Wesen steht Lavelle zu Diensten, sie lassen sich bereitwillig von ihm benützen, weil sie ihrerseits ihn als Pforte in diese Welt benützen. Sie sind bestrebt herüberzukommen, um Blut, Schmerz, Entsetzen und Elend über die Lebenden zu bringen, denn zu dieser unserer Welt wird ihnen der Zutritt gewöhnlich durch die Macht der guten Götter verwehrt, die über uns wachen.«

Hampton hielt inne. Es kostete ihn Mühe zu atmen. Auf seiner Stirn glänzten Schweißperlen. Er wischte sich mit seinen großen Händen über das Gesicht und atmete mehrmals langsam und tief durch. Dann sprach er weiter, bemühte sich, seine Stimme ruhig und vernünftig klingen zu lassen, aber das gelang ihm nur halb.

»Lavelle ist ein gefährlicher Mann, Lieutenant, unendlich viel gefährlicher, als Sie es auch nur ahnen können. Ich halte es auch für sehr wahrscheinlich, daß er verrückt ist, wahnsinnig; er hatte eindeutig etwas Irres an sich. Das ist eine äußerst furchterregende Kombination. Das über alle Maßen Böse in Verbindung mit dem Wahnsinn und der Macht eines meisterlich geschulten *Bocor*.«

»Aber Sie sagen, Sie sind ein *Houngon*, ein Priester der weißen Magie. Können Sie mit Ihrer Macht nicht gegen ihn vorgehen?«

»Ich bin ein fähiger *Houngon*, besser als viele andere. Aber das Format dieses Mannes habe ich nicht. Ich könnte zum Beispiel, mit großer Anstrengung, vielleicht seinen eigenen Vorrat an Kräutern und Pulvern mit einem Fluch belegen. Ich könnte vielleicht ausgreifen und bewirken, daß ein paar Flaschen von den Regalen in seinem Arbeitszimmer, oder wo immer er sie aufbewahrt, herunterfallen – natürlich erst, nachdem ich den Raum gesehen hätte. Ich könnte jedoch nicht soviel zerstören wie er. Und ich könnte keine Schlange heraufbeschwören, wie er es getan hat. Über soviel Macht, soviel Geschicklichkeit verfüge ich nicht.«

»Sie könnten es aber doch versuchen?«

»Nein. Ganz bestimmt nicht. Bei einer Machtprobe würde er mich zerquetschen. Wie ein Insekt.«

Hampton ging zur Tür und öffnete sie.

»Hören Sie«, sagte Jack. »Lavelle braucht nie zu erfahren, daß Sie sich nach ihm erkundigen. Er...«

»Er würde es herausfinden«, fiel ihm Hampton zornig ins Wort, seine Augen waren so weit aufgerissen wie die Tür, die er festhielt. »Er weiß alles – oder kann es herausfinden. Alles.«

»Aber...«

»Bitte, gehen Sie«, sagte Hampton.

»Hören Sie mich doch an. Ich...«

»Gehen Sie.«

»Aber...«

»Los, gehen Sie, verschwinden Sie, sofort, verdammt!« sagte Hampton mit einer Stimme, in der sich Ärger, Entsetzen und Panik zu gleichen Teilen mischten.

Die fast hysterische Angst dieses Hünen vor Lavelle übertrug sich allmählich auf Jack. Ein Frösteln durchlief ihn, und er stellte fest, daß seine Hände plötzlich feucht waren.

Er nickte seufzend. »Schon gut, schon gut, Mr. Hampton. Aber ich wünschte wirklich...«

»Jetzt, verdammt, *sofort*!« schrie Hampton.

Jack verließ den Laden.

5

Die Tür zum *Rada* schlug hinter ihm zu.

In der schneestillen Straße klang es, als würde ein Gewehr abgefeuert.

Jack drehte sich um, blickte zurück und sah, wie Carver Hampton die Jalousie herunterzog, die die Glasscheibe in der Mitte der Tür verdeckte. In dicken weißen Lettern war auf dem dunklen Segeltuch ein Wort gedruckt: GESCHLOSSEN.

Einen Augenblick später gingen in dem Laden die Lichter aus.

Vorsichtig ging Jack über das rutschige Pflaster auf den Streifenwagen zu, der weiße Auspuffwolken ausstoßend, am Rinnstein auf ihn wartete. Er hatte erst drei Schritte gemacht, als er stehenblieb, weil er ein Geräusch hörte, das nicht hierher, auf die winterliche Straße, zu gehören schien: das Klingeln eines Telefons. Er schaute nach rechts und nach links und sah nahe an der Ecke, zwanzig Fuß hinter dem wartenden Schwarzweißen, ein Münztelefon. In der gar nicht zu einer Großstadt passenden Stille, die der Schnee über die Straßen legte, schrillte das Klingeln so laut, daß es direkt vor ihm aus dem Nichts zu kommen schien.

Er starrte das Telefon an. Es war nicht in einer Zelle. In der heutigen Zeit gab es nicht mehr viele von den Zellen mit einer Falltür, die wie ein kleiner Schrank aussahen, und in denen man ungestört sprechen konnte; zu teuer, sagte Ma Bell. Dieses Telefon war auf einer Stange angebracht und hatte einen Schallschutz in Form einer Schöpfkelle, die an drei Seiten nach innen gebogen war. Im Lauf der Jahre war er ein paarmal an öffentlichen Telefonen vorbeigekommen, die klingelten, obwohl niemand in der Nähe war, der auf einen Anruf wartete. Bei diesen Gelegenheiten hatte er nie einen zweiten Blick darauf verschwendet, hatte nie auch nur den geringsten Drang verspürt, den Hörer abzunehmen und herauszufinden, wer dran war; es war ihn nichts angegangen. Genausowenig, wie es ihn diesmal etwas anging. Und doch... dieses Mal war es irgendwie... anders. Das Klingeln schlängelte sich heraus wie ein Geräuschlasso, fing ihn ein, umschlang ihn, hielt ihn fest.

Die Harlem-Umgebung veränderte sich auf eine sonderbare, verwirrende Weise. Nur drei Dinge blieben fest und real: das Telefon, ein schmaler Streifen schneebedecktes Pflaster, der zu dem Telefon hinführte, und Jack selbst. Der Rest der Welt schien in einen Nebel zurückzuweichen, der aus dem Nichts aufstieg. Die Gebäude schienen zu verblassen, sich aufzulösen, wie in einem Film, wenn eine Szene ausgeblendet wurde, um von einer anderen ersetzt zu werden.

Es klingelte...

Etwas zog ihn an.

Es klingelte...

Zog ihn zum Telefon.

Er versuchte, sich dagegen zu wehren.

Es klingelte...

Plötzlich merkte er, daß er einen Schritt gemacht hatte. Auf das Telefon zu.

Und noch einen.

Einen dritten.

Ihm war, als schwebe er.

Es klingelte...

Er bewegte sich wie im Traum oder im Fieber.

Er machte noch einen Schritt.

Er wollte stehenbleiben. Und konnte nicht.

Sein Herz hämmerte.

Ihm war schwindlig, wirr im Kopf.

Trotz der eiskalten Luft war sein Nacken schweißnaß.

Das Klingeln des Telefons war wie die rhythmischen glitzernden Pendelbewegungen der Taschenuhr eines Hypnotiseurs. Das Geräusch zog ihn unerbittlich vorwärts, so sicher, wie in alten Zeiten die Gesänge der Sirenen unvorsichtige Seeleute auf die Riffs und in den Tod gezogen hatten.

Er wußte, daß der Anruf für ihn war. Wußte es, ohne zu begreifen, *wieso* er das wußte.

Er nahm den Hörer ab: »Hallo?«

»Lieutenant Dawson! Ich bin entzückt, daß ich endlich Gelegenheit habe, mit Ihnen zu sprechen. Mein Bester, wir hätten schon längst einmal miteinander plaudern sollen.«

Es war eine tiefe Stimme, aber kein Baß, und sie klang weich und elegant; auffällig war der gebildete britische Tonfall, der durch die schwungvollen Rhythmen der für tropische Zonen typischen Sprachmuster drang. Eindeutig ein karibischer Akzent.

Jack fragte: »Lavelle?«

»Aber natürlich. Wer sonst?«

»Aber woher wußten Sie...«

»Daß Sie dort sind? Mein lieber Junge, ich behalte Sie doch im Auge, wenn auch mit einer gewissen Lässigkeit.«

»Sie sind hier, nicht wahr? Irgendwo in dieser Straße, in einem der Apartmenthäuser?«

»Weit entfernt. Harlem ist nicht nach meinem Geschmack.«

»Ich möchte mit Ihnen reden«, sagte Jack.

»Das tun wir doch gerade.«

»Ich meine: persönlich.«

»Oh, ich glaube kaum, daß das notwendig ist.«

»Ich würde Sie nicht verhaften.«

»Das könnten Sie auch nicht. Keine Beweise.«

»Nun, dann...«

»Aber Sie würden mich unter irgendeinem Vorwand ein oder zwei Tage lang festhalten.«

»Ich gebe Ihnen mein Wort, daß wir Sie nur ein paar Stunden festhalten würden, nur um Ihnen einige Fragen zu stellen.«

»Tatsächlich?«

»Sie können mir vertrauen, wenn ich Ihnen mein Wort gebe. Ich tue das nicht leichtfertig.«

»Sonderbarerweise bin ich ziemlich sicher, daß das stimmt.«

»Warum kommen Sie also nicht her und beantworten uns einige Fragen, um gewisse Dinge klarzustellen und den Verdacht von sich abzuwälzen?«

»Tja, ich kann den Verdacht natürlich nicht von mir abwälzen, weil ich tatsächlich schuldig bin«, sagte Lavelle. Er lachte.

»Sie wollen sagen, daß Sie hinter den Morden stecken?«

»Sicher. Hat Ihnen das nicht jeder gesagt?«

»Sie haben mich also angerufen, um zu gestehen?«

Lavelle lachte wieder. Dann: »Ich habe Sie angerufen, um Ihnen einen Rat zu geben.«

»Ja?«

»Verfahren Sie so, wie es die Polizei in meinem Heimatland Haiti tun würde.«

»Und wie wäre das?«

»Man würde einem *Bocor*, der soviel Macht besitzt wie ich, nicht in die Quere kommen.«

»Stimmt das?«

»Man würde es nicht wagen.«

»Wir sind hier in New York, nicht auf Haiti. Abergläubische Ängste werden einem auf der Polizeiakademie nicht beigebracht.«

Jack sprach mit ruhiger und gelassener Stimme, aber sein Herz hämmerte wie wild gegen seine Rippen.

Lavelle sagte: »Außerdem würde sich die Polizei auf Haiti gar nicht einmischen *wollen*, wenn die Opfer des *Bocors* so wertloser Dreck wären wie die Familie Carramazza. Sehen Sie mich nicht als Mörder, Lieutenant. Sehen Sie mich als Kammerjäger, der der Gesellschaft einen wertvollen Dienst erweist. So würde man es in Haiti betrachten.«

»Wir haben hier eine andere Philosophie.«

»Tut mir leid, das zu hören.«

»Wir halten Mord für Unrecht, ganz gleich, wer das Opfer ist.«

»Wie albern. Was verliert die Welt, wenn die Carramazzas sterben? Diebe, Mörder und Zuhälter. Andere Diebe, Mörder und Zuhälter werden nachrücken und ihren Platz einnehmen. Nicht ich, verstehen Sie? Sie glauben vielleicht, daß ich genauso bin wie sie, nichts als ein Mörder, aber ich bin nicht von dieser Sorte. Ich bin Priester. Ich will den Drogenhandel in New York nicht beherrschen. Ich will ihn nur Gennaro Carramazza wegnehmen, als Teil seiner Strafe. Ich möchte ihn finanziell ruinieren, ihn so zurücklassen, daß er unter seinesgleichen keinen Respekt mehr genießt, und ich will ihm seine Freunde und seine Familie wegnehmen, sie abschlachten, ihm beibringen, was Leid ist. Wenn das geschehen ist, wenn er isoliert, einsam und voller Angst ist, wenn er eine Weile gelitten hat, wenn er von schwärzester Verzweiflung erfüllt ist, dann werde ich mich endlich auch seiner entledigen, und zwar auf langsame und sehr qualvolle Weise. Dann werde ich fortgehen, zurück auf die Inseln, und Sie werden nie wieder von mir belästigt werden. Ich bin nur ein Werkzeug der Gerechtigkeit, Lieutenant Dawson.«

»Verlangt die Gerechtigkeit wirklich, Carramazzas Enkelkinder zu ermorden?«

»Ja.«
»Unschuldige kleine Kinder?«
»Sie sind nicht unschuldig. Sie haben sein Blut, seine Gene. Das macht sie ebenso schuldig wie ihn.«
Carver Hampton hatte recht: Lavelle war wahnsinnig.
»Nun«, fuhr Lavelle fort, »ich sehe ein, daß Sie Schwierigkeiten mit Ihren Vorgesetzten bekommen, wenn Sie nicht wenigstens für ein paar von diesen Morden jemanden vor Gericht bringen. Die gesamte Mordkommission wird zum Prügelknaben für die Presse werden, wenn nichts geschieht. Das verstehe ich sehr gut. Wenn Sie wollen, werde ich es also so einrichten, daß durch viele verschiedene Anhaltspunkte Mitglieder einer der anderen Mafia-Familien der Stadt belastet werden. Es wäre mir ein Vergnügen, Ihnen auf diese Weise aus der Klemme zu helfen.«
Es waren nicht nur die Umstände, unter denen dieses Gespräch stattfand – die traumartige Beschaffenheit der Straße rings um das Münztelefon, das Gefühl zu schweben, der Fieberschleier –, die alles so unwirklich erscheinen ließen; das Gespräch selbst war so bizarr, daß es niemand hätte glauben können, ganz gleich, unter welchen Umständen es geführt wurde.
Jack sagte: »Glauben Sie wirklich, daß ich so ein Angebot ernst nehmen könnte?«
»Die Beweise, die ich fingiere, werden hieb- und stichfest sein. Sie werden jeder gerichtlichen Überprüfung standhalten. Sie brauchen nicht zu befürchten, den Fall zu verlieren.«
»Das meine ich nicht«, sagte Jack. »Glauben Sie wirklich, daß ich mit Ihnen zusammenarbeiten würde, um unschuldigen Menschen etwas anzuhängen?«
»Sie wären nicht unschuldig. Kaum. Ich rede davon, anderen Mördern, Dieben und Zuhältern etwas anzuhängen.«
»Aber *diese* Verbrechen hätten sie nicht begangen.«
»Reine Formsache.«
»Nicht für mich.«
Lavelle schwieg einen Augenblick. Dann: »Sie sind ein interessanter Mann, Lieutenant. Naiv. Dumm. Aber trotzdem interessant.«
»Gennaro Carramazza erzählte uns, Ihr Motiv sei Rache.«
»Ja.«
»Wofür?«
»Hat er Ihnen das nicht erzählt?«
»Nein. Was ist das für eine Geschichte?«

Schweigen.

Jack wartete, hätte die Frage fast noch einmal gestellt.

Dann sprach Lavelle endlich, und in seiner Stimme war eine neue Schärfe, sie klang jetzt hart und grausam. »Ich hatte einen jüngeren Bruder. Er hieß Gregory. Eigentlich war er mein Halbbruder. Sein Familienname war Pontrain. Er hing nicht den alten Hexen- und Zauberkünsten an. Er mied sie. Er wollte nichts mit den alten Religionen Afrikas zu tun haben. Er hatte eine sehr moderne Einstellung, die Vernünftigkeit des Maschinenzeitalters. Mich hielt er für einen harmlosen Exzentriker. Aber obwohl er mich nicht verstand, liebte ich ihn, und er liebte mich. Wir waren Brüder. *Brüder*. Ich hätte alles für ihn getan.«

»Gregory Pontrain...«, sagte Jack nachdenklich. »Der Name kommt mir irgendwie bekannt vor.«

»Gregory kam vor Jahren als legaler Einwanderer hierher. Er strengte sich sehr an, arbeitete sich durchs College, bekam ein Stipendium. Er hatte immer schriftstellerisches Talent gehabt, schon als Junge, und er glaubte zu wissen, was er damit anfangen sollte. Er machte hier, an der Columbia University, sein journalistisches Diplom. Er war Klassenbester. Arbeitete für die *New York Times*. Ungefähr ein Jahr lang schrieb er nicht einmal selbst, sondern prüfte nur die Recherchen in den Berichten anderer Reporter nach. Allmählich bekam er auch selber ein paar Aufträge. Kleine Sachen. Unbedeutend. Was man ›aus dem Leben gegriffen‹ nennen würde. Und dann...«

»Gregory Pontrain«, sagte Jack. »Natürlich. Der Polizeireporter.«

»Mit der Zeit wurden meinem Bruder ein paar Kriminalberichte übertragen. Raubüberfälle. Rauschgiftrazzien. Seine Reportagen waren gut. Ja, er fing an, Geschichten nachzugehen, mit denen man ihn gar nicht beauftragt hatte, größere Sachen, die er ganz allein ausgegraben hatte. Und schließlich wurde er der Experte der *Times* für den Rauschgifthandel in der Stadt. Niemand wußte mehr über das Thema, wie die Carramazzas darin verwickelt waren, wie die Carramazza-Organisation soundso viele Beamte der Sittenpolizei und städtische Politiker bestochen hatte; niemand wußte mehr als Gregory; niemand. Er veröffentlichte diese Artikel...«

»Ich habe sie gelesen. Gute Arbeit. Vier Stück, glaube ich.«

»Ja, er hatte vor, noch mehr zu machen, mindestens noch ein halbes Dutzend weiterer Artikel. Es war schon von einem Pulitzer-Preis die Rede, nur aufgrund dessen, was er bis dahin geschrieben hatte. Schon hatte er genügend Beweise ausgegraben, um die Polizei zu interessieren und drei Anklageerhebungen vor dem Großen Geschworenengericht zu erreichen. Er hatte so seine Verbindungsleute, wissen Sie: Insider bei der Polizei und in der Carramazza-Familie, Insider, die ihm vertrauten. Er war überzeugt, Dominick Carramazza selbst zur Strecke bringen zu können, ehe alles vorüber war. Er glaubte, er könne etwas ändern, ganz allein. Er verstand nicht, daß es nur eine Möglichkeit gibt, mit den Mächten der Dunkelheit umzugehen, nämlich Frieden mit ihnen zu schließen, sich ihnen anzupassen, wie ich es getan habe. Eines Abends im letzten März waren er und seine Frau Ona auf dem Weg zum Dinner...«

»Die Autobombe«, sagte Jack.

»Sie wurden beide in Stücke gerissen. Ona war schwanger. Es wäre ihr erstes Kind gewesen. Gennaro Carramazza schuldet mir also drei Leben – Gregory, Ona und das Baby.«

»Der Fall wurde nie aufgeklärt«, erinnerte ihn Jack. »Es gab keinen Beweis dafür, daß Carramazza dahintersteckte.«

»Es war aber so.«

»Das können Sie nicht sicher wissen.«

»Doch. Ich habe auch meine Quellen. Sogar noch bessere als Gregory. Ich lasse die Augen und Ohren der Unterwelt für mich arbeiten.« Er lachte. Er hatte ein melodisches, fast sympathisches Lachen, das Jack aus der Fassung brachte. »Die Unterwelt, Lieutenant. Aber damit meine ich nicht die kriminelle Unterwelt, diese elende *cosa nostra* mit ihrem sizilianischen Stolz und ihrem hohlen Ehrenkodex. Die Unterwelt, von der ich spreche, liegt viel tiefer als die, in der die Mafia haust, tiefer ist sie und dunkler. Ich habe die Augen und Ohren der Uralten, die Berichte von Dämonen und dunklen Engeln, das Zeugnis der Wesen, die alles sehen und alles wissen.«

Wahnsinn, dachte Jack. Der Mann gehört in eine geschlossene Anstalt.

Aber außer dem Wahnsinn war da noch etwas in Lavelles Stimme, das den Polizisteninstinkt in Jack reizte und lockte. Wenn Lavelle vom Übernatürlichen sprach, dann tat er das mit echter Ehrfurcht und Überzeugung; wenn er jedoch von seinem Bruder sprach, wurde seine Stimme ganz ölig, weil die Gefühle unecht und die Trauer nicht überzeugend waren. Jack spürte, daß Rache nicht Lavelles Hauptmotivation war, und daß er in Wirklichkeit seinen ehrbaren Bruder sogar gehaßt hatte, daß er über seinen Tod vielleicht sogar froh (oder zumindest erleichtert) war.

»Ihr Bruder wäre mit der Rache, die Sie da nehmen, nicht einverstanden«, sagte Jack.

»Vielleicht doch. Sie haben ihn nicht gekannt.«

»Aber ich weiß genug von ihm, um mit einiger Sicherheit sagen zu können, daß er überhaupt nicht wie Sie war. Er war ein anständiger Mensch. Er würde dieses ganze Gemetzel nicht wollen. Es würde ihn abstoßen.«

Lavelle sagte nichts, aber in seinem Schweigen lag eine Art Schmollen, ein schwelender Zorn.

Jack sagte: »Er wäre bestimmt nicht mit dem Mord an irgend jemandes Enkelkindern einverstanden, mit Rache bis in die dritte Generation. Er war nicht krank wie Sie. Er war nicht verrückt.«

»Es ist ohne Bedeutung, ob er einverstanden wäre«, sagte Lavelle ungeduldig.

»Vermutlich, weil Sie nicht wirklich von Rachsucht getrieben werden. Nicht in Ihrem tiefsten Inneren.«

»Ich rotte dieses Ungeziefer nicht im Namen meines Bruders aus«, sagte Lavelle scharf und wütend. »Ich tue es in meinem eigenen Namen. In meinem und keinem anderen. Davon müssen Sie ausgehen. Ich habe niemals etwas anderes behauptet. Diese Toten gehen auf mein Konto. Nicht auf das meines Bruders.«

»Konto? Seit wann kann man Mord gutschreiben, seit wann ist er eine Empfehlung, etwas, worauf man stolz sein kann? Das ist Wahnsinn.«

»Es ist kein Wahnsinn«, widersprach Lavelle hitzig. Der Irrsinn stieg in ihm auf. »Die Argumentation der Uralten, der Götter des *Pétro* und des *Congo* lautet so. Niemand kann ungestraft dem Bruder eines *Bocor* das Leben nehmen. Der Mord an meinem Bruder ist eine Beleidigung für mich. Das kann ich nicht dulden. Ich will es auch nicht! Meine Macht als *Bocor* wäre für immer geschwächt, wenn ich auf Rache verzichtete.« Jetzt redete er irre, verlor seine Gelassenheit. »Blut muß fließen. Die Schleusen des Todes müssen sich öffnen. Meere von Schmerz müssen sie hinwegfegen, alle, die mich verhöhnten, indem sie Hand an meinen Bruder legten. Selbst wenn ich Gregory verachtet habe, er gehörte zu meiner Familie. Wenn ich nicht angemessen Rache nehme, werden mir die Uralten nie wieder gestatten, sie anzurufen; sie werden meinen Flüchen und Zaubersprüchen keine Kraft mehr verleihen. Ich muß den Mord an meinem Bruder mit mindestens zwanzig Morden vergelten, wenn ich den Respekt und die Unterstützung der Götter des *Pétro* und des *Congo* behalten will.«

Jack war bis an die Wurzeln der wahren Motive des Mannes vorgedrungen, aber das hatte ihm nichts gebracht. Die wahren Beweggründe ergaben für ihn keinen Sinn. Sie schienen ihm nur ein weiterer Beweis für Lavelles Wahnsinn zu sein.

»Sie glauben wirklich daran, nicht wahr?« fragte Jack.

»Es ist die Wahrheit.«

»Es ist Wahnsinn.«

»Irgendwann werden Sie Ihre Meinung ändern.«

»Wahnsinn«, wiederholte Jack.

»Noch einen guten Rat«, sagte Lavelle.

»Ich habe bisher noch keinen Verdächtigen kennengelernt, der so voller guter Ratschläge steckte wie Sie. Sie sind eine richtige Briefkastentante.«

Ohne darauf einzugehen, sagte Lavelle: »Geben Sie diesen Fall ab.«

»Das kann nicht Ihr Ernst sein.«

»Sie werden es tun, wenn Sie wissen, was gut für Sie ist.«

»Sie sind ein arroganter Bastard.«

»Ich weiß.«

»Ich bin Polizist, in Gottes Namen! Sie können mich nicht mit Drohungen einschüchtern. Drohungen steigern nur mein Interesse, Sie zu finden. Die Polizisten in Haiti sind sicher genauso. So groß kann der Unterschied nicht sein. Außerdem, was hätten Sie davon, wenn ich mich ablösen ließe? Dann würde jemand anderer an meine Stelle treten. Man würde trotzdem weiter nach Ihnen suchen.«

»Ja, aber wer immer Sie ersetzen würde, er wäre nicht so unvoreingenommen, daß er die Möglichkeit der Wirksamkeit von Voodoo in Betracht ziehen würde. Er würde sich an die üblichen Polizeimethoden halten, und vor denen habe ich keine Angst.«

Jack war überrascht. »Sie meinen, meine Aufgeschlossenheit allein ist eine Bedrohung für Sie?«

Lavelle beantwortete diese Frage nicht. Er sagte: »Na schön. Wenn Sie schon nicht von der Bildfläche verschwinden wollen, dann hören Sie wenigstens auf, Untersuchungen über Voodoo anzustellen. Gehen Sie so vor, wie Rebecca Chandler vorgehen will – wie bei einer ganz gewöhnlichen Morduntersuchung.«

»Ihre *Frechheit* ist unglaublich«, sagte Jack.

»Sie sind, wenn auch nur ein ganz klein wenig, für die Möglichkeit einer übernatürlichen Erklärung offen. Verfolgen Sie diese Spur nicht weiter. Mehr verlange ich nicht.«

»Ach, tatsächlich nicht?«

»Geben Sie sich mit Fingerabdrücken, Labortechnikern, Ihren üblichen Experten und den Standardmethoden zufrieden. Befragen Sie so viele Zeugen, wie Sie nur wollen...«

»Vielen Dank für die gütige Erlaubnis.«

»... all das kümmert mich nicht«, fuhr Lavelle fort, als hätte Jack ihn nicht unterbrochen. »Auf diese Weise finden Sie mich nie. Ehe Sie auch nur eine einzige Spur haben, bin ich mit Carramazza fertig und auf dem Weg zurück zu den Inseln. Vergessen Sie nur den Voodoo-Aspekt.«

Erstaunt über die Dreistigkeit des Mannes fragte Jack: »Und wenn ich das nicht tue?«

Die offene Telefonleitung zischte, und Jack fiel die schwarze Schlange ein, von der Carver Hampton gesprochen hatte, und er fragte sich, ob Lavelle wohl irgendwie eine Schlange durch die Leitung schicken konnte.

Lavelle sagte: »Wenn Sie darauf bestehen, mehr über Voodoo zu erfahren, wenn Sie weiterhin Ermittlungen in dieser Richtung anstellen... dann lasse ich Ihren Sohn und Ihre Tochter in Stücke reißen.«

Endlich ging eine von Lavelles Drohungen Jack unter die Haut. Sein Magen krampfte sich zusammen.

Lavelle sagte: »Wissen Sie noch, wie Dominick Carramazza und sein Leibwächter aussahen...«

Und dann redeten sie beide gleichzeitig. Jack schrie, Lavelle behielt seinen kühlen und gemessenen Tonfall bei.

»Hören Sie, Sie schleimiger Hundesohn...«

»... da im Hotel, der alte Dominick, ganz zerfleischt...«

»... lassen Sie die Finger von...«

»... die Augen ausgequetscht, voller Blut?«

»... meinen Kindern, sonst werde ich...«

»Wenn ich mit Davey und Penny fertig bin...«

»... Ihnen den Schädel wegpusten!«

»... sind sie nur noch totes Fleisch...«

»Ich warne Sie...«

»... und vielleicht vergewaltige ich das Mädchen auch noch...«

»... Sie stinkender Abschaum!«

»... weil sie wirklich ein zartes, saftiges, kleines Ding ist. Manchmal mag ich sie zart, ganz jung und zart und unschuldig. Das Aufregende ist, wenn man sie in den Dreck ziehen kann, wissen Sie.«

»Nachdem Sie meine Kinder bedroht haben, Sie Arschloch, haben Sie jetzt jede Chance vertan, die Sie hatten. Was glauben Sie eigentlich, wer Sie sind?«

»Ich lasse Ihnen den Rest dieses Tages Zeit, um darüber nachzudenken. Wenn Sie dann nicht den Schwanz einziehen, hole ich mir Davey und Penny. Und ich werde es sehr schmerzhaft für sie machen.«

Lavelle legte auf.

»Warten Sie!« schrie Jack.

Er rüttelte an der Gabel, versuchte, die Verbindung wiederherzustellen, versuchte, Lavelle zurückzuholen. Natürlich funktionierte es nicht.

Er keuchte wie ein Stier, der lange genug mit einem roten Tuch gereizt worden war. Er spürte, wie das Blut in seinen Schläfen pochte und fühlte die Hitze in seinem geröteten Gesicht. Sein Magen hatte sich zu einem so festen Knoten zusammengezogen, daß es schmerzte.

Einen Augenblick später wandte er sich vom Telefon ab. Er bebte vor Zorn. Er blieb im Schneegestöber stehen und bemühte sich, sich allmählich wieder in den Griff zu bekommen.

Die Welt, die so seltsam zurückgewichen war, als das Telefon zu klingeln angefangen hatte, kam jetzt wieder auf ihn zugestürzt. Als erstes nahm Jack Geräusche wahr: eine blökende Autohupe, Gelächter weiter unten auf der Straße, das Klappern von Schneeketten auf dem verschneiten Pflaster, das Heulen des Windes. Die Gebäude drängten sich von allen Seiten heran. Ein Fußgänger hastete vorbei, im Wind vorgebeugt; und dann kamen drei schwarze Teenager, die einander im Laufen lachend mit Schneebällen bewarfen. Der Nebel war verschwunden, und er fühlte sich nicht länger schwindlig und wirr im Kopf. Er fragte sich, ob überhaupt Nebel dagewesen war und entschied, der unheimliche Dunst habe nur in seinem Geist existiert, ein Gebilde seiner Fantasie. In Wirklichkeit war wohl... hatte er wohl irgendeinen Anfall gehabt; ja, sicher, das war alles.

Aber was für einen Anfall? Und warum hatte er ihn erlitten? Wodurch war er ausgelöst worden? Er war in seinem ganzen Leben noch nie ohnmächtig geworden; nichts, was dem im entferntesten glich. Er war völlig gesund. *Warum* also?

Und woher hatte er gewußt, daß der Anruf ihm galt?

Er blieb eine Weile stehen und dachte darüber nach, während Tausende von Schneeflocken wie Motten um ihn herum tanzten.

Endlich begriff er, daß er Faye anrufen und ihr die Situation erklären mußte, daß er ihr sagen mußte, sie solle sich davon überzeugen, daß sie nicht verfolgt wurde, wenn sie die Kinder von der Wellton-Schule abholte. Er wandte sich dem Münztelefon zu, zögerte. Nein. Von hier aus wollte er nicht anrufen. Nicht ausgerechnet von dem Apparat, den Lavelle sich ausgesucht hatte. Es schien zwar ein lächerlicher Gedanke, daß der Mann in der Lage sein sollte, ein öffentliches Telefon abzuhören – aber es schien auch töricht, es darauf ankommen zu lassen.

Etwas ruhiger – immer noch wütend, aber weniger verängstigt als zuvor –, ging er auf den Streifenwagen zu, der auf ihn wartete.

Dreiviertel Zoll tief lag der Schnee auf dem Boden. Der Sturm wuchs sich zu einem richtigen Blizzard aus.

Der Wind hatte eisige Zähne. Er biß.

6

Lavelle kehrte in den Wellblechschuppen im hinteren Teil seines Grundstückes zurück. Draußen tobte der Winter; drinnen schossen in der wilden, trockenen Hitze Schweißtropfen aus Lavelles Ebenholzhaut und liefen ihm über das Gesicht; leuchtend orangefarbenes Licht warf sonderbare, hüpfende Schatten auf die gerippten Wände. Aus der Grube in der Mitte des Fußbodens stiegen Geräusche auf, ein unangenehmes Wispern wie von Tausenden von fernen Stimmen, ein zorniges Flüstern.

Er hatte zwei Fotografien mitgebracht: eine von Davey Dawson, die andere von Penny Dawson. Er hatte beide Aufnahmen selbst gemacht, gestern nachmittag, auf der Straße vor der Wellton-Schule. Er hatte seinen Kombi fast einen Block entfernt geparkt und eine 35-mm-Pentax mit Teleobjektiv verwendet. Den Film hatte er in seiner eigenen, schrankgroßen Dunkelkammer entwickelt.

Wenn ein *Bocor* jemanden mit einem Fluch belegen und absolut sicher sein wollte, daß der auch die erwünschte schädliche Wirkung zeigte, brauchte er ein Abbild des in Aussicht genommenen Opfers. Traditionellerweise stellte der Priester eine Puppe her, er nähte sie aus Baumwollfetzen zusammen, füllte sie mit Sägemehl oder Sand und verlieh dann, so gut er konnte, dem Gesicht dieser Puppe Ähnlichkeit mit dem Gesicht des Opfers; wenn das geschehen war, diente die Puppe bei der Ausführung des Rituals als Ersatz für die wirkliche Person.

Aber das war mühsames Unterfangen, das noch dadurch erschwert wurde, daß es einem durchschnittlichen *Bocor* – da er ja nicht das Talent und die Geschicklichkeit eines Künstlers hatte – praktisch unmöglich war, dem Baumwollgesicht genügend Ähnlichkeit mit irgendeinem wirklichen Antlitz zu verleihen. Deshalb war es notwendig, die Puppe mit einer Haarlocke, einem Nagelschnipsel oder einem Blutstropfen des Opfers auszustatten. Es war nicht leicht, an eines dieser Dinge heranzukommen. Man konnte sich nicht einfach Woche für Woche im Friseur- oder Kosmetiksalon des Opfers herumtreiben und darauf warten, daß er oder sie kam und sich die Haare schneiden ließ. Man konnte das Opfer auch nicht gut bitten, einem ein paar Schnipsel aufzuheben, wenn es sich das nächste Mal die Nägel schnitt. Und so ziemlich die einzige Möglichkeit, eine Probe vom Blut des künftigen Opfers zu bekommen, war, es zu überfallen; dabei riskierte man aber, von der Polizei geschnappt zu werden, und genau das wollte man doch vermeiden, indem man es mit Magie anstatt mit Fäusten, einem Messer oder einer Schußwaffe angriff.

Alle diese Schwierigkeiten konnte man umgehen, wenn man anstelle einer Puppe eine gute Fotografie verwendete.

Lavelle kniete sich jetzt auf den Erdboden des Schuppens neben die Grube und bohrte mit einer Kugelschreibermine Löcher in den oberen Rand der beiden Hochglanzaufnahmen. Dann zog er durch beide Fotos eine dünne Schnur. Auf beiden Seiten der Grube waren, einander gegenüber, nahe am Rand zwei Holzpflöcke in die Erde getrieben. Lavelle band ein Ende der Schnur an einen der Pflöcke, spannte die Schnur über die Grube und befestigte das andere Ende am zweiten Pflock. Die Bilder der Dawson-Kinder hingen über dem Zentrum des Lochs und wurden in das unirdische, orangefarbene Leuchten getaucht, das aus dem geheimnisvollen, ständig sich verändernden Grund aufstieg.

Bald würde er die Kinder töten müssen. Er ließ Jack Dawson noch ein paar Stunden Zeit, eine letzte Gelegenheit nachzugeben, aber er war ziemlich sicher, daß Dawson festbleiben würde.

Es machte ihm nichts aus, Kinder zu töten. Er freute sich darauf. Der Mord an den ganz Jungen bereitete ihm besonderen Genuß.

Er leckte sich die Lippen.

Das Geräusch, das aus der Grube aufstieg – das ferne Wispern, das aus Zehntausenden von zischenden, flüsternden Stimmen zu bestehen schien –, wurde etwas lauter, als die Fotos da hingen, wo Lavelle sie haben wollte. Und in dem Flüstern war auch ein neuer, beunruhigender Ton zu hören: nicht nur Zorn; nicht nur eine vage Drohung; es war etwas schwer Faßbares, das irgendwie von ungeheuerlichen Gelüsten kündete, von einer gräßlichen Gefräßigkeit, von Blut und Perversion, der Klang eines dunklen, unersättlichen *Hungers*. Lavelle legte seine Kleider ab.

Er streichelte seine Genitalien und sprach dabei ein kurzes Gebet.

Er war bereit. Links von der Schuppentür standen fünf große Kupferschalen. Jede enthielt eine andere Substanz: weißes Mehl, Maismehl, rotes Ziegelpulver, pulverisierte Holzkohle und pulverisierte Sumachwurzel. Lavelle nahm eine Handvoll des roten Ziegelpulvers und begann, indem er es in abgemessenem Strom aus seiner hohlen Hand rieseln ließ, auf den Fußboden am nördlichen Rand der Grube ein kompliziertes Muster zu zeichnen. Dieses Muster hieß *Vévé*, und es verkörperte die Gestalt und die Macht einer astralen Kraft. Es gab Hunderte von *Vévés*, die ein *Houngon* oder ein *Bocor* kennen mußte. Durch das Zeichnen mehrerer passender *Vévés* vor dem Beginn eines Rituals lenkte der Priester die Aufmerksamkeit der Götter auf den *Oumphor*, den Tempel, in dem die Zeremonien abgehalten werden sollten. Das *Vévé* mußte freihändig gezeichnet werden, ohne Zuhilfenahme einer Schablone und ohne sich an einer vorher in die Erde gekratzten Skizze zu orientieren; trotzdem mußte es, wenn auch aus freier Hand gezeichnet, symmetrisch und richtig proportioniert sein, wenn es irgendeine Wirkung haben sollte. Die Schaffung der *Vévés* erforderte viel Übung, eine feinfühlige und gelenkige Hand und ein scharfes Auge. Lavelle nahm eine zweite Handvoll roten Ziegelstaubs und setzte sein Werk fort. Innerhalb von wenigen Minuten hatte er das *Vévé* gezeichnet, das Simbi Y-An-Kitha repräsentierte, einen der dunklen Götter des *Pétro*:

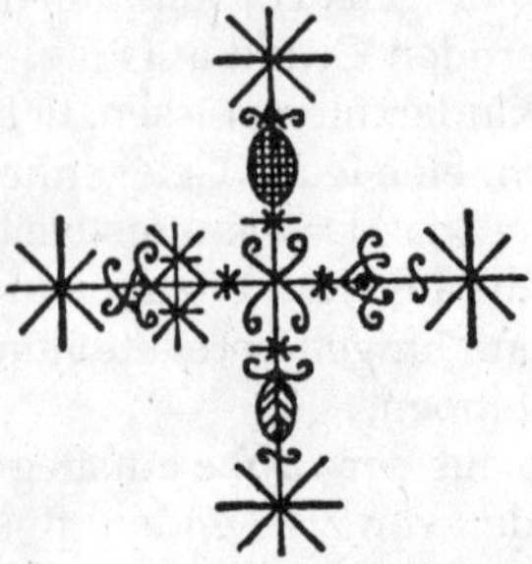

Dann nahm er eine Handvoll Mehl und begann, am südlichen Rand der Grube ein zweites *Vévé* zu zeichnen.

Dieses Muster unterschied sich allerdings beträchtlich von dem ersten.

Insgesamt zeichnete er vier komplizierte Muster, auf jeder Seite der Grube eines.

Das dritte wurde mit Holzkohlenstaub ausgeführt. Das vierte bestand aus zerstoßener Sumachwurzel.

Dann kauerte er sich, vorsichtig, um die *Vévés* nicht zu zerstören, nackt an den Rand der Grube.

Er starrte hinunter.

Hinunter...

Der Boden der Grube veränderte sich, brodelte, wirbelte, quoll heraus, zog sich zusammen, pulsierte und wich wieder zurück. Lavelle hatte in dem Loch kein Feuer oder Licht angezündet, aber trotzdem glühte und flackerte es.

Zuerst war der Boden der Grube nur drei Fuß entfernt, so, wie er ihn ausgehoben hatte. Aber je länger er hineinstarrte, desto tiefer schien er zu werden.

Als der Boden der Grube unendlich weit zurückgewichen war, stand Lavelle auf.

Er stimmte ein Lied mit fünf Tönen an, einen sich ständig wiederholenden Singsang von Vernichtung und Tod, und dann leitete er das Ritual ein, indem er auf die Fotografien urinierte, die er an der Schnur befestigt hatte.

7

Im Streifenwagen.

Das Knistern und Krachen des Polizeifunks.

Auf dem Weg in die Innenstadt. Zum Büro.

Schneeketten singen auf dem Straßenbelag.

Schneeflocken fliegen ihnen entgegen und prallen lautlos gegen die Windschutzscheibe. Die Wischer hämmern gleichförmig wie ein Metronom.

Nick Iervolino, der Streifenpolizist hinter dem Steuer, riß Jack aus seiner Beinahe-Trance.

»Wegen meiner Fahrweise brauchen Sie keine Angst zu haben, Lieutenant.«

»Hab' ich auch nicht«, versicherte Jack.

»Ich fahre seit zwölf Jahren Streife und hatte noch nie einen Unfall.«

»Tatsächlich?«

»Ich habe noch nie einen Wagen auch nur angekratzt.«

»Gratuliere.«

»Ich habe großes Talent fürs Autofahren. Also keine Bange.«

»Ich habe keine Angst«, wiederholte Jack.

»Es schien aber so.«

»Inwiefern?«

»Sie haben mit den Zähnen geknirscht wie ein Teufel.«

»Das habe ich gar nicht gemerkt. Aber, glauben Sie mir, wegen Ihrer Fahrweise mache ich mir keine Sorgen.«

Sie näherten sich einer Kreuzung, wo ein halbes Dutzend Wagen kreuz und quer dastanden und mit im Schnee durchdrehenden Reifen versuchten, weiterzufahren oder wenigstens den Weg freizumachen. Nick Iervolino bremste langsam und vorsichtig, bis sie nur noch im Schneckentempo dahinrollten, dann fuhr er in Schlangenlinien an den liegengebliebenen Autos vorbei.

Als sie die Kreuzung hinter sich hatten, sagte er: »Wenn Sie sich also keine Sorgen wegen meiner Fahrweise machen, was drückt Sie dann?«

Jack zögerte, dann erzählte er ihm von Lavelles Anruf.

Nick hörte zu, ohne jedoch seine Aufmerksamkeit von der gefährlich glatten Straße zu wenden. Als Jack geendet hatte, sagte Nick: »Allmächtiger Gott im Himmel.«

»Genau das empfinde ich auch«, antwortete Jack.

»Glauben Sie, er kann das? Ihre Kinder mit einem Fluch belegen, der tatsächlich wirkt?«

Jack gab die Frage zurück: »Was meinen Sie denn?«

Nick überlegte einen Augenblick. Dann: »Ich weiß nicht. Wir leben in einer seltsamen Welt, wissen Sie. Fliegende Untertassen, das Bermuda-Dreieck, der Schneemensch – es gibt alle möglichen unheimlichen Dinge. Ich lese gerne über solche Sachen. Sie faszinieren mich. Es gibt Millionen von Menschen, die behaupten, sie hätten 'ne Menge wirklich seltsamer Dinge erlebt. Das kann doch nicht alles Einbildung sein – oder? Manches vielleicht. Vielleicht das meiste. Aber nicht alles. Richtig?«

»Alles wahrscheinlich nicht«, stimmte Jack zu.

»Also könnte Voodoo vielleicht funktionieren.«

Jack nickte.

Nach einer Weile sagte Nick: »Eines stört mich an diesem Lavelle, an dem, was er Ihnen erzählt hat.«

»Und was wäre das?«

»Nun, nehmen wir einfach mal an, Voodoo funktioniert tatsächlich.«

»Okay.«

»Nun, wenn Voodoo funktioniert, und wenn er will, daß Sie aus dem Fall aussteigen, warum will er dann seine magische Kraft dazu verwenden, Ihre Kinder zu töten? Warum setzt er sie nicht einfach dazu ein, Sie zu töten. Das wäre doch viel direkter.«

Jack runzelte die Stirn. »Da haben Sie recht.«

»Wenn er Sie töten würde, würde man den Fall einem anderen Beamten übertragen, und es ist nicht sehr wahrscheinlich, daß der neue Mann in bezug auf Voodoo so aufgeschlossen wäre wie Sie. Das einfachste für Lavelle wäre also, Sie mit einer seiner Verwünschungen auszuschalten, um zu erreichen, was er will. Und warum tut er das nicht – vorausgesetzt, die Magie funktioniert, meine ich?«

»Ich weiß es nicht.«

»Ich auch nicht«, sagte Nick. »Ich komme nicht dahinter. Aber ich glaube, es könnte vielleicht wichtig sein, Lieutenant. Sie nicht?«

»Inwiefern?«

»Sehen Sie, selbst wenn der Bursche ein Irrer ist, selbst wenn sein Voodoo nicht funktioniert und Sie es nur mit einem Verrückten zu tun haben, so hat doch zumindest der Rest seiner Geschichte – all das wilde Zeug, das er Ihnen erzählt hat – irgendwie eine eigene, wahnsinnige Logik. Es gibt keine Widersprüche. Verstehen Sie, was ich meine?«

»Ja.«

»Alles paßt zusammen, auch wenn es Blödsinn ist. Es ist sonderbar logisch. Bis auf die Drohung gegen Ihre Kinder. Die paßt nicht hinein. Unlogisch.«

»Vielleicht hat er nur begriffen, daß er mich nicht einschüchtern kann, indem er mein eigenes Leben bedroht. Vielleicht weiß er, daß es nur eine Möglichkeit gibt, mich einzuschüchtern, nämlich über meine Kinder.«

»Aber wenn er Sie einfach vernichten würde, wenn er Sie zerfleischen ließe wie all die anderen, dann *bräuchte* er Sie doch gar nicht einzuschüchtern. Einschüchterung ist irgendwie plump. Mord ist sauberer. Verstehen Sie, was ich meine?«

Jack beobachtete, wie der Schnee auf die Windschutzscheibe fiel, und dachte über das nach, was Nick gesagt hatte. Er hatte das Gefühl, daß es tatsächlich wichtig war.

8

Im Lagerschuppen beendete Lavelle das Ritual. Er stand im orangefarbenen Licht, schwer atmend, triefend vor Schweiß. Die Schweißtropfen spiegelten das Licht und sahen aus wie orangerote Farbspritzer. Das Weiße in seinen Augen war von demselben übernatürlichen Licht gefleckt, und auch seine polierten Fingernägel schimmerten orange.

Nur noch eines war zu tun, um den Tod der Dawson-Kinder zu garantieren. Wenn die Zeit kam, wenn das Ultimatum für Jack Dawson abgelaufen war und er nicht nachgab, wie Lavelle es verlangte, dann mußte Lavelle nur zwei besondere Scheren nehmen und die beiden Enden der dünnen Schnur durchschneiden, an der die Fotos hingen. Die Bilder würden in die Grube fallen und in dem Glühen verschwinden, und dann würden die dämonischen Kräfte freigesetzt; der Fluch würde sich erfüllen. Dann hatten Penny und Davey Dawson keine Chance mehr.

Lavelle schloß die Augen und stellte sich vor, er stehe vor ihren leblosen Körpern. Diese Aussicht erregte ihn.

Mord an Kindern war ein gefährliches Unterfangen, das äußerste Mittel, zu dem ein *Bocor* nur dann griff, wenn er keine andere Wahl hatte. Wenn er ein Kind mit einem tödlichen Fluch belegen wollte, war es ratsam, vorher zu wissen, wie man sich vor dem Zorn der *Rada*-Götter, der Götter der weißen Magie abschirmen konnte, denn sie waren erzürnt, wenn Kinder die Opfer waren. Wenn ein *Bocor* ein unschuldiges Kind tötete, ohne die Zaubersprüche und Bannworte zu kennen, die ihn vor der Macht des *Rada* schützen konnten, mußte er viele Tage und Nächte lang entsetzliche Schmerzen erleiden. Und wenn das *Rada* ihn schließlich auslöschte, würde ihm das Sterben nichts mehr ausmachen; ja, er würde dankbar sein, daß seinem Leiden damit ein Ende gesetzt wurde.

Lavelle wußte, wie er sich gegen das *Rada* zu schützen hatte. Er hatte schon früher Kinder getötet und war jedesmal ungeschoren davongekommen. Trotzdem war er jetzt verkrampft und unruhig.

Es bestand immer die Möglichkeit eines Fehlers. Trotz seines Wissens und seiner Macht war dieses Unterfangen sehr gefährlich.

Wenn andererseits ein *Bocor* seine Macht über die übernatürliche Maschinerie dazu benützte, ein Kind zu töten, und wenn er damit durchkam, waren die Götter des *Pétro* und des *Congo* so zufrieden mit ihm, daß sie ihm noch größere Macht verliehen. Wenn Lavelle Penny und Davey Dawson töten und den Zorn des *Rada* von sich ablenken konnte, würde seine Meisterschaft in der dunklen Magie ehrfurchtgebietender sein als je zuvor.

Hinter den geschlossenen Lidern sah er Bilder der toten, zerrissenen, verstümmelten Leichen der Dawson-Kinder.

Er lachte leise.

9

In der Wellton-Schule waren die letzten Unterrichtsstunden um drei Uhr zu Ende. Um drei Uhr zehn strömte eine Flut von lachenden, schwatzenden Kindern durch die Eingangstüren, die Stufen hinunter, auf den Gehsteig und in das Schneetreiben hinaus, das die graue Stadtlandschaft New Yorks in ein strahlendes Fantasieland verwandelte.

Mrs. Shepherd, eine der Lehrerinnen, hatte in dieser Woche die Aufsicht bei Schulschluß. Sie ging auf dem Gehsteig auf und ab, behielt alle im Auge, achtete darauf, daß keines der kleineren Kinder versuchte, alleine nach Hause zu gehen, und sorgte dafür, daß keines von ihnen zu einem Fremden in den Wagen stieg. Heute hatte sie noch die zusätzliche Aufgabe, wilde Schneeballschlachten zu verhindern.

Man hatte Penny und Davey gesagt, daß ihre Tante Faye sie statt ihres Vaters abholen würde, aber sie sahen sie nirgends, als sie die Stufen herunterkamen, also gingen sie zur Seite, um nicht im Weg zu sein. Sie stellten sich an das grüne Holztor vor dem Durchgang zwischen der Wellton-Schule und dem Stadthaus nebenan. Das Tor schloß nicht bündig mit den Vordermauern der beiden Häuser ab, sondern war acht oder zehn Zoll nach hinten versetzt. Um dem scharfen, kalten Wind zu entgehen, der sie grausam in die Wangen biß und sogar durch ihre dicken Mäntel drang, drückten sie sich mit dem Rücken gegen das Tor und kauerten sich in die flache Nische davor.

Davey fragte: »Warum kommt Dad nicht?«
»Er mußte wohl arbeiten.«
»Warum?«
»Wahrscheinlich ein wichtiger Fall.«
»Was für ein Fall?«
»Das weiß ich nicht.«
»Gefährlich ist es aber nicht, oder?«
»Wahrscheinlich nicht.«
»Woher weißt du das so sicher?«
»Ich weiß es eben«, sagte sie, obwohl sie sich absolut nicht sicher war.
»Andauernd werden Polizisten erschossen.«
»So oft auch wieder nicht.«
»Was wird aus uns, wenn Dad erschossen wird?«
Unmittelbar nach dem Tod ihrer Mutter war Davey mit diesem Schicksalsschlag recht gut fertig geworden. Besser, als alle erwartet hatten. Sogar besser als Penny. *Er* hatte keinen Psychiater gebraucht. Sicher, er hatte geweint; er hatte ein paar Tage lang sehr viel geweint, aber dann hatte er sich wieder gefangen. In letzter Zeit jedoch, eineinhalb Jahre nach der Beerdigung, entwickelte er eine unnatürliche Angst davor, auch seinen Vater zu verlieren. Soweit Penny wußte, war sie die einzige, die bemerkte, wie besessen er von dem Gedanken an die – realen oder eingebildeten – Gefahren des Berufs seines Vaters war. Sie hatte den Zustand ihres Bruders übrigens weder ihrem Vater noch sonst jemand gegenüber erwähnt, weil sie glaubte, sie könnte ihn alleine wieder hinkriegen. Schließlich war sie seine große Schwester; sie war verantwortlich für ihn; sie hatte gewisse Verpflichtungen ihm gegenüber. In den Monaten unmittelbar nach dem Tod ihrer Mutter hatte Penny Davey im Stich gelassen; sie empfand es wenigstens so. Damals war sie zusammengebrochen. Sie war nicht dagewesen, als er sie am dringendsten gebraucht hatte. Jetzt wollte sie das wiedergutmachen.
»Was machen wir, wenn Dad erschossen wird?« fragte er wieder.
»Er wird nicht erschossen.«
»Aber wenn er nun doch erschossen wird. Was machen wir dann?«
»Wir kommen schon klar.«
»Müssen wir dann in ein Waisenhaus?«
»Nein, du Dummerchen.«

»Wo gehen wir dann hin? Hm? Penny, wo würden wir hingehen?«

»Wahrscheinlich würden wir zu Tante Faye und Onkel Keith ziehen.«

»Au weia.«

»Die sind ganz in Ordnung.«

»Ich würde lieber in den Kanälen leben.«

»Das ist doch kindisch.«

»Es wäre prima, in den Kanälen zu leben.«

»Das wäre es ganz bestimmt nicht.«

»Tante Faye macht mich jedenfalls verrückt.«

»Sie meint es doch gut, Davey.«

»Sie... schnattert.«

»Vögel schnattern, aber Menschen doch nicht.«

»Sie schnattert wie ein Vogel.«

Er hatte ja recht. Aber im reifen Alter von fast zwölf Jahren spürte Penny seit kurzem die ersten Regungen einer gewissen Verbundenheit mit den Erwachsenen. Sie fühlte sich bei weitem nicht mehr so wohl dabei, wenn sie sich über sie lustig machte, wie noch vor ein paar Monaten.

Davey fuhr fort: »Und ständig nörgelt sie an Dad herum, ob wir auch anständig ernährt werden.«

»Sie macht sich eben Sorgen um uns.«

»Glaubt sie, Dad würde uns verhungern lassen?«

»Natürlich nicht.«

»Warum hackt sie dann immer wieder darauf herum?«

»Sie ist einfach... Tante Faye.«

»Junge, *das* kannst du noch mal sagen!«

Eine besonders heftige Bö fegte durch die Straße und fand auch den Weg in die Nische vor dem grünen Tor. Penny und Davey schauderten.

Er fragte: »Dad hat doch eine gute Pistole, oder? Die geben den Polizisten wirklich gute Pistolen, oder nicht? Die würden doch einen Polizisten nicht mit einer mistigen Pistole auf die Straße schikken, was?«

»Du sollst nicht ›mistig‹ sagen.«

»Würden sie das tun?«

»Nein. Die Polizisten kriegen die besten Pistolen, die es gibt.«

»Und Dad ist ein guter Schütze, oder?«

»Ja.«

»Er ist der beste, nicht wahr?«

»Sicher«, sagte Penny. »Niemand kann besser mit einer Waffe umgehen als Daddy.«

»Dann kann es ihn also nur erwischen, wenn sich jemand an ihn ranschleicht und ihn in den Rücken schießt.«

»Das wird nicht passieren«, sagte sie fest.

»Könnte aber doch sein.«

»Du siehst zuviel fern.«

Sie schwiegen einen Augenblick.

Dann sagte er: »Wenn jemand Dad umbringt, möchte ich Krebs kriegen und auch sterben.«

»Hör auf damit, Davey.«

»Krebs oder einen Herzschlag oder so was.«

»Das meinst du doch nicht ernst!«

Er nickte nachdrücklich, energisch: ja, ja, ja; er meinte es ernst; absolut und eindeutig. »Ich habe zum lieben Gott gebetet, daß es so passiert, wenn es wirklich passieren muß.«

»Wie meinst du das?« fragte sie und sah ihn stirnrunzelnd an.

»Jeden Abend. Wenn ich mein Nachgebet spreche. Ich bitte Gott immer, daß er Dad nichts zustoßen läßt. Und dann sage ich: Na ja, lieber Gott, wenn du aus irgendeinem blöden Grund einfach nicht anders kannst, als zuzulassen, daß er erschossen wird, dann laß mich bitte Krebs kriegen und auch sterben. Oder laß mich von einem Laster überfahren. Irgendwas.«

»Das ist ja krankhaft.«

Er sagte nichts mehr.

Sie faßte ihn am Kinn und drehte sein Gesicht zu sich. In seinen Augen glänzten Tränen. Er gab sich alle Mühe, sie zurückzuhalten und blinzelte und zwinkerte.

Er war so klein. Gerade erst sieben Jahre alt und nicht sehr groß für sein Alter. Er wirkte zerbrechlich und hilflos, und Penny hätte ihn am liebsten umarmt und an sich gedrückt, aber sie wußte, daß er das nicht mochte, weil einige andere Jungs aus seiner Klasse sie sehen könnten.

Plötzlich fühlte sie sich selbst klein und hilflos. Aber das war nicht gut. Gar nicht gut. Sie mußte stark sein, um Daveys willen.

Sie ließ sein Kinn los und sagte: »Hör zu, Davey, wir müssen uns mal zusammensetzen und miteinander reden. Über Mama. Darüber, daß Leute sterben, und warum das passiert, du weißt schon – was es bedeutet und so, und daß es nicht das Ende für sie ist, sondern vielleicht nur der Anfang da oben im Himmel, und daß wir einfach weitermachen müssen, ganz gleich, was kommt. Denn es ist so. Wir müssen weitermachen. Mama wäre sehr enttäuscht von uns, wenn wir nicht weitermachen. Und wenn Dad etwas passieren sollte – es wird ihm nichts passieren – aber wenn es durch einen verrückten Zufall doch so kommen sollte, dann würde er auch wollen, daß wir weitermachen, genauso wie Mama es wollen würde. Er wäre sehr unglücklich, wenn wir...«

»Penny! Davey! Hierher!«

Ein gelbes Taxi stand am Rinnstein. Das rückwärtige Fenster war heruntergekurbelt, und Tante Faye beugte sich heraus und winkte ihnen zu.

Davey stürmte über den Gehsteig, er hatte es plötzlich so eilig, dieses Gespräch über den Tod abzubrechen, daß er sogar froh war, seine schnatternde alte Tante Faye zu sehen.

Verdammt! Ich hab's verpatzt, dachte Penny. Ich hab' es zu ungeschickt angefangen.

Genau in diesem Augenblick, ehe sie Davey zum Taxi folgte, ehe sie auch nur einen Schritt machen konnte, schoß ein scharfer Schmerz durch ihren linken Knöchel. Sie zuckte zusammen, japste, schaute hinunter – und erstarrte vor Entsetzen.

Zwischen dem unteren Rand des grünen Tors und dem Pflaster war ein vier Zoll breiter Spalt. Durch diesen Spalt war eine Hand gekommen, aus der Dunkelheit in dem überdachten Durchgang dahinter, und hatte ihren Knöchel gepackt.

Sie konnte nicht schreien. Ihre Stimme war weg.

Es war auch keine menschliche Hand. Sie war vielleicht doppelt so groß wie eine Katzenpfote. Aber es war keine Pfote. Es war eine vollständige, wenn auch sehr plumpe Hand mit Fingern und einem Daumen.

Sie konnte nicht einmal flüstern. Ihre Kehle war wie zugeschnürt.

Die Hand war nicht hautfarben. Sie war häßlich grau-grün-gelb gefleckt, wie eiterndes Fleisch. Und sie sah irgendwie klumpig und ein wenig fransig aus.

Das Atmen fiel ebenso schwer wie Schreien.

Die kleinen grau-grün-gelben Finger liefen spitz zu und endeten in scharfen Klauen. Zwei dieser Klauen hatten ihren Gummistiefel durchbohrt.

Sie dachte an den Plastikbaseballschläger.

Letzte Nacht. In ihrem Zimmer. Das Ding unter dem Bett.

Sie dachte an die glühenden Augen im Keller der Schule.

Und jetzt *das*.

Zwei der kleinen Finger hatten sich in ihren Stiefel gebohrt und kratzten, wühlten, rissen und quetschten jetzt an ihrem Bein.

Unvermittelt konnte sie wieder atmen. Sie keuchte, saugte sich die Lungen voll eiskalter Luft und wurde dadurch aus der entsetzlichen Starre gerissen, die sie bis jetzt am Tor festgehalten hatte. Sie riß ihren Fuß von der Hand weg, machte sich los und stellte überrascht fest, daß sie dazu tatsächlich in der Lage war. Sie drehte sich um und rannte zum Taxi, stürzte hinein und schlug hastig die Tür zu.

Das Taxi entfernte sich von der Wellton-Schule.

Tante Faye und Davey unterhielten sich aufgeregt über den Schneesturm, der, wie Faye sagte, vermutlich noch zehn bis zwölf Zoll Schnee bringen würde, ehe er vorüber war. Keiner der beiden schien zu bemerken, daß Penny vor Angst halb tot war.

Während sie schwatzten, griff Penny hinunter und betastete ihren Stiefel. Am Knöchel war der Gummi aufgerissen. Ein Stück hing lose herab.

Sie öffnete den Reißverschluß, fuhr mit der Hand unter die Socke und betastete die Wunde an ihrem Knöchel.

Sie brannte ein wenig. Als sie die Hand aus dem Stiefel zog, glänzte ein wenig Blut auf ihren Fingerspitzen.

Tante Faye sah es. »Was ist passiert, Liebes?«

»Nur ein Kratzer.«

Tante Faye bestand darauf, mit Davey den Platz zu tauschen, damit sie neben Penny sitzen und sich die Verletzung genauer ansehen konnte. Sie ließ Penny den Stiefel ausziehen, rollte die Socke herunter und legte eine Stichwunde und mehrere Kratzer am Knöchel frei. Es blutete, aber nicht sehr stark; in ein paar Minuten würde es von selbst aufhören.

»Wie ist das passiert?« wollte Tante Faye wissen.

Penny zögerte. Nur zu gerne hätte sie Faye alles über die Geschöpfe mit den glühenden Augen erzählt. Sie wollte Hilfe, Schutz. Aber sie wußte, daß sie kein Wort sagen durfte. Man würde ihr nicht glauben. Schließlich war sie ›Das Mädchen, das einen Psychiater gebraucht hat‹.

»Na komm schon«, drängte Faye. »Raus damit. Was hast du angestellt?«

»Hm?«

»Deshalb zögerst du doch. Was hast du getan, obwohl du wußtest, daß du es nicht tun solltest?«

»Nichts«, sagte Penny.

»Wie bist du dann zu der Verletzung gekommen?«

»Ich... ich bin mit dem Stiefel an einem Nagel hängengeblieben.«

»An einem Nagel? Wo?«

»Vorhin, bei der Schule, an dem Tor, wo wir auf dich gewartet haben. Da stand ein Nagel heraus, und ich bin daran hängengeblieben.«

»War er rostig?« wollte Faye wissen.

»Was?« fragte Penny.

»Der Nagel natürlich. War er rostig?«

»Ich weiß es nicht.«

»Nun, du hast ihn doch gesehen, oder nicht? Wie könntest du sonst wissen, daß es ein Nagel war?«

Penny nickte. »Ja. Ich glaube, er war rostig.«

»Bist du gegen Tetanus geimpft?«

»Ja.«

Tante Faye musterte sie mit unverhohlenem Argwohn. »Weißt du überhaupt, was eine Tetanusimpfung ist?«

»Sicher.«

»Und wann hast du sie bekommen?«

»In der ersten Oktoberwoche.«

»Ich hätte nicht geglaubt, daß euer Vater an so etwas wie eine Tetanusimpfung denkt.«

»Sie haben uns in der Schule geimpft«, sagte Penny.

»Tatsächlich?« fragte Faye immer noch zweifelnd.

Jetzt meldete sich Davey zu Wort: »Die geben uns in der Schule alle möglichen Spritzen. Die haben da eine Schwester, und wir kriegen jede Woche Spritzen. Furchtbar. Man kommt sich schon vor wie ein Nadelkissen. Spritzen gegen Mumps und Masern. Eine Grippespritze. Anderes Zeug. Ich *hasse* das.«

Faye schien zufriedengestellt. »Na schön. Trotzdem, wenn wir nach Hause kommen, waschen wir die Wunde gründlich aus, baden sie in Alkohol, tun Jod drauf und verbinden sie richtig.«

»Es ist doch nur ein Kratzer«, widersprach Penny.

»Wir wollen kein Risiko eingehen. Und jetzt zieh deinen Stiefel wieder an, Liebes.«

Gerade als Penny ihren Fuß in den Stiefel steckte und den Reißverschluß hochzog, fuhr das Taxi in ein Schlagloch.

»Junger Mann«, sagte Faye zum Fahrer, obwohl er mindestens vierzig war, also in ihrem Alter. »Wo in aller Welt haben Sie Autofahren gelernt?«

Er blickte in den Rückspiegel. »Tut mir leid, Gnädigste.«

»Wissen Sie nicht, daß die Straßen in unserer Stadt eine Katastrophe sind?« fragte Faye. »Sie müssen die Augen offenhalten.«

»Ich werde mir Mühe geben«, versprach er.

Während Faye den Fahrer darüber belehrte, wie er mit seinem Taxi umzugehen hatte, lehnte sich Penny zurück, schloß die Augen und dachte über die häßliche kleine Hand nach, die ihr den Stiefel und den Knöchel aufgerissen hatte. Sie versuchte sich einzureden, daß es die Hand irgendeines ganz gewöhnlichen Tieres gewesen war; nichts Außergewöhnliches; nichts aus dem ›Reich der Schatten‹. Aber die meisten Tiere hatten Pfoten, keine Hände. Es war etwas gewesen, was sie noch nie gesehen und wovon sie noch nie gelesen hatte.

Hatte es sie hinunterziehen und töten wollen? Auf offener Straße?

Nein. Um sie zu töten, hätte das Geschöpf – und diese anderen Kreaturen mit den glühenden Silberaugen – hinter dem Tor hervorkommen müssen, ins Freie, wo Mrs. Shepherd und die anderen sie hätten sehen können. Und Penny war ziemlich sicher, daß die Kobolde von niemandem außer ihr gesehen werden wollten. Sie blieben gern im Verborgenen. Nein, sie hatten bestimmt nicht die Absicht gehabt, sie dort, bei der Schule zu töten; sie hatten ihr nur einen Schrecken einjagen wollen, hatten ihr zeigen wollen, daß sie sich immer noch herumtrieben, auf die richtige Gelegenheit warteten...

Aber *warum*?

Warum wollten sie sie und vermutlich auch Davey – und andere Kinder nicht?

Wodurch wurden Kobolde wütend? Was mußte man tun, damit sie einen auf diese Weise verfolgten?

Ihr fiel nichts ein, was sie getan haben sollte, um jemanden so schrecklich wütend zu machen, und schon gar nicht Kobolde.

Verwirrt, unglücklich und verängstigt öffnete sie die Augen und schaute aus dem Fenster. Überall türmte sich Schnee auf. In ihrem Herzen war es genauso kalt wie auf der eisigen, vom Wind durchfegten Straße vor dem Fenster.

TEIL ZWEI

Mittwoch,
17.30 Uhr bis 23 Uhr

Die Dunkelheit verschlingt den lichten Tag.
Die Dunkelheit fordert, bekommt stets, was sie mag.
Die Dunkelheit lauscht, sie wartet und wacht,
Triumphiert, weil den Tag sie an sich gebracht.
Manchmal, da schleicht sie ganz heimlich heran.
Manchmal auch kündigen Trommeln sie an.

THE BOOK OF COUNTED SORROWS

Wer ist närrischer –
das Kind, das die Dunkelheit fürchtet,
oder der Mann, der das Licht scheut?

MAURICE FREEHILL

Kapitel vier

1

Um fünf Uhr dreißig gingen Jack und Rebecca in das Büro von Captain Walter Gresham, um ihm vorzutragen, was sie an Personal und Ausrüstung für die Sonderkommission benötigten, und um mit ihm zu besprechen, wie die Untersuchung durchgeführt werden sollte.

Im Laufe des Nachmittags waren zwei weitere Mitglieder der Familie Carramazza zusammen mit ihren Leibwächtern ermordet worden. Schon sprach die Presse vom blutigsten Bandenkrieg seit der Prohibition. Was die Presse immer noch nicht wußte, war, daß die Opfer (außer den beiden ersten) weder erstochen noch erschossen, weder erwürgt noch im traditionellen Stil der *cosa nostra* an Fleischerhaken aufgehängt worden waren. Die Polizei wollte vorerst noch nicht preisgeben, daß alle Opfer – bis auf die beiden ersten – durch brutale Bisse ums Leben gekommen waren. Wenn die Reporter diese rätselhafte, groteske Tatsache entdeckten, würden sie begreifen, daß das eine der größten Stories des Jahrzehnts war.

»Und dann geht es erst so richtig los«, sagte Gresham. »Dann fallen sie über uns her wie Flöhe über einen Hund.«

Die Heizung war eingeschaltet, und es wurde immer noch wärmer; Gresham zappelte herum wie eine Kröte in der Bratpfanne. Jack und Rebecca saßen vor dem Schreibtisch des Captains, aber Gresham konnte nicht ruhig sitzen bleiben. Während sie die Angelegenheit besprachen, ging der Captain im Zimmer auf und ab, trat wiederholt ans Fenster, zündete sich eine Zigarette an, rauchte sie zu weniger als einem Drittel, drückte sie aus, merkte, was er gemacht hatte, und zündete sich eine neue an.

Endlich war es soweit, daß Jack Gresham von seinem jüngsten Besuch in Carver Hamptons Laden und von Baba Lavelles Telefonanruf erzählen mußte. Er hatte sich in seinem ganzen Leben noch nicht so unbehaglich gefühlt wie jetzt, als er unter Greshams skeptischem Blick von diesen Ereignissen berichtete.

Nachdem Jack mit seinem Bericht fertig war, wandte sich der Captain an Rebecca und fragte: »Was halten Sie davon?«

Sie sagte: »Ich glaube, wir können jetzt mit Sicherheit davon ausgehen, daß Lavelle ein tobender Irrer ist, nicht nur ein einfacher Ganove, der im Rauschgifthandel eine Stange Geld machen will. Das ist nicht nur ein Kampf um Einflußsphären innerhalb der Unterwelt, und wir würden einen großen Fehler machen, wenn wir genauso vorgehen wollten, wie wir es bei einem ehrlichen Bandenkrieg tun würden.«

»Was dann?« wollte Gresham wissen.

»Tja«, sagte sie, »ich glaube, wir sollten uns mal um das Umfeld dieses Carver Hampton kümmern und sehen, was wir über ihn ausgraben können. Vielleicht steckt er mit Lavelle unter einer Decke.«

»Nein«, sagte Jack. »Hampton hat nicht simuliert, als er sagte, er hätte entsetzliche Angst vor Lavelle.«

»Woher wußte Lavelle so genau, in welchem Augenblick er dieses Münztelefon anrufen mußte?« fragte Rebecca. »Woher wußte er *genau*, wann du daran vorbeikommen würdest? Eine Antwort könnte lauten, daß er sich die ganze Zeit in Hamptons Laden aufhielt, während du auch da warst, im Hinterzimmer, und daß er daher wußte, wann du weggegangen bist.«

»Das kann nicht sein«, widersprach Jack. »Hampton ist kein besonders guter Schauspieler.«

»Er ist ein raffinierter Betrüger«, widersprach sie. »Aber selbst, wenn er nicht mit Lavelle im Bunde steht – ich meine, wir sollten noch heute Leute nach Harlem schicken und den Block mit dem Münztelefon durchkämmen lassen ... und den Block auf der anderen Seite der Kreuzung auch. Wenn Lavelle nicht in Hamptons Laden war, muß er ihn von einem der anderen Gebäude an dieser Straße aus beobachtet haben. Eine andere Erklärung gibt es nicht.«

Es sei denn, sein Voodoo funktioniert wirklich, dachte Jack.

Rebecca fuhr fort: »Wir lassen die Wohnungen in diesen beiden Blocks von Beamten durchsuchen, um festzustellen, ob Lavelle sich dort irgendwo eingenistet hat. Wir verteilen Kopien von Lavelles Foto. Vielleicht hat ihn da draußen jemand gesehen.«

»Hört sich gut an«, sagte Gresham. »Das machen wir.«

»Und ich glaube, wir sollten die Drohung gegen Jacks Kinder ernst nehmen. Sie überwachen lassen, wenn Jack nicht bei ihnen sein kann.«

»Einverstanden«, sagte Gresham. »Wir stellen sofort einen Mann ab.«

»Danke, Captain«, sagte Jack. »Aber ich glaube, das hat Zeit bis morgen. Die Kinder sind jetzt bei meiner Schwägerin, und ich glaube nicht, daß Lavelle sie finden kann. Ich habe ihr gesagt, sie soll sich vergewissern, daß sie nicht verfolgt wird, wenn sie sie von der Schule abholt. Außerdem hat Lavelle erklärt, er würde mir den Rest des Tages Zeit geben, mich zu entscheiden, ob ich die Voodoo-Spur fallenlassen will, und ich nehme an, daß er damit auch noch den Abend gemeint hat.«

Gresham setzte sich auf den Rand seines Schreibtischs. »Wenn Sie wollen, kann ich Sie von dem Fall abziehen. Kein Problem.«

»Kommt nicht in Frage«, sagte Jack.

»Sie nehmen die Drohung ernst?«

»Ja. Aber ich nehme auch meine Arbeit ernst. Ich bleibe bis zum bitteren Ende dabei.«

Gresham zündete sich eine neue Zigarette an und nahm einen tiefen Zug. »Jack, glauben Sie wirklich, daß an der Voodoo-Geschichte etwas dran sein könnte?«

Jack spürte, wie ihn Rebecca durchdringend anstarrte, als er sagte: »Ziemlich weit hergeholt, wenn man glaubt, daß da was dran sein könnte. Aber ich kann es nicht einfach ausschließen.«

»Ich schon«, sagte Rebecca. »Lavelle glaubt vielleicht daran, aber dadurch wird es noch nicht Wirklichkeit.«

»Was ist mit dem Zustand der Leichen?« fragte Jack.

»Offensichtlich«, sagte sie, »setzt Lavelle dressierte Tiere ein.«

»Das ist fast genauso weit hergeholt wie Voodoo«, gab Gresham zu bedenken.

»Jedenfalls«, sagte Jack, »sind wir das heute alles schon durchgegangen. So ungefähr das einzige kleine, bösartige, dressierbare Tier, das wir uns vorstellen konnten, war ein Frettchen. Und wir haben alle den Bericht von der Pathologie gelesen, den, der um halb fünf reinkam. Die Zahnspuren sind nicht von Frettchen. Dem Bericht zufolge passen sie auch zu keinem anderen Tier, das Noah mit an Bord der Arche nahm.«

Rebecca sagte: »Lavelle stammt aus der Karibik. Ist es nicht wahrscheinlich, daß er mit einem Tier arbeitet, das in diesem Teil der Welt heimisch ist, mit einem Tier, das unsere Gerichtsmediziner nicht einmal in Betracht ziehen würden, irgendeine exotische Eidechse oder so was?«

»Jetzt suchst du nach Strohhalmen«, sagte Jack.

»Zugegeben«, sagte Gresham. »Aber es lohnt sich trotzdem, es nachzuprüfen. Okay. Noch was?«

»Ja«, sagte Jack. »Können Sie mir erklären, woher ich wußte, daß der Anruf von Lavelle für mich war? Warum ich von dem Telefon wie magisch angezogen wurde?«

Wind strich über die Fenster.

Die Wanduhr hinter Greshams Schreibtisch schien plötzlich viel lauter zu ticken als vorher.

Der Captain zuckte die Achseln. »Darauf kann Ihnen wohl keiner von uns eine Antwort geben, Jack.«

»Machen Sie sich nichts draus. Ich weiß auch keine Antwort.«

Gresham stand vom Schreibtisch auf. »Schön, wenn das alles war, sollten Sie, glaube ich, jetzt beide Schluß machen, nach Hause fahren und sich ein wenig ausruhen.«

2

Der einzige Platz, den Penny in der Wohnung der Jamisons mochte, war die Küche, die nach den Maßstäben von New Yorker Stadtwohnungen groß war, fast doppelt so groß wie die Küche, an die Penny gewöhnt war, und richtig gemütlich. Ein grüner Fliesenboden. Weiße Schränke mit bleiverglasten Türen und Messingbeschlägen. Grüngeflieste Arbeitsplatten. Über der Doppelspüle befand sich ein schönes nach außen vorstehendes Blumenfenster mit einem vier Fuß langen und zwei Fuß breiten Beet, in dem das ganze Jahr über, sogar im Winter, die verschiedensten Kräuter gezogen wurden. (Tante Faye verwendete beim Kochen frische Kräuter, wann immer es möglich war.) In einer Ecke stand an der Wand ein kleiner Tisch in Form eines Fleischblocks, weniger ein Eßplatz als ein Platz, an dem man Speisepläne aufstellte und Einkaufslisten schrieb; neben dem Tisch war Platz für zwei Stühle. Dies war der einzige Raum in der Wohnung der Jamisons, in dem Penny sich wohl fühlte.

Um zwanzig nach sechs saß sie an diesem Blocktisch und tat so, als lese sie in einer von Fayes Illustrierten; die Worte verschwammen vor ihren ins Leere starrenden Augen. In Wirklichkeit dachte sie an alle möglichen Sachen, über die sie gar nicht nachdenken wollte: Kobolde, Tod, und ob sie jemals wieder würde schlafen können.

Onkel Keith war vor fast einer Stunde von der Arbeit nach Hause gekommen. Er war Teilhaber einer gutgehenden Börsenmaklerfirma. Onkel Keith war groß und hager, sein Kopf war so haarlos wie ein Ei, er hatte einen graumelierten Schnurrbart und einen Spitzbart und schien immer zerstreut zu sein. Man hatte den Eindruck, daß er einem nie mehr als zwei Drittel seiner Aufmerksamkeit schenkte, wenn er mit einem sprach. Seit er heute nach Hause gekommen war, hatte er im Wohnzimmer gesessen, bedächtig an einem Martini genippt, eine Zigarette nach der anderen gequalmt und gleichzeitig die Fernsehnachrichten angeschaut und das *Wall Street Journal* gelesen.

Tante Faye befand sich, von dem Tisch aus gesehen, an dem Penny saß, am anderen Ende der Küche. Sie bereitete das Dinner, das für halb acht angesetzt war: Zitronenhühnchen, Reis und gedünstetes Gemüse. Die Küche war der einzige Ort, an dem Tante Faye nicht allzusehr Tante Faye war. Sie kochte gerne und sehr gut und schien ein ganz anderer Mensch zu sein, wenn sie in der Küche war; entspannter und freundlicher als gewöhnlich.

Davey half ihr bei der Vorbereitung des Essens. Dabei plauderten sie, über nichts Wichtiges, nur dies und das.

»Mensch, ich bin so hungrig, daß ich ein Pferd aufessen könnte!« sagte Davey.

»Himmel, junger Mann, du hast doch Kekse und Milch bekommen, als wir am Nachmittag nach Hause gekommen sind.«

»Nur zwei Kekse.«

»Und da bist du schon wieder ausgehungert? Du hast keinen Magen; was du hast, ist ein bodenloser Abgrund!«

»Tja, ich hatte kaum etwas zum Lunch«, verteidigte sich Davey. »Mrs. Shepherd – das ist meine Lehrerin – hat mir etwas von ihrem Essen abgegeben, aber das war wirklich ganz scheußliches Zeug. Ich hab' ein bißchen dran geknabbert, damit sie nicht beleidigt ist, und als sie nicht hinsah, hab' ich das meiste weggeworfen.«

»Aber macht euer Vater euch denn kein Lunchpaket zurecht?« fragte Faye, und ihre Stimme klang plötzlich schärfer als zuvor.

»Oh, sicher. Und wenn er keine Zeit hat, macht Penny das. Aber...«

Faye wandte sich an Penny. »Hat er heute etwas in die Schule mitbekommen? Er braucht doch sicherlich nicht um sein Essen zu betteln.«

Penny schaute von ihrer Illustrierten auf. »Ich habe es ihm

heute morgen selbst zurechtgemacht. Er hatte einen Apfel, ein Schinkensandwich und zwei große Haferkekse dabei.«

»Ich finde, das ist ein guter Lunch«, sagte Faye. »Warum hast du den nicht gegessen, Davey?«

»Tja, wegen der Ratten natürlich«, sagte er.

Penny zuckte überrascht zusammen, richtete sich in ihrem Stuhl auf und starrte Davey gespannt an.

Faye fragte: »Ratten? Was für Ratten?«

»Heiliger Rauch, das habe ich ja ganz vergessen!« sagte Davey. »Während des Vormittagsunterrichts müssen Ratten an meine Essensdose gekommen sein. Das ganze Essen war versaut, in Stücke gerissen und angeknabbert. Eeeeeklig!« sagte er, wobei er das Wort genüßlich in die Länge zog, er war offensichtlich nicht entsetzt darüber, daß die Ratten an seinem Essen gewesen waren, sondern erregt und fasziniert, wie es nur ein kleiner Junge sein konnte. In seinem Alter war so ein Vorfall ein richtiges Abenteuer.

Pennys Mund war trocken geworden. »Davey? Hm... hast du die Ratten gesehen?«

»Neee«, antwortete er, sichtlich enttäuscht. »Sie waren schon weg, als ich die Essensdose holen wollte.«

»Wo hattest du die Dose denn?« fragte Penny.

»In meinem Spind.«

»Haben die Ratten sonst noch etwas in deinem Spind angeknabbert?«

»Was zum Beispiel?«

»Bücher oder so.«

»Warum sollten sie Bücher anknabbern?«

»Dann war es nur das Essen?«

»Sicher. Was sonst?«

»Hattest du die Spindtür zugemacht?«

»Ich glaube schon.«

»Auch abgesperrt?«

»Ich glaube schon.«

»Und war die Dose fest verschlossen?«

»Müßte sie eigentlich gewesen sein«, sagte er, kratzte sich den Kopf und versuchte, sich zu erinnern.

Faye schaltete sich ein: »Na, offensichtlich war sie das nicht. Ratten können nicht ein Schloß aufmachen, eine Tür öffnen und den Deckel von einer Essensdose abheben. Du mußt sehr schlampig gewesen sein, Davey. Das überrascht mich wirklich. Ich möchte wetten, du hast, gleich als du in die Schule kamst, einen von diesen

Keksen gegessen, hast einfach nicht warten können, und dann hast du vergessen, den Deckel wieder auf die Dose zu tun.«

»Aber so war es nicht«, protestierte Davey.

»Euer Vater bringt euch nicht bei, auf eure Sachen zu achten«, erklärte Faye unbeirrt. »Das sind so Dinge, die eine Mutter tut, und euer Vater vernachlässigt das eben.«

Ehe Penny etwas sagen konnte, fuhr Faye mit einem Ton höchster moralischer Entrüstung fort: »Aber was *ich* wissen möchte, ist, in was für eine Schule euer Vater euch da geschickt hat. Was ist das für ein dreckiges Loch, dieses Wellton?«

»Es ist eine gute Schule«, erklärte Penny abwehrend.

»Mit *Ratten*?« fragte Faye. »In einer guten Schule gibt es keine Ratten. Und was wäre, wenn sie noch in dem Spind gewesen wären, als Davey seinen Lunch holen wollte? Sie hätten ihn beißen können. Ratten sind schmutzig. Sie übertragen alle möglichen Krankheiten. Ich kann mir einfach nicht vorstellen, daß eine Schule für Kinder nicht geschlossen werden muß, wenn es dort Ratten gibt. Die Gesundheitsbehörde muß das gleich morgen erfahren. Euer Vater muß sofort etwas dagegen unternehmen. Gott, eure arme Mutter wäre entsetzt über eine solche Schule, eine Schule, in der es Ratten gibt. Ratten! Mein Gott, Ratten übertragen alles, von der Tollwut bis zur Pest!«

In diesem Ton ging es weiter.

Penny schaltete einfach ab.

Es hatte keinen Sinn, von ihrem eigenen Spind und den silberäugigen Wesen im Keller der Schule zu erzählen. Faye würde sich nicht davon abbringen lassen, daß das ebenfalls Ratten gewesen waren.

Selbst wenn ich ihr von der Hand erzähle, dachte Penny, von der kleinen Hand, die unter dem grünen Tor vorkam, wird sie nicht davon abzubringen sein, daß es Ratten sind. Sie wird sagen, daß ich Angst hatte und mir etwas eingebildet habe. Sie wird alles so hindrehen, daß es zu der Geschichte paßt, die sie glauben will, und es wird ihr nur noch mehr Munition liefern, die sie gegen Daddy verwenden kann. Verdammt, Tante Faye, warum bist du nur so stur?

Penny fragte sich, wann ihr Vater sie wohl abholen würde, und sie betete, es möge nicht zu spät werden. Hoffentlich kam er noch vor dem Schlafengehen. Sie wollte nicht alleine, nur mit Davey, in einem dunklen Zimmer sein, auch wenn es Tante Fayes Gästezimmer und weit von ihrer eigenen Wohnung entfernt war. Sie war ziemlich sicher, daß die Kobolde sie finden würden, auch hier. Sie hatte beschlossen, ihrem Vater alles zu erzählen. Zuerst würde er nicht an Kobolde glauben wollen. Aber jetzt war schließlich das mit Daveys Lunchdose passiert. Und wenn sie mit ihrem Vater in ihre Wohnung zurückging und ihm die Löcher in Daveys Plastikbaseballschläger zeigte, konnte sie ihn vielleicht überzeugen. Daddy war zwar ein Erwachsener, wie Tante Faye, aber er war nicht stur, und er hörte zu, wenn Kinder etwas sagten, wie es nur wenige Erwachsene taten.

Penny biß sich auf die Lippen.

Sie starrte auf die Illustrierte hinunter. Die Bilder und die Worte verschwammen und wurden wieder scharf.

Das schlimmste war, daß sie jetzt hundertprozentig sicher wußte, daß die Kobolde nicht nur hinter ihr her waren. Sie hatten es auch auf Davey abgesehen.

3

Rebecca hatte nicht auf Jack gewartet, obwohl er sie darum gebeten hatte. Während er noch bei Captain Gresham geblieben war, um die Einzelheiten für die Bewachung von Penny und Davey auszuarbeiten, hatte Rebecca offenbar ihren Mantel angezogen und war nach Hause gegangen.

Als Jack merkte, daß sie fort war, seufzte er und sagte leise: »Einfach machst du es einem wirklich nicht, Baby.«

Auf seinem Schreibtisch lagen zwei Bücher über Voodoo, die er sich gestern aus der Bibliothek geholt hatte. Er starrte sie lange an und entschied dann, daß er noch vor morgen früh Näheres über *Bocors* und *Houngons* erfahren mußte. Er zog Mantel und Handschuhe an, klemmte sich die Bücher unter den Arm und ging hinunter in die Tiefgarage unter dem Gebäude.

Da er und Rebecca mit der Leitung der Sonderkommission beauftragt worden waren, kamen sie jetzt in den Genuß von Vergünstigungen, die für einen normalen Beamten der Mordkommission unerreichbar waren, und dazu gehörte auch, daß sie beide rund um die Uhr, nicht nur während der Dienststunden, über einen zivilen Polizeiwagen verfügen konnten. Jack wurde ein ein Jahr alter, scheußlich grüner Chevrolet zugeteilt, der einige Beulen und noch mehr Kratzer aufwies. Die Mechaniker der Fahrbereitschaft hatten sogar Schneeketten aufgezogen. Die Kiste war startbereit.

Jack rangierte rückwärts aus der Parkbucht und fuhr die Rampe hinauf zur Straßenausfahrt. Dort blieb er stehen und wartete, während ein mit einem großen Schneepflug, einem Salzstreuer und vielen blitzenden Lichtern ausgestattetes städtisches Räumfahrzeug in der sturmdurchtosten Dunkelheit vorbeifuhr.

Außer dem Räumfahrzeug waren nur noch zwei Autos auf der Straße. Der Sturm hatte die Nacht praktisch für sich allein. Aber als das Fahrzeug vorbei und der Weg frei war, zögerte Jack immer noch.

Er schaltete die Scheibenwischer ein.

Wenn er zu Rebeccas Wohnung wollte, mußte er nach links abbiegen.

Zum Haus der Jamisons ging es nach rechts.

Er sehnte sich nach Penny und Davey, sehnte sich danach, sie zu umarmen, sie warm, lebendig und lächelnd vor sich zu sehen.

Natürlich waren sie im Augenblick nicht wirklich in Gefahr. Selbst wenn Lavelle seine Drohung ernst meinte, würde er nicht so bald losschlagen, und er konnte auch nicht wissen, wo sie zu finden waren, selbst wenn er jetzt schon handeln wollte.

Links, rechts, links.

Sie waren bei Faye und Keith völlig sicher. Außerdem hatte Jack Faye gesagt, daß er wahrscheinlich nicht rechtzeitig zum Abendessen dasein würde.

Endlich nahm er den Fuß von der Bremse, fuhr auf die Straße hinaus und bog nach links ab.

Er mußte mit Rebecca über das sprechen, was letzte Nacht zwischen ihnen geschehen war. Sie war diesem Thema den ganzen Tag über ausgewichen. Er konnte nicht zulassen, daß sie sich weiterhin davor drückte. Sie mußte sich den Veränderungen stellen, die die letzte Nacht in ihrer beider Leben gebracht hatte, tiefgreifende Veränderungen, die er aus ganzem Herzen begrüßte, über die sie aber bestenfalls zwiespältig zu denken schien.

Das Ding kauerte in den tiefen Schatten neben dem Garagenausgang und beobachtete, wie Jack Dawson in der Zivillimousine wegfuhr.

Seine leuchtenden Silberaugen blinzelten kein einziges Mal.

Dann kroch es, immer in den Schatten bleibend, in die verlassene, stille Garage zurück.

Wo immer es hinwollte, fand es den Schutz von Schatten und Dunkelheit – selbst da, wo noch einen Augenblick zuvor keine

Schatten gewesen waren. Es schlich sich von einem Wagen zum anderen, kroch unten durch und außen herum, bis es zu einer Abflußöffnung im Garagenboden kam. Es stieg in die darunterliegenden, mitternächtlichen Regionen hinab.

4

Lavelle war nervös.

Ohne das Licht anzuschalten, wanderte er rastlos durch das Haus, treppauf und treppab, hin und her; er suchte nach nichts Bestimmtem, konnte nur einfach nicht stillhalten, und er bewegte sich ständig in tiefster Dunkelheit, stieß aber nie gegen Möbel oder Türen. Er war wirklich in den Schatten zu Hause. Schließlich war die Dunkelheit ein Teil von ihm.

Seine Nervosität bereitete ihm Unbehagen. Aus dem Unbehagen erwuchs Furcht. Furcht war etwas Ungewohntes für ihn. Er wußte nicht so recht, wie er damit umgehen sollte. Und so machte die Furcht ihn noch nervöser.

Er machte sich Sorgen wegen Jack Dawson. Vielleicht war es ein schwerer Fehler gewesen, daß er Dawson Zeit gelassen hatte, über seine Möglichkeiten nachzudenken. Ein Mann wie dieser Polizeibeamte würde diese Zeit vielleicht gut zu nützen wissen.

Wenn er spürt, daß ich ihn auch nur ein wenig fürchte, dachte Lavelle, und wenn er mehr über Voodoo herausfindet, dann könnte er vielleicht irgendwann verstehen, warum ich guten Grund habe, ihn zu fürchten.

Wenn Dawson herausfand, über welch besondere Macht er verfügte, und wenn er lernte, diese Macht einzusetzen, würde er Lavelle finden und ihn aufhalten. Dawson war einer jener seltenen Menschen, dieser eine unter zehntausend, die auch gegen den größten *Bocor* kämpfen und sich eines Sieges einigermaßen sicher sein konnten. Wenn der Detektiv das Geheimnis seines Wesens entdeckte, dann würde er zu Lavelle kommen, wohlgerüstet und gefährlich.

Lavelle streifte durch das dunkle Haus.

Vielleicht sollte er jetzt schon zuschlagen. Sollte die Dawson-Kinder noch an diesem Abend vernichten. Es hinter sich bringen. Vielleicht würde ihr Tod Dawson in völlige Verzweiflung stürzen. Er liebte seine Kinder sehr, und er war schon Witwer, litt schon unter einem schweren Kummer; vielleicht würde ihn der blutige Mord an Penny und Davey zerbrechen. Wenn der Verlust seiner Kinder ihn nicht völlig um den Verstand brachte, dann würde er ihn höchstwahrscheinlich in eine schreckliche Depression stürzen, die sein Denken vernebeln und viele Wochen lang seine Arbeit beeinträchtigen würde. Das allermindeste war, daß Dawson ein paar Tage der Untersuchung fernbleiben mußte, um die Beerdigung zu arrangieren, und diese paar Tage würden Lavelle eine kleine Atempause verschaffen.

Aber was war andererseits, wenn Dawson ein Mensch war, der aus dem Leid Kraft schöpfte, anstatt unter dieser Last zusammenzubrechen? Was war, wenn die Ermordung und Verstümmelung seiner Kinder seinen Entschluß, Lavelle zu finden und zu vernichten, nur noch stärkte?

Für Lavelle war diese Möglichkeit enervierend.

Unentschlossen streifte der *Bocor* durch die lichtlosen Räume, wie ein Geist, der das Haus heimsuchte.

Endlich wußte er, daß er die uralten Götter befragen und sie demütig bitten mußte, ihn an ihrer Weisheit teilhaben zu lassen.

Er ging in die Küche und schaltete die Deckenlampe an.

Aus einem Schrank nahm er einen mit Mehl gefüllten Behälter.

Auf der Arbeitsplatte stand ein Radio. Er rückte es in die Mitte des Küchentischs.

Mit dem Mehl zeichnete er auf den Tisch, rund um das Radio, ein kunstvolles *Vévé*.

Er schaltete den Apparat ein.

Er wechselte durch ein Dutzend Sender, die alle Arten von Musik spielten, von Pop über Rock und Country bis zu Klassik und Jazz. Dann stellte er den Tuner auf eine freie Frequenz ein, die auf keiner Seite von anderen Sendern gestört wurde.

Er nahm noch eine zweite Handvoll Mehl und zeichnete sorgfältig ein kleines, einfaches *Vévé* oben auf das Radio selbst.

Dann wusch er sich am Spülbecken die Hände, ging zum Kühlschrank und holte eine kleine, mit Blut gefüllte Flasche heraus.

Es war Katzenblut, das bei den verschiedensten Ritualen Verwendung fand. Einmal in der Woche kaufte oder ›adoptierte‹ er, immer in einem anderen Zoogeschäft oder Tierasyl, eine Katze, nahm sie mit nach Hause, tötete sie und ließ sie ausbluten, um immer einen frischen Vorrat an Blut zu haben.

Jetzt kehrte er an den Tisch zurück und setzte sich vor das Radio. Er tauchte seine Finger in das Katzenblut, zeichnete bestimmte Runen auf den Tisch und, ganz zum Schluß, auf die Plastikscheibe über der Radioskala.

Er sang eine Weile, wartete, lauschte, sang weiter, bis er hörte, daß sich das Geräusch der nicht belegten Frequenz auf unverkennbare, aber nicht zu beschreibende Weise veränderte. Nur einen Augenblick zuvor war es ein toter Laut gewesen. Jetzt lebte er. Etwas machte von der offenen Frequenz Gebrauch, griff aus dem Jenseits herüber.

Lavelle starrte das Radio an, ohne es wirklich zu sehen und fragte: »Ist da jemand?«

Keine Antwort.

»Ist da jemand?«

Die Stimme klang nach Staub und mumifizierten Überresten. »Ich warte.« Es hörte sich an wie trockenes Papier, wie Sand und Splitter, eine unendlich alte Stimme, so bitterkalt wie die Nacht zwischen den Sternen, kratzig, flüsternd und böse.

Es konnte jeder von hunderttausend Dämonen sein, oder auch ein ausgewachsener Gott einer der uralten, afrikanischen Religionen, oder der Geist eines Toten, der vor langer Zeit in die Hölle verbannt worden war. Es war nicht mit Sicherheit festzustellen, wer es war, und Lavelle hatte nicht die Macht, ihn zur Preisgabe seines Namens zu zwingen. Wer immer es sein mochte, er würde ihm seine Fragen beantworten können.

»Ich warte.«

»Du weißt, womit ich mich hier beschäftige?«

»Ich weisss esssss.«

»Die Angelegenheit, die die Carramazza-Familie betrifft.«

»Ich weisss essss.«

Wenn Gott den Schlangen die Gabe der Sprache verliehen hätte, dann hätte es so geklungen.

»Du kennst den Kriminalbeamten, diesen Dawson?«

»Ja.«

»Wird er seine Vorgesetzten bitten, ihn von dem Fall abzulösen?«

»Niemalsss!«

»Wird er weiter Nachforschungen über Voodoo anstellen?«

»Dasss wird er.«

»Ich habe ihn gewarnt.«

»Er wird nicht aufhören.«

In der Küche war es bitterkalt geworden, obwohl die Zentralheizung noch lief und heiße Luft aus den Heizkörpern spuckte. Die Luft schien dick und ölig zu sein.

»Was kann ich tun, um Dawson in Schach zu halten?«
»Du weissst esss!«
»Sag es mir.«
»Du weissst esss.«
Lavelle leckte sich die Lippen, räusperte sich.
»Du weissst esss.«
Lavelle sagte: »Soll ich seine Kinder jetzt ermorden lassen, heute abend, ohne weiteren Aufschub?«

5

Rebecca öffnete die Tür. Sie sagte: »Ich dachte mir irgendwie, daß du es bist.«
Er stand fröstelnd auf dem Treppenabsatz. »Da draußen tobt ein richtiger Blizzard.«
Sie trug einen weichen blauen Morgenrock und Hausschuhe.
Ihr Haar war honiggelb. Sie sah großartig aus.
Sie sagte kein Wort. Sie sah ihn nur an.
Schließlich meinte er: »Wirklich, der Sturm des Jahrhunderts. Vielleicht sogar der Anfang einer neuen Eiszeit. Das Ende der Welt. Ich habe mir überlegt, mit wem ich am liebsten zusammensein würde, wenn das wirklich das Ende der Welt wäre…«
Fast hätte sie ihn angelächelt.
Er fragte: »Kann ich reinkommen? Ich habe meine Stiefel schon ausgezogen, siehst du? Ich werde keine Spuren auf deinem Teppich hinterlassen. Und ich habe sehr gute Manieren. Ich rülpse nie in der Öffentlichkeit und kratze mich auch nicht am Hintern – jedenfalls nicht mit Absicht.«
Sie gab den Weg frei.
Er trat ein.
Sie schloß die Tür und sagte: »Ich wollte gerade etwas zu essen machen. Hast du Hunger?«
»Was gibt es denn?«
»Hereingeschneite Gäste dürfen nicht wählerisch sein.«
Sie gingen in die Küche, und er hängte seinen Mantel über eine Stuhllehne.
Sie sagte: »Roastbeef-Sandwiches und Suppe.«
»Gute Idee.«
»Du schneidest das Roastbeef auf.«

»Sicher.«

»Es liegt im Kühlschrank, in Plastikfolie. Im zweiten Fach, glaube ich. Paß auf!«

»Warum? Ist es lebendig?«

»Der Kühlschrank ist ziemlich vollgepackt. Wenn du die Sachen nicht vorsichtig rausnimmst, fällt dir wahrscheinlich alles entgegen.«

Er öffnete den Kühlschrank. Da drinnen herrschte tatsächlich ein Chaos, während ihre Wohnung bis in den letzten Winkel sauber, ordentlich und von fast spartanischer Schlichtheit war.

Er fand das Roastbeef hinter einem Glas mit eingelegten Eiern, auf einem Apfelkuchen in der Backform, unter einem Paket Schweizer Käse, eingekeilt zwischen zwei Pfannen mit Resten auf der einen Seite und einem Krug und Mixed Pickles und einer übriggebliebenen Hühnerbrust auf der anderen, vor drei Gläsern Marmelade.

Eine Zeitlang arbeiteten sie schweigend.

Er hatte geglaubt, wenn er sie einmal zu fassen bekam, würde es nicht schwer sein, über das zu reden, was letzte Nacht zwischen ihnen geschehen war. Aber jetzt war er verlegen. Er wußte nicht, wie er anfangen, was er als erstes sagen wollte. Alles, was ihm einfiel, fand er entweder abgedroschen, oder es war zu abrupt oder einfach blöd.

Das Schweigen dehnte sich.

Sie legte Sets, Geschirr und Besteck auf den Tisch.

Er schnitt erst das Rindfleisch und dann eine große Tomate in Scheiben.

Sie öffnete zwei Dosen Suppe.

Er wandte sich zu Rebecca, um sie zu fragen, wie sie ihr Sandwich haben wollte.

Sie stand mit dem Rücken zu ihm am Herd und rührte die Suppe im Topf um. Ihr Haar schimmerte golden auf dem dunkelblauen Morgenrock.

Jack überlief ein Schauer des Begehrens. Er konstatierte voll Staunen, wieviel anders sie jetzt war, im Vergleich zu vor nur einer Stunde im Büro, als er sie zuletzt gesehen hatte. Nicht mehr die Eisjungfrau. Nicht mehr die Wikingerin.

Ehe er sich selbst bewußt wurde, was er tat, trat er von hinten an sie heran und legte ihr die Hände auf die Schultern.

Sie war nicht überrascht. Sie hatte sein Kommen gespürt. Vielleicht hatte sie ihn sogar mit ihrem Willen herangezogen.

Zuerst waren ihre Schultern unter seinen Händen steif und ihr ganzer Körper angespannt.

Er strich ihr Haar beiseite und küßte sie auf den Nacken.

Sie entspannte sich, wurde weich, lehnte sich an ihn.

Er strich mit den Händen an ihren Seiten hinunter bis zur Wölbung ihrer Hüften.

Sie seufzte, sagte aber nichts.

Er küßte sie aufs Ohr.

Er ließ eine Hand nach oben gleiten, umfaßte ihre Brust.

Sie drehte den Gasbrenner ab, auf dem der Topf mit der Minestrone stand.

Jetzt hatte er die Arme um sie geschlungen, beide Hände lagen auf ihrem flachen Bauch.

Sein Glied wurde so hart, daß es weh tat.

Sie murmelte unartikuliert, ein Laut wie von einer Katze.

Seine Hände hielten nicht still, sondern strichen sanft und träge forschend über sie hin.

Sie wandte sich ihm zu.

Sie küßten sich.

Ihre Zunge war schnell und heiß, aber der Kuß war ausgedehnt und langsam.

Als sie sich voneinander lösten, nur ein paar Zoll auseinanderwichen, um einen dringend benötigten Atemzug zu machen, begegneten sich ihre Blicke, und ihre Augen leuchteten in so wildem, strahlendem Grün, daß sie gar nicht wirklich zu sein schienen. Aber er sah ein sehr wirkliches Verlangen darin.

Noch ein Kuß. Diesmal heftiger als der erste, hungriger.

Dann entzog sie sich ihm. Nahm seine Hand.

Sie gingen aus der Küche. Ins Wohnzimmer.

Ins Schlafzimmer.

Sie schaltete eine kleine Lampe mit einem Schirm aus bernsteinfarbenem Glas ein. Sie gab kein helles Licht. Die Schatten wichen ein wenig zurück, verschwanden aber nicht ganz.

Sie zog ihren Morgenrock aus. Mehr hatte sie nicht an.

Sie entkleidete ihn.

Viel später, auf dem Bett, als er schließlich in sie eindrang, stieß er leise, von Staunen erfüllt, ihren Namen hervor, und sie sprach den seinen aus. Dies waren die ersten Worte, die gefallen waren, seit er ihr draußen in der Küche die Hände auf die Schultern gelegt hatte.

Sie fanden in einen sanften, seidigen, befriedigenden Rhythmus hinein und spendeten sich auf den kühlen, knisternden Laken Freude.

6

Lavelle saß am Küchentisch und starrte das Radio an.

Der Wind rüttelte an dem alten Haus.

Zu dem unsichtbaren Wesen, das durch das Radio mit dieser Welt in Verbindung trat, sagte Lavelle: »Soll ich seine Kinder jetzt gleich ermorden lassen, heute abend noch, ohne weiteren Aufschub?«

»Ja.«

»Aber wenn ich seine Kinder töte, besteht dann nicht die Gefahr, daß Dawson mehr denn je entschlossen ist, mich zu finden?«

»Töte sssie!«

»Meinst du, Dawson könnte zusammenbrechen, wenn ich sie töte?«

»Ja.«

»Es könnte zu seinem emotionalen oder geistigen Verfall beitragen?«

»Ja.«

»Steht das außer Zweifel?«

»Er liebt sssie sssehr!«

»Ich will ganz sicher sein.«

»Töte sssie. Brutal. Esss musss besssondersss brutal sssein.«

»Ich werde alles tun, um ihn aus dem Weg zu räumen, aber ich möchte absolut sicher sein, daß es so funktioniert, wie ich es haben will.«

»Töte sssie. Zerschmettere sssie. Brich ihnen die Knochen und reissse ihnen die Augen herausss. Reissse ihnen die Zunge herausss. Weide sie ausss wie zwei Schlachtschweine.«

7

Rebeccas Schlafzimmer.

Schneekristalle pochten leise ans Fenster.

Sie lagen nebeneinander im bernsteinfarbenen Licht auf dem Bett und hielten sich an den Händen.

Rebecca sagte: »Ich dachte nicht, daß es noch einmal passieren würde.«

»Was?«

»Das.«

»Ach so.«

»Ich war sicher, daß wir uns niemals wieder lieben würden.«

»Aber wir haben es getan.«

Sie schwieg.

Er fragte: »Tut es dir leid?«

»Nein.«

»Du glaubst doch nicht, daß *dies* das letzte Mal war, oder?«

»Nein.«

Pause.

Dann sagte sie: »Was ist mit uns passiert?«

»Ist das nicht klar?«

»Nicht ganz.«

»Wir haben uns verliebt.«

»Aber wie konnte das so schnell gehen?«

»Es war nicht schnell.«

»Die ganze Zeit nur Polizisten, nur Partner...«

»Mehr als Partner.«

»... und dann ganz plötzlich... wumm!«

»Es war nicht plötzlich. Bei mir geht das schon lange so.«

»Wirklich?«

»Mindestens seit zwei Monaten.«

»Warum habe ich das nicht gemerkt?«

»Du hast es gemerkt. Im Unterbewußtsein.«

»Vielleicht.«

»Ich frage mich nur, warum du dich so hartnäckig dagegen gewehrt hast.«

Sie antwortete nicht.

Nach einer Weile sagte er: »Ich liebe dich.«

»Sag das nicht.«

»Ich sage es nicht nur. Ich meine es auch.«
Sie sah ihn nicht an.
Er sagte: »Ich bin sicher, Rebecca. Ich liebe dich.«
»Ich habe dich gebeten, das nicht zu sagen.«
»Ich verlange ja nicht, es von dir zu hören.«
Sie biß sich auf die Unterlippe.
»Sag nur, daß du mich ein wenig magst.«
»Ich mag dich.«
»Schön. Damit kann ich im Moment leben.«
»Gut.«
»Aber mittlerweile liebe ich dich.«
»Verdammt, Jack!«
Sie rückte von ihm weg.
Sie zog das Laken hoch bis ans Kinn.
»Jetzt sei nicht so kalt zu mir, Rebecca.«
»Ich bin nicht kalt.«
Sie kaute am Daumen wie ein kleines Mädchen.
»Rebecca?«
»Ich weiß nicht, wie ich es sagen soll. Ich kann es nicht erklären. Ich mußte es noch nie in Worten ausdrücken.«
»Ich kann gut zuhören.«
»Ich brauche ein bißchen Zeit zum Nachdenken.«
»Dann laß dir Zeit.«
Sie starrte an die Decke und überlegte.
Er schlüpfte zu ihr unter das Laken und zog die Decke über sie beide.
Eine Weile lagen sie da und schwiegen.
Draußen sang der Wind eine Serenade mit zwei Tönen.
Sie sagte: »Mein Vater starb, als ich sechs war.«
»Das tut mir leid. Wie schrecklich. Dann hattest du nie die Chance, ihn richtig kennenzulernen.«
»Das stimmt. Und trotzdem, so sonderbar das auch klingt, manchmal vermisse ich ihn immer noch sehr, auch nach so vielen Jahren noch – einen Vater, den ich nie richtig kannte und an den ich mich kaum erinnere. Ich vermisse ihn trotzdem.«
Jack dachte an seinen eigenen, kleinen Davey, der noch nicht einmal sechs gewesen war, als seine Mutter starb.
Er drückte Rebecca sanft die Hand.
Sie sagte: »Aber daß mein Vater starb, als ich sechs war – das ist irgendwie nicht das Schlimmste. Das Schlimmste ist, daß ich sah, wie er starb. Ich war dabei, als es passierte.«

»Mein Gott. Wie... wie ist es passiert?«

»Tja... er und Mama hatten eine Imbißbude. Nicht groß. Nur vier kleine Tische. Hauptsächlich Straßenverkauf. Sandwiches, Kartoffelsalat, Nudelsalat und ein paar Schleckereien. Es ist schwer, in diesem Geschäft Erfolg zu haben, außer man hat gleich zu Beginn zwei Dinge: genügend Startkapital, um am Anfang ein paar magere Jahre durchstehen zu können, und eine gute Lage mit viel Laufkundschaft oder Büroangestellten, die in der Nähe arbeiten. Aber meine Eltern waren arm. Sie hatten nur sehr wenig Kapital. Sie konnten die hohe Miete in einer guten Gegend nicht bezahlen, deshalb fingen sie in einer schlechten an und zogen immer wieder um, wenn sie es sich leisten konnten, dreimal in drei Jahren, jedesmal in eine etwas bessere Gegend. Sie arbeiteten schwer, so schwer...

Mein Vater hatte noch einen anderen Job, als Hausmeister, am späten Abend, nachdem der Laden zumachte, bis kurz vor Morgengrauen. Dann kam er nach Hause, schlief vier oder fünf Stunden und machte dann zum Lunch auf. Mama kochte den Großteil der Gerichte, die verkauft wurden, selbst, und sie stand auch hinter der Theke, und sie ging außerdem für andere Leute putzen, um ein paar Dollar dazuzuverdienen. Endlich begann der Laden sich zu rentieren. Mein Vater konnte den Hausmeisterjob an den Nagel hängen, und Mama hörte mit dem Putzen auf. Ja, irgendwann ging das Geschäft so gut, daß sie sich nach dem ersten Angestellten umsahen; sie konnten die Arbeit nicht mehr alleine schaffen. Die Zukunft sah rosig aus. Und dann... eines Nachmittags... während der Flaute zwischen dem Mittags- und dem Abendbetrieb, Mama war fortgegangen, um etwas zu besorgen, und ich war mit meinem Vater allein im Laden... da kam der Kerl herein... mit einer Pistole...«

»Oh, Scheiße«, sagte Jack. Den Rest kannte er. Er hatte das alles schon erlebt, schon oft. Tote Ladenbesitzer, die in ihrem eigenen Blut lagen, neben ihren leeren Registrierkassen.

Er sagte: »Du brauchst nicht weiterzusprechen.«

»Doch. Ich muß es dir erzählen. Damit du verstehst, warum... warum ich in bestimmten Dingen so bin.«

»Okay, wenn du das wirklich willst...«

»Ich will.«

»Dann... hat sich dein Vater geweigert, diesem Dreckskerl das Geld zu geben – oder was?«

»Nein. Dad gab ihm das Geld. Alles.«

»Er hat sich überhaupt nicht gesträubt?«

»Nein.«

»Aber seine Bereitwilligkeit hat ihn nicht gerettet.«

»Nein. Der Kerl war ein Fixer und litt unter schlimmen Entzugserscheinungen, er brauchte wirklich dringend was. Die Gier kroch wie ein gräßliches Wesen in seinem Kopf herum, stelle ich mir vor, und er war reizbar, gemein, voll irrem Haß auf die ganze Welt. Du weißt, wie sie werden können. Deshalb glaube ich, daß es ihm vielleicht mehr darum ging, jemanden umzubringen, als das Geld zu bekommen, und deshalb... hat er einfach... abgedrückt.«

Jack legte einen Arm um sie und zog sie an sich.

Sie sagte: »Zwei Schüsse. Dann rannte der Bastard davon. Nur eine von den Kugeln traf meinen Vater. Aber sie... traf ihn... ins Gesicht.«

»Jesus!« sagte Jack leise, er dachte an die sechsjährige Rebecca, wie sie in der Küche des Imbißladens stand, durch den Vorhangspalt lugte und sah, wie das Gesicht ihres Vaters zerplatzte.

»Es war eine .45«, fügte sie hinzu.

Jack zuckte zusammen, als er an die Durchschlagskraft der Waffe dachte.

»Hohlmantelgeschosse«, sagte sie.

»O Gott.«

»Aus dieser geringen Entfernung hatte Dad keine Chance.«

»Quäle dich nicht mit...«

»Sie hat ihm den Kopf abgerissen.«

»Denk nicht mehr daran«, sagte Jack.

»Das Gehirn...«

»Still jetzt. Still.«

»Ich muß dir noch mehr erzählen.«

»Du mußt dir nicht alles auf einmal von der Seele reden.«

»Ich möchte, daß du mich verstehst.«

»Laß dir Zeit. Ich bin da. Ich warte. Laß dir Zeit.«

8

Im Wellblechschuppen beugte sich Lavelle über die Grube und durchschnitt mit zwei Ritualscheren mit Malachitgriffen gleichzeitig beide Enden der Schnur.

Die Fotografien von Penny und Davey Dawson fielen in das Loch und verschwanden im flackernden, orangefarbenen Licht.

Ein schriller, unmenschlicher Schrei drang aus der Tiefe.

»Tötet sie«, sagte Lavelle.

9

Immer noch in Rebeccas Bett.

Immer noch eng umschlungen.

Sie sagte: »Die Polizei konnte nur nach meiner Beschreibung vorgehen.«

»Ein sechsjähriges Kind ist nicht gerade der beste Zeuge.«

»Sie gaben sich alle Mühe, versuchten, diesem Typen auf die Spur zu kommen, der Daddy erschossen hatte. Sie gaben sich wirklich Mühe.«

»Haben sie ihn je erwischt?«

»Ja. Aber zu spät. Viel zu spät.«

»Wie meinst du das?«

»Paß auf, er bekam zweihundert Dollar, als er den Laden ausraubte.«

»Und?«

»Das ist mehr als zweiundzwanzig Jahre her.«

»Ja?«

»Damals waren zweihundert Dollar viel Geld. Kein Vermögen. Aber viel mehr als heute.«

»Ich weiß immer noch nicht, worauf du hinauswillst.«

»Für ihn war es leicht verdientes Geld.«

»So verdammt leicht auch wieder nicht. Er hat einen Mann getötet.«

»Aber das wäre nicht nötig gewesen. Er *wollte* an diesem Abend jemand töten.«

»Okay. Schön. Er glaubte also, verdreht wie er war, daß das ganz einfach ist.«

»Sechs Monate vergingen...«

»Und die Polizei hat ihn nicht erwischt?«

»Nein. Also sieht es für diesen fiesen Kerl immer einfacher aus.«

Jack wurde übel vor Angst. Sein Magen drehte sich um.

Er sagte: »Willst du damit sagen...?«

»Ja.«

»Er kam zurück.«

»Mit einer Pistole. Mit derselben Pistole.«

»Aber er muß wahnsinnig gewesen sein!«

»Alle Fixer sind wahnsinnig.«

Jack wartete. Er wollte nichts mehr hören, aber er wußte, daß sie es ihm erzählen würde; erzählen mußte; *gezwungen* war, es ihm zu erzählen.

Sie sagte: »Meine Mutter stand an der Kasse.«

»Nein«, sagte er leise, als könne er die tragische Geschichte ihrer Familie noch irgendwie ändern, indem er protestierte.

»Er pustete sie weg.«

»Rebecca...«

»Jagte fünf Schüsse in sie hinein.«

»Du hast es... diesmal nicht gesehen?«

»Nein. Ich war an diesem Tag nicht im Laden.«

»Gott sei Dank.«

»Diesmal erwischten sie ihn.«

»Zu spät für dich.«

»Viel zu spät. Aber ich wußte jetzt, was ich werden wollte, wenn ich erwachsen war. Ich wollte zur Polizei, damit ich Leuten wie diesem Fixer das Handwerk legen, sie daran hindern konnte, die Mütter und Väter anderer kleiner Jungen und Mädchen zu töten. Damals gab es noch keine weiblichen Polizisten, weißt du, keine richtigen Polizisten, nur Büroangestellte auf dem Polizeirevier, in der Vermittlung und so weiter. Ich hatte keine Rollenvorbilder. Aber ich wußte, daß ich es eines Tages schaffen würde. Ich war fest entschlossen. Ich wollte keinen Augenblick etwas anderes werden als Polizistin. Ich verschwendete keinen Gedanken darauf zu heiraten, Ehefrau zu werden, Kinder zu haben, Mutter zu sein, denn ich wußte, dann würde jemand daherkommen, um meinen Mann zu erschießen oder mir meine Kinder wegzunehmen oder mich meinen Kindern. Was hatte es also für einen Sinn? Ich wollte Polizistin sein. Nichts anderes.«

Endlich begann Jack, Rebecca Chandler zu verstehen – warum sie so war, wie sie war. Das Verständnis steigerte seinen Respekt und die tiefe Zuneigung, die er schon für sie empfand. Sie war eine ganz besondere Frau.

Er ahnte, daß dieser Abend einer der wichtigsten in seinem Leben war. Die lange Einsamkeit nach Lindas Tod ging endlich zu Ende. Nun, mit Rebecca, würde er einen neuen Anfang machen.

Jetzt konnte nichts mehr schiefgehen.

10

»Tötet sie, tötet sie«, sagte Lavelle.

Seine Stimme hallte in die Grube hinunter, wurde wieder und wieder zurückgeworfen wie aus einem tiefen Schacht.

Der undeutlich pulsierende, sich verändernde, amorphe Boden der Grube wurde plötzlich lebendig. Er warf Blasen, wallte auf, wirbelte. Aus der lavaartigen Schmelzmasse – die eine Armeslänge oder auch Meilen entfernt in der Tiefe hätte sein können – formte sich eine Gestalt.

Eine monströse Gestalt.

11

»Als deine Mutter getötet wurde, warst du erst...«

»Sieben Jahre alt. Ich war einen Monat vor ihrem Tod sieben geworden.«

»Wer zog dich danach auf?«

»Ich kam zu meinen Großeltern, der Familie meiner Mutter.«

»Ging das gut?«

»Sie mochten mich sehr gern. Deshalb ging es eine Weile gut.«

»Nur eine Weile?«

»Dann starb mein Großvater.«

»Noch ein Todesfall?«

»Immer noch einer.«

»Wie?«

»Krebs. Den plötzlichen Tod hatte ich schon erlebt. Jetzt war es Zeit, daß ich das langsame Sterben kennenlernte.«

»Wie langsam?«

»Zwei Jahre vom Zeitpunkt der Krebsdiagnose bis zu dem Tag, an dem er endlich erlöst wurde. Er schwand dahin, verlor sechzig Pfund, ehe er starb, und durch die Radiumbestrahlungen fielen ihm alle Haare aus. In diesen letzten paar Wochen wurde er dem Aussehen und dem Verhalten nach ein völlig anderer Mensch.«

»Wie alt warst du, als du ihn verloren hast?«

»Elfeinhalb.«

»Dann war nur noch deine Großmutter da.«

»Ein paar Jahre lang. Als ich dann fünfzehn war, starb auch sie.

Das Herz. Nicht wirklich plötzlich, aber auch nicht wirklich langsam. Danach wurde ich unter amtliche Vormundschaft gestellt. Die nächsten drei Jahre, bis zum achtzehnten Lebensjahr, verbrachte ich bei einer Reihe von Pflegefamilien. Vier insgesamt. Keinem meiner Pflegeeltern kam ich jemals nahe; ich gestattete mir nie, ihnen nahezukommen. Ich ließ mich immer wieder einer anderen Familie zuteilen, verstehst du. Denn inzwischen hatte ich, so jung ich noch war, begriffen, daß es einfach zu gefährlich ist, Menschen zu lieben, sich auf sie zu verlassen, sie zu *brauchen*. Wir sind alle so kurzlebig. So zerbrechlich. Und das Leben ist so unberechenbar.«

»Aber das ist doch kein Grund, unbedingt alleine bleiben zu wollen«, sagte Jack. »Siehst du nicht, daß eigentlich – daß das der Grund ist, warum wir Menschen finden *müssen*, die wir lieben können, Menschen, mit denen wir unser Leben teilen, denen wir unsere Herzen und Gedanken öffnen, auf die wir uns verlassen, die wir schätzen, die sich auf uns verlassen, wenn *sie* die Gewißheit brauchen, daß sie nicht alleine sind. Seine Freunde und seine Familie gernzuhaben, zu wissen, daß sie einen gernhaben – das lenkt uns von der Leere ab, die auf uns alle wartet. Indem wir lieben und zulassen, daß man uns liebt, geben wir unserem Leben Sinn und Bedeutung. Wenigstens für kurze Zeit können wir durch die Liebe die gottverdammte Dunkelheit vergessen, die am Ende von allem steht.«

Als er geendet hatte, war er ganz außer Atem – und staunte über das, was er gesagt hatte, seine intuitive Einsicht erschreckte ihn.

Sie schob einen Arm über seine Brust. Sie hielt ihn fest.

Sie sagte: »Du hast recht. Ein Teil von mir weiß, daß das wahr ist, was du gesagt hast.«

»Gut.«

»Aber es gibt noch einen anderen Teil, der hat Angst davor, jemals wieder zu lieben oder geliebt zu werden. Dieser Teil kann es nicht ertragen, alles wieder zu verlieren. Dieser Teil glaubt, Einsamkeit sei besser als solch ein Verlust und ein solcher Schmerz.«

»Aber schau, genau das ist es doch. Liebe, die man geschenkt oder empfangen hat, geht *nie* verloren«, sagte er und hielt sie fest. »Wenn du einmal jemanden geliebt hast, ist die Liebe immer da, auch dann, wenn der andere fort ist. Liebe ist das einzige, das Bestand hat.«

Minutenlang lagen sie schweigend da und berührten sich.

Jack hatte den verzweifelten Wunsch, Rebecca möge für den Rest seines Lebens mit ihm zusammenbleiben. Er fürchtete sich davor, sie zu verlieren.

Aber er sagte nichts mehr. Die Entscheidung lag bei ihr.

Nach einer Weile sagte sie: »Zum erstenmal seit einer Ewigkeit habe ich weniger Angst davor, zu lieben und zu verlieren; ich fürchte mich viel mehr davor, überhaupt nicht zu lieben.«

Jack fiel ein Stein vom Herzen.

Er sagte: »Du darfst mich nie wieder wegstoßen.«

»Ich werde erst lernen müssen, mich zu öffnen, und das wird mir nicht leichtfallen.«

»Du kannst es.«

»Gelegentlich werde ich sicher wieder rückfällig und ziehe mich ab und zu in mein Schneckenhaus zurück. Du wirst Geduld mit mir haben müssen.«

»Ich kann geduldig sein.«

»Gott, als ob ich das nicht wüßte. Du bist der aufreizendst geduldige Mensch, den ich kenne.«

»Aufreizend?«

»Bei der Arbeit gab es Zeiten, da war ich so unglaublich biestig, und ich wußte es, ich wollte nicht so sein, konnte aber anscheinend nicht aus meiner Haut heraus. Manchmal habe ich mir gewünscht, du würdest zurückfauchen, explodieren. Aber wenn du dann endlich reagiert hast, warst du immer so vernünftig, so ruhig, so verdammt geduldig.«

»Du tust, als wäre ich ein Heiliger.«

»Nun, du bist ein guter Mann, Jack Dawson. Ein netter Mann. Ein verdammt netter Mann.«

»Och, ich weiß, daß du mich für vollkommen hältst«, sagte er selbstironisch. »Aber ob du es glaubst oder nicht, selbst ich, das Musterexemplar, selbst ich habe ein paar Fehler.«

»Nein!« sagte sie scheinheilig erstaunt.

»Doch, es ist wahr. Aber ich habe eine große Tugend, die alle diese schrecklichen Schwächen mehr als aufwiegt«, sagte er.

Sie grinste. »Und die wäre?«

»Ich liebe dich.«

Diesmal verbot sie ihm nicht, so etwas zu sagen.

Sie küßte ihn.

Ihre Hände streichelten ihn.

Sie sagte: »Liebe mich noch einmal.«

12

Normalerweise wurde Penny, ganz gleich, wie lange Davey aufbleiben durfte, eine Stunde mehr zugestanden. Als letzte schlafenzugehen, war aufgrund ihres Altersvorsprungs von vier Jahren ihr gutes Recht. Sie setzte sich jedesmal wacker und hartnäckig zur Wehr, wenn jemand auch nur ansatzweise den Versuch machte, ihr dieses kostbare, unveräußerliche Recht zu verweigern. Als jedoch an diesem Abend um neun Uhr Tante Faye vorschlug, Davey solle sich die Zähne putzen und sich ins Bett verziehen, tat Penny so, als sei sie müde, und sagte, sie habe auch nichts dagegen schlafenzugehen.

Sie durfte Davey nicht alleine in einem dunklen Schlafzimmer lassen, wo die Kobolde sich vielleicht an ihn heranschleichen konnten. Sie mußte wach bleiben und auf ihn aufpassen, bis ihr Vater kam. Dann würde sie Daddy alles über die Kobolde erzählen, und sie hoffte, daß er sie zumindest zu Ende anhören würde, ehe er nach den Männern mit den Zwangsjacken schickte.

Sie und Davey waren ohne Nachtzeug zu den Jamisons gekommen, aber das war weiter kein Problem. Da sie des öfteren bei Faye und Keith übernachteten, wenn ihr Vater lange arbeiten mußte, hatten sie dort Ersatzzahnbürsten und Schlafanzüge deponiert. Und im Schrank des Gästezimmers lag frische Kleidung zum Wechseln, so daß sie morgen nicht das gleiche anziehen mußten. Innerhalb von zehn Minuten lagen sie in ihren Betten und kuschelten sich behaglich in die Decken.

Tante Faye wünschte ihnen angenehme Träume, schaltete das Licht aus und schloß die Tür.

Die Dunkelheit war dick, erstickend.

Penny kämpfte gegen einen Anfall von Platzangst.

Davey schwieg eine Weile. Dann: »Penny?«

»Hm?«

»Bist du da?«

»Was glaubst du, wer gerade ›hm‹ gesagt hat?«

»Wo ist Dad?«

»Macht Überstunden.«

»Ich meine, wirklich?«

»Er macht wirklich Überstunden.«

»Und wenn ihm etwas passiert ist?«

»Ihm ist nichts passiert.«

»Und wenn er angeschossen worden ist?«

»Ist er nicht. Das hätten sie uns gesagt, wenn er angeschossen worden wäre. Sie würden uns wahrscheinlich sogar ins Krankenhaus fahren, damit wir ihn besuchen können.«

»Nein, das würden sie nicht tun. Die wollen doch Kinder vor so schlechten Nachrichten bewahren.«

»Willst du, in Gottes Namen, aufhören, dir Sorgen zu machen? Mit Dad ist alles in Ordnung. Wenn er angeschossen worden wäre oder so was, würden Tante Faye und Onkel Keith das doch wissen.«

»Vielleicht wissen sie es ja?«

»Wenn sie es wüßten, würden wir es auch wissen.«

»Wieso?«

»Das würde man merken, selbst wenn sie sich Mühe gäben, es zu verbergen.«

»Wie würde man es merken?«

»Dann hätten sie uns anders behandelt. Sie hätten sich komisch benommen.«

»Sie benehmen sich immer komisch.«

»Ich meine, auf andere Weise komisch. Sie wären besonders nett zu uns gewesen. Sie hätten uns verhätschelt, weil wir ihnen leid getan hätten. Und glaubst du, Tante Faye hätte Daddy den ganzen Abend lang so kritisiert, wenn sie gewußt hätte, daß er angeschossen ist und irgendwo in einem Krankenhaus liegt?«

»Tja... nein. Da hast du wohl recht. Das würde nicht einmal Tante Faye tun.«

Sie schwiegen.

Penny stützte den Kopf auf das Kissen und lauschte.

Nichts war zu hören. Nur der Wind draußen. Und weit weg das Brummen eines Schneepflugs.

Sie blickte zum Fenster, ein unbestimmt schneehelles Rechteck.

Würden die Kobolde durch das Fenster kommen?

Durch die Tür?

Vielleicht würden sie aus einem Spalt in der Fußleiste kommen, als Rauch, und sich dann verfestigen, wenn sie ganz in den Raum eingedrungen waren. Vampire machten so etwas. Sie hatte es in einem alten Dracula-Film gesehen.

Vielleicht kamen sie auch aus dem Schrank.

Sie spähte in die dunkelste Ecke des Raums, wo der Schrank stand. Sie konnte ihn nicht sehen; nur Schwärze.

Vielleicht gab es an der Rückseite des Schranks einen unsichtbaren Zaubergang, einen Tunnel, den nur Kobolde sehen und benützen konnten.

Das war lächerlich. Oder doch nicht? Allein die Vorstellung von Kobolden war schon lächerlich; und doch waren sie da draußen. Sie hatte sie gesehen.

Davey begann, tief, langsam und gleichmäßig zu atmen. Er schlief.

Penny beneidete ihn. Sie wußte, daß sie niemals wieder schlafen würde.

Die Zeit verging. Langsam.

Ihr Blick bewegte sich ständig durch den dunklen Raum. Das Fenster. Die Tür. Der Schrank. Das Fenster.

Sie wußte nicht, wo die Kobolde herkommen würden, aber sie wußte, daß sie kommen würden.

13

Lavelle saß in seinem dunklen Schlafzimmer.

Die Mörder waren aus der Grube aufgestiegen und hatten sich davongeschlichen, in die Nacht, in die sturmgepeitschte Stadt. Bald würden die beiden Dawson-Kinder abgeschlachtet werden und nur noch blutige, tote Fleischklumpen sein.

Der Gedanke gefiel Lavelle und erregte ihn. Er bekam sogar eine Erektion.

Nur noch zu einem Zweck mußte er in dieser Nacht seine magischen Kräfte einsetzen, und er freute sich schon darauf. Er wollte Jack Dawson demütigen. Er würde Dawson endlich begreiflich machen, wie ehrfurchtgebietend die Macht eines Meister-*Bocors* war. Dann, wenn Dawsons Kinder vernichtet waren, würde der Beamte einsehen, wie töricht er gehandelt hatte, als er sie einem solchen Risiko aussetzte, als er einem *Bocor* trotzte. Er würde begreifen, wie leicht er sie hätte retten können – indem er einfach seinen Stolz hinunterschluckte und aus den Ermittlungen ausstieg. Dann würde ihm klarwerden, daß er, der Kriminalbeamte persönlich, das Todesurteil seiner eigenen Kinder unterzeichnet hatte, und *diese* schreckliche Erkenntnis würde ihn zerschmettern.

14

Penny saß aufrecht im Bett und hätte beinahe nach Tante Faye geschrien.

Sie hatte etwas gehört. Einen sonderbaren, spitzen Schrei. Er war nicht menschlich. Schwach. Weit entfernt. Vielleicht aus einer anderen Wohnung, mehrere Etagen tiefer. Der Schrei schien durch die Heizungsrohre zu ihr gedrungen zu sein.

Sie wartete gespannt. Eine Minute. Zwei Minuten. Drei.

Der Schrei wiederholte sich nicht. Auch sonst war nichts Unnatürliches zu hören.

Aber sie wußte, was sie gehört hatte und was es bedeutete. Sie kamen, um sie und Davey zu holen. Sie waren unterwegs. Bald würden sie hier sein.

15

Diesmal war der Liebesakt langsam, fast träge, von schmerzhafter Zärtlichkeit, erfüllt von Liebkosungen, wortlosem Murmeln und sanftem Streicheln. Träumerische Empfindungen: ein Gefühl des Schwebens, ein Gefühl, als bestehe man nur aus Sonnenlicht und anderer Energie, ein berauschend schwereloses Fallen. Diesmal war es weniger ein Geschlechtsakt als ein gefühlsmäßiges Versprechen, ein spirituelles Gelübde, vom Fleisch abgelegt. Und als Jack sich schließlich tief in ihr samtenes Inneres ergoß, war ihm, als verschmelze er mit ihr, gehe in ihr auf, würde eins mit ihr, und er spürte, daß sie ebenso empfand.

»Ich liebe dich«, sagte er.

»Ich bin froh«, sagte sie.

Das war schon ein Fortschritt.

Sie brachte es noch immer nicht über sich zu sagen, daß auch sie ihn liebte. Aber das störte ihn nicht weiter. Er wußte ja, daß sie es tat.

Er saß auf dem Bettrand und kleidete sich an.

Sie stand auf der anderen Seite des Betts und schlüpfte in ihren blauen Morgenrock.

Beide wurden durch eine plötzliche, heftige Bewegung aufgeschreckt. Ein gerahmtes Plakat von einer Jasper-Johns-Kunstausstellung wurde aus seiner Verankerung gerissen und flog von der Wand. Es war ein großes Plakat, dreieinhalb auf zweieinhalb Fuß, gerahmt und hinter Glas. Einen Augenblick lang hing es vibrierend in der Luft, dann schlug es mit einem gewaltigen Krach am Fußende des Betts auf dem Boden auf.

»Was, zum Teufel...?« entfuhr es Jack.

»Wie konnte das passieren?« fragte Rebecca.

Die Schiebetür des Schranks flog krachend auf, schlug zu, flog wieder auf.

Die Kommode mit den sechs Schubladen kippte von der Wand weg auf Jack zu, er sprang aus dem Weg, und das große Möbelstück stürzte mit einem Getöse um, als sei eine Bombe explodiert.

Rebecca wich an die Wand zurück und blieb dort stehen, erstarrt, mit weit aufgerissenen Augen, die Hände zu Fäusten geballt.

Es war kalt. Wind jagte durch den Raum. Nicht nur ein Luftzug, ein richtiger Wind, fast so stark wie der Sturm, der draußen durch die Straßen der Stadt peitschte. Aber es gab keine Stelle, wo ein kalter Wind hätte eindringen können; Türen und Fenster waren fest verschlossen.

Und jetzt schien es, als packten unsichtbare Hände die Gardinen am Fenster und rissen sie von ihrer Stange. Die Vorhänge sanken zu Boden, dann wurde auch die Stange aus der Wand gerissen und beiseite geworfen.

Schubladen glitten aus den Nachttischen, fielen auf den Boden, gossen ihren Inhalt aus. Mehrere Tapetenbahnen begannen sich von den Wänden zu schälen, es fing oben an und ging bis nach unten weiter.

Jack wandte sich hierhin und dorthin, er war entsetzt, verwirrt und wußte nicht, was er tun sollte.

Der Toilettenspiegel barst in spinnwebförmigen Sprüngen.

Das Unsichtbare riß die Decke vom Bett und schleuderte sie auf die umgestürzte Kommode.

»Aufhören!« schrie Rebecca ins Leere. »*Aufhören!*«

Der unsichtbare Eindringling gehorchte nicht.

Das obere Laken wurde vom Bett gezogen. Es wirbelte in der Luft, als habe ihm jemand Leben und die Fähigkeit zu fliegen verliehen; dann schwebte es in eine Ecke des Raumes, wo es wieder leblos in sich zusammenfiel.

Das eingesteckte untere Laken sprang an zwei Ecken heraus.

Jack packte es.

Die beiden anderen Ecken lösten sich ebenfalls.

Jack versuchte, das Laken festzuhalten. Es war ein schwacher, sinnloser Versuch, der Macht, die den Raum verwüstete, Widerstand leisten zu wollen, aber etwas anderes fiel ihm nicht ein, und er mußte einfach irgend etwas tun. Das Laken wurde ihm plötzlich mit solcher Kraft aus der Hand gerissen, daß er das Gleichgewicht verlor. Er stolperte und fiel auf die Knie.

Auf dem fahrbaren Fernsehtisch in der Ecke schaltete sich das tragbare Fernsehgerät von selbst ein und dröhnte mit voller Lautstärke los.

Jack rappelte sich auf.

Der Matratzenüberzug wurde vom Bett geschält, in die Luft gehoben, zu einer Kugel zusammengerollt und nach Rebecca geworfen.

Die Matratze war jetzt kahl. Die wattierte, obere Schicht beulte sich ein. Ein Riß erschien darin. Das Gewebe riß in der Mitte von oben nach unten durch, Füllmaterial quoll heraus, zusammen mit ein paar emporschnellenden Federn, die wie von einer unhörbaren Musik beschworene Kobras herauskamen.

Noch mehr Tapetenbahnen lösten sich.

Die Schranktür knallte so fest zu, daß sie teilweise aus den Angeln sprang und hin- und herklapperte.

Der Bildschirm implodierte. Gleichzeitig mit dem Geräusch brechenden Glases blitzte kurz ein Lichtstrahl im Inneren des Geräts auf, dann kam ein wenig Rauch.

Stille.

Jack blickte Rebecca an. Sie wirkte verwirrt. Entsetzt.

Das Telefon klingelte.

Im selben Augenblick, als Jack es hörte, wußte er, wer anrief. Er riß den Hörer hoch, hielt ihn sich ans Ohr, und sagte nichts.

»Sie hecheln ja wie ein Hund, Lieutenant Dawson«, sagte Lavelle. »Aufgeregt? Meine kleine Demonstration hat Sie offenbar fasziniert.«

Jack zitterte so heftig und unkontrolliert, daß er seiner Stimme nicht traute. Er antwortete nicht, weil er nicht wollte, daß Lavelle hörte, wie verschreckt er war.

Außerdem schien es Lavelle nicht zu interessieren, was Jack vielleicht zu sagen hatte; er wartete nicht lange genug auf eine Antwort, selbst wenn er eine bekommen hätte. Der *Bocor* fuhr fort: »Wenn Sie Ihre Kinder sehen – tot, verstümmelt, die Augen herausgerissen, die Lippen abgefressen, die Finger bis auf die Knochen abgenagt – dann denken Sie daran, daß Sie sie hätten retten können. Vergessen Sie nicht, daß Sie selbst es sind, der ihr Todesurteil unterzeichnet hat. Sie tragen die Verantwortung für ihren Tod, so sicher, als hätten Sie zugesehen, wie sie vor einen Zug liefen, und sich nicht einmal die Mühe gemacht, ihnen eine Warnung zuzurufen. Sie haben ihr Leben weggeworfen, als ob es für Sie nichts als Abfall wäre.«

Ein Sturzbach von Worten sprudelte aus Jack heraus, ehe er überhaupt merkte, daß er sprechen wollte. »Sie beschissener, schäbiger Dreckskerl, wagen Sie es lieber nicht, ihnen auch nur ein Haar zu krümmen! Wagen Sie es nicht...«

Lavelle hatte aufgelegt.

Rebecca fragte: »Wer?«

»Lavelle.«

»Du meinst... das alles?«

»Glaubst du jetzt an schwarze Magie? An Zauberei? An Voodoo?«

»Oh, mein Gott.«

»*Ich* glaube jetzt verdammt sicher daran!«

Sie sah sich in dem verwüsteten Raum um, schüttelte den Kopf und versuchte erfolglos zu leugnen, was sie doch mit eigenen Augen sah.

Jack erinnerte sich an seine eigene Skepsis, als Carver Hampton ihm von den herunterfallenden Flaschen und der schwarzen Schlange erzählt hatte. Jetzt war er nicht mehr skeptisch. Nur noch entsetzt.

Er dachte an die Leichen, die er an diesem Morgen und an diesem Nachmittag gesehen hatte, diese gräßlich zugerichteten Körper.

Sein Herz schlug wie ein Preßlufthammer. Er rang nach Atem. Ihm war, als müsse er sich gleich übergeben.

Er hatte das Telefon noch immer in der Hand. Er tippte eine Nummer ein.

Rebecca fragte: »Wen rufst du an?«

»Faye. Sie muß die Kinder wegbringen. Schnell!«

»Aber Lavelle kann nicht wissen, wo sie sind.«

»Er konnte auch nicht wissen, wo ich bin. Ich habe niemandem erzählt, daß ich zu dir wollte. Niemand hat mich hierher verfolgt, da bin ich ganz sicher. Er kann nicht gewußt haben, wo ich zu finden war – und doch wußte er es. Also weiß er wahrscheinlich auch, wo die Kinder sind. Verdammt, warum klingelt es nicht?«

Er schlug auf die Telefontasten, bekam wieder ein Freizeichen, versuchte es noch einmal mit Fayes Nummer. Diesmal hörte er eine Mitteilung, die ihm sagte, der Anschluß bestehe nicht mehr. Das stimmte natürlich nicht.

»Lavelle hat irgendwie an Fayes Leitung rumgepfuscht«, sagte er und ließ den Hörer fallen. »Wir müssen sofort rüberfahren. Jesus, wir müssen die Kinder rausholen!«

Rebecca hatte ihren Morgenrock abgelegt und ein Paar Jeans und einen Pullover aus dem Schrank gerissen. Sie war schon halb angezogen.

»Keine Angst«, sagte sie. »Alles wird gut. Wir erreichen sie noch vor Lavelle.«

Aber Jack hatte das entsetzliche Gefühl, daß sie schon zu spät kamen.

Kapitel fünf

1

Wieder saß Lavelle alleine in seinem dunklen Schlafzimmer, nur der phosphoreszierende Schein des Schneesturms drang durch sein Fenster, und er griff mit seinem Geist aus und zapfte die psychischen Energieströme des Bösen an, die über der Stadt durch die dunkle Nacht flossen.

Seine Zauberkraft war nicht nur verbraucht, sondern völlig erschöpft. Einen Poltergeist herbeizuzitieren und ihn unter Kontrolle zu halten – wie er es vor ein paar Minuten getan hatte, um die Demonstration für Jack Dawson zu veranstalten, – war eines der anstrengendsten Rituale der schwarzen Magie.

Leider war es nicht möglich, seine Feinde durch einen Poltergeist vernichten zu lassen. Poltergeister waren lediglich boshafte – schlimmstenfalls gehässige – Geister; böse waren sie nicht. Wenn ein *Bocor*, nachdem er ein solches Wesen heraufbeschworen hatte, es dazu einsetzen wollte, jemanden zu ermorden, konnte es aus dem Kontrollbann ausbrechen und seine Energien gegen ihn selbst wenden.

Wenn man den Poltergeist jedoch nur als Werkzeug benützte, um die Kräfte eines *Bocors* zu demonstrieren, dann zeigte das eindrucksvolle Ergebnisse. Skeptiker verwandelten sich in Gläubige. Die Mutigen wurden lammfromm.

Lavelles Schaukelstuhl knarrte in dem stillen Raum.

Er saß im Dunkeln und hörte nicht auf zu lächeln.

Aus dem Nachthimmel strömte die Energie des Bösen hernieder.

Bald floß Lavelle, das Gefäß, vor Kraft über.

Er seufzte, denn er fühlte sich erneuert.

Bald würde der Spaß beginnen.

Das große Schlachten.

2

Penny saß auf dem Bettrand und lauschte.

Die Geräusche kamen wieder. Kratzen. Zischen. Ein leises Tappen, ein schwaches Klirren und wieder ein Tappen. Weit entferntes Klappern und Schlurfen.

Weit entfernt – aber es kam näher.

Sie knipste die Nachttischlampe an. Der kleine Lichtkreis war warm und tröstlich.

Davey schlief, ohne sich von den sonderbaren Geräuschen stören zu lassen. Sie beschloß, ihn erst einmal weiterschlafen zu lassen. Wenn es sein mußte, konnte sie ihn schnell wecken, und sie konnte mit einem Schrei Tante Faye und Onkel Keith herbeirufen.

Der heisere Schrei war wiedergekommen, schwach, aber vielleicht nicht ganz so schwach wie zuvor.

Penny stand auf und ging zur Frisierkommode, die im Dunkeln stand, außerhalb des Lichtfächers der Nachttischlampe. In der Wand über der Kommode, etwa einen Fuß unterhalb der Decke, befand sich ein Auslaß für die Heizungs- und Klimaanlage. Sie legte den Kopf schief, versuchte, die fernen, verdächtigen Geräusche zu hören und war dann überzeugt, daß sie durch die Rohre in den Wänden übertragen wurden.

Sie stieg auf die Kommode, streckte sich, stellte sich auf die Zehenspitzen und konnte dann das Ohr gegen die Platte vor das Gebläse des Ventilationssystems legen.

Sie hatte gedacht, die Kobolde seien in anderen Wohnungen oder auf den Fluren weiter unten im Gebäude; sie hatte gedacht, die Rohre übertrügen nur ihre Geräusche. Jetzt begriff sie schlagartig, daß die Rohre nicht nur das Geräusch der Kobolde übertrugen, sondern daß die Wesen selbst darin waren. Auf diese Weise beabsichtigten sie also, ins Schlafzimmer einzudringen, nicht durch die Tür oder das Fenster, nicht durch einen Fantasietunnel in der Rückwand des Schranks. Sie befanden sich im Ventilationsnetz und bewegten sich durch das Gebäude herauf, sie drehten und wendeten sich, glitten und krochen, eilten die horizontalen Rohre entlang und kletterten mühsam die vertikalen Sektionen des Systems hinauf, aber sie kamen näher und näher, so sicher wie die warme Luft, die aus dem riesigen Ofen von unten heraufstieg.

Zitternd, mit klappernden Zähnen, von einer Angst erfaßt, der sie sich nicht ergeben wollte, legte Penny das Gesicht an die Platte und spähte durch die Schlitze, in das Rohr. Die Dunkelheit war so tief und so schwarz und so undurchdringlich wie die Dunkelheit in einer Gruft.

3

Jack saß geduckt am Lenkrad und blinzelte nach vorne auf die winterliche Straße. Die Windschutzscheibe fror zu. Eine dünne, milchige Eisschicht hatte sich am Rand der Scheibe gebildet und kroch langsam nach innen. Die Wischer waren mit Schnee verkrustet, der sich immer mehr zu Eisklumpen verfestigte.

»Ist diese verdammte Scheibenheizung auf höchster Stufe?« fragte er, obwohl er spürte, wie die Hitzewellen über sein Gesicht strichen. Rebecca beugte sich vor und sah nach den Heizungsschiebern. »Höchste Stufe«, bestätigte sie.

»Die Temperatur ist wirklich stark abgesunken, seit es dunkel geworden ist.«

»Da draußen müssen minus zehn Grad sein. Noch weniger, wenn du den Windfaktor mit einbeziehst.«

Jack hatte erwartet, schnell zum Apartmenthaus der Jamisons durchfahren zu können. Auf den Straßen war wenig oder gar kein Verkehr, der ihn behindern konnte. Außerdem hatte sein Wagen, obwohl er nicht als Polizeifahrzeug gekennzeichnet war, eine Sirene, und er hatte das abnehmbare, rote Blinklicht auf die Metallnocke am Dachrand aufgesetzt und sich damit die Vorfahrt vor allen anderen etwaigen Verkehrsteilnehmern gesichert. Er hatte erwartet, Penny und Davey innerhalb von zehn Minuten in die Arme schließen zu können. Jetzt war klar, daß die Fahrt doppelt so lange dauern würde.

Jedesmal wenn er ein wenig schneller fahren wollte, kam der Wagen trotz der Schneeketten ins Rutschen.

»Da kämen wir ja zu Fuß schneller voran!« stieß Jack grimmig hervor.

»Wir kommen rechtzeitig hin«, beruhigte ihn Rebecca.

»Und wenn Lavelle schon da ist?«

»Das ist er nicht. Bestimmt nicht.«

Dann erschütterte ihn ein entsetzlicher Gedanke, er wollte ihn nicht in Worte fassen, konnte sich aber nicht beherrschen: »Was ist, wenn er von den Jamisons aus *angerufen* hat?«

»Das hat er nicht«, sagte sie.

Aber Jack war von dieser gräßlichen Möglichkeit plötzlich wie besessen und konnte den morbiden Zwang, sie laut auszusprechen, nicht beherrschen, obwohl die Worte ihm entsetzliche Bilder vor Augen führten.

»Was ist, wenn er sie alle getötet hat...«

(Verstümmelte Körper.)

»... Penny und Davey getötet hat...«

(Die Augen aus den Höhlen gerissen.)

»... wenn er Faye und Keith getötet...«

(Die Kehle aufgebissen.)

»... und dann gleich von dort angerufen hat...«

(Die Fingerspitzen abgenagt.)

»... wenn er mich von dort, von der Wohnung aus angerufen hat, um Gottes willen...«

(Die Lippen zerfetzt, die Ohren herabhängend.)

»... und dabei vor ihren Leichen stand!«

Sie hatte immer wieder versucht, ihn zu unterbrechen. jetzt schrie sie ihn an: »Hör auf, dich zu quälen, Jack! Wir schaffen es noch rechtzeitig.«

»Verdammt, woher weißt du denn, daß wir es rechtzeitig schaffen?« fragte er wütend, er wußte nicht genau, warum er auf sie wütend war, er ging nur auf sie los, weil sie gerade da war, weil er nicht auf Lavelle oder auf das Wetter einschlagen konnte, das ihn behinderte, und weil er auf jemanden einschlagen *mußte*, auf irgend etwas, sonst würde ihn die Spannung, die sich in ihm aufstaute wie in einer ohnehin schon überladenen Batterie der überschüssige Strom, noch völlig verrückt machen. »Du kannst es nicht *wissen*!«

»Ich weiß es«, beharrte sie ruhig. »Fahr du nur.«

»Verdammt noch mal, hör doch auf, mich zu bemuttern.«

»Jack...«

»Er hat meine Kinder!«

Er trat zu heftig aufs Gas, und sofort begann der Wagen, auf den rechten Rinnstein zuzuschlittern.

Er wollte den Kurs korrigieren, indem er das Steuer herumriß, anstatt mit der Schleuderbewegung mitzugehen und es in diese Richtung zu drehen, und als er seinen Fehler bemerkte, begann der Wagen sich zu drehen, und einen Augenblick lang rutschten sie seitwärts – Jacks Magen verkrampfte sich bei dem Gefühl, daß sie mit hoher Geschwindigkeit gegen den Rinnstein prallen, umkippen und sich überschlagen würden – aber sie drehten sich immer weiter, wie ein Karussell, bis der Wagen endlich, nachdem er fast eine ganze Drehung gemacht hatte, stehenblieb.

Mit einem Schaudern, das noch verstärkt wurde durch die Vorstellung, was ihnen hätte passieren können, aber in dem Bewußtsein, daß er es nicht riskieren konnte, damit Zeit zu verschwenden, über ihr knappes Entkommen noch länger nachzugrübeln, fuhr Jack wieder an. Er führte das Steuer jetzt mit noch größerer Vorsicht und drückte mit dem Fuß langsam und leicht auf das Gaspedal.

Weder er noch Rebecca hatten während der wilden Schleuderpartie etwas gesagt, nicht einmal vor Überraschung oder Angst aufgeschrien, und auch den ganzen nächsten Block entlang sprach keiner von ihnen ein Wort.

Dann sagte er: »Es tut mir leid.«

»Ist ja gut.«

»Ich hätte dich nicht so anfauchen dürfen.«

»Ich verstehe das. Du warst außer dir vor Sorge.«

»Das bin ich immer noch. Keine Entschuldigung. Das war dumm von mir. Ich kann den Kindern nicht helfen, wenn ich uns umbringe, ehe wir Fayes Wohnung überhaupt erreichen.«

»Ich verstehe, was in dir vorgeht«, sagte sie wieder, noch weicher als zuvor. »Es ist schon gut. Und alles andere wird auch gut werden.«

Er wußte, daß sie die komplexen Gedanken und Gefühle, die in ihm brodelten und ihn beinahe zerrissen, tatsächlich verstand. Es tat gut, nicht mehr alleine zu sein.

»Wir sind fast da, oder?« fragte sie.

»Noch zwei oder drei Minuten«, sagte er, beugte sich über das Steuer und spähte nervös nach vorne, auf die glatte, verschneite Straße.

Die dick mit Eis verkrusteten Scheibenwischer kratzten geräuschvoll hin und her und säuberten bei jedem Schwung ein Stückchen Glas weniger.

4

Lavelle stand aus seinem Schaukelstuhl auf.

Es war an der Zeit, in psychische Verbindung mit den kleinen Mördern zu treten, die aus der Grube gekommen waren und sich jetzt an die Dawson-Kinder heranpirschten.

Ohne Licht anzuschalten, ging Lavelle zur Frisierkommode, öffnete eine der oberen Schubladen und zog eine Handvoll seidener Bänder heraus. Er ging zum Bett, legte die Bänder hin und schlüpfte aus seinen Kleidern. Nackt setzte er sich auf den Bettrand und band sich ein violettes Band an den rechten, ein weißes an den linken Knöchel. Obwohl es dunkel war, konnte er ohne Mühe eine Farbe von der anderen unterscheiden. Ein langes scharlachrotes Band wand er sich um die Brust, direkt über dem Herzen. Gelb um die Stirn. Grün um das rechte Handgelenk; schwarz um das linke. Die Bänder waren symbolische Verbindungen, die ihm helfen würden, in engen Kontakt mit den Mördern aus der Grube zu treten, sobald er das jetzt begonnene Ritual abgeschlossen hatte.

Dieses Ritual mit den Bändern sollte es Lavelle lediglich ermöglichen, unmittelbar an dem Nervenkitzel des Abschlachtens teilzuhaben. Psychisch mit den Mördern verbunden, würde er durch ihre Augen sehen, mit ihren Ohren hören und mit ihren Golem-Körpern fühlen. Wenn ihre rasiermesserscharfen Klauen sich in Davey Dawson schlugen, würde Lavelle unter seinen eigenen Händen spüren, wie das Fleisch des Jungen aufplatzte. Wenn ihre Zähne Pennys Halsschlagader aufbissen, würde Lavelle die warme Kehle an seinen eigenen Lippen spüren und die kupfrige Süße ihres Blutes schmecken.

Schon beim Gedanken daran zitterte er vor Erregung.

Und wenn Lavelle den Zeitpunkt richtig gewählt hatte, würde Jack Dawson in der Wohnung der Jamisons sein, wenn seine Kinder in Stücke gerissen wurden. Der Detektiv müßte gerade rechtzeitig eintreffen, um zu sehen, wie die Horde über Penny und Davey herfiel. Er würde zwar versuchen, sie zu retten, aber er würde feststellen, daß man die kleinen Mörder nicht zurücktreiben und töten konnte. Er würde vollkommen machtlos danebenstehen müssen, während das kostbare Blut seiner Kinder über ihn spritzte.

Das war das beste daran.

Lavelle seufzte.

Die kleine Flasche mit Katzenblut stand auf dem Nachttisch. Er benetzte zwei Fingerspitzen damit, machte sich auf jede Wange einen karminroten Fleck, benetzte die Finger wieder und salbte sich die Lippen, dann zeichnete er, immer noch mit Blut, ein einfaches *Vévé* auf seine nackte Brust.

Er legte sich auf das Bett und streckte sich aus.

Dann starrte er an die Decke und stimmte einen leisen Singsang an.

Bald waren sein Geist und seine Seele entrückt. Die Kinder waren nahe.

Das Mädchen war näher als der Junge.

Wie die kleinen Mörder konnte Lavelle ihre Anwesenheit spüren. Nahe. Sehr nahe. Nur noch eine Biegung im Rohr, dann ein gerades Stück, dann eine letzte Biegung.

Nahe.

Die Zeit war gekommen.

5

Penny stand auf der Kommode und spähte in das Rohr, als sie eine Stimme aus dem Inneren der Wand rufen hörte, aus einem anderen Teil des Ventilationssystems, aber jetzt nicht mehr weit entfernt. Es war eine spröde, tuschelnde, kalte, heisere Stimme, die ihr das Blut in den Adern zu Eis gefrieren ließ. Die Stimme sagte: »Penny? Penny?«

Sie hatte es so eilig, von der Kommode herunterzukommen, daß sie beinahe gestürzt wäre.

Sie rannte zu Davey und packte und schüttelte ihn: »Wach auf! Davey, wach auf!«

Er hatte noch nicht lange geschlafen, nicht länger als eine Viertelstunde, aber er war trotzdem ganz verwirrt. »Hm? Was?«

»Sie kommen«, sagte sie. »Sie kommen. Wir müssen uns anziehen und hier verschwinden. Schnell. *Sie kommen!*«

Sie schrie nach Tante Faye.

6

Die Wohnung der Jamisons befand sich in einem zwölfstöckigen Gebäude an einer Querstraße, die noch nicht geräumt worden war. Die Straße war sechs Zoll hoch mit Schnee bedeckt. Jack fuhr langsam hinein und hatte ungefähr zwanzig Meter weit keine Schwierigkeiten, aber dann versanken die Räder in einer verborgenen Schneewehe, die eine Senke im Straßenbelag völlig ausgefüllt hatte. Einen Augenblick lang dachte er, sie steckten fest, aber dann legte er den Rückwärtsgang ein, den Vorwärtsgang, noch einmal den Rückwärts- und wieder den Vorwärtsgang und schaukelte, bis der Wagen freikam. Nach zwei Dritteln der Straße trat er auf die Bremse, und der Wagen kam vor dem richtigen Gebäude rutschend zum Stehen.

Er riß die Tür auf und stieg aus. Ein wahrhaft arktischer Wind traf ihn mit der Wucht eines Vorschlaghammers. Er senkte den Kopf und stolperte um die Vorderseite des Wagens herum auf den Gehsteig; er konnte kaum etwas sehen, weil der Wind Schneekristalle vom Boden aufwirbelte und sie ihm ins Gesicht schleuderte.

Als Jack die Stufen hinaufstieg und die Glastüren zur Vorhalle aufstieß, war Rebecca schon da. Sie hielt dem erschrockenen Portier ihr Abzeichen und ihren Ausweis hin und sagte: »Polizei.«

»Was ist?« fragte der Portier. »Was ist passiert?«

Jack drückte auf den Liftknopf und sagte: »Wir wollen zu den Jamisons hinauf. Elfte Etage.«

Die Türen einer Liftkabine öffneten sich.

Jack und Rebecca stiegen ein.

Jack rief dem Portier zu: »Bringen Sie einen Hauptschlüssel rauf. Ich hoffe zu Gott, daß wir ihn nicht brauchen.«

Die Lifttüren schlossen sich. Der Aufzug fuhr an.

Jack griff in seinen Mantel und zog seinen Revolver.

Auch Rebecca zog ihre Waffe.

Die Tafel mit den Leuchtziffern über der Tür zeigte an, daß sie die dritte Etage erreicht hatten.

»Dominick Carramazza haben seine Waffen nichts genützt«, sagte Jack mit unsicherer Stimme und starrte die Smith & Wesson in seiner Hand an.

Vierte Etage.

»Wir werden die Waffen ohnehin nicht brauchen«, sagte Rebecca. »Wir sind Lavelle zuvorgekommen. Ich weiß es.«

Aber ihre Stimme klang nicht mehr so überzeugt.

Jack wußte, warum. Die Fahrt von ihrer Wohnung hierher hatte ewig gedauert. Es schien immer weniger wahrscheinlich, daß sie noch rechtzeitig kamen.

Sechste Etage.

Achte.

Neunte.

»Beweg dich, verdammt!« befahl er dem Liftmotor, als glaubte er, daß der tatsächlich schneller würde, wenn er es ihm befahl.

Elfte Etage.

Endlich glitten die Türen auf und Jack trat heraus.

Rebecca folgte dicht hinter ihm.

Die elfte Etage war so ruhig und wirkte so normal, daß Jack fast wieder Hoffnung schöpfte.

Bitte, lieber Gott, bitte.

Auf der Etage waren sieben Wohnungen. Die Jamisons bewohnten eine der beiden vorderen.

Jack ging zu ihrer Tür und blieb seitlich davon stehen.

Den rechten Arm hatte er angewinkelt und eng an den Körper gepreßt; in der Hand hielt er den Revolver, dicht an seinem Gesicht; der Lauf zeigte im Moment gerade nach oben, an die Decke, aber er konnte innerhalb eines Augenblicks eingesetzt werden.

Rebecca stand an der anderen Seite, direkt ihm gegenüber, in ähnlicher Haltung.

Laß sie noch am Leben sein. Bitte. Bitte.

Sein Blick begegnete dem ihren. Sie nickte. Fertig.

Jack hämmerte gegen die Tür.

7

Faye öffnete die Tür, sah Jacks Revolver, blickte ihn erschrocken an und sagte: »Mein Gott, was soll das denn? Was machst du da? Du weißt doch, wie ich Waffen hasse. Nimm das Ding weg!«

Als Faye zurücktrat, um sie einzulassen, erkannte Jack aus ihrem Verhalten, daß die Kinder wohlbehalten waren, und die Erleichterung löste seine Anspannung ein wenig. Aber er fragte: »Wo ist Penny? Wo ist Davey? Sind sie in Ordnung?«

Faye warf einen Blick auf Rebecca und setzte zu einem Lächeln an, dann erst begriff sie, was Jack sagte, runzelte die Stirn und fragte zurück: »In Ordnung? Nun, natürlich sind sie in Ordnung. Es geht ihnen bestens. Ich habe vielleicht selbst keine Kinder, aber ich weiß durchaus, wie man auf sie aufpaßt. Glaubst du, ich würde zulassen, daß den beiden kleinen Äffchen etwas passiert? Um Himmels willen, Jack...«

Sie waren unterdessen aus dem Vorraum ins Wohnzimmer getreten. Jack blickte sich um, sah die Kinder nicht.

Er fragte: »Faye, wo, zum Teufel, sind sie?«

»Du meine Güte, Jack, sprich nicht in diesem Ton mit mir. Was soll das...«

»Faye, verdammt!«

Sie zuckte zurück. »Sie sind im Gästezimmer. Keith ist bei ihnen«, sagte sie schnell und gereizt. »Ich habe sie etwa um Viertel nach neun ins Bett gebracht, wie es sich gehört, und wir dachten, sie seien gerade fest eingeschlafen, als Penny ganz plötzlich zu schreien anfing...«

»Zu schreien?«

»...und sagte, in ihrem Zimmer seien Ratten. Aber wir haben hier natürlich keine...«

Ratten!

Jack raste durch das Wohnzimmer, eilte den kurzen Gang entlang und stürzte in das Gästezimmer.

Alle Lichter brannten, die Nachttischlampen, die Stehlampe in der Ecke und die Deckenlampe.

Penny und Davey standen, noch im Schlafanzug, am Fuß eines der Betten. Als sie Jack sahen, riefen sie erleichtert: »Daddy! Daddy!«, rannten zu ihm hin und umarmten ihn.

Jack war so überwältigt, weil er sie lebendig und unverletzt vor sich sah, so dankbar, daß er einen Augenblick lang nicht sprechen konnte. Er packte sie nur und drückte sie ganz fest an sich.

Trotz all der Lichter hatte Keith Jamison eine Taschenlampe in der Hand. Er stand bei der Frisierkommode, hielt die Lampe über den Kopf und lenkte den Strahl in die Dunkelheit hinter der Platte, die den Auslaß des Heizungsrohrs bedeckte. Er wandte sich an Jack und sagte: »Da ist was nicht in Ordnung. Ich...«

»Kobolde«, sagte Penny und klammerte sich an Jack. »Sie kommen, Daddy, sie wollen mich und Davey holen, laß sie nicht, laß nicht zu, daß sie uns kriegen, oh, bitte, ich warte schon die ganze Zeit auf sie, ich warte und warte und fürchte mich, und jetzt sind sie fast da!« Die Worte sprudelten aus ihr heraus, sie verhaspelte sich, und dann schluchzte sie.

»Hoppla«, sagte Jack, drückte sie an sich, streichelte sie und glättete ihr Haar. »Ruhig jetzt. Ganz ruhig.«

Faye und Rebecca waren ihm vom Wohnzimmer nachgekommen.

Rebecca wirkte kühl und tüchtig wie immer. Sie stand vor dem Schlafzimmerschrank und nahm die Kleider der Kinder von den Bügeln.

Faye berichtete: »Zuerst schrie Penny, in ihrem Zimmer seien Ratten, und dann fing sie an, von Kobolden zu schwatzen, fast hysterisch. Ich versuchte, ihr zu erklären, daß es nur ein Alptraum war...«

»Es *war* kein Alptraum!« rief Penny.

»Aber natürlich«, widersprach Faye.

»Sie beobachten mich schon den ganzen Tag über«, sagte Penny. »Und gestern nacht war einer von ihnen in unserm Zimmer, Daddy. Und heute im Schulkeller – eine ganze Horde. Sie haben Daveys Lunch zerbissen. Und meine Bücher auch. Ich weiß nicht, was sie wollen, aber sie sind hinter uns her, und es sind Kobolde, richtige Kobolde, das schwöre ich.«

»Okay«, sagte Jack. »Ich will das alles hören, in allen Einzelheiten. Aber später. Jetzt müssen wir hier weg.«

Rebecca reichte ihnen die Kleider.

Jack sagte: »Zieht euch an. Ihr braucht die Schlafanzüge nicht erst auszuziehen. Zieht die Kleider einfach darüber.«

Faye sagte: »Was in aller Welt...«

»Wir müssen die Kinder hier wegbringen«, unterbrach Jack. »Schnell.«

»Du tust ja so, als würdest du an dieses Koboldsgeschwätz tatsächlich glauben«, sagte Faye erstaunt.

Jetzt mischte Keith sich ein: »Ich glaube bestimmt nicht an Kobolde, aber daß hier Ratten sind, davon bin ich überzeugt.«

»Nein, nein, nein«, sagte Faye schockiert. »Das kann nicht sein. Nicht hier bei uns.«

»Im Ventilationssystem«, erklärte Keith. »Ich habe sie selbst gehört. Ich wollte gerade mit der Taschenlampe nachschauen, als du reingestürzt kamst, Jack.«

»Scht!« sagte Rebecca. »Horcht mal.«

Die Kinder zogen sich weiter an, aber niemand sagte etwas.

Zuerst hörte Jack nichts. Dann... ein sonderbares Zischeln-Brummeln-Knurren.

Das ist keine verdammte Ratte, dachte er.

Im Inneren der Wand rasselte etwas. Dann ein Kratzen, ein wütendes Scharren. Emsige Geräusche: Klirren, Klopfen, Schaben, Pochen.

Faye stöhnte auf: »Mein Gott.«

Jack nahm Keith die Taschenlampe ab, ging zur Kommode und richtete das Licht auf das Rohr. Der Strahl war hell und stark gebündelt, aber er konnte gegen die Schwärze, die sich hinter den Schlitzen in der Platze zusammenballte, nur wenig ausrichten.

Wieder pochte es in der Wand.

Wieder zischte und knurrte es gedämpft.

Jack spürte ein Prickeln im Nacken.

Dann kam, unglaublich, eine Stimme aus dem Rohr. Es war eine heisere, brüchige, völlig unmenschliche, von Drohung erfüllte Stimme: »Penny? Davey? Penny?«

Faye schrie auf und taumelte zwei Schritte zurück.

Selbst Keith, der ein großer und ziemlich respekteinflößender Mann war, wurde bleich und trat von der Öffnung weg. »Was, zum Teufel, war *das* denn?«

Zu Faye sagte Jack: »Wo haben die Kinder ihre Mäntel und Stiefel? Und ihre Handschuhe?«

»Äh... in... in der Küche. Z-z-zum T-trocknen.«

»Hol sie.«

Faye nickte, regte sich aber nicht.

Jack legte ihr die Hand auf die Schulter. »Hol die Mäntel, Stiefel und Handschuhe und warte dann an der Eingangstür auf uns.«

Sie konnte den Blick nicht von der Öffnung lösen.

Er schüttelte sie. »Faye! Beeile dich!«

Sie fuhr zusammen, als hätte er sie geohrfeigt, drehte sich um und rannte aus dem Schlafzimmer.

Penny war fast fertig angezogen und hielt sich bemerkenswert gut. Sie war zwar verängstigt, beherrschte sich aber. Davey saß auf dem Bettrand, er bemühte sich, nicht zu weinen, weinte aber trotzdem, wischte sich die Tränen ab, blickte Penny entschuldigend an, biß sich auf die Unterlippe und strengte sich sehr an, ihrem Beispiel zu folgen; seine Beine baumelten herunter, und Rebecca band ihm hastig die Schuhe zu.

Aus der Öffnung ertönte es: »Davey? Penny?«

»Was, um Himmels willen, geht hier vor?« fragte Keith.

Jack gab ihm keine Antwort, da er im Moment weder Zeit noch Geduld für Antworten aufbrachte, sondern richtete die Taschenlampe wieder auf die Öffnung und bemerkte eine Bewegung im

Rohr. Etwas Silbriges befand sich da drin; es leuchtete und flackerte wie weißglühendes Feuer – dann blinkte es auf und war verschwunden. Statt dessen erschien etwas Schwarzes, bewegte sich, drückte einen Augenblick lang gegen die Öffnungsplatte, als wolle es sie herausstoßen, und zog sich dann zurück, als die Platte standhielt. Jack konnte das Geschöpf nicht deutlich genug sehen, um eine klare Vorstellung von seinem Aussehen zu bekommen.

Keith sagte: »Jack. Die Schraube.«

Jack hatte es schon gesehen. Die Schraube drehte sich und schob sich langsam aus dem Rand der Platte heraus. Das Geschöpf im Rohr drehte die Schraube, löste sie von der anderen Seite des Flansches her, an dem die Platte befestigt war. Dabei brummelte, zischte und murmelte es leise vor sich hin.

»Gehen wir«, sagte Jack und zwang sich, seine Stimme ruhig klingen zu lassen. »Kommt, kommt. Wir müssen sofort hier weg.«

Die Schraube sprang heraus. Die Platte schwang von der Belüftungsöffnung herab und blieb an der einen Schraube hängen, die noch übrig war.

Rebecca drängte die Kinder zur Tür.

Ein Alptraumwesen kroch aus dem Schacht. Es hing unter völliger Mißachtung jeglicher Schwerkraft an der Wand, als habe es Saugnäpfe an den Füßen, obwohl es mit nichts dergleichen ausgestattet schien.

»Jesus«, sagte Keith ganz benommen.

Jack schauderte bei dem Gedanken, daß diese widerliche, kleine Bestie Davey oder Penny berühren könnte.

Das Geschöpf war so groß wie eine Ratte. Wenigstens der Form nach war auch sein Körper dem einer Ratte ziemlich ähnlich: niedrig, mit langen Flanken und für ein Tier dieser Größe breiten und muskulösen Schultern und Keulen.

Aber damit war die Ähnlichkeit mit einer Ratte zu Ende, und der Alptraum fing an. Das Wesen war unbehaart. Seine glitschige Haut hatte dunkle, grau-grün-gelbe Flecken und ähnelte eher einem schleimigen Pilz als Fleisch. Der Schwanz hatte keinerlei Ähnlichkeit mit dem einer Ratte. Er war acht oder zehn Zoll lang, an der Wurzel einen Zoll breit und in Abschnitte unterteilt wie der Schwanz eines Skorpions; er lief spitz zu und ragte eingerollt nach oben über das Hinterteil des Tiers wie der eines Skorpions, hatte aber keinen Stachel. Die Füße waren ganz anders als die einer Ratte: im Verhältnis zu dem Tier selbst waren sie übergroß; die langen Zehen hatten drei Gelenke und wirkten knorrig; die gebogenen

Klauen waren viel zu groß für die Füße, aus denen sie herauswuchsen; ein rasiermesserscharfer, gekrümmter Sporn mit vielen Widerhaken ragte aus jeder Ferse. Der Kopf war dem Bau und dem Aussehen nach noch tödlicher als die Füße; der Schädel war ziemlich flach und hatte unnatürlich scharfe Winkel und unnötige Ausbuchtungen und Eindellungen, als wäre er von einem ungeübten Bildhauer modelliert worden. die Schnauze war lang und spitz, eine bizarre Kreuzung zwischen einem Wolfs- und einem Krokodilsmaul. Das kleine Ungeheuer öffnete das Maul und zischte, dabei zeigte es ungeheuer viele spitze Zähne, die in verschiedenen Richtungen in seinem Kiefer steckten. Eine überraschend lange, schwarze Zunge glitt aus dem Maul, glänzend wie ein Streifen roher Leber; das Ende war gespalten und zuckte ständig hin und her.

Aber am meisten erschreckten Jack die Augen des Wesens. Es schienen überhaupt keine Augen zu sein; sie hatten keine Pupillen und keine Iris, kein festes Gewebe, soweit er erkennen konnte. Es waren nur leere Höhlen im mißgebildeten Schädel dieser Kreatur, tiefe Höhlen, von denen ein kaltes, blendendes Licht ausging. Das intensive Leuchten schien von einem Feuer im Inneren des Mutantenschädels der Bestie zu kommen. Aber das Wesen war auch nicht blind, wie es eigentlich hätte sein müssen; es gab keinen Zweifel, daß es sehen konnte, denn es richtete diese feuergefüllten ›Augen‹ auf Jack, und er konnte ihren dämonischen Blick genauso spüren, wie er ein Messer gespürt hätte, das ihm in den Bauch gestoßen wurde. Das war das zweite, was ihn erschütterte, das allerschlimmste an diesen wahnsinnigen Augen: das todeskalte, haßheiße, die Seele ausdörrende Gefühl, das sie einem vermittelten, wenn man wagte, ihnen standzuhalten. Als Jack dem Wesen in die Augen sah, fühlte er sich körperlich und seelisch krank.

Die Schwerkraft mißachtend wie ein Insekt kam das Tier langsam, kopfunter, vom Rohr weg die Wand heruntergekrochen.

Ein zweites Wesen erschien an der Öffnung im Ventilationssystem. Dieses hatte keinerlei Ähnlichkeit mit dem ersten. Es hatte die Gestalt eines kleinen Mannes, vielleicht zehn Zoll groß, der da oben in der Schachtöffnung kauerte. Obwohl es ungefähr menschliche Gestalt besaß, war es in keinem anderen Punkt einem Menschen ähnlich. Seine Hände und Füße ähnelten denen der ersten Bestie, sie hatten gefährliche Klauen und mit Widerhaken versehene Sporne. Das Fleisch war pilzähnlich und sah glitschig aus, war aber weniger grün, sondern mehr grau und gelb. Um die Augen lagen schwarze Ringe, und um die Nasenlöcher breiteten sich verfault aussehende, schwarze Flecken aus. Der Kopf war mißgestaltet, mit einem zahnbewehrten Maul, das von einem Ohr zum anderen reichte. Und das Wesen hatte die gleichen höllischen Augen, sie waren jedoch kleiner als die Augen des Rattenwesens.

Jack sah, daß die Bestie mit der menschlichen Gestalt eine Waffe in der Hand hielt. Es sah aus wie ein Miniaturspeer. Die Spitze war scharf geschliffen, sie fing das Licht ein, und ihre Schneide blitzte.

Jack erinnerte sich an die ersten zwei Opfer von Lavelles Kreuzzug gegen die Familie Carramazza. Beide waren Hunderte von Malen mit einer Waffe gestochen worden, die nicht größer war als ein Taschenmeser – die aber doch kein Taschenmesser war. Der Leichenbeschauer hatte nicht gewußt, was er davon halten sollte; die Labortechniker standen vor einem Rätsel. Aber sie wären natürlich auch nicht auf die Idee gekommen, die Möglichkeit in Betracht zu ziehen, daß diese Morde das Werk von zehn Zoll großen Voodoo-Teufeln und daß die Mordwaffen Miniaturspeere waren.

Das Wesen in Menschengestalt kroch nicht hinter der ersten Bestie die Wand herunter. Statt dessen sprang es aus dem Rohr heraus auf die Kommode und landete, schnell und gewandt, auf den Füßen. Es schaute an Jack und Keith vorbei und zischte: »Penny? Davey?«

Jack schob Keith über die Schwelle in den Gang, dann folgte er ihm und zog die Tür hinter sich zu.

Einen Augenblick später warf sich eines der Geschöpfe, wahrscheinlich die menschliche Bestie, gegen die andere Seite der Tür und begann, hektisch daran zu kratzen.

Die Kinder hatten den Gang schon verlassen und waren im Wohnzimmer.

Jack und Keith eilten hinter ihnen her.

Faye schrie: »Jack! Schnell! Sie kommen auch hier aus dem Ventilator!«

»Wollen uns den Weg abschneiden«, vermutete Jack.

Kurz vor dem Vorraum, im Wohnzimmer, halfen Faye und Rebecca den Kindern, Mäntel und Stiefel anzuziehen.

Von der Platte in der Wand oberhalb des langen Sofas hörte man Fauchen, Zischen und eifriges, unartikuliertes Schnattern. Hinter den Schlitzen in diesem Gitter loderten Silberaugen in der Dunkelheit. Eine der Schrauben wurde von innen gelöst.

Davey hatte erst einen Stiefel an, aber sie hatten keine Zeit mehr.

Jack nahm den Jungen auf den Arm und sagte: »Faye, nimm den zweiten Stiefel mit, wir müssen weg.«

Keith war schon im Vorraum. Er war an den Schrank gegangen und hatte für sich und Faye Mäntel herausgeholt. Ohne sich die Zeit zum Anziehen zu nehmen, packte er Faye am Arm und drängte sie aus der Wohnung. Penny schrie.

Jack wandte sich zum Wohnzimmer um, er ging unwillkürlich leicht in die Knie und preßte Davey noch fester an sich.

Die Platte vor dem Gebläse über dem Sofa hing lose herunter. Dort schickte sich gerade etwas an, aus der Dunkelheit aufzutauchen. Aber Penny hatte nicht deshalb geschrien. Ein weiterer, abscheulicher Eindringling war aus der Küche gekommen, und auf diesen war sie aufmerksam geworden. Er hatte das Eßzimmer zu zwei Dritteln durchquert und hastete auf den Durchgang zum Wohnzimmer und geradewegs auf sie zu. Seine Färbung war ganz anders als die der anderen Bestien, aber nicht weniger abscheulich: es war ekelhaft gelblich-weiß, übersät mit krebsartigen, grünschwarzen Pockennarben, und es schien genauso glitschig und schleimig zu sein wie die anderen Bestien, die Lavelle geschickt hatte. Es war viel größer als die anderen, fast dreimal so groß wie das Rattenwesen im Schlafzimmer. Ein wenig einem Leguan ähnlich, aber mit einem schlankeren Körper, war diese Alptraumbrut drei bis vier Fuß lang, hatte einen Echsenschwanz, den Kopf und auch das Gesicht einer Eidechse. Anders als ein Leguan hatte das kleine Ungeheuer jedoch Feueraugen, sechs Beine und einen so geschmeidigen Körper, daß man es für fähig halten konnte, ihn zu einem Knoten zu schlingen; genau diese Gelenkigkeit und Biegsamkeit machten es einem Geschöpf seiner Größe überhaupt möglich, durch die Lüftungsrohre zu gleiten. Außerdem hatte es zwei fledermausähnliche Flügel, die verkümmert und sicherlich nutzlos waren, die es aber entfaltete, und mit denen es furchteinflößend schlug und flatterte.

Das Wesen stürmte mit hin- und herpeitschendem Schwanz ins Wohnzimmer. Sein Maul stand weit offen, und es stieß ein kaltes, triumphierendes Kreischen aus, als es auf sie losging.

Rebecca ließ sich auf ein Knie fallen und feuerte ihren Revolver ab. Sie schoß aus nächster Nähe; sie konnte ihr Ziel nicht verfehlen, und sie verfehlte es auch nicht. Die Kugel raste direkt in die abscheuliche Kreatur hinein. Der Schuß hob die Bestie vom Boden und schleuderte sie nach hinten wie ein Bündel Lumpen. Sie landete hart am Durchgang zum Eßzimmer.

Der Schuß hätte sie in Stücke reißen müssen. Aber es war nicht so.

Fußboden und Wände hätten mit Blut – oder was sonst durch die Adern dieser Geschöpfe gepumpt wurde – bespritzt sein müssen. Aber davon war nichts zu sehen. Das Ding zappelte und wand sich ein paar Sekunden lang auf dem Rücken, dann wälzte es sich herum, stellte sich auf die Füße und taumelte nach der Seite. Es war verwirrt und bewegte sich schwerfällig, aber verletzt war es nicht. Es krabbelte im Kreis herum und jagte hinter seinem eigenen Schwanz her.

»Mit Waffen kann man den verdammten Dingern überhaupt nichts anhaben«, sagte Jack.

Die Verwirrung des Scheusals in Leguangestalt ließ allmählich nach. Gleich würde es wieder zu sich kommen und sie erneut angreifen. Ein Kreischen lenkte Jacks Aufmerksamkeit auf das andere Ende des Wohnzimmers, wo der Gang nach hinten zu den Schlafräumen und Bädern abging. Dort stand das menschenförmige Wesen, es quiekte und hatte den Speer hoch über dem Kopf erhoben. Es rannte mit erschreckender Geschwindigkeit über den Teppich auf sie zu.

Hinter ihm kam eine Horde von kleinen, aber tödlichen Geschöpfen, reptil-schlangen-hunde-katzen-insekten-ratten- und spinnenartige, groteske Gestalten. In diesem Augenblick begriff Jack, daß dies in der Tat Ausgeburten der Hölle waren; Dämonenwesen, die Lavelles Zauberkünste aus den Tiefen der Hölle gerufen hatten. Das mußte die Antwort sein, so verrückt sie auch schien, denn es gab sonst keinen Ort, von dem so gräßliche Horrorwesen hätten kommen können. Zischend, schnatternd und fauchend purzelten und rollten sie, voller Gier, Penny und Davey zu erreichen, übereinander. Alle waren sie völlig verschieden voneinander, obwohl sie wenigstens zwei Züge gemeinsam hatten: die silberweißen Feueraugen, wie die Fensterklappen in einem Hochofen, und mörderisch scharfe kleine Zähne. Es war, als seien die Pforten der Hölle aufgerissen worden.

Jack schob Penny in den Vorraum. Mit Davey auf dem Arm folgte er seiner Tochter durch die Eingangstür hinaus in den Korridor der elften Etage und eilte auf Keith und Faye zu, die mit dem weißhaarigen Portier bei einem der Aufzüge standen und die Türen offenhielten.

Hinter Jack feuerte Rebecca drei Schüsse ab.

Jack blieb stehen und drehte sich um. Er wollte zurückgehen und sie holen, war aber nicht sicher, ob er Davey noch schützen konnte, wenn er das tat.

»Daddy! Beeile dich!« rief Penny, die mit einem Fuß schon im Aufzug stand.

»Daddy! Los! Weg hier!« sagte Davey und klammerte sich an ihn.

Sehr zu Jacks Erleichterung kam Rebecca unversehrt aus der Wohnung. Sie gab noch einen Schuß in den Vorraum der Jamisons ab, dann zog sie die Tür zu.

Als Jack die Aufzüge erreichte, war Rebecca dicht hinter ihm. Nach Atem ringend, stellte er Davey nieder, und sie drängten sich, zusammen mit dem Portier, zu siebt in die Kabine. Keith drückte auf den Knopf mit der Aufschrift EINGANGSHALLE.

Endlich glitten die Türen zu.

Aber Jack fühlte sich deshalb nicht sicherer.

Der Aufzug fuhr an.

Penny hatte Faye Daveys Stiefel abgenommen. Sie half ihrem kleinen Bruder, den Fuß hineinzustecken.

Achte Etage.

Mit nervöser Stimme, die mehr als einmal versagte, aber immer noch in dem vertrauten, herrischen Tonfall, sagte Faye: »Was war das, Jack? Was waren das für Wesen in den Lüftungsöffnungen?«

»Voodoo«, sagte Jack, ohne die Leuchtanzeige über den Türen aus den Augen zu lassen.

Siebte Etage.

»Voodoo-Teufel, glaube ich«, erklärte Jack weiter. »Aber verlange bitte nicht, daß ich dir sage, wie sie dahin kamen oder sonst etwas.«

»So etwas wie Voodoo-Teufel gibt es nicht«, erklärte Faye. »Es gibt keine.«

»Halt den Mund«, befahl Keith. »Du hast sie nicht gesehen. Du hast das Gästezimmer verlassen, ehe sie aus der Öffnung kamen.«

Fünfte Etage.

Penny sagte: »Und du warst schon aus der Wohnung draußen, ehe die ersten durch den Auslaß im Wohnzimmer kamen, Tante Faye. Du hast sie einfach nicht gesehen – sonst würdest du es glauben.«

Der Portier fragte: »Mrs. Jamison, wie gut kennen Sie diese Leute? Sind das...«

Ohne ihn zu beachten, fiel ihm Rebecca ins Wort und sagte zu Faye und Keith: »Jack und ich sind da an einem unheimlichen Fall. Psychopathischer Mörder. Behauptet, er bringe seine Opfer mit Voodoo-Verwünschungen zur Strecke.«

Dritte Etage.

Jack bekam einen furchtbaren Schreck, als ihm einfiel, daß es in der Eingangshalle jetzt vielleicht schon von kleinen, bösartigen Geschöpfen wimmelte. Vielleicht kam die alptraumhafte Horde schon kratzend und beißend hereingestürmt, wenn sich die Lifttüren öffneten.

Eingangshalle. *Bitte nicht.*

Die Türen gingen auf. Die Eingangshalle lag verlassen vor ihnen.

Sie rannten aus dem Aufzug, und Faye fragte: »Wohin gehen wir?«

Jack sagte: »Rebecca und ich haben einen Wagen...«

»Bei diesem Wetter...«

»Schneeketten«, fiel Jack ihr unvermittelt ins Wort. »Wir nehmen den Wagen und bringen die Kinder hier raus. Wir bleiben in Bewegung, bis ich mir im klaren bin, was wir tun sollen.«

»Wir kommen mit euch«, sagte Keith.

»Nein«, wehrte Jack ab und drängte die Kinder auf die Eingangstüren zu. »Bei uns wird es wahrscheinlich gefährlich.«

»Wir können nicht wieder hinauf«, sagte Keith. »Nicht zu diesen... diesen Dämonen oder Teufeln oder was immer sie sein mögen.«

»Ratten«, sagte Faye, die offenbar zu der Ansicht gelangt war, daß sie mit dem Unappetitlichen besser fertig werden konnte als mit dem Unnatürlichen. »Nur ein paar Ratten. Natürlich gehen wir zurück. Früher oder später müssen wir zurück, wir müssen Fallen aufstellen und sie ausrotten. Und je eher, desto besser.«

Ohne auf Faye einzugehen, sagte Jack über ihren Kopf hinweg zu Keith: »Ich glaube nicht, daß die verdammten Dinger dir und Faye etwas antun werden. Nicht, solange ihr nicht zwischen ihnen und den Kindern steht. Trotzdem würde ich heute nacht nicht zurückgehen. Vielleicht lauern da noch ein paar.«

»Du könntest mich heute nacht um nichts in der Welt dahin schleppen«, versicherte ihm Keith.

»Unsinn«, widersprach Faye. »Wegen ein paar Ratten...«

»Verdammt, Weib«, sagte Keith, »was da aus dem Rohr nach Penny und Davey gerufen hat, das war keine Ratte.«

Faye war schon blaß. Als Keith sie an die Stimme im Ventilationssystem erinnerte, wurde sie kreideweiß.

Sie blieben alle an den Türen stehen, und Rebecca sagte: »Keith, gibt es jemanden, bei dem Sie übernachten könnten?«

»Sicher«, sagte Keith. »Einer von meinen Geschäftspartnern, Anson Dorset. Er wohnt ganz in der Nähe. Auf der anderen Seite der Straße. Oben, nahe der Avenue. Dort können wir unterkommen.«

Jack stieß die Tür auf. Der Wind versuchte, sie wieder zuzuschlagen; es wäre ihm auch fast gelungen, und eine Schneewolke wurde in die Eingangshalle geblasen. Gegen den Wind ankämpfend, das Gesicht von den stechenden Kristallen abgewandt, hielt Jack den anderen die Tür auf und winkte ihnen, sie sollten vorausgehen. Rebecca machte den Anfang, dann kamen Penny und Davey und schließlich Faye und Keith.

Der Portier blieb als einziger zurück. Er kratzte sich seinen weißen Kopf und sah Jack stirnrunzelnd an. »He, warten Sie! Was ist mit mir?«

»Was soll mit Ihnen sein? Sie sind nicht in Gefahr«, sagte Jack und ging hinter den anderen durch die Tür.

Der Portier blieb in der Eingangshalle stehen, das Gesicht an die Glastür gepreßt und schaute ihnen nach wie ein dicker, unbeliebter Schuljunge, der bei einem Spiel nicht mitmachen darf.

8

Der Wind war ein Hammer.

Die Schneekristalle waren Nägel.

Der Sturm war eifrig mit seiner Schreinerarbeit beschäftigt und baute Schneewehen auf der Straße.

Als Jack am Fuß der Treppe vor dem Apartmenthaus angelangt war, gingen Keith und Faye schon schräg über die Straße in Richtung auf die Avenue und auf das Gebäude zu, wo ihre Freunde wohnten.

Rebecca und die Kinder standen am Wagen.

Jack erhob seine Stimme, um das Prusten und Heulen des Windes zu übertönen und schrie: »Los, los. Einsteigen. Wir müssen weg von hier!«

Dann merkte er, daß etwas nicht in Ordnung war.

Rebecca hatte eine Hand am Türgriff, aber sie öffnete die Tür nicht. Sie starrte wie gebannt in den Wagen.

Jack trat neben sie, schaute durch das Fenster und sah, was sie sah. Zwei von den Geschöpfen. Beide auf dem Rücksitz. Sie waren in Schatten gehüllt, und man konnte unmöglich genau erkennen, wie sie aussahen, aber ihre glühenden Silberaugen ließen keinen

Zweifel daran, daß sic Verwandte der mörderischen Wesen waren, die aus den Heizungsrohren gekommen waren. Wenn Rebecca dic Tür geöffnet hätte, ohne hineinzuschauen, wenn sie nicht bemerkt hätte, daß die Bestien da drinnen warteten, hätten sie sie vielleicht angegriffen und überwältigt. Sie hätten ihr die Kehle zerfetzt, die Augen ausgequetscht und ihr das Leben genommen, ehe sich Jack der Gefahr auch nur bewußt war, ehe er eine Chance hatte, ihr zu Hilfe zu kommen.

»Zurück!« befahl er.

Alle vier entfernten sich von dem Wagen und drängten sich auf dem Gehsteig aneinander, voller Mißtrauen vor der Nacht, die sie umgab.

Es ist sonderbar, dachte Jack, daß man sich im Herzen von Manhattan so isoliert und so allein fühlen kann.

»Was jetzt?« drängte Rebecca, die Augen auf den Wagen geheftet, mit einer Hand hielt sie Davey fest, die andere hatte sie in ihren Mantel gesteckt und hielt damit wahrscheinlich ihren Revolver umklammert.

»Wir müssen in Bewegung bleiben«, sagte Jack; er war nicht zufrieden mit dieser Antwort, aber zu überrascht und zu verängstigt, als daß ihm etwas besseres eingefallen wäre.

Keine Panik.

»Wohin?« fragte Rebecca.

»Zur Avenue«, sagte er.

Ruhig. Langsam. Wenn wir in Panik geraten, sind wir erledigt.

»Die Richtung, in die Keith gegangen ist?« fragte Rebecca.

»Nein. Zur anderen Avenue. Zur Third Avenue. Die ist näher.«

»Hoffentlich sind dort Leute«, sagte sie.

»Vielleicht sogar Streifenwagen.«

Und Penny fügte hinzu: »Ich glaube, unter Menschen und im Freien sind wir sehr viel sicherer.«

»Das glaube ich auch, Schätzchen«, sagte Jack. »Also, gehen wir. Und bleibt dicht beieinander.«

Penny faßte Daveys Hand.

Der Angriff kam plötzlich. Das Ding stürzte unter ihrem Wagen hervor. Quiekend. Zischend. Die Augen verstrahlten silbriges Licht. Es zeichnete sich dunkel vor dem Schnee ab. Flink und geschmeidig. Verdammt flink. Wie eine Eidechse. Soviel sah Jack im sturmverzerrten Schein der Straßenlaterne, und er griff nach seinem Revolver, dann fiel ihm wieder ein, daß Kugeln diese Wesen nicht töten konnten; er erkannte auch, daß sie so dicht beieinanderstanden, daß er gar keinen Schuß riskieren konnte, und auf einmal war das Ding zwischen ihnen, fauchend und spuckend – all das in einer einzigen Sekunde, vielleicht sogar noch weniger. Davey schrie. Und versuchte, dem Ding aus dem Weg zu gehen. Er konnte ihm nicht ausweichen. Die Bestie sprang mit einem Satz auf den Stiefel des Jungen. Davey trat nach ihr. Sie klammerte sich an ihm fest. Jack hob Penny hoch und stieß sie weg. Schubste sie gegen die Wand des Apartmenthauses. Sie blieb geduckt stehen. Keuchend. Inzwischen hatte die Eidechse angefangen, an Daveys Beinen hinaufzuklettern. Der Junge drosch auf sie ein. Stolperte. Taumelte rückwärts. Kreischte um Hilfe. Rutschte aus. Stürzte. All das in nicht mehr als einer weiteren Sekunde, vielleicht zweien – ›tick, tick‹ – und Jack kam sich vor wie in einem Fiebertraum, in dem die Zeit so verzerrt war, wie sie es nur in einem Traum sein konnte. Er lief hinter dem Jungen her, aber die Luft, durch die er sich bewegte, schien so zäh wie Sirup. Die Eidechse saß jetzt auf Daveys Brust, ihr Schwanz peitschte hin und her, ihre Klauenfüße zerrten an dem dicken Mantel, versuchten, ihn zu zerfetzen, um dann den Bauch des Jungen aufreißen zu können. Ihr Maul war weit geöffnet, die Schnauze fast im Gesicht des Jungen – ›nein!‹ – und Rebecca erreichte ihn vor Jack. ›Tick.‹ Sie riß das widerliche Ding von Daveys Brust. Es jaulte. Es biß sie in die Hand. Sie schrie vor Schmerz auf. Schleuderte die Echse zu Boden. Penny schrie: »Davey! Davey!« ›Tick.‹ Davey war wieder auf den Beinen. Die Eidechse ging von neuem auf ihn los. Diesmal bekam Jack das Ding zu fassen. Mit bloßen Händen. Er schauderte, als er es berührte, riß es von dem Jungen herunter. Hörte, wie der Mantel in den Klauen zerriß. Hielt es auf Armeslänge von sich ab. ›Tick.‹ Es versuchte, sich aus seinem Griff zu befreien, und es war stark, aber er war stärker. ›Tick.‹ Es trat mit seinen gefährlichen Klauenfüßen in die Luft. ›Tick. Tick. Tick, tick, tick…‹

Rebecca fragte: »Warum versucht es nicht, dich zu beißen?«

»Ich weiß nicht«, erwiderte er atemlos.

Aber er erinnerte sich an das Gespräch, das er vor ein paar Stunden mit Nick Iervolino im Streifenwagen geführt hatte, auf dem Weg von Carver Hamptons Laden in Harlem in die Stadt. Und er fragte sich…

Das Eidechsenwesen hatte ein zweites Maul, das sich in seinem Magen befand und mit scharfen, kleinen Zähnen versehen war. Die Öffnung glotzte Jack an, öffnete und schloß sich, aber dieses zweite Maul wollte ihn ebensowenig beißen wie das im Kopf der Echse.

»Davey, bist du in Ordnung?« fragte Jack.

»Mach es tot, Daddy«, bat der Junge. Es klang verschreckt, aber nicht, als ob er verletzt wäre. »Bitte, mach es tot. Bitte.«

»Ich wünschte nur, ich könnte es«, sagte Jack.

Das kleine Ungeheuer wand sich, zappelte, krümmte sich und tat, was es konnte, um Jack aus den Händen zu rutschen. Es widerte ihn an, es zu berühren, aber er packte noch fester zu, noch härter, grub seine Finger in das kalte, schmierige Fleisch.

»Rebecca, was ist mit deiner Hand?«

»Nur ein Kratzer«, antwortete sie.

»Penny?«

»Ich... ich bin okay.«

»Dann fort mit euch. Geht zur Avenue.«

»Und du?« fragte Rebecca.

»Ich halte das Ding fest, damit ihr einen Vorsprung bekommt.« Die Eidechse schlug um sich. »Dann werfe ich es weg, so weit ich kann, und komme euch nach.«

»Wir können dich doch nicht alleine lassen«, widersprach Penny verzweifelt.

»Nur ein oder zwei Minuten«, beruhigte sie Jack. »Ich hole euch schon ein. Ich kann schneller laufen als ihr drei. Jetzt geht. Verschwindet, ehe noch eines von den verdammten Dingern von irgendwoher angreift. Los!«

Sie rannten los, erst die Kinder, dann Rebecca, und wirbelten Schneewolken auf.

Das Eidechsenwesen zischte Jack an.

Er starrte in die Feueraugen.

Jack fragte sich, was wohl passieren würde, wenn er einen Finger in eine dieser leeren Höhlen, in das Feuer dahinter stecken würde. Würde er tatsächlich Feuer finden? Oder war es nur eine Illusion? Wenn in dem Schädel wirklich Feuer war, würde er sich dann verbrennen? Oder würde er entdecken, daß die Flammen wirklich so wenig Hitze hatten, wie es schien?

Weiße Flammen. Sie flackerten.

Kalte Flammen. Sie zischten.

Die beiden Mäuler der Echse schnappten nach der Nachtluft.

Jack wollte tiefer in dieses seltsame Feuer sehen.

Er hielt das Geschöpf dichter an sein Gesicht.

Er konnte spüren, wie das Licht dieser Augen ihn überspülte.

Es war eine bitterkalte Nacht.
Weißglühend.
Faszinierend.
Er spähte angestrengt in das Feuer des Schädels.
Die Flammen teilten sich fast, ließen ihn beinahe sehen, was hinter ihnen lag.
Er blinzelte, strengte seine Augen noch mehr an.
Er wollte das große Geheimnis begreifen.
Das Geheimnis hinter dem feurigen Schleier.
Wollte, *mußte* es begreifen.
Weiße Flammen.
Flammen aus Schnee, aus Eis.
Flammen, die ein grauenhaftes Geheimnis bargen.
Flammen, die winkten...
Winkten...
Er nahm kaum wahr, wie sich hinter ihm die Wagentür öffnete. Die ›Augen‹ des Eidechsenwesens hatten ihn gepackt und halb hypnotisiert. Er nahm die schneedurchwehte Straße ringsum nur noch undeutlich, schemenhaft wahr. Noch ein paar Sekunden, und er wäre verloren gewesen. Aber sie verschätzten sich; sie öffneten die Wagentür einen Augenblick zu früh, und er hörte es. Er drehte sich um und schleuderte das Eidechsenwesen so weit in die stürmische Dunkelheit hinein, wie er nur konnte.
Er wartete nicht ab, wo es hinfiel, schaute nicht, was aus der Limousine herauskam.
Er rannte nur.
Vor ihm hatten Rebecca und die Kinder die Avenue erreicht. Sie bogen links um die Ecke und verschwanden.

9

Ein wenig rutschend, dann durch eine Schneewehe stapfend, daß ihm der Schnee oben in die Stiefel fiel, bog Jack um die Ecke und in die Avenue ein. Er schaute nicht zurück, weil er fürchtete zu entdecken, daß ihm die Kobolde – wie Penny sie nannte – dicht auf den Fersen waren.
Rebecca und die Kinder waren nur hundert Fuß vor ihm. Er eilte ihnen nach.
Zu seinem Entsetzen stellte er fest, daß sie die einzigen Men-

schen auf der breiten Avenue waren. Nur ein paar Wagen standen da, alle leer und verlassen, nachdem sie im Schnee steckengeblieben waren. Zu Fuß war niemand unterwegs. Und wer würde auch, wenn er auch nur halbwegs bei Verstand war, in einem orkanartigen Sturm zu Fuß unterwegs sein, mitten in einem Schneetreiben, das einem jede Sicht nahm?

Er holte Rebecca und die Kinder ein. Das war nicht weiter schwierig; sie kamen nicht mehr sehr schnell voran. Penny und Davey wurden schon müde. Im tiefen Schnee zu laufen war genauso, als hätte man Bleigewichte an den Füßen; der ständige Widerstand erschöpfte sie schnell.

Jack blickte den Weg zurück, den sie gekommen waren. Keine Spur von den Kobolden. Aber die Geschöpfe mit den Laternenaugen würden wieder auftauchen, und zwar schon bald. Er konnte nicht glauben, daß sie so leicht aufgaben.

Wenn sie wirklich kamen, würden sie leichte Beute vorfinden. In einer Minute würden sich die Kinder nur noch müde schlurfend im Schrittempo fortbewegen.

Jack fühlte sich auch nicht besonders munter. Sein Herz hämmerte so stark und schnell, als wolle es sich aus seiner Verankerung reißen. Sein Gesicht schmerzte von dem kalten, beißenden Wind, der ihm auch in die Augen stach, bis sie tränten. Seine Hände schmerzten ebenfalls und waren ein wenig taub, weil er keine Zeit gehabt hatte, seine Handschuhe wieder anzuziehen. Er atmete schwer, und von der arktischen Luft wurde seine Kehle rauh, und seine Brust schmerzte. Er hatte eiskalte Füße, weil ihm soviel Schnee in die Stiefel gefallen war. In seinem jetzigen Zustand konnte er den Kindern nicht viel Schutz bieten, und diese Erkenntnis machte ihn wütend und ängstlich, denn er und Rebecca waren die einzigen Menschen, die zwischen den Kindern und dem Tod standen.

Jack sah sich nach einem Platz um, wo sie sich verstecken konnten. Gleich vor ihnen standen fünf Apartmenthäuser aus Sandstein, jedes vier Stockwerke hoch, zwischen etwas höheren und moderneren (aber nicht gerade einladend wirkenden) Gebäuden eingezwängt.

Er sagte zu Rebecca: »Wir müssen verschwinden«, und drängte sie alle vom Gehsteig herunter, die schneebedeckten Stufen hinauf, durch die Eingangstüren mit den Glaseinsätzen in die Halle des ersten Sandsteinhauses.

Der Vorraum war nicht besonders gut geheizt, aber verglichen mit der Nacht draußen erschien es ihnen regelrecht tropisch. Es war auch sauber und ziemlich elegant, mit Messingbriefkästen und einer gewölbten Holzdecke, aber einen Portier gab es nicht. Der kunstvolle Mosaikfußboden war auf Hochglanz poliert, und kein einziges Steinchen fehlte.

Aber so hübsch es auch war, hier konnten sie nicht bleiben. Der Vorraum war hell erleuchtet. Man konnte sie von der Straße aus leicht entdecken.

Die innere Tür hatte ebenfalls Glasscheiben. Dahinter lagen der Korridor des Erdgeschosses, der Aufzug und die Treppe. Aber die Tür war verschlossen und konnte nur mit einem Schlüssel oder mit einem elektrischen Türöffner in einer der Wohnungen geöffnet werden.

Es gab insgesamt sechzehn Wohnungen, auf jedem Stockwerk vier. Jack trat an die Messingbriefkästen und drückte auf den Klingelknopf von Mr. und Mrs. Evans auf der vierten Etage.

Eine Frauenstimme kam blechern aus dem Lautsprecher am oberen Rand des Briefkastens. »Wer ist da?«

»Ist das die Grofeld-Wohnung?« fragte Jack, obwohl er sehr wohl wußte, daß sie es nicht war.

»Nein«, sagte sie unsichtbare Frau. »Sie haben den falschen Knopf gedrückt. Die Klingel der Grofelds ist neben der unseren.«

»Entschuldigung«, sagte er, als Mrs. Evans die Verbindung unterbrach.

Er schaute zur Vordertür auf die dahinterliegende Straße.

Schnee. Nackte, geschwärzte, im Wind zitternde Bäume.

Der geisterhafte Schein sturmgepeitschter Straßenlampen.

Aber nichts Schlimmeres. Nichts mit silbrigen Augen. Nichts mit vielen spitzen, kleinen Zähnen.

Noch nicht.

Er läutete bei den Grofelds und fragte, ob das die Santini-Wohnung sei, und man erklärte ihm kurz angebunden, die Santini-Klingel sei die nebenan.

Er klingelte bei den Santinis und war darauf vorbereitet, zu fragen, ob das die Porterfield-Wohnung sei, aber die Santinis erwarteten offenbar jemanden und waren weniger vorsichtig als ihre Nachbarn, denn sie öffneten ihm die Tür, ohne zu fragen, wer er war.

Rebecca schob die Kinder hinein, und Jack folgte ihnen schnell und schloß die Tür hinter sich.

Rebecca schärfte den Kindern ein, besonders still zu sein, als sie

sie in eine dunkle Nische unter den Treppen, rechts vom Haupteingang führte.

Jack drängte sich mit ihnen in den Winkel, um von der Tür wegzukommen. Von der Straße oder von der Treppe aus waren sie nicht zu sehen, nicht einmal, wenn sich jemand über das Geländer beugte und herunterschaute.

Nach weniger als einer Minute öffnete sich ein paar Etagen weiter oben eine Tür. Schritte. Dann sagte jemand, offenbar Mr. Santini: »Alex? Bist du das?«

Sie warteten.

Mr. Santini wartete.

Draußen heulte der Wind.

Mr. Santini kam ein paar Stufen herunter. »Ist da jemand?«

Geh weg, dachte Jack. Du hast ja keine Ahnung, in was du vielleicht hineinläufst. *Geh weg*.

Als wäre der Mann ein Telepath und hätte Jacks Warnung empfangen, kehrte er in seine Wohnung zurück und schloß die Tür.

Jack seufzte.

Endlich fragte Penny mit zittriger Flüsterstimme: »Woher wissen wir, wann wir gefahrlos wieder rausgehen können?«

»Wir lassen jetzt einfach ein wenig Zeit vergehen, und wenn ich dann glaube, daß es geht... dann schlüpfe ich raus und sehe mal nach«, erklärte Jack leise.

Davey zitterte, als wäre es hier drin kälter als draußen. Er wischte sich seine tropfende Nase mit dem Mantelärmel ab und fragte: »Wie lange warten wir?«

»Fünf Minuten«, erklärte ihm Rebecca ebenfalls flüsternd. »Höchstens zehn. Bis dahin sind sie fort.«

»Wirklich?«

»Sicher«, sagte Rebecca. »Es kann gut sein, daß sie uns gar nicht gefolgt sind. Aber selbst wenn sie uns nachgegangen sind, werden sie nicht die ganze Nacht hier rumhängen. Weißt du, sogar Kobolden wird es einmal langweilig.«

»Sind sie das?« fragte Davey. »Kobolde? Wirklich?«

»Tja, man kann nicht so genau sagen, wie man sie nennen soll«, sagte Rebecca.

»Kobolde war das einzige Wort, das mir einfiel, als ich sie sah«, sagte Penny. »Es ist mir einfach so durch den Kopf geschossen.«

»Und es ist wirklich ein verflixt gutes Wort«, versicherte ihr Rebecca. »Soweit ich sehe, hättest du dir kein besseres ausdenken können. Und weißt du, wenn du an all die Märchen zurückdenkst, die du je gehört hast, dann waren Kobolde immer Wesen, die eher gebellt als gebissen haben. Sie haben praktisch nie mehr getan, als Leute zu erschrecken. Wenn wir also geduldig und vorsichtig sind, wirklich vorsichtig, dann wird alles gut.«

Jack bewunderte die Art, wie Rebecca mit den Kindern umging und ihre Angst besänftigte. Ihre Stimme klang beruhigend. Sie berührte sie ständig, während sie mit ihnen sprach, sie drückte und streichelte und tätschelte sie sanft.

Jack zog den Ärmel hoch und schaute auf seine Uhr.

Zehn Uhr vierzehn.

Sie drückten sich in den Schatten unter der Treppe aneinander und warteten. Warteten.

Kapitel sechs

1

Lavelle lag eine Weile betäubt auf dem Fußboden des dunklen Schlafzimmers; er konnte nur mit Mühe atmen und war ganz starr vor Schmerz. Als Rebecca Chandler auf einige jener kleinen Mörder in der Wohnung der Jamisons geschossen hatte, war Lavelle in psychischer Verbindung mit ihnen gewesen und hatte den Aufschlag der Kugeln auf ihren Golem-Körpern gespürt. Er war nicht verletzt worden, ebensowenig wie die dämonischen Wesen selbst. Seine Haut war unversehrt. Er blutete nicht. Am Morgen würde er keine blauen Flecken, keinen einzigen Kratzer haben. Aber der Aufprall dieser Kugeln war schmerzhaft real gewesen, und er hatte kurz das Bewußtsein verloren.

Jetzt war er nicht mehr bewußtlos. Nur verwirrt. Als der Schmerz ein wenig nachließ, kroch er auf dem Bauch im Zimmer herum, er wußte nicht genau, wonach er suchte, wußte nicht einmal genau, wo er sich befand. Allmählich kam er wieder ganz zu sich. Er kroch zum Bett zurück, stemmte sich auf die Matratze hinauf und warf sich stöhnend auf den Rücken.

Die Dunkelheit berührte ihn.

Die Dunkelheit heilte ihn.

Der Schnee pochte an die Fenster.

Irgendwann war der Schmerz verschwunden.

Trotz des unsicheren und schmerzhaften Erlebnisses konnte er es kaum erwarten, die psychische Verbindung mit den Geschöpfen, die die Dawsons verfolgten, wiederherzustellen. Die Bänder waren noch an seinen Knöcheln, seinen Handgelenken, seiner Brust und seinem Kopf befestigt. Die Katzenblutflecken waren noch auf seinen Wangen. Seine Lippen waren immer noch mit Blut gesalbt. Und das Blut-*Vévé* war noch auf seiner Brust. Er brauchte nur die erforderlichen Gesänge zu wiederholen; das tat er auch und starrte dabei an die finstere Decke. Langsam verschwand das Schlafzimmer um ihn, und er war wieder bei der silberäugigen Horde und pirschte sich unerbittlich an die Dawson-Kinder heran.

2

Zehn Uhr fünfzehn.

Zehn Uhr sechzehn.

Während sie unter der Treppe kauerten, sah sich Jack die Bißwunde an Rebeccas linker Hand an. Drei punktförmige Male verteilten sich über eine Fläche von der Größe eines Fünfcentstücks, auf dem fleischigsten Teil ihrer Handfläche, und in der Haut war auch ein kleiner Riß, aber das Echsenwesen hatte nicht tief gebissen. Das Fleisch war nur leicht angeschwollen. Die Wunde näßte nicht mehr; es war nur getrocknetes Blut zu sehen.

Zehn Uhr siebzehn.

Jack untersuchte Daveys Mantel, an dem sich die Eidechse in mörderischer Wut festgekrallt hatte. Das Kleidungsstück war dick und gut verarbeitet; das Gewebe war robust. Trotzdem waren die Klauen an mindestens drei Stellen ganz durchgedrungen – auch noch durch das wattierte Futter.

Es war ein Wunder, daß Davey unverletzt war. Obwohl die Klauen den Mantel durchbohrt hatten wie leichte Baumwolle, hatten sie den Pulli des Jungen und sein Hemd nicht zerrissen; und seine Haut hatte nicht einmal die Spur eines Kratzers abbekommen.

Jack dachte daran, wie knapp er davorgestanden hatte, sowohl Penny wie auch Davey zu verlieren, und es kam ihm schmerzlich zu Bewußtsein, daß er sie immer noch verlieren konnte, ehe dieser Fall abgeschlossen war. Er legte eine Hand an das zarte Gesicht seines Sohnes. Er kämpfte gegen die Tränen an. Er durfte jetzt nicht weinen. Die Kinder würden den letzten Halt verlieren, wenn er weinte. Außerdem, wenn er sich jetzt der Verzweiflung überließ, dann kapitulierte er – in einem kleinen, aber bedeutsamen Punkt – vor Lavelle. Lavelle war böse, nicht einfach ein Krimineller wie jeder andere, nicht bloß verkommen, sondern *böse*, im Innersten böse, eine Verkörperung des Bösen, und das wurde durch Verzweiflung erst zur vollen Entfaltung gebracht. Die besten Waffen gegen das Böse waren Hoffnung, Optimismus, Entschlossenheit und Glauben. Ihre Überlebenschancen hingen von ihrer Fähigkeit ab, weiter zu hoffen, zu glauben, daß das Leben (nicht der Tod) ihre Bestimmung war, zu glauben, daß das Gute über das Böse triumphieren konnte – einfach zu *glauben*. Er würde seine Kinder nicht verlieren. Er würde nicht zulassen, daß Lavelle sie bekam.

»Tja«, sagte er zu Davey, »für einen Wintermantel hat er zu viele Luftlöcher, aber ich glaube, dagegen können wir etwas unternehmen.« Er nahm seinen langen Schal ab, wickelte ihn über dem beschädigten Mantel des Jungen zweimal um dessen schmale Brust und knotete ihn über der Taille fest zusammen. »So. Damit müßten die Lücken geschlossen sein. Alles okay, Skipper?«

Davey nickte und gab sich alle Mühe, ein tapferes Gesicht zu machen. Er sagte: »Dad, meinst du nicht, du brauchst vielleicht ein Zauberschwert?«

»Ein Zauberschwert?« fragte Jack.

»Nun, braucht man so was nicht, wenn man eine Horde Kobolde töten will?« fragte der Junge ganz ernsthaft. »In den Geschichten haben sie meistens ein Zauberschwert oder einen Zauberstab, verstehst du, oder vielleicht ein bißchen Zauberpulver, damit wird dann immer dem Kobold, den Hexen, den Menschenfressern, oder was es eben ist, der Garaus gemacht. Ach ja, und was haben sie manchmal noch ... einen Zauberstein, glaube ich, oder einen Zauberring. Du und Rebecca, ihr seid ja Kriminalbeamte, da ist es diesmal vielleicht eine Koboldpistole. Weißt du, ob das Polizeidezernat so was hat? Eine Koboldpistole?«

»Ich weiß es nicht genau«, sagte Jack, ohne eine Miene zu verziehen, er hätte den Jungen am liebsten umarmt und fest an sich gedrückt. »Aber das ist ein verflixt guter Vorschlag, mein Sohn. Ich werde das mal nachprüfen. Ich bin wirklich froh, daß du dir Gedanken darüber machst, wie man mit diesen Wesen fertig werden könnte. Es freut mich, daß du nicht aufgibst. Das ist das Wichtigste – nicht aufzugeben.«

»Sicher«, sagte Davey und reckte sein Kinn vor. »Das weiß ich.«

Penny beobachtete ihren Vater über Daveys Schulter hinweg. Sie zwinkerte ihm lächelnd zu. Jack zwinkerte zurück.

Zehn Uhr zwanzig.

Mit jeder Minute, die ereignislos verstrich, fühlte sich Jack sicherer.

Penny gab ihm einen sehr knappen Bericht über ihre Begegnung mit den Kobolden.

Als das Mädchen fertig war, schaute Rebecca Jack an und sagte: »Er hat sie ständig überwacht. Damit er immer genau wußte, wo er sie finden konnte, wenn es soweit war.«

Zu Penny sagte Jack: »Mein Gott, Baby, warum hast du mich letzte Nacht nicht geweckt, als das Ding in deinem Zimmer war?«

»Ich habe es ja nicht wirklich gesehen ...«

»Aber du hast es gehört.«
»Das war alles.«
»Und der Baseballschläger –«
»Na ja«, sagte Penny, auf einmal sonderbar verlegen und ohne ihm in die Augen sehen zu können, »ich hatte Angst, du würdest glauben, daß ich wieder... verrückt... geworden bin.«
»Was? Wieder...?« Jack blinzelte sie an. »Was in aller Welt meinst du mit... ›wieder‹?«
»Tja... du weißt doch... wie damals, als Mama starb, wie ich damals war... als ich meine... Schwierigkeiten hatte.«
»Aber du warst doch nicht verrückt«, sagte Jack. »Du hast nur ein wenig Beratung gebraucht; das ist alles, Schätzchen.«
»So habt ihr ihn genannt«, sagte das Mädchen, kaum hörbar. »Berater.«
»Das war er ja auch. Er sollte dir helfen, dir zeigen, wie du mit deinem Kummer über den Tod deiner Mama umgehen kannst.«
Das Mädchen schüttelte den Kopf. »Nein. Eines Tages war ich in seinem Büro und wartete auf ihn... und er kam nicht gleich rein, um mit der Sitzung anzufangen... da habe ich die College-Diplome an der Wand gelesen.«
»Und?«
Sichtlich verlegen sagte Penny: »Ich habe herausgefunden, daß er Psychiater war. Psychiater behandeln verrückte Leute. Und da wußte ich, daß ich ein wenig... verrückt war.«
Überrascht und bestürzt, daß eine solche falsche Auffassung so lange unkorrigiert geblieben war, sagte Jack: »Nein, nein, nein. Mein Liebes, das hast du ganz falsch verstanden.«
Rebecca griff ein: »Penny, Psychiater behandeln größtenteils ganz gewöhnliche Menschen mit ganz gewöhnlichen Problemen. Mit Problemen, die wir alle irgendwann einmal in unserem Leben haben. Meistens emotionelle Probleme. Und die hattest du auch. *Emotionelle* Probleme.«
Penny schaute sie schüchtern an. Sie runzelte die Stirn. Es war deutlich zu erkennen, daß sie ihr glauben wollte.
»Natürlich behandeln sie auch Geistesgestörte«, fuhr Rebecca fort. »Aber in der Praxis, bei den gewöhnlichen Patienten, bekommen sie kaum jemals einen zu sehen, der wirklich richtig geisteskrank ist. Wirklich verrückte Leute werden in Krankenhäusern oder in Anstalten untergebracht.«
»Sicher«, sagte Jack. Er griff nach Pennys Händen und hielt sie fest.

Das Mädchen blickte von Jack zu Rebecca und wieder zu Jack. »Meint ihr das wirklich ernst? Meint ihr wirklich, daß viele gewöhnliche, alltägliche Leute zum Psychiater gehen?«

»Unbedingt«, sagte er. »Liebling, das Leben hat dir ziemlich übel mitgespielt, als es deine Mama so früh sterben ließ, und ich war selbst so mitgenommen, daß ich dir nicht sehr gut helfen konnte, damit fertig zu werden. Ich hätte mich wohl... ganz besonders anstrengen müssen. Aber ich fühlte mich selbst so elend, so verloren und hilflos, tat mir selbst so verflixt leid, daß ich einfach nicht fähig war, uns beide zu heilen, dich und mich. Deshalb habe ich dich zu Dr. Hannaby geschickt, als du angefangen hast, Schwierigkeiten zu bekommen. Nicht weil du verrückt warst. Weil du jemanden gebraucht hast, mit dem du reden konntest, ohne daß er jedesmal weinte, wenn du anfingst, wegen deiner Mama zu weinen. Verstehst du das?«

»Ja«, sagte Penny leise, Tränen standen ihr in den Augen, sie glänzten hell, aber sie blieben ungeweint.

»Sicher?«

»Ja, wirklich, Daddy. Jetzt verstehe ich es.«

Jack umarmte seine Tochter ganz fest. Er küßte ihr Gesicht, ihre Haare. Er sagte: »Ich liebe dich, Schäfchen.«

Dann umarmte er auch Davey und sagte ihm, daß er ihn liebe.

Und dann schaute er zögernd auf seine Armbanduhr.

Zehn Uhr vierundzwanzig.

Zehn Minuten waren vergangen, seit sie in das Gebäude gekommen waren und in der Nische unter dem großen Treppenhaus Zuflucht gesucht hatten.

»Sieht so aus, als seien sie uns nicht gefolgt«, meinte Rebecca.

»Wir wollen nichts überstürzen«, warnte er. »Geben wir noch zwei Minuten zu.«

Zehn Uhr fünfundzwanzig.

Zehn Uhr sechsundzwanzig.

Es behagte ihm gar nicht, hinausgehen und sich umsehen zu müssen. Er wartete noch eine Minute.

Zehn Uhr siebenundzwanzig.

Schließlich konnte er es nicht mehr länger hinauszögern. Er schob sich unter der Treppe hervor. Er machte zwei Schritte, legte eine Hand auf den Messingknopf der Vorraumtür – und erstarrte.

Sie waren da. Die Kobolde.

Einer von ihnen hing an der Glasscheibe im Zentrum der Tür. Es war ein zwei Fuß langes, wurmähnliches Wesen mit segmentiertem Körper und vielleicht zwei Dutzend Beinen. Die feurigen Augen hefteten sich auf Jack.

Hinter dem Wurmwesen wimmelte es in dem Vorraum von ganz unterschiedlichen Teufeln; alle waren sie klein, aber alle wirkten so unglaublich bösartig und grotesk, daß Jack zu zittern begann und spürte, wie sich seine Gedärme verkrampften. Es waren mindestens dreißig. Sie bewegten sich rutschend und zappelnd über den Mosaikboden und krochen die Wände hinauf, ihre ekelhaften Zungen schossen ständig zuckend heraus, sie knirschten laut mit den Zähnen, ihre Augen glühten.

Erschrocken und angewidert zog Jack die Hand von dem Messingknopf zurück. Er drehte sich zu Rebecca und den Kindern um. »Sie haben uns gefunden. Sie sind hier. Los. Wir müssen weg. Schnell. Sonst ist es zu spät.«

Sie entfernten sich von der Treppe. Sie sahen das Wurmwesen an der Tür und die Horde im Vorraum dahinter. Rebecca und Penny starrten die Höllenbrut sprachlos an. Davey war der einzige, der aufschrie. Er umklammerte Jacks Arm.

»Wie kommen wir raus?« fragte Penny.

Einen Augenblick lang sagte niemand etwas.

Im Vorraum hatten sich weitere Geschöpfe zu dem Wurmwesen am Glas der Innentür gesellt.

»Gibt es einen Hintereingang?« überlegte Rebecca.

»Wahrscheinlich«, sagte Jack. »Aber wenn es einen gibt, dann warten diese Dinger auch dort.«

»Dann sitzen wir in der Falle«, meinte Penny.

»Daddy, laß nicht zu, daß sie mich kriegen, bitte, laß es nicht zu«, jammerte Davey.

Jack warf einen Blick zum Aufzug, der gegenüber der Treppe lag. Er fragte sich, ob die Teufel wohl schon im Aufzugsschacht waren. Würden sich die Lifttüren plötzlich öffnen und eine Welle zischender, fauchender, zuschnappender Todeswesen ausspucken?

Denk nach!

Er packte Daveys Hand und ging auf die Treppe zu.

Rebecca folgte ihm mit Penny und fragte: »Wo willst du hin?«

»Da hinauf.«

Sie stiegen zur zweiten Etage hoch.

Penny sagte: »Aber wenn sie in den Wänden sind, dann sind sie im ganzen Haus.«

»Beeilt euch«, war Jacks einzige Antwort. Er führte sie, so schnell es ging, die Treppe hinauf.

3

In Carver Hamptons Wohnung über seinem Laden in Harlem brannten alle Lichter. Deckenlampen, Leseleuchten, Tischlampen und Stehlampen, kein Raum lag im Dunkeln. In den wenigen Ekken, die der Schein der Lampen nicht erreichte, waren Kerzen angezündet; bündelweise standen sie in Schüsseln, Kuchenformen und Gebäckdosen.

Carver saß an dem kleinen Küchentisch neben dem Fenster, seine kräftigen braunen Hände umklammerten ein Glas Chivas Regal. Er starrte hinaus in das Schneegestöber und nippte hin und wieder an dem Scotch.

An der Küchendecke glühten Neonleuchten. Die Herdbeleuchtung war angeschaltet. Und das Licht über dem Spülbecken ebenfalls. Auf dem Tisch lagen, in Reichweite, Streichholzschachteln, drei Kartons mit Kerzen und zwei Taschenlampen – nur für den Fall, daß durch den Sturm der Strom ausfiel.

Dies war keine Nacht für Dunkelheit.

Gräßliche Wesen wüteten in der Stadt.

Sie *nährten* sich von Dunkelheit.

Obwohl die nächtlichen Jäger es nicht auf Carver abgesehen hatten, spürte er sie da draußen auf den stürmischen Straßen, wie sie hungrig herumstrichen; sie verströmten eine greifbare Atmosphäre des Bösen – das absolute, endgültige Böse der Uralten. Er nahm an, daß es Lavelles höllische Abgesandte waren, die sich die brutale Vernichtung der Carramazza-Familie zum Ziel gesetzt hatten, denn soviel er wußte, gab es in New York keinen zweiten *Bocor*, der solche Geschöpfe aus der Unterwelt hätte herbeizitieren können.

Die Pforten waren geöffnet. Die Pforten der Hölle. Nur einen Spalt. Und unter Aufbietung all seiner gewaltigen Kräfte als *Bocor* hielt Lavelle die Pforten gegen den Ansturm der Dämonenwesen, die von der anderen Seite hereindrängen wollten.

Die Pforten zu öffnen war ein tollkühner, gefährlicher Schritt gewesen. Wenige *Bocors* waren dazu überhaupt in der Lage. Und von diesen wenigen hätten noch weniger derlei gewagt. Da Lavelle offenbar einer der mächtigsten *Bocors* war, die je ein *Vévé* gezeichnet hatten, konnte man ihm durchaus zutrauen, daß er in der Lage sein würde, die Pforten unter Kontrolle zu behalten, und daß er, wenn die Carramazzas erledigt waren, fähig sein würde, die Geschöpfe, die er aus der Hölle herausgelassen hatte, rechtzeitig zurückzuschleudern. Aber wenn er auch nur einen Augenblick lang die Kontrolle verlor...

Dann stehe Gott uns bei, dachte Carver.

Ein Windstoß von Hurrikanstärke krachte gegen das Gebäude und pfiff winselnd um die Dachvorsprünge.

Das Fenster von Carver klapperte, als sei da draußen noch etwas anderes, das hereinwollte, herein zu ihm.

Carver senkte den Blick.

Nach einiger Zeit ließ der Wind ein wenig nach.

Er nippte an seinem Scotch. Der Whisky wärmte ihn nicht. In dieser Nacht konnte ihn nichts wärmen.

Schuldbewußtsein war ein Grund, warum er wünschte, sich betrinken zu können. Die Schuldgefühle nagten an ihm, weil er sich geweigert hatte, Lieutenant Dawson zu helfen. Das war falsch gewesen. Die Situation war zu gräßlich, als daß er nur an sich denken durfte. Schließlich waren die Pforten offen. In einem solchen Augenblick hatte ein *Houngon* eine gewisse Verantwortung.

Deshalb trank er jetzt, weil er hoffte, es würde ihm Mut einflößen. Whisky hatte die besondere Eigenschaft, daß er, in Maßen genossen, manchmal genau die Menschen zu Helden machen konnte, die er bei anderer Gelegenheit zu Narren gemacht hatte.

Er mußte den Mut finden, Lieutenant Dawson anzurufen und zu sagen: ›Ich möchte helfen.‹

Es war durchaus wahrscheinlich, daß Lavelle ihn vernichten würde, wenn er sich einmischte. Und welchen Tod Lavelle ihm auch zudachte, leicht würde er nicht sein.

Er nippte an seinem Scotch.

Er schaute zum Wandtelefon hinüber.

Ruf Dawson an, befahl er sich.

Er bewegte sich nicht.

Er schaute hinaus in die vom Blizzard durchtoste Nacht.

Er schauderte.

4

Jack, Rebecca und die Kinder erreichten atemlos den Treppenabsatz der vierten Etage des Sandsteinhauses.

Jack schaute die Treppe hinunter, die sie soeben heraufgestiegen waren. Bisher kam nichts hinter ihnen her.

Vier Wohnungen lagen auf dieser Etage. Jack ging an allen vieren vorbei, ohne zu klopfen, ohne auf Klingelknöpfe zu drücken.

Hier konnten sie keine Hilfe finden. Diese Menschen konnten nichts für sie tun. Sie waren ganz auf sich gestellt.

Am Ende des Ganges befand sich eine Tür ohne Aufschrift. Jack versuchte, den Knopf zu drehen. Von dieser Seite war die Tür nicht versperrt. Er öffnete sie zögernd, fürchtete, daß auf der anderen Seite die Kobolde warten könnten. Nichts stürzte auf ihn los. Er tastete nach einem Lichtschalter, rechnete halb damit, etwas Gräßliches zu berühren. Aber es geschah nicht. Keine Kobolde. Nur der Schalter. Klick. Ja, es war, wie er sich erhofft hatte: eine letzte Treppe, beträchtlich steiler und schmäler als die acht, die sie schon hinter sich hatten, und sie führte zu einer verriegelten Tür.

»Kommt«, sagte er.

Die Tür am oberen Ende der Treppe war mit zwei Riegelschlössern versehen und mit einer Eisenstange verstrebt. Kein Einbrecher sollte über das Dach in das Haus eindringen können. Jack klappte beide Schlösser auf, hob die Stange aus den Halterungen und stellte sie beiseite.

Der Wind drückte gegen die Tür, Jack stemmte sie mit der Schulter auf. Er trat über die Schwelle, auf das Flachdach hinaus.

Hier oben war der Sturm wie ein lebendes Wesen. Mit der Wildheit eines Löwen sprang er aus der Nacht heraus über die Brüstung, er brüllte, schnüffelte und schnaubte. Er riß an Jacks Mantel. Er stellte ihm die Haare auf, drückte sie ihm flach an den Kopf und stellte sie wieder auf. Er blies ihm seinen eisigen Atem ins Gesicht und fuhr mit kalten Fingern unter seinen Mantelkragen.

Jack ging an den Rand des Dachs, an das sich das nächste Sandsteinhaus anschloß. Die krenelierte Brüstung reichte ihm bis zur Taille. Er beugte sich darüber und blickte hinunter. Wie er erwartet hatte, war die Lücke zwischen den Gebäuden nur etwa vier Fuß breit.

Rebecca und die Kinder traten zu ihm, und Jack sagte: »Wir gehen da hinüber.«

»Wie sollen wir den Abstand überbrücken?« fragte Rebecca.

»Hier liegt sicher etwas herum, das sich dazu eignet.«

Er drehte sich um und suchte das Dach ab, das nicht völlig im Dunkeln lag; ja, es herrschte sogar eine mondähnliche Helligkeit, dank der funkelnden Schneedecke, die darauflag. So weit er sehen konnte, gab es weder lose Holzstücke noch sonst etwas, womit man eine Brücke zwischen den beiden Häusern bauen konnte. Er rannte zum Liftgehäuse auf der anderen Seite und sah auch beim Ausgangskasten mit der Tür oben an der Treppe nach, aber er fand nichts. Vielleicht lag unter dem Schnee etwas Brauchbares, aber das konnte man nicht feststellen, ohne vorher das ganze Dach freizuschaufeln.

Er kehrte zu Rebecca und den Kindern zurück. Penny und Davey blieben an der Brüstung hocken, suchten dahinter Schutz vor dem beißenden Wind, aber Rebecca stand auf und ging ihm entgegen.

Er sagte: »Wir müssen springen.«

»Was?«

»Da hinüber. Wir müssen hinüberspringen.«

»Das schaffen wir nicht«, sagte sie.

»Es sind keine vier Fuß.«

»Aber wir können keinen Anlauf nehmen.«

»Das brauchen wir auch nicht. Es ist nur ein schmaler Spalt.«

»Wir müssen uns hier auf die Wand stellen«, sagte sie und zeigte auf die Brüstung, »und von da aus springen.«

»Ja.«

»Bei diesem Wind wird wenigstens einer von uns todsicher das Gleichgewicht verlieren, noch ehe er abspringt – wenn ihn eine starke Bö erwischt, stürzt er einfach von der Mauer.«

»Wir werden es schaffen«, sagte Jack und versuchte, sich selbst in Begeisterung für das Wagnis hineinzusteigern.

Sie schüttelte den Kopf. Das Haar wehte ihr ins Gesicht. Sie strich es aus den Augen. Dann sagte sie: »Vielleicht könnten du und ich es schaffen, wenn wir Glück haben, vielleicht. Aber die Kinder nicht.«

»Na schön. Dann springt einer von uns auf das andere Dach, der andere bleibt hier, und wir reichen uns die Kinder zu.«

»Wir sollen sie über den Spalt heben?«

»Ja.«

»In einer Höhe von fünfzig Fuß?«

»Es ist eigentlich gar nicht so gefährlich«, behauptete er und wünschte, er könne das auch glauben. »Wenn jeder die Arme ausstreckt, können wir uns an den Händen fassen.«

»Penny wird allmählich ziemlich schwer.«

»So schwer auch wieder nicht. Wir schaffen es schon.«

»Aber...«

»Rebecca, diese Wesen sind hier im Gebäude, direkt unter unseren Füßen, und sie suchen genau in diesem Augenblick nach uns.«

Sie nickte. »Wer springt zuerst?«

»Du.«

»Oh, vielen Dank.«

Der Wind pfiff wie ein Güterzug über das Dach.

5

Der obere Rand der Brüstung war zehn Zoll breit. Rebecca erschien er nicht breiter als ein Seil.

Wenigstens war er nicht vereist. Der Wind scheuerte den Schnee von der schmalen Fläche und hielt sie sauber und trocken.

Mit Jacks Hilfe balancierte Rebecca halb geduckt auf der Mauer. Der Wind zerrte an ihr, und sie war überzeugt, daß er sie umgerissen hätte, wenn Jack nicht dagewesen wäre.

Sie versuchte, nicht auf den Wind und den stechenden Schnee zu achten, der auf ihr ungeschütztes Gesicht einprasselte, ignorierte den Abgrund vor sich und richtete ihre Augen und ihre Gedanken auf das Dach des nächsten Gebäudes. Sie mußte so weit springen, daß sie dort über die Brüstung kam und auf dem Dach landete; wenn sie ein wenig zu früh aufkam, oben auf dieser taillenhohen Mauer, auf dem schmalen Steinstreifen, würde sie einen Augenblick lang aus dem Gleichgewicht geraten, selbst wenn sie auf beide Füße fiel. In diesem Augenblick höchster Unsicherheit würde der Wind sie erfassen, und sie konnte entweder nach vorne auf das Dach stürzen oder nach hinten ins Leere zwischen den Gebäuden. Sie gestattete sich nicht, an diese Möglichkeit zu denken, und sie schaute nicht in den Abgrund.

Sie spannte die Muskeln an, legte die Arme seitlich an den Körper und sagte: »Jetzt«, und Jack ließ sie los, sie sprang in die Nacht, in den Wind und in das Schneetreiben hinein.

Sobald sie in der Luft war, wußte sie plötzlich, daß sie nicht kräftig genug abgesprungen war, wußte, daß sie das andere Dach nicht erreichen, daß sie in die Brüstung krachen, nach hinten stürzen, sterben würde.

Aber was sie *wußte*, trat nicht ein. Sie übersprang die Brüstung und landete auf dem Dach, die Füße rutschten ihr weg und sie fiel auf ihr Hinterteil, so fest, daß es weh tat, aber nicht fest genug, um sich etwas zu brechen.

Als sie auf die Beine kam, sah sie den verfallenen Taubenschlag.

Taubenhaltung war in dieser Stadt weder ein gewöhnliches noch ein ungewöhnliches Hobby; ja, dieser Schlag war kleiner als so manche andere, nur sechs Fuß lang. Mit einem Blick stellte sie fest, daß er seit Jahren nicht mehr benützt wurde. Er war so verwittert und verwahrlost, daß er bald kein Taubenschlag mehr, sondern nur noch ein Schrotthaufen sein würde.

Sie schrie Jack, der vom anderen Gebäude herüberschaute, zu: »Ich glaube, ich habe unsere Brücke gefunden!«

Sie war sich bewußt, wie schnell die Zeit ablief, wischte ein wenig Schnee vom Dach des Taubenschlags und sah, daß es offenbar aus einer einzigen, sechs Fuß langen Platte aus zolldickem Sperrholz bestand. Das war noch besser, als sie gehofft hatte; jetzt brauchten sie sich nicht mit zwei oder drei einzelnen Planken abzuplagen. Das Sperrholz schien stabil genug, um die Kinder und sogar Jack auszuhalten. Es war an einer Seite locker, und das machte es ihr sehr viel leichter. Sobald sie den restlichen Schnee vom Dach gewischt hatte, packte sie es am losen Ende, hob es an und zog es nach hinten. Ein paar Nägel sprangen heraus, und einige brachen ab, weil sie völlig durchgerostet waren. Innerhalb von Sekunden hatte sie die Platte losgerissen.

Sie schleppte sie zur Brüstung. Sie mußte auf einen windstillen Augenblick warten. Der kam ziemlich bald, und sie hievte das Brett schnell hoch, balancierte es auf der Brüstung und schob es hinaus, auf Jacks ausgestreckte Hände. Einen Augenblick später, als der Wind wieder lospeitschte, hatten sie die Brücke an Ort und Stelle. Nun konnten sie das Brett, wenn sie es beide festhielten, nach unten drücken, selbst wenn ein starker Windstoß darunterfuhr.

Penny legte die kurze Strecke als erste zurück, um Davey zu zeigen, wie einfach es war. Sie legte sich bäuchlings hinauf, packte die Ränder des Bretts mit den Händen und zog sich vorwärts. Überzeugt, daß es zu schaffen war, folgte ihr Davey ohne jede Unsicherheit.

Jack kam als letzter. Danach half er Rebecca, die Sperrholzplatte auf das Dach zurückzuziehen.

»Was jetzt?« fragte sie.

»Ein Gebäude ist nicht genug«, sagte er. »Wir müssen den Abstand zwischen ihnen und uns noch vergrößern.«

Mit Hilfe des Bretts überquerten sie den Abgrund zwischen dem zweiten und dritten Wohnhaus, wechselten vom dritten zum vierten und dann vom vierten zum fünften Gebäude. Das nächste war zehn oder zwölf Stockwerke höher. Damit war das Dachspringen zu Ende, und das war ihnen auch ganz recht, denn allmählich taten ihnen vom Schleppen und Heben der schweren Sperrholzplatte die Arme weh.

An der Rückseite des vierten Sandsteinhauses beugte sich Rebecca über die Brüstung und schaute in den Durchgang vier Stockwerke unter ihr. Etwas Licht gab es da unten: eine Straßenlaterne an jedem Ende der Straße, eine weitere in der Mitte, und dazu noch der Lichtschein aus den Fenstern im Erdgeschoß. Vielleicht kauerten irgendwo in den Schatten Kobolde, aber sie glaubte es eigentlich nicht, weil sie keine glühenden Augen sehen konnte.

Eine schwarze Feuertreppe aus Eisen führte im Zickzack an der Rückseite des Gebäudes zum Durchgang hinunter. Jack ging voran, er blieb an jedem Absatz stehen, um auf Penny und Davey zu warten, bereit, sie aufzufangen, wenn sie auf den kalten, schneebedeckten und gelegentlich vereisten Stufen ausrutschen sollten.

Rebecca verließ das Dach als letzte. Auf jedem Absatz der Feuertreppe blieb sie stehen und schaute in den Durchgang hinunter, und jedesmal erwartete sie, fremdartige, bedrohliche Geschöpfe durch den Schnee auf den Fuß der Eisentreppe zuspringen zu sehen. Aber da war nichts.

Als sie alle im Durchgang standen, bogen sie nach rechts ab und rannten, so schnell sie konnten, von den Sandsteinhäusern weg auf die Querstraße zu. Als sie sie erreichten, schon nicht mehr laufend, sondern nur noch schnell gehend, wandten sie sich von der Third Avenue ab und steuerten auf das Stadtzentrum zu.

Niemand folgte ihnen.

Niemand kam aus den dunklen Einfahrten heraus, an denen sie vorbeigingen.

Sie schienen momentan in Sicherheit zu sein. Aber mehr noch ... sie schienen die ganze Metropole für sich allein zu haben, als wären sie die einzigen vier Überlebenden des Jüngsten Gerichts.

Rebecca hatte noch nie so starke Schneefälle erlebt. Es war ein tobender, peitschender, hämmernder Sturm, der eher in die wilden Eisfelder der Polargegenden gepaßt hätte als nach New York. Ihr Gesicht war ganz taub, ihre Augen tränten, und alle Muskeln und Gelenke taten ihr weh von dem ständigen Kampf gegen den erbarmungslosen Wind.

Sie hatten zwei Drittel des Wegs zur Lexington Avenue zurückgelegt, als Davey stolperte, hinfiel und einfach nicht mehr die Energie aufbrachte, alleine weiterzugehen. Jack nahm ihn auf den Arm.

So wie Penny aussah, würden auch ihre letzten Kraftreserven bald aufgebraucht sein. Dann würde Rebecca Davey übernehmen müssen, damit Jack Penny tragen konnte. Und wie weit konnten sie es unter solchen Umständen wohl schaffen, und wie schnell? Nicht weit. Und auch nicht schnell. Sie mußten innerhalb der nächsten paar Minuten eine Fahrgelegenheit finden.

Sie erreichten die Avenue, und Jack führte sie zu einem großen Stahlgitter, das in das Pflaster eingelassen war und aus dem Dampfwolken aufstiegen. Es war ein Belüftungsschacht von irgendeinem unterirdischen Tunnel, wahrscheinlich aus dem U-Bahn-System. Jack setzte Davey ab, und der Junge konnte auf seinen eigenen Füßen stehen. Aber es war offensichtlich, daß er wieder getragen werden mußte, wenn sie weitergingen. Er sah schrecklich aus; sein kleines Gesicht war verzerrt, verkniffen und sehr bleich, bis auf die riesigen, dunklen Ringe um die Augen. Rebecca empfand tiefes Mitleid mit ihm, und sie wünschte, sie könnte etwas tun, um ihn aufzuheitern, aber ihr war ja auch nicht gerade großartig zumute.

Die Nacht war zu kalt, die erhitzte Luft, die von der Straße aufstieg, reichte nicht aus, um Rebecca zu erwärmen, als sie am Rand des Gitters stand und sich vom Wind den übelriechenden Dampf ins Gesicht blasen ließ; aber man hatte wenigstens eine Illusion von Wärme, und im Augenblick war schon die bloße Illusion aufmunternd genug, um jegliches Jammern im Ansatz zu unterdrücken.

Rebecca fragte Penny: »Wie geht es dir, Kleines?«

»Ich bin okay«, sagte das Mädchen, obwohl es ganz verloren wirkte. »Ich mache mir nur Sorgen um Davey.«

Rebecca war erstaunt, wieviel Widerstandskraft und Courage in dem Mädchen steckten.

Jack sagte: »Wir brauchen unbedingt einen Wagen. Ich fühle mich erst sicher, wenn wir in einem Wagen sitzen und fahren, uns ständig bewegen; solange wir in Bewegung bleiben, können sie uns nichts anhaben.«

»Und in einem W-w-w-wagen ist es w-w-w-warm«, sagte Davey.

Aber die einzigen Autos auf der Straße parkten am Randstein, unerreichbar hinter der Schneemauer, die die Pflüge aufgeworfen und noch nicht weggeräumt hatten. Wenn irgendwelche Autos mitten auf der Avenue stehengelassen worden waren, hatten die Leute vom Katastrophendienst sie schon abgeschleppt.

Von diesen Arbeitern war jetzt keiner zu sehen. Auch kein Schneepflug.

»Selbst wenn wir einen Wagen fänden, der nicht verschüttet ist«, sagte Rebecca, »ist es unwahrscheinlich, daß die Schlüssel stecken – oder daß er Schneeketten auf den Reifen hat.«

»Ich dachte nicht an diese Wagen«, sagte Jack. »Aber wenn wir ein Münztelefon finden und im Hauptquartier anrufen, könnten die uns einen Dienstwagen schicken.«

»Ist da drüben nicht ein Telefon?« fragte Penny und deutete auf die andere Seite der breiten Avenue.

»Der Schnee ist so dicht, daß ich es nicht sicher sagen kann«, antwortete Jack und blinzelte den Gegenstand an, der Pennys Aufmerksamkeit erregt hatte. »Es *könnte* ein Telefon sein.«

»Dann laß uns nachsehen«, entschied Rebecca.

Noch während sie sprach, kam eine kleine, mit scharfen Klauen bewaffnete Hand zwischen zwei Gitterstäben hervor.

Davey sah sie als erster, er schrie auf und taumelte zurück, weg von dem aufsteigenden Dampf.

Eine Koboldshand.

Und noch eine, die nach Rebeccas Stiefelspitze grapschte. Sie stampfte mit dem Fuß darauf, sah in der Dunkelheit unter dem Gitter glühende, silberweiße Augen und sprang zurück.

Eine dritte Hand erschien, dann eine vierte. Penny und Jack traten beiseite, und plötzlich wurde an dem ganzen Stahlgitter in seiner kreisförmigen Einbuchtung gerüttelt, es wurde an einer Seite hochgehoben, fiel krachend zurück, wurde aber sofort wieder angehoben, diesmal etwas mehr als einen Zoll, aber wieder fiel es zurück, klappernd und scheppernd. Die Horde darunter versuchte, sich aus dem Tunnel zu winden.

Jack schnappte Davey und rannte davon. Rebecca packte Pennys Hand, und sie folgten Jack, flüchteten die vom Blizzard durchtobte Avenue hinunter, nicht so schnell, wie es nötig gewesen wäre, ja, eigentlich überhaupt nicht schnell. Keiner von ihnen wagte zurückzuschauen.

Vor ihnen, auf der anderen Seite der zweigeteilten Fahrbahn, bog ein Jeepkombi mit sich mühelos durch den Schnee wühlenden Reifen um die Ecke. Er trug das Abzeichen des Städtischen Straßendienstes.

Jack, Rebecca und die Kinder waren auf dem Weg stadteinwärts, aber der Jeep fuhr stadtauswärts. Jack lief schräg über die Avenue, auf den Mittelstreifen und die Fahrspuren dahinter zu, er wollte vor den Jeep kommen und ihn abfangen, ehe er an ihnen vorüber war.

Rebecca und Penny folgten ihm.

Wenn der Fahrer des Jeeps sie sah, so ließ er es sich nicht anmerken. Er wurde nicht langsamer.

Rebecca schwenkte wild die Arme, während sie lief, und Penny schrie, Rebecca fing ebenfalls an zu schreien, und Jack auch, alle schrien sich wie verrückt die Kehle aus dem Leib, denn der Jeep war ihre einzige Hoffnung.

6

Am Tisch in der hell erleuchteten Küche über dem *Rada* spielte Carver Hampton ein paar Partien ›Solitaire‹. Er hoffte, das Spiel würde seine Gedanken von dem Bösen ablenken, das die Winternacht unsicher machte, und er hoffte, es würde ihm helfen, seine Schuldgefühle und seine Beschämung zu überwinden, die ihn quälten, weil er nichts getan hatte, um zu verhindern, daß dieses Böse in der Welt seinen Willen durchsetzte. Aber die Karten lenkten ihn nicht ab. Er sah ständig aus dem Fenster neben dem Tisch und spürte, daß da draußen im Dunkeln etwas Unaussprechliches war. Seine Schuldgefühle wurden stärker anstatt schwächer, sie nagten an seinem Gewissen.

Er war ein *Houngon*.

Er hatte gewisse Verpflichtungen.

So etwas ungeheuerlich Böses durfte er nicht stillschweigend dulden.

Verdammt.

Er versuchte es mit Fernsehen. ›Quincy‹. Jack Klugman schrie seine dummen Vorgesetzten an, führte einen Kreuzzug für die Gerechtigkeit, bewies mehr soziales Mitgefühl als Mutter Teresa und benahm sich ansonsten eher wie Superman als wie ein richtiger Leichenbeschauer. Carver schaltete den Apparat aus.

Er war ein *Houngon*.

Er hatte gewisse Verpflichtungen.

Er holte sich ein Buch aus dem Regal im Wohnzimmer, den neuen Roman von Elmore Leonard, und obwohl er ein begeisterter Anhänger von Leonard war, und obwohl Leonard spannender schrieb als jeder andere, konnte er sich nicht auf die Geschichte konzentrieren. Er las zwei Seiten, wußte nicht mehr, was er gelesen hatte und stellte das Buch wieder ins Regal.

Er war ein *Houngon*.

Er kehrte in die Küche zurück, ging ans Telefon. Er zögerte, die Hand auf dem Hörer.

Er blickte zum Fenster. Er erschauerte, weil die gewaltige Nacht selbst von dämonischem Leben erfüllt schien.

Er nahm den Hörer auf. Er hörte eine Weile dem Freizeichen zu.

Die Büro- und Privatnummer von Lieutenant Dawson standen auf einem Zettel neben dem Telefon. Er starrte die Privatnummer eine Weile an. Endlich wählte er sie.

Es klingelte mehrmals, und er wollte gerade aufgeben, als auf der anderen Seite abgehoben wurde. Aber niemand meldete sich.

Er wartete zwei Sekunden, dann sagte er: »Hallo?«

Keine Antwort.

»Ist da jemand?«

Keine Reaktion.

Zuerst glaubte er, er habe gar keine Verbindung mit Dawsons Anschluß, die Leitung sei tot. Aber gerade als er auflegen wollte, überfiel ihn ein neuer, ungeheuerlicher Gedanke. Er spürte etwas Böses am anderen Ende, ein äußerst feindseliges Wesen, dessen zerstörerische Energie durch die Telefonleitung zu ihm strömte.

Der Schweiß brach ihm aus. Er fühlte sich besudelt. Sein Herz jagte. Sein Magen rebellierte. Ihm wurde übel.

Er warf den Hörer auf die Gabel. Er wischte sich die feuchten Hände an der Hose ab. Sie fühlten sich immer noch beschmutzt an, nur davon, daß sie das Telefon berührt hatten, das ihn kurze Zeit mit der Bestie in der Dawson-Wohnung verbunden hatte. Er ging an die Spüle und wusch sich gründlich die Hände.

Das Wesen in der Wohnung der Dawsons war sicherlich eines von denen, die Lavelle gerufen hatte, damit sie die Dreckarbeit für ihn erledigten. Aber was wollte es dort? Was hatte das zu bedeuten? War Lavelle so verrückt, daß er die Mächte der Dunkelheit nicht nur auf die Carramazzas hetzte, sondern auch auf die Polizisten, die diese Morde untersuchten?

Wenn Dawson etwas zustößt, dachte Hampton, bin ich daran schuld, weil ich mich geweigert habe, ihm zu helfen.

Mit einem Papiertuch tupfte er sich den kalten Schweiß von Gesicht und Hals, dachte über die Möglichkeiten nach, die er hatte und versuchte sich klarzuwerden, was er als nächstes tun sollte.

7

Im Jeep des Straßendienstes saßen nur zwei Männer, und so war genügend Platz für Penny, Davey, Rebecca und Jack.

Der Fahrer war ein vergnügt aussehender Mann mit rotem Gesicht, flachgedrückter Nase und großen Ohren; er sagte, sein Name sei Burt. Er sah sich Jacks Polizeiausweis genau an und war, nachdem er sich von dessen Echtheit überzeugt hatte, gerne bereit, ihnen zu helfen, den Jeep zu wenden und sie zum Hauptquartier zu fahren, wo sie sich einen anderen Wagen besorgen konnten.

Im Inneren des Jeeps war es wundervoll warm und trocken.

Jack war erleichtert, als alle Türen fest geschlossen waren und der Jeep anfuhr.

Aber gerade, als sie mitten auf der verlassenen Avenue umkehren wollten, sah Burts Partner, ein sommersprossiger junger Mann namens Leo von der anderen Straßenseite her etwas durch den Schnee auf sie zulaufen und sagte: »He, Burt, wart mal 'n Moment. Ist das nicht 'ne Katze da draußen?«

»Und wenn schon?« fragte Burt.

»Die sollte bei so 'nem Wetter nicht draußen sein.«

»Katzen gehen, wohin sie wollen«, sagte Burt. »Du bist doch so ein Katzenfreund; du müßtest wissen, wie eigenwillig die sind.«

»Aber sie wird da draußen erfrieren«, wandte Leo ein.

Als der Jeep seine Kehrtwendung vollendete und Burt etwas langsamer fuhr, um über Leos Worte nachzudenken, warf Jack durch das Seitenfenster einen kurzen Blick auf die dunkle Gestalt, die durch den Schnee sprang; sie bewegte sich mit katzenhafter Anmut. Weiter entfernt, hinter mehreren Schneeschleiern, mochten noch weitere Wesen in diese Richtung unterwegs sein; vielleicht rückte sogar das gesamte Alptraumpack heran, um seine Beute zu erledigen; aber das konnte man nicht mit Sicherheit sagen. Der erste der Kobolde jedoch, das katzenartige Wesen, das Leo aufgefallen war, war unbestreitbar dort draußen, nur dreißig oder vierzig Fuß entfernt, und es kam schnell näher.

»Halt nur 'nen Moment an«, sagte Leo. »Laß mich aussteigen und den armen kleinen Kerl reinholen.«

»Nein!« rief Jack. »Machen Sie zum Teufel, daß Sie hier wegkommen. Das ist keine verdammte Katze da draußen!«

Burt schaute Jack überrascht über die Schulter hinweg an.

Penny begann, immer und immer wieder das gleiche zu rufen,

und Davey stimmte ein: »Lassen Sie sie nicht rein, lassen Sie sie nicht hier rein, lassen Sie sie nicht rein!«

Das Gesicht an ein Seitenfenster gepreßt sagte Leo: »Jesus, Sie haben recht. Das ist keine Katze.«

»Fahren Sie!« schrie Jack.

Das Wesen machte einen Satz und prallte vor Leos Gesicht gegen das Fenster. Das Glas bekam einen Sprung, aber es hielt stand.

Leo japste, fuhr hoch, stieß sich quer über den Vordersitz zurück und drängte Burt zur Seite.

Burt stieg auf das Gaspedal, und einen Moment lang drehten die Reifen durch.

Das gräßliche Katzenwesen blieb an der gesprungenen Scheibe hängen.

Penny und Davey schrien. Rebecca versuchte, sie vom Anblick des Kobolds abzuschirmen.

Er blickte sie mit feurigen Augen durchbohrend an.

Jack spürte fast die Hitze dieses unmenschlichen Blicks. Es drängte ihn, mit seinem Revolver auf das Ding zu schießen, bis er leer war, ein halbes Dutzend Kugeln hineinzujagen, aber er wußte, daß er es nicht töten konnte.

Die Räder faßten wieder, und der Jeep fuhr mit einem Ruck an.

Burt hielt mit einer Hand das Steuerrad und versuchte mit der anderen, Leo wegzuschieben, aber Leo wollte nicht einen einzigen Zoll näher an das gesprungene Fenster heran, an das sich das Katzenwesen geheftet hatte.

Der Kobold leckte mit seiner schwarzen Zunge am Glas.

Der Jeep neigte sich zur Seite, in Richtung auf den Mittelstreifen der Avenue, und kam ins Rutschen.

Jack sagte: »Verdammt, verlieren Sie nicht die Kontrolle.«

»Ich kann nicht steuern, wenn er mir auf dem Schoß sitzt«, verteidigte sich Burt.

Er rammte Leo einen Ellbogen so fest in die Seite, daß er erreichte, was ihm mit Schieben und Stoßen und Schreien nicht gelungen war: Leo bewegte sich – wenn auch nicht viel.

Burt brachte den rutschenden Jeep zum Stehen, kurz bevor er gegen den Mittelstreifen prallte. Jetzt hatte er ihn wieder unter Kontrolle und beschleunigte.

Der Motor röhrte auf.

Eine Schneewolke wirbelte auf.

Leo gab seltsame, schnatternde Geräusche von sich, die Kinder weinten, und Burt begann aus irgendeinem Grund auf die Hupe zu drücken, als ob er glaubte, das Geräusch würde das Wesen so erschrecken, daß es losließ.

Jacks Blick begegnete dem von Rebecca. Er fragte sich, ob seine Augen wohl genauso verzweifelt waren wie die ihren.

Schließlich konnte sich der Kobold nicht mehr halten, er fiel herunter und taumelte auf der verschneiten Straße davon.

Jack drehte sich um und sah aus dem Rückfenster. Andere dunkle Bestien kamen aus dem weißen Sturm heraus. Sie sprangen hinter dem Jeep her, konnten aber nicht Schritt halten. Schnell wurden sie kleiner.

Verschwanden.

Aber sie waren immer noch da draußen. Irgendwo.

Überall.

TEIL DREI

Mittwoch, 23.30 Uhr
bis Donnerstag, 2.30 Uhr

Wissen Sie, Tolstoi fiel,
genausowenig wie ich, auf Aberglauben –
wie Wissenschaft und Medizin – herein.

GEORGE BERNHARD SHAW

In der Angst vor Aberglauben
liegt Abergläubigkeit.

FRANCIS BACON

Kapitel sieben

1

Die Tiefgarage im Hauptquartier war zwar erleuchtet, aber nicht sehr hell. In den Ecken kauerten Schatten; sie breiteten sich wie dunkler Schimmel über die Wände aus; sie lauerten zwischen den Reihen von Autos und anderen Fahrzeugen; sie hingen an den Betondecken und beobachteten alles, was unter ihnen vorging.

In dieser Nacht fürchtete sich Jack vor der Garage. In dieser Nacht schienen die allgegenwärtigen Schatten selbst lebendig zu sein, und, noch schlimmer, sie schienen sich mit großer Schläue heimlich anzuschleichen.

Rebecca und die Kinder empfanden offenbar genauso. Sie blieben dicht beieinander, und sie blickten sich, Gesichter und Körper angespannt, besorgt um.

Es ist alles in Ordnung, beruhigte sich Jack. Die Kobolde können nicht gewußt haben, wo wir hinwollten. Jetzt haben sie erst einmal unsere Spur verloren. Wenigstens im Augenblick sind wir sicher.

Aber er *fühlte* sich nicht sicher.

Der Mann, der in der Garage Nachdienst hatte, hieß Ernie Tewkes. Sein dichtes schwarzes Haar war straff aus der Stirn nach hinten gekämmt, und er hatte einen bleistiftdünnen Schnurrbart, der sich auf seiner fleischigen Oberlippe etwas seltsam ausnahm.

»Sie haben doch beide schon einen Wagen bekommen«, sagte Ernie und klopfte auf die Anforderungsliste auf seinem Klemmbrett.

»Wir brauchen aber noch zwei«, sagte Jack.

»Das ist gegen die Vorschriften, und ich...«

»Zum Teufel mit den Vorschriften«, sagte Rebecca. »Geben Sie uns die Autos. Sofort.«

»Wo sind die beiden, die Sie bekommen haben?« fragte Ernie. »Sie haben sie doch nicht etwa zu Schrott gefahren?«

»Natürlich nicht«, sagte Jack. »Sie sind liegengeblieben.«

»Technische Probleme?«

»Nein. Stecken in Schneeverwehungen«, log Jack.

Es kam nicht in Frage, daß sie zurückfuhren, um den Wagen vor

Rebeccas Wohnung zu holen, und sie hatten auch entschieden, daß sie es nicht wagen konnten, zu Fayes und Keiths Haus zurückzukehren. Sie waren sicher, daß die Teufelswesen an beiden Stellen auf sie warten würden.

»Verwehungen?« fragte Ernie. »Weiter nichts? Dann schicken wir einen Abschleppwagen hin und ziehen euch raus und stellen euch wieder auf die Straße.«

»Dafür haben wir keine Zeit«, schnaubte Jack ungeduldig und ließ dabei seinen Blick über die dunkleren Bereiche der höhlenähnlichen Garage schweifen. »Wir brauchen sofort zwei Autos.«

»Aber laut Vorschrift...«

»Hören Sie«, sagte Rebecca, »der Carramazza-Sonderkommission wurden doch eine Reihe von Wagen zugewiesen?«

»Sicher«, sagte Ernie. »Aber...«

»Und einige von diesen Wagen stehen doch im Augenblick unbenützt hier in der Garage?«

»Tja, im Augenblick benützt sie niemand«, räumte Ernie ein. »Aber vielleicht...«

»Und wer leitet die Sonderkommission?« wollte Rebecca wissen.

»Tja... Sie. Sie beide.«

»Das ist ein Notfall, der mit der Carramazza-Geschichte zu tun hat, und wir brauchen die Autos.«

»Aber man hat Ihnen schon Fahrzeuge gegeben, und in den Vorschriften steht, daß Sie einen Pannen- oder Verlustbericht ausfüllen müssen, ehe Sie...«

»Vergessen Sie die Scheißbürokratie!« fauchte Rebecca ihn wütend an. »Geben Sie uns jetzt auf der Stelle zwei Wagen, oder, bei Gott, ich reiße Ihnen Ihren komischen kleinen Schnurrbart aus dem Gesicht, nehme die Schlüssel von Ihrem Brett hier und hole mir die Autos selbst.«

Ernie starrte sie mit großen Augen an, offenbar völlig sprachlos angesichts dieser Drohung und angesichts der Heftigkeit, mit der sie ausgestoßen wurde.

In diesem besonderen Fall war Jack sehr erfreut darüber, daß Rebecca sich wieder in die eigensinnige Amazone verwandelt hatte, mit der nicht zu spaßen war.

»Jetzt aber los!« sagte sie und machte einen Schritt auf Ernie zu.

Ernie bewegte sich. Schnell.

Während sie an der Abfertigungskabine darauf warteten, daß der erste Wagen gebracht wurde, schaute Penny ständig von einer dunklen Zone zur anderen. Immer wieder glaubte sie, in der Dunkelheit Wesen zu sehen, die sich bewegten: Dunkelheit, die durch Dunkelheit glitt; ein Kräuseln im Schatten zwischen zwei Streifenwagen; ein Pulsieren in dem schwarzen Teich hinter einem Bereitschaftswagen.

Hör auf damit!

Einbildung, sagte sie sich. Wenn hier Kobolde wären, dann hätten sie uns doch schon längst angegriffen.

Der Mann von der Fahrbereitschaft kehrte mit einem etwas ramponierten blauen Chevrolet zurück, der keine Polizeiabzeichen auf den Türen hatte, aber eine große Antenne für den Polizeifunk. Dann eilte er davon, um den zweiten Wagen zu holen.

Jack und Rebecca sahen unter den Sitzen des ersten nach, um sich zu vergewissern, daß sich da keine Kobolde versteckt hielten.

Penny wollte sich nicht von ihrem Vater trennen, obwohl sie wußte, daß diese Trennung ein Teil des Plans war, obwohl sie all die Gründe gehört hatte, warum es notwendig war, daß sie sich aufteilten, und obwohl jetzt die Zeit zum Abschiednehmen gekommen war. Sie und Davey sollten mit Rebecca während der nächsten paar Stunden langsam die Hauptstraßen auf- und abfahren, dort, wo die meisten Schneepflüge im Einsatz waren und die geringste Gefahr bestand steckenzubleiben. Unterdessen würde ihr Vater nach Harlem fahren und einen Mann namens Carver Hampton aufsuchen, der ihm wahrscheinlich helfen konnte, Lavelle zu finden. Dann würde er den Zauberdoktor verfolgen. Er war sicher, daß es nicht so schrecklich gefährlich sein würde. Er sagte, aus einem Grund, den er wirklich nicht verstünde, wirke Lavelles Magie auf ihn nicht. Er sagte, es sei nicht gefährlicher oder schwieriger, Lavelle Handschellen anzulegen, als bei irgendeinem anderen Verbrecher. Er meinte das auch ernst. Und Penny wollte gerne glauben, daß er absolut recht hatte. Aber tief in ihrem Herzen war sie sicher, daß sie ihn nie wiedersehen würde.

Trotzdem weinte sie nicht allzusehr und klammerte sich auch nicht allzusehr an ihn, sondern stieg mit Davey und Rebecca in den Wagen.

Als sie die Rampe aus der Garage fuhren, blickte sie zurück. Daddy winkte ihnen zu.

Dann erreichten sie die Straße, bogen nach rechts ab, und er war nicht mehr zu sehen.

Von diesem Augenblick an hatte Penny das Gefühl, als sei er schon so gut wie tot.

2

Ein paar Minuten nach Mitternacht parkte Jack in Harlem vor dem *Rada*. Er wußte, daß Hampton über dem Laden wohnte, und er dachte sich, daß es einen Privateingang zur Wohnung geben müsse, deshalb ging er um das Gebäude herum und fand an der Seite eine Tür mit einer Hausnummer.

Im oberen Stock brannte Licht. Jedes Fenster war hell erleuchtet.

Den Rücken den heftigen Windstößen zugewandt, drückte Jack auf den Knopf neben der Tür, gab sich aber nicht mit einem kurzen Klingeln zufrieden; er ließ den Daumen drauf und drückte so fest, daß es fast schmerzte. Wenn Hampton durch den Türspion sah, wer da wartete, und beschloß, nicht aufzumachen, dann wäre es ratsam für ihn, ein paar gute Ohrstöpsel parat zu haben. In fünf Minuten würde er von dem Geklingel Kopfschmerzen bekommen.

Zu Jacks Überraschung wurde die Tür nach weniger als einer halben Minute geöffnet, und da stand Carver Hampton und sah noch größer und eindrucksvoller aus, als Jack ihn in Erinnerung hatte; und er machte kein finsteres Gesicht, wie erwartet, sondern lächelte, war nicht wütend, sondern schien hocherfreut.

Ehe Jack den Mund aufmachen konnte, sagte Hampton: »Sie sind in Ordnung! Gott sei Dank. Kommen Sie herein. Sie wissen ja nicht, wie froh ich bin, Sie zu sehen. Kommen Sie, kommen Sie.« Hinter der Tür lag ein kleiner Vorraum, dann eine Treppe, Jack trat ein, und Hampton schloß die Tür, hörte aber nicht auf zu reden. »Mein Gott, Mann, ich habe mich fast zu Tode geängstigt. Sind Sie in Ordnung? Sie sehen so aus. Würden Sie mir, um Gottes willen, bitte sagen, daß Sie in Ordnung sind?«

»Ich bin okay«, sagte Jack. »Aber es war knapp. Ich habe Sie soviel zu fragen, soviel zu...«

»Kommen Sie rauf«, sagte Hampton und ging voran. »Sie müssen mir alles erzählen, was geschehen ist, ganz genau, in allen Einzelheiten. Das ist eine ereignisreiche und bedeutungsvolle Nacht; ich weiß es; ich spüre es.«

Jack zog seine schneeverkrusteten Stiefel aus, folgte Hampton die schmale Treppe hinauf und sagte dabei: »Ich muß Sie warnen – ich bin gekommen, um Ihre Hilfe zu verlangen, und, bei Gott, Sie werden sie mir geben, so oder so.«

»Gerne«, sagte Hampton und überraschte ihn damit noch mehr. »Ich werde tun, was immer ich kann; alles.«

Als sie in das behaglich aussehende, gut möblierte und hell erleuchtete Wohnzimmer traten, sagte der große Mann: »Heute nacht gibt es in dieser Stadt zwei Arten von Dunkelheit, Lieutenant. Erstens die Dunkelheit, die nichts anderes ist als die Abwesenheit von Licht. Und dann die Dunkelheit, die die physische Gegenwart – ja, die Manifestation – des äußersten, satanischen Bösen darstellt. Diese zweite, bösartige Form von Dunkelheit nährt sich von der ersten, gewöhnlicheren Art und umgibt sich mit ihr, vermummt sich geschickt damit. *Aber sie ist da draußen!* Deshalb will ich nicht, daß in dieser Nacht Schatten an mich herankommen, wenn ich es vermeiden kann, denn niemand weiß, wann ein unschuldiger Schattenfleck mehr sein könnte, als es den Anschein hat.«

Vor diesen Ermittlungen hätte Jack, so ›übermäßig aufgeschlossen‹ er auch immer gewesen war, Carver Hamptons Warnung nicht ernst genommen. Bestenfalls hätte er den Mann für exzentrisch gehalten, schlimmstenfalls für ein wenig verrückt. Jetzt bezweifelte er die Aufrichtigkeit oder Wahrheit seiner Feststellungen keinen Augenblick lang. Anders als Hampton befürchtete er nicht, daß die Schatten selbst ihn plötzlich anspringen und ihn mit körperlosen, aber doch irgendwie tödlichen Händen der Dunkelheit umklammern würden; aber nach allem, was er in dieser Nacht erlebt hatte, konnte er nicht einmal diese bizarre Möglichkeit ausschließen. Auf jeden Fall war auch ihm, wegen der Dinge, die sich in den Schatten verbergen konnten, helles Licht lieber.

»Sie sehen ganz durchgefroren aus«, sagte Hampton. »Geben Sie mir Ihren Mantel. Ich hänge ihn über die Heizung zum Trocknen. Ihre Handschuhe auch. Dann setzen Sie sich, und ich bringe Ihnen einen Brandy.«

»Für Brandy habe ich keine Zeit«, sagte Jack, ließ seinen Mantel zugeknöpft und seine Handschuhe an. »Ich muß Lavelle finden. Ich...«

»Um Lavelle zu finden und aufzuhalten«, sagte Hampton, »müssen Sie angemessen vorbereitet werden. Das wird einige Zeit dauern. Nur ein Narr würde mit nicht mehr als einer halb ausgegorenen Vorstellung, was zu tun ist und wohin man gehen muß, wieder in dieses Unwetter hinausstürzen. Und Sie sind kein Narr, Lieutenant. Also geben Sie mir Ihren Mantel. Ich kann Ihnen helfen, aber es wird etwas länger dauern als zwei Minuten.«

Jack seufzte, befreite sich aus seinem schweren Mantel und reichte ihn dem ›Houngon‹.

Minuten später hatte es Jack sich in einem der Sessel bequem gemacht und hielt ein Glas Remy Martin in den Händen. Er hatte Schuhe und Socken ausgezogen und auch sie an die Heizung gestellt, denn sie waren gründlich durchnäßt. Zum erstenmal in dieser Nacht wurden seine Füße allmählich warm.

Hampton setzte sich in den zweiten Sessel und sah Jack über einen Kaffeetisch hinweg an. »Wenn ich wissen soll, wie ich vorzugehen habe, müssen Sie mir alles erzählen, was...«

»Zuerst habe ich ein paar Fragen«, sagte Jack.

»In Ordnung.«

»Warum wollten Sie mir nicht helfen, als ich heute bei Ihnen war?«

»Ich habe es Ihnen doch gesagt. Ich hatte Angst.«

»Haben Sie jetzt keine Angst?«

»Mehr denn je.«

»Warum sind Sie dann jetzt bereit, mir zu helfen?«

»Schuldgefühle. Ich schäme mich.«

»Es ist mehr als das.«

»Nun ja. Wissen Sie, als ›Houngon‹ bitte ich regelmäßig die Götter des *Rada*, für mich Wunder zu wirken und Segnungen in Erfüllung gehen zu lassen, die ich über meine Kunden und andere ausspreche, denen ich helfen will. Und natürlich ist es das Werk der Götter, wenn meine Zaubertränke so wirken wie beabsichtigt. Als Gegenleistung obliegt es mir, mich gegen das Böse zu stellen und die Handlanger des *Congo* und *Pétro* zu bekämpfen, wo immer ich ihnen begegne. Statt dessen habe ich eine Zeitlang versucht, mich vor meinen Verpflichtungen zu drücken.«

»Wenn Sie sich jetzt wieder geweigert hätten, mir zu helfen... würden dann diese gütigen Götter des *Rada* weiterhin Wunder für Sie wirken und die Segnungen in Erfüllung gehen lassen, die Sie spenden? Oder würden sie Sie im Stich lassen und Ihnen die Macht entziehen?«

»Es ist höchst unwahrscheinlich, daß sie mich im Stich lassen würden.«

»Aber möglich?«

»Vielleicht, ja.«

»So sind Sie, wenigstens in gewissem Maße, durch Eigeninteresse motiviert. Gut. Das gefällt mir. Dabei fühle ich mich wohl.«

Hampton senkte den Blick, starrte einen Augenblick in seinen Brandy, sah dann Jack wieder an und sagte: »Es gibt noch einen Grund, warum ich helfen muß. Der Einsatz ist höher, als ich dachte, als ich Sie heute nachmittag aus dem Laden wies. Um die Carramazzas zu vernichten, hat Lavelle nämlich die Pforten der Hölle geöffnet und eine Horde dämonischer Wesen herausgelassen, damit sie für ihn morden. Es war eine wahnsinnige, törichte, schrecklich hochmütige und dumme Handlung, die er da begangen hat, auch wenn er vielleicht der größte *Bocor* der Welt ist. Er hätte die geistige Substanz eines Dämons heraufbeschwören und *den* auf die Carramazzas loslassen können; dann hätte keine Notwendigkeit bestanden, die Pforten überhaupt zu öffnen, keine Notwendigkeit, diese abscheulichen Geschöpfe in *körperlicher* Gestalt auf diese Existenzebene zu holen. Es ist Wahnsinn! Jetzt sind die Pforten nur einen Spaltbreit geöffnet, und Lavelle hat sie unter Kontrolle. Soviel spüre ich bei einem vorsichtigen Einsatz meiner eigenen Macht. Aber Lavelle ist ein Irrer und könnte sich in einem Anfall von Wahnwitz entschließen, die Pforten, nur so zum Spaß, weit aufzureißen. Oder vielleicht wird er müde und schwach; und wenn er schwach genug wird, sprengen die Kräfte auf der anderen Seite die Pforten gegen seinen Willen. In jedem Fall kommen gewaltige Massen monströser Geschöpfe hervor, um die Unschuldigen, die Sanftmütigen, die Guten und die Gerechten hinzuschlachten. Nur die Bösen werden überleben, aber sie werden feststellen, daß sie sich in einer Hölle auf Erden befinden.«

3

Rebecca fuhr die ›Avenue of the Americas‹ bis fast zum Central Park hinauf, kehrte dann verbotenerweise mitten auf der leeren Kreuzung um und fuhr wieder in Richtung Zentrum, ohne sich wegen anderer Autofahrer Gedanken machen zu müssen.

Daveys Erschöpfung hatte sich schließlich als stärker erwiesen als seine Furcht. Er war auf dem Rücksitz fest eingeschlafen.

Penny war noch wach, aber ihre Augen waren blutunterlaufen. Sie wehrte sich energisch gegen den Schlaf, denn sie schien ein zwanghaftes Bedürfnis zu verspüren zu reden, als könne sie durch ständiges Gespräch die Kobolde irgendwie fernhalten. Sie blieb auch deshalb wach, weil sie, auf Umwegen, auf eine wichtige Frage zuzusteuern schien.

Rebecca war nicht sicher, was das Mädchen auf dem Herzen

hatte, und als Penny endlich darauf zu sprechen kam, war sie überrascht über den Scharfblick des Kindes.

»Magst du meinen Vater?«

»Natürlich«, sagte Rebecca. »Wir sind Partner.«

»Ich meine, magst du ihn mehr, nicht nur als Partner?«

»Wir sind auch Freunde. Ich mag ihn sehr.«

»Mehr als nur Freunde?«

Rebecca blickte von der schneebedeckten Straße weg, und das Mädchen begegnete ihrem Blick. »Warum fragst du?«

»Ich dachte nur so«, sagte Penny.

Rebecca wußte nicht recht, was sie sagen sollte, und wandte ihre Aufmerksamkeit wieder der Straße zu.

Penny bohrte weiter. »Nun? Wie ist es? Mehr als nur Freunde?«

»Wärest du entsetzt, wenn es so wäre?«

»Gott, nein!«

»Wirklich nicht?«

»Du meinst, ich könnte vielleicht entsetzt sein, weil ich glaube, du wolltest die Stelle meiner Mutter einnehmen?«

»Tja, das ist manchmal ein Problem.«

»Bei mir nicht, wirklich. Ich habe meine Mama geliebt und werde sie nie vergessen, aber ich weiß, sie würde wollen, daß ich und Davey glücklich sind, und eines würde uns wirklich glücklich machen, wenn wir nämlich... eine neue Mama haben könnten, ehe wir zu alt sind, um es zu genießen.«

Rebecca hätte vor Freude über die unschuldige und doch seltsam gewählte Ausdrucksweise des Mädchens beinahe gelacht. Aber sie biß sich auf die Lippen und verzog keine Miene, weil sie fürchtete, Penny könnte ihr Lachen mißverstehen. Das Mädchen meinte es so *ernst*.

Penny sagte: »Ich finde, das wäre toll – du und Daddy. Er braucht jemanden. Du weißt schon... jemanden... den er lieben kann.«

»Er liebt dich und Davey sehr. Ich habe noch nie einen Vater kennengelernt, der seine Kinder so liebte – der sie so innig liebte – wie Jack euch beide.«

»Oh, das weiß ich. Aber er braucht mehr als uns.« Das Mädchen schwieg einen Augenblick lang, offensichtlich tief in Gedanken versunken. Dann: »Weißt du, im Grunde gibt es drei Typen von Menschen. Da sind erstens die Geber, Menschen, die nur immer geben und nie erwarten, etwas dafür zu bekommen. Von denen gibt es nicht viele. Ich glaube, das sind die Menschen, die man irgendwann, hundert Jahre nach ihrem Tod oder so, manchmal zu

Heiligen macht. Dann gibt es die Geber und Nehmer, und das sind die meisten; ich bin wohl auch so. Und ganz unten, am untersten Ende, da sind die Nehmer, die miesen Typen, die immer nur nehmen und überhaupt nie jemandem etwas geben. Ich will damit nicht sagen, daß Daddy ein vollkommener Geber ist. Ich weiß, daß er kein Heiliger ist. Aber ein Geber-und-Nehmer ist er auch nicht direkt. Er steht irgendwo dazwischen. Er gibt sehr viel mehr, als er nimmt. Verstehst du? Er hat mehr Freude am Geben als am Nehmen. Er braucht mehr als nur Davey und mich zum Liebhaben... weil er noch viel mehr Liebe in sich hat.« Sie seufzte und schüttelte offenbar frustriert den Kopf. »Klingt das, was ich sage, überhaupt vernünftig?«

»Sehr vernünftig«, antwortete Rebecca. »Ich weiß genau, was du meinst, aber es erstaunt mich, daß ich es von einem elfjährigen Mädchen höre.«

»Fast zwölf.«

»Du bist sehr erwachsen für dein Alter.«

»Danke«, erwiderte Penny ernst.

»Ich liebe deinen Vater«, gestand Rebecca, und ihr fiel ein, daß sie das Jack noch nicht gesagt hatte. Eigentlich war es das erstemal seit zwanzig Jahren, seit dem Tod ihres Großvaters, daß sie eingestanden hatte, jemanden zu lieben. Diese Worte auszusprechen war einfacher gewesen, als sie gedacht hatte. »Ich liebe ihn, und er liebt mich.«

»Das ist sagenhaft«, sagte Penny grinsend.

Rebecca lächelte. »Es ist wirklich sagenhaft, was?«

»Werdet ihr heiraten?«

»Ich glaube schon.«

»Doppelt sagenhaft.«

»Dreifach.«

»Nach der Hochzeit werde ich Mama zu dir sagen, nicht mehr Rebecca, wenn dir das recht ist.«

Die Tränen, die ihr plötzlich in die Augen stiegen, überraschten Rebecca, und sie schluckte den Klumpen in ihrer Kehle hinunter und sagte: »Das würde mich sehr freuen.«

Penny sank mit einem Seufzer in ihren Sitz zurück: »Ich habe mir Sorgen um Daddy gemacht. Ich hatte Angst, dieser Zauberdoktor würde ihn töten. Aber jetzt, wo ich das von dir und ihm weiß... na ja, jetzt hat er noch etwas, wofür er leben kann. Ich habe immer noch Angst um ihn, aber nicht mehr soviel wie vorher.«

»Es wird ihm nichts geschehen«, sagte Rebecca. »Du wirst schon sehen. Es wird gut werden. Wir werden alle heil aus dieser Sache herauskommen.«

Als sie einen Augenblick später zu Penny hinüberschaute, sah sie, daß das Mädchen bereits eingeschlafen war.

4

Jack erzählte Carver Hampton alles, angefangen von Lavelles Anruf am Münztelefon vor dem *Rada* bis zu ihrer Rettung durch Burt und Leo in ihrem Jeep, der Fahrt zur Garage, um sich neue Autos zu beschaffen, und der Entscheidung, sich zu trennen und die Kinder in Bewegung und damit in Sicherheit zu halten.

Hampton war sichtlich schockiert und erschüttert. Er saß während der ganzen Geschichte steif und reglos da und bewegte sich nicht einmal, um an seinem Brandy zu nippen. Dann, als Jack fertig war, blinzelte er, schauerte zusammen und stürzte das ganze Glas Remy Martin in einem langen Zug hinunter.

»Sie sehen also«, sagte Jack, »als Sie sagten, diese Wesen kämen aus der Hölle, hätten einige Leute Sie vielleicht ausgelacht, aber ich nicht. Es bereitet mir keinerlei Schwierigkeiten, Ihnen zu glauben, auch wenn ich mir nicht ganz erklären kann, wie sie hierherkamen.«

Nachdem Hampton minutenlang wie erstarrt dagesessen hatte, konnte er nun plötzlich nicht mehr stillhalten. Er erhob sich und ging auf und ab. »Ich verstehe etwas von dem Ritual, das er zelebriert haben muß. Es funktioniert nur bei einem Meister, bei einem *Bocor* ersten Ranges. Auf einen weniger mächtigen Zauberer hätten die uralten Götter nicht reagiert. Um dieses Ritual zu vollziehen, muß der *Bocor* zuerst ein Loch in die Erde graben. Es hat ungefähr die Form eines Meteorkraters und geht bis in eine Tiefe von zwei oder drei Fuß. Der *Bocor* rezitiert bestimmte Gesänge... verwendet bestimmte Kräuter... Und er gießt drei Sorten von Blut in das Loch – Katzen-, Ratten- und Menschenblut. Dann singt er eine letzte, sehr lange Beschwörung, und dabei verändert sich der Boden der Grube auf seltsame Weise. In gewissem Sinn... auf eine Weise, die man unmöglich erklären oder verstehen kann, wird die Grube viel tiefer als zwei bis drei Fuß, sie koppelt sich an die Pforten der Hölle an und wird zu einer Art Straße zwischen dieser Welt und der Unterwelt. Aus der Grube steigt Hitze auf und der Gestank der Hölle, und der Boden sieht so aus, als wäre er geschmolzen. Wenn der *Bocor* schließlich die Wesen herbeiruft, passieren sie die Pforten und steigen dann durch den Boden der Grube herauf. Unterwegs nehmen diese Geistwesen körperliche Gestalt an, einen Golem-Körper, der aus der Erde besteht, durch die sie hindurchgehen, einen Lehmkörper, der trotzdem beweglich, beseelt und lebendig ist. Nach Ihrer Beschreibung der Geschöpfe, die Sie heute nacht gesehen haben, würde ich sagen, es waren Inkarnationen geringerer Dämonen und böser Menschen, früherer Sterblicher, die zur Hölle verdammt wurden und ihre niedrigsten Bewohner sind. Größere Dämonen und die uralten, bösen Götter selbst wären beträchtlich größer, bösartiger, mächtiger, und sie sähen unendlich viel abscheulicher aus.«

»Oh, diese verdammten Dinger waren abscheulich genug«, versicherte ihm Jack.

»Aber es gibt angeblich viele Uralte, deren körperliche Erscheinung so abstoßend ist, daß allein der Anblick für den, der sie sieht, sofort zum Tode führt«, erklärte Hampton und marschierte weiter auf und ab.

Jack nippte an seinem Brandy. Er brauchte ihn.

»Außerdem«, fuhr Hampton fort, »stützt die geringe Größe dieser Bestien wohl auch meine Theorie, daß die Pforten im Augenblick nicht mehr als einen Spaltbreit geöffnet sind. Die Lücke ist zu schmal, als daß die größeren Dämonen und die dunklen Götter hindurchschlüpfen könnten.«

»Gott sei Dank dafür.«

»Ja«, stimmte Carver Hampton zu. »*Allen* gütigen Göttern sei dafür Dank.«

5

Die gläsernen Lampenschirme verbreiteten einen weichen Schein, die Kerzen flackerten, und die ganz besondere Dunkelheit dieser Nacht drückte gegen die Fenster.

»Warum wollten diese Geschöpfe *mich* nicht beißen? Warum können mir Lavelles Zauberkräfte nichts anhaben?«

»Es kann nur eine Antwort geben«, sagte Hampton. »Ein *Bocor* hat keinerlei Macht über einen rechtschaffenen Menschen. Die Rechtschaffenen sind gut gepanzert.«

»Was soll das heißen?«

»Was ich eben sagte. Sie sind rechtschaffen, tugendhaft. Sie sind ein Mensch, dessen Seele nur von den läßlichsten Sünden befleckt ist.«

»Das soll wohl ein Witz sein.«

»Nein. Durch die Art, wie Sie leben, haben Sie sich Immunität gegenüber den dunklen Mächten erworben, Immunität gegenüber den Flüchen, Verwünschungen und Zaubersprüchen von Hexenmeistern wie Lavelle. Die können nicht an Sie heran.«

»Das ist doch einfach lächerlich«, sagte Jack, der sich in der Rolle des rechtschaffenen Menschen unbehaglich fühlte.

»Andernfalls hätte Lavelle Sie schon ermorden lassen.«

»Ich bin kein Engel.«

»Das habe ich auch nicht gesagt. Auch kein Heiliger. Nur ein rechtschaffener Mensch. Das reicht aus.«

»Unsinn. Ich bin weder rechtschaffen noch ...«

»Wenn Sie sich selbst für rechtschaffen hielten, wäre das eine Sünde – die Sünde der ›Selbst‹-Gerechtigkeit. Selbstgefälligkeit, ein unerschütterliches Überzeugtsein von Ihrer moralischen Überlegenheit, eine selbstzufriedene Blindheit gegenüber Ihren eigenen Fehlern – keine dieser Eigenschaften paßt auf Sie.«

»Allmählich machen Sie mich verlegen«, sagte Jack.

»Sehen Sie. Sie sind nicht einmal der Sünde übermäßigen Stolzes schuldig.«

Jack hob sein Brandyglas. »Was ist damit? Ich trinke.«

»Im Übermaß?«

»Nein. Aber ich fluche auch. Da erlege ich mir keine Zurückhaltung auf. Ich lästere Gott.«

»Eine sehr kleine Sünde.«

»Ich gehe nicht zur Kirche.«

»Der Kirchenbesuch hat nichts mit Rechtschaffenheit zu tun. Das einzige, was wirklich zählt, ist, wie Sie Ihre Mitmenschen behandeln. Hören Sie, wir müssen das festhalten; wir müssen ganz sichergehen, daß dies der Grund ist, warum Lavelle Ihnen nichts anhaben kann. Haben Sie jemals gestohlen?«

»Nein.«

»Haben Sie jemals bei einer finanziellen Transaktion jemanden betrogen?«

»Ich war immer auf meine eigenen Interessen bedacht, in dieser Hinsicht war ich sogar regelrecht aggressiv, aber ich glaube nicht, daß ich jemals jemanden betrogen habe.«

»Haben Sie in Ihrem Beruf jemals Bestechungsgeld angenommen?«

»Nein. Man kann kein guter Polizist sein, wenn man die Hand aufhält.«

»Klatschen Sie, verleumden Sie andere?«

»Nein. Aber lassen wir die Kleinigkeiten.« Er beugte sich in seinem Sessel vor und bohrte seine Augen in die von Hampton, dann sagte er: »Was ist mit Mord? Ich habe zwei Menschen getötet. Kann ich zwei Menschen töten und trotzdem rechtschaffen sein? Ich glaube nicht. Damit wird Ihre These mehr als überstrapaziert.«

Hampton schien betroffen, aber nur einen Augenblick lang. Dann blinzelte er und sagte: »Ach so. Ich verstehe. Sie wollen sagen, Sie haben sie bei der Ausübung Ihrer Pflicht getötet.«

»Pflicht ist eine billige Entschuldigung, nicht wahr? Mord ist Mord. Richtig?«

»Welcher Verbrechen waren diese Menschen schuldig?«

»Der erste war selbst ein Mörder. Er hat eine Reihe von Spirituosenläden ausgeraubt und die Angestellten erschossen. Der zweite war ein Frauenschänder. Zweiundzwanzig Vergewaltigungen in sechs Monaten.«

»Als Sie diese Männer töteten, war es notwendig? Hätten Sie sie fassen können, ohne gleich zur Waffe zu greifen?«

»In beiden Fällen haben sie als erste geschossen.«

Hampton lächelte, und die harten Linien seines Gesichts wurden weicher. »Notwehr ist keine Sünde, Lieutenant.«

»Nein? Und warum bin ich mir dann so schmutzig vorgekommen, als ich den Abzug durchgezogen hatte? Beide Male. Ich fühlte mich besudelt. Mir war übel. Hin und wieder träume ich noch von diesen Männern, von Körpern, die von Kugeln aus meinem Revolver zerrissen werden…«

»Nur ein rechtschaffener, ein sehr tugendhafter Mensch, würde Reue empfinden, wenn er zwei bösartige Tiere wie die Männer getötet hat, die Sie niedergeschossen haben.«

»Ich bin kein heiligmäßiger Mensch«, widersprach Jack hartnäkkig.

»Wie ich Ihnen schon sagte, um Lavelle zu finden und aufzuhalten, brauchen Sie nicht daran zu *glauben* – es genügt, daß Sie es *sind*.«

6

Rebecca horchte mit wachsender Furcht auf den Wagen. Immer mehr Geräusche kamen vom Fahrgestell her, nicht nur ein gelegentliches Pochen, sondern auch ein Klappern, Rattern und Knirschen. Nicht laut. Aber besorgniserregend.

Wir sind nur solange in Sicherheit, wie wir in Bewegung bleiben.

Sie hielt den Atem an und wartete jeden Augenblick darauf, daß der Motor aussetzte.

Statt dessen hörten die Geräusche auf. Sie fuhr vier Straßen weit, ohne außer dem normalen Fahrgeräusch und dem Stöhnen und Fauchen des Sturmwindes etwas zu hören.

Aber sie entspannte sich nicht. Sie wußte, daß etwas nicht in Ordnung war, und sie war sicher, daß die Geräusche wiederkommen würden. Ja, die Stille, das Warten darauf, das war fast schlimmer als die sonderbaren Laute selbst.

7

Jack trank seinen Kognak aus, stellte das Glas auf den Tisch und sagte: »In Ihrer Erklärung ist eine große Lücke.«

»Und das wäre?« fragte Hampton.

»Wenn Lavelle mir nichts anhaben kann, weil ich ein rechtschaffener Mensch bin, warum kann er dann meinen Kindern schaden? Sie sind doch nicht böse, in Gottes Namen. Es sind keine sündigen kleinen Scheusale. Es sind verdammt brave Kinder.«

»Aus der Sicht der Götter kann man Kinder nicht als rechtschaffen ansehen; sie sind einfach unschuldig. Rechtschaffenheit ist nicht etwas, womit wir geboren werden; es ist ein Zustand der Gnade, den wir nur durch Jahre tugendhaften Lebens erreichen: Wir werden rechtschaffene Menschen, indem wir bewußt in Tausenden von Situationen in unserem Alltagsleben das Gute statt des Bösen wählen.«

»Wollen Sie behaupten, daß Gott – oder alle guten Götter, wenn Sie es lieber so ausdrücken wollen – die Rechtschaffenen beschützt, aber die Unschuldigen nicht?«

»Ja.«

»Dieses Monster Lavelle kann also unschuldige kleine Kinder

verletzen, aber mich nicht? Das ist empörend, unfair, schlicht und einfach nicht recht.«

»Sie haben ein übermäßig starkes Gefühl für Ungerechtigkeit, ob sie nun in Wirklichkeit oder nur in Ihrer Vorstellung existiert. Das kommt daher, daß Sie ein rechtschaffener Mensch sind.«

Jetzt war es Jack, der nicht länger stillsitzen konnte. Während sich Hampton zufrieden in einen Sessel zurücklehnte, ging Jack barfuß auf und ab. »Mit Ihnen zu streiten ist verdammt frustrierend!«

»Das ist mein Spezialgebiet, nicht das Ihre. Ich bin Theologe; ich habe zwar kein Diplom von irgendeiner Universität, aber ich bin auch nicht bloß Amateur. Meine Mutter und mein Vater waren fromme Katholiken. Um selbst meinen Glauben zu finden, studierte ich alle Religionen, die großen und die kleineren, bis ich mich irgendwann von der Wahrheit und Wirksamkeit des Voodoo überzeugen ließ. Es ist das einzige Bekenntnis, das sich immer an andere Glaubensrichtungen angepaßt hat; ja, Voodoo absorbiert und verwendet Elemente aus allen Religionen, mit denen es in Kontakt kommt. Es ist eine Synthese aus vielen Lehren, die sich gewöhnlich bekämpfen – vom Christentum und Judentum bis zur Sonnenanbetung und zum Pantheismus. Ich bin ein Mann der Religion, Lieutenant, daher steht zu erwarten, daß ich Sie bei diesem Thema in Grund und Boden rede.«

»Aber was ist mit Rebecca, meiner Partnerin? Sie wurde von einem dieser Geschöpfe gebissen, aber sie ist bei Gott kein böser oder verdorbener Mensch.«

»Es gibt verschiedene Stufen des Gutseins, der Reinheit. Man kann ein guter Mensch sein und doch nicht wirklich rechtschaffen, genau wie man rechtschaffen sein kann und doch kein Heiliger. Ich habe Miß Chandler nur einmal getroffen, gestern. Aber nach dem, wie ich sie kennengelernt habe, vermute ich, daß sie Abstand von anderen Menschen hält, daß sie sich in gewissem Maße vom Leben zurückgezogen hat.«

»Sie hatte eine traumatische Kindheit. Sie hatte lange Zeit Angst, sich von jemandem lieben zu lassen oder irgendwelche Bindungen einzugehen.«

»Da haben Sie es«, sagte Hampton. »Man kann sich nicht die Gunst des *Rada* verdienen und Immunität gegenüber den Mächten der Dunkelheit erlangen, wenn man sich vom Leben zurückzieht und vielen der Situationen ausweicht, die eine Entscheidung zwischen Gut und Böse, Richtig und Falsch erfordern. Erst dadurch, daß man diese Entscheidungen trifft, kann man in den Stand der Gnade gelangen.«

Jack stand am Kamin und wärmte sich am Gasfeuer – bis die zuckenden Flammen ihn plötzlich an die Augenhöhlen der Kobolde erinnerten. Er wandte sich vom Feuer ab. »Nur einmal angenommen, ich wäre wirklich ein rechtschaffener Mensch, wie hilft mir das, Lavelle zu finden?«

»Wir müssen bestimmte Gebete sprechen«, sagte Hampton. »Und es gibt eine Reinigungszeremonie, der Sie sich unterziehen müssen. Wenn Sie das alles getan haben, werden Ihnen die Götter des *Rada* den Weg zu Lavelle zeigen.«

»Dann wollen wir keine Zeit mehr verlieren. Kommen Sie. Fangen wir an.«

Hampton erhob sich aus seinem Sessel, ein Berg von einem Mann. »Seien Sie nicht zu eifrig oder zu furchtlos. Es ist besser, bedachtsam vorzugehen.«

Jack dachte an Rebecca und die Kinder im Wagen, die nicht anzuhalten wagten, um nicht in eine Falle der Kobolde zu geraten, und er sagte: »Macht es denn etwas aus, ob ich bedachtsam oder tollkühn bin? Ich meine, Lavelle kann mir doch nichts anhaben?«

»Es ist wahr, daß die Götter Ihnen Schutz vor der Magie gewährt haben, vor allen Mächten der Dunkelheit. Lavelles Fähigkeiten als *Bocor* werden ihm nichts nützen. Aber das heißt nicht, daß Sie unsterblich sind. Es heißt nicht, daß Sie gegenüber den Gefahren dieser Welt immun sind. Wenn Lavelle das Risiko eingehen will, für das Verbrechen verhaftet zu werden, wenn er riskieren will, vor Gericht gestellt zu werden, dann kann er immer noch eine Pistole nehmen und Ihnen eine Kugel durch den Kopf schießen.«

8

Rebecca war auf der Fifth Avenue, als das Pochen und Rattern im Fahrgestell wieder anfing. Diesmal war es lauter, laut genug, um die Kinder aufzuwecken. Und es war auch nicht mehr nur unter ihnen; nein, es war auch vorne zu hören, unter der Motorhaube.

Davey richtete sich auf und hielt sich am Vordersitz fest, und Penny blinzelte sich den Schlaf aus den Augen und fragte: »He, was ist das für ein Geräusch?«

»Vermutlich irgend etwas mit dem Motor«, beschwichtigte Rebecca sie, obwohl der Wagen ganz ruhig lief.

»Es sind die Kobolde«, sagte Davey, und seine Stimme war halb von Entsetzen und halb von Verzweiflung erfüllt.

»Sie können es nicht sein«, sagte Rebecca.

»Sie sind unter der Motorhaube«, sagte Penny.

»Nein«, widersprach Rebecca. »Wir sind ständig herumgefahren, seit wir die Garage verlassen haben. Sie hatten keine Möglichkeit, in den Wagen zu kommen, ausgeschlossen.«

»Dann waren sie schon in der Garage drin«, sagte Penny.

»Nein. Dann hätten sie uns doch gleich dort angegriffen.«

»Es sei denn«, meinte Penny, »sie hatten vielleicht Angst vor Daddy.«

Rebecca wußte, daß sie recht hatten. Sie wollte es sich nicht eingestehen, aber sie *wußte* es.

Das Rattern im Fahrgestell und das Pochen und Klappern unter der Haube wurden stärker, fast hektisch.

»Sie reißen étwas auseinander«, sagte Penny.

»Sie werden den Wagen anhalten«, sagte Davey.

»Sie werden reinkommen«, sagte Penny. »Sie kommen rein zu uns, und wir können sie nicht aufhalten.«

»Hört auf damit!« sagte Rebecca. »Wir kommen schon raus, keine Sorge. Sie kriegen uns nicht.«

Am Armaturenbrett leuchtete eine rote Warnlampe auf, in deren Mitte das Wort ›Öl‹ stand.

Der Wagen war keine sichere Zuflucht mehr.

Jetzt war er eine Falle.

Ihre Überlebenschancen waren plötzlich genauso trostlos wie die Winternacht, die sie umgab.

Vor ihnen, im dichten Schneetreiben, weniger als eine Straße weiter, ragte die St.-Patricks-Kathedrale aus dem tobenden Sturm, wie ein großes Schiff auf kalter, nächtlicher See. Es war ein massives Bauwerk, das einen ganzen Block einnahm.

Rebecca überlegte, ob Voodoo-Teufel es wohl wagen würden, in eine Kirche einzudringen. Oder waren sie wie die Vampire in den Romanen und Filmen? Scheuten sie voll Entsetzen und Schmerz vor dem bloßen Anblick eines Kruzifixes zurück?

Eine zweite rote Warnlampe leuchtete auf. Der Motor lief heiß.

Trotz der beiden Warnanzeigen auf dem Armaturenbrett trat sie aufs Gaspedal, und der Wagen schoß vorwärts. Sie fuhr schräg über die Fahrbahn auf die Front von St. Patrick zu.

Der Motor stotterte.

Die Kathedrale war nur eine kleine Hoffnung. Vielleicht eine falsche Hoffnung. Aber es war die einzige Hoffnung, die ihnen noch blieb.

9

Für die Reinigungszeremonie war ein völliges Untertauchen in einem von dem *Houngon* vorbereiteten Wasser erforderlich.

In Hamptons Badezimmer zog Jack sich aus. Er war nicht wenig überrascht von seinem neugefundenen Glauben an diese bizarren Voodoo-Praktiken. Er hatte erwartet, daß er sich lächerlich vorkommen würde, als das Ritual begann, aber er empfand nichts dergleichen, weil er diese Höllengeschöpfe *gesehen* hatte.

Die Badewanne war ungewöhnlich lang und tief. Sie nahm mehr als die Hälfte des Badezimmers ein. Hampton sagte, er habe sie eigens für rituelle Bäder einbauen lassen.

Hampton rezitierte in einem fremdartigen Singsang, mit einer Stimme, die für einen Mann seiner Größe zu zart erschien, Gebete und Anrufungen in einem Patois aus Französisch, Englisch und verschiedenen afrikanischen Stammessprachen und zeichnete mit einem Stück grüner Seife *Vévés* über die ganze Innenfläche der Wanne. Dann füllte er sie mit heißem Wasser, dem er eine Reihe von Substanzen und Gegenständen zufügte, die er aus seinem Laden heraufgeholt hatte.

Als Hampton ihm sagte, daß es soweit war, stieg Jack in das wohlriechende Bad. Das Wasser war fast zu heiß, aber er ertrug es. Dampf wallte auf, als er sich setzte, Münzen, Steine und andere harte Gegenstände beiseite schob und sich dann soweit hineingleiten ließ, daß nur noch sein Kopf über der Wasseroberfläche war.

Hampton sang noch ein paar Sekunden weiter, dann sagte er: »Tauchen Sie ganz unter und zählen Sie bis dreißig, ehe Sie heraufkommen, um Atem zu schöpfen.«

Jack schloß die Augen, holte tief Luft und legte sich flach auf den Rücken, so daß sein gesamter Körper untergetaucht war. Er hatte erst bis zehn gezählt, als er von Kopf bis Fuß ein seltsames Kribbeln spürte. Sekunde für Sekunde fühlte er sich irgendwie... reiner... nicht nur körperlich, sondern auch geistig und seelisch.

Böse Gedanken, Angst, Anspannung, Zorn, Verzweiflung – alles zog dieses Wasser aus ihm heraus.

Er machte sich bereit, Lavelle entgegenzutreten.

10

Der Motor starb ab.

Eine Schneewehe ragte auf.

Rebecca trat mehrmals auf die Bremse. Sie sprach schlecht an, aber sie funktionierte noch. Der Wagen rutschte mit dem Kühler in den aufgehäuften Schnee und kam mit einem knirschenden Ruck zum Stehen, härter, als ihr lieb war, aber nicht so abrupt, daß jemand verletzt wurde.

Stille.

Sie waren vor dem Haupteingang von St. Patrick.

Davey sagte: »Da ist etwas im Sitz! Es kommt durch!«

»Was?« fragte Rebecca verdutzt, drehte sich um und sah ihn an. Er stand hinter Pennys Sitz, drängte sich dicht an die Lehne, wandte ihr aber den Rücken zu und starrte auf die Lehne des Rücksitzes, auf dem er vor kurzem noch gesessen hatte. Rebecca spähte an ihm vorbei und sah, daß sich unter der Polsterung etwas bewegte. Sie hörte auch ein zorniges, gedämpftes Fauchen.

Einer der Kobolde mußte in den Kofferraum eingedrungen sein. Er grub sich mit Zähnen und Klauen durch den Sitz und wühlte sich ins Wageninnere vor.

»Schnell«, drängte Rebecca. »Komm zu uns nach vorne, Davey. Wir steigen durch Pennys Tür aus, einer nach dem anderen, ganz schnell, und gehen dann direkt in die Kirche.«

Davey gab unartikulierte Laute der Verzweiflung von sich, als er zwischen Rebecca und Penny auf den Vordersitz kletterte.

Im gleichen Moment spürte Rebecca, wie unter ihren Füßen etwas gegen das Bodenblech drückte. Ein zweiter Kobold wollte aus dieser Richtung ins Wageninnere vordringen.

Auf ein Zeichen von Rebecca hin riß Penny die Tür auf und stieg aus, ging in den Sturm hinein.

Mit jagendem Herzen, vor Schreck keuchend, als der bitterkalte Wind sie traf, kletterte Penny aus dem Wagen, rutschte auf dem verschneiten Pflaster aus, wäre fast hingefallen, wedelte mit den

Armen und hielt irgendwie das Gleichgewicht. Sie erwartete, daß ein Kobold unter dem Wagen hervorstürzen würde, erwartete zu spüren, wie sich Zähne durch einen ihrer Stiefel in ihren Knöchel gruben, aber nichts dergleichen geschah. Die Straßenlaternen, vom Sturm verschleiert und verdüstert, verbreiteten ein schauriges Licht, wie in einem Alptraum. Ihr verzerrter Schatten ging ihr voran, als Penny über den Schneewall kletterte, den die vorbeifahrenden Pflüge aufgeworfen hatten. Die Stufen der Kathedrale waren unter tiefem Schnee verborgen, aber Penny orientierte sich an dem Messinggeländer, klammerte sich daran, stapfte die Stufen hinauf und fragte sich plötzlich, ob die Türen zu dieser späten Stunde wohl noch offen sein würden. War eine Kathedrale nicht immer offen? Wenn sie jetzt versperrt war, würde das ihren Tod bedeuten. Sie ging zum mittleren Portal, faßte den Griff, zog daran, dachte einen Augenblick, es sei tatsächlich verschlossen, merkte dann aber, daß es nur eine sehr schwere Tür war, packte den Griff mit beiden Händen, zog noch stärker als zuvor, öffnete die Türe weit, drehte sich um und schaute den Weg zurück, den sie gekommen war.

Davey hatte zwei Drittel der Treppe hinter sich gebracht, sein Atem quoll in weißen Wolken aus seinem Mund. Er sah so klein und zerbrechlich aus. Aber er würde es schaffen.

Rebecca kam von dem Schneewall am Straßenrand auf den Gehsteig herunter, stolperte und fiel auf die Knie.

Hinter ihr erreichten zwei Kobolde den oberen Rand des Schneehaufens.

Penny schrie auf: »Sie kommen! Schnell!«

Als Rebecca stürzte, hörte sie Penny schreien, sie stand sofort auf, machte aber nur einen Schritt, ehe die beiden Kobolde an ihr vorbeirannten, schnell wie der Wind, ein Eidechsenwesen und ein Katzenwesen, beide kreischten schrill. Sie griffen sie nicht an, schnappten und zischten nicht nach ihr, blieben nicht einmal stehen. Sie wollten nur die Kinder.

Die Kobolde erreichten die Treppe und stiegen, wie es schien im Bruchteil einer Sekunde, bis zur Mitte hinauf, aber dann wurden sie unvermittelt langsamer, als hätten sie gemerkt, daß sie auf einen heiligen Ort zueilten, aber diese Erkenntnis brachte sie nicht völlig zum Stillstand. Sie krochen langsam und vorsichtig, zur Hälfte im Schnee versinkend, von einer Stufe zur anderen.

Rebecca schrie Penny zu – »Geht in die Kirche und schließt die

Tür!« –, aber Penny zögerte. Die Kobolde, von Sekunde zu Sekunde langsamer geworden, waren jetzt nur noch eine Stufe vom oberen Rand entfernt, nur ein paar Fuß vor Penny und Davey... und dann waren sie oben, Rebecca schrie in panischer Angst, und endlich schob Penny ihren Bruder in die Kathedrale hinein und folgte ihm. Gerade, als die Kobolde die Schwelle erreichten, schloß sie, wenn auch zögernd, die Tür.

Das Eidechsenwesen warf sich dagegen, prallte zurück und rollte sich wieder auf die Füße.

Das Katzenwesen heulte zornig auf.

Beide Geschöpfe kratzten am Portal, aber sie wirkten nicht sehr entschlossen, so als wüßten sie, daß diese Aufgabe zu groß für sie war. Um die Tür einer Kathedrale – irgendeines heiligen Ortes – zu öffnen, war viel mehr Kraft erforderlich, als sie besaßen.

Enttäuscht wandten sie sich von der Tür ab. Starrten Rebecca an. Die feurigen Augen wirkten heller als die Augen der anderen Geschöpfe, die sie bei den Jamisons und im Vorraum jenes Sandsteinhauses gesehen hatte.

Sie wich eine Stufe zurück.

Die Kobolde kamen auf sie zu.

Sie stieg die Treppe ganz hinunter und blieb erst stehen, als sie den Gehsteig erreichte.

Das Eidechsenwesen und das Katzenwesen standen oben und funkelten sie zornig an.

Wind- und Schneeböen rasten die Fifth Avenue entlang, der Schnee fiel so dicht, daß es fast schien, als würde sie darin ertrinken, so sicher wie in einer sich heranwälzenden Flutwelle.

Die Kobolde kamen eine Stufe herunter.

Rebecca wich zurück, bis sie auf den Schneewall am Randstein traf.

Die Kobolde stiegen eine zweite Stufe herunter, eine dritte.

Kapitel acht

1

Das rituelle Bad dauerte nur zwei Minuten. Jack trocknete sich mit drei kleinen, weichen, sehr saugfähigen Handtüchern ab, in deren Ecken fremdartige Runen gestickt waren. Sie waren aus einem Material, wie er es noch nie gesehen hatte.

Als er wieder angezogen war, folgte er Carver Hampton ins Wohnzimmer und stellte sich auf Anweisung des *Houngon* in die Mitte des Raumes, wo das Licht am hellsten war.

Hampton stimmte einen langen Gesang an, hielt ein *Asson* über Jacks Kopf und bewegte es dann langsam vor ihm nach unten, dann nach hinten und an seinem Rückgrat entlang nach oben, bis es wieder über seinem Kopf war.

Hampton hatte ihm erklärt, daß das *Asson* – eine Kürbisrassel aus der Liane eines Kalebassenbaumes – das Amtssymbol eines *Houngon* war.

Jack nahm allmählich eine Vielfalt von angenehmen Gerüchen wahr. Hampton hatte keine Räucherstäbchen angezündet; er hatte auch keine Flaschen mit Parfüm oder Essenzen geöffnet. Die Düfte schienen von selbst zu entstehen, ohne Ursprung, ohne Grund.

Als Hampton seinen Gesang beendet und das *Asson* niedergelegt hatte, sagte Jack: »Diese fantastischen Düfte – woher kommen Sie?«

»Das sind die olfaktorischen Äquivalente visueller Erscheinungen«, erklärte Hampton.

Jack blinzelte ihn an, nicht sicher, ob er richtig verstanden hatte. »Erscheinungen? Sie meinen … *Geister*?«

»Ja, Geister. Gute Geister.«

»Aber ich sehe sie nicht.«

»Sie sollen sie ja auch nicht sehen. Wie ich Ihnen schon sagte, materialisieren sie sich nicht visuell. Sie manifestieren sich als Düfte – ein durchaus bekanntes Phänomen.«

»Gute Geister«, wiederholte Hampton lächelnd. »Der ganze Raum ist voll von ihnen, und das ist ein sehr gutes Zeichen. Es sind Boten des *Rada*. Ihr Auftreten hier, zu diesem Zeitpunkt, deutet darauf hin, daß die Götter des Guten Sie in Ihrem Kampf gegen Lavelle unterstützen.«

»Dann werde ich Lavelle finden und aufhalten?« fragte Jack. »Bedeutet es, daß – daß wir am Ende siegen werden? Ist das alles vorherbestimmt?«

»Nein, nein«, sagte Hampton. »Keineswegs. Es bedeutet nur, daß Sie die Unterstützung des *Rada* haben. Aber Lavelle hat die Unterstützung der dunklen Götter. Sie beide sind Werkzeuge höherer Mächte. Einer wird siegen und einer wird verlieren; das ist alles, was vorherbestimmt ist.«

In den Ecken des Raumes schrumpften die Kerzenflammen zusammen, bis sie nur noch winzige Funken an den Dochtspitzen waren. Schatten zuckten auf und wanden sich, als wären sie lebendig.

Die Fenster bebten, und das Gebäude erzitterte im Griff eines plötzlichen, gewaltigen Windes. Etwa zwanzig Bücher fielen von den Regalen und krachten auf den Boden.

»Wir haben auch böse Geister unter uns«, sagte Hampton.

Zusätzlich zu den angenehmen Düften, die den Raum erfüllten, drang ein neuer Geruch auf Jack ein. Es war der Gestank der Verwesung, der Fäulnis, des Verfalls und des Todes.

2

Die Kobolde waren bis auf die vorletzte Stufe heruntergekommen. Sie waren nur noch zwölf Fuß von Rebecca entfernt.

Sie rannte, die Kathedrale zu ihrer Rechten, den Gehsteig entlang, auf die Ecke zu, als wolle sie zum nächsten Block flüchten, aber das war nur eine List. Nach zehn Metern machte sie eine scharfe Wendung nach rechts, auf die Kathedrale zu, und stieg so hastig die Stufen hinauf, daß der Schnee wild aufstob.

Die Kobolde quiekten.

Sie war mitten auf der Treppe, als das Eidechsenwesen ihr linkes Bein erwischte und seine Klauen durch die Jeans in ihre rechte Wade schlug. Der Schmerz war entsetzlich.

Sie stolperte und fiel schreiend auf die Stufen. Aber sie schob sich auf dem Bauch weiter hinauf, mit der Eidechse an ihrem Bein.

Das Katzenwesen sprang ihr auf den Rücken. Kratzte an ihrem dicken Mantel. Bewegte sich schnell auf ihren Hals zu. Schnappte nach ihrer Kehle, erwischte aber nur ein Stück Mantelkragen und Wollschal.

Sie war oben.

Wimmernd packte sie das Katzenwesen und riß es weg.

Es biß sie in die Hand.

Sie schleuderte es fort.

Die Eidechse hing immer noch an ihrem Bein. Sie biß sie ein Stück über dem Knie in den Oberschenkel.

Rebecca griff hinunter, packte sie, und die abscheuliche Kreatur biß sie in die Hand. Aber sie konnte die Eidechse losreißen und warf sie die Stufen hinunter.

Sie erreichte die Tür und lehnte sich mit dem Rücken dagegen. Sie stieß die Tür auf, schlüpfte in die Kathedrale hinein und warf die Tür hinter sich zu.

Die Kobolde hämmerten einmal gegen die andere Seite, dann war es ruhig.

Sie war in Sicherheit. Wunderbarerweise, dankenswerterweise in Sicherheit.

Penny und Davey standen im Hauptschiff, im Mittelgang, und redeten erregt auf einen völlig verwirrten jungen Priester ein. Penny sah Rebecca zuerst, schrie auf und rannte auf sie zu. Davey folgte ihr, bei ihrem Anblick vor Erleichterung und Freude weinend, und der Priester in seiner Soutane kam hinterher.

Sie waren nur zu viert in dem gewaltigen Raum, aber das machte nichts. Sie brauchten keine Armee. Die Kathedrale war eine uneinnehmbare Festung. Hier konnte ihnen nichts geschehen. Nichts. Die Kathedrale war sicher. Sie *mußte* sicher sein, denn sie war ihre letzte Zuflucht.

3

Jack saß im Wagen vor Carver Hamptons Laden, trat das Gaspedal durch und jagte den Motor hoch, damit er warm wurde.

Er warf einen Seitenblick auf Hampton und sagte: »Sind Sie sicher, daß Sie wirklich mitkommen wollen?«

»Es ist das letzte, was ich möchte«, sagte der Hüne. »Ich bin nicht gegen Lavelles Kräfte immun wie Sie. Ich würde viel lieber oben in meiner Wohnung bleiben, wo alle Lichter eingeschaltet sind und die Kerzen brennen.«

»Dann bleiben Sie. Ich glaube nicht, daß Sie mir irgend etwas verschwiegen haben. Ich glaube wirklich, daß Sie getan haben, was Sie können. Mehr sind Sie mir nicht schuldig.«

»*Mir* bin ich es schuldig. Mit Ihnen zu gehen, Ihnen zu helfen, wenn ich kann – das ist die richtige Handlungsweise. Ich bin es mir selbst schuldig, nicht noch eine falsche Entscheidung zu treffen.«

»Na gut.« Jack legte den Gang ein, ließ aber den Fuß noch auf der Bremse. »Ich weiß immer noch nicht, wie ich Lavelle finden soll.«

»Sie werden einfach wissen, welchen Straßen Sie folgen und wo Sie abbiegen müssen«, sagte Hampton. »Aufgrund des Reinigungsbades und der anderen Rituale, die wir vollzogen haben, werden Sie nun von einer höheren Macht geführt.«

»Hört sich besser an als ein Stadtplan. Nur... ich spüre überhaupt nicht, daß ich geführt werde.«

»Das kommt schon noch, Lieutenant. Aber zuerst müssen wir bei einer katholischen Kirche halten und diese Gefäße« – er hielt zwei kleine, leere Krüge hoch, von denen jeder etwa acht Unzen faßte – »mit Weihwasser füllen. Gleich geradeaus, ungefähr fünf Straßen weiter, ist eine Kirche.«

»Schön«, sagte Jack. »Aber noch etwas.«

»Nämlich?«

»Würdest du bitte die Formalitäten lassen und aufhören, mich Lieutenant zu nennen? Ich heiße Jack.«

»Du kannst mich Carver nennen, wenn du magst.«

»Ich mag.«

Sie lächelten einander zu, Jack nahm seinen Fuß von der Bremse, stellte die Scheibenwischer an und fuhr auf die Straße hinaus.

Sie betraten die Kirche gemeinsam.

Carver machte eine Kniebeuge und bekreuzigte sich. Obwohl Jack kein praktizierender Katholik war, fühlte er plötzlich einen starken Drang, dem Beispiel des schwarzen Mannes zu folgen, und er begriff, daß es ihm, als Vertreter des *Rada* in dieser besonderen Nacht, oblag, allen Göttern des Guten und des Lichts Ehrerbietung zu bezeugen, ob es nun der jüdische Gott des Alten Testaments war, Christus, Buddha, Mohammed oder sonst eine Gottheit. Vielleicht war dies das erste Zeichen der ›Führung‹, von der Carver gesprochen hatte.

Das Marmorbecken gleich hinter der Vorhalle enthielt nur eine kleine Pfütze Weihwasser, nicht genug für ihr Vorhaben.

»Damit können wir nicht einmal einen Krug füllen«, sagte Jack.

»Sei dir da nicht so sicher«, widersprach Carver und schraubte den Deckel von einem der Behälter ab. Er reichte Jack den offenen Krug. »Versuch es.«

Jack tauchte den Krug in das Becken, fuhr über den Marmor, schöpfte ein wenig Wasser, glaubte, nicht mehr als zwei Löffel voll erwischt zu haben und blinzelte überrascht, als er den Krug hochhielt und sah, daß er voll war. Noch mehr überraschte es ihn, als er feststellte, daß im Becken noch genausoviel Wasser war wie zuvor, ehe er den Krug gefüllt hatte.

Er sah Carver an.

Der Schwarze lächelte und zwinkerte ihm zu, verschloß den Krug und steckte ihn in seine Manteltasche. Dann öffnete er den zweiten Krug und reichte ihn Jack.

Wieder konnte der den Behälter füllen, und wieder schien die kleine Wasserpfütze im Becken unverändert.

4

Lavelle stand am Fenster und starrte in den Sturm hinaus.

Er befand sich nicht mehr in psychischem Kontakt mit den kleinen Mördern. Wenn sie mehr Zeit bekamen, Zeit, um ihre Truppen zusammenzuführen, würden sie es vielleicht noch schaffen, die Dawson Kinder zu töten, und wenn es dazu kam, würde es ihm leid tun, daß er es versäumt hatte. Aber die Zeit lief ab.

Jack Dawson war auf dem Weg zu ihm, und keine Magie, ganz gleich wie mächtig, konnte ihn aufhalten.

Lavelle wußte nicht, wieso alles so schnell, so vollständig schiefgelaufen war. Vielleicht war es ein Fehler gewesen, die Kinder aufs Korn zu nehmen. Die Götter des *Rada* waren immer erzürnt, wenn ein *Bocor* seine Macht gegen Kinder einsetzte, und sie versuchten immer, ihn zu vernichten, wenn sie konnten. Aber, verdammt, er war doch vorsichtig gewesen. Ihm fiel kein einziger Fehler ein, den er gemacht haben könnte. Er war gut gepanzert; er wurde von der Macht der dunklen Götter geschützt.

Und doch war Dawson unterwegs.

Lavelle wandte sich vom Fenster ab.

Er ging durch den dunklen Raum zur Frisierkommode.

Er nahm eine .32 Automatik aus der obersten Schublade.

Dawson war unterwegs. Schön. Sollte er doch kommen.

5

Rebecca setzte sich in den Mittelgang der Kathedrale und zog das linke Bein ihrer Jeans bis zum Knie hinauf. Die Kratz- und Bißwunden bluteten stark, aber es bestand keine Gefahr, daß sie verblutete. Die Jeans hatten einiges abgehalten. Die Bisse waren tief, aber nicht lebensgefährlich. Sie hatten keine größeren Venen oder Arterien durchtrennt.

Der junge Priester kauerte sich neben sie und betrachtete erschrocken die Verletzungen. »Wie ist das passiert? Wer hat Ihnen das angetan?«

Penny und Davey sagten gleichzeitig: »Die Kobolde«, als wären sie es allmählich leid, zu versuchen, ihm das begreiflich zu machen.

Der Priester fragte: »Was ist das für Blut an Ihrem Hals?« Er berührte ihr Gesicht und schob sanft ihre Hand zur Seite, um die Kratzer unter ihrem Kinn betrachten zu können.

»Das ist nicht so schlimm«, erklärte sie. »Es brennt, aber es ist nichts Ernstes.«

»Ich glaube, wir sollten Sie lieber ärztlich versorgen lassen«, sagte er. »Kommen Sie.«

Sie zog das Hosenbein herunter.

Er half ihr auf die Beine. »Ich glaube, ich bringe Sie am besten ins Pfarrhaus.«

»Nein«, sagte sie.

»Es ist nicht weit.«

»Wir bleiben hier«, beharrte sie.

»Aber das sieht aus wie Tierbisse. Sie müssen sie versorgen lassen. Infektion, Tollwut... Hören Sie, es ist wirklich nicht weit zum Pfarrhaus. Wir brauchen auch nicht in den Sturm hinaus. Es gibt einen unterirdischen Gang zwischen der Kathedrale und...«

»Nein«, sagte Rebecca entschieden. »Wir bleiben hier in der Kathedrale, wo wir geschützt sind.«

Sie winkte Penny und Davey nahe zu sich heran, und sie stellten sich neben sie.

Der Priester sah sie alle an, studierte ihre Gesichter, blickte ihnen in die Augen und seine Miene verdüsterte sich. »Wovor haben Sie denn Angst?«

»Haben Ihnen die Kinder nicht schon einiges erzählt?« fragte Rebecca.

»Sie plapperten etwas von Kobolden, aber...«

»Das war nicht nur Geplapper«, fiel ihm Rebecca ins Wort, und es kam ihr sonderbar vor, daß ausgerechnet sie bekennen und verteidigen sollte, daß sie an das Übernatürliche glaubte, sie, die in dieser Hinsicht immer alles andere als ›übermäßig aufgeschlossen‹ gewesen war. Sie zögerte. Dann erzählte sie ihm so knapp wie möglich von Lavelle, von den Morden an den Carramazzas und von den Voodoo-Teufeln, die jetzt hinter Jack Dawsons Kindern her waren.

Als sie fertig war, schwieg der Priester, und er konnte ihr nicht in die Augen sehen. Er starrte lange zu Boden.

Sie sagte: »Sie glauben mir natürlich nicht.«

Er blickte auf, die Sache schien ihm peinlich zu sein. »Oh, ich glaube nicht, daß Sie mich anlügen – nicht direkt. Ich bin sicher, daß *Sie* alles glauben, was Sie mir erzählt haben. Aber für mich ist Voodoo Lug und Trug, primitive, abergläubische Vorstellungen. Ich bin Priester der heiligen römisch-katholischen Kirche, und ich glaube nur an eine Wahrheit, die Wahrheit, die unser Heiland...«

»Sie glauben an den Himmel, nicht wahr? Und an die Hölle?«

»Natürlich. Das ist Teil des katholischen...«

»Diese Wesen kommen direkt aus der Hölle, Hochwürden. Wenn ich Ihnen erzählt hätte, daß ein Satansjünger diese Dämonen gerufen hätte, wenn ich das Wort Voodoo gar nicht erwähnt hätte, dann hätten Sie mir vielleicht auch nicht geglaubt, aber Sie hätten die Möglichkeit auch nicht so schnell ausgeschlossen, weil Ihre Religion den Satan und seine Anhänger mit einschließt.«

»Ich glaube, Sie sollten...«

Davey schrie auf.

Penny sagte: »Da sind sie!«

Rebecca drehte sich um, der Atem stockte ihr, das Herz blieb ihr mitten im Schlag stehen.

Hinter dem Torbogen, durch den der Mittelgang des Hauptschiffs in den Vorraum führte, waren Schatten, und in diesen Schatten glühten silberweiße Augen.

Feueraugen.

Viele.

6

Jack fuhr durch die schneebedeckten Straßen, und jedesmal wenn er sich einer Kreuzung näherte, spürte er irgendwie, wann er rechts abbiegen mußte, wann er sich lieber links halten sollte und wann er einfach geradeaus durchpreschen konnte. Er wußte nicht, wie er das spürte; jedesmal überkam ihn ein Gefühl, das er nicht in Worte fassen konnte, und er überließ sich ihm, folgte dieser Führung.

Es war sicher ein ungewöhnliches Vorgehen für einen Polizisten, der es gewöhnt war, sich auf der Suche nach einem Verdächtigen weniger exotischer Methoden zu bedienen. Es war auch irgendwie unheimlich, und das gefiel ihm nicht. Aber er beklagte sich auch nicht, denn er hatte den verzweifelten Wunsch, Lavelle zu finden.

Fünfunddreißig Minuten, nachdem sie die beiden kleinen Krüge mit Weihwasser gefüllt hatten, bog Jack nach links in eine Straße mit pseudo-viktorianischen Häusern ein. Vor dem fünften hielt er an. Es war ein zweistöckiges Ziegelgebäude mit vielen Verzierungen im Zuckerbäckerstil. Es wies Schäden auf und brauchte dringend einen neuen Anstrich, wie alle Häuser in dieser Straße, eine Tatsache, die nicht einmal Schnee und Dunkelheit verbergen konnten.

In dem Haus brannte kein Licht, kein einziges. Die Fenster waren völlig schwarz.

»Wir sind da«, erklärte Jack.

Er stellte den Motor ab und schaltete die Scheinwerfer aus.

7

Viele Kobolde kamen aus dem Vorraum in den Mittelgang geschlichen, in das Licht, bei dem man, auch wenn es nicht hell war, ihre grotesken, widerlichen Gestalten doch genauer erkennen konnte, als Rebecca lieb war.

An der Spitze der Horde war ein fußgroßes Geschöpf von menschlicher Gestalt mit vier feuergefüllten Augen, zwei davon auf der Stirn. Der Kopf war so groß wie ein Apfel, und trotz der vier Augen nahm der von einer Fülle von Zähnen strotzende

Mund den größten Teil des mißgebildeten Kopfes ein. Das Wesen hatte auch vier Arme und trug in einer Hand mit dornenförmigen Fingern einen primitiven Speer.

Es hielt den Speer in einer herausfordernd trotzigen Geste über dem Kopf.

Der Kobold in Menschengestalt, die drei noch gräßlicheren Geschöpfe dahinter und die anderen Bestien, die sich durch den dunklen Vorraum bewegten und im Augenblick nur als leuchtende Augenpaare zu erkennen waren, sie alle bewegten sich schwerfällig, als sei allein die Luft in diesem Haus des Gebets für sie eine unermeßlich schwere Last, die jeden Schritt schmerzhaft und mühsam machte.

Der Priester, der beim Anblick der Kobolde für kurze Zeit wie erstarrt war, brach das Schweigen als erster. Er kramte in einer Tasche seiner schwarzen Soutane, zog einen Rosenkranz hervor und begann zu beten.

Der Teufel in Menschengestalt und die drei Wesen unmittelbar hinter ihm kamen durch den Mittelgang unaufhaltsam näher, andere monströse Geschöpfe krochen mit gleitenden Bewegungen aus dem dunklen Vorraum, während dort im Dunkeln neue glühende Augenpaare auftauchten. Sie bewegten sich immer noch zu langsam, um gefährlich werden zu können.

Aber wie lange wird das anhalten? fragte sich Rebecca. Vielleicht gewöhnen sie sich irgendwie an die Atmosphäre in der Kathedrale. Vielleicht werden sie allmählich kühner und nähern sich schneller. Was dann?

Die Kinder mit sich ziehend, begann Rebecca, durch den Mittelgang zum Altar zurückzuweichen. Der Priester kam mit ihnen, die Rosenkranzperlen klapperten in seiner Hand.

8

Sie kämpften sich durch den Schnee bis zu der Treppe, die zu Lavelles Haustür hinaufführte.

Jack hatte seinen Revolver schon in der Hand. Zu Carver Hampton sagte er: »Ich wünschte, du würdest im Wagen warten.«

»Nein.«

»Das ist Sache der Polizei.«

»Es ist mehr als das. Du weißt, daß es mehr ist.«

Jack nickte seufzend.
Sie gingen die Treppe hinauf.
Carver probierte den Türknopf, drehte ihn mehrmals hin und her: »Zugesperrt.«
Jack sah, daß die Tür zugesperrt war, aber etwas riet ihm, er solle es selbst versuchen. Unter seiner Hand drehte sich der Knopf, der Riegel knackte leise, und die Tür öffnete sich einen Spalt.
»Versperrt für mich«, sagte Carver, »aber nicht für dich.«
Sie traten zur Seite, um aus der Schußlinie zu kommen.
Jack stieß die Tür kraftvoll auf und riß dann die Hand zurück.
Aber Lavelle schoß nicht.
Das Haus war ungewöhnlich dunkel. Die Dunkelheit war ein Vorteil für Lavelle, denn er kannte sich hier aus, während es für Jack völlig fremdes Gebiet war.
Er tastete nach dem Lichtschalter und fand ihn.
Er war in einer großen Eingangshalle. Links befand sich eine eingelegte Eichentreppe mit reich verziertem Geländer. Geradeaus, hinter der Treppe, wurde die Halle schmäler; sie führte bis an die Rückseite des Hauses. Ein paar Fuß weiter rechts war ein Torbogen, hinter dem ein dunkler Raum lag, ein Wohnzimmer, wie Jack vermutete.
Carver trat neben Jack und flüsterte: »Bist du sicher, daß wir hier richtig sind?«
Gerade als Jack den Mund aufmachte, um zu antworten, spürte er, wie etwas an seinem Gesicht vorbeisauste, und einen Sekundenbruchteil später hörte er zwei laute, von hinten abgefeuerte Schüsse. Er warf sich zu Boden und rollte sich aus der Halle in den Wohnraum.
Auch Carver warf sich zu Boden und rollte sich weg. Aber er war getroffen worden. Sein Gesicht war schmerzverzerrt. Er umklammerte seinen linken Oberschenkel, auf seiner Hose breitete sich ein Blutfleck aus.
»Er ist auf der Treppe«, stieß Carver hervor. »Ich habe ihn kurz gesehen.«
»Er muß im oberen Stockwerk gewesen sein und ist dann wohl hinter uns heruntergekommen.«
Jack beugte sich um den Torbogen herum und drückte sofort ab, in Richtung auf das Treppenhaus, ohne sich die Mühe zu machen, vorher nachzusehen oder zu zielen.
Lavelle war da. Er kauerte in der Mitte der Treppe hinter dem Geländer.

Jack beugte sich wieder aus dem Torbogen heraus und ließ schnell hintereinander drei Schüsse los; er zielte auf die Stelle, wo Lavelle vorher gewesen war, aber der war schon auf dem Weg nach oben, keiner der drei Schüsse traf ihn, und dann war er außer Sicht.

Jack blieb stehen, um seinen Revolver mit den Patronen nachzuladen, die er in der Manteltasche hatte, warf einen Blick auf Carver und fragte: »Kannst du allein zum Wagen rausgehen?«

»Nein. Mit diesem Bein kann ich nicht gehen. Aber ich bin hier gut aufgehoben. Er hat mich nur gestreift. Schnapp du ihn dir nur.«

»Wir sollten einen Sanitätswagen für dich rufen.«

»Schnapp ihn dir!« sagte Carver.

Jack nickte, trat durch den Torbogen und ging vorsichtig zum Fuß der Treppe.

9

Penny, Rebecca und der Priester suchten Zuflucht im Altarraum hinter der Kommunionbank. Sie stiegen sogar auf die Altarplattform hinauf und stellten sich unter das Kruzifix.

»Die k-k-kommen n-n-nicht hierher, od-d-d-er?« fragte Penny. »Nicht so n-n-nah ans Kruzifix. Oder?«

Rebecca umarmte das Mädchen und Davey und drückte sie ganz fest an sich. Sie sagte: »Ihr seht doch, daß sie stehengeblieben sind. Es ist schon gut. Jetzt ist alles gut. Sie fürchten sich vor dem Altar. Sie sind stehengeblieben.«

Aber wie lange? fragte sie sich.

10

Jack stieg die Treppe hinauf, mit dem Rücken zur Wand; er ging seitwärts, um völlige Lautlosigkeit bemüht, was ihm fast gelang. Den Revolver in der linken Hand, zielte er auf das obere Ende der Treppe. Er wich keinen Augenblick vom Ziel ab, um sofort abdrükken zu können, wenn Lavelle sich zeigte. Er erreichte den Treppenabsatz, ohne daß auf ihn geschossen wurde, stieg drei Stufen der zweiten Treppe hinauf, und dann beugte sich Lavelle weiter oben um die Ecke, und beide schossen – Lavelle zweimal, Jack einmal.

Die Kugel fuhr Lavelle in dem Augenblick in den Arm, als er den Abzug seiner eigenen Waffe losließ. Er schrie auf, die Pistole flog ihm aus der Hand, und er taumelte in den oberen Korridor zurück, wo er sich versteckt hatte.

Jack eilte, immer zwei Stufen auf einmal nehmend, die Treppe hinauf und sprang über Lavelles Pistole, als sie heruntergepoltert kam. Er erreichte den Gang im zweiten Stock gerade rechtzeitig, um zu sehen, wie Lavelle einen Raum betrat und die Tür hinter sich zuschlug.

Carver lag unten auf dem staubigen Boden, mit geschlossenen Augen. Er war zu müde, um sie offenzuhalten. Und er wurde von Sekunde zu Sekunde müder.

Er nahm an, daß er verblutete. Die Wunde schien gar nicht so schlimm zu sein, aber vielleicht war sie schlimmer, als er dachte. Vielleicht lag es auch am Schock, daß er sich so fühlte. Ja, das mußte es sein. Schock, nichts als Schock, er verblutete doch nicht, er litt nur unter dem Schock, aber natürlich konnte auch der Schock tödlich sein.

Woran es auch lag, er schwamm, war sich seiner Schmerzen gar nicht bewußt, wippte nur auf und ab, schwebte da auf dem harten Boden, der gar nicht hart war, trieb auf einer weit entfernten, tropischen Strömung... bis er von oben Schüsse hörte und einen schrillen Schrei, und da riß er die Augen auf. Vom Fußboden aus sah er verschwommen den leeren Raum vor sich. Er blinzelte angestrengt, bis sein Blick klarer wurde, und dann wünschte er, er wäre nicht klarer geworden, denn er sah jetzt, daß er nicht mehr alleine war.

Eines der Geschöpfe aus der Grube war bei ihm, und seine Augen glühten.

Oben rüttelte Jack an der Tür, die Lavelle zugeschlagen hatte. Sie war versperrt, aber das Schloß taugte vermutlich nicht viel.

»Lavelle?« schrie er.

Keine Antwort.

»Machen Sie auf. Es hat keinen Sinn, sich da drin zu verstekken.«

Aus dem Inneren des Raumes hörte er das Klirren eines splitternden Fensters.

»Scheiße!« sagte Jack.

Er wich zurück und trat gegen die Tür, aber das Schloß hielt mehr aus, als er erwartet hatte, und er mußte viermal mit aller Kraft dagegentreten, bis er die Tür endlich aufgebrochen hatte.

Er knipste das Licht an. Ein ganz gewöhnliches Schlafzimmer. Keine Spur von Lavelle.

Das Fenster in der gegenüberliegenden Wand war zerbrochen. Die Gardinen bauschten sich im Wind.

Jack trat an das Fenster. In dem Licht, das an ihm vorbei nach außen drang, sah er im Schnee auf dem Verandadach Fußspuren. Sie führten an den Rand hinaus. Lavelle war in den Hof hinuntergesprungen.

Jack zwängte sich durch das Fenster, sein Mantel verfing sich kurz an einem Glasscherben, dann trat er auf das Dach.

Als Lavelle vom Verandadach sprang, landete er nicht auf den Füßen. Er rutschte im Schnee aus und stürzte auf seinen verletzten Arm. Der Schmerz raubte ihm fast die Besinnung.

Er begriff nicht, warum alles so danebengegangen war. Er war verwirrt und zornig. Das war ein neues Gefühl für ihn, und es behagte ihm nicht.

Er kroch ein Stück durch den Schnee, bis er die Kraft zum Aufstehen fand, und als er auf den Beinen war, hörte er, wie Dawson vom Rand des Verandadaches nach ihm rief. Er blieb nicht stehen, wartete nicht untätig darauf, bis er gefaßt wurde, nicht Baba Lavelle, der große *Bocor*. Er strebte über den hinteren Rasen dem Lagerschuppen zu.

Die Quelle seiner Macht lag jenseits der Grube, bei den dunklen Göttern auf der anderen Seite. Er wollte von ihnen erfahren, warum sie ihn im Stich ließen. Er würde ihre Unterstützung fordern.

Dawson feuerte einen Schuß ab, aber er war wohl mehr als Warnung gedacht gewesen, denn er kam gar nicht in Lavelles Nähe.

Der Wind schüttelte ihn und warf ihm Schnee ins Gesicht; es fiel ihm nicht leicht, dem Sturm standzuhalten, aber er blieb auf den Beinen, erreichte den Schuppen, öffnete die Tür – und schrie erschrocken auf, als er sah, daß die Grube sich vergrößert hatte. Jetzt nahm sie das kleine Gebäude ganz ein, von einer Wellblechwand zur anderen, und das Licht, das aus ihr hervordrang, war nicht länger orangefarben, sondern blutrot und so hell, daß es ihm in den Augen weh tat.

Jetzt wußte er, warum seine bösartigen Wohltäter ihn in eine Niederlage stürzen ließen. Sie hatten sich von ihm benützen lassen, solange sie ihn ihrerseits benützen konnten. Er war ihr Verbindungsglied zu dieser Welt gewesen, etwas, womit sie nach den Lebenden greifen und sich an ihnen festkrallen konnten. Aber jetzt hatten sie etwas Besseres als ein Verbindungsglied; jetzt hatten sie einen Durchgang zu dieser Existenzebene, einen *richtigen* Durchgang, der es ihnen gestattete, die Unterwelt zu verlassen. Und ihm war es zu danken, daß sie den bekommen hatten. Er hatte die Pforten nur einen Spaltbreit geöffnet und war sicher gewesen, diesen schmalen, unbedeutenden Spalt unter seiner Gewalt zu haben, aber er hatte die Kontrolle verloren, ohne es zu merken, und jetzt klafften die Pforten weit auf. Die Uralten kamen. Sie waren auf dem Weg. Sie waren schon fast da. Wenn sie anlangten, würde die Hölle auf die Oberfläche der Erde umgesiedelt sein.

Vor seinen Füßen bröckelte der Rand der Grube weiter nach innen ab, schneller und immer schneller.

Lavelle starrte voll Entsetzen auf das pochende Herz aus haßerfülltem Licht innerhalb der Grube. Auf dem Grund dieser tiefroten Glut sah er etwas. Es bewegte sich. Und es stieg zu ihm herauf.

Jack sprang vom Dach, landete mit beiden Füßen im Schnee und machte sich daran, Lavelle zu verfolgen. Er hatte den Rasen zur Hälfte überquert, als Lavelle die Tür zum Wellblechschuppen öffnete. Das strahlend helle, unheimliche, rote Licht, das herausströmte, ließ Jack unvermittelt stehenbleiben.

Natürlich, das war die Grube, genau wie Carver sie beschrieben hatte. Aber sie war nicht so klein, wie sie sein sollte, und das Licht war nicht weich und orangefarben. Carvers schlimmste Befürchtung bewahrheitete sich; die Pforten der Hölle schwangen auf.

Während Jack dieser wahnwitzige Gedanke durch den Kopf schoß, wurde die Grube plötzlich größer als der Schuppen, der sie umschlossen hatte. Die Wellblechwände stürzten in den Abgrund. Jetzt war nur noch das Loch im Boden da. Wie riesige Suchscheinwerfer stachen die roten Strahlen aus der Grube, hinauf in den dunklen, sturmdurchwirbelten Himmel.

Lavelle taumelte ein paar Schritte zurück, aber das Entsetzen lähmte ihn offenbar zu sehr, als daß er sich hätte umdrehen und weglaufen können.

Die Erde bebte.

In der Grube brüllte etwas. Es war eine Stimme, die die Nacht erzittern ließ.

Die Luft stank nach Schwefel.

Etwas schlängelte sich aus der Tiefe herauf. Es war wie ein Fangarm, aber nicht direkt ein Fangarm, eher ein Insektenbein aus Chitin, mit scharf eingekerbten Gelenken an mehreren Stellen und doch so biegsam wie eine Schlange. Es schnellte bis zu einer Höhe von fünfzehn Fuß empor. Die Spitze des Dinges war mit langen, peitschenartigen Anhängseln versehen, die sich um ein zuckendes, geiferndes, zahnloses Maul wanden, das groß genug war, um einen Menschen verschlingen zu können. Schlimmer, an einigen Dingen war äußerst klar erkennbar, daß dies nur ein kleiner Teil der riesigen Bestie war, die da von den Pforten aufstieg; es war im Verhältnis so klein wie ein menschlicher Finger verglichen mit dem ganzen menschlichen Körper. Vielleicht war dies das einzige Glied, welches das aus der Hölle entkommene Wesen bisher zwischen die sich öffnenden Pforten hindurchstecken konnte – dieser eine Finger.

Das riesige, fangarmförmige Insektenglied bog sich auf Lavelle zu. Die peitschenartigen Anhängsel an der Spitze schlugen aus, fingen ihn ein und hoben ihn hoch, in das blutrote Licht hinein. Er schrie und schlug um sich, aber er konnte nichts tun, um zu verhindern, daß er in dieses widerliche, geifernde Maul gezogen wurde. Und dann war er verschwunden.

Das Wurmwesen erreichte Carver Hampton, der jetzt auf dem Fußboden saß, den Rücken an die Wand gepreßt. Es richtete sich auf, bis es seinen ekelerregenden Körper zur Hälfte vom Fußboden gehoben hatte. Carver starrte in die unergründlichen Feueraugen und wußte, daß er als *Houngon* zu schwach war, um sich schützen zu können.

Da ertönte draußen, hinter dem Haus ein Brüllen; es hörte sich gewaltig und sehr lebendig an.

Die Erde bebte, das Haus erzitterte, und der Wurmdämon schien das Interesse an Carver zu verlieren. Er wandte sich von ihm ab, bewegte seinen Kopf von einer Seite zur anderen und fing an, sich zu einer Musik zu wiegen, die Carver nicht hören konnte.

Mit sinkendem Mut begriff er, was das Wesen vorübergehend in Bann geschlagen hatte: das Geräusch anderer in der Hölle gefangener Seelen, die einer langersehnten Befreiung entgegenkreischten, das Triumphgeheul der Uralten, die endlich ihre Fesseln zerrissen.

Das Ende war gekommen.

Jack trat an den Rand der Grube. Die Kante bröckelte ab, und das Loch wurde jede Sekunde größer. Er achtete darauf, sich nicht an den äußersten Rand zu stellen.

In dem wilden roten Schein sahen die Schneeflocken wie wirbelnde Glutstückchen aus. Aber jetzt mischten sich Streifen strahlendweißen Lichts in das Rot, das gleiche Silberweiß wie in den Augen der Kobolde, und Jack war sicher, daß dies bedeutete, daß sich die Pforten nun gefährlich weit öffneten.

Das monströse Anhängsel, halb insektenhaft, halb wie ein Fangarm, schwankte bedrohlich über ihm, aber er wußte, daß es ihn nicht berühren konnte. Jedenfalls jetzt noch nicht. Nicht, solange die Pforten nicht ganz geöffnet waren. Im Augenblick besaßen die guten Götter des *Rada* noch einige Macht über die Erde, und er wurde von ihnen beschützt.

Er nahm den Krug mit Weihwasser aus seiner Manteltasche. Er wünschte, er hätte auch Carvers Krug, aber der hier mußte reichen. Er schraubte den Deckel ab und warf ihn beiseite.

Eine zweite, drohende Gestalt stieg aus den Tiefen auf.

Er sah sie, ein unbestimmtes, dunkles Etwas, das durch das blendend helle Licht heraufraste und wie tausend Hunde heulte.

Er hatte akzeptiert, daß Lavelles schwarze und Carvers weiße Magie wirklich waren, aber jetzt war er plötzlich zu mehr fähig, als die Magie nur zu akzeptieren; er war fähig, sie konkret zu begreifen, und er wußte, daß er sie jetzt besser verstand, als Lavelle oder Carver es je vermocht hatten oder vermögen würden. Er blickte in die Grube, und er *wußte*. Die Hölle war kein mythischer Ort, und an Dämonen und Göttern war nichts Übernatürliches, nichts Heiliges oder Unheiliges. Die Hölle – und folglich auch der Himmel – waren ebenso real wie die Erde; sie waren lediglich andere Dimensionen, andere Ebenen der physischen Existenz. Normalerweise war es einem lebenden Menschen, Mann oder Frau, unmöglich, von einer Ebene auf eine andere überzuwechseln. Aber die Religion, diese derbe, unbeholfene Wissenschaft, hatte theoretische Wege erschlossen, auf denen man die Ebenen, wenn auch nur vorübergehend, zusammenbringen konnte, und die Magie war das Werkzeug dieser Wissenschaft.

Nachdem er diese Erkenntnis in sich aufgenommen hatte, fand er es ebenso einfach, an Voodoo oder an das Christentum oder jede andere Religion zu glauben wie an die Existenz des Atoms.

Er warf den Krug mit dem Weihwasser in die Grube.

Die Kobolde strömten durch das Gitter der Kommunionsbank hindurch und kamen die Stufen zur Altarplattform hinauf.

Die Kinder schrien, und der Priester streckte seinen Rosenkranz aus, als sei er überzeugt, daß der ihn gegen den Angriff abschirmen würde. Rebecca zog ihren Revolver, obwohl sie wußte, daß es sinnlos war, zielte sorgfältig auf das erste Wesen der Horde...

Und alle hundert Kobolde verwandelten sich in Erdklumpen, die, ohne Schaden anzurichten, die Altarstufen hinunterpurzelten.

Das Wurmwesen schwenkte seinen gräßlichen Kopf wieder zu Carver zurück, zischte ihn an und fuhr auf ihn los.

Er schrie auf.

Und keuchte dann überrascht, als Schmutz auf ihn herabregnete.

Das Weihwasser verschwand in der Grube.

Die Jubelschreie, das Haßgebrüll, das Triumphgejohle, alles hörte so unvermittelt auf, als hätte jemand den Stecker einer Stereoanlage herausgezogen. Die Stille dauerte nur eine Sekunde, dann erfüllten Schreie der Wut, des Zorns, der Frustration und der Qual die Nacht.

Die Erde bebte heftiger als zuvor. Jack wurde umgerissen, aber er fiel nach hinten, weg von der Grube.

Er sah, daß der Rand nicht mehr abbröckelte. Das Loch wurde nicht größer. Das riesige Anhängsel, das über ihm aufragte wie eine gewaltige Schlange aus dem Märchen, fuhr nicht auf ihn los, wie er es befürchtet hatte. Statt dessen stürzte es, während sein ekelhaftes Maul unaufhörlich ins Leere schmatzte, in die Grube zurück.

Jack kam wieder auf die Beine. Schnee klebte an seinem Mantel.

Das Licht in der Grube begann zu verblassen, ging an den Rändern von Rot in Orange über.

Auch die höllischen Stimmen wurden schwächer.

Die Pforten schlossen sich.

Von Triumph erfüllt schob sich Jack näher an den Rand heran, blinzelte in das Loch und versuchte, mehr von den monströsen und fantastischen Gestalten zu sehen, die sich in dem grellen Schein zuckend wanden.

Plötzlich pulsierte das Licht, wurde heller, und er erschrak. Das Schreien und Heulen wurde lauter.

Er trat zurück.

Das Licht wurde erneut schwächer, dann wieder heller, schwächte sich ab, strahlte auf. Die unsterblichen Wesen hinter den Pforten stemmten sich dagegen, um sie offenzuhalten, sie aufzustoßen.

Der Rand der Grube begann wieder abzubröckeln. Erde krümelte in kleinen Klumpen weg. Hörte auf. Fing wieder an. Schubweise vergrößerte sich die Grube immer noch.

Vielleicht hatte Carver Hampton sich geirrt. Vielleicht hatten Weihwasser und die guten Absichten eines rechtschaffenen Menschen nicht genügt, um der Sache ein Ende zu machen. Vielleicht war sie schon zu weit fortgeschritten. Vielleicht konnte jetzt nichts mehr das Armageddon verhindern.

Zwei glänzende, schwarze, segmentierte, peitschenartige Anhängsel, jedes einen Zoll dick, fuhren aus der Grube heraus, zuckten vor Jack nieder und schlangen sich um ihn. Das eine wand sich um sein linkes Bein, vom Knöchel bis zur Leiste. Das andere legte sich um seine Brust, wanderte in Spiralen seinen linken Arm entlang, ringelte sich um sein Handgelenk und riß an seinen Fingern. Das Bein wurde ihm unter dem Körper weggezogen. Er stürzte, schlug um sich, wehrte sich verzweifelt gegen den Angreifer, aber ohne Erfolg; er war in einer eisernen Umschlingung gefangen, konnte sich nicht befreien, die Fessel nicht lösen. Die Bestie, die die Fangarme ausschickte, war tief unten in der Grube verborgen, und jetzt zog sie an ihm, zerrte ihn auf den Rand zu wie ein dämonischer Fischer, der seinen Fang einholt. An jedem Fangarm lief ein gezackter Grat entlang, und die Zacken waren scharf; sie schnitten nicht sofort durch seine Kleider, aber wo sie die nackte Haut an seinem Handgelenk und seiner Hand berührten, rissen sie das Fleisch auf und drangen tief ein.

Er hatte noch nie solche Schmerzen empfunden.

Plötzlich überfiel ihn die Angst, daß er Davey, Penny oder Rebecca niemals wiedersehen würde.

Er fing an zu schreien.

In der St.-Patricks-Kathedrale machte Rebecca zwei Schritte auf die jetzt ganz gewöhnlichen Erdhäufchen zu, die noch einen Augenblick zuvor lebendige Geschöpfe gewesen waren, aber sie hielt ruckartig inne, als den verstreuten Schmutz ein zitternder Strom unmöglichen, abartigen Lebens durchlief. Das Zeug war also doch nicht tot. Die Erdkörner, -brocken und -klumpen schienen Feuchtigkeit aus der Luft zu ziehen; das Zeug wurde feucht; die einzelnen Stücke in jedem Haufen begannen zu beben, spannten sich und schoben sich mühsam aufeinander zu. Die mit einem bösen Zauber belegte Erde wollte offenbar ihre frühere Gestalt wiedererlangen, sie kämpfte darum, die Kobolde erneut aufzubauen.

Ein kleiner, abseits von den anderen liegender Klumpen machte Anstalten, sich zu einem winzigen, mit Klauen versehenen Fuß zu formen.

»Stirb, verdammt«, sagte Rebecca. »Stirb!«

Jack lag am Rand der Grube, er war sicher, daß er gleich hineingezogen werden würde, seine Aufmerksamkeit konzentrierte sich zum Teil auf den Abgrund vor sich und zum Teil auf den tobenden Schmerz in seiner mißhandelten Hand, und er schrie...

...und in diesem Augenblick riß sich der Fangarm um seinen Arm und seinen Rumpf plötzlich von ihm los. Einen Augenblick später glitt das zweite, dämonische Anhängsel von seinem linken Bein.

Das höllische Licht wurde schwächer.

Jetzt winselte die Bestie da unten ihrerseits in Schmerz und Qualen. Ihre Fangarme peitschten ziellos über der Grube in die Nacht.

In diesem Augenblick des Chaos und der Krise mußten die Götter des *Rada* Jack eine Erleuchtung gesandt haben, denn er wußte – ohne zu begreifen, wie –, daß sein Blut die Bestie gezwungen hatte, von ihm abzulassen. Vielleicht war bei einer Konfrontation mit dem Bösen das Blut eines rechtschaffenen Menschen (ähnlich wie Weihwasser) eine Substanz mit starken magischen Eigenschaften. Und vielleicht konnte er mit seinem Blut erreichen, was das Weihwasser alleine nicht vermocht hatte.

Wieder begann der Rand der Grube abzubröckeln. Das Loch wurde größer. Die Pforten schoben sich erneut auf. Das Licht, das aus der Erde aufstieg, wechselte noch einmal von Orange zu Rot.

Jack stemmte sich hoch und kniete sich an den Rand. Er konnte spüren, wie die Erde unter seinen Knien langsam – und dann nicht mehr so langsam – nachgab. Aus seiner aufgerissenen Hand strömte das Blut, es tropfte von allen fünf Fingerspitzen. Er beugte sich gefährlich weit über die Grube, schüttelte seine Hand, schleuderte scharlachrote Tröpfchen in das Zentrum des brodelnden Lichts.

Unten schwoll das Kreischen und Heulen zu einer noch ohrenzerreißenderen Lautstärke an als zuvor, als er das Weihwasser in den Spalt geworfen hatte. Das Licht aus dem Ofen des Teufels wurde blasser und flackerte, der Rand der Grube festigte sich.

Jack schleuderte noch mehr von seinem Blut in den Abgrund,

und die gequälten Schreie der Verdammten wurden, wenn auch nur ein wenig, schwächer. Er blinzelte heftig in den pulsierenden, sich verändernden, geheimnisvoll unbestimmten Grund des Lochs, beugte sich noch weiter hinaus, um besser sehen zu können...

...und in einem Schwall glühendheißer Luft stieg ein riesiges Gesicht zu ihm herauf, wölbte sich aus dem schimmernden Licht, ein Gesicht, so groß wie ein Lastwagen, das die Grube fast ganz ausfüllte. Es war das höhnisch grinsende Gesicht alles Bösen. Es bestand aus Schleim und Schimmel und verwesenden Kadavern, ein körniges, rissiges, klumpiges, pockennarbiges Gesicht, dunkel und fleckig, von Pusteln übersät, von Maden wimmelnd, gräßlicher brauner Schaum triefte aus seinen zerrissenen, fauligen Nüstern. Würmer ringelten sich in seinen nachtschwarzen Augen, und doch konnte es sehen, denn Jack spürte das schreckliche Gewicht seines haßerfüllten Blicks. Sein Maul klaffte auf – ein grauenhafter, zerklüfteter Schlitz, groß genug, um einen Menschen zu verschlingen – und gallegrüner Geifer rann heraus. Die Zunge war lang und schwarz, sie strotzte vor nadelspitzen Dornen, die die Lippen durchstachen und zerrissen, wenn sie darüberleckte.

Benommen, entmutigt und geschwächt von dem unerträglichen Todesgestank, der aus dem klaffenden Maul aufstieg, schüttelte Jack seine verletzte Hand über der Erscheinung, ein Blutregen fiel von seinen Wundmalen herab. »Geh weg«, befahl er dem Wesen, in der gräßlichen Grabesluft würgend. »Verschwinde. Geh. Sofort.«

Das Gesicht wich in die Ofenglut zurück, als sein Blut es berührte. Einen Augenblick später verschwand es im Boden der Grube.

Er vernahm ein mitleiderregendes Winseln und begriff, daß er selbst es war, den er da hörte.

Und es war noch nicht vorüber. Die vielen Stimmen unter ihm wurden wieder lauter, das Licht wurde heller, erneut löste sich Erde vom Rand des Loches.

Schwitzend, keuchend, seine Aftermuskeln zusammenpressend, damit sich seine Eingeweide nicht vor Entsetzen entleerten, hatte Jack nur den einen Wunsch, vor der Grube wegzulaufen. Er wollte in die Nacht flüchten, in den Sturm, in die schützende Stadt. Aber er wußte, daß dies keine Lösung war. Wenn er der Grube jetzt nicht Einhalt gebot, würde sie sich immer mehr ausweiten, bis sie so groß wurde, daß sie ihn verschlingen konnte, ganz gleich, wo er sich auch versteckte.

Mit seiner unverletzten Rechten zog, drückte und kratzte er an den Wunden seiner linken Hand, bis sie sich weiter öffneten, bis das Blut schneller floß. Die Angst hatte ihn betäubt. Er spürte keinen Schmerz mehr. Wie ein katholischer Priester, der ein heiliges Gefäß schwingt, um bei einer Segenszeremonie Weihwasser oder Weihrauch zu verteilen, so spritzte er sein Blut in den gähnenden Schlund der Hölle.

Das Licht wurde etwas schwächer, aber es pulsierte und kämpfte um sein Bestehen. Jack betete, es möge verlöschen, denn wenn es ihm damit nicht gelang, blieb ihm nur noch ein Weg. Dann mußte er sich ganz und gar opfern; dann mußte er hinunter in die Grube. Und wenn er dort hinunterginge... dann würde er niemals mehr zurückkommen.

Der letzte Rest böser Energie schien aus den Erdklumpen auf den Altarstufen gewichen. Seit einer Minute oder länger hatte sich der Schmutz nicht mehr geregt. Mit jeder Sekunde, die verging, fiel es schwerer zu glauben, daß das Zeug einmal wirklich lebendig gewesen sein sollte.

Endlich hob der Priester einen Klumpen Erde auf und zerbröselte ihn zwischen seinen Fingern.

Penny und Davey sahen ihm fasziniert zu. Dann wandte sich das Mädchen an Rebecca und fragte: »Was ist geschehen?«

»Ich weiß es nicht genau«, sagte sie. »Aber ich glaube, euer Daddy hat erreicht, was er sich vorgenommen hat. Ich glaube, Lavelle ist tot.« Sie blickte durch die gewaltige Kathedrale, als könne Jack jeden Augenblick aus dem Vorraum treten, und sagte leise: »Ich liebe dich, Jack.«

Das Licht verblaßte von Orange zu Gelb und Blau.

Jack sah gespannt zu, wagte noch nicht ganz zu glauben, daß es endlich zu Ende war.

Ein Knirschen und Knarren kam aus der Erde, als schwängen gewaltige Pforten an rostigen Angeln zu. Die leisen Schreie aus der Grube, Ausdruck der Wut, des Hasses und des Triumphs, waren in ein erbärmliches, verzweifeltes Jammern übergegangen.

Dann erlosch das Licht ganz.

Das Knirschen und Knarren verstummte.

Die Luft stank nicht mehr nach Schwefel.

Nicht der geringste Laut kam mehr aus der Grube.

Sie war kein Durchgang mehr. Jetzt war sie nur noch ein Loch im Boden.

Die Nacht war immer noch bitterkalt, aber der Sturm schien abzuflauen.

Jack krümmte seine verletzte Hand und häufte Schnee darauf, um die Blutung zum Stillstand zu bringen, denn jetzt *brauchte* er kein Blut mehr. Sein Adrenalinspiegel war immer noch so hoch, daß er keinen Schmerz empfand.

Der Wind wehte jetzt kaum noch, aber zu seiner Überraschung trug er ihm eine Stimme zu. Rebeccas Stimme. Unverkennbar. Und die vier Worte, die er so sehnlich hören wollte. »Ich liebe dich, Jack.«

Er drehte sich verwirrt um.

Sie war nirgendwo zu sehen, aber er glaubte, ihre Stimme dicht an seinem Ohr gehört zu haben.

Er sagte: »Ich liebe dich auch«, und er wußte, daß sie ihn hörte, wo immer sie auch war, so deutlich, wie er sie gehört hatte.

Der Schneefall hatte nachgelassen. Die Flocken waren nicht mehr klein und hart, sondern groß und flaumig wie zu Beginn des Sturms. Jetzt fielen sie träge, in weiten, schwingenden Spiralen.

Jack wandte sich von der Grube ab und ging ins Haus zurück, um einen Krankenwagen für Carver Hampton zu rufen.

Wir können uns der Liebe öffnen, noch ist es Zeit.
Warum uns statt dessen der Haß entzweit?
Der Glaube hindert uns nicht, zu sehen,
Daß wir selbst die Hölle lassen entstehen.
Wir machen sie wirklich; wir schüren die Flammen,
Die dann uns zur Hoffnungslosigkeit verdammen.
Auch der Himmel kann unsere Schöpfung nur sein.
Ob gerettet wir werden, an uns liegt's allein.
Nur Fantasie ist vonnöten, um uns zu befrein.

THE BOOK OF COUNTED SORROWS

CHARLES L. GRANT

Die Schwingen des Todes

Inhalt

Ich widme dieses Buch Stephen und Tabitha. Beide wissen, wie erregend es ist, einen Alptraum zu beschwören. Beide kennen den Kitzel der Angst. Beide haben ihn vernommen, den Flügelschlag des Nestlings an ihrem Fenster.

Vorbemerkung des Autors

Das Wind River Reservat und die Shoshonen, die dort leben, sind nicht meine Erfindung. Es gibt sie, ebenso wie es Fort Washakie, Pinedale und das Weide- und Jagdgebiet der Wind River Mountains gibt. Ich habe für dieses Buch allerdings einige geographische Veränderungen vorgenommen. So habe ich dem Wind River ein neues Bett gegeben. Ich habe einen Ort erfunden, den man im Wind River Reservat vergeblich suchen wird. Erfindung ist ebenfalls der kleine Stamm, der sich von den Shoshonen abgespalten hat. Religion und Legenden dieses Stammes sind nicht identisch mit dem historischen Kulturgut der Shoshonen.

Ich habe versucht, die Schönheit Wyomings zu beschreiben, und ich weiß, daß weder meine noch die Schilderung irgendeines anderen Menschen dem Original gerecht werden kann.

Mein Herr, Sie kommen aus der
Stadt. Wie könnten Sie die Gefühle
eines Jägers verstehen?

Aus »Dracula« von Bram Stoker

Durch die Unendlichkeit der
Wälder zu laufen,
Über die Weiten der Felder,
Unter der schwärenden Fülle
des Mondes.
Hatz und Wagnis, Beute und Blut,
Ströme von Blut!

Aus »Loups-Garous« von Avram Davidson

Prolog
Die Lehre

Erstes Kapitel

Im Anfang war die Lehre. Im Anfang war der Gesang, der die Zeit der Büffel heraufbeschwor, jene Zeit, als der Adler der König der Lüfte war. Ersonnen wurde die Lehre von einer Frau ohne Namen. Sie trug keinen Namen, aber die Menschen nannten sie Dunkler Mond, und die Frau sah hinab auf die Menschen, die im Dunkeln, in der Sicherheit ihres Wigwams, hockten.

Nach der Lehre kam der Schmerz. Die Scharlachfarbe des Todeskampfes wandelte sich zum blutigen Rot. Aus dem Rot wurde die Farbe des Safrans, und aus dem Safran erstand die Sonne, das All und die Ruhe.

Rettung lag im Wort, in der Sprache, die Kunde brachte von den Zeiten, als es unermeßliche Büffelherden gab.

Der Schmerz wurde gelindert, bis er nichts mehr war als ein Nadelstich in der Erinnerung der Menschen.

Alles war sehr schnell gegangen.

Im Anfang war der Schmerz, und am Ende war der Tod.

1

David Carosa schlug zwei Fliegen mit einer Klappe. Er feierte zugleich seine Rückkehr nach Hause und seinen 24. Geburtstag. Das Fest fand auf der Rückseite des väterlichen Hauses statt, hinter jenem Gebäude, das vorn den Friseursalon und eine Bar, hinten und im ersten Stock die Wohnräume für die Familie beherbergte. Auf der Rückseite des Hauses war Rasen, und wie überhaupt in Windriver, so stand auch hier das Gras dicht, grün und saftig. Auf dem Grundstück gab es Pinien und Nußbäume, Birken und Eichen. Wie es schien, zogen die Bäume Wasser von dem Fluß, der an der Südgrenze der Ansiedlung verlief.

Nach Sonnenuntergang war es merklich kühler geworden, aber das vermochte die gute Laune der Gäste nicht zu beeinträchtigen. Anthony Carosa hatte seinem Sohn die Feier ausgerichtet, und er fand es ganz normal, wenn man um diese Jahreszeit durch einen frostigen Windhauch daran erinnert wurde, daß man sich in Wyoming, in den Rocky Mountains, befand. Vater Carosa hatte einige Lampions zwischen den Bäumen aufhängen lassen, und er hatte für genügend Tische und Sitzgelegenheiten gesorgt. Aus der Methodistenkirche waren ein paar Klappstühle geholt worden, damit sich die Gäste ausruhen konnten, wenn sie müde waren vom Singen und vom Tanzen.

Es ging laut zu, aber kein Nachbar beschwerte sich. Nur einmal verstummten die Stimmen der Feiernden, als ein Zug vorbeikam.

Als der Abend zu Ende ging, gab es kaum einen in der Ortschaft, der nicht für ein paar Minuten hereingeschaut hätte, um Anthony und Mary Carosa die Hand zu schütteln. Die Leute kamen, traten nervös von einem Bein auf das andere, wobei sie krampfhaft vermieden, in Richtung der Wolldecke zu sehen, die man David über die Beine gebreitet hatte. David saß da, in seinem Schaukelstuhl, und tastete nach den Stöcken, die man für ihn auf den Boden gelegt hatte. Wenn die Leute Mitleid mit ihm hatten, so behielten sie ihre Gedanken für sich. Allenfalls ein paar geflüsterte Worte auf dem Nachhauseweg. Irgendwie erwarteten die Leute von Windriver, daß David bei allem Unglück dankbar war, daß er überhaupt noch am Leben war. Er hatte Glück gehabt, daß ihm der Zug nicht den Rumpf in zwei Teile zertrennt hatte. Glück auch, daß Sheriff Harmon wenig später an den Geleisen vorbeiritt. Der Sheriff hatte den Blutenden zu Doc Vance geschafft, und damit war das Schlimmste vermieden worden.

In der Tat empfand David so etwas wie Dank, mit dem Leben davongekommen zu sein. In seinen Gedanken schwang ein Gebet mit, was ihn nicht daran hinderte, von Zeit zu Zeit kräftig zu fluchen.

Im rückwärtigen Teil des Gartens war ein flaches Podium errichtet worden, für die Musiker. Die vier stammten aus dem Ort. Es gab einen Gitarrenspieler und einen Geiger, außerdem einen Mann, der sich auf die Maultrommel verstand, und einen elektrischen Baß. Wer nicht Musik hören wollte, klatschte und tratschte, wie es bei solchen Feiern üblich war. Meist ging es um die Frage, wann Carosa, deren Schwangerenbauch keine Zweifel offenließ, denn nun ihr drittes Kind zur Welt bringen würde.

Jake Harmon war in schwarzer Hose und dunkelblauem Hemd erschienen, mit auf Hochglanz polierten Stiefeln und Krawatte. Er stand hinter einem Tisch, neben dem alten Carosa. Die beiden sprachen nicht, sie lauschten nur dem Geschwätz der anderen Gäste. Schließlich ergriff Carosa den Sheriff am Arm und führte ihn ins Haus, in die Küche.

Der Raum erstrahlte in blendendem Weiß. Es war eine große, geräumige Küche. In der Mitte stand ein ovaler Metzgertisch. Jake stand abwartend da und sah dem Friseur zu, der einen großen Schrank geöffnet hatte, in dessen Tiefen er jetzt herumwühlte. Er war ein Mann von stattlicher Gestalt, ein Italiener. Nach einer Weile brachte er eine Flasche Wein zum Vorschein. Er sah Jake Harmon an, die Flasche auf die Brust gepreßt. Jake fielen die kräftigen Hände auf. Sie hielten die Flasche wie eine Reliquie.

»Ich habe die Flasche seit drei Jahren für diese Gelegenheit aufbewahrt.« Er entkorkte sie und füllte zwei Gläser bis zum Rand. »Die anderen sind ja schon auf ihre Kosten gekommen. Jetzt sind wir beiden dran. Auf Ihr Wohl, Sheriff.«

Jake nahm sein Glas entgegen. Er starrte zur Decke. Schließlich senkte er den Blick. »Er hat die Beine verloren, so oder so.«

Carosa räusperte sich. »Aber wenn Sie nicht gekommen wären, wäre er gar nicht mehr am Leben. Er wird wieder gehen lernen. Außerdem hat es David sehr geholfen, daß Sie ihm so oft geschrieben haben.« Er grinste und kratzte sich das dichte, schwarze Haar. »Sie haben vielleicht gedacht, ich wüßte das nicht. Sie haben sicher gemeint... na ja, ist ja auch egal. Jedenfalls hat er sich sehr über Ihre Briefe gefreut, Jake. Was heißt *er*, wir alle! Auf Ihr Wohl.«

Er leerte sein Glas, und auch Harmon trank aus. Er nickte, als Carosa ihm nachschenken wollte.

Wieder tranken sie, und dann stellte der Friseur die Flasche in den Schrank zurück. »Ich habe gehört, Billyboy hat Aaron Sweetwater heute eine blaue Bohne verpaßt.«

Jake nickte. Er hatte sich das Kinn mit einem Taschentuch abgetupft. »Wie schnell sowas die Runde macht«, wunderte er sich.

»Ich hab's von Perkins selbst erfahren. Der Idiot war noch ganz stolz darauf.«

Jake schüttelte mißbilligend den Kopf. »Ist er wirklich ganz allein in die Stadt gekommen? Sind Sie sicher, er hat Gloria nicht irgendwo in seinem Wagen versteckt?«

Carosas merkwürdig hohes Lachen füllte den Raum. »Was mich angeht, Jake, ich verstehe wirklich nicht, warum er Gloria geheiratet hat. Die hat ihm doch nur Sorgen gemacht, von dem Augenblick an, als sie den Fuß vor die Kirche setzten. Das Problem ist, diese Frau ist verdammt nochmal zu hübsch für so einen kleinen Ort.«

»Tony, eine Frau ist nie zu hübsch, das ist ein Naturgesetz.« Er stellte sein Glas auf die Anrichte und seufzte. »Sweetwater hat mich wegen der Sache angerufen. Ich hab' ihm gesagt, er ist ein Dummkopf, wenn er sich auf Billyboys Land wagt, Abkürzung hin, Abkürzung her. Er hat sich dann nicht weiter aufgeregt. Hat nur gesagt, ich müßte Bescheid wissen, daß Billy wieder herumballert. Ich will Ihnen was sagen, Tony. Die Indianer tun gut daran, wenn sie sich etwas in acht nehmen, sonst wacht einer von denen mal morgens auf und ist mausetot.«

Carosa nickte. Er fuhr sich mit den Nägeln über den dichtbehaarten Handrücken. »Gewissen Leuten wäre es ganz recht, wenn sowas passierte.«

»Da sagen Sie mir nichts Neues«, kommentierte Jake voller Bitterkeit.

»Ich habe allerdings auch sagen gehört, daß mit Sweetwater nicht gut Kirschen essen ist.«

»Yeah«, sagte Jake. Er öffnete die Tür nach draußen und ließ seinem Freund den Vortritt. »Die Leute sprechen über ihn, und sie sprechen über Gloria. Was soll man davon halten?«

Sie verharrten auf der Schwelle und warteten, bis sich ihre Augen an das Dunkel gewöhnt hatten. Die Musik und das Stimmengewirr der Gäste wehten herüber. Es war angenehm zu hören.

»Carole ist nicht gekommen«, stellte Jake fest. »Hat wohl anderweitig eine Verabredung.«

Carosa kratzte sich den Bauch. »So kann man's auch sagen.«

Es war Jake nicht verborgen geblieben, daß die Bemerkung dem anderen unangenehm war. »He, Tony, wenn Sie mich für verrückt halten, dann täuschen Sie sich gewaltig.«

»So war's nicht gemeint. Es ist nur, Ihre Ellie ging doch früher immer auf die MacKenzie-Ranch, Sie erinnern sich sicher. Jetzt geht statt dessen meine Carole und liest der alten Frau vor. Ich hab' ein schlechtes Gefühl bei der Sache. Als ob wir Ellie an den Karren gefahren wären.«

Jake schüttelte lebhaft den Kopf. »Sagen Sie doch nicht solch einen Unsinn. Ellie hat mit ihrem Studium noch und noch zu tun, sie hätte gar nicht die Zeit, weiter auf die Ranch zu gehen. Ich freue mich, daß Mrs. MacKenzie jemanden gefunden hat, mit dem sie sich ebenso gut versteht. Carole ist ein braves Mädchen.«

»Yeah«, sagte Carosa. »Meistens.«

Jake ging nicht ein auf die Anspielung. Letzten Sommer war Carole von Hochwürden Thornton von der Kanzel herab gerügt worden. Jake mochte den Pfarrer nicht, und außerdem vermutete er, daß es mit der Sache, auf die Carosa anspielte, eine ganz andere Bewandtnis hatte, als die Leute meinten. Er hatte das Thema im Gespräch mit Carosa immer gemieden.

Lautes, schrilles Lachen war zu hören. Jakes Blick wanderte zu den Mädchen, die sich um Davids Schaukelstuhl scharten. Er stieß seinem Freund den Ellenbogen in die Seite. »Mit den Mädchen kann er's immer noch gut, auch wenn er's jetzt im Sitzen machen muß.«

»Dann kann ich Ihnen nur raten, passen Sie gut auf Ihre Tochter auf, Sheriff.« Carosa grinste über das ganze Gesicht. »Ehe wir uns versehen, sind wir Verwandte.«

»Nichts da«, sagte Jake. Er war ernst geblieben. »Ellie hat ein Stipendium, und wenn sie einigermaßen ihre fünf Sinne beisammen hat, dann geht sie im Herbst aufs College. Wenn sie erst einmal ihre Prüfung hat, kann sie soviel Kinder in die Welt setzen, wie sie Lust hat. Aber erst dann.«

Carosa wollte etwas antworten, aber dann sah er seine Frau, die ihm ungeduldig zuwinkte. Er zuckte resigniert die Schulter, klopfte Jake auf den Rücken und eilte zu ihr. Jake blieb zurück, sein Blick irrte über die Gäste. Schließlich fand er seine Tochter. Sie war in ein Gespräch mit einem jungen Mann vertieft. Er sah ihr trauriges, stolzes Lächeln, das ihn an seine Frau erinnerte. Die Tochter glich der Mutter, was den Charakter anbetraf. Äußerlich waren die beiden grundverschieden. Seine Tochter hatte kastanienbraunes Haar und Sommersprossen. Die Augen standen nahe beieinander, die Lippen waren dünn und blaß. Die einzige Ähnlichkeit zum Vater bestand in der Nase. Wenn sie erst einmal zur Frau herangewachsen war, würde sie als Schönheit gelten. Wie ihre Mutter, die dann an einer Lungenentzündung gestorben war.

Sie lachte, und Jake erinnerte sich an den Tag, als seine Tochter ihm anvertraut hatte, sie wünsche sich große Brüste und eine Figur wie Carole Carosa.

Wieder das Lächeln, stolz und traurig.

Mein Baby wird erwachsen, dachte er voller Melancholie.

2

Ellie hatte bemerkt, wie ihr Vater sie anstarrte. Brüsk wandte sie sich ab. Wenn er sie doch nur in Ruhe lassen würde, wenigstens heute abend. Schließlich war sie fast achtzehn. Sie war eine angehende Collegeschülerin. Jedenfalls brauchte sie niemanden mehr, der auf sie aufpaßte. Sie nahm sich vor, mit ihm ein ernstes Wort zu reden. Es war nicht gut für ihre Freundschaften, wenn sie sich auf Schritt und Tritt beobachtet fühlte. Als sie sich umwandte, war ihr Vater verschwunden.

Sie musterte Harry Felsom, der neben ihr stand und im Schutz der Dunkelheit nach ihrer Hand tastete. Ein großgewachsener, junger Mann mit Sommersprossen und widerspenstigen roten Haaren. Harry war ganz anders als seine beiden Brüder, die als Stellvertreter des Sheriffs ihrem Vater unterstellt waren. Für Ellie war er der interessanteste Mann des Abends. Sein erstaunter Gesichtsausdruck gefiel ihr, er gab sich jünger, als er war.

»Gehen wir«, sagte er. »Ich find's langweilig.«

Sie sah ihm in die Augen. »Ich habe nicht vor, mit dir noch irgendwo hinzugehen, Harry Felsom.« Sie verbarg ihr Lächeln hinter der Hand. »Aber du kannst mich nach Hause bringen, wenn du magst.« Sie brachte die Fingerspitzen an die Schläfen und strich sich das Haar aus der Stirn. Sie drehte sich zur Seite, damit er ihr aristokratisches Profil zu sehen bekam.

»Komm doch, El.«

»Ich sagte, du kannst mich nach Hause bringen, Harry.«

Die kleine Band beendete ihr Stück mit einer Dissonanz. Applaus brandete auf.

»Wann?« fragte er ungeduldig.

Sie verkniff sich das Lachen. »Jetzt«, sagte sie. »Ich muß morgen früh aufstehen. Nach der Kirche habe ich noch eine englische Hausarbeit zu machen. Ich muß mich auf das Examen vorbereiten. Wir können natürlich auch warten, bis deine Brüder kommen, die werden mich sicher gern heimbegleiten.«

»Ellie«, sagte er in flehentlichem Tonfall. Einmal mehr wünschte sie sich, er gäbe sich mutiger. Sie freute sich auf die Jungen, die sie auf der Uni kennenlernen würde.

Als er nach ihrer Hand griff, stieß sie ihn fort. Sie bedeutete ihm, den Sweater zu holen, den sie im Haus gelassen hatte. Ihr Vater stand neben ihr, als Harry Felsom zurückkehrte.

»Keine Umwege«, sagte Jake Harmon. Er unterstrich seine Anweisung, indem er seine Tochter spielerisch in den Rücken kniff. »Hast du mich verstanden?«

Sie nickte, griff nach Harrys Hand und zog ihn fort, bevor der junge Mann etwas sagen konnte. Sekunden später waren sie auf dem Valley Pike, der Hauptstraße der kleinen Ortschaft. Schweigend gingen sie nebeneinander her.

Ellie mochte die Straße nicht, wenn es so dunkel war wie jetzt. Die Schaufenster der Geschäfte waren große, schwarze Löcher, und sogar die Neonschrift über Carosas Bar war erloschen. Es gab keine Autos auf der Fahrbahn. Es gab keine Fußgänger. Das Echo ihrer Schritte klang durch die Nacht.

Ich bin schon erwachsen, sagte sich Ellie, als die Angst sie beschlich. Irgend etwas war anders als sonst, aber sie weigerte sich, das vor sich selbst zuzugeben.

Allerdings, da war das Echo. Und da war die Schwärze. Es war ein mondloser Abend. Die wenigen Straßenlaternen waren vom üppigen Blattwerk der Bäume verhüllt.

Ellies Blick fiel auf ein Blatt Papier, das auf einem Kanalgitter lag und vom Wind bewegt wurde. In der Ferne heulte ein Hund oder ein Coyote.

Die abendliche Brise war zu einem Wind aufgefrischt. Regen lag in der Luft. Ellie schob sich den Kragen ihres Pullovers hoch. Sie ließ es über sich ergehen, daß Harry mit einer schützenden Geste den Arm um sie legte. Ihre Schritte waren leise geworden, als gingen sie auf Watte. Der Lärm der Feier, der ihnen die Straße entlang gefolgt war, erstarb von einer Sekunde auf die andere.

Sie blieb stehen.

»Was ist?« fragte Harry.

»Ich weiß nicht. Nichts.«

Sie hatte gelogen. Es war etwas, das ihr Angst machte. Es war wie eine kleine dunkle Wolke, die kam und ging.

An der Straßenkreuzung angekommen, wandten sie sich nach links. Sie gingen jetzt langsamer. Zur Rechten war die Backsteinfront des Feuerwehrhauses zu erkennen, die Fassade war von einer blauen Lampe erleuchtet. Zur Linken lag das Rathaus. Jetzt, in der Nacht, wirkte es wie eine riesige weiße Schindel. Dann kamen keine Häuser mehr, bis zu nächsten Straßenecke. Sie überquerten die Straße und gingen auf dem nachtschwarzen Bürgersteig entlang. Zwei Häuser links, zwei Häuser rechts, alle ohne Licht, ohne die vertrauten Laute, die man aus bewohnten Gegenden kannte.

Wieder der Schatten einer Wolke, die über das Pflaster huschte und sich von einem Augenblick zum anderen in Nichts auflöste. Eine Katze, dachte Ellie und wußte, daß sie sich selbst betrog.

Sie hatten die Bank Road überquert. Die Straße wurde schmaler, je näher sie der Brücke kamen. Ellies Blick eilte voraus, sie meinte den Friedhof jenseits des Flusses zu erkennen, und dann war ihr, als sähe sie Gestalten, die sich an den Grabsteinen zu schaffen machten. Sie erschauderte, zugleich schalt sie sich töricht. Das war nicht die Art, wie man als junge Frau an solche Dinge heranging. Mein Gott, es war doch nur ein lächerlich kleiner Friedhof. Ellie konnte sich nicht einmal erinnern, wann die letzte Beerdigung stattgefunden hatte.

Etwas stimmte nicht mit diesem Abend.

Die Straße war zu einem Pfad geworden. Über eine Strecke von fünfzig Metern hinweg gab es beiderseits dichtes Buschwerk. Schon am Tage war dieses Stück schwer zu begehen, weil der Boden lehmig und uneben war. In der Dunkelheit bekam man Platzangst, wenn man diese Stelle passierte. Der Weg lief auf den Fluß zu, wo er in eine Freifläche am Ufer einmündete. Das einzige Gebäude, das Ellie diesseits des Flusses zu erkennen vermochte, war ihr Elternhaus. Es war einst vom Großvater errichtet worden. Warum er das Haus mit dem Rücken zur Ortschaft gebaut hatte, sie hatte das nie verstehen können. Großvater hatte auch einige Bäume um das Haus angepflanzt. Je nach Stimmung gefiel ihr das Anwesen ganz gut. Jetzt zum Beispiel. Das Haus sah richtig gemütlich aus.

Wenn nur dieses unangenehme Gefühl nicht gewesen wäre. Ihr war, als würde sie von einem Unbekannten beobachtet.

»Harry?«

»Ja?«

»Ist... ist alles in Ordnung?«

»Aber sicher. Warum fragst du?«

»Nur so. Vergiß es.«

Sie waren im Gänsemarsch gegangen und hatten das schmale Wegstück hinter sich gebracht, indem sie sich zwischen Büschen und Unkraut hindurchwanden. Jetzt standen sie vor der mannshohen Ligusterhecke, in der zwei Öffnungen für die Eingänge ausgespart waren. Jenseits der Hecke lag das väterliche Grundstück. Das Haus war von wucherndem Gras umgeben. Als sie noch ein kleines Mädchen war, hatte Ellie davon geträumt, sie könnte hinter der Hecke auf ihren Prinzen warten, wie eine Märchenprinzessin.

Oder aber sie hatte sich vorgestellt, sie sei eine Amazone, die ihr Schloß gegen anstürmende Feinde verteidigte. Inzwischen fragte sie sich, was eigentlich so schön daran gewesen war, allein und abgeschieden aufzuwachsen.

»Das wär's dann, *Mr. Felsom*«, sagte sie und zauberte ein Lächeln auf ihre Lippen. Sie war froh, inmitten der unheimlichen Stille ihre Stimme zu hören. »Vielen Dank fürs Nachhausebringen.«

»Das war doch selbstverständlich.« Er betrachtete die dunklen Bäume, die hinter der Hecke aufragten und das Anwesen von der Ortschaft abschirmten. »Hat mir wirklich nichts ausgemacht«, fuhr er fort. »Ist ja nicht, als müßte man hundert Meilen durch die Wildnis gehen.«

»Ich dank' dir jedenfalls.« Sie grinste.

»Schon okay.«

Mein Gott, dachte sie. Ich muß ihm ja hoffentlich keine Zeichnung machen, damit er wieder nach Windriver zurückfindet.

Er ließ den Blick in die Runde schweifen. »Gefällt's dir eigentlich, so einsam zu wohnen?«

»Ich hab' hier alles, was ich brauche. Wir leben schließlich nicht auf dem Mond.«

»Ich weiß. Aber man hat praktisch keine Aussicht von hier. Ich meine, der Ort ist überhaupt nicht zu sehen.«

Sie nickte. Ich darf nicht die Geduld verlieren mit ihm, dachte sie. Auf gewisse Weise ist er ganz nett.

»Mir wär's auf die Dauer ein bißchen unheimlich hier, dir nicht?«

Das hätte er nicht sagen sollen, ging es ihr durch den Kopf. »Manchmal«, gab sie zu.

»Wenn man auf den Fluß schaut, gibt's da überhaupt was zu sehen?«

»Fische«, sagte sie knapp. Sie war das Spiel leid.

»Ach so.«

»Harry, es ist schon spät.« Sie schenkte ihm ihr schönstes Lächeln. Als das nicht wirkte, trat sie auf ihn zu, hob den Kopf und schloß die Augen. Sie verblieb in Wartestellung. Fast wäre sie in Lachen ausgebrochen. »Nun?«

Er brachte ein scheues Lächeln zustande. Dann nahm er sie in die Arme und streichelte ihr über den Rücken. Er wollte etwas sagen, als ein Finger seine Lippen berührte. Er zog das Mädchen an sich und küßte sie, hastig, bevor sie es sich anders überlegen konnte. Er gab ihren Mund frei und versuchte ihr in die Augen zu sehen.

»Du bist wunderschön, Ellie«, flüsterte er.

Sie quittierte das Kompliment mit einem Lächeln. Wie schade, daß ihm nichts Originelleres eingefallen war. Sie wandte sich zur Seite, so daß ihre Brüste seine Hand berührten.

»Ellie...«

Sie küßte ihn, umfing seinen Kopf mit beiden Händen, zog ihn an sich und spürte, wie seine Hand sich um die Rundung ihres Busens schloß. Sie hörte, wie sein Atem sich beschleunigte. Seine Finger fühlten sich heiß an. Wie schön wäre es, wenn ich noch mehr Busen bekomme, bevor das College beginnt, dachte sie. Ein Knopf ihrer Bluse hatte sich geöffnet, dann der nächste. Sie spürte die kühle Abendluft auf der nackten Haut, es war ein erregendes Gefühl. Er hatte die restlichen Knöpfe geöffnet. Sie empfand einen angenehmen Kitzel, als seine Hand über die Muskeln ihres Bauches strich.

Er stand an sie gelehnt. Er war in die Knie gegangen. Ellie fühlte sich zu Boden gezogen.

Sie wandte den Kopf, er gab ihren Mund frei. »Harry«, flüsterte sie. Ihre Hand lag an seinem Schenkel, und sie spürte die Hitze, die von ihm ausging.

»Bitte, Ellie!«

»Nein«, sagte sie. Aber sie tat nichts, als seine Hand unter ihren Büstenhalter kroch. »Ich meine, ja, aber nicht hier.«

Er zog ihr die Bluse aus den Jeans und ließ die Finger seiner Rechten mit liebkosender Geste über ihr Rückgrat wandern.

»Laß uns reingehen«, sagte sie leise. »Auf die Veranda.« Sie wußte, daß sie ihm keinen Widerstand mehr leisten würde, und dachte mit Schaudern an den steinigen, kalten Boden, auf dem sie liegen würden, wenn er sie hier nahm, auf dem Weg. »Bitte, gehen wir auf die Veranda.« Sie fühlte, wie er mit sich kämpfte. Schließlich nickte er. Aber er behielt die Hand auf ihrer Brust.

Verdammt, dachte sie, als ihr die Knie weich wurden.

»Was ist denn?« entfuhr es ihr, als er sie mit einem Ruck freigab und in die Runde spähte.

Es klang härter, als sie beabsichtigt hatte.

»Nichts«, sagte Harry. Er sah sie an und fuhr sich mit der Zunge über die Lippen. »Ich dachte, ich hätte was gehört. Irgendwas Merkwürdiges, verstehst du?«

»Du siehst Gespenster.«

»War vermutlich eine Eule.«

Mein Gott, dachte sie. Ich bin hoffentlich nicht die erste Frau, mit der er schläft.

»Eine Eule«, wiederholte er, wie um sich Mut zu machen.

»Oder mein Vater«, sagte sie. »Wahrscheinlich steht er hinter den Büschen und schaut, ob du über mich herfällst.«

Er hatte sich brüsk von ihr abgewandt, und sie faßte nach seinem Arm, drängte sich nach der Liebkosung seiner Hände. Er runzelte die Stirn. Ein besorgter, fast finsterer Ausdruck war in sein Gesicht getreten. Er schob ihren Arm beiseite. Verwundert und verärgert nahm sie wahr, wie er in die Finsternis starrte.

»Wenn da überhaupt etwas ist, dann eine Katze«, sagte sie. »Ist nicht das erstemal, daß eine Katze hinter mir herläuft, wenn ich nach Hause gehe.«

»Ich weiß nicht, Ellie«, sagte er. »Ich könnte schwören, daß...« Er ließ den Satz unvollendet.

Wieder überkam das Mädchen jenes Gefühl, das sie zum ersten Mal beim Verlassen des Festes verspürt hatte.

»Harry.« Voller Angst zog sie die Bluse über ihre Brüste.

Dann war das Geräusch zu hören, ganz klar. Noch bevor sie es vernahm, durchzuckte sie die Gewißheit, daß sie das Geräusch schon einmal gehört hatte. Aber ihr blieb keine Zeit, um der Erinnerung einen Namen zu geben.

Überhaupt keine Zeit.

Sie empfing einen mit großer Gewalt geführten Schlag auf die Schultern, der sie kopfüber auf den steinigen Grund fallen ließ. Instinktiv versuchte sie, den Fall mit den Händen abzubremsen. Es war zu spät. Sie schlug mit dem Kopf auf einen der Feldsteine auf, die aus dem Boden ragten. Bewußtlosigkeit umfing sie.

Ein erstickter Schrei war ihren Lippen entflohen, und der Schrei loderte wie eine Flamme.

Das Wesen war Feuer, und sein Odem brachte den Tod.

Sie wußte nicht, wie lange sie bewußtlos gewesen war. Als sie aufwachte, durchzuckte ein höllischer Schmerz ihre Wirbelsäule. Es gelang ihr, sich auf Hände und Knie zu stützen und halbwegs aufzurichten. Benommen versuchte sie zu erfassen, was geschehen war. Es sind die Jungen, dachte sie. Jeder glaubt, er hat ein Recht auf mich. Jeder stellt mir nach, als ob ich ein Beutetier wäre.

Auf der Veranda des Hauses brannte das Licht. Der Schein war trüb, aber doch genügend hell, um das Blut zu erkennen, das über den Feldstein rann. Sie hob die Hände und betrachtete die bluttriefenden Finger. »Harry?«

Sie mußte schlucken. Ihre Kehle war trocken, ihre Zunge fühlte sich wie ein Stück ausgedörrtes Leder an. »Harry?«

Sie beugte sich zurück und stützte die Hände auf die Oberschenkel. Der Schmerz war scharf wie ein Messer.

»Harry, hilf mir bitte. Ich bin verletzt, Harry. O mein Gott, ich blute ja. Mein Kopf…« Sie kniff die Augen zusammen, öffnete sie wieder und grinste, als das Haus wieder klare Umrisse annahm. Das Licht war nichts als ein gelber Fleck, der an ihren Knien hochkroch, aber wenigstens wußte sie jetzt, wo sie war. Links war der Fluß. Rechts die Bäume, die den Garten begrenzten. Harry…

Sie sah ihn, und der Schrei blieb ihr in der Kehle stecken.

Er lag fünf Schritte von ihr entfernt, auf dem Rücken. Klarer, als es ihr lieb war, konnte sie das Rinnsal schwarzen Blutes erkennen, das aus den Wunden an Hals und Brust floß, und das Wesen, das auf ihm hockte und ihm die Fleischfetzen aus dem Gesicht riß.

Das Wesen fraß, drehte sich auf seiner Beute, starrte sie an, stumm und kalt wie der Nachtwind. Sie begann zu schreien, rollte sich zur Seite, begann zu laufen, die Arme an den Kopf gepreßt. Sie hastete durch das Dunkel, geriet ins Stolpern, warf sich zur Seite, als sie das Wesen nahen spürte. Sie kam mit der rechten Schulter im morastigen Boden auf, wimmerte vor Schmerz, zwang sich wieder aufzustehen und weiterzurennen. Sie spürte das Murmeln des Flusses hinter sich, das Rascheln der Blätter in den Bäumen. Sie stolperte weiter, die Wangen lehmverschmiert, tränenüberströmt. Sie hatte fast die Hecke erreicht, als sie der Zwang überkam, zurückzuschauen.

Kaum, daß sie Harry erblickt hatte, schloß sie die Augen. Sie konnte keinen Gedanken mehr fassen. Ihre Lippen zitterten. An ihren Augenbrauen klebten blutige Grashalme.

Sie wußte, daß es sie umkreiste. Sie lief weiter, in immer engeren Runden, bei jedem Schritt nach hinten spähend. Das Blut floß ihr über die Stirn, es hatte das Kinn erreicht.

Das Wesen stapfte um sie herum und wartete, bis ihre Angst unermeßlich wurde. Die Hecke wich von ihr zurück, das trübe Licht auf der Veranda kippte zur Seite. Ellie schüttelte den Kopf, versuchte Oberhand zu gewinnen über die Benommenheit, die an ihr hochkroch. Ihre Schreie wurden zum Gebet, ihr Blut zum Opfer.

Und das Wesen nahm ihr Opfer an. Es löste sich aus den Schatten der Bäume und schwebte auf sie zu. Sie warf sich nach vorn. Es war ihr jetzt egal, wohin sie rannte. Vor ihr war samtenes Schwarz. Sie spürte, wie sich etwas in ihren Rücken grub, wie ihr das Fleisch aus den Knochen gelöst wurde. Ihre Arme drehten sich wie Windmühlenflügel, als sie das Gleichgewicht verlor und zusammenbrach. In lautlosem Fall tauchte ihr Körper in die Fluten des Windriver ein.

ERSTER TEIL

Die Rückkehr

Erstes Kapitel

1

Daheim, daheim. Es gab einen Kinderreim, der mit den Silben »jiggedy-jig« endete, aber Jason Clarke brachte den Vers nicht mehr ganz zusammen. Er mußte lächeln, als er sich bei dem Gedanken an die Kindheit ertappte, und dann war das Lächeln fort, Traurigkeit hatte seinen Platz eingenommen. Daheim, daheim. Nun, das stimmte nicht ganz, wenn man ehrlich sein wollte. Er hatte in Windriver nur sechs Jahre seines Lebens verbracht, und das vor zwei Jahrzehnten, als seine Familie in der Gegend noch willkommen war. Die letzten drei Jahre hatte Jason Clarke im Bett verbracht, jeden gottverdammten Tag dieser drei Jahre. Schuld war die Addison-Krankheit, an der er litt. Drei Jahre Medikamente, Behandlung, Gebete. Seine Gebete waren nicht erhört worden. Sein Vater kämpfte um das Überleben der Ranch, seine Mutter kämpfte um das, was von der Familie übriggeblieben war. Vor drei Jahren war Peter Clarke bei einem Autounfall ums Leben gekommen. Alkohol am Steuer. Seine Witwe hatte alles verkauft und war an die Ostküste geflüchtet.

Jetzt, wo er wieder daheim war, spürte er Enttäuschung über die Vergangenheit. Was blieb, waren trübe Erinnerungen, Melancholie. Es war nicht der Anblick der Berge noch die Weite des Tales, und es war auch nicht der Fluß, in dessen Wasser sich das Sonnenlicht brach. Es war vor allem die Farbe der Landschaft, die ihn in ungläubiges Staunen versetzte. Ihm war, als hätte er in den vergangenen Jahren mit einem Schleier vor den Augen gelebt. In der Welt, die jetzt vor ihm lag, schien es keinen Nebel zu geben, keinen Schmutz, keinen Rost.

Weit war das Tal, so weit, daß die Zähne der Bergkette, die den kobaltblauen Himmel benagten, kaum noch zu erkennen waren. Je länger die Fahrt dauerte, um so mehr schien das Tal in die Breite zu gehen. Der Blick fiel auf das satte Grün des Grases, auf die Flecken von Gold und Braun, die in das Weideland eingestreut waren, auf die Maispflanzungen.

Jason Clarke war überwältigt. Etwas wie Schwindel oder Wehmut zwang ihn, sich zurückzulehnen und die Farben, die auf ihn einströmten, in eine schwarze Ferne zu verbannen. Der Gedanke an New York und an Boston kehrte zurück. Wenn man dort war, hatte man Angst vor den Häuserschluchten, die über einem in den Himmel strebten. Wie konnten solche Häuser auch nur einer Taube angst machen?

Die Erinnerung an die Namen kam wieder. Simon MacKenzie, Ted Waters, Doc Vance, Jake Harmon. Er war sich nicht mehr sicher, ob die Namen in der fernen Vergangenheit eine Rolle gespielt hatten, oder ob sie in jenen Briefen gestanden hatten, die ihn schließlich in die Heimat zurückführten. Stan Kelly, Steve Felsom... hatte er als Junge mit den beiden gespielt? Oder waren das Geister, die ein Kind sich ausdachte, weil es ihm an Spielgefährten fehlte?

Egal, dachte er. Auch wenn ich Erinnerungen an die Gegend habe – für die Leute, die hier wohnen, werde ich wie ein Fremder sein.

2

Er saß in einem Lieferwagen, der für die Fahrt mit drei provisorischen Lederbänken ausgestattet worden war. Der Wagen hatte Fort Washakie, eine Ansiedlung im Wind River Reservat, an jenem Morgen um 10 Uhr 35 verlassen und war auf dreißig Meilen dem Fluß gefolgt, nach dem man den Ort benannt hatte. Nach zwei Stunden Fahrt war der Fahrer recht unvermittelt in ein Seitental, eine Schlucht, eingebogen. Die Straße war schmal geworden, sie erinnerte Jake an ein nervöses Kind, das um einen gestrengen Großvater herumlief, um einen alten Mann, den nichts mehr aus der Ruhe zu bringen vermochte. Eine Stunde lang ging die Fahrt bergan, durch felsige Höhen. Nach einer scharfen Kurve wurde die Straße wieder breiter, das Tal weitete sich. In einiger Entfernung duckten sich Baumgruppen an die steilen Hänge. Der höchste Punkt schien überschritten, und der Busfahrer begann in den Gängen zu rühren, um das Fahrzeug wieder auf volle Fahrt zu bringen.

Es ging jetzt bergab, und Jake sah im Halbschlaf zum Fenster hinaus, als ein Reiter, ein Junge noch, aus dem Gebüsch hervorsprang. Anstatt zur Böschung hin auszuweichen, hielt der Fahrer auf das

Pferd zu und erwischte es beinahe an den Hinterbeinen. Jake hörte, wie er fluchte, und dann sah er, wie der Mann das Gaspedal durchtrat.

Jason war nahe daran, in Tränen auszubrechen. Der Mann hatte versucht, das Pferd und den Jungen über den Haufen zu fahren, daran schien es kaum einen Zweifel zu geben. Aber die Fahrt ging weiter, und Jason legte die Hand auf das Herz und lauschte dem Rauschen seines Blutes. Wieder fluchte der Fahrer. Jason sah auf. Seit sie das Reservat verlassen hatten, hatte der Mann schweigend hinter dem Steuer gesessen. Jason hatte das zunächst einmal auf die Scheu zurückgeführt, die jedermann vor Fremden hatte. Jedenfalls konnte man dem Fahrer keinen Vorwurf machen, wenn er sich nicht mit seinen Fahrgästen unterhielt. Jason Clarke war der einzige Passagier. Wenn er nicht gewesen wäre, hätte der Mann den lieben langen Tag in seinem Büro verbringen können. Er hätte aus der Flasche trinken können, die er bei Jasons Ankunft unter der von krabbelnden Fliegen bedeckten Theke versteckt hatte. Es gab offensichtlich wenig Besucher, die bis Windriver vordrangen, und wer kam, brachte den eigenen Wagen mit.

Jason sah dem Jungen nach, der mit seinem Pferd über das Feld davongaloppierte. Es war ein dunkelhäutiger Junge mit schwarzem Haar. Wahrscheinlich ein Indianer, dachte er, und dann fiel ihm ein, was er in einem der letzten Briefe gelesen hatte. Er würde sich später die Frage vorlegen, ob dieser Junge nicht mitschuldig war an den Problemen, mit denen er zu tun bekam. Vielleicht wäre es besser gewesen, wenn der Fahrer den Burschen richtig erwischt hätte.

Er beugte sich nach vorn und stützte die verschränkten Ellenbogen auf die Stahlblende zwischen Ladefläche und Fahrersitz. »Entschuldigen Sie.« Er räusperte sich, bis seine Kehle frei war. Der Fahrer – er trug einen verbeulten, fleckigen Cowboyhut – grunzte nur. »Der Ort«, sagte Jason. »Wie weit ist es noch?«

»Dauert noch etwas«, sagte der Mann, ohne den Blick von der Fahrbahn zu nehmen. »Der Ort liegt ganz in der Mitte.«

»Aha.« Jason warf einen Blick auf seine Uhr. Es war fast Viertel vor zwei.

Dann schaute er nach vorn. Die Spitzen einiger Dächer waren in der Ferne auszumachen. Ein Gefühl der Befriedigung überkam ihn, und die Sache beschäftigte ihn so sehr, daß er fast das Straßenschild Elkhorn Road übersehen hätte. Er blinzelte und ließ die beiden Worte in sein Gedächtnis einsickern. An das Haus hatte er keine Erinnerung bewahrt, auch nicht an den Baum. Er wußte nur, daß die Sache in einem Haus passiert war, vor dem ein Baum stand. Peter Clarke, sein Vater, war betrunken gewesen an jenem Abend. Er hatte sich mit vier Mann auf einmal angelegt. Er hatte die vier beinahe umgebracht.

»Sie kommen von der Ostküste, wie?« sagte der Fahrer, den Blick auf das Band der Straße gerichtet.

Jason nickte. Sein Instinkt sagte ihm, daß er diesen Mann belügen konnte. »Aus New Jersey.«

»Yeah«, sagte der Mann. Er sah nach rechts, nach links, und dann lehnte er sich in seinem Sitz zurück.

Es gab einen Berg, der Jason auffiel. Der Berg war dunkler als die anderen, obwohl er von der Nachmittagssonne beschienen wurde. Bewuchs war nicht zu entdecken, und auch sonst nichts, womit man den Helligkeitsunterschied hätte erklären können. Aus Briefen und Träumen wußte Jason, daß es sich um Kramer's Mountain handeln mußte. Der Berg bezeichnete die Grenze der großen MacKenzie-Ranch. Als Jason noch gehen konnte, hatte sein Vater ihn einmal dorthin mitgenommen. Es war ungewöhnlich kühl gewesen, und er hatte sich gefragt, ob die MacKenzies wohl je ihren Berg im Dunkeln angesehen hatten. Später hatte er sich gefragt, warum ihn die MacKenzies und ihr dunkler Berg überhaupt interessierten.

Der Fahrer hustete. »Verwandte hier?«

Jason lehnte sich nach vorn. Es gelang ihm, die Erinnerung an den Berg zurücktreten zu lassen. Ich bin schwach geworden, dachte er. So schwach, daß mich der Gedanke an einen Berg erschaudern läßt.

»Ob Sie Verwandte hier haben.«

»Nur einen Freund.« Es war keine Lüge, aber es war nicht die ganze Wahrheit.

Eine Meile Landschaft glitt vorbei.

»Hat Ihr Freund auch einen Namen?«

»Hat er.«

Pause.

»Ich will Ihnen mal was sagen.« Der Fahrer hatte sich ihm für einen Augenblick zugewandt. »Ich kann Sie nicht zu Ihrem Freund bringen, wenn Sie mir nicht sagen, wer es ist. Ich kann nämlich nicht Gedanken lesen, wissen Sie.«

»Tut mir leid«, sagte Jason. »Marsh. Galen Marsh.«

»Was Sie nicht sagen.« Die Überraschung in seiner Stimme war echt. »Haben Sie vor, für Marsh zu arbeiten?«

Er hätte ihm beinahe ins Gesicht gelacht. Erst war der Mann mißtrauisch gewesen, und jetzt war er die Neugier in Person. »Nein«, sagte er. »Oder sagen wir: ja und nein.« Er lachte, als er sah, wie der Fahrer den Kopf schüttelte. »Ich meine, ich werde für ihn arbeiten, aber nicht für dauernd.«

»Ich verstehe. Eine Art Ferienjob.«

»Richtig.«

»Im April?«

»Mein Boß ist sehr flexibel«, sagte er, und dann erschrak er sich ganz fürchterlich, als das Warnsignal eines Zuges an sein Ohr drang. Ein Frachtzug, gezogen von einer Diesellokomotive, donnerte vorbei. Er hatte die Geleise nicht bemerkt, weil sie von hohem Gras überwuchert waren. Das Signalhorn, fand Jason, klang viel zu laut, zu aggressiv. Und auch mit dem Zug stimmte etwas nicht. Eigentlich hätte es eine Dampflokomotive sein müssen, mit einem rotlackierten Kuhfanggitter davor, mit glühenden Funken, die aus der Feuerung stoben, und zwölfeckigen Waggons hinten dran, und ganz zum Schluß hatte ein Bremswagen zu laufen, von dem die Farbe abblätterte. So hätte es sein müssen, aber irgend etwas stimmte nicht mit der Zeit. Nicht einmal an diesem Ort.

Wie viele Nächte hatte er in seinem Bett gelegen und an die Decke gestarrt. Er hatte dem Rollen der Züge gelauscht, die in alle möglichen Richtungen fuhren, bloß nicht hierher.

Er seufzte und rieb sich über die Augen. Wenige Minuten später passierten sie das erste Haus der Ortschaft, und dann fuhren sie über die Hauptstraße, unter einem Dach grüner Bäume.

»Marsh, sagten Sie?« Der Fahrer schob sich die Manschette zurück und las die Uhrzeit vom schwarzen Rund seiner Digitaluhr ab. »Der müßte um diese Zeit in seinem Büro sein. Ich werde Sie dort absetzen.«

Jason war darauf gefaßt gewesen, die wohlbekannten Dächer zu sehen. Trotzdem traf ihn der Übergang von der offenen Landschaft zum Ort wie ein Schock. Plötzlich war da eine Kreuzung. »Das ist die Valley Ford Road«, murmelte der Fahrer, und dann kamen die Häuser, die allesamt aussahen wie Häuser, die sich ein Künstler für eine Ansichtskarte ausgedacht hatte. Den Erklärungen des Fahrers gemäß war das Tal geformt wie eine Mistgabel mit vier Zinken. Wo die vier Zinken zusammenliefen, begann der Highway. So weit Jason sehen konnte, waren alle Häuser mit weißer Farbe angepinselt worden, sowohl jene im Ranch-Stil als auch die Häuser im New Hampshire-Kolonialstil. Die Bäume in den Vorgärten und auf den

Grundstücken waren groß, weit ausladend, mit mächtigen, gutgewachsenen Kronen, der Rasen und die Blumenbeete gepflegt. Die Bürgersteige waren bemerkenswert sauber. Es gab kein Willkommensschild, wie es die meisten anderen Ortschaften an der Stadtgrenze aufstellten, kein Hinweisschild, wo genau der Ort anfing und wo er aufhörte, es gab keinen schriftlichen Hinweis auf die Einwohnerzahl und keine Angaben über die Clubs des Ortes und wann sich die Mitglieder dieser Clubs trafen. Es gab Häuser, und Jason sah ein paar Frauen auf den Veranden dieser Häuser, auch ein paar Kettenhunde und ein paar Kinder, die hinter Vögeln oder Gespenstern herjagten oder sich in Schaukeln aus Autoreifen vergnügten. Sie hatten fünf Häuserblocks hinter sich gebracht, als Jason entschied, daß Windriver nun etwa neunhundert Einwohner haben mußte, nicht gerechnet die Leute, die außerhalb der Ortschaft auf den Ranches wohnten. Immer noch hatte er keine Bürohäuser, keine Fabrik, keine Werkstätten gesehen. Es schien keine größeren Firmen in diesem Ort zu geben.

»Von was leben die Leute?« fragte er und kratzte sich die Haarbüschel an den Jochbögen. Er fuhr zusammen, als der Fahrer antwortete. Ihm war nicht bewußt gewesen, daß er seine Gedanken ausgesprochen hatte.

»Die meisten arbeiten in kleinen Stellungen am Ort. Ein paar auch im Reservat, in Blairs und in der Bonbonfabrik am andern Ende des Ortes.«

»Und die Indianer?«

»Die kommen so zurecht.« Die Antwort kam wie Granit, der mit Säure überschüttet worden war.

Jason beschloß, die Sache auf sich beruhen zu lassen. Er wurde allerdings das Gefühl nicht los, daß der Fahrer, wäre er ohne Zeugen gewesen, den Indianerjungen ins Jenseits befördert hätte.

»Kommen viele Touristen hierher?« fragte er.

Zum ersten Mal seit der Abfahrt aus Washakie grinste der Fahrer. »Einige schon, würde ich sagen. Meist Jäger, und dann auch Leute, die was ganz Abgelegenes suchen, wo sie ihr Geld ausgeben können. Es gibt zwar keine Motels hier, aber Pensionen und so. Nach Westen raus gibt's ein paar Ranches, wo die Gäste reiten können, die haben ganz gut zu tun im Sommer.«

Jason brachte ein höfliches Nicken zustande, und dann wandte er seine Aufmerksamkeit dem Geschäftsviertel zu, das sie gerade durchquerten. Es gab ein Geschäft von jeder Branche. Keine Duplikate. Und, wie Jason mit einem Blick aus den Augenwinkeln feststellte, keine Verkehrsampeln.

Der Fahrer bog nach rechts und brachte den Wagen vor einem Lebensmittelgeschäft mit Selbstbedienung zum Stehen. Es schien das einzige Gebäude im Ort zu sein, das weder eine Ziegel- oder Natursteinfassade noch eine Fassade aus verwittertem Marmor hatte. Vor dem Geschäft war ein Parkplatz, und Jason fiel auf, daß es auf diesem Parkplatz mehr Bäume als Stellplätze gab.

Daheim, daheim, jiggedy-jig, dachte Jason.

3

Das Ticken der abkühlenden Motorhaube war zu hören, aber bevor Jason auch nur Gelegenheit bekam, irgend jemanden zu fragen, wo sich Marshs Büro befand, war der Fahrer auf das Pflaster hinabgesprungen. Ohne seinen einzigen Fahrgast eines Blickes zu würdigen, marschierte er auf das Geschäft zu. Jason stand auf, reckte und streckte sich. Ihm tat nichts weh, aber sich zu recken und zu strekken schien in der gegebenen Situation das Richtige. Er rieb sich den Nacken, und dann schüttelte er die Beine aus, wie man es tat, wenn man der Gefahr eines Wadenkrampfes vorbeugen wollte. Als ihm klar wurde, daß ihm niemand beim Reintragen des Gepäcks behilflich sein würde, zerrte er seine drei Gepäckstücke bis an die Türschwelle und wuchtete sie hinunter aufs Pflaster. Dann stieg er selbst aus. Er stand da und blinzelte in die Nachmittagssonne.

»Theodore Waters, Grocery and Sundries«, murmelte er. Er hatte die Goldschrift auf dem Spiegelglas entziffert. Er trat zurück und entdeckte ein weiteres Schild, das mit zwei Ketten an der äußersten Ecke des Gebäudes angebracht war. T. Waters, Farm Supplies and Feed Station, lautete hier die Inschrift. Es gab einen Pfeil, der vom Gebäude fortzeigte. Hübsche Schilder, T. Waters, dachte er. Er fröstelte. Warum bin ich auch so leicht angezogen, dachte er. Das Klima in Wyoming war etwas, woran man sich erst einmal gewöhnen mußte. Es war Frühling, aber hier kam einem das wie Spätherbst oder Winteranfang vor.

Er wartete auf die Rückkehr des Fahrers, beschattete die Augen mit der Hand, inspizierte beide Richtungen der Straße. Gegenüber gab es eine Gebäudezeile mit drei Geschäften: eine Lunch-Bar, vor der eine Bank mit vier Stapeln Zeitungen stand, ein Kino ohne Reklameschild und, an der rechten Ecke, das etwas nach hinten versetzte Büro des *Windriver Banner*. Er grinste, hielt ein letztes Mal nach dem verschwundenen Fahrer Ausschau, und dann lud er sich, so gut es ging, das Gepäck auf und überquerte die Straße, ohne auf den Verkehr einen Blick zu verschwenden. Es gab keinen Verkehr.

Merkwürdig, dachte er, während er auf das Büro zuging. Mit Ausnahme des Lieferwagens, mit dem er gekommen war, gab es kein einziges Auto, das auf dem Parkplatz parkte.

Wunderschön, dachte er. Da bin ich also endlich in der großen Stadt.

»Ist es wirklich so schlimm hier?«

Er fuhr herum, und weil er in beiden Händen Gepäck trug und das dritte Gepäckstück unter den Arm geklemmt hatte, hätte er beinahe die Balance verloren. Er war der jungen Frau, die hinter ihm stand, fast auf Tuchfühlung nahe gekommen. Sie trat zwei Schritte zurück. Er sah, wie sie ihre Hand vor den Mund legte, damit er ihr Lächeln nicht sah.

»Jetzt weiß ich, daß es nicht so schlimm ist«, sagte sie.

Sie war so groß wie er und fast so alt. Ihr Haar war mehr braun als blond, sie trug es kurz und gewellt. Sie trug eine Brille mit kleinen, schwarzgefaßten Gläsern, ihre Augen waren groß und von einem wunderschönen Blaugrau. Sie hatte eine Stupsnase, Grübchen auf dem Kinn und dichte schwarze Augenbrauen.

Jason war nicht sicher, wie er ihre Bemerkung aufzufassen hatte. Er ließ einen glucksenden Lacher hören.

»Sehe ich wirklich so unglücklich aus?« fragte er.

»Wie ein begossener Pudel.«

Er ertappte sich dabei, wie er ihre vollen, schöngeschwungenen Lippen betrachtete. Ihre Brüste, deren Fülle gegen den karierten Stoff ihres Hemdes drängte. Ihre Hüften, die in enganliegenden Jeans steckten. Vor dem alltäglichen Hintergrund dieser Ortschaft wirkte sie auf peinliche Weise sinnlich, und zugleich sah sie ganz normal, wie das Mädchen von gegenüber, aus. Mein Gott, dachte er, ich bin tot und weiß es nicht.

»Alles unter Kontrolle?« fragte sie. Ihre Stimme war sanft wie Frühlingsluft.

Er nickte, obwohl er etwas durcheinander war. »Das macht die Fahrt«, sagte er. Er deutete mit dem Kinn auf den Lieferwagen. »Mir kommt's vor, ich wäre ewig lang unterwegs gewesen. Und was Sie vorhin sagten, nein, es ist überhaupt nicht schlimm hier. Im Gegenteil. Es ist, wie soll ich sagen, es ist wirklich ... nett.« Wieder lachte er. »Wunderschön.«

»So ist es besser«, sagte sie und streckte ihm ihre Hand entgegen.

Es war eine starke, kühle Hand, und die Finger waren federleicht. Wie sie ihn ansah, das machte ihn dann allerdings wieder etwas unsicher.

»Donna Oldfield«, stellte sie sich vor. Sie deutete auf ein Gebäude aus weißgeschlämmten Ziegeln. »Das ist Doc Vances Praxis, sie gehört Simon MacKenzie, wie vieles in diesem Ort. Dort arbeite ich.«

Er war entschlossen, sich seine Überraschung nicht anmerken zu lassen. »Sie sind Ärztin?«

»Tierärztin. Und Sie?«

»Ich bin hier nur zu Besuch«, sagte er ausweichend. Er deutete auf die andere Straßenseite, wo der Lieferwagen stand. »Ich heiße übrigens Jason Clarke.« Er wartete auf ihre Reaktion. Sie sagte nichts. »Ich nehme an, Sie sind das Willkommenskomitee«, fuhr er fort.

Ihr Lächeln war auf einmal auf des Messers Schneide, eine Reaktion, wie er sie im Spiegel seiner Seele, in den eigenen Träumen, nur zu oft erlebt hatte.

Dann hatte sie ihre Fassung wiedergewonnen. »Ich bin unterwegs zum Lunch«, sagte sie. »Ich will bei Kurt Steed's essen.« Jetzt war ihr Lächeln voll und strahlend. »Es war nur dieses Wort, und dann ist es ja auch meine Schuld, ich war wohl zu neugierig.« Sie machte Anstalten, zur Lunch-Bar hinüberzugehen. Plötzlich blieb sie stehen, als sei ihr etwas eingefallen. »Wissen Sie was? Wenn Galen mir bescheinigt, daß ich gesund bin, dann könnten wir doch ...« Sie hielt inne, ihr Gesicht überzog sich mit Schamröte. Rasch steckte sie die Hände in die Taschen ihrer Jeans. Sie lief fort, ohne sich noch einmal umzusehen.

Er sah ihr erstaunt nach. »Mann!« flüsterte er. Er bückte sich und tastete nach seinem Gepäck. Sein Blick folgte ihr, folgte dem Schwung ihrer Hüften. Er verstand jetzt, wie unsinnig es gewesen war, seine Verwirrung den Anstrengungen der Fahrt anzulasten. Donna Oldfield hatte ihn daran erinnert, daß er schließlich und endlich ein menschliches Wesen war.

Es blieb offen, ob diese Erinnerung notwendig gewesen war. Später, sagte er sich. Ich werde später drüber nachdenken. Er stieß die Tür mit der Schulter auf und trug sein Gepäck ins Haus.

4

Galen Marsh hatte Jason immer an eine Leiche aus einem schlechten Film erinnert. Wahrscheinlich hatte es mit dem Aussehen dieses Mannes zu tun, daß er nie geheiratet hatte. Als er ihn jetzt so in seinem kleinen Büro sitzen sah, wurde ihm klar, daß man Galen nicht unter die Verlierer einreihen konnte. Der Mann war über fünfzig, ohne daß sich in seinen Zügen so etwas wie Nachgiebigkeit bemerkbar machte. Er hatte schmale, abfallende Schultern, dünne Arme und krumme Beine. Die wenigen Haare, die ihm blieben, waren schwarz, er hatte sie quer über seinen rosigen, mit Pigmentflekken übersäten Kahlkopf gekämmt.

Wer Galen Marsh sah, kam zu der Überzeugung, daß Leben nichts mit Alter zu tun hatte.

Jason mußte schmunzeln, als Galen zu sprechen begann. Es war keine Unterhaltung, es war mehr ein Monolog.

»Und dann habe ich dem Hurensohn erst einmal Bescheid gestoßen«, hörte er Galen sagen. »Entweder ihr schafft mir den Typen vom Grundstück, oder ich lege ihn mir ausgestopft vor den Kamin. Ich kann dir sagen, der Bursche ist verschwunden wie ein geölter Blitz.« Er schnippte mit den Fingern. »Ist einfach durch meinen Zaun gesprungen, als wär' der Zaun aus Zahnstochern.«

Jason nickte. Er hielt den Whisky, den Galen ihm eingeschenkt hatte, gegen das Licht und freute sich auf den Frieden, den ihm das Getränk einflößen würde. Er trank aus, verschluckte sich, wischte sich die Tränen aus den Augen und schenkte sich nach. »Davon einmal abgesehen, Mrs. Lincoln«, sagte er, »wie hat Ihnen das Stück gefallen?«

»Was?«

Jason schüttelte den Kopf und grinste. »Nichts. War nur ein schlechter Witz von mir. Du hast übrigens immer noch nicht meine Frage beantwortet. Wie geht es dir, Galen?«

Marsh machte es sich auf seinem Stuhl bequem, er legte die Füße auf den Schreibtisch. Er hielt die Hände hinter dem Kopf verschränkt und starrte an die Decke. Er trug keine Jacke. Das zerknitterte weiße Hemd war offen, die beiden ungleich langen Enden der Krawatte hingen ihm über die Schulter.

Gemeinsam folgten sie mit ihren Blicken einer Fliege, die auf der Gipsdecke entlanglief und, am Rand angekommen, zum Flug in den vorderen Teil des Büros startete. Am Türrahmen hing die klebrige Spirale eines Fliegenfängers. Auf der beschichteten Fläche war keine Fliege zu entdecken.

»Mir geht's gut«, sagte Marsh. Seine Stimme klang, als schüttelte ein Riese Kieselsteine in der hohlen Hand. »Wobei man natürlich definieren muß, was unter gut zu verstehen ist. Physisch bin ich noch so gut in Schuß, wie man es von einem Mann meines Alters erwarten kann. Kein einziges graues Haar. Was den Verstand angeht, bin ich recht wach. Bliebe der emotionale Bereich. Ich habe keinen Kummer, den ich nicht selbst heilen könnte, wenn ich mich wirklich mit der Sache befasse. Ich reite noch aus, hin und wieder. Ich bin nach wie vor in der Lage, eine Frau aufzureißen...«

Jason war klar, daß sein Vetter eine Stunde so weiterreden würde, wenn er ihn ließe, ohne je auf die Dinge zu sprechen zu kommen, die ihn interessierten. »Galen«, unterbrach er ihn, »du siehst vielleicht an meiner Kleidung und an meinem müden Gesicht, daß ich eine lange Reise hinter mir habe. Ich bin wirklich abgespannt. Kannst du mir sagen, was du vorhast, und kannst du mir sagen, wo ich duschen, essen und schlafen kann?«

Marsh senkte den Blick. »Wieviel Zeit hast du mitgebracht?«

Er zuckte die Schultern. »Soviel du brauchst.«

»Du mußt reich sein.«

»Mir geht's ganz ordentlich. Ich habe Geld für die Ferien zurückgelegt, ich habe ja keine Ferien gemacht seit... seit langer Zeit. Als ich deinen ersten Brief bekam, wäre ich am liebsten sofort losgefahren.«

Er wartete auf die Frage. Er erinnerte sich an den alten Mann nur als Gesicht, das ihn durch die geriffelte Wasseroberfläche ansah. Er war Galen dankbar, daß der nicht auf die Veränderungen zu sprechen kam, die mit ihm, Jason, vor sich gegangen waren.

»Dein Chef ist sicher stolz auf dich«, sagte Galen. »Wertvoller Mitarbeiter und so.«

»Es gibt keinen Chef. Ich bin mein eigener Chef.«

Die Augenbrauen des Alten zuckten in die Höhe.

»Ich bin nicht näher an New York herangekommen als bis New Jersey«, erklärte Jason. »Der Job war eigentlich nicht schlecht. Der Herausgeber meiner Zeitung ist einige Male für den Pulitzer-Preis vorgeschlagen worden. Allerdings...« Er zuckte die Schultern. »Ich werd' mir das hier einmal ansehen. Vielleicht kauf' ich dich aus. Kann natürlich auch sein, ich fahre weiter Richtung Westen und kauf' mir 'ne Hütte am Pazifik. Wer, zum Teufel, kann die

Zukunft voraussehen?« Der letzte Satz war etwas bitter herausgekommen. Er prostete Galen zu und leerte sein Glas.

»Ich hab' niemandem gesagt, daß du kommst«, bemerkte Marsh. »Ich hab' auch niemandem gesagt, daß wir miteinander verwandt sind.«

Jason quittierte die Bemerkung mit einem nachdenklichen Nikken. »Und wenn sie's herausfinden?«

»Wen interessiert das schon? Die meisten werden sich überhaupt nicht mehr erinnern. Machst du dir deswegen Sorgen?«

»Eigentlich nicht.« Er grinste verlegen. »Oder, wenn ich ehrlich sein soll, schon etwas. Ich hab' ein bißchen Angst. Mein Vater hat ja nicht gerade einen guten Eindruck hinterlassen.«

Galen senkte die Füße auf den Boden, richtete sich auf und zog sich die Krawatte fest. »Ich bin sicher, niemand wird uns ansehen, daß wir Vettern sind. Wenn die mir überhaupt Verwandte zutrauen, dann Skorpione.« Er lachte und schlug mit der flachen Hand auf den Tisch. »Vergiß es«, sagte er dann. »Du wirst keinerlei Schwierigkeiten haben.«

»Ich weiß«, sagte Jason. Er erwiderte Galens Lachen.

Sein Vetter sog vernehmlich die Luft ein. »Ich hab' gesehen, wie du draußen mit Donna gesprochen hast.«

Jason sah auf. »Das hast du gesehen?«

»Ich bin immer etwas neugierig, wenn der sogenannte Bus kommt.«

»Sowas Ähnliches hat sie auch gesagt.«

»Nettes Mädchen.«

»Sie ist Tierärztin.«

»Das sollte dir keine Angst machen, Jase. Sie ist einer der beiden letzten vernünftigen Menschen, die es noch in diesem Ort gibt.«

»Der andere bist du, nehme ich an.«

Ein breites Grinsen trat auf Galens Züge. »Ich sehe, du hast Menschenkenntnis, mein Sohn.« Er sah Jason freundlich und aufmunternd an. »Du kannst mir dann später erzählen, warum du bei der Zeitung aufgehört hast. Ich meine, wie es *wirklich* war.«

Sie standen auf und gingen in das vordere Büro. Der Raum war menschenleer. »Esther Lynn Vance hilft mir«, sagte Marsh. »Doc Vances Tochter. Du wirst dich sicher noch an sie erinnern. Sie half damals ihrem Vater in der Praxis. Freitags arbeitet sie nur halbtags. Hilft mir, damit ich wieder auf die Beine komme. Gesundheitlich, meine ich. Wir haben das nach und nach reduziert, inzwischen kommt sie nur noch zweimal die Woche. Mehr hätte auch keinen Sinn. Ich verdiene ja auch nicht übermäßig viel.«

Jason nahm die beiden Koffer, und Galen ergriff die Reisetasche. Sie gingen hinaus. Jason wartete, bis der Zeitungsherausgeber die Tür abgeschlossen hatte. Sie gingen in westlicher Richtung, am Kino vorbei (Vorstellungen nur am Wochenende, Programm: True Grit und Logan's Run), dann passierten sie das Lunchrestaurant (Wir schließen um 21 h, kommen Sie bitte rechtzeitig zum Abendessen), überquerten die Straße und blieben vor der mit grünem Marmor vertäfelten Bank stehen.

Galen hob den Arm. »Das kennst du nicht, wie?« flüsterte er, mit der Lautstärke eines Souffleurs. Er grinste, als er Jasons verlegenen Gesichtsausdruck bemerkte. »Ist wichtig, daß du dir das einmal ansiehst.«

Ein Mann in Khakiuniform, mit Stetson und imponierendem Patronengürtel kam aus dem Hauptportal der Bank. Durch seine silberbeschichtete Sonnenbrille betrachtete er die Straße. Das Zukken seiner dünnen Lippen verriet Jason, daß der Mann ihn entdeckt hatte. Wenig später gesellte sich ein zweiter Mann zu dem Uniformierten. Der zweite Mann war größer und schlanker, er trug einen dunkelgrauen Anzug. Rasch bestiegen die beiden ein braun-weiß gestreiftes Polizeiauto, das am Bordstein geparkt stand. Sekunden später startete der Beamte, der am Steuer saß, den Motor. Das Fahrzeug drehte eine U-Schleife und verließ in zügiger Fahrt den Ort.

»Das«, sagte Marsh, »war unser hochangesehener Bankdirektor. Er bringt seine Beute nach Blairs.«

»Traut dem Frieden hier nicht, wie?«

»In Blairs gibt es eine größere Bank als hier. Und mehr Polizei.«

»Wie schön.«

»Der Mann, der mit ihm eingestiegen ist, das war übrigens Jake Harmon. Der Fahrer heißt Bill Oaker. Er ist der Sohn des Garagenbesitzers.«

»Aha«, sagte Jason und schaute in die Richtung, wo der Wagen verschwunden war. »Sheriff Harmon?«

»Genau.«

Er schüttelte den Kopf, dann wandte er sich wieder Marsh zu. »Der Mann ist auch eine Niete, fürchte ich. Jedenfalls ist er ganz anders, als ich nach deinem letzten Brief erwartet habe. Ich habe ihn mir größer vorgestellt. Und auch jünger.«

»Das war er ja. Einmal war er das. Das ist auch eine der Sachen, über die ich mit dir sprechen wollte.«

Marsh bedeutete ihm weiterzugehen. Sie kamen an der Amtsstube des Sheriffs vorbei, an Regan's Drugstore und an einem langgestreckten Häuserblock. Dann bog Marsh nach links ab. Sein Haus lag im Zentrum des Ortes. Die Fassade war mit Schindeln beschlagen, das Haus hatte nur ein einziges Stockwerk. Es gab ein paar Weidenbäume, deren Zweige bis auf das Dach herunterhingen. Jason schien es, als lauerten die Äste darauf, die drei dicken Kamine zu umschlingen, die aus dem Dach hervorragten. Jason war stehengeblieben. Er sah zu, wie Galen das Gartentor öffnete. Dann stieß der Mann zwei schrille Pfiffe aus. Zwei Setter kamen um die Ecke gelaufen. Als sie vor den beiden Männern angekommen waren, blieben sie stehen und setzten sich auf die Hinterbeine.

»Das sind Mutt und Jeff«, erklärte Marsh. Er hatte sich hingekniet, um die Hunde zu begrüßen. »Jeff ist meistens ein Weibchen, und Mutt mimt den geilen Rüden. Die beiden reißen dich in Stücke, wenn du sie anfaßt.«

Er ließ die Hunde an Jasons Hosenbeinen schnuppern und erklärte ihnen, um wen es sich handelte. Ein Bellen, dann waren die beiden verschwunden.

»Habe ich den Test bestanden?« fragte Jason.

»Ich glaube, ja«, sagte Marsh. »Genau läßt sich das erst sagen, wenn die Hunde herausgefunden haben, daß du ihnen das Bett wegnimmst.«

»Galen, ich finde das nicht lustig.«

»Ist auch nicht lustig gemeint. Ich meine es, wie ich's sage. Die beiden schlafen normalerweise im Bett des Gästezimmers, und jetzt werden sie umquartiert. Ich werde die Laken wechseln, bevor du dich schlafen legst.«

Das Haus war innen größer, als es von außen wirkte. Es gab ein paar kitschige Ölgemälde und ein paar Drucke. Normale Einrichtung, keineswegs spartanisch. Das Gästezimmer lag an einer Ecke des Hauses, es verfügte über zwei Fenster. Man konnte die Weidenbäume sehen. Marsh wechselte die Tücher, schüttelte die Kissen auf und überzeugte sich, daß die Glühbirne der Nachttischlampe noch in Ordnung war. Er kniff Jason in den Arm und verließ den Raum.

»Danke«, flüsterte Jason.

Es gab zwei Versuchungen, die jetzt an ihn herantraten. Zwei Möglichkeiten. Er konnte sich auf dem Bett ausstrecken und abwarten, bis das Brennen in seinen Augen nachließ. Er konnte auch ins Wohnzimmer gehen und mit dem alten Mann über das Thema zu sprechen beginnen, das ihn interessierte. Jason war vor Jahren mit seiner Mutter Richtung Ostküste verzogen. Sie waren bei einer Tante untergekommen, und Galen war der einzige im Ort gewesen, der mit ihm die ganze Zeitlang einen Briefwechsel aufrechterhalten hatte. Die Briefe kamen auch noch, als Jasons Mutter schon tot war. Galen schrieb ein- oder zweimal im Jahr, der Kontakt war nicht abgebrochen. Einmal allerdings hatte es einen Zeitraum von zehn Jahren gegeben, wo der Alte nichts von sich hören ließ. Jason hatte schon gedacht, er wäre tot, als er vor zwei Jahren überraschend ein Schreiben von Galen erhielt. Im Frühjahr folgte ein zweiter Brief. Beide Briefe waren einigermaßen wirr gewesen, aber der letzte war mehr als das. Er war beängstigend.

Jase, ich brauche Deine Hilfe. Dieser Ort ist dem Untergang geweiht.

Er machte einen Schritt in Richtung Tür. Einen Tag länger warten, das macht wohl auch nicht mehr viel aus, dachte er. Wenn sein Vetter mit seiner Hilfe so etwas wie Erkundigungen anstellen wollte, dann war es wichtig, daß er frisch und ausgeschlafen war. Da habe ich ja wieder einen schönen Vorwand gefunden, um meiner Faulheit nachzugeben, dachte er. Er hängte seine Jacke über die Stuhllehne, zog die Schuhe aus und legte sich aufs Bett. Das Kissen war dick. Mit Daunen gefüllt. Er lag bequem. Er rieb sich die Stirn mit dem Daumen, und dann ließ er seine Fingerspitzen über die Magengrube gleiten. Er versuchte die Gedanken zu verscheuchen, die ihm kamen.

Er sah sich, wie er über den Schulhof lief, inmitten einer Staubwolke (es mußte wohl noch ein paar Jungen auf dem Schulhof geben, aber die sah man nicht). Er sah Pferde vor sich und Schneewände, die dreimal so hoch waren wie er. Dann war das Bild der Zimmerdecke wieder da. Ganz ähnlich wie die Decken in diesem Haus. Allerdings war das Haus etwas größer. Es gab soviel Land, daß sein Vater es nicht bearbeiten konnte. Bevor seine Mutter starb, erzählte sie ihm, daß er, Jason, in der ersten Zeit Kinder als Gäste im Haus hatte empfangen dürfen. Ob es wohl die gleichen kleinen Jungen waren, die jenseits der Staubwolke über den Schulhof liefen? Vater hatte die Kinder vergrault. Die Mutter erzählte ihm auch von den Zügen, die am Haus vorbeikrochen. Sie war verzweifelt, aber weinen gesehen hatte er sie nie. Er sah sich selbst im Bett liegen. Wie es schien, lag er *immer* im Bett.

Er schüttelte den Kopf, die Bilder zerbrachen.

Sechs Jahre hatte er in Windriver verbracht. Die Zeit vom vierten bis zum zehnten Lebensjahr. Nirgendwo war er so lange am gleichen Ort gewesen wie in Windriver. Zu Hause, dachte er. Ich bin wieder zu Hause.

Er rollte sich auf den Bauch und stöhnte, als er die Gürtelschnalle in der Magengrube spürte. Er öffnete den Gürtel, und dann lag er nachdenklich in den Kissen, kuschelte seine Wange an das kühle Tuch, müde und voller Angst. Sechs verlorene Jahre. Andererseits, da gab es Galen. Kaum denkbar, daß die Dinge wirklich so schlecht lagen, wie er sagte. Er übertreibt, dachte er. Er übertreibt wie immer.

Wenn Galen aber die Wahrheit sagte, dann bot sich für Jason die Chance, Antwort auf eine seiner Fragen zu bekommen. Ohnehin konnte er nicht über mehrere Fragen zur gleichen Zeit nachdenken, und insofern genügte es, wenn er eine einzige Antwort bekam.

Zweites Kapitel

13.45 h

Timmy Sweetwater freute sich, wenn die Lehrerkollegien der drei Schulen von Windriver zu einem der turnusmäßigen Abstimmungsgespräche zusammentrafen. Das bedeutete schulfrei ab Mittag. Es bedeutet auch, daß man nicht in der Cafeteria essen mußte. Vor allem bedeutete es, daß man nicht den Hänseleien der weißen Schüler aus den höheren Klassen ausgesetzt war. Es gab Schüler, denen es Spaß machte, die Kinder der Shoshonen mit Horrorgeschichten zu ängstigen. Vom Skalpieren war die Rede, vom Marterpfahl oder von einer Nacht mit Ted Waters. Nicht, daß sie alle böse waren. Es gab Ausnahmen wie Carole Carosa oder Bea Steed. Aber im letzten Jahr hatte sich etwas verändert. Entweder die Weißen trugen jetzt Masken, oder aber sie hatten die Masken abgenommen. Das traurige Ergebnis war, daß ein Junge wie Hardy Green ihn, Timmy, an die Wand schleudern konnte, ihn an den Haaren ziehen oder ihm in den Magen boxen konnte, ohne daß die anderen eingriffen. Alle standen da und lachten.

Wie heute morgen zum Beispiel. Er hatte sich mit zwei Freunden auf dem Schulhof befunden, auf der Rückseite der Grundschule. Hardy und zwei seiner Freunde waren aufgetaucht. Timmys Spielgefährten waren davongeflitzt. Er nicht. Er war es leid, herumgestoßen zu werden, und außerdem hatte er zuviel Angst, um wegzurennen. Sie hatten ihn nicht angerührt. Sie hatten ihn nur angestarrt. Und dann hatte ihn Hardy gefragt, ob er schwul sei. Timmy hatte die Frage zunächst gar nicht verstanden. Als ihm klar wurde, was Hardy meinte, wäre er vor Scham am liebsten in den Boden versunken. Die weißen Jungen fanden das köstlich. Sie schrien vor Vergnügen und schlugen sich auf die Schenkel. Schließlich kam eine Lehrerin aus dem Gebäude und jagte sie fort.

»Haben sie dir was getan, Timothy?« fragte sie und legte ihm die Hand auf die Schulter.

Er machte sich von ihr frei, sobald er sicher war, daß sie deswegen nicht verletzt sein würde. Dann erzählte er ihr, was der Junge ihn gefragt hatte. »Wie werde ich wohl aussehen, wenn ich ein Mann bin?« fragte er sie.

»Aber, Tim«, sagte sie, »bist du nicht noch zu jung, um dir über solche Dinge Sorgen zu machen?«

Er antwortete ihr nicht. Er hatte es nicht gern, wenn man ihn daran erinnerte, daß er erst acht Jahre alt war. Er mochte es genauso wenig, wenn ihm jemand sagte, er sähe »hübsch« aus. Timothy hatte ein ebenmäßiges Gesicht, schöne, schwarze Haare, große, klare Augen und lange Augenwimpern. Es gab Tage, da hätte Timothy sich gern eine Narbe im Gesicht zugefügt, wie Michael Wolf es getan hatte. Dann wieder träumte er davon, sich ein Auge auszureißen oder sich die Stirn zu zerfleischen. Dann würde ihm keine Frau mehr über das Haar streichen und sagen: »Was für ein hübscher Junge!« Hübsch, das war ein Ausdruck für Babys, allenfalls noch für Mädchen wie seine Schwester Dawn.

In der Schule allerdings war Dawn jemand, auf den Tim nicht zählen konnte. Sie half ihm nicht, wenn er verspottet wurde. Sie stand nur dumm in der Gegend herum und sprach von ihrem Plan, nach Hollywood zu gehen und ein Filmstar zu werden. Es war Timmy aufgefallen, daß die Jungen in der Schule, auch einige Lehrer und die Männer auf der Straße, Dawn nachsahen, und so war er überzeugt, daß sie ihren Hollywood-Plan verwirklichen würde. Immer wieder hatte er Dawn gebeten, ihm gegen die größeren Jungen beizustehen, das hätte sie ja ohne weiteres tun können, nachdem sie Macht über Männer hatte, was sich aus der Tatsache ergab, daß die Männer immer das taten, was sie sagte. Sie aber verweigerte ihm diese Hilfe. Überhaupt, meinte Dawn, sei es albern, daß die Indianer in diesem Tal lebten. Früher oder später würden sie entdecken, daß sie gar nicht so einzigartig waren, wie Rachel MacKenzie immer behauptete, und dann würden sie zurückgehen, zurück ins Reservat. Dawn selbst natürlich nicht. Sie würde nach Hollywood gehen, die andern konnten sich zum Teufel scheren. Erst heute morgen hatte sie das gesagt.

»Und noch eines, Timmy«, hatte sie gesagt. Sie hatte vor ihm gekniet und sein Gesicht gestreichelt, wie sie es tat, wenn er Alpträume hatte. »Die Leute hier sind verrückt. Die Weißen, die Indianer, alle sind verrückt. Rachel auch.«

»Sag bitte nicht sowas«, hatte er geflüstert.

»Sie kann mich ja nicht hören, du Dummkopf. Sie ist nichts Besonderes. Sie glaubt, wir sind nicht wie die anderen Shoshonen, aber sie irrt sich, Timmy. Wir sind genau wie die anderen.« Ein trauriger Ausdruck war auf ihr Gesicht getreten. »Außer dir, Timmy. Du bist anders. Wenn ich hier wegkomme, werde ich dir jeden Tag einen Brief schreiben. Nur du bekommst einen solchen Brief, mein kleiner Fisch.« Sie hatte ihn auf die Stirn geküßt, und dann war sie weggegangen. Er wäre ihr gern nachgelaufen, aber das ging nicht, weil die Schulkameraden zu kichern begonnen hatten.

Er runzelte die Brauen und stieß dem Braunen die Fußspitze in die Flanken. Ein trauriger Tag, dachte er. Allerdings hatte er auch wieder keine Lust, besonders früh zu Hause anzukommen. Er war acht Jahre und elf Monate alt, der Jüngste in der Familie Sweetwater. Die undankbarsten Aufgaben auf der Ranch landeten bei ihm. Er war es, der die Ställe der Gastpferde zu säubern hatte. Er hatte die Pferde zu füttern und zu tränken. Auf ihn lud der Vater seine schlechte Laune, seinen Jähzorn ab.

So ließ er sich Zeit. Er sah den Falken zu, die am Himmel kreisten, und weil er nicht aufpaßte, wäre er fast unter den Bus aus Washaki geraten. Er war erschrocken, daß ihm fast das Herz stehen blieb, aber er beschloß, sich nichts merken zu lassen. Es gab nur einen einzigen Passagier im Bus, das hatte er mit einem raschen Blick mitbekommen. Weder der Fahrgast noch der Fahrer sollten wissen, daß er vor Schreck in die Hose gepinkelt hatte. Er ritt über die rostige Stahlbrücke, die von niemandem mehr benutzt wurde, nur von ihm, und dann durchquerte er das Feld, das an das Anwesen seines Vaters grenzte. Seine Zähne klapperten, und ihm war schwarz vor Augen, aber er wandte sich nicht um. Er war ein Sweetwater. Er war Shoshone. Er war entschlossen, sich durch ein solches Ereignis nicht den schönen Nachmittag verderben zu lassen.

Natürlich würde er seinem Vater von der Sache erzählen. Nicht, weil der Bus ihn beinahe über den Haufen gefahren hatte, sondern weil ein Fahrgast im Bus gesessen hatte. Jeder Indianer, der aus dem Reservat ins Tal zog, erstattete seinem Vater oder Daniel Tallpines Bericht über jedes neue Gesicht, das in Windriver auftauchte. Daniel seinerseits sagte Simon MacKenzie Bescheid, dem reichsten Grundbesitzer der Welt. Simon informierte seine Frau. Wie es danach weiterging, das wußte Timmy nicht. Er machte sich auch keine Gedanken darüber. Es gab andere Dinge, die ihm Sorgen machten. Im vergangenen Frühjahr war Rachel MacKenzie krank geworden, und seitdem hatte sich eine Wandlung im Tal vollzogen, das spürte man mit jedem Atemzug. Als die Familie Sweetwater ihr Stück Land gekauft hatte, und als Aaron den Stall für die Gastpferde einrichtete, hatte es noch Spaß gemacht, hier zu leben.

Damals war noch Freiheit zu spüren gewesen. Aber plötzlich hatte sich Rachel so schlecht gefühlt, das Land hatte anders ausgesehen als früher... Tim fand nicht die rechten Worte dafür, aber er machte sich Sorgen. Die Sache beschäftigte ihn mehr als die Angst vor Ted Waters, der ihm nachzustarren pflegte, wenn er am Lebensmittelgeschäft vorbeiging. Mehr auch als die Angst vor Mr. Perkins, der ihm auf eigenartige Weise zulächelte, wenn sie sich trafen.

Tim hatte Angst. Und das Schlimme war, auch sein Vater hatte Angst. Tim wußte es.

Das Pferd wieherte. Timmy sah auf, er legte die Hand als Schirm über die Augen. Es war Mittag. Vor dem kobaltblauen Himmel war ein dunkler Fleck, der immer tiefer schwebte. Tim kannte den Vogel. Es war einer der Adler, die ihren Horst auf Kramer's Mountain, an der Nordgrenze der MacKenzie-Ranch hatten. Er grinste und winkte dem Adler wie wild zu. Die Sonne brach sich im Gefieder des Tieres, Goldbraun wurde zu Bronze.

Timmy dachte nach. Was er gesehen hatte, war ein Zeichen. Der Tag würde gut zu Ende gehen. Vielleicht würde sein Vater ihm sogar eine Geschichte erzählen.

14.10 h

»Ich hab' ihn dann gefragt, wo er eigentlich herkommt, und er hat gesagt, aus New Jersey kommt er.«

Ted Waters ließ den Blick über die einundfünfzig Mehl- und Getreidesäcke gleiten. Ungläubig schüttelte er den Kopf. »Das ist doch nicht möglich, daß jemand extra aus New Jersey kommt, um für Galen Marsh zu arbeiten. Der Mann ist von der Indianerbehörde. Das ist die einzig logische Erklärung, die ich sehe.«

Der Fahrer hatte den Hut abgenommen. Er zuckte die Schultern. »Ich versteh' davon nichts, Ted. Der Mann sieht nicht so aus wie jemand von der Indianerbehörde.«

»Scheiße nochmal, du siehst zuviel Filme. Die einzigen, denen man es ansieht, daß sie von der Bundesbehörde kommen, sind die Typen vom FBI. Der Rest, das sind ziemlich traurige Figuren.«

»Dieser Bursche ist aber alles andere als eine traurige Figur, Ted, glaub's mir. Der würd' schon seinen Mann stehen, wenn es sein muß.«

Waters kletterte über einen gefüllten Sack hinweg und begab sich langsamen Schrittes in den vorderen Teil des Ladens. Er trug ein kariertes Hemd und braune Hosen, und darüber eine Schürze, die so oft eingedreckt worden war, daß die Flecken bei der Wäsche nicht mehr herausgingen. Er wischte sich eine Strähne seines grauen Haars aus der Stirn. »Also gut«, sagte er, »der Bursche ist also zu Galen gegangen.«

»Genau.«

»Schau mal. Ich möchte, daß du...«

»Ich muß jetzt gehen, Ted. Das wirst du sicher verstehen. Ich werde erwartet.«

Waters hob geistesabwesend die Hand. Aus den Augenwinkeln sah er dem Fahrer nach, der im Laufschritt das Geschäft verlassen hatte und soeben draußen den zum Bus umfunktionierten Lieferwagen erkletterte. Das Krachen der Schaltung war zu hören, und das Mahlen des Getriebes, das Fahrzeug erzitterte, und dann machte es eine Wende auf der Straße und fuhr davon. Das Telefon hatte geklingelt. Waters fragte sich, ob er überhaupt abnehmen sollte. Er fluchte. Er rannte zur Theke und riß den Hörer von der Gabel.

Er lauschte. »Ich weiß nicht«, sagte er schließlich. »Ich hatte noch keine Gelegenheit, mich mit ihm zu unterhalten. Er ist jetzt bei Galen.« Er wartete und spielte mit der Telefonschnur. »Es ist ein Weißer. Langes Haar, hängt ihm bis über den Kragen. Vielleicht jemand von der Bundesbehörde oder irgendeiner Bürgerinitiative. Ich weiß es wirklich nicht. Ich werd' dich in der Sache nochmal ansprechen.« Er schwieg und lauschte. »Ich hab' dir doch gerade gesagt, ich weiß es nicht! Was glaubst du denn, was ich bin? Ein Zauberer? Du mußt ganz einfach warten, bis ich mit ihm gesprochen habe, ja? Also gut.« Er legte auf, ohne die Antwort abzuwarten.

Er trat an die verglaste Hintertür seines Ladens. Der Blick ging auf einen gelben Traktor, dessen Stollenreifen in tiefen Pfützen dunklen Wassers standen. Stan Kelly hatte den Traktor bestellt, bevor er seine Farm an eine Shoshonenfamilie verkaufte. Nun stand das Ding nutzlos herum, und Kelly brachte es aus irgendeinem Grund doch nicht fertig, Windriver zu verlassen. Die meiste Zeit saß er in Carosa's Bar herum und prahlte von dem vielen Geld, das er für die Farm bekommen hatte.

Dabei war Stan Kelly nicht der einzige Problemfall. Es gab andere wie ihn, viele sogar, und keiner dieser Menschen sah ein, daß er den Ort kaputtmachte.

Ein unterdrücktes Lachen war zu hören und Schritte auf dem Kies. Hinter dem Traktor kamen drei Indianerjungen hervorgesprungen. Jeder hatte eine schwarze Spraydose in der Hand. Waters handelte ganz automatisch. Er griff sich den Hammer aus dem Regal, lächelte, bis das Braun zwischen seinen Zähnen sichtbar wurde, und warf den Hammer mit voller Wucht auf einen der Jungen. Das Ding traf den Jungen im Kreuz. Der Junge schrie auf und ging zu Boden. Waters griff hinter sich und löste eine zweieinhalb Meter lange Kette mit sorgfältig zugefeilten Gliedern vom Nagel.

Noch bevor der Junge sich aufrappeln konnte, stand Waters breitbeinig über ihm, die gleißende Kette in der Rechten. »Wie geht's denn so, mein Junge?« schnaufte er.

Der Indianerjunge rollte sich mit schmerzverzerrtem Gesicht auf die Seite.

»Du hast den Traktor ruiniert, weißt du das?« Waters grinste. »Sag mal, bist du nicht Charlie Sweetwater?«

Der Junge nickte, seine Lippen zuckten.

Waters war auf die Knie gegangen. Er zog die Kette zu sich heran. »Laß mal deinen Arm sehen«, sagte er. Als der Junge den Kopf schüttelte, ergriff er ihn beim Handgelenk. Er führte die Hand an seine Brust. »Vielleicht ist was gebrochen.« Er wand ihm die Kette um das Handgelenk. »Ich glaube, wir erzählen deinem Vater besser nicht, was du angestellt hast. Die Sache bleibt unter uns Männern.«

Charlie Sweetwater sah ihn ängstlich an, inzwischen standen ihm die Tränen in den Augen. Wieder riß Waters an seinem Handgelenk. Der Junge wehrte sich nicht. Er starrte voller Entsetzen auf die Kette, die ihm um den Arm gewunden wurde.

»Du willst ja sicher nicht, daß dir dein Vater den Hosenboden versohlt, wie?« flüsterte Waters. Er sprach langsam, als wollte er die Einzelheiten einer delikaten Operation darlegen. »Haben deine Freunde auch Namen, Charlie?«

Der Junge schüttelte den Kopf.

Waters drehte die Kette zu und betrachtete das Rinnsal Blut, das dem kleinen Indianer über die Hand lief.

»Fremde?«

Der Junge schluckte.

»Du solltest aber besser aufpassen, mit wem du dich abgibst, Charlieboy. Nicht gut für den Charakter, wenn ein Junge wie du mit so üblen Elementen spielt.«

Waters veränderte seinen Sitz, um die Szene vor möglichen Passanten abzuschirmen.

»Vielleicht solltest du *bitte* sagen, Charlie. Damit die ganze Sache Sinn macht.«

Charlie Sweetwater hatte den Mund geöffnet. Als er das Blut sah, das von seiner Hand auf den Boden tropfte, blickte er zur Seite.

»Sagtest du was, mein Junge?«

»Bitte!« stöhnte Charlie.

»Ich wette, dir tut's leid, daß du den Traktor so versaut hast, wie?«

Der Junge nickte. Er schämte sich. Mit seinem Mut war es vorbei.

»Es... es tut mir leid.«

»Das dachte ich mir, Charlie. Wie schade, daß du kein Mensch bist. Sonst könnte eines Tages noch was Anständiges aus dir werden.«

Mit einer behenden Bewegung stand er auf und vollführte eine weitere Schraubbewegung mit der Kette. Der Junge stieß einen unterdrückten Schrei aus, dann kam er auf die Knie. Sein Gesicht war bleich.

Waters streckte und reckte sich. »Die Sache bleibt unser Geheimnis, Charlie.« Er löste die Kette, hob sie ins Sonnenlicht und betrachtete die schimmernden Glieder.

Der Junge stand da, als wollte er auf ihn losgehen, aber bei der ersten Bewegung zuckte er schmerzverkrümmt zusammen. Er sah Waters an und nickte. Dann humpelte er fort.

Waters hängte die Kette an den Nagel zurück. Die anderen beiden Jungen waren über alle Berge. Sie interessierten ihn nicht. Dem kleinen Charlie Sweetwater aber, dem würde eine Woche lang das Essen nicht schmecken. Vor allem, wenn er entdeckte, daß die Haut am Handgelenk nur leicht angeritzt war, und wenn er sich vorstellte, wie es wohl wäre, wenn Waters richtig zudrehte. Er ging hinaus, hob den Hammer auf und wog ihn in der Hand. Die Leute glauben immer, ein Tomahawk muß wie eine Axt aussehen, dachte er. Diese Idioten. Im stillen hoffte er, der Junge würde seinem Vater alles erzählen. Er freute sich jetzt schon darauf, diesem fetten Indianer die Leviten zu lesen.

Er verzichtete darauf, den Schaden am Traktor zu besichtigen. Wie die Dinge lagen, würde das Ding sowieso auf seinem Hof stehenbleiben, bis es in Grund und Boden gerostet war.

Hoffentlich machte Marsh keinen Ärger. Jetzt, wo ein paar entschlossene Männer die Dinge in die Hand genommen hatten. Es ging darum, das Tal vor der Zerstörung zu bewahren. Die Zerstörung bestand in der Invasion der verdammten Rothäute. In dieser

Situation konnte man keine barmherzigen Samariter gebrauchen, die Öl auf die stürmischen Wogen schütteten.

Er ging in den Laden zurück. Lureen Baker, die Kassiererin, hatte ihren Dienst wieder aufgenommen. Sie trug einen weißen Kittel. Breite Hüften, spitze Brüste. Drei Knöpfe waren geöffnet, sie gaben den Hals und die bleiche Furche zwischen den Brüsten frei. Sie trug einen breiten schwarzen Gürtel, der ihre Formen betonte. Ihre Taille war so eng, daß er sie mit seinen Fingern hätte umschließen können. Addieren konnte Lureen nicht. Aber Waters gefiel die Art, wie sie ein- und ausatmete.

»Lureen«, sagte er wohlgelaunt, und seine Gedanken waren bei dem knackenden Geräusch, das der Hammer verursacht hatte, als er im Genick des Indianerjungen auftraf. »Wie wär's, wenn wir beide nach Geschäftsschluß noch eine kleine Fahrt in die Berge machen?«

Lureen sah ihn aus müden Augen an. Sie war Mitte Zwanzig und sah aus wie Mitte Dreißig. Sie hatte Rouge aufgelegt, und sie hatte sich die Lippen geschminkt. Ihre Augenbrauen waren gezupft. »Verpiß dich, Ted.«

Er trat näher und preßte seinen Bauch an die Kante der Theke. »Meine Frau hat kein Verständnis für mich.« Er lachte mit Kopfstimme.

»Deine Frau ist tot, du Idiot.«

»Siehst du, ich sagte dir ja, sie hat kein Verständnis für mich.« Er lachte noch einmal, und dann wartete er ab. Waters war ein geduldiger Mensch. Er wußte, was Lureen während der drei Jahre getan hatte, als sie in Kalifornien lebte. Jeder in Windriver wußte das. Es gab keinen Mann, der nicht versucht hatte, mit Lureen ins Bett zu gehen, nachdem sie aus Kalifornien zurückgekehrt war. Wenn Waters richtig informiert war, dann war er der einzige, der bei Lureen noch nicht zum Schuß gekommen war.

Er fuhr sich mit dem Zeigefinger der rechten Hand an seinem Muttermal entlang. »Hab' dich nicht so, Lureen«, sagte er. »Schließlich hab' ich dir einen Job gegeben.«

Sie schob ihren Kaugummi von einer Backe in die andere. Sie holte Luft und achtete darauf, daß er die Furche zwischen ihren Brüsten zu sehen bekam. »Wenn ich dich reden höre, Ted, kommt mir das Essen hoch. Wirklich.«

»Meinst du das im Ernst?«

»Scheiße, Ted, geh jetzt spazieren, oder mach, was du willst. Ich hab' heute keinen Nerv für deine Sprüche.«

»Ich muß schon sagen!« Waters' Muttermal leuchtete in flammendem Rot. »Du hast jetzt genau fünf Sekunden Zeit, um dich bei mir zu entschuldigen, sonst bist du gefeuert!«

14.10 h

»Ein junger Mann«, sagte Art Felsom, der Polizist. Er stand an das Fenster des Büros gelehnt. »Um die Dreißig, würde ich sagen. Vielleicht zwei oder drei Jahre darüber. Ordentlich gekleidet, aber nicht teuer. Er geht Richtung Galen. Verdammt nochmal, er trägt die drei Gepäckstücke, als ob das gar nichts wäre. Dem möchte ich auch nicht in einer dunklen Gasse begegnen.« Er pfiff leise durch die Zähne. »Jetzt hätte er beinahe Doc Oldfield umgerannt. Vielleicht kennt er sie. Nein, scheint nicht so.« Er löste seine Wange von der Glasscheibe, drehte sich um und sah zur Decke. »Verdammt, Jake, hörst du mir überhaupt zu?«

Es war ein schlauchförmiger Raum, und Jake Harmon hatte am letzten der drei Stahlschreibtische Platz genommen, die in einer Reihe hintereinander standen. Hinter Harmon war die Gittertür zu erkennen, durch die man zu den drei Gefängniszellen gelangte. Der Raum war in einem angenehmen Grün gestrichen. Es gab ein Bücherregal, und es gab ein paar gerahmte Bilder an der Wand. Als Art Felsom seinem jüngsten Beamten in die Augen sah, wußte er, daß der wieder einmal kein Wort verstanden hatte. Sein Blick war in die Ferne gerichtet. Wie lange soll das noch so weitergehen mit dir, Jake? dachte er. Du kannst noch von Glück sagen. Deine Tochter lebt noch. Mein Bruder ist ermordet worden.

Er seufzte, und dann wanderten seine Gedanken elf Monate zurück, zu jener Nacht. Steve, sein älterer Bruder, hatte Ellies Hilfeschreie gehört. Für Harry war jede Hilfe zu spät gekommen. Als sich die ganze Aufregung etwas gelegt hatte, wurden zwei Dinge klar. Irgendein Tier, ein Wolf, ein Coyote oder ein anderes Raubtier aus den Bergen hatte den Jungen getötet und zum Teil aufgefressen. Das gleiche Tier hatte Ellie in den Fluß gedrängt, wo sie von Steve im blutverschmierten Uferschilf entdeckt wurde.

Die Sonne stand im Westen, und ihre Strahlen drangen ungehindert durch die Scheibe, aber Art fröstelte. Er verschränkte die Arme und begann seine Muskeln zu massieren. Schade, daß Bill Oaker, der dritte Mann, noch nicht von der Streife zurück war. Mit dem hätte er über Frauen reden können, anstatt über Ellie nachzudenken.

Ellie. Sie hatte in jener Nacht eine tiefe Verletzung auf der Stirn davongetragen, außerdem eine Fleischwunde im Nacken. Und da war noch etwas. Als man sie auffand, war sie in einem Komazustand. Nach Doc Vances Meinung ein traumatischer Schock. Zwei Monate lang hatte sie in ihrem Krankenbett gelegen, ohne einen Ton zu sagen. Wie es schien, war sie blind geworden. Jake hatte sie nach Casper bringen lassen, in ein privates Krankenhaus. Der Herbst verstrich, ohne daß sich ihr Zustand verändert hätte. Steve allerdings hoffte auf ein Wunder. Und das Wunder geschah. Am 5. Dezember, an einem Samstag, wachte Ellie aus ihrem Totenschlaf auf und genas.

Am Heiligabend kehrte sie nach Windriver zurück.

Und am 14. Februar schloß sie mit Steve die Ehe.

Damit wäre alles erledigt gewesen, Gottseidank. Aber es gab ein neues Hindernis. Kaum daß Ellie gesund war, begann die Sache mit Jake. Er benahm sich komisch. Art Felsom mochte die Idee nicht, aber vielleicht hatte Waters recht, wenn er sagte, daß Jake den Posten besser aufgeben sollte. Es war schon merkwürdig. Anstatt sich über Ellies Gesundung zu freuen, versank er in Trübsinn. Viele Male hatte er Art Felsom von seiner Befürchtung erzählt, die Besserung bei dem Mädchen werde nicht anhalten. Als sich dann doch abzeichnete, daß mit Ellie alles gut laufen würde, hatte er behauptet, da sei noch irgend etwas, das nicht stimmte. Niemand nahm das sehr ernst. Auch Doc Vance nicht. Jake reagierte, indem er sich immer mehr in sein Schneckenhaus zurückzog.

Es war eine verrückte Situation.

Das Telefon auf dem Tisch begann zu läuten. Art Felsom sprang auf, ihm war, als wäre er in der Schule beim Mogeln ertappt worden. Er sah zu Jake hinüber, der regungslos dasaß und zuckte die Schultern. Der Anruf – das war wohl wieder ein Farmer, der gerissenes Vieh melden wollte. Die Wölfe, so hieß es, holten sich ihre Opfer unter den Schafen. Zwar hatte niemand einen Wolf gesehen, wie er über ein Schaf herfiel. Für Art Felsom waren die Farmer Fantasten, denen einfach kein Glauben zu schenken war. Andererseits gab es die toten Tiere. Die Schafe wurden wirklich gerissen. Letztes Mal waren es vier gewesen. Schon dumm. Art vermutete, daß irgendein Indianer dahintersteckte.

Immer noch läutete das Telefon. Jake rührte sich nicht. Art erschrak, als er seine Hand zum Revolver fahren sah. Mein Gott, dachte er, wenn ich mich nicht zusammennehme, erschieße ich den verrückten Alten.

Aaron Sweetwaters tiefschwarzes Haar wuchs so dicht und voll, daß er es nach hinten, über die Ohren kämmte. Er war großgewachsen und beleibt. Nur ein paar Narben im Gesicht erinnerten an die Raufhändel, in die er in früheren Jahren verwickelt gewesen war. Damals hatte es genügt, wenn er sich vor einem Gegner aufbaute und ihn finster ansah. Man hatte Angst vor ihm, alle, außer der eigenen Familie natürlich. Die wußte Bescheid und lachte nur. Aber das war Vergangenheit. Jetzt blieben nur noch Timmy und die Pferde, die Respekt vor Aaron Sweetwater hatten. Der Respekt, der einem Mann seines Alters zukam. Gar nicht zufrieden war Aaron mit seinem ältesten Sohn Charlie. Der Junge machte Ärger, kaum daß er über die Straße ging. Ebenso unzufrieden war er mit Dawn, der Tochter. Ein wunderhübsches Kind. In früheren Zeiten wäre es eine Prinzessin geworden, dachte er. Aber jetzt war es nur ein Mädchen, das seine Verachtung für die Eltern offen zur Schau trug. Erst vor zwei Tagen hatte sie ihm ins Gesicht gesagt, daß sie die alten Sitten zum Kotzen fand. Sie glaubte auch nicht an den Unsinn, den Rachel sie lehrte. Das sei ja noch dümmer als die Überlieferungen der Shoshonen, die ja auch schon eine Zumutung seien. Die beiden Kinder, daran bestand kein Zweifel, waren eine Schande für den Stamm. Daß Dawn sich von ihrem Erbe lossagte, war ein arger Schlag für Rachel und Simon gewesen. Zwar war nicht recht verständlich, warum die beiden so sehr an dem Mädchen hingen, aber es war so. Und nun war sie für den Stamm verloren. Wie so viele junge Indianer war sie eine Beute der Weißen geworden. Die Weißen zerstörten die Legenden der Indianer wie der Nachtwolf, der jeden Abend ein Stück von der Mondscheibe abbeißt, bis der Mond wiedergeboren wird.

Timmy hielt noch zum Stamm, das mußte man sagen. Aber Timmy war ein Kind. Seine Liebe für das Land und seine Geschöpfe würde erst auf die Probe gestellt werden, wenn er erwachsen wurde. Er würde dann vor der gleichen Entscheidung stehen, wie Aaron sie hatte meistern müssen. Entweder man flüchtete sich in die Vergangenheit, oder man lernte aus ihr. Immerhin, Aaron war zuversichtlich, daß Timmy die richtige Entscheidung treffen würde. Es gab Dinge, die man dem Land nicht antun konnte.

Vielleicht. Vielleicht. Aaron fiel die Lehre ein.

Er stand in seinem Schlafzimmer und lauschte dem Husten seiner Frau. Alice nannten sie die Weißen. Für Aaron war sie Lachender Himmel. Sie lachte nicht mehr. Die Lungenkrankheit war schlimmer geworden, sie spuckte Blut. Jetzt lag sie im Zimmer nebenan, er hörte ihren unregelmäßigen Atem, wenn sie zu husten aufhörte. Sie war schnell gealtert. Das war auch der Grund, warum er, Aaron, sich der neuen und der alten Lehre zuwandte. Die normalen Götter hatten seiner Frau nichts zu bieten vermocht, der weiße Mann auch nicht. Daß Charlie und Dawn aus der Art schlugen, hatte alles noch schlimmer gemacht.

Er hielt den Hörer ans Ohr, hörte den Ruf, der durchging. Warten. Er putzte sich die Nase. Als endlich eine Stimme in der Hörmuschel ertönte, setzte er sich auf die Bettkante, als sei ihm das Gewicht des eigenen Körpers urplötzlich zu schwer geworden.

»Kannst du sprechen, Daniel? Gut. Hör mal, Timmy sagt, heute nachmittag ist ein Mann mit dem Bus angekommen. Ein Weißer. In Zivil. Der Bus hat übrigens meinen Jungen fast überfahren, der gottverdammte Hurensohn. Ich schwöre dir, Daniel, einige meiner Freunde werden diesem Mann einmal einen nächtlichen Besuch abstatten, ich schwöre es dir.« Er schloß die Augen, wartete, bis sein Zorn abklang. »Nein, ich habe keine Ahnung, wer der Mann ist. Warum machst du nicht mal Pause mit dem Benzinpumpen und siehst nach, was... Schon gut, schon gut, tut mir leid. Hör mal, ruf du Simon an. Verdammt nochmal, nicht ich, Bruderherz. Wenn ich mit Simon spreche, muß ich mit Rachel sprechen. Nein, danke. Okay, okay. Sag mir, was du in Erfahrung bringst.«

Er legte auf und sah auf das Land hinaus. Die Ranch war ein gutes Geschäft. Er verdiente mehr Geld, als er im Reservat je in der Hand gehabt hatte. Herrliches Land. Eine Schattenwolke zog vorüber, wie ein schwarzer Geist, der die Sonne auslachte. Meine Frau ist krank, dachte Aaron Sweetwater. Trotzdem hätte ich mich nicht drauf einlassen dürfen.

14.35 h

»Lerne!« hatte er Daniel Tallpines eingeschärft. Simon MacKenzie ging auf den Raum seiner Frau zu. Auf seiner Stirn stand der kalte Schweiß. Ob ihn das Vorgefühl, das er in diesen Wochen spürte, trog? Sie waren jetzt vierzig Jahre verheiratet. Im letzten Mai war sie zusammengebrochen, inzwischen hatte sich eine langsame Besserung vollzogen. Aber die Sache hatte Simon MacKenzie nervös gemacht. Es gab Dinge, die sie ihm verheimlichte, und dann gab es Dinge, die er gar nicht erfahren wollte.

Er verstand, wozu all die toten Tiere dienten. Aber er ahnte, daß Rachel noch weitergehende Pläne hegte. Sie gab es nicht zu. Simon MacKenzie zweifelte, ob sie die Kraft haben würde, die Entwicklung zu steuern.

Das Blutopfer des Jungen, das war eine Sache. Eine andere Sache war, was seine Frau gesagt hatte. Das sei erst der Anfang.

15.00 h

Gloria stand am Fenster und sah auf die Stallungen hinaus. Ein muskulöser Mann war dabei, einem widerspenstigen Pferd das Geschirr anzulegen. Sie wußte, daß er sie bemerkt hatte. Er war ein Aushilfsarbeiter. Von Zeit zu Zeit schaute er verstohlen in ihre Richtung.

Sie lächelte und begann ihre Bluse aufzuknöpfen.

Ihr Haar war so schwarz wie die Schatten, die im Zimmer lauerten. Ihre Haut war olivfarben und schweißglänzend. Volle Lippen, volle Hüften. Sie hielt einen Augenblick inne, als müsse sie über etwas nachdenken. Dann öffnete sie die Bluse wie einen Vorhang. Sie trug keinen Büstenhalter.

Das Pferd machte einen Satz zur Seite. Der Mann sprang auf das Tier zu, das Zaumzeug in der Linken. Er verfehlte es.

»Schau mich an!« flüsterte sie.

Sie ließ ihre Hand in ihren Gürtel gleiten, tastete nach ihrem Schoß. Nach einer Weile öffnete sie den Hosenknopf ihrer Jeans.

Wie lange kannst du dich dagegen wehren, mein Geliebter? dachte sie. *Dazu fehlt dir der Wille, das wissen wir doch beide.*

Ein leises Lachen.

Das Pferd musterte ihn aus mißtrauischen Augen. Der Mann schritt breitbeinig um das Tier herum.

Gloria hob das volle Haar und ließ es in Kaskaden auf Schultern und Brüste fallen. Sie spürte, wie ihre Brustwarzen sich aufrichteten. Sie sah, wie der Mann mit der flachen Hand auf das Pferd einschlug. Er geriet zu Fall, obwohl er sich am Zaun festzuhalten versuchte.

Jetzt... jetzt sah er sie, ob er wollte oder nicht.

Sie neigte den Kopf und leckte sich die Schulter ab.

Komm zu mir, mein Liebling, hab keine Angst. Sie flüsterte es wie ein Gebet.

Ein Anflug von Ärger beschlich sie, aber sie vertrieb das Gefühl. Sie mußte Geduld haben. Seit Oktober, als Riley die Stellung bei Bill antrat, hatte sie versucht, ihn zu verführen. Er hatte sie immer wieder zurückgewiesen. Sie hatte ihn dann einen Monat lang nicht angesehen. Vielleicht war er einer der lavendelduftenden Typen, die aus den Oststaaten kamen oder aus New Orleans. Es war frustrierend. Stan Kelly hatte sich nicht mehr auf der Ranch sehen lassen, seit er seinen Besitz verkauft und das Geld auf die Bank eingezahlt hatte. Steve Felsom hatte nicht mehr mit ihr geschlafen, seit er sich mit Jake Harmons Tochter verheiratet hatte.

Sie umfaßte eine Brust mit der Hand und ließ die andere Hand zum Reißverschluß ihrer Jeans gleiten.

Schlimm war, daß sich kein Indianer für sie zu interessieren schien. Männer wie Tallpines und Michael Wolf hatten sie zurückgewiesen. Gloria war verzweifelt. Bewahrten diese Indianer Geheimnisse, von denen kein Weißer etwas wußte? Wußten die überhaupt, wie's ging? Kinder hatten sie ja genug, also mußten sie schon eine Ahnung haben. Nach und nach bevölkerten sie das ganze Tal. Wenn es so weiterging, würde sie bald nur noch Billyboy haben, von dem sie sich gebrauchen lassen konnte. Schlimme Aussichten.

Sie stellte einen Fuß auf den Fenstersims. Ob Riley auf die Entfernung wohl ihre lackierten Zehennägel erkennen konnte? Was für ein Gefühl er wohl haben würde, wenn er ihr in die Ferse biß? Sie stand an den Fensterrahmen gelehnt, die Hand in ihrem Schoß hatte sie zur Faust geballt. Riley stand an das Gatter gelehnt. Eigentlich war die Situation die gleiche wie bei den anderen Farmarbeitern, denen sie sich so gezeigt hatte. Allerdings hatte keiner der Männer ihr soviel Widerstand entgegengesetzt wie Riley. Ihr Lächeln wurde bitter. Die anderen, das waren feige Idioten gewesen. sie hatten mit ihr geschlafen, nicht weil sie sich in sie verliebt hatten, auch nicht, weil sie scharf auf eine Frau waren, sondern ganz einfach, weil Gloria sie erpreßt hatte. Nach den ersten Kontakten hatte sie gedroht, alles an Billy zu verraten. Billy würde jeden Mann töten, mit dem seine Frau ihn betrog.

Plötzlich sah sie, wie Riley sich vom Zaum abstieß und in den Stall rannte. Gloria brauchte eine Minute, bevor sie verstand, was passiert war. Sie stieg von der Bank, die sie unter den Fenstersims gedrückt hatte, zog den Vorhang halb zu und öffnete die Türen des Kleiderschrankes. Sekunden später kam Billy hereingestürmt. Sie fuhr herum und sah ihn erstaunt an.

»Du könntest anklopfen«, sagte sie.

Er war einen Kopf größer als sie, kräftig in den Schultern, schlank an Taille und Hüften. Sein Haar war militärisch kurz geschnitten, Ergebnis einer verlorenen Wette. Die ersten grauen Strähnen waren zu sehen. Früher einmal war er Gloria attraktiv erschienen, der bestaussehende Mann, der sich in Windriver auftreiben ließ. Sie hatte sich damals nicht vorstellen können, daß sie je aus dem Ort weggehen würde. Aber das war, bevor er begonnen hatte sie zu schlagen.

»In meinem eigenen Haus brauche ich nicht anzuklopfen«, sagte er finster. Er ließ sich auf die Bettkante nieder, holte ein Taschentuch aus der Tasche und schneuzte sich geräuschvoll. Er beugte sich vor und zog sich die Stiefel aus. »Was zum Teufel machst du um diese Tageszeit im Schlafzimmer?«

»Ich will mich umziehen«, sagte sie. Sie begann im reichgefüllten Kleiderschrank zu wühlen.

»Beim Arbeiten wirst du ja wohl kaum ins Schwitzen gekommen sein«, sagte er. »Dazu ist es zu kalt draußen.« Er sah zu ihr auf. »Es sei denn, dir ist aus einem anderen Grund heiß geworden.«

Angeekelt sah sie ihn an, dann drehte sie ihm den Rücken zu. Sie ließ die Bluse von den Schultern gleiten und spürte, wie er ihren nackten Rücken musterte. Sie betrachtete ihre Unterarme, wo sich eine Gänsehaut zeigte. »Hast du mit Bob gesprochen?«

»Yeah. Er sagt, es ist noch nicht ganz fest. Eine Frage von wenigen Tagen, meint er.«

Sie drehte sich um und bot ihm ihre Nacktheit. »Ich bin die Warterei leid!« Ein trauriges Lächeln spielte um ihre Lippen. »Wenn du mich fragst, ich verstehe nicht, warum Simon das überhaupt macht. Der ist noch verrückter als die anderen.«

»Simon?« Billy musterte sie nachdenklich. »Was willst du denn damit sagen, Gloria?«

»Verdammt noch mal, Billy, in welcher Welt lebst du eigentlich? Was glaubst du wohl, woher er das Geld hat, um das Land hier zu bezahlen? Von den Deckchen etwa, die sie an die Touristen verkaufen?« Sie warf einen Blick zur Zimmerdecke. »Manchmal frage ich mich, wo das Gehirn geblieben ist, das dir Gott geschenkt hat.« Erstaunt sah sie, wie er unter das Bett griff und seine guten schwarzen Stiefel, die mit den grünen Biesen, hervorholte. »Wo willst du denn hin?«

»Nach Blairs«, sagte er. »Ich muß einem Notar dort ein paar Dokumente bringen.«

»Machst du das für Green?«

»Ja, natürlich mach' ich das für Green, Gloria. Was hast du denn gedacht? Daß er die Papiere selbst nach Blairs bringt? Der Mann ist Anwalt, nicht Botenjunge.« Er reckte sich, bis ihm das Hemd aus den Jeans rutschte. »Ich werd' erst ziemlich spät zurück sein, schätze ich.«

Es kommt ganz darauf an, wen du so triffst, Billy, dachte sie.

»Du wirst mir fehlen. Du arbeitest soviel, daß ich dich kaum noch zu sehen bekomme.«

Billy war aufgestanden. Er ging zum Fenster. »Wem hast du dich gezeigt?« fragte er leise.

»Billy!«

Er wirbelte herum, packte sie bei den Schultern und grub ihr die Nägel ins Fleisch. »Du wirst wohl nie damit aufhören, wie?«

»Ich weiß nicht, von was du sprichst.«

Er grinste. »Ich spreche von Riley. Vom guten alten Riley.« Er schüttelte den Kopf. »Ich hätte dir einen besseren Geschmack zugetraut, Liebling.« Ein Grinsen erschien auf seinem Gesicht. Er gab ihre Schultern frei. Noch bevor sie von ihm zurückweichen konnte, spürte sie den Schlag seiner Hand auf ihrer Wange. Ihr war, als wäre sie von einem Peitschenhieb getroffen worden. Dann stand er über ihr. Sie sah, wie er seinen Gürtel öffnete.

»Wie magst du's heute?«

Sie tastete nach seinen Schenkeln, er schob ihre Hand achtlos zur Seite. »Ich hoffe, du hast keine Verabredung in den nächsten Tagen, Liebling. Deine Haut springt auf, kaum daß man dich anrührt.«

Gloria schloß die Augen. Ihre Schenkel bebten, und ihre Brüste sehnten sich nach seinen Krallen. Es spielte keine Rolle, wie er sie behandelte. Zu guter Letzt würde sie Befriedigung erlangen. Sobald Billyboy in Blairs war, würde Bob Green zu ihr kommen. Sie würde ihren Plan verwirklichen und sein, was sie bei ihrem Mann nicht sein durfte: eine befreite Frau.

15.05 h

Donna Oldfield war vor die Praxis des Tierarztes getreten. Sie sah, wie Galen Marsh in Begleitung seines Freundes das Redaktionsbüro des *Banner* verließ. Sie huschte ins Haus zurück. Jason Clarke. Als sie Doc Vance von dem Fremden erzählte, der im Ort eingetroffen war, hatte er sie ganz entgeistert angesehen. Als sie dann in ihn drang, hatte er das Gespräch auf ein anderes Thema gebracht. Er hatte sie beauftragt, die Meldeformulare auszufüllen, die an die

Verwaltung des Distrikts gehen sollten. In den Bergen, so ging aus der Meldung hervor, war die Tollwut ausgebrochen. Das war, Doc Vance zufolge, die einzige Erklärung für die Zwischenfälle, die sich finden ließ. Doc Vance behauptete das nun schon, seit Ellie Harmon von einem Tier angefallen worden war. Donna war die Jüngere im Team, sie wagte nicht, laut zu widersprechen. Sie beschloß, die Formulare auszufüllen, so wie er es ihr aufgetragen hatte. Später, wenn die Meldung an die Distriktverwaltung abgesandt war, würde sie darüber nachdenken, was eigentlich los war. Die Tollwut-Theorie war nicht ganz von der Hand zu weisen, aber die Beweise waren dünn. Um die Meldung zu stützen, die Doc Vance sich vorstellte, brauchte man den Schädel des Tieres. Erst nach einer genaueren Untersuchung ließ sich sagen, ob Tollwut im Spiel war.

Jason Clarke, dachte sie. Mister Jason Clarke. Unwahrscheinlich, daß er so einen weiten Weg gemacht hatte, um erneut versengt zu werden.

Ein bittersüßes Lächeln stahl sich in ihre Mundwinkel. Versengt werden. Vor fünf Jahren war es zum ersten Mal passiert. In Brand gesetzt werden, mußte man wohl sagen. Oder, genauer: eingeäschert werden. Eine Ironie des Schicksals, daß es gerade ihre Freunde waren, die dem Feuer Nahrung gaben. Sie wußte, was die Leute hinter ihrem Rücken tuschelten. *Sie hat ihn verführt, so ist sie nun mal.* Über drei Ecken kamen die Gerüchte dann zu ihr. Zu Anfang hatte sie ganz einfach an einen Irrtum geglaubt. Inzwischen wußte sie es besser.

Nein. Das waren Dinge, mit denen sie sich jetzt nicht befassen konnte. Sie hatte ihre Arbeit zu tun. Sie hatte sich mit ihren Alpträumen zu befassen. Alles, was sonst noch kam, würde das Leben nur weiter komplizieren. Wie Salz, das in eine offene Wunde gestreut wurde.

Sie trat wieder nach draußen und war enttäuscht festzustellen, daß die beiden Männer verschwunden waren.

15.10 h

Mitch Regan stand allein in seinem Drugstore. Er stand auf einem Holzpodest, das von den Kunden nicht einzusehen war, weil der hohe Ladentisch den Blick behinderte. Regan bevorzugte den Platz, weil auf diese Weise niemand sah, wie klein er war. Zugleich blieben den Kunden bei diesem Blickwinkel die kahlen Stellen in seinem roten Haar verborgen, die geplatzten Blutgefäße an seinen

Nasenflügeln und der auf- und niederhüpfende Adamsapfel. Wenn er auf seinem Podest stand, dann war er ganz der gemütliche Drogist, der Inhaber eines kleinen Ladens, der immer ein Wort der Ermunterung auf den Lippen hatte oder eine Anekdote, um den Kunden zu erheitern und von den Supermärkten in Blairs, von den Kettenläden, fernzuhalten. Im Augenblick war Regan damit beschäftigt, eine Medizin für Rachel MacKenzie zuzubereiten. Ein Schmerzmittel, aufgrund einer Verordnung von Vance. Regan wußte, daß die alte Frau das Mittel nicht nehmen würde. Sie nahm keines der Medikamente, das er ihr schickte, aber das kümmerte ihn nicht. Solange die Verordnungen bezahlt wurden, konnte sie mit dem Zeug anfangen, was sie wollte. Seinetwegen konnte sie's an die Biber verfüttern.

Er unterbrach die Zubereitung des Mittels, um sich den Schweiß von der Oberlippe zu wischen, und rückte sich die karierte Fliege gerade. Die Glocke, die über der Ladentür hing, wurde angeschlagen. Regan sah auf. Hoffentlich war es niemand von der Post. Er mochte das Postbüro nicht, obwohl der grüne Blendschutz, den er trug, perfekt zur Farbe seiner Augen paßte.

Die Schritte waren näher gekommen. Der geschmeidige Gang einer Pumakatze. Regan kniff die Augen zusammen. Er wollte nach seiner Brille greifen, aber dann fiel ihm ein, daß er keine Brille benötigen würde.

»Nun ja, nun ja«, sagte er jovial und kam die kleine Treppe herunter. »Sehr schön, sehr schön. Du kommst wegen dem Medikament für deine Mutter, habe ich recht? Sie braucht ja wirklich viel von diesen Mitteln, wenn du mich fragst.« Er war vor dem Vorhang stehengeblieben, der das rückwärtige Zimmer vom Laden abteilte. Das Lächeln erstarb auf seinen Lippen. »Wie willst du heute bezahlen? Mit dem Geld, das dir dein Vater mitgegeben hat, oder...«

Als sie ihn ansah, blieb ihm der Satz im Halse stecken. Mein Gott, war das Mädchen schön! Er wußte, was sie ihm antat, aber er verdrängte dieses Wissen aus seinen Gedanken. Es war schöner, nur an ihren Charme zu denken, und sich in dem Bewußtsein zu sonnen, daß es seine Geschicklichkeit war, die das Mädchen wieder und wieder zu ihm führte. Was sie mit dem Geld tat, das der Vater ihr für die Medikamente gab, das war schließlich ihre Sache. Es war ebenso ihre Sache, wenn sie sich, anstatt das Geld auszugeben, vom Inhaber eines Drugstores den Rock hochheben ließ.

Er lächelte, als sie an ihm vorbeiging und ihm mit einer sanften Bewegung über die Wange strich. Mein Gott, dachte er. Warum hat sie sich ausgerechnet einen Mann wie mich ausgesucht.

Er sah, wie das Licht im Hinterzimmer gelöscht wurde.

Er warf einen prüfenden Blick auf die Straße. Dann eilte er ins Hinterzimmer. Seine rechte Hand war unterwegs nach ihren Brüsten.

»Dawn«, flüsterte er zehn Minuten später. »O Gott! Dawn!«

16.50 h

Das Lagerhaus war im wesentlichen noch so, wie es vor 92 Jahren errichtet worden war. Mac Felsom hatte sich darauf beschränkt, elektrische Leitungen einzuziehen. 1948 hatte er einen gebrauchten Holzofen aufgestellt, den er in Laramie gefunden hatte. Jetzt hatte er es sich auf einem Sprossenstuhl bequem gemacht. Ein Stapel zerlesener Magazine lag neben ihm. Die Kühle des Aprilwetters kam in die Ecken des Lagerhauses gekrochen. Aber Mac Felsom dachte noch nicht daran, nach Hause zu fahren. Noch nicht. Zwar waren vor wenigen Augenblicken die Waggons mit der Aufschrift »Casper Limited« vorbeigerumpelt, der Zug, der die Pendler zurückbrachte. Daß der Zug vorbeikam, war schließlich kein Grund, zu der kleinen Wohnung an der Station Lane zurückzukehren. Wirklich nicht.

Schließlich wurde er in dieser Wohnung nicht von einer liebenden Familie empfangen. Artie würde gerade dabei sein, sich für den Abend herzurichten, um dann irgendwo herumzustromern. Steve war schon vor längerer Zeit zu Jake und Ellie gezogen. Und Harry... Es war jetzt elf Monate her, daß... Mac Felsom nahm einen langen Schluck aus der Flasche.

Es schien sinnlos, überhaupt nach Hause zu fahren.

Es sei denn, ein Wunder wäre passiert und Madge wäre zurückgekommen. Dazu war allerdings wirklich ein Wunder notwendig. Vor zwanzig Jahren hatte sie ihn verlassen. Sie war mit einem reichen Freund davongegangen, einem Mann, der dreiteilige Anzüge trug und ihr goldene Berge versprach, wenn sie mit ihm an die Ostküste ging. Sei froh, daß du das Mädchen los bist, hatten seine Freunde gemeint. Vielleicht. Vielleicht. Es gab immer noch Tage, wo Mac Felsom an das Mädchen dachte.

Er wischte sich die Lippen mit der gichtigen Rechten trocken und stand auf. Er schwankte. Grinsend wanderte er durch das offenstehende Lagertor zur Rampe. Er stand unter dem steil abfallenden Dach, die Hände in den Hosentaschen, und wippte. Ich bin nicht betrunken, dachte er. Ich habe allen Grund, stolz zu sein. In der Tat. Er war magerer als Galen, größer als Waters, und er vertrug mehr Alkohol als irgend jemand im Ort, Stan Kelly eingeschlossen.

Er rülpste. Als er ein eigenartiges Geräusch hörte, hielt er sich die Hand vor den Mund. Ich bin nicht betrunken. Da war ein Geräusch. Verdammte Kinder. Wahrscheinlich wieder dieser geisterhafte Greg Thornton. Sohn eines Priesters, und der Schlimmste von allen. Er lehnte sich vor, sah die Geleise entlang. Er beschloß noch etwas abzuwarten. Vielleicht konnte er einen der Burschen dabei erwischen, wie er sich am Eigentum der Bahn vergriff.

Er rülpste.

Das Geräusch war wieder da.

Ihm war, als hätte er eine Bewegung in den Büschen am Damm gegenüber bemerkt. Er kniff die Augen unter den schwarzen Brauen zusammen. Seine Kiefer begannen zu mahlen, und seine Backen wurden zu dunklen Mulden. Er lauschte in die Dämmerung hinein. Er vernahm ein Grunzen, und dann kam ein Stein geflogen. Er sprang zur Seite und fand an einem Stützbalken Halt. Ein wahrer Steinhagel folgte, die Felsbrocken donnerten auf die hölzerne Rampe nieder, auf das Dach des Lagerschuppens, flogen ins Innere. Er hörte, wie seine Bourbonflasche zu Bruch ging, und betrachtete fassungslos das braune Rinnsal, das in den Fugen des Bodens verschwand.

So unvermittelt, wie es begonnen hatte, war alles vorüber.

Verdammt noch mal, dachte er. Das waren Shoshonen. Es *mußten* Shoshonen sein. Die weißen Halbwüchsigen riskierten sowas nicht. Einer hatte ihm einmal eine Fensterscheibe eingeworfen. Das war alles. Den Indianern hingegen war alles zuzutrauen. Sie ließen keine Gelegenheit aus, ihm das Leben schwer zu machen. Erst als er seine zweite Flasche Bourbon geleert hatte, fiel ihm ein, daß die Shoshonen ihn hätten treffen können, wenn sie gewollt hätten. Der erste Stein war eine Warnung gewesen, damit er sich in Sicherheit brachte. Es machte die Sache nicht besser. Weiße oder Indianer, alle Kinder gehörten erschossen.

17.10 h

Seit einem Jahr arbeitete Lamont Riley für Bill Perkins. Er hatte die Schnauze voll. Es war nicht nur wegen der verrückten Frau, die sich nackt am Schlafzimmerfenster aufbaute, sobald ihr Mann die Ranch verließ. Es war auch nicht der schlechte Ertrag der Ranch, der ihm die Lust an der Arbeit verleidete. Es war die Stille. Mitten am Tag herrschte auf diesem gottverdammten Land geisterhafte Stille. Riley stammte aus Kansas, seine eigene Familie bewirtschaftete eine Farm. Er kannte das Landleben. Aber das hier war etwas anderes. Die Gegend lag zu hoch. Es gab zu viele Berge. Der Himmel war so blau, daß einem die Farbe die Augen verbrannte, wenn man zu lange hinsah.

Er haßte die Stille.

Die Dämmerung hatte der Nacht Platz gemacht. Fledermäuse schwangen sich durch das Dunkel. Das Vieh war noch auf der Weide.

Er schwang sich in Perkins' Jeep und ließ den Motor an. Nach wenigen Minuten Fahrt über unebenen Grund war er bei der Rinderherde angekommen. Die Kühe bewegten sich kaum. Sie lagen im Gras und kauten. Riley hatte sich eine Leine um den Unterarm gewickelt. Er machte sich auf die Suche nach der Leitkuh, die eine Glocke trug.

Wie angewurzelt blieb er stehen. In ein paar Schritten Entfernung war der Schatten einer großen reglosen Masse zu erkennen.

»He, Maybelle!« rief er. Blöder Name für eine Kuh.

Beinahe wäre er in Panik davongestürzt. Das Tier lag auf der Seite. Die Kehle war aufgeschlitzt. Als er näher trat, sah er, daß der Kopf nur noch durch ein paar blutige Sehnen mit dem Rumpf verbunden war. Die Zunge war angefressen, die Wamme zerfleischt, als hätte ein Geisteskranker mit einer Baumsäge auf das sterbende Tier eingeschlagen.

Riley ging vorsichtig um den Kadaver herum und würgte an dem bitteren Kloß, der sich in seiner Gurgel formte.

Eines der Augen war aus der Höhle gerissen worden, die Augenhöhle zeigte Nagespuren. An Flanken und Rumpf des Tieres waren tiefe Schnitte zu erkennen. Eine summende Matte von Fliegen lag über dem Blut.

Riley war, als wäre Kramer's Mountain innerhalb einer Sekunde auf eine Reichweite von wenigen Metern herangekommen. Der Mitternachtswind, der durch das Tal strich, ließ ihn erschaudern.

»Scheiße, Maybelle«, sagte er, nur um den Klang seiner eigenen Stimme zu hören. Es kam sehr laut heraus. Er wiederholte die Worte etwas leiser. Dann begann er nach Spuren zu suchen. Er fand keine. Es gab nur blutiges Gras und die Abdrücke seiner eigenen Stiefel.

Er war inzwischen sicher, daß er sich einreden konnte, ein Wolf oder ein Rudel Coyoten hätten das Rind gerissen. Vielleicht auch ein Bär, das war gar nicht so unwahrscheinlich. Er warf einen Blick auf den Kadaver, und plötzlich war die Ranch voller Gespenster.

Er hob die Leine, benutzte sie als Peitsche und trieb die restliche Herde in den Stall. Er beschloß, mit einem Helfer von der Ranch zurückzukehren und den Kadaver abzutransportieren. Er würde auch Perkins Bescheid sagen müssen.

Schlimm, dachte er. Erst vor drei Wochen war ein preisgekrönter Zuchtbulle, der in Billyboys Stall stand, auf die gleiche Weise abgeschlachtet worden. Irgendwie war die Sache an Riley hängengeblieben, obwohl der Vorwurf nicht offen ausgesprochen wurde. Perkins würde ihm die neue Sache ebenso anhängen.

Er ging ins Dunkel zurück und warf einen letzten Blick auf das verendete Tier. Irgend etwas hatte die Fliegen bei ihrem Mahl gestört. Der summende schwarze Teppich kroch eine Handbreit weiter.

Riley konnte es nicht länger mitansehen. Er rannte zum Stall zurück.

Drittes Kapitel

19.00 h

Nacht in Windriver, das Tal und der Ort ein Tintenfleck, von grauen Schatten umgeben. Der Fluß angeschwollen, vom Regen und von der Schneeschmelze, fängt die Gestirne in seiner Falle. Der Schein der Straßenlaternen verbirgt sich in den Wipfeln der Bäume. Die Tagesschicht der Bonbonfabrik geht zu Ende. Die roten und weißen Lichter der Autos sind zu sehen. Es ist kalt. Jedes falsche Wort würde zum Schrei.

19.05 h

»Daddy, du machst dir mehr Sorgen als nötig. Ich hab' manchmal noch Schmerzen, aber das ist nicht so wichtig. Wirklich nicht.«

Anthony Carosa brachte ein geduldiges Grinsen auf sein Gesicht. Er beobachtete seine Tochter, die in einem Kamelhaarmantel im Zimmer umherging und ihre Schulbücher zusammensuchte. Vielleicht hatte sie recht.. Vielleicht machte er sich wirklich unnötig Sorgen um sie. Das Gespräch auf Davids Party fiel ihm ein. Er hatte dem alten Jake gesagt, daß Rachel für Carole so etwas wie die liebe Großmutter war. Die alte Squaw war krank. Es ging zu Ende mit ihr.

»Ratten«, sagte Carole. Sie sah ihm zu, wie er seinen Mantel überzog. »Mir ist da grad was eingefallen.«

»Was denn?«

»Hardy gibt heute abend eine Party. Keine richtige Party, meine ich. Einfach ein paar junge Leute, die sich treffen, wenn du weißt, was ich meine.«

Carosa zögerte. »Es ist vielleicht besser, wenn ich Mr. MacKenzie anrufe.«

»Nein, Daddy«, sagte sie. Sie sah ihn an und schmunzelte. »Wann wirst du aufhören, dir anderer Leute Kopf zu zerbrechen?«

»Na gut«, sagte er. Es klang, als hätte er soeben einen Entschluß gefaßt. »Dann schwingt die junge Dame jetzt ihren satten Hintern in die Rostlaube, sonst kommen wir noch zu spät.«

»Mussolini«, murmelte sie. Sie waren auf den Hof hinausgegangen. »Wenn Gloria Steinem hier im Ort lebte, würdest du nicht so reden.«

»Wer ist Gloria Steinem?«

Ein theatralischer Seufzer. »Eine Feministin, Daddy. Sie sorgt dafür, daß Leute wie du nicht Mädchen wie mich verprügeln.«

»Tja, in diesem Fall...« Er machte einen Kratzfuß und öffnete ihr die Wagentür. Sie bedankte sich mit einem spöttischen Knicks. Er fuhr ihr mit liebevoller Geste über die Haare.

»Ich find's gut, daß dich Rachel so gerne mag«, sagte er wenige Minuten später, als sie den Ort bereits verlassen hatten. Er beugte sich zu ihr und streichelte das Amulett, das sie am Hals trug, das kupferne Relief eines Vogels.

»Sie mag mich, weil niemand in der Familie ihr so gut vorlesen kann wie ich. Mein Gott, Daddy, manchmal habe ich den Eindruck, die haben Angst vor ihr. Ich finde, sie ist eine Indianerin wie die anderen auch.«

Carosa antwortete nicht. Er hatte die Richtung zur MacKenzie-Ranch eingeschlagen. Carole stellte das Radio an. Sie saß vornübergebeugt, und ihre Stirn berührte beinahe den Lautsprechergrill am Armaturenbrett. Eines ihrer Bücher war zu Boden geglitten, sie ließ es liegen.

Er musterte sie aus den Augenwinkeln und grinste. Das Mädchen würde möglicherweise einmal eine wunderschöne Frau werden. Eine von der italienischen Sorte, wie Jake das zu nennen beliebte. Jedenfalls viel exotischer als die anderen Mädchen.

Das zweite Buch glitt zur Erde, sein Grinsen erstarb. Ein bemerkenswertes Mädchen, dachte er. Büffelte, ohne zu klagen. Und für was? Damit sie, vielleicht, ein Stipendium bekam. Das war ungefähr so wahrscheinlich wie Jake Harmons Heirat mit einer neuen Frau oder wie zwei neue Beine für David.

Die Versicherung hatte bezahlt, und die Freunde hatten geholfen. Trotzdem waren seine Ersparnisse für die Behandlung seines Sohnes draufgegangen. Damit auch das Geld, das er für Caroles Schulausbildung beiseite gelegt hatte. Sie sagte ja immer, das sei völlig in Ordnung. Aber er vermutete, daß die Bitterkeit, die sich so oft in ihr Gesicht stahl, von den feindlichen Gefühlen herrührte, die sie gegen ihn hegte. Wie sich das Mädchen anstrengte. Es war schon beeindruckend. Aber was nützte das? So sehr er sie auch aufzubauen suchte, er und sie wußten, daß sie es nicht schaffen würde. Es gab nur einen, der wirklich Intelligenz mitbekommen hatte: David.

»Carole?«

Sie fuhr auf. Sie sah die Bücher und hob sie auf.

»Alles in Ordnung?«

»Aber sicher«, sagte sie. »Warum fragst du?«

Er zuckte die Schultern, dann riß er das Steuer nach links, um einem Schlagloch auszuweichen. »Nur so.« Er zögerte. »Deine Mutter findet, du überanstrengst dich.«

»Mutter findet das bei jeder möglichen Gelegenheit«, sagte sie eingeschnappt. »Sie würde mir am liebsten jedes Mal Fieber messen, bevor ich den Fuß vor die Tür setze.«

»Carole, das ist aber nicht fair ihr gegenüber.«

Sie wollte etwas antworten, dann plötzlich überlegte sie es sich anders.

»Du rufst sie an, hörst du?«

»Mach' ich, Dad.«

»Sag Rachel, die ganze Familie läßt sie schön grüßen. Wir hoffen, daß sie bald wieder ganz gesund ist.«

»Ich werd's ihr sagen.«

»Und...«

»Das wär's dann aber, Daddy«, sagte sie. »Ich weiß schon, was du sagen willst. Verdammt noch mal, du behandelst mich immer noch wie ein Kleinkind.«

19.30 h

Es war ein Traum. Jason wußte, daß es ein Traum war, und doch war es so wirklich wie in jener Nacht, wo es passiert war. Auf einem Motorboot tut man nur Dinge, die Spaß machen, hatte ihm die heisere Stimme ins Ohr geflüstert. Es ist Mitternacht, und du fährst an der Küste von Jersey entlang. Du sitzt an Deck, auf einem Deckstuhl, und schlürfst von deinem Drink. Dein Gastgeber, so nett er ist, ist ein Verbrecher. Du weißt es, und er weiß, daß du es beweisen kannst. Und jetzt denkt er über einen Kompromiß nach, der ihn vor dem Gefängnis bewahrt. Das Ganze geht so, bis die Frau an Deck kommt und deinen Namen flüstert. Sie ist ebenholzschwarz, und ihr Anblick ist ebenso quälend wie wirklich und diesseitig. Sie ist nackt. Sie hält die Arme ausgestreckt, und der Mond beleuchtet ihre kleinen Brüste. Jetzt erst siehst du, daß sie blond ist. Großgewachsen und blond. Aber die Sonne hat ihre Haut in Bronze getaucht. Ihre eingeölte Haut schimmert, ein Versprechen. Sie macht einen Schmollmund, und dann stellst du dein Glas auf den Tisch, stehst auf und begrüßt sie. Ihre Finger machen sich an den Knöpfen deines Hemds zu schaffen. Du spürst, wie ihre scharfen Nägel auf deiner Haut entlangwandern. Ihre Hand gleitet unter deinen Gürtel, dann zurück zur Schulter. Du hörst ihr rhythmisches Atmen, ganz nah an deinem Ohr. Sie löst deinen Gürtel, und noch bevor deine Hände, die plötzlich schwer wie Blei sind, nach ihren Brüsten greifen können, hat sie ihren Fuß hinter deine Ferse gestellt, und du bist so erstaunt, daß du nicht einmal merkst, wie ihr Schmollmund aufklafft...

...Es gibt Schlangen, die sich in deinen Lungen einnisten, während du in die Tiefe dringst, du siehst den dunklen Uferstreifen und die Lichter eines Amüsierparks am Pier. Es ist jetzt so kalt, daß du nur noch Wasser trittst, du machst keine Schwimmbewegungen mehr. Du bist nicht betrunken, schließlich bist du ein vorsichtiger Mensch. Der Mann ist ein Amateur, denkst du. Ein Amateur, als Skipper und als Mörder...

...Alles, woran du jetzt denken kannst, ist die Geschichte, die du schreiben wirst, sobald du wieder zu Hause bist. Du wirst sie schreiben, so oder so. Vielleicht wirst du noch etwas Würze hinzufügen, nicht wahr, Jason? Ja, verdammt noch mal, ja. Du findest nach Hause, ohne daß dich jemand sieht. Du schreibst die Geschichte bei verschlossenen Türen und Fenstern, denn es gibt ja Mörder. Die Aircondition hast du abgestellt, schließlich gibt es so Dinge wie Gas. Das Essen im Vorratsschrank und im Kühlschrank bleibt unangerührt, denn es gibt ja so was wie Gift. Sobald du die Geschichte fertig hast, zerreißt du sie und verbrennst die Schnipsel in einem Abfalleimer aus Metall. Du tust das, weil die Frau mit den kleinen Brüsten und dem Schmollmund hinter dich getreten ist. Sie schaut dir über die Schulter. Auf der Veranda, auf dem Dach, in der Garage steht der Skipper, der dich töten wollte, er hält eine Harpune in der Hand, und Jason, in diesem Augenblick erheben sich die geflügelten Schlangen von der mondbeschienenen See. Sie bleiben im Schatten, bis das letzte Wort niedergeschrieben ist, und wenn sie den Schatten verlassen, lächeln sie.

Lächeln, Jason, lächeln, lächeln...

Jason fuhr hoch. Es war Nacht. Er rieb sich mit dem Handrücken über die Augen und tastete nach dem Knopf der Nachttischlampe. Das Licht flammte auf, er mußte blinzeln.

»Es ist nicht fair«, murmelte er.

Das Problem war einfach. Alles war so passiert, wie er es geträumt hatte.

Der Mann, die Frau, die Geschichte. Auch die Flucht. Vor zwei Jahren, an einem Wochenende im September, hatte er im Büro der Zeitung *Dinge* hinter den Aktenschränken zu sehen begonnen. Es gab Dinge auf der Schwelle seiner kleinen Wohnung, Dinge in den lächelnden Gesichtern der Menschen. Er hatte seine Stellung bei der Zeitung gekündigt, nachdem ihm klargeworden war, daß es weder für die Zeitung noch für ihn gut war, wenn er wie eine Leiche durch die Redaktionsräume wandelte. Er hatte den Mann und die Frau nie wieder getroffen, und trotzdem begegneten sie ihm überall, grüßten ihn mit wissendem Lächeln. Er hatte es mit der Angst zu tun bekommen. Er hatte sich zu Hause eingeschlossen und die geflügelten Schlangen betrachtet.

Dann hatte Galen geschrieben. Windriver, so stand es in Galens Brief, steuerte dem Verderben zu.

Warum auch nicht? dachte Jason. Wenn ich nichts dagegen tun kann, dann kann ich doch wenigstens mitmachen und den Leuten den Weg zeigen.

21.00 h

Daniel Tallpines hatte sich hingehockt. Es gab keine Bäume am Ufer des Flusses, die Bäume, die früher einmal da waren, hatten die Siedler geschlagen.

Zur Rechten war Aaron Sweetwater, zur Linken Michael Wolf. Hinter ihm hockten noch ein paar Männer. Sie sahen ins Wasser, das eine Rinne in die fruchtbare dunkle Erde des Tals gegraben hatte. Es gab keine Frauen und keine Kinder, die Männer waren unter sich.

»Ich weiß es nicht«, beantwortete Daniel die Frage. Er war Anfang Dreißig. Braunes, wettergegerbtes Gesicht, derbe Nase. Wenn er sprach, bewegte sich nur der rechte Teil seines Mundes, es sah aus, als litte er an den Nachwirkungen eines Schlaganfalls. »Er ist heute nachmittag mit dem Bus angekommen, und seitdem ist er die ganze Zeit bei Marsh gewesen. Ich sehe keine Chance, wie man das herausfinden kann. Ich habe mit Donna Oldfield gesprochen, aber die hat auch keine Ahnung. Er hat sie beinahe umgerannt, das ist alles, was ich von ihr in Erfahrung bringen konnte.«

»Dann steckt Waters dahinter«, sagte Aaron bitter. »Ted Waters, ganz sicher. Er hat einen Anwalt aus New York engagiert, einen

Mann, der uns mit ›Bruder‹ anreden wird, während er uns das Messer in den Rücken rennt.«

»Unsinn«, sagte Michael. Er warf eine Handvoll ausgerissenes Gras hinter sich. Er war neunundzwanzig. Eine Ohrmuschel fehlte. Am linken Auge hatte er eine sichelförmige Narbe, Folge einer Messerstecherei mit einem Freund. Der Freund war Daniel Tallpines. Daniel war ohne eine Schramme aus der Kraftprobe hervorgegangen. »Was kann denn ein Anwalt gegen uns ausrichten? Er hat doch gar keinen Hebel, wo er ansetzen kann. Unser Grund und Boden ist unbelastet, bei den meisten jedenfalls. Alle zusammen schulden wir der Bank vielleicht hunderttausend Dollar. Die Bank kann uns nicht erpressen.«

»Dann weiß ich auch nicht«, sagte Aaron. Er bohrte den Absatz seines Stiefels in die weiche Erde. »Ich passe.«

»Wir machen uns unnötig Gedanken«, sagte Daniel ernst. »Wir sollten uns nicht paranoid machen lassen.«

»O mein Gott«, sagte eine Stimme hinter ihm. »Habt ihr das gehört? Paranoid. Haben sie dir nichts Besseres beigebracht auf der Schule, Danny?«

Daniel zuckte die Achseln. Er hatte die Schule im Indianerreservat besucht, eine Schule, die von Weißen geleitet wurde. Danach hatte er mit einem Stipendium der anglikanischen Kirche ein College absolviert. Danach fünf Jahre Armee. Jetzt war er vierunddreißig. Er arbeitete als Meister in Cy Oakers Garage. Er hatte eine Frau und drei Kinder. Er verdiente immerhin soviel, daß seine Kinder nicht für die Touristen posieren mußten. Er war nie mit dem Gesetz in Konflikt gekommen, nicht einmal nach der Messerstecherei. Michael Wolf war betrunken gewesen, betrunken und neunzehn. Er hatte eine Waffe gehabt. Ein Wunder, fanden die Freunde, daß Daniel ihn nicht umgebracht hatte. Inzwischen waren sie Freunde.

Es war kein geplantes Treffen, zu dem sich die Männer am Fluß zusammengefunden hatten. Der Wind hatte sie hierher gebracht. Daniel hatte das Gefühl, als ob ein Wesen mit seinen Gedanken zu ihm durchzudringen versuchte.

»Ich werde mit ihm sprechen«, sagte er. »Wenn er mit Marsh befreundet ist, dann kann er ja nicht so bösartig sein.«

»Bist du sicher?« fragte Wolf.

Daniel legte die Hand flach auf die Erde. Das Wesen hatte zu flüstern begonnen. Es war ein Wesen, das vor einem Jahr noch nicht existiert hatte. Der Gedanke gefiel ihm nicht. Die Sache machte ihm Sorgen.

»Dan, ob du sicher bist«, wiederholte Michael Wolf seine Frage.
»Nein«, sagte er, »aber ich habe nicht viel Möglichkeiten.«
Sie rauchten und schauten in die Sterne. Dann ging einer nach dem anderen davon. Zwei blieben.
»Daniel«, sagte Aaron, »du mußt Geduld mit ihnen haben. Sie bilden sich ein, sie glauben an die Lehre, aber in Wirklichkeit wissen sie überhaupt nicht, worauf sie sich eingelassen haben. Sie haben Angst. Es sind immerhin sieben Jahre ins Land gegangen, und die Weißen sind immer noch hier.«
»Ich weiß.« Daniel schnippte seine Zigarette in den Strom. »Ich weiß.« Er legte seine Hand auf die Erde zurück.
»Du fühlst es, wie?«
Daniel nickte. »Ich kann's fühlen, aber ich kann's nicht hören.«
»Das ist die Welt, Daniel. Wir sind schon zu lange auf der Welt. Die alten Legenden... Für die Weißen sind wir mystische Wesen, aber wir sind auch Menschen.«
»Mystische Wesen«, wiederholte Daniel. Er grinste. »Paß nur auf, daß Michael dich nicht hört, wenn du das sagst. Sonst verdächtigt er dich, du hättest ein Buch gelesen.«
»Ich finde, Michael ist ein guter Junge.«
»Das ist er.«
Die Minuten verstrichen.
»Wegen *ihr* mache ich mir Sorgen, Daniel.«
»Wegen Dawn? Oder wegen Lachender Himmel?«
»Weder noch. Du weißt, wen ich meine. Sie ist alt, und sie ist krank. Was ist, wenn sie stirbt?«
»Dann veranstalten wir ein *powwow* mit Ted Waters und schließen Freundschaft mit ihm.«
Sweetwater überging die Antwort. »Die ganze Sache gefällt mir nicht, Daniel. Die Tiere werden geopfert, aber die Weißen bleiben auf ihrem Land sitzen. Simon könnte mich töten für das, was ich jetzt sage, aber ich traue der Frau nicht.« Er verstummte und wartete. Keine Antwort. »Hast du gehört, was ich gesagt habe?«
Daniel starrte auf den Fluß hinaus. Er würde seinem Freund nicht verraten, daß er seine Zweifel teilte. Er zweifelte nicht etwa an der Lehre, sondern an der Fähigkeit der alten Frau, den richtigen Zeitpunkt zu wählen. Was würde sie tun, wenn die Weißen einfach dablieben?

Jason rieb sich die Backen, um den Schlaf zu vertreiben. Er stand auf und ging in den Korridor. Das Bad lag zur Linken. Nach vorne führte der Gang in Galens Schlafzimmer und in die Küche. Wo das Wohnzimmer begann, gab es einen gemauerten Bogen. Gleich am Eingang stand ein Waffenschrank.

Marsh hatte auf der hartgepolsterten Couch gegenüber dem offenen Kamin Platz genommen. Er las. Auf dem Knie hielt er einen Notizblock, auf dem er eine Reihe von Eintragungen gemacht hatte. Er schaute auf und deutete auf den Schrank, wo eine offene Flasche Brandy stand.

»Entschuldige, aber du siehst grauenhaft aus.«

»Ich bin müde«, sagte Jason. Was nur die halbe Wahrheit war. »Ich hasse die Stunde Schlaf zwischendurch. Jedesmal, wenn ich das mache, bin ich nachher ganz zerschlagen.«

Marsh war aufgestanden. Er ging zu einem rohgezimmerten Schaukelstuhl und machte es sich bequem. Jason stand eine Weile schweigend da, schlürfte den Trost der Flammen. Dann setzte er sich auf die Couch.

Er hatte vor, den Zeitungsherausgeber über die näheren Umstände seiner Flucht aufzuklären. Aber er überlegte es sich anders. Der Alte würde das so oder so bald herausfinden.

»Galen«, sagte er statt dessen, »du siehst vor dir einen Mann, der früher einmal sehr neugierig war. Damit ist es jetzt vorbei. Ich kann die ganze Nacht warten, wenn du das möchtest, aber ich möchte dir jetzt schon sagen, ich sehe nicht, wie ich dir helfen kann. Ich bin weder ein Polizist noch ein Rechtsanwalt. Ich bin kein Privatdetektiv und auch kein Ehemaliger vom FBI, wie es in den Fernsehkrimis genannt wird. Um ehrlich zu sein, ich weiß nicht recht, was du überhaupt von mir willst.«

Marsh griff hinter sich und nahm eine Pfeife aus dem Regal. Er stopfte sie, zündete sie an und zog eine Grimasse. »Die Dänen machen ihren Tabak zu scharf. Ich weiß auch nicht recht, ob ich mir zu Recht Sorgen mache, Jason.«

»Sprich dich aus«, sagte Jason.

Galen streckte und reckte sich. Jason war nicht sicher, ob ihm Galens stechender Blick gefiel.

»Jase, dieses Tal, alles, was sich Windriver nennt, wurde gegen Ende des Bürgerkriegs besiedelt. Hier gibt's kein Öl, kein Eisen, keine Kohle. Es hat also nie einen Boom gegeben, es sei denn, du betrachtest die Bonbonfabrik als Goldgrube, wo ich dann allerdings deine Meinung nicht teilen würde. Ich glaube, in Windriver haben nie mehr als zwölfhundert Menschen gewohnt. Die Geologen sagen, Windriver liegt mitten in einem erloschenen Vulkan. Deshalb ist der Boden so fruchtbar. Man kann auf die Jagd gehen. Das Holz steht gut in den Wäldern. Und dann gibt's hier alles zu kaufen, was man so braucht.«

»Damit sagst du mir nichts Neues«, bemerkte Jason trocken.

Marsh ignorierte ihn. »Man sollte also meinen, daß es hier keine Probleme gäbe. Und doch gibt es solche Probleme, Jase. Sie sind besonders schwerwiegend, weil wir so wenig Menschen sind.«

Jason hatte die Hände hinter dem Kopf verschränkt. »Wo hapert's denn? Streiten sich die Rinderzüchter mit den Schafhirten?«

»Man merkt wirklich, daß du aus den Oststaaten kommst. Nein, diese Art von Konflikten gibt es hier schon seit hundert Jahren nicht mehr. Aber es gibt Probleme mit den Indianern. Unter anderem.«

Jason hörte ihm aufmerksam zu. Es kam ihm unwahrscheinlich vor, daß mitten im Countdown für das 21. Jahrhundert ein neuer Krieg zwischen Weißen und Indianern ausbrechen sollte. Nachdem der Zeitungsherausgeber eine Stunde lang gesprochen hatte, war Jason anderer Meinung. Was sich hier zusammenbraute, war ein Krieg zwischen zwei Rassen. Es ging nicht um Land, es ging darum, ob man Weißer oder Rothaut war.

Galen zufolge, hatte das Tal ursprünglich den MacKenzies gehört. Die MacKenzies waren von Schottland ausgewandert und waren im Planwagen querfeldein durch Amerika gefahren. Die ersten Kontakte mit den Shoshonen hatten in einer Verhandlung mit Chief Washakie bestanden. Als klar wurde, daß die Indianer gegen die Weißen keine Chance hatten, war Chief Washakie mit dem ganzen Stamm in ein Reservat gezogen, das den Namen Wind River bekam. Es war das fruchtbarste Land im ganzen Staat. Washakie war kein Feigling, aber er war ein Mann, der sich etwas Besseres vorstellen konnte als die Auslöschung seines Stammes. Es gab andere Möglichkeiten, den Weißen beizukommen, das mußte nicht unbedingt mit der Waffe in der Hand geschehen.

Beide Seiten hatten von der Vereinbarung profitiert. Die meisten Schotten heirateten indianische Squaws, einmal weil es das Praktischste war, und dann auch weil sie gut im Bett waren.

Um die Jahrhundertwende allerdings hatten die Familien begonnen, Land zu verkaufen. Damit hatte die Unruhe begonnen. Es gab eine Reihe von Farmern, die sich einkauften und das Land wieder verließen, weil sie den Herausforderungen des Bodens nicht gewachsen waren. In den sechziger Jahren hatte es eine Kommune in Windriver gegeben. Die Einheimischen hatten die jungen Leute geduldet, weil sie in den örtlichen Geschäften viel Geld ausgaben. Aber die Kommune hielt nicht durch. Vor sieben Jahren dann hatte Aaron Sweetwater sich mit einer Ranch in das Land der Weißen eingekauft, und inzwischen gehörte jeder Meterbreit südlich vom Fluß Indianern, die das Wind River Reservat verlassen hatten.

»Fast alles Shoshonen«, sagte der Zeitungsherausgeber. »na ja, es gibt ein paar Araphos. Eine Zeitlang gab es auch einen Apachen, glaube ich. Aber den haben die Shoshonen nach einem Monat wieder ausgekauft. Die haben so ihre Vorstellungen, wer hier Land besitzen soll und wer nicht.«

»Warum die Aufregung?« sagte Jason. »Ihr habt doch seit vielen Jahren Seite an Seite mit den Indianern gelebt. Warum macht es euch so nervös, daß sie Land kaufen? Sie haben doch schließlich das Recht dazu, wie jeder andere auch. Es heißt ja außerdem, Galen, die Indianer seien zuerst hier gewesen, vor den Weißen. Und dann sind wir in einem freien Land, das sagt man uns ja immer. Hast du mir nicht erzählt, die MacKenzies sind selbst halbe Indianer?«

Marsh klopfte seine Pfeife aus und legte sie auf den Kaminsims. »Darum geht es nicht, Jase. Niemand hier würde sich darüber aufregen, daß die Indianer Land kaufen. Aber es steckt was anderes dahinter. Es sind nicht irgendwelche Shoshonen, die sich einkaufen. Nur eine ganz bestimmte Gruppe erwirbt Land in diesem Tal. Ich will damit nicht sagen, daß es eine negative Auslese ist, da würdest du mich falsch verstehen. Aber es sind Menschen, die sich sehr vom Rest des Stammes unterscheiden. Und dann gibt es noch etwas, das uns Kopfzerbrechen macht. Diese Indianer rühren keinen Finger, sobald sie auf ihrem Land sitzen.«

Jason sah ihn fragend an.

»Sie lassen das Land brachliegen, Jase.«

»Ist das denn nicht ihr gutes Recht?«

»Das würde ich meinen«, sagte der Zeitungsherausgeber. »Aber sprich mal mit jemandem wie Ted Waters, der ist in diesem Punkt ganz anderer Ansicht. Mit jeder Farm, die an einen Indianer verkauft wird, sinkt Waters' Umsatz. Er verkauft Zubehör für die Landwirtschaft, und...«

»Trotzdem bleibt es das Recht der Indianer, das Land brachliegen zu lassen.« Er kniff die Augen zusammen. »Sag einmal, Marsh, hast du mich die ganze weite Reise machen lassen, damit ich herausfinde, warum die Indianer ihr Land brachliegen lassen?«

Galen nickte. Jason gab sich keine Mühe, seinen Zorn zu verbergen. »Das kann doch nicht wahr sein, Galen! Du hast zwei Beine, und du hast einen Mund. Warum fragst du die Indianer nicht selbst?«

»Das habe ich.«

»Und?«

»Die reden nicht. Jedenfalls nicht zu mir. Deshalb habe ich dich kommen lassen, mein Junge. Du bist Journalist. Du hast also ein klares Alibi, wenn du mit den Leuten sprichst. Ich habe ein paar Indianer für dich eingeladen, sie sitzen im Hinterzimmer. Warte noch! Ich will dir noch sagen, warum mich die Sache so interessiert. Es ist nicht nur wegen der brachliegenden Felder. Zum einen mache ich diese Zeitung, und wir würden die Story natürlich gern bringen. Zum zweiten könnte man die Story den überregionalen Nachrichtendiensten anbieten, je nachdem, was du herausfindest.«

Jason pfiff durch die Zähne. »Das ist ein ganz schönes Durcheinander, mit dem du mich da konfrontierst, lieber Vetter.«

Marsh grinste. »Ich bin sicher, du wirst herausfinden, was eigentlich los ist.«

»Wunderschön«, sagte Jason. »Ich reise zweitausend Meilen, damit du mich zu einem brauchbaren Menschen machst.«

An der Tür war ein Kratzen zu hören. Marsh stand auf und ließ die Hunde herein.

»Du hast gesagt *unter anderem*, Galen. In deinem letzten Brief hast du geschrieben, der Ort ist dem Verderben geweiht. Was gibt es noch, außer dem Rassenproblem?«

Eine Weile lang sah Galen in die Flammen. »Es ist so, wie ich geschrieben habe«, sagte er dann. »Hier hat sich vieles verändert. Nicht nur die Menschen. Die Nächte sind länger geworden. Tagsüber wird es nie richtig hell. Das Vieh wird auf der Weide erwürgt, zerfleischt, erstochen, bei lebendigem Leibe aufgefressen. Harmon hat nicht das Zeug, diese Dinge aufzuklären. Dann gibt es in Windriver ein paar Hitzköpfe, die der Meinung sind, die Welt gehört ihnen, weil sie mit einer ganz bestimmten Hautfarbe auf die Welt gekommen sind. Und dann ist da noch Ellie...« Er verstummte.

Jason spürte plötzlich die Traurigkeit, die von dem alten Mann ausging. Galen schien seine Gedanken erraten zu haben.

»Ich habe zunächst auch gedacht, es liegt daran, daß ich alt werde«, sagte er und lächelte. »Ich habe mich selbst geprüft und festgestellt, daß die Veränderungen, von denen ich gesprochen habe, mit der Sicht des Alters nichts zu tun haben. Etwas Böses hat von dem Ort Besitz ergriffen. Ich spüre ganz deutlich, daß wir Weißen in Windriver nicht mehr willkommen sind.«

Jason rutschte ungemütlich auf dem Sofa hin und her. Unwillkürlich war die Silhouette von Kramer's Mountain vor seinem geistigen Auge erschienen. »Du meinst... Du sprichst vom Satan, oder?«

Galen schüttelte den Kopf. »Ich weiß es nicht. Ich spreche mit den Menschen über diese Frage, aber niemand will mir zuhören. Sie verstehen gar nicht, was ich meine. Ich habe versucht, die Meinung von Pfarrer Thornton zu dem Problem zu erfahren. Ich habe ihn sogar gebeten, eine Messe für das Tal zu lesen. Weißt du, was er mir geantwortet hat? Ich soll mich um meine Zeitung kümmern.« Er klatschte in die Hände. »Nein. Ich spreche nicht vom Satan.«

»Dann von den Shoshonen.«

»Auch nicht, Jase. Es ist etwas anderes.«

Jason zuckte die Schultern. Es war kein alter Narr, der da vor ihm saß. Galen wollte einfach, daß er das Übel diagnostizierte, daß er ein Heilmittel dagegen fand.

Fast hätte Jason gesagt, er glaube nicht an das Böse. Aber dann fiel ihm das Motorboot ein, die Frau mit dem Schmollmund und der Mann, der versucht hatte, ihn umzubringen.

Galen erschauderte. »Ich hab' ein Gefühl, als wenn die Gänse über mein Grab marschieren.«

»Das würden die kaum wagen«, schmunzelte Jason. »Die würden sich die Federn verbrennen.«

»Ich finde das gar nicht lustig.«

»Immer noch besser als ein Brief, wo vom Untergang eines ganzen Ortes die Rede ist.«

Der Zeitungsherausgeber machte den Mund auf und schloß ihn wieder. Er schlug sich auf die Schenkel, und dann erklärte er Jason, wie er vorzugehen hatte. Es sei denn, daß er gleich morgen früh den Zug nehmen wolle.

Jason fand weder den ersten noch den zweiten Vorschlag besonders erheiternd.

22.00 h

Aaron Sweetwater stand auf der vorderen Veranda seines Hauses. Daniel saß auf einem Rotschimmel. Er ritt das Tier ohne Sattel. »Donna Oldfield hat angerufen«, sagte Aaron. »Sie wollte wissen, wie's ihrem Pferd geht. Ihr Pferd lahmte, als sie neulich vom Ausritt zurückkam.«

»Und wie geht's ihm?«

»Kein Problem. War nur eine Schramme. Sie kann nächste Woche wieder reiten, wenn sie Lust hat.«

»Gut. Sie ist eine nette Frau.«

»Sie hat mir gesagt, sie sei vorher telefonisch nicht zu erreichen gewesen. Sie war zu Billy gefahren.« Er fuhr sich mit der flachen Hand über die Nase. »Daniel, irgend jemand hat Billyboys Leitkuh zerfleischt.«

Daniel schnalzte, der Rotschimmel wandte den Kopf.

»Daniel!« rief Aaron ihm nach. »Die Sache ist am hellichten Tag passiert! Es geht doch nicht, daß es am hellichten Tag passiert. Was, zum Teufel, geht hier vor, Daniel?«

Daniel hörte ihm nicht mehr zu. Er lauschte in die Nacht hinein, und er hoffte, er würde keine Antwort auf seine Fragen erhalten.

Immerhin, Aaron hatte recht. Etwas stimmte nicht in Windriver. Veränderungen fanden statt. Aber das genügte nicht, um wegen der Sache zu Simon zu gehen. Was sollte er sagen? Daß sich die Luft anders anfühlte als früher? Daß das Land sich anders anhörte? Daß die Sterne kälter leuchteten? Simon und Rachel würden ihn einen Kindskopf nennen.

Vielleicht war es von Anfang an ein Fehler, dachte er.

22.30 h

Du kannst in meinem Büro Quartier beziehen, hatte Galen gesagt. *Das würde deinen Nachforschungen so etwas wie Legitimität verleihen. Wir können zumindest so tun als ob.* Galen hatte ihn prüfend von der Seite angesehen. *Du lachst zu wenig, junger Mann. An dir nagt was. Entweder du machst dich davon frei, oder du bekommst Magengeschwüre.*

Galen hatte ihm eines seiner Jacketts gegeben. Es war etwas eng um die Brust. Die Ärmel waren zu kurz.

Jason ging zum Fluß, er nahm einen der beiden Hunde mit. Er starrte auf das dunkle Wasser. Im Mondschein war sein Atem zu erkennen.

Der Hund hatte zu bellen begonnen.

»Ist schon gut, altes Mädchen«, sagte er. »Wir gehen jetzt nach Hause. Du kannst mich dann in den Schlaf wiegen. Morgen fängt alles an.«

Er war zum Haus zurückgelaufen, der Hund war hinter ihm hergerannt. Er stieß das Gartentor auf. Er betrat die Veranda und öffnete die Haustür. Der Hund blieb zurück und begann zu knurren. Er trat ein. Das Wohnzimmer war leer. Der Hund war ihm über die Schwelle gefolgt. Er bellte noch einmal, dann verschwand er im Gang.

Jason trat ans Fenster und blickte in den Hof hinaus. Nichts. Es gab kein Auto, keinen Vogel und überhaupt kein Wesen, das einen Hund aus der Ruhe bringen könnte. Er gähnte. Wie war es möglich, daß ihn das Bellen eines Hundes aus der Ruhe brachte?

Er prüfte das Schloß, bevor er sich zu Bett legte.

ZWEITER TEIL

Die Bluttaufe

Erstes Kapitel

1

Drei Tage lang ist das Tal verflucht. Sommersonnenwende. Es ist ungewöhnlich schwül, obwohl der Wind weht. Es bleibt schwül, auch nach Sonnenuntergang. Am vierten Tag ballt sich ein schwarzes Wolkengebirge über dem Tal zusammen. Böen. Es wird kalt. Kalt wie schwarze Schatten, die im Blut des Menschen nisten. Donner und Blitz folgen. Am Ufer des Flusses türmt sich der Schaum zu kleinen Hügeln. Am sechsten Tag geht eine kalte Sonne auf. Verheißung und Verwirrung zugleich. Du stehst auf der Schwelle eines Hauses und weißt nicht, worauf du wartest.

2

Als Jason aufwachte, waren die Fenster graue Rechtecke inmitten der sanften Schwärze. Er räkelte sich, rollte sich auf den Bauch und vergrub die Arme unter dem Kissen. Das Atmen des Hundes, der vor dem Bett schlief, war zu vernehmen, ein Jaulen, dann wieder das Atmen.

Jason mußte grinsen. Wyoming tat ihm gut. Trotz der Hitze und trotz der Stürme in den vergangenen Tagen hatte er wunderbar geschlafen. Er hatte mehr Energie als je zuvor. Jeden Morgen vertilgte er ein großes Frühstück, während früher der bloße Gedanke an ein Frühstück Brechreiz bei ihm ausgelöst hatte. Er duschte lang und mit Genuß. Wenn er den Fluß überquerte, hatte er keine Angst mehr vor der Weite des Landes.

Er sprach mit Kurt Steed, dem Besitzer des kleinen Restaurants. Auch mit Bob Green, dem Rechtsanwalt und mit seinem Sohn Hardy. Er sprach mit Earl Carson, dem Kurzwarenhändler, und mit ein paar anderen Bewohnern des Ortes, deren Namen er wieder vergaß.

Er hörte sich vor allem den Klatsch an, den sich die Leute erzählten. Es ging um Gloria Perkins, mit wem sie schon geschlafen hatte und mit wem nicht, wer davon verheiratet war und wer nicht. Die Leute sprachen von Carole Carosa und den Ereignissen vor zwei Jahren. Carole war halbnackt mit Charlie Sweetwater überrascht worden, und zwar von Ted Waters. Normalerweise, sagte Galen, wurden solche Dinge unter den Teppich gekehrt, aber Waters hatte die Sache zum Anlaß genommen, den Heiligen Krieg gegen die Indianer zu verkünden. Er erzählte es im ganzen Ort herum, bis sogar Pfarrer Thornton davon erfuhr, worauf die Sache von der Kanzel herab als Beispiel für verdorbene Sitten angeprangert wurde. Zwei Jahre vergingen, bevor Carole wieder in der Lage war, die Kirche zu betreten und der versammelten Gemeinde in die Augen zu sehen, ohne in Tränen auszubrechen.

Donna Oldfield hatte er bei seinen Recherchen nicht getroffen: Ein paarmal hatte sich Jason dabei ertappt, wie er am Bürofenster stand und ohne besonderen Anlaß auf die Straße hinausspähte. Insgeheim hoffte er, daß sie auftauchen würde, so daß er mit ihr sprechen konnte. Selbstmitleid beschlich ihn. Und die Erkenntnis, daß nicht sie, sondern er den nächsten Schritt machen mußte. Sie hatte beim ersten Treffen ganz unverblümt gezeigt, daß sie sich für ihn interessierte. Jetzt war die Reihe an ihm. Das Problem war, daß man in Windriver vorsichtig vorgehen mußte. Er kannte den Ort, er war hier aufgewachsen. Wenn man sich hier mit einer Frau zusammentat, dann hatte das mehr Folgen als anderswo.

Jeff kläffte im Schlaf. »Pack den Hasen«, murmelte Jason und legte sich auf die andere Seite. Es machte nichts aus, wenn er länger liegenblieb. Ohnehin war er tagsüber meist im Büro geblieben. Es gab kein Image, das er aufrechterhalten mußte. Die Zeit war mit dem Lesen der Berichte vergangen. Sachbeschädigungen, Verstümmelungen von Tieren. Seit zwölf Monaten war die Angst im Tal. Jeder verdächtigte jeden.

Esther Lynn, Galens Sekretärin, war ihm bei seinen Recherchen behilflich gewesen. Allmählich zeichnete sich ein klares Bild der Menschen ab, die in Windriver lebten. Es gab Anführer und Gefolgsleute. Es gab Parteien, und es gab Menschen, die zwischen den Fronten ausharrten.

Es war Galens Idee gewesen, ihn im Büro einzuschließen. Wie Galen hoffte, würden sich die Konflikte zwischen den Gruppen zuspitzen, wenn man sich möglichst lange heraushielt, wenn man den Dingen ihren Lauf ließ. Das Geschwür würde eitern und aufplatzen. Jason war sich nicht sicher, wie weit auf Marshs Urteil Verlaß war. Aber er war zuversichtlich, daß er, Jason, der unheilvollen Entwicklung Einhalt gebieten konnte.

Innerhalb der letzten Woche hatte diese Idee Gestalt angenommen und an Wichtigkeit gewonnen. Er wollte, daß Windriver vor dem Verderben bewahrt wurde.

Er hatte sich vorgenommen, die Untersuchung heute mit voller Kraft voranzutreiben. Galen hatte ein Treffen mit den MacKenzies für ihn verabredet.

»Die wissen natürlich längst, daß du da bist«, hatte Galen gesagt. »Die MacKenzies haben ihre Zuträger, du kannst nichts tun, ohne daß sie es erfahren. Was Simon angeht, so tut er allerdings, als ob alles in bester Ordnung wäre. Keiner von uns war bisher in der Lage, ihn in seiner Ruhe aufzustören.«

»Und von mir erwartest du, daß ich es schaffe?«

Er zuckte die Schultern. »Ich erwarte es nicht von dir. Vielleicht schaffst du's, vielleicht nicht. Jedenfalls geht der Weg über Simon. Du würdest ihn früher oder später kennenlernen.«

Ich werde für diesen Ort kämpfen, dachte Jason. Ich will eine Heimat haben, wohin ich zurückkehren kann.

3

Esther Lynn Vance war eine alte Jungfer. Sie war 51, und sie war entschlossen, Galen Marsh so schnell wie irgend möglich in den Hafen der Ehe zu dirigieren. Es gab einen Altersunterschied von acht Jahren, aber das war zwischen reifen Partnern wohl nicht so wichtig. Esthers Heiratsabsichten waren einer der Gründe, warum sie so hart für Galen Marsh arbeitete, der ihr doch nur ein geringes Gehalt zahlte. Rose, ihre religiös gesinnte Schwester, tadelte sie regelmäßig wegen der herausfordernden Art und Weise, wie sie sich im Büro anzog. Sie warf sich diesem Mann an den Hals, fand Rose. Die Kritik kümmerte Esther wenig. Sie hatte den festen Vorsatz, mit Marsh eine Ehe einzugehen, und wenn sie ihn zu diesem Zweck entführen mußte.

Es gab noch andere Gründe, warum sie bei der Zeitung arbeitete. Zum einen war da der Wunsch, dem Elternhaus zu entfliehen. Als es noch keine separate Praxis gab, war die Wohnung ständig voll kranker Menschen gewesen. Die Patienten gaben sich die Klinken in die Hand, es nahm kein Ende. Im Unterschied zu Rose hatte

Esther keine Hornhaut entwickelt, wenn es um die Leiden der Menschen ging. Ihr wurde schlecht, wenn sie Blut sah, und es machte sie traurig, kranke Menschen zu sehen. Mit dem Auszug aus dem Elternhaus war sie frei geworden. Daß es ihr bisher nicht gelungen war, Marsh in ihr Bett zu locken, war ein Rückschlag, mit dem sich leben ließ.

Esther Lynn Vance schrieb Artikel. Sie wußte recht genau, was in Windriver vorging. Marsh hatte ihr eine eigene Kolumne gegeben: »Menschen und Persönlichkeiten«. Hinzu kam, daß Esther eine vorzügliche Bridgespielerin war. Dies alles öffnete ihr in Windriver die Türen.

Esther war eine Frau, die *Bescheid* wußte. Und sie war eine Frau, die gern redete.

Neuerdings gab es Bereiche, die Esther nicht mehr durchschaute. Der junge Mann aus den Oststaaten zum Beispiel. Galen Marsh hatte sie beiläufig miteinander bekanntgemacht, und dann hatte sich der Besucher fast die ganze Woche in Galens Büro eingeschlossen. Er war schon im Büro, wenn sie morgens kam, und er war noch da, wenn sie abends ging. Nur selten kam er zu ihr, um sie etwas zu fragen. Esther hätte sich schwer getan, eine Personenbeschreibung des jungen Mannes zu geben. Es gab etwas Unausgegorenes an diesem Menschen. Für Esther Lynn Vance war das Ganze ein quälendes Rätsel. Sie beschloß, gute Miene zum bösen Spiel zu machen. Marsh und der junge Mann taten sehr geheimnisvoll. Nun gut, dann war sie die Mitarbeiterin, die keine Fragen stellte. Wie sie hoffte, würde man sie ins Vertrauen ziehen, wenn die Dinge weiter gediehen waren. Sie war nicht die einzige, die dem Tag entgegenfieberte. Es gab junge Kolleginnen, die an ihren Schreibtisch kamen, um sich nach Jason zu erkundigen. Mit jedem Tag wurden es mehr.

»Esther Lynn, ich habe den Eindruck, Sie sind gestorben und haben vergessen, mir Bescheid zu sagen.«

Sie schaute von dem unbeschriebenen Blatt auf, das sie in ihre Schreibmaschine eingespannt hatte. Marsh war vor ihren Schreibtisch getreten. Er trug seine Jacke über die Schulter gelegt.

»Wo sind Sie mit Ihren Gedanken? Ich stehe schon fünf Minuten hier, aber Sie antworten nicht, egal, was man zu Ihnen sagt.«

»Es tut mir leid, Galen.« Sie stotterte, wie immer, wenn sie nervös war. »Mr. Marsh«, fügte sie hinzu. »Ich habe nur gerade darüber nachgedacht, wie...« Ihre weißen Finger huschten über die Tasten. Als Galen seine Hand auf die Walze legte, zog sie ihre

Hände zurück. Sie hatte Jason Clarke bemerkt, der hinter Galen stand. Jasons Gesichtsausdruck war ernst, aber der Schalk glitzerte in seinen dunkelgrünen Augen.

Es ist mir egal, was Galen mir erzählt, dachte sie plötzlich. Die beiden sind miteinander verwandt, oder ich bin ein Coyote.

»Damit Sie nicht gleich den Sheriff anrufen, Esther. Ich wollte Ihnen nur Bescheid sagen, daß ich Mr. Clarke meine alte Mühle zur Verfügung gestellt habe. Er hat eine Fahrt zu machen.« Er sprach betont langsam und deutlich. »Es ist ja schon ziemlich nahe an Mittag. Wir werden vorher noch etwas zu uns nehmen, bei Steed. Wenn Sie nichts dagegen haben.«

Sie führte ein Spitzentaschentuch an ihre Nase und schneuzte sich. »Vergessen Sie nicht, das Dokument nach Blairs mitzunehmen.«

Marsh sah Jason an, dann wandte er sich zu ihr. »Wie könnte ich so etwas vergessen, Esther?«

Sie hatte seine Hände fixiert. Plötzlich sah sie auf. Sie ergriff die beiden Bergkristalle, die sie an einem silbernen Kettchen um den Hals trug, und hielt sie in Augenhöhe. »Sie werden es also nicht vergessen?« Ihre Stimme klang auf einmal zehn Jahre jünger. »Ich fürchte allerdings, daß Sie gar nicht mehr zu quasseln aufhören, wenn Sie erst einmal mit Kurt ins Gespräch kommen. Mit ihm und mit den anderen Gästen, man kennt das ja. Sie werden zu spät in die Redaktion zurückkommen, und wir werden die Samstagausgabe erst am Sonntag ausliefern.«

Er zog einen Schmollmund. »Das ist noch nie vorgekommen.«

»Zweimal, im März.«

»Der Drucker hat die Pause verdient.«

»Und zweimal im April.«

Er trat einen Schritt zurück und musterte sie von der Seite. »Sie wären wohl nicht bereit, mir einen Gefallen zu tun, wie?«

Sie lächelte Jason zu, der jetzt in seiner ganzen Größe zu sehen war. »Habe ich Ihnen je einen Gefallen verweigert, Mr. Marsh?«

Galen stürmte aus dem Büro, Jason blieb mit Esther Lynn Vance zurück. »Ich fahre heute nachmittag auf die MacKenzie-Ranch«, sagte er. »Ich fürchte, Sie werden schon weg sein, wenn ich zurückkomme.«

»Dann werde ich abschließen«, sagte sie und ärgerte sich über die roten Flecken, die auf ihren Wangen erschienen.

»Danke«, sagte er. »Schönes Wochenende!«

Er zog die Tür hinter sich zu, und das geschah sanfter, als Galen es je getan hatte. Er hatte kaum den Raum verlassen, als Esther an ihrem blaugrau eingefärbten Haar zu nesteln begann. Als ihr bewußt wurde, was sie tat, ließ sie beschämt die Hände sinken. Sie wartete, bis der blau-weiße Studebaker ihres Chefs am Fenster vorbeiglitt.

Mr. Marsh und Mr. Clarke. Nein, sie glichen sich nicht wie ein Ei dem anderen. Aber es gab eine Ähnlichkeit, es gab...

Der Gedanke verflog, ehe sie ihn festhalten konnte. Auf die MacKenzie-Ranch fuhr dieser Mr. Clarke. Sie wußte, daß Galen im Frühling ein paarmal auf der MacKenzie-Ranch gewesen war. Jedesmal war er wortkarg und übelgelaunt zurückgekehrt. Sie konnte sich denken, warum. Die Shoshonen gaben sich ruppig. So sehr Esther die Bestrebungen der Indianer billigte, sich von der weißen Bevormundung freizumachen, so sehr hätte sie es doch begrüßt, wenn sie sich gegenüber den Weißen etwas freundlicher benommen hätten. Wenn es so weiterging, würde es zum offenen Bruch zwischen den beiden Bevölkerungsgruppen kommen.

Und dann, dachte sie traurig, dann würde im *Banner* ganz etwas anderes stehen als Rinderpreise und Wetterbericht.

Die MacKenzies. Sie griff nach dem Telefonhörer. Sie hatte nicht viel, was sie berichten konnte. Das war ihr klar, noch bevor sie die erste Nummer wählte. Aber besser als gar nichts. Das große Rätsel blieb. Wenn ich nur wüßte, wer Jason Clarke *wirklich* ist!

4

Bea Steed war schon von weitem an ihren blonden Zöpfen zu erkennen. Wütend warf sie ihre Bücher ins Fach.

»Das hat er *nicht* gesagt.«

Carole nickte. »Ich schwöre bei Gott, er hat's gesagt.«

»Nein«, sagte Bea ungläubig. »So etwas würde er nie sagen. Mein Gott, ich meine...« Sie verstummte, als sie sah, wie Carole sich auf die Lippen biß. »Gib zu, du hast die Sache nur erfunden.«

Carole betrachtete sie mit gespielter Entrüstung. »Wer? Ich? Glaubst du wirklich, daß ich sowas meiner besten Freundin antun könnte?« Sie kreuzte die Hände über ihren Brüsten. »Niemals, bei meinem Leben.«

»Carosa...«

Carole dachte nach, ob es Sinn hatte, den Spaß auf die Spitze zu treiben. Nein, das hatte keinen Zweck. Wenn Bea erst einmal auf hundertachtzig war, gab es kaum noch ein Mittel, sie zu besänftigen.

»Schon gut, schon gut«, sagte sie. »Er hat also *nicht* gesagt, du hättest gestern abend deine Unschuld verloren.«

Bea ließ sich gegen den Schrank sinken. Ihre Hand fuhr unter die Zöpfe. »Ich finde den Scherz nicht sehr lustig, Carole.«

»Das ist das Problem mit dir, Bea Steed! Du hast keinen Humor.«

»Ach nein? Betrachten wir die Sache einmal ganz nüchtern. Stell dir mal vor, jemand hätte uns vorhin belauscht. Dann käme ich unter Pfarrer Thorntons Fuchtel, so wie's dir passiert ist.« Sie bedeckte ihren Mund mit der Hand. »Du, Carole...«

»Sprechen wir nicht weiter drüber. Was vorbei ist, ist vorbei.«

»Carole, ich wollte dich wirklich nicht...«

Carole machte eine ärgerliche Handbewegung, Bea Steed verstummte. Sie verließen das Schulgebäude und gingen auf den baumbestandenen Schulhof hinaus. Sie würden ihren Lunch auffuttern und etwas klatschen. Caroles Laune war auf den Nullpunkt gesunken. Wahrscheinlich bin ich auch nicht viel besser als Ellie Felsom, dachte sie. Nichts gefällt mir an diesem Ort, nichts ist mir recht. Ich lege mich mit den Menschen an, die hier leben. Wenn ich nicht aufpasse, werde ich bald überhaupt keine Freunde mehr haben.

Ob das so schlimm wäre? Die Schulfreundinnen würden ohnehin Windriver verlassen, sobald die Abschlußprüfung bestanden war. Sie würde allein zurückbleiben, als unbezahlte Wirtschafterin für ihren älteren Bruder. Abend für Abend würde sie mit ihrer zunehmend besorgten Mutter zusammenhocken.

»Was ist eigentlich mit Hardy?« sagte sie unvermittelt. »Man sieht nichts mehr von ihm.«

»Der ist mir böse«, sagte Bea.

»Läßt ihn wohl nicht ran, wie?«

Bea sah sie zornig an. »Verdammt noch mal, Carole!«

»Komm, stell dich nicht so an. Wenn man dich reden hört, meint man fast, du hättest einen guten Ruf zu verlieren.«

Die Worte waren kaum heraus, da wußte Carole, daß sie so etwas nicht hätte sagen dürfen. Aber es war zu spät. Bea stapfte wutentbrannt davon. Carole lehnte sich an die Schulhofmauer. Das Lunchpaket lag zu ihren Füßen, sie dachte nicht mehr ans Essen.

Scheiße, dachte sie. Es ist einfach nicht fair.

5

Der Bahndamm war noch etwas aufgeweicht vom Regen. Aber es war, wie Hardy fand, ein freundlicher Flecken. Genau das Richtige für die Mittagspause.

Er stopfte sich den Rest eines mit Roastbeef belegten Brötchens in den Mund und spülte mit Milch aus der aufgeschlitzten Milchtüte nach. Dann fuhr er sich mit der Hand durch das lange, braune Haar. Er war ein gutaussehender Junge. Frauen eines gewissen Alters pflegten seine Art als ›rauh‹ zu bezeichnen.

Er sah zum Himmel auf, wo ein Falke seine Kreise zog. Ob MacKenzie ihm je erlauben würde, die Adlernester auf dem Kramer's Mountain anzusehen? Er hatte Bea versprochen, sie dieses Wochenende mit auf den Berg zu nehmen, aber inzwischen war seine Begeisterung für den Plan abgeflaut. Er hatte sich mit den Kindern der Shoshonen angelegt und war sicher, daß der alte Mann davon erfahren hatte. Kein Wunder, wenn der nicht gut auf ihn zu sprechen war. Die Sache machte Hardy Sorgen. Während er mit den Jungen stritt, war alles so schön gewesen, er hatte ein gutes Gefühl dabei gehabt. Als die Sache dann von den Freunden breitgetreten wurde, verstand er sich selbst nicht mehr. Es schien unklar, warum er den Streit überhaupt vom Zaun gebrochen hatte.

Hinter ihm waren Schritte zu hören. Bea, hoffte er. Wenn es Bea war, dann hätte er jemanden zum Reden.

Unerklärlich, daß sie so freundlich mit diesen Leuten umging. Er hätte nicht einmal gewußt, worüber er mit ihnen überhaupt reden sollte. Nicht, daß die alle Idioten waren. Aber es waren *Indianer*. Fast so schlimm wie Russen.

Ein Zweig knackte. Er sah in die Sonne. »Bea? Bist du's, Bea?«

Sie standen über ihm, fünf an der Zahl, schwarze Gestalten vor einem strahlend blauen Himmel. Den in der Mitte kannte er. Plattgedrückte Nase, hochangesetzte Jochbögen, hohe Stirn. Sein Lächeln war das Lächeln eines alten Mannes.

Die Milch gurgelte in seinem Magen.

Charlie. Verdammte Scheiße, das war Charlie Sweetwater.

Vorsichtig stand er auf. Die fünf Shoshonenjungen rührten sich nicht. Sie starrten ihn an.

»Tag, Jungens«, sagte er und ärgerte sich, daß er nur ein linkisches Lächeln zustande brachte.

»Wie wir hören, spielst du gern mit kleinen Jungen«, sagte Charlie. Er hielt den linken Arm vom Körper abgespreizt, und dann sah Hardy die Bandage, die aus dem Hemdärmel hervorschaute.

»Ich hab' keine Ahnung, von was du redest«, sagte er. Sein Blick glitt über den Boden, auf der Suche nach einer Waffe.

Zwei der Jungen waren neben ihn getreten.

»He, Charlie«, sagte er. »Die Sache mit deinem Bruder tut mir leid. Ich hab' nur Spaß gemacht, du weißt doch, wie das ist.«

Charlie sah ihn voller Verachtung an. »Mein Bruder ist erst acht, du Held.«

»Bitte, Charlie, ich hab' das nicht so gemeint.«

»Du bist doch ein Held, oder? Du spielst Football. Und Weiber hast du auch jede Menge, stimmt's? Warum hackst du dann auf einem Kind herum?«

Seine Kehle fühlte sich seltsam trocken an. Er hatte das Bedürfnis zu husten. Statt dessen schluckte er.

»Dein Vater ist ein wichtiger Mann«, sagte Charlie. Er trat einen Schritt zurück. »Ein Rechtsanwalt. Um es genauer zu sagen, er ist sogar der Rechtsanwalt meines Vaters.« Er grinste. Hardy fand, daß seine Zähne unverschämt weiß waren. »Dein Vater hat die Verträge vorbereitet, damit wir herziehen konnten, verstehst du?«

Hardy spürte, wie sich die kleinen Härchen in seinem Nacken aufstellten. »Aber natürlich«, sagte er. Er grinste. »Dein Vater hat eine Ranch, nicht? Gastpferde und so.«

»Du solltest kleinen Kindern nicht weh tun, Hardy«, sagte Charlie, verdächtig leise.

»Weh tun? Was zum Teufel...?«

Etwas traf ihn in den Nacken. Er fühlte sich nach vorn gestoßen. Es gelang ihm, im Fall die Füße des Jungen zu umklammern, der vor ihm stand. Der Junge schlug lang hin. Mit einem Sprung war Hardy wieder auf den Beinen. Er sah, wie sich die beiden Shoshonen zu seiner Linken zum Angriff duckten.

»Nicht ins Gesicht!« sagte Charlie. Er musterte ihn mit kalter Wut.

Fahr zur Hölle, dachte Hardy. Er sprang vor, stöhnte auf, als seine Knöchel auf die Zähne des Gegners trafen. Der Stiefeltritt, der ihn an der Hüfte traf, war wie ein Schlangenbiß. Er kam ins Schwanken und kippte vornüber, noch bevor er den nächsten Tritt empfing. Ein rotes Feuer tanzte vor seinen Augen, und dann hagelte es Schläge und Tritte. Meine Hände, dachte er. Ich muß mich mit den Händen schützen. Es gelang ihm, das Gesicht mit den Händen zu bedecken und die Beine anzuziehen, so daß die Knie an den

Brustkorb stießen. Er fühlte, wie auf seinem Rückgrat die Spitze einer Lanze aufgesetzt wurde, wie sein Kinn mit einem wuchtig geführten Stein zertrümmert wurde.

Keine Befehle waren zu hören, kein Lachen, nur das Stöhnen und das Krachen splitternder Knochen.

Wie Hardy schätzte, hatte es nur eine Minute gedauert. Aber es dauerte eine Ewigkeit, ehe er wagte, die Hände vom Gesicht zu nehmen. Er spürte die Tränen, die ihm über die Backen liefen. Er kam auf die Knie, übergab sich, spuckte Erbrochenes und Blut ins Gras. Er war allein. Um ihn herum war Staub, Blut und Stille.

Wie werde ich das meinem Vater erklären? dachte er.

6

Jason hatte hinter dem Steuer Platz genommen. Galen stand am Fenster.

»Du siehst ein bißchen nervös aus.«

»Das Privileg des Cowboys.«

Seine Finger trommelten auf dem Bezug des freien Beifahrersitzes.

»Weißt du jetzt, wie du hinkommst?«

»Du hast es mir oft genug erklärt.«

»Dann wäre ja alles klar.«

Jason hob den Kopf. Er sah, wie David Carosa an Krücken über die Straße gehumpelt kam. Die Aluminiumplatten an seinen Knöcheln schimmerten im Sonnenlicht. Er wurde von einem blonden Mädchen erwartet, das am Bordstein stand. Jason grinste.

»Was ist denn eigentlich zwischen dir und Esther?« fragte er.

Galen blinzelte in die Sonne.

»Eine gutaussehende Frau, finde ich.«

»Sicher.«

»Ich hab' den Eindruck, sie mag dich.«

»Wie, zum Teufel, kommst du darauf?«

»Ich hab' einen Blick für so was.«

»Vergiß es. Ich bin für den Heiratsmarkt von Windriver nicht mehr verfügbar.«

Jason lachte. Er streckte den Kopf aus dem Wagenfenster. »Sag mal, Galen, ist das ein Falke?«

Marsh folgte seinem Blick. »Ein Adler.«

»Ein Adler?« staunte Jason.
»Man merkt, daß du aus der Stadt kommst.«
Jason startete den Motor. Er kniff die Augen zusammen, noch bevor seine Hand den Schalthebel berührte. *»Go west, young man«*, frotzelte er. »Ich reite jetzt vor die Palisaden. Wir treffen uns dann zu Hause. Vorausgesetzt, daß ich mit dem Leben davonkomme, so daß ich die Depesche ins Fort zurückbringen kann.« Er zögerte. »Wäre es nicht doch besser, ich rufe den Mann vorher an, Galen? Was ist, wenn er mich nicht empfängt? Das wäre ja immerhin möglich. Dann würd' ich schön dumm dastehen.«
»Hab nicht solche Angst. Er wird dich empfangen, und du wirst sogar was zu essen kriegen. Simon ist kein Unmensch. Wenn er dich noch nicht zu sich eingeladen hat, dann doch nur, weil er erst einmal die Reaktion der anderen abwarten wollte.«
»Du meinst...«
»Führ dich ganz natürlich auf. Der Mann weiß, daß du kommst. Und er weiß über dich Bescheid, verlaß dich drauf.«
»Willst du mich etwa trösten?«
»Aber Jase!«
»Du bist ein Schlitzohr.«
»Sag Simon einfach, ich laß ihn schön grüßen.«
»Das ist wohl das Stichwort, damit er die Hunde auf mich hetzt, wie?«
»Wart's ab.« Galen nickte ihm zu. »Viel Glück!«
Jason grinste. »Der Starreporter verabschiedet sich.«
»Ich weiß, ich schicke meinen besten Mann.«
»Yeah... Also dann...« Jason löste die Handbremse. Seine Finger zitterten.

7

Das Pferd war sein Geld wirklich wert, dachte Greg Thornton. Es gehorchte auf den leisesten Schenkeldruck.
Er und das Pferd, sie waren Partner. Sie kannten das Tal, und sie kannten die Ränder des erloschenen Vulkans, wo sich ein 300 Meter tiefer Abgrund auftat. Sie kannten die Höhlen, wo man sich verstecken konnte, die Nistplätze der Vögel und die Pfade, die man bei hohem Schnee nehmen konnte. Es war wichtig für Greg, daß er sich auskannte. Er lebte vom Diebstahl. Die Gelege der Falken.

Greg war fünfzehn, als ihm ein Tourist fünfzig Dollar für ein einziges Falkenei bot.

Seit vier Jahren brach er das Gesetz. Seit vier Jahren trotzte er den Weisungen, die Simon MacKenzie erlassen hatte. Geschnappt worden war er nur ein einziges Mal. Sein Vater hatte die Strafe für ihn bezahlt. Seitdem hatte er kaum noch ein Wort mit seinem Sohn gewechselt.

Auch gut, dachte Greg. Der Kramer's Mountain war näher gekommen. Er gab seinem Pferd die Sporen. Was machte es schon aus, wenn Vater schwieg? Es war schon schlimm genug, der Sohn eines Geistlichen zu sein. Man brauchte sich nicht auch noch die salbungsvollen Reden des Alten anzuhören.

Er schnalzte, das Pferd blieb stehen. Es gab in dieser Höhe nur noch Tannen. Weitausragende Äste, weiches Moos um den Stamm. Der Himmel war erfüllt von bronzefarbenem Licht. Bevor Greg auf die Lichtung hinausritt, wollte er den Geräuschen des Waldes lauschen. Er fuhr sich mit der Zunge über die Lippen. Ein Rinnsal von Schweiß lief ihm über das Kinn. Er tastete nach den buschigen Koteletten. Er wußte, daß er geisterhaft aussah mit Koteletten und Schnurrbart. Aber der Bart war wichtig, um die Narben zu verdecken. Die Absätze eines Frauenschuhs hinterließen keine schönen Narben.

Greg hatte sich bei der Armee eingeschrieben, drei Monate war das jetzt her. Ein Zeitvertrag. Die Unterschrift war noch nicht trokken, da hatte er es dem Direktor der Schule gesagt. Dem fiel ein Stein vom Herzen. Greg brauchte nur noch eines zu tun. Bei der Abschlußfeier zu erscheinen und das Diplom entgegenzunehmen. Was tat man nicht alles, wenn man sich damit dieses problematischen Jungen entledigen konnte.

Er grinste. Was kümmerte es ihn? Und was kümmerte ihn Windriver? Ihm konnte es recht sein, wenn die Indianer jeden Fußbreit Land aufkauften. Es konnte ihm auch recht sein, wenn Ted Waters und seine fabelhafte Ranchers' Association den Rothäuten die Häuser über dem Kopf ansteckte. Das war jetzt alles nicht mehr wichtig. Er würde den Ort verlassen und General werden.

Er lachte laut auf, das Pferd scheute.

General. Natürlich. Warum nicht?

Er hatte sich ein Also-dann-viel-Spaß-und-geh-zur-Hölle-Geschenk für Simon MacKenzie ausgedacht. Es gab etwas, das dieser Mann mehr liebte als seine Frau, und das waren die goldgefiederten Adler, die oberhalb der Baumgrenze nisteten. Greg wußte, es gab Jäger, die für jeden Adler tausend Dollar zahlten. Und das nur, um den toten Vogel bei den Freunden rumzuzeigen und zu sagen: Schau mal, den habe ich geschossen. Wichser!

Wieder scheute das Pferd. Gregs Hand glitt zum Kolben des Gewehrs. Er hatte diesen Wald nie gemocht. Die Bäume standen zu eng, die Vögel sangen zu leise, und wenn ein Sturm über das Tal dahinraste, dann schien er seine Kraft aus diesem Wald zu schöpfen. Die Indianer behaupteten, der Wald sei heilig, und Greg hatte nie verstehen können, was sie damit meinten. Aber er war bereit zuzugeben, daß dieser Wald nicht war wie andere Wälder.

Eine Stunde später war er an der Baumgrenze angelangt. Er glitt aus dem Sattel. Er würde etwas essen. Das Pferd senkte den Kopf und rupfte an den Halmen. Greg betrachtete das dornige Buschwerk auf der steil ansteigenden Bergflanke. Ein paar Findlinge, halb im Erdreich versenkt, waren zu erkennen. Weiter oben der Himmel. Die Felsen, die ins Blau ragten, schienen den Abhang hinabzustürzen. Greg wandte den Blick und betrachtete seinen wettergegerbten Handrücken.

Ihm war klar, worin sein Problem bestand. Er hatte sich zuviel von den Geschichten angehört, die über den Berg erzählt wurden. Jäger, die sich hier verirrten, waren am Morgen darauf als skelettierte Leichen wiedergefunden worden. Es war dumm, daß er gerade jetzt darüber nachdachte. Immerhin hatte er den Berg mehr als ein dutzendmal bestiegen, und nichts war passiert. Allerdings war der Himmel da anders gewesen. Auch das Braun und das Gelb der Felsen war anders gewesen. Der Berg war anders als die Welt, aus der er kam. Gefährlich.

Er spuckte aus und zwang sich an die Adler zu denken. Goldgefiederte Adler. So ein Adler wog vielleicht fünfzehn Pfund. Groß, wirklich groß war er nur in der Vorstellung der Menschen, die nie ein Adlernest gesehen hatten. Greg legte den Finger an die Backe. Er war sechzehn gewesen, als die Sache passierte. Er hatte das Gelege aus einem Adlerhorst stehlen wollen, als das Adlerweibchen zurückkehrte. Kreischend hatte sich das Tier auf ihn gestürzt, mit den Klauen voraus. Er hatte sich im letzten Augenblick zur Seite wenden können, sonst hätten sich die Fänge in seine Augen gebohrt. So hatte ihn der Adler nur an der Backe erwischt. Klein waren die Adler. Leicht. Mit weitgespannten Flügeln. Und stark. Ein Adler konnte einem Menschen mit seinen Schwingen den Kopf abschlagen.

Ihn schauderte. Es war nicht besonders geschickt, daß er gerade jetzt über die Adler nachdachte.

»Zum Teufel!« sagte er zu seinem Schatten, der sich auf den Flechten abzeichnete. Er wiederholte es ganz laut. »Zum Teufel!« Er reckte sich, und dann fiel ihm auf, daß das Pferd in den Wald zurückgetrottet war.

»Zum Teufel!« sagte er, ein letztes Mal. Jetzt war es nur noch ein Flüstern.

8

Jason hielt das Steuerrad des Studebaker umfaßt, während sich der Wagen über die Frostlöcher des Fahrdamms in die Berge hochquälte. Es war jetzt Jahre her, daß er ein Auto mit Handschaltung gefahren hatte. Er fluchte, wenn das Getriebe krachte, und er fluchte, wenn das Fahrzeug in eine abgrundtiefe Querrinne eintauchte. Hoffentlich war Cy Oaker erfahren in der Reparatur solcher Fahrzeuge. Jason war überzeugt, daß Galens Wagen nach der Fahrt zu den MacKenzies nur noch Schrottwert haben würde.

Nur nicht nervös werden, dachte er. So ein schöner Tag. Du darfst nur nicht zuviel über die Sache nachdenken, dann läuft alles wie von selbst.

Der Himmel leuchtete in einem warmen Gold. Eigentlich, fand Jason, gab es diese Farbe nur in Neuengland. Das Blau des Himmels in Neuengland war ganz anders als hier. Weicher. Und die Berge waren nicht so bedrohlich. Er holte tief Luft und schmunzelte. An einem Tag wie diesem konnte man Bäume ausreißen. Wirklich.

Das Gespräch mit Galen war eigentlich recht kurz gewesen. Galen hatte ihm nur gesagt, daß der Weg über Middle Valley ein Umweg war. Wenn er die andere Route nahm, die weniger stark befahren war, würde er an der Perkins-Ranch vorbeikommen.

Weniger befahren. Da konnte Jason nur noch den Kopf schütteln. Das letzte Fahrzeug, das diesen Knüppeldamm bewältigt hatte, war ohne Zweifel der Planwagen eines frühen Siedlers gewesen.

Eine Ranch kam in Sicht. Ein verwahrlostes Gebäude mit weißen Vorhängen an den Fenstern.

Beinahe hätte er angehalten. Aber die Erinnerung war nicht plastisch genug. Er war den Tränen nahe. Warum konnte er sich nicht an die Ranch erinnern? Immerhin hatte er sechs Jahre hier verbracht. Es spielte keine Rolle, daß er die Hälfte dieser sechs Jahre im Bett gelegen hatte. Er hatte die Krankheit überwunden, die ihn beinahe zum Krüppel gemacht hätte. Warum kann ich mich nicht einmal an das Stuckmuster der Zimmerdecke erinnern?

Nichts. Nicht einmal die Decke.

Der Motor spuckte, und Jason wurde klar, daß er den Fuß vom Gas genommen hatte. Als die Frau aus dem Dämmerlicht der Tür hervortrat, verstand er, warum. Das muß Gloria Perkins sein, dachte er. Er wandte den Blick. Er würde sich nicht dem Vorwurf aussetzen, daß er dieser Frau nachspioniert hatte.

Auf der eigenen Ranch herumspionieren, gab es so etwas überhaupt? Jetzt erinnerte er sich. Ich glaube, ich habe mit den Kindern auf der Rückseite des Hauses gespielt. Ich bin barfuß zum Fluß gegangen, um mir die Heuschrecken anzusehen, die in der Sonne tanzten. O yeah. Ganz wie im Film. Gespensterhaft weiße Gesichter, verquollene, blutunterlaufene Lippen, Staub, der vom Hofgelände aufstieg. Irgendwo spielte jemand auf der Harmonika. O yeah. O yeah.

Nicht einmal die Zimmerdecke!

Das Haus glitt vorbei, und Jason fragte sich, ob Gloria zu jenen gehörte, die von der Sache wußten. Vielleicht war sie mit einem der Männer verwandt, die sein Vater tätlich angegriffen hatte. Er sah in den Rückspiegel. Ob es den Baum noch gab, der seinem Vater das Leben gekostet hatte? Na ja, so wichtig war es nun auch wieder nicht. Eine Gedenktafel würde es wohl kaum geben. Und auch keine Salutschüsse. Nicht für Peter Clarke, den Trinker und Raufbold.

»Er wußte nicht mehr, was er überhaupt machen sollte«, hatte ihm seine Mutter erklärt. Sie hatte in den Kissen gelegen, mit der sie ihr Rückgrat abstützten. Ein Jahr vor ihrem Tod war das gewesen. Es war das erste und einzige Mal, daß sie ihm von der Hinrichtung seines Vaters erzählte.

»Er hat das Land gekauft, ohne mich zu fragen. Galen hat für ihn die Erkundigungen eingezogen. Mir war's egal. Es war genau das, was er sich vorgestellt hatte. Er war richtig verliebt in die Idee. Bevor es soweit war, hat er jeden Abend in der Küche gesessen und Pläne gezeichnet. Was er hier bauen wollte, und was er dort bauen wollte. Ich habe die Briefe gesehen, die er an Galen schrieb. Galen hat ihm zu erklären versucht, was bei einer solchen Ranch zu beachten ist. Das Land kümmert sich nicht darum, ob du ein General oder ein Hauptmann bist. Es macht, was es will, und du mußt dich damit abfinden. Aber dein Vater wollte das nicht. Er wollte das Land bezwingen. Er konnte sich gar nicht vorstellen, daß es irgendwas gab, worüber er keine Kontrolle bekam. Deshalb hat er sich in der Armee auch so wohl gefühlt. Sie haben ihm seinen Platz zugewiesen, und er hat diesen Platz ausgefüllt. Die Rekruten haben gemacht, was er sagte, und damit basta.

Und dann kamst du, Jason. Du bist auf der Ranch rumgelaufen und hast Schmetterlinge gejagt. Du bist mit Vater auf die Berge gestiegen. Vor Pferden hast du eine Todesangst gehabt. Erinnerst du dich noch, Jase? Todesangst vor Pferden. Und dann bist du krank geworden. Du konntest nicht mehr gehen. Auch so eine Sache, über die dein Vater keine Kontrolle bekam. Nicht einmal die Ärzte haben dir helfen können.

Das Land. Dein Vater war nicht zu belehren. Alle haben ihm geraten aufzugeben. Aber davon wollte er nichts wissen. Er hat graue Haare darüber bekommen, Jase. Er hat gedacht, wenn er die Ranch in den Griff kriegt, dann wirst du wieder laufen. Er hat es sogar geschafft, mit dem Land fertig zu werden. Aber es hat nicht funktioniert. Du bist gelähmt geblieben. Das hat seinen Stolz verletzt, schätze ich. Damals hat er zu trinken begonnen. Die Leute mieden ihn. Er hat sie alle gehaßt, weil sie ihn bemitleidet haben. Ihn und dich. Er hat den Leuten unrecht getan. Gott weiß, daß sie uns zu helfen versuchten!

Letztes Jahr, im Frühling, da war er am Ende. Er hat sich betrunken, und dann hat er ein Handgemenge mit vier Arbeitern von der MacKenzie-Ranch angefangen. Auf der Straße haben sie den Kampf ausgetragen, Jase, das Pflaster war voll von Blut. Zwei von den Männern hat er den Arm gebrochen, einer ist fast erblindet. Einen hat er durchs geschlossene Fenster geworfen. Er hatte keine Waffe, Jase, nur seine Fäuste und seinen Haß. Sheriff Harmon sagt, er hat noch an drei Ranches den Zaun demoliert. Da war er schon unterwegs, nach Hause. Er ist dann vor den Baum gefahren, vor den *verdammten* Baum.«

Mutter war in Windriver geblieben, solange es ging. Aber als die Stimmen nicht schweigen wollten, war sie an die Ostküste geflüchtet. Galen schrieb ihr regelmäßig, Jason sah sie vor sich, wie sie vor dem Küchentisch saß und die Briefe aus Windriver las. Als sie starb, waren die Briefe seltener geworden. In den zehn Jahren, die folgten, hatte Galen ihn dreimal besucht. Galen als Ersatzvater, das war für Jason eine verführerische Vorstellung. So verführerisch, daß er sich mit Gewalt davon freimachte. Er wollte auf eigenen Füßen stehen.

Als er auf eigenen Füßen stand, machte er die Entdeckung, daß er allein war.

Er fuhr sich über die Stirn, die Gegenwart kehrte zurück. An diese Dinge zu denken, das war wirklich nicht die richtige Methode, um sich auf das Treffen mit dem alten MacKenzie vorzubereiten. Später, dachte er. Ich kann mich später immer noch bemitleiden.

Er war eine Viertelstunde gefahren, als er zur Linken eine große Rinderherde gewahrte. Zur Rechten lag ein frischgepflügter Acker. Jason wand sich in seinem Sitz. Der Gedanke an Kramer's Mountain war zurückgekehrt. Er war dem Berg jetzt viel näher als damals im Bus. Ihm war ein Rätsel, warum ihn der Berg ängstigte. Wenn er die dunklen Hänge dort drüben sah, wurde ihm klar, daß ein Mann wie Simon MacKenzie doch nur ein einziges Wort zu sagen brauchte, damit alles wieder so war, wie es sich gehörte. Jason war unterwegs zu einer Quelle der Kraft. Zu einer Quelle, deren Wasser ungenutzt im Boden versickerte.

Die Straße wurde breiter und besser. Es gab keine Schlaglöcher mehr. Über ihm schloß sich das Laub der Bäume zu einem kühlen, grünen Tunnel. Jason hätte sich gewünscht, daß es weniger Schattengestalten gab in dem Nebel, der aus dem Zwielicht der Zweige herniedersank.

Ein Bogen aus Felsen und Balken, drei Meter hoch. Quer über den Stirnbalken der Name MACKENZIE. Nicht schlecht, Simon, dachte er. Gar nicht schlecht.

Nach zehn Minuten Fahrt auf dem Gelände der Ranch teilte sich die Straße. Der Weg, der nach links abbog, war mit Stacheldraht und Ketten versperrt. Geradeaus ging es in einem weitgeschwungenen Bogen auf das Haus zu, das noch eineinhalb Kilometer entfernt lag. Im Hintergrund waren die Umrisse des Kramer's Mountain zu erkennen. Merkwürdigerweise machte der Berg das Haus nicht kleiner, sondern größer. Er fuhr langsamer, sog den Duft der Kräuter und wilden Blumen in sich ein, der durch das offene Wagenfenster drang. Was er bisher gesehen hatte, nötigte ihm Bewunderung ab. Er würde einen Mann kennenlernen, der über beträchtlichen Reichtum verfügte und der Versuchung widerstand, diesen Reichtum zur Vergewaltigung der Natur einzusetzen. Dort drüben hätte auch ein Schloß stehen können. Oder eine Reihe von Bungalows, die nichts bewiesen, sondern allenfalls einen Anspruch erhoben.

Ein Gefühl der Vorfreude kroch in ihm hoch, und dann fiel ihm ein, daß er auf der ganzen Fahrt nicht einem einzigen Auto begegnet war. Zwar war es unwahrscheinlich, daß auf dieser Straße Fahrzeuge unterwegs waren. Die Ranches, die Touristen aufnahmen, hatten ihre eigenen Zufahrten. Aber es gab einen zweiten Grund, der Schimmer einer Erinnerung.

»Voran!« sagte Jason. Er war erleichtert, den Klang der eigenen Stimme zu hören. Er nahm sich vor, charmant zu sein und sein Anliegen in aller Unschuld vorzubringen.

Je näher er dem Haus kam, um so schmäler wurde der Weg. Schließlich gabelte sich die Fahrbahn, und das Haus war nur noch eine Insel aus Stein und Frühlingsblumen inmitten eines schwarzen Flusses, der als Mäander auseinanderströmte. Autos waren keine zu sehen.

Jason hielt an.

Der Kramer's Mountain war verschwunden, es gab nur noch das Haus.

Es handelte sich um ein flaches, langgestrecktes Gebäude. Die Fassade war mit Naturstein und Schiefer eingefaßt. Das Dach war weitausladend, mit einer Veranda, die Fenster abgerundet. Jason schätzte das Gelände ums Haus auf 12000 Quadratmeter. Der Rasen war makellos gepflegt, wie ein Teppich. Es gab ein paar mit Klinkern verblendete Schornsteine, die aus dem niedrigen Dach ragten. Als Jason den Motor abstellte, umgab ihn vollkommene Stille.

Er wischte seine Hände an den Hosenbeinen ab und öffnete die Wagentür. Er stieg aus, warf einen forschenden Blick auf die Veranda und spürte sofort, daß er beobachtet wurde. Er zupfte an den Ecken seines Hemdkragens und ging um die Motorhaube herum, die linke Hand in der Tasche verborgen.

Er war fast an der Treppe angekommen, als sich die Eingangstür des Hauses öffnete. Simon MacKenzie trat heraus.

9

Greg lehnte sich an die Felswand. Er hatte gesehen, wie die Adler den Horst verließen. Er würde also genügend Zeit haben, um auszuruhen. Er inspizierte das Gelände, weil es nicht ausgeschlossen war, daß MacKenzies Männer hier herumstrolchten. Dann legte er sich in die steinige Mulde, zog sich den Hut über die Augen und faltete die Hände über der Brust. Er hatte das Gewehr in Griffweite gelegt. Er würde sich nicht überraschen lassen, weder von MacKenzies Männern noch von dem wilden Tier, das die Rinder zerfleischte. Der Gedanke an die rätselhaften Überfälle beschäftigte ihn. Er hatte noch nie ein Rind gesehen, das so grausam zugerichtet war. Seiner Meinung nach war es ein Bär, der im Verlauf des Winterschlafs verrückt geworden war. Wenn es so war, dann blieb die Frage, warum die getöteten Tiere nicht aufgefressen wurden.

Er zwang sich, an das Geld zu denken, das er für die Adlereier erlösen würde. Er schnaubte verächtlich. Er würde es den Adlern schon heimzahlen, was sie ihm und seinem Gesicht angetan hatten. Dazu brauchte er nicht einmal den Anreiz des Geldes.

10

Der Raum war so geschnitten, daß er größer wirkte, als er eigentlich war. Die Decke wurde von dicken Eichenbalken getragen, an denen Mobiles befestigt waren. Jason erschrak, als er die Bestandteile dieser Mobiles entdeckte. Es waren Tierknochen und Federn, die in der Form des ursprünglichen Tieres angeordnet waren. Es gab einen offenen Kamin und Polstermöbel aus Fichtenholz. Die gewebten Wandteppiche zeigten Jagdszenen mit Büffeln, Sonnenuntergänge und Stürme. Es gab einige Motive, deren Bedeutung Jason nicht erkennen konnte. Über dem Kamin waren die vier Greifklauen eines Adlerpärchens befestigt.

Der Raum war gut beleuchtet, von den Fenstern her und durch die geschickt verteilten Lampen. Nur die Decke, an der die Mobiles hingen, blieb im Halbdunkel.

Simon MacKenzie hatte in einem Sessel mit hoher Rückenlehne Platz genommen, sein Blick war auf das Kaminfeuer gerichtet. Er war kleiner, als Jason ihn sich vorgestellt hatte, voll um die Hüften, mit wohlgepolsterten Schultern. Nur die langen, kräftigen Arme erinnerten daran, daß MacKenzie einmal ein Mann gewesen war, vor dem die Burschen im Tal Angst gehabt hatten. Die Linien in seinem Gesicht erinnerten Jason an das feingeränderte Innere einer Walnuß. Das Haar war dunkel, voll und glatt. Die stark ausgeprägte Nase und die hervortretenden Backenknochen erinnerten daran, daß Simons Mutter eine Indianerin vom Stamme der Shoshonen gewesen war. Wenn er lächelte – und das tat er oft – verschwanden seine unglaublich blauen Augen in einem Netzwerk von Fältchen, und wenn er lachte, hielt er sich den Bauch mit beiden Händen, als wollte er verhindern, daß die Wampe das silberne Gürtelschloß unter sich begrub.

Er begrüßte Jason mit warmen, freundlichen Worten, erkundigte sich, warum er nicht schon früher den Weg auf die Farm gefunden habe und überging mit Wohlwollen und Charme Jasons ungeschickte Entschuldigungen. Er nahm ihn beim Arm und führte ihn in die Wohnhalle. Sie setzten sich. MacKenzie ließ Kaffee servieren. Bedient wurden sie von einer jungen Frau, deren Haar von einem glitzernden Stirnband gehalten wurde. Sie trug ein Fell als Kleid.

Sie sprach nicht, auch nicht, als Jason sich bei ihr für den Kaffee bedankte.

»Das ist Bleicher Mond«, hatte MacKenzie sie vorgestellt. »Sie wissen vielleicht, daß ich keine Kinder habe. Deshalb...« Seine Stirn umwölkte sich, die junge Frau huschte hinaus. »Ich möchte sie nicht als Dienerin bezeichnen. Sagen wir Assistentin.« Er lachte. »Egal. Rachel mag sie am liebsten von allen. Ich bin hier von Frauen umgeben. Ein gewisser Ausgleich, weil wir keine Kinder haben, vermute ich.«

Er trank von seinem Kaffee. »Rachel hat nichts dagegen, wissen Sie. Das ist nicht selbstverständlich. Heutzutage nicht mehr. Die jungen Leute haben ihre eigenen Ideen, sogar im Reservat. Sie haben keinen Respekt mehr vor dem Alter. Sie denken nur noch ans Geldverdienen und an die Stadt. Sie sind noch zu jung, um zu verstehen, welche Werte sie in Händen haben. Sie sind ungeduldig. Sie wollen ihre eigenen Erfahrungen machen.«

Jason stimmte ihm zu. Ihn beschlich das Gefühl, daß er soeben zum Mitwisser eines Geheimnisses gemacht worden war. Aber das Geheimnis war nicht die Dienerin. Das Rätsel lag hinter den Worten verborgen, die der Alte gesagt hatte.

»Sie sind wohl nicht verheiratet, Mr. Clarke?«

»Nein. Ich hatte bisher einfach keine Gelegenheit, eine Frau zu suchen. Bin viel herumgekommen.«

MacKenzie nickte. »Ja, so sehe ich Sie auch. So sehe ich Sie.« Er schmunzelte, und seine Augen erloschen. »Aber Sie werden es schaffen. Sie werden Ihren Weg machen.«

Jason verbeugte sich, nippte an seiner Tasse und verschluckte sich, so stark war das Gebräu, das die Dienerin serviert hatte. Er wußte nicht, was er sagen sollte. Er konnte den Blick nicht von MacKenzie wenden. Dieser Mann strahlte vor allem eines aus: Geduld. Es war offensichtlich, daß er bestrebt war, die Zeit zu überbrücken, bis seine Frau erschien. Und ebenso klar war, daß es einige Dinge gab, die ihm auf dem Herzen lagen, Dinge, die er seinen Besucher fragen würde, wenn der richtige Zeitpunkt gekommen war.

Jason war neugierig, wie die Reihenfolge der Fragen ausfallen würde.

»Mr. Clarke«, begann er. Er hatte sich vorgebeugt und massierte die Knie mit den Händen. »Was ist der Grund Ihres Besuches in Windriver?«

Eine Tür am gegenüberliegenden Ende des Raumes hatte sich geöffnet, ehe sich Jason eine Antwort zurechtlegen konnte. Er stellte seine Tasse auf den Tisch zurück und erhob sich.

Rachel war einen Kopf größer als ihr Mann. Ihr weißes Haar war zu dicken Zöpfen geflochten, die ihr bis zur Taille reichten. Sie trug ein einfaches Kleid aus erdfarbenem Gewebe. Ihre Gestalt war schlank und anmutig. Sie ging barfuß, auf einen Stock gestützt. Als sie den Raum betrat, hatte Jason geglaubt, eine alte Frau vor sich zu haben. Jetzt, als sie vor ihm stand, fiel ihm auf, daß ihr Gesicht jung war. Sie hatte den Kopf einer jungen Frau. Die Augen waren braun und lebhaft, die Stirn glatt, die Lippen weich und feingeschwungen. Nur am Hals waren ein paar Fältchen zu erkennen.

Sie war eine Schönheit.

Sie lächelte und streckte ihm die Rechte entgegen. »Guten Tag, Mr. Clarke.«

Ihre Finger waren leicht und zart wie eine Feder, der Händedruck warm und angenehm. Sie schien sich über seine Unsicherheit zu amüsieren.

»Meine Frau Rachel«, sagte MacKenzie.

Sie setzte sich auf die Couch, ohne ihren Mann anzusehen.

»Mein Mann macht sich Sorgen wegen mir«, sagte sie, zu Jason gewandt. Ihre Hand berührte mit flüchtiger Geste die Brüste. »Ich leide unter allen möglichen und unmöglichen Krankheiten.« Wieder lächelte sie. »Er macht sich Sorgen wegen mir.«

Niemand in der Welt braucht sich wegen dir Sorgen zu machen, dachte Jason. Von dem Moment an, wo sie den Raum betreten hatte, war ihm klar, wer der Stärkere in diesem Gespann war.

»Simon«, hörte er sie in diesem Augenblick sagen, »auf dem Berg ist ein Wilderer.«

Jason warf einen Blick in Richtung Tür. Simon MacKenzie war aufgestanden, der Ausdruck um seinen Mund war hart geworden. Plötzlich ließ er sich in den Sessel zurücksinken, als hätte er einen Stoß vor die Brust erhalten.

»Ich habe gehört, auf Ihrem Berg gibt es ein paar Adlerhorste«, sagte Jason. In der Unterhaltung mit Galen waren sie auf Kramer's Mountain und die Adler zu sprechen gekommen. »Haben Sie keine Angst, daß diese Wilderer...«

»Wir werden uns seiner annehmen«, hatte Simon geantwortet.

»Ganz recht«, fügte Rachel hinzu. »Wir werden jemand hinschicken, der sich um ihn kümmert.«

Jason saß da und wunderte sich. Simon und seine Frau rührten sich nicht. Schweigen erfüllte den Raum.

Auf dem Tisch stand ein Feuchthaltebehältnis für Zigarren. MacKenzie zog eine lange, dünne Zigarre aus dem Behältnis, zündete sie an und warf das flammende Holz über die Schulter in den Kamin. Er sah dem Rauch nach, der zur Decke stieg. »Galen hat Sie kommen lassen, nicht wahr?«

Der abrupte Wechsel des Themas traf Jason unvorbereitet. Er brauchte ein paar Sekunden, bevor er verstand, daß die Frage nicht unfreundlich gemeint war.

»Galen ist beunruhigt«, sagte er.

»Mit Grund«, sagte MacKenzie.

»Er ist der Meinung, daß jemand von weiter weg, ein Mensch, der keine Bindungen an das Tal hat, daß eine solche Person die Dinge vielleicht besser in den Griff bekommt. Ein unparteiischer Beobachter, falls der Ausdruck paßt.«

»Wie wollen Sie denn die Beobachtungen auswerten, die Sie gemacht haben, Mr. Clarke?« kam Rachels Frage.

»Ganz einfach«, sagte Jason ernst. »Ich werde mit den Leuten reden. Ich werde ihnen sagen, was ich in Erfahrung gebracht habe.«

»Geredet wird im Tal bereits genug«, knurrte MacKenzie.

»Ich weiß. Aber was da von Mund zu Mund geht, ist nichts, was uns weiterbringt. Ich bin zwar kein Experte in diesen Dingen, aber ich rechne mir eine gute Chance aus, wenn ich nicht Partei ergreife und die Rolle des ehrlichen Maklers einnehme. Niemand kennt mich, keine der beiden Seiten kann mir etwas vorwerfen. Ich werde mit den Leuten sprechen, das ist mein Plan. Zum Beispiel mit Ihnen.«

MacKenzie schien überrascht. Rachel war keine Regung anzumerken.

»Wenn es stimmt, was die Leute sagen«, fuhr Jason fort, »dann sind Sie, Mr. MacKenzie, der einflußreichste Bürger im Umkreis von fünfzig Meilen. Ich möchte Sie nicht verletzen, aber ich möchte Ihnen doch die klare Frage stellen: Warum haben Sie nichts unternommen, um eine Zuspitzung der Dinge zu verhindern? Warum haben Sie nicht dafür gesorgt, daß sich Indianer und Weiße zusammensetzen und das Problem einmal von vorne bis hinten durchsprechen? Es ist schließlich auch Ihr Tal, oder nicht?«

»Ich habe getan, was in meiner Macht stand«, sagte MacKenzie nach kurzem Zögern. »Aber mit Ted Waters zu reden, das ist, als ob man gegen eine Wand redet. Ganz abgesehen davon, daß ich in dieser Angelegenheit in einer schwachen Position bin.«

Jason sah zu Rachel hinüber. Ihre Augen waren geschlossen. Sie schien einem Gesang zu lauschen, der aus unendlicher Ferne an ihr Ohr drang. Ihre Hände waren im Schoß gefaltet. »Wie das?«

»Ich bin nicht gerade das, was man einen reinrassigen Schotten nennt, Mr. Clarke. Ich habe einen gewissen Einfluß, wenn es um Geld geht, aber ich bin und bleibe Indianer. Schlimmer noch, für Waters und seine Gesinnungsfreunde bin ich ein Halbblut. Wenn ich für die Shoshonen Partei ergreife, wird man mir sofort den Vorwurf machen, ich will meiner eigenen Rasse einen Vorteil zuschanzen. Plädiere ich für die Weißen, werden mich die Indianer einen Verräter nennen.« Er hob die Hände in einer Geste der Hilflosigkeit. »Ich bin zu der Ansicht gekommen, das beste ist, ich halte mich aus der Sache heraus. Jedenfalls solange, wie ich keinen brauchbaren Kompromiß anbieten kann.«

»Was ist mit den Überfällen auf das Vieh?«

Rachel hatte die Augen geöffnet, als die Frage fiel.

»Ich habe keine Ahnung, was dahinterstecken könnte«, sagte der Rancher heftig. »Was da geschehen ist, finde ich furchtbar, obszön, tragisch, was immer Sie wollen. Sobald Sheriff Harmon eine Spur hat, die uns zum Täter führt, werden wir unverzüglich...«

»Zum Täter?« unterbrach ihn Jason. »Ist es denn kein wildes Tier, nach dem wir fahnden?«

MacKenzie lachte leise in sich hinein. »Die Leute lassen einen Rauchvorhang nieder, wenn Sie mit ihnen sprechen, Mr. Clarke. Sie tun gut, wenn Sie über diesen Vorhang hinwegsehen. Niemand im Tal, und ich meine damit absolut niemand, glaubt das Märchen, daß ein tollwütiger Wolf einen kraftstrotzenden Zuchtbullen von dreißig Zentnern überwältigen und zerfleischen kann. Die Leute reden von wilden Tieren und meinen Menschen. Aber Namen nennen, das will natürlich niemand.«

Es lag nicht in Jasons Interesse, sich auf ein Streitgespräch einzulassen. Er war gekommen, um herauszufinden, auf welcher Seite die Sympathien dieses MacKenzie lagen. Es gab etwas im Charakter des Ranchers, das ihm Rätsel aufgab. Es schien, als fürchtete sich Simon vor der Macht, die ihm durch seine wirtschaftliche Stellung in die Hände gelegt wurde. Sprach man ihn darauf an, so konterte er mit der Behauptung, er könne die Dinge nicht steuern. Was wenig Sinn machte bei einem Mann, der in fünfzig Jahren mit starker Hand ein Imperium aufgebaut hatte.

»Die Leute reden von wilden Tieren und meinen Indianer«, fuhr MacKenzie fort. »Das Motiv für solche Verdächtigungen liegt auf der Hand. Die Weißen sind neidisch, weil die Indianer mit den Scheinen in der Hand daherkommen und das Land aufkaufen. Aber verdammt noch mal, wenn jemand wie Daniel Tallpines das Reservat verläßt und sich im Tal einkauft, das seinen Vorfahren gehört hat, was ist eigentlich dagegen zu sagen? Ist das etwa ein Verbrechen? Das Land hat den Indianern schließlich einmal gehört. Wer sagt, daß sie es unbedingt bearbeiten müssen, wie's die Vorbesitzer getan haben? Wissen Sie, Jason, es ist schon schlimm genug, wenn diese Indianer von ihren eigenen Stammesgenossen verspottet werden, weil sie einem bestimmten Glauben anhängen. Wo steht denn geschrieben, daß...«

»Simon«, versuchte ihn Rachel zu beschwichtigen.

MacKenzie verstummte. Er ließ die Luft aus seinen Backen entweichen und zuckte die Schultern. Dann setzte er sich.

Jason betrachtete die Frau aus den Augenwinkeln. Mit einem einzigen Wort hatte sie ihren Mann zur Räson gebracht.

Er beschloß, die Argumente zu Gehör zu bringen, die Galen genannt hatte. »Man kann bei alledem nicht die Augen davor schließen, daß es die Indianer sind, die das Problem heraufbeschwören. Sie sagen, Mr. MacKenzie, daß Waters keinen Argumenten zugänglich ist. Könnten Sie dann nicht wenigstens mit Tallpines sprechen? Könnte Tallpines nicht eine Erklärung abgeben, die bestimmte Ängste und Unsicherheiten aus der Welt schafft? Das wäre doch nur fair.«

»Was ist fair, Jason?« schaltete sich Rachel ein. »Für Mr. Waters ist fair, wenn er seine Produkte verkaufen kann, soviel wie möglich. Für die Shoshonen ist fair, wenn sie mit dem gekauften Land tun können, was sie wollen.« Ein trauriges Lächeln spielte um ihre schönen Lippen. »Sie verfügen doch über eine gewisse Lebenserfahrung, Jason. Dann müßten Sie auch wissen, daß es keinen weltweit gültigen Maßstab für den Begriff Fairneß gibt.« Das Lächeln verschwand. »Ist es denn etwa gerecht, was die Weißen von den Indianern erwarten? Daß die Indianer eine kapitalistische Lebensform übernehmen sollen? Daß sie lernen sollen, wie man in der Welt des weißen Mannes überlebt?«

Sie verstummte und schloß die Augen.

MacKenzie hatte den Kopf aufgestützt. »Sie haben mir vorhin den Vorwurf gemacht, daß wir den Kopf in den Sand stecken, aber das stimmt nicht. Wir halten Kontakt mit beiden Seiten, vor allem mit den jungen Leuten. Es gibt eine ganze Reihe von Mädchen, die recht oft zu Rachel kommen. Nicht wahr, Rachel?«

Sie nickte scheu.

Ihr Mann öffnete die Hand. »Da ist zum Beispiel die kleine Carole Carosa, die Tochter des Friseurs. Sie kommt einmal jede Woche, um meiner Frau vorzulesen. Und dann...«

»Bitte, Simon...«

Er schnippte mit den Fingern. »Außerdem ist da Bea Steed. Sie kommt sehr oft zu uns. Interessiert sich sehr für indianische Folklore. Früher, da war noch Ellie...«

Jason war plötzlich hellwach.

MacKenzie entfuhr ein Seufzer. »Bevor diese Sache passierte, war das. Sie kam zu uns, wie eine Tochter. Ihr Mann will allerdings nichts mit uns zu tun haben. Seit sie aus dem Krankenhaus entlassen wurde...« Er zuckte traurig die Schultern. »Wir sehen sie jetzt nur noch, wenn wir in den Ort reinfahren.«

»Ein nettes Mädchen, wirklich«, sagte Rachel. »Es sind alles sehr nette Mädchen. Aufopfernd und hilfsbereit.«

»Und unsere Indianermädchen können ihnen nicht das Wasser reichen«, murmelte MacKenzie. »Wenn ich nur an Dawn Sweetwater denke. Eine richtige Herumtreiberin.«

»Simon!«

»Verdammt noch mal, Jason, man würde doch denken, daß die Mädchen aus Rachels Volk, *unsere* Mädchen, genauso hilfsbereit sind wie die Töchter der Weißen. Aber nein, sie haben nur Männer im Kopf, vor allem weiße Männer, und sie vergessen dabei völlig, wo sie herkommen.«

»Es sind noch Kinder«, sagte Rachel. Sie schien darauf bedacht, das Gespräch zu entschärfen. »Richtige Kinder, Jason, glauben Sie mir. Sie denken sich nichts dabei, weil sie noch keine Erfahrung haben.«

Welch eine Frau, dachte Jason. Er saß da, in den Klang ihrer Stimme verliebt. Sie setzte die Unterhaltung mit unverfänglichen Themen fort. Wie sie und Simon sich kennengelernt hatten. Wie es ihr in den ersten Monaten außerhalb des Reservats ergangen war. Wie Simon und sie die Kinder aus dem Tal zu sich holten und ihnen die Geschichte der Shoshonen erklärten. Die Ruhe ihrer Seele sprach aus ihren Worten, die Selbstsicherheit und der Ernst einer Stammesmutter, der Stolz ihres Volkes.

Jason sog das Gehörte in sich auf wie ein Schwamm. Später, wenn er allein war, würde er die empfangenen Eindrücke ordnen.

Die Zeit verging erstaunlich schnell. Ehe er sich's versah, saß er am Steuer seines Wagens. Das Ehepaar MacKenzie hatte ihn bis zur Auffahrtsschneise begleitet.

Rachel gab ihm die Hand. »Es spricht für Galen, daß er eine Katastrophe verhindern will, Jason«, sagte sie. »Aber ich glaube nicht, daß man den Ausgang beeinflussen kann. Einige Menschen werden Schaden nehmen, und andere werden unversehrt bleiben. Das liegt in der Natur des Wechsels. Sich dagegen aufzulehnen, das wäre, als wollte man den Wind River stauen, ohne daß er über die Ufer tritt.«

»Mag sein«, sagte er und bemühte sich, seine Stimme so warm klingen zu lassen, wie sie es tat. »Galen und ich, wir sind dabei, ein paar Sandsäcke ans Ufer zu schleppen. Man kann der Katastrophe schließlich nicht tatenlos zusehen.«

Sie lachte, aber ihre Augen blieben ernst. Simon lud ihn ein, bald wiederzukommen. Beim nächstenmal, so verkündete er, würde er ein kleines Festmahl veranstalten. Es sei wichtig, daß er vor dem kommenden Winter etwas Fett auf die Rippen bekomme.

Rachel war auf dem Weg zum Haus, als Simon noch einmal ans offene Wagenfenster trat. »Sagen Sie, Jason, irre ich mich, wenn ich sage, daß Sie Peter Clarkes Sohn sind?«

»Da irren Sie sich nicht.«

»Das dachte ich mir.« Simon MacKenzie ließ den Blick über den parkartigen Garten schweifen. Schließlich schlug er mit der flachen Hand auf den Kotflügel. »Willkommen daheim!«

Zweites Kapitel

1

Die Lehre nahm ihren Anfang mit einer Frau, die Dunkler Mond genannt wurde. Vater Wind, Mutter Nacht, ich bin bereit. Die Lehre begann mit den Worten, die den Tod bringen. Gib mir Kraft, gib mir Stärke. Der Schmerz war da, ein Stachel im Fleisch der Seele.

Als die Worte gesprochen waren, schwand der Schmerz. Die Lehre flog in die Freiheit, auf den Flügeln der Nacht. Mein Geist sei der Geist meines Bruders. Gib mir die Freiheit. Laß mich jagen.

Der Befehl war gegeben. Die Lehre flog über den Wald, stieg hoch an den Hängen des Berges. Stille. Sie würde keine Befehle mehr entgegennehmen, nie mehr. Sie war frei. Sie erhob sich zum Flug über den Wald.

2

Die Tür war aus massiver Eiche. Kein Laut passierte die Schwelle und kein Licht. Nicht einmal Simon durfte diese Tür passieren.

Der Gang, der zur Tür führte, war dunkel. Das Zimmer hinter der Tür wurde von zwei Kerzen erleuchtet. Die Kerzen steckten auf hohen Kerzenständern, die in drei Handbreit Entfernung voneinander auf den Boden gestellt worden waren. Kein Licht fiel auf die Wände. Der Schein fiel auf Rachel, die inmitten eines goldenen Kreises auf dem Boden kniete.

(Vater Wind, Mutter Nacht)

Man hatte ihr die Zöpfe aufgedröselt, das Haar breitete sich über ihre Brüste. Sie hielt in ihrer Linken einen zerbrechlich wirkenden Knochen, an den eine Feder gebunden worden war. In ihrer Rechten hielt sie einen Beutel, der getrocknetes Gras, Erde, Tannennadeln, Tannenzapfen, das Herz eines Pumas, die wächsernen Augen einer Schlange und Perlen aus Blumensamen und

Blut barg. In dem Beutel lag auch das mit Sehnen verschnürte Pergament, auf das man die Worte geschrieben hatte:

Laß mich jagen.

Ihre Augen waren geschlossen. Die Maske der Jugend, die sie für den jungen Mann getragen hatte, war von ihr abgefallen. Jetzt war sie alt. Der Schmerz ließ ihre Haut durchsichtig erscheinen. Sie saß kerzengerade. Sie achtete nicht auf die Messer, deren Spitzen ihre Schenkel berührten.

So würde sie sitzen, bis die Sonne aufging.

Zu Anfang hatte alles sehr einfach ausgesehen. So einfach, daß sie hätte Verdacht schöpfen müssen. Sie hatte alle Gegenargumente mit dem Heiligen Traum entkräftet. Sie hatte darauf bestanden, daß der Kreis gezeichnet wurde. Sie würde den Zweiflern beweisen, daß die Lehre auf Wahrheit beruhte.

Der Kreis bestand aus drei Segmenten.

Sie hatte als erstes eine Botschaft an jene gesandt, die ihr schaden konnten, die sie vielleicht mit dem Tode bedrohen würden. Die Botschaft sollte die Menschen in Angst und Schrecken versetzen. Simon war es, der die Botschaft verbreitete. Wenn die Furcht ins Herz der Menschen gesenkt war, schrieb sie die Worte der Lehre nieder. Die Lehre war die Hebamme, die dem wahren Messias ans Licht der Welt verhelfen würde. Der wahre Messias wurde aus Mitternacht und Blut geboren, aus den Schreien der Angst.

Die Muskeln ihrer Schenkel begannen zu zucken, sie brach zusammen. Es gelang ihr nicht, sich wieder aufzurichten.

Zu Anfang war ihr Glück beschieden gewesen. Simon hatte soviel Geld, wie nötig war. Er teilte ihren Traum. Den kleineren Traum. Der erste Kreis. Seit Jahrzehnten widmete sie sich der Lehre. Im vergangenen Jahr hatte sie ihr Körper verraten. Aber sie hatte die Krankheit überwunden. Sie hatte die Diagnosen der weißen Ärzte Lügen gestraft. Mit Simons Hilfe würde sie den Frühling erleben.

Sie hob die Arme.

Sie hörte das Galoppieren eines Pferdes. Das Geräusch erstarb in der Ferne. Simon. Er war unterwegs zum Berg, zur Stätte der Fütterung. Es war denkbar, daß ein Mensch begraben werden mußte. Fast hätte sie gelächelt. Wie war es möglich, daß ein Mann seine Frau so sehr liebte? Wie war es möglich, daß Simon mit ihr und für sie ein Ziel verfolgte, das er nur um den Preis des eigenen Todes erreichen konnte?

Was ihr Angst machte, war die Lehre. Sie wußte, daß sie der

Lehre nicht trauen konnte. Die Lehre bot keine Sicherheit, daß sich der Kreis schloß. Nicht jetzt.

Es war an der Zeit, daß ihr Volk lernte, was es bedeutete, Macht zu haben. Wahre Macht war Macht über das Leben anderer Menschen. Macht über das Leben hatte man, wenn man töten konnte.

Der Junge war das Opfer gewesen, das der Lehre Leben einhauchte.

Die Tiere waren nichts als Nahrung. Man würde keine Tiere mehr töten müssen.

Die Menschen würden bluten, die Männer. Wer blutete, würde verstehen, daß sie der Odem der Lehre war.

Noch zwei Wochen, dachte sie. Zwei Wochen des Todes, bis sich der Kreis schloß.

Ihre Arme sanken in den Schoß. Sie schluchzte.

Ich habe Macht über dich, flüsterte sie. Du bist mein, du bist mein. *Und das Wesen schwang sich hinaus in die Schatten der Nacht. Sein Schrei war wie das Gelächter eines Kindes.*

3

Jason hatte einen Entschluß gefaßt. Er würde die Menschen nicht mehr nach ihrer äußeren Erscheinung beurteilen. Er griff nach dem großen Glas Bier, das man ihm hingestellt hatte. Dann stellte er das Glas wieder hin. Genug war genug. Er würde das Glas nicht austrinken.

Nach der Rückkehr von der MacKenzie-Ranch hatte er sich umgezogen. Dann war er mit Galen in das kleine Restaurant zum Abendessen gegangen. Der Zeitungsverleger hatte verkündet, es sei jetzt genug mit dem Einsiedlerleben. Als ob es nicht seine, sondern Jasons Idee gewesen wäre, sich im Büro einzusperren. Er hatte ihn in Carosas Bar eingeladen.

Jason war beeindruckt.

Das Lokal war größer, als er sich vorgestellt hatte. Es gab eine erkleckliche Anzahl runder Tische, die mit blauweiß karierten Deckchen gedeckt waren. Die Wände waren mit Walnußholz getäfelt. Soweit sich bei dem Licht feststellen ließ, war die Bar peinlich sauber. Mary Carosa versorgte die Tische. Tony und David befanden sich hinter der Bartheke. Für den Rollstuhl war eine besondere Plattform angefertigt worden. Wenn Mary nicht zuviel zu tun hatte, konnte man sogar Sandwiches bestellen. Die Preise, die Carosa für seine Getränke verlangte, waren so niedrig, daß Jason ihn fragte, ob er auf diese Weise überhaupt noch ein Geschäft machte.

»Die Menge bringt's«, sagte der Italiener und grinste. »Ich hab' die einzige Bar am Platze. Ich habe ein Monopol.«

Im hinteren Teil des Lokals gab es ein paar Flippermaschinen, ein Dartspiel und einen Billardtisch. Jason empfand es als wohltuend, daß von dem Ping, Boing und Arggh elektronischer Spiele nichts zu hören war.

Für Jason stand inzwischen fest, daß Carosas Bar in Windriver die große Attraktion war. Unter den Kunden, die hierher kamen, waren alle Altersgruppen vertreten. Der Einzige, der sich nicht zu amüsieren schien, war Stan Kelly. Er stand am Ende der Bar, ein paar Schritte vom nächsten Gast entfernt, und stürzte einen Drink nach dem anderen in sich hinein. Von Marsh wußte Jason, daß Kelly seine Ranch, die neben der MacKenzie-Ranch lag, vor einem Jahr verkauft hatte. Im Unterschied zu den anderen Farmern, die von den Indianern ausgekauft worden waren, hatte sich Kelly entschlossen, in Windriver zu bleiben und den Erlös zu vertrinken.

»Tagsüber findest du ihn auf dem Friedhof«, hatte Marsh hinzugefügt. »Dort hält er Zwiesprache mit Custer und Häuptling Sitting Bull. Der Mann sieht Gespenster.«

Es war halb zehn. Ted Waters fehlte. Kein einziger Indianer war unter den Gästen. Jason wußte, daß das nicht immer so gewesen war.

Jason besiegte Earl Carson und Carosa beim Dartspiel. Sie verlangten Revanche, und er verlor. Nachdem er noch ein paar Worte mit Hardy Green, Mac und Artie gewechselt hatte, entschuldigte er sich bei Galen. Er würde für ein paar Minuten nach draußen gehen und frische Luft schnappen.

Als er an der Tür angekommen war, hörte er seinen Namen rufen. Es war David Carosa.

»Jason«, sagte David. Er winkte ihn an die Bar heran. Er hatte das Haar vom Vater, das Gesicht von der Mutter. Ein fünfundzwanzigjähriger Engel männlichen Geschlechts.

»Gehst du schon nach Hause?«

Jason grinste. »Nur etwas frische Luft schnappen. Ich hab' zuviel getrunken.«

Carosa nickte. »Kannst du mir einen Gefallen tun? Wenn du

Steve Felsom triffst, sag ihm, ich hab' das Buch, das Ellie bestellt hat. Frag ihn auch, ob es Ellie besser geht. Ich bring' ihr das Buch dann höchstpersönlich.«

»Warum sprichst du nicht selbst mit Steve? Der beißt doch nicht, oder?«

Carosa zog ein finsteres Gesicht. »Wir verstehen uns nicht gut, Steve und ich. Das ist der Grund.« Er zuckte die Schultern. »Es war nur eine Bitte.«

»Wenn ich ihn sehe, werd' ich's ihm ausrichten.«

Carosas gute Laune war wieder da. »Danke dir, Jase. Ich weiß es zu schätzen, wirklich.«

Jason winkte ihm zu und ging auf den Ausgang zu. Er würde Galen fragen, welcher Art die Beziehung zwischen Dave und der Tochter des Sheriffs war. Wenn da je was gewesen war, dann war es beim Unfall des jungen Mannes zu Ende gegangen.

Die Luft draußen war trocken wie Papier. Er lehnte sich an die Hauswand und versenkte die Hände in die Taschen. Es lief eigentlich alles ganz gut. Die Leute in Windriver waren nett zu ihm. Niemand hatte ihn auf die Vergangenheit angesprochen. Wenn es überhaupt Leute gab, die sich an ihn erinnerten, dann waren sie bisher nicht in Erscheinung getreten. Es war ein angenehmes Gefühl. War er diesem Ort zugehörig? Noch nicht. Er träumte davon, und doch war er nicht sicher, ob er diese Bindung wollte. Es war zu früh. Ich bin im Westen, dachte er, nicht in den Neuenglandstaaten. Im Westen entscheiden nicht die Jahre, die du schon am Ort wohnst. Im Westen gehörst du dazu, sobald du deine Fähigkeiten unter Beweis gestellt hast.

Ich könnte zu Donna rübergehen, dachte er. Seine Freundin in der High School fiel ihm ein. Es war eine unglückliche Liebe gewesen. Wieder und wieder war er an ihrem Haus vorbeigegangen, wo sie wartete. Nicht auf ihn, sondern auf ihren Freund. Er hatte es nicht übers Herz gebracht, ihr seine Gefühle zu gestehen. Und doch war es Liebe gewesen.

Er sah auf. An der Hausecke stand eine Frau. Sie war dabei, ihren Wagenschlüssel aus der Handtasche hervorzuholen. Die Frau trug eine Wollmütze über ihr Haar gezogen. Sie trug Jeans und Stiefel. Sie lächelte ihn an, als sie vorbeiging. Er lächelte zurück.

Als sie am Bordstein angekommen war, blieb sie stehen.

»Jason?«

»Sind Sie es, Miß Oldfield?«

»Du kannst Donna zu mir sagen.«

»Gern, Donna.«

Er ließ seine Schuhsohle über einen Kieselstein gleiten. Hoffentlich bin ich nicht so betrunken, daß sie mich stehenläßt.

Sie tippte mit dem Finger an seine Lederjacke und an die Krempe seines Stetsons. »Die Kleidung stimmt«, sagte sie. »Aber du siehst trotzdem nicht wie ein Cowboy aus.«

Er zog eine Grimasse. »Es war Galens Idee. Ich komme mir vor wie ein Volltrottel.«

Sie trat einen Schritt zurück. »Steht dir aber gar nicht schlecht. Etwas ungewöhnlich, aber gar nicht schlecht.«

Er grinste verlegen. »Bist du... ich meine wolltest du...« Er deutete auf den Eingang der Bar.

»Später, ja. Ich muß erst noch wohin.«

»Verstehe.«

Sie schwiegen. Auf der gegenüberliegenden Straßenseite hatte ein Wagen angehalten. Ein paar junge Leute stiegen aus. Jason sah, wie sie auf das hellerleuchtete Portal des Kinos zuliefen.

Der Streifenwagen der Polizei huschte vorbei, ein fliegender Holländer auf Rädern.

»Gibt's in dieser Stadt überhaupt sowas wie ein Nachtleben?« fragte er.

Sie lachte nur.

»Der Freund, mit dem du verabredet bist«, sagte er und räusperte sich, »meinst du, der hat was dagegen, wenn ich dir einen Drink spendiere?«

»Woher weißt du, daß es ein er ist?«

Ein Dutzend galanter Antworten fielen ihm ein. Statt dessen sagte er nur: »Ich meine, weil es Freitagabend ist.«

»Mein Freund ist ein Boxer.«

»Wie bitte?«

Wieder lachte sie. Sie ergriff ihn am Arm und zog ihn zum Eingang der Bar. »Ein schwangerer Boxer. Genauer gesagt, eine trächtige Boxerhündin. Ich bin Tierärztin, erinnerst du dich nicht? Na ja, und Cy Oaker hat eine trächtige Boxerhündin. Ich hab' ihm versprochen, ich schau mal vorbei und seh' sie mir an. Sie wirft jetzt bald, und Cy ist nervöser als ein Vater beim ersten Kind.«

Er war verwirrt, und doch war es ein schönes Gefühl, als sie ihm die Tür aufhielt und ihm zuwinkte.

Jason, dachte er, da brockst du dir was Schönes ein.

4

Greg stand auf der Lichtung und starrte hinauf zu den kalten Sternen. Er hatte den Hut in den Nacken geschoben.

Erst Stunden nach Eintritt der Dunkelheit war er von seinem Verdauungsschlaf aufgewacht. Er hatte gezittert wie Espenlaub, so kalt war es. Das Pferd stand neben ihm, es schnaubte vor Ungeduld. In den Wipfeln der Bäume ging der Nachtwind. Greg hatte Gott und die Welt verflucht. Jetzt würde er es mit dem Pärchen aufnehmen müssen. Zwei Adler. Immerhin, da war das Geld. Er glitt den Abhang hinab, geriet zu Fall, fand sich in einer lehmigen Bodensenke wieder, rappelte sich auf.

Er war zuversichtlich, daß er den Horst finden würde. Das Nest lag auf einem Felsvorsprung. Der Blick ging über das ganze Tal. Von vorn war der Felsen nicht zu erklimmen. Aber es gab eine gewachsene Brücke, die von Süden her den Zugang ermöglichte. Seine Hand umkrallte das Gewehr. Zwei Schüsse, und er war zweitausend Dollar reicher.

Aber der Mond spielte ihm einen Streich.

Als das Licht auf die Felsen fiel, zeigte sich ihm ein Weg, der kürzer schien als die gewohnte Route. Das Problem war, daß dieser Weg hundert Meter unterhalb des Adlerhorstes endete. Greg saß fest. Die senkrechte Wand über ihm war unbezwingbar. Er konnte den Weg, wie die Dinge jetzt lagen, auch nicht zurückgehen, die Adler würden auf ihn aufmerksam werden. Aus einer Entfernung von hundert Metern hatte er keine Chance, auch nur eines der Tiere zu treffen. Er mußte näher an den Horst heran.

Er mußte warten. Und er brauchte Glück. Nur ein bißchen Glück. Er beschloß, sich Zeit zu lassen, bis sein Ärger verflogen war. Er würde auf seinen Instinkt hören. Der Instinkt hatte ihn noch nie betrogen.

Er schaute ins Tal hinab, wo die Lichter der Häuser blinkten. Das schwarze Band des Flusses war zu erkennen, eine schattige Schlange, die alles Licht verschluckte. Der zackige Rand des erloschenen Vulkans war zu sehen. Jenseits der felsigen Säge lag Blairs, wo er die toten Adler zu Geld machen würde. Blairs war die Stadt der Zukunft.

5

Stan Kelly hatte seinen Traktor in die Scheune gefahren. Eine nackte Glühbirne erhellte die Gesichter der Männer, die sich in der Scheune versammelt hatten. Sie waren zwölf, und sie waren wütend. Wütend auf Billyboy Perkins.

»Was du vorhast, ist nicht richtig«, sagte Waters, der Sprecher. »Egal, wieviel du dabei rausschlägst, Billy, es ist nicht richtig, und du weißt es. Die führen was im Schilde, darauf kannst du Gift nehmen. Und du traust dich und verkaufst ihnen auch noch Land.«

Perkins musterte ihn mit düsterem Blick. Von den anderen war zustimmendes Gemurmel zu hören.

Keiner der zwölf besaß viel Land im Tal. Aber jeder besaß genug, um mitzureden. Sie hatten hart gearbeitet auf ihren Ranches. Stan Kelly war der Letzte, dem sie Verrat zugetraut hätten. Ausgerechnet er fiel ihnen in den Rücken.

»Jetzt hört einmal zu!« Perkins sprach mit schroffer, heiserer Stimme. Sein kurzgeschorenes Haar wirkte im spärlichen Licht wie ein verkohlter Totenschädel. »Ich würde ja nichts lieber tun als hier im Tal auszuhalten, das wißt ihr doch alle. Aber verdammt noch mal, ein Mann hat doch das Recht, seine Chancen wahrzunehmen. Glaubt ihr, ich lasse mir hundertfünfzigtausend Dollar entgehen, nur weil ihr Angst habt vor ein paar versoffenen Indianern, die den ganzen Tag auf ihrem faulen Arsch rumsitzen? Glaubt ihr im Ernst, ich lasse so ein Angebot sausen?«

Er spuckte aus und sah sich um. Die Blicke der zwölf waren düster, von Haß erfüllt. Nicht weil ich was Unrechtes tue, dachte Perkins. Sondern weil sie wissen, daß ich genau das Richtige tue. Jeder der zwölf würde die hundertfünfzigtausend nehmen, wenn sie ihm angeboten würden. Jeder der zwölf würde den Zaster in die Tasche stecken und Ted Waters samt der verdammten Ranchers' Association zum Teufel wünschen.

»Übrigens«, fügte er hinzu, »Gloria ist vorige Tage zu Bob Green gefahren, und der hat gesagt, das Angebot ist noch nicht rechtsgültig. Ich werde mich also noch nicht morgen früh in den Zug setzen und Windriver verlassen, wenn ihr *das* meint.«

»Die Burschen haben dir deinen besten Bullen abgemurkst«, sagte eine Stimme aus der Finsternis. »Willst du das auf dir sitzen lassen?«

»Was soll ich denn tun? Ich hab' sofort Doc Oldfield dazugeholt.

Sie ist um das Tier rumgestapft, hat unverständliches Zeug gemurmelt, und dann hat sie mir gesagt, was mir auch schon vorher klar war, nämlich daß der Bulle hinüber ist.« Er stemmte die Arme in die Hüften. »Was tut *ihr* denn? Wer in Windriver weiß denn überhaupt, was dahintersteckt, wenn nicht einmal Doc Oldfield eine Erklärung hat? Die Frau ist ein besserer Tierarzt, als Doc Vance je gewesen ist, und trotzdem muß sie passen.« Er sah in die Runde und spürte, wie sich der Ärger der Männer von ihm weg auf den unbekannten Gegner verlagerte. »Ich bin auch zu Sheriff Harmon gegangen, und was hat er gesagt? Was er immer sagt, wenn ein Tier gerissen wird. Er würde ein paar Jäger losschicken, und die würden nach Spuren suchen. Was ist dabei rausgekommen? Heiße Scheiße, wie üblich. Ich sage euch, der Mann ist senil!«

Erst als das Murmeln in der Runde verstummte, verstand Perkins, daß er einen Fehler gemacht hatte. Irgendwo in der Düsternis stand Steve Felsom, einer von Harmons Beamten. Perkins dachte über eine Entschuldigung nach, die er seinem Verdammnisurteil anhängen konnte. Ihm fiel nichts Glaubhaftes ein. Und dann sah er, wie der Polizist in den Lichtfleck in die Mitte der Scheune trat.

Steve Felsom war von kleiner Gestalt und kränklichem Aussehen. Er hatte die Augen eines Wiesels. Sein Lächeln war kalt wie das Grinsen eines Henkersknechtes. Seine offizielle Mission war, seinem Bruder über das Treffen der Farmer zu berichten. Die Männer wußten, daß er diese Mission nicht ausführen würde.

»Bill«, sagte er mit mißtönender Stimme, »es geht hier nicht nur um Geld. Es geht auch um die Menschen, niemand hier weiß das besser als ich.«

»Bisher ist niemand getötet...« Perkins brach mitten im Satz ab, als hätte ihm jemand die Gurgel zugedrückt.

»Bullen und Kälber sind aufgeschlitzt worden«, sagte Felsom kalt. Er machte eine Pause, bevor er weitersprach. »Und dann war da noch mein kleiner Bruder. Ich würde sagen, mein Bruder ist tot, aber vielleicht träume ich das nur.« Er stieß die Luft durch die Nase. »Wer garantiert uns, daß es bei diesem einen Mord bleibt? Die Überfälle auf das Vieh werden weitergehen, Gentlemen. Und es stecken Menschen dahinter, Billyboy, keine Wölfe.«

»Wer?«

Steves Grinsen gefror zu einer Grimasse. »Erinnern wir uns mal, wie es war, bevor die Indianer kamen. Wir hatten keine Probleme in diesem Tal. Dann kam Dan Tallpines und kaufte die Ranch südlich vom Fluß. Als nächster kam Sweetwater. Und dann kam die ganze rote Horde. Rein zufällig wurde dann das Mädchen überfallen. Und rein zufällig wurde mein kleiner Bruder ermordet. Mein Vater ist vielleicht nur ein Eisenbahner, aber was er sagt, hat Hand und Fuß. Es gibt keinen Menschen, der Zufall heißt. Es gibt nur Ursache und Wirkung. Ursache und Wirkung, Gentlemen! Und wenn wir nicht bald in eigener Regie Ursachen schaffen, dann wird uns die Wirkung um die Ohren fliegen, daß uns Hören und Sehen vergeht.«

»Sag, was wir tun sollen!« Es war Titus Arnold, der zu sprechen begann, nachdem der johlende Beifall abgeebbt war. Er hatte die Hände in den Taschen seines grobgewirkten Overalls vergraben. »Wir reden und reden wie die alten Weiber, und währenddessen werden die Rothäute immer frecher. Falls ihr es noch nicht wißt, Bob Greens Sohn ist zusammengeschlagen worden. Mit einer Übermacht von zehn Mann sind sie über ihn hergefallen, und das nur, weil er auf dem Schulhof einen dreckigen kleinen Indianer gehänselt hat. Und was tun wir? Wir schwätzen uns den Mund fusselig.«

»Er hat recht«, sagte Felsom mit schneidender Stimme. »Der Mann hat hundertprozentig recht.«

»Und nun?« kam Arnolds lauernde Frage.

Felsom blinzelte ins trübe Licht der Birne, dann sah er herausfordernd in die Runde. »Und nun hört euch den Plan an, den ich mir ausgedacht habe.«

6

Donna hatte ihre schwarzgeränderte Brille abgenommen. Sie massierte sich die Druckstellen an der Nasenwurzel.

»Müde?« fragte Jason.

Sie sah ihn an. Was steckte hinter seiner Frage? Mitleid? Sie hatten über Nichtigkeiten gesprochen. Er hatte ihr von den Stellungen erzählt, die er bekleidet hatte. Donna hatte von Windriver gesprochen und von den Menschen, die hier lebten. Inzwischen beunruhigte sie, daß ihr seine Meinung über den Ort so wichtig war.

Galen war nach Hause gegangen, die Bar war praktisch leer. Wenn das Kino zu Ende ging, würden neue Gäste kommen. Stille. Carosa kam und stellte zwei gefüllte Bierkrüge auf den Tisch. Donna schrak zusammen, sie hatte ihn gar nicht kommen hören.

»Auf Kosten des Hauses«, sagte er. Ein breites Lachen trat auf seine Züge. »Aber das geht natürlich nicht endlos so weiter, Jason. Ab jetzt zahlst du selbst.«

Er ging zur Theke zurück. Die Kerze auf dem Tisch hatte zu knistern begonnen. Jason schob seine Ellenbogen über die Platte. Er sah zu Donna auf. »He, Donna, würdest du mir eine Minute deiner kostbaren Zeit schenken?«

Sie musterte ihn über den Rand ihrer Brille. »Wofür?«

»Ich will dir meine Lebensgeschichte erzählen.«

»In einer Minute?«

Er zuckte die Schultern. »Als Reporter lernt man, sich kurz zu fassen.«

»Nimm dir ein bißchen mehr Zeit«, sagte sie und hob ihr Glas. »Erzähl mir dein Leben in zwei Minuten.«

7

Wind war aufgekommen. Etwas Großes, ein tödliches Rauschen, senkte sich auf Greg.

Der Mond schien, aber das Licht war so fahl, daß nur das Grau der Felsen zu erkennen war. Nicht einmal das Knacken eines Zweiges war zu hören, kein Stein, der den Abhang hinunterpolterte. Nur der Wind.

Greg hatte aufgegeben. Es war eine tollkühne Idee, mitten in der Nacht die Adler in ihrem Horst aufzuspüren. Tollkühn und dumm. Er verwünschte seine Habgier, die ihn zu dem Unternehmen angestachelt hatte. Vorsichtig kroch er auf der Felsnase entlang abwärts. Sein Gewehr lockerte sich, der Kolben schlug auf den Stein. Greg fuhr zusammen. Er nahm das Gewehr ab und vergewisserte sich, daß das Magazin geladen war. Nervös leckte er sich über die Lippen. Sein Blick hastete den Weg voraus. Es gab keine Wolken mehr am Himmel. Er würde keine Deckung haben, wenn er die mondbeschienene Engstelle passierte.

Der Jäger in ihm versuchte Greg einzureden, daß alles in Ordnung war. Er hatte einfach den falschen Zeitpunkt gewählt. Die Abkürzung, die er gefunden hatte, war zu gefährlich. Es war wohl die Schönheit des Tals, die soviel Unsicherheit in ihm bewirkte. Wie es wohl war, wenn man flog? Greg hatte die Versuchung schon früher verspürt. Der Drang, sich über die Felsnadeln hinauszuschwingen, der Glaube an das Wunder. Heute nacht war die Versuchung stärker denn je. Zweimal hatte er sich mit Gewalt vor dem Sprung in die Tiefe zurückhalten müssen.

Diesmal irrte sich der Jäger, das spürte Greg ganz genau. Es war schon etwas Besonderes an dieser Nacht. Irgendwo im milchigen Grau verbarg sich ein Wesen. Ein Bär oder ein Wolf. Das Wesen verriet sich durch ein Geräusch. Es war das Geräusch des Windes, der heimkehrt und sich schlafen legt. Das Wesen indes schlief nicht, es kam mit jeder Sekunde näher. Merkwürdig. Greg hatte noch nie von einem Gespenst gehört, das...

Er wirbelte herum und brachte das Gewehr in Anschlag. Ein Schatten huschte über ihn hinweg. Er hielt das Gewehr angelegt und bestrich mit dem Visier den Halbkreis der fahlschimmernden Felsen. Seine Ohren schmerzten vom angestrengten Lauschen.

Es war kalt. Greg stand der Schweiß auf der Stirn.

Er wußte nicht, wie das Wesen aussah, aber er wußte, daß es sich nicht mehr bewegte. Es war da und beobachtete ihn. Geräuschlos schob er sich nach vorn, Zentimeter um Zentimeter. Seine Linke bestrich das Gestein, um Geröll oder Äste wegzuräumen, um die Hindernisse zu beseitigen, die ihn verraten konnten. Er wußte, daß er in der Dunkelheit das verfolgte Wild nicht direkt ansehen durfte. Das Gehirn narrte den Menschen, wenn die Augen in die Schwärze der Nacht starrten. Man sah Bilder. Man sah, was die Fantasie einem vorgaukelte. Aber die Anziehung des Wesens war stärker als die Erkenntnis seines Verstandes. Plötzlich begriff Greg zwei Dinge, die durchaus neu waren. Das Wesen war kein Mensch. Und das Wesen verfolgte die Absicht, ihn vom Adlerhorst fortzulocken.

O mein Gott.

Er spürte den Spott, die Geringschätzung, die von dem fremden Wesen ausging.

Er hielt mitten in der Bewegung inne. Seine Furcht gefror zum Zorn. Ich werde eingekreist, wie ein Schaf, dachte er. Als ob ich kein Hirn zum Denken hätte. Er schnellte hoch, reckte sich zu voller Größe, sein Finger umspannte den Hahn des Abzugs. Im Rükken spürte er den Sog des Abgrunds. Es war, als hätte die Nacht begonnen, das Tal und die Lichtpunkte der Häuser in sich hineinzusaugen. Etwas wie Schwindel befiel ihn. Er stand da und wankte. Der Zorn war fort, die Angst kehrte zurück.

Jesus, dachte er. Jesus.

Verdammt noch mal, er würde tun, was getan werden mußte.

Es hatte keinen Zweck, sich den Kopf zu zerbrechen. Man mußte handeln. Nur so konnte er herausfinden, was eigentlich los war.

Er würde eine Runde Schüsse abgeben und dem Klang lauschen. Die Schüsse würden das Geräusch seiner Atemzüge übertönen. Vielleicht konnten die Schüsse auch das Wesen wegfegen, das in der Dunkelheit hockte und ihn beobachtete. Er holte Luft und zuckte zusammen. Dann rannte er los, den Hang hinab.

Je schneller er lief, um so größer wurde seine Furcht. Sie überholte ihn, lief ihm voraus und verspottete ihn.

Als er inmitten seiner hastenden Schritte das Rascheln des sterbenden Windes vernahm, blieb er stehen.

»Mein Gott«, flüsterte er. Es war halb Fluch, halb Gebet. Ein Stöhnen entrang sich seiner Kehle, als das Wesen auf ihn zukam.

Gemächlich und sacht, auf dem Rücken des Schattens, der zum Mond floß. Das Wesen war hungrig, aber es hatte keine Eile.

Greg warf sich auf die Erde und rollte sich zusammen. Er lag da wie ein Ball aus Fleisch und Gedanken und erwartete das Ende. Nach einer Weile öffnete er die Augen. Er sah den Lauf der Waffe im Mondlicht glitzern. Er ergriff das Gewehr und kroch auf den Knien auf dem abschüssigen Gestein entlang.

Eine messerscharfe Kralle grub sich in seine Ferse. Er hatte keine Zeit mehr nachzudenken. Er fuhr herum, legte das Gewehr an und gab drei Schüsse ins Dunkel ab. Das Wesen bot ihm die Brust, dann verschwand es im Schatten.

Seine Schüsse hatten getroffen. Greg *wußte,* daß seine Schüsse getroffen hatten. Das Wesen hatte ihn herausfordernd gemustert, ihn zu weiteren Schüssen verlockt. Greg überkam die Wut. Er war überlistet worden. Seine Knöchel waren weiß vor Anstrengung, und er brauchte einige Sekunden, bis er nachgeladen hatte. Er zwang sich zur Ruhe. Behutsam wandte er sich um und ging den steil abfallenden Pfad zum Wald hinab, wo ihn das Pferd erwartete. Inzwischen gestand er sich ein, daß er Angst hatte. Aber es hatte wohl keinen Sinn, über die Beschaffenheit des Wesens nachzudenken, das ihn bedrohte. Die bösen roten Augen hatten ihn sekundenlang auf der Stelle festgenagelt. Er mußte Jäger sein, nichts als Jäger, wenn er die tödliche Gefahr überwinden wollte.

Er duckte sich. Er fühlte, wie es näherkam. Mit einem Sprung ging er in die Knie, zielte sorgfältig, gab vier Schüsse auf den Kopf des Wesens ab. Es gab keinen Zweifel, daß er getroffen hatte. Groß genug war das Wesen ja. So groß, daß es selbst ein Blinder sehen konnte.

Das Wesen nahm die Schüsse mit einem Geräusch entgegen, das in Gregs Ohren wie das Lachen einer Frau klang. Seine Wut hatte dem Staunen Platz gemacht. Er folgte dem Flug des Wesens, dessen Schwingen das Licht der Sterne verdunkelten.

...im Flug über seine Jagdgründe und das Wesen spürte keinen Schmerz, als seine Schwingen den Tod freigaben...

Ihm war, als hätte er einen Schlag mit einem dicken Knüppel erhalten. Im hohen Bogen flog er ins Gestein, kam mit dem Kiefer auf einer Felsspitze auf. Vor seinen Augen tanzten Blitze, die sich mit der Düsternis des Schmerzes vermählten. Sein Hemd war zerrissen, von der Schulter bis zur Hüfte. In stetigem Quell drang das Blut aus der Wunde. Irgendwie spürte er, daß er wieder aufgestanden war. Er torkelte weiter, schrie seinen Schmerz in die Nacht hinaus.

Eine Felsnadel wuchs vor ihm aus dem Boden. Er ging in die Knie, umklammerte den Stein wie ein Kind, das vor der Mutter kniet und ihre Schenkel umfängt. Er hatte zu wimmern begonnen. Ein schwarzes Rinnsal floß ihm aus dem Mundwinkel. Der Jäger war tot. Ein neunzehnjähriger Junge kniete am Hang des Berges und betete.

Eine Minute verging. Sein Atem wurde ruhiger. Der Schmerz hatte sich in weißes Feuer verwandelt. Zwei oder drei Minuten später gelang es ihm, die Augen aufzureißen. Er war allein.

Das Rauschen des Windes war verstummt. Greg sah über die Schulter. Hundert Meter waren es bis zum rettenden Wald. Von dem Pferd war nichts zu sehen. Kein Wunder. Es war geflüchtet, als es das Wesen witterte.

Aber das war nicht weiter wichtig. Er konnte den Weg zu Fuß zurücklegen. Wichtig war nur, daß der Himmel sauber blieb. Er dachte darüber nach, was er seinem Vater sagen würde. Er kam zu dem Entschluß, gar nichts zu sagen. Es war das beste, wenn er gleich morgen früh im Rekrutierungsbüro in Blairs anrief und sich dienstbereit meldete. Zum Teufel mit dem Diplom, und zum Teufel mit der Abschlußfeier.

Er mußte an sich halten, um nicht loszuheulen.

Aus der Ferne wehte ein Kratzen heran. Eine Kralle, die sich am Felsgestein schärfte.

»Nein«, flüsterte er.

(Als er fünf Jahre alt war, hatte ihn sein Vater mitgenommen in die Berge. Er hatte ihn gelehrt, wie man sich an die Felsen lehnte und zu den Wolken aufschaute und dann wieder auf das überhängende Gestein, und Greg hatte verstanden, welch ein furchtbar schönes Gefühl es war, die optische Täuschung des einstürzenden Himmels zu erleben.)

Ich darf nicht nach oben schauen, dachte er. Wenn ich es schaffe, nicht nach oben zu schauen, wird der Himmel nicht einstürzen.

Das Kratzen.

Er kroch auf Händen und Füßen bis an den Rand des Abgrunds und hob den Blick. Über ihm hockte das Wesen. Es betrachtete ihn aus roten Augen.

Er stieß einen Schrei des Entsetzens aus, sprang auf und lief auf den Waldrand zu.

Das Wesen breitete die Schwingen aus. Es verließ den Felsblock. Es war hungrig, und es war bereit.

Er hatte den Wald erreicht und streckte die Hand nach einem Stamm aus, als er sah, wie ihm der Arm vom Rumpf getrennt wurde. Er verlor die Balance. Sein Schrei erstarb, als sich die Fänge in seinen Hals gruben. Er lag im Gras und wehrte sich zu glauben, daß sein Rücken zerfleischt wurde. Das Wesen wendete ihn auf die andere Seite. Jetzt war das Rot seiner Augen zum Greifen nahe. Er fühlte, wie sein Brustkorb aufgeschlitzt wurde, schmeckte das Blut an seinem Gaumen, als seine Gurgel barst.

Dann nichts mehr. Kein Schmerz, kein Laut, und auch das Gefühl der Schwere war nicht mehr.

Die Sterne, das Rot, und schau nicht nach oben, der Himmel stürzt ein.

Das Wesen hatte ein Geräusch vernommen. Es hob den Kopf. Ein Pferd, im langsamen Trott. Das Wesen nahm die Witterung in sich auf. Keine Gefahr. Viel Zeit.

Es hieb den Schnabel in die Wunde und riß einen Fetzen Fleisch heraus.

Drittes Kapitel

Samstag, 11.00 h

Das kleine Restaurant hatte sich überraschend schnell gefüllt. Es waren meist Teenager, die in den Nischen Platz genommen hatten. Es war ziemlich laut im Raum. Einige Gruppen hatten zu singen begonnen.

Jason vergewisserte sich durch einen zweiten Blick auf den Sierra Club-Kalender, daß er sich nicht im Datum geirrt hatte. Vielleicht war schon Herbst, und vielleicht war dies das Gefolge eines Football-Clubs, das hier die Siege seiner Mannschaft feierte. Peg Steed, die Inhaberin, sagte ihm dann, was los war. Jedes Jahr im Mai versammelten sich die jungen Leute von Windriver, um in einer Karawane blankpolierter Autos in die Berge aufzubrechen. Auf halbem Wege zwischen Windriver und Blairs traf man mit den Schülern aus Blairs zusammen. Blairs war der ewige Feind.

Die Aufregung in dem kleinen Restaurant war ansteckend.

Carosa stand vor seinem Friseurgeschäft. Er unterhielt sich mit vier älteren Herren. Unter anderem mit Doc Vance, der für das Baseball-Team der örtlichen Schule als ärztlicher Betreuer fungierte. Wenig später erschien Artie Felsom auf der Bildfläche. Und Ted Waters. Er hatte, wie immer, seine Zweifel, daß Lureen die Registrierkasse richtig bediente.

Die wenigen Indianer, die gegenüber der Schule in einer Gruppe zusammenstanden, blieben unbeachtet.

Keine Beachtung fand auch Pfarrer Thornton, der sich im Laubengang des Schulgebäudes aufhielt. Wieder und wieder sah Hochwürden auf das Zifferblatt der Armbanduhr. Zwischendurch hob er den Kopf, um dem Lärm zu lauschen, der vom Pike herüberwehte.

Es war ein blauer, ein grüner, ein goldwarmer Tag.

Jason verspürte Unruhe. Er war von mehreren Seiten eingeladen worden, mitzufahren und sich das Spiel anzusehen. Er hatte höflich abgelehnt. Er vermied es, den Grund zu nennen. Er fand Baseball langweilig. Eine Schande, daß ein Ort wie Windriver ein Baseballspiel brauchte, um dem Wochenende Glanz zu verleihen.

Nachdem er sich aus der Affäre gezogen hatte, beschlichen ihn

Skrupel. Ich bin ein Zyniker, dachte er. Die Mädchen wollten mit ihm flirten, und er benahm sich, als wäre er zu gut für so etwas.

Er hatte bis spät in die Nacht mit Donna in der Bar gesessen. Sie hatte ihm sehr aufmerksam zugehört. Er war erleichtert, daß sie sich keine Überraschung anmerken ließ, als er die Sache mit seinem Vater erzählte. Am liebsten hätte er ihr auch gleich die Sache mit der Frau, dem Mann und dem Boot verraten, aber das wagte er nicht. Donna hatte ihm gesagt, wie alt sie war. Sie hatten das gleiche Alter. Sie hatte von ihrer Jugend erzählt. Das westliche Connecticut war keine Gegend, wo besonders viel passierte. Warum sie nach Windriver geflohen war, hatte sie nicht gesagt. Es war eine Flucht gewesen, kein normaler Umzug, da war er ganz sicher. Die Fältchen in ihren Augenwinkeln waren der Beweis, und die Art, wie sie das Glas umklammerte, wenn das Gespräch auf unangenehme Themen kam.

Er hatte sie nach Hause gebracht. Sie wohnte in einem Haus zu ebener Erde. Es gab einen Lattenzaun, eine Reihe von schwarzen Eichen und eine einsam leuchtende Ulme.

»Wenn du jetzt sagst, du rufst mich an, kratz ich dir die Augen aus«, hatte sie gesagt. Sie waren am Gartentor angekommen. Sie standen im Schatten. Seine Hände fanden ihre Schultern. Er küßte sie auf die Wange. »Ich habe aber vor, dich anzurufen«, flüsterte er.

Sie lächelte. »Okay. Aber nicht schon morgen.« Er war enttäuscht. Sie schüttelte den Kopf. »Ich sage das nur, weil ich morgen gar nicht da bin. Ich muß Gewebe und ein paar Blutproben nach Casper bringen. Du weißt schon, die Tiere, die gerissen wurden. Ich bring's persönlich hin, weil ich der Post nicht traue. Ich denke, ich werde Dienstag zurück sein. Spätestens Dienstag.«

»Gibt's eine Spur?« fragte er.

»Doc meint, ein tollwütiger Wolf hat die Rinder gerissen. Ich bin da nicht so sicher.«

»Wie kannst du das sagen, wo du keinen Gegenbeweis in der Hand hast?«

Sie tätschelte seine Wange. »Ich mach dir einen Vorschlag. Du bleibst bei deinen Reportagen und bei deinen Telefonzellen. Ich übernehme den tierärztlichen Teil.«

»Meine Mutter hat mal gesagt, wenn ich keine Fragen stelle, würd' ich nie was lernen.«

»Da hat sie völlig recht.« Sie küßte ihn, strich mit den Fingerspitzen über seine Brust und war fort.

Wohlgelaunt und leichtfüßig war er nach Hause spaziert. Er

hatte noch eine Weile auf der Veranda gestanden und sich eingeredet, daß es der Alkohol war, nicht die Frau. Als es zu kalt wurde, ging er ins Haus.

Erst spät am Morgen war er aufgewacht. Er war aufgewacht, weil es so still war im Haus. Normalerweise mußte Galen um diese Zeit in der Küche sein, und das konnte man hören. Die Hunde mußten bellen. Aber nichts. Jason hatte sich unter die kalte Dusche gestellt und sich für das abendliche Besäufnis bestraft. Rasch hatte er sich angezogen, und dann war er auf den Flur hinausgetreten. Er hatte Galens Tür geöffnet und voller Erstaunen festgestellt, daß der noch schlief. Seine Haut sah wie eine Wachsschicht aus, die man ihm über den Schädel gezogen hatte. Jason war schon zum Telefon unterwegs, als Galen vernehmlich schnaufte und die Augen aufschlug. Mit einer brüsken Bewegung setzte er sich im Bett auf und starrte seinen Vetter an. Jason fand, er sah wie eine Leiche aus, die sich aus dem Sarg erhob. Die Luft im Zimmer roch säuerlich. Galen sank in die Kissen zurück und faltete die klauengleichen Finger über seinem Bauch. Er begann zu schnarchen. Seine Augenlider flatterten, aber nur das Weiße der Augäpfel war zu sehen. Zitternd vor Angst verließ Jason das Zimmer.

Er saß da, trank den Kaffee, den Kurt Steed ihm eingeschenkt hatte, und fragte sich, warum er Donna nicht schärfer ins Gebet genommen hatte. Außerdem hätte er Galen wachschütteln und schleunigst ins Krankenhaus bringen müssen. *Hätte.* Warum er es nicht getan hatte, war klar. Er brachte immer noch wenig Enthusiasmus auf, wenn es um die Probleme der Leute von Windriver ging. Und wenn schon. Donna hatte ihre Sorgen, und eines Tages würde er Näheres darüber erfahren. Von ihr. Galen war krank, ganz offensichtlich. Wenn die Zeit gekommen war, würde er seinem Vetter Genaueres sagen. Vielleicht.

Ein Schrei erstarb, Lachen füllte die Lücke aus. Er wandte sich um und sah, wie Hardy Green einer Ohrfeige auswich, die Carole Carosa ihm geben wollte. Von draußen war das Hupen eines Autos zu hören und das Echo eines zweiten Wagens.

Nicht gerade wie eine Stadt, die dem Untergang zusteuerte.

Wirklich nicht.

Die Gäste erhoben sich, neue Gäste kamen. Seine Unruhe verflog. Die geflügelten Schlangen wichen in die Nischen zurück, und nach einer Weile waren sie ganz verschwunden. Er würde Doc Vance fragen, wo Donna zu finden war. Heute abend würde er sie anrufen. Er würde mit Galen ein klares Wort reden, Intimsphäre hin, Intimsphäre her. Nicht viel, aber ein Anfang. Und dann gab es wieder Stimmen, die ihn zum Zuschauen beim Baseball einluden. Der Tag fiel ihm ein, als er das Krankenbett verlassen hatte. Remission nannten die Ärzte das. Eine Einladung des Schicksals, wieder auf dem Zug mitzufahren, den die Menschen Zeit nannten. Man brauchte dazu nur einen einzigen Schritt zu tun. Aber man mußte ihn selbst tun.

Er leerte seine Tasse, ohne daß ihm der Geschmack des Kaffees bewußt geworden wäre. Ich denke zuviel nach. Aber immer noch besser als zuwenig.

Es war vielleicht eine gute Idee, wenn er einen Tag wie diesen benutzte, um mit Daniel Tallpines zu sprechen. Er lächelte. Wenn er von dem Treffen zurückkam, würden die Mädchen verschwunden sein.

11.25 h

Cy Oakers Autowerkstatt lag am Valley Pike, nicht weit von Ted Waters' Lebensmittelgeschäft. Eine Tankstelle mit sechs Tanksäulen war angegliedert. Rechts von Cy Oaker waren die drei Schulgebäude, gegenüber das Bestattungsunternehmen Starling's Funeral Home und drei Geschäfte, die hauptsächlich Artikel für die Touristen verkauften. Wegen dieser Nachbarschaft war Oaker bemüht, sein Geschäft mit möglichst wenig Lärm und Aufsehen abzuwikkeln.

Eine Haltung, der Daniel Tallpines nur zustimmen konnte. Oaker besaß die einzige Tankstelle im Tal. Ein Monopol also.

Bei Ted Waters sah man ja, wohin es führen konnte, wenn jemand ein Monopol besaß. Noch bevor die Indianer die Ranches aufzukaufen begannen, hatte es wegen Ted Waters Ärger gegeben Oaker konnte keinen Ärger brauchen. Wenn irgend möglich, dann sollte sein Sohn eines Tages zum Sheriff aufrücken. Die Folge war, daß von der täglichen Arbeit das meiste auf Daniels Schultern hängen blieb. Daniel hatte sich deswegen nie beklagt. Einmal mochte er Cy, und dann verdiente er auch besser als andere Autoschlosser. Er hatte drei Mann unter sich, und er konnte sich jedes Wochenende freinehmen.

Warum bin ich hier und nicht zu Hause, fragte er sich. Zu Hause könnte ich mit meinen Töchtern spielen. Er wußte, daß seine Anwesenheit den beiden jungen Männern an den Handzapfsäulen Verlegenheit einflößte. und so vermied er es, sie anzublicken. Welche Alternativen gab es? Er konnte durch die Werkstatt schlendern, ein Werkzeug aufnehmen und es wieder hinlegen. Er konnte ein Tuch nehmen und einen Kotflügel blankputzen. Er konnte eine Werkbank aufräumen, die schon zweimal aufgeräumt worden war. Zu Hause fühlte er sich eingesperrt, aber hier, in der Werkstatt, war es genau dasselbe. Es gab einen Unterschied. Zu Hause war der Himmel sehr weit. Hier sah man, falls überhaupt, nur einen Spalt. Wenn er nach Hause zurückkehrte, würde Sharon, seine Frau, sich mit ihm über sein Problem unterhalten wollen.

Vor einer Stunde war er drauf und dran gewesen, die Werkstätte zu verlassen. Aber dann hatte er Jason Clarke gesehen. Clarke war in das kleine Restaurant gegangen. Seit Clarkes Ankunft hatte er keinen Kontakt mehr mit Galen gehabt. Er wußte, daß Galen in aller Ruhe seinen Plan weiterverfolgen würde. Früher oder später würden sich ihre Wege kreuzen. Der junge Mann war bereits bei den MacKenzies gewesen. Er würde zwangsläufig auch bei ihm auftauchen.

Also gut, heute, dachte er. Heute noch werde ich mit dem neuen Mann sprechen. Ich werde herausfinden, ob er anders ist.

Aber jedesmal, wenn seine Hand nach der Klinke tastete, zog er sie wieder zurück.

Dort drüben stand Waters, im Gespräch mit seinen Freunden. Sie standen da und sahen feindselig zu ihm herüber. Sie wußten, daß es auch seine Schuld war, daß ihre Familien in das Tal gekommen waren. Es gab auf einmal sehr viele Autos vor den Zapfsäulen. Er mußte den anderen helfen. Er war noch kein einziges Mal mit Clarke zusammengetroffen. Wenn er ihm gegenüberstand, würde ihm nicht ein einziger Satz einfallen, den er sagen konnte.

Er betrachtete sein Spiegelbild im Schaufenster.

Später, dachte er. Später.

11.50 h

Kurt Steed lehnte sich zurück und verschränkte die Arme. Seine schmutzige Schürze spannte über seinem Bauch. Auf seiner Stirn war in der Höhe des Haaransatzes ein hauchdünner Schweißfilm zu erkennen, er selbst wußte nichts davon. Es kümmerte ihn auch nicht, daß er kein rechtes Bein mehr hatte. Im Unterschied zu David Carosa, der moderne Prothesen trug, hatte er nur ein Holzbein. Er hatte das richtige Bein vor fünfzehn Jahren bei einem Arbeitsunfall in Idaho verloren. Sein Arzt hatte ihm zu einer Prothese geraten, aber Steed hatte sich nicht überzeugen lassen. Er brauchte nichts, was ihn an das richtige Bein erinnerte, und so hatte er sich mit einem einfachen Holzstumpf begnügt, den er an den Schenkel schnallte. In Windriver nannte man ihn deswegen Long John oder Ahab, aber die Leute lächelten, wenn sie das sagten, und so kümmerte es Steed nicht weiter. Er fand, es war ein Wunder, daß er überhaupt noch lebte. Es war ein Wunder, daß er eine nette Frau und eine liebe Tochter hatte. Und schließlich war es ein Wunder, daß er das kleine Restaurant zum Erfolg geführt hatte. Drei Wunder im Leben, das war genug. Er brauchte kein viertes Wunder, und er brauchte kein Bein, das ihn an etwas erinnerte, was es nicht mehr gab. Hardy Green stieß ein Kommando aus. Er ging voran, und seine Mannschaft marschierte im Gänsemarsch hinter ihm zur Tür. Jason Clarke nippte an seinem kalten Kaffee. Er saß mit dem Gesicht zur Wand und lächelte. Erst als Kurt Steeds Frau ihrem Mann die Arme um den Hals legte, merkte er, daß sie ins Restaurant zurückgekehrt war.

»Bea hat mit mir gesprochen«, sagte sie. Ihre Stimme klang wohlgelaunt und nicht im mindesten vorwurfsvoll.

Kurt Steed stieß verächtlich die Luft durch die Nase. »Was will sie diesmal? Eine Million Dollar?«

»Sie möchte die Erlaubnis, daß es ein bißchen später werden darf. Sie will nach dem Spiel noch ins Kino gehen.«

»Was, zum Teufel, gefällt ihr nicht an diesem Restaurant?« Kurt Steed hatte es so laut gesagt, daß Jason in seinem Stuhl zusammenzuckte. Jason sah, wie Bea in der Tür erschien. Ihr Blond war etwas heller als das Blond ihrer Mutter. Sie trug enganliegende Jeans und Schaftstiefel. Jason kam sie wie eine Eisläuferin vor. Sie hatte ihr blaugestreiftes Hemd aus dem Gürtel gezogen und die Enden unter den Brüsten verknotet.

Mein Gott, dachte er, wenn sie auf einer einsamen Straße einem Mann begegnet, wird sie vergewaltigt.

»Hi, Daddy.« Sie strahlte ihn an, zeigte ihm ihre prächtigen Zähne. Ein sanftes Lächeln. *Ich kriege, was ich mir in den Kopf setze, also warum erst groß drüber sprechen, da holst du dir doch nur einen hohen Blutdruck.* Ihre langen Finger tasteten nach ihrem kurzgeschnittenen Haar. Anstatt ihrem Vater ihr Anliegen unmittelbar vorzutragen, begab sie sich zu ihrer Mutter und half ihr beim Abwischen der Theke. Dann begann sie das Geschirr aus den Nischen abzuräumen. Kurt Steed wußte, daß er ausgetrickst wurde. Er kannte das Gefühl aus Erfahrung.

Lächelnd ging sie an ihm vorbei. Sie legte Jason eine frische Serviette hin. Sie kam zurück. »Entschuldige, Daddy.« Als sie sich über die Theke beugte, gab ihr Haar den Nacken frei. Drei kleine Narben wurden sichtbar. Kurt Steed hatte einmal gehört, wie seine Tochter sich mit seiner Frau über diese Narben unterhielt. Hardy Green, so hatte sie gesagt, fände die Narben sexy. Steed war fast unter die Decke gegangen, er hatte ein Donnerwetter losgelassen. Sexy. Sie war seine Tochter, verdammt noch mal, und ganz sicher war sie eines nicht, nämlich sexy. Carole Carosa mit ihrer dunklen Haut und ihren großen Titten, die war sexy. Bea war ein Engel, und Engel vögeln nicht.

»Mit wem willst du ins Kino gehen?« fragte er sie, als sie sich zum zweitenmal an der Theke vorbeizwängte.

»Mit Carole und Hardy, die kennst du ja, nicht?« Ein knapp bemessenes Schulterzucken.

Er sah, wie sie das feuchte Tuch in den Eimer zurücklegte.

»Ich möchte, daß du zu einer anständigen Zeit wieder zu Hause bist«, sagte Kurt Steed.

»Daddy!« protestierte sie.

Er wußte, daß er sich auf sie verlassen konnte, aber das Ritual mußte abgespult werden. Hardy Green mochte der Star der Mannschaft sein und der Sohn eines Rechtsanwalts, aber er war auch ein Junge, und zwar einer, der seine Tochter sexy fand.

»Zu einer anständigen Zeit!« wiederholte er.

Sie lächelte. »Ich weiß«, sagte sie und küßte ihn geräuschvoll auf die Backe.

»Yeah«, sagte Kurt Steed. »Dann wünsch' ich dir viel Spaß. Hoffentlich gewinnt eure Mannschaft.«

Sie zog ein Gesicht. »Sicher nicht. Wir gewinnen nie. Dieses verdammte Windriver kann nicht mal ein verdammtes Baseballspiel gewinnen, so sieht's aus!« Sie huschte zur Tür. »Wiedersehen, Mr. Clarke«, flüsterte sie. Sie war draußen, ehe Jason etwas antworten konnte.

»Prächtiges Mädchen«, sagte Jason, zu Steed gewandt.

Der quittierte das Kompliment mit einem Nicken.

»Scheint ihr allerdings nicht besonders zu gefallen in Windriver«, fügte Jason hinzu.

»Was soll ich Ihnen sagen. Sie ist mit nichts zufrieden, Mr. Clarke. Sie stellt mir Fragen über Fragen, und immer auf dem Ritt. Ich weiß nicht. Manchmal kommt sie her und schuftet wie ein Neger. Hilft mir. Dann geht sie wieder zu den Indianern.

Manchmal glaube ich, sie wäre am liebsten selbst eine Indianerin.«

»Sie findet die Indianer eben interessant«, sagte Peg Steed. Sie nahm neben Jason Platz. »Die Indianer finden sie übrigens ganz nett.«

»Geht sie zu den MacKenzies?« fragte Jason. Er mochte Peg Steed, mochte die Sommersprossen, die von den Wangen bis zu den Schläfen reichten.

»Yeah«, sagte Kurt Steed. »Genauer gesagt, das tat sie früher. Sie besuchte die MacKenzies zusammen mit Carole. Inzwischen interessiert sie sich nur noch für Jungen.«

»Sie wird eben langsam erwachsen«, sagte Peg Steed. Sie kniff Jason die Augen zu. »Als ich so alt war wie Bea, da war ich bereits mit dir verlobt. In Boise war das. Erinnerst du dich?«

Jason mußte lächeln, und Kurt Steed drehte sich um und bearbeitete den makellos glänzenden Grill der Kaffeemaschine mit dem Lappen. Mütter, dachte Steed. Was wissen Mütter schon über Väter. Und wenn das Mädchen im Schatten der Tribüne vergewaltigt wurde, was dann? Lange her, daß ich ein Baseballspiel gesehen habe. Er tastete nach seinen Schürzenzipfeln. Noch bevor er die Zipfel erreicht hatte, betrat Mitch Regan das Restaurant. Er bestellte sich ein Sandwich.

12.15 h

Doc Vance starrte auf die Audubon-Drucke, die im Wartezimmer seiner Praxis hingen.

»Ich hab' ganz einfach den Eindruck, daß sie erschöpft ist, Simon«, sagte er in den Hörer. »Sie müssen unbedingt drauf achten, daß sie im Bett bleibt, verdammt noch mal! Wissen Sie was? Ich komm' nach dem Baseballspiel auf einen Sprung vorbei und seh' sie mir an. Sorgen Sie dafür, daß sie ruhig liegt, und daß sie's warm genug hat. Am besten, Sie geben ihr eine heiße Suppe.« Er lauschte, schließlich lachte er. »Hühnersuppe, Bouillon vom Truthahn, was auch immer. Wenn es ihr plötzlich schlechter gehen sollte, rufen sie Esther Lynn in ihrer Wohnung an. Die weiß, wie sie mich erreichen kann, auch während des Spiels. Über Funk.« Er ging nervös um den Tisch herum, als ob Simon MacKenzie ihn sehen könnte. »Hören Sie, Simon, seien Sie streng mit ihr. Sie muß gehorchen. Sagen Sie ihr, der Doktor hat's gesagt. Ich komm' vorbei.«

Jason zahlte und verließ das kleine Restaurant. Er sah Jake Harmon, der vor seine Amtsstube getreten war. Die Augen waren hinter den silberbeschichteten Gläsern verborgen, aber für Jason bestanden wenig Zweifel daran, daß der Sheriff den Schwarm Teenager beobachtete, die zu ihren Autos unterwegs waren.

Schön, dachte Jason. Wunderschön. In einer Stunde würde alles vorüber sein. Frieden würde wieder in das Tal einkehren.

Sweetwater erschien an der Ecke, er wurde von seinem Sohn Timmy begleitet. Vor Clarke angekommen, blieben die beiden stehen.

»Sind Sie der Reporter?«

Jason nickte. »Dachten Sie, ich sei John F. Kennedy?«

»Gefällt's Ihnen bei Mr. Marsh? Macht die Arbeit Spaß?«

»Es geht so. Von irgend etwas muß man ja leben.«

»Gefällt's Ihnen in Windriver?«

»Ich find's großartig.«

Timmy Sweetwater sah ihn ungläubig an. »Meinen Sie das im Ernst?«

»Aber sicher. Jedenfalls ist es viel schöner als da, wo ich herkomme.«

»Aus New Jersey.«

Jason wunderte sich, aber dann fiel ihm ein, was Galen gesagt hatte. »Zuviel Menschen auf engem Raum«, sagte er und gab seiner Stimme einen verschwörerischen Tonfall. »Nicht so dichtbesiedelt wie New York, aber eben doch zu viel Menschen. Im Vergleich dazu finde ich Windriver richtig schön. Nur ein paar Häuserblocks, und wenn man das Gaspedal runtertritt, ist man in der freien Natur.« Er legte dem Jungen die Hand auf die Schulter. »Gefällt's dir etwa nicht hier?«

»Es geht. Von der Schule mal abgesehen.«

Jason machte ein finsteres Gesicht. »Welchem Kind gefällt's schon in der Schule.« Der Junge sah ihn voller Respekt an. Er belohnte ihn mit einem Lächeln. »Ich versteh' ja auch, daß man etwas an seine Zukunft denken muß, aber wenn draußen die Sonne scheint, dann zweifelt man natürlich, was eigentlich wichtiger ist, spielen oder lernen.«

»Haben Sie je mit Indianern gesprochen?«

»Ich kenne Indianer nur aus den Filmen«, sagte Jason. Er war stolz, daß er es ohne Zögern gesagt hatte.

»Ich bin Indianer, müssen Sie wissen.«

»Das hab' ich vermutet.«

»Ein Shoshone.«

»Auch das habe ich vermutet.«

Timmy brachte die Hand vor den Mund und lachte. »Sie vermuten ja ganz schön viel. Gehört das zu Ihrem Beruf als Reporter?«

Jason nickte. »Das Dumme ist, daß man sich auch manchmal irrt.«

Der Junge lachte. »Sie sind lustig.« Ein Mann und eine Frau, beide mittleren Alters, gingen vorbei. Die Frau machte eine Bemerkung zu ihrem Mann. Wie hübsch der Junge doch sei. Timmy zog einen Schnoof.

»Was in der Art mußt du wohl ziemlich oft über dich ergehen lassen, wie?« Der Junge nickte. Jason landete seine Hand auf seiner Schulter. »Mir geht's nicht besser.«

Timmy Sweetwater musterte ihn aus zusammengekniffenen Augen. Es dauerte nicht lange, bis er das Lächeln in Jasons Mundwinkeln bemerkte. »Sie sind aber gar nicht hübsch.«

»Nein, aber ich bin klein.«

Timmy schien von der Antwort überrascht. Er dachte nach. Er wollte gerade eine Frage stellen, als sein Vater zurückkehrte. Er trug eine braune Papiertüte in der Linken.

»Ich hoffe, der Junge ist Ihnen nicht auf den Wecker gegangen.«

Jason und Timmy schüttelten den Kopf, und dann mußten beide lachen. Aaron Sweetwater schien erleichtert. Er streckte ihm seine Hand entgegen. Jason ergriff sie und schüttelte sie.

»Er ist Reporter, und er arbeitet für Galen Marsh, und er ist klein«, sagte Timmy. Er verstummte, als sein Vater ihn ansah, aber das Lächeln blieb in seinem Gesicht.

»Er hat in allen drei Punkten recht«, sagte Jason. »Ich wollte gerade ...«

Gegenüber auf der Straße, in Höhe der Schule, erscholl ein Ruf. Staub stieg auf, und Jason wußte sofort, daß dort ein Handgemenge im Gange war. Timmy wollte losrennen, aber sein Vater hielt ihn zurück. Jason ging los. Als er vor der Schule ankam, hatten drei Jungen die Motorhaube des Schulbusses erklettert. Sie trugen alle drei Baseballuniformen. Jason hörte, wie der Name Hardy Green gerufen wurde.

Er ging auf den Kreis zu, der sich gebildet hatte. Hardy Green und Charlie Sweetwater trugen einen Kampf aus. Charlie lag unten, und Hardy versuchte, ihm den Kopf auf den Boden zu schlagen. Die Gesichter der beiden waren rot angelaufen, die Hemden an den Ellbogen zerrissen. Dann war zu hören, wie ein Knochen getroffen wurde. Plötzlich herrschte Stille.

Der Kreis weitete sich. Die Mädchen unter den Zuschauern wichen zurück. Die Jungen sahen zur Seite.

Der Kampf ging weiter, und inzwischen floß auch Blut. Jason schrie die beiden Streithähne an, aber keiner der beiden dachte daran, den Gegner freizugeben.

Er kniete sich zu ihnen und packte sie mit einem kräftigen Griff bei den Haaren. Die Umklammerung löste sich. Die Jungen sprangen auf. Sie packten ihn bei den Handgelenken.

»Lassen Sie uns in Ruhe!«

»Verdammt noch mal, wer sind Sie, daß...«

»Halt die Schnauze!« sagte Jason. Er packte sie beide beim Kragen und schleifte sie aus dem Kreis. Am Straßenrand angekommen, gab er sie frei.

»Wollt ihr euch eigentlich gegenseitig umbringen?« Er sprach ruhig und leise. Der Pulk der Zuschauer begann sich aufzulösen.

»Er hat angefangen«, sagte Charlie.

»Du Angeber!« herrschte ihn Hardy an. »Du bist mit deinem ganzen Stamm über mich hergefallen.«

»Und du, du hänselst kleine Jungen. Nennst sie schwul.«

Sie machten einen Schritt aufeinander zu. Jason straffte seine Gestalt und sah, wie die beiden voneinander zurückwichen. Sie waren den Tränen nahe. »Geht jetzt, sonst kommt ihr zu spät zum Spiel«, sagte er knapp.

Er wandte sich ab. Seine Arme zitterten. Idioten, dachte er. Und ich selbst, ich bin auch ein Idiot. Wenn sich die beiden auf mich gestürzt hätten, wäre ich jetzt tot.

Er hatte Glück gehabt. Verdammtes Glück. Aber das Eingreifen war notwendig gewesen. Der Kampf hatte schon zu lange gedauert. Es gab zu viele Zuschauer.

Er war bei Timmy Sweetwater und seinem Vater angekommen. Er gab dem Jungen einen wohlgemeinten Stoß mit der Faust. Der schlug zurück und rannte fort. »Jetzt sind wir quitt«, rief er. Sein Vater stand da und starrte auf das Schaufenster der Bank.

»Einer der beiden war Ihr Sohn«, sagte Jason. »Charlie.«

Sweetwater nickte. »Das überrascht mich nicht. Er hat den ganzen Vormittag schon da rumgestanden und auf Hardy gewartet.«

»Sie wußten, daß die beiden sich schlagen, und Sie sind nicht dazwischengegangen?« Jason verstand die Logik nicht.

Der Mann sah dem davonlaufenden Jungen nach. »Wenn ich dazwischengehe, wer weiß, was dann passiert. Charlie ist alt genug, um selbst auf sich aufzupassen. Er muß seine Schlachten allein schlagen, ohne seinen Vater.«

Bitterkeit klang in seinen Worten, impotent gewordene Autorität.

»Danke«, sagte Sweetwater. Er machte eine verlegene Handbewegung, zuckte die Schulter und folgte seinem Sohn auf die andere Straßenseite.

13.50 h

Carole hatte auf den oberen Rängen der halbgefüllten Tribüne Platz genommen. Sie betrachtete die Teams, die sich bereits auf dem Spielfeld befanden. Die Spieler waren dabei, sich anzuwärmen. Sie wußte, es würde ein Schlachtfest werden. Seit einer Million Jahre verlor Windriver gegen Blairs. Kein Grund, warum das plötzlich anders werden sollte. Nicht einmal ein Junge wie Hardy Green würde das Blatt wenden. Carole hatte allerdings darauf verzichtet, Bea ihr Desinteresse an dem Spiel ausführlich darzulegen. Wichtig war nur, daß sie für einen ganzen Nachmittag frei war. Frei von den Nörgeleien der Eltern. Frei von den Blicken der Leute, die ihr auf der Straße nachsahen. Frei von ihrem blöden Bruder, der in Ellie Felsom verknallt war. Er verbrachte mit diesem Mädchen mehr als als mit der Bewegungstherapie, die Vater für ihn bezahlte. Mit ihrem Geld hatte er das bezahlt, mit dem Geld, das für ihr Studium bestimmt war.

Sie sah in die Runde, als hätte sie Angst, daß jemand ihre Gedanken las. Letzten Winter hatte Galen Marsh sie am Flußufer aufgefunden. Carole hatte dagesessen und ihre Verzweiflung in den Tag geschrien. Er hatte sofort gewußt, was los war. Alte Männer schienen einen sechsten Sinn für so was zu haben. Sie hatten zusammengesessen, bis die Sonne unterging. Galen hatte ihre Hand gehalten. Es geht mal rauf, und es geht mal runter im Leben, hatte er gesagt. Es gibt keine Fairneß in dieser Welt, auch wenn das oft behauptet wird. Es hat also keinen Sinn zu heulen, wenn's einem schlecht geht. Zumal du dir hier in der Kälte auch noch eine Lungenentzündung holst. Irgendwann geht's wieder aufwärts. Du kriegst wieder einen Dämpfer. Du rappelst dich auf, und so weiter. Jedesmal wirst du ein bißchen klüger. Du mußt dich nicht so drüber aufregen, egal was es ist.

Sie war ihm so dankbar, daß er das sagte. Er gab ihr den Mut, den Leuten wieder in die Augen zu sehen. Es war egal, was die Leute über sie dachten. Es war egal, ob man sie bemitleidete oder ob man sich für sie schämte.

Auf ihre Träume allerdings hatte Galen keinen Einfluß, und das gehörte zu den Dingen, die sie ihm vorwarf.

Zum ersten Mal verstand sie, warum Ellie und Bea unbedingt fortwollten aus Windriver.

Bea war aufs Spielfeld gegangen. Sie stand vor Hardy. Carole lächelte und winkte den beiden zu. Dann hob sie ihr Gesicht zur Sonne.

Frei. Sie war frei. Zumindest für diesen Tag.

13.55 h

Bea wußte, daß Carole so etwas nicht mochte. Keine Zärtlichkeiten in der Öffentlichkeit. Trotzdem küßte sie Hardy, kurz bevor die Mannschaft in Formation zur Mitte des Spielfelds lief. Sie fuhr ihm mit der Fingerspitze über die Schwellung am Kinn.

»Was du da getan hast, war dumm«, sagte sie leise.

Er war beschämt. »Stimmt schon. Aber...«

»Nein«, sagte sie. »Du hattest keinen Grund, dich mit ihm zu schlagen. Ich finde, du solltest ihm eine Chance geben. Der ist gar nicht so schlimm und böse, wie du glaubst.«

»Könnte schon sein.«

Wieder küßte sie ihn, diesmal auf den Mund. Sie winkte zur Bank hinüber, wo die Mädchen saßen. »Dann spiel schön«, sagte sie und lief zur Tribüne zurück.

14.40 h

Sie saßen auf der Kuppe des Damms, gegenüber der Scheune. Niemand hatte den Kampf erwähnt, aber Charlie sah ihre Blicke und verstand. Sein Timing war miserabel gewesen. Er spürte, daß sie Mitleid für ihn empfanden. Alle wußten, daß ihm ein Gespräch mit seinem Vater bevorstand.

Nach einer Stunde standen sie auf und schlugen den Weg nach Fieldview ein. Drei Meter vor dem Pike gab Charlie der Gruppe das Zeichen stehenzubleiben. Von hier aus konnte man Regans Drugstore sehen. Die Tür war offen, ein Mädchen stand auf der Schwelle. Sie wischte sich das Haar aus den Augen. Es war Dawn.

Charlie wäre beinahe das Herz stehengeblieben. Seine Freunde murmelten etwas, er gebot ihnen zu schweigen. Er starrte zu dem Mädchen hinüber. Er spürte, daß sie traurig war.

Plötzlich rannte sie los, auf das Flußufer zu. Sie hielt den Kopf gesenkt. Ihr Gang war steif. Sie hielt eine Hand auf den Bauch gepreßt. Charlie sah, daß ihr Kleid voller Falten war.

»Hast du heute abend was vor?« fragte er die Luft. Als er keinen abschlägigen Bescheid bekam, nickte er. »Er macht gegen neun Feierabend. Ich weiß, wo er wohnt. Wir treffen uns auf dieser Seite der Middle Valley Brücke.«

Danach sagte er kein Wort mehr. Am liebsten hätte er sich übergeben.

16.00 h

Daniel hielt einen Weidenzweig in der Hand. Mutwillig schlug er nach einer Biene, die laut summend von einer Blume hochstieg. Er verfehlte das Tier, räusperte sich und setzte seinen Weg fort. Das Haus lag jetzt bereits ein paar hundert Meter hinter ihm, es war nur noch ein dunkler Fleck, der bald mit dem Horizont aus Bergen und Wäldern zusammenfließen würde. Sharon würde um diese Zeit das Abendessen zubereiten, oder sie telefonierte gerade mit Kleiner Stern, Michael Wolfs Frau. Wenn es so war, dann sprachen die beiden über Michaels Geburtstagsparty, die in drei Wochen stattfinden würde. Es war wirklich wahr, sie planten, eine Party für ihn zu veranstalten. Eine Überraschungsparty sollte es werden, aber das funktionierte natürlich nur, wenn alle dichthielten. Er lächelte und schüttelte den Kopf. Daraus würde wohl nichts werden. Jedes Jahr versuchten sie das, und jedes Jahr gab es jemanden, der sich verplapperte. Und jedes Jahr würde Michael den Raum betreten, sich verlegen am Ohr kratzen und so tun, als hätte er das nicht bemerkt.

Es war normal. Alles war so verdammt normal.

Er sprang über den Bach und setzte sich ins Ufergras. Er zog die Knie an und umfing sie mit den Armen. Die Weidengerte lag auf seinem Schoß.

Sharon hatte ihn nicht gefragt, wohin er ging. Er hatte ganz einfach das Haus verlassen. Sie hatte ihn auch nicht gefragt, wieso er seine Meinung über den Job geändert hatte. Das war ihre Art. Wenn er ihr etwas mitzuteilen hatte, dann wartete sie, bis er bereit war. Ihre Geduld war erstaunlich, ihre Stärke stützte ihn, ebenso die Tatsache, daß sie ihn liebte. Trotz der Dinge, die es früher einmal gegeben hatte, waren von Sharons Seite keine Einwendungen gekommen, als er ihr die Lehre erklärte. Er sagte ihr alles, was er von Rachel erfahren hatte. Und dann hatte er ihr das Land gezeigt, das er mit Simons Hilfe gekauft hatte. Obwohl Sharon diese modernen Zeitschriften und diese modernen Bücher las, obwohl sie sich nach der Mode kleidete und obwohl sie ihn wegen seiner altmodischen Machismo-Allüren aufzog, schien sie einen tiefen Respekt für die Dinge zu empfinden, die kein Weißer begreifen konnte. Er zweifelte daran, daß sie an Rachels Lehre glaubte, aber sie zeigte ihm, daß es ihr genügte, wenn er dran glaubte. Sie brachte das Essen auf den Tisch, wie es sich gehörte. Es gab eine gemütliche Wohnung. Die Kinder wuchsen gesund auf und lernten nach Plan. Für den Augenblick genug.

Das war der Punkt. Für den Augenblick.

Gestern abend hatte er sich mit Sharon auf die Veranda gesetzt. Die Töchter waren ins Bett verschwunden.

Sie hatten den Sternenstaub betrachtet, der über den ganzen Himmel gestreut war. Sie hatten nicht gesprochen. Es war genug, daß sie einander nahe waren. Andere Menschen beneideten sie, weil sie sich liebten.

Dann: »Dan?«

Er wandte sich um. Ihr Gesicht war nicht zu erkennen. Das Licht im Zimmer war gelöscht worden, und Sharon war nur noch ein von Sternen umgebener Schatten. Daniel hatte nach seiner Brusttasche getastet, bis ihm einfiel, daß er letzten Winter das Rauchen aufgegeben hatte.

»Weißt du«, sagte sie, und ihre Stimme klang wie ein Glockenspiel, das vom Wind bewegt wurde, »als wir hier rauszogen, ist mir das alles sehr merkwürdig vorgekommen. Meine Freundinnen haben mir gesagt, ich soll nicht glauben, was Rachel sagt. Ich hätte doch schließlich im College gelernt, daß sowas nicht möglich ist. Sie haben mir einfach nicht glauben wollen, daß irgend jemand vom Stamm hiergeblieben ist. Die Indianer sind Washaki ins Reservat gefolgt, glauben sie. Niemand ist im Tal zurückgeblieben, und es gibt nichts, was den Ort heilig macht.« Sie verstummte, und er wußte, daß es nicht angebracht war, wenn er jetzt Fragen stellte. »Die Kinder«, sagte sie. Wieder eine Pause. »Ich weiß, es gibt viele Dinge, die nicht in den Geschichtsbüchern stehen. Dinge, die durch Überlieferung weitergegeben werden. Das verstehe ich.« Er hörte, wie sie die Luft einsog. »Dan, du hast mir die Karte gezeigt.

Die Karte, die Rachel vom Tal gezeichnet hat. Wir haben jetzt alle diese Karte.« Pause. »Ich wollte nur, daß du weißt, ich habe alles verstanden.«

Sie hatte nichts weiter gesagt, und er hatte ihr nicht geantwortet. Und jetzt starrte er in die Sonne, die im Westen stand, fühlte die Hitze aufsteigen, sah den silbernen Fluß. Er verspürte den Wunsch, loszujagen und das Silber zu fangen. Etwas hielt ihn zurück.

Jenseits des Hauses, jenseits des Flusses, jenseits der Straße... die MacKenzies. Er blickte nach Norden und vermeinte das Haus und die Nebengebäude zu sehen. Er vermeinte die alte Frau zu sehen, wie sie über den Rasen ging und schweigend die Lippen bewegte. Ihre Augen waren in eine Ferne gerichtet, die ihm immer ein Rätsel bleiben würde. Die Kraft und die Herrlichkeit. Ihre Macht. Das war es, was ihn so beeindruckt hatte. Nie zuvor, nicht im College und auch nicht während der Jahre in der Armee hatte er etwas Ähnliches empfunden. Sie schien zu ahnen, daß er vieles, was sie mit ihrer Spinnwebenstimme sagte, nicht begreifen konnte. Aber eines verstand er. Das Motiv. Rachel wollte das Verlorene zurückgewinnen, ein Tal schaffen, das den Shoshonen gehörte, einen heiligen Ort, wo weder Touristen noch Schulklassen herumtrampelten.

Das war es, was ihn an der ganzen Sache so beeindruckt hatte. Nichts sonst.

Sharon hatte recht. Es war soweit. Sie waren am Ziel. Und Rachel wußte es. Schließlich war es ihre Idee gewesen. Ihr Plan. Sie mußte es wissen, und doch sprach sie nicht darüber, wenn er zu ihr ging. Sie hatte keinen Befehl gegeben aufzuhören. Ihm nicht und den anderen auch nicht. Sie schwieg, und Daniel fühlte sich von Blindheit geschlagen. So oft war er bei ihr gewesen, hatte den alten Legenden gelauscht, die sie ihm eröffnete. Sie hatte ihn in die Planung einbezogen. Er war es gewesen, der ins Reservat gegangen war und mit den Leuten gesprochen hatte. Er hatte jene gefunden, die aus den richtigen Erwägungen ins Tal heimkehrten. Und nun hatte sie die Nabelschnur durchtrennt. Er war taub. Er war blind.

Es gefiel ihm nicht. Und er war nicht sicher, ob er irgend etwas dagegen tun konnte.

Er spuckte ins Wasser. Ekel. Schwäche. Mit einer brüsken Bewegung stand er auf. Jason Clarke. Ein Gefühl der Scham überkam ihn. Er hätte an jenem Tag nicht wegrennen dürfen. Er hatte gesehen, wie dieser Mann mit Aaron und Timmy sprach. Er hatte gesehen, wie er die beiden Streitenden trennte. Es wäre besser gewesen, er hätte ausgeharrt. Sie wären vielleicht miteinander ins Gespräch gekommen, dieser Clarke und er. Keine Ahnung, was der Inhalt des Gesprächs gewesen wäre. Aber es hätte so etwas wie den Beginn eines Verstehens gegeben.

Nein, hatte Rachel auf eine solche Frage letztes Jahr geantwortet. Wir werden zu niemandem darüber sprechen, wenn wir nicht wollen, daß sie uns auslachen. Schlimmer noch, sie werden nicht verkaufen. Sie haben ihre Kirche und ihren Gott, aber wir haben die Lehre, die uns den Weg weist. Es ist der einzige Weg, den wir gehen können, Daniel. Später. Später, wenn es vollbracht ist, werden wir es ihnen sagen. Aber erst, wenn sie uns das Tal nicht mehr wegnehmen können.

»Zum Teufel!« fluchte er.

Vor einer Stunde war der Studebaker vorbeigefahren. Marshs Wagen. Jason Clarke hatte am Steuer gesessen. Warum hatte er ihn nicht angehalten? Warum hatte er nicht die Gelegenheit benutzt, mit ihm zu sprechen?

»Zum Teufel!«

Warum sprach er sich nicht mit irgend jemandem über die Sache aus? Das würde alles viel leichter machen. Es war nicht wichtig, ob Rachel das paßte. Der Streit würde aufhören. Es würde keine Schlägereien auf offener Straße mehr geben. Keine haßerfüllten Blicke. Keine Gesten des Mißtrauens, die verletzen konnten und verletzen sollten. Wie schön wäre es doch, wenn er die Bürde von den Schultern werfen könnte!

Wenn er es wirklich tat, würde er es nicht nur mit Rachel, sondern auch mit Simon zu tun bekommen. Er würde die Rache der MacKenzies auf sich herabbeschwören. Er glaubte nicht recht an die Strafen, die Rachel ihm ausgemalt hatte. Aber er war nicht bereit, es auf einen Versuch ankommen zu lassen. Es gab Zeichen, die darauf hindeuteten, daß diese Frau die Wahrheit sagte. Da war der aufgeschlitzte, ausgeblutete Bulle. Da waren die gerissenen Schafe, die geschächteten Kälber. Daniel hatte die furchtbar zugerichteten Kadaver mit eigenen Augen gesehen. Gewiß, er hatte einige Jahre in der Welt des weißen Mannes zugebracht. Aber er hatte nicht vergessen, welche Kraft den richtigen Worten, den richtigen Zauberformeln innewohnte. Vielleicht bin ich töricht, dachte er. Aber man mußte auf sicher gehen.

Er sprang über den Bach zurück und ging mit langsamen Schritten auf das Haus zu.

In Filmen und Büchern war die Mystik in den Gedanken seines Volkes oft behandelt worden.

Nein, dachte er. Es gibt nichts Mystisches an mir. Es gibt auch nichts Mystisches an meinem Volk. Sie lieben ihr Land, sie lieben die Natur und die Tiere. In vielen Generationen hatten sie gelernt, die Erde zu schätzen, von der sie lebten.

»Also gut«, flüsterte er dem Gras zu. Er öffnete den Mund und ließ die Worte vom Wind davontragen. Er würde zu niemandem über die Lehre sprechen. Aber er würde sich mit Jason unterhalten. Galen hatte alles getan, was er konnte, schon das war ein Grund. Und außerdem brauchte er noch eine Stimme.

Heute abend. Noch heute abend würde das Gespräch stattfinden.

17.15 h

Carole war ebenso traurig wie Hardy, daß sie das Spiel verloren hatten, und sie sagte es ihm. Dann wandte sie sich zu Bea. »Weißt du, wenn ich könnte, würde ich diesen ganzen Bundesstaat mit einem einzigen Blitzschlag verwüsten.«

»Sag mir, wenn du soweit bist«, gab Bea zur Antwort. »Ich bin der Regen.«

19.05 h

Simon hatte seinen Platz vor dem Kamin eingenommen. Er zog sich eine frische Zigarre aus dem Feuchthaltefach. Er hatte die halbe Zigarre verpafft, als Doc Vance das Wohnzimmer betrat. Im Watschelgang durchquerte er den Raum und ließ sich auf die Couch fallen.

»Nun?«

»Ich hab's Ihnen bereits gesagt.« Er faltete die Hände über dem Bauch. Sein Gesicht war von tiefen Falten gezeichnet. »Ich sagte Ihnen, sie ist zu Tode erschöpft. Herrgott noch mal, Simon, ich weiß nicht, was Ihre Frau hier treibt, aber was immer es ist, es ist zuviel für sie. Entweder sie hört auf damit, oder sie bringt sich selbst ins Grab.« Es war ihm egal, ob seine Worte Simon MacKenzie verletzten. Er war es leid, Ratschläge zu geben, die niemand befolgte. Niemand hörte ihm mehr zu. So war es bei Esther Lynn, bei seiner Frau, sogar bei Donna Oldfield. Niemand hatte Respekt vor dem Wissen eines alten Mannes. Er nahm sich die Brille ab und verstaute sie in seiner Anzugtasche. »Haben Sie eigentlich schon mit Jason Clarke gesprochen?«

Simon nickte. »Das habe ich. Clarke ist letzte Woche hiergewesen. Ich weiß inzwischen auch, wer er eigentlich ist. Er ist Peter Clarkes Sohn.«

Doc Vance verbarg seine Überraschung. Niemand sagt mir etwas, dachte er. Warum erfahre ich das erst jetzt? Manchmal denke ich, ich bin schon tot.

»Was glauben Sie, warum er nach Windriver zurückgekehrt ist?«

Simon nahm die Zigarre aus dem Mund, die Asche landete in seinem Schoß. »Weil Galen ihn gebeten hat, herzukommen. Warum sonst?«

»Zum Beispiel weil ihm nicht gefällt, was wir mit seiner Mutter getan haben.«

»Was«, sagte Simon MacKenzie betont langsam, »was haben wir denn mit seiner Mutter getan?«

Doc Vance wand sich auf seinem Sitz. Er dachte nicht daran nachzugeben. »Wir haben sie aus Windriver weggeekelt, das wissen Sie ganz genau, Simon. Wir haben ihr die Schuld gegeben für Dinge, die ihr Mann getan hat, und mit dieser fabelhaften Methode ist es uns gelungen, sie aus dem Tal zu vertreiben. Ihr Junge war damals ein Krüppel, aber das hat uns nicht gekümmert. Wir haben die beiden rausgeschmissen. Ich kann mir nicht vorstellen, daß der Junge uns das vergeben hat.«

Simon lächelte. »Ich habe ein nettes, langes Gespräch mit Jason gehabt, Doc. Sie machen sich Sorgen, daß der Junge vielleicht Rachegelüste gegen uns hegen könnte? Vergessen Sie's!«

Doc Vance sah ins Feuer. »Ich weiß nicht, ich wäre da nicht so sicher wie Sie.«

»Ich schon.«

»Und das Ekel von Galen lacht sich ins Fäustchen.«

Simon MacKenzie quittierte die Bemerkung mit einem Schmunzeln. Dann sah Doc Vance, wie sein Blick zu der Tür von Rachels Zimmer irrte. Das Schmunzeln verflog.

Doc Vance wußte, was sein Gastgeber dachte. Er hatte das gleiche gedacht, als die Visite bei Rachel zu Ende ging. Wie würde das Leben sein, wenn sie nicht mehr war?

21.10 h

Ein Krampf brannte in seiner linken Wade. Jason massierte die Stelle, bis der Schmerz abebbte. Er war auf der Fahrt zurück. Merkwürdig, daß ich nicht schon früher Krämpfe bekommen habe, dachte er. Der Schmerz, das war so etwas wie ein Nasenstüber, den die Götter einem versetzten. Es erinnerte einen daran, daß es die Götter gab.

Er war den ganzen Tag lang unterwegs gewesen. In den ersten Stunden hatte sich die Fahrerei ziemlich chaotisch gestaltet. Er war zunächst einmal vom Pike abgebogen, ganz willkürlich. Die Straße führte über die Hochfläche. Allmählich hatte sich die Fahrbahn verengt zu einer Straße dritter Ordnung. Und dann war diese Straße zu einem Schotterweg geworden. Jason war ausgestiegen und zu einem kleinen See gegangen, wo es Enten und Gänse gab. Alle paar Sekunden sprang ein Fisch aus dem Wasser. Blumen wuchsen am Ufer. Er vernahm ein Rascheln im Gras. Eine Schlange, dachte er. Er setzte sich auf einen verwitterten Baumstamm und sah in den Himmel.

Nach einer Weile ging er zum Wagen zurück. Er fuhr einen Teil des Weges zurück und bog in eine Seitenstraße ein. Er kam an einer Wiese vorbei, auf der eine große Schafherde weidete. Die Straße endete am Rand des Kraters, wie eine Sprungschanze, die in die Unendlichkeit führte. Es würde ganz einfach sein, dachte er. Man saß am Steuer, drückte den Gashebel durch und wurde über die Felsnase in den Abgrund katapultiert. Irgendwann landete man im Meer der Kiefern vor Fort Washakie.

Das Tal ist die Sache nicht wert, dachte er. Die beiden Jungen fielen ihm ein, die blindwütig aufeinander eingeschlagen hatten. Die Leute hatten drumherumgestanden, und ihre Blicke hatten Jason an die Geschworenen bei einem Prozeß erinnert. Wer für den Indianer ist, hebe den Daumen. Danke. Und jetzt bitte die Stimmen für den Weißen. Wieviel Daumen zähle ich? Danke. So einfach war das. Das schwarze Blut der beiden tropfte in den Staub.

Er wendete den Wagen und hielt erst wieder an, als er vor sich die Silhouette des Hauses an der Elkhorn Road erkannte. Das Tor der Ranch war verschlossen. Ich muß Geduld haben, dachte er, und dann wartete er darauf, daß ihm der Geist seines Vaters erschien. Du erinnerst dich an mich, mein Sohn, nicht wahr? Ich sollte wirklich versuchen, den Baum wiederzufinden, dachte er. Dann könnte er wenigstens die Kerben berühren, die das Auto in die Rinde gegraben hatte. Vielleicht war auch noch ein Schatten von Blut zu sehen. Es mußte ja wohl Blut geflossen sein, wenn der Kopf die Windschutzscheibe durchschlagen hatte. Nur die Rinde berühren, nur das Quentchen Wissen in sich aufnehmen. Es ist ein Hundeleben, mein Sohn, und es bleibt ein Hundeleben, solange du nicht stark genug bist, Schwäche zu zeigen. Er sah sich selbst auf allen vieren im Schatten der Ahornbäume herumkriechen, und dann war er wieder ganz sicher, daß er sich überhaupt nicht sah.

Er fuhr weiter, in Richtung der MacKenzie-Farm. Er wendete, noch bevor das Haus in Sicht kam.

Er lenkte den Wagen an den Straßenrand, blieb stehen und betrachtete die Sonnenscheibe, wie sie hinter den gezackten Kraterrand sank. Dann senkte er den Kopf und stützte seine Stirn aufs Steuerrad.

Eine Stunde verstrich.

Er startete das Fahrzeug, fuhr nach Windriver zurück und bog in Galens Einfahrt ein. Er zog den Zündschlüssel ab, lauschte dem Ticken des abkühlenden Metalls, stieg aus und streckte die steifen Glieder. Die Häuser, die man von hier aus sehen konnte, waren dunkel. Der Wind hatte aufgefrischt, und Jason spürte, wie ihm eine Gänsehaut über die Arme kroch. Er ging über den knirschenden Kies, überquerte den Bürgersteig und betrachtete den Fluß. Ob er sich nur einbildete, daheim zu sein?

Möglich.

Ebenso möglich war, daß er gar keine Antwort auf seine Fragen wünschte. Und selbst wenn er die Antwort wollte, war immer noch nicht sicher, ob er den Mut haben würde, die Konsequenzen zu ziehen.

So war das also.

Er hatte schon einmal versagt, und es war kein Grund ersichtlich, warum er nicht auch diesmal versagen sollte. Er war eben nicht geboren für die Rolle des Cid. Die Vorstellung, wie er als einsamer Cowboy durch die staubigen Straßen der Westernstadt ritt und mit eiserner Hand für Ruhe und Ordnung sorgte, war ganz einfach lächerlich. Ein Cowboy, der mit der Knarre in der Hand aufgeräumt hatte, ritt auch wieder weg, in den Sonnenuntergang hinein. Er, Jason, hatte nicht die Absicht, wieder wegzugehen.

Bin ich hier zu Hause? Oder suche ich nur ein Versteck?

Er beobachtete die Strahlenkränze, die sich um die Straßenlaternen gebildet hatten. Als ein Schatten auf ihn zukam, senkte er den Blick.

»Mr. Clarke?«

Der Atem hatte zu brennen begonnen in seiner Kehle. Ein Indianer stand vor ihm. Groß und schlank, mit scharfgeschnittenen Zügen. Das Haar war lang. Er trug ein ledernes Stirnband.

»Mr. Tallpines?« Jason war froh, daß seine Stimme nicht ins Falsett abgeglitten war. Er warf einen forschenden Blick in die Büsche und erschrak, als der Indianer zu lachen begann.

»Dies ist kein Überfall«, sagte Tallpines, »falls Sie vor so was Angst haben.« Er streckte ihm die Hand entgegen. Sein Händedruck war hart und trocken. Jason war klar, daß dieser Mann sehr einfache Seife benutzte, um sich die Hände zu reinigen. »Ich hätte ein paar Freunde, die sich gern einmal mit Ihnen unterhalten würden.«

Ein Blatt kam herabgesegelt und berührte Jasons Wange, aber er zuckte nicht. Es wäre wohl ein Fehler gewesen, wenn er irgendeine Reaktion gezeigt hätte. »Es gibt eine ganze Menge Leute, die Interesse an einem Gespräch mit mir haben«, sagte er trocken. Sein Blick war ausdruckslos. »Sie kommen ziemlich spät, Mr. Tallpines.«

Tallpines schien die Kälte des Frühlings nicht zu spüren und ebensowenig den Wind. Er hatte die Hände in den Taschen vergraben und lehnte sich an das Tor. Eine Weile lang musterte er Jason aus zusammengekniffenen Augen. »Es ist ganz einfach, Mr. Clarke«, sagte er ohne Umschweife. »Wir wissen, Galen hat Sie herkommen lassen. Was uns jetzt interessiert, ist, auf welcher Seite Sie eigentlich sind.«

»Das ist alles?«

»Tun Sie doch nicht so, als ob Sie nicht genau Bescheid wüßten, Mr. Clarke...«

»Sie können mich Jason nennen.«

»Also gut. Jason. Galen hat Ihnen doch sicher gesagt, was hier los ist, und Sie haben heute morgen ja selbst einen Vorgeschmack bekommen. Ich fand's übrigens gut, daß Sie sich für Charlie Sweetwater eingesetzt haben.«

»Es ging mir nicht nur um Charlie Sweetwater«, sagte Jason ärgerlich. »Es ging mir um beide Jungen. Die anderen, die dabei waren, denen wär's ja offensichtlich ganz egal gewesen, wenn die Jungen sich totschlugen.«

Tallpines betrachtete ihn prüfend. »Es wird nicht bei diesem Zwischenfall bleiben, fürchte ich.«

»Da könnten Sie recht haben.«

»Man verletzt unsere Rechte, Jason.«

»Daran habe ich keinen Zweifel.«

»Wir tragen keine Schuld an dem Streit.«

Jason nagte an seiner Unterlippe. Er holte tief Luft. »Ich werd' Ihnen was sagen, Daniel. Ich will weder Ihnen noch Ihrem Volk zu nahe treten, aber ich bestreite, daß Sie schuldlos an diesem Streit sind. Ich glaube nicht, daß Sie den Konflikt ganz bewußt provozieren, aber die Schuld liegt ganz klar bei Ihnen.«

Tallpines stieß sich vom Gartentor ab, an dem er gelehnt hatte. Er stand jetzt breitbeinig auf dem Bürgersteig und musterte Jason mit feindseliger Miene. »Dann glauben Sie also, was Waters sagt.«

Jason schüttelte den Kopf. »Nein. Ich höre mir an, was Waters sagt, und ich höre mir an, was Sie sagen. Sie wissen ja sicher, daß ich auch ein längeres Gespräch mit Simon MacKenzie hatte.« Ein freudloses Lächeln spielte um seinen Mund. »Ich bin kein Dummkopf, Daniel. Ich kann vielleicht nicht Gedanken lesen, aber ich bin kein Dummkopf.« Er betrachtete seine Handflächen. Er suchte und fand den Blick seines Gegenübers. »MacKenzie sagt, er kann nichts tun. Sie sagen, es ist nicht die Schuld der Indianer. Waters und die anderen sagen, es ist nicht die Schuld der Weißen. Beide Seiten sprechen mit mir. Warum sprecht ihr nicht miteinander? Sie haben sich da in eine Sackgasse begeben, Daniel. Warum?«

Tallpines streckte den rechten Arm aus und schob den Ärmel zurück. »Wissen Sie, was das für eine Farbe ist?«

»Nein, Daniel, das nehme ich Ihnen nicht ab. Wenn Sie, die Indianer, und die weißen Rancher es wenigstens mal miteinander versucht hätten, und der Versuch wäre gescheitert, dann ja. Aber so? Sie haben sich bisher nicht einmal die Mühe gemacht, den Weißen zu erklären, warum Sie das Land nicht bestellen. Finden Sie das nicht ungewöhnlich? Sie kaufen die Ranches auf, und dann sitzen Sie drauf, ohne das Land zu bearbeiten.« Jason sprach jetzt leiser, nachdem ihm bewußt geworden war, daß er den anderen angeschrien hatte. »Sie haben die Weißen in Angst versetzt, Daniel, das wissen Sie doch, oder? Die Weißen haben inzwischen soviel Angst, daß sie keinen klaren Gedanken mehr fassen können. Die verstehen jetzt überhaupt nichts mehr.«

»Und doch ist es gar nicht so schwer zu verstehen.«

Jason war es, als hätte der andere einlenken wollen. Aber er hatte sich wohl getäuscht. Plötzlicher Ärger durchflutete ihn. »Wie könnte denn eine der beiden Seiten in einer solchen Situation überhaupt noch etwas verstehen?« herrschte er den Indianer an. »Weder Sie noch die Weißen erklären, was sie überhaupt wollen. Ich bin jetzt seit zwei Wochen in Windriver, und ich habe mit vielen Menschen gesprochen. Der eine gibt dem anderen die Schuld. Dieses kleine Gemeinwesen geht zum Teufel, aber es ist niemandes Schuld. Nicht die Ranchers' Association ist schuld, nicht die Indianer. Natürlich nicht. Schuld ist die Hautfarbe. Angeblich. Oder das Schicksal. Wissen Sie, was ich von solchen Argumenten halte, Daniel?« Er spuckte aus. »Scheiße!«

Er hielt inne. Ihm war zum Speien zumute. Sollten sie doch alle zur Hölle gehen, die Weißen und die Indianer, jeder in die seine. Galen hatte die Hoffnung geäußert, daß es einen Rest von Vernunft bei den Leuten gab, aber diese Hoffnung hatte getrogen. Man hatte es mit Kindern zu tun, die vor dem dunklen Zimmer standen und »Huh« riefen.

»Sie sind doch verheiratet, Daniel«, sagte er leise. »Sie haben Kinder. Haben Sie mal mit Ihrer Familie über die Sache gesprochen?«

Er war überrascht, als Tallpines zu lächeln begann. Der Indianer wandte sich von ihm ab und starrte auf den Fluß. »Meine Familie hat großes Verständnis dafür, wie sich die Dinge entwickelt haben, Jason.«

Jason war klar, daß der Indianer einen ganz starken Abgang plante, und er empfand sogar so etwas wie Bewunderung für die schauspielerische Leistung. Tallpines hatte ein paar Schritte auf dem Bürgersteig gemacht, als Jason ihn beim Namen rief. Der Indianer blieb stehen, ohne sich umzusehen.

»Noch etwas«, sagte er. »Sie wohnen ja hier, wie wir anderen auch. Machen Sie sich denn keine Sorgen, was aus Windriver wird?«

Zeit für den Wind.

»Nein«, gab Tallpines zur Antwort. Er sprach so leise, daß Jason nachher nicht mehr sicher war, ob er überhaupt etwas geantwortet hatte. Der Indianer hatte die Straße überquert und verschwand im Dunkel.

Er widerstand dem Drang, ihm nachzulaufen. Es war zweifelhaft, ob er irgend etwas von Belang aus diesem Mann herausbekommen würde. Ebenso zweifelhaft war, ob er, Jason, den Indianer durch gutes Zureden von seiner Blindheit heilen konnte.

21.40 h

Mitch Regan war sich darüber klar, daß es Samstagabend war, aber er war müde. Was er brauchte, war eine ordentliche heiße Dusche.

Außerdem würde er sich umziehen, bevor er rüberging zu Carosa's Bar. Er hatte sowas wie eine Glückssträhne gehabt. Es war ihm gelungen, Lureen zu einem Treffen zu überreden. Sie würden bei Carosa's einen Drink miteinander nehmen. So ganz nebenbei hatte Lureen verlauten lassen, daß die teuren Kosmetika zu Ende gingen, die er ihr vor ein paar Monaten geschenkt hatte. Mitch hatte dann sein dickes Auftragsbuch rausgeholt und die Artikelliste der Kosmetikfirma, er war um Lureen herumspaziert, hatte sie angegrinst und ihr versichert, deswegen bräuchte sie sich nun wirklich keine Sorgen zu machen. Sie hatte ihn angesehen, und in ihrem Blick war etwas, das ihm eine plötzliche Trockenheit in der Kehle bescherte. Zugleich hatte sich das Gefühl eingestellt, als hätte er seine Hose eine Nummer zu eng gekauft.

Lureen, dachte er. Noch heute nacht wirst du im Paradiese sein.

Er stieß das Gartentor seines Anwesens mit dem Knie auf und wanderte den gepflasterten Gehweg entlang. Irgendwo hinter ihm rauschte der Fluß. Ich muß mich beeilen, ehe sie sich's anders überlegt, dachte er. Er blieb stehen und grinste. Er zog den Schlüsselbund aus der Hosentasche und sah zum Haus zurück, das als schwarzer Kasten gegen den Himmel stand. Schlecht, dachte er. Wieder einmal hatte er vergessen, die Zeituhr einzustellen, mit der sich die Verandabeleuchtung einschaltete.

Ein Rascheln war zu hören. Er hob den Kopf und suchte die Zweige ab. Eine Eule, dachte er.

Das Geräusch wiederholte sich. Es hörte sich an, als würde ein Ast über das Pflaster geschleift. Und dann war Mitch Regan klar, daß er in die falsche Richtung geschaut hatte. Er machte einen Schritt nach rechts, und im gleichen Augenblick schoß die Faust auf ihn zu. Der Hieb traf ihn über dem linken Auge. Er taumelte zurück. Noch bevor er einen Schrei ausstoßen konnte, erhielt er einen zweiten Schlag, diesmal in den Magen. Er spürte, wie ihm die Luft aus den Lungen gequetscht wurde, und sank auf die Knie. Ein Stoß in den Rücken ließ ihn mit der Nase auf dem Stein landen. Ein Stiefeltritt in die Nieren folgte. Er versuchte aufzustehen, als ihn ein Tritt in die Gurgel traf. Er rang nach Luft, fiel auf den Rücken und kostete das Salz der Tränen, die ihm in den Mund rannen.

DRITTER TEIL

Die Jagd

Erstes Kapitel

1

»Tja«, sagte Mac Felsom. Er deutete mit großartiger Geste auf den Damm jenseits der Scheune. »Da drüben haben sie gestanden. Schätze, so über hundert Leute. Mindestens.«

Jason nickte Zustimmung. Er ließ sich nicht merken, wie schwer es ihm fiel, der Erzählung des grauhaarigen Mannes zu folgen. Was ihn viel mehr interessierte, war der Zug, der nun bald ankommen würde. Genau gesagt, um 9.35 Uhr. Es handelte sich um einen Personenzug, der zweimal wöchentlich verkehrte. In Windriver hielt der Zug nur auf Verlangen. Nur wenn Fahrgäste aus- oder einsteigen wollten. Heute war Dienstag. Donna würde heimkehren. Er trat an den Rand des Bahnsteigs und blickte die Geleise entlang.

Felsom spuckte einen Qualster auf die Schwellen und zog sich den Gürtel stramm. »Das war das Verrückteste, was ich je gesehen habe, Clarke. Der Kleine Mann mit seinem komischen Hut, und die Männer haben ihm aufs Wort gehorcht, wie Kinder. Zu mir hat er ja kaum was gesagt. Er sagte nur: ›Mr. Felsom, Sie stellen sich hier hin wie immer und winken mit der Fahne. Sie winken, bis der Zug anhält, verstanden? Wenn ich sage los, dann beginnen Sie zu winken.‹ Ich habe ihm natürlich nicht gesagt, daß man sowas nicht macht. Ich habe keine Züge mit der Fahne angehalten. Nicht einmal damals. Die Sache ist im Jahr dreiundneunzig passiert, wissen Sie. Ich war damals noch ein junger Mann.« Wieder spuckte er auf die Schwellen. »Wissen Sie irgend etwas Neues wegen Red?«

Jason nahm seinen Hut ab und bearbeitete sein Knie mit der Krempe. Er war ungeduldig. Sein Blick wanderte die Geleise entlang, zur Scheune, zum Vorratshaus, über den Damm hinweg bis zu den Bergen. Langsam kam er sich lächerlich vor. Hier stand er und wartete auf einen Zug. Auf eine Frau. Wie der Held in einem alten englischen Film, der in London auf der Victoria Station herumstakste, sich den Mantelkragen hochschlug, weil der Nebel so kalt war, und die weibliche Hauptperson des Streifens saß sehnsüchtig in ihrem Abteil, drückte ihre Wangen ans Fenster und äugte um die Ecke, damit sie ihn ja bald sah, und sobald seine Gestalt auf dem Bahnsteig erschien, würde sie ihm eine Kußhand zuwerfen. Es war wirklich lächerlich. Wenn er Glück hatte, würde sie angenehm überrascht reagieren. Wenn er Pech hatte, würde sie auf unerträgliche Weise höflich sein.

»He, Clarke, hören Sie mir überhaupt noch zu?«

Er zwang sich zu einem Lächeln. »Tut mir leid, Mac. Ich hab' geträumt.«

»Ich hab' Sie gefragt, ob Sie irgendwas Neues wegen Red erfahren haben.«

»Red?« Er runzelte die Stirn und dachte nach. Dann fiel es ihm ein. Er nickte heftig. »Regan, meinen Sie. Ganz recht, ich war gestern in Blairs, wenn Sie das meinen.«

»Stimmt es, daß er ein Auge verloren hat?«

»Nein, das stimmt nicht.« Jason hatte sich ein zweites Mal vorgebeugt. Sein Blick glitt die Schienen entlang. »Sein rechtes Bein ist gebrochen, auch ein paar Rippen. Dann hat er auch viel Blut verloren. Das Gesicht war übel zugerichtet, soweit ich sehen konnte, und das war nicht viel, weil er ziemlich zubandagiert ist. Was er wirklich hat, ist eine mordsmäßige Gehirnerschütterung. Er ist immer noch ohne Bewußtsein.«

»Wird er's denn überhaupt überleben?«

»Die Ärzte meinen, ja.«

Felsom stapfte den Bahnsteig entlang. Er stieß die Tür zum Wartesaal auf und steckte den Kopf hinein, als ob es dort Fahrgäste gab, die auf den Zug warteten. »Die das getan haben, die sollte man aufhängen.«

Jason verzichtete auf eine Antwort. Die Stimmung im Ort war so, daß die Übeltäter aufgehängt gehörten. Die Nachricht von dem Überfall auf den Drugstore-Besitzer hatte sich in Windeseile verbreitet. Das Problem war, daß es keine Verdächtigen gab. Es gab keine Spur. Doc Vance war von seinem Krankenbesuch bei Rachel zurückgekehrt. Als er vor seinem Haus stand, hatte er ein undeutliches Stöhnen vernommen, das vom Nachbarhaus zu kommen schien. Er hatte dem zunächst keine besondere Bedeutung beigemessen. Er hatte angenommen, Regan sei betrunken nach Hause gekommen, so betrunken, daß er es nicht einmal mehr bis in die Wohnung schaffte. Und dann kam Lureen auch schon auf ihren hochhackigen Schuhen die Straße entlanggelaufen und murmelte etwas von einem abgesägten Monster, das ihr aufgelauert habe. Doc Vance und Lureen waren in den Vorgarten gelaufen, sie hatten

Regan auf den Stufen seines Hauses vorgefunden, bewußtlos, mit blutgetränkten Kleidern.

Inzwischen war Lureen groß im Gespräch, in ganz Windriver, und Mitch Regan lag in Blairs und kämpfte ums Überleben.

»Die gehören aufgehängt!« wiederholte Felsom. Er schlug mit der flachen Hand gegen eine der Dachstützen.

»Wer gehört aufgehängt?«

Der Stationsvorsteher blickte zur Seite, als ihm klar wurde, wie wütend Jason war. Er schüttelte die Faust gegen einen unsichtbaren Feind, dann verschwand er in sein Büro.

Jason war nicht überrascht. Die Leute, mit denen er Sonntag und gestern gesprochen hatte, waren der gleichen Meinung wie Mac Felsom. Sie standen in kleinen Gruppen vor der Amtsstube des Sheriffs und schienen auf die Nachricht zu warten, daß die Verantwortlichen des Überfalls dingfest gemacht worden waren. Worauf man mit der Lynchjustiz beginnen konnte. Es war nicht, weil Regan so besonders beliebt war im Ort. Aber einen Mann mitten in der Nacht zu überfallen, einen Mann, der sich nicht wehren konnte, zusammenzuschlagen und ihn dann auch noch bewußtlos liegen zu lassen! Die Schläger hatten nicht einmal einen anonymen Anruf beim Sheriff investiert.

Es war dann am Sonntagnachmittag, als Galen ihn auf die Sache ansprach. Ob Jason nicht die Berichterstattung über den Vorfall übernehmen wollte.

»Warum ich?«

»Weil du Reporter bist. Es macht mich krank zu sehen, wie du tatenlos und liebeskrank hier herumsitzt.«

»Ich bin nicht liebeskrank.«

»Und ob du liebeskrank bist! Und nun will ich dir mal was sagen, das Mädchen kommt erst Dienstag zurück, meinst du nicht, daß es an der Zeit ist, wenn du dir die ersten Brötchen verdienst?«

Zunächst hatte Jason seinem Vetter widersprechen wollen, aber dann sah er, wie Galens Arm zu zittern begann und wie die Sehnen an seinem Hals hervortraten. Galen Marsh hatte den ganzen Tag im Schaukelstuhl vor dem Kamin zugebracht. Jason war erstaunt, als Esther Lynn erschien. Sie würde ein Abendessen zubereiten, hatte sie angeboten. Und das Angebot war sogar angenommen worden. Was das Thema anbetraf, das ihn eigentlich interessierte, hielt Jason sich zurück. Galen würde schon darauf zu sprechen kommen, zu gegebener Zeit. Er hatte ja ganz recht. Jason war zu den Leuten gegangen, hatte mit Hinz und Kunz geredet, hatte alle möglichen

Theorien aufgestellt, und was hatte das alles gebracht? Nichts. Nichts hatte sich geändert in Windriver.

Zu dem Überfall auf Regan gab es drei Meinungen. Die einen waren überzeugt, daß Mitch mit einer verheirateten Frau angebändelt hatte, möglicherweise mit Gloria, worauf der Mann ihm nach guter alter Sitte die Rechnung präsentiert hatte. Eine zweite Gruppe glaubte, der Überfall hätte mit Regans häufigen Fahrten nach Blairs zu tun. Diese Fahrten fanden ausnahmslos in den Abendstunden statt, und so war Mitch in Blairs mit zweifelhaften Elementen aneinandergeraten, die es ihm auf blutige Weise heimzahlten. Die dritte Gruppe schob die Schuld auf die Indianer. Daß niemand ein logisches Motiv aufzeigen konnte, warum die Shoshonen sich ausgerechnet Mitch vorgenommen hatten, vermochte den Verdacht nicht zu entkräften. Insbesondere Ted Waters sagte laut und deutlich, daß Jake Harmon gegen seine Sheriffpflichten verstieß, weil er nach dem Überfall nicht jeden verdammten Indianer im Tal ins Gefängnis steckte.

Als Jason ins Haus zurückkehrte, trug er einen Notizblock bei sich, den er mit seiner eigenen, für Fremde nicht entzifferbaren Kurzschrift gefüllt hatte. Er war rechtschaffen müde, aber als er zwei Stunden über seinen Notizen gebrütet und die Vermerke geordnet hatte, beflügelte sich sein Geist. Irgendwie war Windriver bei der ganzen Sache nicht so wichtig, wie er bisher geglaubt hatte. Er saß da und trommelte mit den Fingern der linken Hand auf die Platte des niedrigen Tischchens. Es war elf, als er ein Geräusch im Gang hörte. Sekunden später erschien Galen im Türbogen. Er schmunzelte.

»Macht Spaß, einen Artikel zu schreiben, wie?«

Jason versuchte ernst zu bleiben. Es gelang ihm nicht. »Ich könnt's ja mal als Therapie betreiben.«

Eine weitere Stunde verging. Galen kam, sah ihm über die Schulter und nickte. Esther Lynn, so sagte er, würde den Artikel ins Reine tippen. So rechtzeitig, daß der Bericht in die nächste Ausgabe des *Windriver Banner* eingerückt werden konnte.

»Einrücken?«

»Du arbeitest beim *Windriver Banner*, mein Sohn. Es handelt sich um eine Zeitung. Die Zeitung besteht aus Berichten, aus Artikeln, und du bist einer der Leute, die diese Berichte oder Artikel schreiben. Wenn Esther sich anstrengt, kann der Artikel in der Dienstagausgabe kommen.« Plötzlich umwölkte sich seine Stirn. »Mist! Ein Tag zu spät. Wer zu spät kommt, zahlt 'nen Dollar.« Sein Unmut schwand so schnell, wie er gekommen war. »Immerhin haben wir die Story, und nur das zählt. Esther kann die Sache außerdem nach Blairs durchtelefonieren. Die Zeitung dort ist zwar so schlecht, daß man sich nicht mal den Hintern damit abputzen möchte, aber was soll's?«

»Was soll's«, stimmte ihm Jason zu. Er goß zwei Glas Brandy ein und gab seinem Vetter ein Glas.

»Ich hab' mit Daniel telefoniert, kurz bevor du zurückgekommen bist.«

»Wirklich? Warum?«

»Gebrauch deinen Verstand, mein Junge. Ich möchte, daß Daniel seine Leute aus dem Ort fernhält, wenigstens für einen Tag oder zwei. Ted Waters darf keinen Vorwand für seine Aktionen bekommen. Wenn Ted Waters die Leute im Ort aufwiegelt, kriegen wir noch mehr solche Zwischenfälle wie Samstag.«

Jason war im Zweifel, ob er der Theorie folgen konnte. Eigentlich meinte er, daß jetzt der richtige Zeitpunkt gekommen war, wo Weiße und Indianer sich an einen Tisch setzten. Wenn die beiden Gruppen sich zusammentaten, würde es viel leichter sein, die Verantwortlichen für den Überfall aufzuspüren. Aber er war so müde, daß er einer weiteren Diskussion mit Galen auswich. Gestern, als er von der Fahrt nach Blairs zurückkehrte, wo er den bewußtlosen Regan besucht hatte, hatte er eine Nachricht von Donna vorgefunden. Sie ließ ihm ausrichten, daß sie per Zug nach Windriver zurückkehren würde, und sie hatte auch angegeben, mit welchem Zug.

»Hat sie gesagt, ich soll sie abholen?« fragte er Galen. Das Gespräch hatte im Redaktionsbüro stattgefunden. »Ich meine, hat sie ausdrücklich drum gebeten, daß ich zum Bahnhof komme?«

»Nein«, sagte Galen. Er verbarg sein Schmunzeln hinter der vorgehaltenen Hand. »Am Telefon hat sie nur gesagt, daß sie mit dem Zug kommt und wann sie kommt. Ich dachte, du wärst nicht liebeskrank.«

2

Jason erschrak, als ein Schatten über den Himmel strich. Der Schatten verschwand im halbhohen Gras, um Sekunden später wieder ins Blau aufzusteigen.

»Ganz schön schnell, nicht?« hörte er den Bahnhofsvorsteher sagen. »Ich kenne kein Lebewesen, dem die Flucht vor einem Adler gelingen könnte.« Er rülpste ausgiebig, seine Fahne wehte zu Jason herüber. »Die Vögel leben wie Gott in Frankreich, seit der alte MacKenzie die ganze Ranch eingezäunt hat. Die Kerle starten von Kramer's Mountain, fliegen übers Tal und holen sich, was sie brauchen. Die haben keine Sorgen, das sage ich Ihnen. Einmal hat ja jemand versucht, sich das Weibchen aus dem Horst zu krallen. Neunzehnsiebenfuffzig war das, wenn ich mir richtig erinnere. MacKenzie war damals noch besser auf den Beinen. Der hat den Burschen auf frischer Tat ertappt. Hat ihn windelweich geschlagen. So schön ist überhaupt noch niemand verprügelt worden. Adler ist ihr Totem, klar? Familien-Totem. Wie 'n Haustier, nur noch 'n bißchen mehr.«

»Kaum zu glauben«, flüsterte Jason. Er sah dem Adler nach, der mit gemächlichem Flügelschlag, die Beute im Schnabel, auf die fernen Hänge zuschwebte.

In diesem Augenblick durchzuckte ihn eine Erinnerung. Nein, es war kein Foto. Es war Erinnerung an etwas, das sich wirklich ereignet hatte. Er sprang vom Bahnsteig, Felsom sah ihm erstaunt nach, wie er sich auf den Kies zwischen den Schwellen kniete. Er umfaßte die rostige Schiene mit der Rechten und sah zu Felsom auf.

»Clarke, sind Sie verrückt geworden?«

Er kniete da und hielt den Atem an. Leg einen Penny auf die Schienen, und der Zug entgleist. Leg ein Fünfcentstück auf die Schienen, und der Zug explodiert. Leg einen Vierteldollar drauf, und du stirbst. Seine Lippen verzogen sich zu einem Lächeln. Er konnte richtig fühlen, wie ihn die Erinnerung durchflutete. Er begann laut zu lachen. Mein Gott, ich kann's spüren! Die Geleise hatten zu vibrieren begonnen. Der Zug kam.

»Clarke, wollen Sie da unten Selbstmord begehen?«

Er stand auf und klopfte sich den Staub von den Hosenbeinen. Er nahm den Hut ab und tippte mit der Krempe an seinen Oberschenkel. Er kletterte auf den Bahnsteig zurück. Er fühlte sich ganz wunderbar. Es war ihm gelungen, sich zu erinnern. Zwar nicht an das Haus, und auch nicht an den Vater. Jedenfalls nicht an Vater, wie er gewesen war, bevor die Veränderungen, die damals vor sich gingen, ihm das Herz brachen. Aber es war eine regelrechte Erinnerung gewesen.

»Mit den Leuten, die aus den Oststaaten kommen, ist es immer dasselbe«, sagte Felsom. »Ich schwör's Ihnen, Sie können sich alle die Hand geben.«

Jason umfaßte mit freundlicher Geste seinen Arm. »Nein«, sagte er. »Keiner von denen ist wie ich.«

3

Der Zug kam nur fünf Minuten zu spät. Er sah, wie Donna über die Geleise kam. Sie hielt einen Koffer in der einen und ein Paket in der anderen Hand. Als sie seiner ansichtig wurde, weiteten sich ihre blau-grauen Augen. Sie lächelte, als er mit zwei Fingern an seinen Stetson tippte und die Hand nach ihrem Gepäck ausstreckte.

»Bist du das Willkommenskomitee?« fragte sie. Das Bahnhofsgebäude war hinter ihnen zurückgeblieben.

»Ja.«

»Da mußt du ja sehr früh aufgestanden sein heute.«

»Ja.«

»Ich kann's immer noch nicht glauben.« Sie ging rückwärts und tippte ihm mit dem ausgestreckten Zeigefinger auf die Brust. »Jimmy Cagney, oder irre ich mich?«

»Du irrst dich nicht.«

Sie lachte, packte seinen Arm und kuschelte sich an ihn. Jason wunderte sich, daß er so viel Erinnerungen an diese Frau bewahrte. Zum Beispiel erinnerte er sich an die hellen Stellen unter ihren Augen, an jenen Bereich, der von der Brille abgedeckt war, so daß die Sonnenstrahlen ihre bräunende Wirkung nicht voll entfalten konnten. Er erinnerte sich an ihren Haaransatz und besonders an die Locken, die sich am Kragen ihrer Bluse brachen. Er erinnerte sich an die Geste, mit der sie ihre Schenkel an ihm rieb, an die Art und Weise, wie sie mit der linken Hand in der Luft herumruderte, während sie sprach. Das alles war erst ein paar Tage her, und doch kam es ihm vor, als hätten die früheren Begegnungen vor sehr langer Zeit stattgefunden. Er hoffte, sie würde nie wieder fortgehen.

Am Pike angekommen, wandten sie sich nach links. Wenig später hatten sie das Haus erreicht, wo Donna wohnte. Diesmal blieb er nicht am Gartenzaun zurück. Er brachte sie bis zur Haustür. Schweigend stand er da, sah ihr zu, wie sie aufschloß. Sie machte eine Handbewegung. Es war die Aufforderung einzutreten.

Ein großer Wohnraum. Eine verblaßte Tapete mit Blumenmuster. Die Teppiche standen hoch an den Enden. Es gab einen Eßbereich rechts. Links standen eine Couch und zwei Sessel, so arrangiert, daß man ins Feuer sehen konnte, wenn der Kamin brannte. Es gab Vorhänge an den Fenstern. An den Wänden hingen oval gerahmte Aquarelle. Ein Geruch, ihr Geruch, schwang durch den Raum.

Sie hieß ihn in einem Sessel Platz nehmen.

»Du mußt müde sein«, sagte er.

»Bin ich nicht.« Sie zog ihren Sessel vor und setzte sich so, daß sie beinahe sein Knie berührte. »Ich hab' auf der Rückfahrt die meiste Zeit geschlafen. Sehr gemütlich.«

Er räusperte sich. »Hat sich bei den Analysen was Besonderes ergeben?«

»Nein. Ich hab' auch nichts in der Richtung erwartet. Ich hab's eigentlich nur gemacht, weil ich Doc Vance einmal zeigen wollte, was für ein Sturschädel er manchmal ist.« Sie strich sich eine unsichtbare Strähne aus der Stirn. »Wie auch immer, es war ein schönes Gefühl, mal wegzukommen. Möchtest du eine Tasse Kaffee?«

»Und du? Hast du schon gefrühstückt?«

»Nein.« Und fort war sie. Sie ließ die Küchentür offen und sprach so laut, daß er sie gut verstehen konnte. Wie es in Blairs gewesen war. Sie hatte sich gelangweilt. Es war schon richtig, daß sie die Fahrt unternommen hatte, aber gelangweilt hatte sie sich trotzdem. Als sie mit dem vollen Tablett ins Wohnzimmer kam, schob er ihren Sessel zur Seite und holte ein Tischchen aus Kiefernholz. Er stellte das Tischchen zwischen die beiden Sessel. Er hatte gar nicht gewußt, wie hungrig er war. Erst jetzt wurde ihm klar, daß er in der Eile des Aufbruchs zu frühstücken vergessen hatte.

»Und du«, fragte sie, als sie mit dem Frühstück fertig waren. »Was hast du so getan?«

Er erzählte ihr von der Rangelei am Samstag, wo er die Streitenden getrennt hatte, von dem Überfall auf Mitch Regan, der am Samstagabend stattgefunden hatte, von den Reaktionen der Leute und von Jake Harmons Bemühen, den Deckel auf dem kochenden Topf zu halten. Harmon hätte keine besonderen Erfolge nachzuweisen, was die Aufklärung der Sache anging. »Aber immerhin hat er Waters und Genossen davon abgehalten, den Nächstbesten aufzuknüpfen, und das ist ja auch schon etwas. Davon mal abgesehen, behandelt Harmon die Sache wie einen Verkehrsunfall.«

Sie lachte. Sie hielt sich die Tasse wie einen Schleier vor das Gesicht. »Der Sheriff in Windriver fährt nicht mit heulender Sirene durch die Straßen, wenn so was passiert«, sagte sie. »Wir sind hier nicht in den Oststaaten. Hier gibt's keine Lokalpolitiker, die kluge

Stellungnahmen vor den Fernsehkameras abgeben, wieso alles so kommen mußte. Weißt du, Jake macht den Job seit einer Million Jahren, und er hat gute Leute. Hat sie gut ausgebildet, seine Burschen. Glaub mir, er weiß schon, wie er die Sache anzufassen hat.«

»Das hoffe ich.«

Sie sah ihn an, ihr Blick war weicher geworden. »Du machst dir Sorgen über den Ort, stimmt's?«

Er bejahte, ohne zu zögern. »Ganz recht, Donna. Ich mache mir Sorgen. Große sogar.«

Er streckte die Füße von sich. Er merkte ihr an, daß sie erschöpfter war, als sie zugeben wollte.

Sie stellte ihre Tasse auf den Tisch zurück, beugte sich vor und umfing ihre Knie mit beiden Armen. »Der Inflation zum Trotz«, sagte sie, »ich zahl' dir einen Penny, wenn du mir deine Gedanken verrätst.«

»Soll ich ganz ehrlich sein?«

Sie lehnte sich zurück. »Ich weiß nicht recht.«

»Als ich hier ankam, hab' ich mich gewundert«, sagte er. »Ich fand, du bist unheimlich fleißig in deinem Beruf. Ich hab' mich gefragt, was du hier im Tal eigentlich verloren hast.«

»Ich könnte dich das gleiche fragen«, sagte sie.

»Da hast du recht.«

Sie begann die Teller aufeinanderzustapeln. Er sah, wie sie sich die Brille hochschob.

»Donna...«

»Du hast ja recht. Es ist eine ganz logische Frage.«

»Nein, es geht mich nichts an.« Er war überrascht, als sie ihn bittend ansah. Ich möchte, daß es so ist. »Hör mal, wir sprechen ein andermal drüber. Du bist jetzt müde, und ich bin nervös, und es war einfach nicht fair, daß ich dich das gefragt habe.« Er wollte nach ihrer Hand fassen, als er spürte, wie sein Handgelenk umklammert wurde.

»Es gibt immer ein anderes Mal«, sagte sie bitter. Sie hatte sich hingekniet. Sie verstärkte ihren Druck, bis er sich zu ihr hockte. »Bist du schon mal in Connecticut gewesen?«

Er nickte. »Ein- oder zweimal.«

»Ich habe in Connecticut gelebt«, sagte sie. »Als ich mit dem Studium fertig war, habe ich eine Stellung bei einem richtig netten Typen bekommen. Bißchen angeberisch, aber nett. Für den Anfang hätte ich mir gar nichts Besseres wünschen können. Hat mich meine eigenen Fehler machen lassen, wie sich's gehört. Von dem hab' ich was gelernt. Der Mann liebte Tiere, der hatte es wirklich nicht auf das Geld abgesehen. Er hat alles für mich getan, aber er hat mir natürlich keine eigene Praxis eingerichtet, das nicht.« Sie holte Luft. »Es war an einem Abend, ich kam gerade aus dem Kino. Ein Freitagabend. Es ist komisch, aber ich kann mich nicht mal an den Film erinnern, der gespielt wurde. Wahrscheinlich was Lustiges. Was man sich so zum Wochenende ansieht, zur Entspannung, wenn du weißt, was ich meine. Na ja, ich wohnte in so einem kleinen Apartmenthaus, ohne Wachmann vor der Tür, es war ja schließlich nicht die Großstadt, und die Leute waren ganz stolz, daß sie in Häusern wohnen konnten ohne Wachmann vor der Tür. Er war ein starker Mann, er...« Die Tränen rannen ihr über die Wangen. Er wollte sie streicheln, als sie den Kopf zur Seite wandte. »Der Mann hielt ein Rasiermesser in der Hand, und es ist ja ganz schön, was sie einem im Fernsehen raten, daß man laut schreien und dem Mann in die Eier treten soll und daß man ihm Tränengas ins Gesicht sprühen soll. Aber der Mann hatte ein Rasiermesser. Ich hatte solche Angst, daß ich nicht mal mehr zu atmen wagte. Er schnitt mir die Bluse auf, bis zum Gürtel, dann schlitzte er mir den Büstenhalter auf, und dann... Ich hab' mich überhaupt nicht gerührt, aus lauter Angst. Nicht mal, als er es tat, hab' ich mich gerührt.«

Sein Handgelenk schmerzte von ihrem Griff. Er gab ihr die zweite Hand.

»Ich hab' sein Gesicht sehen können, während er es tat, es schien ihm gar nichts auszumachen, und als es vorüber war, bin ich in meine kleine Wohnung gelaufen und hab' mich übergeben. Danach hab' ich die Polizei angerufen, zwei Tage später haben sie den Mann gefaßt. Ich habe eine Menge Fragen beantworten müssen, ein Album mit Fotos haben sie mir auch gezeigt, und in Hartford haben sie ihn dann gepackt. Der war mit dem Zug nach Hartford gefahren. Ein Niemand. Sie fanden das Rasiermesser bei ihm und die Fetzen meiner Bluse. Es gab ein Gerichtsverfahren, und der Mann wurde verurteilt, und prompt brachten die Leute ihre Tiere nicht mehr zu mir, weil ich ja schuld an der Sache war, ich hätte schreien und dem Mann in die Eier treten müssen. Die Leute waren fest überzeugt, es hat mir Spaß gemacht. Ich bin ja eine Frau, und da muß ich natürlich diese Wunschträume haben, daß ich vergewaltigt werde, und folglich hat's mir Spaß gemacht, was er mit mir getan hat.

Ich hatte damals ein paar Freundinnen, nicht besonders enge

Freundinnen, aber immerhin, die haben mir, nachdem das passiert war, nicht mehr in die Augen sehen können. Ich wußte, sie hätten mich gern nach Einzelheiten gefragt, aber das trauten sie sich nicht, und deshalb konnten sie mir auch nicht mehr in die Augen sehen. Der Tierarzt, bei dem ich angestellt war, hatte sehr viel Verständnis für mich, ein durch und durch liberaler Mensch, aber er sagte auch, er hätte eine Familie zu ernähren, und ich war der Grund, warum er plötzlich so wenig Kunden hatte, die ihre Tiere zu ihm brachten, es war eben eine wunderschöne, beschissene kleine Stadt, entweder die Leute zerflossen vor Mitleid, weil mir sowas Schlimmes passiert war, oder sie zermarterten sich mit dem Gedanken, warum ich ich den Mann über mich drübergelassen habe.«

Sie kniete da und schwankte. Sie sah nichts. Sie sah alles.

»Es war nur eine Vergewaltigung«, fuhr sie fort. »Kein Verbrechen, nur eine Vergewaltigung. Das Gesetz macht da einen feinen Unterschied, und so steht's auch im polizeilichen Protokoll, und natürlich sind die Daten irgendwo im Computer, aber andererseits hat er *mich* vergewaltigt, nicht irgendeine Frau.

Windriver kannte ich schon vom Urlaub, ich war ein paarmal hier rausgekommen, ich wollte weg von den vielen Menschen an der Ostküste. Ich war das Cowgirl aus der Stadt, verstehst du. Doc Vance hatte ich im Urlaub kennengelernt, er hat mich dann ein paarmal angerufen, in größeren Abständen, und als ich nicht mehr weiter wußte, hab' ich das Geld genommen, was mir noch blieb, und bin hergefahren. Die Arbeit bei Doc Vance, das hat sich dann ganz allmählich entwickelt. Zu Anfang hab' ich mal ausgeholfen, dann immer öfter, und dann ist er auch mal krank gewesen, da hab' ich von Montag bis Samstag gearbeitet, und dabei ist's dann auch geblieben.«

Er spürte die Wärme, die von ihr ausging. Plötzlich war ihm zum Weinen zumute. Sie hob den Kopf. Ein bitteres Lächeln verschönte ihre Züge. Bitter und erstaunt. Er entzog ihr seine Hand, dann umfaßte er ihre Schultern.

»Untersteh dich«, sagte sie. »Untersteh dich und sag mir, wie leid ich dir tu.«

Er zog sie an sich, bis ihr Kopf an seiner Schulter lag. Seine Hände wanderten über ihren Rücken und dann zurück zu ihren Haaren. Er fühlte, wie ihre Tränen sein Hemd netzten, und sah, wie sie eine hilflose Faust ballte. Sie leistete ihm Widerstand, ohne die Umarmung aufzulösen.

»Du tust mir nicht leid«, sagte er leise. »Ich bin nur wütend wegen dem, was dir passiert ist.«

Da lachte sie. Es klang befreit, erleichtert, hell. Sie küßte ihn. Sie umfing ihn, drückte ihn an sich, und schließlich gab sie ihn mit einer leichten, zärtlichen Geste wieder frei. Sie bat ihn, Doc Vance Bescheid zu sagen. Sie würde nach dem Mittagessen den Dienst in der Praxis aufnehmen.

Er war nicht böse, daß er fortgeschickt wurde. Ihm blieb wenig zu sagen. Er war versucht, ihr von seiner Flucht zu erzählen, aber es war wohl nicht der richtige Zeitpunkt für sowas. Zwei verletzte Seelen. Donna hätte vielleicht gedacht, er wollte mit ihr wetteifern, wer am meisten gelitten hatte, wie bei einem Spiel, und dabei war es doch Ernst. So behielt er seine Beichte bei sich, küßte sie und verließ das Haus, wobei er sich fragte, ob er ihr helfen konnte wiederzufinden, was sie verloren hatte.

4

Erst im Laufe des Nachmittags wich ihr Bild aus seinen Gedanken. Er hatte mit Galen ein Mittagessen eingenommen, das nun wirklich nach gar nichts schmeckte, und danach war er ziellos durch die Straßen gewandert, in dem Bestreben, einen neuen Ansatzpunkt zu finden, wie er die Probleme Windrivers lösen konnte.

»Du solltest vielleicht einmal mit Kelly sprechen«, hatte Galen beim Mittagessen vorgeschlagen. »Es heißt, Kelly ist Samstagabend nicht in der Bar erschienen, und das ist sehr ungewöhnlich. Am Geld kann's bei ihm ja wirklich nicht liegen.«

Und so hatte sich Jason auf die Beine gemacht. Er war die River Road entlanggegangen, hatte die alte Holzbrücke überquert, die auf einer Länge von sechzig Metern den Fluß überspannte. Er war noch hundert Meter vom Friedhof entfernt, als er Stan Kelly entdeckte. Er saß auf einer steinernen Bank, in der Nähe des weitgeöffneten Gittertors. Neben ihm auf dem Boden stand eine braune Papiertüte. Er hielt ein Sandwich in der Hand. Als Jason näher kam, sah er auf. Sein Gesicht erinnerte an das Lächeln eines Leichnams.

Jason war vor dem offenen Tor stehengeblieben. Er ließ den Blick über die Grabsteine schweifen. Ihm fiel auf, daß es auf den Reliefs kaum Engel und Heilige gab, die in den Oststaaten sehr beliebt waren. Es gab verschiedenfarbige Grabsteine, in sauberen Reihen angeordnet.

»Wollten Sie sich eine Grabstätte kaufen?« Kelly ließ ein kehliges Lachen hören. Er wischte sich mit dem Handrücken den Mund sauber.

»Damit möchte ich mir noch etwas Zeit lassen«, sagte Jason. Er lächelte.

»Nein«, sagte Kelly da. Er zog ein Bein hoch und umklammerte es mit einem Arm. Er hatte sein Hemd ausgezogen. Brust und Arme waren sonnengebräunt und außerordentlich dünn. Er trug einen breitkrempigen Sonnenhut. »Nein«, wiederholte er.

»Nein was?«

Kelly grinste. Ihm fehlten vier Schneidezähne. Das Zahnfleisch war schwarz, und Jason erschrak, als inmitten des dunklen Schlunds die rosige Zunge nach vorn schoß. »Ich hab' an jenem Abend nichts Auffälliges bemerkt. Ich war auf der Indianerjagd.«

»Was Sie nicht sagen!«

»Ich würde Sie doch nicht belügen, Sie sind schließlich Reporter. Die verdammten Indianer wollten uns umzingeln, uns skalpieren und uns die Frauen wegnehmen, man kennt das ja. Kommt nicht in Frage. Ich hatte Dienst an jenem Abend, und ich hab' meine Pflicht erfüllt.«

»Und Sie sagen, Sie haben nichts Auffälliges gesehen.«

»Wenn ich was bemerkt hätte, dann hätte ich die Burschen ganz kurz kaltgemacht.«

Jason nickte. Im stillen verfluchte er Galen, der ihm geraten hatte, mit Kelly zu sprechen. Er ließ die Hände in die Hosentaschen gleiten und blinzelte in die Sonne.

»Ruhig hier.«

»Geht so, Herr Reporter.«

»Ich heiße Clarke.«

»So sagt man.«

Jason stellte sich auf die Zehen. Auf dem gegenüberliegenden Flußufer war das Wohnhaus des Sheriffs zu erkennen. Jemand saß auf der Veranda. Wahrscheinlich Ellie, dachte er. Von Steve war nichts zu sehen. Der schlief sicher vor, für die Nachtschicht.

Kelly stand auf. »Hab' zu tun. Ich muß den Boden in Ordnung halten für die Toten.«

»Sieht alles recht gepflegt aus.«

»Aber sicher. Die Leute sagen ja immer, ich kann nicht mehr richtig schaffen, aber wenn sie dann auf den Friedhof kommen und sehen, was ich für ihre Toten tue, dann halten sie den Mund.« Er lachte heiser. »Das Beste an diesem Job ist ja, ich brauche keine Indianer zu begraben. Die haben ihren eigenen Friedhof im Reservat.« Er spuckte durch das mit scharfen Spitzen bewehrte Gitter, das den Friedhof umgab. »Hurensöhne!«

Jason hielt den Kopf schief. »Wenn ich's richtig mitbekommen habe, dann haben Sie den Hurensöhnen Ihre Ranch verkauft und dabei einen guten Schnitt gemacht.«

Kelly hob den Rechen auf. »Das hab' ich. Aber wenn ich von Indianern Geld nehme, dann bedeutet das noch lange nicht, daß ich sie mag. Man muß ja von was leben, oder?«

Jason nickte, und dann ließ er den Mann allein. Die Art, wie Kelly von den Indianern sprach, erinnerte ihn an die Siedler in den Filmen. Erstmals machte er die Erfahrung, daß es Indianerhasser aus Fleisch und Blut gab. Er überquerte die Brücke auf dem Weg zurück. Ob Jake Harmon schon mit Kelly gesprochen hatte? Jason fand es nicht sehr glaubhaft, daß Kelly an jenem Abend nichts gehört haben wollte. Nicht, wenn er kreuz und quer durch den Ort gewandert war, wie er behauptete.

Er hatte die Richtung zum Pike eingeschlagen, als die Tür der Schule sich öffnete. Bea Steed und Carole Carosa erschienen auf der Schwelle. Jason sah, wie die beiden einen Rollstuhl die Treppe runterhüpfen ließen. David folgte ihnen auf Krücken. Als die drei unten angekommen waren, erschien Pfarrer Thornton auf der Schwelle. Er rieb sich die Hände. Als er Jason bemerkte, winkte er freundlich. Dann verschwand er wieder im Halbdunkel des Inneren.

Dann waren die drei heran. Jason stellte einen raschen Vergleich an zwischen den beiden Mädchen. Es war gar nicht so einfach sich zu entscheiden. Da war Bea, feingliedrig, blond. Und da war Carole, brünett, italienisch, schwül-erotisch. »He ihr beiden«, sagte er, »müßt ihr um diese Zeit nicht in der Schule sein?«

»Halbtags«, sagte Carole knapp. Sie schob den Rollstuhl ohne sichtbare Anstrengung vor sich her. »Diese Woche sind die Examen fürs zwölfte Schuljahr. Wir vom elften kommen erst nächste Woche dran.« Sie zog einen Schmollmund, und Bea brach in Lachen aus.

Jason beschleunigte seinen Schritt, bis er sie eingeholt hatte. »Ich wette, ihr beiden gäbt was dafür, wenn ihr schon im zwölften Schuljahr wärt.«

»Darauf können Sie Gift nehmen«, sagte Bea. »Dann hätten wir nämlich ein Jahr *weniger* bis zum College.« Ein Jahr weniger in diesem verfluchten Windriver.

Er deutete mit dem Daumen über die Schulter, aufs Pfarrhaus. »Ihr wart zum Gottesdienst oder etwas in der Richtung, wie?«

David sah ihn böse an. »Wir wollten uns wegen Greg erkundigen.«

»Greg?«

»Greg Thornton«, sagte Bea. Sie gab sich Mühe, damit es gelangweilt klang. »Der Sohn vom Pfarrer. Ist in der zwölften Klasse.«

»Das hat er nur geschafft, weil er der Sohn vom Pfarrer ist«, warf Carole ein. »Als normalen Schüler hätten sie ihn schon vor zehn Jahren von der Schule verwiesen.«

»Carole!«

»Aber so ist es doch, Bea.«

Sie waren am Pike angekommen. Die Mädchen schienen unschlüssig. Jason gewann den Eindruck, als ob sie am liebsten losgeflitzt wären. Als er anbot, David zur Bar zu schieben, bedankten sie sich überschwenglich, verabschiedeten sich mit übertriebener Fürsorge von David und verschwanden wie der Blitz. Jason sah ihnen ratlos nach.

»Machen Sie sich nichts draus«, sagte David. »Es ist eine Strafe für ein Mädchen, wenn's einen Rollstuhl schieben muß.«

Jason fiel keine geeignete Antwort ein. Er murmelte etwas Unverständliches. Sie überquerten die Straße. Die rote Eingangstür zu Carosa's Bar erwies sich als verschlossen. David hob mit resignierter Geste die Hand. Ob Jason ihn auf den Rasen hinterm Haus schieben würde.

Jason tat ihm den Gefallen. Im Schatten angekommen, gab ihm David das Zeichen anzuhalten. Jason setzte sich ins kühle Gras. Es war sehr ruhig hier. Erst jetzt wurde ihm bewußt, wie lange er gegangen war. Er lehnte sich mit dem Rücken an einen Baum, harkte sich das Haar mit den gespreizten Fingern und massierte sich den Nacken.

Davids Blick war auf die Rückseite der Ladenzeile gerichtet. »Was ich vorhin gesagt habe, meine ich auch so.«

»Was denn?« fragte Jason. Er war schläfrig.

»Daß es eine Strafe war für Carole. Ich kann ja gehen, das haben Sie doch gesehen. Aber Vater hat gesagt, sie muß mich im Rollstuhl schieben. Weil sie gestern abend eine dicke Lippe riskiert hat. Die beiden haben sich gezankt wie die Kesselflicker, und zum Schluß hat er sie geschlagen.«

Jason klappte die Augen auf. Der Traum war fort.

»Wie ich's sage, voll aufs Maul. Sie hätten die beiden mal hören sollen. Carole sagt, sie will ausziehen. Sie will eine eigene Wohnung. Sie ist jetzt achtzehn, und sie kann tun, was sie will. Dabei ist sie noch ein Kind.«

»Ich sehe keinen großen Unterschied zwischen Carole und anderen Mädchen ihres Alters«, sagte Jason gleichmütig. »Früher oder später ziehen die Mädchen von zu Hause aus, so ist das nun mal.«

»Natürlich, natürlich. Aber Bea hetzt sie auch noch auf, dieser Satansbraten. Die beiden haben nur noch eines im Kopf: wie sie möglichst bald aus Windriver wegkommen. Sie haben das sicher schon von anderen im Ort gehört, wie? Jedenfalls die beiden, die können's nicht erwarten. Jetzt hängt Carole meinem Vater in den Ohren, sie will nach Weihnachten ausziehen, und er sagt, nein, nur über seine Leiche. Sie hat ihn einen verschlafenen alten Sack genannt, und da hat er ihr ein paar runtergehauen.« Er grinste. »Wenn Sie mich fragen, mit Recht. Sie ist unerträglich.«

»Wie Sie eben sagten, David, sie ist noch ein Kind.« Jason zuckte die Schultern.

»Sie ist ein Biest. Sie will nicht verstehen, wie schwer es unsere Eltern haben. Was an Geld da war, ist weggegangen für meine Behandlung im Krankenhaus, und folglich kriegt Carole jedesmal Zustände, wenn sie mich in dem gottverdammten Rollstuhl sieht. Und dann hat sie sich auch noch mit Bea zusammengetan. Carole und Bea, die beiden bilden sich ein, sie sind die heißesten Girls von Windriver, gleich nach Gloria Perkins. Und Vater glaubt allen Ernstes, Carole wäre noch Jungfrau.« Sein Lachen war laut und ätzend.

Guter Gott, dachte Jason. Muß ich mir das anhören.

David deutete auf das Rückgebäude. »Sehen Sie die kleine Tür da? Das ist die Tür zu ihrem Zimmer. Abends wird sie von Bea abgeholt. Die beiden treffen sich mit Hardy Green und seinen Freunden. Sie hat mir das Versprechen abgenommen, daß ich's nicht weitersage.«

»Sie machen sich wohl große Sorgen wegen Ihrer Schwester.«

»Wer? Ich?«

Jason antwortete ihm mit einem traurigen Nicken. David war erst fünfundzwanzig, aber er fühlte sich wie ein Greis. Er saß im Rollstuhl, oder er humpelte auf Beinen herum, die nicht seine eigenen waren, und die ganze Zeit dachte er daran, wie schön es wäre, wenn sich das Rad der Zeit zurückdrehen ließe. Dann würde er wieder die Freuden des Teenagerlebens auskosten, wie seine Schwester.

»Haben Sie mit Ellie Felsom gesprochen?« erkundigte sich David. Es klang beiläufig. »Ich meine wegen der Sache mit Mitch.«

»Warum? Welchen Zweck hätte das denn?«

»Weil sie immer zu Hause ist. Sie geht nie aus, verstehen Sie? Sie könnte doch was gehört haben, als die Sache passierte.«

Jason rutschte näher und sah dem jungen Mann in die Augen. Er hatte David erst wenige Male getroffen, und jedesmal hatte der andere Ellie ins Gespräch gebracht. War sie etwa seine unglückliche Liebe?

»Ich habe *nicht* mit Ellie gesprochen«, sagte er. Er zupfte ein paar Grashalme aus, warf sie in die Luft und sah ihnen nach, wie sie, getragen von der sanften Brise, zu Boden segelten. »Was war das vorhin mit Greg Thornton?«

»Davon wissen Sie noch nichts? Greg wird seit vier Tagen vermißt. Und demnächst ist Abschlußfeier. Das Diplom, meine ich. Wenn er nicht bald wieder auf der Bildfläche erscheint, muß er ein Jahr länger machen, der Idiot.«

Jason starrte ihn an. Welche Verbindung gab es zwischen dem Sohn des Pfarrers, Ellie und Carole, Davids Schwester? Er konnte sich keinen Reim darauf machen, wo die gemeinsame Ebene dieser drei Personen lag. Er stand auf und verabschiedete sich. Zurück auf dem Pike, betrachtete er sehr aufmerksam die Amtsstube des Sheriffs.

5

Es wurde Mittwochnachmittag, ehe Jason den Sheriff zu fassen bekam. Es war kurz nach dem Mittagessen. Harmon saß in einem Korbstuhl vor seinem Büro, im Freien.

»Es gibt keine Spur«, sagte Jake Harmon, jetzt schon zum zweiten Mal. Von drinnen war das Klappern der Schreibmaschine zu hören, was darauf hindeutete, daß Ellie sich im Dienst befand. Das Funkgerät krächzte. »Wir haben gestern und vorgestern die ganze Gegend abgesucht, gleich nachdem der Pfarrer uns Bescheid gesagt hat. Nichts. Kein Pferd, keine Kleider, keine Knochen.«

»Das ist doch sehr ungewöhnlich«, sagte Jason. Er stand an die Tür gelehnt. Er hatte sich den Hut über die Augen gezogen.

Der Sheriff betrachtete das Sturmwarnungsgraublau des Himmels. »Wenn man einmal davon ausgeht, daß der Bursche sich verstiegen hat und irgendwo abgestürzt ist, dann ist es in der Tat ungewöhnlich, daß man keine Spuren findet. Zum Beispiel das Pferd. Das kennt den Weg zum Stall, es müßte längst aufgetaucht sein. Natürlich ist es auch möglich, daß Greg sich aus Windriver abgesetzt hat.«

»Das hört sich so an, als machte Ihnen der Fall keinerlei Kopfzerbrechen.«

Harmon fuhr sich mit dem Daumen über die Unterlippe. »Mein Sohn, natürlich macht mir der Fall Kopfzerbrechen. Aber deswegen werde ich nicht die Männer von ganz Windriver rekrutieren und den Berg Meter für Meter absuchen. Kommt gar nicht in Frage.«

»Den Berg? Wieso sind Sie so sicher, daß Greg dort zu suchen ist?«

»Weil Greg ein großer Eierdieb vor dem Herrn ist, deshalb. Es wundert mich, daß Sie das noch nicht mitgekriegt haben. Er stiehlt die Gelege der Raubvögel. Aber Sie müssen wissen, es ist nicht das erste Mal, daß Greg untertaucht. Letzten März hat er die gleiche Schau abgezogen. Wir haben uns in Windriver eine Woche lang dumm und dusselig gesucht, und wo war er? In Cheyenne. Scheiße, der Junge reißt jedes Jahr ein- oder zweimal aus, das ist das ganze Rätsel.«

»Und was ist, wenn...«

»Wo er sein könnte, da haben wir bereits geschaut«, sagte Harmon. »Simon MacKenzie hat ein paar Leute losgeschickt. Ebenso Lamont Riley von der Perkins-Ranch. Bisher ist das Wetter ja gut. So oder so, wir werden ihn finden.«

Jason sah ein, daß dieses Gespräch ergebnislos bleiben würde. Er war verrückt, wenn er sich einbildete, daß es eine Verbindung zwischen den Ereignissen gab.

»Tut mir leid, Sheriff«, sagte er. »Ich wollte Sie nicht bei der Arbeit aufhalten.« Er tippte an seine Hutkrempe, grinste und wandte sich zum Gehen.

»Galen muß ja verzweifelt sein.«

Jason blieb stehen. Er wandte sich um.

»Ich meine, weil nichts passiert. Daß Greg Thornton getürmt ist, damit kann er in Windriver keine Maus hinterm Ofen vorlocken. Ich sagte Ihnen ja, das passiert alle naselang.«

»Ist es denn nicht denkbar, daß ihm was passiert ist?«

»Sie meinen Waters, der so große Reden schwingt, wie?« Er lachte. »Wissen Sie, Mr. Clarke, Ted Waters redet viel, wenn der Tag lang ist. Ich hör' mir das jetzt seit fünfzig Jahren an. Heiße Luft, wenn Sie mich fragen. Ganz nebenbei ist Greg Thornton auch nicht der Junge, dem Waters die Pest an den Hals wünscht.«

»Sie meinen, weil Greg ein Weißer ist.«

»Ich meine, weil Waters viel redet, aber nichts tut.« Der Sheriff kniff die Augen zusammen. »Oder meinen Sie, Waters könnte etwas mit dem Überfall auf Mitch zu tun haben?«

Jason schüttelte den Kopf.

»Sehen Sie.« Harmon umklammerte die Armlehnen des Korbstuhls und stand auf. Jason verabschiedete sich mit einem kurzen Kopfnicken. Er würde zum Redaktionsbüro des *Windriver Banner* gehen. Falls sich nicht vorher, was er als sehr angenehm empfunden hätte, der Boden vor ihm auftat. Er war am Bordstein angekommen, als ihn Harmons Stimme erreichte. »Sie sind Peter Clarkes Sohn, nicht?«

Er blieb stehen.

»Sie hätten sich einen neuen Namen zulegen sollen, mein Sohn. Alte Knacker wie ich, wir haben ein gutes Gedächtnis.«

Jason sortierte die Worte, die der andere gesagt hatte. Eine Drohung war nicht darunter. Er kniff die Augen zusammen und brachte ein freundliches Grinsen zustande. Als er die Straße überquert hatte, wandte er sich um. Harmon war verschwunden. Sein Stuhl stand in der Sonne, schattenlos. Er ging an dem kleinen Restaurant vorbei und am Kino. Er hatte die Hand an der Tür des Redaktionsbüros, als er einen unterdrückten Schrei vernahm. Der Laut schien von irgendwo auf der Straße zu kommen. Er lief vor, bis er den ganzen Bürgersteig überblicken konnte. Eine Frau stand an die Ziegelsteinfassade des zweistöckigen Bürohauses gelehnt. Sie massierte sich den Knöchel des rechten Fußes. Sie spürte, daß sie beobachtet wurde und sah auf. Der Schmerz auf ihren Lippen verschwand und machte einem einladenden Lächeln Platz.

»Haben Sie sich verletzt?« Jason war zu ihr geeilt.

Sie deutete auf eine uneben verlegte Platte im Pflaster. »Ich hab' wieder einmal nicht aufgepaßt, wo ich gehe. Zuerst hat's so schlimm wehgetan, daß ich dachte, ich hätte mir den Knöchel gebrochen. Aber das war wohl nur der Schock.«

Sie trug eine schneeweiße Baumwollbluse, die ihren olivefarbenen Teint zur Geltung brachte. Sie stellte sich so, daß er ihre Brüste sehen konnte. »Sie sind Jason Clarke, nicht wahr? Mein Name ist

Gloria Perkins. Man hat uns ja noch nicht miteinander bekanntgemacht, da müssen wir's schon selber tun.« Sie streckte ihm ihre Hand entgegen. Er staunte über ihren festen Händedruck. Als sich ihre Finger lösten, ließ sie die Fingerspitzen an seinem Handgelenk entlanggleiten. »Irgend jemand hat mir erzählt, Sie haben früher mal in meinem Haus gewohnt.«

In meinem Haus. Ob sie das sagte, um ihn zu verspotten? Nein. So hatte es sich nicht angehört. Sie stand da, hatte die Arme unter den Brüsten verschränkt und wippte.

»Stimmt«, sagte er. »Aber das ist lange her.«

»Ich habe gesehen, wie Sie ein- oder zweimal am Haus vorbeigefahren sind«, sagte sie mit mildem Vorwurf. Sie hob den Kopf und zeigte ihm ihren Schmollmund. »Ich hätte Ihnen ohne weiteres Ihr früheres Heim gezeigt, wenn Sie reingekommen wären.«

»Danke«, sagte er. Er mied ihren Blick. Es war wichtig, daß er nicht in diese Augen sah. »Ich habe... ich dachte...«

»Schon gut, Jason. Ich darf dich doch Jason nennen, oder? Wirklich, das macht doch nichts, daß du vorbeigefahren bist. Das Haus ansehen, das läßt sich ja nachholen. Du kannst jederzeit vorbeikommen. Du brauchst nicht mal anzurufen vorher.«

Sein Blick war auf ihre rotlackierten Zehennägel gerichtet. Sie trug keine Strümpfe, nur Sandalen. Er stellte sich vor, wie die Schenkel aussahen, die unter den engsitzenden Jeans verborgen waren.

»Bist du verheiratet, Jason?«

»Nein, bin ich nicht.«

»Suchst du nach einer Frau?«

Er lächelte. »Eigentlich nicht.«

Ihre Miene wurde eisig. »Wie dem auch sei, mein Mann würde sich freuen, wenn du einmal reinschaust, Jason. Er hat vor, demnächst auf Urlaub zu fahren.« Sie hob die Ellenbogen, die Bluse öffnete sich. »Von dem Urlaub spricht er schon so lange, aber ich zweifle, ob's dann klappt. Billyboy redet viel, aber er tut wenig.« Sie straffte ihre Gestalt. »Ich muß jetzt gehen. Aber komm mal rein, wirklich, Jason. Wir sind zwar nicht reich, aber wir führen ein gastfreundliches Haus.«

Sie tippte ihm mit der Fingerspitze aufs Kinn. Er sah ihr nach, betrachtete die Fältchen, die sich beim Gehen auf ihrem Hintern abzeichneten, obwohl er wußte, daß sie ihm den Hüftschwung nur vorführte, um ihn auf sich scharf zu machen.

Er war erleichtert, als sie um die Ecke verschwand. Auf einmal kam er sich wie ein junger Mann vor, der von einer erfahrenen Frau den Nasenring eingezogen bekam. Mein Gott, wenn man an den Ruf dachte, den Gloria Perkins im Ort genoß!

Er ging ins Redaktionsbüro und erzählte Galen von der Begegnung. »Sie kann's nicht lassen«, murmelte Galen. »Und dann mitten auf der Straße.«

»Ich bin geschmeichelt.«

»Nur weil du einen Zipfel hast? Kein Grund.« Er warf den Bleistift auf eine Fliege, die auf der Zimmerdecke entlangkroch, und fing ihn wieder auf. »Die Jagd nach dem großen Unbekannten geht weiter«, sagte er. »Gibt es schon Hinweise, wer den Überfall auf Regan begangen hat? Nein.« Er selbst gab die Antwort. »Was Greg Thornton angeht, so ist die Polizei im ganzen Lande verständigt worden. Überall haben sie seine Beschreibung. Pfarrer Thornton sagt ein Gebet nach dem anderen für seinen wohlgeratenen Sprößling, und niemand hat eine Ahnung, wo der Bursche steckt, obwohl es natürlich möglich ist, daß er sich ganz einfach nach der Uniform sehnte.«

Jason sah ihn feindselig an. »Wenn du das alles weißt, warum hast du mich eigentlich losgeschickt. Ich habe während unseres gemeinsamen Frühstücks eine Anregung vorgebracht.«

»Das sind doch Haarspaltereien.«

»Ich finde, du siehst das alles etwas verbissen.«

Jason warf seinen Hut auf den Boden. »Yeah. Könnte schon sein.« Er stieß die Luft durch die Nase. »Ich will dir mal sagen, was los ist. Harmon weiß jetzt, wer ich bin.«

Galen stieß sich vom Schreibtisch ab. »Früher oder später mußte er's ja erfahren, oder?«

»Ich glaube schon.«

»Bist du sauer, weil sie jetzt wissen, wer du bist?«

Jason schüttelte den Kopf. »Ich finde es nur so ungerecht. Ich meine, alles, was mein Vater getan hat, er hat sich betrunken, und dann...«

»Du hast ja recht«, sagte Galen. »Und die Leute machen daraus ein...« Er lachte leise in sich hinein. »Ich glaube übrigens, wir tun den Leuten unrecht. Die haben gar nichts gegen dich. Mit einer Ausnahme.«

»Wer?«

»Ted Waters. Dem ist es damals eine Weile lang ziemlich dreckig gegangen. Dein Vater hat ihm einen Arm und eine Rippe gebrochen.«

»Dann muß ich mich ja wohl vor ihm in acht nehmen.«

Galen lachte. »Vor Ted Waters muß sich jeder im Ort in acht nehmen.« Seine Züge wurden ernst. »Ted ist ein armes Schwein. Dem ist vor fünfzehn Jahren die Frau gestorben. Eine unheilbare Krankheit. Na ja, es war vorher nicht der einsame Honigmond gewesen, aber die Frau hat das Ganze wohl irgendwie zusammengehalten. Was dich angeht, so besteht kein Grund zur Panik. Er wird nicht mit dem Messer in der Hand über dich herfallen. Es könnte allerdings sein, daß er dich nicht zum Erben einsetzt.«

»Na herrlich«, sagte Jason. »Weißt du, Galen, du verstehst es wirklich, einem den Aufenthalt in Windriver so richtig angenehm zu machen.«

6

Als es dunkel wurde, hatte Jason einen Spaziergang gemacht. Wie von ungefähr fand er sich vor Donnas Wohnung wieder. Er hatte darüber nachgedacht, warum die Leute von Windriver ihm ohne Scheu begegneten. Hatten sie von Anfang an gespürt, daß er einer von ihnen war?

Erst als er ganz nahe heran war, sah er das Glimmen ihrer Zigarette.

»Ich hab' mir gedacht, daß du kommst«, sagte sie.

Er setzte sich zu ihr auf die Veranda. »Schöner Abend.«

»Es wird Regen geben«, sagte sie. »Man sieht die Sterne nicht.«

Er musterte die Schatten, die sich auf dem Blattwerk der Bäume abmalten.

»Jason?«

In der Ferne war das Rollen des Donners zu hören. Es war wie ein Berg, der ins Meer glitt.

»Ich kenne dich noch nicht«, sagte sie.

Er verstand. Sie kam zu ihm und drückte ihre kühlen Lippen auf seine Wangen.

»Wie geduldig bist du?« verlangte sie zu wissen.

»So geduldig wie nötig.«

»Meinst du das im Ernst?«

»Du stellst viele Fragen.«

»Und du beantwortest keine meiner Fragen.«

Ein blau-weißer Blitz. Das Rollen des Donners.

Sie hatte ihm die Hand auf den Arm gelegt. Kein Lufthauch war zu spüren. Jason hätte sich gewünscht, die nächste Straßenlaterne wäre fünfzehn Meter näher.

Ihre Hand glitt auf seinem Arm entlang, hatte die Schulter erreicht. »Ich weiß«, flüsterte sie. »Ich habe es auch gespürt. Den ganzen Abend schon.«

Er war erleichtert. Er war also doch nicht verrückt. Trotzdem blieb die Frage, wieso sich die Blätter bewegten, obwohl kein Wind ging.

»Mein Vater«, sagte sie. Sie räusperte sich. »Mein Vater. Wenn es donnerte, pflegte er zu sagen, die Götter machen einen Spaziergang.«

Stan Kelly fiel ihm ein, wie er auf den Gräbern saß und sein Sandwich wiederkäute. Kein Geist würde es wagen, seinen Körper zu verlassen, solange dieser Mann auf der Gruft hockte. Als der Wind kam, war er so kalt, daß Jason den Arm um Donna legte. Die Härchen auf seinem Handrücken kitzelten, als wären es winzige Spinnen, die den Weg zu den Fingernägeln angetreten hatten. Ihn schauderte, Donna zog ihn an sich. Sie küßte ihn, aber sie konnte ihn die Blätter nicht vergessen machen, die dem Wind entgegenwehten.

Zweites Kapitel

1

Sie hatten das Bett in die Mitte des Raumes gestellt. Rachel hielt die Augen geschlossen. Alle Jugend war aus ihrem Gesicht gewichen. Sie holte Luft. Es klang wie der Atem einer Ertrinkenden.

Ihre Augen waren feucht geworden. Ärgerlich wischte sie sich die Tränen ab. Es gab keinen Grund zum Weinen. Das Werk war vollbracht. Verrat, das gab es nur noch in ihren Alpträumen. Ihr Mund formte sich zu einem lautlosen Schrei. Von fern kam das Echo, das Gebet des weißen Mannes.

Hat die Dinge nicht getan, die getan werden mußten.

Sie mußte lächeln. Kein Weißer würde es je begreifen. Ihre Krankheit war der Preis für die Macht, die sie sich angeeignet hatte. Sie hatte sich der Lehre bedient. Sie hatte den Jungen getötet. Harry war das Opfer gewesen, das bei der Bluttaufe dargebracht wurde. Sie hatte den Nestling gefunden, wie es die Lehre verkündete.

Eine Nacht des Todes. Der Preis war hoch gewesen: ihr eigenes Leben. Und doch mußte sie lächeln, wenn sie an all das Blut dachte. Seitdem hatte der Nestling die Initiative übernommen. Er war es, der jetzt die Lehre bestimmte. Wenn sie an seiner Seite blieb, so als Taube, die sich zum Opfer darbot.

Sie hustete. Funken erschienen auf ihren Lippen.

Nichts blieb, nur die Hoffnung. Sie wußte, wenn sie sich der Verzweiflung anheimgab, würde sie nicht den Tod sterben, nach dem sie sich sehnte. Die Hoffnung hielt sie aufrecht, gab ihr die Luft zum Atmen, ließ ihr Herz schlagen. Es gab Nuancen in der Lehre. Ein Wetterleuchten. Sie hatte die Zeichen nicht zu deuten verstanden. Der Kreis würde geschlossen werden – ohne sie.

Es war möglich.

Es mußte möglich sein.

Sie riß die Augen auf, starrte zur Zimmerdecke, ohne zu sehen. Ihre Hand hob sich. Rachel lauschte, als die Herbststimme des Pergaments zu sprechen begann.

Sie lächelte.

Die Tür war geöffnet worden. Der Gang war dunkel. Eine Gestalt huschte leichtfüßig durch die Düsternis.

»Bleicher Mond!«

Die Stimme des Hasses.

Die Hand, die das Pergament hielt, peitschte die Luft.

»Er, der gezeichnet ist.«

Das Mädchen, das Bleicher Mond hieß, nickte. Sie nahm das Pergament entgegen. Ihr Arm wurde ergriffen.

»Er, der gezeichnet ist«, wiederholte Rachel.

Das Mädchen nickte zum zweitenmal. Rachel ließ die Hand aufs Bett zurücksinken.

Sie schloß die Augen. Es war das erste Mal, daß sie die Lehre einem anderen Menschen überlassen hatte. Bleicher Mond war vor Jahren zu ihr gekommen, nachdem sie eine Vision erlebt hatte. Rachel hatte verstanden, daß es keine andere Lösung gab. Wenn die Lehre nicht sterben sollte, mußte sie das Pergament der Kindfrau anvertrauen. Wie passend, dachte sie. Eine alte Frau stirbt. Eine junge Frau übernahm die Rolle des Nestlings. Eines Tages würde man entdecken, daß sie keinen eigenen Willen hatte, aber dann war es zu spät. Bleicher Mond. Ein heiliges Geschöpf. Gewissenhaft und liebenswürdig. Ein Kind.

»Bleicher Mond«, sagte sie, »welchen Tag haben wir heute?«

Das Mädchen zitterte. Der dunkle Raum machte ihr angst.

»Bleicher Mond, welcher Tag?«

»Freitag.«

»Und der Sturm?«

»Das war gestern.«

Rachel schloß die Augen. Verloren. Zeit. Ende.

»Bleicher Mond?«

»Ja?«

»Du darfst Simon nichts davon sagen.«

»Ich werde schweigen.«

Sie riß die Augen auf, das Mädchen taumelte zurück. Das Blut leuchtete in Rachels Augenhöhlen.

»Er wird versuchen, die Lehre zu zerstören, wenn du ihm sagst, daß das Pergament in deinem Besitz ist. Er weiß wenig. Sag ihm nichts. Bei deinem Leben, Bleicher Mond, sag ihm nichts.«

Laß mich jagen!

Rachel lächelte.

2

Das Büro des Anwalts war mit Walnußholz getäfelt. Die Fenster waren abgedichtet worden, als man das Klimagerät in Betrieb setzte. Das Mädchen im Empfang öffnete die Tür zum Allerheiligsten.

»Mr. Green? Mrs. Perkins.«

»Verdammte kleine Schlampe!« sagte Gloria Perkins, den Blick auf die sich langsam schließende Tür gerichtet. »Ich wette meinen rechten Arm drauf, daß sie keine Jungfrau mehr ist.«

Die Tür schloß sich. Bob Green zog sich die braune Seidenkrawatte gerade. »Sie tut ihre Arbeit, und sie hält den Mund.«

»Wollen wir's hoffen.«

Sie nahm in einem der grünen Ledersessel Platz.

»Du weißt, daß es gefährlich ist, wenn du mich hier aufsuchst.«

»Billy ist nach Blairs gefahren.« Sie lächelte. »Will sich erkundigen, was er alles mit den hundertfünfzigtausend Dollar kaufen kann. Er hat mich höchstpersönlich hergefahren. Ich soll dir einen schönen Gruß ausrichten.«

»Danke.«

Sie lehnte sich vor und sah, wie sich sein Blick auf das dunkle Tal zwischen ihren Brüsten heftete. Sie brachte die Arme näher an ihren Körper heran. »Wie steht's mit dem Angebot? Ist dic Sache formell?«

Green zögerte mit der Antwort. »Nein, noch nicht. Du mußt zugeben, der geforderte Preis ist hoch, selbst für dieses Tal.«

»Scheiße«, sagte sie. »Es ist erstklassiges Land. MacKenzie im Norden und Wheatley gegenüber, was kann da schiefgehen?« Sie stand auf und ging zum Fenster. »Ich mach' mir Sorgen, Bob. Glaubst du wirklich, wir können die Sache so durchziehen, wie wir's vorhaben?«

»Ich sehe da überhaupt keine Probleme. Der Kaufpreis wird an mich gezahlt, das ist Bestandteil des Vertrags. Billy wird es nie erfahren.«

Sie seufzte. »Ich kann nicht länger warten.«

Green ging zu ihr. Er zog die Blenden zu. »Du darfst jetzt keine Angst haben«, sagte er in den Duft ihrer Haare hinein. »Der alte Mann wird kaufen, und er wird bezahlen. Frag mich nicht, wo sie's hernehmen, aber sie bezahlen. Immer.« Er tastete nach ihren Lenden. »Zerbrich dir nicht länger den Kopf drüber. Die Sache steigt sehr bald. Ich versprech's dir.«

»Eine Viertelmillion«, flüsterte sie. Sie lehnte sich an seine Brust. »Zweihundertund... ehrlich, Bob, glaubst du, wir kommen durch damit?«

»Du hast mir doch bisher vertraut, oder?«

Sie kuschelte sich an ihn. »Viel zu tun?«

»Immer.«

»Yeah.« Sie tastete nach seiner Männlichkeit. »Mir ist nicht egal, mit wem du's tust.«

3

Der Klang der Orgel strich über Bäume und Fluß. Es erinnerte Steve Felsom an Sommernächte und an das Murmeln eines Baches. Ellie hatte in ihrem Schaukelstuhl Platz genommen. Sie sah auf den Wind River hinaus, in dessen Fluten sich die Sonne spiegelte.

»Liebes?«

Er sah sie an, spürte das Sehnen. »Ja?«

»Du wirst da Wurzeln schlagen, fürchte ich.«

Er grinste. »Ich hatte immer schon ein schlechtes Gewissen, wenn ich Pause mache.«

»Die Heckenschere liegt da drüben.«

Er lachte. Er stand auf, nahm die Schere und begab sich zur Hecke. Er hatte die Hecke höher wachsen lassen, damit Ellie von ihrem Lieblingsplatz auf der Veranda nicht sah, wie... Er begann die Hecke zu stutzen. Bei jedem Blatt, das zu Boden fiel, stellte sich Steve Felsom vor, wie eine Schere einen Schnipsel von Daniel Tallpines Gehirn abtrennte.

»Liebling«, rief Ellie. »Möchtest du einen Drink?«

»Es ist schon vier«, sagte er mit einem Blick auf seine Armbanduhr. »Bald beginnt mein Dienst. Ich mach' zwei Stunden für Oaker. Ist wieder hinter einem dieser dummen Weiber her. Er ist ganz wild auf seinen Freitag. Und dann trinkt er auch ganz gern einen über den Durst.«

Sie kicherte. »Ich meinte Kaffee, Liebling.«

Er nickte. »Kaffee, ja. Aber wenig Zucker. Das Zeug tötet, hab' ich gelesen.«

»Alles tötet«, sagte sie.

Er sah sie mißtrauisch an. Mein Gott, dachte er. Jetzt fängt es wieder an mit ihr.

Sie fuhr sich über die Narben am Hals. »Liebling?«

»Ja, Liebes?« Er gab sich Mühe, seine Besorgnis nicht durchklingen zu lassen.

»Stell dir mal vor, du bist bei der State Police. Die haben feine Uniformen. Würd' dir gut stehen.«

»Ich weiß, Ellie, ich weiß.«

»Wir könnten in allen möglichen Städten wohnen, wenn du bei der State Police bist.«

»Ellie, bitte!«

»Städte mit Straßen und Autos. Viele Autos, Steve. Und Geschäfte. Und Kinos.« Sie seufzte. »Alles, was wir hier nicht haben.«

Und keine Alpträume mehr, dachte er. Kein seniler Sheriff. Keine verdammten Indianer.

»Ich weiß«, sagte er. »Eines Tages werden wir das auch machen. Aber du weißt auch, daß wir bis dahin noch viel sparen müssen.«

Sie war traurig. »Ich denk' eben gern dran, das ist alles.« Sie sah ihn fragend an. »Das nimmst du mir doch nicht übel, oder? Ich meine, daß ich gern dran denke?«

»Nein, Ellie.« Sie hatte ihn nicht gehört. Er hob die Stimme. »Ich nehm's dir nicht übel, wirklich nicht.«

Sie war aus ihrem Schaukelstuhl aufgestanden. Er wischte das Gras von der Schere.

»Steve?«

»Ja?«

»Die Musik. Die Musik aus der Kirche.«

Er sah auf und runzelte die Stirn.

»War wirklich schön«, sagte er.

Und damit sagte er, was er dachte, wobei er ihr verschwieg, daß die Musik vor zwei Stunden verklungen war.

4

Jason hielt den Wagen vor der Praxis des Tierarztes an und drückte auf die Hupe. Er hob die Hand, als Esther Lynn vor das Redaktionsbüro des *Windriver Banner* trat. Er wußte, daß es heute spät werden würde. Galen würde an seinem Leitartikel arbeiten. Wie gemäßigt sich die Bürger von Windriver in dieser Situation benahmen. Nein, man konnte noch nicht zur Entwarnung blasen, aber der Sturm, der am Vortag durch das Tal tobte, schien die Gemüter abgekühlt zu haben.

Jason sah auf seine Uhr und drückte ein zweites Mal auf die Hupe. Wo Donna nur blieb? Zehn Minuten zuvor hatte sie ihn angerufen. Ob er sie rausbringen könnte zur MacKenzie-Ranch. Simon hatte beim Tierarzt angerufen. Es ging um sein Pferd. Nein, nichts Ernstes. Aber man mußte sich drum kümmern. Und ihr eigener Wagen war in der Werkstatt. Es wäre nett, wenn er sie begleitete. Am Mittwochabend war es spät geworden. Sie hatten nicht miteinander geschlafen, aber es war ein perfekter Abend gewesen, auch so. Beiden standen die Tränen in den Augen, als sie sich Gutenacht sagten.

Die Tür ging auf. Donna trug eine zweiteilige leichte Tasche. Sie warf sie auf den Rücksitz und glitt neben ihn. Sie tastete nach seiner Hand. Ein Kuß auf die Wange. Sie deutete auf die Straße.

»Ich dachte, du hättest es nicht eilig.« Er startete den Motor und bugsierte den Wagen aus der Parklücke.

»Ich kenne dieses Auto und seine Mucken«, sagte sie. »Sobald du mich wohlbehalten heimbringst, kann ich meine Unfallversicherung kündigen.«

»Galen bringt dich um, wenn er erfährt, wie du sein Auto verleumdest.«

Sie kauerte sich zusammen und drückte ihre Knie gegen das Armaturenbrett.

»Wie war der Tag bisher?«

»So-so. Greg Thornton wird immer noch vermißt, Regan geht's besser, und ich mache mich langsam mit der Idee vertraut, daß ich mit Ted Waters sprechen muß.«

Sie sah ihn neugierig an. »Wieso ist das denn mit so großen Vorbereitungen verbunden?«

»Ist eine lange Geschichte«, gab er zur Antwort. Die Häuser des Ortes waren hinter ihnen zurückgeblieben. »Es geht darum, daß Galen für nächste Woche eine Bürgerversammlung einberufen will.« Er schüttelte mißbilligend den Kopf. »Ich könnte eine Million Jahre hier leben, und ich werde nicht verstehen, warum sie das nicht schon längst gemacht haben. Ich meine, es ist doch ganz einfach! Man bringt die Parteien zusammen, und die reden so lange, bis sie einen Kompromiß gefunden haben, wie man künftig zusammenleben kann.«

»Das ist Theorie«, sagte sie. »Du bist hier in Windriver. Hier braucht das alles seine Zeit. Es ist wie...« Sie nahm ihre Brille ab und putzte die Gläser mit dem Zipfel ihrer Bluse. »Es ist ein bißchen wie bei der Evolution der Lebewesen. Oder wie bei der Besiedlung dieses Landes. Eine Reihe von Farmern siedeln sich an, und nur die härtesten überleben. Die mit dem meisten Verstand. Hier geht man nicht zu den Nachbarn und bettelt um Hilfe. Du brauchst Hilfe? Du bekommst Hilfe. Der Stolz. Mache ich mich einigermaßen verständlich?«

Er war auf die Elkhorn Road eingebogen.

»Ich meine, schon. Was du sagst, erklärt, warum sie die Bürgerversammlung nicht schon längst abgehalten haben.«

»Timing«, sagte sie. Fünf Minuten waren vergangen.

»Was?«

»Timing, Jason. Das Gefühl für Zeit. Du meinst immer noch, du mußt dreißig Stunden am Tag arbeiten, neunzig Minuten pro Stunde. Ich würde es das Ostküstensyndrom nennen.« Sie setzte ihre Brille auf. »Dir ist vielleicht aufgefallen, daß es in Windriver keine Uhren in der Öffentlichkeit gibt. Auch in den Banken und in den Geschäften nicht. Man tut die Dinge, wenn sie getan werden müssen, nicht vorher und nicht später.«

»Ich finde, das paßt hier nicht«, sagte er. »Das ganze Durcheinander hätte längst entwirrt werden können... Zur Hölle damit! Laß uns über was anderes reden.«

»Über das Wetter?«

Er machte ein beleidigtes Gesicht. Sie lachte. Und dann fragte sie ihn, ob er gehört hätte, wie's Rachel ging. Nein, er hatte nichts gehört. Er wußte, daß sie krank war, sonst nichts.

»Das Komische ist, daß ich von Doc Vance nichts über Rachel erfahre, obwohl er öfter hingeht. Er behandelt die Sache als Staatsgeheimnis.«

»Sie ist eine sehr beeindruckende Frau«, sagte er. Er erzählte ihr von seinem Besuch auf der MacKenzie-Ranch. »In früheren Zeiten wäre sie wohl die Frau des Häuptlings gewesen«, fügte er hinzu. »Die Anführerin des Stammes.«

Donna hielt den Blick auf die Fahrbahn gerichtet. »Ich mag sie nicht. Ich weiß nicht, wie ich's dir erklären könnte, aber ich traue ihr nicht.« Sie lachte. »Vielleicht liegt's daran, daß sie so viel älter ist als ich. Weil sie soviel weiß, verstehst du? Wenn sie einen ansieht, kommt man sich leer vor. Bedeutungslos. Sie weiß sofort alle deine Geheimnisse.« Sie verschränkte die Arme. »Alles in allem, ich find' sie geisterhaft.«

Sie passierten das Einfahrtstor mit der Inschrift. Das grüne Dach der Blätter schloß sich über ihnen. Stille. Er parkte den Wagen vor der Freitreppe, die zum Wohngebäude hochführte. Hoch über der Ranch, so hoch, daß sie nur als Punkte zu erkennen waren, kreisten zwei Adler.

»Sind sie nicht wunderschön?« sagte Donna. Sie hatte ihre Tasche vom Rücksitz genommen.

Die Adler. Jason nahm sich vor, Simon MacKenzie zu fragen, ob die Männer den Eierdieb aufgespürt hatten.

Er fuhr hoch, als er Simons Stimme hörte. Der Rancher hatte Donna bereits begrüßt. Etwas brüsk, wie Jason fand, wurden sie zu den Stallungen geführt. Donna hörte aufmerksam zu, als Simon ihr die Symptome zu erklären begann. Jason fühlte sich ausgeschlossen. Er schlenderte zu einem nahen Gehege und betrachtete die Pferde.

Nach einer Weile ging er in die Stallungen zurück. Halbdunkel. Im Hintergrund war Donnas Flüstern zu vernehmen. Etwas wie Eifersucht beschlich ihn.

Es dauerte fünf Minuten, bis Donna in Begleitung von MacKenzie im Mittelgang auftauchte. Der Rancher führte Jason an den Boxen entlang, nannte ihm die Namen der Pferde, beschrieb ihre Eigenheiten.

»Ein Pferd ist das dümmste Tier der Welt«, sagte MacKenzie. »Rennt, bis es tot umfällt. Kein Funken Verstand, aber sehr treu.«

»Sie haben wunderschöne Pferde«, bemerkte Jason.

»Es sind ein paar gute Tiere dabei«, quittierte MacKenzie das Lob. Er trat an eines der niedrigen Gatter, die den Mittelgang von den Stellplätzen abteilten. »Die Stute hier, das ist Rachels Pferd.« Er schob den Kopf des Tieres, das an seiner Schulter zu knabbern begonnen hatte, zur Seite. »Leider kann Rachel in ihrem jetzigen Zustand nicht mehr reiten.«

»Geht es ihr so schlecht?«

MacKenzie wandte sich um. Er lehnte sich an die gekälkte Wand. »Ich hatte eigentlich vor, Sie beide zum Abendessen einzuladen, Jason.« Er schüttelte resigniert den Kopf. »Es geht ihr nicht gut, Jason. Gar nicht gut.«

Jason machte das Gesicht, das man von ihm erwartete. »Ich soll Ihnen etwas ausrichten«, sagte er. Er äugte zu den Pferden hinüber. »Von Galen.«

»Ich weiß.«

»Er konnte Ihnen leider nicht früher Bescheid sagen, und er bittet

Sie, das zu entschuldigen. Aber es wäre sehr gut, wenn Sie kommen könnten.«

MacKenzie sog an seiner Unterlippe. »Das ist schlecht, Jason. Ich würde ja gern kommen, glauben Sie mir. Aber das hängt ganz von Rachel ab. Die Krisen kommen jetzt immer öfter. Ich kann sie nicht allein lassen.«

»Ich verstehe«, sagte Jason, in der Hoffnung, daß es einigermaßen aufrichtig klang. »Sie sollten allerdings bedenken, daß die andern auch wegbleiben werden, sobald sie erfahren, daß Sie auch nicht erscheinen. Daniel zum Beispiel. Für Windriver wäre es ein großer Gewinn, wenn Sie's trotzdem möglich machen könnten.«

»Ich ruf' Sie an«, sagte Simon knapp. Und dann wandte er sich zu Donna, um sich mit ihr über die weitere Behandlung des Pferds zu unterhalten.

Jason war dabei, wie Donna ihm die Dosierung der verordneten Medikamente erklärte, wie das Pferd zu bewegen sei, was man ihm zu fressen geben sollte. Nach einigen Minuten begann ihn die Fachsimpelei zu langweilen. Er ging zur Auffahrt zurück, wo er den Wagen geparkt hatte. Er hätte sich gewünscht, Gelegenheit zu einer ausführlichen Unterhaltung mit MacKenzie zu haben. Es kam darauf an, diesem Mann den Einfluß deutlich zu machen, den er bei der Bürgerversammlung ausüben konnte.

Sie folgte ihm wenig später. Er startete den Motor.

»Weltschmerz?«

Er antwortete mit einem mißgelaunten Brummen.

»Bist du mir böse?«

»Überhaupt nicht.«

»Sieht aber ganz so aus.«

»Es ist nichts. Ich hab' nur schlechte Laune.«

Sie strahlte ihn an. Fast wäre es ihm gelungen, ernst zu bleiben.

»Ißt du gern Wildbret?«

»Klingt sehr barbarisch?«

»Also gut«, sagte sie. »Dann kriegst du ein gutes, altmodisches Steak. Du wirst bekocht, daß dir Hören und Sehen vergeht. Wir essen bei mir zu Abend. Falls du Galens Feinschmeckerkünste eine Mahlzeit lang entbehren kannst.«

Er strich mit den Fingern über den Kranz des Lenkrads.

»Ich muß zu Galen. Ihm erzählen, was Simon gesagt hat.«

»Ich hab' Telefon.«

»Es wäre aber möglich, daß er…«
»Jason«, sagte sie, »wenn du nicht kommen magst, sag's mir klar heraus.«
»Ich möchte kommen«, sagte er. »Wirklich.«
»Ich beiß' dich nicht, ich versprech's.«
Er legte seine Hand auf ihren Sitz und spürte, wie sie seine Finger zu streicheln begann.
»Ich hasse es, allein zu sein«, sagte sie.
Er holte tief Luft. »Ich auch, Donna.«

5

Der Valley Pike war menschenleer. Bea ging mit gesenktem Kopf. Sie war müde. Wie leicht könnte meine Fantasie mit mir durchgehen, dachte sie. Ich muß aufpassen. Die Blätter in den Bäumen hatten zu rascheln begonnen. Sie beschleunigte ihren Schritt. Obwohl sie Angst vor dem Heimweg hatte, ließ sie sich nicht von Carole begleiten. Was zu sagen war, hatten sie besprochen. Bea war froh gewesen, den Fragen ihrer Eltern für ein oder zwei Stunden zu entrinnen.

Sie hatten sich gemeinsam auf die Examensfragen vorbereitet. Als sie das Büchlein durchgearbeitet hatten, war Carole von ihrem Bett geglitten. Sie hatte mit ihren gymnastischen Übungen begonnen. Bea hatte nur dagestanden und gestaunt. »Guter Gott, ich bin so müde, daß ich eine Woche lang schlafen könnte. Ich weiß nicht, wie du das schaffst.«
»Vitamine«, sagte Carole. Sie schnaufte. »Und die strenge Hand meines Vaters.« Sie fuhr mit ihren Übungen fort.
»Du bist verrückt. So spät.«
»Ich möchte eben gern in Form bleiben.«
Bea wandte den Blick zur Decke. »In Form?«
»Schlank.«
»Du ißt doch fast nichts. Wie stellst du dir vor, daß du da zunimmst?«
Einige Minuten lang sah sie ihrer Freundin zu. Carole trug ein T-Shirt, das mit einem kupferfarbenen Adler verziert war. »Du läßt mich ganz schön fühlen, wie faul ich bin.«
Carole ließ sich lachend zu Boden fallen. »Du tust auch wirklich nichts. Anstatt abends stundenlang am Telefon zu hängen, solltest

du dich etwas bewegen, sonst hast du nie eine Chance, an den Olympischen Spielen von Windriver teilzunehmen.«

Bea begann ihre Schulbücher zu stapeln. »Ich finde trotzdem, du bist verrückt.«

»Und dann schläft man auch besser, wenn man Gymnastik betrieben hat«, sagte Carole. Sie stand auf und begann eine Serie von Kniebeugen.

»Und dann stirbt man auch viel leichter«, sagte Bea.

»Du Ekel!«

»Du Miststück!«

Sie lachten beide.

Bea stand an die Tür gelehnt. Aus dem Wohnzimmer ein Stock tiefer war das Dudeln des Fernsehers zu vernehmen. »Wie kommt's, daß du heute abend nicht zu Rachel gefahren bist?«

»Rachel ist krank. Außerdem ist Montag Examen. Oder etwa nicht?«

»Wird schon so sein.« Sie legte den Kopf schief und verfolgte Caroles Liegestützen. »Gibt's was Neues wegen Greg?«

»Nein. Interessiert mich auch nicht. Meinetwegen kann er verrecken.«

»Ich hatte den Eindruck, er mag dich.«

Carole zog eine Grimasse. Sie war rotgeworden. »Ich find' ihn irgendwie schleimig.«

»Ich find' ihn ganz nett.«

»Laß das bloß Hardy nicht hören, der bringt dich um.«

»Ich bin nicht das Eigentum von Hardy Green«, sagte Bea trotzig.

Carole musterte sie neugierig. »Sag mal, geht's dir nicht gut?«

»Bei uns zu Hause hat's Streit gegeben. Gestern. Ich wollte abends etwas länger wegbleiben, aber das war nicht drin. Mein Vater sagt, bis zur Abschlußprüfung hab' ich zu machen, was er sagt.«

»Das Lied kenn' ich«, sagte Carole.

Bea wartete eine volle Minute. Dann hob sie die Hand zum Abschied und verließ den Raum.

Das Rauschen der Blätter war lauter geworden. Bea fiel das Gespräch mit ihrem Vater ein. Die Freundschaften, die man in der Schule schloß, hatte er gemeint, brachen auseinander, sobald man ins Erwachsenenleben trat. Traurig, aber wahr. Bea wollte es nicht glauben. Sie konnte sich einfach nicht vorstellen, daß Carole ihren Freund interessanter fand als ihre Freundin. Ebenso schwer zu verstehen war, daß Carole lieber den Babysitter bei einer alten Indianersquaw machte, als mit ihr, Bea, in Windriver oder in Blairs ins Kino zu gehen. Bea fand, das war einfach nicht fair.

Sie blieb im Schein der Straßenlaterne stehen und schüttelte den Kopf. Der Wind hatte abgekühlt. Sie wußte, daß sich der Himmel zugezogen hatte, aber die Wolken waren nicht zu sehen. Ob ich schnurstracks nach Hause gehe? Sie war versucht, einen kleinen Umweg zu machen. Aber dann fiel ihr ein, daß sie ihrer Mutter versprochen hatte, auf dem kürzesten Wege heimzukehren. Verdammt noch mal! Jetzt war sie praktisch schon in der zwölften Klasse, und sie wurde immer noch behandelt wie ein Kind! Verdammt! Sie massierte sich den schmerzenden Nacken. Sie war hungrig.

Sie hörte Schritte. Ein junger Mann kam auf sie zu. Schwarzes Haar, dunkle Haut. Als er auf ihrer Höhe angelangt war, brachte er ein Lächeln auf sein Gesicht.

Sie hob das Kinn und deutete in die Richtung der Bar. »Ich dachte, du wolltest dem Feuerwasser für immer entsagen.«

Michael Wolf grinste. »Ich war nur beim Friseur. Und bei der Gelegenheit hab' ich mich auch gleich erkundigt, wie's David geht.«

»Und was macht Kleiner Stern?« fragte sie. Nur eine Formalität.

»Der geht's ganz gut.« Er betrachtete sie aus den Augenwinkeln. Warum gab sie sich so feindselig? »Aber es paßt ihr natürlich nicht, daß ihre Mutter sie so unter der Fuchtel hält. Ich glaub', Kleiner Stern würde das Reservat lieber heute als morgen verlassen.« Er lachte und überlegte verzweifelt, wie er sich verabschieden konnte, ohne unhöflich zu erscheinen. »Du läufst ja ganz schön spät noch rum.«

»Ich war bei Carole. Wir haben uns gegenseitig abgefragt. Montag beginnt das Examen.«

»Bei Carole Carosa, meinst du?«

Sie nickte. »Man sieht dich selten.«

Er starrte auf das Mundstück seiner Zigarette. »Du weißt ja, wie das so ist.«

Der Anflug eines Lächelns. »Ja, ich weiß. Die Kinder okay?«

Er faßte sie beim Arm. »Keine Probleme. Sie spüren es natürlich auch, aber es geht ihnen gut.«

Sie war verstimmt, weil er sie berührt hatte. »Warum bist du und deine Freunde, warum seid ihr eigentlich nicht bereit, offen für eure Rechte einzutreten?«

Er zerbrach die Zigarette in zwei gleich lange Enden und warf die Stücke in die Straßenrinne. »Das werden wir tun, Bea. Mach dir deswegen keine Sorgen. Das werden wir tun.«

Sie konnte sein Lächeln nicht mehr ausstehen. »Ich muß jetzt gehen«, sagte sie brüsk. »Bis dann.«

6

Ted Waters stand in der Eingangstür zu seinem Laden. Er fingerte an seinem Muttermal herum. Dort drüben waren Michael Wolf und Bea Steed. Was die beiden sich mitzuteilen hatten, war auf die Entfernung nicht zu verstehen. Als Waters sah, wie Michael nach Beas Arm griff, wäre ihm fast schwarz vor Augen geworden. Nicht genug, daß sie uns das Land wegnehmen, dachte er. Jetzt vergreifen sie sich auch an unseren Frauen.

Aus dem Inneren seines Geschäftslokals war das Scharren von Füßen zu vernehmen. Die Ranchers' Association würde eine Entscheidung treffen müssen. Es war offensichtlich, daß der Sheriff nicht in der Lage war, den Überfall auf Mitch Regan aufzuklären.

Er stand da und wartete, bis Michael Wolf in die Düsternis der Straße wegtauchte. Wenig später verschwand auch Bea Steed aus seinem Blickfeld. Wütend ging Ted Waters in den Laden zurück. Es reichte, wirklich! Es war ihm egal, was Steve Felsom an Argumenten vorbringen würde. Er, Waters, würde die Indianer in ihre Schranken weisen. Alles würde wieder so sein wie in den guten alten Zeiten. Man mußte diesen Burschen zeigen, wo's langging, wer der Boß war. Hin und wieder gehörte ihnen eins drübergezogen, damit sie kapierten, daß sie zu gehorchen hatten.

Diese verdammten Hurensöhne!

Diesmal waren sie zu weit gegangen. Bea – das war kein Spaß mehr. Das war Ernst.

7

Carole hatte sich zu Bett gelegt. Sie hatte ein Frotteetuch um ihre nassen Haare geschlungen. Das Radio spielte, inmitten einer Anordnung von Fläschchen und angebrochenen Packungen mit Papiertaschentüchern. Sie hörte nicht zu. Sie dachte über Bea nach.

Bin ich wirklich eifersüchtig wegen Hardy? Oder ist es wieder das verdammte Selbstmitleid? Über das Treppenhaus kamen die undeutlichen Worte ihrer Mutter. Dann die Antworten des Bruders und das Geräusch einer Krücke, die auf den Boden fiel.

Ein unfrohes Lächeln stahl sich in Caroles Mundwinkel.

Ich bin vielleicht nicht das klügste Mädchen auf der Welt, dachte sie, aber wenn David mich verarschen will, dann muß er früher aufstehen. Er tut so, als ob alles wieder so werden müßte, wie's vor dem Unfall war. Meine liebe Schwester und so. Als ob ihm wirklich dran läge. Ihre Hand tastete nach der geschwollenen Stelle auf der Wange. Ihr Vater schrieb eine deutliche Handschrift.

Es wird ihnen noch leid tun, dachte sie. Wenn ich weg bin, wird's ihnen leid tun. Aber dann ist es zu spät.

8

»Bleicher Mond, welcher Tag ist es?«

»Samstag.«

Wieder ein Tag vorbei.

Sie schlief ein, gegen ihren Willen. Eine Stunde später wachte sie auf. Ihr war, als hätte man ihr einen Backenstreich versetzt. Ein bitterer Geruch wehte durch das Zimmer. Sie leckte sich über die Lippen, ihre Lider begannen zu flattern. Sie hätte gern nach Simon gerufen, aber ihre Zunge war so dick, daß sie keinen Laut hervorbrachte. Sie hatten die Fenstertüren zur Veranda geöffnet, damit die Nachtluft hereinströmen konnte.

Habe ich Bleicher Mond gefragt, ob das Pergament übergeben worden ist? Sie erinnerte sich nicht.

Ist Simon heute schon bei mir gewesen? Hat er meine Hände gehalten? Hat er mit mir in der Sprache der Vorfahren über das Tal gesprochen und über die Lehre? Sie erinnerte sich nicht.

Sie bäumte sich auf, eine Antwort auf die Fragen, die das Feuer stellte. Das Feuer brannte in ihrer Brust, in ihren Ellenbogen und Knien. Weißes Feuer. Sie schloß die Augen. Ich darf nicht träumen. Ich darf nicht schlafen. Nur wenn ich wach bleibe, kann ich feststellen, ob mein Dunkelkind auf die Jagd gegangen ist.

Eine Stunde später bekam sie Gewißheit. Das Dunkelkind schien kein Interesse zu zeigen für seine Mutter. Kein Interesse für die Lehre. Es war dort draußen. Die Jagd hatte begonnen. Es war das erste Mal, daß Rachel nicht wußte, wer das Opfer sein würde.

9

Es wird Ärger geben, dachte Lamont Riley. Großen Ärger. Es ist nicht meine Schuld, aber das macht die Sache nicht besser. Er hatte sich einfach nicht mehr beherrschen können. Mein Gott, ein Mann ist schließlich auch nur ein Mensch.

Es war schon schlimm genug, daß sie sich nackt am Fenster zeigte, wenn er im Stall arbeitete. Daß sie ihn zu sich rief, um ihm Kaffee anzubieten. Kaffee, und bei kaltem Wetter auch ein Glas Brandy. Perkins hatte ihm gesagt, daß die Verkaufsverhandlungen für die Ranch vor dem Abschluß standen. Er würde sich nach einem neuen Job umsehen müssen.

Schlimm genug, daß dann auch noch sein Auto kaputtgegangen war. Er konnte nicht einmal nach Blairs reinfahren und einen draufmachen. Billyboy, dieser Versager, war wieder mal verschwunden, seine Frau hatte er auf der Ranch gelassen. Allein. Allein mit ihm, Riley. Sie war zu ihm gekommen, in seine Hütte hinter dem Stall. Es sei so kalt heute abend, und sie bekam den Ölofen nicht an. Eine Lüge, er wußte es. Trotzdem war er mit ihr gegangen. Sie hatte sich niedergekniet und die Falltür im Fußboden der Küche geöffnet, den Zugang zum Heizungskeller. Einer nach dem anderen waren sie die steile Treppe hinuntergeklettert. Er hatte vor dem Ofen gekniet, die Taschenlampe in der Hand, und sie hatte dagestanden, in ihrem weißen Kleid. Monty, hatte er gedacht, Monty, du brockst dir was ein. Er hatte an dem Brenner herumgefingert, den Perkins, der Geizhals, schon vor zehn Jahren gegen einen neuen hätte austauschen müssen. Schließlich war es ihm gelungen, die Heizung in Gang zu setzen.

Er war dumm genug gewesen, ihre Einladung auf eine Tasse Kaffee anzunehmen. Und sie hatte auch etwas gebacken. »Devils Food Cake«, sagte sie. Ganz beiläufig, obwohl verdammt noch mal eine tiefe Bedeutung dahintersteckte, daß sie ihm, gerade ihm, das Teufelszeug anbot. Er hatte ihr seine Hand überlassen und geduldet, daß sie ihre Fingerspitzen auf seinen Sehnen spazierenführte. Ein Wonneschauer war ihm über den Rücken gekrochen, als sie hinter ihn trat und seinen Nacken zu massieren begann. Und die ganze

Zeit redete sie, redete von dem vielen Geld, das sie haben würden, wenn die Ranch erst einmal verkauft war, und Monty, wie fändest du das, in einer Stadt zu leben und nicht mehr in diesem Loch?

Er verstand die Größenordnung nicht ganz, von der sie sprach. Zahlen. Ihm war auch nicht ganz klar, wieviel er in seinem bisherigen Leben verdient hatte. Aber es war wohl höchstens ein Zehntel von dem, was sie für die Ranch erlösen würde. Und dann müßte das Geld natürlich auch ausgegeben werden. Das Geld dieser verdammten Rothäute.

Ärger.

Schlimmer Ärger.

Irgendwie war es ihr gelungen, ihn zu umschlingen. Sie hielt seinen Kopf umfangen und knabberte an seinem Ohr. Sie hatte sich auf seinen Schoß gesetzt, er spürte die Weichheit ihrer Schenkel an seinen Lenden. *Er könnte jeden Moment zurückkommen, und was dann?* Ihre Hand zwängte sich durch seinen Hemdkragen. Ihre Nägel spielten mit seinen Brustwarzen. Riley hatte vor Lust gestöhnt. Er war aufgestanden. Er nahm sie und trug sie aus der Küche ins Wohnzimmer, und er kam sich dabei wie Tarzan vor.

Noch bevor die Couch in Sicht kam, ließ er sie auf den Boden sinken. Sie war es dann, die ihm den Gürtel löste. Er riß ihr das Kleid vom Leibe und fand bestätigt, was er vermutet hatte. Sie war nackt unter ihrem Kleid, und ihre Haut straffte sich, als er seine Lippen über ihre Brüste gleiten ließ.

Es würde Ärger geben. Sie war mehr, als er bewältigen konnte. Es war eine Sache, die auf keinen Fall von Dauer sein würde.

10

Dünne Wolken hatten sich vor Sterne und Mond geschoben. Der Fahrer des geparkten Kleinlieferwagens hatte die Heizung angestellt. Vor einem niedrigen, langgestreckten Haus brachte er den Wagen zum Halten. Neun Männer sprangen heraus. Keiner sprach ein Wort. Sie trugen Handschuhe. Die Pakete gingen von Hand zu Hand. Nur das Stapfen der Stiefel auf dem Boden war zu hören.

Als sie fertig waren, kletterten acht von ihnen über die hüfthohe Mauer aus Feldsteinen. Sie wandten sich nach rechts und verschwanden hinter dem dunklen Rechteck des Hauses.

Kein Hund bellte, als einer der Männer hinfiel und sich fluchend wieder aufrappelte.

Merkwürdig, wie gut in Ordnung das Haus war, dachten zwei der Männer. Anscheinend hatte die Fassade gerade einen frischen Anstrich bekommen. Beiden fiel das auf, aber sie verzichteten darauf, einander ihre Beobachtung mitzuteilen. Es war nicht weiter wichtig, ob das Haus gepflegt wurde wie das gottverdammte Taj Mahal, oder ob man es verkommen ließ. Sie wußten, wer der Besitzer des Hauses war. Nur darauf kam es an.

Sie huschten durch das Dunkel und spürten, wie der Wind stärker wurde. Als sie sprangen, landeten sie im weichen Heu. Sie legten die Pakete ins Heu. Dann verrammelten sie die Tore. Ein dünner Mann hielt die Lunte.

Aus dem Haus erscholl das Bellen des Hundes.

Die acht erstarrten in der Bewegung. An einem der Fenster erschien Licht. Ein Schatten. Wenig später quietschten die Angeln des rückwärtigen Tors.

Die Streichhölzer wurde angezündet und ins Heu geworfen. Die Pakete explodierten, ehe die Männer die Scheune verlassen hatten.

Eine Frau kam in die Scheune gerannt, gefolgt von einem Mann. Sie schrie, glitt aus und stürzte. Ihr Schrei erstarb, noch bevor sie das Bewußtsein verlor.

Als der Motor des Kleinlieferwagens gestartet wurde, öffnete sich die Tür des Hauses. Ein Mann erschien. Die Pferde hatten zu wiehern begonnen. Der Mann war nur noch eine Silhouette vor dem gelben Lichtkegel. Er hielt einen Stock in der Hand. Er warf sich zu Boden, und dann erschien ein kleiner blauer Feuerball am Ende seines Stockes.

Der Mann, dem die Schrotladung in den Muskel gedrungen war, schrie auf. Er rannte los, sprang über die Mauer und lief hinter dem Kleinlieferwagen her, der sich in Fahrt gesetzt hatte. Sie packten ihn bei den Handgelenken und zogen ihn auf die Plattform hoch, nachdem sie ihn zehn Meter lang hinter sich hergeschleift hatten.

Der Mann vor dem Haus hatte einen zweiten Schuß abgegeben. Dann lud er nach. Bevor er abdrücken konnte, traf ihn ein fallender Balken an der Schulter.

Die Flammen hatten das Dach erreicht. Das Wiehern der Pferde und das Blöken der Schafe war verstummt. Die Bluse der bewußtlosen Frau hatte zu qualmen begonnen.

Die Schreie der großgewachsenen Frau, die vor dem Haus stand, waren zu hören und das Prasseln der Flammen, die sich Nahrung suchten.

11

Jason hatte gerade nach Mutt und Jeff gepfiffen, als die Sirene des Feuerwehrschuppens in Gang gesetzt wurde. Er dachte über Donnas Worte nach. Als das Heulen der Sirene nicht verstummen wollte, rannte er vor zum Pike. Die Tür der Bar war geöffnet worden, ebenfalls die Tür des kleinen Restaurants. Die Leute kamen aus dem Inneren hervorgestürzt. Jason sah, wie einige zu ihren Autos rannten, die anderen zum Feuerwehrschuppen. Die Tore wurden geöffnet. Zwei Löschfahrzeuge waren zu erkennen. Eine Spende von MacKenzie. Jason stand da und suchte den Himmel ab nach dem Flammenschein. Ob der Brand wohl so nah war, daß man zu Fuß hingehen konnte? Hoffentlich. Er fuhr herum, als sich Galens Hand auf seine Schulter legte.

»Eine Ranch brennt!« schrie der Zeitungsherausgeber. Sie liefen zum Wagen. Noch bevor Jason sich auf den Beifahrersitz schwang, hatte Galen den Motor angelassen.

»Wessen Ranch?«

»Keine Ahnung. Irgendwo südlich. Vielleicht Whitcomb, Tallpines oder Wolf.«

»Was weißt du noch?«

»Ich bin nicht der liebe Gott, Jason. Falls du's nicht gemerkt hast.«

Jason hielt das Armaturenbrett umklammert. Galen fügte das Fahrzeug in den Schlangentanz der anderen Autos ein.

Als sie das Weichbild Windrivers verlassen hatten, kam das Feuer in Sicht. Ein Sonnenaufgang, gekrönt von einer schwarzen Rauchwolke.

»Mein Gott!« stöhnte Jason.

»Yeah«, sagte Galen. Er bog so scharf nach rechts ab, daß Jason beinahe in seinem Schoß gelandet wäre. Der Weg war so schmal, daß die Kotflügel die Büsche streiften.

Kein Fahrzeug kam ihnen entgegen.

12

»Mach schon!« stöhnte Gloria. Sie lag mit ausgestreckten Armen auf dem Boden des Wohnzimmers. »Mach schon!«

»Das war's, Lady«, sagte Riley. Er war angeekelt. Er hatte recht behalten. Mit dieser Frau gab es nichts als Ärger. Vielleicht lag es auch daran, daß er zuviel Bier getrunken hatte. Oder aber sie hatte sich zu schnell bewegt. Jedenfalls war die Sache zu Ende, ehe sie richtig angefangen hatte.

Ganz abgesehen davon, daß Riley nicht vorhatte, im Wohnzimmer des Ranchers Wurzeln zu schlagen. Es würde schwierig sein, Billyboy zu erklären, warum seine Frau mitten in der Nacht mit gespreizten Beinen auf dem Fußboden des Wohnzimmers lag, und dann auch noch nackt.

»Du Hurensohn«, sagte sie.

Riley war aufgestanden. Er zog sich den Reißverschluß seiner Hose zu.

Dann wandte er sich um. Die Frau war jetzt nicht mehr schön. Sie war auch nicht mehr begehrenswert. Riley fiel ein Film ein, den er an einem Wochenende in Denver gesehen hatte. Eine Prostituierte hatte dagelegen wie eine Statue aus Stein. Eine Frau, die darauf wartete, daß sie bedient wurde.

»Du Hurensohn«, wiederholte sie. Sie stützte sich auf die Handballen, dann tastete sie nach ihrem Kleid.

»Du bist wohl andersrum, wie?«

»Ich hab's dir doch besorgt, oder?« Er machte sich auf den Weg in die Küche, wo seine Jacke hing.

»Du hast's mir besorgt?« schrie sie ihm nach. »Was willst du denn damit sagen? Nennst du das Sex? He, ich will eine Antwort! Nennst du so was Sex?«

Riley empfahl die Frau der Hölle. Er verließ das Wohnhaus durch den Hintereingang und begab sich schnurstracks zu seiner Hütte. Er packte seine Siebensachen. Was zuviel war, war zuviel. Er war der Versuchung erlegen, und jetzt hatte er die Schnauze gestrichen voll. Irgendwie würde er sich nach Blairs durchschlagen. Am Tag darauf würde er in einen anderen Bundesstaat überwechseln. Warum eigentlich nicht nach Oregon? Verdammt noch mal, warum nicht Oregon? Wenn er Glück hatte, wurde er alt, ohne je wieder ein Rind anzupacken.

Sie schrie so laut, daß er es durch die geschlossene Tür hören konnte. »Ich hasse dich! Du bist kein Mann! Du bist schwul!« Sie holte Luft. »Glaubst du etwa, mein Mann wird dir auch nur einen einzigen Dollar auszahlen, Riley? Glaubst du das? Keinen Penny!«

Sie ging von der Veranda ins Wohnzimmer zurück. Das Gefühl der Beklemmung überkam sie. Sie war fuchsteufelswild, weil Riley ihr nicht gegeben hatte, was sie brauchte. Sie wankte zum Telefon. Ob ich Artie herhole? Wenn nicht Artie, dann Stan Kelly. Sie wußte, wie es die beiden mochten. Und die beiden wußten, wie sie es gern hatte. Sie machten es, ohne daß man nachher was sah. Zärtlichkeit konnte sie von Bob Green haben, dazu brauchte man sich nur auf den Schreibtisch in seinem Büro zu legen. Jetzt brauchte sie etwas anderes.

»Verdammt!«

Sie schlug mit der flachen Hand gegen die Wand, dann lief sie hinaus auf die Veranda. Sie stützte die Hände auf die Hüften. Dann ließ sie das Kleid zu Boden gleiten. Die Nachtluft war wie die Liebkosung begehrlicher Hände. Dann sah sie, wie Riley über den Rasen Richtung Straße huschte.

Idiot. Hurensohn. So dumm, daß er nicht einmal auf das Vieh aufpassen konnte. Die Indianer konnten kommen und herummetzgern, soviel sie wollten, Riley kümmerte das nicht. Dabei war klar, was die Rothäute eigentlich wollten. Sie wollten den Weißen angst machen, damit sie das Land möglichst billig bekamen. Zum Teufel mit allen Indianern.

Sie hielt das Geländer umklammert, als sie den Feuerschein in der Ferne entdeckte. Ein Lächeln trat auf ihre Lippen. Billy gehörte zur Freiwilligen Feuerwehr. Und er war an Eifer nicht zu überbieten, wenn es einmal brannte. Bis zum Morgengrauen harrte er aus und zielte mit dem Strahl in die glimmende Asche.

Es war perfekt. Einfach perfekt.

Dann das Rascheln im Laub der Ahornbäume. Sie mußte laut lachen. Riley kam zurück, um die heiße Suppe auszulöffeln, die er sich eingebrockt hatte.

Sie rannte die Stufen hinab, über den Rasen, auf den Schatten der Baumgruppe zu. »He, Monty«, rief sie. »Tut mir leid. Ich hab's nicht so gemeint. Es war nur, weil... Ich kann mich dann nicht mehr beherrschen, weißt du.«

Das Gras unter ihren Füßen war so kalt, daß sie erschauderte. Sie tastete nach ihren Brüsten. Mein Gott, dachte sie. Ich komme, noch bevor ich ihn in mir habe.

Sie warf einen Blick zurück zum Haus. Dann kauerte sie sich im Schatten der Bäume nieder. »Was hältst du davon, Monty, wenn wir's an Ort und Stelle erledigen? Hier sind wir sicher. Komm schon, Monty. Besorg's mir hier draußen.«

Sie breitete die Arme aus, um ihn auf sich zu ziehen. *Langsam schwebte das Wesen ins Licht.* Gloria hatte das spöttische Rot seiner Augen in sich aufgenommen, als die Klauen ihren Brustkorb aufschlitzten. Blutiger Schaum schoß aus ihrer Kehle und vermischte sich mit ihrem Schrei. Das Letzte, was sie spürte, war Enttäuschung. Für Angst war keine Zeit mehr gewesen.

Ihr linkes Auge wurde ausgepickt.

Ihre dunklen Lippen wurden zerfleischt.

Ihre Finger zuckten, als sei noch Leben in ihnen.

13

Das tote Pferd lag vor der Tränke hingestreckt. Die Stallungen waren nur noch ein Gerippe aus verkohlten Balken.

Jason steckte die Hände in die Taschen. Er wollte nicht, daß man sah, wie er zitterte.

Es ist all das Licht, versuchte er sich einzureden. Nicht das Feuer, sondern das Licht. Die zuckenden roten Leuchten auf den Löschfahrzeugen, der blaue Kreisel auf Steve Felsoms Streifenwagen, die Taschenlampen der Löschmannschaft.

Es war das Licht, das Windriver in eine Musterhölle nach Galenschem Vorbild verwandelt hatte.

Er hörte, wie Doc Vance mit Michael Wolfs Schwiegermutter sprach. Wenig später wurde Kleiner Stern auf einer Bahre vorbeigetragen. Dann Michael, ebenfalls auf einer Bahre. Man hatte ihm die Stirn abgewischt, er war verbunden worden. Am Hals und an den Schultern gab es Wunden, die mit einer rostbraunen Desinfektionsflüssigkeit bestrichen worden waren. Die alte Frau, unförmig dick, hatte die Kinder um sich geschart. Lautlos hielt der Krankenwagen, ein alter Cadillac. Jason erinnerte das Fahrzeug an einen Leichenwagen. Die beiden Bahren wurden hineingeschoben. Doc Vance kletterte auf den Beifahrersitz, dann schlossen sich die Türen.

»Schlimm«, sagte Galen, als Jason zurückkam. Er stand über die Motorhaube seines Studebakers gebeugt und notierte etwas in seinen Block. Hin und wieder stellte er jemandem von der Löschmannschaft eine Frage.

»Sieht ganz nach Brandstiftung aus«, sagte Jason.

»Es sieht nicht nur so aus, es *ist* Brandstiftung«, knurrte Galen. »Die wollten die Indianer rösten, ganz klar.«

Jason zuckte die Schultern. »Könnte sein. Hat Jake eine Ahnung, wer's war?«

»Kleiner Stern sagt, es waren mindestens zehn, vielleicht auch fünfzehn Männer. Michael hat drei Schüsse abgegeben. Aber er weiß nicht, ob er jemanden getroffen hat.«

»Warum fährt niemand hinter den Burschen her?«

Marsh legte ihm eine schwere Hand auf die Schulter. »Du hast dir ja alles genau angesehen. Du hast alle Fragen gestellt, die dir auf dem Herzen lagen. Hast du jetzt noch einen Zweifel daran, daß die Brandstifter aus Windriver sind?«

»Nein.«

»Dann wird Jake auch bald wissen, wer's war.«

Jason hatte seine Zweifel. Bei der Aufklärung des Anschlags auf Mitch Regan war Jake Harmon nicht besonders erfolgreich gewesen. Die alte Frau hatte ausgesagt, daß die Brandstifter mit einem Kleinlastwagen gekommen waren. Aber es gab viele Kleinlastwagen in diesem Tal. Einfacher würde sich die Suche natürlich gestalten, wenn Michael einen der Männer verletzt hatte. Erkannt hatte Michael wohl keinen der Brandstifter. Das Schlimme war, daß man ihn nicht einmal fragen konnte. Er war bewußtlos. Gehirnerschütterung, wie Doc Vance vermutete. Kleiner Stern hatte eine Spritze gegen die Schmerzen bekommen, sie hatte schlimme Verbrennungen erlitten.

Sheriff Harmon ging vorbei. Er würdigte die beiden Männer keines Blickes. Sie sahen, wie er den verwüsteten Vorgarten durchquerte und im Wohnhaus verschwand. Wenig später kam er wieder heraus. Er zog sich den Reißverschluß seines Blousons zu und schob sich den Hut in die Stirn.

Eine Stunde verging. »Gehen wir«, sagte Galen. »Mir wird kalt.«

Der Pike war schwarz und verlassen. Dann kam die Amtsstube des Sheriffs in Sicht. Grau-weiß. Sie fanden Harmon über seinen Schreibtisch gebeugt. Bill Oaker stand hinter ihm und gähnte, er machte sich nicht einmal die Mühe, die Hand vor den Mund zu halten. Er erwiderte Jasons Gruß mit einem Kopfnicken, dann tippte er dem Sheriff auf die Schulter.

»So spät noch auf?« sagte Harmon bissig.

Jason grinste, aber der Sheriff blieb ernst. »Ich bin für die Zeitung hier. Ich mache den Bericht über das Feuer.«

Oaker begann zu lachen. Es klang nicht bösartig. Es war ganz einfach das Anerkenntnis, daß eine ironische Situation entstanden war.

Der Sheriff tippte sich mit dem Bleistift ans Kinn. »Wenn Sie's unbedingt wissen wollen, Steve und Artie sind unterwegs, um das Tatfahrzeug aufzuspüren. Die sind Hals über Kopf geflüchtet, wie's scheint. Sind wohl überrascht worden. Weit können sie ja nicht sein.«

»Sie sind zuversichtlich, daß Sie die Täter packen werden.«

»Zuversicht gehört zu meinem Beruf.«

»Glauben Sie denn nicht, daß die aus dem Tal verschwinden werden?«

Harmon ließ die Frage unbeantwortet.

Oaker gähnte laut und deutlich. »Kann ich jetzt wieder ins Bett gehen, Sheriff?«

»Schlafen kannst du immer noch. Jeden Morgen geht die Sonne auf.«

»Und morgen packen wir uns die Brandstifter«, feixte Oaker. Er wandte sich zu Jason. »Ich und Steve. Wir säen Furcht in die Herzen der Menschen.«

Harmon ließ seine Faust auf die Tischplatte sausen. »Bill!«

Oaker tippte Jason an den Oberarm und verließ den Raum.

Eine Weile lang stand Jason da und trat von einem Bein auf das andere. »Es bleibt ja wohl nur Brandstiftung übrig«, sagte er, als er sicher war, daß der Sheriff von sich aus nicht auspacken würde.

»Wie kommen Sie auf Brandstiftung?«

Jason deutete auf einen Jutesack, der in der Ecke des Zimmers lag. Er war dabeigewesen, als die Beweismittel eingesammelt wurden. Harmon folgte seinem Blick und zuckte die Schultern. »Wo waren Sie eigentlich gestern abend, bevor das Feuer ausbrach?«

»Bei Donna Oldfield.« Er schluckte, als ihm klar wurde, was die Frage bedeutete. »Wir haben zusammen zu Abend gegessen. Dann haben wir uns noch etwas unterhalten. Ich bin zu Fuß nach Hause gegangen. Ich stand auf der Veranda, als ich die Sirene hörte. Und dann kam auch schon Galen, und da sind wir losgefahren.«

Harmon nickte. »Lebt Ihre Mutter noch?«

»Was? Nein. Meine Mutter ist tot.«

»Nicht schön, wie sie die Frau damals im Stich gelassen haben, finde ich. Eine verdammte Schande. Aber die Zeit heilt alle Wunden und so.« Er biß sich auf die Lippen. »Andererseits gibt's natürlich Dinge, die nagen an einem. Wenn Sie wissen, was ich meine.«

»Yeah«, sagte Jason. Er ballte die Faust in der Tasche.

»Ich nehme mal an, Sie hatten mit Michael Wolf keine Rechnung mehr offen, oder?«

»Ich habe mit dem Mann noch nie ein Wort gesprochen, Sheriff.«

Harmon nickte und lehnte sich zurück. Er rubbelte sich die Stirn mit der flachen Hand. Als er die Hand fortnahm, blieb eine rote Stelle zurück.

»Das wird einen ganz schönen Wirbel geben, Clarke.«

Jason wollte etwas fragen, aber dann beschlich ihn die gleiche Angst, die er vorhin, bei der Unterhaltung mit Galen, verspürt hatte.

»Ich komme morgen früh noch mal rein, Sheriff, wenn Sie nichts dagegen haben.«

Harmon sah auf. Er grinste. »Sie sind sehr verschieden von Ihrem Vater, wissen Sie das?«

Jason tippte mit dem Finger an die Augenbraue und verließ das Büro.

14

Perkins sprang von der Ladefläche des Lastwagens und überquerte die Geleise. Im wuchernden Unkraut war ein Fahrrad verborgen.

In der Ferne war der Feueralarm zu hören. Er hatte keine Angst. Sie würden nicht zu ihm kommen. Nicht jetzt. Erst einmal würden sie damit beschäftigt sein, das Haus des Indianers zu löschen. Wenn sie zu ihm fanden, würde er im Bett liegen, den Arm um seine Frau.

Er bestieg das Fahrrad und stemmte sich in die Pedale. Der Schmerz im Bein war wie ein glühendes Messer. Er würde das Bein verbinden, sobald er zu Hause war. Kein Arzt. Irgendwie mußte man dann einen Unfall arrangieren, damit niemand dumme Fragen stellte. Vor allem Gloria nicht. Wenn sie erst einmal Verdacht schöpfte, bekam er kein Bein mehr auf die Erde, das war ihm jetzt schon klar. Wenn sie irgendwas gegen ihn fand, würde sie darauf bestehen, daß er sie verprügelte. Er würde dann derjenige sein, der die Schmerzmittel kaufen mußte, und die Leute würden wieder zu tuscheln beginnen, und dabei konnte dieser verdammte Green mit einem einzigen Federstrich alle Probleme lösen, indem er den Kauf perfekt machte und mit dem Geld rausrückte.

Eine halbe Stunde war vergangen, als er an seiner Ranch ankam. Er lehnte das Fahrrad an den Zaun. Sein Bein war taub. Ich hätte es wissen müssen, dachte er. Es war klar, daß der Indianer eine Schießerei beginnen würde. Ich hätte eine Waffe mitnehmen sollen. Die andern hatten natürlich nichts abbekommen. Nur er.

Es war kalt. Der nächtliche Nebel gab dem Rasen die blaßgraue Farbe eines Fischbauchs. Perkins hatte den größten Teil des Kieswegs hinter sich gebracht, als ihm auffiel, daß die Lichter im Wohnhaus brannten. Irgend jemand hatte einen Sack im Garten liegenlassen.

Riley. Warum bezahlte er diesen Mann, wenn es auf der Ranch aussah wie Sodom und Gomorrha?

Er blieb stehen. Der fleischlose Schädel seiner Frau starrte ihn an. Der Boden war blutig. Der Nebel kroch heran wie eine Ratte, die Futter geschnüffelt hat.

Er sank auf die Knie. Seine Augen brannten. Er übergab sich. Warum ist sie nackt? dachte er. Warum? Er wischte sich den Schweiß von der Stirn, holte Luft, stand auf und torkelte auf das Haus zu. Er hatte nicht mehr den Mut, sich umzudrehen.

Die Haustür stand offen. Schweigen. Im Inneren des Hauses herrschte vollkommene Ruhe. Licht.

Er riß einen Mantel von der Garderobe und rannte hinaus. Eine Weile stand er vor ihr, den Mantel wie die Capa eines Stierkämpfers von sich gestreckt. Er starrte auf ihre aufgeschlitzten Beine. Plötzlich ließ er den Mantel fallen, als hätte der Stoff Feuer gefangen.

Sein Schatten verdeckte ihre Blöße.

Ihm schossen die Tränen in die Augen. »Gloria«, stammelte er. Die Angst, das wußte er, würde erst später kommen. »Gloria?«

Und dann gab es einen zweiten Schatten. Sanft, sacht, gleitend. Instinktiv warf er sich zu Boden. Der Schmerz war verschwunden. Er sah zum Haus hinüber.

Sie wußten es. Irgendwie hatten sie es erfahren. Sie hatten ihm auflauern wollen und waren auf Gloria gestoßen. Jetzt verbargen sie sich im angrenzenden Wald.

Die Stille stieg um ihn hoch. Was er dann hörte, war wie das leise Lachen einer Frau.

Er schüttelte sich.

Schatten. Schnell.

Ihm war, als sei ihm ein Schwinger aufs Kinn versetzt worden. Er wurde auf Glorias reglosen Körper geschleudert. Er lag auf dem Rücken. Etwas saß auf ihm, und das Gewicht hinderte ihn daran, sich zur Seite zu rollen. Er spürte, wie das Gewicht verlagert wurde. Er streckte die Hand aus und sah, wie seine Finger abgeschnitten wurden.

Seine Nase wurde aufgeschlitzt, sein Kinn, seine Stirn. Der Daumen wurde zerfleischt und die Hand.

Seine Schreie waren zu einem hilflosen Wimmern geworden. Als es zu Ende war, verharrte der Schatten, lauschte dem Klang der Sirene, dem Geräusch der Motoren.

Das Wesen schüttelte sich und putzte sein Gefieder. Irgendwann später würde es durch die Nacht gleiten und sich vergewissern, was es mit diesen Geräuschen auf sich hatte. Vielleicht. Vorher würde es sich den Magen füllen. Das Fleisch war noch warm.

Drittes Kapitel

Im Morgengrauen.

Der Sonntag begann mit einer Teufelsaustreibung der Schatten. Die Wolken der Nacht hatten sich verflüchtigt. Die Hänge erstrahlten im Grün. Das Vieh spürte die Sonne.

Noch vor Mittag stieg das Thermometer auf 25 Grad. Die Drohung des Sommers. Nur der Fluß blieb kalt. Kalt wie die Schwingen eines Vogels, die durch einen Stern schneiden.

7.20 h

Simon MacKenzie richtete sich auf und massierte sein Schienbein. Die Wolldecke glitt ihm von den Hüften. Er hatte blutunterlaufene Augen. Er ließ den Blick zur Zimmertür wandern, hinter der er seine Frau wußte. Jetzt erinnerte er sich. Es war spät gewesen. Er hatte in Rachels Zimmer gehen wollen. Bleicher Mond hatte ihn daran gehindert. Als er sie fragte, worin denn das Hindernis bestehe, hatte sie geantwortet, Rachel sei eingeschlafen. Oder sie betete gerade. Sie hatte sich nicht für eine bestimmte Version entscheiden können. Er hatte mit dem Mädchen nicht weiter argumentiert. Wenn Rachel ihn sehen wollte, würde sie nach ihm schikken. »Hast du ihr Pferd geritten?« hatte er das Mädchen gefragt. »Bist du ausgeritten?« Sie hatte ihm mit einem schuldbewußten Nicken geantwortet. Er wußte, daß sie das Pferd ihrer Herrin liebte. Sie ritt gut. Aber bisweilen verlor sie sich in der Wildnis, wenn sie allein ritt. Er hatte ihr bedeutet, daß sie gehen konnte. Dann hatte er sich eine Wolldecke aus seinem Zimmer geholt. Er hatte sich mit dem Rücken an die Wand gelehnt und sich mit der Decke zugedeckt. Er war eingeschlafen und hatte von Feuer geträumt.

Er stand auf und öffnete ihre Tür. Der Duft von Moschus und nahendem Tod schlug ihm entgegen. Sie lag im Bett, mit gefalteten Händen. Ihr Puls ging so schwach, daß er kaum zu fühlen war.

Bleicher Mond trat ein. Sie brachte eine Tasse dampfend heißen Kaffee.

»Sie ist...« Er konnte plötzlich nicht mehr weitersprechen. Bleicher Mond hatte den Raum verlassen, ohne ein Wort zu sagen. Er sah ihr verwundert nach. Dann wandte er den Blick zu seiner Frau.

»Rachel«, flüsterte er. Es war wärmer geworden im Raum. »Rachel, was ist mit dir?«

10.50 h

Mit einem Anflug von Ekel betrachtete Carosa die Männergruppe, die auf dem Rasen vor der Kirche stand. Ihm war klar, um was sich die Gespräche drehten. Um das Feuer und um die Shoshonen. Die Fantasie der Menschen war grenzenlos. In ihrer Vorstellung donnerte eine Hundertschaft von betrunkenen Indianern in voller Kriegsbemalung den Pike entlang, steckte die Häuser in Brand, vergewaltigte die Frauen und entführte die Kinder. Carosa spürte es, die Menschen da drüben hatten Angst. Wenn es je Erfolgschancen für Galens Bürgerversammlung gegeben hatte, so waren sie jetzt vertan. Sie waren vertan, weil irgendein Idiot seinem Haß freien Lauf gelassen hatte. Carosa hatte alles so satt. Und seine Tochter war auch nicht das, was man einen Trost nennen konnte. Heute früh waren sie wieder aneinandergeraten. Sie hatte ihm rundheraus erklärt, sie würde jetzt mit Freunden nach Blairs fahren, und wenn ihm das nicht paßte, dann könnte er sie mal. Einfach so, dann könnte er sie mal. Er war so außer sich, daß er ihr fast eins mit dem Gürtel drübergezogen hätte, aber dann war Mary gekommen und hatte ihn besänftigt. Sie hatte ja recht. Das war bei dem Mädchen nur so eine Phase. Sie mußten Geduld mit ihr haben. Ging es Kurt denn besser mit seiner Tochter Bea?

Und dann war Earl Carson gekommen und hatte gemeint, wie er so dastünde, gegenüber der Kirche und mit Schaum vorm Mund, das gehörte sich aber nun wirklich nicht. »Du kannst mich mal«, hatte Carosa ihm geantwortet.

11.00 h

Esther Lynn verspürte so etwas wie ein Hochgefühl, als sie die Tür zum Redaktionsbüro aufschloß. Es machte ihr nichts aus, daß Sonntag war. Nach den Geschehnissen der vergangenen Nacht würde es Arbeit in der Zeitung geben, und sie war bestrebt, auf Galen einen guten Eindruck zu machen.

11.05 h

Pfarrer Thornton ging zwischen den Bänken entlang und ordnete die Gesangbücher. Er war zuversichtlich, daß seine Predigt an die Herzen der Menschen gerührt hatte. Mäßigung war das Gebot der Stunde. Die Gemeinde hatte dann ein Gebet für die Gesundung der Familie Wolf gesprochen. Pfarrer Thornton fand ärgerlich, daß er nicht mehr Interesse für den Verbleib seines Sohnes Greg aufzubringen vermochte. Er war vor dem Altar angekommen und sah zum Kruzifix auf. Im Namen des Vaters und des Sohnes. Greg war ein Sargnagel.

11.30 h

Er hatte die Hunde vor die Tür gelassen. Er betrachtete sich im Badezimmerspiegel. Er hatte eine Dusche genommen, aber der Geruch nach verkohltem Holz blieb im Haar, und immer noch sah Jason Wolfs Schwiegermutter vor sich, wie sie im Wohnzimmer stand und sang.

Er ging ins Schlafzimmer zurück und zog sich an. Die Dinge in Windriver waren in Bewegung geraten, daran gab es keinen Zweifel. Es standen jetzt ein paar Fragen im Raum, auf die sehr schnell Antworten gefunden werden mußten. Er, Jason Clarke, würde mit von der Partie sein, wenn diese Dinge geklärt wurden. Niemand konnte ihn da mehr rausboxen.

Er schmunzelte. Als das Bild des Motorboots und der Frau zurückkehrte, vertrieb er es mit einem Pfeifen, das die Geister von den Gräbern vertrieben hätte.

Er ging in die Küche und war enttäuscht, als er Galen nicht antraf. War der vielleicht in die Kirche gegangen? Gebrauchtes Frühstücksgeschirr war keines zu sehen. Die Stühle standen ordentlich am Tisch. Die Milchflasche im Kühlschrank war nicht geöffnet worden. Er warf einen Blick auf die Uhr, dann rannte er in Galens Schlafzimmer.

Sein Vetter lag im Bett. Die cremefarbenen Vorhänge waren noch zugezogen. Galens Lippen zitterten. Er streckte gerade die Hand nach einer Plastikflasche aus, die auf dem Nachttisch stand.

Jason ergriff das Fläschchen. Er entzifferte die Aufschrift. Er entkorkte das Fläschchen und schüttete eine der Kapseln in die hohle Hand des Zeitungsherausgebers. Der steckte die Kapsel in den Mund und schluckte sie herunter.

»Nitroglyzerin fürs Herz, hab' ich recht?« fragte Jason.
»Schüttle mich mal, dann explodier' ich«, sagte Galen.
»Alles unter Kontrolle?«
»Mir geht's ganz gut, danke. Bin natürlich nicht unsterblich, wenn du das meinst.«
»Bist du sicher?«
Galen kniff die Augen zusammen.
»Du bist gestern noch lange aufgeblieben«, sagte Jason mit sanftem Vorwurf.
»Ich wollte sicher sein, daß ich nichts vergesse. Man kann sich auf sein Gedächtnis nicht verlassen, weißt du?«
»Alte Volksweisheit aus Wyoming?«
Galen zuckte die Achseln.
»Schlaf noch 'ne Runde«, sagte Jason. Noch bevor er an der Zimmertür angelangt war, hatte Galen die Augen geschlossen. Leise ging er hinaus. Er tastete nach dem Kugelschreiber, den er in seine Jackentasche gesteckt hatte, und nach dem Notizblock, den er auf einem Tischchen im Wohnzimmer gefunden hatte. Ein Gefühl wie in alten Zeiten. Ein gutes Gefühl.
Dann kam die Angst.
Nein, dachte er. Nicht so schnell.
Wieder tastete er nach dem Kugelschreiber, den er zum Talisman ernannt hatte. Er ging hinaus und sah, wie Daniel Tallpines in Begleitung von zwei weiteren Indianern aus einem schneeweißen Continental ausstieg. Die drei verschwanden im Büro des Sheriffs. Jason beschleunigte seinen Schritt. Ihm fiel auf, daß heute ungewöhnlich viel Leute unterwegs waren.
Ein paarmal wurde er gegrüßt. Am liebsten hätte er den nächstbesten Passanten angehalten, ihn gefragt, was heute eigentlich los war. Aber das ging wohl nicht. Wenn ein Reporter nicht wußte, was los war, wer denn dann?
Nachdem er eine Weile vor Regans Drugstore hin und her geschlendert war, richtete er seine Schritte voller Entschlossenheit zum Büro des Sheriffs.
Jake Harmon saß hinter seinem Schreibtisch, die Indianer standen vor ihm. Ellies Schreibtisch war verwaist, von den jüngeren Polizeibeamten war keiner zu sehen. Jason murmelte einen Gruß, der nur von Harmon erwidert wurde.
»Wir sind erstaunt, daß Sie hier in der Amtsstube rumsitzen, Jake«, sagte Tallpines in die Stille hinein.
Harmon schob seinen Stuhl zurück, ohne aufzustehen. »Sie

wundern sich umsonst. Ich kann nicht zugleich an zehn Stellen sein.«

Der größte der drei Indianer, ein grauhaariger Mann in einem cremefarbenen Maßanzug, versenkte seine Daumen in den Westentaschen. »Ich hätte mir vorgestellt, daß Sie unterwegs sind, daß Sie was unternehmen, Sheriff.«

»Walter«, sagte Harmon, »Walter. Mein Schwiegersohn hat sich gerade erst ins Bett gelegt, nachdem er die ganze Nacht nach dem Kleinlieferwagen gesucht hat. Jetzt ist Steve unterwegs, mit dem gleichen Auftrag. Artie hab' ich nach Blairs geschickt, der wird Michael vernehmen. Mr. Wolf hat das Bewußtsein wiedererlangt. Ich habe vorhin einen Anruf bekommen, demnach glaubt Mr. Wolf, daß er zumindest einen der Täter identifizieren kann. Aber das wissen Sie sicher schon alles.«

»Und wieso?« fragte Tallpines knapp.

Harmon sah ihn ärgerlich an. »Weil ich genau weiß, daß Sie die ganze Nacht lang jemand bei der Familie Wolf gehabt haben, der Ihnen Bericht erstattet!«

Walter Gregory hob beschwichtigend die Hände. »Nun, nun, Jake. Sie brauchen sich deshalb doch nicht so aufzuregen. Wir sind hier doch alle Freunde.«

Harmon musterte ihn mit unverhohlenem Widerwillen. »Wenn das so ist, dann wäre ich Ihnen dankbar, wenn Sie sich Ihren eigenen Geschäften widmen und mich meinen Job tun lassen.«

»Wir wollten uns nur überzeugen, daß die Sache nicht unter den Teppich gekehrt wird«, sagte Tallpines bitter.

Der Sheriff war aufgestanden. Seine Augen wurden zu Schlitzen. »Und was bringt Sie zu der Vermutung, daß ich die Dinge unter den Teppich kehren würde?«

Der Rechtsanwalt räusperte sich. »Franklin, ich glaube, es ist besser, wenn Daniel jetzt den Mund hält.«

Daniel Tallpines machte ein zorniges Gesicht. Franklin Gregory war neben ihn getreten. Für Jason war offensichtlich, daß der Bruder des Rechtsanwalts jedes weitere Wort verhindern würde, das Daniel sagen wollte, und wenn er ihn an den Haaren aus der Amtsstube schleifen mußte.

Gregory sah in die Runde. »Nun, Jake, wenn wir jetzt...«

»Scheiße!« fiel ihm Harmon ins Wort. »Für Sie ist hier nichts drin, aber auch gar nichts. Ich ziehe an allen Fäden, die notwendig sind. Im Augenblick interessiert mich am meisten, ob Michael einen der Täter identifizieren kann.«

»Er wird behaupten, er hätte Titus Arnold, den Zimmermann, wiedererkannt.«

»Ich weiß«, sagte Harmon.

»Warum knöpfen Sie sich den Mann nicht vor, wenn Sie's wissen?«

»Erst mal bin ich nicht sicher, ob er's war, und zweitens geh' ich da nicht alleine hin. Ich fühl' mich drittens viel wohler, wenn ich eine beschworene Zeugenaussage in der Hand habe.«

»Weil er ein Weißer ist, stimmt's?« Gregory sagte es mit betonter Beiläufigkeit.

»Unsinn.«

»Etwa, weil Sie Angst haben, daß er eine Rauferei anfängt?«

Jake Harmon nickte. »Sie kennen doch Earl Carson, nicht? Dann wissen Sie auch, daß der Mann keinen Haftbefehl unterzeichnen wird, solange die Beweissituation nicht ganz klar ist. Das kommt davon, wenn man einen Richter wählt, der die Hälfte der Zeit mit Kleidern handelt.«

»Da mögen Sie recht haben, Jake.«

Der Sheriff nickte. Unvermittelt wandte er sich zu Jason. »Jason, kein Wort über das, was Sie hier gehört haben! Ist das verstanden?« Jason gefiel sich in der Pantomime, wie er einen Reißverschluß, der quer über seine Lippen lief, zuzog. Keiner der Männer schmunzelte. »Und dann können Sie Galen auch gleich sagen, er soll seine Finger von der verdammten Schreibmaschine lassen, bis wir hier klarsehen.«

»Mach' ich«, sagte Jason und stand auf. »Aber würden Sie mir bitte sagen, warum Sie Arnold nicht zumindest unter Beobachtung stellen?«

»Weil er gar nicht weiß, daß Wolf ihn erkannt hat. Und selbst wenn er's wüßte, er würde hierbleiben. Arnold ist ein Heißblut, aber er ist nicht dumm.«

»Und wenn er die andern warnt?«

»Was würde das denn nützen?« schaltete sich Gregory ein. »Meinen Sie, damit die sich ein Alibi zurechtlegen? Die haben längst eins, darauf können Sie Gift nehmen.«

»Demnach wird er ja nicht sehr lang im Gefängnis sitzen. Jedenfalls nicht, wenn er einen guten Anwalt hat, Mr....«

»Gregory. Walter Gregory.«

»Freut mich, Sie kennenzulernen. Mein Name ist Jason Clarke. Ich hoffe, Sie sind mir nicht böse wegen dem, was ich da gerade sagte.«

»Keineswegs. Sie haben ja recht. Arnold kommt frei, sobald Carson die Kaution festgesetzt hat. Ich vermute, er wird sich von Green verteidigen lassen. Ich schätze, fünf Minuten, nachdem Arnold hier eingeliefert wird, steht Green hier mit allen notwendigen Papieren, um ihn wieder freizubekommen.«

Von draußen drang Stimmengewirr herein. Jason sah ein halbes Dutzend Männer, die auf dem Bürgersteig standen. Ein unglaublich dünner alter Mann redete auf sie ein.

»O Gott!« sagte Gregory.

»Was ist denn?« fragte Jake Harmon.

»Nun ja«, sagte der Rechtsanwalt zögernd. »Wir sind vorher schon bei Green gewesen, ich vergaß das zu sagen.«

Harmon starrte durch das Fenster. Er ließ sich in seinen Sessel fallen. »Großartig. Whitcomb hat verkauft.«

»Ganz recht.«

»Lausiges Timing, Walter. Das hätten Sie auch ein paar Tage aufschieben können, oder?«

»Ich hatte keine Wahl, so glauben Sie mir doch, Jake. Whitcomb hat gesagt, heute oder gar nicht. Mein Klient war dann einverstanden, trotz der... Widrigkeiten, die sich ergeben haben.«

Harmon seufzte. »Man kann's wohl nicht mehr rückgängig machen. Schlimm.«

»Mr. Gregory«, sagte Jason da, »gestatten Sie eine Frage? Wo ich herkomme, aus den Oststaaten, da herrscht die Meinung vor, die Indianer in den Reservaten kommen vor Hunger kaum in den Schlaf. Wie kommt's, daß die Indianer hier über Geld verfügen, um so große Parzellen Land zu erwerben?«

»Im vorliegenden Fall handelt es sich um eine kleine Fläche Ödland, Mr. Clarke.«

»Vor uns steht Daniel, Mr. Gregory, und er besitzt mehr als eine kleine Fläche Ödland.«

Er wußte, daß er keine Antwort auf seine Frage bekommen würde, aber das war ihm egal. Er war bereits zu einer Schlußfolgerung gelangt. Um seine Vermutung zu belegen, würde er nur zwei Telefonanrufe machen müssen. Wenn er über die Bestätigung verfügte, brauchte er Simon nur noch nach dem Motiv zu fragen. Worauf er, dies war eine eher finstere Aussicht, von den Beteiligten alsbald mit Blei vollgepumpt werden würde.

»Jason«, sagte der Sheriff mit mildem Hohn, »sind Sie jetzt durch mit Ihren Fragen?«

Jason nickte. Er verließ die Amtsstube des Sheriffs und begab sich ins Redaktionsbüro. Esther saß an ihrem Schreibtisch. Erstaunlich, dachte er. Erstaunlich. Er zog die Tür hinter sich zu. Er ging zu ihr und gab ihr Galens handschriftliche Aufzeichnungen. »Mr. Marsh wäre Ihnen dankbar, wenn Sie das in lesbare Form übertragen. Er hat sich letzte Nacht das Feuer angesehen, ich war dabei.«

»Wie geht's ihm denn so?« kam ihre Frage. »Nimmt er seine Kapseln?«

»Ja«, sagte er.

Sie gab ihrem Drehstuhl einen Stoß und schwang herum. »Eins hab' ich gelernt in den Jahren. Es ist ganz wichtig, daß er sich nicht aufregt. Sagen Sie ihm, ich erledige das schon, er soll sich keine Sorgen machen.«

Jason lächelte ihr zu. »Ich wußte gar nicht, daß Ihnen Galen so am Herzen liegt, Esther.«

Sie zog einen Schmollmund. »Wir kennen uns nicht lang genug, Mr. Clarke, daß Sie so mit mir reden könnten.«

Er lachte, warf ihr eine Kußhand zu und ging durch in Galens Raum. Er ließ sich am Schreibtisch nieder und wartete, bis nebenan die Schreibmaschine zu klappern begann. Dann lehnte er sich zurück und massierte sein Gesicht. Möglich, daß einige Menschen in Windriver der Ansicht waren, die Brandstiftung könnte, durch den Schock, den so etwas verursachte, das Ende der Konflikte bewirken. Diese Menschen täuschten sich. Jetzt würden sich die Dinge erst richtig zuspitzen. Plötzlich verspürte er das Bedürfnis, Donna anzurufen. Er wählte. Sie antwortete nicht. Er wählte die Nummer von Doc Vance. Donna sei dagewesen, sagte man ihm. Jetzt sei sie auf einer Ranch. Ein paar Pferde mußten behandelt werden.

»Gleich ein paar? Was ist denn passiert?«

»Keine Ahnung. Jemand hat angerufen. Er hat gesagt, bei ihm auf der Ranch spukt's.«

Er legte auf. Esther Lynn war eingetreten. Sie hielt ihre Brille an die Brust gedrückt. »Entschuldigen Sie die Störung. Jemand möchte Sie sprechen.« Sie trat zur Seite und ließ Daniel Tallpines passieren.

Jason bedankte sich bei ihr mit einem Lächeln. Dann stand er auf und gab dem Indianer die Hand. »Was liegt an?«

»Ich bin gekommen, um mich zu entschuldigen«, sagte Daniel. »Ich war sehr aufgeregt vorhin.«

»Volles Verständnis«, sagte Jason. »Ich glaube aber trotzdem, daß man den Sheriff machen lassen sollte. Er weiß schon, was er tut.«

»Das meine ich nicht.«

Nebenan begann Esther Lynn ihre Schreibmaschine zu bearbeiten. Eine Fliege flog mit voller Wucht gegen die Scheibe.

»Jason«, sagte Daniel. »Ich weiß, daß Sie nicht so fühlen wie mein Volk. Aber trotzdem sind Sie einer der wenigen, die in dieser Situation noch durchschauen.«

Jason spürte, wie ihn eine undefinierbare Angst beschlich.

»Ich möchte mit Ihnen reden, Jason.«

»Ich höre.«

»Nicht jetzt.« Er deutete nach draußen, wo die Männer standen, und legte seine Finger an die Lippen. »Es wird nicht leicht sein, das weiß ich, aber wir müssen miteinander sprechen. Sie und ich, vielleicht noch Galen. Ich schlage vor, heute abend.«

»Bei Ihnen?«

Daniel schüttelte lebhaft den Kopf. »Nein, bei Ihnen.« Er sah ihn fragend an. Jason nickte. »Also gut. Bis heute abend.«

Bevor Jason vom Schreibtisch aufstehen konnte, hatte er den Raum verlassen. Er hatte noch keinen neuen Gedanken gefaßt, als das Telefon läutete. Ted Waters war dran. Ob Jason eine Viertelstunde Zeit für ihn übrig hätte.

»Wirklich nur eine Viertelstunde«, sagte Waters. »Ich meine, wir sollten miteinander reden.«

13.15 h

Jake Harmon rang die Hände. »Verdammt noch mal, dann sprechen Sie doch selbst mit Artie.«

Er drückte Earl Carson den Hörer in die Hand und stand dabei, wie der Richter mit dem Polizisten telefonierte. Nach einer Weile legte Carson auf.

»Es geht los, Jake«, sagte er.

»Yeah. Dann wollen wir's mal hinter uns bringen.«

»Ich muß erst noch zum Gericht. Die Formulare sind dort.«

»Nichts dagegen«, sagte Harmon. »Aber sehen Sie zu, daß Sie's fertig kriegen. Titus wird nicht ewig warten, wissen Sie.«

Carson tastete nach seiner Jacke, aber im letzten Augenblick überlegte er es sich anders. Jake Harmon klopfte ihm beruhigend auf die Schulter. Es war wichtig, daß der Richter jetzt keine kalten Füße bekam.

Jason blieb am Randstein stehen. Er war plötzlich nicht mehr sicher, ob er die Straße überqueren sollte. Er stand da und wartete, den Daumen in den Gürtel geschoben. Die Wagen, die vorbeifuhren, waren in Richtung Westen unterwegs. Die Bürgersteige waren verlassen. Die Menschengruppen, die dort am Vormittag zu sehen gewesen waren, hatten sich aufgelöst. Es gab keinen weißen Ford Continental mehr und auch keinen Tallpines, wie Jason mit einem Blick zur Werkstatt hinüber feststellte.

Na ja, Partner, dachte er, überquerte die Straße und machte sich auf den Weg zu Waters. Das Geschäft war vorne, hinten befand sich eine Art Scheune, wo landwirtschaftliches Zubehör verkauft wurde. Vor dem rückwärtigen Gebäude stand ein gelber Traktor in der Sonne. An der Schneeschaufel war ein Schild ›Zu verkaufen‹ befestigt. Er ging um den gelben Koloß herum. Als er den Kreis vollendet hatte, stand Waters vor ihm. »Der war eigentlich für Kelly bestimmt«, sagte er.

Jason schwieg.

»Der hat Kasse gemacht, der Idiot. Hat verkauft. Jetzt hab' ich die Kiste am Hals, und Kelly trinkt sich zu Tode.« Waters trug einen zerschlissenen Overall aus Jeansstoff. Sein Muttermal war schwarz. »Ich hab' ja nichts über für Trinker, müssen Sie wissen. Mein Vater sagte immer, wer trinkt, hat 'nen schlechten Charakter.«

Jason dachte nicht daran, nach dem Köder zu packen. Er hatte bemerkt, daß sich im Inneren des Lagerschuppens fünf oder sechs Personen verbargen. »Sie wollten mich sprechen, Mr. Waters?«

»Ich hab' gehört, es gibt eine Bürgerversammlung. Da wird dann ganz schön über mich hergezogen werden.«

»Sie haben eine Einladung bekommen, genau wie alle andern. Sie können teilnehmen und Ihren Standpunkt vortragen.«

Waters verlagerte sein Gewicht auf den linken Fuß. »Das wird doch nur ein großes Palaver.«

»Schadet aber nichts, wenn Sie dabei sind.«

»Schadet nichts, nützt auch nichts.«

Jason erklärte Waters, daß er Verständnis für seinen Groll gegen die Indianer hatte, soweit sich dieser Groll auf die Umsatzeinbuße gründete. »Aber man kann natürlich niemanden zwingen, etwas zu kaufen, wofür er gar keine Verwendung hat.«

»Ihre Lebensmittel kaufen die auch nicht bei mir.«

»Es kaufen so oder so nicht viele Leute bei Ihnen«, sagte Jason. Er war bemüht, seiner Stimme einen leidenschaftslosen Tonfall zu geben. »Sehen Sie, ich verstehe Ihr Problem ganz gut, aber ich sehe nicht, wie ich Ihnen dabei helfen könnte.«

»Sie könnten zum Beispiel einen Artikel im *Windriver Banner* schreiben«, sagte Waters. »Sie könnten den Leuten sagen, daß wir unsere Werte verteidigen müssen, etwas in der Art. Das wäre hilfreicher als der Schmonzes über die Rechte der Indianer.«

Jason gab sich hilflos. »Die Zeitung gehört nicht mir, Mr. Waters. Galen gibt die Richtung vor, er trifft die Entscheidungen.« Er machte eine Pause. »Außerdem bin ich neu in Windriver. Die Leute geben nicht viel auf meine Meinung.«

Waters spuckte im hohen Bogen aus. »Es heißt, Sie mögen Windriver, Clarke. Das ist doch so, oder?«

»So ist es. Ich mag den Ort.«

»Aber Sie wollen nichts tun, um den Leuten hier aus der Patsche zu helfen.«

Jason sah zum Himmel. Er wunderte sich über sich selbst. Früher war er nicht so geduldig gewesen. »Doch«, sagte er. »Ich versuch's. Auf meine Weise.«

»Sie versuchen es, wie? Aber geschrieben haben Sie noch gar nichts darüber.«

»Ich bin eben ein zurückhaltender Mensch, Waters. Ich schreibe nichts, ich brenne keine fremden Scheunen nieder, ich verstümmle keine Rinder, ich überfalle auch keine Menschen, und ich zünde auch keiner Indianerfamilie das Haus über dem Kopf an. Sehen Sie, warum kommen Sie nicht einfach zu der Bürgerversammlung? Sie haben doch nichts zu verlieren, Waters.«

»Dieser Scheißkerl«, sagte eine Stimme im Lagerschuppen. »Ich hab's gewußt, Ted. Verdammt noch mal, ich hab's gewußt.«

»Du hast *was* gewußt?« fragte Jason in das Halbdunkel hinein.

Titus Arnold trat ins Licht. Er war ungekämmt. An der rechten Augenbraue war er verletzt. »Ich hab' gewußt, daß du auch nicht besser bist als dein Vater.«

Hinter den Kisten und Vorräten war ein Husten zu vernehmen.

»Schaut ihn euch doch an«, sagte Arnold. Er wirbelte herum. »Hirschaugen. Ich sage nur: Hirschaugen. Gebt ihm 'ne Flasche Schnaps, und er wird zum bösartigen Tiger.«

Jason trat drei Schritte vor. Als Arnold sich umdrehte, landete Jason einen kräftigen Schwinger in seinem Magen. Arnold ging zu Boden. Er saß da und schnappte nach Luft. Er schien überrascht. Jason kniete sich zu ihm. »Ich verfluche dich, Arnold«, flüsterte er. »Dich und das Pferd, auf dem du gekommen bist.« Er richtete sich auf, überquerte den Vorhof und lehnte sich an den Traktor. Waters betrachtete ihn von der Seite. Er schien verlegen.

»Ted«, sagte eine Stimme in der Scheune, »das ist Zeitverschwendung.«

»Der Mann hat recht«, sagte Jason. Er würdigte Arnold keines Blickes. »Und was meine Ähnlichkeit zu meinem Vater angeht, darauf bin ich stolz. Mein Vater hat jedenfalls nie versucht, eine alte Squaw und hilflose Kinder umzubringen.«

»Der Squaw ist doch gar nichts passiert«, protestierte Arnold.

»Auch das noch«, knurrte Waters. Er hieb mit der Faust auf einen Mehlsack.

Füßescharren war zu hören, und dann kamen vier Männer aus der Scheune. Sie gingen vorbei, ohne Jason anzusehen, und verschwanden um die Ecke. Jason kannte keinen der vier. Er sah, wie Arnold, der sich aufgerappelt hatte, zu Waters trat.

»Verdammt, Ted, was hab' ich denn gesagt? Gar nichts hab' ich gesagt. Ich hab' doch nur gemacht, was...«

»Halt die Schnauze, Titus«, sagte Waters. Er klang müde.

»Ich hab' wirklich nur gemacht, was ihr mir gesagt habt. Das ist alles.«

»Ich hab' dir gesagt, du sollst deinen Rand halten!«

Jason mußte lächeln. Die vier Männer kehrten über den Hof zurück. Nicht gerade mit erhobenen Händen, aber ihr Gesichtsausdruck sprach Bände. Ihnen folgte der Sheriff und Bill Oaker. Oaker trug eine Schrotflinte. Jake Harmon ging auf Waters zu. Vor ihm angekommen, schob er sich den Hut in den Nacken. Jason sah, daß er seinen Patronengurt angelegt hatte. Der Revolver hing lose und griffbereit im Halfter.

Waters zuckte mit den Schultern.

Jake Harmon wandte sich zu dem Zimmermann. »Titus«, sagte er, »du bist wirklich ein Jammerlappen.«

Arnold riß die Arme hoch und stapfte ins Freie. Oaker sah die vier Männer an und hob das Kinn. Die vier gesellten sich zu Titus. Sie wurden abgeführt, Oaker folgte ihnen mit der Flinte in der Rechten.

»Sehr schön«, bemerkte Jason. Der Sheriff war zu ihm getreten.

»Ich könnt' mir was Schöneres vorstellen«, sagte Harmon. »Ich kenne Titus von klein an, aber ich sehe, ich kannte ihn nicht richtig.« Er schüttelte den Kopf. »Gehen wir.« Sie erreichten den Pike, als Oaker die fünf Festgenommenen ins Büro des Sheriffs bugsierte. Auf der Straße hatte sich eine kleine Menschenmenge angesammelt. Die Leute blieben stehen, auch als Oaker drinnen die Blenden zuzog.

»Das war's«, knurrte Harmon. Sie standen in einiger Entfernung von den Neugierigen.

»Sharon sagt, es waren mehr.«

»Das weiß ich«, sagte Harmon. »Es fehlen vier Mann. Und wissen Sie, was ich glaube?« Er sah ihn wütend an. Die Wut verflog, als sei ein Hebel umgelegt worden. »Na ja, es kommt ja nicht drauf an, was ich glaube. Ich hab' meinen Job zu machen, das ist alles. Scheiße. Wir hätten etwas schneller sein müssen.« Er wandte sich zum Gehen. Plötzlich kam er zurück. »Jase, würden Sie mir einen Gefallen tun?«

»Jeden, Sheriff.«

»Wenn Sie über die Sache in der Zeitung schreiben, erwähnen Sie bitte nicht, daß wir noch immer nicht die Männer haben, die für den Überfall auf Mitch Regan verantwortlich sind.«

Jason hob die Hand zum Gruß, aber der Alte war schon fort. Er sah ihm nach, wie er knurrend, mit der Hand auf dem Revolverknauf, die Straße überquerte. Großartig, dachte Jason. Die Pleite des Jahrhunderts. Ob ich Donna jetzt noch mal anrufe? Er beschloß, den Anruf auf später zu verschieben. Er ging ins Redaktionsbüro und begann den Bericht zu schreiben. Zweimal war er soweit, daß die Reportage in einen Leitartikel abglitt. Er zerriß das Manuskript und begann von neuem. Als er fast fertig war, sah er auf und schnüffelte. Der Raum schien sich verändert zu haben. Erst nach einer Weile erinnerte er sich, daß er sich in den Räumlichkeiten des *Windriver Banner* befand.

Als er fertig war, entdeckte er Fehler. Er stopfte das Manuskript in den Papierkorb. In der neuen Version verzichtete er auf alle Ableitungen und Ausdeutungen.

15.00 h

Rachel hörte, wie Simon ihr etwas zuflüsterte, aber es gelang ihr nicht, den Sinn der Worte zu erfassen. Sie verstand, daß er Angst hatte. Sie verstand, daß keine Zeit mehr zu verlieren war. Sie war nahe daran, ihm zu gestehen, was sie getan hatte.

Aber die Versuchung ging vorüber.

Sie betete, daß der Nestling ihn verschonen möge.

Jason legte Esther seinen fertigen Artikel auf den Schreibtisch. Er wußte, daß Esther den Artikel Montag früh in Satz geben würde, zur Druckerei in Blairs. Er bat sie, die Story noch Korrektur zu lesen. »Ich weiß nicht, wie Galen die Berichte gern hat. Sie schon.«

Sie schüttelte in komischer Verzweiflung den Kopf.

»Und dann wollte ich Sie noch um einen Gefallen bitten«, sagte er. »Ich habe freie Stellen gelassen, wo man die Namen der Männer einsetzen müßte, die Harmon heute hinter Schloß und Riegel gebracht hat. Außerdem ist da die Sache mit Green. Der wird wahrscheinlich versuchen, sie auf Kaution freizubekommen. Ich... ich gehe dann, ich habe noch zu tun.«

Esther Lynn hatte ihre Brille abgesetzt. »Bedeutet das, ich soll da hinfahren?«

Er konterte mit einem scheuen Lächeln. »Ja.«

»So was hab' ich aber noch nie gemacht.«

»Galen kann's schließlich nicht selbst machen, dazu hat er im Augenblick zuviel am Hals. Sie haben mir selbst gesagt, daß er keine Aufregung vertragen kann.«

»Na ja«, sagte sie zögernd, »Ich könnt's ja versuchen. Es ist schließlich nicht so, als ob ich nur meine Spalte schreiben könnte.«

»Eben.«

Er verließ das Büro. Vor der Amtsstube des Sheriffs hatte sich die Menschenmenge zerstreut. Der Wagen des Rechtsanwalts stand wieder am Bordstein. Wahrscheinlich sitzt Green drin, dachte Jason. Es wäre ganz einfach gewesen, hinzugehen und den Anwalt um die Namen zu bitten. Das hätte er eigentlich tun sollen. Er tat es nicht.

Er wollte gerade die Straße überqueren, als sich eine Hand auf seine Schulter legte.

»He, Cowboy.«

Sie trug ein gewürfeltes Hemd. Sie musterte ihn besorgt.

»Ist alles in Ordnung, Jason?« Sie deutete zur Amtsstube des Sheriffs. »Ich weiß, was los ist. Hör mal, es wäre besser gewesen, du...«

Er packte sie am Arm. Sie überquerten die Straße. »Was ich jetzt brauche, ist frische Luft«, sagte er. »Stell mir jetzt bitte keine Fragen. Bring mich einfach irgendwo hin, wo frische Luft ist.«

»Egal wo?«

»Ja. Kannst du reiten?«

»Ja. Und du? Bist du schon geritten, seit du hier bist?«

Er schüttelte den Kopf. Sie schlug die Richtung zum Schmied ein. Zwanzig Minuten später saß Jason auf einem Pferd. Sie begleitete ihn.

Sie hatten die Geleise überquert. Eine Brise ging, sie überdeckte die Erinnerung an das Motorengeräusch von Lastwagen, an Schüsse, Radios und automatische Waschmaschinen.

Zu Beginn des gemeinsamen Ritts hatte sich Jason recht einsilbig gegeben. Eine melancholische Stimmung überkam ihn. In den Oststaaten war er sich wie Sand im Getriebe vorgekommen. In Windriver gab es die Größe, den Raum, die Dimensionen. Er hatte sich dem nicht verschlossen, aber so richtig verstanden hatte er es noch nicht.

»Jason, ist dir nicht gut?«

»Doch, doch.«

»Das ist sicher nicht sehr schön für dich gewesen.«

Erst nach einer Sekunde des Nachdenkens wußte er, was sie meinte. Er erzählte ihr, was er in der vergangenen Nacht gesehen hatte, was sich am Vormittag ereignet hatte.

Sie waren an einem Flußufer angekommmen. Sie stiegen ab und ließen die Pferde trinken.

»Ist das alles, was du mir zu erzählen hast, Jason?«

Er wußte, jetzt war *er* dran. Er schilderte ihr die nackte Frau, die geflügelten Schlangen und das Haus, das er in ein Gefängnis verwandelt hatte. Dann lagen sie nebeneinander, mit geschlossenen Augen. Das Verlangen war da, aber da war auch die Erinnerung an den Mann, der Donna vergewaltigt hatte. Jason war zum Weinen zumute. Er zog sie an sich. Er sprach zu ihr im Flüsterton, sie nickte. Aber er sah, daß sie zitterte.

Sie lag auf den Knien, als er sie küßte.

Sie liebten sich. Es war nicht perfekt, aber es vertrieb die Angst.

Die Sonne stand im Westen. Donna hatte bemerkt, daß er sie beobachtete. Sie wandte sich ab. Der Fluß war so flach, daß die Überquerung keine Schwierigkeiten bereitete. Sie ritten durch die Stromschnellen. Sie erkundigte sich, an welcher Krankheit er gelitten hatte.

»Eine Wachstumsstörung«, sagte er. Er richtete sich im Sattel auf. Nur der Kramer's Mountain war zu sehen. »Die Muskeln tun dann nicht mehr, was sie eigentlich tun sollten. Mein Vater hat mich damals von allen möglichen Ärzten behandeln lassen. Es lief dann alles darauf hinaus, daß man abwarten mußte.« Er berührte ihren Ellbogen. »Meine Eltern waren beide größer als ich. Ich hab' dann Gewichtheben praktiziert und so was. Wenn ich schon nicht groß sein konnte, dann wollte ich wenigstens stark sein.«

»Und bist du stark?«

Er lachte. »Ich bin noch nie in die Verlegenheit gekommen, das unter Beweis zu stellen. Weil ich mich immer rausgehalten habe.«

Sie dachte nach. »Was mich angeht, ich hab' von Anfang an Tierärztin werden wollen. Wie war das bei dir? Wolltest du schon als kleiner Junge Reporter werden?«

»Yeah«, sagte er. Er brauchte gar nicht nachzudenken, um ihr zu antworten. »Yeah.« Er wischte sich die Stirn mit dem Ärmel ab. »Bist du zwischendurch mal im Osten gewesen? Daheim?«

»Nein.« Sie war rot geworden.

Sie ritten hundert Meter weiter, dann hielt Jason sein Pferd an. Er stellte sich in den Steigbügeln auf. »Guter Gott«, sagte er, »hier sind wir ja wirklich am Ende der Welt.«

»Unsinn. Wir sind noch gar nicht weit geritten.«

»Erklär das mal meinem Hintern.«

Sie lachte so laut, daß die Pferde in Galopp fielen. Wenig später erreichten sie die Perkins-Ranch. Das Gatter war offen. Jasons Blick fiel auf die Vögel, die im Rasen hockten. Donna sagte etwas, aber er konnte sie nicht verstehen. Er gab seinem Pferd die Sporen und ritt näher heran. Er war auf dreißig Meter an die Vögel herangekommen, als das Pferd scheute. Ein ekelerregender Gestank wehte herüber.

»Jason!«

Donna kam neben ihn.

»Warte mal«, sagte er.

Er glitt aus dem Sattel. Die Vögel waren groß. Ihr Gefieder war grau und schwarz. Der zerfleischte Leichnam eines Menschen war zu erkennen. Die Krähen schwangen sich in die Luft, als Jason näher kam. Die Bussarde blieben auf dem Leichnam hocken. Sie flogen erst auf, als Jason zu schreien und mit den Armen zu rudern begann.

Er hatte genug gesehen. Er ritt zurück. »Donna«, sagte er, »geh ins Haus und ruf Harmon an. Harmon und Doc Vance.«

Sie musterte ihn schweigend und versuchte einen Blick über seine Schulter zu werfen. Dann galoppierte sie über den Rasen. Vor der Freitreppe angekommen, sprang sie aus dem Sattel. Er sah ihr nach, wie sie die Stufen hochlief.

Die Bussarde waren zurückgekehrt, er sah, wie sie ihre Schnäbel in den blutigen Brustkorb senkten.

Jason versuchte sich einzureden, daß Menschen nicht aus Fleisch bestanden. Wenn Menschen starben, dann sahen sie nicht aus, als seien sie mit tausend Rasiermessern zerschnitten worden. Er stemmte die Arme in die Hüften und sah in den Himmel, bis seine Augen zu tränen begannen. Er hörte nicht, wie Donna zurückkehrte. Sie nahm ihn behutsam am Arm und zog ihn fort. Am Gatter angekommen, schlossen sie sich in die Arme. Es gab nichts zu sagen.

19.50 h

Bleicher Mond war allein. Sie stand auf der Veranda und starrte in den zunehmenden Mond. Sie trug keine Jacke. Ihr Haar war nicht geflochten. Es fiel ihr in dunklen Wellen über die Schulter, die Spitzen berührten ihre Brust. Drinnen im Haus war es still. Simon war immer noch bei Rachel. Seit Sonnenaufgang weilte er bei ihr. Bleicher Mond wäre gern traurig gewesen. Aber das gelang ihr nicht. Was ich getan habe, war wichtig. Das war der einzige Gedanke, den sie denken konnte. Sie war ganz allein nach Windriver geritten, am Fluß entlang. Auf halber Strecke war sie abgestiegen. Sie hatte ihr Pferd angepflockt. Sie legte den Weg bis zum Haus zu Fuß zurück. Das Haus war menschenleer. Bleicher Mond hatte befürchtet, daß jemand sie beobachten würde. Als ihr klar wurde, daß niemand sich im Haus befand, war sie ratlos. Sie hatte nachgedacht. Schließlich hatte sie die Lehre ins Haus getragen. Die Tür war offen. Sie fand den Raum des Gezeichneten, legte das Pergament auf den Tisch und rannte fort. Auf dem Heimweg war sie stolz und voller Angst. Sie wußte, daß sie eine sehr wichtige Aufgabe bewältigt hatte. Was Rachel sagte, hatte sie nicht verstanden. Sie wußte nur, Rachel war wie eine Mutter, man mußte ihr gehorchen. Simon war wie ein Vater, man mußte ihn lieben. Und man mußte ihn beschützen. Väter verstanden nicht immer, was Mütter taten.

Auch Bleicher Mond verstand nicht immer, was Mütter taten. Aber sie gab vor, es zu verstehen. Wenn mir das gelingt, dachte sie, dann bin ich wie Rachel. Ich werde Simon beschützen, und ich werde meinen Ort beschützen. Den Ort, wo die Vorfahren gelebt hatten. Die bösen Menschen würden fortgehen. Sie und Simon würden dafür sorgen.

Der Wind fuhr ihr ins Gesicht, sie erschauderte. Sie sah zum

Mond auf und bemerkte den Schatten, der über die bleiche Scheibe flog. Sie war beunruhigt. Rachel lag noch in ihrem Bett, es konnte also keinen Schatten geben, der über den Mond flog. Und doch hatte sie die Erscheinung wahrgenommen. Sie erstarrte vor Schreck, als der Schatten größer wurde. Ein Schweben. Ein Gleiten. Schwarz auf Schwarz, wie der Geist eines toten Gestirns.

Wisperleise. Schattenschnell.

Ihre Hand tastete nach dem Schnappriegel. Rachel hatte ihr gesagt, daß sie keinen Schmerz verspüren würde. Du bist auserwählt, hatte Rachel gesagt. Das war lange her. Trotzdem konnte Bleicher Mond das Gefühl der Angst nicht abschütteln. Wenn sie auf den Rasen hinausging, würde der Schatten sich auf sie hinabsenken. Es war das erste Mal in ihrem Leben, daß sie so empfand. Sie war ärgerlich über sich selbst. Der Plan war anders. Sie war auserwählt, und die Neue Rasse war unverwundbar. Ob Rachel von dem Schatten wußte? Bleicher Mond zweifelte nicht daran, daß der Schatten am Himmel jeden Menschen auf der Welt töten konnte. Sogar jene Menschen, die ihm mit Liebe im Herzen begegneten.

Wisperleise. Schattenschnell.

Ich muß es Rachel sagen, dachte sie.

21.35 h

Die Sterne über dem Fluß leuchteten in verschwommenem Grau, und der Mond strahlte im Weiß des Todes. Es gab keine Felsen, die den Wasserspiegel durchbrochen hätten. Die Brückenpfeiler waren seit vielen Jahren mit Schlamm überzogen.

Das Brückengeländer ging Jason nur bis zur Hüfte. Er hatte vergeblich versucht einzuschlafen. Und dann hatte er sich entschlossen, einen späten Spaziergang mit den Hunden zu unternehmen. Galen hatte ihm den Vorwurf gemacht, er hätte die Redaktion in ein Leichenschauhaus verwandelt. Ein sehr treffender Vergleich. Jason konnte sich nicht mehr genau erinnern, wie er von der Ranch eigentlich nach Hause gekommen war. Eine Reihe von Autos hatte vor der Ranch gestanden, als er fortging. Ein Krankenwagen. Doc Vance und Harmon waren gekommen. Sie hatten eine Reihe von Fragen gestellt. Dann hatte jemand Jason angeboten, er würde die Pferde nach Windriver zurückführen. Zurück in den Stall.

In Blairs hatten sie den Leichenbeschauer der Polizei aufgesucht, einen gewissen Martin Trumble. Der Leichenbeschauer war Doc Vance bei den Autopsien behilflich gewesen. Und dann waren die beiden ganz fürchterlich aneinander geraten.

Doc Vance hielt die These aufrecht, daß Billy und Gloria heimtükkisch ermordet worden seien. Er vertrat die These mit an Hysterie grenzender Bestimmtheit. Ein Mensch mußte die Tat begangen haben. Wenn die Leichen nach der Tat zerfleischt worden waren, dann durch die Krähen und Bussarde, die man am Tatort angetroffen hatte. Trumble hatte Donna reingerufen. Er und Donna meinten, daß irgend etwas Großes, ein Tier von den Bergen, über Billy und Gloria hergefallen war. Die Vögel, so hatte Doc Vance argumentiert, hätten in so kurzer Zeit gar nicht soviel fressen können. Pumas kamen nicht in Frage. Pumas hätten die Leichen fortgeschleift. Wölfe waren zu klein. Es war dann Donna, die auf den Bären kam. Ein Bär, der in der Winterkälte reichlich Hunger angesammelt hatte, schien das einzige Tier, das noch in Frage kam.

»Jedenfalls war der Täter kein Mensch«, sagte Trumble. Er musterte Doc Vance mit einem feindseligen Blick.

»Ich weiß, ich weiß«, hatte Vance geschrien. »Ein riesengroßes Huhn ist gekommen und hat die beiden zu Tode gepickt.«

Trumble stapfte hinaus. Vance folgte ihm. Er würde sich die Beine vertreten und etwas frische Luft schnappen.

Donna hatte Harmon ihre Meinung gesagt. Auch Jason. Als Vance den Raum verlassen hatte, rieb sich Donna über die müden Augen.

»Jake«, sagte sie, »Doc Vance irrt sich.«

»Er ist kein Jäger«, sagte der Sheriff. »Er hat keine Ahnung. Und Sie sind auch kein Jäger, Sie haben auch keine Ahnung.«

»Immerhin bin ich eine ausgebildete Tierärztin«, gab sie zurück. »Ein Bär wäre gar nicht unwahrscheinlich. Die können schließlich auch Tollwut bekommen.«

Es war dann recht schnell kalt geworden im Raum. Jason hatte zu zittern begonnen.

Harmon machte ein finsteres Gesicht. Er dachte nach. Nach einer Weile schüttelte er den Kopf. »Donna, seit einem Monat haben wir diese geheimnisvollen Überfälle. Wollen Sie behaupten, das Tier ist das gleiche, das die Rinder und die Schafe gerissen hat?«

»Logisch wär's schon.«

»Ein ganzer Monat. Donna! Ein tollwütiges Tier wäre längst tot.«

»Es könnte ja andere Tiere infiziert haben.«

»Glauben Sie das wirklich?«

Sie preßte die Hände in ihren Schoß. »Jedenfalls finde ich das wahrscheinlicher als die These von einem Menschen als Täter. Doc Vance ist ein wunderbarer Mensch, Sheriff, ich schätze ihn sehr, aber von Tieren verstehe ich mehr als er.«

»Mein Gott, Donna, wissen Sie eigentlich, was Sie da sagen?«

Doc Vance war zurückgekommen. Er sei jetzt soweit. Sheriff Harmon wanderte kreuz und quer durch den Raum. Was er knurrte, war nicht zu verstehen. Jason fand Donnas These gar nicht so unvernünftig. Allerdings war es auch möglich, daß sie einen Schock erlitten hatte, daß sie im Augenblick nicht mehr klar denken konnte. Und dann lenkte Doc Vance ein. Der Streit mit Trumble war mit einem Mal vergessen, ebenso wie der unausgesprochene Vorwurf, daß Donna ihn, Vance, verraten hätte. Er gab ihr eine Kapsel Phenobarbitol, die beiden nahmen im Fond des Streifenwagens Platz. Jetzt war es Donna, die Selbstgespräche führte. Jason saß vorne, auf dem Beifahrersitz. Er starrte auf die Straße und hing blutigen Träumen nach.

»Ist Ihnen nicht gut?« fragte Sheriff Harmon. Sie hatten die Hochfläche erreicht.

»Nicht besonders. Aber das werden wir gleich haben.« Ein Name schwang vorbei, beinahe hätte er ihn übersehen. Riley, dachte er. Und dann sagte er es laut. »Riley.«

»Wer?« fragte Harmon.

»Der Mann, der auf der Ranch gearbeitet hat«, sagte Jason. »Vielleicht hat er...«

Harmon schüttelte mit Entschiedenheit den Kopf. Er nahm eine Rechtskurve. »Nein.«

»Aber Sheriff...«

»Ich weiß, warum Sie das sagen, Jason. Vergessen Sie's.«

»Riley ist nicht mehr auf der Ranch«, sagte Jason. »Wieso nicht?«

»Ich hab' mir seine Schlafstelle angesehen«, sagte Harmon. »Seine Sachen sind weg. Er ist weg. Entweder ist er mit Billy in Streit geraten. Oder aber er hat bei der Rückkehr auf die Ranch die beiden Leichen vorgefunden und hat's mit der Angst zu tun gekriegt. Wäre ja nur menschlich. Nein, nein, was Donna sagt, ist schon richtig. Das hat kein Mensch getan, Jason. Ich werde natürlich nach Riley fahnden lassen, und ich werde ihn auch vernehmen, aber er ist nicht der Täter.« Er griff in die Brusttasche seines Uniformhemdes und zog ein durchsichtiges Plastiksäckchen hervor. »Was waren das noch mal für Vögel, die Sie gesehen haben, Jason?«

»Bussarde«, sagte Jason. Er kam sich vor, als hätte er es schon hundertmal gesagt. »Außerdem waren da noch Krähen oder Raben.« Er schrak zusammen, als Sheriff Harmon ihm das Plastiksäckchen in die Hand drückte. Er betrachtete den Inhalt. »Sieht aus wie der Teil einer Vogelfeder.«

»Eine große Vogelfeder, finden Sie nicht?«

Jason hielt die Tüte gegen die Windschutzscheibe. »Braun, oder?«

»Yep.« Der Sheriff räusperte sich. Er warf einen Blick in den Rückspiegel. »Ich hab' die Feder in Billys Hand gefunden. Eine Bussardfeder ist das nicht. Auch nicht von 'ner Krähe oder von 'nem Raben.«

Jason gab ihm das Beutelchen zurück. »Mich müssen Sie nicht fragen. Ich bin froh, wenn ich ein Rotkehlchen erkenne. Und dann gibt's natürlich noch die Möglichkeit, daß Billy die Feder schon in der Hand hatte, als der Überfall begann. Muß ja wohl so gewesen sein, wenn sie nicht von den Vögeln stammt, die ich gesehen hatte.«

»Yeah«, sagte der Sheriff. »Ich hatte befürchtet, daß Sie das sagen würden.«

Sie brachten Donna nach Hause. Galen erwartete Jason in der Amtsstube des Sheriffs, Esther Lynn saß bei ihm. Jason erzählte ihr, daß es Donna nicht besonders gut ging, und prompt machte sie ihm Vorwürfe, daß er das Mädchen in diesem Zustand überhaupt allein gelassen hatte. Sie stand auf, um sich zu der Tierärztin zu begeben. Galen nutzte die Gelegenheit zu einer Schimpftirade. Jason, so sagte er, informierte ihn nicht über die Dinge, die in Windriver vorgingen, nicht mal über das, was auf seiner verdammten Türschwelle geschah. Jason hatte starke Kopfschmerzen. Er entschuldigte sich und ging ins Freie. Die Schimpftirade seines Vetters folgte ihm.

Bären, dachte er. Berglöwen. Riesenhühner. Wölfe. Rinder waren gerissen worden, prächtige Bullen, die voll im Saft standen. Zwei Menschen waren zerfleischt worden. Guter Gott, er hatte wirklich Lust, in die Stadt zurückzukehren, wo man wenigstens wußte, von wem man umgebracht wurde. Es gab einen weiteren Vorteil bei Überfällen in der Stadt. Überlebte das Opfer die Tat, dann war es normalerweise nicht verstümmelt. Platzwunden, eine Gehirnerschütterung, eben was in der Richtung. Aber die Beine waren noch dran.

Eine Fledermaus kam aus den Bäumen getaumelt, irrte über das Wasser. Am jenseitigen Flußufer war das Haus des Sheriffs zu erkennen. Unbeleuchtet. Jason versuchte den Flug der Fledermaus zu verfolgen, aber er verlor das Tier recht bald aus den Augen. Eine Erinnerung durchzuckte ihn. *Wenn du schläfst, mußt du eine Kopfbedeckung tragen, Jason, sonst verfangen sich die Fledermäuse in deinen Haaren.* Merkwürdig. Die Fledermaus war nicht allmählich in der Düsternis verschwunden, sie hatte sich von einem Augenblick auf den anderen in Nichts aufgelöst. Er zuckte die Schultern. Er war im Begriff, nach den Hunden zu pfeifen, die irgendwo im Schilf spielten, als ihm bewußt wurde, daß er nicht mehr allein war.

Die Hunde waren nirgendwo zu sehen. Er starrte auf das Wasser, fixierte die Stelle, wo die Fledermaus verschwunden war.

Er spürte, wie sich die Haut über seinen Knöcheln spannte.

Es war ein Vorgefühl. Die Enden der Finger hatten zu kitzeln begonnen. Seine Nasenlöcher schmerzten, so kalt war die Luft, die er einatmete.

Jemand lachte. Das Lachen eines Mädchens, das sich in einer dunklen Hausecke verbarg. Das Lachen einer Frau, die gegen ihren Willen in eine Bar ausgeführt worden war.

Er war nicht mehr allein, und doch gelang es ihm nicht, sich umzuwenden. Ich bin auf einem Floß, dachte er. Ich bin auf dem schwarzen Fluß, und die irrsinnige Nixe hat den Mund aufgesperrt, um das Floß und mich zu verschlingen. Hinter ihm wurde eine Gorgone erschlagen.

Er wußte, daß er sich das nur einbildete. Es war nicht sein Herz, das die kalte Luft hervorbrachte, sondern die Nacht. Wahrscheinlich sah er Gespenster, weil er immer noch an die Ereignisse der letzten vierundzwanzig Stunden denken mußte.

Obwohl er sich das einredete, wurde das Lachen des Mädchens immer lauter. Er schloß die Augen. Ein ruhiges Klopfen war zu vernehmen. Das Lachen erstarb, und im gleichen Augenblick hörte das Klopfen auf. Er empfing einen Stoß in den Rücken.

»Wie friedlich es hier ist«, hörte er jemanden sagen. Er fuhr herum. Dann: »He, Jason. Tut mir leid, verdammt noch mal, das tut mir leid.«

David Carosa hatte die mit Bohlen belegte Brücke überquert. Es waren die Gummiräder seines Rollstuhls, die das klopfende Geräusch verursacht hatten. Vor Jason angekommen, fuhr er mit der Hand in die Speichen.

»David«, sagte Jason. Er war ärgerlich. »Wenn du das noch mal machst, breche ich dir...« Er hielt inne, und David brach in Lachen aus. Jason holte tief Luft. Er wandte den Hals nach links und dann nach rechts. Es knackte. »Jetzt bin ich wohl an der Reihe, mich zu entschuldigen«, murmelte er.

»Macht doch nichts«, sagte David. Er betätigte den Feststeller des Rollstuhls, ergriff die Krücken und stand auf.

In der Ferne das Bellen eines Hundes. Die rettende Kavallerie, dachte Jason. Eine Hundekavallerie, aber fünf Minuten zu spät.

»Kommst du oft her?« fragte er. Er wußte, daß die Frage ziemlich dumm klang, aber ihm fiel nichts Besseres ein.

Zu seiner Überraschung nickte David. »Ja. Ich find's schön hier.« Er spuckte in den Fluß. »Ich komme her, wenn ich nachdenken will.«

Und um Ellies Haus anzusehen, dachte Jason.

»In der letzten Zeit bin ich allerdings selten hiergewesen.«

»Kann dir keiner verdenken«, sagte Jason. »In Windriver passiert ja auch allerhand. Besonders nach Einbruch der Dunkelheit.«

David bearbeitete das Brückengeländer mit seinen Krücken. »Ach das. Das macht mir nichts aus. Ich kenne den Fluß wie meine Westentasche, weißt du? Ich würde sagen, die Nächte sind ganz verschieden. Der Fluß sieht immer noch so aus wie früher, aber er ist nicht mehr der gleiche. Verstehst du, was ich meine?«

»Ist nicht so wichtig, ob ich's verstehe. Hauptsache, du verstehst es.«

David lachte, und Jason fiel auf, daß er eigentlich eine Mädchenstimme hatte. »Du sprichst wie der Psychiater, bei dem ich in Behandlung war. Aber das mit dem Fluß ist, wie ich's sage. Verdammt, ich hätte eine Jacke anziehen sollen.«

Jason schwieg. Solange es ging, hatte er die Kälte ignoriert, aber jetzt, wo Carosa drauf zu sprechen kam, fühlte er den Wind wie eine eisbeschichtete Feder über seine Wange kriechen. Er kratzte sich auf der Brust, und dann kamen die beiden Setter über die Brücke gerannt. Sie sprangen um ihn herum und schnüffelten an seinen Hosenbeinen.

»Ich geh' dann heim«, sagte er, mit dem Ausdruck des Bedauerns.

»Besser ein gehorsamer Hund als eine keifende Frau, wie?«

»Da könntest du recht haben. Bleibst du noch etwas hier?«

David hielt den Blick auf den Fluß gerichtet. »Yeah. Noch ein bißchen.«

»Okay. Alles Gute.« Die Hunde waren vorgerannt, Jason folgte ihnen über die klappernden Bohlen. Er spürte so etwas wie ein Schuldgefühl. Nicht, daß er Tonys Sohn nicht gemocht hätte. Aber die Art, wie David sprach... Und wenn man dann noch bedachte, was sich in den letzten vierundzwanzig Stunden zugetragen hatte.

Zehn Minuten später stand er vor dem Haus. Die Birne auf der Veranda brannte, der Rest des Hauses lag im Dunkel. Jason stolperte den Gartenweg entlang, die Hunde schnappten nach seinen Hosenbeinen. Er mußte lachen. Er hatte den Schreck, den David ihm eingejagt hatte, fast schon vergessen, als Mutt wie angewurzelt stehenblieb. Das Tier starrte den Wagen an, der in der Einfahrt geparkt war. Und dann blieb auch Jeff stehen.

Schweigen.

»Was ist denn?« flüsterte Jason. »Was habt ihr denn beide?«

Er ertappte sich dabei, wie er sich auf das leise Lachen der Frau freute, aber dann war es nur das Motorgeräusch eines Wagens, der beim Erreichen des Ortsrandes beschleunigt hatte.

»Was hast du, Mutt?«

Der Setter fletschte die Zähne. Jason klatschte in die Hände. »Ins Haus mit euch!« sagte er. Er ging vor, öffnete die Tür und wiederholte den Befehl. Er ging voran, aber die Hunde blieben auf der Veranda zurück. Sie jaulten.

»Kommt ihr jetzt oder nicht?« sagte Jason ärgerlich.

Jeff legte sich flach auf den Boden. Mutt thronte neben ihm. Seine Schneidezähne waren ein schmutziges Grau.

Zur Hölle mit euch beiden, dachte Jason. Mit Leichen wird man fertig, aber nicht mit verrückten Hunden.

23.40 h

Rachel hörte, wie Simon etwas sagte. Er sprach leise und dringlich. *Hol etwas Wasser, Mädchen, beeil dich.* Rachel schaffte es nicht mehr zu lächeln. Sie hätte ihm gern gesagt, daß alles zu spät war. Sie hatte bereits die Gestalt von Dunkler Mond entdeckt, die auf dem Berg stand und ihr zuwinkte. Es war Zeit zu gehen. Sie hatte getan, was in ihrem Vermögen stand. Jetzt war die Stunde des Abschieds gekommen. Simon, ich liebe dich. Ich habe alles versucht. Ich habe versucht weiterzuleben, bis der Kreis sich schließt. Der Geist, der gegen mich steht, war zu stark. *Rachel, Rachel,* kannst du mich hören – *Rachel* Simon. Ich habe Angst. *Rachel* ich tat, was geschrieben stand, Simon. Fast hätte ich es vollbracht. Simon. Schau. Bitte schau. Wenn es nicht anders geht *Rachel* mußt du sie töten. Nein. Ja, töte nicht Simon es ist dunkel. Ich kann nicht denken. Ich muß denken. Simon *Rachel* es ist sehr dunkel. Simon. Dunkel. Mond. Fehlschlag. Alles verloren. Simon, es ist...

23.45 h

Bleicher Mond kam in den Raum zurückgelaufen. Sie brachte das Wasser. Als sie sah, wie Simon aufstand und Rachel auf die Stirn küßte, hielt sie inne. Als er sich zu ihr wandte, sah sie die Tränen in seinen Augen.

»Sie hat nicht mehr verstanden, was ich ihr sagen wollte, Bleicher Mond. Ich habe ihr gesagt, Perkins würde verkaufen, nächste Woche schon. Wenn sie doch nur eine Woche länger ausgehalten hätte!« Seine Tränen waren Flocken aus Eis. »Es ist ausgestanden. Wir werden sie vorbereiten. Dann werden wir Vance kommen lassen, um den Gesetzen der Anglos Genüge zu tun. Wenn Vance fort ist, werden wir die anderen rufen. Wir werden ihnen sagen, daß sie sich mit dem bescheiden müssen, was sie haben. Weine nicht, Kleines. Es ist ausgestanden.«

23.45 h

Jason wälzte sich auf die andere Seite. Er war nicht sicher, ob das leise Lachen, das er vernommen hatte, ein Traum war. Vielleicht war es auch eine Frau, die vor seinem Fenster stand.

Viertes Kapitel

1

Montags war das Friseurgeschäft geschlossen. Die Bar öffnete erst um drei Uhr nachmittags. Und so hatte sich Anthony Carosa beim Aufstehen und bei der Vorbereitung des Frühstücks Zeit gelassen. Auf den Pike würde er ohnehin erst hinausgehen, wenn er hellwach, rasiert und untadelig angezogen war. Wie er vermutete, standen dort wieder die Leute herum und quatschten. Es würde ganz ähnlich sein wie gestern nach dem Gottesdienst. Tja, dachte er, als er sich die dritte Tasse Kaffee eingoß. Man mußte den Leuten zubilligen, daß es Gesprächsthemen gab. Da war das Ehepaar Perkins, das gestorben (und recht schnell begraben worden) war. Man sprach von einer Treibjagd, die auf das wilde Tier veranstaltet werden sollte, dem man die Schuld an den furchtbaren Vorkommnissen gab. Rachel lag im Sterben, wie Mary ihm berichtet hatte. Mary war kurz nach Sonnenaufgang angerufen worden. Viel herauskommen würde aus dem Gerede der Leute natürlich nicht, das wußte Carosa jetzt schon. Er leerte seine Tasse, sah auf Rasen und Bäume hinaus und sagte sich zum wiederholten Male, daß es richtig gewesen war, Carole nichts von der Sache mit Rachel zu sagen. Das Mädchen hatte heute früh ihr Examen, und auch wenn er mit ihrem rebellischen Benehmen ihm gegenüber überhaupt nicht einverstanden war, so war er doch dafür, daß sie gute Prüfungsnoten bekam.

Es war ein wunderschöner Tag. Einige wenige Schönwetterwolken standen am Himmel. Trotzdem blieb das Gefühl, daß es eigentlich ein Tag für Regen war.

Mary kam. Sie strich sich über die Falten ihres einfachen schwarzen Kleides, dann ordnete sie ihr Haar. Er wandte sich um und lächelte ihr zu.

»Bist du sicher, daß du nicht hingehen willst?« fragte sie.

»Ich muß die Bar aufmachen.«

Sie gab ihm einen flüchtigen Kuß auf die Wange, dann ging sie mit raschen Schritten auf den Pike hinaus. Eine Weile lang verharrte sie auf dem Bürgersteig. Sie dachte nach. Der Wind zerzauste ihr Haar. Sie seufzte und fragte sich, warum sie sich überhaupt gekämmt hatte. Sie ging auf den Eingang des kleinen Restaurants zu und vermied es auf die Jeeps, Kleinlieferwagen und Campingwagen zu schauen, die vor der Amtsstube des Sheriffs geparkt standen. Die Jagd, dachte sie. Wer irgendwie zu Hause abkömmlich war, würde bei der Jagd auf das unbekannte Tier mitmachen. Mit Gewehr und Flinte. Mary kroch es kalt über den Rücken.

Peg erwartete sie, sie hatte einen der Plätze an der Theke eingenommen.

»Hast du mit Bea drüber gesprochen?« fragte Mary. Sie setzte sich auf einen Barhocker.

Peg schüttelte den Kopf. »Nach dem Examen.«

»Anthony meint auch, man soll erst nach dem Examen drüber sprechen.«

»Und findest du das nicht richtig?«

»Ich weiß nicht.« Draußen war das Geräusch startender Motoren zu hören. Dann Stille. »Sie sind weg.«

»Ich hoffe, sie erlegen das Tier. Mein Gott, Mary, es ist doch wirklich furchtbar, was da passiert ist.« Kurt kam aus der Küche gehumpelt. »Schaffst du das?« fragte sie und deutete auf die leeren Sitznischen.

Kurt beantwortete die Frage mit einem knappen Nicken. Peg verbarg ihr Lächeln hinter einem Gähnen. Sie machte einen Kußmund, und dann gingen die beiden Frauen hinaus. Peg hatte gehofft, Bea würde zurück sein, bevor sie gehen mußte. Einmal hätte sie dann erfahren, wie das Examen verlaufen war. Und zum anderen hätte sie Bea gleich einspannen können, damit sie ihrem Vater bei der Arbeit half. Sie hatten den Weg zur Kirche eingeschlagen. Komisch, dachte Peg. Wenn sie geboren sind, dann kann man es gar nicht erwarten, bis sie laufen und zu sprechen beginnen, und wenn sie laufen und sprechen, dann wünscht man sich, sie lägen wieder in der Wiege.

Sie mußte lächeln. Was für Gedanken an so einem schönen Tag! Sie sah Mary an, und da wußte sie, daß sie mit ihren merkwürdigen Gedanken nicht allein war. Es war nicht das Begräbnis, und es war auch nicht Rachels Tod. Es war etwas anderes. Der blaue Auspuffqualm, der in der Luft hing, vielleicht.

Sie war mit einer anderen Frau zusammengestoßen und wich zurück. Mary lachte, und Ellie Felsom meinte, es sei ja überhaupt nichts passiert.

Ellie sah den beiden Frauen nach, die eiligen Schrittes weitergingen. Sie hatte wirklich Glück gehabt. Seit Tagen fühlte sie sich unwohl. Kopfschmerzen. Bill Oaker hielt die Stellung, er hatte gemurrt, als sie ihm sagte, daß ihr nicht gut war, aber das war schließlich egal. Sie hatte das Bedürfnis, am Fluß entlangzugehen. Die Sonne auf den Backen zu spüren und den Wind. Sie hatte geweint, als sie von Rachels Tod erfuhr. Es war über ein Jahr her, daß sie Rachel MacKenzie zum letzten Mal gesehen hatte. Damals hatten sie sich angeregt miteinander unterhalten und gelacht. Und jetzt dieser verdammte Kopfschmerz! Der schönste Tag des Jahres, und Kopfschmerzen!

Als sie mit Peg Steed zusammenstieß, war sie in die falsche Richtung gegangen!

Sie war vor der Amtsstube ihres Vaters angekommen. Ein staubbedeckter offener Jeep parkte am Bordstein. Ihr Vater stand im Wagen. Er trug eine Sonnenbrille. Den Hut hatte er sich ins Gesicht gezogen. Seine Rechte hielt ein frischgeöltes Gewehr umfaßt.

Jake Harmon war drauf und dran, seiner Tochter etwas zuzurufen, als Artie, der am Steuer saß, sich voller Ungeduld erkundigte, wann man denn endlich losführe.

»In einer Minute«, sagte Harmon. »Du kannst es wohl nicht erwarten, wie?« Er sah seiner Tochter nach, die zum Fluß ging. Er war versucht, hinter ihr herzulaufen und sie zu fragen, ob irgendwas nicht stimmte und ob sie denn nicht mehr in der Lage sei, einfache Arbeiten zu Ende zu bringen. Gegen Mitternacht war er von ihrem Schluchzen aufgewacht. Er war aus dem Bett gesprungen und hatte Ellie auf der Veranda vorgefunden, nackt, vor Kälte zitternd. Als er sie an der Schulter berührte, hatte sie aufgeschrien. Und dann hatte Jake Harmon beschlossen, Steve wieder für die Tagesschicht einzuteilen, damit sie jemanden hatte, der sich nachts um sie kümmerte.

»He, Sheriff!«

»Ist schon gut«, sagte er. »Ist schon gut.«

Er kletterte über die Sitzlehne nach vorn und nahm auf dem Beifahrersitz Platz. Der Jeep war mit Waffen, Bärenfallen, Netzen und Knüppeln beladen. Artie startete den Motor. Das Walkie-talkie hatte Harmon neben sich auf dem Sitz liegen.

»Ich meine immer noch, wir hätten Ted einbuchten sollen«, brummte Artie. Green hatte für Titus Arnold und für die anderen Kaution gestellt.

»Keine Beweise«, sagte Harmon. »Die Zeugen haben ihn nicht belastet, was kann ich tun?«

»Anwälte gehören erschossen«, knurrte Artie.

»Wem sagst du das, mein Junge, wem sagst du das.«

»Wir hätten vielleicht bis nach der Trauerfeier warten sollen«, sagte Artie. »Ich meine, da wird ja jetzt kaum jemand hingehen, wenn alle bei der Jagd sind. Billy und Gloria hätten es ja wirklich verdient, daß man...«

»Man kann immer noch ans Grab gehen«, sagte Harmon. »Erst mal will ich den verdammten Bären kriegen.«

»Wenn's einer ist.«

Harmon versank in dumpfes Brüten. Donna Oldfield verstand etwas von ihrem Geschäft, warum sollte man ihrem Rat nicht folgen? Es wäre leichtfertig gewesen, die Hände weiterhin in den Schoß zu legen. Ganz abgesehen davon, daß man bei der Jagd auf den Bären möglicherweise auf Greg Thornton stoßen würde.

Ein Wagen kam ihnen entgegen. Artie hob den Arm zum Gruß. Reflexe, dachte Harmon. Ein Polizist braucht Reflexe. Er hatte Galen erkannt. Warum eigentlich verschwand dieser Mann nicht aus Windriver? Warum eigentlich mußten die Bürger die täglichen eine Million Worte verdauen, die dieser Mann produzierte?

Jason sah in den Rückspiegel. Einen Augenblick lang hatte er den Eindruck, daß der Sheriff ihm nachstarrte. Er hob die Hand und winkte. Aber Harmon reagierte nicht. Jason nahm den Fuß vom Gas. Die ersten Häuser des Ortes kamen in Sicht.

Er gähnte. Im nächsten Leben, so beschloß er, würde er eine Kuh werden. Es war vielleicht kein besonders aufregendes Leben, das man dann führte. Aber wenigstens bekam man genügend Schlaf.

Das Lachen gestern abend war wohl nur Einbildung gewesen. Es hatte eine Weile gedauert, bis er wieder einschlief. Er hatte dann wieder vom Wasser geträumt. Es war ihm gelungen, wieder wach zu werden.

Um zehn stand er auf. Er duschte kalt. Galen war in der Küche. Er sagte ihm, daß Rachel gestorben sei. Dann drückte er ihm einen Bogen Papier in die Hand.

»Was ist das?«

»Adressen in Blairs«, sagte Galen. »Ich kenne die Leute nicht persönlich. Aber...« Er grinste. »Die können dir sicher was über MacKenzie sagen.«

»Aber ja«, sagte Jason. »Ganz der richtige Tag.«

»Sie ist tot. Du nicht.«

Jason trat ans Fenster und sah hinaus. Galen hatte einen Bleistift ergriffen. Er ließ ihn wieder und wieder auf den Tisch fallen, bis die Spitze abbrach. Jason hatte das Papier gefaltet und in seine Brusttasche gesteckt.

»Ich werd' den Tag über wegbleiben, denke ich.«

Galen hatte nur genickt.

»Ich werde aber noch mit Daniel sprechen, ehe ich losfahre. Ich hatte eine Verabredung mit ihm für gestern abend. Er wollte mir was sagen.«

»Was denn?«

»Keine Ahnung, er ist nicht gekommen. Wahrscheinlich wegen Rachel nicht. Wenn er anruft, sag ihm, ich bin zu ihm unterwegs. Er soll auf mich warten.«

»Warum?« fragte Galen. »Die trauern doch jetzt erst mal, und Jake hat bereits die Jagdgesellschaft zusammen.«

Jason blieb in der Tür stehen. »Diese Sache erledigt sich nicht mit einem toten Bären, mein lieber Cousin. Es gibt immer noch Ted Waters.«

Galen kam ihm nach.

»Jason, erinnerst du dich, was ich dir gesagt habe, als du hier ankamst? Was ich über diesen Ort gesagt habe?«

Jason nickte.

»Die Sonne scheint«, sagte Galen, »und ich spüre es stärker denn je.«

Jason lächelte. »Du solltest dich mehr schonen, Galen. Du solltest es bei der Arbeit einen Zacken langsamer gehen lassen.«

Er verließ das Haus und bestieg den Wagen. An Tallpines' Haus angekommen, mußte er feststellen, daß niemand zu Hause war. Bei Sweetwaters auch nicht, ebenso nicht bei Michael Wolf. Sie sind wahrscheinlich alle zur MacKenzie-Ranch gefahren, dachte er. Zur Totenfeier. Irgendein indianisches Ritual.

Ich habe meine Zeit vertrödelt, dachte er, als er Jake Harmons Wagen passierte. Es würde eins werden, bis er Blairs erreichte. Er hatte Glück, wenn er vor Dunkelheit zurück war. Er versetzte dem Lenkrad einen wütenden Schlag. Warum, zum Teufel, habe ich nicht vorher angerufen? dachte er.

2

Carole und Bea hatten an dem Picknicktisch Platz genommen. Über dem Schulhof wölbte sich der blaue Himmel. Beide hatten verweinte Augen. Einige Freundinnen waren gekommen und hatten ihnen ihr Beileid ausgesprochen. So recht aus dem Herzen kam das nicht. Die meisten hatten die alte Frau ganz in Ordnung gefunden, aber wenn sie nun gestorben war, dann war das auch kein Grund für hysterische Anfälle.

Nachdenklich ging Timmy Sweetwater auf die beiden zu. Eine von beiden würde mitkommen, entweder Carole oder Bea. Es war schließlich nicht das erste Mal.

Sie sahen nicht einmal auf, als er an ihren Tisch trat.

»Carole?« Ich habe die Stimme einer Maus, dachte er. »Bea?«

Carole wischte sich mit dem Handrücken die Tränen fort. »Was ist?«

»Ich hol' die Lunchpakete heute.«

»Wen interessiert das schon«, sagte Bea. Sie hob die Faust und ließ sie auf dem Sandwich landen. Timmy sprang zur Seite.

»Die Lunchpakete«, wiederholte er.

Carole sah ihn wütend an. »Verschwinde, Timmy. Verpiß dich!«

Timmy verstand die beiden Mädchen nicht. Warum waren sie denn so traurig? Wußten sie denn nicht, daß Rachel sich jetzt an einem Ort befand, der viel schöner war als die Erde?

Eine Hand umklammerte seine Schulter. Timmy ließ vor Schreck den Umschlag mit dem Geld fallen. Er sah, wie sich eine große Hand dem Umschlag näherte und ihn aufhob. Es war Hardy Green. Hardy gab ihm den Umschlag zurück.

»Er hat euch doch gar nichts getan«, sagte Hardy, zu den Mädchen gewandt.

»So oder so ist es Scheiße«, sagte Bea, ohne ihn anzusehen. »Der beste Mensch der Welt stirbt, und ein Arschloch wie Ted Waters läuft quietschlebendig herum. Scheiße.«

Hardy Green ließ ein mißbilligendes Schnalzen hören. »Die ganze Zeitlang tanzt ihr beiden um den Kleinen rum wie sonst noch was, und jetzt, wo die Frau tot ist, laßt ihr ihn fallen, als ob er die Pest hätte.« Er schüttelte den Kopf. »Ihr habt euch wahrscheinlich nur um ihn gekümmert, um euch bei der Frau einzuschmeicheln.«

»Die Lunchpakete«, sagte Timmy. Er wußte, daß man ihn ausschimpfen würde, wenn er zu spät kam.

»Schon gut«, sagte Hardy. Er nahm den Kleinen bei der Hand. »Ich geh' mit dir. Das heißt, wenn du nichts dagegen hast.«

Er wehrte sich nicht, als Hardy ihn fortführte.

Nachdem er seine Aufgabe mit den Lunchpaketen erledigt hatte, ging Timmy an den Fluß. Er nahm sich vor, mit seinem Vater über das Erlebnis zu reden. Es war auch zu verwirrend. Leute, die einen mochten, wandten sich von einem Tag zum anderen von einem ab. Andere, die einen gehänselt hatten, wurden plötzlich zum Freund.

Er warf einen Stein ins Wasser. Vater würde ihm alles erklären. Ganz sicher. Sobald er von der MacKenzie-Ranch zurückkam.

Aber als Timmy sich umwandte, war das Monster da, und ihm blieb gerade noch Zeit, einen Schrei auszustoßen.

3

Donna verließ die Tierarzt-Praxis und schloß ab. Sie würde im kleinen Restaurant essen.

»Haben wir den gleichen Weg?«

Sie fuhr zusammen. Galen stand vor ihr.

»Ich bin unterwegs zum Abendessen«, sagte sie.

»Darf ich Sie einladen?«

Er hakte sie unter. Gemeinsam gingen sie den Bürgersteig entlang, den langen Schatten nach, die ihnen vorauseilten.

Sie waren vor dem kleinen Restaurant angekommen, als Charlie Sweetwater aus der Tür geschossen kam. Er hätte Donna fast umgerannt.

»He, du«, sagte Galen.

»Tut mir leid«, sagte der Junge. »Ich...« Er sah die Straße entlang. »Mr. Marsh, haben Sie irgendwo meinen kleinen Bruder gesehen?«

»Timmy?« Donna schüttelte den Kopf. »Warum? Was ist denn los?«

»Weil er nicht aus der Schule heimgekommen ist.«

»Dann ist er wahrscheinlich irgendwo in den Feldern.«

»Tja«, sagte Charlie, zwischen Angst und Ärger, »das mag schon sein, aber mein Vater macht sich Sorgen.«

Er rannte weg, ehe Donna noch ein Wort sagen konnte. Galen führte sie in das kleine Restaurant hinein. Sie aßen. Donna war in Gedanken versunken. Erst als Peg einen Dessertteller mit Pfirsichtorte vor sie hinstellte, wurde ihr klar, daß sie das ganze Essen über geschwiegen hatte. Sie sah auf. Galen grinste.

»Sie sehen hübsch aus, wenn Sie rotwerden«, sagte er.

Von draußen waren Rufe zu hören. Donna lehnte sich in ihrer Nische vor. Galen warf ein paar zerknüllte Geldnoten auf den Tisch und eilte zur Tür. Donna folgte ihm.

Die Straße war dichtgedrängt voll Menschen. Jake Harmon war eben dabei, die Fahrbahn zu überqueren. Die Musikbox der Bar verstummte, mitten in einem Song.

»Mein Gott«, flüsterte Galen.

Wo die Fieldview Street in den Pike einmündete, stand Aaron Sweetwater. Seine Kleidung troff von Wasser. Er hielt seinen reglosen kleinen Sohn auf den Armen. In seiner rechten Hand erkannte Donna eine silbern glänzende Pistole.

Bill und Artie kamen aus Carosa's Bar herausgelaufen. »Schafft mir die Leute von der Straße, Jungens«, befahl der Sheriff. »Schafft sie weg, ob sie wollen oder nicht.«

»Nein!« sagte Sweetwater plötzlich. Seine Lippen zitterten. Der Kopf seines Jungen war nach hinten gekippt. Donna war klar, daß der Kleine das Genick gebrochen hatte. »Ihr bleibt alle, wo ihr seid!« schrie der Indianer.

»Aaron!« sagte Harmon beschwörend.

Erst jetzt schien Sweetwater von ihm Notiz zu nehmen. Er machte einen Schritt auf ihn zu.

»Was ist passiert, mein Sohn?« sagte Harmon. Er sprach sehr ruhig.

Aaron Sweetwater hob den Arm. Die Mündung seiner Pistole war auf Harmons Brust gerichtet.

»Nein«, sagte Harmon. Einer seiner beiden Männer hatte seine Waffe entsichert. »Bringt die Leute aus dem Schußfeld.«

»Ja«, sagte Sweetwater. »Genau das! Die Leute sollen verschwinden! Und dann, Sheriff, werden wir beide uns einmal darüber unterhalten, wer meinen Sohn getötet hat.«

Donna konnte sich nicht mehr beherrschen. »Aaron!« rief sie. Der Indianer wandte sich zu ihr. Harmon wich an die Hausfront zurück. Mit langsamen Schritten ging Donna auf den Indianer zu.

»Aaron«, wiederholte sie, »mein Gott, Aaron.« Dann brach ihr die Stimme.

Sweetwater rieb seine Wange am Schädel seines Sohnes. »Seit heute nachmittag war er verschwunden, Donna. Wir haben überall gesucht. Wir fanden ihn unterhalb der Fälle. Er war erst acht,

Donna. Ich ...« Seine Stimme schwoll an. »Ich weiß, was die Leute denken«, sagte er. Sein Blick irrte zu den Neugierigen, die sich auf dem Bürgersteig drängten. »Sie glauben, wir hätten die Perkins' getötet. Und da haben sie gedacht, sie müssen uns eine Lektion erteilen. Sie haben meinen Sohn getötet.«

Wieder hob er die Waffe. »Warte, Aaron«, sagte sie. »Du weißt doch noch gar nicht, wie es passiert ist. Er könnte doch in den Fluß gefallen sein.«

»Er kann schwimmen, Donna.«

»Es ist Hochwasser, Aaron. Selbst ein Erwachsener würde Mühe haben, sich aus dem Strom zu retten.«

Der Mann küßte die Stirn seines Sohnes. »Vielleicht hat jemand ihn hineingestoßen.«

Donna mußte schlucken. »Ja«, sagte sie. »Vielleicht. Aber du weißt es doch nicht, Aaron.« Sie deutete auf Vance. »Doc Vance«, sagte sie. »Gib deinen Jungen Doc Vance. Er wird feststellen, woran das Kind gestorben ist.«

»Ich weiß, woran das Kind gestorben ist.« Sein Gesicht war bleich, die Augen geschlossen. Donna vermeinte, auf seinen Lippen ein Lächeln zu entdecken. Ich bin übermüdet, dachte sie. Überreizt.

»Die Männer, die Michael verprügelt haben«, sagte sie.

»Was?«

Sie fuhr sich mit der Hand durch das Haar. Aus den Augenwinkeln sah sie, wie Anthony Carosa sich eine Gasse durch die Menge bahnte. »Die Männer, die Michael Wolf verprügelt haben. Die Kleiner Stern für ihr ganzes Leben verunstaltet haben. Willst du dich genauso versündigen wie sie, Aaron?«

Jetzt standen ihr die Tränen in den Augen. Doc Vance war zum Sheriff getreten. Aaron Sweetwater ließ die Hand mit der Waffe sinken, und dann war Donna bei ihm, legte ihren Arm um ihn, blieb still, als der große, starke Mann zu schluchzen begann.

»Ich kann das nicht mehr mit ansehen«, murmelte Doc Vance.

Harmon sah ihn an. »Bringen Sie das Kind nach drinnen«, fuhr er ihn an. »Ich möchte, daß Sie noch heute herausfinden, woran der Junge gestorben ist.«

Donna trat zur Seite. Es war dann Carosa, der dem Indianer das Kind abnahm.

Donna blieb allein zurück. Warum habe ich das getan? fragte sie sich. Er hätte mich umbringen können.

»Jason«, flüsterte sie. Galen legte den Arm um ihre Taille.

»Kommen Sie«, sagte er. »Ich habe eine Flasche Brandy zu Hause. Jason wird bald da sein.«

Sie waren vor dem Gartentor des Hauses angekommen. Galen pfiff den Hunden.

»Galen, glauben Sie, daß...«

»Nein«, sagte er brüsk. Er hob das Schnappschloß an. »Nicht einmal Ted hat so eine schwarze Seele.«

4

Er brachte den Studebaker zum Stehen. Er hielt das Steuerrad umklammert, als hätte er Angst, von einer geheimnisvollen Kraft durch das offene Fenster gerissen zu werden. Zehn Minuten blieb er am Steuer sitzen. Sie kamen ihm wie zehn Stunden vor. Er war entschlossen, erst auszusteigen, wenn seine Wut abgekühlt war.

Zunächst waren es kleine Probleme gewesen. In Blairs hatte er sich zweimal verfahren. Auf der Hauptstraße des Ortes waren die beiden Vorderreifen geplatzt. Er hatte dagestanden und auf den Abschleppwagen gewartet. Der Mechaniker hatte etwas von Idioten gemurmelt, die ohne Profil in der Gegend herumfuhren. Nachdem die Reifen gewechselt waren, hatte der Keilriemen den Geist aufgegeben. Und schließlich war der Kühler zu heiß geworden. Jason hatte Galen mit wohlgesetzten Worten in die ewige Verdammnis befördert.

Er war dann die Adressen abgefahren, die Marsh ihm gegeben hatte. Die Resultate waren ebenso faszinierend wie verwirrend.

Er hatte versucht, im Redaktionsbüro anzurufen, aber dort hatte sich niemand gemeldet. Als er Esther Lynns Privatanschluß anwählte, erfuhr er, was mit Timmy passiert war. Er beschloß, geradewegs zur MacKenzie-Farm zu fahren. Die entstandene Situation war wohl nur noch zu bewältigen, wenn man mit dem Kopf durch die Wand ging.

Als er vor dem Wohngebäude ankam, hatte er all die geparkten Autos gesehen. Ihm war der Mut gesunken. Er konnte unmöglich vor den versammelten Shoshonen auf Simon losgehen. Er hatte seinen Wagen in einer Entfernung vom Wohnhaus abgestellt. Vorsichtig pirschte er sich näher. Auf der Hinterseite des Hauses angekommen, hörte er Stimmen, die sich näherten. Männer. Er huschte ins Dunkel und verbarg sich in den Stallungen. Und dann sah er das Pferd, das Gregory Thornton geritten hatte. Er erkannte es an seiner Zeichnung wieder.

Seine Wut kehrte zurück. Er lief zu seinem Wagen und setzte sich hinter das Steuer. Er wünschte sich inbrünstig, das Haus dort möge in die Luft fliegen, mitsamt Simon, der für Gregs Verschwinden verantwortlich war.

Er ballte die Hand zur Faust.

Es machte keinen Sinn. Keine seiner Thesen machte Sinn.

Er hatte in Blairs in Erfahrung gebracht, daß es sich bei Simon MacKenzie um einen mehrfachen Millionär handelte. Simon hatte nach und nach seine Holdings in Idaho und Montana verkauft. Die Einnahmen aus den Verkäufen entsprachen ziemlich genau den Summen, die von den Indianern für den Erwerb der Parzellen in Windriver bezahlt worden waren. Sogar die Daten paßten zueinander. Damit war der Beweis erbracht. Simon MacKenzie wollte, daß die Shoshonen ihr altes Tal wieder übernahmen. Die Weißen wurden ausgekauft, sie hatten zu verschwinden. Bisher waren nur Ranches veräußert worden, Höfe mit Land. Nicht lange, und Simon würde auch die Häuser im Ort aufkaufen. Wie er allerdings die Bonbonfabrik und die Besitzer der Freizeit-Ranches aus dem Tal vergraulen wollte, war Jason ein Rätsel.

Ebenso ein Rätsel war, welche Seite die Gewalt ins Spiel gebracht hatte. Warum die Morde? Warum die Überfälle? Um die Weißen für einen raschen Verkauf zu motivieren? Um Haß zwischen Weißen und Indianern zu säen?

Und was zum Teufel machte Gregorys Pferd in Simon MacKenzies Stall? Wenn Greg wirklich ausgerissen war, warum hielt Simon dann das Pferd in seinem Stall verborgen?

Er fuhr aus seinen Gedanken hoch, als eine Gruppe Indianer das Haus verließ. Er senkte den Kopf, bis die Indianer in einer Ecke des parkartigen Gartens verschwunden waren. Also gut, dachte er. Nehmen wir einmal an, MacKenzie verfolgt wirklich den Plan, das Tal den Shoshonen zuzuschustern. Warum tut er das? Wenn die Indianer Land wollen, können sie's auch woanders, und billiger, kaufen. Warum mußten Menschen sterben, damit die Indianer sich gerade hier ansiedeln konnten? Verstümmelte Frauen, ein ermordetes Kind – das alles war ganz einfach nicht MacKenzies Stil.

Er schloß die Augen, trommelte mit den Fingern der linken Hand an seine Hüfte und zählte im Geiste auf, was er bei seinen Recherchen bisher als Fakten übrigbehalten hatte. Es gab (mutmaßlich) eine Verschwörung, die Weißen aus dem Tal zu vertreiben. Es gab

Menschen, die mutmaßlich ermordet worden waren, die aber auch Opfer eines tollwütigen wilden Tieres sein konnten. Es gab einen kleinen Jungen, der in den Fluß gefallen und ertrunken war.

»Verdammt!« murmelte er. »Bei Licht betrachtet, habe ich nichts. Rein gar nichts.«

Er ließ den Kopf aufs Steuer sinken. Es wird Zeit, daß ich Antworten bekomme, dachte er.

Er stieß die Tür seines Wagens auf, stieg aus und ging durch die nächtliche Kühle auf MacKenzies Wohnhaus zu.

5

Er klopfte an, trat ein und ließ die Tür hinter sich ins Schloß fallen. Im Haus war es still. Er hatte erwartet, die Totenklage zu hören. Nichts. In der äußersten Ecke der Wohnhalle war Simon MacKenzie zu erkennen. Er saß in einem Lehnstuhl. Bleicher Mond stand hinter ihm, sie hielt ihre Arme in die Hüften gestemmt. Auf der Couch, unweit von Simon, hatten Sweetwater und Tallpines Platz genommen.

Der Kreis muß durchbrochen werden, dachte Jason. Ich muß ihnen helfen, einen neuen Anfang zu finden.

»Jason«, sagte MacKenzie feierlich.

»Simon.« Er widerstand Simons Aufforderung, sich zu den beiden Indianern zu setzen. Er wollte beweglich bleiben, die Reaktionen beobachten und miteinander vergleichen, feststellen, wer sein Freund war und wer sein Feind.

»Wegen Rachel wollte ich...« begann er. »Aaron, das mit Timmy...« Er brach ab. »Ich wünschte, ich könnte Ihnen sagen, was ich empfinde.«

Aaron nickte. Seine Hand zitterte. Simon MacKenzie blieb ruhig, er sah Jason gleichmütig an. Die Luft im Raum war warm und stickig. Jason riß sich die Krawatte vom Hals, die er sich für die Fahrt nach Blairs umgebunden hatte. Die Kälte der Nacht war zu einer unwirklichen Erinnerung geworden. Das Innere des Hauses war wie ein großes, frisch ausgeschaufeltes Grab.

Er räusperte sich. »Ich bin in Blairs gewesen, Simon«, begann er. »Es ist vielleicht jetzt nicht der richtige Augenblick, über diese Dinge zu sprechen, aber ich habe herausgefunden...«

»Alles«, sagte MacKenzie. Es war offensichtlich, daß er Jasons Besuch erwartet hatte.

»Warum, Simon? Warum?«

MacKenzie lehnte sich zurück. »Sie haben sicher schon von Häuptling Washakie gehört, von dem Befehl, den er den Shoshonen gab. Die Shoshonen haben das Tal damals aufgegeben, sie sind ins Reservat gezogen. Häuptling Washakie war ein kluger Bursche. Er wußte, daß die Indianer gegen die Armee keine Chance hatten. Washakie konnte in die Zukunft sehen.«

»Und das Chaos, das wir jetzt erleben, das ist die Zukunft?« fragte Jason sarkastisch.

»Ich komme gleich darauf. Sie wissen vielleicht, daß die Shoshonen, wie andere Indianerstämme auch, Zauberpriesterinnen haben. Heilige Frauen. Mein Urgroßvater heiratete eine solche Zauberpriesterin, als seine erste Frau starb. Mein Großvater ebenfalls. Das Interessante daran ist nicht so sehr, *daß* diese Verbindungen zustandekamen, sondern *warum* sie zustandekamen. Von Bedeutung ist dabei, daß auch ich eine Indianerin geheiratet habe. Nicht irgendeine Shoshonin, sondern eine Frau, die über besondere Kräfte verfügte.«

»Rachel«, sagte Jason mit einem Blick auf die Tür, an der eine schwarze Schlaufe hing.

Simon MacKenzie nickte. »Sehen Sie, dieses Tal ist seit Jahrtausenden heilig. Die Indianer hatten hier ihre Weihestätten, hier fanden die Beisetzungen und die religiösen Zeremonien statt. Es wurden Riten ausgeübt, die heute zum großen Teil in Vergessenheit geraten sind. Mein Urgroßvater, der das Land in Besitz nahm, hatte davon keine Ahnung, und als man es ihm sagte, kümmerte er sich nicht darum. Er erklärte das ganze Tal zu seinem Besitz. Washakie war in einer so schwachen Position, daß jede Gegenwehr sinnlos war. Er und sein Volk gaben den Grund frei ohne Blutvergießen.«

»Aber es ist immer noch heiliger Boden«, sagte Daniel leise.

»Sollte man es dann nicht zum Reservat machen?« fragte Jason.

»Um die Frage zu beantworten, muß man die religiöse Einstellung der Shoshonen ansehen«, sagte MacKenzie. »Was dieses Tal angeht, so wurde es nicht vom Hauptstamm, sondern von einer Seitenlinie bewohnt. Eine Gruppe, die sich abgespalten hatte. Es waren Fanatiker, die von einer Wiedergeburt der indianischen Kultur träumten. Häuptling Washakie sah das viel realistischer. Er hatte seinen Shoshonen sogar verboten, das Tal überhaupt zu betreten. Ihm gefielen die Riten nicht, die der abgespaltene Stamm ausübte. Der Tanz der Geister. Die Wiedererweckung der Gottheit Tekumseh. Na ja, mein Urgroßvater hat in all das hineingeheiratet, ohne sich groß Gedanken zu machen.«

MacKenzie, so ging es Jason durch den Kopf, fühlte sich schuldig. Seine Vorfahren hatten den Indianern ihre heiligen Stätten weggenommen. Er hatte den Schaden wiedergutmachen wollen. Mit seiner Frau Rachel als treibender Kraft hatte er die Shoshonen wieder in ihre Rechte eingesetzt. Nicht den Hauptstamm, wie es schien, sondern eine Splittergruppe. Dieser Minderheit, so der Plan, würde er den Traum verwirklichen helfen, den sie seit so langer Zeit träumten.

»Er hat verstanden«, sagte Aaron Sweetwater.

»Natürlich habe ich verstanden«, sagte Jason. »Ich bin kein Dummkopf, wissen Sie. Ich habe sogar Sympathien für ein solches Projekt. Aber das Ziel heiligt nicht die Mittel.«

»Da sind wir verschiedener Meinung«, sagte Daniel.

»Dies ist keine Angelegenheit, die man unter Gentleman diskutiert, um dann unverrichteter Dinge auseinanderzugehen«, widersprach ihm Jason. »Dazu stehen zu viele Leben auf dem Spiel, und das auf beiden Seiten.« Er ballte die Hände und legte sie an die Schläfen. »Ich vermute, daß Rachel die eigentliche Urheberin des Plans war.«

»Sie hat mir gesagt, was zu tun war«, gab MacKenzie zu. Er deutete auf seine beiden Gäste. »Meine Freunde hatten volles Vertrauen in Rachel, ebenso wie ich, Sie hat das Traumbild für uns alle sichtbar gemacht.«

Ein Ausdruck des Schmerzes war in MacKenzies Züge getreten. Aber Jason war nicht bereit, die Sache auf sich beruhen zu lassen. »Ihre Motive kann ich verstehen«, sagte er. »Aber, Simon, warum haben Sie nicht versucht... Ich meine, Sie hätten einige Parzellen kaufen können für Ihre Blutsbrüder, ohne deshalb die weiße Bevölkerung zu vertreiben. Warum haben Sie nicht in aller Offenheit erklärt, worum es Ihnen geht?«

»Ted Waters.« Es war Aaron Sweetwater, der den Namen ausstieß.

»Es wird immer Männer wie Waters geben«, sagte Jason. »Aber er hätte sich Ihnen doch nicht in den Weg stellen können, wenn Sie mit Ihrem Projekt an die Öffentlichkeit gegangen wären.«

Drückende Stille. Die Hitze im Raum hatte zugenommen. MacKenzie ließ den Kopf auf die Brust sinken. Er verschränkte die Hände in seinem Schoß.

»Rachel hat es getan«, sagte Tallpines in die Stille. Er schien erleichtert, als ob er das Wissen lange Zeit als Bürde in seinem Herzen getragen hätte. »Rachel hat gesagt, welchen Weg wir gehen müssen. Es geht bei alledem nicht nur um das Kaufen und Verkaufen von Land. Der Boden ist heilig, Jason. Können Sie einen Geist kaufen und verkaufen? Die Weißen haben das nie verstanden. Wir Indianer haben keine Kirchen. Unsere Kirche ist das Land, die Luft, die Berge, der Fluß. Die weißen Siedler messen dem keine Bedeutung bei. Damals nicht, als die Indianer dezimiert wurden, und jetzt auch nicht. Wenn eine Straße über heiligen Grund gebaut werden muß, dann wird sie eben gebaut. Was im Wege steht, wird abgerissen. Das ist Fortschritt.«

»Menschen zu töten, das ist kein Fortschritt«, sagte Jason.

MacKenzie war aufgestanden. Mit einer brüsken Bewegung schob er seinen Stuhl zur Seite. »Mit den Todesfällen, die im Tal vorgekommen sind, haben wir nichts zu tun!« sagte er scharf. »Verdammt noch mal, wir wußten genau, was wir taten...«

»Simon«, sagte Tallpines. Er sah ihn mit traurigem Ernst an. »Simon, beruhige dich doch.«

MacKenzie ließ sich in seinen Sessel sinken. Tallpines kam auf Jason zu. Er nahm ihn am Arm und führte ihn an die Fensterfront der Wohnhalle.

»Jason«, sagte er, »ich bin glücklich, daß es zu diesem Gespräch gekommen ist. Ich wollte schon lange mit Ihnen reden. Aber solange Rachel noch lebte, war das nicht möglich. Ich werde Ihnen etwas sagen, was Sie vielleicht überraschen wird. Ich werde zu der Bürgerversammlung gehen, Aaron ebenfalls. Rachel hätte eine Verständigung, einen Kompromiß, niemals zugelassen. Inzwischen ist die Situation anders. Rachel lebt nicht mehr. Und wir sind nicht mehr die Narren, die wir gestern waren. Wir sind fähig zu lernen, Jason. Was wir jetzt wollen, ist, daß die Menschen im Tal unsere Ziele kennenlernen.«

»Sie waren bisher nicht sehr wählerisch bei den Methoden, diese Ziele zu erreichen«, sagte Jason finster.

»Dazu gibt es innerhalb unserer Gruppe verschiedene Meinungen.« Er sprach so leise, daß MacKenzie ihn nicht hören würde. »Jason, wir haben versucht, Simon umzustimmen. Er muß verstehen, daß man nicht mit dem Kopf durch die Wand kann. Die Spannungen, die entstanden sind, müssen ausgeräumt werden. Ein Timmy genügt.«

Jason wußte nicht, was er ihm hätte antworten können. Ob er

Tallpines die Wandlung vom Saulus zum Paulus überhaupt abnehmen konnte?

»Ich möchte Sie um einen Gefallen bitten«, sagte Tallpines. »Schreiben Sie noch nicht über die Sache. Wenn in der Zeitung darüber berichtet wird, ohne daß wir Indianer vorher Gelegenheit hatten, unseren Standpunkt klarzumachen, wird zuviel Porzellan zerschlagen. Sie wissen, wie das geht, Jason. Für die Hitzköpfe unter den Weißen wäre das doch nur ein Signal, aufs neue loszuschlagen. Sie werden uns Indianer nie verstehen. Es würde noch mehr Blutvergießen geben.«

Jason sah ihm in die Augen. »Ich möchte, daß Sie mir eine Frage ganz klar beantworten, Daniel. Wie kommt Gregs Pferd auf diese Ranch?«

»Gregs Pferd? Was wollen Sie damit sagen?«

»Ich habe das Pferd selbst gesehen, es steht im Stall. Ich erkenne es an der Zeichnung.« Jason sprach jetzt so laut, daß MacKenzie ihn hören konnte. Er wandte sich zu ihm. »Simon, was ist mit Gregory Thornton passiert?«

»Ich weiß nicht, wovon Sie sprechen!« explodierte MacKenzie. »Sie sind ja verrückt. Sie...« Er stand auf und trat auf Tallpines zu. »Daniel, ich schwöre, daß ich...«

»Du hast schon oft geschworen, Simon!« Sweetwater hatte ihm das Wort abgeschnitten. Er ging zur Tür und öffnete sie. Tallpines folgte ihm. Beide waren auf der Schwelle stehengeblieben. »Du hast geschworen, Rachel wäre... Wir haben dir geglaubt, Simon. Du hast...«

»Mein Sohn ist tot«, sagte Aaron mit erstickter Stimme.

»Es war Tag!« stammelte MacKenzie. »Du weißt doch, daß Rachel...«

Die Tür fiel ins Schloß. Jason war allein mit dem alten Mann. Er dachte über das Gehörte nach. Welche Verbindung Aaron zwischen Rachel und Timmy sah, war unklar. Was konnte Rachel denn mit dem Tod des kleinen Jungen zu tun haben? »Kommen Sie!« sagte Simon MacKenzie in seine Gedanken hinein. Widerstrebend folgte Jason ihm zu der Tür, an deren Klinke ein Trauerflor befestigt war. Sie betraten einen düsteren Flur. Am Ende des Flurs angekommen, öffnete MacKenzie eine dicke, messingbeschlagene Tür. Er überquerte die Schwelle, im nächsten Augenblick war er in einer bronzenen Wolke verschwunden.

Jason stützte seine Hände auf die Lehne des hohen Stuhls. Betroffen musterte er den aufgebahrten Leichnam.

Man hatte Rachel ihr Fellkleid angezogen. Das weiße Haar lag über das Kissen ausgebreitet. Zu Häupten der Toten flackerten zwei mächtige Kerzen.

»Nur nicht so ängstlich, Mr. Clarke!«

Simon MacKenzie löste sich aus dem Halbdunkel und trat auf die Bahre zu. Ein paar Herzschläge lang sah er Jason in die Augen. Dann ergriff er die Hand der Toten, begann ihre Finger zu streicheln.

»Daniel hat nicht alles gesagt, Mr. Clarke. Was Sie noch wissen müssen, werden Sie jetzt von mir erfahren.«

Draußen hatte sich Wind erhoben. Die Bö war so heftig, daß die Vorhänge an den hohen Fenstertüren sich zu bewegen begannen. Mit einem Knall sprang die mittlere der drei Türen auf. Ein verwelktes Blatt wurde hereingeweht, schob sich mit kaum hörbarem Kratzen bis unter das Bett der Toten. Jason warf einen Blick in die Nacht hinaus. Der Kramer's Mountain war nicht zu sehen, und doch war der Berg gegenwärtig.

»Rachel glaubte an Geister, Mr. Clarke. Wie alle Söhne ihres Volkes glaubte sie daran, daß die Dinge, die uns umgeben, beseelt sind. Sie sprach mit diesen Geistern. Ihr ganzes Leben hat sie im Zwiegespräch mit der Natur verbracht, Mr. Clarke. Und sie ist auch mit den Geistern ihrer Vorfahren in Verbindung getreten, sie hat die alten Traditionen, die vorgeschichtlichen Riten der Indianer erkundet. Sie war verwandt mit der Frau, die mein Großvater heiratete. Ebenso mit der Frau meines Urgroßvaters. Was sie erfuhr, stammt nicht aus schriftlichen Überlieferungen, Mr. Clarke. Sie erfuhr es in ihren Träumen. Sie war eine sehr religiöse Frau. Und sie hatte Macht über die Menschen.«

Jason rieb sich die Unterarme. Ihm war kalt. Überhaupt war ihm ungemütlich geworden. Welche Bürde würde er übernehmen müssen, wenn er den Worten MacKenzies weiter zuhörte?

»Sie hat uns ausgewählt«, flüsterte MacKenzie. »Mich, Daniel und die anderen. Wir alle waren in der Welt des weißen Mannes gewesen und mit der Botschaft zurückgekehrt, daß diese Welt leer ist. Alle, die so denken, hat Rachel wie Kinder um sich geschart. Und wie man mit Kindern spricht, so hat sie uns Geschichten erzählt. Sie hat Prophezeiungen gemacht.«

»Das Tal«, sagte Jason und lauschte in das Singen des Windes hinein.

MacKenzie nickte. »Das Tal.«

Der Wind hatte mit Rachels Haar zu spielen begonnen. Eine weiße Strähne hatte sich über ihre Augen gelegt.

»Sie kannte die heiligen Worte, Jason. Wunderschöne Worte.«

Er verfiel in Schweigen. Sein Blick war in die Finsternis der Nacht gerichtet.

»Sprach sie Gebete?« fragte Jason.

»Sie sprach die Worte. Für sie war es das Sein.« Er hob mit einer erklärenden Geste die Hände.

»Sie meinen, Rachel konnte sich in einen Baum verwandeln oder in...«

»Schweigen Sie!« herrschte ihn Simon an. »Dies ist nicht der Moment für Scherze!«

»Aber ich...«

Simon MacKenzie gebot ihm zu schweigen. Minuten verstrichen. Jason sehnte sich danach, den Raum zu verlassen und das Haus. Er würde nach Windriver zurückfahren, Galen und Donna erzählen, was er erfahren hatte. Und dann würde er sich in Carosa's Bar setzen und sich betrinken.

»Sie war alt«, hörte er MacKenzie flüstern. »Sie hat ihr ganzes Leben gebraucht, um die Fähigkeit zur Verwandlung zu erlangen.« Er brach in Tränen aus. Der Wind spielte mit den Kerzenflammen. »Hundertmal habe ich ihr gesagt, Rachel, du wirst dich dabei umbringen. Und so geschah es auch. Sie wurde krank, todkrank.«

Der Wind.

MacKenzie gab die wächserne Hand seiner Frau frei. Er ging auf die offene Feuerstelle zu und ergriff einen kleinen Gegenstand, der auf dem Sims lag. »Immer, wenn die Stunde kam, ist sie in diesem Raum gegangen, Jason. Die Worte... Ich...« Eine hilflose Geste. Seine Stimme klang wie ein Kind, das einen Greis nachahmt. »Ich weiß nicht, wann zum letzten Mal.« Er hob die Hand und warf den kleinen Gegenstand an die Wand. »Rachel«, flüsterte er. »Was tust du?«

6

Tallpines stand an den Wagen gelehnt. »Nun?« fragte er, als Jason aus dem Haus kam. »Was hat er Ihnen erzähltt?«

Jason spürte, wie ihn die Wut beschlich. »Was glauben Sie wohl?

Er sagt, Rachel wäre so etwas wie ein Werwolf oder ein Werbaum... Mein Gott, der Mann ist über dem Tod seiner Frau verrückt geworden, das ist die ganze Erklärung.« Er ballte die Hand zur Faust und drückte sie mit kreisenden Bewegungen auf seine Stirn. »Tut mir leid, Daniel, aber ich bin...«

»Sie sind frustriert, nicht wahr. Sie haben etwas ganz anderes herausgefunden, als Sie erwartet hatten.«

Jason ließ die Hand sinken. »Hören Sie mal... Glauben Sie etwa an die Geschichte mit dem Werwolf?«

»Warum nicht, Jason? Wer hat denn sonst das Vieh getötet? Wer hat Harry Felsom auf dem Gewissen?«

»Sie... sind genauso verrückt wie Simon!«

Der Indianer hielt ihn beim Arm gepackt. »Ich wollte den Leuten doch nur angst machen. Meine Aufgabe war einzig und allein...«

Jason wedelte mit der Hand, als wollte er eine unsichtbare Fliege vertreiben. »Sind Sie sich darüber im klaren, daß Sie gerade Rachel MacKenzie des Mordes beschuldigt haben?«

»Ja.«

»Man wird Ihnen nicht glauben.«

»Ihnen wird man ebensowenig glauben, Jason.«

Sie bestiegen den Wagen. Jason machte es sich am Steuer bequem. Er musterte den Indianer aus den Augenwinkeln. »Ich soll also glauben, daß Rachel MacKenzie sich in gewissen Abständen in ein Ungeheuer verwandelte! Daß sie Harry getötet hat. Daß sie Ellie in den Wahnsinn getrieben, Kühe auf der Weide aufgeschlitzt, Bullen verstümmelt hat! Wie dumm schätzen Sie uns Weiße eigentlich ein, Tallpines?« Der Indianer wollte ihm antworten, aber Jason legte ihm den Finger auf die Lippen. »Ein Moment mal! Das bedeutet...« Er starrte auf die dunkle Silhouette des Hauses. »Wenn es stimmt, was Sie glauben, Tallpines, dann hat Rachel auch Gloria und Billy getötet. Sind Sie...«

»Nein«, sagte Tallpines.

»Entweder-oder, Partner. Ich habe die beiden Leichen mit eigenen Augen gesehen, und ich habe mir die Protokolle über die anderen Todesfälle genau angesehen, auch die Obduktionsbefunde. Mich wundert, daß es sonst noch niemandem aufgefallen ist, aber wir haben es hier mit dem gleichen Täter zu tun. Es bleiben demnach nur zwei Möglichkeiten. Entweder Ihre zartfühlende Blutsschwester hat's getan, oder ein Monster, das sich alle paar Wochen wahllos ein Opfer sucht.«

»Sie machen sich lustig über Rachel!«

»Tut mir leid«, sagte Jason ärgerlich. »Aber Sie selbst haben diese Wahnsinnstheorie aufgestellt, nicht ich.«

»Das bedeutet noch nicht, daß wir mit dieser Version auch an die Öffentlichkeit gehen müssen. Sie sind der einzige, der es weiß.«

»Der es weiß?« Jason spürte den schier unüberwindlichen Drang, dem anderen ganz langsam die Kehle zuzudrücken. »*Ich* weiß überhaupt nichts, Daniel. Sie und MacKenzie haben mich mit Ihren Ungereimtheiten gefüttert, das ist alles. Was MacKenzie angeht, so mache ich ihm keine Vorwürfe. Er ist in einem Zustand, wo man ihn nicht für seine Äußerungen verantwortlich machen kann. Aber Sie, Tallpines! Warum beharren Sie auf einer derart abenteuerlichen Theorie?«

Er löste die Handbremse und legte den Gang ein. Plötzlich umklammerte Tallpines seinen Arm. »Ich habe Angst, Jason.«

Ein Alptraum, dachte Jason. Nur ein Alptraum. Aber als er aufsah, saß der Indianer neben ihm.

»Sprechen Sie, Tallpines. Sagen Sie mir, was Sie wissen.«

»Etwas ist schiefgelaufen, Jason. In den früheren Jahren hat Rachel es alle zwei oder drei Monate getan. Letzten Herbst wurde sie krank. Wir wußten, daß sie es im Frühjahr wieder versuchen würde. Wir haben alle versucht, sie davon abzuhalten. Sie ließ sich nicht belehren. Sie war von einem glühenden Ehrgeiz erfüllt. Sie wollte den heiligen Boden für die Indianer zurückgewinnen, bevor sie starb. Als die Morde geschahen, da wußten wir, daß etwas schiefgelaufen war. Jason...«

»Wie dem auch sei, sie ist tot.« Jason sagte es klar und hart. Es gab keine andere Methode, mit diesem Mann fertig zu werden. »Sie ist tot«, wiederholte er. »Wovor haben Sie jetzt noch Angst?«

»Ich habe Angst, daß man die Indianer beschuldigen wird, Jason. Die Leute werden glauben, wir hätten geheimnisvolle Rituale veranstaltet. Nächtliche Blutopfer...«

»Haben Sie das denn nicht?«

»Verdammt noch mal, Jason!«

»Warum verfluchen Sie nicht Ihr eigenes Volk anstatt mich? Sie haben gerade zugegeben, daß Rachel MacKenzie Harry Felsom ermordet hat. Ist das ein Blutopfer oder nicht?«

»Es war notwendig.«

»Wozu?«

»Rachel brauchte das Blut, um Kraft zu schöpfen.«

Jason blieb das Lachen im Halse stecken.

»Sie hat nie etwas gegessen«, fuhr Tallpines fort. »Sie brauchte in ihrer menschlichen Hülle nichts zu sich zu nehmen.«

Jason lehnte sich in seinem Sitz zurück. Er schloß die Augen. Es hatte keinen Sinn, mit einem Verrückten die Hintergründe für einen Mordfall zu erörtern. »Und nun, Daniel?« fragte er. »Was können wir tun?«

»Geben Sie den Indianern eine Woche Zeit, Jason. Die Trauerzeremonien für Rachel werden eine ganze Woche dauern. Viele Trauergäste werden kommen. Inzwischen wäre es wichtig, daß nichts über die Sache in der Zeitung erscheint. Versuchen Sie auch die Bürgerversammlung auf einen späteren Termin zu verlegen. Ich möchte eine Erklärung abgeben, sobald es soweit ist. Ich möchte, daß man mich und meine Blutsbrüder versteht. Rachel hat sich nicht zurechtgefunden in der neuen Zeit, aber wir sind nicht wie sie. Wir wollen kein Blutvergießen mehr. Bitte, Jason, helfen Sie uns.«

»Und die Sache mit Harry Felsom?«

»Wir werden ein andermal darüber sprechen.«

Jetzt wurde es Jason zuviel. Erst morgen, so bedeutete er dem Indianer, würde er die Entscheidung treffen, ob man die Angelegenheit vorläufig vertuschte. Er war jetzt einfach zu verwirrt, um einen klaren Gedanken zu fassen. Er ergriff Tallpines am Arm. »Vor Rachel brauchen Sie keine Angst mehr zu haben, das wissen Sie doch. Sie ist tot, wirklich tot. Es wird keine Morde mehr geben.«

»Gewiß nicht, Jason.«

Jason kuppelte ein und startete den Motor. Er fuhr so schnell, daß er beinahe den Grenzstein der MacKenzie-Ranch an der Elkhorn Road mitgenommen hätte. In der Windschutzscheibe tanzte das grüne Spiegelbild seines Schädels. Es erinnerte ihn lebhaft an Rachels Totenmaske.

FÜNFTES KAPITEL

1

Er war in Carosa's Bar gelandet. Er nahm an der Theke Platz, lauschte den Stimmen der Männer und fuhr aus seinen Gedanken hoch, als Carosa ihm den Kaffee hinstellte.

»Waren Sie eigentlich schon mal verheiratet, Jason?«

»Nein. Hab' noch keine Zeit gefunden. Hatte auch kein Geld.«

Carosa nickte. »Heiraten bringt auch nichts. Außer Kinder. Und die sind's nicht wert, glauben Sie mir.«

Jason hatte Mühe, sein Grinsen zu verbergen.

»Ich meine es so, wie ich's sage«, fuhr Carosa fort. »Nehmen Sie zum Beispiel David.« Er wandte sich um und warf einen raschen Blick auf seinen Sohn, der mit dem Gläserputzen beschäftigt war. »Der Junge ist wie durch ein Wunder gesund geworden, und was tut er? Er stellt sich in meine Bar und putzt Gläser. Können Sie das verstehen?«

»Was ist so schlimm daran?«

»Der Junge könnte doch aufs College gehen«, sagte Carosa. »Er könnte alles Mögliche machen, aber doch nicht hinter einem Tresen stehen. Soviel Geld habe ich in den Burschen investiert, und jetzt will er Barkeeper spielen.«

Jason brachte ein verständnisvolles Lächeln auf seine Züge.

»Oder Carole.« Carosa hob den Blick zur Zimmerdecke, was wohl als Anspielung auf Caroles Zimmer zu verstehen war, das sich im ersten Stock des Hauses befand. »Ich hab' kein Verständnis für sie, sagt sie, ob Sie's glauben oder nicht. Sie kann's nicht erwarten, in die Stadt zu kommen, wo sie an jeder Straßenecke vergewaltigt wird, und das am hellichten Tage.« Er schüttelte mißmutig den Kopf. »Ich kann das Mädchen ganz einfach nicht verstehen, Jason. Vielleicht können Sie's.« Er seufzte. »Einen Southern Comfort?«

»Ja, bitte.«

»Dachte ich mir. Wissen Sie, ich sorg' für die Kinder, bis sie groß sind, und jetzt will der Junge keinen anständigen Beruf ergreifen, und das Mädchen kann's nicht erwarten, bis sie in der Stadt unter die Räder kommt. Richtig verrückt.«

Jason hatte die Hälfte seines Sandwichs vertilgt, als Stan Kelly in die Bar kam. Jason stand auf und setzte sich in eine dunkle Ecke, aber es war zu spät. Der Mann hatte ihn bemerkt. Er kam auf ihn zu.

»Tag, Reporter.«

»Tag.«

»Arbeiten Sie an einer Story?«

»Yep.«

»He, Carosa, einen Drink für den Reporter.«

»Danke«, sagte Jason. »Hab' schon.« Er deutete auf sein halbvolles Glas und sicherheitshalber auch noch auf seine Kaffeetasse.

»Auf einem Bein steht man nicht«, sagte Stan Kelly. »Sie müssen bei Kräften bleiben als Reporter.« Kelly kniff die Augen zusammen. »So sitzen Sie richtig.«

»Wie?«

»Mit dem Rücken zur Wand. Da werden Sie wenigstens nicht von hinten erschossen, Clarke.«

Jason grinste. Der Totengräber schien wieder einmal betrunken zu sein.

Nachdem Stan Kelly sich an der Theke postiert hatte, betraten ein paar Schüler den Raum. Sie gingen durch zum hinteren Bereich, wo die Flipper standen. Das Gespräch drehte sich um die Lehrer, die Schule, um Windriver, und Jason fragte sich, ob die Jungen später einmal mit Wehmut an die Schulzeit zurückdenken würden und an den kleinen Ort, der inzwischen als frühe Station ihres Lebensweges hinter ihnen zurückgeblieben war.

Er trank seinen Kaffee aus, und dann kippte er den Rest seines Southern Comfort mit einem Zug hinunter. Er wartete, bis das Brennen abebbte und dem süßen Nachgeschmack Platz machte. Carosa stand vor ihm und zog eine Grimasse. Wer zu Carosa kam, pflegte einen Bourbon zu bestellen, allenfalls einen Wyoming Scotch. Jedenfalls würde sich Carosa nie daran gewöhnen, daß jemand ein scharfes Gesöff bevorzugte, das zugleich so süß war, daß es in Sekundenschnelle Löcher in völlig intakten Zähnen hinterließ.

»Das gleiche noch mal«, sagte Jason. Er lehnte sich zurück.

Weitere Gäste hatten die kleine Bar betreten. Sie beachteten ihn nicht, und Jason war das ganz recht so. Er hing seinen Tagträumen nach. Tagträume hatten den Nachteil, daß man oft in einer Sackgasse endete. Aber manchmal hatte man auch Erfolg, und so hatte Jason nicht vor, von der Angewohnheit abzulassen.

»Aha«, sagte eine Stimme.

Donna stand vor ihm. Noch bevor sie neben ihm Platz nehmen konnte, stellte Carosa ihr ein Glas Burgunder hin. Jason gab ihr die Hand. Sinnend betrachtete sie die Knöchel.

»Ich hab' versucht dich anzurufen«, sagte er.

»Galen hat mir gesagt, wo du bist. Ich hab' mich gleich nach der Rückkehr von der Ranch in meine Bücher vergraben. Tollwut und so schöne Dinge.«

»Und?«

Sie zuckte die Schultern und nippte an ihrem Glas.

»Also doch ein tollwütiger Bär, der durch die Wälder tapst?«

»Dazu könnte ich erst was sagen, wenn das Tier gefangen ist. Sag mal, du machst so ein enttäuschtes Gesicht.«

Er lächelte. »Ach wirklich?«

»Jason, ich merke ganz genau, du verschweigst mir was. Ich hab' fünf Minuten vor dir gestanden, ehe du mich bemerkt hast. Was hast du für ein Problem?«

Er versuchte sich herauszuwinden. »Über Gott und die Welt, über den Menschen und das Böse...«

»Über das Böse?«

Der Wortwechsel, den Kelly mit einem der Schüler begonnen hatte, war zum Streit geworden. Carosa ging nach hinten. Wenig später verließen die Schüler die Bar. Als sie die Tür öffneten, fuhr der Wind herein und fegte alle Servietten von den Tischen.

»Jason?«

Er stellte das Glas eine Handbreit nach links und panschte mit der Fingerspitze in der kleinen Lache.

»Als ich hier ankam«, sagte er, ohne den Kopf zu heben, »da sagte mir Galen, das Böse sei im Begriff, von Windriver Besitz zu ergreifen. Ich bin nicht sicher, Donna, aber inzwischen sieht es so aus, als ob er recht hatte.« Sie stellte ihr Glas auf die Platte zurück. Ihre Augen blickten ernst und aufmerksam. »Ich weiß nicht genau, was Übel ist«, fuhr er fort. »Ob es eine aktive Kraft ist, oder ob man damit einfach die Abwesenheit von Gott bezeichnet. Ich weiß es nicht. Es gibt Leute, die behaupten, auch *Dinge* könnten böse sein. Häuser und Brücken zum Beispiel. Ich weiß es nicht. Besser gesagt, ich glaube nicht, daß Dinge böse sein können. Ich...« Er ließ seinen Blick in die Runde schweifen. Donna hatte ihre Brille abgesetzt. Sie schmiegte sich an ihn. Schade, dachte er. Schade, daß er sie nicht mitgenommen hatte zu dem Gespräch mit MacKenzie. »Was ich jetzt sage, ist nur eine Theorie, okay?«

Sie nickte. Er hätte sie küssen mögen.

»Nehmen wir einmal an, in jedem von uns sitzt das Böse oder die Fähigkeit, Böses zu tun. Wir können diese Fähigkeiten kontrollieren. Das Böse nährt sich aus Dingen und aus Gefühlen. Zum Beispiel aus Wut, Angst, Haß. Je mehr man ihm zu fressen gibt, um so stärker wird es. Nicht wie bei Freud oder Jung. Das Böse ist keiner Therapie zugänglich, weder auf der Couch des Psychiaters noch im Urwald. Es reagiert auch nicht, wenn man eine Teufelsaustreibung veranstaltet. Es ist Teil unserer selbst. So selbstverständlich wie das Atemholen. Aber wir können das Gefühl kontrollieren. Normalerweise. Aber manchmal eben nicht. Manchmal haben wir auch keine Lust, das Böse in uns zu kontrollieren. Oder aber wir merken gar nicht, daß wir uns innerlich verändert haben.«

»Wie Hitler?«

»Ich weiß nicht, ob das Beispiel hier paßt. Aber gehen wir einmal davon aus, das Böse kann genährt und kontrolliert werden. Es handelt sich also nicht um eine Selbsttäuschung, nicht um eine Einbildung. Wer vom Bösen spricht, ist nicht verrückt. Soweit einverstanden? Nun stellen wir uns einen Menschen vor, der sein ganzes Leben lang versucht hat, sich und die anderen zu verstehen, die Welt, Materie und Geist, zu begreifen. Dieser Mensch, er oder sie, gelangt zu der Erkenntnis, daß Erfahrungen vermittelt werden können. Er oder sie trägt das Gefühl der Wut, der Angst und des Hasses in sich. Diese Gefühle werden so übermächtig, daß sich daraus ein neues Wesen formt. Eine Kraft. Eine Fähigkeit. Weißt du, was man unter Lykomanie versteht?«

Sie dachte nach. »Hat das was mit Werwölfen zu tun?«

Er nickte. »Wir bezeichnen damit die Wahnvorstellung, in ein wildes Tier verwandelt zu sein. In einen Werwolf zum Beispiel. Was dabei zu beachten ist, will ich dir sagen. Nach allen meinen Erfahrungen gibt es nur Werwölfe wider Willen. Niemand sagt oder denkt: Wie schön, wenn ich ein Werwolf wäre. Die Sache überkommt einen, und wenn man sich noch so dagegen wehrt. Es gibt also keinen Menschen, der es darauf anlegt, von einem Werwolf gebissen zu werden, und zwar schon deshalb nicht, weil ein Werwolf nicht nur für andere Menschen ein Greuel ist. Auch der Werwolf selbst verabscheut sich.«

»Jason«, sagte Donna. Sie hatte ihre Brille wieder aufgesetzt.

»Willst du mit alledem etwa behaupten, daß in Windriver ein Werwolf herumgeistert?«

»Nein«, sagte er. Dann korrigierte er sich. »Jedenfalls kein Werwolf im üblichen Sinne.«

»In welchem Sinne denn dann?«

Mein Gott, dachte er, auf was habe ich mich eingelassen?

»Das Böse«, sagte er, »war nicht in der Ortschaft Windriver, sondern in einem Menschen verborgen. Dieser Mensch empfand soviel Wut, Angst und Haß, daß daraus ein Monstrum entstand. Ein Wesen von den Eigenschaften eines Werwolfs. Welches sind diese Eigenschaften? Ein Werwolf *muß* töten, das ist seine Natur. Und so hat das Wesen getötet. Es empfindet keine Gewissensbisse, keine Schuld.«

Donna starrte auf seine Finger. »Der Name dafür ist *das Böse*.«

»Ich weiß.«

Eine Flasche fiel zu Boden und zerschellte, und dann begann ein erregter Wortwechsel zwischen dem alten Carosa und seinem Sohn.

»Du hast gesagt, das Böse *war* in diesem Menschen verborgen. Gibt es diesen Menschen denn nicht mehr?«

»Ein Teil ist tot.«

»Jason?«

Er fuhr sich mit der Hand durch die Haare, um seine Nervosität zu verbergen. Er kam sich plötzlich wie ein Angeklagter vor, der die Geschworenen betrachtet. Die Geschworenen hatten soeben in ihrer Bank Platz genommen.

»Wieviel von dem, was du gesagt hast, ist Hypothese, und wieviel ist Wirklichkeit?«

Er spreizte die Hände zu einem Dom. »Wer könnte das sagen.«

»Glaubst du selbst an deine Theorie?«

»Ich hab' mich doch gut genug erklärt, oder nicht?«

»Das ist mal wieder typisch. Du beantwortest keine meiner Fragen.«

»Ist ja schon gut. Ich werd's dir sagen. Also, was das Böse in den Menschen angeht, man mag das Teufel oder Dämonen nennen, Erbsünde oder Sündenfall, Verlust der Gnade, was auch immer, jawohl, ich glaube, daß es so etwas gibt.«

Sie zögerte. »Aber das Wesen, von dem du gesprochen hast. Glaubst du wirklich, daß solch ein Monstrum gelebt hat?«

Ich muß jetzt ehrlich zu ihr sein, dachte er. Er nickte. »Für eine kurze Zeitspanne, ja. Entschuldige die Metapher, aber im nüchternen Licht des Tages kann das Wesen natürlich nicht überleben.«

»Bist du sicher?«

»Aber, Donna. Muß ich denn wirklich die ganzen Allgemeinplätze wiederholen, daß wir im zwanzigsten Jahrhundert leben, daß wir keine Wilden sind und so weiter?«

»Dann schau dir einmal deine Hände an!«

Er brauchte sie nicht anzuschauen. Das Klopfen seiner Hände auf dem Tisch war so laut, daß die anderen Gäste herübersahen. Er verbarg die Hände in seinem Schoß.

Sie neigte sich zu ihm und tastete nach seiner Schulter. »Jason, was ist auf der Ranch passiert?«

»Ich weiß es nicht.«

»Etwas hat dir Angst gemacht, das merke ich dir an.« Er schwieg. Donna hatte seine Hände ergriffen. »Ich will dir erzählen, wie's bei mir war. Die Tiere, die ich zu behandeln hatte, zeigten keinen organischen Befund. Weißt du, was los war? Die hatten Angst. Todesangst. Ich habe es dem Besitzer der Pferde gar nicht gesagt.« Sie strich ihm mit unendlicher Zärtlichkeit über den Handrücken. »Sag mir die Wahrheit, Jason. Wovor hast du Angst?«

Er biß sich auf die Lippe.

»Sag's mir, bitte!«

Er sagte es ihr.

2

Sie hielt ihn untergehakt. Nur ganz leicht, denn sie wollte natürlich nicht, daß er sie für besitzergreifend hielt. Sie gingen auf dem Bürgersteig entlang. Galen schien an ganz was anderes zu denken. Er erzählte von Donna Oldfield und daß diese Donna es auf seinen Vetter abgesehen hatte. Dagegen wäre ja nichts einzuwenden, dachte Esther Lynn. Dann fiel ihr ein, daß Galen sich Jason gegenüber wohl wie ein Vater vorkam, und dann hatte es sowieso keinen Sinn, eine kritische Bemerkung anzubringen. Sie drückte sich etwas näher an ihn heran und lächelte. Es war Galens Idee gewesen, etwas spazierenzugehen. Gut, hatte Esther Lynn gesagt, aber dann nicht auf dem Pike. Auf dem Pike waren die Jäger. Dann nahm sie schon eher in Kauf, daß sie am Bahndamm oder am Fluß landen würden. Der Wind war angenehm kühl, die Blätter erzählten Geschichten, und die Lichter, die von den Häusern herüberblinkten, stimmten Esther Lynn tröstlich bis melancholisch.

»Wissen Sie, Esther«, sagte er, »wenn ich einmal nicht mehr bin, werde ich das alles sehr vermissen.«

»Galen!« Sie sagte es mit unverhohlener Angst. Sie wußte, daß der Zeitpunkt näher und näher rückte. Die Sache machte ihr Sorgen, und dann hatte er ihr auch noch nicht gesagt, was es mit den durchsichtigen Kapseln auf sich hatte, die er in der Anzugtasche mit sich zu führen pflegte. Alle in Windriver wußten das. Aber Galen wußte nicht, daß die Leute es wußten. Esther Lynn war entschlossen, nicht auf die Kapseln zu sprechen zu kommen, es sei denn, daß Galen selbst die Sache aufs Tapet brachte.

»Man kann der Sache nicht ausweichen, Esther.«

»Oh, Galen, halt den Mund.«

Belustigt schaute er auf sie hinab. Dann lachte er. »Ich bin nicht so dumm, wie manche Leute denken.«

»Von was reden Sie?«

»Ich meine, daß alle so furchtbar nett sind zu mir in den letzten Wochen. Ich wette, Jason hat geredet.«

Sie hörte den Fluß rauschen.

Sie blinzelte. Galen hatte seinen Mund mit der Hand abgedeckt. Nach einer Weile ließ er die Hand in die Tasche gleiten. »Ich weiß«, sagte er. »Ich hatte die ganze Zeit vor, mit Ihnen darüber zu sprechen, ob Sie's glauben oder nicht. Aber ich hab's von einem Tag auf den anderen geschoben. Tja, und irgendwie ist es dann ganz unterblieben.«

»Wissen Sie was, Galen Marsh? Sie sind der einzige Mann in der Welt, der es schafft, einen Heiratsantrag morbid klingen zu lassen.«

»Was denn? Hab' ich Ihnen gerade einen Heiratsantrag gemacht?«

Sie war drauf und dran, ihm eine scharfformulierte Antwort zu geben, als er stehenblieb. Er drehte sich um und spähte ins Dunkel.

»Ist was?«

Eine Sekunde verging.

»Nichts«, sagte er. »Ein Hund. Eine Eule. Nichts.«

Sie griff nach seinem Arm. Es war ihr jetzt egal, was er von ihr dachte.

»Ist Ihnen nicht wohl, Esther?«

Sie schauderte. Sie wußte, daß sie aus dem Dunkel angestarrt wurde. »Mir ist nur etwas kühl.«

»Also gut. Sehen wir uns noch rasch den Fluß an, und dann ab zu einem Grog bei Carosa's!«

Sie dachte an dunkles Wasser, klare, blaue Himmel, an Wolken, die sich vor den Mond schoben. »Grog mache ich besser als Carosa.«

»Haben Sie's endlich gelernt?«

»Hören Sie bitte auf zu grinsen!«

»Ich wußte gar nicht, daß ich gegrinst habe.«

»Sie sind unmöglich. Bringen wir's hinter uns!«

»Komisch, ich dachte, Sie gingen abends ganz gern an den Fluß.«

»Normalerweise stimmt das auch.« Ein Dutzend Schritte. Wieder spürte Esther den Blick, der aus dem Dunkel kam. »Galen?«

»Was ist?«

»Haben Sie das gehört?«

»Esther, mit Ihnen ist es schon fast so schlimm wie mit mir.«

»Haben Sie's gehört, ja oder nein?«

»Ja.«

»Dann lassen wir den Fluß. Bringen Sie mich nach Hause.«

3

Es war wärmer geworden, und das Tal füllte sich mit Gedankengeistern. Die Jäger, die sich in Carosa's Bar zusammengefunden hatten, traten den Heimweg an. Sie gingen zu Paaren oder zu dritt. Alle paar Schritte blickten sie prüfend zum Himmel. Zu Hause angekommen, sicherten sie die Türen. Mutt und Jeff hatten sich in der Küche, auf dem kalten Linoleumboden, schlafengelegt. Durch den Spalt unter der rückwärtigen Tür drang der Wind. Die beiden Setter winselten im Schlaf.

Mac Felsom wartete, bis der Casper Limited außer Sicht war. Verrückter Abend, murmelte er und spuckte aus. Galen und Esther Lynn liefen rum, als befänden sie sich in einem städtischen Park. Währenddessen kam der Casper Limited und lud jede Menge Zeugs für Waters ab. Artie kommt und erzählt Mac Felsom von der Bärenjagd. Er spricht aufgeräumt und witzig, dabei hat er die Hosen gestrichen voll, und schließlich schleicht er sich nach Hause mit einem Blick, als würde er von einem Dutzend Shoshonen verfolgt, die es auf seinen Skalp abgesehen haben. Schon verrückt! Kinder, die eigentlich daheim sitzen und für die Schule büffeln mußten, gingen an den Geleisen entlang. Wenn er versucht hätte, sie einzuholen, hätte er mindestens eine Million Meilen zurücklegen müssen. Verrückt!

Er grinste, als ein Windstoß den Staub hochhob und ins Dunkel trieb. Das war sicher die alte Rachel, auf der Suche nach einem Haus, das sie anzünden konnte. Simon holte ihr, was sie brauchte. Simon oder Bleicher Mond. Verrückt waren sie beide. Sie behandelten die alte Frau, als wäre sie eine Königin. Dabei war sie doch nur ein Mensch.

Ein Flüstern. Ein Rascheln.

»Verdammter Mist!« knurrte er. Die Kinder sind noch mein Tod. Was ist eigentlich so schön dran, an den Geleisen entlangzugehen? Er nahm die Laterne und ging bis zum Damm. Mac Felsom mußte blinzeln, als er die Laterne über den Kopf hob. Es würde noch so weit kommen, daß heute nacht kein Mond schien! Immer dasselbe. Wie Frauen. Wenn man eine brauchte, war keine da.

»Verschwindet von den Geleisen!« schrie er und sandte einen kräftigen Fluch hinterdrein. Verdammte Kinder! Die hatten anscheinend keine Ahnung, daß er schon mal in einem Film mitgewirkt hatte.

Der Wind nahm zu. Böen. Unkrautbüschel wurden über die Schwellen gefegt, und Mac Felsoms Hemdkragen klappte hoch. Er schüttelte ärgerlich den Kopf. Wahrscheinlich hatte Artie recht. Er brauchte mehr körperliche Bewegung, damit er nicht soviel Fett ansetzte.

»Jetzt beeilt Euch, verdammt noch mal. Ich hab' keine Zeit für solche Spiele!«

Die acht Glühbirnen, die unter dem Bahnsteigdach hingen, waren ohne Schirm, ihr hartes Licht schoß wie weiße Finger auf die Geleise. Der Wind ebbte ab. Mac Felsom nahm die Laterne herunter.

Er fuhr herum, als er Schritte auf dem Kies hörte. Die Laterne vorgestreckt, den freien Arm anmutig in die Hüfte gestützt, ging er in westlicher Richtung auf dem Bahnsteig entlang. Das kommt davon, daß die jungen Leute zu Carosa's reindürfen, dachte er voller Bitterkeit. Das Arschloch von Carosa gibt ihnen Alkohol, soviel sie wollen, egal ob's ein Schultag ist oder nicht. Von Rechts wegen hatten die Kinder jetzt zu Hause zu sein und über ihren Büchern zu sitzen.

Er blieb stehen, um dem Wind zu lauschen, dem Rauschen der Unkrautstauden, dem Quietschen der Hängelampen und dem Knarzen der Bahnhofsbaracke. Er hörte, wie seine Stiefelschäfte am Hosenbein entlangglitten und wie sich beim Gehen das Hemd über seiner Brust verschob.

Ein Stein kam angeflogen. Mac Felsom beschloß, keine Angst zu zeigen, er würde nicht einmal mit der Wimper zucken. Er starrte die Geleise entlang, die in die schwarze Gurgel der Nacht führten. Sein Arm begann zu ermüden, aber er hielt ihn ausgestreckt. Er würde sich nicht von ein paar verdammten Kindern ins Bockshorn jagen lassen. Hatten die denn wirklich keinen seiner Filme gesehen? Hatten die keine Ahnung, daß seine Söhne bei der Polizei waren? Verrückt!

Aus der Dunkelheit kam etwas auf ihn zugeflogen. Er duckte sich und ließ die Sturmlaterne fallen. Klappernd fiel sie in die Mulde zwischen den beiden Strecken. Der Schein war jetzt wie ein Speer, der in die Nacht stach.

Ein Flattern in der Luft. Er taumelte zurück, stolperte über die Geleise und kam zu Fall. Er wollte schreien, aber seine Kehle war so ausgetrocknet, daß kein Laut herauskam. Auf Händen und Füßen kroch er auf den Lichtschein seiner Laterne zu. Seine Flüche mischten sich mit Stoßgebeten. Es gelang ihm, den Handgriff der Laterne zu ertasten. Er hielt das Licht von sich gestreckt, wie ein Schild, als eine kleine Fledermaus über ihn hinwegtaumelte. Sekunden später war sie im Dunkel der Felder verschwunden.

»Mistding!« sagte er leise. »Mistding!«

Er schämte sich, aber er war auch erleichtert. Eine Fledermaus. Eine gottverdammte stinkende Fledermaus hatte ihm angst gemacht. Vielleicht hatte Artie doch recht. Nur vielleicht. Er würde mit dem Probieren der Sauce künftig vorsichtiger sein müssen. Jedenfalls solange er noch im Dienst der Eisenbahngesellschaft war. Eine Fledermaus. Eine lausige kleine Fledermaus. Nun, dachte er, ich muß ihm ja nicht unbedingt von der Sache erzählen. Er stand auf und klopfte sich den Staub von den Kleidern. Der würde sich totlachen, wenn ich ihm das sage.

Er erkletterte den Bahnsteig. Irgendwie hatte er immer noch ein flaues Gefühl im Magen.

Jemand lachte.

Sanft und leise. Das Lachen kam mit dem Wind dahergetanzt und kitzelte die Härchen in Felsoms Nacken.

Es war schon ärgerlich. Er fuhr herum und blinzelte in die Düsternis. »Also gut«, sagte er. Er sprach mit tiefer Stimme, mit Nachdruck. »Also gut, ihr kleinen Hurensöhne, ich hole jetzt Jake dazu. Hört ihr mich, ihr kleinen Teufel? Ich hole jetzt den Sheriff!«

Wieder das Lachen, diesmal weiter weg. Allerdings war es nicht das spöttische Lachen, das Mac Felsom von den Kindern gewohnt war. Das Lachen klang bösartig. Kalt. Nicht die Art von Lachen, die man sich gern auf dem dunklen Bahnhof anhörte.

Er spähte zum Damm hinüber, und dann ostwärts.

Es hat mit der Sauce zu tun, dachte er voller Reue. Artie, ich schwöre dir, daß ich nie wieder...

Es kam auf ihn zugeschwebt, lautlos. Die Augen leuchteten in flammendem Rot.

4

Ted Waters hatte die Ausrüstung in Arnolds Kleinlieferwagen geladen. Er schloß die Kofferraumklappe und tippte auf das Fenster. Der Motor wurde angelassen. Waters nahm auf dem Beifahrersitz Platz. Arnold saß am Steuer. Die beiden waren mit Chet Lancaster verabredet. Das Treffen würde gegen Mitternacht stattfinden, in der Nähe einer Stelle, wo Ted früher oft geangelt hatte. Er hatte das Angeln aufgeben müssen, er hatte einfach keine Zeit mehr dafür erübrigen können.

Arnold sprach nicht, während er das Fahrzeug über die rückwärtigen Straßen lenkte. Das Lagerhaus blieb hinter ihnen zurück. Waters war froh, daß er kein Gespräch bestreiten mußte. Schlimm genug, daß er sich im Verlauf des Abends mit Felsom hatte unterhalten müssen. Zwei Stunden lang war das hin und her gegangen. Das Einzige, was dabei herauskam, war die Erkenntnis, daß einer den anderen von Herzen haßte. Felsom war nicht davon abzubringen gewesen. Ted Waters hatte den Bären zu erlegen, und damit basta.

»Es ist mir scheißegal, ob's ein Weibchen oder ein Männchen ist, ob's lange Zähne hat oder gar keine. Du fährst los und erlegst den Burschen und bringst ihn mir her.«

Ted Waters hatte seiner Stimme den Nun-beruhige-dich-doch-du-Idiot-Tonfall gegeben. »Steve«, hatte er argumentiert, »das funktioniert nicht so, wie du's dir vorstellst!«

»Ted, nun hör einmal zu! Wenn Jake herausfindet, daß ich die Finger im Spiel hatte, vor allem, als wir diesen Scheißkerl von Wolf ausgeräuchert haben, wenn er das rauskriegt, macht er Hackfleisch aus mir. Und ich mag nicht mit Jake streiten, Ted, er ist ein alter Mann, und er hat nicht mehr alle Tassen im Schrank. Also, du machst es so, du nimmst vielleicht Arnold mit, und Chet oder Cy, und ihr fahrt zum Kramer's Mountain, und du schießt irgendwas. Irgendwas Großes. Und nachher schwörst du Stein und Bein, das Tier hatte Schaum vorm Mund und hat dich angefaucht, eine richtig gute Story, verstehst du. Und dann ist ganz wichtig, daß du ihm den Kopf wegschießt, damit Donna Oldfield nicht untersuchen kann, ob's die Tollwut war.«

»Ich verstehe immer noch nicht, warum du dir nicht ausdenkst, wie wir's Tallpines anhängen können.«

»Weil es vielleicht Hurensöhne sind, aber dumm sind sie nicht, Ted! Sie haben's nicht getan, so glaub mir doch. Verdammt noch mal, hörst du eigentlich nie zu, wenn Donna Oldfield was sagt?«

»Ich hätte nicht vor dir erwartet, daß du ihre Partei ergreifst, Steve. Nie hätte ich das von dir gedacht.«

»Das tu ich ja auch gar nicht. Denk, was du willst, Ted, aber ich ergreife für keinen von denen Partei. Ich sage nur, es funktioniert nicht. Ich hab' mir doch die Leichen selbst angesehen, erinnerst du dich? Und ich hab' auch gehört, wie Donna Oldfield was von einem Bären sagte. Also, du fährst jetzt los, Partner, und benimmst dich wie ein Held, und ganz nebenbei holst du mich aus der Bredouille.«

»Meinst du, ich gebe einen Helden ab?«

»Yeah. Du gibst sogar einen verdammt guten Helden ab, Ted.«

Waters dachte über das Gespräch nach, und dann war er am Treffpunkt angelangt. Zu dritt gingen sie los, auf die Hänge zu, von denen die Rufe der Polizisten herüberschallten. Harmons Männer. Jedesmal, wenn sich Ted Waters hinter einen Busch kauern mußte, jedesmal, wenn er in der Finsternis an einen Baum stieß, dachte er an das Gespräch zurück, das er mit Felsom geführt hatte, und auch wenn er Arnold fluchen oder Chet von seiner Hure in Blairs schwärmen hörte, kam die Erinnerung an die Unterhaltung mit Waters wieder. Er stolperte über einen Baumstumpf und fluchte. Vor allem war er ärgerlich über sich selbst. Wie konnte er sich nur von Felsom zu einem derartigen Unsinn überreden lassen! Nur ein Idiot begab sich in stockfinsterer Nacht auf die Bärenjagd. Na ja, ein Idiot oder zwei.

5

Jason beendete seinen Satz. Schweigen folgte. Er betrachtete mit gespannter Aufmerksamkeit Donna Oldfield, die gerade ihre Brille abnahm und auf den Tisch legte. Ihre Locken sahen so aus, als wäre gerade ein Windstoß hineingefahren, und das spärliche Licht warf Schatten auf ihr Gesicht und auf die Falten ihres Rocks. Zweimal öffnete sie den Mund, um etwas zu sagen, und zweimal überlegte sie es sich im letzten Augenblick anders. Es war wohl besser, wenn sie schwieg. Jason war sehr empfindlich, wenn er herausfand, daß jemand ihn bemitleidete. Er schien einfach noch nicht bereit, sich einzugestehen, daß ihm der rote Faden in die Hand gelegt worden war.

»Nun?«

Sie griff nach ihrem leeren Glas und schüttelte es. »Ich verstehe nicht recht... nun ja, ich verstehe schon, aber nachdem du mir das alles erzählt hast, ist mir nicht ganz klar, warum du dich über die ganze Sache so aufregst. Sie leisten eine Art Trauerarbeit, Jason. Sie versuchen verzweifelt, die Taten einer fanatischen Frau zu vertuschen, einer Frau, die zu weit gegangen ist. Denke daran, daß es sich um eine Frau handelte, die sie liebten und verehrten.«

»Ja«, sagte Jason. »Genau das meine ich auch.«

»Jason«, sagte sie ernst, und die Sorge um ihn spiegelte sich in ihren dunklen Augen.

Er holte einen zusammengerollten Geldschein aus der Tasche und legte ihn neben sein Glas. »Laß uns draußen ein paar Schritte machen, Donna. Ich brauche frische Luft.« Er wartete ihr Einverständnis nicht ab. Er stand auf und ging zur Tür. Als sie ihn einholte, war er bereits am Friseurgeschäft vorüber. Donna sprach nicht. Nachdem sie einige Meter nebeneinander hergegangen waren, griff sie nach seiner Hand.

»Kannst du dir vorstellen«, sagte er, »daß mein Lieblingsfach im College Philosophie war? Man denkt über Rätsel nach, für die es keine Lösung gibt. Man grübelt und grübelt, und schließlich sitzt man da und deutet aus dem Fenster und sagt: ›Da draußen, was ich da sehe, das ist wirklich, ich kann's zwar nicht mit hundertprozentiger Sicherheit beweisen, aber ich weiß trotzdem, es ist wirklich.‹ Man nennt das wohl Glauben. Und das ist auch der Grund, warum wir die Verrückten in die Anstalt sperren. Sie sehen etwas, das wir nicht sehen können, und es gibt keine absolut sichere Methode zu beweisen, daß unsere Wirklichkeit die richtige Wirklichkeit ist.«

»Erwartest du, daß ich dir widerspreche?«

Er lachte. Sie bogen um die Ecke. Die Schienenstränge der Bahn kamen in Sicht. »Nein. Ich beginne nur zu verstehen, daß Daniel an Rachel glaubt. Er glaubt wirklich, daß sie diese Dinge getan hat. Es ist nicht wahr, Beweis dafür ist, daß wir anderen da sind, viele von uns, die eine solche These ablehnen. Nennen wir es nicht These, nennen wir es Glauben. Daniel allerdings scheint gar nicht böse zu sein deswegen. Nur ein bißchen traurig.«

»In anderen Worten, es gibt keine Ungeheuer.«

»Nein.«

»Mist!«

»Magst du Ungeheuer?«

»Du kennst doch die Stelle, Jason, wo Lon Chaney umgebracht wird, zum Schluß von *The Werewolf*, und plötzlich gibt's ganz viel Nebel, und der Nebel bedeckt den Getöteten und das Zigeunermädchen, das ihn umgebracht hat, wobei man nicht so genau weiß, hat sie ihn umgebracht oder ihr Vater. Claude Rains. Wie auch immer, wenn er stirbt, weine ich. Jedesmal. Du hast recht, Jase, das ist tragisch.«

»Empfindest du bei Dracula genauso?«

»Die Version von Jack Palance? Ja. Das war eine richtige Liebesgeschichte. Er war, wie er war, aber Spaß gemacht hat's ihm sicher nicht.«

Er war stehengeblieben und legte ihr die Hände auf die Schultern. Er spürte den Wunsch, ihr etwas Tiefsinniges zu sagen, ein Wort, das den Augenblick in einer bestimmten Weise besiegelt hätte, aber ihm fiel nichts ein. Sie lächelte und wischte sich eine Haarsträhne aus dem Gesicht. Dann küßte sie ihn auf die Wange. »Was wirst du tun?«

Er wußte es nicht. Er hatte zwei parallele Theorien entwickelt. Die eine basierte auf dem, was er wußte, auf dem, was möglich war, die andere auf dem, was er wußte und nicht zu glauben vermochte. Für die Menschen, die vor hundert Jahren lebten, war alles viel einfacher gewesen. Sie konnten Dinge akzeptieren, die sich nicht einordnen ließen, und natürlich auch solche, die sich nur allzu gut einordnen ließen.

»Jason?«

Donna Oldfield war stehengeblieben. Sie wandte sich zu ihm. »Was ist?«

»Hörst du nichts?«

»Nein.«

Weiter vorn war der Strahlenkranz einer Straßenlaterne zu erkennen. Die Zweige im Baum waren skelettiert. Der Schein der Straßenlaterne ergoß sich auf den ausgebleichten Bahndamm. In den Häusern brannte kein Licht mehr. Es gab keine an den Bordsteinen geparkte Autos. Er fühlte Donnas Hand an seinem Körper, fühlte die Wärme, die von ihr ausging.

Papier auf Papier.

Unentschlossen leckte sich Jason über die Lippen. Vergeblich versuchte er seinen Blick von dem blauen Nebel zu wenden, der über den Geleisen hing. Erst nach einigen Sekunden verstand er, daß es dort jemanden gab, der durch dem blauen Nebel hindurchging.

»Donna.«

Wisperleise.

Schattenschnell.

Erschrocken sah er auf. Seine Hand fuhr zum Gürtel.

Die Gestalt war schwarz, und die Gliedmaßen glichen mächtigen Schwingen. Donna hatte Jasons Handgelenk ergriffen.

Er hörte Schritte.

»Jase, wer...«

»Ich weiß es nicht.«

Die Gestalt zerfloß zu einem Mann, zu einem Knaben, und schließlich erkannten sie Hardy Green, der seine schönste Baseballjacke angelegt hatte. Sein Gesicht war bleich, er war so schwach, daß er sich kaum auf den Beinen halten konnte. Als er die beiden Menschen erkannte, kam er auf sie zugetaumelt. »Bitte.« Er stapfte auf einen Baum zu und umarmte den Stamm.

»Hardy, was ist denn los?« fragte Jason. »Ist dir nicht gut?« Betrunken, dachte er. Allerdings hatte Hardy Green keine Alkoholfahne.

Der Junge schluckte. Er deutete auf die Bahnhofsbaracke.

»Mr. Clarke, es ist wegen Mac!«

»Ist Mac verletzt?« fragte Donna. »Was ist mit ihm, Hardy?«

»Ich...« Jason sah die Tränen, die in den Augen des Jungen schimmerten. »Ich fürchte, er ist tot.«

»Ist ja schon gut«, sagte Jason. »Reg' dich nicht weiter drüber auf, mein Junge. Ist ja schon gut.«

Donna ging auf Hardy zu, legte ihm die Hände auf die Wangen. »Wo ist er, Hardy? Ist er drinnen?«

»Die Geleise«, sagte Hardy. »Er ist...«

Zu dritt gingen sie auf das Stationsgebäude zu. Hardy hielt den

Blick zu Boden gerichtet. Jason hatte nicht vor, das Tempo zu forcieren. Er wechselte einen Blick des Einverständnisses mit Donna.

»Wir haben nur gespielt«, hörten sie den Jungen sagen. »Wir haben das ja schon oft gemacht. Dann sind wir weggelaufen. Ich wollte aber noch nicht nach Hause gehen, und deshalb bin ich allein zum Bahnhof zurückgekehrt, um Felsom zu erschrecken. Er jagt uns immer weg, wenn er uns erwischt, und dann sagt er auch immer, er ist früher ein großer Filmstar gewesen. Was für ein Unsinn, das stimmt doch gar nicht. Er...« Sie hatten den Parkplatz auf der Rückseite des kleinen Bahnhofs erreicht. »Dort drüben hab' ich ihn gefunden, Mr. Clarke. Ich gebe Ihnen mein Ehrenwort, Doc Oldfield, dort drüben hab' ich ihn gefunden. Wir hätten doch nie... wir haben wirklich nicht...«

Sie gingen näher. Mac lag in der Mulde zwischen den beiden Strecken. Auf der einen Seite der Schienenstrang, der von den Zügen benutzt wurden, die in östlicher Richtung fuhren, auf der anderen Seite der Schienenstrang, der von den Zügen benutzt wurde, die in westlicher Richtung fuhren. Er lag auf dem Rücken, neben ihm war eine zerschmetterte Laterne zu erkennen. Im bleichen Licht der Glühbirnen sah der Leichnam unwirklich aus. Das Blut allerdings, das auf dem Stahl der Geleise schimmerte, war wirklich.

»Jase? Jason?«

»Bleibt beide, wo ihr seid«, befahl er. Er sprang auf den Gleiskörper hinab. Er brauchte nur einen Blick, um zu erkennen, daß die furchtbaren Verstümmelungen im Antlitz des alten Mannes nicht von einer Bärenklaue herrührten. Es gab einen Unterschied zum Fall Perkins. Der Schädel war nicht angenagt.

»Hardy«, sagte er, »hol sofort Sheriff Harmon. Sag ihm, was du gesehen hast, und sag ihm, wir warten hier auf ihn, er soll, verdammt noch mal, machen, daß er schnellstens herkommt!«

Der Junge lief los.

»Jason, was ist?« Donna trat aus dem Schatten. »O mein Gott!« entfuhr es ihr, als sie den Leichnam bemerkte.

Jason hatte den Bahnsteig erklettert, er rannte zur Bahnhofsbaracke. Die Tür des Stationsbüros stand offen. Er fand das Telefon und betätigte die Wählscheibe. Als Donna auf die Schwelle trat, sah er zu ihr auf. Die kalte Wut stand in seinen Augen.

»Er hat mir geschworen...« Ein Quäken in der Muschel. »He, Daniel, sind Sie dran?« Er ließ die Faust auf die Tischplatte niedersausen. »Verdammt, Daniel, Sie haben mir *versprochen*, es würde keine weiteren Morde geben. Nein, ich bin nicht betrunken. Ich stehe hier und schaue aus dem Fenster des Stationsbüros, und wissen Sie, was man von hier sehen kann, Daniel? Können Sie sich vorstellen, was ich sehe? Dort draußen liegt Mac, mit zerfleischtem Gesicht, und ich möchte jetzt von Ihnen wissen, was das eigentlich soll!« Er fuhr sich mit der zitternden Hand über die Stirn, dann über die Augen. »Und jetzt sagen Sie nicht, sie ist tot, Daniel. Ich will jetzt nichts mehr von Ihrem Unsinn hören.« Er starrte auf die Hörmuschel, dann legte er den Hörer auf die Gabel zurück. »Er hat aufgelegt«, sagte er. »Nicht zu glauben, dieser Mensch hat aufgelegt.«

Donna hielt ihn am Arm, als sie den Raum verließen. »Jason, mach dir nichts draus«, sagte sie. »Ist schon gut.«

Er starrte sie an. Wer...? Sie schwankte und schloß die Augen. Er schob sie von sich fort und begann zu rennen. Es war jetzt wichtig, daß er sich im Dunkel verbarg, wo ihn die Schlangen nicht finden konnten, eine Stelle, wo das Boot seinen Händen nicht entgleiten würde. Eine Stelle, wo keine Frau über ihm stand, die ihn angrinste wie eine Maske, die über einen Totenschädel gestülpt worden war, und die sagte: *Jason, bitte!* Es muß doch einen Platz auf der Welt geben, wo die Frau und die Schlangen... wo Menschen nicht zu Schlangen, zu Frauen und zu Wasser wurden, und wo...

Er hatte sich fünfzig Meter von dem kleinen Stationsgebäude entfernt, als er es sah.

»Jason!« schrie Donna.

Geflügelte Schlange.

Die geflügelte Schlange.

Das Wesen schwebte zwischen ihm und Donna. Donnas Schrei war verklungen.

Nichts war zu hören, nicht einmal der Wind.

Jason vermochte sich nicht mehr von der Stelle zu rühren.

Macs Leiche war eine verquirlte Masse aus Schwarz und Rot.

Jason stand wie angewurzelt da.

Es war ein Vogel. Nein, ein Vogel war ein Rotkäppchen, ein Sperling, eine Eule. Das Wesen, das auf ihn zuschwebte, hatte einen gekrümmten Schnabel. Die Federn waren dunkelbraun. Wissende, blutrote Augen. Es war ein Vogel. Nein, es war ein Alptraum! Es war...

Er konnte sich nicht bewegen.

Ihn durchzuckte die Idee, daß ihn das Wesen verhöhnte. Die weiten Schwingen bewegten sich kaum. Die Krallen waren eingezogen. Kein Laut. Kein Laut.

Es hatte den Kopf gewandt und sah ihn an.

Und es verschwand in der Düsternis.

Donna stand auf dem Bahnsteig. Die Geleise glitzerten. Macs Leiche.

Jason hob die Hand. Eine flehentliche Geste zu Donna. Er wäre beinahe in Tränen ausgebrochen, als er das Lachen vernahm.

Sanft. Leise. Das Geräusch schwang aus dem Dunkel herüber. Eine Lockung.

Sanft. Leise. Es kam aus der Düsternis und kündete Tod. Seinen Tod.

Sechstes Kapitel

1

Als Mitternacht näher rückte, starb der Wind.

Der Ort lag da in Tintenschwarz und Grau. Ein Miniaturauto preschte den Pike entlang. Die Neonschrift über Carosa's Bar zuckte.

Er spürte, daß die Zeit der Sicherheit zu Ende ging. Er würde entdeckt werden.

Aber jetzt hatte er Hunger.

2

Esther Lynn kletterte aus der Badewanne und trocknete sich ab. Nachdem Galen sie nach Hause geleitet hatte, hatte sie sich das mit dem Grog noch einmal durch den Kopf gehen lassen. Besser nicht. Galen hatte auf der Veranda gestanden, und plötzlich hatte Esther Lynn die Vision gehabt, er läge als Sterbender in ihren Armen. Es war eine erschreckende Vision gewesen, und so hatte sie zu stottern begonnen. Das Schlimmste war, daß Galen sofort verstand, was los war. Er hatte etwas von den Hunden gemurmelt, und daß er heimkehren müsse, ehe die Setter ihm die ganze Küche auseinandernahmen. Daraufhin hatte er sie auf die Wange geküßt und war in die Nacht entschwunden. Sie hatte der Versuchung widerstanden, ihn zurückzurufen, und dann war es auch vorbei, er war fort. Sie war ins Haus gegangen, hatte die Tür hinter sich zugeschlagen und sich ein Bad eingelassen. Das heiße Wasser hatte auf der Haut gebrannt, und das Badetuch, mit dem sie sich abtrocknete, war eine Strafe gewesen.

Der Kessel in der Küche hatte zu pfeifen begonnen. Sie wischte sich mit dem Ärmel ihres Hauskleids über die Stirn. Dann öffnete sie die rückwärtige Küchentür. Sie würde erst einmal etwas frische Luft schnappen.

Zuerst hatte sich das Geräusch angehört, als ob jemand ein Bettuch ausschüttelte.

Sie ging ins Haus zurück und schloß die Tür. Sie schob den Riegel vor. Ein Bettuch, dachte sie. Und dann: Schwingen. Aber das eine war so unmöglich wie das andere um diese Zeit. Sie goß sich heißes Wasser in die Tasse und verbrannte sich den Finger, als sie einen vergossenen Spritzer aufwischen wollte. Inzwischen waren die Toastscheiben, die aus dem Gerät gesprungen waren, kalt geworden.

Ihr war, als hätte sie ein Flattern vor dem rückwärtigen Fenster gehört. Es war ganz sicher nur der Wind in den Bäumen. Immerhin schloß sie die Fenster. Sie blieb vor der Scheibe stehen und starrte hinaus.

Sie ließ das Licht in allen Räumen brennen. Ihre Hand fuhr zur Kehle. Erst jetzt wurde ihr bewußt, daß sie zitterte. Es war so dumm. Sie wußte doch, was die Ursache des Geräusches war. Der Wunsch, nach draußen zu gehen, klang ab. Wäre es nicht wegen Galen gewesen, Esther hätte sich ganz einfach vor das Fernsehgerät gesetzt und ganz laut aufgedreht.

»Wann wirst du je erwachsen werden, Esther Lynn?« flüsterte sie. »Galen braucht dich. Er braucht dich.«

Ihr gefiel der unnatürlich ruhige Ton ihrer Stimme. Mit gespieltem Mut ging sie zur Tür und trat auf die Veranda hinaus.

Der Geruch von Regen lag in der Luft. Sie war auf den Stufen angelangt, als sie das Geräusch zum zweitenmal hörte.

Ein Rascheln, das vom Dach der Veranda zu kommen schien.

Ein Wesen, das sie nicht kannte, ließ sich auf dem Dach nieder. Das Wesen würde warten.

Auf sie.

Ein paar Minuten später saß sie in ihrem Wohnzimmer, im Dunkeln. Am liebsten hätte sie Galen angerufen, aber sie konnte sich nicht mehr bewegen. Sie wollte einen Hilferuf ausstoßen, um die Nachbarn zu verständigen. Nur ein Wispern entrang sich ihrer Kehle.

Etwas hatte begonnen an die Scheibe zu klopfen. Ein Kratzen. Vielleicht ein Zweig, den der Wind bewegte. Ein Blatt, das den Herbst verschlafen hatte. Ein Fingernagel oder eine Klaue.

3

Wie Verwundete, die sich gegenseitig stützen, rannten sie den Pike entlang. Die Kirche. Der Hall ihrer Schritte auf dem Pflaster. Weder Jason noch Donna dachten daran, vor der Kirche anzuhalten.

Galens Haus lag im Dunkel.

Jason äugte durch den hohen Zaun. Dann schob er mit brüsker Gebärde den Riegel auf. Das Holz splitterte. Jason kümmerte sich nicht um Jeff, der um ihn herumsprang. Recht bald wurde dem Setter klar, daß Jason Angst hatte. Er ließ von ihm ab.

»Licht«, sagte Jason.

Innerhalb weniger Sekunden brannten alle Leuchten im Haus. Die Fenster waren zu schwarzen Spiegeln geworden, die alle Farbe in sich hineinsogen.

Sie ließen das Wohnzimmer Wohnzimmer sein. Die Stühle dort waren ungemütlich. Sie gingen in der Küche hin und her und warteten auf das Pfeifen des Kessels.

»Sheriff Harmon wird sich wundern«, sagte Donna. Ihre Stimme klang alt und brüchig.

Sie goß ihm Kaffee ein.

»Ja«, sagte er knapp.

Es war immer noch möglich, daß sie einer Täuschung zum Opfer gefallen waren. Mac tot und schlimm zugerichtet aufzufinden, das war ein Schock gewesen. Und es war wohl auch eine Schnapsidee gewesen, Tallpines anzurufen und ihn zu beschuldigen... sie konnten sich irren.

»Bist du sicher?« fragte Jason.

»Ja«, flüsterte sie.

Die Furcht kehrte zurück.

Donna fuhr es kalt über den Rücken.

Nein, dachte sie. Das wäre zu einfach.

»Ich habe mir gesagt, Jason, du bist ein Freak.« Er flocht ein Lächeln der Entschuldigung ein. »Sowas kommt doch vor, nicht? Die Natur macht ein Nickerchen. Ich bin sicher, das passiert sogar ziemlich oft. Man hätte das Wesen in diesem Fall allerdings schon früher mal sehen müssen, denke ich.« Er gab sich Antwort auf seine eigenen Fragen. Plötzlich schnippte er mit den Fingern. »Riesengeier! Sind ja ganz schön groß, nicht wahr? Drei Meter Spannbreite. Na ja, vergiß es. Die gibt's nur noch in Kalifornien. Ein paar Dutzend, wenn's hochkommt.«

»Das Lachen«, sagte Donna, so leise, daß er sie kaum verstehen konnte.

Er schluckte. »O Gott, ja.«

Eine Weile lang starrten sie in die Schwaden, die vom Kaffee hochstiegen. Donna räusperte sich. »Jason, kneif mich mal.«

Er lächelte. »Ich weiß, wie dir zumute ist, Donna.« Er betrachtete die Bißspuren auf seinem Daumen.

»Und nach deiner Meinung? Was war es denn nach deiner Meinung?«

Der erste Besuch auf der MacKenzie-Ranch fiel ihm ein. Damals hatte er einen Raubvogel am Himmel kreisen gesehen. Er hatte das Tier für einen gehalten, und Galen hatte ihm erklärt, daß es sich um einen Adler handelte. Es gab goldgefiederte Adler, die auf den Hängen des Kramer's Mountain nisteten.

»Gewicht acht bis fünfzehn Pfund«, sagte er. »Fünfzehn höchstens. Was ich gesehen hab', ist ganz einfach unmöglich.«

»Machst du Spaß?«

Sie schwieg.

»Stellen wir uns trotzdem mal vor, es wär' ein Tier gewesen, Donna. Stellen wir uns vor...«

Sie schlug so hart auf den Tisch, daß er erschrocken zusammenfuhr. »Jason, verdammt noch mal, ich bin doch nicht verrückt. Es war genügend hell, ich war nicht betrunken, und das Wesen hat sich bewegt. Das Wesen wollte, daß wir es bemerken. Wir haben das nicht geträumt, Jason! Wir brauchen uns nichts mehr vorzustellen.«

Er hielt den Atem an, bis die Lungen zu schmerzen begannen. Donna hatte recht. Sie hatten nicht geträumt.

»Also gut«, sagte er. »Dann war's Rachel.« Er verstummte und dachte nach. Schließlich kratzte er sich die Falten auf der Stirn. »Rachel ist tot, Donna.«

»Ich weiß.«

»Demnach muß es jemand anders gewesen sein.«

»Das meine ich auch«, sagte sie unsicher. »Tot ist tot, außer bei Vampiren natürlich.«

Er stand auf und lehnte sich an die verglaste Küchentür.

»Jemand, der Rachel nahesteht«, sagte sie. »Es gibt eine Möglichkeit, das herauszufinden.«

Er zögerte, aber dann bezwang er sich. Er ging ins Wohnzimmer. Donna folgte ihm. Er wehrte ihr nicht, als sie ihn umschlang. Die Kette, die sie verband, war aus Angst geknüpft. Er umfaßte sie bei den Schultern. Sie sagte nichts, er hatte auch nicht erwartet, daß sie jetzt sprechen würde. Er zog das Telefon heran und wählte.

»Aaron? Hier spricht Jason. Sagen Sie bitte nichts, hören Sie nur zu. Ich werde Ihnen später erklären, warum. Ich muß Sie etwas fragen. Ist Bleicher Mond bei Ihnen? Ist sie...«

»Es ist nett von Ihnen, daß Sie anrufen, Jason. Aber hier ist der Teufel los. Die Trauergäste sind da. Sie haben Rachel für das Ritual angezogen, und das verdammte Mädchen geht zwischen uns herum wie ein Geist. Hören Sie, Jason, rufen Sie doch am besten morgen...«

»Warten Sie, Aaron. Sie sprachen gerade von einem Mädchen. Meinen Sie Bleicher Mond?«

»Wen denn sonst? Verdammt, Clarke, dies ist nicht der Moment, um...« Es knackte in der Leitung. Aaron Sweetwater hatte aufgelegt.

Jason sagte Donna, was er erfahren hatte.

»Und wenn er lügt, Jason? Er würde doch nie ein solches Geständnis ablegen, vor allen Dingen nicht jetzt, wo Mac umgebracht worden ist.«

»Kann schon sein, daß er lügt«, sagte Jason. Die Angst in Sweetwaters Augen fiel ihm wieder ein. »Kann schon sein.« Er nagte an seiner Unterlippe. »Aber wenn er die Wahrheit sagt...«

»Sie stand Rachel am nächsten«, sagte Donna.

»Mir fällt noch eine andere Möglichkeit ein«, sagte er. »Nehmen wir einmal an, es handelt sich um jemanden, der nichts für Rachel empfindet. Mehr noch. Jemand, der Rachel haßt. Jemand, bei dem gar nicht auffällt, wenn er für ein paar Stunden untertaucht. Jemand, der...«

»...infiziert ist?«

»Ja. Wie der Biß vom Werwolf. Entweder die Person ist infiziert, oder man hat ihr einen besonderen Auftrag erteilt.«

»Da käme praktisch jeder in Windriver in Frage.«

Er dachte nach. »Nein«, sagte er dann. »Nicht jeder.« Er nahm das Telefongerät auf den Schoß und wählte eine Nummer.

»Mary? Hier spricht Jason Clarke. Es tut mir leid, daß ich Sie so spät störe, aber ich wollte Sie fragen, ob ich kurz mit Carole sprechen kann. Falls sie zu Hause ist. Es ist wegen Rachel MacKenzie.«

»Ich weiß nicht, ob es gut ist, wenn Sie wegen Rachel mit ihr sprechen, Jason. Carole hat Rachel sehr geliebt, wissen Sie, ihr Tod ist

Carole sehr nahe gegangen. Sie fühlt sich gesundheitlich nicht wohl. Wenn es nicht wegen der Prüfung wäre, ich würde sie morgen gar nicht zur Schule schicken.«

»Ich verstehe.«

»Ich werde ihr sagen, daß Sie angerufen haben. Morgen können Sie dann mit ihr reden.«

»Bestens. Entschuldigen Sie, daß ich Sie so spät noch angerufen habe.«

»Das macht doch nichts, Jason. Carole mag Sie sehr gern. Sie wird Ihnen auf alle Fragen Auskunft geben.«

Donna war in die Ecke des Raums zurückgewichen. »Eine Niete gezogen, wie?«

Er nickte. »Aber jeder Mensch hat drei Versuche.« Er mied ihren Blick, als er die zweite Nummer wählte.

»Kurt, hier spricht Jason. Ich war sicher, daß Sie noch offen haben. Ist Bea bei Ihnen?«

»Die verdammten Jäger. Stinken wie die Pest und trinken wie ein Loch. Man kommt sich vor wie im Krieg.«

»Könnte ich kurz mit Bea sprechen? Wissen Sie, Bea stand Rachel MacKenzie ja sehr nahe, und ich wollte sie fragen...«

»Wissen Sie, wie spät es ist, Jason?«

»Entschuldigen Sie. Ja, ich weiß, daß es schon sehr spät ist.«

»Na eben. Bea hat morgen Examen.«

»Danke trotzdem.«

»Schlimme Sache, nicht?«

»Das mit Rachel?«

»Das auch.«

Ellies Nummer war besetzt. Jason versuchte es fünfzehn Minuten lang.

»Dreimal Nieten«, sagte er.

»Und nun?«

Er zögerte seine Antwort hinaus. »Wahrscheinlich hab' ich's mir einfach vorgestellt. Im Krimi ist es immer der Butler, aber im Leben liegen die Dinge etwas anders. Schaun wir mal, was wir haben. Carole ist den ganzen Abend bei ihren Eltern gewesen. Bea hat's mit ihrem Freund, und Ellie telefoniert sich zu Tode, weiß Gott mit wem. Rachel liegt da, wird mit Farbe bemalt von zwölf hysterischen alten Weibern, und Bleicher Mond steht hübsch beiseite und weint sich die Augen aus. *Ist* das nicht reizend?«

4

Esther schleuderte ihre Handtasche auf das Fenster. Das Kratzen hörte auf. Esther spürte die kalte Luft an ihren Armen, fühlte das Kitzeln der Haarsträhne an ihrer Augenbraue. Wie eine Motte, die einen Landeplatz sucht, dachte sie. Sie legte ihre eisigen Fingerspitzen auf die Lippen. Ihr Mund war zum Schrei geöffnet, aber sie hatte keinen Laut hervorgebracht.

Ich muß etwas tun, dachte sie.

Sie stand auf. Sie kam sich verloren vor. Sie tat einen mutigen Schritt nach vorn.

Ein deutlich vernehmbares Kratzen an der Tür.

Esther stieß einen Schrei aus und rannte in den Flur.

Das Kratzen wurde lauter und dringlicher.

Sie begann zu schluchzen. Sie fiel zu Boden. Ihr war, als sei der Name Esther gerufen worden. Sie kam auf die Knie und kroch zur Treppe. An der Haustür angekommen, sah sie den Spalt. Sekunden später erschien ein zweiter Spalt, weitete sich.

Sie kroch in den Gang zurück, der Ohnmacht nahe.

Ein Kratzen an ihrem Ellenbogen. Und dann tippte ihr jemand, oder war es ein Etwas, auf die Schulter.

Galen hatte sie gefunden und in ihr Schlafzimmer geschleppt. Jetzt lag Esther im Bett, die Augen geschlossen. Er legte ein Tuch über die kalten Kompressen. Dann ging er zur Tür. Auf der Schwelle blieb er stehen. »Ich schlafe auf der Couch.«

»Das werden Sie *nicht* tun.« Ihr Atem roch nach Alkohol. »Lassen Sie mich allein!«

»Esther Lynn, bitte! Ich habe Ihnen doch gesagt...«

»Wir sprechen morgen drüber, Mr. Marsh. Lassen Sie mich jetzt bitte allein!«

Er ging ohne weiteren Widerspruch. Wenn Esther Lynn sich etwas in den Kopf setzte, dann blieb es ein vergebliches Unterfangen, ihr das auszureden. So vergeblich wie der Plan, den Kramer's Mountain mit einem Silberlöffel abzutragen.

Er ließ die Haustür hinter sich ins Schloß klicken. »Mutt«, sagte er dann. Der Setter kam angetrottet. Sie durchquerten den Vorgarten, dann waren sie auf dem Bürgersteig. Ich könnte nach Hause gehen, dachte Galen Marsh. Allerdings bestand die Möglichkeit, daß Jason dort war. In diesem Falle würde er die Fragen des jungen Mannes beantworten müssen. Was unangenehm war. Ebenso unangenehm würde es sein, das wissende Lächeln auf dem Gesicht des anderen zu betrachten, besonders wenn man bedachte, daß es weder etwas zu lächeln noch etwas zu wissen gab. Galen entschied sich für die südliche Richtung. Er spazierte auf den Fluß zu. Er bückte sich, bekam einen abgebrochenen Weidenzweig zu packen, und dann rannte der Setter los, auf den Fluß zu. Ihm kam es darauf an, das Flußufer als Erster zu erreichen.

Es gab einen zweiten Grund, warum Galen seinem Vetter Jason jetzt nicht unter die Augen treten wollte. Jason war es gelungen, innerhalb weniger Tage all jene Fakten über MacKenzie auszukundschaften, die Galen immer schon gekannt hatte. Er, Galen, hatte es allerdings immer vermieden, mit MacKenzie von Angesicht zu Angesicht über diese Dinge zu sprechen. Warum habe ich eigentlich Angst vor diesem Mann? dachte er. Fürchte ich seine Macht? Fürchte ich ihn, weil er Indianerblut hat? Oder habe ich Angst vor mir selbst? Angst vor der Erkenntnis, daß ich mich irren könnte?

Er würde seine Angst bewältigen müssen, bevor er wieder mit Jason zusammentraf.

Die letzten Häuser. Der Fluß schien Hochwasser zu haben. Ärgerlich ließ Galen die Gerte durch die Luft zischen. Der Hund bellte, ein einziges Mal. Galen lächelte. Es war ein Wunder, daß Mutt ihm nicht schon vor Jahren weggelaufen war. Er hatte keine Geduld mit Hunden. Aber irgendwie hatten es die Hunde überlebt. Wenn er spazierenging, dann in Begleitung der Hunde. Ein bekanntes Bild in Windriver: Galen Marsh und seine Setter.

Mutt ließ ein wütendes Bellen hören.

Galen blieb stehen.

Er war inzwischen eineinhalb Kilometer vom nächsten bewohnten Haus entfernt und verfluchte seine Leidenschaft, Spaziergänge in die freie Natur zu machen. Nächstens werde ich über den Rand des Kraters spazieren, dachte er. Ich werde in die Tiefe fallen und in die Geschichte des Ortes eingehen.

Er erschauderte. Er hatte sich nur einen dünnen Wollpullover über sein Oberhemd gezogen.

»Mutt!«

Seine Stimme klang hohl. Es war jetzt so dunkel, daß er die Hand nicht mehr vor Augen sehen konnte.

»Verdammt, Mutt!«

Und plötzlich fiel ihm der Bär ein. Ob ein tollwütiger Bär nachts schlief? Hatten Harmon und seine Männer das Tier vielleicht von den Hängen des Kramer's Mountain vertrieben? Waren es die Geräusche der Bärentatzen auf dem Erdreich, was sich da in das Heulen des Windes mischte?

»Mutt«, sagte er mutlos. Irgend etwas mußte dem Hund passiert sein, er spürte es. Er beschleunigte seine Schritte. Zum Fluß hätte er jetzt leicht finden können, weil das Gelände abschüssig war. Aber was nützte es, wenn er das Flußufer fand und dann aus Unachtsamkeit in den Fluß purzelte? Wenn sich dort, an der Uferböschung ein Wesen tummelte, das den Hund getötet hatte, dann würde er nicht den Helden spielen. Nicht in dieser Dunkelheit. Immerhin gab es Häuser, und in den Häusern gab es Menschen, die man verständigen und um Hilfe bitten konnte.

Wisperleise.

Er brauchte gar nicht aufzusehen. Er wußte, daß es kein Bär war. Er zwang sich weiterzugehen. Was immer es war, Fledermaus, Nachtvogel oder Gottweißichwas, es wollte nur mit ihm spielen. Danach würde das Wesen verschwinden, ohne ihm etwas angetan zu haben.

Flüsterschatten.

Seine linke Hand tastete nach der Plastikphiole. Sein Herz raste. Er stolperte über eine Baumwurzel. Das Haus. Ich darf jetzt nur auf das Haus sehen. Nur noch ein paar Schritte. Die Plastikphiole entglitt seiner Hand. Er schrie auf, fiel auf die Knie, wühlte im taufeuchten Gras. Etwas landete in zwei Schritten Entfernung von ihm. Etwas Schweres. Galen warf sich zur Seite und rollte sich zusammen. Schweigen.

Vorsichtig öffnete er die Augen. Er kam auf die Knie.

Er streckte die Hand aus. Das Gefühl kam ihm bekannt vor. Mutts feuchte Schnauze. Die Kehle des Hundes war naß und klebrig.

Galen warf sich nach vorn, kam auf die Beine. Das laute Pochen seines Herzens war ihm jetzt egal. Ebenso egal wie die Tränen, die ihm über die Backen liefen. Er mußte das Haus erreichen. Vorn tanzte Dunkel vor Dunkel.

Das Haus war jetzt ganz nahe. Dunkel vor Dunkel. Schweben. Ein ebenholzfarbener Schatten. Die Verlockung.

Merkwürdig, dachte Galen. Ein Haus mit roten Lichtern in den Fenstern.

5

»Hast du schon mal drüber nachgedacht, ob du nicht gern Nonne werden möchtest?«

Donnas Lächeln war nicht das, was man spontan nennen konnte. Sie hätte sich gewünscht, Jason würde aufhören, auf das Telefon zu starren. Die ganze Zeit tat er so, als müßte das Telefon jeden Augenblick läuten. Wie romantisch. Was ihnen jetzt beiden gutgetan hätte, war eine von Galens zynischen Sentenzen. Aber Galen war auf einen Spaziergang verschwunden. Oder er war zu Esther gegangen.

»Was mich angeht, ich fände den Beruf eines Mönches ganz interessant«, sagte er. »Du hast nur zwei Aufgaben. Du mußt deine Kutte sauberhalten, und im Frühling, wenn gesät wird, mußt du die Krähen vom Acker verscheuchen.«

»Ach, Unsinn«, sagte sie, aber sie lächelte.

»Wie ich's sage!«

Ihr Rückgrat schmerzte. Sie veränderte den Sitz.

»Ich sollt's noch mal versuchen, was meinst du?«

»Was soll das nützen, Jase? Du erfährst nichts Neues.«

»Vielleicht haben sie mich belogen.«

»Wer, Peg und Mary? Nun mach aber 'nen Punkt, Jase. Jetzt übertreibst du wirklich!«

Er verschränkte die Arme über der Brust.

»Wie geht's weiter?« fragte sie. »Werden wir einfach hier rumsitzen und abwarten?«

Er schwieg.

Donna sah auf ihre Armbanduhr.

Vor ein paar Stunden war die Lösung greifbar nahe gewesen. Ein tollwütiger Bär.

Inzwischen hatte sie Felsom gesehen. Sie hatte auch die Kreatur gesehen, die Felsom getötet hatte.

Ob die nackten Glühbirnen auf dem Bahnsteig wirklich genügend Licht boten, um eine solche Behauptung aufzustellen? Wenn man Angst hatte, sah man Dinge, die es nicht gab.

Seine Augen. Der Lufthauch, als es vorüberschwebte.

Wie leicht verlor ein Mensch seine Sicherheit. Man ging die Straße entlang, bog um die Ecke, und dann zeigte einem die Welt, wozu sie imstande war.

Jason streckte und reckte sich. Er saß in der gegenüberliegenden Ecke des Sofas. »Weißt du, was wir tun sollten?«

»Ja. Wir rufen die Air Force zu Hilfe.«

Er lachte still in sich hinein. Donna sah ihn an, begann zu kichern, und dann wurde aus dem Kichern ein Lachen der Angst.

»Ich find's wirklich nicht lustig«, sagte Jason.

Er sah sie von der Seite an. Sie nickte, aber sie lachte weiter, schlug sich mit der flachen Hand auf die Waden. Inzwischen tat ihr der Brustkorb weh vom Lachen, aber sie konnte nicht aufhören.

»Schluß damit!« herrschte er sie an. Er gab sich Mühe, streng auszusehen.

»Du hättest dich da draußen sehen sollen«, sagte sie und schnappte nach Luft.

Er nickte. »Ich habe mir vor Angst fast in die Hosen gemacht.«

Und dann hatte Donna einen Schluckauf bekommen. Sie beugte sich vor, ergriff die kupferne Schale, die auf dem Tischchen stand, und kippte ihm den Inhalt ins Gesicht. Dann sprang sie auf und stolperte zur Tür.

»Du mogelst!« schrie er ihr nach. »Du mogelst, verdammt noch mal!«

Sie riß die Tür auf und grinste ins Dunkel.

Der Schatten auf der Veranda tastete nach ihren Brüsten.

6

Er hatte ihren Schrei vernommen und war hinausgestürzt. Da hockte Jeff. Donna kniete vor ihm.

»Der Hund gehört erschossen«, knurrte Jason. Sie waren ins Haus zurückgegangen. Jason reinigte das Sofa von den Erdnüssen. Einige waren in die Ritzen gefallen.

Der Hund schlug an.

»Jeff!« maßregelte ihn Jason.

Steve Felsom stand in der offenen Tür.

»Tja«, sagte Felsom. »Tja, tja, tja.«

Jason verschluckte die Bemerkung, die ihm auf den Lippen lag. Der Polizist durchquerte den Raum, ohne sie anzusehen.

»Tja.«

Jason deutete auf den freien Sessel, aber Felsom schüttelte nur den Kopf.

»Es tut mir leid wegen der Sache mit Ihrem Vater, Steve«, sagte Jason. Er faltete die Hände über seinem Schoß.

»Sie waren nicht übermäßig freundlich am Telefon, Jason. Ich wußte gar nicht, daß Sie soviel trinken.«

Donna trat auf Steve zu. »Sie haben das in den falschen Hals bekommen, Steve. Ich meine...« Sie hatte Jasons warnenden Blick bemerkt. Sie verstummte und nahm auf dem Sofa Platz.

Felsom setzte sich auf die Tischkante. »Ich höre.«

»Es tut mir wirklich leid«, sagte Jason und versuchte verlegen auszusehen. »Wir waren vorhin beide ein bißchen hysterisch. Wissen Sie, so etwas habe ich noch nie gesehen.«

»Sie hätten trotzdem dortbleiben müssen«, sagte Felsom. »Es ist nicht schön, wenn man den Zeugen nachlaufen muß. Würden Sie dann jetzt Ihre Aussage machen, ja oder nein?«

»Warum... warum hat der Sheriff nicht Bill Oaker geschickt?« fragte Jason. »Ich meine, es hätte doch nahegelegen...«

»Yeah«, sagte Felsom, »es hätte nahegelegen, aber ich hab' mich gemeldet.« Er zog ein kleines Notizbuch aus seiner Brusttasche. Er sah Donna und Jason fragend an.

Jason begann. »Als wir Hardy Green weggeschickt hatten, da hatten wir das Gefühl, da versteckt sich jemand im Dunkel auf der Böschung. Wir sind auf dem Bahnsteig geblieben. Wir wollten nicht... Jedenfalls war es ganz dunkel. Nichts war zu hören, und dann...«

»Wir haben eine unheimliche Angst gehabt«, sagte Donna.

Felsom sandte ihr einen vernichtenden Blick zu.

»Sie wissen doch, daß wir aus der Stadt kommen«, fuhr Donna fort. »Wir kennen uns nicht aus mit Bären und Berglöwen und dieser Art von Tieren. Und in meinem Beruf als Tierärztin habe ich auch nicht mit wilden Tieren zu tun, Steve. Wir hörten also ein Geräusch und liefen los, und da lag Ihr Vater, und wir...«

»Es ist, wie sie sagt«, bestätigte Jason. »Wir sind dann sofort geflüchtet. So schnell bin ich noch nie in meinem Leben gelaufen, Steve, wirklich nicht. Als wir hier ankamen, haben wir uns erst einmal einen Brandy aus Galens Flasche genehmigt. Könnte sein, daß wir einen Schluck zuviel erwischt haben. Ich meine, ich weiß natürlich, daß wir bei dem Toten hätten bleiben müssen, Steve. Ich weiß das. Es tut mir leid, verdammt, ja.«

Felsom kritzelte etwas in sein Notizbuch. Dann klopfte er sich mit dem Bleistift ans Kinn.

»Konnten Sie den Täter erkennen?«

»Nein«, sagten Jason und Donna im Chor.

»Ich hab' nur einen Schatten gesehen«, fügte Jason hinzu. »Und ob ich was gehört habe, da bin ich inzwischen auch nicht mehr so sicher. Vielleicht hab' ich's mir auch nur eingebildet, in der Aufregung.«

»Bei Ihnen wird die Sache zur Gewohnheit«, sagte Felsom, zu Jason gewandt. »Das Leichen finden, meine ich.«

»Ich hab' eben Pech.«

Der Beamte nickte. »Haben Sie sich überzeugt, daß er... tot war?«

»Nein.«

»Was?« Felsom starrte ihn ungläubig an. »Wollen Sie sagen, Sie sind einfach weggerannt, und vielleicht war er noch am Leben und hätte gerettet werden können?«

»So meine ich das nicht«, sagte Jason. »Ich bin ja kein Arzt, aber ich bin sicher, daß Ihr Vater tot war.«

Felsom schwieg. Er sah Donna an. »Haben Sie irgendwelche Spuren gesehen?«

»Nichts«, sagte sie. »Aber auf den Schottersteinen hätte der Täter so oder so keine Spuren hinterlassen. Glauben Sie... Glauben Sie, daß es ein Bär war?«

Felsom zuckte die Schultern.

Er starrte auf den offenen Kamin. »Sie sind also beide sicher, daß Sie nichts gesehen haben?«

»Nichts«, sagte Donna.

»Sie waren heute abend in Carosa's Bar, Donna?«

Jason runzelte die Stirn.

»Das stimmt«, sagte Donna. »Ich war mit Jason verabredet. Ich bin etwas zu spät gekommen.«

»Warum?«

»Ich war den ganzen Tag unterwegs gewesen. Behandlungstermine. Als ich nach Hause kam, hab' ich erst noch etwas gelesen. Und dann... dann bin ich in die Bar gegangen.«

»Steve«, sagte Jason, »was hat das zu bedeuten?«

»Ich stelle Fragen, Clarke, das ist alles. Kein Grund zur Aufregung.« Er stand von der Tischkante auf, ging zur Tür und öffnete sie. »Ich möchte Sie beide morgen früh im Büro des Sheriffs sehen. Ich möchte, daß Sie das Protokoll unterschreiben.«

Beide nickten.
Steve Felsom stapfte hinaus.

7

Im ersten Stock von Jake Harmons Haus brannte noch Licht. David Carosa fand das erstaunlich. Was Ellie wohl so spät noch tat? Am liebsten wäre er zu ihr gegangen und hätte an ihre Tür geklopft. Er war sicher, daß sie noch nicht im Bett lag.

Er stützte sich auf seine Krücken. Morgen würde er Kreuzschmerzen haben. Aber das war ihm die Sache wert. Wenn die Möglichkeit bestand, daß Ellie ihn sah, dann wollte er ihr nicht im Rollstuhl sitzend begegnen.

Er kniff die Augen zusammen. Sein Blick folgte der Fledermaus, die zu Harmons Haus hinüberflog.

VIERTER TEIL

Geflügelte Schlange

Erstes Kapitel

1

Der Wind hatte sich gelegt.

Blitze zuckten über den Himmel.

Vor der Amtsstube des Sheriffs parkten zwei Dutzend Autos. Die Männer waren ausgestiegen. Sie standen in kleinen Gruppen zusammen. Doc Vance ging von einer Gruppe zur anderen. Es war durchaus möglich, so erklärte er, daß der Bär die Tollwut hatte. Gehen Sie kein Risiko ein! Erschießen Sie den Burschen, bevor er Ihnen zu nahe kommt. Wenn's geht, schonen Sie den Kopf. Ich brauche den Kopf, um die Untersuchung auf Tollwut anzustellen. Jedenfalls geht's am Kopf am besten. Donna Oldfield? Wie soll ich wissen, wo sie wieder steckt! Ich bin nicht ihre Gouvernante. Also meine Herren, passen Sie gut auf. Hin und wieder nickten sie, und dann gingen sie zu ihren Autos und tasteten nach der Brandyflasche, die unter dem Sitz lag, es war ja möglich, daß es regnen würde, und dann würde die Temperatur fallen, und was dann aus dieser idiotischen Expedition wurde, das würde man ja sehen.

Keiner der Männer sprach über den Fall von Mac Felsom, der tot aufgefunden worden war.

2

Als Daniel aufwachte, lag er auf der Veranda. Es roch nach Kaffee, Bauernfrühstück und Toast. Er stand auf. Sweetwater kam auf die Veranda heraus. Harmon hätte vor einer Stunde angerufen, sagte er. Eine Gruppe von Männern sei unterwegs, um den Bären aufzuspüren.

Daniel rieb sich den Nacken. »Hat Jason ihnen Bescheid gesagt?«

»Schätze, nein.«

»Bist du die ganze Nacht hiergewesen?«

Aaron Sweetwater schüttelte den Kopf. »Timmy... Er schluckte.

»Ich habe Timmy nach Washakie überführt. Die Zeremonie beginnt morgen.« Er zögerte. »Charlie hat mir gestern abend was gestanden. Er ist dabeigewesen, als sie den Drogisten überfallen haben. Er hat gedacht, der Mann hätte Dawn was getan.«

Daniel grunzte. Kein Ja, kein Nein.

»Und Dawn ist verschwunden, Daniel. Ihre Kleider hat sie mitgenommen. Charlie hat geweint, als er mir das erzählt hat.«

»Hast du?«

»Nein, ich hab' ihn nicht angefaßt. Ich habe mitgeweint. Daniel, wenn alles vorüber ist, werden wir mit dem Sheriff sprechen.«

»Und Lachender Himmel?«

»Sie weiß nichts von der Sache. Eine Frau ist bei ihr, eine Frau aus Washakie.«

Erstaunlich, dachte Daniel. Nach allem, was ihm zugestoßen ist, ist dieser Mann nicht gebrochen. Er streckte die Hand aus. »Borg mir deinen Wagen, bitte.«

»Wozu?«

»Ich will mit Jason reden. Es ist wichtig.« Er sah auf seine Uhr. Es war zehn.

»Warum denn, Daniel? Die glauben doch, ein Bär steckt dahinter. Laß sie doch ihre Jagd veranstalten. Das nimmt den Verdacht von uns. Wir haben doch schon genug Sorgen. Und wenn sie wirklich einen Bären schießen, um so besser.«

»Du vergißt, daß Rachel schon tot war, als Mac Felsom umgebracht wurde.«

Sweetwater gab ihm die Schlüssel. »Sieh dich vor, wenn du mit ihm sprichst«, rief er Daniel nach. »Du kennst den Mann doch kaum.«

»Das mach' ich schon. Kümmere du dich um Simon. Der braucht eine Schulter, wo er sich ausweinen kann. Na ja, er wird's überleben.«

Daniel ging zu dem rostigen Kabriolett, das Aaron Sweetwater vier Stunden zuvor für fünfzig Dollar erstanden hatte. Daß der Wagen überhaupt lief, war ein Wunder. Die Tür war mit Draht festgebunden. Mit einem Satz schwang er sich ins Innere. Hoffentlich nahm Jason nicht an der Jagd teil. Die Weißen werden meine Hilfe in Anspruch nehmen müssen, dachte er. Ob sie wollen oder nicht.

3

Ted Waters nahm auf dem Rasen vor dem Zelt Platz. Er nahm einen Schluck aus dem Aluminiumbecher. Die Expedition war mehr schlecht als recht angelaufen. Zunächst einmal hatten sie alle verschlafen. Und dann hatte sich Arnold den Knöchel verstaucht. Waters war drauf und dran, das Ganze abzubrechen.

Arnold kam angehumpelt.

»Was denn nun schon wieder?«

»Am besten, du siehst dir's selbst an.«

Zehn Minuten später saßen sie im Kreis zusammen, bleich und ratlos.

»Ich kann es mir nur so vorstellen, daß er oben am Berg überrascht worden ist. Dann hat der Bär ihn hier runtergeschleppt und verscharrt. Zumindest hat er das versucht.« Er dachte nach. »So ganz versteh' ich's nicht. Die sterben doch recht schnell, wenn sie sowas haben.«

Ted Waters zuckte die Achseln. »Wie soll ich das wissen?«

»Jedenfalls ist er schon eine ganze Weile tot«, sagte Chet Lancaster. Er hatte sich übergeben müssen, als er auf die verstümmelte, verweste Leiche Greg Thorntons stieß. »Der Bär müßte inzwischen auch gestorben sein.«

»Ach, wirklich?«

»Aber ja.«

Ted Waters stand auf. Er griff nach seinem Gewehr. »Wir nehmen die Leiche auf dem Rückweg mit.« Er sah Chet kalt in die Augen. »Du hast was vergessen.«

»Nämlich?«

»Der Bär könnte noch andere Menschen umgebracht haben.«

Von der Bergspitze zuckte ein Blitz. Die Männer sprangen auf.

4

Jason stand unter der Dusche. Die Kopfschmerzen, Folge des Katers, hatten ihn gleich nach dem Aufstehen überfallen. Er öffnete den kalten Strahl, schrie auf, als ihn die Eisnadeln trafen. Während er sich abtrocknete, murmelte er Verwünschungen gegen Polizisten, Hunde und gegen den Brandy im allgemeinen.

Erst als er angezogen war, vernahm er den Wind.

Er ging zum Fenster und zog die Vorhänge an die Seite. Die Trauerweiden bogen sich im Sturm. Der Himmel war blaugrau wie der Lauf eines Gewehrs. Ein großes Blatt klatschte an die Fensterscheibe. Er erschrak.

Die Erinnerung kehrte zurück.

Donna saß schon am Tisch, als er in die Küche kam. Sie lächelte ihm zu, dann deutete sie auf ihre Stirn. Er ging zum Herd und goß sich heißen Kaffee ein. Der Duft war so stark, daß er ihn als widerlich empfand. Er trank die Tasse aus, zog ein Gesicht und füllte sich nach.

»Nun?« fragte er.

»Ein Adler«, sagte sie. »Ein gottverdammter Adler.«

Er nickte und begann mit dem Löffel in der Tasse herumzurühren.

Draußen hatte es zu regnen begonnen. Die ersten Blitze erhellten den Himmel, gefolgt von Donnerschlägen. Die Leuchtröhre an der Decke begann zu zucken.

»Wenn jetzt noch Vincent Price durch die Tür kommt«, sagte er, »dann werden wir beide einen ganz schönen Schrecken kriegen.«

Zehn Minuten vergingen.

»Wenn du recht hast«, sagte Donna, »dann wissen wir immer noch nicht, wer der eigentlich Schuldige ist. Wir wissen nur, daß es eine Frau ist, und ich sage dir jetzt schon, Jason Clarke, ich bin nicht bereit, den ganzen Ort abzuklappern und an jede Tür zu klopfen und Untersuchungen anzustellen. Ohne das wird's aber kaum gehen. Man kann's den Menschen schließlich nicht am Gesicht ansehen, ob sie...« Ihr Blick wurde finster. »Verdammter Mist!«

»Wir müssen warten«, sagte Jason. Er schmunzelte. »Zwei erwachsene Menschen sitzen gemütlich am Küchentisch und unterhalten sich über ein Ungeheuer aus Fleisch und Blut, während draußen ein Gewitter niedergeht. Das Einzige, was nicht stimmt, ist die Tageszeit. Es müßte Mitternacht sein, nicht morgens früh. Und außerdem müßten wir Zwangsjacken tragen, damit wir uns nichts antun, wenn die Wahnvorstellungen noch schlimmer werden.«

»Jason, ich habe Angst.«

»Wenn du keine Angst hättest, wärst du verrückt.«

»Und du?«

Er lachte. »Wenn ich einen Rest von Verstand hätte, würde ich machen, daß ich so schnell wie möglich aus Windriver verschwinde.«

»Laß uns fliehen!«

Sie tastete nach seiner Hand. Eine Weile lang schwiegen sie. »Wir bleiben hier«, sagte sie leise. »Was meinst du?«

Er nickte. »Ja«, sagte er rauh.

Seit Tagen spielte er mit der Idee, ganz einfach zu verschwinden. Daniel würde es sein, der das Vermächtnis übernahm. Aber wie lange würde es dauern, bis es Daniel gelang, die Menschen von der Existenz des Monstrums zu überzeugen? Wie viele Menschen würden noch zerfleischt und ermordet werden?

Donna war aufgestanden. Sie nahm seinen Kopf zwischen die Hände und küßte ihn.

»Es ist schon fast elf«, sagte sie. »Ich werd' das Mittagessen vorkochen. Ich geh' dann etwas raus.«

»Wohin?«

»Ich weiß noch nicht. Ich mag hier nicht rumsitzen, mir fällt die Decke auf den Kopf.«

Das Licht verlosch. Der Wind rüttelte an den Fenstern.

Jason stand auf. »Donna, wo ist Galen?«

Er ging ins Wohnzimmer und griff nach dem Telefon. Donna stand vor ihm, er wagte es nicht, sie anzusehen.

Der Ruf ging durch, aber im Redaktionsbüro wurde nicht abgenommen.

Er rief den Sheriff an. Bill Oaker meldete sich. Nein, niemand hatte Galen gesehen.

Zehnmal ließ Esther Lynn ihr Telefon läuten, bevor sie abnahm.

Seine Augen hatten zu schmerzen begonnen. *Esthers Stimme... er hat den Hund ausgeführt, ich habe gedacht, dort draußen lauert das Ungeheuer, Jason, die Angst, die Furcht, o Gott, Jase, o Gott, o mein Gott!*

Donna war schon in der Tür, mit kaninchenweißen Augen. Sie bewegte ihre Lippen, und irgendwie verstand er ihre Frage *woher weißt du das, wie kannst du das so genau wissen.*

Er drängte sie zur Seite und trat auf die Veranda hinaus.

Der Regen fiel in grauen Schleiern.

Jason hörte, wie sich die Tür hinter ihm schloß. Er wandte sich nicht um.

Geflügelte Schlangen.

»Ich verfluche euch«, sagte er. Er lief auf den Fluß zu. Alles, woran er denken konnte, war Galen und der Hund. Sehr intelligent, den Hund um diese Zeit spazierenzuführen. Wirklich.

Er streifte durch das nasse Gras, rief Galens Namen. Der Wind hüllte ihn in Eis, der Regen blendete ihn.

Keine Antwort, nur der Wind und die Sägepeitsche der Gräser.

Er beschloß auszuharren. Seine Hoffnung war, daß Galen sich irgendwo im Ort befand, in einem geheizten Haus, daß Mutt vor ihm stand, mit schiefgehaltenem Kopf, damit ihm sein Herrchen die Ohren kraulen konnte.

Voller Verzweiflung riß er sich den Hut vom Kopf, zerknüllte ihn zwischen den Fäusten. Dann sah er die Phiole im Gras.

Er nahm sie auf, betrachtete die Kapseln. Wenige Schritte später stieß er auf den Kadaver des Hundes. Er kniete nieder, fuhr mit den Fingerspitzen durch das blutige Fell. Dann lief er weiter, durch Regen und Wind. Er hatte eine Stunde gesucht, als er den zerfetzten Ärmel eines Pullovers im Matsch fand. Er hob den Fetzen auf und vergrub ihn tief und sicher in der Hosentasche. Dann lief er zu dem Hund zurück, hob den kleinen Körper auf und lief zum Haus zurück. Er legte Mutt auf die Veranda und bedeckte ihn mit seinem Regenmantel.

Donna kam. Sie legte ihre Arme um ihn, zog ihn an ihre Brüste. Er weinte.

Dann kam die Wut. Er schob das Mädchen von sich und eilte ins Schlafzimmer. Er zog sich trockene Sachen an. Dann stand er im Bad vor dem Spiegel. Es wäre ganz einfach, sich gehen zu lassen, dachte er. Aber was würde das Galen nützen? Ein merkwürdiger Gedanke kam ihm. Wie würde Galen sich verhalten, wenn ich jetzt dort draußen am Flußufer läge, verloren, verstümmelt, tot?

Donna erwartete ihn am Kamin.

»Bist du sicher?«

»Ja«, sagte er grimmig. Er zeigte ihr den Fetzen, den er gefunden hatte.

Sie wandte sich ab. »Ich halte das nicht mehr aus, Jase«, flüsterte sie.

»Um Gottes willen«, sagte er, »Donna, ich brauche dich.«

Die Türglocke wurde angeschlagen. Sie standen da und starrten auf die Tür. Daniel Tallpines trat ein. Er war bis auf die Haut durchnäßt. Seine Hosen waren bis zu den Knien mit Lehm und Schlamm verschmiert.

»Ich bin in Sweetwaters Kabriolett gekommen«, sagte er. »Leider kann man's nicht mehr zumachen. Und dann ist das Ding unterwegs viermal stehengeblieben.«

Donna gab ihm ein Handtuch. Er bedankte sich mit einem scheuen Lächeln.

Als er sich abgetrocknet hatte, führte Jason ihn zum Tisch. Er deutete auf den Fetzen.

»Galen«, sagte er. »Galen und ein Hund.«

Jason war dabei, als Daniel und Donna ihre Zweifel austauschten. Plötzlich stand er auf und lief ans Fenster. Der Regen hatte aufgehört. Irgendwo dort draußen lag Galen. Tot. Der Tod ging durch Windriver.

Er ging ins Zimmer zurück und ließ sich aufs Sofa fallen. »Wir drei«, hörte er Donna sagen, »sind also die einzigen außer Simon und Aaron, die Bescheid wissen.«

Der Indianer nickte. »Das Neue Volk denkt, ich hätt's getan oder Aaron. Sie glauben, Rachel hätte die Tötungen angeordnet und wir hätten sie ausgeführt.«

»Ich spüre, daß der Schlüssel bei euch Indianern verborgen liegt«, sagte Jason. »Erzählen Sie mir von den Geheimnissen Ihres Stammes.«

Daniel schüttelte den Kopf. »Es gibt keine Geheimnisse. Was Sie als geheimnisvoll empfinden, sind die Unterschiede unserer Kulturen, der Kontrast zwischen den Religionen. In Ihrer Kultur betrachtet man die Todesfälle, die sich ereignet haben, als unnatürlich. Sie glauben, Sie können sich mit Zeichen, mit Symbolen gegen derartige Gefahren schützen. Wir Indianer sehen das ganz anders. Wir sind das Land. Nichts, was geschieht, ist unnatürlich.«

»Und doch gibt es das Böse«, flüsterte Donna. »Es geschieht nicht, jemand tut es.«

Jason wandte sich zu Daniel. »Sind Sie denn sicher, daß Rachel nicht weitermordet? Rachel oder Bleicher Mond?«

»Unmöglich«, gab Daniel zur Antwort. »Die Leiche ist die ganze Nacht bewacht worden. Ebenfalls das Mädchen. Sie können es nicht gewesen sein.«

»Wie können wir dem Wesen beikommen, Daniel? Mit einer Silberkugel? Mit einem Kruzifix?«

»Ich weiß es nicht, Jason. Ich schwöre bei Gott, ich weiß es nicht.«

»Aber Sie kennen die alten Legenden. Geben Sie uns den Schlüssel, damit wir das Wesen töten können.«

»Ich weiß es nicht.«

»Sie sind der einzige, der jetzt noch helfen kann, Daniel. Bitte!«

Daniel war merkwürdig ruhig geworden. »Ich werde Ihnen sagen, was ich vermute.«

Jason nickte.

»Es gibt kein Wesen. Es gibt nichts.«

Donna musterte ihn zwischen Zorn und Verwunderung. »Aber das ist doch lächerlich, Daniel.«

»Wieso sind Sie sicher?« konterte er.

»Weil ich weiß, daß es die Mythen gibt«, sagte sie. »Wir sprechen von einem Wer-Biest, von einem Wesen, das töten muß. Die Mythologie gibt uns die Waffe dazu in die Hand.«

Tallpines sah sie traurig an. »Es gibt keine Hoffnung. Ihr könnt es nicht töten.«

»Und warum nicht?«

»Weil es unsterblich ist.«

5

Kurt Steed sah aus dem Fenster seines kleinen Restaurants. Ein seitlich mit Holz verkleideter Caravan glitt vorbei. Der Regen perlte auf den Scheiben, so daß Steed die Insassen nicht erkennen konnte. Er wandte sich zu Peg, die sich an der verchromten Kaffeemaschine zu schaffen machte. »Peg?«

Sie sah über die Schulter und lächelte.

»Wenn Bea heimkommt, möchte ich, daß du sie nach Pinedale bringst. Sie soll bei deiner Mutter übernachten, du auch.«

»Aber Kurt...«

»Sie hat heute nachmittag keine Prüfung. Du bringst sie zu deiner Mutter, ich rufe Euch heute abend an.«

»Kurt, bitte!« Sie legte ihm die Hand auf den Arm.

»Peg, ich habe heute noch keinen einzigen Kunden gehabt, und das liegt nicht am Wetter.«

»Aber Jake und die anderen...«

Er legte ihr den Finger auf die Lippen. »Du weißt genau, daß sie bei diesem Wetter nichts finden werden. Wenn das Wesen nicht schon tot ist, dann verbirgt es sich in den Höhlen auf dem Kramer's Mountain. Niemand kann es von dort hervorlocken.« Er polierte das blanke Metall. »Vielleicht sind sie auch einfach dran vorbeigelaufen. Der Berg ist groß, Peg.«

Sie wollte etwas sagen. Er kam ihr zuvor und küßte sie.

»Tu's für mich, Peg. Bring sie zu Mutter.« Er wandte sich um und sah Earl Carson, der gesenkten Kopfes am Fenster vorbeiging. Merkwürdig, dachte er. Carson verließ sein Geschäft nie während der Geschäftszeiten. Nie. Kurt Steed warf einen Blick auf die Uhr. Irgend etwas mußte seine Tochter aufgehalten haben.

Anthony hatte in einem seiner ledergepolsterten Friseurstühle Platz genommen. Er betrachtete das Muster von farbigen Störungen, das über die Mattscheibe des Fernsehers rieselte. Der Boden war aufgewischt worden. Die Scheren waren sauber, die Kämme hatte er in einen Behälter mit Desinfektionsflüssigkeit getaucht. Earl Carson trat ein, und Carosa erschrak.

»He, Tony.«

Er grinste und machte den Sitz frei. »Endlich ein Kunde.«

Carson lachte. Er zog seinen Regenmantel aus und nahm auf dem angebotenen Friseurstuhl Platz. »Nur schneiden, bitte.«

»Du hast wohl auch nicht viel zu tun, daß du in der Geschäftszeit kommst.«

Carson zuckte die Schultern. »Wo ist David?« fragte er.

»Ist rausgegangen«, sagte Carosa. Er warf einen ängstlichen Blick ins Hinterzimmer.

»Kein schönes Wetter für einen Spaziergang, Tony.«

»Yeah.« Als Anthony Carosa heute morgen aufgestanden war, hatte er Davids Bett leer vorgefunden. Niemand hatte ihn das Haus verlassen sehen. Und das machte Carosa Sorgen. Der Rollstuhl stand verwaist in der Ecke.

»Soll ich Ihnen was sagen, Tony?« Carson betrachtete sich im Spiegel. »Ich komme mir langsam wie in einer Geisterstadt vor.«

»Ich weiß schon, was Sie meinen.«

»Ich prophezeie Ihnen, die Pferderanches werden zumachen, wenn das so weitergeht.«

»Da könnten Sie recht behalten.«

»Es ist verrückt, Tony. Als ich heute morgen aufstand, da hatte ich so etwas wie eine Eingebung. Die Eingebung sagte mir, Earl, du mußt Mabel nach Blairs bringen. Oder nach Pinedale. Hauptsache, weg.«

Carosa nickte, voller Verständnis.

»Ist schon komisch. Wenn ich abergläubisch wäre, würde ich sagen, der Ort ist verhext.«

Anthony Carosa war ernst geworden. »Wenn Sie wetten wollen, ich halte dagegen.«

Ruhelos ging Ellie in dem großen Haus hin und her. Sie wußte, daß sie im Büro erwartet wurde, aber ihre Sinne schienen von einem Nebel umhüllt, der sie am Denken, ja sogar an den einfachsten Bewegungen hinderte. Sie entschloß sich zu einem besonders starken Kaffee. Sie nahm die dampfende Tasse hinaus auf die Veranda. Die Trauerweiden hielten den Wind ab. Kalt war es trotzdem. Das Rauschen des Flusses war zu hören.

Sie lächelte.

Das Wasser war schwarz, der Himmel leuchtete in einem giftigen Grün, am Horizont zuckten lautlose Gewitter.

Ein unerträglicher Tag für die meisten Menschen.

Herrlich.

Ted Waters kauerte am Eingang der Höhle. Bisher hatten sie kein Glück gehabt. Keiner von Harmons Männern hatte sich blicken lassen. Sobald der Regen nachließ, beschloß Waters, würde er die Expedition abbrechen. Zur Hölle mit dem Bären, zur Hölle mit Felsom. Felsom würde die Dreckarbeit künftig selbst tun müssen.

6

Seit einer Stunde stritten sie. Je öfter die Argumente wiederholt wurden, um so mehr hatten sich die Fronten verhärtet.

»Ich glaube nicht, daß man das Wesen töten kann.«

Donna stand auf und massierte sich die schmerzenden Hüftmuskeln. »Ich werde wohl besser die Flucht ergreifen.«

Daniel schwieg. Jason führte sie ans Fenster. Sie nahm ihre Brille ab und lehnte sich zurück.

»Jason...«

»Kommt nicht in Frage«, sagte er und setzte ihr die Brille wieder auf. »Wir sind hier nicht im Kino.«

»Und wenn schon«, schmunzelte sie. Sie legte ihm die Arme um den Hals und küßte ihn.

»Du brauchst dir um mich keine Sorgen zu machen«, sagte er. »Es ist Tag. Mir wird schon nichts passieren. Du bleibst bei Daniel.« Wo hat sie eigentlich gesteckt, als ich in New Jersey war? dachte er. »Wo find' ich dich, wenn ich zurückkomme?«

Sie stützte ihre Arme in die Hüften und strahlte ihn an. »In einem Ort dieser Größe fragst du, wo du mich findest. Das ist doch ganz einfach. Du stellst dich auf deine Veranda und pfeifst.«

Immer noch wehrte er sich gegen den Gedanken, daß er in sie verliebt war.

Als er Daniel in der Küche seinen Namen rufen hörte, fuhr er zusammen. Er ging ans Fenster und stellte fest, daß es wieder zu regnen begonnen hatte. Er ging in die Küche. Der Indianer hatte Brote gemacht. Jason dankte ihm mit einem Lächeln.

»Wir Shoshonen«, sagte Daniel, »wissen, wie man eine Schlacht gewinnt. Vor allem muß man vorher vernünftig essen.«

Jason ließ sich auf einen Stuhl sinken. »Meinen Sie wirklich, wir werden die Schlacht gewinnen?«

»Galen ist irgendwo da draußen. Wollen Sie das einfach so auf sich beruhen lassen?« Er betrachtete Jasons Antlitz, auf dem sich Zorn und Hilflosigkeit abzeichneten. »Jason, das Töten muß zu Ende gehen. Und ich glaube nicht, daß Ihr Volk oder mein Volk daran schuld sind. Etwas...« Er sah sich in der Küche um, als würden die Worte, nach denen er suchte, aus der Schublade schlüpfen, wenn er nur gut aufpaßte. »Der Schlüssel ist Rachel. Sie hat uns nicht alles gesagt. Aber vielleicht hat sie Simon in das Geheimnis eingeweiht.«

»Simon.« Jason sagte es wie das erste Wort einer neuen Sprache. »Simon. Er wird jetzt sicherlich...«

»Simon ist verloren ohne Rachel«, sagte Daniel traurig.

Jason zupfte sich an den Haaren. »Als sie noch lebte, war er es, der sie beschützte, nicht umgekehrt.« Er sah Daniel an. »Das bedeutet, sie war verletzlich. Und er wußte, wo ihre Achillesferse lag.« Er stand auf und wandte sich zum Gehen. »Ich werde...«

»Ich komme mit«, sagte Tallpines. »Die werden Sie sonst gar nicht an ihn ranlassen.«

Sie nahmen Galens Studebaker. Jason fuhr. Eine erstaunliche Menge Fahrzeuge parkte vor dem Besitz der MacKenzies. Auf der Veranda standen ein Dutzend Männer. Sie blockierten den Weg und traten erst zur Seite, als Daniel zu ihnen in einer Sprache redete, die Jason nicht verstand.

Sie traten ein. Drinnen roch es nach köstlichen Gerichten. Die Klagegesänge der Greisinnen waren zu hören.

Sie waren vor dem Schlafzimmer angekommen. Daniel klopfte an.

Bleicher Mond stand zu Häupten des Bettes. Sie schien nicht überrascht, Daniel und Jason zu sehen. Simon saß in einem Ledersessel, den Blick auf seine Frau gerichtet. Jason zwang sich, den Leichnam anzusehen. Er mußte zweimal hinsehen, bis er Gewißheit hatte, daß Rachel wirklich tot war. Ihr Gesicht schien Jahrtausende alt zu sein. Das Haar war glatt, glänzend, schön.

Bleicher Mond war aufgestanden, Daniel begann ein Gespräch mit ihr. Wenig später verließen die beiden den Raum. Jason blieb mit Simon und der Toten zurück.

»Ich habe Ihnen gesagt, was ich wußte«, murmelte Simon. Es war die Stimme eines Toten.

»Nein«, sagte Jason. »Aber Sie können mich nicht mehr täuschen. Ich weiß alles. Bis auf einen Punkt. Wogegen mußten Sie Rachel schützen, Simon?«

MacKenzie hob das Kinn. »Woran ist sie gestorben, Simon?«

»Sie war alt«, sagte MacKenzie. »Sie war zu schwach. Ihr Herz...«

Er packte Simon bei den Schultern. »Sie haben meine Frage genau verstanden! Wie geschehen die Morde?«

MacKenzie riß sich von ihm los. Er ging zur Wand, wo die Knüpfteppiche hingen. Adler. Auf einem der Teppiche war ein Kampf zwischen einem Adler und einem Teufel abgebildet. Das Herz des Teufels war herausgerissen worden. Die Augen des Adlers waren rot. Es waren Menschenaugen.

Jason fuhr herum. MacKenzie war hinter ihn getreten. Es war offensichtlich, daß er ihm das Geheimnis nicht zu verraten gedachte.

Schweigen.

Jason dachte an Galen.

»Ich verfluche Sie, Simon!« schrie Jason. Er fuhr ihm an die Kehle, als die Tür aufflog. Ein Indianer stürmte herein, packte Jason von hinten. Jason warf ihn gegen die Wand, wo er winselnd liegenblieb.

»Jason!« Daniel stand in der Tür. »Jason, was...«

Vier oder fünf Männer kamen in den Raum gestürzt. Tallpines taumelte voran. Ein wilder Kampf entspann sich. Jason ließ seine Arme wie Windmühlenflügel kreisen. Dann spürte er, wie er von hinten umschlungen wurde. Zwei oder drei Männer waren es, die ihn zu Boden rissen. Es gelang ihm, sich freizumachen. Er sah, wie sich Daniel gegen drei Angreifer zur Wehr setzte. Sweetwater lag reglos am Boden.

»Hört auf!« befahl MacKenzie.

Der Kampf tobte weiter.

»Aufhören, habe ich gesagt!«

Jason war überwältigt worden, nachdem er einen Faustschlag erhalten hatte. Er spürte, wie ihm jemand ein Tuch reichte. Er wischte sich über die Augen, bis er wieder sehen konnte. Das Tuch troff von Blut.

MacKenzie stand zu Häupten seiner toten Frau. »Bringt sie weg!« sagte er und deutete auf Jason und Daniel.

Jason wurde auf die Veranda geschleppt und die Stufen hinabgestoßen. Er landete auf den Knien. Ein paar Atemzüge lang blieb er auf allen vieren liegen. Die Luft war eine kühle Liebkosung. Er hörte, wie ein Körper neben ihm aufschlug, dann ein zweiter. Er spuckte Blut.

Als er aufsah, saß Daniel im Schneidersitz vor ihm. Er grinste. Jason grinste zurück.

Dann sah er Aaron Sweetwater. Das Lachen spielender Kinder war zu hören, die Kinder der Trauergäste. Zuviel Licht, dachte Jason. Und zuviel Blut.

Dann lag er auf dem Rücksitz des alten Cabrios. Der Schmerz war zurückgekehrt.

Traum, Schlaf, Bewußtlosigkeit. Jason sah weiße Stäbe in der Ferne auf und nieder tanzen. Die Stäbe kamen näher. Es schien keine Möglichkeit zu geben, sich vor ihnen zu verstecken. Worte durchdrangen das Dunkel. Dann lichtete sich der schwarze Nebel. Doc Vance stand über ihm.

»Er wird wieder gesund werden«, hörte er ihn sagen.

Jason wagte nicht zu lächeln. Jede Bewegung schmerzte. Daniel kam in Sicht. Er trug ein Pflaster unter dem rechten Auge. »Willkommen, Jason!«

Jason schloß die Augen.

»Simon MacKenzie hat angerufen«, hörte er Daniel sagen. »Hat sich erkundigt, ob Sie was Ernstes abbekommen haben. Seit Ihr Vater die größte Schlägerei in der Geschichte Windrivers veranstaltete, hat Simon keinen Mann mehr erlebt, der sich so gut seiner Haut zu wehren wußte wie Sie. Ich soll Ihnen das ausrichten.«

»Wenn Sie mich brauchen, ich bin in der Praxis«, sagte Doc Vance. Er beugte sich zu ihm. »Und dann habe ich eine Bitte. Würden Sie mir bitte sagen, wie das eigentlich passiert ist?«

»Nichts.« Es war Daniel, der für ihn die Frage beantwortet hatte. »Sie kennen doch die Leute aus den Oststaaten, Doc«, fuhr er fort. »Ich sage nur: Reporter! Jason hat für die nächste Ausgabe des Windriver Banner recherchiert, und da... Sie wissen ja aus dem Fernsehen, wie's weitergeht.«

»Gewiß«, sagte Doc Vance. Es klang nicht sehr überzeugt. Er wandte sich zu Daniel. »Geben Sie ihm diese Tabletten, wenn die Schmerzen schlimmer werden.« Er schüttelte den Kopf. »Als ob wir im Ort nicht schon genug Probleme hätten! Von den Jägern haben sie auch einen eingeliefert. Hat sich in den Stiefel geschossen.« Er zuckte die Schultern und entschwand aus Jasons Gesichtsfeld.

Er richtete sich auf. Er setzte sich auf den Rand der Couch. Daniel sah ihn besorgt an. »Keine Angst«, sagte er. »Ich werde nicht aufstehen. Wie sie das im Film schaffen, ist mir ein Rätsel.«

»Stuntmen.«

Jason sah ihn mißbilligend an. »Sie haben eine Antwort auf alles, wie?«

Daniel ließ sich im Schaukelstuhl nieder. Er blickte ins flakkernde Feuer. »Hab' ich nicht.« Er schlug die Beine übereinander. »Ich hab' Doc Vance gesagt, daß Galen verschwunden ist. Ich hab' ihm auch das Stück vom Pullover gezeigt.«

»Verdammt!«

»Er hat mich gefragt, ob Sie an der Suche nach Galen teilnehmen.«

Jason massierte seine Nasenwurzel. »Ich mag, und ich mag nicht. Ich kann nicht, Daniel.«

»Dafür habe ich volles Verständnis, Jason.«

»Wo ist Aaron?«

»Charlie und Dawn haben ihn abgeholt.«

Jason hob die Augenbrauen.

Daniel zuckte die Schultern. »Kenn' sich einer aus mit den Frauen. Noch komplizierter wird's, wenn es Indianerinnen sind. Charlie sagt, sie hat sich's anders überlegt. Sie war nach Blairs ausgerückt, aber dann ist ihr eingefallen, daß sie ihr Volk nicht verlassen kann. Und da ist sie ganz einfach wieder zurückgekommen. Aaron hat übrigens nicht viel abbekommen. Eine Rippe ist gequetscht. Und ein Bluterguß im Gesicht. Der Junge wird erwachsen.«

»Timmy«, flüsterte Jason.

Daniel erstarrte. »Was wissen Sie von Timmy?«

»Ich habe über die Sache nachgedacht«, sagte Jason. »Ich vermute, daß der Adler ihn in den Fluß gestoßen hat.«

»Aber was hat das mit...«

Jason räusperte sich. »MacKenzie wollte es nicht glauben, aber Daniel, Tatsache ist, es war noch Tag, als Timmy ums Leben kam. Der Adler, mit dem wir es zu tun haben, braucht nicht bis zur Dunkelheit zu warten, bevor er zu töten beginnt.«

Zweites Kapitel

1

Donna verließ das Haus. Ohne groß nachzudenken, ging sie in Richtung Fluß. Die Tropfen, die von den Bäumen fielen, waren wie Eisspinnen, die zwischen Körper und Kleidung schlüpften. Sie kuschelte sich in ihren Mantel und schalt sich töricht, daß sie ihren Hut nicht aufgesetzt hatte. Während sie unter den Bäumen dahinging, dachte sie an den Tag zurück, als sie sich für Windriver entschieden hatte. Wie wäre ihre Zukunft verlaufen, wenn sie an der Ostküste geblieben wäre? Es gab Tausende von Orten, wo sie in ihrem Beruf als Tierärztin hätte Arbeit finden können. Die Schrecken der Vergangenheit wären verblaßt, so oder so. Möglicherweise hätte sie auch jemanden kennengelernt, der einen Exorzismus bei ihr vorgenommen hätte. Aber sie hatte sich damals anders entschieden. Sie war den Weg des geringsten Widerstandes gegangen. Sie fuhr sich mit den Fingern über die Wange, um einen Regentropfen abzuwischen.

Es ist schon merkwürdig, dachte sie. In New York wäre allein die Vorstellung eines Wer-Biestes lächerlich gewesen. Mehr als das, die Idee war dort ganz einfach unpassend. Hier in den Bergen von Wyoming war das anders. Sie ertappte sich bei dem Gedanken, daß sie nicht nur die Existenz dieses Wesens akzeptiert hatte, sondern auch sein Recht auf Existenz.

Es war ein grauer Spätnachmittag. Das Gurgeln des Regens war zu hören, der in die Gullis floß, und das Summen der Straßenlaternen. Ihr fiel auf, daß der Klang der Radios aus den Häusern fehlte. Keine quäkenden Fernseher. Keine Autos auf den Straßen. Eine Friedhofsstimmung hatte Windriver befallen, und diese Erkenntnis trug dazu bei, daß Donna ihren Entschluß, zum Fluß zu gehen, änderte. Dort würde es noch einsamer sein als im Ort, dachte sie. Sie wandte sich gen Norden.

Wo bin ich? dachte sie.

Die Häuser kamen ihr plötzlich fremd vor. Die Luft war anders, die Straße merkwürdig uneben.

Wo bin ich?

Sie blieb stehen und sah in die Runde. Auf geheimnisvolle Weise schien der Gegend die Farbe entzogen worden zu sein. Nein, dies war nicht mehr der Ort, den sie kannte, jenes Windriver, wo sie gearbeitet und gelacht hattte, wo die Leute sie »Doc« nannten, obwohl man ihren Vornamen kannte.

Ihr rechtes Auge hatte zu zucken begonnen. Sie versetzte sich einen leichten Schlag mit den Fingerspitzen der rechten Hand, das Ticken hörte auf. Eine Weile lang starrte sie auf das Haus zur Rechten, und dann gewahrte sie die Frau, die auf der Veranda saß. Es war eine alte, zerbrechlich wirkende Person, in einen schwarzen Mantel gehüllt. Über dem grauen Haar trug sie ein Plastiktuch. Das Make-up war verschmiert wie bei einem heulenden Clown.

Donna eilte die Stufen hinauf. Schließlich stand sie vor Esther Lynn.

»Ich habe ja immer gehofft«, sagte Esther Lynn, den Blick auf die Straße gerichtet, »daß Galen und ich einmal heiraten würden. Er hat dann allerdings ziemlich lange gebraucht, um mir einen Heiratsantrag zu machen. Wirklich.«

Donna war unklar, ob Esther Lynn bereits vom Verschwinden Galens erfahren hatte. Sie wollte gerade eine entsprechende Frage stellen, als Esther zu schaudern begann und aufsah.

»Ich war so aufgeregt, nachdem Jase mich heute morgen angerufen hat. Ich bin dann schließlich doch ins Büro gegangen. Und da habe ich einen Anruf erhalten. Ein paar Kinder haben die Schule geschwänzt. Statt dessen waren sie am Fluß. Der Regen.«

»Esther«, flüsterte sie. »Esther.«

»Er liegt jetzt bei Doc Vance. Sie haben ihn in ein Tuch gehüllt. Doc Vance ist nicht da, so daß ich ihn nicht fragen kann, aber die Leute sagen, es war der Bär.«

Donna legte der Frau die Hand auf die Schulter. Esther stieß die Hand fort.

»Sie wollten, daß ich die Leiche identifiziere, aber das habe ich nicht getan. Ich wollte ihn nicht ansehen, so wie er zugerichtet ist. Sie sagen, der Bär hat es getan.« Ihr Blick wurde hart. »Ich will Ihnen was sagen, Donna, ich bewege mich nicht mehr von der Stelle, bis mir jemand sagt, was eigentlich los ist.«

Esther Lynn wandte sich ab. Es gibt nichts mehr, was ich hier tun kann, dachte Donna. Sie ging die Stufen hinunter.

»Mädchen!« rief Esther ihr nach.

Donna wandte sich um, als hätte man sie an der Schulter gepackt.

»Sie sind Ärztin«, sagte Esther. »Und ich bin die Tochter eines Arztes. Ich danke Ihnen.«

»Was? Wofür?«

»Daß Sie mir nicht gesagt haben, daß es ein Bär war.«

Eine Bö schlug ihr ins Gesicht, sie duckte sich. Sie ging weiter. Noch ein Wort von der alten Frau, und sie wäre zurückgelaufen, um ihr alles zu erzählen. Sie hätte ihr gesagt, wie Galen zu Tode gekommen war, hätte ihr von dem Wesen erzählt, das den Ort bedrohte.

Wie es aussah, hatte Esther Lynn nicht die Absicht, Windriver zu verlassen. Sie versuchte nur zu verstehen, was passiert war.

Guter Gott, dachte Donna. Jetzt denke ich schon wie die alten Männer in Carosas Friseurgeschäft. Die Vorstellung zwang ihr ein Lächeln ab. Plötzlich fühlte sich die Schuld ganz leicht an. Donna hatte den Pike erreicht, und das erinnerte sie an ihren Vorsatz. Sie würde etwas herumschnüffeln, sie würde sehen, ob sie Jason in irgendeiner Weise behilflich sein konnte.

Er war schließlich nicht der einzige, der Windriver als seine Heimat empfand.

Als sie an der Amtsstube des Sheriffs vorbeikam, sah sie die Gestalt im schwachbeleuchteten Inneren. Donna huschte in das kleine Restaurant und bestellte sich Sandwiches und Colas zum Mitnehmen. Sie würde noch beim Sheriff reingehen, beschloß sie. Sie würde sich erkundigen, wie die Jagd verlaufen war. Es war allerdings unwahrscheinlich, daß die Jäger schon etwas gefunden hatten. Bei diesem Wetter war ein Schnupfen eigentlich das einzige, was man sich in den Bergen holen konnte.

Peg nahm schweigsam das Geld entgegen, das sie ihr gab. Donna hielt das Paket mit den Sandwiches an sich gepreßt, während sie zur Amtsstube des Sheriffs hinüberging. Als sie eintrat, straffte sich ihre Gestalt. Ellie saß am vordersten Tisch. Sie lächelte.

»Hübsch, Ihr Haar!« sagte Ellie. »Das macht wahrscheinlich der Regen.«

»Danke«, sagte Donna. Sie reichte Ellie ein Sandwich. »Ich habe gedacht, Sie haben vielleicht Hunger.«

Ellie nahm das Sandwich und dankte. Das Telefon begann zu läuten. Bill Oaker schoß aus der Düsternis des Zellenblocks hervor und nahm ab.

Ellie hob das Kinn. »So geht das schon seit heute früh«, sagte sie. »Die Pendler, die in Blairs arbeiten, haben die Sache rumerzählt, und jetzt ruft alle fünf Minuten ein Reporter an, und wenn's kein Reporter ist, dann ist es irgendein Rancher, der uns weismachen will, daß ganze Herden von Bären aus den Bergen kommen.«

»Ganze Herden von Bären?«

Ellie lachte. »Genau das hat einer gesagt. Herden von Bären. Und alle mit Schaum vor dem Mund.«

Oaker legte den Hörer auf die Gabel zurück. Er winkte Donna zu. Dann klingelte es. Er nahm erneut ab.

»Ein Irrenhaus«, sagte Donna. Sie kaute an ihrem Brötchen und versuchte die Müdigkeit in Ellies Gesicht zu übersehen.

»Ich weiß.« Ellie reckte sich und verschränkte die Arme hinter ihrem Kopf. »Ich werd' Vitamine nehmen, Donna. Ich hab' erst um zehn meinen Dienst hier angetreten, und ich bin fix und fertig.«

Donna nickte. Sie sah aus dem Fenster. »Lausiger Tag«, sagte sie leise. »Sie kannten Rachel ziemlich gut, Ellie, oder?«

»Ja«, sagte Ellie. »Ist aber 'ne Weile her. Irgendwie ist es dann auseinandergegangen. Außerdem gab es ja noch zwei Mädchen, die zu ihr gingen.«

»Haben Sie vor, zur Ranch rauszufahren? Ich meine für einen Beileidsbesuch?«

»Vielleicht. Ich weiß noch nicht. Warum?«

»Weil ich rausfahren werde, heute oder morgen. Ich habe gedacht, Sie möchten vielleicht mit mir kommen. Ich wollte Sie deshalb schon gestern abend anrufen, aber Ihr Telefon war stundenlang besetzt.«

»Ja, das stimmt.«

Donna sah in dem Sturm hinaus. Sie vermied es, die Tochter des Sheriffs anzusehen. Sie kam sich töricht vor. Irgendwie hatte sie erwartet, in der Amtsstube des Sheriffs die Antwort auf das Rätsel zu finden. Mein Gott, dachte sie, das Mädchen wird sich ja nicht vor dir auf den Schreibtisch stellen und sein Federkleid spreizen. Immerhin war auffällig, wie müde Ellie war, und daß sie recht unentschlossen mit ihrem Bleistift herumspielte. Die Antworten, die sie Donna gegeben hatte, waren außerordentlich nichtssagend gegeben, und außerdem bestand die Möglichkeit, daß sie log.

»Was gibt's Neues von der Front?« fragte sie, als sie ihr Sandwich verzehrt hatte.

»Keine Ahnung«, sagte Ellie. »Bei dem Gewitter sind ziemlich viel Störungen im Funkverkehr. Es macht mich noch...«

»Ellie«, ließ sich Bill da auf einmal vernehmen, »in der Gegend gibt's jemanden, der die Antennen abknickt, ich kann Artie nicht erreichen, es ist am besten, ich fahr' selbst hin.« Er zog sich den Regenmantel über. »Jake pickt sich immer die Rosinen aus dem Kuchen. Ich krieg' immer die alte Frau, die sich beschwert, weil das andere Auto beim Abbiegen nicht geblinkt hat.« Er grinste und stapfte hinaus.

Zwei Telefone begannen zu läuten. Ellie sagte Donna, was sie zu tun hatte. Es war ganz einfach. Man durfte nichts rauslassen. Nur keine Panik. Der Sheriff wird eine Erklärung abgeben, sobald er zurück ist. Sie saß vor dem Schreibtisch. Zwanzig Minuten lang nichts als Anrufe.

»He«, sagte Ellie schließlich, »Sie machen das aber ziemlich gut.«

»Zufall«, sagte Donna. Sie wollte gerade aufstehen, als das Telefon wieder zu läuten begann. Donna dachte nach. Ellies Bemerkung hatte etwas scharf geklungen. Sicher, das Mädchen war übermüdet. Aber war da nicht auch eine Spur von Zorn? Es war beunruhigend. Sie legte den Hörer auf die Gabel zurück und sprang auf. O mein Gott, dachte sie. Und dann kehrte Oaker zurück, Donna war bereits an der Tür. Sie erklärte, daß sie jetzt gehen mußte.

»Ich komme gleich mit«, sagte Ellie.

»He«, sagte Oaker vorwurfsvoll. Er schälte sich aus seinem Regenmantel. »Verdammt, Ellie...«

»Es tut mir leid, Bill, aber ich habe Kopfschmerzen. Tut mir leid.«

»Na schön.« Er griff sich den Dienstplan. »Wie wär's denn mit Ihnen, Doc?«

Sie schüttelte den Kopf. »Ich muß jetzt in die Praxis.«

Er wandte sich zu Ellie. »Bedeutet das etwa, ich soll den Telefondienst machen und außerdem noch die ganzen Schreibarbeiten? Da bin ich ja bis Mitternacht hier!«

»Dann krall' dir Artie, der hat Dienst.« Ellie band sich ein Taschentuch auf die Haare.

»Großartig. Dann komm einmal her, Ellie, ich...«

»Bill, ich hör dir gar nicht mehr zu, hast du mich verstanden?«

Donna verließ die Amtsstube des Sheriffs. Sie lächelte, als sie gewahr wurde, daß der Regen aufgehört hatte. Sie überquerte die Straße. Carosa's Bar erwies sich als verschlossen. Das Friseurgeschäft war leer, bis auf Anthony selbst, der im rückwärtigen Teil des Raums stand und Davids Rollstuhl abstaubte. Als er sie vor dem Schaufenster stehen sah, winkte er ihr zu. Sie öffnete die Tür und ging hinein.

»Rasieren?«

Sie lachte. »Wo ist David?«

»Müßte eigentlich schon zurück sein«, sagte er. Er trat nach einem der beiden Räder. »Es wird schlimmer mit ihm, wissen Sie.«

Sie sah ihn fragend an.

»Ich meine, er macht jetzt abends immer diese Spaziergänge, und dann beklagt er sich ständig, seine besten Freunde seien tot. Ich weiß nicht. Essen tut er auch nichts. Es ist jetzt fast schon so schlimm mit ihm wie mit seiner Schwester.«

Sie hatte ihre Brille abgenommen und begann die Gläser zu putzen. »Wissen Sie, wonach mir das aussieht, Anthony?«

»Die Meinung des Fachmanns?« Seine Bemerkung klang bitter.

»Die Meinung einer Frau.«

»Auch nicht schlecht.«

Sie spürte die Grabeskälte, die in ihr emporstieg. Aber sie lächelte, als sie sagte: »Mir scheint, David ist verliebt.«

Carosa starrte sie entgeistert an. »David verliebt? Mein... David? Ich werd' verrückt.«

»Der Vater«, sagte Donna, »erfährt es immer als letzter.«

»Ich werd' verrückt.«

»Muß jetzt weiter. Bis dann, Tony.«

»Ich werd'... verrückt. Hätt' ich nie gedacht. Ich werd' verrückt.«

Sie verließ das Friseurgeschäft und wandte sich nach links. David. Spazierengehen. Seit gestern abend verschwunden. Es war wohl Zeit, daß sie mit Jason drüber sprach.

Sie ging zum Fluß und blieb vor der Brücke stehen. Sie kannte David gut genug, um zu verstehen, daß dieser Fluß ihn einlullte. Hier stand er, wenn er nachdachte, wenn er Pläne machte. Vielleicht mischte sich manchmal sogar ein bißchen Selbstmitleid in die Gedanken. Hier. Am Fluß.

Sie ging am Ufer entlang und erreichte die Kreuzung der Valley Ford Road. Die dritte Brücke. Rostiges Eisen. Auf der gegenüberliegenden Seite mündete die Straße in einen Weg ein. Geh nicht weiter, sagte etwas in Donna. Die Welt ist hier zu Ende, geh nicht weiter.

Sie schüttelte in Dankbarkeit den Kopf. Es gab keine Leiche. Nichts. Sie hatte getan, was ihr zuzumuten war. Ihr Haar war naß, und sie würde eine Lungenentzündung bekommen, wenn sie jetzt nicht zu Jason zurückging.

Schlimm genug, die Sache mit Galen.

Sie hob den Kopf. Sie sehnte sich nach Wärme. Jason würde ihr beistehen im Kampf gegen den Drachen.

Sie grinste. Sie hatte den Weg zu Jasons Haus eingeschlagen, als sie es sah.

Wie angewurzelt blieb sie stehen.

Aus dem Schilf am Flußufer ragte eine klauenbewehrte Hand hervor. Die Haut war bleich und faltig, überzogen mit grünem Schleim. Die Hand schien ihr zuzuwinken. Zögernd trat sie näher. Sie spürte den Ruf des Flusses, der als geschmolzenes Glas an ihr vorbeiströmte. Sie wandte sich ab, schaute zum Uferweg zurück, den sie verlassen hatte. Sie spürte, wie die Hand näher kam.

Dann verlor sie den Boden unter den Füßen.

»Nein«, flüsterte sie.

Der Wind begann zu heulen, die Gräser schlugen ihr ins Gesicht. Donnas Haare waren auf einmal Mottenflügel, die ihr die Sicht benahmen.

»Nein!« schrie sie.

Die Hand hatte ihr die Bluse aus den Jeans gezogen. Sie spürte, wie die schleimigen Finger über ihre Haut krochen.

Der Fluß war wie brodelndes Öl in einem Kessel.

Sie war stehengeblieben.

Das Rollen des Donners.

Davids Schulter hatte die Wasseroberfläche durchbrochen. Er hob den aufgeschlitzten Arm. Sie sah, wie die Hand ins lautlos fließende Wasser zurücksank. Das Bein war nur noch eine Schiene aus Plastik und Metall, mit angeschraubten Federn und Zahnrädern. Die Ferse war nackt.

Er ist schwimmen gegangen, dachte sie. Die Angst griff nach ihr. Wie töricht ich doch bin, dachte sie. Sie hätte den Fluß auslachen mögen. Eine Hand. Und sie hatte einen Dämonen daraus gemacht. Sie öffnete die Augen. Voller Dankbarkeit nahm sie wahr, daß der Himmel sich zu senken begann. Alles war wieder gut. Sie hatte ein Dutzend Jahre ihres Lebens verschenkt, aber gut.

Oh, David, dachte sie. Ihr war jetzt klar, warum sich David ausgerechnet den Fluß als letzte Ruhestätte ausgesucht hatte. Eine Träne rann ihr über die Backen. Hastig, fast wütend wischte sie sie ab.

Sie ballte die Fäuste. Es war jetzt wichtig, daß sie den Schatten vertrieb, der zwischen den Wolken hing. Aber der Schatten ließ sich nicht vertreiben. Er kam näher.

O mein Gott, bitte nicht jetzt.

In lautlosem Schwung glitt es über sie hinweg, mit majestätisch ausgebreiteten Schwingen.

Sie kroch durch den Uferschlamm und war schon fast wieder auf den Beinen, als sie spürte, wie der Vogel zu tauchen begann.

2

Kurt Steed mochte die Diamanttropfen, die auf seinem Fenster erschienen, wenn ein Auto vorbeifuhr. Es war 16.50 Uhr. Peg bugsierte ihren Mann zur Registrierkasse.

»Verdammt noch mal«, flüsterte er, »es ist schon fast fünf!«

»Sie ist verliebt, Kurt, kannst du das denn nicht verstehen?«

»Zumindest Hardy könnte vernünftig sein. Das Mädchen müßte um diese Zeit längst zurück sein.«

»Warum denn?« fragte sie, betont ruhig. »Wir haben ihr doch gar nicht gesagt, daß sie zu einer bestimmten Zeit zurück sein muß. Wir haben ihr nur gesagt, daß wir sie zum Abendessen erwarten. Wenn nicht, soll sie anrufen. War's nicht so?«

»Na ja.« Er sagte etwas, das sie nicht verstand. Dann Schweigen.

Sie trat hinter ihn und begann ihm die Schultern zu massieren. »Wenn du dir wirklich Sorgen machst, Kurt, dann kann ich ja bei Carosa anrufen. Vielleicht ist Carole mit von der Partie. Zumindest wäre es möglich, daß Carole weiß, wo sie hingegangen sind. Wenn ich bei Carosa nichts erfahre, kann ich immer noch Hardys Vater anrufen.« Sie küßte ihn auf die Backe. »Du bist merkwürdig, weißt du das?«

»Meine Tochter ist zu jung, um sich zu verlieben.«

»Ich weiß«, sagte sie ruhig. »Ich weiß.« Sie wandte den Kopf. »Stan möchte noch einen Hamburger, Kurt.«

»Sie ist noch zu jung«, knurrte er. »Sie weiß noch nicht, was sie will.«

Esther Lynn hatte eine Stunde lang geweint, nachdem Donna weggegangen war. Dann machte sie sich auf den Weg zu ihrem Vater. Er saß am Schreibtisch, als sie hereinkam. Es war dreißig Jahre her, daß er sie zum letztenmal in den Arm genommen hatte. Inzwischen fragte er sich, was eigentlich mit diesem Ort los war, mit einer menschlichen Ansiedlung, wo ein Bürger wie Galen Marsh von einem wilden Tier gerissen und getötet wurde, während Ted Waters als sorgloser Schlittschuhläufer an allen Fährnissen vorbeiglitt.

Er gab ihr ein Beruhigungsmittel, und dann wandte er sich wieder dem Bericht zu, den er für die übergeordnete Behörde zu verfassen hatte. Diesmal hatte keine Notwendigkeit bestanden, Trumble in Blairs anzurufen. Der Befund war ganz ähnlich gewesen wie bei den Leichen von Billyboy und Gloria. Ganz ähnlich wie bei Mac Felsom. Er betrachtete das Blatt, das er in die Schreibmaschine gespannt hatte. Er würde den Namen Donnas erwähnen müssen. Der Gedanke machte ihn ärgerlich. Das Mädchen war ausgebildete Tierärztin. Warum war sie dann nicht draußen bei den Männern, die das Monstrum jagten? Sie kam sich doch sonst immer so gut vor! Zum Teufel noch mal. Er beendete den Bericht und unterzeichnete ihn mit seinem Namenszug. Dann ging er ins Vorzimmer. Seine Tochter saß in einem Sessel, sie war eingeschlafen. Er spürte, wie ihm die Tränen in die Augen schossen. Wenn der Sommer zu Ende ging, würde er die Praxis zumachen. Er hatte es satt. Er war schon zu alt für sowas.

Der Ort, wo er sein ganzes Leben zugebracht hatte, schien ihm irgendwie außerirdisch. Wie bei dem Fernsehprogramm, wo die Marsmenschen aus allen Ecken kamen, wo es Wesen gab, die den Rest der Welt mit Knopfdruck unter ihre Kontrolle brachten. Es wird Zeit, dachte er, daß ich mein Diplom zur Wand drehe. Er würde sich das Federbett über den Kopf ziehen und warten, bis der Hahn den Morgen kündete.

Er zog die Flasche Scotch aus der Schublade, schraubte die Kappe ab und trank, ohne sich die Mühe zu machen, ein Glas zu holen. Es gab nichts mehr dran zu deuteln. Er hatte eine Heidenangst.

Teufel auch, dachte Jake Harmon. Als er erfuhr, daß Galen tot aufgefunden worden war, hatte ihn der Gedanke durchzuckt, daß er die Jagd jetzt eigentlich abblasen konnte. Er würde die Polizei des Bundesstaates hinzuziehen, die Nationalgarde oder die gottverdammte Air Force. Dann hatte er den knickenden Zweigen im Wald gelauscht und beschlossen, weiterzumachen. Er sagte den Männern, was passiert war, daß es ein neues Opfer gab.

Es begann rasch dunkel zu werden. Gerade war der 16.50er vorbeigedonnert. Binnen einer Stunde würde man nicht mehr die Hand vor Augen sehen können.

Ihm reichte es. Wirklich. Er hob das Funkgerät an die Lippen.

»Alle Stationen, hier spricht Harmon. Es beginnt gleich zu regnen, wir hören auf.« Er ließ das Gerät sinken und schüttelte den Kopf.

»He, Dad.«

Er wandte sich um.

»Ich möchte weitersuchen.«

»Mach, wozu du Lust hast.«

»Von den anderen möchten auch ein paar weitermachen, Dad.«

»Wenn du eine Lungenentzündung willst, das ist deine Sache.«

Steve zögerte. »Sag Ellie, sie braucht nicht auf mich zu warten.«

Aber sicher, dachte Jake Harmon. Wie immer.

Ein winterlich anmutender Regen ging über die Hänge des Kramer's Mountain nieder.

»Dort!« flüsterte Arnold.

»Was?« Ted Waters war sauer. Sie hatten ihn überredet, dazubleiben, und jetzt sahen sie Bären bei jedem Zweig, der sich bewegte.

»Verdammt noch mal, Ted, da drüben!«

»Schon gut, schon gut.« Er hob die Schrotflinte. Was Titus sich eigentlich einbildete, wer er war.

3

Als er den Zug nahen hörte, hob Jason den Kopf. Der Regen tropfte von den Bäumen. Jeff war vor dem Haus, er spielte. Alle paar Minuten blieb er stehen und schüttelte sich den Regen aus dem Fell.

»Verdammt!« Er ließ den Pfannenstiel los und leckte die Stelle an seinem Daumen ab, wo der Fettspritzer gelandet war. Der Schmerz erinnerte ihn an Doc Vances Anruf von vorhin. Er stellte sich vor, wie Galen auf dem metallbeschichteten Obduktionstisch lag. Merkwürdig. Die Helden in den Filmen aßen nicht. Sie hatten auch nie Angst.

Er hatte Angst.

Die geflügelten Schlangen waren heimgekehrt.

Das Rührei war soweit fertig, auch der Speck. Er rief Daniel.

»Ich fahr' dann zur Ranch raus«, sagte Daniel, als er in die Küche kam.

»So nehmen Sie doch erst mal 'nen Bissen.«

Tallpines lachte. »Der Grund heißt Simon. Es ist nicht etwa, weil

Sie den Speck immer als Kohle servieren. Ich mach' mir Sorgen um Simon.«

»Aber die anderen, werden die nicht...«

»Das glaube ich nicht. Kein Salz, danke. Ich spiele den dummen Indianer, der von den Weißen korrumpiert ist, ich denke, das fressen sie.«

»Und Simon?«

»Wer weiß. Er ist nicht der Feind in diesem Augenblick, aber es ist natürlich möglich, daß...«

Sie aßen. Jason dachte an Donna. Hoffentlich war das Mädchen so klug und blieb auf der Hauptstraße.

Draußen begann der Hund zu bellen. Die Tür schwang auf.

Donna kam in Jasons Arme gerannt.

Er hob sie auf und trug sie zum Sofa. Sie war mit Lehm und Schlamm bespritzt. Er rief Daniel zu, ein paar Handtücher zu bringen. Dann schälte er sie aus ihren Kleidern. Sie war bleich, ihr Gesicht war eiskalt. Die Lippen waren blaugefroren.

»Nur die Ruhe«, sagte er. Er fuhr ihr über das strähnige Haar. »Später kannst du mir alles erzählen.«

Blut war keines zu sehen, auch keine Würgemale. Danke, betete er. Danke. Er rieb ihr die Schultern warm.

Draußen bellte Jeff.

»O Gott«, sagte Daniel. Er warf die Handtücher auf das Tischchen und rannte zur Tür. Jason hörte, wie er mit dem Hund zu schimpfen begann. Schritte. Daniel kehrte ins Haus zurück, er schloß den Setter im Gästezimmer ein.

»Das Beste wär' jetzt eine Tasse heißer Tee«, sagte Jason. Daniel nickte Zustimmung.

Eine Viertelstunde später saß Donna in der Zimmerecke. Jason kauerte neben ihr.

»Es ist mir nachgekommen«, flüsterte sie. Sie lachte, und es klang falsch und hohl. »Eigentlich ganz normal. Ein Falke. Aber dann hat's mich angestarrt, und ich hab' nur noch geschrien. Ich bin drauflos gerannt. Ich hatte Angst, es würd' mich zu Boden reißen oder... oder so etwas in der Art. Als ich wieder aufsah, war's eine halbe Meile hinter mir, auf den Flügelspitzen waren ein paar rote Punkte, und es war wirklich nur ein Falke, Jason. Ein gefleckter Falke.«

Ihre Augen füllten sich mit Tränen.

Jason tastete nach ihrer Hand.

»Sie hätten im Ort bleiben müssen«, sagte Daniel und unterstrich diesen späten Rat mit einem sympathischen Lächeln. »Und während ich das sage, fahr' ich raus zur Ranch. Es gibt allerdings einen wichtigen Unterschied. Ich hab' einen Wagen.«

»Mach das Verdeck zu«, sagte Jason.

»Welches Verdeck? Glaubst du, Aaron gibt ein paar hundert Dollar für ein Verdeck aus, wo ihn der Wagen nur fünfzig Dollar gekostet hat?«

Jason deutete auf den Waffenschrank. »Dann nimm aber ein Gewehr mit.«

Daniel nickte. Sie sahen ihm nach, wie er mit der Waffe in der Hand zur Haustür ging.

»Mir sind gerade wieder die Opfer eingefallen«, sagte Jason.

Sie holte tief Luft. »Ich will jetzt nichts davon hören.« Sie stand auf. »Ich nahm' jetzt erst mal eine Dusche. Nachher reden wir.«

»Beeil dich.«

Sie beeilte sich. Als sie zurückkam, trug sie eines seiner dunklen Hemden. Ihr Haar war noch naß, es glänzte kupferfarben. Jason kniete sich vor den Kamin und zündete das Holz an. »Und sowas im Sommer«, murmelte er. Er stand auf und betrachtete die Flammen, deren Prasseln an das Knacken skelettierter Fingergelenke erinnerte...

»Ich höre«, sagte Donna.

»Wir suchen nach einer Verbindung«, sagte er. »Es ist klein, und es existiert. Was ist das?«

»Ein Quiz?« fragte sie.

»Wir haben in Erfahrung gebracht, warum«, sagte er. »Was uns Rachel allerdings verschwiegen hat, war die Tatsache, daß ihr Geschöpf einen eigenen Willen hat. Wenn sie das Wesen je unter Kontrolle hatte, so ist ihr diese Kontrolle zum Schluß völlig entglitten. Was mir außerdem bemerkenswert erscheint, ist die Auswahl der Opfer. Nur Leute, die mit Windriver tiefverwurzelt waren.«

»Und was schließt du daraus?«

»Wir wissen jetzt, warum Rachel die Weißen aus Windriver vertreiben wollte. Und noch etwas. Ihre Seele klammert sich an diesen Ort. Mir kommt es so vor, Donna, als gäbe es im Leichnam dieser Frau etwas, das durch und durch verdorben ist, eine Art schwärzliches Gebilde, so böse, daß es ihre Haut durchdringt, noch bevor sie ganz vermodert ist.«

Donna wiegte den Kopf. »Das ist ja alles sehr schön, Jase, und ich billige dir auch zu, daß du recht hast. Aber das löst nicht unsere Frage, nicht wahr.«

»Yeah.«

Die Wirkung der Tabletten, die Doc Vance ihm gegeben hatte, ließ nach. »Bring das Medikament mit«, bat er Donna, als er sah, daß sie in die Küche ging.

Galen fiel ihm ein. Er starrte in die Flammen.

Ich versuch' es ja, sagte er zum Feuer. Ich hab' nur keinen Schimmel, auf dem ich vor die Tore hinausreiten könnte. Wirklich, Galen, ich tu' mein Bestes.

Donna kehrte aus der Küche zurück. Sie reichte ihm die Tabletten. Er spülte mit Wasser nach und protestierte nicht, als sie ihm bedeutete sich hinzulegen. Die Wärme des Kaminfeuers hüllte ihn ein. Er lächelte, und er merkte nicht, wie er in den Schlaf hinüberglitt.

4

Donna nahm ihm das Glas aus der Hand. Sie brachte es in die Küche und stellte es auf die Spüle. Sie ging ins Wohnzimmer und hob die nassen Handtücher auf, die noch die Spuren ihrer Flucht trugen. Sie begab sich in den Flur und blieb vor dem Waffenschrank stehen.

Sie hörte, wie Jeff im Schlaf winselte.

Tallpines hatte die Tür des Waffenschrankes offengelassen. Nach kurzem Zögern nahm sie zwei Revolver heraus. Sie fand auch die zugehörige Munition, und dann kehrte sie ins Wohnzimmer zurück.

Das Knacken der brennenden Scheite erfüllte den Raum.

Donna kräuselte die Nase, als ein beißender Duft durch das Zimmer wehte.

Sie küßte Jason auf die Stirn. Dann saß sie da und lauschte. Sie wußte, das Wesen verbarg sich in der Nacht.

DRITTES KAPITEL

Gefahr

Sie zwängte sich durch das Gebüsch, das den Weg zur Rasenfläche versperrte.

Gefahr.

Sie hatte zunächst nicht glauben wollen, daß ihr der Neuankömmling ernsthafte Probleme bereiten konnte. Einmal sah er verhältnismäßig traurig aus. Er war auch klein, trotz seiner Muskeln. Und doch hatte er den Sprung vom Unwahrscheinlichen zur Wirklichkeit geschafft. Schuld war sie selbst. Sie hätte es nicht tun dürfen. Andererseits, er hatte so verwirrt ausgesehen, als er über die Geleise ging. Sie hatte der Versuchung einfach nicht widerstehen können. Und wie sie dann losgerannt waren, beide. Wie betrunkene siamesische Zwillinge. Großartig.

Das Lachen, das aus der Finsternis kam. *Ihr* eigenes Lachen. So was hätte ich mir früher einfallen lassen müssen, dachte sie.

Inzwischen war sie in Gefahr. Durch eigene Schuld.

Er wußte es, und sie wußte es.

Es war nicht von Belang, daß niemand ihnen glauben würde. Die Gefahr war entstanden, weil aus Spiel Ernst geworden war.

Kein Zweifel, sie würden die rosa Wolke, auf der sie schwebten, verlassen müssen. Die Initiative würde bei ihr liegen. Trotzdem mußte sie Geduld haben. Sie durfte keine Fehler mehr machen. Nur etwas Geduld, und wir sind tot, dachte sie. Sie lächelte. Natürlich würde sie heute abend mit ihm nach draußen gehen. Das mußte sein. Sie waren anders als die Menschen in Windriver, beide. Sie würden aus dem Haus gehen, weil sie wußten, daß sie draußen lauerte. Hier. Hier! Sie war der Köder, und sie war die Falle.

Rachel, dachte sie. Du hast mir nicht gesagt, daß es so schön sein würde.

An der Ecke angekommen, blieb sie stehen.

Dort waren sie, begafften ihre Brüste und ihre Schenkel.

Man konnte in diesem verdammten Windriver keine zehn Schritte gehen, ohne daß man begafft wurde. Die halbe Zeit stand man da und beantwortete Fragen, wohin man ging und was man dort tat.

Sie stand an den Baum gelehnt und betrachtete die Autos, die aus der Parkbucht vor der Amtsstube des Sheriffs ausbogen. Ein paar Männer waren schnurstracks ins Allerheiligste der Bar gegangen, die anderen fuhren heim. Aber niemand hielt, um ihr die Tageszeit zu entbieten. Ihr war das sehr recht so. Sie hätte jetzt keine anständige Unterhaltung führen können.

Es war gut, daß die meisten sie ignorierten.

Als die Straßen sich geleert hatten, trat sie aus dem Schatten hervor. Nein, sie würde nicht nach Hause gehen. Zum Teufel mit Vater! Sie würde niemanden mehr um Erlaubnis fragen, bevor sie etwas tat. Sie war jetzt ein großes Mädchen, eine junge Dame, die selbst auf sich aufpassen konnte.

Gefahr.

Ganz abgesehen davon, daß sie hungrig war.

Viertes Kapitel

1

Daniel hatte sich auf die Motorhaube des offenen Wagens gesetzt. Als der Motor stehenblieb, hatte er einen Anflug von Ärger empfunden. Er war ausgestiegen, um den Wagen rumgegangen, hatte die glattgefahrenen Reifen mit den Schuhspitzen bearbeitet. Dann hatte er die Motorhaube geöffnet. Soweit es sich bei dem trüben Licht feststellen ließ, war alles in Ordnung. Resigniert setzte er sich den Hut auf, zog eine Zigarette aus der Brusttasche und nahm seinen Platz auf der Motorhaube ein. Er dachte nicht daran, zu Fuß zu gehen. Wahrscheinlich würde er Hilfe bekommen.

Jetzt brauche ich nur noch eine Feder, um sie mir ins Stirnband zu stecken, dachte er. Sobald die Feder steckt, wo sie hingehört, kommt der Bus mit Touristen, und die beginnen wie wild zu fotografieren. Noch schlimmer wäre es, wenn ein Scheißliberaler aus den Oststaaten auftauchte, um ihn mit seinen Sottisen einzudekken.

Schade, daß Sharon jetzt nicht bei ihm sein konnte. Wie gern hätte er ihr gebeichtet, auf was er sich eingelassen hatte. Er hätte ihr versprochen, daß er sich von dem Ganzen freimachen würde. Er würde auf keinen Fall in Gefahr bringen, woran sie acht lange Jahre gearbeitet hatten.

»Zum Teufel noch mal«, sagte er und schnippte die Kippe ins Dunkel. Er fühlte sich schuldig. Er hatte Rachel unterstützt. Hätte er den Leuten nicht zugeraten, keiner hätte das Reservat verlassen. Inzwischen sah es so aus, daß nur noch zehn Prozent seines Volkes an die alten Götter glaubte. Rachel hatte das nicht zu beeinflussen vermocht. Seine eigenen Ansprüche waren eigentlich bescheiden gewesen. Er hatte ein Stück Land verlangt, das deutlich länger war als der Schatten, den ein Mann zur Mittagszeit warf. Und er hatte dieses Stück Land bekommen, wie die anderen auch. Sie alle hatten das Geld genommen, hatten die Parzellen erworben, hatten den Rest beiseitegelegt und ergeben auf den Tag gewartet, wo Rachel ihnen die Erlaubnis erteilen würde, den Boden zu bearbeiten.

Er hätte es wissen müssen. Rachel, die unzähmbare, schweineköpfige, beängstigend weise Rachel, konnte alles tun, was sie sich vornahm. Simon hatte es geahnt. Warum war er, Daniel, so überheblich gewesen?

Das Wispern eines nahenden Autos war zu hören. Daniel hob den Mittelfinger.

Und jetzt war Rachel tot.

Ihn fröstelte. Die Motorhaube begann abzukühlen. Er ließ sich auf den Boden gleiten, stapfte herum, um sich die Füße aufzuwärmen, zündete sich eine zweite Zigarette an.

Wenn ich zu Fuß gehe, das wäre auch nicht weiter schlimm, dachte er. Er mußte husten.

Die Scheinwerfer eines Autos. Der Wagen kam näher und hielt. Daniel ging ans Fenster des Fahrersitzes.

»Ach, Sie sind's, Mr. Tallpines«, sagte Earl Carson.

»Guten Abend, Richter Carson. Haben Sie was gefangen?«

Carson grinste. »Ich glaub', ich hab' mir eine Lungenentzündung gefangen. Jetzt bin ich unterwegs nach Washakie.«

»Aha.« Er zögerte. »Ich wollte eigentlich zur MacKenzie-Ranch.«

»Ich weiß nicht«, sagte Carson. »Ich bin nicht...«

»Bis zum Tor, wäre das möglich?«

Carson fand, es wäre nicht richtig gewesen, wenn er in eine längere Diskussion eintrat. »Sicher, warum nicht. Wir müssen nur aufpassen, daß der Wagen nicht den Bodenkontakt verliert, wenn ich niese.«

Daniel lachte. Sie fuhren. Daniel fand es angenehm, daß der andere schwieg, so konnte er sich auf die Schmerzen in seinen Gliedern konzentrieren, auf die Wärme, die aus dem Heizungsspalt drang, und auf die Gedanken an Rachel... »Danke«, murmelte er, als Richter Carson, vor dem Torbogen der MacKenzie-Ranch angekommen, eine Runde drehte. Er hielt den Türgriff in der Hand und war versucht, Carson zu fragen, was er von Monstern im allgemeinen und von übernatürlichen Monstern im besonderen hielt, aber dann ließ er den Gedanken fallen, er schlug die Tür zu und blieb mitten auf der Straße stehen, während die Hecklichter des Wagens in der Nacht verglühten.

Erst als er allein war, wurde ihm bewußt, daß der Wind den Nebel vertrieben hatte. Die Nacht hinter dem Nebel war sichtbar geworden. In der Ferne war Gesang zu hören. Daniel vergrub die Hände in den Hosentaschen.

Ich muß ihnen irgendeine Lüge auftischen, dachte er. Wenn ich das nicht fertigbringe, werden sie mich skalpieren.

Dann konnte er sie hören.

Das Rauschen ihrer Schwingen.

Das Kratzen. Das Schürfen.

Er mußte an sich halten, um nicht loszuschreien. Sein Magen war Eis, seine Beine waren Blei. Er schluckte. Behutsam zog er die Hände aus den Hosentaschen.

Das Kratzen. Das Schlürfen.

Er war entschlossen, er würde dem Tod nicht ins Auge sehen, wenn es soweit war. Er würde sterben, den Blick auf das Land gerichtet, wo er gelebt hatte. Darauf hatte er Anspruch. Auf einmal kam er sich sehr winzig vor, und dazu trug die Tatsache bei, daß er Galens Gewehr im Wagen zurückgelassen hatte. Wie töricht war er doch gewesen. Zwar hatte er Jason und Donna jedes Wort geglaubt, das die beiden sagten. Aber er hatte nie geglaubt, daß es dieses Wesen wirklich gab. Jetzt hockte es hinter ihm, und das alles nur, weil er sich schuldig gemacht hatte.

Das Rascheln.

Er riß sich den Hut vom Kopf und warf ihn ins Dunkel. Dann zog er sich den langen Regenmantel aus und warf ihn auf den Boden. Er streckte die Arme aus und ballte die Fäuste.

Er trat einen Schritt in Richtung Sharon und sah seine kleinen Töchter vor sich. Sie schliefen.

Ein zweiter Schritt.

Das Rascheln.

Die Rechnung, Daniel.

Er taumelte nach vorn. Die Verfolgung hatte begonnen. Er lief an der Mauer entlang.

Gegen seinen Willen sah er auf. Das Wesen war nicht hinter ihm, es schwebte ihm entgegen.

Er hielt nach Bäumen Ausschau. Es gab keine.

Blieb der Wagen. Dort lag die Waffe. Unwahrscheinlich, daß es ihn bis dorthin laufen lassen würde.

Er hatte nur noch seine Beine.

Er rannte an der Mauer entlang, auf der Suche nach einem Graben. Irgendwo hier mußte die Perkins-Ranch beginnen. Wenn er das verlassene Haus erreichte, war er gerettet. Er war nicht sicher, daß es dort eine Waffe gab, die er an sich bringen konnte. Aber der Adler würde ihm nicht ins Innere des Hauses folgen.

Wer bist du? dachte er. Wer zum Teufel bist du?

Das Wesen hatte an Höhe gewonnen. Daniel hielt den Blick auf den Weg gerichtet. Dann hörte er, wie das Rauschen der Schwingen näher kam. Er hörte, wie es, über ihm angekommen, die Flügel hochstellte. Er warf sich zu Boden, aber es war zu spät. Die Krallen zerfleischten ihm den Nacken. Der Adler segelte über ihn hinweg. Er sah, wie sich das Wesen wieder in den Himmel hinaufschwang.

Er schrie seinen Schmerz hinaus. Ein Versprechen.

Wer bist du?

Weiter! Der Trott seiner Schuhe auf dem nassen Grund war zu hören. Ein merkwürdiges Gefühl der Sicherheit überkam ihn.

Der Wind kam aus westlicher Richtung. Er wehte so stark, daß Daniel an die Mauer gedrückt wurde. Er riß den Mund auf, schnappte nach Luft. Er warf den Kopf in den Nacken. Die Augen waren halb geschlossen. Er lief auf die Anhöhe zu.

Als der Adler zum tödlichen Angriff einschwebte, warf Daniel die Arme hoch. Er geriet zu Fall, landete auf dem Rücken, schrie auf, als der Schnabel seine Ferse aufschlitzte. Als die Brustfedern des mächtigen Tieres über seine Wangen strichen, war ihm, als müßte ihm das Herz stehenbleiben.

Er rollte sich auf den Bauch. Das Spiel war vorbei, der Ernst begann.

Die Mauer.

Er verließ das Straßenpflaster, griff im Laufen nach einem Ast, der auf dem Boden lag. Er würde den Ast als Waffe benutzen, wenn es notwendig war. Inzwischen war er dem Haus so nahe gekommen, daß er wohl keine Waffe mehr brauchen würde.

Das Kreischen des Adlers war jetzt so laut, daß er es nicht länger ignorieren konnte. In einer reflexartigen Bewegung wandte er den Kopf.

Seine Lippen öffneten sich zum Schrei. »Mein Gott!«

Sie stand an die Mauer gelehnt. Sie war barfuß. Sie hatte die Hände in die Hüften gestützt. Um sie herum graue Nacht. Im Zentrum des Schattens ihre weißschimmernden Zähne. Ihr Lächeln.

Seine Lippen formten ihren Namen, aber die Stimme versagte ihm den Dienst.

»Peekaboo«, sagte sie zärtlich. »Jetzt habe ich dich.«

Er hob den Ast. Die Furcht lähmte ihn, als sie zu lachen begann und sich verwandelte. Der Adler entschwebte ins Dunkel, Sekunden später kamen die roten Augen wieder in Sicht.

Daniel sah, wie das Wesen die Krallen spreizte. Er wandte sich zur Seite, bot ihm die Lende. Es war nicht sehr mutig, aber er wußte nicht, was er sonst hätte tun können.

Sharon und Rachel.

Er wirbelte herum, nahm den Ast wie eine Lanze, schleuderte ihn auf die gefiederte Brust.

Er sah, wie die Astspitze in das Federkleid eindrang und das Wesen durchbohrte. Der Adler schüttelte sich. Der Ast segelte, sich wieder und wieder überschlagend, zu Boden.

Wie kann man das Wesen töten? hatte Jason gefragt.

Es ist unsterblich, hatte er geantwortet.

Er ging in die Knie. Die Schwingen des Wesens waren laut wie der Sturm.

Daniel weinte, als er dem Tod ins Auge sah.

Er hatte recht behalten.

2

»Heilige Jungfrau, jetzt schau dir das an«, sagte Ted Waters. Er sah zu Chet hinüber, der eine Laterne in der Rechten hielt. »Das ist der größte Bursche, den ich je gesehen habe.«

Titus Arnold genoß das Lob. Er beschloß zu verschweigen, daß er die Augen geschlossen hatte, als er schoß.

»Du hast ihm den Kopf weggeputzt. Also wirklich.«

Chet nickte Anerkennung. »Wunderschön. Großartig.«

Waters lachte und schlug sich auf die Schenkel. »Verdammt noch mal, Titus, das hatte ich dir gar nicht zugetraut. Scheiße. Aber echt.«

Chet trat dem Bären in die Flanke. »Ich hätt' 'ne Frage.«

»Was denn?« sagte Ted, ohne die geringste Neugier.

»Müssen wir das Tier wirklich bis zum Wagen schleppen?«

3

Schreiend war Jason aufgewacht. Und dann war Donnas Gesicht vor ihm. »Jason!« Er starrte sie an, dann fiel er auf das Kissen zurück.

»Ein Alptraum?«

Er nickte.

»Willst du mir nicht sagen, was es war?«

»Nein.«

»Dann hab' ich noch einen Alptraum für dich«, sagte sie. »Daniel hat nicht angerufen.«

Die Fetzen seines Traums verblaßten in der Unendlichkeit. Er sah die wächserne Haut über Donnas Jochbögen, das Zucken um ihre Mundwinkel. Sie war ungekämmt. Wieder und wieder schob sie sich die Brille auf die Nasenwurzel zurück.

»Donna?«

Sie schüttelte den Kopf. Sie sah ihn nicht an, als sie zu sprechen begann. »Ich hab' den Sheriff angerufen und hab' die Nummer nicht wählen können. So dumm von mir. Das Telefon stand vor mir, aber ich hab's nicht fertiggebracht, die Nummer zu wählen.« Sie begann zu weinen. »Ich hab's versucht, Gott weiß, daß ich's versucht habe.«

Sie fiel ihm in die Arme, und dann konnte er nichts mehr tun, außer ihrem Schluchzen zu lauschen und ihre Angst zu fühlen.

4

Das Pferd hatte zu scheuen begonnen, noch bevor Simon das Motorengeräusch hörte. Er beruhigte es.

Seit er das Haus verlassen hatte, war das Gefühl da. Die Angst, daß es noch nicht zu Ende war.

Natürlich war es Rachel. Er wußte, daß sie versuchen würde, mit ihm Verbindung aufzunehmen. Sie würde ihre ganze Macht in die Waagschale legen, um die Grenzen des Schweigenden Landes zu überwinden. Seit wann weiß ich es? Er war aus dem Bad gekommen und hatte ihren Sarg vorgefunden, mit ihrem Bildnis auf dem Deckel. Er hatte vor dem Schreibtisch gesessen, hatte Worte auf Papier gekritzelt, hatte die Verfügung unterzeichnet, nach der das Haus und das Land auf Aaron Sweetwater übergehen würde, wenn ihm, Simon, etwas zustieß. Das Neue Volk hatte gesungen, und dann hatten sie ihn mit Bleicher Mond zurückgelassen. Beim drittenmal hatte er verstanden, daß Rachel zurückkehren würde. Seine Trauer war versiegt. Er wußte, daß er sie wiedersehen würde.

Bleicher Mond, das einfältige Geschöpf, hatte ihm nicht geglaubt, als er ihr das Geheimnis verriet. Sie hatte ihn vor den Sarg geführt, hatte ihm wieder und wieder die Leiche gezeigt. Er hatte ihr die Wangen getätschelt, aber sie war vor ihm zurückgewichen. Vor ihm, der sie vor der Einweisung in die Psychiatrische Anstalt bewahrt hatte. Und dann hatte sie etwas von einem Pergament erzählt, etwas unglaublich Dummes.

Er hatte beschlossen, das Pferd zu satteln und auszureiten, fort von dem Sarg, der die sterbliche Hülle seiner Frau enthielt. Er wollte allein sein. Er würde nicht mehr in die Fallen der Sterblichen tapsen.

Der Jeep hatte beinahe alles verdorben.

Aber dann verklang der Motorenlärm in der Ferne, und Simon war wieder allein mit seinen Gedanken.

Er lauschte dem Wind, wie seine Mutter es ihn gelehrt hatte. Er ließ die Zügel um den Sattelknauf geschlungen, lenkte das Pferd mit dem Druck seiner Schenkel. Er passierte den Torbogen und ritt auf ein Feld hinaus, das seit zehn Jahren brachlag. Der Kegel des Kramer's Mountain kam näher und näher. Er wußte, daß sie ihn unterhalb des Adlerhorstes erwarten würde. Sie würde an ihrem Lieblingsbaum lehnen. An der Kiefer, die bei der Geburt seiner Mutter angepflanzt worden war. Wie groß würde der Baum wohl sein? Fünfundzwanzig Meter? Dreißig Meter? Er hatte die Umrisse der Kiefer erspäht. Das Mondlicht schimmerte in den Zweigen.

Unter dieser Kiefer würde sie morgen früh begraben werden.

Unter dieser Kiefer erwartete sie ihn heute nacht.

Rachel, du mußt es mir erklären. Es gibt so vieles, was ich nicht verstehe. Was Bleicher Mond gesagt hat. Was meint sie damit?

Er redete sich ein, es sei der Wind, der ihm die Tränen in die Augen trieb. Fünfzig Meter vor der Kiefer blieb das Pferd stehen. Simon sprach mit ihm. Aber das Tier war nicht dazu zu bewegen, einen einzigen Schritt nach vorn zu machen.

»Zum Teufel mit dir!« fluchte er. Er sprang aus dem Sattel und wollte nach dem Zügel greifen. Aber das Pferd machte einen Satz zur Seite, fiel in Galopp und schlug die Richtung zum Stall ein.

Er hob die Faust. »Du Dummkopf, sie tut dir doch nichts.«

Er wandte sich um.

»Sag es ihm, Rachel. Sag ihm, er soll zurückkommen.«

Schweigen.

»Rachel!«

Schweigen.

Er trat in den Schatten des Baumes. Er setzte sich auf den weichgepolsterten Boden und lehnte sich an den Stamm. Sie war nicht da. Später, dachte er. Vielleicht später. Er beschloß auszuruhen und nachzudenken. Noch vor Morgengrauen würde Rachel zu ihm zurückkehren. Das Lachen würde da sein, der Gesang und die Antwort auf seine Frage.

5

Jake Harmon schloß die Haustür auf und blieb stehen. Ihm war kalt, und er hatte Hunger. Nichts in diesem Haus war, wie es sein sollte.

»Ellie! Ellie! Dein Vater ist nach Hause gekommen.«

Das Licht im Flur wurde angeknipst. Peg ging auf die Treppe zu. Sie haßte es, den Mittelsmann zu spielen. Sie würde dafür sorgen, daß Kurt den ersten Schritt tat. Sobald sich das Leben in Windriver wieder etwas normalisiert hatte. Sie war auf halber Höhe der Treppe, als sie den Lichtschein unter der Zimmertür ihrer Tochter bemerkte. »Bea? Komm jetzt, und hilf mir im Restaurant. Dein Vater... dein Vater möchte mit dir reden.« Sie wartete auf Beas Antwort. »Bea, wann bist du nach Hause gekommen? Wir haben uns Sorgen um dich gemacht, weißt du? Du solltest doch...« Sie lauschte. »Bea! Bea, bist du da?«

»Dann verstehe ich nicht, Anthony, warum du nicht einfach zu ihr raufgehst und mit ihr redest«, sagte Mary Carosa.

Anthony Carosa starrte auf die leeren Tische, auf die Leuchttafeln der Flippermaschinen. Er nickte.

»Und noch was, Liebling.«

Er sah sie fragend an.

»Schrei sie nicht wieder so an! Man bekommt richtig Angst vor dir, wenn du schreist. Wenn du was bei ihr erreichen willst, mußt du nett zu ihr sein.«

»Was?«

Sie lachte. »Siehst du, das meine ich. Du hast ganz vergessen, wie du es getrieben hast, als du so jung warst wie sie. Aber ich, ich hab's nicht vergessen. Also sei nett zu ihr, mir zuliebe. Wenn das Kind Probleme hat, dann kannst du das nur herausfinden, wenn du jeden weiteren Streit vermeidest.«

Carosa mußte sich beherrschen. Es war schon schlimm, wenn die eigene Frau klüger war als man selbst. »Also gut«, versprach er. »Ich werd' sie nicht anschreien.«

Fünf Minuten später klopfte er behutsam an ihre Tür. Fünf Sekunden später polterte er die Treppe hinunter. Er schrie.

FÜNFTES KAPITEL

1

Jason legte den Hörer auf die Gabel zurück und ging zum Sofa, wo Donna saß. Er legte ihr die Hände auf die Schultern. Bleicher Mond hatte sofort seine Stimme erkannt. Sie war dann ziemlich kühl gewesen. Nein, Daniel sei nicht auf der Ranch erschienen, und nein, sie würde ihm nichts ausrichten, wenn er doch noch käme. Von Dawn Sweetwater hatte er erfahren, daß Daniel auch dort nicht aufgetaucht war. Ihr Vater, so hatte Dawn gesagt, schlief noch. Wenn er aufwachte, würde er zurückrufen.

Er starrte ins sterbende Feuer.

Daß Windriver im Sterben lag, war ihm schon bei anderer Gelegenheit klar geworden. Nicht alles, was gut, alt und solide war, widerstand dem Ansturm des Neuen, des Falschen und des Unsoliden. Er hatte recht bald erkannt, daß er damit nur eine Entschuldigung aufbaute für die Ereignisse, die ihm Sorgen machten. Aber diese Mauer gegen den Treibsand war notwendig, wenn man sich nicht im 4.50er Richtung Casper wiederfinden wollte. Faßte man einen solchen Entschluß, dann war es notwendig, die Bank zu verständigen. Ein Umzug in einen anderen Staat der Union. Eine neue Wohnung. Wenn jemand an die Tür klopfte, würde er losschreien vor Angst. Er würde solange schreien, bis man ihn in ein Gebäude ohne Fenster brachte. In ein Haus ohne Himmel.

Wenn ich keinen Himmel mehr zu sehen bekomme, dann sehe ich auch kein Rotkehlchen mehr.

»Jason, du tust mir weh!«

Er starrte auf seine Hände. Er gab ihre Schultern frei.

»Wie geht's dir denn?« fragte sie.

»Mir geht's überhaupt nicht.«

»Das kommt von den Tabletten«, sagte sie.

Wie lieb wir auf einmal zueinander sind, dachte er. Er kannte den Grund. Sie waren allein. Und je mehr Zeit sie miteinander zubrachten, um so bedrückender wurde das Gefühl der Einsamkeit. Die Angst. Ein ganzer Ort ließ sich willig zur Schlachtbank führen. Nur er, Jason, wußte, wer die Morde auf dem Gewissen hatte. Aber niemand würde ihm glauben.

»Einer von den dreien hat's getan«, sagte er mit Nachdruck. Drei junge Frauen. Kinder, wenn man es recht bedachte.

»Aber wir haben doch...«

Er berührte sie an der Schläfe. »Wir haben das Alibi der drei überprüft, aber wir haben uns dabei auf Dritte verlassen. Wir waren so erleichtert über die Auskünfte, die man uns gab, daß wir gar nicht mehr nachgebohrt haben. *Angeblich* war Bea bei ihrem Freund, aber überprüft haben wir das nicht. Angeblich war Carole in ihrem Zimmer und heulte sich die Augen aus wegen Rachel, aber auch das haben wir nur aus zweiter Hand. Ellie, die wir angerufen haben, hat telefoniert. Vielleicht hat sie den Hörer auch einfach neben das Telefon gelegt und ist weggegangen.«

»Aber die drei sind doch nur...«

»Ich weiß«, sagte er. »Daran hab' ich auch schon gedacht. Aber das macht keinen Unterschied. Man braucht nicht alt und häßlich zu sein, um zum Mörder zu werden.«

Sie machte sich aus seiner Umarmung frei, ging zum Kamin und starrte in die Glut. »Das ist ja furchtbar, Jason.« Sie wandte sich um und sah ihn bittend an. »Jetzt fällt mir unser Gespräch über die Werwölfe ein. Vielleicht ist eines der Mädchen infiziert, Jase! Vielleicht will sie gar nicht töten, aber sie muß es tun, wieder und wieder.«

»Die äußeren Umstände könnten uns...«

Sie fuhr herum. Ihre Augen sprühten. »Zum Teufel nochmal, wir kennen die äußeren Umstände nicht, unter denen die Morde stattfanden. An was willst du dich denn halten? Vollmond? Hochwasser? Das bringt uns doch alles nicht weiter. Nein, Jase, wir müssen herausfinden, welche von den dreien die Mörderin ist. Wir müssen dieses Wesen vor sich selbst schützen.«

Sie trat einen Schritt zurück und sah ihn prüfend an. »Du glaubst mir nicht, wie?«

Sein Blick war kalt.

»Es könnte sein, daß Daniel recht hat«, sagte sie leise. »Vielleicht ist das Wesen wirklich unsterblich. Wenn es so ist, dann müssen wir das Mädchen in eine Falle locken. Mag sein, daß wir ihr weh tun müssen, so wie man einem Kind weh tut, dem man ein Messer aus der Hand windet. Verstehst du mich, Jason?«

Er schüttelte den Kopf. »Das Wesen ist sterblich«, sagte er. »Denk einmal an die Mythologie. Es gibt diese unheimlichen Wesen, aber immer gehen sie zugrunde. Es geht nicht so sehr darum, daß wir's töten müssen, und auch nicht um die Frage, ob wir's überhaupt töten können. Wir müssen es finden, das ist die Hauptsache.«

»Oh, Jason«, sagte sie, »mir macht das alles solche Angst.«

Er ging und öffnete die Haustür. Der Wind fuhr herein und spielte mit seinen Hosenbeinen. Ein Glühen schwebte durch die Straße. Er ging über die Veranda und betrachtete den Himmel. Die Wolken hatten sich aufgelöst. Zunehmender Mond. Donna war ihm nachgekommen, sie gab ihm seine Jacke. Er nahm den Revolver, den sie ihm gab, und steckte die Schachtel mit den rattenknochenrasselnden Patronen in die Anzugtasche.

»Wenn, dann hätte Daniel angerufen«, sagte sie.

Er schob sich den Revolver in den Gürtel und lehnte sich an den Balken der Veranda. »Ich weiß nicht, ob ich in der Lage bin zu töten«, sagte er.

»Wir haben keine andere Wahl mehr, Jason.«

Sie gab ihm die Hand. Am liebsten hätte er Donna genommen und in die warme Wohnung zurückgeführt. Er würde sie in ihr Zimmer einsperren und den Hund vor der Tür postieren, damit sie nicht fliehen konnte. Aber ihr Griff war hart und entschlossen. Der Wind, der über die Veranda fegte, war kalt wie im Herbst, und die Stimme des Flusses klang laut und spöttisch.

»Gehen wir«, sagte er.

Er setzte sich in Bewegung, und Donna lief mit raschen, kleinen Schritten neben ihm her. Sie hatte ihn nicht einmal gefragt, welches sein erstes Ziel war. Vielleicht war das Rauschen des Flusses auch so laut, daß es die Frage übertönt hatte.

Sie gingen die Bank Road entlang, dann wandten sie sich nach rechts. An der Kreuzung mit der River Road angekommen, blieb Jason stehen. Sie schauten nach beiden Seiten. Nichts. Die Straße war menschenleer. Sie überquerten das Pflaster und schritten auf die Brücke zu. Kurz bevor sie an den Brückenpfeilern ankamen, blieb er ein zweites Mal stehen.

»Nach links!« sagte er. »Ellie und Harry sind nach links gegangen.«

Der Pfad war noch zu erkennen. Allerdings waren die Büsche ausgedünnt worden. Die Bäume waren so sehr beschnitten worden, daß es an einen Kahlschlag grenzte. Jason ging voran. Er deutete auf eine Baumgruppe. »Hier ist Harry umgebracht worden.«

Sie passierten das offene Tor und betraten den Garten. Im Erdgeschoß des Harmonschen Hauses brannten alle Lichter.

Jason schrak zusammen, als Donna ihm ihre Nägel in die Hand grub. Sie deutete auf das offene Fenster im ersten Stock. Er verstand. Er tastete nach seiner Waffe.

Die Bretter der Veranda ächzten und quietschten, und dann standen Jason und Donna vor der Tür. Die Tür schwang auf.

Sheriff Jake stand im Türrahmen.

»Guten Abend, Sheriff«, sagte Jason.

»Guten Abend, Jase.« Er schmunzelte. »Sieht so aus, als ob Sie sich unterwegs eine Wildkatze eingefangen haben. n' Abend, Doc! Kommen Sie rein ins Warme.«

Sie traten ein.

»Und was kann ich für Sie tun?« fragte er, als sie im Flur standen. Er hob die bleiche Hand. »Ich weiß schon, warum Sie gekommen sind. Sie wollen wissen, wieviel Mann wir bei unserer blutigen Expedition verloren haben.« Er lachte. »Was soll ich Ihnen sagen, wir werden morgen früh noch mal ausrücken. Mehr darf ich nicht verraten.« Er legte den Finger an die Nase. »Wenn Sie mir versprechen, daß Sie's nicht drucken, Jase, dann würd' ich natürlich noch ein Wörtchen mehr sagen.«

Jason tat, was man von ihm erwartete. Er lächelte. Verstohlen musterte er die Treppe, die zum ersten Stock hinaufführte. Auf dem oberen Treppenabsatz war ein Schatten zu erkennen. Ein Schatten und das unwirkliche Leuchten roter Augen.

Sheriff Harmon lehnte sich an den Türrahmen. »Was soll ich Ihnen sagen, Doc, ich bin ja nach wie vor sicher, daß es sich um einen Bären handelt, aber ich bin ebenso sicher, daß der Bursche inzwischen verreckt ist. Ich versteh' was von tollwütigen Tieren, und ich sage Ihnen, der hat schon lange ins Gras gebissen. Nehme an, der ist in die höheren Regionen geflüchtet, und in ein paar Jahren finden wir das Skelett in irgendeiner Felsspalte. Die Expedition machen wir trotzdem, aber die wird ohne Ergebnis verlaufen.«

»Ich verstehe.« Es war Jason, der die Antwort gab.

»So seh' ich's jedenfalls. Aber deshalb können wir natürlich nicht auf unserem faulen Arsch sitzenbleiben. Die Sache wird erst mal abgespult, so sinnlos das auch ist.« Er zuckte die Schultern. »Wir könnten natürlich auch eine Überraschung erleben.«

Der Schatten auf dem oberen Treppenabsatz hatte sich bewegt. Jason warf Donna einen fragenden Blick zu. Aber die schien den

Schatten gar nicht bemerkt zu haben. Sie stand da und strahlte den Sheriff an.

»He«, sagte Harmon so plötzlich, daß Jason zusammenfuhr, »ich werd' wirklich schon senil, verdammt noch mal. Ich lass' Sie beide hier im Flur herumstehen! Hab' Ihnen nicht mal 'ne Tasse Kaffee angeboten.«

»Das ist wirklich nicht nötig«, sagte Jason. Donna sah ihn an, und es schien ihm, als ob sie über seine Schulter hinwegblickte.

»Das ist eben doch nötig«, sagte der Sheriff. »Wir haben...«

Die Haustür wurde aufgestoßen. Steve kam hereingestürzt. Und dann gab es ein ziemliches Durcheinander, Harmon erklärte, was die Besucher bei ihm machten, und Steve erklärte, daß er es unheimlich eilig hätte, und sie sollten ihn doch vorbeilassen, zur Treppe, und die Polizei des Bundesstaates sei eingeschaltet, jawohl, Cheyenne, und warum sie ihm zum Teufel alle so im Wege standen.

»Jetzt halt aber mal die Luft an!« schrie Sheriff Harmon.

Der Schatten.

»Das ist keine Art, wie man mit meinen Gästen redet!«

Steve Felsom war sichtlich beschämt. Er murmelte eine Entschuldigung. Dann fragte er seinen Schwiegervater, wo seine Frau sei.

Jason hatte die Treppe fixiert.

»Wen meinst du? Ellie?« Der Sheriff sah verwirrt aus.

»Wen sonst?« ärgerte sich Steve. Dann wurde er ruhiger. »Ja, Dad. Ellie. Wo ist sie?«

Verrückt, dachte Jason. Harmon war verrückt.

Ein Schatten.

Er mußte es die ganze Zeit gewußt haben. Er hatte eine innere Blockade errichtet, eine Wand, die ihm den Anblick der furchtbaren Wahrheit ersparte.

»Dad«, sagte Steve, »wo ist Ellie?«

Wieder das Blitzen der roten Augen, und plötzlich war der Schatten...

»Hier bin ich«, sagte Ellie. Sie zog die Tür des Wohnzimmers hinter sich zu.

Jason sah, wie sie sich die Hände an der Schürze trockenwischte. Sie kam auf ihren Mann zu und drückte ihm einen Kuß auf die Wangen. Dann lächelte sie Jason und Donna zu. Sie ging zur Treppe und beugte sich zu dem schwarzen Kater, der mit vorsichtigen Schritten die Stufen hinunterglitt. »Du kleiner Dummkopf«, schalt sie ihn. »Ich such' dich schon im ganzen Haus.« Sie nahm das schnurrende Tier auf die Arme. Ein fragender, fast ängstlicher Blick. »Möchte jemand Kaffee?«

Niemand schien sich der Mühe unterziehen zu wollen, ihr zu antworten. Es war dann Jason, der antwortete. »Danke, sehr freundlich, aber wir müssen jetzt gehen. Wir haben noch etwas Wichtiges zu erledigen, ich hoffe, Sie haben Verständnis.« Er gab Felsom die Hand, dann auch Harmon. Er war schon an der Tür, als er das richtige Wort zum Abschied fand. »Gute Nacht.«

Sie waren im Laufschritt zur Straße zurückgekehrt.

»Ich... ich hätte den verdammten Kater ums Haar erschossen«, sagte Donna, etwas außer Atem. »Jason, so funktioniert das nicht.«

Er hörte ihr kaum zu. Er war zu sehr mit sich selbst beschäftigt. Er schwitzte, irgend etwas rumorte in seinen Eingeweiden. Er stierte vor sich und tapste in seinen Schatten.

»Jason, ich kann nicht mehr.«

Er wäre jetzt gern in einer Wüste gewesen, wo es keine Bäume gab und keine Blätter, die sich in einer ganz anderen Richtung bewegten als der Wind. In der Wüste würde er auch nicht auf das Geräusch der ungeheuren Schwingen zu lauschen haben, auf das geschäftige Scharren jenes Wesens, das nur darauf zu warten schien, bis sie sich eine Blöße gaben.

»Jason, mir ist schlecht. Ich glaube, ich muß mich übergeben.«

Er spuckte in den Rinnstein. Er hatte das Gefühl, als ob sich seine Innereien abschälten.

»Das wird schon wieder«, sagte er. Er küßte sie auf die Wange. »Das wird schon wieder. Du mußt jetzt nur die Ruhe bewahren.«

»Ich werde ruhig sein, wenn du ruhig bist, Jason.«

Wieder liebkoste er sie.

Sie passierten den Feuerwehrschuppen zur Linken und das Rathaus zur Rechten. Kein Licht. Keine Menschen.

Nur der Wind.

An der Ecke angekommen, blieben sie stehen. Er zog sich den Mantel über den Hüften zurecht. Wenn sie jemandem begegnen, dann würde unvermeidlich die Frage kommen, warum er denn eigentlich eine Waffe mit sich herumtrug, wo er doch wissen mußte, daß man mit einem Kaliber wie diesem einem Bär nicht beikommen konnte.

Aber sie begegneten niemandem. Es gab auch keine Autos auf dem Pike.

»Jase.« Seine rechte Hand ballte sich zur Faust. Donna deutete nach links. »Jase.«

Das kleine Restaurant war in Betrieb. Sie sahen Kurt Steed, der gerade ins Innere zurückkehrte, einen Stapel nicht verkaufter Zeitungen auf den Armen.

Sie nahm Jason am Arm und führte ihn in das kleine Restaurant, in den Schein der Leuchtröhren hinein, der alle Farben zu verschlingen schien. Die Nischen waren leer, ebenso die Stühle an der Bar. Kurt Steed hatte soeben begonnen, die tägliche Fettschicht von der Kaffeemaschine abzuputzen. Als er sie eintreten hörte, wandte er sich um. Er betrachtete sie mit sorgenvoller Miene.

»Mein Gott«, sagte er, »sind Sie beide vor einen Zug gelaufen?«

Jason brachte ein einigermaßen natürliches Lächeln zustande. Er bestellte zwei Kaffees. Kurt Steed füllte die beiden Tassen. Er wies den Dollar zurück, den Jason ihm gab. »Ich hab' offiziell schon geschlossen. Ich warte nur noch auf Peg. Sie holt Bea ab.«

»Was hör' ich denn da«, sagte Donna. Sie tat einen Löffel Zucker in ihren Kaffee. »Das Mädchen ist so spät noch unterwegs. Ich dachte, das hätten Sie nicht so gern.«

»Sie ist nicht unterwegs«, sagte Kurt. Er war an die Kaffeemaschine zurückgekehrt. »Sie ist nach der Schule noch gar nicht zu Hause gewesen.«

Jason warf einen Blick auf die Wanduhr. Kurz nach neun. »Es wird ja wohl nichts passiert sein.«

Kurt schüttelte den Kopf. »Nicht, daß ich wüßte. Es ist eben nur über die Zeit.« Er schlug mit dem Spachtel, den er in der Rechten hielt, auf die Theke. »Frauen!« sagte er angewidert. »Peg sagt, sie sei verliebt. Also ist sie wahrscheinlich mit Hardy irgendwohin. Ich schwöre, ich versteh' nicht, was sie in dem Jungen sieht! Wirklich nicht.«

Ein Auto passierte das kleine Restaurant, die Fehlzündungen klangen wie Gewehrschüsse. Donnas Tasse begann zu vibrieren.

»Wahrscheinlich hat es was mit dem Unfall zu tun«, sagte Steed. Jason warf einen Blick auf Steeds Holzbein. Der lächelte. »Ich meine nicht meinen Unfall, sondern ihren Unfall. Das war letztes Jahr, kurz bevor der junge Felsom umgebracht wurde. Bea und Carole waren draußen auf der MacKenzie-Farm, um Rachel zu besuchen. Ein verdammt stürmischer Abend. Es ging alles sehr schnell. Die Fenster flogen durch die Gegend, wie im Krieg.«

Ein Hurrikan, dachte Jason. Ihm fiel ein Rat ein, den er einmal gehört hatte. Man mußte ein Fenster im Haus offenlassen, um einen Druckausgleich herzustellen. Er sagte es Steed. Der nickte.

»Das war der Abend, wo Ted Waters' Schaufensterscheibe zu

Bruch ging. Das gleiche bei Green. Auf der MacKenzie-Ranch wurde auch eine Glastür vom Sturm eingedrückt. Bea und Carole bekamen die Scheibe voll in den Rücken. Und dann ist an dem Abend auf der Ranch auch noch eine Frau verletzt worden. Sah fürchterlich aus. Eine unheimliche Sache, Jase.«

Donna zog die Stirne kraus. »Ich fürchte, ich versteh' Sie nicht ganz, Kurt.«

»Na ja, die beiden Mädchen haben im Endeffekt nur ein paar Schrammen abbekommen, aber Peg macht eine Mordsgeschichte aus der Sache, sie liest ja auch sehr viel, jedenfalls glaubt sie, daß Bea seitdem Todesangst hat, und sie sagt, wenn das Mädchen schon sterben muß, dann soll sie vorher wenigstens richtig leben.«

Jason nippte an seinem Kaffee. Er schwieg, während Donna mit Kurt Steed ein Gespräch über das Wetter, die Todesfälle und über die Unberechenbarkeit der Jugend begann. Plötzlich erschütterte ein metallisches Krachen das kleine Restaurant. Das Geräusch schien aus dem Hinterzimmer zu kommen.

Donna verstummte.

Kurt stierte auf die Verbindungstür, und dann kam Peg hervorgestürzt. Sie hielt die Hände in den Taschen ihrer langen weißen Strickjacke verborgen. Ihr Haar war vom Wind zerzaust, das Gesicht gerötet.

»Nun?« fragte Kurt.

»Ihr Licht ist an, Kurt. Sie ist zu Hause gewesen, aber jetzt ...« Sie zuckte hilflos die Achseln.

Jason nahm Donna bei der Hand, sie eilten zur Tür. »Jetzt reicht's mir aber!« schrie Steed ihnen nach.

Sie rannten auf dem Bürgersteig entlang, an den dunklen Schaufenstern vorbei.

»Jason«, sagte sie.

Er kam sich vor wie eine Maus, die den Weg einer Kobra kreuzte.

»He!«

Donna schrie auf. Bill Oaker stand in der Tür des Sheriff-Büros. Er grinste.

»Haben sie Artie irgendwo gesehen?«

Jason und Donna schüttelten den Kopf.

»Verdammt!« Der Polizeibeamte versetzte der Steinplatte, auf der er stand, einen Fußtritt. »Das bedeutet, daß ich die Nachtschicht übernehmen muß. Ich meine, ich weiß ja, daß sein Vater tot ist und das alles, aber Herrgott noch mal, er könnte ja zumindest anrufen, finden Sie nicht?«

Donna hatte ihre Stimme wiedergefunden. »Wir kommen gerade von Sheriff Harmon. Steve ist dort.«

Oaker grinste. »Danke«, sagte er. Er ging in die Amtsstube zurück. Sie sahen, wie er nach dem Telefon griff.

»Ich wiege jetzt zehn Pfund weniger als vor dreißig Sekunden«, sagte Donna und hing sich an Jasons Arm.

»Sag mal, Donna, wenn du ein junges Mädchen wärst, und du willst mit deinem Freund ungestört sein, und das Kino ist schon zu, in Carosa's Bar möchtet ihr nicht gehen, und ins Haus des Jungen auch nicht, was machst du da?«

»Ein Auto«, sagte sie. »Ich würde mit dem Auto an den Ortsrand fahren. Auf die Felder.«

Windriver wurde mit einem Male größer, wurde zu einer Stadt, die in den Strudel der Nacht hinabgezogen wurde. Es gab zu viele Straßen, zu viele Alleen, zu viele Orte, wo ein junges Paar sich verstecken konnte. Jason rieb sich mit dem Zeigefinger über die Brauen, um sich am weiteren Nachdenken zu hindern.

Im Dunkel, um die Ecke, lachte eine junge Frau.

Ganz leise.

2

Der Jeep donnerte den Pike entlang. Ohne die Geschwindigkeit zu verringern, bog der Fahrer in die Station Lane ein. Vor Felsoms verfallenem Haus brachte er das Fehrzeug schließlich zum Stehen.

Steve schwang sich über den Beifahrersitz und rannte zur Veranda des Hauses. Er fand die Haustür offen. Drinnen war es dunkel.

»Idiot!«

Das Haus erwies sich als menschenleer. Arties gelber Regenmantel war vom Garderobenhaken verschwunden.

»Gottverdammter Idiot!«

Steve stapfte zu dem geliehenen Jeep zurück. Er blieb vor der Motorhaube stehen, die Arme in die Seiten gestützt. Dann riß er eine Taschenlampe aus der magnetischen Halterung. Das hätte er nicht tun sollen.

Er ging auf die Bahnhofsbaracke zu, die brennende Taschenlampe in der Rechten.

Ich kann's nicht glauben, dachte er. Ich kann's ganz einfach nicht glauben.

Artie war ein erwachsener Mann, und sobald die Beerdigung gegessen war, würden sie aus dem Haus ausziehen.

Er blieb stehen.

Der Schein der Taschenlampe war in ein trübes Gelb abgefälscht worden.

Er verstärkte den Griff, indem er sein rechtes Handgelenk mit der linken Hand umklammerte. Er tat ein paar Schritte nach vorn, dann verharrte er.

Der Mantel war zerrissen, geschwärzt. Er endete an der Hüfte. Der Mund des Mannes war aufgerissen, über sein Kinn lief eine bleistiftdünne Blutspur. Steve ließ den Kegel höhergleiten. Der Rest des Körpers lag etwa fünfzig Meter entfernt.

Artie beobachtete ihn aus schreckensgeweiteten Augen.

Er wandte sich ab und schluckte die Galle herunter, die seinen Gaumen netzte. Seine Zunge schmeckte nach Asche. Er schloß die Augen. Seine Knie hatten zu zittern begonnen. Nein, betete er. Aber dann konnte er sich die Tränen nicht länger erwehren. Die Tränen, die er für seinen Vater nicht geweint hatte, kamen jetzt, wo es den Bruder zu betrauern galt. Gottverdammter Idiot! Der mußte stockbesoffen gewesen sein, als er in den 4.50er rannte. Der Zug hatte ihn in zwei Teile zertrennt. Steve kniete sich zu Boden und übergab sich. Wie betrunken mußte Artie gewesen sein, daß er einem Zug, der sich im Schneckentempo vorwärtsbewegte, nicht mehr ausweichen konnte.

Natürlich war es auch möglich, daß Artie den Bären erblickt hatte, worauf er in die falsche Richtung gerannt war.

Aber das war jetzt nicht mehr wichtig. Er war tot. Er war tot.

Er kam auf die Beine.

Ellie... Ellie...

Eine junge Frau lachte.

Ganz leise.

Mit Steves Selbstbeherrschung war es zu Ende. Er holte den Revolver heraus und rannte auf die Bahnhofsbaracke zu. Mit einem einzigen Satz sprang er auf den Bahnsteig.

Wieder das Lachen. Es schien aus dem Inneren der Baracke zu kommen.

In der einen Hand den Revolver, in der anderen die Taschenlampe, überquerte er die Schwelle. Was er dann sah, war einfach unglaublich. »Wie kannst du nur sowas machen?«

3

Esther Lynn stand vor der Tür. Der Schlüssel steckte im Schloß. Sie war bei Jason gewesen, hatte die Wohnung jedoch verlassen vorgefunden. In der Wohnung bellte ein Hund. Entnervend. Sie war schon fast wieder zu Hause, als ihr der Wind einen Streich spielte. Wie jetzt. Das gedämpfte Lachen eines Mädchens. Knackende Zweige. Raschelnde Blätter.

Die Tür schwang auf, aber Esther Lynn ging nicht hinein.

Jason und Donna würden sie wahrscheinlich für verrückt halten, wie sie sich benahm, aber es ging nicht anders. Galen war nicht mehr, und das ohne ersichtlichen Grund, außerdem tat die Nacht sich Dinge an, die... Esther Lynn sah ja in Donnas Taubenaugen, wohin sowas führte. Donna war infiziert. Und weil niemand gern allein ist, würde sie die Infektion weitergeben.

Carosa's Bar oder das Büro des Sheriffs. Ein Drink. Klatsch.

Ich bin alt geworden, dachte sie, während sie ihre Handtasche an sich drückte. Eine törichte alte Frau, die eigentlich längst im Bett sein müßte.

Trotzdem. Einsam wollte sie nicht bleiben.

Sie wehrte sich gegen den Gedanken, daß es noch jemanden auf der Straße gab außer ihr.

Sie ging bis zur Ecke und lehnte sich an den Laternenpfahl. Der Pike war nur noch einen Häuserblock entfernt, aber die Straße, die durch den grünen Tunnel der Bäume zum Pike führte, schien eine Meile, zwei Meilen, einen ganzen Kontinent lang. Der Wind fegte Esther Lynn den Hut vom Kopf. Sie hob die Hände. Die Handtasche entglitt ihr. Sie sah dem Hut nach, wie er vom Wind über die Straße getrieben wurde.

Ihre Finger hatten den Türknauf berührt, als sie den Schatten hinter sich bemerkte.

4

Jason vermochte sich nicht zu erinnern, wann aus dem Scharmützel ein richtiger Kampf geworden war. Die Angst, früher Teil seiner selbst, wurde zum ständigen Gefährten. Etwas wie Müdigkeit hatte ihn befallen, als er das Lachen hörte.

Er riß sich die Waffe aus dem Gürtel und rannte vor auf die Straße.

Die Straße war leer.

Wenig später hatte Donna ihn eingeholt.

»Das bringt nichts«, sagte er ärgerlich. »Wir laufen hinter den Geräuschen her, und nichts. Sie läßt sich eben Zeit. Irgendwann in den Morgenstunden ist sie dann so nett und tritt in Erscheinung.«

»Sie weiß also.«

Er nickte. »Yeah, ich glaube schon.«

»Jason, nun hör mir mal gut zu. Ich weiß, du fühlst dich im Recht, aber inzwischen sehen die Dinge etwas anders aus. Wir müssen...«

Das Motorengeräusch eines Jeeps war zu hören. Felsom. Sie sahen, wie das Fahrzeug vor Steeds kleinem Restaurant anhielt. Kurt und Peg standen vor der Eingangstür, als Felsom aufs Pflaster sprang. Er zerrte Bea, die auf dem Rücksitz saß, aus dem Wagen. Bea war in Felsoms Mantel gehüllt. Schließlich sprang auch Hardy Green aus dem Wagen. Er blieb auf dem Bürgersteig stehen, wobei er sich am Kotflügel des Jeeps abstützte. Felsom machte eine Geste. Kurt Steed ballte die Hand zur Faust.

»Armes Kind«, sagte Donna.

»Ja.« Er starrte über die Straße.

»Jason, es besteht jetzt keine Notwendigkeit mehr dafür.«

»Ich möchte endlich wissen, was los ist.«

»Verdammt, es ist nicht notwendig!«

Er wußte, er würde sie nicht überzeugen können. In einiger Entfernung war eine Gestalt zu erkennen. »Wer...?« Er tastete nach dem Revolver. Eine Gestalt hockte auf dem Kanaldeckel, dunkel, bucklig.

Er spürte, wie das Blut aus seinem Gesicht wich. »Mein Gott«, sagte er, »das ist Esther Lynn.«

Jetzt hatte auch Donna die Frau erkannt. »Meinst du, sie ist betrunken?«

»Ich weiß es nicht, aber wir dürfen nicht abwarten, bis sie...« Er gab Donna einen Stoß. »Hol sie da weg, ehe was passiert.«

»Wie bitte?«

»Du sollst sie da wegholen!« sagte er. Er biß die Zähne zusammen. »Bring sie in irgendein Haus. Herrgott noch mal, Donna, nun lauf schon!«

Er wartete, bis sie losrannte, dann steckte er den Revolver in den Gürtel zurück. Dann ging er mit langsamen Schritten auf das Friseurgeschäft zu. Er achtete nicht auf den Lastwagen, der die Straße eintlangkam. Er war plötzlich nur noch eine verrückte Marionette, führerlos, heimatlos.

Sie wußte es.

Sie *wußte* es.

Über ihm das Rascheln.

5

Donna sah, wie Esther Lynn den Bordstein entlangtaumelte. Ihre schwarzen Lippen zitterten, das graue Haar flatterte im Wind.

Sie darf jetzt nicht schreien, dachte sie.

Sie sprang aus der Deckung, hastete vor zum Bordstein, drückte der Frau die Hand auf den Mund. Dann spürte sie den Schrei. Sekunden später erkannte Esther Lynn die junge Tierärztin. Sie sank Donna in die Arme.

»Mein Gott, Mädchen«, sagte sie keuchend.

»Später«, sagte Donna. Sie zog sie fort in Richtung Haus. Esther Lynn wehrte sich nicht. Ihr Blick war auf die Bäume gerichtet, auf die Finger, deren Schatten nach ihr griffen.

Sie weiß es, dachte Donna. Sie weiß es, und jetzt spielt sie Katze-und-Maus.

Esther Lynns Garten war von einem niedrigen Zaun umgeben. Donna fingerte an dem Schnappschloß des Tors herum. Sie hatten das Tor durchquert, als eine Böe ihnen eine Handvoll Blätter ins Gesicht trieb. Zugleich war das Krachen eines mächtigen Astes zu hören, das Geräusch schien aus der Krone der Ulme zu kommen. Esther Lynn stieß einen Schrei des Entsetzens aus. Donna zog ihren Revolver.

»Auf die Veranda!« flüsterte Donna. Sie stieß die alte Frau vorwärts. »Zur Haustür, Esther, um Gottes willen, laufen Sie zur Haustür!«

Sie hob den Blick.

»Ich schieße!«

Eine junge Frau lachte.

Donna stand mit dem Rücken zum Haus, den Revolver ins Dunkel der Stadt gerichtet. Sie ging rückwärts, erklomm Stufe für Stufe. Ihr Fuß ertastete die Gestalt der alten Frau, die auf der Veranda kniete.

»Die Schlüssel!« wimmerte Esther Lynn. »Ich hab' die Schlüssel fallen lassen!«

Donnas Hand kroch über die Bohlen, sie spürte, wie sich ein Holzsplitter in ihr Fleisch schob. Auf dem Dach der Veranda war das Klick-klick der Krallen auf dem Schiefer zu hören.

Esther Lynn schluchzte.

Über ihnen das Wesen, spöttisch, geduldig.

Es könnte uns jetzt töten, dachte Donna. Wirklich.

»Ha!«

Esther Lynn war wieder auf die Beine gekommen. Donna stand an die Hauswand gelehnt.

Schritte. Klick-klick. Das leise Rascheln des Federkleids.

Die Tür schwang auf. Donna schob die alte Frau über die Schwelle, zog die Tür hinter sich zu.

»Was war das, Donna?«

»Ich weiß es nicht.«

»Kann es hereinkommen? Was ist, wenn... Kann es hereinkommen?«

Es hätte uns töten können, dachte Donna. Und dann verstand sie, was das Wesen wollte. Sie hob die Waffe und winkte Esther Lynn beiseite, bis das Schußfeld zur Wohnungstür frei war. »Im Augenblick droht uns keine Gefahr«, flüsterte sie. »Aber Sie dürfen kein Licht anmachen, Esther. Um Gottes willen, kein Licht!«

Sie kauerte sich auf den Fußboden. Sie starrte ins Dunkel. Sie lauschte dem Klagelied des Windes.

6

Jason hatte voller Ungeduld an die Küchentür geklopft. Er trat von einem Fuß auf den anderen, verfluchte die Bäume, verwünschte den Wind. Komm schon, Mary! Er klopfte noch einmal. Mach schnell! Mach schnell!

Drinnen ging das Licht an. Er hob die Hand vor die Augen. Als er wieder sehen konnte, stand Mary jenseits des Türgitters. Sie trug ein einfaches schwarzes Kleid. Ihre Augen waren rot und geschwollen. Ihr Grinsen erinnerte ihn an das Blecken eines Totenschädels. Es war offensichtlich, daß Oaker bereits angerufen hatte.

Aber es war zu spät, um auf dem Absatz kehrtzumachen.

»Mary...«

»Sie kommen sicher wegen Tony, er ist nicht da.« Sie blickte hinter sich, eine Hand an die Wange gepreßt. »Er wollte mit Carole reden, verstehen Sie, aber sie war nicht in ihrem Zimmer, obwohl wir gedacht hatten, sie wäre in ihrem Zimmer. Das Fenster stand offen. Dann... ein Anruf... und Tony ist losgerannt, er sucht den Jungen und... Ich weiß nicht, Jason, ich weiß nicht. Haben Sie eine Ahnung, wo Carole sein könnte? Ich brauche sie, ihr Vater braucht sie, aber er rennt weg und...« Sie blinzelte. »Mein Gott, Jason, sagen Sie jetzt bitte nicht, meiner Tochter ist was passiert. Wenigstens meine Tochter sollte verschont bleiben. Hat es einen Unfall gegeben? Ich höre das Geräusch von Autos und Lastwagen, andauernd geht das so. Bitte, Jason, Sie müssen...«

»Nein, nein«, sagte er rasch. Er hob mit einer beruhigenden Geste die Hände. »Ich hab' sie nicht gesehen, Mary, aber ich bin sicher, ihr ist nichts zugestoßen. Vielleicht hat sie von der Sache mit David gehört und...«

Von der Straße her war das Hupen eines Autos zu hören. Der Klang schien näherzukommen.

Mary tupfte sich die Augen ab. »Es ist so ungerecht, wissen Sie. Alles am gleichen Tag! Es ist so ungerecht.«

Sie schluckte. »Schauen Sie, Jason. Wenn Sie das Mädchen sehen, würden Sie sie herbringen? Würden Sie das für mich tun? Sie muß wieder nach Hause kommen. Tony braucht sie.«

Eine Autohupe.

»Ich werd's ihr sagen«, versprach er. Er machte eine verlegene Verbeugung und stahl sich von der Veranda. An der seitlichen Auffahrt angekommen, blieb er stehen und lehnte sich an die Hauswand. Die letzten Zweifel waren beseitigt. Was blieb, war die Jagd.

Und sie wußte es.

Wieder war die Autohupe zu hören. Rasieren-und-Haarschneiden. Gedankenlos. Ein Camper über und über mit Dreck bespritzt, kam vorbeigerollt. Ein Mann saß auf der Kühlerhaube, er hielt triumphierend sein Gewehr über den Kopf. Auf dem Beifahrersitz saß ein Mann, der eine orangefarbene Jägermütze in der Hand hielt und winkte. Eine Gruppe Männer kam vorbeigerannt. Auf der gegenüberliegenden Straßenseite waren Teenager zu erkennen. Gelächter und Kreischen.

Vorsichtig ging er zur Straße vor. Er schaute zum Büro des Sheriffs hinüber. Ein Abschleppwagen stand in der Parkbucht, am Haken hing Sweetwaters Cabrio. Und dann war noch der Camper zu sehen. Zwischen den Autos standen Ted Waters, Titus Arnold und

Chet Lancaster, die drei redeten, alle gleichzeitig, auf Steve Felsom ein. Sie grinsten, der Polizist grinste ebenfalls, und dann war die Straße voll von Fernlicht, Autos, Männern.

Waters bahnte sich einen Weg durch die anschwellende Menge. Mit großartiger Geste riß er die rückwärtige Tür des Campers auf.

Das Stimmengewirr erstarb. Waters griff ins Innere des Campers und holte eine Taschenlampe hervor.

Jubelrufe brandeten auf, als er den Strahl auf den erlegten Bären richtete.

Jason wußte Bescheid. Er lief diagonal über den Pike und bog in die Fieldview Street ein. Eile tat not, mehr denn je. Windriver hatte seine Trophäe. Er, Jason, wußte, daß die Jagd erst noch beginnen mußte.

Die Rufe wurden lauter. Jemand feuerte ein Gewehr ab.

Jetzt würde sie sich kaum zu kommen wagen, dazu waren zu viele Menschen auf der Straße. Es war auch zu laut. Sie würde tun, was zu tun war, dann würde sie wieder Carole werden. Sie würde sich zu den anderen begeben. Anthony Carosa würde sie finden. Er würde ihr von der Sache mit ihrem Bruder erzählen. Er würde weinen, ebenso wie seine Tochter weinen würde. Schließlich würden ihn die Leute zwingen, seine Bar zu öffnen. Sie hatten Davids Mörder gefunden, das mußte man feiern.

Die Jubelrufe klangen jetzt wie Todesschreie.

Jason ging zur Mitte der Straße. Er hatte seinen Mantel geöffnet. Seine Rechte liebkoste den Griff des Revolvers.

Sie war zu allem fähig.

Sie beobachtete ihn, das spürte er. Sie war ganz in der Nähe und beobachtete ihn.

Und hier, meine Damen und Herren, ist die Kreuzung der Fieldview Street mit der Laurel Street. Es ist dies eine Wasserscheide zwischen dem Valley Pike einerseits und dem Wind River andererseits. Hinter mir, und dazu brauchen sie nicht einmal die Ohren zu spitzen, hören Sie die Freudenschreie der Bürger, die vor der Ausrottung bewahrt worden sind. Einem einzigen Mann verdanken sie ihre Rettung, und von mir, meine Damen und Herren, jenseits der majestätischen Bäume, mit denen diese Straße gesäumt ist, vor mir liegt die Zukunft.

»CAROLE!«

Eine Folge von Schüssen wurde abgegeben. Es klang wie ein chinesisches Feuerwerk.

Dutzende von Autohupen ertönten. Die Dunkelheit wich in die Nacht zurück.

Türen gingen auf, Licht ging an. Die Menschen rannten hinter ihm her wie grinsende Narren.

»He, Jase, ist plötzlich ein ganz anderes Gefühl, wie?«

»Clarke, du Arsch, du gehst in die falsche Richtung!«

»He, Clarke, haben Sie nicht *gehört*? Waters hat 'nen Riesen geschossen!«

Earl Carson rang mit seiner Anzugjacke und der Krawatte zugleich. Als er Jason näher kam, ging er langsamer. Vor ihm angekommen, blieb er stehen. Er packte ihn beim Arm. »Ich hab' gewußt, daß sie's nicht waren«, sagte er. Er vergewisserte sich, daß Jason seinen Block und seinen Kugelschreiber zog. »Ich hab' Michael Wolf vor ein paar Wochen noch einen Anzug verkauft, kurz bevor es passierte. Ich hab' von Anfang an gewußt, daß sie's nicht getan haben.«

Dann war er fort.

Jason ging des Wegs entlang. Sein Lächeln war das Lächeln eines Mannes, der Zeit hatte.

Er hatte den Weg zum Fluß eingeschlagen. Bei jedem Schritt spürte er den Lauf des Revolvers in seinem Gürtel, spürte den Wind, der in seine Fersen biß. Durch den brüchigen, ausgegossenen Lichtschein einer Straßenlaterne, hinaus ins Meer der Schwärze. Er lauschte dem Hall seiner Schritte auf dem Belag aus Teermakadam.

Die Lichter in den Häusern brannten. Die Häuser waren menschenleer.

Ihm war kalt, aber das hatte nichts mit dem Wind zu tun. Es war der Mond. Der Mond hatte den Wind geschlachtet, jetzt wartete er auf den südlichen Feldern, zeigte der Welt die geriffelten Stromschnellen des Flusses, die Silberschilfstauden des Ufergeländes, das Dunstgrau sterbenden Nebels über den Baumwipfeln.

Die Schüsse. Die Autohupen. Die heiseren Jubelrufe der Menge. All das blieb hinter Jason zurück.

Die Hecken wurden zu Grabsteinen. Die welkende Rose wurde zum leichenfressenden Grabschänder.

Jetzt konnte er es hören.

Er hielt mit ihm Schritt.

Das Rauschen des Windes in seinem goldbraunen Federkleid.

Das Klick des Schnabels, der sich nach dem Blutstrahl aus der Kehle sehnte.

Ein heiseres Krächzen, das Lachen einer jungen Frau.

Ein Huschen.

Klick.

Es hielt mit ihm Schritt.

Totenkalter Schatten hüllte ihn ein. Schwarzes Blei lockte ihn, filterte das Licht. Die Schwärze wurde zum Flackern, das Grau auf den Straßen gebar. Mit einem Trillern brach das Lied ab.

Er legte den Revolver in die linke Hand und inspizierte die River Road Bridge.

Das Wasser klatschte ans Ufer. Rauschen. Quirlen. Die Brückenpfeiler.

Schnellsilber.

Schwärze.

Als er die Mitte der Brücke erreicht hatte, blieb er stehen. Er ließ seinen Blick über den Ort schweifen. Sein Mund war geöffnet. Er spürte, wie die Luft in seine Lungen schnitt. Er entsicherte den Revolver. Im Haus des Sheriffs war das Licht gelöscht worden. Die anderen Häuser lagen unter den Bäumen begraben, die den Fluß säumten.

Er hoffte, Aaron möge wieder gesund werden. Vielleicht gelang es Aaron, dem Ort das Gefühl der Brüderlichkeit einzuhauchen, das Windriver so bitter nötig brauchte. Wenn einer es schaffen konnte, dann Aaron. Stark genug war er. Indem er die Bürger Windrivers vor dem Verderben bewahrte, rettete er seine eigenen Kinder vor dem Tod.

Eine Weile lang lauschte Jason dem Flüstern des Flusses. Die Nacht in der Bucht am Meer fiel ihm ein. Damals war er beinahe ertrunken, und das alles nur wegen eines Mannes, der keine Probleme mit seinem Selbstwertgefühl hatte, wegen einer nackten Frau, die sich ihm aufgedrängt hatte, wegen der Versuchungen, mit denen man ihn heimgesucht hatte, und wegen der Versuchungen, die man ihm vorenthalten hatte. Er lauschte dem Knarzen der Bohlen, dem Atmen der Brücke, die sich selbst in den Schlaf wiegte. Die Zweige fielen ihm ein, die nachts beim aufkommenden Wind sein Fenster berührt hatte. Die Zweige hatten an der Scheibe gekratzt und Einlaß begehrt, während Mutter und Vater in der Küche stritten.

Er hoffte, daß Donna kühlen Kopf bewahrt hatte. Es war wichtig, daß sie Esther Lynn im Haus eingeschlossen hielt. Er war jetzt sicher, daß er sie liebte. Es schmerzte ihn, wenn er daran dachte, daß Donna zwei Höllen durchquert hatte. Eine Hölle hatte sie hinter sich gelassen, bevor sie ihn kennenlernte. Die zweite Hölle hatte er sie durchschreiten lassen. Er hoffte inständig, daß ihr immer wieder die Brille auf die Nase rutschen würde. Daß immer wieder das Sonnenlicht den Weg in ihre kupferfarbenen Haare finden würde. Er hoffte, daß sie im Haus war. Er hoffte, daß sie noch lebte.

Als Erinnerungen und Erfahrungen der Gegenwart sich vermischten, sah er zum Himmel auf. Keine Wolken. Ein schwarzer, blankgewaschener Frühlingshimmel. Er betrachtete den Mond, die Sterne. Warten.

Er spürte den Adler, der auf ihn herabschwebte.

Über das Wasser, über das Geländer.

Er streckte die Arme aus und hob die Waffe, umfaßte sie mit beiden Händen. Er zielte. Trocken war seine Kehle. Der linke Fuß hatte zu zucken begonnen, im rechten Fuß brannte ein Krampf. Er visierte eine Stelle rechts vom Feuerauge des Wesens an.

Er drückte ab.

Er erschrak, als der Schmerz sein Handgelenk und seine rechte Schulter durchzuckte. Ein ohrenbetäubender Knall. Der zweite Schuß. Er sah, wie sich das Gefieder des Wesens schwärzte. Der dritte Schuß. Er warf sich gegen das Geländer. Der Adler schwang sich in die Nacht. Sekunden später tauchte er in die Schatten über Stan Kellys Gräbern ein.

Jason dröhnten die Ohren. Er schluckte, bezwang das Würgen, das seine Eingeweide quälte.

Er hatte sich am Geländer hochgezogen und starrte in das Dunkel, als der Adler zum zweiten Angriff einschwebte. Zwei Schüsse gab Jason diesmal ab, den zweiten aus einer Entfernung von Armeslänge. Dann ließ er sich fallen, nahm die Arme über den Kopf. Er ließ die Patronenhülsen aus der Waffe springen und legte ein neues Magazin ein. Er stand auf.

Der Adler war verschwunden.

Er spähte ins Schattenreich der Ulmen. Dann ging er die Brücke entlang. Ihm schien, als hätten die Ufer des Flusses zu schwanken begonnen. Der Mond flimmerte. Jason sah in die Runde. Der Adler war fort.

Nein. Das würde das Wesen ihm nicht antun! Das würde es

nicht wagen. So lange hatte er auf diesen Augenblick gewartet. Das Wesen würde ihn nicht im Stich lassen.

Plötzlich war die Weite des Flusses, die Länge der Brücke, das Silberschwarz des Himmels übermächtig groß. Jason kam sich winzig, schwach und verwundbar vor. Er warf einen letzten Blick in die Runde, dann lief er im gebückten Gang über die gerodete Ebene vor der diesseitigen Böschung. Er fror. Der kalte Schweiß rann ihm den Rücken herunter, tränkte sein Hemd, seine Hosen und sein Haar.

Er lief weiter, auf die düstere Silhouette des Ortes zu. In der Mitte des Weges stand eine junge Frau. Sie schien ihn erwartet zu haben.

Er erinnerte sich nicht, ob er seinen Füßen den Befehl gegeben hatte weiterzugehen. Die Erscheinung kam näher. Jasons Finger hielten den Lauf der Waffe umfaßt. Das Haar peitschte in seine Augen. Das Singen in seinen Ohren war verebbt. Immer noch war sein Mund trocken.

Die geflügelte Schlange in der sterblichen Hülle einer Frau. Die nackte Schlange unter den Strahlen des Mondes.

Ihre Haut war dunkel. Ihre Brüste waren zu groß für eine junge Frau. Die Brustwarzen waren aufgerichtet. Der Wind hatte ihr das Haar zerzaust. Ihre Augen funkelten. Sie stand da, mit ausgestellten Hüften, einen Arm in der Seite. Er hätte sie lieben mögen, wäre sie nicht kalt wie der Tod gewesen.

Er blieb stehen.

»n' Abend, Carole«, sagte er.

»Mister Clarke?« Ihre Stimme klang gebrochen. Er sah die silbernen Tränen in ihren Augen. »Mr. Clarke, was soll ich tun?« Sie sprach ruhig und leise.

Ein Mädchen, keine Frau.

Mit zitternder Hand fuhr sie sich durch das üppige Haar. Ihr Kopf hatte zu schwanken begonnen. »Ich... ich weiß nicht mehr, was ich *tun* soll. Ich weiß nicht mehr, was ich tun soll.« Mit einer brüsken Drehung wandte sie sich von ihm ab. Sie begann zu schluchzen.

Ein Mädchen, Jason. Um Gottes willen, Jason, sie ist erst siebzehn Jahre alt.

Sie verschränkte die Arme über den Brüsten. »Sie hat Ellie nie gemocht«, sagte sie. »Und Bea auch nicht.« Sie legte die Hand in den Nacken und sah zu ihm auf. »Mich mochte sie am liebsten, und ich mochte sie auch. Aber dann kam der Wind, und das Glas zerbrach, die Scherben flogen durch den ganzen Raum, Mr. Clarke, und dann sagte sie Worte zu mir, und sie berührte mich, ich wußte nicht mehr was ich tat, bitte, glauben Sie mir. Ich habe damals gedacht, sie ist verrückt.« Jason machte einen Schritt auf sie zu. »Es ist so, wie ich sage, Mr. Clarke, sie *berührte* mich, und sie sagte *die Worte!* Damals habe ich gedacht, es würde mir Spaß machen, all diese Dinge zu lernen. Ich meine, sie war verrückt, ganz einfach verrückt. Ich wußte damals nicht...« Sie schluckte, fuhr sich mit den gespreizten Fingern durch das nachtglänzende Haar und sah zum Mond auf. »O mein Gott, ich weiß nicht mehr, was ich tun soll!«

Jason wußte, es gab Worte, die Carole beruhigten, die ihr den Frieden der Seele wiedergeben würden. Seht sie doch an, ein Mädchen, keine Frau, ein Wesen ohne das Gift des Bösen, ein Kind, das einen Alptraum träumte und sich in einer Wirklichkeit wiederfand, die ebenfalls ein Alptraum war. Er zermarterte sein Hirn, aber die Worte blieben ihm verborgen. Das Mädchen weinte.

Er schlug den Blick nieder, biß sich auf die Lippen. Er war so sicher gewesen, daß er im entscheidenden Moment das Richtige tun würde. Da waren die geheimen Botschaften in den Wandvorhängen auf der MacKenzie-Ranch, da waren die Schatten des Feuers, als die Trauernden ans Totenbett traten und ihre Waffen zogen. Das Gespräch mit Donna fiel ihm ein. *Wenn Daniel recht hat, wirst du ihr weh tun müssen, Jason. Wie aber konnte er ihr weh tun?*

Ihr Schluchzen war lauter geworden. Jason strich sich das widerspenstige Haar aus der Stirn. Er würde Donna dazuholen. Vielleicht wußte Donna, welche Worte man sagen mußte.

»Mr. Clarke?«

Wenn ich doch nur eine Tochter hätte, dachte er. Eine Tochter, eine Nichte, ein Mädchen. Dann wüßte ich wenigstens, wie ich mit diesem Geschöpf sprechen muß, damit sie es versteht. Ich könnte ihr damit viel weiteren Schmerz ersparen.

»Carole, hören Sie bitte...« Er sah auf, in der Hoffnung, sie würde in seinen Augen den Spiegel ihres Schmerzes erblicken. »Hören Sie, Carole, ich...« Ein Seil, dachte er. Ich hätte ein Seil mitbringen müssen.

Sie bedeckte ihr Gesicht mit den Händen. Jason stand da und verfluchte seine Ahnungslosigkeit, verfluchte die Todesmythen seiner Rasse. Verdammt, Donna!

Sie senkte die Arme und kam langsam auf ihn zu.

»Carole, bitte, wenn Sie...«

Ihre Augen leuchteten auf im Rot des Todes.

»Mr. Clarke... bitte... helfen Sie mir... ich...«

Fast wäre er auf sie zugestürzt.

Ihre Stimme klang dunkel. Es war Nacht. Eine einzige Gotteslästerung, ein Mühlstein der Sünde, der alles befleckte, was einst weiß, rein, jungfräulich gewesen war.

»Werden Sie… mir… helfen?«

Er machte einen Schritt auf sie zu, und dann wurde ihm plötzlich klar, was mit diesem Mädchen vorging. Er blieb stehen, hielt sich die Nase zu, um den Gestank von Blut, Tod und Aas von sich fernzuhalten.

Sie hatte die Hände in die Seiten gestützt und lächelte.

»Helfen Sie mir, Jason.«

Der Spott in ihrer Stimme. Die Lockung ihres Lachens.

Ein Kind, dachte er. Ein Mädchen. Mein Gott, Jason, sie ist doch erst siebzehn Jahre alt!

»Jason, mein Liebling, hat die böse, kleine Carole sich über dich lustig gemacht?« Ihre Stimme war ein Gurren, süß wie der Duft des Lavendels, mit dem man die Särge der Dämonen schmückt.

Sie ist wirklich noch ein Kind, dachte er. Bitte, lieber Gott, denke daran, daß sie ein *Mädchen* ist! Ich habe recht behalten. Ich habe es von Anfang an gewußt.

Er drückte sich die Fäuste auf die Augen, kostete den Schmerz aus, hob die Waffe und zielte.

Die Zeit hatte zu flimmern begonnen, spiegelte ihm die Vision einer Sturmnacht vor… und das Bild des Adlers, der über ihm schwebte, hungrig, mit roten Augen.

Ein Wispern, das Echo ihres Lächelns. Carole lächelte, und ihre Finger nestelten an dem Medaillon, das zwischen ihren Brüsten baumelte.

»Sie können mich nicht töten, wissen Sie, Mr. Clarke.« Sie sagte es fröhlich, unbeschwert. »Daniel hat versucht, mich zu töten. Viele haben es versucht.« Sie zuckte die weißen Schultern. »Wirklich, Mr. Clarke, Sie können mich nicht töten!«

Geflügelte Schlange.

Er gab sich geschlagen. Er senkte in Demut den Kopf, als sie auf ihn zuging. In einer Hand hielt sie den aus Kupfer gehämmerten Adler, die andere Hand hatte sie zu einer segnenden Geste erhoben.

»Sie haben recht, Carole«, flüsterte er und verfluchte den flehentlichen Tonfall seiner Stimme. »Ich weiß, ich kann den Adler nicht töten.«

Caroles Augen weiteten sich in Zorn und Unglauben, als er abdrückte. Er hörte, wie sie aufschrie. Er schoß zum zweitenmal, hörte das Krächzen des getroffenen Adlers, hörte das Kreischen des Wesens, er schoß, nahm aus der Ferne das metallische Klicken des Hahns wahr

das Klicken

und wieder das Klicken.

Und dann drehte er sich um seine eigene Achse, stieß einen Angstschrei aus, schleuderte die Waffe in den Fluß.

Er fiel auf die Knie, in der inbrünstigen Hoffnung, das Zittern seines Körpers möge aufhören, das Brennen in seiner Kehle möge gelöscht werden, die Schreie des Mädchens würden übertönt werden vom Wind.

Es gelang ihm aufzustehen. Er stolperte auf das Mädchen zu, nahm den bluttriefenden Körper auf die Arme, trug die Last ihres Fleisches zum Wasser. Er sah in das dahinströmende Silberschwarz hinab, und dann ließ er sie in die Eiseskälte eintauchen und betrachtete die Strudel, die im tödlichen Spiegel dahinperlten, wo sich das Wasser über dem Leichnam geschlossen hatte.

Epilog
Der Nestling

1

Der Wagen war so vollgeladen worden, daß Steve im Innenspiegel nichts mehr erkennen konnte. Er würde langsam fahren müssen. Langsamer als geplant. Aber das war ein vergleichsweise kleiner Preis. Er grinste. Er war jetzt sechs Fahrstunden von Windriver entfernt. Er war ziemlich entschlossen, erst anzuhalten, wenn er das Ziel erreicht hatte. Gut so. Wirklich gut. Es war ein herrliches Gefühl, diesem Ort entronnen zu sein.

»Liebling?«

Er sah zu Ellie hinüber. Und dann lehnte er sich unvermittelt über das Gepäckstück, das zwischen den beiden Vordersitzen stand, und küßte sie. Sie belohnte ihn mit einem Lachen. »Was ist, Liebling? Was kann ich für dich tun?« fragte er.

»Du... du bist sicher, es macht dir nichts aus?«

»He«, sagte er und spreizte die Rechte. »Ich bin genauso froh wie du, daß wir aus dieser Geisterstadt weg sind.« Er begann mit den Fingern auf dem Lenkrad herumzutrommeln. »Du weißt, Ellie, es fällt mir schwer das zu sagen, du kennst ja die Schwierigkeiten, die ich mit meinem Ego habe und so, aber ich muß zugeben, mein Liebling, du hast von Anfang an recht gehabt. *Verdammt* noch mal, hast du recht gehabt! Alles, was du über den Ort gesagt hast, stimmt, aufs Wort genau. Wenn je noch was Anständiges aus mir wird, dann werd' ich mich in einer Stadt ansiedeln, die noch wächst. In einer Stadt, wo Leute zuziehen, wo es so was wie 'ne Zukunft gibt.« Er lächelte. »Es muß ja nicht unbedingt Arizona sein.«

»Aber schön ist Arizona schon!«

»Das weiß ich, das weiß ich.«

»Berge, Wüsten und Städte.«

»Ich weiß, ich weiß.« Er kniff die Augen zusammen und starrte auf das gleißende Band der Straße. Warum mußte Ellie das Salz in die Wunde reiben? Warum ritt sie so auf der Sache herum? Verdammtes Mädchen. Jetzt war ich so nett und hab' ihr recht gegeben, aber sie... ach, zur Hölle damit. Zur Hölle damit.

Sie waren eine weitere Stunde gefahren, als die Sonne hinter den Bergen verschwand. Ellie begann unruhig auf ihrem Sitz hin und her zu rutschen.

»Wir sollten uns nach 'ner Übernachtungsmöglichkeit umsehen, finde ich.«

»In Ordnung.«

Er lachte. »Hauptsache, wir geraten nicht unter die Indianer.«

Sie warf ihm einen ernsten Blick zu. »Aber es *gibt* Indianer in Arizona, das weißt du doch, Steve, oder?«

»Aber sicher weiß ich das«, sagte er. O Gott, wenn sie doch nur endlich damit aufhören würde! »Ich wette hundert gegen eins, daß die Indianer hier zivilisierter sind als die blöden Shoshonen.«

»Steve!«

Er biß die Zähne zusammen und begann mit den Kiefern zu mahlen. Er widerstand der Versuchung, sie anzusehen. Die Sache war ihm so rausgerutscht, was konnte man jetzt noch machen? Wenn's ihr nicht paßte, konnte sie ja aussteigen und zu Fuß weitergehen.

Ellie stieß einen lauten Seufzer aus. Steve Felsom machte ein düsteres Gesicht. Er stierte nach vorn ins Zwielicht, hielt nach einem Motel Ausschau. Mensch, dachte er, gibt's denn gar keine Leute da draußen?

2

Als Jason die Amtsstube des Sheriffs betrat, war Bill Oaker der erste, der ihm die Hand schüttelte. »He, Superdetektiv, ist es auch sicher, daß Sie nach Windriver zurückkehren?«

Jason grinste. »Aber sicher komm ich zurück. Ist ganz fest versprochen.« Er sah zu Jake hinüber, der still vor seinem Schreibtisch saß. »Ich brauch' nur etwas Ortsveränderung. Wirklich, ich hab' ein paar Tage Ferien verdient.«

»Was denn! Sie sind doch nur einen Monat hier gewesen, Jason.«

»Yeah!« Jason lachte. »Aber hier passiert in einem Monat mehr als in New York in einem ganzen Jahr. Ihr Typen schafft mich, wirklich.«

Oaker lachte, schlug ihm ein paarmal mit rauher Herzlichkeit auf den Rücken, kehrte an seinen Schreibtisch zurück und nahm den

Hörer vom Telefon. Jason zögerte, bevor er an den Schreibtisch des Sheriffs trat.

»Jake?«

Sheriff Harmon schüttelte mißbilligend den Kopf. »Sie müssen alles etwas ruhiger gehen lassen, mein Junge. Wenn Sie so alt werden wollen wie Galen, dann dürfen Sie nicht so einen Wirbel entfachen.«

»Mein Vetter war ein besonderer Mensch, wissen Sie, Sheriff.«

Der alte Mann schob seinen Drehstuhl zurück. Er warf einen Blick aus dem Fenster. »Wie ich sehe, nehmen Sie Doc Oldfield auf eine kleine Spazierfahrt.«

Jason zupfte sich am Ohrläppchen. »So könnte man's auch sagen.«

»Bleiben Sie nicht zulange weg, wenn ich bitten darf. Doc Vance ist ein guter Tierarzt, aber er hat nicht mehr das Händchen, wenn Sie wissen, was ich meine.« Er zögerte, bevor er weitersprach. »Wir brauchen Donna hier.« Er sah Jason in die Augen. Dann klingelte das Telefon. Sheriff Harmon nahm ab. Er runzelte die Stirn, dann gab er Oaker ein Zeichen. Jason sah, wie Oaker das Gespräch übernahm. Als Sheriff Harmon seinen Hörer auf die Gabel zurückgelegt hatte, zuckte er die Schultern. »Entschuldigung. Ich hatte eigentlich einen Anruf von Ellie erwartet. Sie hat gesagt, sie würde anrufen, sobald sie eine Übernachtungsmöglichkeit gefunden haben.«

»Um Ellie würde ich mir an Ihrer Stelle keine Sorgen machen«, sagte Jason leise. »Steve wird sie zu beschützen wissen.«

»Ich weiß, aber...« Ein verlegenes Lächeln. »Als Vater sieht man vielleicht immer etwas mehr Gefahren, als es tatsächlich gibt.« Seine Stirn umwölkte sich. »Na ja, wie die Dinge liegen, muß ich ja froh sein, daß ich überhaupt noch eine Tochter habe. Der arme Carosa. Die Sache ist jetzt zwei Wochen vorbei, und ich muß immer noch abends bei ihm sitzen, bis er einschlafen kann. Das war schon schlimm, Jason, daß unsere Feier so zu Ende gehen mußte. Ich glaube nicht, daß wir den Burschen je packen werden. Die waren ja alle betrunken. Haben in der Weltgeschichte rumgeballert, einfach so. Ein Wunder, daß sonst niemand getroffen wurde.«

Jason nestelte an seiner Gürtelschnalle. »Will er immer noch weg von Windriver?«

Harmon nickte. »Aber ich glaube nicht, daß er seinen Vorsatz verwirklicht. Wissen Sie, er hat hier nur uns. Wir sind seine Familie. Als er und Mary geboren wurden, haben wir sie angenommen, einfach so. Ich denke, wir werden es noch erleben, wie die beiden einen ganzen Schwung Kinder aufziehen, noch bevor der Frühling kommt. Es ist nur... was mich stört, ist die Art und Weise, wie es passiert ist, Jason. Er ist ein guter Mensch. Er wird alles so tun, wie's richtig ist, das dauert gar nicht mehr lange.«

»Und Aaron? Was gibt's Neues von Aaron?«

»Na ja, der hat jetzt natürlich viel um die Ohren. Früher stand er im Stall, und jetzt die Stadt, das können sie sich ja vorstellen, was das für ein Wechsel für ihn ist. Charlie... ich glaube, aus dem wird mal ein prächtiger Bursche. Muß natürlich noch etwas wachsen. Dawn allerdings... weiß der Himmel, was aus Dawn wird.«

Jason versuchte so auszusehen, als gäbe er ihm recht. Er reichte ihm die Hand. »Also, Jake, ich muß jetzt los. Hab's eilig. Wenn ich zurückkomme, müssen Sie mich mal auf die Jagd mitnehmen.«

Jake Harmon lachte. »Ich mach' noch einen richtigen Westernhelden aus Ihnen.«

»In der Art.«

Sheriff Harmon war aufgestanden. Er zog die Schreibtischschublade auf und holte einen durchsichtigen Plastikumschlag hervor. In dem Umschlag lag eine braune Feder.

»Hier«, sagte er und gab Jason den Umschlag. »Halten Sie mal Ausschau nach einem tiefen Canyon.«

Jason erstarrte. Ein kalter Schauer huschte über seinen Rücken. In den Augen des Sheriffs war nichts, was ihm hätte Aufschluß geben können. Er nahm den Umschlag entgegen und steckte ihn mit nachlässiger Geste in seine Jackentasche. Dann winkte er Bill zu und verließ das Büro.

»Jason!«

Er stand auf dem Bürgersteig. Als er seinen Namen rufen hörte, wandte er sich um. Esther Lynn kam ihm entgegengelaufen. Er mußte lachen, und dann steckte Donna, die bereits im Wagen saß, ihren Kopf aus dem Seitenfenster. Er sah, wie sie der alten Frau zuwinkte.

»Jase... mein Gott, bin ich außer Atem... Jason, ich weiß ja, daß wir uns gestern abend schon verabschiedet haben, aber ich hab's einfach nicht übers Herz gebracht...« Sie zog ein Taschentuch aus dem Ärmel und tupfte sich die Tränen ab. »Sie sind jetzt alles, was mir geblieben ist, Jason. Ich wollte Sie noch einmal sehen, bevor Sie abfahren.«

Er legte ihr die Hand auf die Schulter und zog sie an sich. Eine erstaunliche Frau, dachte er. Mit dem, was sie weiß, getraut sie sich, nach Sonnenuntergang noch spazieren zu gehen. Erstaunlich. Bei

Galens Begräbnis hatte sie gerade mal eine Träne vergossen, und den folgenden Tag hatte sie im Redaktionsbüro, in seiner Gesellschaft, zugebracht. Sie hatten über die Neuregelung der Zuständigkeiten gesprochen, und schließlich hatte sich herauskristallisiert, daß er, Jason, der neue Chefredakteur sein würde. Als der Gedanke bei Jason erst einmal eingesickert war, kam er sich in Windriver fast wie zu Hause vor.

Sie machte sich von ihm frei und tätschelte seine Wange. Dann stellte sie sich auf die Zehenspitzen, um ihm in die Augen zu sehen. »Das ist jetzt das zweite Mal, daß Sie weggehen, Jason.«

Er hatte ihr erklärt, warum er nach Windriver zurückgekehrt war.

»Diesmal gehe ich, weil ich will, nicht weil ich muß, Esther. Ich komme zurück, das verspreche ich Ihnen.«

Sie nahm seine Hände und drückte sie. Dann zog sie ihn ein letztes Mal in die Arme, recht lange einerseits und zugleich viel zu kurz. Jasons Lippen hatten zu zittern begonnen.

Dann: »Machen Sie ein Ende, Jase.« Ihr Flüstern war kaum zu vernehmen. »Ich flehe Sie an, machen Sie ein Ende.«

Sie waren zehn Meilen gefahren, als Donna ihm in den Schenkel kniff.

»Was ist jetzt?« fragte sie.

»Nein«, sagte er traurig.

»Warum denn nicht? Bin ich dir nicht hübsch genug? Nicht sexy genug? Glaubst du etwa, ich kann nicht kochen?«

»Weder noch«, lachte er.

»Also?«

»Ich kann nicht.«

»Es ist nicht deine Schuld, Jase. Wirklich nicht.«

Er holte Luft. »Yeah, das versuche ich mir ja auch die ganze Zeit einzureden.«

»Hör mir jetzt mal zu, Jason Clarke! Dies ist das erste Mal in meinem Leben, daß ich einem Mann einen Heiratsantrag mache. Könnte meine ganze Karriere ruinieren.«

Er drückte ihre Hände, dann zog er ihre Rechte an die Lippen und küßte sie. »Wir sprechen nachher drüber, ja?«

»Bist du so sicher?«

Er sah auf die vorbeiflitzende Böschung, lauschte dem Motor, dem Singen und Reifen und dem verhaltenen Heulen des Windes.

»Es lag an der Infektion, Jase, und außerdem an der Lehre. Es paßt alles ganz genau zusammen, mein Liebling. Seit Ellie überfallen worden war, haßte sie Windriver. Im Winter war's ja nicht so schlimm, aber als... im Frühling ging's dann mit ihr durch. Jedenfalls sagt das Jake. Und Artie. Ich denke, Steve ist es auch aufgefallen, aber er wollte es nicht zugeben, zumindest nicht gegenüber jemand Außenstehendem. Die Infektion wurde übertragen, als Harry getötet wurde. Ellie hat von diesem Zeitpunkt an nur noch reagiert. Sie war nicht mehr in der Lage, die Ereignisse zu steuern.«

»Und jetzt, meinst du, ist sie in der Lage dazu?«

»Das möchte ich bezweifeln«, sagte sie, nachdem sie eine Meile lang nachgedacht hatte. »Carole war die letzte in der Kette, da bin ich ganz sicher. Simon hat mir gesagt, nichts von dem, was Rachel wußte, ist je aufgeschrieben worden.«

»Warum fahren wir dann eigentlich noch weg? Wie wird Ellie dann ein Geheimnis in Erfahrung bringen, das sonst niemand kennt?«

»*So* sicher bin ich natürlich auch wieder nicht«, sagte er. »Und Gott weiß, ich muß es rauskriegen.«

Sie rückte neben ihn und barg ihren Kopf an seiner Schulter. »Und Esther Lynn wird uns benachrichtigen, falls Bea sich... auffällig benimmt.«

»In etwa hast du recht.«

Sie seufzte und tastete nach seinem Arm. »Ich hatte gehofft, es ist überstanden, Jason.«

»Es *ist* überstanden.«

»Versprochen?«

Beinahe hätte er genickt.

3

»Gibst du mir 'ne Zigarette, bitte?« Sie hatten vor fünf Motels angehalten, und jedesmal hatte Ellie ihm bedeutet, dieses Motel gefalle ihr nicht. Eine Stunde lang fuhren sie jetzt durch die Gegend. »Gib mir zu rauchen, ja?«

Sie antwortete nicht. Er hörte, wie sie in ihrer Handtasche herumfummelte und nach der Zigarettenpackung suchte.

»Ellie, möchtest du denn, daß ich hier am Steuer einen Tobsuchtsanfall bekomme? Möchtest du das?«

Sie schob den braunen, goldgeränderten Umschlag in die Tasche zurück. Der Umschlag knisterte wie Pergament. Wenig später fand sie die Streichhölzer. Sie steckte ihm eine Zigarette zwischen die Lippen und gab ihm Feuer.

»He«, sagte er. Er wich vor der Flamme zurück. Der Wagen war ins Schleudern geraten. »He, verdammt, Ellie, kannst du nicht aufpassen?«

Wütend begann er zu paffen. Er sah in den Rückspiegel und betrachtete das Gesicht des Indianermädchens. Ellie hatte gemeint, sie könnten in der neuen Wohnung ganz gut eine Hilfe gebrauchen, er hatte sich überreden lassen. Und wer kannte sich in häuslichen Hilfeleistungen besser aus als das schwachsinnige Geschöpf, das bei den MacKenzies gearbeitet hatte? Was ihm nicht so gefiel, war ihr Lächeln. Und was ihm auch nicht gefiel, war die Art, wie sie um Ellie herumpusselte. Na ja, manchmal brachte ihn der bloße Anblick völlig aus der Fassung.

»Steve?«

Er löste seinen Blick von den lächelnden Augen der Indianerin und wandte sich seiner Frau zu. »Was ist?«

»Fahr rechts ran, mein Liebling. Bitte!«

»Mensch!« sagte er. Er trat auf die Bremse und lenkte den Wagen auf den Seitenstreifen. »Mensch, Ellie, ist dir etwa schlecht?«

»Nein«, sagte sie. Sie öffnete die Tür und glitt hinaus. »Nein, ich hab' nur Hunger.«

Das Mädchen, das Bleicher Mond hieß, lächelte.

Und Ellie begann zu lachen.

Ganz leise.

JOHN SAUL

Das Gott-Projekt

Erstes Kapitel

Sally Montgomery beugte sich hinab, um ihr Töchterchen zu küssen. Sie zog die rosa gemusterte Bettdecke, ein geschmackloses Geschenk von Großmutter, gerade. Julie, sechs Monate alt, räkelte sich im Halbschlaf.

»Bist du mein kleiner Engel?« Sally streichelte dem Baby die Nase. Das Kind genoß die Liebkosung, etwas Speichel trat aus dem Mund und floß das winzige Kinn hinunter. Sally wischte die nasse Spur ab, gab Julie noch einen Kuß und verließ das Zimmer.

Wie ein Kinderzimmer sah der Raum nicht aus, das konnte man wirklich nicht sagen. Zwar hatte Sally ursprünglich vorgehabt, das Zimmer in der Art einzurichten, wie es die anderen Familien für ihre Kinder taten. Vor acht Jahren, als Jason, ihr erstes Kind, zur Welt kam, hatte sie mit ihrem Mann Steve eine völlig neue Einrichtung geplant. Sie hatten sogar frische Tapeten ausgesucht und die Vorhänge ausgemessen. Aber dabei war es auch geblieben. Sally Montgomery war nicht die Frau, die alle paar Jahre die Wohnung umkrempelte. Sie hatte mit Steve nie darüber gesprochen, aber die Vorstellung, einen Raum für die besonderen Bedürfnisse eines Kleinkinds herzurichten, schien ihr albern und abwegig. Wenn man das tat, dann mußte man das Zimmer immer wieder umräumen, gemäß dem fortschreitenden Alter des Kindes.

Der Lichtkegel der Nachttischlampe ließ den Raum heimelig und gemütlich erscheinen. Sallys Blick blieb an den Vorhängen haften. Ich habe recht gehabt, daß ich nicht alles umgemodelt habe, ging es ihr durch den Kopf. Die Vorhänge waren frisch gewaschen, erstrahlten in dem heiteren Hellblau, das sie so liebte. Die Wände waren weiß, so wie sie vor neun Jahren gewesen waren, als Steve das Haus kaufte. Eine Reihe von Drucken und Bildern hingen an der Wand, auch ein Mickey Mouse-Poster. Sie lächelte. Das Zimmer war schon so, daß ein Baby sich darin wohl fühlen konnte. Sehr schön das Mobile, das über der Wiege hing. Der Verkäufer im Geschäft hatte die günstigen Auswirkungen ausgemalt, die solche abstrakten Gebilde auf die Vorstellungskraft des Babys haben würden, und Sally hatte sich das eher skeptisch angehört. Inzwischen mochte sie die merkwürdigen Formen recht gern. Wenn die Kinder einmal groß waren, würde sie das Mobile und die Bilder abnehmen. Alles würde unter Jason und Julie aufgeteilt werden, die beiden konnten diese Dinge dann für ihre eigenen Kinder verwenden.

Wie praktisch ich bin. Sie lächelte selbstgefällig. Zu praktisch vielleicht. Sally verließ den Raum, zog die Tür hinter sich zu und machte sich auf den Weg zum Erdgeschoß. Sie kam an ihrem Schlafzimmer vorbei. Steves leises Schnarchen war zu hören. Sie blieb stehen. Am liebsten wäre sie jetzt zu ihm ins Bett geschlüpft. Sie verwarf den Einfall.

Sie öffnete die Tür des Arbeitszimmers und trat an den Schreibtisch. Es war wohl am besten, wenn sie die Arbeit, die sie sich vorgenommen hatte, noch heute abend erledigte. Wenn Steve morgen früh ins Arbeitszimmer kam und den Tisch voller Papiere vorfand, würde es Krach geben. Sie schüttelte den Kopf. Schon vor Jahren hatte sie es aufgegeben, Steve von ihren Vorstellungen zu überzeugen. Er hielt beharrlich an der Idee fest, daß es ›sein‹ Schreibtisch war. Überhaupt hatte Steve ziemlich eng umrissene Anschauungen über mein und dein. Die Küche zum Beispiel hatte er zu ›ihrer‹ Küche erklärt, dieser Raum gehörte Sally. Bad und Toiletten gehörten ebenfalls Sally. Das Wohnzimmer war, seinem unerforschlichen Ratschluß zufolge, ›sein‹ Wohnzimmer. Das Schlafzimmer wiederum, wo sie sich beide überaus gern aufhielten, gehörte keineswegs beiden, sondern nur ihr. Die Garage schließlich, die sowohl ihm als ihr ziemlich egal war, erklärte er zu ›seiner‹ Garage.

Was den Hof anging, so war man mit der Zeit übereingekommen, daß er Gemeineigentum darstellte. Die Sache hatte einen Haken. Wenn es Sally nicht paßte, daß im Hof ein Durcheinander herrschte, mußte sie ihn aufräumen. Sie war in der Küche angekommen und stellte den Wasserkessel auf den Herd. Alles in allem, so resümierte sie, funktionierte die Aufteilung der Verantwortungsbereiche in Haus und Hof ganz gut. Wie überhaupt in ihrer Ehe alles in ein ruhiges Fahrwasser eingemündet war. Sie starrte auf den Kessel. Ob es eigentlich stimmte, daß das Wasser nicht zu kochen begann, während man den Kessel betrachtete? Um sich die Zeit zu vertreiben, nahm sie den Block, der neben dem Telefon lag, und notierte ein paar Zahlen. Wenn man die Wassermenge und die eingespeiste Energie des Herdes zueinander in Beziehung setzte, so errechnete sie, dann mußte das Wasser innerhalb acht Minuten plus minus fünfzehn Sekunden zu kochen beginnen. Ob sie den Topf nun ansah oder nicht.

Acht Minuten waren vergangen, als das Wasser zu brodeln begann. Sie nickte. Es hatte schon seine Vorteile, wenn man einen mathematisch geschulten Verstand besaß. Sie nahm den Kessel von der Flamme und goß das siedende Wasser über die Teebeutel in der Kanne. Dann trug sie die volle Kanne und eine Tasse ins Arbeitszimmer.

Ein Stapel Computerprogramme lag auf dem Schreibtisch. Sallys Arbeit bestand in der Analyse der Ergebnisse, die jeweils am unteren Rand der Formulare ausgeworfen waren. Es gab einen Zahlendreher in der Schreibung, einen Fehler. Sally hatte den Auftrag erhalten, den Fehler ausfindig zu machen. Das Sekretariat der High School war der Auftraggeber. Dem Direktor der Schule war aufgefallen, daß der Schreibung zufolge kein einziger Schüler den notwendigen Notendurchschnitt fürs Herbstsemester erreicht hatte. Sally hatte sich die Bemerkung erlaubt, daß die Schreibung möglicherweise ganz in Ordnung sei, daß es vielleicht an den miserablen schulischen Leistungen der Aspiranten lag, wenn der Notendurchschnitt so schlecht ausfiel. Der Leiter des Aufnahmegremiums hatte die Bemerkung nicht besonders lustig gefunden. Er hatte Sally die Schreibung und das dazugehörige Computerprogramm in die Hand gedrückt und sie gebeten, das Problem bis Montag früh aus der Welt zu schaffen.

Sie zweifelte keinen Augenblick daran, daß sie den Fehler finden würde. Und die Aussichten waren gut. Sally Montgomery war nicht nur eine äußerst attraktive Frau. Sie hatte auch Grips. Zuviel Grips vielleicht für eine Frau. Das jedenfalls war die Meinung ihrer Mutter. Sally stellte sich vor, was Mutter sagen würde, wenn sie sie jetzt sähe. Es gehörte sich nicht, daß eine Frau am späten Abend noch am Schreibtisch hockte und arbeitete. Eine Frau gehörte ins Bett, zu ihrem Mann.

Phyllis Paine hatte ihrer Tochter wieder und wieder den Kopf gewaschen, ohne je auf Verständnis zu stoßen. »Eine Frau gehört in die Küche und ins Schlafzimmer, sie hat sich um ihren Mann und um die Kinder zu kümmern. Es ist nicht recht, daß du nebenher einen Beruf ausübst.«

»Warum habe ich dann das College besucht?« hatte Sally erwidert.

»Jedenfalls nicht, um dich zu einem As in Mathematik zu mausern. Ich habe immer gehofft, du würdest deine musikalischen

Talente vertiefen. Musik ist gut für den Charakter einer Frau. Besonders Klaviermusik. Zu meiner Zeit spielten die Frauen Klavier.«

So war das jahrelang hin und her gegangen. Irgendwann hatte Sally es aufgegeben, ihrer Mutter zu erklären, daß sich die Zeiten geändert hatten. Sie hatte mit Steve von Anfang an festgelegt, daß sie berufstätig sein würde. Ihre Karriere war genauso wichtig wie seine. Aber ihre Mutter verstand das nicht. Sie ließ keine Gelegenheit aus, Sally zu kritisieren. Der Platz einer Frau, darauf lief alles hinaus, war in ihren eigenen vier Wänden. »In New York ist das etwas anderes, Sally, aber in Eastbury, Massachusetts, geht man nicht arbeiten als verheiratete Frau, es schickt sich einfach nicht.«

Sally hatte den Fehler in der Schreibung gefunden. Sie begann die Korrektur. Vielleicht hat Mutter sogar recht, dachte sie. Vielleicht hätten wir letztes Jahr, als Steve das Angebot bekam, wegziehen sollen. Ich hätte in Phoenix einen besseren Job gefunden als hier. Vor allem hätte mir niemand mehr Vorhaltungen gemacht, daß ich berufstätig bin. Aber sie waren dageblieben. Solange Sally die Arbeit am College Spaß machte und solange der Boom in der Elektronikindustrie anhielt, würden sie in Eastbury ausharren.

Bis vor wenigen Jahren noch war Eastbury einer jener Orte gewesen, wo die älteren Bürger über die guten alten Zeiten sprachen, während die jungen Leute sich den Kopf darüber zerbrachen, wie sie am schnellsten aus dem Ort fortkommen konnten. Aber dann, vor fünf Jahren, war die große Wende eingeläutet worden. Die Stadtväter hatten sich massive Steuererleichterungen für die Firmen einfallen lassen, die sich in Eastbury ansiedeln würden. Und der Trick hatte funktioniert. Neues Leben erfüllte die Fabrikhallen und Bürogebäude, die -zig Jahre leergestanden hatten. Die Menschen hatten Arbeit. Keine Jobs, wo sie nur mit Sonderschichten auf ein menschenwürdiges Einkommen kamen. Jetzt gab es gleitende Arbeitszeit in Eastbury. Es gab Firmen, die ihren Beschäftigten Gewinnbeteiligungen und Prämien zahlten. Die Elektronikindustrie hatte der Gegend ein neues Gesicht gegeben.

Das Bild der Innenstadt freilich hatte sich nicht sonderlich verändert. Eastbury war nach wie vor eine Kleinstadt. Die einzige Auflockerung in der Reihe der wohlbekannten Gebäude war ein neues Bürgerzentrum, über dessen Architektur recht geteilte Meinungen herrschten. Ein Zwischending zwischen Bankgebäude und Herrenhaus im Kolonialstil, fanden manche. Ähnlich unglücklich war das Problem des kleinen Parks in der Stadtmitte gelöst worden. Man hatte die Grünfläche von allen vier Seiten mit einem erdrückenden schmiedeeisernen Gitter eingezäunt. Andererseits, Eastbury war eine Stadt, wo Recht und Ordnung herrschten. Es gab keine Überfälle und kaum Einbrüche. Die Stadt war so klein, so überschaubar, daß Sally Montgomery und ihr Mann eigentlich jeden Einwohner von Angesicht zu Angesicht kannten. Und doch groß genug, um sich ein richtiges College leisten zu können. Eben jene Schule, an der Sally Arbeit gefunden hatte.

Sie goß sich nach. Der Tee war kalt geworden. Sally warf einen Blick auf die Uhr. Eine Stunde war vergangen. Immerhin, die Arbeit war getan. Morgen früh würde Sally dem Leiter des Aufnahmegremiums die korrigierte Schreibung übergeben. Der Schulbetrieb am Eastbury College konnte weitergehen.

Sie begann den Schreibtisch aufzuräumen. Steve liebte peinliche Sauberkeit. Ganze Vormittage pflegte er am Schreibtisch zu verbringen. Gewöhnlich begann der Tag für ihn mit einer wahren Lawine von Anrufen. Es gab Hunderte von Kontakten, die Steve in Geschäfte umzuwandeln wußte. Sally mußte es ihm neidlos zugestehen, er war ein begnadeter Vermittler. Es war ihm gelungen, Eastbury in seine ganz private Goldmine zu verwandeln. So hatte es sich mit der Zeit ergeben, daß er den Vormittag daheim im Arbeitszimmer verbrachte und die Nachmittage in seinem Büro im Ortszentrum. Nicht selten begab er sich in den Athletic Club, dessen Mitbegründer er war. Dort verkehrten die leitenden Angestellten der Computerfirmen. Steve hatte eine ebenso einfache wie wirksame Philosophie entwickelt. Er beschaffte den Leuten, was sie brauchten. Im Austausch erhielt er von den Leuten, was er brauchte. Und das war immer das gleiche: eine kleine Beteiligung an der neuen Handelsfirma, an dem Dienstleistungsunternehmen, an der Agentur, die mit Hilfe der von Steve geschaffenen Kontakte gegründet wurde. Wenn man ihn nach seinem Beruf fragte, gab Steve Montgomery ›Unternehmer‹ an. Was eigentlich nicht den Kern der Sache traf. Steve war Vermittler. Er brachte die Leute zusammen und kassierte. Recht ordentlich war das all die Jahre gelaufen. Nicht nur Steves Bankkonto, das ganze Städtchen hatte profitiert. Unter anderem war es Steves Fürsprache zu verdanken, daß die Firma Inter-Technics der Stadtverwaltung einen Zentralcomputer vermacht hatte, der die Informationen der einzelnen Dienststellen speichern und auswerten konnte. Wobei offenblieb, ob das überhaupt wichtig war. Sally war keineswegs überzeugt, daß Steve der Stadt damit einen Dienst erwiesen hatte.

Inzwischen hatte Steve an dem täglichen Einerlei, mit dem er ihren gemeinsamen Wohlstand begründete, die Lust verloren. Er hatte eine neue Idee entwickelt und mit Sally durchgesprochen. Der Plan sah vor, daß sie sich selbständig machte. Sally würde den Firmen und öffentlichen Auftraggebern ihre Beratung bei Computerprogrammen verkaufen. Steve würde dafür sorgen, daß sie genügend Aufträge bekam.

Wenn Mutter davon erfuhr, sie würde Steve als Zuhälter bezeichnen. Sally zuckte die Schultern, stand vom Schreibtisch auf und ging in die Küche. Sie hatte begonnen, den restlichen Tee in den Ausguß zu kippen, als sie sich eines anderen besann. Sie füllte den Rest in den Kessel, um ihn noch einmal anzuwärmen. Die Arbeit war erledigt, und sie fühlte sich keineswegs müde. Steve und die Kinder schliefen. Sie würde völlig ungestört sein, wenn sie über Steves Plan nachdachte.

In mancher Hinsicht war die Idee verlockend. Sie würden Hand in Hand arbeiten, konnten sich die Bälle zuspielen. Freilich bedeutete das auch, daß sie Tag und Nacht zusammen waren. Sally war nicht sicher, ob ihr das gefallen würde.

Es gab Bindungen, die an zu großer Nähe zerbrachen. Ihre Ehe war ein Erfolg. Sally hatte nicht vor, das Ergebnis aufs Spiel zu setzen. Tief in ihrem Herzen spürte sie die Ahnung, daß ihre Ehe von Glück gesegnet war, weil sie beide sich immer dieses Mindestmaß an Eigenleben bewahrt hatten, das notwendig war. Beide hatten sie Interessen, die über die Ehe hinausgingen. Wenn Geschäft und Ehe ineinanderflossen, würde das verlorengehen. Und das war schlecht.

Sie goß sich heißen Tee nach. Einmal mehr wog sie die Vor- und Nachteile ab, die sich bei der neuen Konstellation ergaben. Im Geiste sah sie Steve vor sich, wie er ihr die Vorzüge seines Plans schilderte. Er strahlte sie an. »Man weiß es eigentlich erst genau, wenn man's ausprobiert hat«, hörte sie ihn sagen. Sie saß mutterseelenallein in der Küche und lächelte. Ich werd's probieren, dachte sie. Wenn es nicht so lief, wie sie beide hofften, konnte man das Steuer immer noch herumwerfen. Sie trank die Tasse aus, stellte sie in den Ausguß und ging die Treppe hinauf.

Vor der Tür des Schlafzimmers angekommen, blieb sie stehen und lauschte.

Nichts. Vollkommene Ruhe herrschte im Haus. Sie trat ins Zimmer und begann sich auszukleiden. Nur langsam gewöhnten sich ihre Augen an das Dunkel. Der Schein der Straßenbeleuchtung zeichnete sich an der Decke als blasser Schimmer ab, die Laterne stand einen halben Häuserblock entfernt.

Sie schlüpfte ins Bett, kuschelte sich an ihren Mann. Er regte sich im Halbschlaf, schlang seine Arme um sie. Sally schmiegte ihren Kopf an seine Schulter. Ihre Fingerspitzen spielten an seiner behaarten Brust.

Sie spürte, wie der Druck seiner Arme fester wurde. Alles war gut. Sie schloß die Augen und wartete auf den Schlaf. Eigentlich ist alles so, wie ich es mir immer gewünscht habe, dachte sie. Dann fielen ihr die Worte ihrer Mutter ein. Sie verdrängte den Gedanken. Es war nicht wichtig, was Mutter sagte. Es war ihr Leben, nicht das von Mutter.

Sie fuhr aus ihren Gedanken hoch. Plötzlich war sie hellwach.

Was da nicht ein Geräusch gewesen?

Vielleicht sollte ich Steve wecken.

Besser nicht. Es war schließlich nicht seine Schuld, daß sie nicht einschlafen konnte.

Sie entwand sich seiner Umarmung, stand auf und zog sich den leichten Morgenmantel über. Sie ging auf den Flur hinaus und lauschte.

Ob sie die Haustür verriegelt hatte?

Nach einigem Nachdenken fiel ihr ein, daß sie den Schlüssel herumgedreht hatte. Es war vor zwei oder drei Stunden gewesen, als Steve sich schlafenlegte. Sie hatte die Runde durch das Haus gemacht, hatte die Fenster geschlossen und die Riegel vorgeschoben. Eine Maßnahme, die sie aus Steves Vertreterzeit übernommen hatte. Damals hatte sie viele Nächte allein verbringen müssen, allein mit dem kleinen Jason.

Die Stille um sie war beängstigend. Sally hörte ihr Herz schlagen.

Warum?

Wenn es keine ungewohnten Geräusche gab, wovor hatte sie dann Angst?

Wie töricht ich bin, dachte sie. Sie ging ins Schlafzimmer zurück.

Das unheimliche Gefühl blieb.

Ich werde nach den Kindern sehen, beschloß sie.

Auf Zehenspitzen tapste sie den Flur entlang und öffnete die Tür zu Jasons Zimmer. Er lag in seinem Bett und schlief. Die Decke hatte sich um seine Beine gewickelt. Er hielt seinen Teddybär im Arm. Sally zog ihm die Decke hoch. Er räkelte sich im

Schlaf, legte sich auf die andere Seite. In dem schwachen Schein, der durch das Fenster fiel, betrachtete sie sein Gesicht. Steves Ebenbild. Blondes Haar, kantiges Kinn, Grübchen. Steve sah sexy aus, fand Sally. Und sein Sohn würde einmal ein gutaussehender junger Mann werden. Ein Herzensbrecher. Sie beugte sich hinab und küßte ihn.

Er schlug die Augen auf. »Ach, du bist es, Mutti.«

Sally gab sich Mühe, streng zu erscheinen. »Ich dachte, du schläfst schon.«

»Ist was, daß du noch mal kommst?«

»Ich komme, um dir gute Nacht zu sagen, wie es sich gehört.«

»Ich mag das nicht, du küßt mich so oft.«

Sally beugte sich über ihn, um ihm einen weiteren Kuß zu geben. »Sei froh, daß du eine Mutter hast, die dich küßt. Nicht jedes Kind kann das von sich sagen.« Sie richtete sich auf.

»Strample dich nicht wieder bloß«, ermahnte sie ihn, schon fast an der Tür. »Du wirst dir noch eine Lungenentzündung holen.« Sie zog die Tür hinter sich zu. Natürlich würde er sich wieder bloßstrampeln. Und natürlich würde er sich keine Lungenentzündung holen. Sie mußte lächeln. Wenn Julie genauso gesund heranwuchs wie Jason, dann konnte sie von Glück sagen. Ich habe ein unheimliches Glück, dachte sie. Die Kinder sind eigentlich noch nie richtig krank gewesen.

Sie öffnete die Tür zu Julies Zimmer. Im gleichen Augenblick war die Angst wieder da.

Sie trat vor das Bettchen. Wie verschieden die beiden Kinder doch waren. Das Baby hatte schwarze Haare, wie Sally. Die Augen waren dunkel, der Körper, selbst für ein Kind dieses Alters, zierlich. Wie eine Puppe, dachte Sally. Das Gesicht sah bleich aus, fast weiß. Den Bruchteil einer Sekunde lang erinnerte sie der Anblick an eine Kindermumie. Aber es mußte wohl alles in Ordnung sein. Die Decke lag noch so um die Schultern der Kleinen, wie sie es verlassen hatte.

Sally wurde nachdenklich.

Es war ungewöhnlich, daß Julie länger als fünf Minuten stille lag. Wie es schien, hatte sich das Kind seit einer Stunde nicht bewegt.

Sie tastete nach Julies Stirn.

Die Stirn fühlte sich so kalt an, wie sie aussah.

Als Sally Montgomery ihre kleine Tochter aufnahm, brach eine Welt für sie zusammen.

Es konnte ganz einfach nicht wahr sein.

Alles war in bester Ordnung.

Das Kind fror, das war alles. Einfach die Kälte. Sie brauchte die Kleine nur in ihre Arme zu nehmen und zu wärmen, dann war alles wieder gut.

Sally Montgomerys Schmerz brach sich Bahn in einem furchtbaren Schrei, der die Stille der Nacht zerschnitt wie ein Messer.

Steve Montgomery kam ins Zimmer gestürzt. »Sally! Mein Gott, Sally! Was ist denn los?« Mit vorsichtigen Schritten kam er auf sie zu. Sie stand von der Tür abgewandt, starrte auf die nächtliche Straße hinaus, wiegte das Baby in ihren Armen. Er versuchte ihr das Kleine aus den Armen zu nehmen, aber Sally gab den kalten Körper nicht frei. Ihre Blicke trafen sich.

»Ruf sofort das Krankenhaus an!« flüsterte sie. In ihren Augen stand Verzweiflung. »Julie ist krank, Steve. Sie ist sehr krank.«

Er berührte die Stirn des Babys und hatte das Gefühl, wahnsinnig zu werden. Nein! Sie darf nicht tot sein! Er rannte zur Tür und blieb vor Jason stehen, der auf der Schwelle stand. Jason sah neugierig aus.

»Was ist?« Er sah seinem Vater in die Augen. Schließlich legte er den Kopf auf die Seite und musterte seine Mutter. »Ist Julie was passiert?«

»Sie ist... krank«, brachte Steve stockend hervor. Er sagte es, als könnte er damit ihren Tod ungeschehen machen. »Julie ist krank, wir müssen den Arzt rufen. Komm!« Er zog Jason hinter sich her, ging ins Nebenzimmer und wählte die Nummer des Krankenhauses. Der Ruf ging durch, zweimal, dreimal. Steve zog seinen Sohn an sich. Der machte sich von ihm frei.

»Ist sie tot?« fragte er. »Ist Julie tot?«

Steve nickte. Und dann war die Vermittlung des Krankenhauses am Apparat. Während er den Notarztwagen informierte, hielt er seinen Blick an den Jungen gerichtet. Jason verzog keine Miene. Nach einer Weile machte er auf dem Absatz kehrt und ließ seinen Vater allein im Schlafzimmer zurück.

Zweites Kapitel

Das Eastbury Community Hospital war kein kommunales Krankenhaus, sondern eine Privatklinik. Es war Dr. Arthur Wiseman, der die Klinik vor dreißig Jahren gegründet hatte. Inzwischen war die Einwohnerzahl des Ortes gewachsen. Es gab mehr Arbeit. Dr. Wiseman hatte sich sechs Ärzte als Teilhaber genommen. Ein neues Gebäude war errichtet worden. Die Teilhaber waren Ärzte, die neben dem Dienst im Krankenhaus ihre private Praxis im Ort betrieben. Das Krankenhaus verfügte über eine Intensivstation und über einen nach modernen Erkenntnissen ausgestatteten Operationssaal. Mit der Zeit war das Eastbury Community Hospital zu einer anerkannten Institution geworden. Wer krank wurde, fühlte sich hier gut aufgehoben. Dem einweisenden Arzt standen im Bedarfsfall nicht weniger als sechs Kollegen der verschiedenen Fachrichtungen zur Seite. Was nichts daran änderte, daß es sich um ein kleines Krankenhaus mit beschränkten Möglichkeiten handelte. Dr. Mark Malone stand im OP. Er war zweiundvierzig. Immer noch nannte man ihn ›den jungen Dr. Malone‹. Er mußte lächeln, wenn er daran dachte. Er betrachtete das Kind, das auf dem OP-Tisch lag. Die Zehnjährige war mit einer akuten Blinddarmentzündung eingeliefert worden. Die Operation war zu Ende. Er gab der OP-Schwester ein Zeichen, dann schnitt er ein Stückchen von dem herausoperierten Wurmfortsatz ab. Die Schwester fing das Präparat in einer kleinen Schale auf.

»Die üblichen Tests«, ordnete er an. Er warf einen fragenden Blick zum Anästhesisten. Der nickte. Alles in Ordnung. Dr. Malone verließ den OP, streifte die Handschuhe ab und wusch sich die Hände. Sein Blick war auf die Wanduhr gerichtet. Wie kam es wohl, daß so viele Blinddarmentzündungen ausgerechnet in den frühen Morgenstunden in ihr kritisches Stadium traten? Noch ehe er dem Gedanken weiter nachhängen konnte, ertönte sein Name im Lautsprecher.

»Dr. Malone, bitte. Dr. Malone.«

Er trocknete sich die Hände ab und griff nach dem Telefon. »Hier Dr. Malone.«

»Kommen Sie bitte sofort zur Nachtaufnahme.«

»Verdammter Mist!« Dr. Malone versuchte sich an den Namen des Kollegen zu erinnern, der in dieser Nacht für den Dienst auf der Intensivstation eingeteilt war.

Das Mädchen in der Vermittlung kam seiner Frage zuvor. »Ich rufe Sie, weil es ein Patient von Ihnen ist, Herr Dr. Malone.«

Er beendete das kurze Gespräch mit einem undefinierbaren Grunzen. Dann zog er sich den grünen OP-Kittel aus, streifte sich einen weißen Kittel über und machte sich auf den Weg zur Nachtaufnahme. Er glaubte zu wissen, was ihn dort erwartete.

Der diensthabende Arzt hatte den Patienten behandelt. Der Patient war gestorben. Da es sich um einen von Dr. Malones Patienten handelte, fiel ihm die undankbare Aufgabe zu, die Angehörigen zu benachrichtigen. Er seufzte. Den Menschen zu sagen, daß alle Bemühungen umsonst gewesen waren, das war eigentlich das Schlimmste am Arztberuf.

Vor der Nachtaufnahme traf er auf die diensthabende Schwester. Sie war bleich wie die Wand. »Was ist denn passiert?« erkundigte er sich.

»Ein totes Baby ist eingeliefert worden.« Ihre Stimme zitterte. Sie deutete auf die Tür. »Die Mutter ist bei dem Kind.«

»Wer?«

»Es ist die kleine Julie Montgomery. Sally will das Kind nicht hergeben. Sie sagt, das Baby hat sich nur erkältet. Sie will es wärmen, verstehen Sie...« Sie schlug den Blick nieder. »Ich... ich habe Dr. Wiseman angerufen.«

Dr. Malone nickte. Recht so. Die kleine Julie, sie war bei ihm in Behandlung gewesen. Aber die Mutter des Kindes war Patientin von Dr. Wiseman. »Und hat er gesagt, er kommt?«

»Er müßte jeden Augenblick hier sein.« Sie hatte den Satz kaum beendet, als Dr. Malone die vertraute Gestalt seines Kollegen vom Parkplatz auf das gläserne Portal zugehen sah.

Sally Montgomery saß auf einem Stuhl. Sie hielt Julie an sich gepreßt. Als Dr. Wiseman zu ihr trat, sah sie auf. Ihre Augen waren weit aufgerissen, der Blick seltsam leer.

Schock, dachte Dr. Wiseman. Sie steht unter Schock. Er nickte ihr zu und versuchte ihr die Leiche des Babys aus dem Arm zu nehmen. Sally machte eine Seitwärtsbewegung.

»Sie friert, Herr Doktor«, flüsterte sie. »Sie friert ganz fürchterlich. Ich muß sie wärmen.«

»Ich weiß, daß sie friert«, sagte er gütig. »Deshalb sind Sie ja mit dem Baby zu uns gekommen. Möchten Sie denn nicht, daß wir uns um die Kleine kümmern?«

Sie starrte ihn eine Weile an. Schließlich nickte sie. »Doch. Sie können das Kind wärmen, Dr. Wiseman. Sie ist nicht krank, wirklich nicht. Sie ist nur so kalt…«

Ihre Stimme erstarb. Sie reichte ihm das Baby und brach in Tränen aus. Dr. Wiseman legte die Kleine Dr. Malone in die Arme.

»Versuchen müssen wir's wohl«, sagte er leise.

Sally blieb in der Obhut Dr. Wisemans zurück. Dr. Malone war, den Leichnam des Kindes auf den Armen, in die Ambulanz geeilt. Er legte die Kleine auf den Behandlungstisch. Er wußte, daß es keine Chance mehr gab, das Kind wiederzubeleben. Trotzdem versuchte er es. Er blickte auf, als sich ein Schatten an der Wand abzeichnete. Dr. Wiseman stand hinter ihm.

»Nichts zu machen, wie?«

Dr. Malone nickte. »Wir können dem Kind nicht mehr helfen«, sagte er. »Die Kleine ist schon mindestens eine Stunde tot.«

Dr. Wiseman seufzte. »Vermutliche Todesursache?«

»Ich bin mir nicht sicher. Sieht ganz so aus wie ein Fall von SIDS.«

Dr. Wiseman schloß die Augen. Er wischte sich das Haar aus der Stirn. Warum? dachte er. Warum sterben uns die Kinder weg? Warum?

»Ist der Vater des Kindes im Warteraum?« hörte er Dr. Malone fragen.

»Er ist gerade beim Telefonieren, glaube ich. Er sagt, er will seine Schwiegermutter bitten, daß sie der Tochter zur Seite steht. Ich habe Sally Montgomery etwas Valium injizieren lassen.«

»Gut. Möchten Sie, daß ich mit Steve spreche?«

Dr. Wisemans Blick war auf den kleinen weißen Leichnam geheftet. »Das übernehme ich«, sagte er nach kurzem Nachdenken. »Ich kenne Steve recht gut. Fast so gut wie Sally.« Er hielt inne. »Werden Sie eine Autopsie durchführen lassen?«

»Das werde ich«, gab Dr. Malone zur Antwort. »Ich fürchte allerdings, daß uns das keinerlei Aufschluß bringen wird. Julie Montgomery war eines der gesündesten Babys, das mir in meiner Zeit als Arzt untergekommen ist. Ich habe sie erst vor zwei Tagen zur Vorsorge auf dem Tisch liegen gehabt. Ohne Befund. Das Kind war kerngesund. Verdammte Scheiße!«

Dr. Malone sah in das bleiche Antlitz der Kleinen. Julie schien zu schlafen. Keine Spur von Gewaltanwendung. Kein Anzeichen einer Krankheit. Nur diese geisterhafte Blässe.

Der Tod.

»Ich bring' sie runter in die Leichenkammer«, sagte Dr. Malone.

Er wandte sich ab. Dr. Wiseman sah ihm nach, bis er um die Ecke verschwunden war. Dann kehrte er ins Wartezimmer zurück, wo er Steve Montgomery neben seiner Frau sitzend antraf.

Dr. Wiseman schüttelte traurig den Kopf. Er ergriff Steve am Arm. »Es ist alles umsonst gewesen«, sagte er. »Wir haben nichts mehr für die Kleine tun können. Rein gar nichts!«

»Aber an was ist sie denn gestorben?« brachte Steve hervor. »Das Kind war doch völlig gesund.«

»Ich weiß es nicht«, antwortete Dr. Wiseman. »Wir müssen die Autopsie abwarten. Ich habe aber wenig Hoffnung, daß wir irgend etwas finden.«

»Was sagen Sie da?« Sallys Gesicht war schmerzverzerrt. Sie schien den Schock überwunden zu haben. Was sich jetzt in den Gedanken dieser Frau abspielte, war schlimmer als jene Lähmung der Gefühle, die vorher zu beobachten gewesen war. Sie wird darüber hinwegkommen, dachte er. Es wird nicht leicht für sie sein, aber sie wird darüber hinwegkommen.

»Es wird am besten sein, wenn Sie jetzt beide nach Hause fahren«, sagte er, mit einer Geste zu Steve Montgomery. »Ich schlage vor, daß wir das weitere morgen früh in meiner Praxis durchsprechen. Einverstanden?«

Sally war aufgestanden. Sie hielt den Arm ihres Mannes umklammert. »Was ist denn passiert?« fragte sie. »Ein Kind stirbt doch nicht einfach so, oder?«

Dr. Wiseman betrachtete sie aus den Augenwinkeln. Bei einer anderen Frau hätte er bis morgen gewartet. Aber diese Patientin kannte er seit Jahren. Sie war hart im Nehmen. Außerdem hatte ihr die Schwester eine Valiumspritze gegeben. Sie würde wohl kaum noch Schwierigkeiten machen heute nacht.

»Manchmal doch«, sagte er und lauschte dem Klang seiner Stimme nach. »Manchmal sterben Kinder einfach so. Wir nennen das SIDS. Sudden infant death syndrome. Dr. Malone vermutet, daß sie daran gestorben ist.«

»Oh mein Gott!« entfuhr es Steve Montgomery. In seiner Vorstellung entstand Julies kleines Gesicht, ihre munter blitzenden Äuglein, ihre winzigen Fingerchen, die sich um seinen Daumen legten, ihr Lachen, wenn er sie am Hals kitzelte.

Vorbei.

Die Tränen rannen ihm über die Wangen. Er ließ seinem Schmerz freien Lauf.

Die Dämmerung war heraufgezogen. Der Morgennebel hüllte Eastbury ein. Steve Montgomery erhob sich aus seinem Sessel und trat ans Fenster. Sie hatten den Rest der Nacht im Wohnzimmer verbracht. Weder Sally noch er hatten schlafen können nach dem, was passiert war. In den Schatten der Nacht verbargen sich Gedanken, vor denen sie sich fürchteten. Aber jetzt waren die Schatten vom Schein des nahenden Tages verdrängt worden. Steve ging zum Lichtschalter und knipste die Lampen aus.

»Nicht«, flüsterte Sally, »bitte nicht.«

Er verstand. Er knipste das Licht wieder an, dann setzte er sich zu ihr. Schweigend hielten sie sich umschlungen. Plötzlich waren Schritte auf der Treppe zu hören. Die Tür ging auf. Sallys Mutter betrat den Raum. Als sie ihre Tochter auf dem Sofa erblickte, lief sie auf sie zu und zog sie in die Arme.

»Mein armes Baby«, sagte sie. »Mein liebes armes Baby! Sag mir bloß, wie ist das passiert?«

Es war, als hätten ihre Worte den Riegel von der Schleuse fortgestoßen, hinter der sich Sallys Tränen stauten. Schluchzend lehnte sie sich an ihre Mutter. Phyllis Paine umfing sie tröstend. Schließlich hob sie den Blick.

»Woran ist das Kind gestorben, Steve?« Sie sprach über Sallys Schulter hinweg.

Ich muß jetzt stark sein, dachte Steve. Das schulde ich Sally. Ich muß stark sein. Ich muß die Fragen der Freunde beantworten. Ich muß ihrer Mutter Rede und Antwort stehen. Ich muß mich um Sally kümmern. Um sie und um meinen Sohn. Dann schoß ein furchtbarer Gedanke durch seinen Kopf. Ich habe die Kraft nicht. Ich werde an dieser Prüfung zerbrechen. O Gott, warum hast du Julie von uns genommen? Sie war doch nur ein Baby!

Wie gern hätte er geweint, hätte seinen Kopf am Busen seiner Frau geborgen. Er wußte, das war nicht möglich. Nicht jetzt. Vielleicht nie. Er sah seiner Schwiegermutter in die Augen.

»Wenn du meinst, das Kind hat einen Unfall gehabt, so war es das nicht«, sagte er. Er zwang sich zur Ruhe. »Sie ist gestorben, einfach so. Die Ärzte nennen es den SIDS-*Faktor*. Sudden infant death syndrome.«

Phyllis Paine kniff die Augen zusammen. »Der größte Unsinn, den ich je gehört habe«, sagte sie. »Das heißt doch im Klartext, die Ärzte wissen nicht, an welcher Krankheit das Kind gestorben ist. Ich möchte wissen, was dahintersteckt.«

Sally hatte sich von ihrer Mutter losgemacht. »Wie meinst du das?« Ihre Frage kam kühl und schneidend.

Phyllis dachte nach, suchte nach den richtigen Worten. Jawohl, es gab jemanden, der am Tod des Kindes die Schuld trug, aber sie würde zu diesem Zeitpunkt keine Beschuldigungen aussprechen. Dazu war es noch zu früh. Wenn Sally über den Berg war, würde sie mit ihr unter vier Augen reden. Zunächst einmal mußte sie ihrer Tochter beistehen. So wie ihre Tochter der kleinen Julie hätte beistehen müssen.

»Ich sage nur, daß jeder Tod eine Ursache hat, Sally. Bei den Ärzten vertuscht einer die Fehler des anderen. Kinder sterben nicht einfach so. Wenn die Ärzte zu faul sind, den wahren Grund herauszufinden, lassen sie sich einen geheimnisvollen Namen einfallen. SIDS!« Ihr Blick wanderte zwischen der Tochter und dem Schwiegersohn hin und her. Schließlich legte sie Sally den Arm um die Schulter. Als sie weitersprach, klang Güte durch. »Ich werde ein paar Tage bei euch bleiben. Ich kümmere mich um Jason und um die Arbeit im Haus. Ihr beide habt jetzt genug um den Kopf.«

»Danke, Phyl«, sagte Steve. »Ich danke dir von Herzen.«

Phyllis Paine zuckte die Schultern. »Wozu wären Mütter denn da, wenn sie sich nicht um ihre Kinder kümmerten.« Ihr Blick blieb auf Sally haften. Sie sahen ihr nach, wie sie zur Treppe ging, die zu den Schlafzimmern hinaufführte.

Wenig später war Jasons Stimme zu hören. Er bestürmte seine Großmutter mit Fragen. Sally hielt den Blick gesenkt. Einige Herzschläge lang saßen sie still nebeneinander. Dann brach sie das Schweigen.

»Sie glaubt, ich bin schuld an Julies Tod«, sagte sie schleppend. »Sie glaubt, ich habe nicht gut genug aufgepaßt.«

Wie hoffnungslos, wie verloren ihre Stimme klang. Steve tastete nach ihrer Hand, versuchte sie zu trösten. »Das glaubt sie in gar keinem Fall«, widersprach er ihr. »Aber du kennst doch Phyllis. Sie spricht, wie ihr der Schnabel gewachsen ist. Das ist einfach ihre Art.«

Sally nickte. Ich kenne meine Mutter, dachte sie. Aber kennt meine Mutter mich? Sie fuhr aus dem Grübeln hoch, als Jason die Treppe heruntergepoltert kam. Er blieb mitten im Zimmer stehen. Er war noch im Schlafanzug.

»Was ist mit Julie passiert?« fragte er.

Steve biß sich auf die Lippen. Was konnte er ihm antworten?

Wie konnte er einem Achtjährigen den Tod erklären, wenn nicht einmal die Erwachsenen den Tod verstanden? »Julie ist tot«, sagte er. »Wir wissen nicht, woran sie gestorben ist. Sie ist einfach von uns genommen worden.«

Jason schwieg. Er schien nachzudenken. »Muß ich heute in die Schule gehen?« fragte er.

Was als unschuldige Frage gemeint war, klang in Sallys Ohren wie eine gezielte Gefühllosigkeit. Sie brach in Tränen aus. »Natürlich mußt du heute in die Schule gehen«, schrie sie. »Glaubst du, ich kann mich an einem Tag wie diesem um dich kümmern? Glaubst du eigentlich, ich bin aus Eisen? Glaubst du...« Sie brach auf dem Sofa zusammen. Ihr schlanker Körper wurde von Schluchzen geschüttelt.

Ihre Mutter kam die Treppe heruntergeeilt. Jason stand da, wußte nicht, was er sagen sollte.

Phyllis Paine zog den Jungen an sich. »Ist schon gut, mein Kleiner«, sagte sie. »Natürlich brauchst du heute nicht zur Schule zu gehen. Geh rauf und zieh dich an. Ich mach' dir inzwischen ein Frühstück, okay?« Sie drückte ihm einen Kuß auf die Wange, dann gab sie ihn frei.

»Einverstanden, Grandma«, sagte Jason leise. Er warf seinen Eltern einen neugierigen Blick zu, dann rannte er die Stufen hinauf.

Als er verschwunden war, legte Steve den Arm um seine Frau. »Geh ins Bett, Liebling«, sagte er. »Du brauchst jetzt Ruhe. Phyllis wird sich um alles kümmern. Das ist am besten so. Ruh dich erst einmal aus, mir zuliebe!«

Sally war zu erschöpft, um ihm zu widersprechen. Sie ließ sich von ihm ins Schlafzimmer führen, ließ es zu, daß er sie entkleidete und ins Bett legte. Er beugte sich zu ihr und küßte sie, dann ging er hinaus.

Der ersehnte Schlaf wollte nicht kommen. Die Worte ihrer Mutter klangen Sally in den Ohren. Wozu wären *Mütter* denn da, wenn sie sich nicht um ihre Kinder kümmern. Es war als Anschuldigung gemeint, die Bemerkung war an Deutlichkeit nicht zu überbieten. Tief in ihrem Inneren wußte sie, daß es keine Antwort gab, mit der sie die Beschuldigung entkräften konnte. Wie hätte sie nachweisen können, daß sie wirklich auf das Kind aufgepaßt hatte! Vielleicht war sie wirklich schuld an Julies rätselhaftem Tod.

Hatte sie nicht einst mit dem Gedanken gespielt, Julie abzutreiben? Wochenlang war eine mögliche Abtreibung das Hauptgesprächsthema zwischen Sally und Steve gewesen. Eigentlich wollten sie kein zweites Kind. Sie hatten das Problem in langen Gesprächen hin und her gewälzt, bis es zu spät war.

Immerhin, als Julie dann geboren war, hatten sie dem Kind ihre ganze Liebe angedeihen lassen. Sie mochten Julie ebenso gern wie Jason, vielleicht sogar mehr.

Oder war das alles nur Einbildung gewesen?

Vielleicht bildete man es sich nur ein, daß man ein solches Kind liebte. Man war schließlich die Mutter. Du sollst deine Kinder lieben.

Vielleicht habe ich Julie nicht genug geliebt, dachte sie.

Vielleicht habe ich das Kind spüren lassen, daß es kein Wunschkind ist.

Sie sah die anklagenden Augen ihrer Mutter vor sich, während ihre Gedanken die Grenze vom Wachen zum Traum passierten.

Meine Tochter ist tot. Vielleicht bin ich daran schuld. Jedenfalls kann ich meine Unschuld nicht beweisen.

Ich werde Mutter nie im Leben überzeugen können, daß ich schuldlos bin. Nicht einmal mich selbst werde ich überzeugen können.

Die Schuld hatte Einzug gehalten in Sally Montgomerys Seele, ein Gefühl so tödlich für die Gedanken eines Menschen wie Krebs für den Körper.

Glück und Tod. In einer einzigen Nacht war alles anders geworden.

Drittes Kapitel

Lustlos stocherte Randy Corliss in seiner Schale mit Maisflocken herum. Er war insgeheim entschlossen, die Portion nicht aufzuessen.

Noch fünf Minuten, dann würde seine Mutter das Haus verlassen.

Dann konnte er das Essen in den Mülleimer kippen, eine Nougatstange aus dem Vorratsschrank stibitzen und sich auf den Schulweg machen. Er starrte sehnsüchtig auf den großen Zeiger der Küchenuhr. Er war nicht sicher, ob sich der Zeiger überhaupt bewegte. In der Schule war das anders. Da sah man, wie der Zeiger von einer Minute zur anderen sprang. Wie schön wäre es doch, wenn Mutter auch eine solche Uhr kaufte. Aber er wußte, diese Chance war gleich null. Er beschloß, am nächsten Wochenende mit seinem Vater zu sprechen. Vielleicht gelang es ihm, Vater zu dem Kauf zu überreden.

Er hing dem Gedanken nach, während seine Mutter ihn ermahnte, unmittelbar nach der Schule nach Hause zu kommen, die Wohnungstür nur für Besucher zu öffnen, die er kannte, und sich vor allem bei Mrs. Willis, der Nachbarin, zu melden, wenn er von der Schule zurückkehrte. Schließlich nahm sie ihn in die Arme, drückte ihm einen Kuß auf die Wange und verschwand in der Garage, die unmittelbar neben der Küche lag. Er hörte, wie sie den Wagen anließ. Erst als das Motorengeräusch in der Ferne erstarb, stand er auf und schüttete den Rest des Essens in den Mülleimer.

Es war fünf nach acht, als Randy Corliss, neun Jahre, in den frischen Frühlingsmorgen hinaustrat. Sein Schulweg war lang, er würde ihn bei Jason Montgomery vorbeiführen. Unterwegs traf er die anderen Kinder. Sie gingen zu zweit oder zu dritt, unterhielten sich, flüsterten und kicherten. Jeder Junge, so schien es, hatte eine ganze Reihe von Freunden.

Jeder außer Randy Corliss.

Randy wußte nicht, woran es lag, daß er so wenig Freunde hatte. Vor Jahren, er war damals sechs, hatte er auch viele Freunde gehabt. Aber die hatten sich verflüchtigt, einer nach dem anderen.

Warum eigentlich? Er war schließlich nicht der einzige, dessen Eltern geschieden waren. Es gab eine Menge Jungen, die bei ihrer Mutter lebten. Einige waren sogar ihrem Vater zugesprochen worden. Dies waren die Jungen, die Randy nach Kräften beneidete. Er beschloß, am kommenden Wochenende mit seinem Vater darüber zu sprechen. Vielleicht kriegte er ihn diesmal soweit, daß er ihn zu sich nahm. Seit einem Jahr schon sehnte sich Randy danach, bei seinem Vater zu leben.

Vergangenen Sommer war er seiner Mutter weggelaufen. Der Sommer war ganz besonders langweilig gewesen. Niemand spielte mit ihm. Der erste Ferienmonat war mit Zuschauen dahingegangen. Randy hatte dagestanden und zugeschaut, wie die anderen Jungen sich vergnügten. Er hatte darauf gehofft, der eine oder der andere werde ihn zum Ballspielen einladen, zum Schwimmen oder auf eine Fahrradtour.

Aber diese Hoffnung hatte sich nicht erfüllt. Schließlich hatte er Billy Semple, seinen letzten Freund, ganz offen gefragt, was eigentlich los war. Billy hatte ihn nur lange angestarrt. Dann hatte er auf sein Gipsbein gedeutet und die Schultern gezuckt. Gesagt hatte er kein Wort.

Trotzdem hatte Randy verstanden. Das Gipsbein. Er und Billy hatten in Semples Hinterhof gespielt. Und Randy hatte die Idee gehabt, vom Dach zu springen. Zuerst vom Garagendach, das war recht leicht. Randy war als erster gesprungen, er war weich im Komposthaufen gelandet. Billy folgte.

Dann hatte Randy vorgeschlagen, sie sollten das gleiche vom Hausdach versuchen. Billy hatte es mit der Angst zu tun bekommen. Um nicht als Feigling dazustehen, machte er trotzdem mit. Die beiden hatten eine Leiter herangeschleppt, an die Traufe gelehnt und waren hinaufgeklettert. Oben hatten sie eine Weile auf den Schindeln gehockt und hinabgesehen. Wieder war es Randy, der als erster sprang.

Ein Schmerz durchzuckte ihn, als er auf dem Boden aufkam. Aber als er sich aufrichtete, war der Schmerz weg. Er grinste zu Billy hinauf.

»Los doch!« schrie er. »Es ist kinderleicht.« Billy hatte gezögert, und Randy hatte ihn als Feigling verspottet. Schließlich hatte sich Billy doch noch zum Sprung entschlossen. Seine Mutter kam gerade rechtzeitig auf den Hof, um zu sehen, wie er sich das Bein brach. Sie war fuchsteufelswild geworden und hatte Randy verboten, je wieder das Grundstück zu betreten. Noch am gleichen Abend hatte sie Randys Mutter angerufen. Der Sohn solle sich nie wieder bei ihr sehen lassen.

Zuviel wäre eben zuviel. Sie hätte nicht gehofft, daß es soweit kommen würde, aber nach dem Vorgefallenen sei sie gezwungen, sich den Nachbarn anzuschließen und ihrem Sohn das Spielen mit Randy Corliss zu verbieten.

Daß es ein Unfall war, davon wolle sie nichts hören. Randy war der Teufel in Menschengestalt. Schlechter Umgang für ihren Sohn.

Quälend langsam war der Sommer verstrichen. Randy war sich selbst überlassen gewesen. Er hatte sich einsam gefühlt wie noch nie. Er war dann viel in den Wäldern herumgestromert, von denen Eastbury umgeben war. Er hatte darüber nachgegrübelt, was eigentlich an ihm war, daß ihn die anderen Jungen mieden wie die Pest.

Und dann hatte er Jason Montgomery kennengelernt. Obwohl Jason ein Jahr jünger war, hatten sie sich sofort gemocht. Jason war anders als die Jungen in der Schule. Die Mitschüler, das waren alles Feiglinge. Nicht so Jason. Schon einen Tag später waren sie dicke Freunde. Randy machte es sich zur Regel, auf dem Schulweg bei Jason vorbeizugehen.

Er war vor dem Haus der Familie Montgomery angekommen. Er betrat das Grundstück und ging in den Hof.

»Jason!« Die rückwärtige Tür wurde geöffnet, Jasons Großmutter erschien im Türrahmen. »Kommt Jason nicht?« fragte er.

»Der geht heute nicht zur Schule«, wurde ihm gesagt. Sie wollte die Tür schließen, als Jason plötzlich hinter ihr erschien. Er schlüpfte an ihr vorbei in den Hof.

»Tag«, sagte Jason.

Randy betrachtete seinen Freund voller Neugier. »Bist du krank?« erkundigte er sich.

»Nein.« Er hob den Blick. »Vergangene Nacht ist meine kleine Schwester gestorben, deshalb darf ich heute zu Hause bleiben.«

Randy ließ die Mitteilung in sein Bewußtsein einsickern. Er wußte nicht recht, was er seinem Freund antworten sollte. Er hatte Jasons Schwesterchen nur ein einziges Mal zu sehen bekommen. Ein Baby, das sich in nichts von anderen Babys unterschied. Wie Jason damals gesagt hatte, plärrte das Kind den ganzen Tag, dauernd mußte man ihm die Windeln wechseln. »Deine kleine Schwester ist gestorben? Wie ist das denn passiert?« brachte er schließlich hervor.

Jason zögerte. »Keine Ahnung. Mein Vater sagt, sie ist einfach so gestorben. Jedenfalls brauche ich heute nicht zur Schule zu gehen.«

»Wie schön für dich«, sagte Randy. Ein fragender Blick. »Hast du der Kleinen was getan? Sag's mir ehrlich.«

»Warum sollte ich meiner Schwester was tun?« entgegnete Jason.

Randy trat ungemütlich von einem Bein aufs andere. »Weiß nicht. War nur so eine Idee. Billy Semples Mutter meint nämlich...« Er verstummte. Vielleicht war es nicht gut, wenn er so offen mit seinem Freund sprach. Billys Mutter gab Jason die Schuld an dem Unfall ihres Sohnes. Sie behauptete, Jason hätte ihren Jungen vom Dach gestoßen.

»Hast du's getan?«

»Was?«

»Hast du Billy vom Dach geschubst?«

»Nein.«

»Siehst du. Genauso ist es mit mir und Julie. Ich hab' ihr auch nichts getan. Jedenfalls glaube ich nicht, daß ich ihr was getan habe...«

Bevor er den Gedanken weiter ausführen konnte, ging die Tür wieder auf. Jason wurde von seiner Großmutter ins Haus zurückbeordert. Randy starrte ihm nach, bis er in der Düsternis des Hausinneren verschwunden war. Dann ging er auf die Straße zurück und setzte seinen Schulweg fort.

Er hatte wirklich keine Lust, heute am Unterricht teilzunehmen. Der Schulweg mit Jason war die einzige Abwechslung. Wenn Jason ausfiel, erwartete ihn die gleiche Langeweile wie vergangenen Sommer. Warten und Hoffen. Warten, daß einer der anderen Jungen mit ihm spielte.

Warten ist schwer, wenn man erst neun ist. Randy vertrieb sich die Zeit, indem er zu stehlen begann. Keine großen Sachen. Was sich so mitnehmen ließ, wenn man durch den Kramladen an der Ecke schlenderte.

Es konnte nicht gutgehen. Eines Tages ertappte ihn Mr. Higgins, der Ladenbesitzer, auf frischer Tat.

Randy würde den Augenblick nie mehr vergessen. Er war schon fast wieder draußen, als er spürte, wie sich eine Hand auf seine Schulter legte. Er fuhr herum. Da stand Mr. Higgins. »Und jetzt leerst du deine Taschen aus, mein Junge.«

Das Jojo-Spiel hatte kein Preisschildchen mehr. Aber Randy wußte, es war sinnlos, das Ding als sein Eigentum auszugeben. Er war bleich geworden, die Tränen schossen ihm in die Augen. Er stammelte eine Entschuldigung. Ich will es nie mehr wieder tun, versprach er.

Aber Mr. Higgins ließ es dabei nicht bewenden. Er hatte die Polizeistation in Eastbury angerufen. Nein, er wollte keine Anzeige erstatten wegen des Diebstahls. Aber dem Jungen gehörten die Leviten gelesen. »Ich will, daß Sie diesem Randy Corliss einmal klarmachen, was Stehlen bedeutet.« Randy stand dabei, wie der Ladeninhaber telefonierte. »Jawohl, Sie sollen ihm Angst einjagen, damit er wieder auf den rechten Weg kommt.« Ein Polizeiwagen fuhr vor. Randy wurde zur Polizeiwache gebracht. Der Officer zeigte ihm eine der Arrestzellen. Möglicherweise, so kündigte er an, werde er die Nacht in der Zelle verbringen müssen. Dann hatten die Beamten seine Fingerabdrücke abgenommen und ein Foto von ihm gemacht. Erkennungsdienstliche Behandlung, hatte der Officer das genannt. Wenn er, Randy, sich je wieder etwas zuschulden kommen ließ, würde er mit Sicherheit hinter Gittern landen. Schließlich hatten sie ihn gehen lassen. Randy zitterte vor Furcht, als er nach Hause kam. An jenem Abend hatte er den Entschluß gefaßt, wegzulaufen.

Niemand mochte ihn, seine Mutter hatte keine Zeit für ihn. Blieb sein Vater. Randy kam zu dem Schluß, daß die Rettung bei seinem Vater lag. Er hatte ihn dann angerufen, hatte seinen Vater angefleht, ihn zu sich zu nehmen. Aber Jim Corliss hatte seinen Sohn vertröstet. Später einmal könnte er zu ihm ziehen. Schließlich hatte er Randys Mutter zu sprechen verlangt. Randy war Zeuge des Gesprächs der beiden geworden. Nein, sie würde Randy nie hergeben, hatte Mutter gesagt. Jim Corliss sollte gar nicht erst versuchen, ihr den Jungen wegzunehmen. Dann, als die beiden sich zu Ende gezankt hatten, durfte Randy noch einmal an den Apparat.

»Ich will sehen, was sich machen läßt«, hatte sein Vater ihm versprochen. »Aber es gibt Gesetze, Randy, die dabei zu beachten sind. Ich kann nicht einfach dort vorfahren und dich im Auto mitnehmen. Das wäre illegal. Verstehst du das?«

Randy verstand das keineswegs. Er haßte Eastbury. Er haßte seine Mutter und er haßte die Freunde, die keine Freunde mehr waren. Er wünschte sich inständig, er könnte mit seinem Vater zusammenleben. Und dann kam ihm die Idee, wie er das Problem lösen konnte. Es war illegal, wenn sein Vater ihn holen kam. Nun gut. Aber es war sicher nicht illegal, wenn er zu seinem Vater flüchtete.

Nach zwei Tagen Nachdenken stand sein Entschluß fest. Er wartete, bis es dunkel wurde. Als seine Mutter eingeschlafen war, zog er sich an und stahl sich aus dem Haus. Er wußte ja, wo sein Vater wohnte. Fünf Meilen von Eastbury, wenn man quer durch den Wald ging. Randy kannte die Gegend, hier war er aufgewachsen. Er veranschlagte zwei Stunden für die Strecke bis zu seinem Vater.

Er hatte seine Rechnung ohne den Wirt gemacht. Der Wald sah nachts ganz anders aus als bei Tage. Zunächst war er zügig vorangekommen. Er ließ den Kegel der Taschenlampe über die düster rauschenden Baumkronen tanzen. Dann aber gabelte sich der Weg.

Was tun? Bei Tag wäre das alles kein Problem gewesen. Aber in dieser Finsternis erkannte er keines der Wahrzeichen mehr wieder, an denen er sich sonst immer orientiert hatte.

Er wählte den Weg, der am Fluß entlangführte, redete sich ein, daß ihm nichts passieren konnte. Aber es gelang ihm nicht, die aufkommenden Zweifel zu verdrängen.

Wenig später kam er an eine zweite Wegkreuzung. Dieses Mal war er wirklich ratlos. Er blieb stehen, lauschte den Geräuschen der Nacht. So verstrich eine Viertelstunde. Er beschloß aufzugeben. Es war wohl keine gute Idee, mitten in der Nacht quer durch den Wald zu marschieren. Er machte kehrt.

Als er nach fünf Minuten an eine Weggabelung geriet, spürte er, wie die Verzweiflung an ihm hochkroch. Er erinnerte sich nicht an diese Abzweigung. War er auf dem Hinweg wirklich hier vorbeigekommen?

Die Geräusche des Waldes hatten eine andere Färbung bekommen. Ihm schien, als würde er aus leuchtenden Augen beobachtet. Das Wesen verbarg sich hinter dem Blattwerk des Unterholzes, so daß er es mit dem Strahl seiner Taschenlampe nicht erreichen konnte.

Dann glitzerten Lichter zwischen den Zweigen. Er rannte darauf zu. Die Lichter verloschen. Randy lief weiter. Als zwischen den Baumstämmen der Nachthimmel sichtbar wurde, atmete er auf. Dort mußte eine Straße verlaufen. Aber welche Straße? Er hatte jede Orientierung verloren.

Er blieb in der Hocke und dachte nach. Was konnte er tun? Ja, er würde nach Hause zurückkehren. Aber in welcher Richtung lag das Haus? Er fühlte, wie die Kälte an seinen Beinen hochwanderte. Er entschloß sich zur Flucht nach vorn. Er zwängte sich durch die Sträucher, gelangte auf die Straße und wandte sich nach links. Die Taschenlampe in der Faust marschierte er am Straßenrand entlang.

Das Geräusch eines Autos. Das Geräusch kam näher, erstarb ganz plötzlich. Der Wagen hatte angehalten. Ein Streifenwagen mit der Aufschrift »Eastbury Police«.

»Wo willst du denn hin?« fragte der Polizist, der am Steuer saß.

»Nach Hause«, stotterte Randy.

»Wo wohnst du denn?«

»In Eastbury.«

»Dann gehst du aber in die falsche Richtung.« Der Polizist lehnte sich quer über den Sitz und öffnete die Beifahrertür. »Komm rein.«

Vor Randys Augen erstanden die Gitterstäbe der Zelle, die ihm gezeigt worden war. »Bin ich verhaftet?« fragte er kleinlaut.

Der Polizist musterte ihn interessiert. Ein Lächeln stand in seinen Mundwinkeln. »Bist du denn ein Verbrecher?«

Randy riß die Augen auf. Sein Herz schlug wie wild. »Ähm... nein. Ich wollte nur meinen Vater besuchen.«

»Vorhin hast du gesagt, du wolltest nach Hause.«

Randy wand sich auf dem Sitz. »Das ist dasselbe. Ich will nach Haus, zu meinem Vater.«

»Du wohnst aber gar nicht bei deinem Vater, stimmt's? Bist du von zu Hause weggelaufen?«

Randy starrte aus dem Fenster. Er war jetzt sicher, daß der Streifenpolizist ihn ins Gefängnis einliefern würde. »Ja.«

»Ist es so schlimm bei dir zu Hause?«

Randy sah auf. Der Polizist lächelte ihm zu. Vielleicht läßt er Gnade vor Recht ergehen, dachte Randy. Er beantwortete die Frage mit einem Nicken.

Der Polizist machte dann ein finsteres Gesicht, aber Randy hatte keine Angst mehr vor ihm. Als er dann zu sprechen begann, waren alle Sorgen verflogen. »Ich werd' dich jetzt zu einem Coke einladen, und dann sprechen wir alles in Ruhe durch.«

»Wo fahren wir denn hin?« wollte Randy wissen.

»Hier in der Nähe gibt's ein Straßenrestaurant, das die ganze Nacht offen hat.« Sergeant Bronski wendete auf der Straße und schlug die Richtung nach Eastbury ein. »Soll ich nicht besser deine Mutter anrufen?«

»Bitte nicht.«

»Und deinen Vater!«

»Würden Sie das tun?«

»Aber sicher.« Sergeant Bronski verlangsamte das Tempo und bog auf den Parkplatz des Restaurants ein. Er bestellte Randy ein Glas Coke und für sich einen Becher Kaffee. Und dann erzählte Randy von dem Zwist zwischen seinen Eltern, von dem Gezänk am Telefon. Als er fertig war, musterte ihn der Polizist aus zusammengekniffenen Augen.

»Ich glaube, es ist besser, wenn wir deine Mutter anrufen, Randy«, sagte er.

»Warum ist das besser?«

»Weil du bei deiner Mutter wohnst, darum. Wenn wir deinen Vater anrufen, muß er deine Mutter benachrichtigen, und dann kommt sie vielleicht noch auf die Idee, er hätte das alles so eingefädelt. Dann verbietet sie dir, deinen Vater überhaupt noch zu treffen. Kapiert?«

»Ich glaube schon«, sagte Randy unsicher. Sergeant Bronski war aufgestanden und ans Telefon gegangen. Er hatte Randys Mutter verständigt, und dann hatte er ihn heimgefahren.

Seine Mutter hatte ein Donnerwetter auf ihn niedergehen lassen. Es sei schon schwierig genug mit ihm, da müsse er sie nicht noch in Angst und Schrecken versetzen, indem er nachts weglief. Schließlich war Randy ins Bett geschickt worden. Er hatte lange wachgelegen und nachgedacht.

Seitdem war alles in der Schwebe geblieben. Randy zermarterte sich den Kopf, was künftig sein würde. Immer wenn er sich mit seinem Vater traf, bestürmte er ihn, er wollte fort von Mutter. Vater sagte nie nein. Aber er sagte auch nie wirklich ja. Du mußt abwarten, Randy, das war der Tenor. Kommt Zeit, kommt Rat.

Monate waren vergangen, ohne daß sich eine Wende zum Besseren abzeichnete. Es war Frühling geworden. Der Sommer würde fürchterlich werden. Randy würde wie falsches Geld herumlaufen und nach Spielgefährten suchen, die es nicht gab, würde den Jungen nachsehen, die nichts mit ihm zu tun haben wollten. Was jetzt im Hause der Familie Montgomery passiert war, machte die Sache nicht besser. Nachdem Jasons kleine Schwester gestorben war, würden die Eltern Jason den Umgang mit Randy untersagen. Er würde wieder allein sein. Allein wie schon immer.

Das Hupen eines Autos riß ihn aus seinen Träumen. Er sah, daß er allein auf dem Bürgersteig ging. Die anderen Kinder waren wohl vorausgelaufen. Er sah auf die Armbanduhr, die ihm Vater zum neunten Geburtstag geschenkt hatte. Es war halb neun. Wenn er sich nicht beeilte, kam er noch zu spät zur Schule. Plötzlich hörte er seinen Namen.

»Randy! Randy Corliss!«

Kurz vor der Einmündung der nächsten Querstraße war ein blaues Auto zum Stehen gekommen. Er kannte den Wagen nicht. Eine Frau saß am Steuer. Er kam näher. Die Frau lächelte ihm zu. Zögernd ging er weiter.

»Tag, Randy«, sagte die Frau.

»Wer sind Sie?« Randy hielt sein Schulbrot umklammert. Er war stehengeblieben. Als die Frau sich zur Seite neigte, trat er einen Schritt zurück. Die Ermahnungen seiner Mutter schossen ihm durch den Kopf. Sie hatte ihm strikt verboten, mit Fremden zu sprechen.

»Ich bin Miss Bown. Louise Bown. Ich soll dich abholen.«

»Mich abholen? Wohin denn?«

»Zu deinem Vater«, sagte die Frau und Randys Herz begann schneller zu schlagen. Zu seinem Vater? Kam diese Frau wirklich von seinem Vater? Würde er endlich bei seinem Vater leben dürfen? »Dein Vater wollte, daß ich dich zu Hause abhole«, hörte er die Frau sagen. »Aber ich habe mich verspätet. Es tut mir leid.«

»Das macht doch nichts«, sagte Randy. Er trat an das heruntergekurbelte Fenster des Wagens. »Fahren wir gleich zu meinem Vater?«

Die Frau hatte die Wagentür geöffnet. »Etwas später«, versprach sie. »Steig ein.«

Randy wußte, daß er nicht einsteigen durfte. Seit er denken konnte, warnte ihn seine Mutter vor Fremden, die einen zu einer Fahrt in ihrem Auto einluden.

Aber hier lag die Sache anders. Es handelte sich um eine Frau, die mit seinem Vater befreundet war. Ganz sicher sogar. Die Frau wußte sogar von Vaters Plan, ihn seiner Mutter wegzunehmen. Und dann waren es auch immer Männer gewesen, vor denen seine Mutter gewarnt hatte. Nie Frauen. Er sah ihr in die Augen. Sie lächelte. Plötzlich hatte er das Gefühl, mit dieser Frau ein Geheimnis zu teilen. Er stieg ein und zog die Tür hinter sich zu. Die Frau startete den Wagen und fädelte sich in den Verkehr ein.

»Wohin fahren wir?« fragte Randy.

Louise Bown betrachtete den Jungen von der Seite. Kein Zweifel. Das war der gutaussehende Junge, den man ihr auf Fotos gezeigt hatte. Grüne Augen, dunkles, leicht gewelltes Haar, Stupsnase. Großgewachsen für sein Alter. So stark, daß sich selbst eine Frau wie sie bei ihm geborgen fühlte. Er schien überhaupt keine Angst vor ihr zu haben, obwohl sie für ihn doch eine Fremde war. Instinktiv hatte sie Randy Corliss liebgewonnen.

»Wir fahren zu deiner neuen Schule, Randy.«

Randy dachte nach. Eine neue Schule? Wenn sein Vater ihn in eine neue Schule stecken wollte, warum hatte er nie davon gesprochen? Die Frau schien seine Frage erraten zu haben.

»Du wirst deinen Vater bald zu sehen bekommen«, sagte sie. »Aber er braucht noch ein paar Tage, bis er die Dinge mit deiner Mutter geregelt hat. Diese Zeit wirst du in der Schule verbringen. Ich bin sicher, es wird dir gefallen. Es ist eine ganz besondere Schule. Speziell für Jungen wie dich. Du wirst viele neue Freunde kennenlernen. Na, was sagst du dazu?«

Randy nickte. Inzwischen fragte er sich, ob es klug gewesen

war, zu der Frau in den Wagen zu steigen. Aber dann, als er über ihre Worte nachdachte, wurde ihm klar, daß die Frau wohl die Wahrheit sagen mußte. Sein Vater hatte ja auch gesagt, daß es Probleme geben würde, wenn er von Mutter wegzog. Es war klar, daß er auf eine neue Schule gehen mußte, wenn er nicht bei Mutter wohnte. Heute bot sich die Gelegenheit.

Er machte es sich auf dem Beifahrersitz bequem. Sie hatte das Stadtgebiet von Eastbury verlassen, die Frau fuhr in Richtung Langston, wo Vater wohnte. Es war also alles in Ordnung.

Allerdings gab es da ein Gefühl, das ihn vor dieser Frau warnte. Irgend etwas stimmte nicht. Randy stand vor einem Rätsel.

Viertes Kapitel

Lucy Corliss hätte nicht behaupten können, daß sie an diesem Tag besonders guter Laune war. Der ganze Vormittag war mit der Lektüre der neuen Ausschreibungen vergangen. Die Agentur, für die sie arbeitete, hatte eine Reihe neuer Objekte ins Programm genommen. Häuser, die nach Lucy Corliss' Meinung nicht einmal das Grundstück wert waren, auf dem sie standen. Trotzdem stellten sich die Besitzer vor, daß sie hunderttausend Dollar und mehr für solch ein Objekt erzielen konnten. Der Verkauf würde sich entsprechend schleppend gestalten. Die monatliche Hypothek für solch ein Objekt war so hoch, daß Lucy sich fragte, wer sich das überhaupt noch leisten konnte. Sie rechnete damit, daß ihre Kommissionen stark zurückgehen würden. Lucy hatte verschiedene Überlegungen angestellt, wo sie einsparen konnte. Im Augenblick sah es nicht besonders brenzlig aus. In den nächsten Monaten kamen die Verhandlungen für eine Reihe von Objekten zum Abschluß. Mit den Kommissionen, die sich aus diesen Verkäufen ergaben, konnte sie ein Jahr durchhalten. Aber dann?

Sie beschloß, das Problem beim Mittagessen mit Bob Owen durchzusprechen. Bob war nicht nur ihr Arbeitgeber, er war auch ihr Freund. Sie kannten sich von Kind an, er hatte ihr schon oft aus der Patsche geholfen.

Als in der Ehe mit Jim die ersten dunklen Wolken auftauchten, war Bob Owen dagewesen. Geduldig hatte er sich ihre Klagen angehört und ihr schließlich geraten, die Dinge nicht weiter treibenzulassen. Als es dann zum Bruch mit Jim kam, war sie zu Bob gelaufen, um seinen Rat einzuholen.

Es gab damals zwei Probleme. Zum einen war sie schwanger. Und zum anderen hatte ihr Mann sie verlassen. Er war einfach weggelaufen. Nicht obwohl, sondern *weil* sie ein Kind erwartete. Zumindest vermutete Lucy, daß dies der Grund war. Jim nahm ihr übel, daß sie schwanger geworden war. Er fühlte sich in eine Falle gelockt. Die Falle war zugeschlagen.

»Ist nicht vielleicht ein Körnchen Wahrheit an dem Vorwurf?« hatte Bob Owen gefragt. Es war Lucy sehr schwergefallen, die Frage wahrheitsgemäß zu beantworten. Schließlich hatte sie sich zu dem Eingeständnis bereitgefunden, daß sie wohl unbewußt bestimmte Hoffnungen mit der Schwangerschaft verband. Vielleicht würde Jim auf seine Eskapaden verzichten, wenn erst einmal ein Kind da war. Angesichts der Verantwortung, die dann auf ihm lag, würde ihm wohl aufgehen, daß es noch andere Dinge auf der Welt gab als schnelle Autos und der Traum vom großen Geld.

Bob, der gute praktische Bob hatte ihr geraten, die Scheidung einzureichen und einen Beruf zu ergreifen. Es war seine Idee gewesen, noch während der Schwangerschaft eine Ausbildung als Immobilienkaufmann zu beginnen. Das würde ihr ein Einkommen verschaffen, wenn das Kind auf der Welt war. Nach der Niederkunft war Lucy in Bob Owens Maklerbüro eingetreten. Neun Jahre arbeitete sie jetzt dort. Sie hatte sich zu einer tüchtigen Kraft gemausert. In den ersten Jahren hatte sie Randy von einem Babysitter versorgen lassen. Im letzten Jahr war es dann soweit, daß sie ohne das Mädchen auskommen konnte. Es lagen nur zwei Stunden zwischen Randys Rückkehr aus der Schule und Lucys Büroschluß. Und Randy war vernünftig genug, um diese beiden Stunden ohne seine Mutter verbringen zu können. Margaret Willis, die Nachbarin, hatte versprochen, ein Auge auf den Jungen zu haben. Es hatte eigentlich immer ganz gut geklappt. Heute allerdings hatte Lucy eine ungute Vorahnung.

»Meinem Mädchen ist eine Laus über die Leber gelaufen«, stellte Bob mit einem Seitenblick fest. »Sag, was los ist.« Er schob die umfangreiche Speisenkarte zur Seite und bestellte einen Salat. Er war neidisch auf Lucy, die enorme Portionen vertilgen konnte, ohne je ein Kilo zuzunehmen.

»Dein Mädchen hat Sorgen«, sagte Lucy.

»Im allgemeinen oder im besonderen?«

»Beides. Zunächst einmal finde ich, wir haben die falschen Häuser im Programm. Ich frage mich, wer die teuren Dinger kaufen soll.«

»Irgend jemand wird sie kaufen, verlaß dich drauf«, sagte Bob gutgelaunt. »Die Leute brauchen ein Dach über dem Kopf, also müssen sie ein Haus kaufen. Wir müssen uns eben einen Weg einfallen lassen, wie man die Häuser finanziert.«

»Aber die Objekte in der neuen Liste sind ihr Geld nicht wert«, widersprach ihm Lucy.

Sein Gesicht verfinsterte sich. »Wenn du mit dieser Einstellung an die Dinge herangehst, wirst du kein einziges Haus verkaufen.«

Lucy zauberte ein Lächeln auf ihre Lippen. Sie strich sich das fahlblonde Haar aus dem Gesicht. »Ich bin nicht sicher, ob ich überhaupt eines dieser Häuser verkaufen will. Bei den letzten Abschlüssen habe ich immer das Gefühl gehabt, ich lasse die Leute ein Dokument unterschreiben, womit sie sich für die nächsten dreißig Jahre zur Sklavenarbeit verpflichten.«

»Wenn es so schlimm ist, Lucy, dann solltest du dich nach einem anderen Job umsehen.«

»Geschenkt, Bob. Vergiß es. Es ist eigentlich nicht so sehr der Laden, der mich bedrückt, sondern Randy.«

»Randy? Was ist denn mit ihm?«

»Der Junge ist kreuzunglücklich, Bob. Er hat kaum noch Freunde. Er haßt die Schule. Er haßt die Wohnung. Er haßt mich. Ich glaube, er haßt die ganze Welt. Ich habe schon darüber nachgedacht, ob ich ihn vielleicht zu Jim gebe, zumindest für ein oder zwei Jahre. Aber ich traue Jim nicht.«

»Du kannst doch kaum beurteilen, ob er dem Kind ein guter Vater sein würde«, gab Bob zu bedenken. »Du hast doch kaum noch Kontakt zu ihm.« Es war nicht das erste Mal, daß Bob ihren geschiedenen Mann verteidigte. Lucy hatte ihn im Verdacht, daß er insgeheim eine Wiederannäherung, eine neue Heirat mit Jim befürwortete. Wann immer sie in den letzten beiden Jahren auf Jim zu sprechen kamen, hatte Bob ihr zugeraten, den Kontakt mit ihm zu pflegen. Sie hatte den Rat nie befolgt. »Kannst du dir eigentlich nicht vorstellen, daß dein Mann sich verändert hat?« sagte Bob. »Seit eurer Scheidung sind fast zehn Jahre ins Land gegangen. Junge Männer werden erwachsen.«

»Aber nicht Jim Corliss!« fauchte Lucy. »Weißt du, wie oft er in den neun Jahren seit unserer Scheidung die Stellung gewechselt hat? Siebenmal! Sieben Jobs in neun Jahren, Bob. Findest du das erwachsen?«

»Jim ist jetzt seit vier Jahren in der gleichen Stellung, Lucy. Und er ist gut zu Randy.«

»Als ich schwanger war, hat er das Kind zum Teufel gewünscht«, entgegnete sie voller Bitterkeit. »Für Jim ist Randy doch nur eine Zerstreuung am Wochenende. Wenn er den Jungen Tag für Tag bei sich hätte, ja, Herrschaften! Du weißt genau, Bob, daß Jim mir den Jungen nach einer Woche wieder zurückbringen würde. Was glaubst du, wie sich das auf das Gemüt des Jungen auswirken würde! Es geht ihm schon jetzt herzlich schlecht. Wenn er erlebt, wie ihn der eigene Vater davonjagt, ich glaube, das würde ihm den Rest geben. Nein, das kommt nicht in Frage!« Ob ich Bob sagen soll, daß Jim möglicherweise um das Sorgerecht für den Jungen prozessieren wird? Besser nicht. Sie wußte jetzt schon, was er antworten würde. Der gute, vernünftige Bob würde ihr den Rat geben, jede gerichtliche Auseinandersetzung im Interesse des Kindes zu vermeiden. Er würde ihr raten, den Jungen längere Zeitspannen bei seinem Vater zu lassen. Und dazu war sie unter keinen Umständen bereit.

Das Essen wurde serviert. »Es tut mir leid, Bob«, sagte Lucy. »Immer wenn ich Sorgen habe, weine ich mich bei dir aus. Es muß dir geradezu zum Halse heraushängen. Laß uns über etwas anderes reden. Zum Beispiel würde ich dich und Elaine gern zu einem meiner berühmten Barbecues einladen, wo es die schmackhaften verkohlten Steaks gibt. Das Wetter sieht so aus, als ob es sich halten wird. Hättet ihr beiden dieses Wochenende Zeit?«

Sie trafen eine Verabredung. Nach dem Mittagessen kehrten sie in die Agentur zurück. Lucy stürzte sich in die Arbeit. Aber es gelang ihr nicht, die Sorgen um Randy zu verdrängen.

Es war fünf, als sie sich auf die Heimfahrt machte. Als sie in die Garageneinfahrt des Hauses einbog, das sie vor fünf Jahren gekauft hatte, verstärkte sich das unangenehme Gefühl in ihrer Magengrube. Normalerweise stand Randy am Fenster und winkte, wenn sie heimkam. Diesmal stand er nicht da.

Sie lenkte den Wagen in die Garage, ging ins Haus und rief nach Randy. Keine Antwort. Sie inspizierte Zimmer für Zimmer. Nichts. Sein Zimmer war noch so, wie er es heute früh verlassen hatte. Von seinen Schulbüchern, die er nach der Rückkehr aus der Schule in einer Pyramide auf dem Boden aufzuhäufen pflegte, war keine Spur zu sehen. Als sie sicher war, daß er sich nicht im Haus befand, lief sie zu Margaret Willis.

»Warum haben Sie mich denn nicht angerufen?« fragte Lucy. Die alte Dame war rot geworden. Sie erzählte ihr, daß Randy den ganzen Nachmittag nicht aufgetaucht sei. »Ich dachte, er wäre mit den anderen Kindern spielen gegangen.«

Lucy schüttelte den Kopf. Randy war immer Stunden vor ihr zu Hause. Er hatte keine Freunde, mit denen er spielen konnte.

Mrs. Willis' Doppelkinn begann zu zittern. »Ich fürchte, da habe ich was nicht richtig gemacht«, gab sie zu. »Aber Sie glauben doch nicht, daß dem Jungen etwas passiert ist, oder? Es ist ja gerade erst halb sechs. Vielleicht kommen Sie erst mal herein und trinken eine Tasse Tee mit mir.« Sie versuchte Lucy ins Haus zu ziehen. Lucy wich zurück.

»Vielen Dank, nein, Mrs. Willis. Ich muß erst einmal herausfinden, wo der Junge steckt.« Sie versuchte, ruhig und beherrscht zu erscheinen, aber ihre Stimme verriet sie. Margaret Willis war vor die Haustür getreten. Sie ergriff ihren Arm.

»Hier kann ihm ja wirklich nichts zustoßen, wissen Sie. Wir sind hier schließlich nicht in Boston oder New York. In Eastbury ist noch nie etwas passiert, nicht wahr. Ich sage Ihnen, wie wir's machen. Ich braue den Tee, und dann komme ich mit der Kanne zu Ihnen rüber.«

Tee, dachte Lucy. Warum glauben die Menschen, alles wird besser, wenn sie eine Tasse Tee trinken? Doch sie war zu müde, um die Einladung auszuschlagen. »Einverstanden«, sagte sie. »ich lasse die Vordertür offen.«

Sie lief quer über den Rasen auf ihr Haus zu, stolperte in die Küche und setzte sich an den Tisch, der noch mit Essensresten vom Frühstück bekleckert war. Es gelang ihr, die aufkommende Panik zurückzudrängen. Höchstwahrscheinlich hatte Mrs. Willis recht. Randy hatte sich verspätet, weil er mit irgendeinem Kind spielte. Noch bevor es dunkel wurde, würde der Junge auftauchen. Wie albern von ihr, daß sie sich wegen einer alltäglichen Begebenheit Sorgen machte. Jungen in diesem Alter erzählten nicht jedem, was sie vorhatten. Sie verspäteten sich beim Spielen. Na und?

Ihre Eingebung sagte ihr jedoch, daß sie sich selbst betrog. Sie ging zum Telefon und blätterte ihr Adreßbuch durch. Die Namen der Familien, mit deren Kindern Randy früher befreundet gewesen war. Sie hatte den dritten Anruf hinter sich gebracht, als die Nachbarin plötzlich in der rückwärtigen Tür erschien. Mrs. Willis hielt einen dampfenden Teekessel in der Rechten. Warum benutzte sie eigentlich die rückwärtige Tür, wenn man ihr ausdrücklich sagte, daß man die Vordertür offen ließ? Sie sprach den Vorwurf nicht aus, und Sekunden später nahm sie ihn in Gedanken zurück. Die Leute in Eastbury benutzten immer die Hintertür, auch wenn sie das eigene Haus betraten. Nur sie, Lucy Corliss, machte eine Ausnahme. Die alte Frau sah sie fragend an. Lucy zuckte die Schultern. Nichts. Sie wollte auflegen, als sich Emily Harris meldete.

»Mein Sohn sagt, Randy ist heute nicht in der Schule gewesen, Lucy.«

»Überhaupt nicht in der Schule? Sind Sie sicher?«

»Ganz sicher. So hat's mir Georgie erzählt. Sie wissen ja, die beiden sind in der gleichen Klasse.«

»Ich... ich verstehe.« Schweigen. Schließlich war Emily Harris' Stimme am Telefon zu hören.

»Lucy, haben Sie eigentlich schon mit Sally Montgomery gesprochen?«

Wie vergeßlich ich bin, dachte sie. Natürlich, Sally Montgomery. Sie hätte ich als erste anrufen müssen. Gut möglich, daß sich Randy bei Jason aufhielt. »Tut mir leid, daß ich Sie belästigt habe, Emily«, stammelte sie. »ich hätte es gleich bei Sally versuchen sollen.«

»Die Frau tut mir leid«, hörte sie Emily Harris sagen. »Ich meine, wie würden Sie reagieren, wenn Ihnen so etwas passiert?«

Lucy war es, als drehte sich eine rostige Klinge in ihren Eingeweiden herum. »Wovon sprechen Sie eigentlich?« fragte sie. »Was ist Sally Montgomery denn passiert?«

Es dauerte eine Weile, bis sich Emily zu einer Antwort bequemte. Sie sprach im Flüsterton. Wie immer, wenn sie schlechte Nachrichten verbreitete. »Das wissen Sie nicht? Heute nacht ist Sallys kleine Tochter gestorben. Todesursache unbekannt. Wenn Sie wissen, was das bedeutet...« Sie ließ die Worte einträufeln wie Gift, das mit der Pipette auf einen Körper aufgebracht wurde. Dann hellte sich ihre Stimme plötzlich auf. Lucy wurde klar, warum sie Emily Harris nie gemocht hatte. Diese Frau weidete sich am Unglück der anderen. »Ich bin sicher, alles wird sich aufklären«, hörte sie Emily sagen. »Randy ist nicht in der Schule gewesen. Wahrscheinlich stromern die beiden im Wald herum. Jungen sind eben so.« Sie entschloß sich, eine bewußte

Lüge hinzuzufügen. »Mein Georgie ist da keine Ausnahme. Ich bin sicher, Ihr Junge ist zum Abendessen wieder zu Hause.«

»Das denke ich auch«, sagte Lucy leise. Sie beschloß, das Gespräch zu beenden. »Danke, Emily. Tut mir leid, daß ich Sie mit meinen Problemen belästigt habe.«

»Aber das macht doch nichts«, sagte Emily Harris. »Rufen Sie mich bitte an, wenn Ihr Junge daheim ist, sonst mache ich mir noch Sorgen.«

Du und dir Sorgen machen, dachte Lucy. Du willst, daß ich dich über die Katastrophe auf dem laufenden halte, damit du es brühwarm am Telefon herumerzählen kannst.

Sie legte auf. Sie nippte an der Tasse Tee, die Mrs. Willis ihr eingeschenkt hatte. Dann erzählte sie ihr, was sie von Emily Harris erfahren hatte.

»O mein Gott«, entfuhr es der alten Frau. »Dann wäre es vielleicht besser, wenn Sie Mrs. Montgomery anrufen.«

»Und was soll ich ihr sagen? Herzliches Beileid zum Tod Ihrer Tochter, aber haben Sie zufällig meinen Jungen gesehen?«

»Wenn Sie nicht anrufen, dann werde ich es tun«, sagte Margaret Willis mit mütterlicher Entschlossenheit. Sie begann im Telefonbuch zu blättern. Noch bevor sie die Nummer gefunden hatte, schlug Lucy mit der Faust auf den Tisch.

»Der Vater!« zischte sie. »Ich weiß jetzt, was passiert ist. Jim hat sich Randy geholt!« Sie riß den Hörer von der Gabel und wählte mit fliegenden Fingern seine Nummer. »Dieser verdammte Kerl!« entfuhr es ihr. Sie hielt den Hörer an ihr Ohr gedrückt, vernahm das Rufzeichen, jenes merkwürdig veränderte Signal, das im Telefon zu hören ist, wenn man weiß, daß der andere nicht abnehmen wird. Schließlich drückte sie auf die Gabel und wählte die Notrufnummer der Polizei. Ein Beamter meldete sich. »Mein Sohn ist gekidnappt worden«, begann sie ihre Schilderung.

Zehn Minuten später legte sie den Hörer resigniert auf die Gabel zurück. Sie ließ sich in einen Sessel sinken und schloß die Augen. Mrs. Willis' Neugier war mit den Händen zu greifen. Lucy beschloß, sie ins Vertrauen zu ziehen, auch wenn das bedeutete, daß morgen halb Eastbury über die Sache Bescheid wußte. Sie brauchte jetzt einfach jemanden, mit dem sie sich aussprechen konnte.

»Sie sagen, sie können nichts tun«, berichtete sie. Ihre ganze Hilflosigkeit klang in ihrer Stimme durch. »Die Polizei sagt, so früh können sie noch keine Vermißtenmeldung aufnehmen. Sie sagen, wenn sein Vater ihn abgeholt hat, dann muß ich das über ein Gericht klären, nicht über die Polizei.«

»Bedeutet das, Sie sollen einfach abwarten?«

»Der Beamte, mit dem ich zuletzt gesprochen habe, sagte, ich soll vor allem versuchen, Jim zu erreichen. Wenn ich Jim nicht erwischen kann und wenn Randy morgen früh noch nicht zurück ist, soll ich wieder anrufen.« Sie ließ den Kopf auf die Brust sinken. »Wie die sich das vorstellen! Ich kann doch nicht hier herumsitzen und darauf hoffen, daß der Junge wieder auftaucht!«

»Ich werde bei Ihnen bleiben«, sagte Margaret Willis mit fester Stimme. Sie war aufgestanden und begann das Frühstücksgeschirr abzuräumen. »Wir beide werden jetzt als erstes die Küche saubermachen. Dann gibt's Abendessen. Und nachher werden wir die Wohnung putzen.«

»Aber die Wohnung ist blitzsauber«, versuchte Lucy zu protestieren. Die alte Frau schüttelte lächelnd den Kopf.

»Dann machen wir sie eben noch sauberer«, verkündete sie. »Eine Wohnung kann gar nicht sauber genug sein, Lucy. Vor allem habe ich die Erfahrung gemacht, beim Putzen vergeht die Zeit wie im Fluge. Wenn es nötig ist, werden wir bis morgen früh putzen. Aber ich bin sicher, der Lausejunge wird spätestens in einer oder zwei Stunden vor der Tür stehen, müde, hungrig und schmutzig. Dann werden wir ihm was Anständiges zu essen geben und als nächstes wird er ins Bett gesteckt.«

Es hatte wohl keinen Sinn, Margaret Willis zu widersprechen. Wenn die Frau jetzt ging, würde sie allein dasitzen, auf die Uhr starren und sich die fürchterlichsten Dinge ausdenken. Da war es schon besser, Margarets aufgesetzte Fröhlichkeit zu ertragen. Sie nickte. Und dann begann sie zu putzen.

Es wurde Mitternacht, bis Jim Corliss endlich antwortete.

»Jim? Hier spricht Lucy. Ich will sofort den Jungen zurück, hast du mich verstanden? Du bringst mir den Jungen, oder ich rufe meinen Anwalt an.«

Die Hysterie, die in ihrer Stimme klang, verriet ihm, daß etwas Außergewöhnliches passiert sein mußte. Sonst rief sie nur an, wenn sie mehr Geld wollte. Wie kam sie auf die Idee, daß der Junge bei ihm war? Das Treffen war doch erst in der nächsten Woche verabredet? »Meinst du Randy?« fragte er vorsichtig.

»Natürlich meine ich Randy!« schrie sie in die Muschel. »Wen sollte ich sonst wohl meinen!«

»Ist Randy denn nicht bei dir?«

Sie schwieg. Als sie wieder zu sprechen begann, war ihre Stimme nur noch ein Flüstern. »Du hast den Jungen nicht abgeholt, Jim?«

»Nein, wirklich nicht.« Sein Herz begann zu rasen, als er den Sinn ihrer Frage begriff. »Was ist passiert, Lucy? Sag mir, was los ist!«

»Der Junge ist verschwunden.«

»Wie meinst du das, verschwunden. Ist er weggelaufen?«

»Ich – ich weiß es nicht«, stotterte sie. Ihre Wut war verflogen, die Angst war zurückgekommen. »Ich hatte gedacht, du hättest ihn zu dir geholt, Jim. Ich weiß, daß er dich drum gebeten hat.«

»Das würde ich doch nicht ohne dein Einverständnis tun, Lucy.«

»Wirklich nicht?«

»Ich komme gleich rübergefahren«, hörte sie ihn sagen. »In zwanzig Minuten bin ich bei dir.«

»Bitte, nicht«, protestierte sie. »Ich möchte nicht, daß wir uns...«

»Er ist auch *mein* Sohn«, sagte Jim Corliss und legte auf. Drei Minuten später saß er in seinem Wagen. Er schlug die Richtung nach Eastbury ein.

Sie trafen sich auf der Schwelle und musterten sich voller Mißtrauen. In den Jahren der Trennung hatte Lucy unnötige Worte vermieden. Wenn ihr geschiedener Mann den Jungen abholen kam, wechselte man einige gestelzte Sätze. Was eben nötig schien, um die Modalitäten der Rückgabe zu besprechen. Als Lucy Corliss ihrem Mann an diesem Abend in die Augen sah, gewahrte sie so etwas wie männliche Reife, eine Eigenschaft, die sie während der Ehe mit ihm bitterlich vermißt hatte. Das Alter? Nein, daran lag es wohl nicht. Er schien eigentlich kaum älter geworden. Kaum Falten. Das Haar war voll.

»Kann ich reinkommen?«

Lucy machte einen Schritt zurück. Sie geriet ins Stolpern und entschuldigte sich. »Tut mir leid. Komm rein.« Sie hielt ihm die Tür auf.

Er trat ein und wurde von Mrs. Willis begrüßt. Wie geht es immer. Es ist schon spät. Ich bin ganz sicher, daß... Und was der Allgemeinplätze mehr sind. Mrs. Willis verabschiedete sich.

Und dann waren die beiden mit sich und ihren Sorgen allein. Ein gespanntes Schweigen erfüllte den Raum.

Jim Corliss sah sich im Wohnzimmer um. Ein scheues Lächeln erschien in seinen Mundwinkeln. »Habe ich dir schon gesagt, daß du diesen Raum sehr gemütlich eingerichtet hast? Das Zimmer ist wie du. Hübsch, warm und sauber.«

Sie antwortete mit einem gezwungenen Lächeln. Dann nahm sie in einem Sessel Platz, der ihr die größtmögliche Entfernung zu ihrem Exmann bot. Er sieht immer noch gut aus, dachte sie. Sie verdrängte den Gedanken. Sie erzählte ihm, daß Randy nicht aus der Schule heimgekehrt war. Schlimmer noch, er war überhaupt nicht in der Schule gewesen.

»Sie haben ihn gekidnappt, Jim.«

»Letzten Sommer ist er weggelaufen. Wie kommst du darauf, daß er jetzt gekidnappt worden ist?«

»Letzten Sommer, das war ganz etwas anderes. Er ist mitten in der Nacht verschwunden, nach der Sache mit dem Sohn von Mrs. Semple. Aber heute morgen war gar nichts, Jim. Er hatte überhaupt keinen Grund, wegzulaufen, verstehst du? Ich hätte das bestimmt bemerkt. Aber er hat sich beim Frühstück völlig normal benommen.« Sie sah ihm in die Augen. »Er ist entführt worden, Jim. Frag mich nicht, warum ich so sicher bin, aber ich weiß ganz einfach, Randy ist nicht weggelaufen. Jemand hat ihn sich geholt.« Ihre Augen wurden zu Schlitzen. »Und ich bin noch immer nicht sicher, ob du dahintersteckst.«

»O mein Gott«, stöhnte Jim Corliss. Der Ernst der Lage begann sich vor ihm aufzutun wie ein unauslotbarer Abgrund.

»Es wäre genau deine Masche, Jim. Den Jungen zu entführen und ihn irgendwo zu verstecken. Wenn du das getan hast, dann schwöre ich dir, ich werde...«

»Ich hab's nicht getan«, sagte er mit ehrlicher Entrüstung. »Lucy, so etwas würde ich einfach nicht übers Herz bringen. Paß mal auf, wir rufen jetzt noch einmal die Polizei an. Die müssen in einem solchen Fall doch eine Vermißtenmeldung entgegennehmen. Schließlich hat den Jungen seit heute früh niemand mehr gesehen.«

»Sie haben mir gesagt, vor vierundzwanzig Stunden können sie nichts tun.«

»Vierundzwanzig Stunden? Mein Gott, es ist doch kein Erwachsener, der da verschwunden ist. Der Junge ist erst neun! Vielleicht hat er sich verirrt. Oder er hat sich ein Bein gebrochen.« Jim sprang auf und stürmte in die Küche. Sie hörte, wie er wählte. Seine Stimme schwoll an, steigerte sich zum Schreien, verebbte wieder. Sie konnte nicht verstehen, was er sagte. Schließlich kam er ins Wohnzimmer zurück.

»Sie schicken einen Beamten her«, sagte er. »Sie werden den Fall aufnehmen, aber der Beamte sagt, er ist ziemlich sicher, der Junge ist ganz einfach weggelaufen.« Er verstummte.

»Und das bedeutet?«

Er mied ihren Blick. »Ich weiß nicht, Lucy. Es gibt viele Kinder, die von zu Hause weglaufen. Früher taten sie das, wenn sie zwölf oder fünfzehn waren. Heute schon mit acht oder zehn. Der Beamte sagt, wenn Jim etwas älter wäre, dann wären die Chancen gering, daß wir ihn je wiedersehen. Auch wenn ihm nichts passiert, solche Kinder kommen nur zurück, wenn sie selbst wollen.«

»Ich verstehe nicht, was der Beamte damit sagen will.«

»Er will damit sagen, daß die Ausreißer sich unterschiedlich verhalten, je nach ihrem Alter. Die älteren verschwinden und bleiben weg. Jungen im Alter von Randy, die verlieren oft nach ein oder zwei Tagen den Mut. Sie stellen sich dann der Polizei.«

»Und wenn Randy nicht von sich aus zur Polizei geht?« fragte sie ruhig.

»Ich weiß nicht, was dann ist. Der Beamte sagte, daß sie im gegebenen Fall nach ihm fahnden werden. Sie werden die ganze Gegend durchkämmen. Er hat aber auch gesagt, daß das meistens nicht viel bringt. Wenn ihm etwas zugestoßen ist, dann – dann wird er irgendwann durch Zufall gefunden.«

»Wenn ihm etwas zugestoßen ist...«, sagte sie leise. »Du willst sagen, wenn er tot ist.« Der Blick aus ihren Augen war so kalt, daß es ihm die Sprache verschlug. Er nickte.

»Aber er ist nicht tot«, sagte Lucy. »Ich weiß, daß er nicht tot ist.«

Jim mußte schlucken. Es gab noch eine Möglichkeit, auf die der Beamte hingewiesen hatte. »Er hat gesagt, vielleicht ist der Junge nach Boston gefahren.« Er ließ es bei der vagen Anspielung. Die Polizei konnte Lucy immer noch erklären, welche Gefahren auf einen Jungen wie Randy in Boston lauerten.

Fünftes Kapitel

Während sich Jim und Lucy Corliss den Kopf zerbrachen über den Verbleib ihres Sohnes, versuchten Steve und Sally Montgomery über den Tod ihres Babys hinwegzukommen.

Nach der Unterredung mit Dr. Malone war Sally in ein merkwürdiges Schweigen verfallen. Steve hatte ein paarmal angesetzt, um die Mauer zu überwinden, die sich aufzubauen schien. Vergeblich. Sie schien gar nicht zu hören, was er sagte.

Steve hatte stundenlang mit Jason zusammengesessen. Er hatte versucht, dem Jungen den Tod seiner Schwester zu erklären. Jason hatte ihm ruhig zugehört, mit einem neugierigen Blinzeln, den Kopf auf die Seite gelegt. Es schien, als habe er sich mit der traurigen Tatsache abgefunden.

In der Tat war es nicht so sehr Julies Tod, der Jason beunruhigte, sondern das Geheimnis, das den Vorfall umgab. Wieder und wieder hatte er seinem Vater dieselbe Frage gestellt.

»Wenn das Baby nicht krank war, warum ist es dann gestorben?«

Es war eine Frage, auf die Steve keine Antwort wußte. »Niemand kann sagen, warum Julie gestorben ist«, erwiderte er. »Man weiß nur, daß so etwas vorkommt.«

»Aber warum Julie? War sie denn ein böses Kind?«

»Nein. Julie war ein gutes Kind.«

Jason runzelte die Stirn. »Wenn sie ein gutes Kind war, warum hat Gott sie dann getötet?«

»Ich weiß es nicht, mein Sohn«, sagte Steve. Etwas würgte in seiner Kehle. »Ich weiß es wirklich nicht.«

»Wird Gott mich auch töten?«

Steve zog seinen Sohn in die Arme. »Natürlich nicht. Daß Julie gestorben ist, das hat nichts mit uns zu tun. Dir kann nichts passieren.«

»Wieso bist du so sicher?« fragte Jason herausfordernd. Er hatte sich aus der Umarmung des Vaters freigemacht. Steve stand auf und breitete die Decke über die Schultern seines Sohnes.

»Ich kann dir nicht mehr sagen, als ich weiß«, sagte er müde. »Du mußt jetzt schlafen, ja?«

»Okay«, sagte Jason. Sein Blick wanderte in die Ecke, wo das Meerschweinchen Fred in seinem Käfig spielte. »Darf ich Fred heute nacht bei mir behalten?« fragte er.

Steve lächelte. »Aber sicher.« Er ging in die Zimmerecke, hob den Käfig hoch und trug ihn an Jasons Bett. Fred spazierte am Gitter entlang und betrachtete die neue Umgebung. Schließlich vergrub er die Nase in einer Hautfalte. Er schien zu schlafen. »Und das solltest du jetzt auch tun«, sagte Steve. »Du steckst die Nase ins Kissen und schläfst.« Er gab ihm einen Gutenachtkuß. Dann löschte er das Licht und verließ den Raum.

Als er ins Wohnzimmer kam, wurde er von seiner Schwiegermutter empfangen. Die beiden führten ein langes Gespräch. Thema war der Tod des Babys. Nachdem er ihr lang und breit erklärt hatte, daß es keine neuen Erkenntnisse gab, schüttelte Phyllis Paine mit Entschiedenheit den Kopf.

»Es will mir einfach nicht einleuchten, daß ein völlig gesundes Kind stirbt, Steve. Es muß eine Ursache geben. Für alles, was geschieht, gibt es einen Grund.«

Aber Steve Montgomery wußte, daß es keinen Grund gab. Jedenfalls waren die Ärzte nicht in der Lage gewesen, die Ursache herauszufinden. Typisch für den Tod, der sich SIDS nannte, war die Tatsache, daß es keine Bakterien, keine Viren gab, die man verantwortlich machen konnte. Der Organismus hörte auf zu atmen, das Leben entwich, ohne daß die Ärzte dem furchtbaren Geschehen Einhalt gebieten konnten. Es war etwas, womit sich die Überlebenden abzufinden hatten. Ich muß aufhören, darüber nachzugrübeln, nahm Steve sich vor. Ich muß irgendwie über die Sache hinwegkommen. Selbst wenn ich zu diesem Zweck Julie aus meinem Gedächtnis verbannen muß.

»Das Leben geht weiter.«

Es war Dr. Malone, der diese Feststellung am Ende seiner Erklärungen formuliert hatte. Und Steve spürte, daß er recht hatte. Aber warum tat ihm der Verlust dann noch so weh? Warum war da dieses Gefühl von Kälte und Tod in seinem Herzen, dieser wahnwitzige Wunsch, sich mit Julie ins Grab zu legen? Nein, er durfte nicht zulassen, daß seine Gedanken sich weiter in diese Richtung verirrten. Er war es Sally und Jason schuldig, daß er gesund blieb. Ich muß meine Frau und meinen Sohn beschützen, dachte er. Aber hatte er es vermocht, seine kleine Tochter vor dem Tod zu bewahren?

Es gelang ihm, den Gedanken an das entsetzliche Ereignis abzukapseln. Von jetzt ab würde es Fächer in seinem Gedächtnis geben, die niemand öffnen durfte. Nicht einmal er selbst.

Er sah Sally an. Innerhalb von vierundzwanzig Stunden war sie ein anderer Mensch geworden. Der Ausdruck in ihren großen braunen Augen, die er so liebte, hatte sich verändert. Sie hatte jetzt eine Ausstrahlung, die ihm angst machte.

»Sie ist nicht einfach so gestorben«, sagte sie. Sie schien in eine unwirkliche Ferne zu starren. Sie griff nach seiner Hand. »Es gibt einen Grund, Steve! Wir müssen irgend etwas getan haben, das den Tod herbeigeführt hat.«

Steve zuckte zusammen. Er hatte den gleichen quälenden Gedanken gehabt, aber er hatte Sally seine Befürchtungen verschwiegen. Es hatte keinen Zweck, sich in solchen Beschuldigungen zu zerfleischen. »Nein«, sagte er mit fester Stimme. »Du irrst dich, Sally. Wir haben Julie liebgehabt, beide. Wir haben dem Kind alle Sorgfalt zukommen lassen, die überhaupt möglich war.«

»Haben wir das wirklich?« Sallys Stimme klang bitter. »Seien wir doch ehrlich mit uns selbst, Steve! Du weißt so gut wie ich, daß Julie kein Wunschkind war. Wir wollten das Kind sogar abtreiben. Wir wollten nur ein Kind haben, das war uns genug. Da war Jason. Er war etwas früher gekommen, als wir wollten, aber gut, er war das erste Kind. Danach ist irgend etwas schiefgelaufen. Ich hatte eine zweite Schwangerschaft. Julie kam zur Welt, obwohl wir dieses Kind nicht wollten. Jetzt ist sie tot.«

Er war bleich geworden. Seine Hände zitterten. »Was sagst du da, Sally?« flüsterte er. »Glaubst du allen Ernstes, wir hätten Julie getötet?«

Die Tränen rannen Sally die Wangen herunter. »Ich weiß es nicht, Steve«, schluchzte sie. »Ich weiß nur, daß kein Kind ohne Grund stirbt.«

»Du irrst dich«, widersprach er ihr. »Dr. Malone hat gesagt...«

»Es interessiert mich nicht, was Dr. Malone sagt!« schnitt sie ihm das Wort ab. »Es gibt einen Grund für Julies Tod, und wir müssen ihn herausfinden.«

Sie lief aus dem Zimmer. Er hörte sie die Treppe hinaufstapfen.

Er folgte ihr wenig später. Sally hatte sich bereits zu Bett gelegt. Schweigend zog er sich aus. Er legte sich zu ihr. Dann griff er hinter sich und knipste die Nachttischlampe aus. Erst als er ihre Tränen auf seinen Wangen spürte, wurde er gewahr, daß sie weinte. Er umfing sie mit seinen Armen.

Es war das erste Mal in all den Jahren ihrer Ehe, daß sie sich seiner Umarmung entzog.

Jason war wach. Er starrte an die Zimmerdecke und lauschte der Stille der Nacht. Wie das Leben im Haus wohl weitergehen würde? Ob sich alles wieder einspielte?

Es gefiel ihm nicht, daß Mutter jetzt so oft weinte. Vor gestern abend hatte er sie nie weinen gesehen.

Er hatte sich erschrocken, als er sie dastehen sah, Julie im Arm, tränenüberströmt. Sonst hatte sie immer gelacht, wenn sie Julie in die Arme nahm.

Zuerst hatte er gemeint, sie hätte herausgefunden, was er mit Julie getan hatte. Sie ist mir böse, dachte er. Aber dann stellte sich heraus, das war nicht der Grund. Sie weinte, weil Julie tot war.

Das Baby hatte geschlafen. Er kannte das Geräusch. Jenes leise, aber regelmäßige Schnaufen. Mutter atmete so, wenn sie erkältet war. Er hatte sich zu dem Baby hinabgebeugt und ihm die Nase mit dem Zipfel des Bettuchs abgewischt.

Das konnte ihr ja wohl nicht weh getan haben.

Immerhin hatte es genügt, um sie aufzuwecken. Das Baby hatte zu schreien begonnen.

Und dann hatte er ihm die Decke über den Kopf gezogen. Nur damit man sie nicht schreien hörte.

Erstickt war das Baby daran nicht. Er hatte die Decke recht bald wieder weggezogen und sie so hingelegt, wie er sie vorgefunden hatte.

Ob das Kind da noch geatmet hatte?

Er versuchte sich zu erinnern.

Er war sicher, ja. Noch jetzt meinte er, den Atem des Baby zu hören, in der Stille des Hauses, obwohl er doch wußte, daß es tot war.

Er versuchte sich zu konzentrieren. Ja, wirklich. Ganz leise Atemzüge waren da. Nicht seine eigenen.

Dann fiel es ihm ein. Das Meerschweinchen. Der Käfig stand unmittelbar neben seinem Bett.

Er stand auf und kniete sich neben den Käfig. Der Atem des Tieres erinnerte ihn an Julie. So hatte sich die Kleine angehört, als sie zu schreien aufhörte.

Das Geräusch war sehr leise, aber es gab keinen Zweifel, es waren Atemzüge.

Er schob die kleine Gittertür des Käfigs auf. Das Tier erwachte und starrte ihn an. Jason streckte die Hand in den Käfig und nahm das Meerschweinchen heraus. Er ging ins Bett zurück, barg das Tier in seiner Armbeuge. Wenig später war es eingeschlafen.

Ich habe Julie nichts getan, dachte er. Wirklich nicht.

Er beschloß, mit Randy über die Sache zu sprechen. Es gab gewisse Ähnlichkeiten. Randy war beschuldigt worden, Billy vom Dach hinuntergestoßen zu haben. Aber das stimmte gar nicht.

Ob man mir Julies Tod anhängen wird? Er dämmerte in den Schlaf hinüber.

Wenn Randy ihn besuchen kam, so nahm er sich vor, würden sie ein Experiment anstellen. Sie würden mit Fred das gleiche tun, was er, Jason, mit Julie getan hatte. Es würde sich herausstellen, ob das Tier das Experiment überlebte.

Sechstes Kapitel

Randy Corliss hatte sich die Bettdecke über den Kopf gezogen. Draußen war die Sonne aufgegangen, ihre Strahlen fielen durch das Fenster. Er fror. Die Erinnerung an die Alpträume war wieder da, die ihn während der ganzen Nacht gequält hatten. Am liebsten wäre er wieder eingeschlafen, um das Gefühl von Verlorenheit abzuschütteln, das ihn seit gestern bedrückte. Er hatte darauf gewartet, daß sein Vater ihn abholen würde. Aber Vater war nicht gekommen.

»Es wird alles wieder gut«, hatte ihn Miß Bown beruhigt. »Mach dir keine Sorgen. Dein Vater hat sehr viel zu tun, er möchte, daß wir uns um dich kümmern.«

»Warum?« hatte Randy gefragt. Ihm war der hohe Zaun aufgefallen, der das Internat umgab. Warum hat mich Vater hierhergebracht. Ein merkwürdiges Gebäude. Wie eine Internatsschule sah es wirklich nicht aus. Die Fenster waren von der Straße nicht einsehbar. Es gab eine Auffahrt, die das Gelände mit der Durchgangsstraße verband. Schließlich gelangte man an ein Tor. Kein Schild, keinerlei Hinweise. Randy erinnerte das Gebäude an ein altes Schloß. Die Fenster in der ersten Etage waren vergittert.

Es gab eine Reihe von Jungen in Randys Alter, aber er hatte noch nicht mit ihnen sprechen können. Gleich zu Anfang hatte ihn Miß Bown in ihr Büro geholt. Sie hatte ihm zu erklären versucht, warum er überhaupt hier war.

»Es ist eine ganz besondere Schule«, sagte sie. »Für besondere Kinder. Für Jungen wie dich, die in der normalen Schule Schwierigkeiten haben.«

»Aber ich hab' doch gar keine Schwierigkeiten«, widersprach ihr Randy.

»Ich meine Schwierigkeiten im Kontakt mit den anderen Kindern«, verbesserte sich Miß Bown. Sie lächelte ihm zu. Sein Mißtrauen schwand. »Es ist nicht einfach für einen Jungen in deinem Alter, sich in der Schule Freunde zu machen«, fuhr sie fort. »Es gibt viele Jungen, die in diesem Punkt Probleme haben. Es sind besondere Jungen. Wie du.«

»Ich bin was Besonderes?«

»Alle Jungen in unserer Schule sind etwas Besonderes, wenn du sie fragst.« Sie zögerte. »Sie kommen aus Familien wie deiner.«

»Sie meinen, es sind Jungen, wo die Eltern geschieden sind?«

»Genau. Die meisten Jungen, die du hier findest, wollten nicht mehr bei ihrer Mutter leben. Und dann gefiel es ihnen auch nicht mehr in der Schule, wo ihre Mutter sie hineingesteckt hatte. Da haben dann die Väter die Sache in die Hand genommen. Ganz wie in deinem Fall.«

»Aber wo ist Vater?« Randy war wütend, weil die Frau ihm auswich. Ihm war klargeworden, daß er keine klare Antwort von ihr erhalten würde. Das war das Problem mit den Erwachsenen. Bei seinem Vater war es genauso. Wenn er eine Frage nicht beantworten wollte, dann schwieg er einfach. Oder er sagte, das seien Dinge, die er, Randy, noch nicht verstehen konnte. Manchmal tat er auch so, als hätte er die Frage nicht verstanden.

»Möchtest du die anderen Jungen nicht erst einmal kennenlernen?« schlug sie vor. Die Art und Weise, wie sie das Gespräch in eine andere Richtung lenkte, bestätigte seine Befürchtungen.

»Ich möchte meinen Vater sprechen«, sagte er stur. Er hatte auf einem bretthartem Stuhl mit hoher Rückenlehne Platz nehmen müssen. Er verschränkte die Arme und starrte Miß Bown feindselig an. »Warum kann ich meinen Vater nicht anrufen? Ich weiß die Büronummer auswendig.«

»Aber dein Vater ist doch gar nicht im Büro. Er hat ein paar Tage auswärts zu tun. Deshalb hat er ja mich geschickt. Er konnte dich nicht selbst herbringen, verstehst du? Aber er wird nur ein paar Tage fort sein.«

»Wie lange genau?« fragte Randy. Er wand sich ungeduldig auf dem Stuhl hin und her. Eine sanfte Röte überzog sein Gesicht. Die Frau zog die Schreibtischschublade auf. Er sah, wie sie ein Fläschchen mit Tabletten herausnahm. »Was ist das?« fragte Randy.

»Ein Medikament. Ich möchte, daß du das jetzt einnimmst.«

»Ich bin aber nicht krank. Ich nehme nie Medikamente.«

»Das ist doch nur ein Beruhigungsmittel. Ich weiß, daß dir das hier alles sehr merkwürdig vorkommt. Du hast Angst. Dieses Medikament soll dir die Angst nehmen.«

»Was passiert, wenn ich eine solche Tablette nehme?« Randy betrachtete das Fläschchen mit unverhohlenem Mißtrauen. »Schlafe ich dann ein?«

»Aber nein. Nur deine Angst geht weg.«

»Ich nehme das Mittel nicht, Sie können mich nicht dazu zwingen.« Randy saß da, stocksteif, mit verkniffenen Lippen. Sein Blick irrte durch den Raum. Ob es wohl eine Möglichkeit gab, sich der unangenehmen Situation durch die Flucht zu entziehen? Nein, entschied er. Sie befanden sich in einem fensterlosen Büro. Und auf dem Weg zur Tür gab es ein unüberwindbares Hindernis: die Frau.

»Du bleibst hier sitzen, bis du vernünftig wirst«, sagte sie. »Ich überlasse dir die Entscheidung. Entweder du nimmst die Tablette, dann bringe ich dich mit den anderen Jungen zusammen. Oder du setzt deinen Dickkopf durch, dann bleibst du hier eingesperrt.« Sie nahm eine Tablette aus dem Fläschchen und legte sie auf die Schreibtischplatte. Dann holte sie einen Ordner hervor und begann darin zu blättern. Fünf Minuten verstrichen.

»Sie sagen, ich werde wirklich nicht davon einschlafen?« Er war an den Schreibtisch getreten und beäugte die Tablette, als wäre sie ein gefährliches Insekt.

»Wirklich nicht.« Die Frau war aufgestanden und zum Trinkwasserautomaten gegangen. Sie füllte ein Glas, ohne Randy aus den Augen zu lassen.

Sie reichte ihm das Glas und beobachtete ihn aus nächster Nähe, wie er die Tablette nahm. Er spülte mit ein paar kräftigen Schlucken nach. Zehn Minuten waren vergangen, als Randy ruhiger wurde. Sie hieß ihn aufstehen und begleitete ihn zu den anderen Jungen, zu seinen Schulkameraden.

Es waren fünf. Sie empfingen ihn in abwartender Haltung. Er hätte sich nicht gewundert, wenn sie sich auf ihn gestürzt und eine Rauferei vom Zaun gebrochen hätten. Aber das taten sie nicht.

Sie warteten, bis Miß Bown gegangen war. Es war dann ein Junge namens Peter Williams, der die erste Frage an den Neuankömmling richtete. »Hat sie dir auch eine Tablette gegeben?«

»Hat sie«, bestätigte Randy. »Was sind das für Tabletten?«

»Vermutlich Valium«, sagte einer der Jungen. »Meine Mutter hat das immer genommen, wenn sie nervös war.«

»Kriegen wir jeden Tag Tabletten?«

»Nein. Nur am ersten Tag. Nachher braucht man nichts mehr einzunehmen. Warum haben sie dich hergeschickt?«

Randy dachte nach. Als er die Antwort gab, tat er es mit niedergeschlagenem Blick. »Mein Vater hat mich hergeschickt. Ich glaube, er wollte nicht, daß ich weiter bei meiner Mutter lebe.«

Die Jungen tauschten beziehungsreiche Blick aus. »Yeah«, sagte Peter schließlich. »Das gleiche wie bei uns allen. Außer Billy, heißt das. Bei ihm war's umgekehrt.

»Umgekehrt?«

Billy, ein magerer, braunhaariger Junge, vermied es, Randy anzusehen. Es war dann Peter, der für ihn antwortete. »Den hat seine Mutter hergeschickt. Sie wollte ihn unbedingt von seinem Vater wegkriegen. Na ja, ist ja auch egal. Hier ist es jedenfalls schöner als zu Hause.«

Das Gespräch hatte gestern stattgefunden. Inzwischen war Randy nicht mehr so sicher, daß dieses Internat dem Elternhaus vorzuziehen war. Er fühlte sich unendlich einsam. Wenn er zum Fenster hinaussah, ging der Blick auf den hohen Zaun, mit dem das Internatsgelände eingefriedet war. Dahinter begann ein undurchdringlicher Wald. Randy spürte, wie ihm ein kalter Schauer über den Rücken kroch. Er fuhr hoch, als an die Tür geklopft wurde. Die Tür ging auf. Adam Rogers streckte den Kopf herein.

»Zieh dich an, beeil dich. Wenn du nicht in fünf Minuten unten bist, kriegst du kein Frühstück mehr.«

Er kam ins Zimmer und stand dabei, während Randy sich anzog. »Kommst du aus der Gegend?«

»Aus Eastbury«, antwortete Randy. Er band sich die Schuhriemen zu. Der Junge, der vor ihm stand, war jünger als er. Etwas kleiner auch. Ein schneller Sprinter, wie Randy vermutete. »Und du?« fragte Randy. »Wo kommst du her?«

»Aus Georgia, aus dem Süden.«

»Ich weiß, daß Georgia im Süden liegt. Ich bin ja schließlich kein Idiot.«

»Das hat ja auch niemand gesagt«, erwiderte Adam. »Ich hab' das nur erwähnt, weil viele Jungen hier keinen blassen Schimmer haben, wo die einzelnen Bundesstaaten liegen.« Er ging zur Tür. »Nun komm schon, wir sind spät dran.« Randy folgte ihm. Sie verließen das Zimmer, gingen den Flur entlang und die Treppe zum Erdgeschoß hinunter. Adam führte ihn in den Speisesaal. Es gab zwei Tische in der Mitte des Raumes. An einem der beiden Tische saßen vier Jungen. Louise Bown hatte an einem Tisch an der Wand Platz genommen. Die beiden zwängten sich an ihr vorbei. »Sie ist so eine Art Herbergsmutter«, flüsterte Adam, nachdem sie Platz genommen hatten. »Das Komische ist, den ganzen Vormittag sagt sie kein Wort. Sitzt nur da und beobachtet uns.«

»Warum?«

»Keine Ahnung. Das ist typisch für dieses Internat. Man wird die ganze Zeit beobachtet, aber sie geben einem keine Anweisungen.«

»Yeah«, sagte Peter Williams und grinste. »Nicht so wie zu Hause, wo man dauernd rumkommandiert wird. Wenn ich an das Theater mit meiner Mutter denke! Tu dies nicht, tu das nicht, du wirst dir weh tun. Sie hat es soweit getrieben, daß ich eines Tages von zu Hause ausgerissen bin. Die Polizei hat mich dann wieder eingefangen, und seitdem war der Ofen natürlich aus.«

Danach hatten die anderen Jungen ausgepackt. Die Geschichte kam Randy irgendwie bekannt vor. Es waren Jungen, die in ihrem Elternhaus sich selbst überlassen gewesen waren. Einige hatten ernsthafte Probleme in der Schule gehabt.

»Und wie verbringt man hier den Tag?« erkundigte sich Randy.

»Schule und spielen«, gab Peter zur Antwort. »Aber es gibt nicht so viele Schulstunden wie in einer regulären Schule. Stattdessen jede Menge Sport. Wir lernen boxen und ringen. Meistens lassen sie uns ganz einfach tun, was wir wollen.«

»Wirklich?« vergewisserte sich Randy.

Peter blickte in die Runde. Die Jungen nickten. »Wirklich«, sagte er. »Jedenfalls haben sie uns noch nie irgendwas verboten.« Er hielt inne und dachte nach. »Das einzige, was mir auffällt, ist, sie beobachten uns den ganzen Tag. Als ob sie neugierig wären, was wir mit unserer Zeit anfangen. Sie sprechen kaum mit uns. Außer in der Schule, da geht's eigentlich ganz ähnlich zu wie draußen.«

»Wenn das eine Internatsschule ist«, sagte Randy, »wieso sind wir dann nur sechs Schüler?« Ihm schien, als sei das Haus für Hunderte von Schülern eingerichtet.

Adam Rogers warf einen verstohlenen Blick auf Louise Bown. Dann lehnte er sich zu Randy. »Als ich ankam, waren wir mehr«, flüsterte er. »Zehn.«

»Und was ist aus den anderen geworden?« fragte Randy.

Peter runzelte die Stirn. »Sie sind fort«, sagte er knapp.

»Du meinst, sie sind von ihren Vätern abgeholt worden?«

Der Junge, der Randy gegenübersaß, ein rothaariger Bursche mit Sommersprossen auf der Nase, schüttelte den Kopf. »Nein. Sie...«

»Halt den Mund, Eric«, schnitt ihm Peter das Wort ab. »Du weißt genau, daß wir darüber nicht reden sollen.«

»Worüber sollt ihr nicht reden?« hakte Randy nach.

»Ach, nichts«, sagte Peter.

Randy wandte sich zu Eric. »Worüber sollt ihr nicht reden?« beharrte er. Eric setzte zu einer Erklärung an. Dann verließ ihn der Mut. »Sag's mir, Eric«, bat Randy.

Eric äugte zu Miß Bown hinüber. Sie schien von der Unterhaltung der Jungen nichts wahrzunehmen. Erics Antwort kam so leise, daß Randy sie kaum verstehen konnte.

»Wie soll ich sagen, die Jungen – verschwinden einfach. Ich glaube, sie werden getötet.«

»Sie werden getötet?« stammelte Randy entsetzt.

»Wir wissen darüber nichts Genaues«, schaltete sich Peter ein. »Wir wissen nicht, was mit den anderen geschehen ist.«

»O doch!« flüsterte Eric. Die Verzweiflung spiegelte sich in seinem jungen Gesicht. »Kein Junge bleibt hier länger als ein paar Monate. Wenn sie einen dann abholen, wird man getötet. Wir sind Todeskandidaten, ein jeder von uns.«

»Du hältst jetzt aber wirklich den Mund, Eric«, sagte Peter. »Keiner von uns weiß, was aus David und Kevin geworden ist. Vielleicht sind sie von ihren Vätern abgeholt worden.«

»Das hoffe ich«, sagte Adam Rogers. Er war bleich geworden. »Ich bin jetzt schon sechs Monate hier. Länger als alle andern. Ich hoffe...«

Er verstummte. Schweigend beendeten die sechs Jungen ihr Frühstück.

Lucy Corliss saß am Küchentisch und dachte nach. Die ganze Nacht hatte sie wach gelegen, in der Hoffnung, das vertraute Klikken der Wohnungstür zu hören. Wenn Randy wirklich fortgelaufen war, dann würde er heimkehren, sobald es draußen kalt wurde. Und es war ja auch möglich, daß die Polizei den Jungen fand. Jedenfalls hatte dieser Sergeant Bronski ihr versprochen, einen Suchtrupp zusammenzustellen und das Waldstück durchzukämmen, wo Randy sich vor einem Jahr verirrt hatte. Die Chancen, den Jungen in der Dunkelheit zu finden, so hatte Sergeant Bronski hinzugefügt, waren dünn.

Als die Dämmerung heraufkroch, hatte Lucy ihre Hemmungen überwunden und die Polizei angerufen. Nichts. Es gab keine Spur von Randy, hatte der Beamte gesagt. Danach war Lucy in einen Schlaf der Erschöpfung gesunken. Schon eine Stunde später war sie wieder aufgewacht. Sie war in die Küche gegangen. Grübeln. Soll ich noch einmal bei der Polizei anrufen? Sie wußte, wie sinnlos das war. Wenn es Neuigkeiten gab, würde die Polizei sie anrufen.

Als kurz vor neun das Telefon klingelte, war sie so aufgeregt, daß sie beinahe die Kaffeetasse umgestoßen hätte. Sie hastete zum Apparat und riß den Hörer von der Gabel.

»Hallo?«

»Ich bin's, Jim.« Aus seiner Stimme klang die ganze Hoffnungslosigkeit. Sie wußte sofort, daß die Suche erfolglos geblieben war. Trotzdem stellte sie die Frage. »Habt ihr den Jungen gefunden?«

»Nein.«

»O mein Gott, Jim, was soll ich nur tun? Ich komme mir so ausgeliefert vor. Ich wage gar nicht zu Ende zu denken, was...« Sie kämpfte mit den Tränen.

»So beruhige dich doch«, kam es aus dem Apparat. »Noch wissen wir nicht, ob dem Jungen etwas passiert ist.« Ein paar Sekunden vergingen. »Gehst du heute nicht zur Arbeit?«

»Zur Arbeit?« Lucy Corliss spürte, wie sie ein Gefühl von Panik überkam. »Ich kann doch in diesem Zustand nicht zur Arbeit gehen! Mein Sohn ist verschwunden. Glaubst du, ich könnte jetzt einen vernünftigen Gedanken fassen?« Sie fingerte an der Zigarettenpackung. Es gelang ihr, sich eine Zigarette anzuzünden, ohne den Hörer aus der Hand zu legen. Nachdem sie ein paar Züge geraucht hatte, wurde sie ruhiger.

»Ich hab' das nicht so gemeint«, hörte sie Jim sagen. »Ich wollte nur sagen, du kannst in dieser Situation nichts bewirken, wenn du dich zu Hause verkriechst und durchdrehst. Damit tust du weder dir noch Randy einen Gefallen.«

»Du hast gut reden«, giftete sie sich. »Du hast dich neun Jahre lang weder um den Jungen noch um mich gekümmert, und jetzt kommst du und willst mir erzählen, was gut für ihn und für mich ist. War es etwa gut für Randy, daß du mich damals mit dem Kind hast sitzenlassen?«

Wenn er verletzt war, dann ließ er es sich nicht merken. »Mach, was du willst«, sagte er in ruhigem Ton. »Ich bleibe mit der Polizei in Verbindung. Das ist alles, was man in diesem Augenblick tun kann. Okay?«

Lucy nahm einen tiefen Zug aus ihrer Zigarette und nickte, obwohl ihr bewußt war, daß er sie nicht sehen konnte. »Okay. Aber ruf mich an, wenn du irgend etwas erfährst. Versprichst du mir das?«

»Versprochen.« Ein langes Schweigen folgte. »Lucy? Ist dir nicht wohl? Soll ich rüberkommen?«

»Nein. Ich möchte auf keinen Fall, daß du kommst.«

»Verstanden«, sagte Jim. Sie mußte lächeln. *Verstanden*. Das hatte er immer gesagt, wenn sie in Streit geraten waren und wenn er sich entschuldigen wollte. »Wenn du Hilfe brauchst, ruf mich an.« Es klickte. Er hatte aufgelegt. Lucy Corliss goß sich eine zweite Tasse Kaffee ein.

Jim hat recht, dachte sie. Es hat keinen Zweck, wenn ich zu Hause rumsitze und mir den Kopf zerbreche. Sie stellte das Geschirr weg und ging ins Schlafzimmer, um sich anzuziehen.

Sally Montgomery betrachtete sich im Spiegel. Sie war von einer Kühle umfangen, gegen die selbst die Strahlen der Frühlingssonne machtlos blieben. Wie hager ich aussehe, dachte sie. Die Frau im Spiegel hielt ihren Leib umfangen. Das Gesicht wirkte entstellt, trotz des mit großer Sorgfalt aufgebrachten Make-up. Der Tag, der vor ihr lag, schien ihr wie ein dunkles Zimmer, vor dessen Betreten sie sich fürchtete.

Unwirklich die Geräusche, die aus der Küche drangen. Eigentlich hätte sie es sein müssen, die dort mit Tellern und Tassen hantierte, die sich beim Frühstück mit Steve und Jason unterhielt. Statt dessen hatte ihre Mutter die Regie übernommen. Sally hörte, wie die gläserne Kaffeekanne auf den Herd gestellt wurde. Das Geräusch der Pfanne war zu erkennen, als der Pfannenboden mit dem Metall der Spüle zusammenkam.

Sie ging zum Schrank. Was werde ich heute anziehen? Ein schwarzes Kleid hatte sie nicht. Sie hatte nie eines besessen. Vielleicht ein dunkelblaues? Ihre Hand zitterte, als sie das Kleid vom Bügel streifte. Das Kleidungsstück verfing sich mit einer Schlaufe. Statt die Schlaufe auszuhaken, riß Sally so lange, bis die Naht nachgab. Das Geräusch schnitt wie ein Messer in ihre Gedanken. Sie war den Tränen nahe.

Ich darf nicht weinen, dachte sie. Nicht jetzt. Nicht über eine gerissene Naht. Später werde ich weinen. Wenn ich einen Grund dazu habe. Sie starrte auf die gekräuselten Fäden am Futter ihres Kleides.

Sie wollte gerade eine Bluse herausnehmen, als ihr Blick auf Julies Foto fiel. Der Gesichtsausdruck lag irgendwo zwischen Lachen und Wut. Das Bild schien sich über sie lustig zu machen. Zugleich empfand Sally den Vorwurf, der in den Augen des Kindes lag. Jetzt konnte sie ihre Tränen nicht länger zurückhalten. Sie wankte zu ihrem Bett, vergrub das Gesicht in den Händen und schluchzte.

So fand sie Steve, als er wenig später das Zimmer betrat. Er blieb stehen und betrachtete sie mit stillem Bedauern. Nicht nur, daß es ihm weh tat, sie leiden zu sehen. Er wußte auch und litt darunter, daß er ihr nicht helfen konnte. Er durchquerte den Raum und setzte sich auf die Bettkante. »Liebling, wie kann ich dir…« Er ließ den Satz unvollendet.

»Wie du mir helfen kannst, Steve? Ich weiß es nicht, ich weiß es wirklich nicht. Ich habe gerade das Bild der Kleinen angesehen, und alles war wieder da, verstehst du? Sie hat mich angeschaut, als wollte sie fragen, warum wir ihr das angetan haben. Ob das alles vielleicht nur ein Spiel sei.«

Steve hielt seine Frau umfangen. Es gab nichts, was er ihr hätte antworten können. Er spürte, wie sie sich aus seinen Armen freimachte. Sie stand auf. »Ich werde mich jetzt anziehen«, sagte sie gefaßt. »Ich komm' dann gleich hinunter zum Frühstück.« Sie hatte sich von ihm abgewandt. »Man muß wohl alles nehmen, wie es kommt. Ich werd's schon schaffen.« Sie holte tief Luft, ging zum Schrank zurück und achtete darauf, daß ihr Blick nicht zu Julies Foto abirrte. Sie nahm eine Seidenbluse aus der Schublade. Er sah ihr nach, wie sie mit ihren Kleidern im Badezimmer verschwand.

Steve stand an den Türrahmen gelehnt. Er betrachtete das Foto seiner kleinen Tochter. Als er Julies Augen nicht länger ertragen konnte, ging er zur Kommode und legte das Foto mit dem Gesicht nach unten auf die Glasplatte. Dann ging er in die Küche, wo er von seinem Sohn erwartet wurde.

Siebtes Kapitel

Langsam, wie im Traum, waren sie durch Eastbury gefahren. Sally schaute hinaus, auf die vorüberhuschenden Bürgersteige. Eine merkwürdige Entfremdung war zwischen sie und die Menschen dieses Ortes getreten. Wann habe ich dieses Gefühl schon einmal gehabt? Die Erinnerung kehrte zurück. Es war an dem Tag gewesen, als ihr Vater beerdigt wurde. Sie hatte im Fond eines Wagens gesessen. Die Leute draußen hatten sie erkannt. Man hatte ihr und ihrer Mutter freundlich zugenickt. Alle schienen zu wissen, daß sie zur Beerdigung fuhren. Jeremiah Paine war ein angesehener Bürger gewesen. Man bewahrte ihm Anhänglichkeit und Respekt über den Tod hinaus.

Eastbury hatte sich verändert. Nicht die Häuser, die Menschen. Was Sally früher am Wesen der Mitbürger als angenehme Zurückhaltung empfunden hatte, war zur unpersönlichen Kühle geworden. Die Menschen, die man in den Straßen sah, hatten neue Gesichter. Gesichter, die nach der gleichen Form geprägt zu sein schienen. Eine neue Rasse, dachte sie bitter. Eine Rasse ohne Herz, ohne Lebenskraft. Sie sah auf, als Steve den Wagen auf den Parkplatz am Friedhof der First Presbyterian Church lenkte. Ob ich wohl auch schon bin wie die Menschen in Eastbury? dachte sie. Habe ich ein Herz aus Eis?

Wenig später standen sie auf dem Friedhof, wo auch Sallys Vater beigesetzt worden war. Eines Tages werde auch ich hier liegen. Sally Montgomery spürte, wie sie von einem kalten Hauch eingehüllt wurde, der aus einer anderen Welt zu kommen schien. Es war ein warmer Tag. Trotzdem dieses Gefühl, von Eis umschlossen zu sein. Nur wenige Menschen hatten sich an dem kleinen Grab versammelt, das für das Kind ausgehoben worden war. Die Freunde, so schien es, waren ganz einfach unfähig, das Unglück zu begreifen, das aus heiterem Himmel über diese Familie gekommen war. Sie können es ebensowenig verstehen wie ich, dachte Sally. Und deshalb kommen sie auch nicht zu Julies Begräbnis. Man ging zu einer Beerdigung, um den Tod eines Menschen zu betrauern, den man seit Jahren kannte. Man tröstete die Angehörigen. Aber was sagte man zu einer Mutter, die ihr Kind verloren hatte?

Es gab Formeln, die beim Begräbnis eines Kranken gesagt wurden. »Der Tod hat ihn erlöst. Es war vielleicht besser so.«

Starb ein Mensch in der Fülle seines Lebens, dann sagte man: »Er hat einen schönen Tod gehabt. Keine Schmerzen...«

Und wenn jemand das Dahinscheiden seiner Mutter zu betrauern hatte, dann sagte man: »Ich weiß, wie sehr du sie vermissen wirst.«

Was aber sagte man, wenn ein sechs Monate altes Baby gestorben war? Es gab einfach keinen Trost, den man den Eltern in einem solchen Fall spenden konnte. Und das war, wie Sally meinte, der Grund, warum kaum jemand ihrer Freunde und Bekannten zur Beerdigung erschienen war.

Sie stand da, sah zu, wie der kleine Sarg ins Erdreich gesenkt wurde. Der Priester vertraute Julie Montgomery der Obhut des Herrn an. Und dann sah Sally sich selbst mit hölzernen Schritten ans Grab treten und die erste Schaufel Erde hinabwerfen. Sie wandte sich zum Gehen.

Dr. Wiseman stand nur wenige Schritte von ihr entfernt. Sie hatte ihn nicht bemerkt. Er sah ihr nach, wie sie langsam den Weg entlangging. Warum bin ich zu dieser Beerdigung gekommen? dachte er. Es war ungewöhnlich, daß er zu einer Beisetzung ging. Vor allem nicht, wenn es sich um eine ehemalige Patientin handelte. Am Grab eines Patienten zu stehen, das erinnerte einen immer sehr daran, wie wenig man als Arzt für die Menschen tun konnte.

Allerdings, die kleine Julie Montgomery war nicht seine Patientin gewesen. Er hatte die Mutter behandelt, während der Schwangerschaft. Und die war noch am Leben. Er selbst war es gewesen, der Sally einst auf die Welt befördert hatte, er hatte ihre Mutter entbunden. Später dann war sie seine Patientin gewesen, bei der Geburt der beiden Kinder. Mit den Jahren hatte er für diese Frau so etwas väterliche Gefühle empfunden. Sie war schon etwas Besonderes, diese Sally Montgomery.

Das war wohl der Grund, warum er von seiner Regel, Begräbnisse zu meiden, abgegangen war. Inzwischen bedauerte er seinen Entschluß. Es genügte ja nicht, daß man am Grab erschien. Man mußte auch mit den Trauernden sprechen. Dr. Wiseman wußte, daß ihm die Worte für Sally Montgomery nicht leicht über die Lippen kommen würden. Das war sonst anders. Wenn er mit einer trauernden Familie sprach, dann wußte er, was er zu sagen hatte. Hier aber lag ein Fall vor, der sich jenseits aller ärztlichen Erfahrung ereignet hatte. Er verließ das Grab und folgte der kleiner werdenden Gestalt.

Sally hatte fast den Wagen erreicht, als sie eine Hand auf ihrer Schulter spürte.

»Sally, ich wollte Ihnen sagen...«

»Es ist lieb von Ihnen, daß Sie gekommen sind, Dr. Wiseman.«

Sally hob den Blick. Sie sah ihm in die Augen. »Sie wissen, was ich durchmache, sagen Sie?« Plötzlich spürte sie, wie der Zorn von ihr Besitz ergriff. Warum fand er nicht die rechten Worte, um sie zu trösten? Er war doch Arzt, *ihr* Arzt. Es gehörte einfach dazu, daß so ein Mann wußte, was man zu den Angehörigen sagte. »Wissen Sie wirklich, was eine Mutter durchmacht, wenn ihr Kind stirbt? Was eine Mutter empfindet, wenn sie nicht einmal weiß, woran ihr Kind gestorben ist?«

Die Anschuldigung traf ihn wie ein Schlag. Er blickte sich um, als suchte er nach dem schnellsten Weg, um ihren Fragen zu entrinnen. Als er sich wieder umwandte, stellte er fest, daß ihr Blick immer noch auf ihn gerichtet war. »Natürlich kann ich nicht nachempfinden, was Sie in diesem Augenblick fühlen, Sally«, sagte er. »Ich will nur sagen, ich kann Ihren Schmerz so gut verstehen.« Sie hörte ihm nicht mehr zu. Sie schien auf jemanden zu warten. Ihre Augen suchten den Friedhof ab. Wie Dr. Wiseman vermutete, wartete sie auf Steve, ihren Mann. »Ich weiß, wie weh das tut, Sally, glauben Sie mir. Wir Ärzte werden oft mit dem Tod konfrontiert, aber man gewöhnt sich nicht daran. Es ist jedes Mal ein schmerzlicher Schnitt. Besonders in einem Fall wie Julie...«

»Wie bei Julie?« echote sie.

Er dachte nach, suchte nach Worten, die sie nicht verletzen würden. »Wir Ärzte lernen dazu, Sally. Jedes Jahr lernen wir ein bißchen dazu. Ich weiß, das macht Ihre Julie nicht wieder lebendig, aber eines Tages werden wir wissen, was der Erreger von SIDS ist.«

»Julie ist nicht an SIDS gestorben«, sagte Sally. »Dem Kind ist etwas – zugestoßen.« Ihre Stimme wurde schrill. »Ich weiß nicht, was es war«, fuhr sie fort, »aber ich werde es herausfinden. Jedenfalls war es nicht SIDS. Julie war kerngesund.«

Er ließ ihre Worte über sich ergehen wie einen Regenguß, den man nicht abwehren konnte. Es war ein Fehler gewesen, zu der Beerdigung zu gehen. Es war ein ein Fehler gewesen, mit Sally Montgomery zu sprechen. Dabei stand das Schlimmste dieser Frau noch bevor. Erst in den Wochen, die nun folgten, würde ihr klarwerden, was der Verlust des Kindes bedeutete. Er war froh, als Steve Montgomery zu ihnen trat. Er hielt Jason an der Hand. Neben ihm ging Sallys Mutter.

»Sally, ist dir nicht gut?« Jetzt hatte auch Steve das Flackern in Sallys Augen bemerkt.

»Fahr mich nach Hause«, flüsterte Sally. Alle Kraft war von ihr gewichen. »Bring mich weg von hier, so schnell wie möglich.« Sie ging auf den geparkten Wagen zu. Steve hatte ihren Arm ergriffen und stützte sie. Jason lief hinter ihnen her. Sallys Mutter war bei Dr. Wiseman zurückgeblieben. Sie gab sich keine Mühe, ihren Unmut hinter freundlichen Allgemeinplätzen zu verbergen.

»Herr Dr. Wiseman, worüber haben Sie mit meiner Tochter gesprochen?« fragte sie schroff.

Er spürte, wie ihn die Müdigkeit überkam. Er wischte sich mit dem Handrücken über die Stirn. »Über nichts Besonderes, Phyllis. Ich habe ihr nur gesagt, eines Tages werden wir herauskriegen, was es mit SIDS auf sich hat.«

»Und darüber sprechen Sie mit ihr, beim Begräbnis ihres Kindes? Sie kommen zur Beerdigung und unterhalten sich mit meiner Tochter über die Ursachen von Julies Tod?«

Er hatte Mühe, sich zu beherrschen. »Darum ging es nicht, Phyllis. Sie sollten mich gut genug kennen, um zu wissen, daß ich nichts sagen würde, was Ihre Tochter verletzen könnte. Aber wir dürfen bei allem Kummer eines nicht aus den Augen verlieren. Es ist wichtig für Ihre Tochter, daß sie die entstandene Situation bewältigt. Und das kann sie nicht, wenn man alles ausspart, was ihr jetzt im Kopf herumgeht. Ich habe Sally nur meinen Rat und meine Hilfe angeboten, das ist alles.«

Steve Montgomery hatte seine Frau zum Wagen begleitet. Er kam zurück, um seine Schwiegermutter zu holen »Es *gibt* eine Hilfe, für die wir Ihnen alle sehr dankbar wären, Dr. Wiseman«, sagte er gereizt. »Wenn Sie das Thema nicht immer wieder aufrühren. Wir möchten das Geschehene vergessen können. Das Kind ist tot, daran kann niemand mehr etwas ändern.«

Brüsk wandte er sich ab. Er bot seiner Schwiegermutter den Arm. »Das verstehen Sie doch, Dr. Wiseman«, sagte er im Gehen. So düster, so verbissen hatte der Arzt – Steve hatte seine Frau gelegentlich zur Untersuchung in die Praxis begleitet – den Ehemann seiner Patientin all die Jahre über nicht erlebt. »Das Kind ist nicht mehr auf der Welt. Man kann nichts machen. Wirklich nichts.« Steve Montgomery hatte den Wagen erreicht. Er half seiner Schwiegermutter beim Einsteigen, dann setzte er sich ans

Steuer und schlug die Tür hinter sich zu. Dr. Wiseman sah dem Fahrzeug nach, bis es im Dunst der Mittagshitze verschwunden war. Traurigkeit blieb zurück. Was Sally und ihr Mann gesagt hatten, war dem Arzt nähergegangen, als er zunächst wahrhaben wollte.

Arme Menschen, dachte er. Für Julie war die Tragödie vorüber. Für die Eltern des Kindes hatte sie erst begonnen.

Jason Montgomery hatte die Sandschaufel ergriffen. Mit aller Kraft stieß er sie in die aufgehäufte Erde. Es dauerte eine Stunde, dann hatte er das Rechteck ausgehoben, das die Grundfläche seiner Abenteuerhütte abgeben würde. Er trat einen Schritt zurück, um sein Werk zu betrachten.

Er hatte die Grasnarbe säuberlich ausgestochen und zur Seite geworfen. Gleich nach der Heimkehr von der Beerdigung seiner kleinen Schwester hatte er mit dem Schaufeln angefangen. Niemand war gekommen, um ihn daran zu hindern. Wenn er Glück hatte, konnte er die Erwachsenen vor vollendete Tatsachen stellen. Unwahrscheinlich, daß die Eltern ihn zwingen würden, die Hütte wieder abzureißen. Bis zum Abendessen würde das kleine Bauwerk fertig werden. Keine Hütte eigentlich, sondern ein Erdloch, das er mit einem Rest Wellblech abdecken würde, das er vergangene Woche in der Garage gefunden hatte. Sein Vater hatte ihm von seinem Plan erzählt, das Wellblech zum Bau eines Hühnerstalls zu verwenden. Jason hatte über diese Mitteilung nachgedacht und war zu dem Ergebnis gekommen, daß der Hühnerstall von zweitrangiger Bedeutung war. Sie hatten keine Hühner. Wozu also einen Stall? Zudem konnte die Planke jederzeit wieder von der Erdhöhle entfernt werden. Er würde sie nicht festnageln, sondern an den Kanten mit Erde abdecken. Arbeit machte bei dieser Höhle eigentlich nur das Graben. Schade, dachte er, daß Randy Corliss nicht da war. Der hätte mit anpacken können. Aber seine Eltern hatten ihm nicht erlaubt, bei Randy anzurufen. So lag die ganze Arbeit allein auf seinen Schultern.

Er nahm die Schaufel und rammte die Spitze in das weiche Erdreich auf dem Grund der Grube. Es gab einen hellen Laut, als sei das Metall auf Stein gekommen. Er legte die Schaufel hin, kniete sich in die Grube und versuchte das Hindernis mit den bloßen Händen zu entfernen.

Als er auf die zersplitterte Flasche stieß, zog er die Hand zurück. Aber es war zu spät. Er hatte sich einen tiefen Schnitt am Zeigefinger der linken Hand zugezogen. Die Flasche, die irgend jemand vor Jahrzehnten im Erdreich vergraben hatte, war ganz gewesen, als er mit der Schaufel darauf stieß. Aber jetzt war die Schnittkante der bauchigen Wandung scharf wie ein Messer. Jason steckte den blutenden Finger in den Mund und begann zu saugen. Es schmeckte wie ein Stück Würfelzucker, das jemand mit Salz bestreut hatte. Er spuckte aus.

Er betrachtete den blutenden Finger aus der Nähe. Das Blut rann in einer breiten Bahn über die Handballen und tropfte von dort in das aufgeworfene Erdreich. Jason quetschte, bis der Strom dicker und kräftiger floß. Irgend jemand hatte ihm einmal erzählt, eine Wunde müßte soviel wie irgend möglich bluten, damit keine Entzündung entstand.

Als die Blutung nach einer Minute nachließ, sah er sich den Schnitt noch einmal aus nächster Nähe an. Die Wunde war etwa eineinhalb Zentimeter lang und ziemlich tief. Er beschloß, ins Badezimmer zu gehen, um sich zu waschen.

Er ging durch die Küche und durchs Speisezimmer. Im Wohnzimmer saßen seine Eltern. Es war nicht gut, wenn sie ihn so sahen. Er wußte, daß sie immer noch um die kleine Julie trauerten. Die Sache mußte ihnen wohl sehr nahe gegangen sein. Jedenfalls wäre es falsch gewesen, sie zu stören und Fragen zu provozieren. Er war entschlossen, die Wunde in eigener Regie zu versorgen. Wenn irgend etwas schief lief, konnte er immer noch seine Großmutter um Hilfe bitten.

Er huschte die Treppe hinauf, betrat das Bad und begann sich die Hände zu waschen. Er sah, wie das verkrustete Blut und die Lehmreste sich in einem kleinen Strudel zusammenfanden, bevor alles im Abfluß verschwand. Dann ergriff er den verletzten Finger, um noch mehr Blut aus der Wunde zu quetschen.

Es kam kein Blut mehr.

Verwundert hielt er die Hände ans Licht und suchte die Wunde.

Sie war verschwunden.

Er starrte seinen Zeigefinger an. Schließlich gelang es ihm, die schwache Spur einer Narbe zu entdecken. Die Narbe verlief genau dort, wo vor wenigen Augenblicken noch die Wunde zu sehen gewesen war.

Er dachte nach.

Die Wunde hatte stark geblutet.

Und jetzt gab es auf einmal keine Wunde mehr.

War das möglich, daß ein Schnitt so schnell verheilte? Es war nicht das erste Mal, daß er sich eine Verletzung zufügte. Es hatte immer ein paar Tage gedauert, bis er das Heftpflaster abnehmen konnte.

Natürlich konnte niemand sagen, was eigentlich unter einem solchen Heftpflaster vor sich ging. Jedenfalls hatte ihm seine Mutter nie erlaubt, zwischendurch nachzusehen und das Pflaster wieder draufzukleben.

Vielleicht heilten alle Wunden so schnell.

Vielleicht war der Schnitt auch nicht so tief gewesen, wie es ihm zunächst erschienen war.

Er versuchte sich zu erinnern, ob er überhaupt einen Schmerz empfunden hatte. Ganz im Gegensatz zu den Verletzungen an Knie und Ellbogen, an die er sich von früher erinnerte. Er hatte dann immer einen beißenden, stechenden Schmerz gefühlt. Diesmal war alles anders. Wenn die Wunde nicht geblutet hätte, sie wäre ihm wohl gar nicht aufgefallen.

Er drehte den Hahn zu, trocknete sich die Hände ab, ging die Treppe hinunter und lief zu seinem Erdloch. Von dem Blut, das ins Erdloch getropft war, war kaum noch etwas zu sehen. Er war in die Betrachtung der kleinen dunklen Flecke vertieft, als er seinen Namen hörte.

Er fuhr herum. Joey Connors stand in der Eingangstür des Nachbarhauses. Sie winkte ihm zu.

»He, Jason, möchtest du nicht rüberkommen und dir die Jungen ansehen?«

»Die Jungen! Was für Jungen!« Die Sache mit der Schnittwunde war auf einmal überhaupt nicht mehr wichtig.

»Daisy hat vorgestern Junge geworfen. Aber meine Mutter hat gesagt, ich darf dich nicht anrufen.«

»Warum denn nicht?« fragte Jason. Er war über den Zaun geklettert, der die beiden Grundstücke voneinander trennte, und ging auf Joey zu.

»Wegen der Sache mit deiner Schwester. Bist du mitgegangen zur Beerdigung?«

»Ja.«

»Wie war's denn?«

Jason legte den Kopf auf die Seite. »Ich weiß nicht. Wie Beerdigungen eben sind.« Und dann: »Läßt du mich mit den Jungen spielen?«

Ein Erwachsener, wäre er Zeuge dieser Unterhaltung geworden, hätte sich gewundert über die Beiläufigkeit, mit der Jason

Montgomery den Tod seiner kleinen Schwester hinnahm. Dazu ist zu sagen. daß für ihn alles, was mit Tod zusammenhing, so unwirklich war wie ein Traum oder ein Fernsehfilm. Das Verschwinden der Schwester hatte auf sein tägliches Leben keinen Einfluß. Hätte man ihn gefragt, was am Tage der Beerdigung eigentlich Wichtiges vorgefallen sei, so hätte er vermutlich von seiner Schnittwunde erzählt, die innerhalb von wenigen Minuten abgeheilt war.

Phyllis Paine stand in dem Gästezimmer, das ihr von ihrer Tochter zum Schlafen angewiesen worden war. Sie hatte ihren Koffer gepackt, jetzt drückte sie die Schlösser zu. Sie ließ ihre Blicke suchend durch den Raum streifen. Nein, ich habe wohl nichts vergessen, dachte sie. In Gedanken war sie bereits wieder zu Hause, knüpfte an das geordnete Leben an, das sie führte. Nicht, daß man Phyllis Paine als übertrieben nüchtern oder gar gefühlskalt hätte bezeichnen können. Der Tod ihrer kleinen Enkeltochter hatte sie tief getroffen. Aber sie hatte sich von der Trauer nicht in die Knie zwingen lassen. Sie war ins Haus der Tochter gekommen, hatte die täglichen Pflichten übernommen, mit jener Ruhe, mit dem Ernst, der ihr Wesen ausmachte. Sally hatte sich um nichts mehr kümmern müssen. Jetzt aber, nach dem Begräbnis, war es notwendig, daß sie in ihr normales Leben zurückfand. Der Instinkt sagte Phyllis, daß sie ihre Tochter jetzt mit ihren Problemen alleinlassen mußte. Sie verstand sehr gut, was in Sally vorging. Sie hatte das gleiche durchgemacht, als ihr erstes Kind tot zur Welt kam. Damals hatte ihr niemand die Arbeit des Alltags, die Formalitäten, das Einerlei des Haushalts abgenommen. Sie hatte sich durchboxen müssen, hatte sich der Herausforderung gestellt. Sie hatte ihr totes Kind begraben, so wie Sally jetzt ihre tote Tochter ins Grab gelegt und eine Schaufel Erde auf den Sarg geworfen hatte.

Sie nahm ihren Koffer und ging die Treppe hinunter. Sally und Steve saßen im Wohnzimmer.

»Steve, würdest du mir bitte ein Taxi bestellen?«

Sally fuhr herum. In ihren Augen schimmerten Tränen. »Ein Taxi, Mutter? Wo möchtest du denn hinfahren?«

»Nach Hause, Sally«, sagte Phyllis Paine. Sie zwang sich zu einer gleichmütigen Miene. Steve betrachtete sie prüfend. Als sich ihre Blicke trafen, nickte sie ihm zu. Er verstand. Nachdem er gegangen war, setzte sie sich zu ihrer Tochter aufs Sofa. Sie ergriff Sally bei der Hand.

Schweigen. Es war Phyllis, die den ersten Satz sprach. »Vergiß, was ich gestern gesagt habe, Kleines.«

Sallys Tränenfluß verebbte. »Was meinst du?«

»Was ich über Julies Tod gesagt habe«, antwortete Phyllis. »Ich habe dir eingeredet, daß es mit Julies Tod etwas Besonderes auf sich hat. Wie dumm von mir.«

Sally schüttelte den Kopf. »Ich verstehe immer noch nicht recht, was du meinst, Mutter.«

»Ich hatte gemeint, daß Julie durch irgendeine äußere Einwirkung gestorben ist, daß ihr etwas zugestoßen sei. Ich weiß jetzt, daß ich mich da in eine unsinnige Theorie verrannt habe. Das Kind ist gestorben, und es ist nicht das einzige Kind, dessen genaue Todesursache man nicht kennt, wir müssen uns damit abfinden.«

»So wie du dich mit dem Tod meines Bruders abgefunden hast, wie?« Sie sprach leise und kühl. Es war ihr Ton, nicht so sehr der Inhalt ihrer Bemerkung, der Phyllis schockierte.

»Wie hast du davon erfahren?«

»Daddy hat's mir erzählt.«

»Dazu hatte er kein Recht.«

»Er hatte sehr wohl das Recht dazu«, widersprach ihr die Tochter. »Er hat mir damals ganz einfach erklärt... Wir haben über dich gesprochen, und er hat mir klargemacht, wie du geworden bist, was du bist.«

»Ich verstehe«, sagte Phyllis. Sie lehnte sich zurück und schloß die Augen. Es war das erste Mal, daß sie mit ihrer Tochter über den tot geborenen Sohn sprach. »Was Daddy dir damals gesagt hat, hat dir das geholfen, mich und meine Lebensart zu verstehen?«

»Nein«, sagte Sally. Ihre Stimme schien von weit her zu kommen.

»Dann will ich dir erklären, was ich damals empfunden habe«, sagte Phyllis. Sorgfältig wählte sie die Worte, mit denen sie das Geschehen beschreiben würde, das damals, vor dreißig Jahren, ihr Leben entscheidend verändert hatte. »Ich habe mir im ersten Moment große Vorwürfe gemacht. Ich habe allen Ernstes geglaubt, ich wäre schuld am Tod meines Kindes. Bis die Ärzte mir gesagt haben, daß mich wirklich keine Schuld traf. Es war genauso wie heute, wo du dich mit Selbstvorwürfen wegen Julie quälst. Ich habe nie davon gesprochen, aber damals war ich drauf und dran, Selbstmord zu begehen. Ich weiß nicht mehr, was mich schließlich davon abbrachte. Irgendwie muß ich verstanden haben, daß ich eine Verantwortung gegenüber deinem Vater hatte. Gegenüber ihm, und dann, Jahre später, gegenüber dir. Ich habe dann die Zähne zusammengebissen und weitergemacht. Jeder Tag war ein Kampf. So wie das ganze Leben ein Kampf ist. Sally. Eines Tages wirst du das einsehen, wie ich es habe einsehen müssen. Du mußt nicht darüber nachdenken, was vielleicht einmal aus Julie geworden wäre. Du mußt überhaupt nicht mehr über das Kind nachdenken. Arbeite und lebe, bring hinter dich, was getan werden muß, das ist die beste Methode, um solche Probleme zu bewältigen. Menschen sterben. Das Leben geht weiter. Du und ich, wir leben, wir sind nicht tot. Ich weiß, wie weh dir das alles tut, Sally, aber vergiß nicht, du bist immer noch unter den Lebenden.«

Was ihre Mutter sagte, klang so kalt, so unbeteiligt. Vor Sallys Augen erstand das Bild ihrer Tochter, die schlafend in der Wiege lag. Nein, Julie schlief nicht mehr. Sie war...

Sie lag im Sterben. Und dann fiel der kleine Kopf zur Seite.

Das Kind war tot. Gestorben an was? Und tot für wie lange?

Sally riß die Augen auf. Sie versuchte das Bild aus ihren Gedanken zu verdrängen. Es gelang ihr nicht. Plötzlich bemerkte sie Steve an der Tür. Er war zurückgekommen und beobachtete sie. Wie lange stand er schon dort? Hatte er mitbekommen, was sie gesagt hatte?

»Deine Mutter hat recht«, hörte sie ihn sagen. Er hatte also doch gelauscht. Sally kam sich auf einmal verraten vor. »Wir dürfen uns wegen der Sache nicht so gehenlassen, Liebling. Es ist wichtig, daß jeder von uns seine Pflichten wieder ausfüllt.«

»Aber ich brauche...«

»Du brauchst Ordnung in deinem Leben. Du mußt deinen Rhythmus wiederfinden. Und das ist nicht möglich, solange deine Mutter hier ist und dir jeden Handschlag abnimmt, verstehst du das denn nicht?«

Sally rückte von ihrer Mutter ab. »Du möchtest, daß ich Julie vergesse«, sagte sie, zu ihrem Mann gewandt. »Ich soll mich so verhalten, wie Mutter es beim Tod meines Bruders getan hat. Ich soll so tun, als hätte es nie eine Julie gegeben. Aber das kann ich nicht. Ich will es auch nicht. Julie war meine Tochter, Steve. Sie war mein kleines Mädchen, und sie ist durch äußere Einwirkung ums Leben gekommen, davon lasse ich mich nicht abbringen. Ich werde herausfinden, wer an ihrem Tod schuld ist. Das ist meine Pflicht, und diese Pflicht werde ich erfüllen.«

»Aber Sally, du weißt doch selbst...« Er hielt inne, als das Telefon zu läuten begann. Ein paar Sekunden lang blieb sein Blick auf Sally haften. »Armes Kleines«, flüsterte er. Dann eilte er in die Küche, um den Anruf entgegenzunehmen. Sally und ihre Mutter blieben in gespanntem Schweigen zurück. Und dann war Steve wieder da.

»Sally, jemand möchte dich sprechen.«

»Nicht jetzt«, sagte sie ausweichend.

»Du solltest den Anruf schon entgegennehmen, finde ich. Es ist wichtig.«

Sie wollte widersprechen, aber etwas im Gesichtsausdruck ihres Mannes warnte sie. Mit schmerzenden Gliedern stand sie auf und schleppte sich in die Küche.

»Hallo?«

»Spricht dort Mrs. Montgomery? Mein Name ist Lois Petropoulous. Sie kennen mich nicht, aber...«

»Mein Mann sagte mir, Sie hätten mir etwas Wichtiges mitzuteilen«, schnitt Sally der Anruferin das Wort ab. »Ich muß Ihnen sagen, Ihr Anruf kommt sehr ungelegen.«

»Ich weiß. Es tut mir sehr leid, was mit Ihrem Baby passiert ist. Ich weiß, wie Sie empfinden. Ich habe das gleiche vor einem halben Jahr durchgemacht.«

»Wie bitte?«

»Wir sind eine Gruppe von sechs Ehepaaren, Mrs. Montgomery. Wir treffen uns einmal in der Woche. Jedes Ehepaar hat den Tod eines Kindes zu überwinden, und wir glauben, das ist in der Gruppe besser möglich als allein.«

Sally war unsicher geworden. Was erzählte die Frau da? Eine Gruppe von Ehepaaren, die sich über den Tod ihrer Kinder unterhielten? »Tut mir leid«, sagte sie, »aber ich sehe wirklich nicht, was ich...«

»Bitte, Mrs. Montgomery, legen Sie nicht auf. Hören Sie sich doch erst einmal an, wer wir sind. Wir werden von der SIDS-Stiftung unterstützt. Es gibt eine ganze Reihe von Gruppen wie die unsere, diese Gruppen werden von einer zentralen Stiftung betreut. Wir treffen uns jeden Dienstag, so auch heute abend. Wir würden uns freuen, wenn Sie und Ihr Mann dazukommen.«

Sie mußte sich beherrschen, um die fremde Frau nicht anzuschreien. Warum konnte man sie nicht in Ruhe lassen? Da war schon ihr Mann, der ihr zusetzte. Dann ihre Mutter. Und jetzt mischten sich auch noch wildfremde Leute ein. Sie war entschlossen, das Problem, das durch Julies Tod entstanden war, allein durchzustehen. »Vielen Dank, daß Sie mich anrufen«, sagte sie förmlich, »aber unser Kind ist nicht an SIDS gestorben. Es hätte also wenig Sinn, wenn wir zu Ihrem Treffen kommen.« Sie wartete die Antwort nicht ab, sondern legte auf und ging ins Wohnzimmer zurück. Sie sah durchs Fenster. Vor dem Haus war ein Taxi vorgefahren. Ihre Mutter war aufgestanden. Sally versuchte das Gefühl der Abneigung zu verbergen, das sie auf einmal gegen ihre Mutter und ihren Mann empfand.

»Ich bring' dich raus zum Wagen, Mutter«, bot sie an.

Phyllis Paine ignorierte das Angebot. »Wer hat angerufen?« fragte sie. »Hatte es etwas mit Julie zu tun?«

»Nein, Mutter. Nichts dergleichen.« Sie geleitete ihre Mutter zur Tür. »Es tut mir leid, was ich vorhin gesagt habe. Die Sache hat mich mehr mitgenommen als ich dachte, entschuldige bitte. Du hast recht. Das Leben geht weiter. Ich werde schon darüber wegkommen.« Sie gab ihr einen Abschiedskuß. »Mach dir keine Sorgen, alles wird gut werden.«

Sie standen an der Haustür, sahen sich an. Es gab nichts weiter zu sagen. Und dann war Phyllis Paine fort. Sally kehrte zu ihrem Mann zurück.

Er empfing sie mit einem ernsten Blick. »Wir werden zu diesem Treffen gehen, Sally!«

Sie musterte ihn erstaunt. »Wozu das denn? Dort treffen sich doch nur SIDS-Eltern. Wir haben damit doch gar nichts zu tun.«

»Oh, doch, das haben wir«, sagte er ruhig. »Ich gehe hin, und du kommst mit mir. Hast du mich verstanden?«

Die Härte in seiner Stimme traf sie wie ein Peitschenhieb. Vergeblich versuchte sie in seinem Gesicht zu lesen. Noch nie hatte er in diesem Ton mit ihr gesprochen. Es war keine Bitte gewesen, es war ein unmißverständlicher Befehl. Als sie ihm antwortete, tat sie es mit einer Kälte, die ihr selbst fremdartig vorkam. »Also gut. Wir werden hingehen. Obwohl ich das für sinnlos halte.«

Wenige Minuten später stand sie im Kinderzimmer. Sie würde alle Gegenstände entfernen, die sie an Julie erinnerten. Sie zog die Bettwäsche ab, dann faltete sie die zerlegbare Krippe zusammen. Sie durchsuchte den Schrank und die Kommode, nahm die Babysachen heraus. Das meiste waren Kleidungsstücke, die Julie noch nicht getragen hatte. Als letztes entfernte sie das Mobile, das über der Krippe hing. Sie betrachtete die Figuren, mit denen die Drahtbügel ausbalanciert waren, dann ließ sie das ganze Gebilde zögernd in den Papierkorb sinken.

Alles war verändert.

Ihre Familie war verändert.

Ihr Mann war verändert.

Auch sie selbst war verändert.

Nichts mehr würde je so sein wie vorher.

Sie war entschlossen, dem Beispiel ihrer Mutter nachzueifern. Sie würde die Verantwortung ausfüllen, die auf ihr lag. Sie würde sich zu den Lebenden schlagen, nicht zu den Toten.

Tief in ihrem Herzen war sie trotz alledem überzeugt, daß Julie keines natürlichen Todes gestorben war. Eines Tages würde sie das Rätsel lösen. Als sie mit dem Ausräumen der Babysachen fertig war, blieb sie in der Tür stehen. Ich kann es nicht, dachte sie. Ich werde nie sein können wie meine Mutter.

Achtes Kapitel

EASTBURY ELEMENTARY SCHOOL stand auf dem Schild, das an der Fassade der Grundschule befestigt war. Das Gebäude duckte sich zwischen einen Hain von Ahornbäumen, als schämte es sich des ungepflegten Rasens und der abblätternden Farbe. Lucy Corliss trat näher. Es machte sie traurig, das Bild von Verfall zu betrachten. Fast schien es, als versuchte sich das Gebäude zwischen den Bäumen zu verbergen, um auf diese Weise dem Abriß zu entgehen.

Sie passierte das Portal. Innen sah es nicht viel besser aus. Düstere Korridore. Es war Dienstag, vier Uhr nachmittags. Kein Laut war zu vernehmen. Lucy Corliss ging mit klappernden Absätzen den Flur entlang. Sie betrat Randys Klassenzimmer.

Harriet Grady, die Lehrerin, wäre beinahe mit ihr zusammengestoßen. Die Frau, Ende Fünfzig, hielt einen Stapel Hefte unter den Arm geklemmt. Offenbar hatte sie noch Arbeiten korrigiert und war jetzt im Begriff, heimzugehen. »Mrs. Corliss«, sagte sie herzlich, »kommen Sie doch bitte herein. Gibt es irgend etwas Neues wegen Randy?«

Lucy ließ ihren Blick über die schäbigen Wände wandern. Einige Scheiben in dem großen Kästchenfenster auf der Westseite hatten Sprünge. Es gab wohl kein Geld, um neue Scheiben einzusetzen. Sie trat an die Fensterbrüstung und sah auf den leeren Schulhof hinaus. »Ich bin gekommen, um mit Ihnen über Randy zu sprechen«, sagte sie schließlich. »Könnten Sie sich vorstellen, daß Randy weggelaufen ist?«

Die Lehrerin trat zu ihr. Sie berührte Lucys Arm. »Ich weiß es nicht. Es ist heutzutage sehr schwer, ein Kind zu beurteilen. Die Schüler sind alle... wie soll ich sagen, sie sind altklug und fürchterlich unreif zur gleichen Zeit. Ich habe oft den Eindruck, wir wissen wenig von dem, was Kinder denken.«

Lucy zuckte die Schultern. »Was Randy angeht, so ist er ein verschlossener Junge. Er war so von klein auf. Ich habe oft gedacht, ich kenne ihn gar nicht richtig. Wahrscheinlich bin ich selbst schuld, weil ich nicht genügend Zeit für ihn aufbringe.«

»Die wichtigsten Bezugspersonen für ein Kind sind und bleiben die Eltern«, sagte Mrs. Grady. In Lucys Ohren klang es wie ein Vorwurf.

»Leider entwickelt sich eine Ehe nicht immer so, wie man es sich zu Beginn erhofft.«

»Die Schuld liegt meist auf beiden Seiten«, stellte die Lehrerin fest.

Lucy betrachtete sie mit demonstrativem Mißbehagen. »Mrs. Grady«, sagte sie kühl, »ich bin nicht gekommen, um mich von Ihnen wegen meiner Ehe beraten zu lassen. Ich möchte mit Ihnen über meinen Sohn sprechen.«

Ihre Blicke trafen sich. Harriet Gradys Gesichtsausdruck war weich geworden. »Es tut mir leid«, sagte sie. »Ich fürchte, ich benehme mich wie eine verknöcherte alte Dame, die nur noch an den jungen Leuten herumkrittelt. Ich kann mich einfach nicht an die Tatsache gewöhnen, daß die meisten Schüler keinen Vater oder keine Mutter mehr haben, sie leben bei einem Elternteil. Es ist so traurig, das zu sehen. Ich fürchte, das ist auch der Grund, warum manche Kinder in der Schule Schwierigkeiten machen.«

»Wollen Sie damit andeuten, daß Randy Ihnen Schwierigkeiten gemacht hat?«

»Er ist nicht der einzige.« Sie umfing Lucy Corliss mit einem prüfenden Blick und beschloß, die Katze aus dem Sack zu lassen. »Sie wissen vermutlich, daß Randy eines meiner Sorgenkinder ist.«

»Das weiß ich nicht.«

Harriet Grady war zu ihrem Pult zurückgegangen. Sie zog eine Mappe aus der Schublade und faltete sie auf.

»Es hapert mit dem Betragen, in einer Weise, die das Maß des Erträglichen überschreitet.«

»Was soll das heißen?« Lucy versuchte die Mappe an sich zu nehmen. Mrs. Grady entzog sie ihr.

»Das geht nicht«, sagte sie. »Der Inhalt ist nicht für Sie bestimmt.«

Lucy Corliss sah sie verständnislos an. »Nicht für mich bestimmt? Ich will Ihnen mal etwas sagen. Mein Sohn ist verschwunden, und wenn in dieser Mappe irgendwelche Informationen sind, die mir bei der Suche nach ihm nützlich sein können, dann habe ich das Recht, die Mappe einzusehen. Ich bin die Mutter, Mrs. Grady. Ich habe einen Anspruch darauf, alles über meinen Sohn zu erfahren.«

»Ich weiß nicht recht«, wand sich Harriet Grady. »Sie werden verstehen, Mrs. Corliss, in den Schülerakten befinden sich unter anderem ganz persönliche Eintragungen. Ich meine das, was der einzelne Lehrer von dem Schüler hält. Wir lassen uns da nicht gern in die Karten gucken.«

»Aber die anderen Lehrer, die lassen Sie schon in die Akten gucken, nicht wahr?«

»So ist es«, gab Mrs. Grady zu. Sie hatte hinter ihrem Pult Platz genommen und strich sich eine Haarsträhne aus der Stirn. »Ich weiß, wie Ihnen zumute ist, Mrs. Corliss. Wie gern würde ich etwas Tröstliches zu Ihnen sagen. Aber ich glaube, wir müssen uns an die Tatsachen halten. Es ist nicht das erste Mal, daß Randy wegläuft.«

»Ich weiß, was Sie meinen«, protestierte Lucy Corliss. »Der Junge wollte damals zu seinem Vater gehen. Er war schließlich nur ein paar Stunden weg.«

»Aber er war verschwunden«, beharrte die Lehrerin. »Er ist weggelaufen, ohne irgend jemandem zu sagen, wohin er geht. Randy hat so etwas Unkontrolliertes an sich. Wie soll ich es Ihnen begreiflich machen, der Junge ist wild.«

»Sie übertreiben«, erwiderte Lucy. »Er ist schließlich erst neun Jahre alt. In diesem Alter können Sie nicht erwarten, daß er gehorcht wie ein Soldat.«

Harriet Grady seufzte. »Wenn Sie mich doch nur verstehen würden. Randy scheint der Ansicht zu sein, daß er sich alles und jedes erlauben kann. Er hat vor nichts Angst und er hat vor niemandem Respekt. Und so etwas führt zu Schwierigkeiten.«

Lucy sah die Lehrerin stirnrunzelnd an. »Zu Schwierigkeiten?«

»Bisher ist nichts Ernsthaftes passiert«, beruhigte sie die Lehrerin. »Aber wir Lehrer fürchten, daß dem Jungen eines Tages etwas zustoßen könnte, weil er so unvorsichtig ist.«

»Daß ihm etwas zustoßen könnte? Würden Sie mir das bitte erklären?«

Harriet Grady saß da und dachte nach, die Fingerspitzen auf der Schülerakte. Sie hob die Hände. Mit einer zögernden Bewegung reichte sie Lucy die Akte. »Sehen Sie sich das einmal an.«

Lucy überflog die eng beschriebenen Seiten. Als sie fertig war, zitterten ihr die Hände. Sie gab der Lehrerin die Akte zurück.

»Ich möchte jetzt von Ihnen genau wissen, was damals vorgefallen ist«, flüsterte sie.

Harriet Grady räusperte sich. »Es war vergangenes Jahr, im September. Die Kinder hatten auf dem Rasen eine Schwarze Witwe gefunden. Wir steckten das Tier in ein Einmachglas. Das Glas stand auf meinem Pult. Ich hatte die Kinder gewarnt, diese Spinne ist giftig. Sie waren alle recht vorsichtig, die meisten trauten sich nicht einmal, das Glas in die Hand zu nehmen. Randy nahm das Glas nicht nur in die Hand, er steckte auch seine Hand hinein.«

»Um Gottes willen«, flüsterte Lucy. »Und dann?«

»Er hat nach dem Tier getastet, und die Spinne hat versucht zu flüchten. Als sie keinen Ausweg mehr sah, ging sie zum Angriff über. Ich habe versucht, Randy das Glas wegzunehmen, aber dagegen hat er sich mit aller Macht gewehrt. Er hatte überhaupt keine Angst. Die Spinne faszinierte ihn.«

»Hat das Tier ihn denn nicht gebissen?«

»Gott sei Dank, nein. Ich habe ihm zum Schluß das Glas aus der Hand geschlagen und die Spinne zertreten. Dann habe ich ihn zur Schulschwester gebracht, um ihn untersuchen zu lassen. Auf seiner Hand waren keine Bißmale zu erkennen.«

»Wie ist das möglich?«

»Ich weiß es nicht, Mrs. Corliss. Was mich an der Sache so schockiert hat, war seine Uneinsichtigkeit. Er war überhaupt nicht beeindruckt, nicht einmal, als die Schulschwester ihm erklärte, in welcher Gefahr er geschwebt hatte. Er sagte nur, er hätte schon oft mit Spinnen gespielt und sie hätten ihm nie etwas getan.«

Lucy spürte, wie etwas ihre Kehle zuschnürte. »Warum haben Sie mir damals nicht Bescheid gesagt?« fragte sie.

Harriet Grady verzog ihren Mund zu einem frostigen Lächeln. »Wie stellen Sie sich das wohl vor, Mrs. Corliss? Hätte ich Ihnen einen Boten schicken sollen mit einem Brief, worin steht: Liebe Mrs. Corliss, Ihr Sohn Randy ist heute nicht von einer Spinne gebissen worden? Sie hätten mich für verrückt erklärt.«

Lucy schloß die Augen. Sie nickte. »Sie haben recht.« Eine Weile dachte sie über die Bedeutung von Mrs. Gradys Eröffnungen nach. In der Akte des Jungen war eine Reihe von Vorfällen vermerkt, wo Randy beinahe verletzt worden wäre. Aber wirklich passiert war ihm nie etwas. Als sie die Augen öffnete, sah sie den Blick der alten Lehrerin auf sich ruhen.

»Was ich befürchte, Randy hat sich wieder auf eines seiner Abenteuer begeben, und diesmal ist die Falle zugeschlagen.« Die Lehrerin war aufgestanden. Sie brachte sie zur Tür. »Ich bedaure, daß ich Ihnen nicht helfen kann, Mrs. Corliss. Randy hat mir nie gesagt, was er vorhatte. Ich weiß nicht, was ich von dem Ganzen halten soll.« Sie gab ihr die Hand. »Aber ich bin sicher, daß man Randy finden wird. Er hat sich bisher noch aus jeder Klemme herausgewunden.«

Als Lucy Corliss das Klassenzimmer verlassen hatte, schlug Harriet Grady Randys Akte auf. Ein hoffnungsloser Fall, dachte sie. Wenn es einen Jungen gab, der sein ganzes Leben lang Probleme bereiten und selbst Probleme haben würde, dann er. Sie schlug die Mappe zu, legte sie in den Schreibtisch zurück und verschloß das Fach.

Lucy war am Ende des Flurs angelangt, als ihr Blick auf das Schild ›Krankenschwester‹ fiel. Sie blieb stehen. Dann ging sie auf die Glastür zu und klopfte an.

»Herein!« sagte eine Stimme. Lucy öffnete die Tür und betrat den Raum. Die Schulschwester war in Lucys Alter. Sie trug einen weißgestärkten Schwesternkittel. Als Lucy nähertrat, legte sie das Taschenbuch aus der Hand, in dem sie gelesen hatte. Sie grinste.

»Ich bin nicht im Dienst, wenn Sie das glauben sollten. Ich bin nur hiergeblieben, falls sich ein Kind beim Spielen verletzt. Zur Abwechslung mal eine fleißige Schulschwester.«

Lucy mußte lachen. Die Offenheit der Frau gefiel ihr.

»Ich bin Mrs. Corliss«, sagte sie.

Der Ausdruck der anderen wurde ernst. Sie stand auf. »Wir machen uns alle große Sorgen wegen Randy«, sagte sie. »Kann ich Ihnen in irgendeiner Weise behilflich sein?«

»Schwer zu sagen. Ich wollte einfach einmal mit Ihnen sprechen. Mrs. Grady hat mir den Vorfall mit der Spinne erzählt.«

»Die Schwarze Witwe.« Die Krankenschwester nickte. »Ihr Sohn hat damals großes Glück gehabt.«

»Das sagt Mrs. Grady auch. Sie meint übrigens, Randy ist weggelaufen. Jeder meint das.«

»Außer Ihnen, habe ich recht?« Sie deutete auf einen Stuhl. »Setzen Sie sich doch. Ich bin Annie Oliphant, und ich kenne garantiert alle Witze, wo Elefanten vorkommen.« Ihr Lächeln verschwand. »Ich fürchte, ich werde bei der Suche nach Ihrem Jungen nicht viel beitragen können, Mrs. Corliss. Ich habe Randy nur sehr sporadisch zu sehen bekommen.« Sie ging zum Aktenschrank, zog eine Schublade auf und suchte die Akte des Jungen heraus.

»Darf ich die Akte sehen, oder ist der Inhalt geheime Verschlußsache?« fragte Lucy sarkastisch.

Annie Oliphant gab ihr die Mappe. »Der Inhalt ist nicht besonders brisant«, sagte sie. »Und was die übrigen Aufzeichnungen angeht, die in der Schule über Ihren Sohn vorliegen, glaube ich nicht, daß Randy ein Sicherheitsrisiko für die Vereinigten Staaten darstellt.« Die Grübchen in ihren Mundwinkeln zuckten. »Die Lehrkräfte in dieser Schule umgeben die einfachsten Sachen mit einem Schleier des Geheimnisses. Ich glaube, das tun sie, um sich interessant zu machen.«

Lucy las die Eintragungen auf Randys Karteikarte. Nichts von Belang. »Sehen Sie irgendeinen Schlüssel für das Verschwinden meines Sohnes?« fragte sie schließlich.

Die Krankenschwester schüttelte den Kopf. »Aus den Unterlagen geht nur hervor, daß er ein geradezu unnatürlich gesundes Kind ist. Wenn alle Schüler so gesund wie Randy wären, müßte ich meinen Job an den Nagel hängen.« Sie nahm ihr die Akte aus der Hand. »Schauen Sie sich das doch nur an. Keine ernsthaften Krankheiten. Keinerlei gesundheitliche Störungen. Keine Verletzungen. Nicht einmal eine Schramme. Mandeln: gesund. Blinddarm: gesund. Sogar die Zähne: gesund. Na ja, die unteren Schneidezähne sind ein bißchen schief gewachsen, aber nicht so schief, daß er eine Spange bräuchte. Keine Karies, nicht ein einziges Loch. Wie haben Sie das geschafft, Mrs. Corliss? Ist der Junge bei Ihnen unter einer Glasglocke aufgewachsen?«

Wieder mußte Lucy lachen. »Aber nein. Ich glaube, wir haben mit dem Jungen ganz einfach Glück gehabt. Bis jetzt jedenfalls.«

Sie hielt inne, um nachzudenken. Als sie weitersprach, flüsterte sie. »Ist es wirklich wahr, daß Sie Randy nur selten zu Gesicht bekommen haben?«

Die Schulschwester nickte. »Nur bei der jährlichen Reihenuntersuchung. Wissen Sie, Randy gehört nicht zu den Kindern, denen beim Mittagessen plötzlich schlecht wird. Und auch nicht zu den Raufbolden, die man alle paar Tage verbinden muß.«

Lucy hielt die Mappe hoch. »Könnten Sie mir von dem Inhalt eine Kopie machen?« bat sie.

»Aber gern.« Sie ging voraus, Lucy folgte ihr auf den Flur, wo das Kopiergerät stand. Sie stand dabei, als die Schwester die einzelnen Schriftstücke auf die Glasplatte legte.

»Ich hoffe, Sie können etwas damit anfangen«, sagte die Schwester, als sie fertig war. »Obwohl ich nicht recht sehe, was Ihnen die Aufzeichnungen nützen könnten.« Sie reichte Lucy die Kopien.

»Ich auch nicht«, erwiderte Lucy. Ihre Stimme zitterte. »Vielleicht will ich mich auch nur selbst beruhigen. Daß ich überhaupt etwas unternommen habe, verstehen Sie? Sie können sich gar nicht vorstellen, wie das ist, wenn das eigene Kind verschwunden ist. Man weiß einfach nicht, wo man suchen soll. Ich bin aufs Geratewohl hierher gekommen. Vielleicht, daß in der Schule...« Sie spürte, wie die Tränen kamen.

»Es tut mir so leid um Sie, Mrs. Corliss.« Sie sagte es voller Wärme und Anteilnahme. Sie waren am Portal der Schule angekommen. Mrs. Oliphant blieb stehen. »Es ist eine Folge der Zeit, in der wir leben. Alles geschieht früher, als man es gewohnt ist. Die meisten Kinder sind frühreif. Vor einigen Jahren noch, da liefen höchstens Teenager weg. Heutzutage wollen schon die I-Männchen ausbrechen. Es gibt in allen Altersgruppen das Problem Alkohol und Drogen. Wenn Sie mich fragen: Ich weiß nicht, warum die Kinder so was nehmen.«

»Randy trinkt nicht und er nimmt auch keine Drogen. Und weggelaufen ist er auch nicht!« Ihre Stimme war schrill geworden. »Dem Jungen ist etwas zugestoßen, und ich werde herausfinden, was.«

Sally stürmte zum Portal hinaus. Sie rannte die Stufen hinunter, riß den Wagenschlag auf und schwang sich hinter das Steuer. Sie konnte die Blicke der Krankenschwester in ihrem Nacken spüren. Sie sah sich nicht um, sondern betätigte den Anlasser, legte den Vorwärtsgang ein und gab Gas.

»Irgend etwas Neues?«

»Nein, leider nicht.«

Jim stand vor der Tür. Lucy ließ drei oder vier Sekunden verstreichen, bevor sie den Weg freigab. Er kam ihr nach ins Wohnzimmer. Ohne Zögern ging er zum Fenster und zog die Vorhänge auf. Das Licht der Abendsonne fiel in den Raum.

»Du lebst ja wie in einer Höhle«, sagte er. »Warum hältst du tagsüber die Vorhänge geschlossen?«

Sie seufzte und ließ sich in einen Sessel fallen. »Ich habe gar nicht gemerkt, daß die Vorhänge noch zugezogen waren. Habe heute morgen vergessen, sie aufzuziehen.«

»Du mußt...«

»Jim, keine Belehrungen. Gibt es eine Spur von Randy?«

Jim schüttelte den Kopf. »Nicht die geringste. Die Polizei tut, was in ihrer Macht steht, Lucy, das kannst du glauben. Ich bin bei der Suche nach dem Jungen dabeigewesen. Wir haben die Waldstücke durchkämmt, wo Randy sich letztes Jahr verirrt hat. Wir haben auch mit allen Personen gesprochen, mit denen er auf dem Weg zur Schule Kontakt gehabt haben könnte. Das Komische ist, niemand hat Randy gesehen. Die Polizei wird morgen weitersuchen. Aber dann...« Er hob resigniert die Schultern.

»Du willst sagen, dann werden sie die Suchaktion abbrechen, habe ich recht? Aber er ist doch nur ein hilfloser kleiner Junge, Jim. Sie dürfen die Suche nicht einstellen!«

Er ging zur Hausbar und goß sich einen Drink ein. Sie sah, wie er Sodawasser dazu gab. Überraschend viel Sodawasser, wie Lucy fand. »Gibst du mir auch einen Drink?« bat sie.

»Gern.« Er füllte ein Glas mit Whisky und Soda, reichte es ihr und nahm in einem Sessel Platz. »Du mußt das verstehen, Lucy«, sagte er. »Es ist ja nicht so, daß sich die Polizei nicht um die Sache kümmern würde. Sie suchen nach dem Jungen, und sie werden natürlich auch in der Zukunft nach Randy Ausschau halten. Aber sie können nicht die ganze Gegend nach unserem Sohn durchkämmen, es sei denn, daß irgendwelche Anzeichen für eine Entführung auftauchen. Wenn kein Anruf kommt und keine Lösegeldforderung eingeht, wird die Polizei davon ausgehen, daß der Junge weggelaufen ist.«

»Aber er ist nicht weggelaufen«, beharrte Lucy. »Frag nicht wieso, aber ich weiß ganz einfach, daß er nicht weggelaufen ist.«

Er nickte ihr zu. »Ich mach' dir einen Vorschlag«, sagte er. »Laß uns zusammen zum Abendessen gehen.«

Sie sah ihn von der Seite an. Ein lauernder Ausdruck war in ihre Augen getreten. »Bevor du dir den Kopf zerbrichst, was dahintersteckt«, sagte er, »es steckt gar nichts dahinter. Lucy, wir haben unseren Sohn verloren, und ich habe niemanden, mit dem ich über das Problem sprechen kann. Niemanden außer dir. Außerdem mache ich mir Sorgen um dich.«

»Um mich?« Sie gab sich keine Mühe, ihre Skepsis zu überspielen.

»Ich weiß, ich weiß. Ich bin ein großer Egoist gewesen, und wahrscheinlich verdiene ich, gerädert und gevierteilt zu werden. Was übrigbleibt, könnte man dann den Geiern zum Fraß vorwerfen. Vielleicht sollte man mich vorher aber noch kielholen oder auf einer einsamen Insel aussetzen.«

»Bis zum Kielholen würde ich sagen, ja.« Sie hielt inne und biß sich auf die Lippen. Wie gern hätte sie ihm geglaubt, daß er die Wahrheit sagte, daß er wirklich nur mit ihr zusammen essen und sich aussprechen wollte.

Sie bezwang ihr Mißtrauen.

»Gehen wir ins Speckled Hen«, schlug sie vor. Gemeint war ein kleines Restaurant draußen vor der Stadt. Als jungvermähltes Ehepaar waren sie dort oft essen gegangen.

»Das Speckled Hen«, sagte er nachdenklich. »Gibt's das noch?«

»Ich bin letzte Woche draußen gewesen«, sagte Lucy. »Ich hatte dort in der Gegend zu tun. Ich war drauf und dran, zum Mittagessen dazubleiben.«

»Und warum hast du's nicht getan?«

In seinen Augen lag ein Ausdruck, der sie zur Vorsicht zwang. »Ich hab's mir im letzten Augenblick anders überlegt«, sagte sie. Sie hatte ihr Glas geleert und stand auf. »Gehen wir! Ich werde zwar nicht sehr unterhaltsam sein heute abend, aber so oder so, ich muß etwas essen, und ich brauche jemanden, mit dem ich sprechen kann.«

»Und du hast nichts dagegen, daß ich dieser *jemand* bin?«

»Nein. Heute abend nicht.«

Während sie zum Restaurant fuhren, dachte Lucy darüber nach, inwieweit Jim sich eigentlich verändert hatte. Sie ertappte sich einige Male dabei, daß sie ihn aus den Augenwinkeln musterte. Sein Profil war vollkommen. Sein Kinn war stärker geworden.

Aber es waren nicht solche kleinen Veränderungen, die einen anderen Menschen aus ihm gemacht hatten.

Sein Benehmen war anders als früher. Zum erstenmal schien er die Menschen um sich wahrzunehmen. Er schien ihr fester geworden, verläßlicher. Und noch eins. Früher war er recht humorlos gewesen. Das war jetzt anders. Wenn er früher etwas Lustiges gesagt hatte, dann war der Witz immer auf Kosten eines anderen, eines Wehrlosen gegangen. Meist war sie, Lucy, die Zielscheibe seines Spotts gewesen.

»Du bist anders geworden«, hörte sie sich sagen. »Was hat dich so verändert?«

Wenn ihn die Frage überrascht hatte, so ließ er es sich nicht merken. »Das Leben«, sagte er. »Ich glaube, ich bin es ganz einfach leid, auf die Schnauze zu fallen. Vielleicht war es ganz gut, daß du mich damals rausgeschmissen hast. Ich hatte auf einmal niemanden mehr, an den ich mich anlehnen konnte. Es ist mir gar nichts anderes übriggeblieben, als selbständig zu werden.«

Ein langes Schweigen folgte diesen Worten. Dann waren sie vor dem Restaurant angelangt. Er bog auf den Parkplatz ein.

»Jim?«

Er wandte sich ihr zu. Und wieder war es, als hätte er ihre Gedanken gelesen.

»Du mußt dir keine Sorgen machen wegen mir«, sagte er. »Ich bin durchaus in der Lage, für uns beide zu sorgen. Wir sollten es zumindest miteinander versuchen. Wenn du dann meinst, du kommst besser ohne mich aus, das liegt ganz bei dir. Aber im Augenblick bin ich alles, was du hast. Du kannst dich auf mich verlassen, Lucy. Okay?«

Sie ließ ihren Tränen freien Lauf. Er saß neben ihr und hielt ihre Hand in der seinen.

Das Restaurant hatte sich kaum verändert. Die Erinnerungen an die ersten Monate ihrer Ehe kamen wieder.

Sie sprachen von vergangenen Zeiten, als alles noch gut zwischen ihnen gewesen war. Sie sprachen auch über jene Jahre, wo nichts mehr lief.

Meist schwiegen sie. Ein Fremder, der sie so betrachtete, wäre nicht auf die Idee gekommen, daß hier zwei Menschen miteinander zu Abend aßen, die seit zehn Jahren geschieden waren. Sie sahen aus, wie ein Ehepaar, das Sorgen hat.

Als sie heimfuhren, war zwischen Jim und Lucy so etwas wie Freundschaft entstanden.

Neuntes Kapitel

Der Abend war schwül. Steve Montgomery hatte das Wagenfenster heruntergekurbelt. Langsam fuhren sie an den dunklen Fassaden der Einfamilienhäuser entlang. »Hier irgendwo müßte es sein«, sagte er, zu Sally gewandt. Er streckte den Kopf zum Fenster hinaus. Die Hausnummern waren kaum zu erkennen. Als ob die Besitzer sie absichtlich so anbrachten, daß sich niemand orientieren konnte.

»Ich verstehe immer noch nicht, warum wir an diesem Treffen teilnehmen«, sagte Sally. Steif und mißmutig saß sie neben ihm. Sie hielt die Arme verschränkt und massierte sich die Haut oberhalb der Ellbogen mit den Fingerspitzen. Steve verlangsamte die Fahrt und hielt an. Er drehte die Zündung ab, zog die Handbremse und wandte sich seiner Frau zu.

»Es kann jedenfalls nichts schaden, wenn wir zu einem solchen Treffen gehen«, sagte er. Als er seine Frau mit einer zutraulichen Geste berühren wollte, entzog sie sich ihm. »Schau doch mal, Sally«, sagte er und gab sich Mühe, keinerlei Ungeduld durchklingen zu lassen, »wir gehen doch gar kein Risiko ein. Wenn wir nicht wollen, brauchen wir keinen Ton zu sagen. Diese Menschen haben das gleiche durchgemacht wie wir. Wenn uns jemand helfen kann, die Situation zu bewältigen, dann solch eine Gruppe.«

Er betrachtete sie prüfend. Immer noch schien sie nicht gewillt, den traurigen Tatsachen ins Auge zu sehen.

Steve ahnte, was in den Gedanken seiner Frau vor sich ging. Immer noch suchte sie nach dem Schlüssel für das Rätsel. Warum hatte Julie sterben müssen? Am Tag nach Julies Tod hatte er Sally im Wohnzimmer bei der Lektüre eines medizinischen Buches angetroffen. Steve war sicher, daß sie nur einen Bruchteil von dem verstand, was auf den reich illustrierten Seiten an Wissen ausgebreitet wurde.

Aber eines war klar. Sie würde nicht aufgeben, bis das Rätsel gelöst war. Sie suchte nach dem *wirklichen* Grund für Julies Tod.

Steve erinnerte sich an die Nacht vor der Beerdigung. Er hatte sich schlaflos in den Kissen gewälzt. Auch Sally hatte keine Ruhe gefunden. Schließlich war sie aufgestanden. Sie hatte begonnen, das Haus zu inspizieren. Er hörte, wie sie wieder und wieder den Wohnbereich durchquerte. Sie hatte die Tür zu Jasons Zimmer geöffnet. Mehrmals hintereinander. Er wußte auch, warum. Sie wollte sich überzeugen, daß Jason nichts zugestoßen war. Zweimal war Steve ins Wohnzimmer hinuntergegangen. Er hatte versucht, mit ihr zu sprechen. Aber sie hatte ihn nicht einmal angeschaut. Sie kauerte auf dem Sofa, das medizinische Buch auf den Knien, ihre Augen schienen in eine unwirkliche Ferne zu starren.

Auf seine Bitte, mit ihm ins Schlafzimmer zurückzugehen, hatte sie mit der alten Litanei geantwortet. Babys sterben nicht einfach so. Wie Steve hoffte, würde die Begegnung mit anderen SIDS-Eltern seine Frau zur Besinnung bringen. Er stieg aus dem Wagen, ging um die Kühlerhaube herum und öffnete ihr die Tür.

Er geleitete sie zum Haus, dessen Umrisse sich gegen einen violett schimmernden Abendhimmel abzeichneten, und drückte auf die Türklingel. Wenig später wurde die Tür geöffnet. Eine Frau mittleren Alters hieß sie willkommen.

»Sie müssen das Ehepaar Montgomery sein«, sagte sie und lächelte. »Ich freue mich, daß Sie gekommen sind. Wir haben miteinander telefoniert. Mein Name ist Lois Petropoulous.« Sally und Steve wurden ins Wohnzimmer geführt und den zwölf dort versammelten Personen vorgestellt. Es war, wie Steve fand, eine bunt zusammengewürfelte Gesellschaft. Es gab ein schwarzes Ehepaar. Es gab Orientalen. Es gab zwei Frauen ohne Mann. Ein Ehepaar fiel Steve wegen seiner ärmlichen Kleidung auf. Der Gesichtsausdruck der beiden war verwirrt. Alle Hoffnung war aus den Augen dieses Paares gewichen. Jedenfalls gab es keinen gemeinsamen Nenner, auf den sich die Menschen bringen ließen. Das einzige, was sie zueinander geführt hatte, so folgerte Steve, war die Tatsache, daß jeder dieser Menschen den Tod eines Kindes zu beklagen hatte. Eines Kindes, das an SIDS gestorben war.

Die Frau hatte ihnen einen Platz auf dem Sofa angewiesen. Sally nahm neben ihrem Mann Platz. Sie saß stocksteif, die Hände im Schoß gefaltet.

»Es gibt in unserer Gruppe keinen Vorsitzenden«, erklärte Mrs. Petropoulous. »Wir haben nicht einmal ein festes Klublokal. Wir versammeln uns reihum, jedes Mal bei einem anderen Mitglied.«

»Wie lange bleiben die Paare denn jeweils in der Gruppe?« erkundigte sich Steve.

»Jeder, solange er will.« Es war die ärmlich aussehende Frau, die seine Frage beantwortet hatte. »Kevin und ich sind jetzt seit einem Jahr dabei.« Sie deutete auf ihren Mann.

Eine Frau, an deren Namen sich Steve später als Muriel erinnern würde, mischte sich in die Unterhaltung ein. »Ich glaube,

Irene und Kevin kommen nur, weil sie Langeweile haben«, sagte sie mit gutmütigem Spott. Steve spürte, wie ihm die Schamröte ins Gesicht stieg. Er war überrascht, als seine Sitznachbarn auf die Bemerkung der Frau mit einem herzlichen Lachen reagierten.

»Sie müssen sich über solche Bemerkungen in diesem Kreis nicht wundern«, sagte Lois. »Jeder von uns versucht auf seine Weise, mit dem Tod seines Kindes fertigzuwerden. Manchmal ist das der einzige Ausweg. Natürlich geht's nicht immer lustig zu. Es werden viel Tränen vergossen in dieser Runde. Und manchmal gehen uns die Nerven durch, wir schreien uns an. Man macht sich keine Vorstellung, wieviel Aggressionen sich in einem Menschen ansammeln, wenn er den Tod seines Kindes zu verarbeiten hat. Das ist eigentlich die Hauptfunktion unserer Gruppe. Dampf ablassen, damit man nicht verzweifelt. Es gibt keine Tabus. Jeder darf sagen, was er fühlt. Am wichtigsten ist, Sie beide verstehen, daß Sie mit Ihrem Schmerz nicht allein sind.« Sie sah in die Runde. »Das Treffen ist ja praktisch schon eröffnet. Ich möchte jetzt verkünden, was ich eigentlich ganz an den Anfang des heutigen Abends stellen wollte. Ich bin schwanger.«

Aller Augen waren jetzt auf Lois gerichtet. »Ich weiß auch, was für eine Bemerkung Ihnen jetzt auf den Lippen liegt«, fügte sie hinzu. »*Wieso wagen Sie es, nach dem, was passiert ist?*«

In der Tat wurde Lois dann mit Fragen dieses Inhalts bestürmt. Und dann meldete sich Muriel Flannery zu Wort. »Haben Sie denn gar keine Angst, Lois?«

»Natürlich habe ich Angst«, gab Lois zu. »Fürchterliche Angst sogar. Ich glaube, ich werde kaum noch zum Schlafen kommen, wenn das Kleine erst einmal auf der Welt ist. Ich werde es wie ein Habicht bewachen. Ich habe sogar vor, das Kind mit einem Monitor auszustatten.«

»Ich finde das grausam«, sagte eine Frau. »Mir kommt das vor wie ein Experiment im Laboratorium.«

»Ich würde wohl keine Ruhe haben, wenn das Kind nicht mit einem solchen Monitor ausgestattet ist«, beharrte Lois.

Steve war ratlos. Von einem Monitor für Kleinkinder hatte er noch nie gehört. Was war das? Kevin lieferte die Erklärung. »Es ist eine Art Detektor, den man auf der Brust des Kindes festheftet. Sobald das Kind zu atmen aufhört, ertönt eine Alarmglocke. Allerdings vermag niemand zu sagen, ob das Ding auch im Falle von SIDS funktioniert.«

»Das müßte es eigentlich«, sagte Steve. »Aus welchem Grund

auch immer das Kind zu atmen aufhört, das Gerät würde darauf ansprechen.«

»So einfach liegt die Sache nicht«, sagte einer der Männer. »Soweit man festgestellt hat, ist es nicht die Funktion der Lungen, die erlahmt. Die Kinder sterben an einer Kontraktion der oberen Atemwege. Es ist, als ob eine unsichtbare Hand ihnen die Gurgel zusammendrückt. Die Kinder versuchen zu atmen, aber es geht nicht. Wenn dann die Alarmglocke losgeht, ist es zu spät.«

Das Gespräch ging weiter. Man erörterte die Maßnahmen, die zur Vorbeugung gegen SIDS angewandt werden konnten. Überzeugend war keine der vorgeschlagenen Lösungen. Steve machte eine interessante Beobachtung. Hatte er zunächst befürchtet, eine Ansammlung merkwürdiger, vielleicht gar hysterischer Individuen anzutreffen, so stellte sich jetzt heraus, daß dies Menschen wie du und ich waren. Keiner der Eltern hatte sich vorstellen können, daß ihr Kind von SIDS dahingerafft werden würde. SIDS, das war etwas, das *anderen* Kindern widerfuhr, nicht den eigenen. Jeder in der Runde hatte einsehen müssen, daß er Teil der Gesellschaft war. Wobei die Menschen auf diese Erkenntnis sehr unterschiedlich reagierten. Einige waren schlicht ratlos, andere zutiefst verunsichert, wütend, mißtrauisch. Wieder andere blieben in wortloser Trauer befangen.

Sally Montgomery schien nicht zu hören, was die Menschen in dieser Runde sagten. Warum bin ich überhaupt hergekommen? fragte sie sich. Hilfe war von diesen Leuten nicht zu erwarten. Sie und Steve vertaten nur ihre Zeit. Viel wichtiger war, daß sie sich um Jason kümmerten. Und um die Aufklärung des Rätsels, das den Namen SIDS trug.

Als inmitten des Stimmengewirrs die Stimme eines Mannes erklang, der bisher kein einziges Wort gesagt hatte, sah sie auf. Alex, der Ehemann der Gastgeberin, hatte sich neben sie gesetzt. »Sie nehmen an unserer Diskussion überhaupt nicht teil, Mrs. Montgomery«, sagte er. »Mir kommt es vor, Sie sind in Gedanken ganz woanders.«

Sie lehnte sich zurück und glättete die Falten ihres Kleides. »Ich bin in der Tat mit meinen Gedanken ganz woanders«, sagte sie. »Ich denke an mein totes Kind. Meine Tochter ist nicht an SIDS gestorben. Es muß etwas anderes gewesen sein.«

Eine Frau, die ein paar Schritte entfernt von ihr saß, beugte sich vor. »Ich heiße Jan Ransom«, sagte sie. »Sagen Sie uns doch bitte, Mrs. Montgomery, welche Todesursache vermuten Sie bei Ihrer Tochter?«

»Das weiß ich nicht«, antwortete Sally. »Aber ich werde es herausfinden.«

»Gewiß werden Sie das«, pflichtete ihr Jan Ransom bei. »Es wird Ihnen dabei gehen wie mir. Ich habe ein Jahr lang allen möglichen Ursachen nachgespürt, bis das Resultat schließlich feststand.«

»Und?«

Jan zuckte die Schultern. »Das Ergebnis war, mein Kind ist an SIDS gestorben. Was das Schwierige bei einem solchen Todesfall ist, niemand kann einem sagen, was es damit eigentlich auf sich hat. Ich habe lange nicht begreifen können, daß die Ärzte diesem Problem völlig ratlos gegenüberstehen. Ich habe -zig Bücher gelesen, um mich sachkundig zu machen. Ich habe mich mit allen möglichen Leuten unterhalten, von denen ich Aufklärung erhoffte. Niemand wußte Bescheid. Zum Schluß habe ich verstanden, daß ich die ganze Zeit den Kopf in den Sand gesteckt hatte. Ich habe dann auch begriffen, wovor ich solche Angst hatte. Wenn es keine natürliche Erklärung für den Tod meines Kindes gab, dann blieb nur eine Lösung. Ich mußte den Tod selbst verschuldet haben.«

»Niemand von uns brächte es übers Herz, sein Kind zu töten«, gab Muriel Flannery zu bedenken.

»Wirklich nicht?« fragte Jan Ransom bitter. »Die Zeitungen sind voll von Berichten über Menschen, die ihre Kinder umbringen. Ich muß dazu sagen, mein Kind war nicht gerade das, was man ein Wunschkind bezeichnet.«

Jetzt hörte Sally Montgomery hin.

»Mein Leben war genau vorgeplant«, fuhr Jan fort. »Nach der Beendigung meines Studiums wollte ich nach New York gehen und in einer Werbeagentur arbeiten. Wenn ich dann dreißig war, wollte ich heiraten. Und zwar einen Mann, der genauso zielstrebig war wie ich. Vor allem keine Kinder. Kinder sind einem nur im Wege. Und außerdem, kann man es überhaupt noch verantworten, ein Kind in die Welt zu setzen? Die Welt ist voll ungelöster Probleme. Es gibt Überbevölkerung, es gibt einen weltweiten Engpaß bei der Energieversorgung. Und da soll man noch Kinder kriegen? Eines Tages stellte sich heraus, ich war schwanger.«

»Warum haben Sie Ihr Kind denn nicht abgetrieben?« kam die Frage aus der Runde.

Jan Ransom verzog ihren Mund zu einem traurigen Lächeln. »Weil ich katholisch erzogen wurde. Ich hatte gedacht, das macht mir gar nichts mehr aus, aber ich habe mich getäuscht. Das dicke Ende kam, als ich vor der Entscheidung stand, treibst du ab oder nicht. Ich habe es nicht übers Herz gebracht. Als das Baby auf der Welt war, da war ich nicht einmal mehr bereit, es zur Adoption freizugeben. Das wäre vielleicht besser gewesen.«

»Was SIDS angeht, hätte sich überhaupt nichts geändert«, warf Lois Petropoulous ein. »Die Kinder sterben an SIDS, egal wer sie aufzieht.«

»Wie können Sie so etwas sagen!« herrschte Jan sie an. »Niemand weiß, was SIDS eigentlich ist. Dann kann auch niemand behaupten, die Krankheit befällt die Kinder unabhängig davon, in welcher Familie sie aufwachsen.« Ihre Stimme zitterte, als sie weitersprach. »Vielleicht spürt das Baby, daß seine Mutter es nicht mag. Es stirbt, um die Mutter für ihre Lieblosigkeit zu bestrafen.«

Jan Ransom hatte ausgesprochen, was Sally dachte. Seit Julie tot war, hatte sie sich in Selbstvorwürfen zerfleischt.

»Nicht daß wir uns falsch verstehen, Mrs. Montgomery«, hörte sie Jan sagen. »Inzwischen glaube ich nicht mehr, daß ich den Tod meines Kindes verschuldet habe. Und Sie, Mrs. Montgomery, sind ebenso unschuldig. Es ist wirklich am besten, wenn wir uns an das halten, was die Ärzte sagen. Wir können nicht unser ganzes Leben lang Antworten nachspüren, die es nicht gibt. Wir müssen die Tatsachen akzeptieren, und damit basta.«

»Ich glaube nicht, daß ich das kann«, erwiderte Sally. Sie war aufgestanden. »Wie dem auch sei, ich sehe keine Gemeinsamkeiten zwischen Ihrem Schicksal und dem meinen.« Sie tippte ihrem Mann auf die Schulter. »Steve?« Sie war schon zur Tür unterwegs. Steve stammelte eine Entschuldigung.

»Schon gut«, beruhigte ihn Lois Petropoulous. »Es ist nicht das erste Mal, daß jemand einfach wegläuft, und es wird nicht das letzte Mal sein. Wenn Ihre Frau uns braucht, stehen wir zur Verfügung. Ich bin überzeugt, sie wird Hilfe finden, in diesem Kreise oder anderswo. Sie sollten gut auf sie aufpassen, Steve. Ihre Frau braucht Sie jetzt mehr, als Sie vielleicht denken.«

Sie stand im hellerleuchteten Türrahmen und sah den beiden nach, wie sie zum Wagen gingen. Schließlich ging sie ins Wohnzimmer zurück. Sie war nachdenklich geworden. Ob Sally Montgomery wohl zurückkommen würde? Oder würde sie den Dingen ihren Lauf lassen, bis sie eines Tages von der Woge des Unheils überrollt wurde?

Jason Montgomery hatte sich auf den Boden gesetzt. Er sah seinem Meerschweinchen zu, das im Kinderzimmer umhersprang. Das Tier war glücklich, der Gefangenschaft des Käfigs entronnen zu sein. Das Dröhnen des Fernsehgeräts im Erdgeschoß war zu hören. Der Babysitter, ein Mädchen, war eingeschlafen. Vor ein paar Minuten war Jason runtergegangen. Als er das Mädchen schlafend antraf, hatte er überlegt, ob er sie wecken sollte. Er hatte sich dagegen entschieden. Er mochte das Mädchen nicht besonders gern. Im Unterschied zu den anderen Mädchen, die ihn in der Abwesenheit seiner Eltern beaufsichtigten, war dieses Mädchen noch nie dazu zu bewegen gewesen, Karamelbonbons in der Pfanne zu brutzeln. Sie wollte vor allem eines: in Ruhe gelassen werden. Und so hatte Jason eine volle Minute lang in der Tür gestanden, hatte die Schlafende betrachtet und war dann ins Kinderzimmer, zu seinem Meerschweinchen Fred, zurückgekehrt.

Seine Eltern, das wußte er, waren zu einer Veranstaltung gegangen. Sie trafen sich mit irgendwelchen Leuten. Worum es bei dem Treffen ging? Es mußte wohl irgend etwas mit seiner toten Schwester zu tun haben. Warum Julie gestorben war oder so. Jason verstand nicht recht, warum man sich darüber mit anderen Menschen unterhalten mußte. Das Kind war tot und begraben. Er hatte gedacht, wenn ein Mensch begraben war, dann konnte man ihn vergessen. Offenbar hatte er sich geirrt.

Er nahm sich vor, mit Randy Corliss über die Frage zu sprechen. Gleich beim nächsten Mal, wenn sie sich trafen.

Es gab ein Hindernis. Von Joey Connors hatte er erfahren, daß Randy von zu Hause weggelaufen war. Die Sache war das große Gesprächsthema bei den Kindern. Wenn Randy überhaupt wieder auftauchte, so sagten die meisten, dann würde er wohl von den Fürsorgebehörden in Obhut genommen werden.

Fred hatte den Raum durchquert, jetzt schnupperte er an Jasons Arm. Jason kraulte das Tier hinter den Ohren.

»Ob ich wohl auch bei der Fürsorge lande?« sagte er zu seinem vierbeinigen Spielgefährten. »Dabei habe ich Julie doch gar nichts tun wollen. Ich habe ihr nur die Decke über den Kopf gezogen, eine Minute lang.« Er starrte dem Meerschweinchen in die punktförmigen Augen. Zum hundertsten Mal fragte er sich, ob er Julie getötet hatte oder nicht. Nein, dachte er. Ich war es wirklich nicht.

Wie aber, wenn er doch der Mörder war?

Er nahm das Meerschweinchen vom Boden hoch und barg es in seinen Armen.

»Du bist jetzt Julie«, sagte er. Er legte Fred auf den Rücken. Das Tier strampelte mit den Beinen, bis er es am Bauch zu kraulen begann.

»Das gefällt dir, wie?« Er zog die Hand weg. Das Tier blieb ruhig liegen. Offenbar wartete es darauf, daß er die Liebkosung fortsetzte.

Er begann das Tier in die Decke einzurollen. Dann begann er zu zählen.

Er sah, wie Fred, in den Falten des Stoffes gefangen, hin und her sprang. Aber es gelang ihm nicht, sich zu befreien.

Als Jason bei hundert angelangt war, rührte sich Fred nicht mehr.

Jason versuchte sich zu erinnern. Wie war das bei Julie gewesen? Hatte die Kleine überhaupt gestrampelt? Nein, entschied er. Allerdings war sie länger bedeckt gewesen als Fred.

Sorgsam faltete er die Decke auf. Er war sicher, daß Fred, sobald das Hindernis beseitigt war, unter das Bett flitzen würde.

Aber das Meerschweinchen rührte sich nicht mehr, auch nicht, als Jason ihm mit dem Fingernagel in den Bauch piekte.

Vielleicht habe ich Julie doch getötet. Wenn es so war, nun, dann war es unabsichtlich geschehen. So unabsichtlich wie jetzt die Sache mit dem Meerschweinchen.

Er hob den kleinen Kadaver auf und wog ihn in der Hand.

Vielleicht reagierten Meerschweinchen ganz ähnlich wie Kinder, dachte er. Vielleicht starben diese Kleinen einfach so, ohne äußeren Anlaß.

Er legte das Meerschweinchen in den Käfig zurück. Dann ging er zu Bett. Als seine Eltern zurückkehrten, war er eingeschlafen.

Es war seine Mutter, die das Tier tot auffand.

Steve war mit dem Mädchen hinausgegangen, um es heimzufahren. Sally huschte in Jasons Zimmer, beugte sich über ihren Jungen, lauschte seinen Atemzügen. Sie küßte ihn auf die Stirn. Sie wollte gerade den Raum verlassen, als sie das Gefühl beschlich, daß irgend etwas nicht stimmte.

Die typischen Atemgeräusche des Meerschweinchens fehlten. Sally knipste die Nachttischlampe an Jasons Bett an und ging zu dem kleinen Käfig, der in der Ecke des Zimmers stand. Das Meerschweinchen lag reglos auf dem Rücken. Sally kniete sich hin, öffnete die Käfigtür und nahm den kleinen Körper heraus. Ein Ausruf des Entsetzens entfuhr ihr, als sie merkte, daß sie einen Kadaver in der Hand hielt.

»Was ist?« murmelte Jason. Er rieb sich verschlafen die Augen. »Stimmt was nicht mit Fred?«

»Fred ist tot.« Vergeblich versuchte sie die Ängste zu verdrängen, die ihr Herz umkrallten. Es ist schließlich nur ein Meerschweinchen, redete sie sich ein. Ein Tier. Nicht Jason ist gestorben, sondern ein wertloses, unbedeutendes Meerschweinchen.

Trotzdem. Die Sache erinnerte sie an den Tod ihrer kleinen Tochter. Als ihr die Tränen kamen, ließ sie das Tier fallen und stürmte aus dem Zimmer. Jason rief hinter ihr her: »Was ist mit Fred passiert, Mutter? Ist er an der gleichen Krankheit gestorben wie Julie?«

Zehntes Kapitel

Sally Montgomery saß im Wohnzimmer. Das Buch, in dem sie las, wurde vom gemütlichen Schein einer Schirmlampe erhellt.

Sie las, ohne den Sinn der Zeilen zu erfassen. Sie blätterte weiter. Bilder, Worte, Buchstaben ohne logische Verbindung.

Als Steve zurückgekommen war, hatte sie ihm von der Sache mit dem Meerschweinchen erzählt. Denk nicht weiter drüber nach. Das war seine Antwort gewesen. Er war hinaufgegangen, hatte das tote Tier in den Garten getragen und dort verscharrt.

Sally ging die Frage ihres Sohnes im Kopf herum. Ist das Tier an der gleichen Krankheit gestorben wie Julie?

Woran war Julie gestorben?

Widerstrebend ließ sie die Bilder der Erinnerung an sich vorüberziehen. Da war Jason. Er stand im Türrahmen. Das Kinderzimmer. Julie. Sie, Sally, stand in der Mitte des Raumes. Sie hielt den Leichnam ihrer Tochter an sich gepreßt.

Jason am offenen Grab. Der winzige Sarg wurde in die Finsternis hinabgelassen. Jasons gefühlloser Blick.

Als ob ihn das ganze gar nichts anging, dachte Sally.

Es sollte eine lange Nacht werden. Sally konnte keinen Schlaf finden. Zweimal war sie aufgestanden, um nach Jason zu sehen. Jedesmal fand sie ihn ruhig schlafend. Er hielt einen Arm über die

Brust gelegt. Der andere Arm baumelte von der Bettkante herunter. Ob ihn der Tod seiner Schwester oder der Tod seines Meerschweinchens wohl bedrückte? Wenn es so war, dann gelang es ihm, seine Gefühle meisterhaft zu verbergen. Sally hatte am Fußende von Jasons Bett gestanden. Sie war versucht, ihren Sohn zu rütteln und zu schütteln, damit er aufwachte. Aber sie hatte sich beherrscht.

Es gab Fragen, die zu stellen sie sich fürchtete. Sie fürchtete sich, weil die Antworten den Blick in den Abgrund freigeben würden.

Sie schloß das Buch mit dem Titel ›Kinderkrankheiten‹, in dem sie gelesen hatte. Plötzlich waren Jan Ransoms Worte wieder da. Mein Kind war nicht gerade das, was man ein Wunschkind bezeichnet. Vielleicht spürt das Baby, daß seine Mutter es nicht mag. Es stirbt, um die Mutter für ihre Lieblosigkeit zu bestrafen.

Sie nahm das Telefonbuch und schlug den Buchstaben R auf. Nach kurzem Suchen fand sie den Namen.

RANSOM, JANELLE 504 ALDER ESTBY 555–3624

Der Ruf ging siebenmal durch, bevor abgenommen wurde.

»Ist dort Miß Ransom? Hier spricht Sally Montgomery. Wir haben uns heute bei Mrs. Petropoulous kennengelernt, erinnern Sie sich?«

»Sally. Ja, natürlich erinnere ich mich. Ich... ich wußte, daß Sie anrufen würden. Ein Vorgefühl.«

Sally wußte nicht, was sie jetzt sagen sollte. Sie hatte auf einmal das Gefühl, belauscht zu werden. Sie drehte sich um. Steve stand auf der Türschwelle. Sie schluckte.

»Ich habe überlegt. Wie wäre es, wenn wir uns nächste Woche zum Mittagessen treffen?«

»Gern«, kam Jan Ransoms Antwort. »An welchem Tag?«

»Wann es Ihnen am besten paßt.«

»In diesem Fall brauchen wir nicht bis nächste Woche zu warten. Ich schlage vor, wir treffen uns noch diese Woche. Freitagmittag, würde ich sagen. Kennen Sie das Restaurant Speckled Hen?«

Ja. Sally kannte das Restaurant. Sie bestätigte die Verabredung. Dann legte sie den Hörer auf die Gabel zurück. Warum will ich mit Jan Ransom sprechen? Sie vermochte sich die Frage nicht zu beantworten.

Steve war zu ihr getreten. Er setzte sich neben sie. »Darf ich fragen, mit wem du telefoniert hast?«

»Lieber nicht.«

Er sah sie an. Sie sah erschöpft und übermüdet aus. Er beschloß, nicht weiter in sie zu dringen. Er stand auf und knipste das Licht aus. »Laß uns jetzt schlafen gehen, Liebling«, sagte er.

Sie ließ sich von ihm nach oben führen. Als sie im Bett lagen, zog er sie an sich. »Es ist vielleicht am besten, wenn wir noch ein Kind bekommen«, hörte sie ihn sagen.

Sie wandte sich von ihm ab. Während sie einschlief, spürte sie, wie die Kluft zwischen ihnen tiefer und tiefer wurde.

Elftes Kapitel

Lucy Corliss schielte zur Uhr. Es war fast elf. Der Tag war verstrichen, ohne daß irgendein Anruf gekommen war. Drei Tage war Randy jetzt schon verschwunden. Sie sah Jim in die Augen. »Möchtest du noch eine Tasse Kaffee?«

Jim schüttelte den Kopf. Sie saßen in der Küche. Den ganzen Abend hatten sie in der Küche verbracht. Es war gegen sechs gewesen, als Jim an der Haustür auftauchte.

»Was gibt's?« hatte sie gefragt. »Irgendeine Spur von Randy?«

»Nein. Leider nicht. Darf ich reinkommen?«

Sie hatte ihn in die Küche geführt, und bei Jim hatte das Erinnerungen an zu Hause wachgerufen. Seine Mutter hatte ihren Besuch immer in der Küche bewirtet. Das Wohnzimmer war dem Besuch des Pfarrers vorbehalten.

»Ich komme gerade von der Polizei«, hatte er berichtet. »Ich habe mit Sergeant Bronski gesprochen.«

»Und?«

»Er hat mir einige Statistiken erklärt.«

»Statistiken?«

»Die Polizei hat ihre Erfahrungen. Sie werten das statistisch aus. Wir müssen uns darauf gefaßt machen... Ich meine, wenn Randy aufgefunden wird, dann wahrscheinlich...« Er wandte sich ab, um seine Tränen zu verbergen.

»Dann wahrscheinlich tot«, vollendete sie seinen Satz. »Ich weiß, Jim. Das hat mir die Polizei auch gesagt. Aber ich glaube ihnen nicht. Ich habe das Gefühl, Randy ist noch...«

»Du machst dir Hoffnungen, Lucy«, unterbrach er sie. »Aber die Chancen sind dünn. Sergeant Bronski sagt, es sieht besser aus in jenen Fällen, wo Lösegeldforderungen eingehen. Wenn zumindest ein Telefonanruf kommt. *Irgend etwas.* Aber wie die Dinge liegen, bleiben nur zwei Erklärungen. Entweder Randy ist weggelaufen. Oder aber er ist entführt worden, und der Entführer hat kein Interesse an einem Lösegeld.«

»Du meinst, jemand hat sich an dem Jungen vergangen und ihn dann umgebracht?«

»Ja, das befürchte ich«, sagte Jim.

»Das ist unmöglich«, sagte Lucy mit fester Stimme. »Wenn Randy umgebracht worden wäre, würde ich das spüren. Ich weiß genau, daß er noch lebt, das fühle ich. Er ist nicht tot, Jim, und er ist auch nicht weggelaufen.«

»Wo steckt er dann? Warum meldet er sich nicht?«

Lucy hatte nur den Kopf geschüttelt. »Jim, ich habe mit allen möglichen Leuten gesprochen, um irgendeine Spur zu finden. In einem Film oder im Roman, da geht das ganz anders. Die Mutter sucht ihr Kind, und sie findet das Kind. Ich aber habe nichts gefunden. Überhaupt nichts. Außer das hier.«

Sie gab ihm die Fotokopien, die sie aus der Schule mitgebracht hatte. Er las.

Ein bemerkenswert gesunder Junge sei Randy, stand da. Zu gesund.

Was sollte das denn heißen? *Zu gesund?*

Er überflog die Seiten ein zweitesmal.

Es gab keine Fehltage. Randy hatte keinen einzigen Tag gefehlt.

Es gab keinerlei Eintragungen über Krankheiten. Kein verdorbener Magen. Keine Schürfwunde. Kein Heftpflaster. Keine Tabletten gegen Husten und Heiserkeit. Keine Erkältung.

Er schloß die Mappe und sah Lucy an.

»Ist dir beim Durchlesen irgend etwas aufgefallen?« fragte er sie.

»Wie meinst du das?«

»Diesen Unterlagen zufolge ist Randy während der ganzen Schulzeit kein einziges Mal krank gewesen. Er hat in der ganzen Zeit nicht einmal eine Schramme davongetragen. Er hatte nicht einmal einen kranken Zahn.«

»Na und?«

Jim zog die Stirn kraus. »Ich finde das sehr ungewöhnlich.« Er öffnete die Akte, um ihr daraus vorzulesen. Er endete mit einer Eintragung auf der unteren Hälfte der ersten Seite:

CHILD NR. 0263

»Hast du eine Ahnung, warum das Wort mit Großbuchstaben geschrieben ist?« fragte er sie.

»Ich habe mich auch gewundert, als ich auf diese Eintragung stieß«, sagte sie. »Ich habe dann die Schulschwester angerufen und gefragt, ob das eine besondere Bedeutung hat. Sie hat mir erklärt, CHILD ist die Abkürzung für Children's Health Institute for Latent Diseases. Das ist ein medizinisches Institut, irgendwo in Boston. Und 0263 ist die Nummer, die sie Randy zugeteilt haben.«

»Hat denn jedes Schulkind eine solche Nummer?«

»Das weiß ich nicht«, sagte Lucy. »Die Schulschwester hat mir nur gesagt, daß die Schule diesem medizinischen Institut alle paar Monate Auskunft über Randys gesundheitliche Entwicklung gegeben hat.« Sie dachte nach. »Wir sollten die Schulschwester fragen, ob die anderen Kinder in der gleichen Weise überwacht werden, da hast du völlig recht.« Sie stand auf, ging zum Telefon und wählte.

»Aber Lucy, es ist schon Mitternacht«, sagte er.

»Es ist aber wichtig, das in Erfahrung zu bringen«, widersprach sie ihm. Sie gab ihm ein Zeichen zu schweigen. »Mrs. Oliphant? Hier spricht Lucy Corliss. Tut mir leid, daß ich Sie so spät noch störe. Aber es gibt da eine Sache, die ich unbedingt in Erfahrung bringen muß. Werden alle Kinder in der Schule in der Weise überwacht, wie es bei Randy geschah? Ich meine, mit regelmäßigen Meldungen an dieses CHILD-Institut?«

Sie schwieg, lauschte, stellte ein paar Gegenfragen. Schließlich legte sie den Hörer auf die Gabel zurück.

»Nun, Lucy?«

»Es ist merkwürdig. Die Schulschwester sagt, sie weiß keine Einzelheiten über dieses Untersuchungsprogramm. Sie weiß nur, daß die Daten von etwa einem Dutzend Kindern aus Eastbury nach Boston gemeldet werden. Randy ist das älteste Kind. Jeden Monat fertigt die Schulschwester Fotokopien von den Karteikarten der erfaßten Kinder. Das Institut versorgt sie mit voradressierten und freigestempelten Umschlägen. Sie haben ihr allerdings nie erklärt, zu welchem Zweck die Daten in Boston erfaßt werden und was die Auswertung ergeben hat.«

»Wieso dürfen denn solche Daten überhaupt an andere Stellen weitergemeldet werden?« wunderte sich Jim. »Hast du irgend etwas unterschrieben, womit du dein Einverständnis bekundet hast?«

»Ich kann mich nicht erinnern«, sagte Lucy. »Es kann schon sein, daß ich so einen Wisch unterschrieben habe. Die Kinder legen einem ja alle paar Wochen etwas zum Unterschreiben für die Schule vor. Du kannst dir ja vorstellen, wie das geht. Sie zeigen es einem immer erst beim Frühstück, so daß man keine Zeit mehr hat, die ganzen Formulare zu lesen. Der Schulbus wartet, und ab geht die Post.«

»Ich hab' von diesen Dingen nicht viel Ahnung«, sagte er ausweichend.

»Die Schulschwester hat noch etwas Interessantes gesagt. Die Kinder, deren Daten in Boston erfaßt sind, haben eines gemeinsam. Sie sind kerngesund, wie Randy.«

Er starrte sie an. »Alle?«

Sie nickte. »Alle.«

»Wie ist das möglich, Lucy?«

»Ich verstehe deine Frage nicht.«

»Seit wann werden die Daten schon übermittelt?«

»Seit dem ersten Schuljahr.«

»Und alle Kinder, die in Boston erfaßt sind, zeichnen sich durch einen blendenden Gesundheitszustand aus, sagst du?«

»Ja. Das behauptet jedenfalls Mrs. Oliphant.« Sie verstand nicht, auf was er mit seinen Fragen hinauswollte.

»Lucy, findest du es nicht merkwürdig, daß diese Art von Überwachung schon seit dem ersten Schuljahr stattfindet? Sieh einmal, ich könnte mir noch vorstellen, daß ein solches Institut auf ein Schulkind aufmerksam wird, das jahrelang keinen Fehltag wegen Krankheit hat. Nehmen wir an, Randy ist zehn, und das Institut stellt fest, er ist seit vier Jahren kein einziges Mal krank gewesen. Sie gehen dann Jahr für Jahr zurück und durchleuchten die Unterlagen der Vergangenheit. Hier aber ist es genau umgekehrt. Dieses Institut hatte Grund zu der Annahme, daß der Junge und die anderen Kinder dieser Gruppe jahrelang nicht erkranken würden, und das ist auch der Grund, warum sie die Kinder von Anfang an überwacht haben.«

»Was willst du damit sagen?«

»Ich will damit sagen, daß uns das vielleicht bei der Suche nach Randy helfen könnte. Wir werden uns mit diesem Institut in Verbindung setzen, gleich morgen. Wir werden herausfinden, was es mit dieser langjährigen Überwachung auf sich hat und warum Randy zu den wenigen gehört, die dabei erfaßt wurden.«

Als Lucy allein in ihrem Bett lag, dachte sie über Jims Worte nach. Was konnte schon dabei herauskommen, wenn man sich mit dem Children's Health Institute for Latent Diseases in Verbindung setzte? War es nicht eine Spur, die mit großer Sicherheit im Sande verlaufen würde?

Andererseits war es die einzige Möglichkeit, die ihnen blieb.

Wenn ich nichts unternehme, werde ich verrückt, dachte sie.

Ich werde nicht aufgeben. Ich werde herausbekommen, was mit meinem Sohn geschehen ist.

Zwölftes Kapitel

Randy Corliss war jetzt drei Tage im Internat, und schon war ihm der Tageslauf in Fleisch und Blut übergegangen. Erstmals in seinem Leben fühlte er sich einer Gruppe zugehörig. Daheim war er allein gewesen. Anders. Ausgesperrt. Im Internat wurde er behandelt wie die anderen. Er war einer von vielen.

Freilich gab es, was den Schulunterricht anbetraf, große Unterschiede zum Schulplan der Eastbury Elementary School. War das andere eine Ganztagsschule gewesen, so wurde hier nur vormittags unterrichtet, wenn man von den Sportstunden absah. Der Lehrplan war abwechslungsreicher, als Randy es von der bisherigen Schule in Erinnerung hatte. Es war den Lehrern im Internat auch nicht gleich, ob man etwas lernte oder den Unterricht verschlief. Ganz anders als auf der Volksschule. Dort hatten die Lehrer einfach weiter geredet, auch wenn offensichtlich wurde, daß jedes Interesse der Schülerschaft erloschen war.

Gewissermaßen ging im Internat alles schneller vor sich. Zügiger. Die Lehrer erwarteten von einem, daß man etwas lernte, und die Schüler bemühten sich, dieser Erwartung zu entsprechen. Die Lehrer lehrten die Fächer, an denen die Schüler besonderes Interesse hatten. Geschichte zum Beispiel. Randy hatte sich immer für Kriege und Schlachten interessiert. Es war Miß Bown, die den Geschichtsunterricht erteilte. Randy empfand das alles wie ein Spiel. Ein wundervolles Spiel, bei dem man die Regeln zu beachten hatte. Tat man das, dann gewann man das Spiel. Im Geschichtsunterricht erfuhr er, daß viele Schlachten der Vergangenheit ganz einfach verloren wurden, weil die Truppen den Befehlen ihrer Anführer nicht gehorcht hatten. Was Randy sehr logisch erschien. Wenn er die Jahre seines Lebens an sich vorbeiziehen ließ – er war jetzt neun –, dann war er immer nur in Schwierigkeiten geraten, wenn er erhaltene Anweisungen nicht beachtet hatte.

Im Internat war es genauso. Solange die Schüler mitmachten, war alles in Ordnung. Man bekam einen Befehl. Man führte diesen Befehl aus. Gelang einem das nicht, dann versuchte man es noch einmal, bis es klappte. Die Hauptsache war, man widersprach nicht.

Nur ein einziges Mal war Randy gemaßregelt worden. Er hatte sich zum Abendessen verspätet. Fünf Minuten zu spät. Als er sich an den Tisch setzen wollte, mußte er feststellen, daß sein Gedeck bereits abgeräumt war. Auch der Stuhl war fortgenommen worden. Keiner der Jungen sah von seinem Teller auf. Miß Bown war aufgestanden. Das Abendessen, so bedeutete sie ihm, beginne um sechs Uhr. Nicht um fünf nach sechs, sondern um sechs. Er wurde auf sein Zimmer zurückgeschickt und verbrachte den Abend und die Nacht mit knurrendem Magen. Seitdem hatte er sich angestrengt, zum Abendessen immer pünktlich zu erscheinen. Insgesamt gesehen war die Aufsicht vormittags strenger als nachmittags. Nach dem Sport hatten die Jungen frei. Sie konnten machen, was sie wollten. Manchmal hatte Randy das Gefühl, beobachtet zu werden. Allerdings hatte er nie eine Aufsichtsperson entdeckt, die den Verdacht bestätigte.

Es war am Donnerstag. Randy und Peter waren mit der Gymnastik fertig. Der ganze Nachmittag lag noch vor ihnen. Sie befanden sich auf dem parkartigen Gelände, das die Internatsgebäude umgab.

»Spielen wir ›König der Berge‹«, schlug Peter unvermittelt vor.

Randy ließ seine Blicke über das Gelände schweifen. »Und wo sind die Berge?«

»Komm«, sagte Peter nur. Er führte seinen Gefährten in ein nahes Waldstück. Sie waren einige Minuten gegangen, als sie an eine Lichtung gelangten. In der Mitte der Lichtung erhob sich ein etwa zehn Meter hoher Granitblock.

»Was ist das?« fragte Randy ahnungslos.

»Ein Felsen, du Dummkopf«, gab Peter zurück.

»Und du meinst, wir können da raufklettern?«

»Das meine ich nicht nur, das weiß ich. Ich bin viele Male raufgeklettert.«

»Allein?«

»Mit Jeff Grey.«

Randy hatte den Namen noch nie gehört. »Wer ist Jeff Grey?«

»Du kennst ihn nicht. Das war vor deiner Zeit.«

»Wo ist Jeff jetzt?«

»Woher soll ich das wissen?« Es war leicht dahingesagt, aber Randy spürte, daß Peter ihm nicht alles gesagt hatte. Das Gespräch am Tag seiner Ankunft fiel ihm wieder ein.

Es gibt Kinder, die verschwinden ganz einfach. Wir glauben, daß diese Kinder sterben.

Was war mit Jeff Grey geschehen? Ehe er weitere Fragen an Peter stellen konnte, hatte jener das Spiel begonnen. »Wer zuerst oben ist, muß den anderen daran hindern, die Spitze zu erklettern!« Er rannte über den Geröllhaufen und begann den Felsen zu erklimmen. Randy stand ein paar Sekunden unschlüssig da. Dann lief er seinem Freund nach und machte sich ebenfalls an die Besteigung des Granitfelsens.

Die ersten drei Meter waren nicht schwer. Es gab Kanten und Vertiefungen, wo Hände und Füße Halt fanden. Randy achtete nicht auf Peter, der einen oder zwei Meter über ihm kletterte. Er war im oberen Drittel angekommen, als sich plötzlich eine Hand auf seine Schulter legte. Er blickte auf. Es war Peter.

»Auf Wiedersehen, Randy.« Der Druck auf die Schulter verstärkte sich. Er hätte beinahe das Gleichgewicht verloren. Im letzten Augenblick gelang es ihm, einen Lorbeerstrauch zu erfassen, der aus einer Spalte wuchs. Peter gab ihm einen Stoß. Seine Füße verloren den Halt, auch der Lorbeerbusch gab nach. Randy rutschte, Arme und Beine von sich gestreckt, auf der steilen Felswand dem Abgrund zu. Mit einem dumpfen Ruck kam er auf dem Geröllhaufen auf. Er wälzte sich auf den Rücken, reckte und streckte sich. Wie es schien, war er unverletzt geblieben. Er rappelte sich auf. Von oben war Peters Lachen zu hören.

Randy schlich sich in den toten Winkel. Diesmal wählte er eine steilere, auch kürzere Route zur Besteigung. Es gab keine Chance mehr, Peter beim Aufstieg zu überholen. Wenn er die Spitze der Felsnadel erreichte, würde es zum Zweikampf kommen.

Mit bedächtigen Bewegungen begann er den Aufstieg. Er prägte sich die Vorsprünge und Vertiefungen ein. Wenn er ein zweites

Mal ins Rutschen geriet, würde er wissen, wo er sich festklammern und den Fall bremsen konnte. Auf halber Höhe angekommen, visierte er eine schmale Plattform unterhalb des Gipfels an. Dort würde er sich hinstellen, um den Ringkampf mit Peter zu beginnen. Jener würde seinen Platz auf der Spitze verteidigen.

Als er auf der Plattform angekommen war, wurde ihm klar, wie aussichtslos sein Beginnen war. Peter stand breitbeinig auf dem höchsten Punkt des Granits. Randys Kopf befand sich auf einer Ebene mit den Knien seines Spielgefährten.

»Keinen Schritt weiter!« hörte er Peter sagen.

Randy klammerte seine Finger in eine Felsspalte und versuchte sich hinaufzuziehen. Peter stieß ihn zurück. »Gibst du auf?«

»Nein«, sagte Randy wütend. »Du hast gemogelt.«

»Wieso?«

»Du hast mich auf halber Höhe runtergestoßen.«

»Na und? Das Spiel heißt, wer am ersten oben ist. Es gibt keine Regeln, *wie* man raufkommt.«

Randy verstärkte seine Bemühungen, den Gipfel zu erklimmen. Aber Peter hatte ihm den Fuß auf die Hand gestellt. Es gelang Randy, die Hand freizubekommen. Er leckte sich das Blut von den Fingerknöcheln. Dann dachte er über eine neue Strategie nach. Er sah sich um. Zwischen den Baumwipfeln war der angsteinflößende Block des Internatsgebäudes zu erkennen. Ob man sie von dort beobachtete? Nicht ausgeschlossen, daß man sie beide zur Rede stellte, wenn sie verschrammt und abgerissen von ihrem Kletterunternehmen heimkehrten.

Sein Blick fiel auf den Geröllhaufen am Fuß des Felsblocks. Wenn es Peter gelang, ihn hinunterzustoßen, blieb ihm nur eine Chance. Er mußte sich irgendwo im oberen Bereich des Felsens festklammern. Weiter unten fiel das Gestein steil ab. Nichts, womit sich der Sturz in die Tiefe dann noch bremsen ließ. Er würde...

Er hob den Blick.

»Gibst du auf?« Peter wiederholte die Aufforderung im herablassenden Tonfall.

»Nein!« schrie Randy. Er versuchte mit der rechten Hand einen Felsvorsprung zu umfassen. Als er sah, wie Peter den Fuß hob, zog er die Hand rasch wieder weg.

Dann hatte er seinen Gegner mit beiden Händen am Fußknöchel ergriffen. Es war ein gewagtes Manöver. Wenn Peter jetzt den Halt verlor, würden sie beide in die Tiefe stürzen.

Peter wurde durch den Angriff völlig überrascht. Vergeblich versuchte er freizukommen.

Randy verstärkte seinen Griff.

Als der andere mit dem freien Fuß nach ihm zu treten versuchte, bog er ihm den Fuß zur Seite. Peter bückte sich und hob einen Felsbrocken auf.

»Laß meinen Fuß los, oder...«

»Nein.«

»Wenn du nicht losläßt, schlage ich dir den Schädel ein.«

»Nein.«

Randy sah auf. Plötzlich verstand er, daß aus dem Spiel Ernst geworden war. Peter hatte die Hand, die den Felsbrocken hielt, erhoben. Als er sah, wie die Hand sich senkte, riß er mit aller Kraft am Fuß seines Spielgefährten. Er sah, wie sich Peters Hand öffnete. Der Stein polterte über die Felswand und verschwand in die Tiefe.

Peter hatte die Balance verloren. Als Randy den Schatten über sich sah, wußte er, daß der Fall seines Freundes nicht mehr aufzuhalten war.

»Fang mich auf!« schrie Peter.

Es war zu spät. Zwar bekam er Peters Hosenbeine zu fassen. Aber der Schwung des Fallenden war so groß, daß er den Stoff wieder freigeben mußte. Mit dem Kopf voraus stürzte Peter in die Tiefe.

Louise Bown kniete neben dem reglos daliegenden Jungen. Sie hielt sein Handgelenk umfaßt und sah auf ihre Armbanduhr. Schließlich nickte sie. Randy sah, wie sie Peter das Augenlid hochschob.

»Ist er tot, Miß Bown?«

»Er ist bewußtlos, Randy.«

»Ich habe es nicht mit Absicht getan«, heulte Randy los. »Wirklich nicht, Miß Bown. Wir haben ›König der Berge‹ gespielt, und da...«

»Ich *weiß*, wie es passiert ist, Randy.«

Der Tonfall, in dem sie ihm antwortete, war gereizt. Randy malte sich aus, welche Strafen ihn jetzt erwarteten.

Er erinnerte sich an den Vorfall mit Billy Semple. Der Freund war vom Dach gesprungen und hatte sich dabei ein Bein gebrochen. Er, Randy, hatte ihn nicht einmal gestoßen, er war nur Zeuge des Unfalls gewesen. Und trotzdem hatte es ein Riesentheater gegeben. Mit Peter lagen die Dinge anders. Er hatte Peter am Fuß gezogen, und das hatte seinen Sturz zur Folge gehabt. Was würde mit ihm geschehen, wenn der Freund an dem Sturz starb? Würde er im Gefängnis landen?

Louise Bown hatte den reglosen Körper behutsam auf die Seite gewälzt. Jetzt sah Randy die Wunde. Peter war mit dem Kopf auf dem Geröll aufgekommen. Ein blutiges Loch bezeichnete die Stelle, wo Steinsplitter ins Gehirn gedrungen waren.

Nachdenklich betrachtete Louise Bown die Verletzung. Unverständlich, daß der Junge den Sturz lebend überstanden hatte.

Während Randy sich übergab, hatte die Lehrerin den Körper seines Spielgefährten hochgehoben. Er sah aus den Augenwinkeln, wie sie Peter zum Gebäude schleppte.

Voll der schlimmsten Erwartungen folgte er ihr.

Die Uhr im Erdgeschoß schlug Mitternacht. Als der zwölfte Schlag verklungen war, richtete Randy sich auf und setzte sich auf die Bettkante.

In seinem Kopf jagten sich die Gedanken. Es war jetzt geisterhaft still im Haus. Frieden, Schweigen, Einsamkeit. Aber die Stille war anders als sonst.

Peter.

Beim Abendessen war für Peter Williams, den verletzten Freund, kein Gedeck mehr aufgelegt worden. Keiner der Jungen hatte eine Bemerkung gemacht. Sie hatten gegessen. Dann war jeder in seinem Zimmer verschwunden, grußlos, im stillschweigenden Einvernehmen der Angst.

Randy hatte gewartet, bis der Speisesaal sich leerte. Dann war er zu Miß Bown gegangen.

»Wird Peter wieder gesund werden?« hatte er gefragt.

Miß Bowns Antwort kam zögernd. Sie streichelte ihm über die Wange.

»Man hat Peter fortgebracht«, sagte sie leise. »Du mußt nicht weiter über die Sache nachdenken. Wir wissen, wie sich der Unfall zugetragen hat. Niemand macht dir einen Vorwurf. Es war ein ganz normaler Unfall, wie er beim Spielen vorkommt, verstehst du?«

Randy nickte. Er zog sich in sein Zimmer zurück und dachte über Miß Bowns Worte nach.

»Man hat Peter fortgebracht.« Was meinte sie damit? Bedeutete es, daß Peter gestorben war?

Unwahrscheinlich, daß sich Peter nicht mehr im Internat befinden sollte. Gleich nach dem Unfall war Randy ins Haus gegangen. Er hatte den ganzen Nachmittag und den nachfolgenden Abend in seinem Zimmer verbracht, hatte auf die Freifläche vor den Wirtschaftsgebäuden hinausgestarrt. Kein Krankenwagen war vorgefahren, auch kein anderes Fahrzeug. Wie also hätte man Peter fortbringen können? Wo war er?

Randy spürte, wie die Dunkelheit und die Stille ihm die Kehle zuschnürten. Er stand auf, ging zur Tür, öffnete sie und spähte in den Gang. Sein Blick fiel auf den Tisch neben dem Treppengeländer. Dort saß normalerweise eine Aufsichtsperson, eine Wächterin. Auch nachts. Aber jetzt war der Stuhl leer.

Auf Zehenspitzen ging er zum Treppengeländer. Er blieb stehen und lauschte.

Nichts. Nur das Ticken der Standuhr.

Stufe für Stufe ging er die Treppe hinunter. Er war darauf gefaßt, daß Miß Bown oder eine andere Aufsichtsperson in irgendeiner Tür erscheinen und ihn ins Bett zurückbeordern würde. Aber alles blieb still. Unangefochten gelangte er ins Erdgeschoß.

Er blieb stehen und äugte ins Halbdunkel. Der Aufenthaltsraum und der Speisesaal waren leer. Er ging den Flur entlang, der zu den Büros führte. Er kam an der Tür mit dem Namensschild von Miß Bown vorbei. Er wollte schon wieder in sein Zimmer im Obergeschoß zurückkehren, als er Stimmen hörte. Er ging dem Geräusch nach. Es schien aus einem der Büros zu kommen.

Auf Zehenspitzen trat er näher. Dann ergriff er den Türknopf und drehte ihn herum. Keine Veränderung bei den Stimmen. Er öffnete die Tür einen Spalt.

Ein weißgekachelter Operationssaal. Eine Operationsliege stand in der Mitte des Raumes. Glastischchen mit Skalpellen, Scheren und Watte. Ein Galgen mit Tropf. Es sah aus wie einer jener OP-Säle, die Randy aus dem Fernsehen kannte. Fünf Personen waren um die Operationsliege versammelt.

Sie trugen weiße Kittel, die Züge waren von Masken verhüllt. Randy erkannte Miß Bown an den Locken, die unter ihrer Leinenkappe hervorschauten. Der Mann am Kopfende der Liege, da war er sicher, war Mr. Hamlin, der Leiter des Internats.

Als die Krankenschwester, die ihm den Rücken zukehrte, zur Seite trat, erkannte er die Gesichtszüge des Jungen, der auf dem Tisch lag.

Peter Williams. Sein Kopf war in einem Metallrahmen festgeschraubt worden. Man hatte ihm das Haar abrasiert. Ein Teil der Hirnschale war weggefräst worden. Das Gehirn lag frei.

Randy war so erschrocken, daß er zu atmen vergaß. Sein Herz klopfte wie wild.

Miß Bown hatte ihn also belogen. Man hatte Peter nicht fortgebracht. Er war auch nicht gestorben. Dort lag er auf dem OP-Tisch.

Was hatten sie mit ihm vor? Waren Mr. Hamlin und Miß Bown denn Ärzte, die sich auf Operationen verstanden?

Es mußte wohl so sein, anders war die Szenerie, die sich ihm darbot, nicht zu erklären.

Er schrak zusammen, als er Miß Bowns Stimme vernahm.

»Was tun Sie da, Dr. Hamlin? Sie werden ihm umbringen.«

Die Antwort kam klar und kühl. »Wenn ihn das umbringen würde, wäre er schon längst tot.«

Drei oder vier Minuten lang beobachtete Randy das gespenstische Geschehen. Er verstand kaum einen der medizinischen Fachausdrücke, die im Gespräch des OP-Personals vorkamen. Aber ihm war klar, daß dies keine richtige Operation war. Etwas stimmte nicht bei dem Eingriff, den diese Menschen an seinem Spielkameraden vornahmen. Als er spürte, wie ihm die Tränen kamen, zog er die Tür hinter sich zu und huschte in sein Zimmer zurück.

Dr. Hamlin – er war zugleich der Leiter des Internats und Chirurg, obwohl das keiner der Jungen wußte – sah in die Runde. Louise Bown, so vermutete er, war wohl die einzige im OP-Team, die Vorbehalte gegen den geplanten Eingriff hatte. Die andere Mitglieder des Teams waren Ärzte und Ärztinnen. Es gab eine ausgebildete OP-Schwester, es gab einen Anästhesisten. Im Unterschied zu Louise Bown handelte es sich um Personen, die den Forschungsaufgaben dieses Instituts alles andere, auch die menschlichen Rücksichten, unterordneten. Louise Bown hingegen machte ihm Sorgen. Dieser Frau mangelte es ganz einfach an der nötigen Sachlichkeit. Das Projekt war geheim. Wäre es nicht wegen der Geheimhaltung gewesen, Dr. Hamlin hätte Louise Bown längst gefeuert. Aber sie wußte zuviel. Es gab wohl keine andere Möglichkeit, als die Widerstände und Schwierigkeiten, die sie in die Arbeit einbrachte, hinzunehmen.

»Das wär's dann wohl«, sagte er und ließ das Skalpell sinken. Die Operation hatte drei Stunden gedauert. Peter Williams war die ganze Zeit im Koma gewesen, der Anästhesist hatte nicht einzugreifen brauchen.

Dr. Hamlin hatte den anderen Ärzten jede einzelne Operationsphase erklärt.

»Die Blutung hat aufgehört.«

Dr. Hamlin hatte die Knochensplitter entfernt, die ins Gehirn gedrungen waren. Es gab fünf Splitter, die aus den Windungen des Großhirns entfernt werden mußten.

»Mein Gott«, hatte die OP-Schwester geflüstert. »Das sieht ja furchtbar aus.«

Dr. Hamlin war auf diese Bemerkung nicht eingegangen. Mit raschen, geschickten Bewegungen hatte er das beschädigte Gewebe herausgeschnitten und in ein Gefäß mit einer Salzlösung sinken lassen.

»Gibt es irgendwelche Hinweise darauf, daß die Regeneration des Gewebes bereits begonnen hat?« fragte Dr. Garner, der ältere der Assistenten.

»Dazu ist es noch zu früh«, hatte Dr. Hamlin knapp geantwortet. Er betrachtete die blutende Schnittfläche. Er war jetzt nur noch Forscher, Wissenschaftler, Chirurg.

Der Einschnitt ins Kleinhirn geriet tief, wie er es beabsichtigt hatte. Louise Bown war hinter den Chirurgen getreten. Er war nicht überrascht, als sie ihn am nächsten Schnitt zu hindern versuchte. Die Worte, die Randy Corliss einen Schrecken eingejagt hatten, waren für ihn nichts als die Gefühlsäußerung einer wohlmeinenden, aber unzuverlässigen Fachkraft.

»Was tun Sie da, Dr. Hamlin? Sie werden ihn umbringen.«

»Wenn ihn das umbringen würde, wäre er schon längst tot.«

Die Operation war zu Ende. Peter Williams' Brust hob und senkte sich in ruhigen Atemzügen. Blutdruck und Herzschlag waren normal.

Ein Teil des Gehirns war herausoperiert worden.

Die Wunde war nicht verschlossen worden.

»Soll ich das Nähen für Sie übernehmen, Dr. Hamlin?« bot Dr. Garner an.

»Die Wunde wird nicht vernäht. Bringen Sie den Jungen ins Laboratorium und beobachten Sie ihn rund um die Uhr.«

»Wozu das?« warf der jüngere Assistent ein. »Er wird schon in wenigen Stunden tot sein.«

»Warten wir's ab«, sagte Dr. Hamlin ruhig. »Mir kommt es vor allem auf die Frage an, ob sich das Gehirn von selbst regeneriert. Wenn das der Fall ist, möchte ich sofort benachrichtigt werden.«

»Und wenn er aufwacht?« fragte Louise Bown leise, aber bestimmt.

Dr. Hamlin musterte sie aus kühlen grauen Augen. »Wenn er aufwacht«, sagte er, »dann fragen Sie ihn einfach, wie er sich fühlt. Wobei sich dann auch die Frage klärt, ob er überhaupt noch irgend etwas fühlt.« Und dann hatte Dr. Hamlin sich umgewandt und den OP-Raum verlassen.

Der Mensch Peter Williams hatte für diesen Mann nie existiert.

Peter war Untersuchungsgut. Kind Nr. 0168. Gegenstand einer Versuchsreihe, die allem Anschein nach als Fehlschlag abgeschrieben werden mußte. Vielleicht würde sich Kind Nr. 0263 als widerstandsfähiger erweisen. Wie war noch der Name des Kindes?

Dr. Hamlin dachte nach.

Corliss. Richtig. Randy Corliss.

Er würde Kind Nr. 0263 ab sofort erhöhte Aufmerksamkeit zuwenden.

Dreizehntes Kapitel

Sally Montgomery hatte das Restaurant ›Speckled Hen‹ betreten, als sie von der Anwandlung befallen wurde, zu ihrem Auto zurückzulaufen. Sie sah in den großen Spiegel, der das Foyer beherrschte. Nein, beschloß sie. Ich werde durchhalten. Die Frau, die ihr aus dem Spiegel entgegensah, verriet mit keinem Wimpernzucken die Nervosität, die sie seit dem Telefongespräch mit Jan Ransom fühlte. Wer sie so sah, mußte sie für eine berufstätige junge Frau halten, die sich hier im Restaurant mit einem Kunden oder einem Handelsvertreter traf. Sie trug einen roten Hosenanzug. Mit Bedacht hatte sie eine auffällige Farbe gewählt. Das würde den Blick von ihrem Gesicht weglenken.

»Ich bin Mrs. Montgomery«, sagte sie zu der Empfangsdame, die ihr entgegenkam. »Ich bin mit Mrs. Ransom verabredet.«

»Ich weiß Bescheid«, sagte die Empfangsdame. »Würden Sie mir bitte folgen?« Sie wurde an den besetzten Tischen vorbei zu einer Nische geführt. Unweit davon war die Schwingtür zu erkennen, die das Restaurant mit der Küche verband. Jan Ransom hielt einen Drink umklammert. Sie nahm einen Schluck. Erst als die

Empfangsdame wieder im Gang verschwunden war, richtete sie das Wort an Sally Montgomery.

»Ich habe einen Tisch in der Nische reservieren lassen, damit wir uns ungestört unterhalten können. Was wir einander zu sagen haben, ist schließlich nicht für jedermann bestimmt.«

Sally ließ sich auf dem Polsterstuhl nieder. Sie warf einen prüfenden Blick auf die anderen Tische. Niemand, den sie kannte. Ein Kellner erschien. Sie bestellte sich ein Glas Wein. Dann wandte sie sich Janelle Ransom zu.

»Sie müssen gedacht haben, ich bin verrückt. Ich meine, als ich Sie mitten in der Nacht angerufen habe.«

Jan Ransom machte eine abwehrende Handbewegung.

»Aber nein. Wir haben uns in den ersten Wochen alle so benommen. Ich weiß noch ganz genau, ich habe damals Menschen angerufen, die ich kaum kannte. Ich habe meinen Gesprächspartnern lang und breit dargelegt, was meiner kleinen Tochter passiert war. Bis ich verstand, ich tat das eigentlich nur, um selbst über die ganze Sache ins klare zu kommen.« Der Kellner kam und brachte das Glas Wein. Jan Ransom schwieg, bis er außer Hörweite war. Dann hob sie ihr Glas. »Auf uns!« sagte sie. Sie tranken.

Nachdem der Kellner zurückgekommen war und die Bestellung für das Essen aufgenommen hatte, neigte sich Jan zu Sally hinüber. »Darf ich Sie was fragen? Warum haben Sie gerade mich angerufen? Habe ich an dem Abend etwas Besonderes gesagt, was Ihnen Vertrauen eingeflößt hat?«

Sally zögerte. »Sie haben da eine Bemerkung gemacht. Sie sagten, Ihr Kind sei nicht gerade ein Wunschkind gewesen.«

»Das war es auch nicht«, gab Jan zu. »Allerdings änderte sich das, als die Kleine geboren war. Von dem Augenblick an hatte ich sie fürchterlich gern.« Jans Blick schien in die Ferne gerichtet. »Sie hätten sie sehen sollen, Sally. Sie war das schönste Baby, das Sie sich vorstellen können. Keine verschrumpelte Haut wie die meisten Kinder in den ersten Tagen. Sie ist lachend auf die Welt gekommen. Sie war so fröhlich, so lebendig, bis...« Das Lächeln wich aus Jans Gesicht. Als sie weitersprach, lag ein bitterer Zug um ihren Mund. »Ich frage mich heute noch, ob ich nicht irgend etwas falsch gemacht habe, ob die Schuld nicht doch bei mir liegt.«

»Ich kenne das«, flüsterte Sally. »Das ist es ja, was mich so kaputt macht. Wissen Sie, was die Sache mit dem Wunschkind angeht, meine kleine Julie war auch nicht geplant. Ebenso wie mein

Sohn. Merkwürdig, nicht? Es gibt Frauen, die würden ein Vermögen dafür geben, wenn sie ein Kind bekommen. Aber Frauen wie Sie und ich, wir stellen alles mögliche an, um nicht schwanger zu werden, und trotzdem kriegen wir Babys.«

»Hatten Sie die Pille genommen?« erkundigte sich Jan.

Sally schüttelte den Kopf. »Ich bin allergisch gegen die Pille. Deshalb hat mir mein Arzt die Spirale verschrieben.«

»Ist ja auch viel romantischer«, flachste Jan. »Keine Unterbrechung mehr beim Vorspiel. Und man braucht auch nicht mehr darüber nachzugrübeln, hab' ich heute wirklich schon die Pille genommen oder hab' ich nicht? Man kann sich seelenruhig mit seinem Mann ins Bett legen. Allerdings mit der Gefahr, daß man schwanger wird.«

»Hatten Sie denn auch eine Spirale?«

»So ist es. Es schien die beste Lösung. In meinem Falle war die Religion der ausschlaggebende Faktor. Nein, lachen Sie nicht, es ist wirklich so. Ich habe mir ausgerechnet, daß ich beim Einlegen der Spirale nur einmal sündige. Wenn ich dagegen die Pille nehme, ist es jedesmal eine Sünde. Ich gehe zwar sowieso nicht zur Beichte. Aber ich hatte Angst, ich würde Schuldgefühle haben. Na, und da bin ich dann zu Dr. Wiseman gegangen und hab' mir die Spirale einsetzen lassen.«

Sally runzelte die Stirn. »Sie waren bei Dr. Wiseman? Sagten Sie Wiseman?«

»Kennen Sie ihn?«

»Ich bin auch bei ihm in Behandlung.«

Jan Ransom schmunzelte. »Dann lassen Sie uns mal rechnen. Wie wahrscheinlich ist es, daß zwei Frauen den gleichen Frauenarzt haben, in gleicher Weise wegen einer Spirale beraten werden, schwanger werden und dann ihr Kind wegen SIDS verlieren?«

Sally Montgomery blieb ernst. Je länger sie darüber nachdachte, es konnte kein Zufall sein, daß auch Jan bei Dr. Wiseman in Behandlung gewesen war.

»Wie dem auch sei«, hörte sie Jan Ransom sagen, »das Leben geht weiter.«

»Genau das sagt meine Mutter, wenn sie mich trösten will, aber es hilft nicht.«

»Ihre Mutter sagt das, meine auch, alle Mütter würden wohl so reagieren, damit ihre Töchter die Sache bewältigen. Aber haben sie denn nicht recht? Nichts auf der Welt kann Ihre kleine Julie wieder zum Leben erwecken. Wir haben keine andere Wahl, als die Wunden allmählich heilen zu lassen.«

»Das kann ich nicht«, sagte Sally ruhig. »Ich kann nicht so tun, als sei gar nichts Besonderes passiert. Mein Kind ist tot, und ich muß herausfinden, wie es dazu kommen konnte.« Jan wollte etwas sagen, aber Sally hob die Hand. »Hören Sie auf mit der SIDS-Litanei. Das ist keine akzeptable Erklärung.«

»O doch, Sally! Verstehen Sie denn nicht? Die Kinder sind an SIDS gestorben, und für SIDS *gibt* es keine Erklärung.«

Sally blickte auf. »Sie müssen den Eindruck haben, ich bin im Begriff, den Verstand zu verlieren.«

Jan biß sich auf die Lippen. Dann schüttelte sie den Kopf. »Wir haben in den ersten Wochen fast alle den Verstand verloren, deshalb wird Ihnen niemand einen Vorwurf machen. Mein Rat ist: Tun Sie, was Sie glauben, tun zu müssen. Es wird alles wieder gut werden. Ich hatte vor Beginn dieses Gesprächs gehofft, ich könnte Ihnen auf dem Weg zum Seelenfrieden eine Art Abkürzung zeigen. Aber ich sehe, das ist nicht möglich. Trotzdem, ich möchte, daß Sie wissen, ich kann Ihnen das alles sehr gut nachfühlen. Sie müssen es durchstehen.« Sie hob ihr Glas, um Sally zuzuprosten. »Viel Glück!«

Sally war zu Dr. Wisemann unterwegs. Seltsam fremd hörten sich ihre Schritte auf den Fliesen des Krankenhauses an. Sie dachte über ihre Empfindungen nach. Das Krankenhaus hat nichts Besonderes an sich. Ein ganz normales Gebäude. Ich sehe Gespenster. Ich habe Angst vor dem Treffen mit Dr. Wiseman.

Sie war vor der Glastür mit der Aufschrift ›Dr. Wiseman‹ angekommen. Sie trat ein. Die Krankenschwester, die vor dem Karteikasten saß, sah auf. Sie lächelte.

»Guten Tag, Mrs. Montgomery. Hatten Sie einen Termin für heute?« Sie beugte sich über ihren Terminkalender.

»Nein«, sagte Sally. »Ich bin aufs Geratewohl gekommen. Ist es möglich, daß ich Dr. Wiseman ein paar Minuten sprechen kann? Es ist von großer Bedeutung für mich.«

Die Krankenschwester fuhr mit dem Finger auf den Eintragungen in ihrem Block entlang. »Das müßte sich schon machen lassen. Ich werde Sie dazwischenschieben.« Sie nickte ihr freundlich zu. »Ich will Ihnen nichts vormachen. Ihr Termin wird überhaupt keine Schwierigkeiten bereiten. Eine andere Patientin hat abgesagt. Dr. Wiseman hatte vor, in der Zwischenzeit in seinen Fachzeitschriften zu lesen.« Sie lächelte. »Nun, dann muß er die Lektüre eben auf ein andermal verschieben.« Sie stand auf, ging zur Tür mit der Aufschrift ›Sprechzimmer‹, klopfte an und verschwand. Schon wenig später war sie zurück. Sie machte eine einladende Geste. »Bitte schön, Mrs. Montgomery. Sie können reingehen.«

Dr. Wiseman hielt ihr die Hände entgegen. Er strahlte. »Mrs. Montgomery! Ich freue mich, Sie in so guter Verfassung wiederzusehen.« Er legte den Kopf auf die Seite und musterte sie fragend. »Sie haben doch keine Beschwerden?«

»Ich bin gekommen, um Ihnen einige Fragen zu stellen, Herr Dr. Wiseman. Zum Beispiel, was eine Patientin namens Janelle Ransom betrifft.«

Seine Brauen gingen hoch. »Mrs. Ransom? Wo haben Sie Mrs. Ransom kennengelernt?«

»In einer SIDS-Gruppe. Mein Mann und ich sind zu einem Treffen gegangen.«

»Ich verstehe.«

»Wir haben uns dann noch einmal unter vier Augen getroffen. Und bei dieser Gelegenheit habe ich eine merkwürdige Entdekkung gemacht. Sowohl Mrs. Ransom als auch ich trugen eine Spirale, als wir schwanger wurden.«

»Na und?«

»Ist es nicht ein merkwürdiger Zufall, daß zwei Frauen die Spirale tragen und ein Kind bekommen, das dann an SIDS stirbt?«

Dr. Wiseman lehnte sich in seinem Drehsessel zurück und seufzte. Das ist mal wieder typisch, dachte er. Wenn die Mutter eines toten Kindes nicht mehr weiter weiß, dann war der Arzt daran schuld. »Worauf wollen Sie hinaus, Mrs. Montgomery?«

»Wäre es nicht denkbar, daß die Spirale... ich meine, eine solche Spirale könnte doch...«

»Sie meinen, die Spirale hätte das Kind geschädigt, und deshalb wäre das Kind gestorben.« Er beugte sich vor und verschränkte die Hände auf der Schreibtischplatte. »Das ist praktisch ausgeschlossen, Mrs. Montgomery. Eine Schwangerschaft kommt nur zustande, wenn die Spirale vorher ausgestoßen wurde. Wir haben über diesen Punkt gesprochen, bevor ich Ihnen die Spirale einsetzte. Ich habe Ihnen auch gesagt, daß die Spirale viel unsicherer ist als die Pille. Aber die Pille können Sie ja nicht nehmen. Wir hatten den gleichen Fall ja schon einmal bei Ihnen. Bei Ihrer ersten Schwangerschaft war die Spirale vorher abgegangen. Wie dem auch sei, es gibt keine Schädigung der Leibesfrucht durch die Spirale. Gewisse Ähnlichkeiten zwischen dem Fall von Jan Ransom und Ihnen sind rein zufällig. Die einzige Gemeinsamkeit, die ich entdecken kann, liegt in der Tatsache begründet, daß das Kind in beiden Fällen an SIDS gestorben ist. Aber das beweist gar nichts.«

»Wirklich nicht?«

»Wirklich nicht. Ich verstehe trotzdem recht gut, daß Sie zu mir gekommen sind, und ich finde das auch ganz richtig. Sie haben Fragen, und ich bin Ihr Arzt, ich bin dazu da, Ihnen diese Fragen zu beantworten. Was die Hintergründe beim Tod Ihres Kindes angeht, kann ich Ihnen allerdings nicht weiterhelfen.«

Sallys Blick fiel auf den Tischcomputer des Arztes. Sie wußte, daß dieser Computer mit der Zentralen Datenverarbeitung der Stadtverwaltung von Eastbury verbunden war. Sie selbst war es gewesen, die vor Jahren die Programme zusammengestellt hatte. »Könnten wir uns einmal auf dem Sichtschirm Julies Krankengeschichte ansehen, Dr. Wiseman?«

Der Vorschlag kam unerwartet. Dr. Wiseman dachte nach. Er kam zu dem Ergebnis, daß es keinen vernünftigen Grund gab, den man vorschieben konnte, um der Mutter die Einsicht in die Daten zu verwehren. »Einverstanden«, sagte er schließlich. »Ich werde noch Dr. Malone dazu rufen, Julie war seine Patientin, nicht meine.« Er ging zum Telefon und gab die Anweisung, Dr. Malone suchen zu lassen.

»Was versprechen Sie sich von einer Einsichtnahme in diese Unterlagen, Mrs. Montgomery?«

»Ich weiß es nicht«, sagte Sally wahrheitsgemäß. »Ich bin nicht einmal sicher, ob ich den Inhalt der Aufzeichnungen verstehen werde.«

»Ich werde Ihnen gern alles sagen, was Sie wissen wollen«, sagte er. Wenig später ging die Tür auf. Der Kinderarzt trat ein. Er gab Sally die Hand, dann sah er Dr. Wiseman fragend an. Er erklärte ihm den Zweck der Zusammenkunft.

»Vielleicht ist das eine ganz gute Idee«, sagte Dr. Malone, als Dr. Wiseman seine Erklärung beschloß. Es gab, soweit er sich erinnerte, in den Unterlagen nichts, was man zweckmäßigerweise vor der Mutter seiner kleinen Patientin hätte geheimhalten müssen. Sally sah, wie er den Tischcomputer einschaltete und die Daten eintippte. Schließlich nickte er ihr mit einem aufmunternden Lächeln zu. »Bitte, Mrs. Montgomery. Kommen Sie doch bitte auf die andere Seite des Schreibtisches und sehen Sie sich das einmal an.«

Sally nahm neben Dr. Malone Aufstellung. Schriftreihe um Schriftreihe erschien auf der Mattscheibe. Zunächst Name und Geburtsdatum. Julie Montgomery. Dann die Ergebnisse der monatlichen Untersuchungen des Kindes. Die letzte Untersuchung hatte zwei Tage vor dem Tod stattgefunden. Ein bemerkenswert gesundes Kind, wie Dr. Wiseman kommentierte. Als letztes erschien der Text der Todesurkunde auf dem Bildschirm.

Sall starrte auf die grünleuchtenden Buchstaben. »Ich weiß nicht, wonach ich suchen soll«, sagte sie.

»Man würde in einem solchen Fall auf die Erkrankungen des Kindes achten, auf alles, was irgendwie ungewöhnlich ist«, sagte Dr. Wiseman. »Aber Sie sehen ja selbst, es gibt keine Krankheiten. Julie war gesund, sowohl vor als nach der Geburt.« Er sah Dr. Malone an. Der nickte. Sally drückte auf eine der Tasten. Das Bild verschwamm. Schließlich wurde eine Kolonne aus Zahlen und Buchstaben sichtbar. »Was ist das?« fragte sie.

Dr. Malone zuckte die Schultern. »Die Resultate der Labortests. Blutanalysen, Gewebeanalysen, Urinuntersuchungen. Routinetests.«

»Ich verstehe.« Sie wollte sich abwenden, als in der linken unteren Ecke des Bildes eine neue Buchstabenfolge auftauchte. »Und das?« fragte sie.

»Nur ein Code«, erwiderte Dr. Malone. »Er bedeutet, daß die eingespeicherten Daten an ein Institut in Boston übermittelt wurden, an das Children's Health Institute for Latent Diseases.«

»Wozu braucht das Institut in Boston denn die Daten meiner Tochter?« fragte Sally.

»Ich weiß es wirklich nicht«, sagte Dr. Malone. »Und ich fürchte, das CHILD-Institut weiß es auch nicht.«

»Wollen Sie allen Ernstes sagen, dieses Institut in Boston läßt sich Daten von Kindern übermitteln und weiß dann nicht, was es mit diesen Daten anfangen soll?«

»So wollte ich das nicht sagen«, schränkte er ein. »Ich glaube, ich muß da etwas weiter ausholen. Man nennt so etwas eine repräsentative Querschnittuntersuchung. Man stellt nach dem Prinzip der Zufälligkeit...«

Sie schnitt ihm das Wort ab. »Ich weiß, was eine repräsentative Querschnittuntersuchung ist. Ich habe solche Programme selbst zusammengestellt.«

Ihre Erinnerung wanderte in jene Zeit zurück, als sie die Programme für die Stadtverwaltung gemacht hatte. In der Tat brauchte man nur eine kleine repräsentative Datenmenge von Einwohnern, um bestimmte Fragen zu beantworten, die sich bei der Verwaltung der Bürger stellten.

Für einen Laien klang das alles recht geheimnisvoll. In Wirklichkeit, und Sally Montgomery wußte das, war es ein durchaus legitimes und verläßliches Verfahren in der Verwaltung. Je größer der Ort, um so kleiner konnte man den Prozentsatz der Bevölkerung auswählen, deren Daten man in den Computer einspeiste.

In Eastbury hatte man beispielsweise nur ein paar hundert Leute untersucht, als vor ein paar Jahren eine Epidemie ausbrach. Deren Kontrolle über Monate hinweg lieferte dann ein genaues Bild über die Entwicklung der Krankheit.

»Worum geht es dem CHILD-Institut denn eigentlich bei diesen Studien?« fragte sie.

»Vermutlich um die Frage, wie gesund der Durchschnitt der Kinder ist«, erwiderte Dr. Malone. »Das Institut und andere Stellen haben die Daten einiger Kinder, die nach dem Zufälligkeitsprinzip ausgewählt wurden, in regelmäßigen Abständen abgerufen. Es hat wirklich nichts Besonderes zu bedeuten, daß Julies Daten weitergegeben wurden. Das CHILD-Institut hatte vor, Julie bis zu ihrem einundzwanzigsten Lebensjahr zu beobachten.«

»Wie konnten Sie es zulassen, daß die Daten meiner Tochter an Dritte weitergegeben wurden?« fragte Sally. Sie kannte sich aus mit Computern. Vor allem war sie informiert über die Möglichkeit, die eine automatische Datenverarbeitung den Behörden eröffnete. Jeder Bürger konnte damit nach Belieben ausspioniert werden, ohne daß er selbst je davon erfuhr.

Dr. Wiseman schaltete sich ein. »Das ist doch alles ein Mißverständnis. Nicht der Name Ihrer Tochter wurde weitergegeben, nur die Daten aus den verschiedenen Untersuchungen. Andernfalls hätten wir uns ja gar nicht mit dem ganzen Projekt einverstanden erklärt.« Er deutete auf die grünflimmernden Zahlenreihen. Dann lächelte er Sally zu. »Alles, was CHILD weiß, ist, das Kind Nr. 9682 ist an SIDS gestorben. Weiter weiß CHILD, welchen Blutdruck und dergleichen die Kleine bei den verschiedenen Untersuchungen gehabt hat. Damit ist doch keine Geheimhaltungspflicht verletzt worden. Wenn Sie Software-Programme zusammengestellt haben, Mrs. Montgomery, dann wissen Sie doch selbst, daß die Namen in solchen Fällen nicht übermittelt werden.

Außerdem ist an dem Projekt von CHILD überhaupt nichts Besonderes. CHILD weiß den Namen des Kindes nicht und interessiert sich auch gar nicht dafür. Es handelt sich um eines unter Hunderten von Forschungsprogrammen, wie sie jedes Jahr durchgeführt werden. Sie wissen auch, Mrs. Montgomery, daß die Computer die Namen der Patienten löschen, sobald Codenummern eingespeist sind.«

»Und das glauben Sie?« gab Sally wütend zurück. »Wie will solch ein Institut denn den Lebensweg eines Menschen verfolgen, wenn es den Namen des Betreffenden nicht kennt. Die Leute ziehen erfahrungsgemäß alle paar Jahre um, innerhalb der Stadt oder innerhalb der Bundesstaaten. Man kann sie nur über den Namen wiederfinden. Außerdem gibt es eine Person aus Fleisch und Blut, die alles in den Computer einspeichert. Die Verbindung zwischen Code und Name ist also leicht zu knüpfen. Wie leicht, das sehen Sie ja, wenn Sie auf den Bildschirm blicken. Dort steht Julies Name und ihre Codenummer. Jedermann in der Stadtverwaltung von Eastbury kann diese Daten abrufen.« Sie hatte sich in Zorn geredet. »Was den medizinischen Bereich angeht, da sind Sie beide die Experten, zugegeben. Aber was Computerprogramme angeht, da kenne ich mich besser aus als Sie. Ich weiß, wie man Computer bedient. Ich weiß, was Computer können und was sie nicht können. Etwas, was Computer besonders gut können, ist, Daten austauschen. Wenn jemand weiß, wie man Computer bedient, und wenn er die Schlüsselcodes kennt, dann kann er über jeden Menschen in den Vereinigten Staaten alles herausbekommen, was er nur wissen will. Wenn man dann noch besonders begabt ist, dann kriegt man aus den Computern sogar die Daten raus, die laut Programmierung eigentlich nicht weitergegeben werden dürfen.« Sie war aufgestanden und durchquerte den Raum mit nervösen Schritten. »Warum haben Sie mich nicht von diesem Forschungsprogramm unterrichtet, bevor Sie Julies Daten an Dritte weitergaben? Ich bin schließlich die Mutter des Kindes. Wenn sich jemand für die Krankheitsunterlagen meiner Tochter interessiert, dann habe ich ein Recht darauf, das zu erfahren.«

»Aber Mrs. Montgomery, Sie steigern sich da in etwas hinein, was in keinem Verhältnis ...«

»Ich will Ihnen sagen, was ich vermute!« unterbrach sie ihn. »Julie war krank, und das CHILD-Institut wußte das. Deshalb haben sie sich die Daten übermitteln lassen.«

Dr. Wiseman war aufgestanden. »Nun hören Sie mir einmal in

aller Ruhe zu, Mrs. Montgomery!« sagte er förmlich. Sie nahm in einem Sessel Platz.

»Es tut mir leid«, sagte sie. »Ich werde ganz einfach das Gefühl nicht los, daß Julie durch fremde Einwirkung gestorben ist. Es war nicht SIDS.«

Dr. Wiseman war an seinem Platz hinter dem Schreibtisch zurückgekehrt. Ihm war klar, daß Sally Montgomery unter Streß stand. Die dunklen Ränder unter ihren Augen, die hektischen Flecken auf ihren Wangen, das Zucken um den Mund, all das war zu verräterisch.

»Mrs. Montgomery«, sagte er mit sonorer Stimme, »der Tod Ihrer Tochter ist ein ganz normaler Fall von SIDS, glauben Sie mir.« Er sah, wie sich ihre Haltung versteifte, und gab Dr. Malone ein Zeichen.

»Dr. Wiseman hat völlig recht«, ließ sich der Kinderarzt vernehmen. »Es gibt nichts Besonderes an den Krankheitsdaten Ihrer Tochter Julie. Nichts, woraus sich für das CHILD-Institut oder andere Stellen irgendwelche geheimnisvollen Rückschlüsse ziehen ließen.«

Dr. Wiseman nickte. »Was CHILD angeht, so sollten Sie wissen, daß es sich um ein sehr renommiertes Institut handelt. Diese Leute haben auf dem Gebiet der Medizin Großartiges geleistet. Wenn die Gesundheit der Kinder heute im Durchschnitt besser ist als früher, dann verdanken wir das dem Institut. Es ist einfach unvernünftig, irgend etwas…«

Sie musterte ihn, während er nach dem passenden Wort suchte.

»…Bedrohliches in der Tatsache zu sehen, daß Julies Daten in einem der zahlreichen Forschungsprogramme von CHILD Verwendung gefunden haben.« Er hatte die Stimme sinken lassen. Etwas Versöhnliches, Väterliches ging auf einmal von ihm aus. »Ich werde Ihnen die Adresse des Instituts geben, und ich empfehle Ihnen, das Institut aufzusuchen und mit den Leuten zu sprechen. Man soll Ihnen sagen, um was für ein Forschungsprogramm es sich handelte. Und man soll Ihnen auch erklären, auf welche Weise man Julie für das Programm auswählte. Einverstanden?«

Sally antwortete mit einem kontrollierten Lächeln. »Sie bieten Selbstverständlichkeiten an, Dr. Wiseman. Ich brauche Ihre Empfehlung nicht, um zum CHILD-Institut zu gehen.« Sie stand auf, ergriff ihre Handtasche und ging zur Tür. Sie war stehengeblieben und hatte sich umgewandt. »Meine Tochter ist nicht an SIDS gestorben, ihr ist etwas zugestoßen. Ich weiß, daß Sie mich beide für hysterisch halten. Aber das ist mir egal. Ich werde herausfinden, woran Julie gestorben ist, darauf können Sie sich verlassen.«

Sie verließ den Raum. Dr. Wiseman schaltete den Tischcomputer aus. Er wandte sich zu Dr. Malone.

»Es tut mir leid, daß ich Sie da mit hineinziehen mußte«, sagte er. »Es war nicht zu vermeiden.«

Dr. Malone, deutlich jünger als Dr. Wiseman, nickte. »Das macht doch nichts, mein lieber Kollege. So sind die Patientinnen nun einmal. Solche Zusammenstöße gehören zur Arbeit eines Arztes.«

Dr. Wiseman kehrte an seinen Tisch zurück. Er entfaltete ein Fachmagazin. Dr. Malone verstand den Wink. Dr. Wiseman wollte allein gelassen werden.

Als der jüngere Arzt gegangen war, legte Dr. Wiseman das Magazin aus der Hand. Sally Montgomery. Sie hatte sich immer noch nicht mit dem Tod ihrer Tochter abgefunden. Die These, eine geheimnisvolle Kraft, eine anonyme Organisation wie CHILD habe den Tod ihrer Tochter herbeigeführt, hatte sich bei dieser Frau zur fixen Idee verdichtet.

Seufzend nahm er den Hörer von der Gabel. Dann wählte er.

Mit langsamen Schritten ging Sally den Krankenhausflur entlang. Die Art und Weise, wie Dr. Wiseman auf ihre Fragen, auf ihre Verzweiflung, reagiert hatte, machte sie wütend. Trotz der altväterlichen Tarnung, mit der er sich umgab, beim heutigen Gespräch war eine Arroganz zum Ausdruck gekommen, die ihr früher an diesem Mann nie aufgefallen war.

Oder habe ich diesen Teil seines Charakters nicht sehen wollen?

Sie stieß das Portal auf und trat in den warmen Frühlingstag hinaus. Wie erfrischend war es doch, die Freiheit zu atmen. Dr. Wisemans Sprechzimmer war ihr wie eine Gefängniszelle vorgekommen. Wie dumm, wie inhaltslos waren doch die Sprüche, mit denen er sie seit zehn Jahren abzuspeisen versuchte. Daß man den Realitäten ins Auge sehen mußte. Daß es im Leben nicht immer so ging, wie man es sich erträumte, und was dergleichen Allgemeinplätze mehr waren.

Er ist mein Gegner, dachte sie. Wenn ich wieder mit ihm spreche, muß ich mich in acht nehmen.

Vierzehntes Kapitel

Sally Montgomery sah auf die Uhr am Armaturenbrett des Wagens. Es war kurz nach drei. Sie war nur noch einen Häuserblock von der Eastbury Elementary School entfernt. Sie parkte den Wagen vor dem Eingang der Schule und stellte die Zündung ab. Vielleicht werde ich Jason ein Eis kaufen, dachte sie. Sie versuchte sich sein Gesicht vorzustellen, wenn sie ihm das anbot. Irgendwo im Hinterkopf war der Gedanke an die beiden Ärzte, mit denen sie sich soeben unterhalten hatte.

Ich habe den beiden unrecht getan, dachte sie. Wenn jemand hier Dreck am Stecken hat, dann dieses CHILD-Institut in Boston, nicht die Mediziner, die Julie und mich betreut haben. Das Institut steckte seine Nase in Dinge, die niemanden etwas angingen. Eben das war ja das Problem, das die Computer der Nation beschert hatten. Die Daten jedes einzelnen Menschen wurden einer Kaste von einflußreichen Insidern preisgegeben. Der Überwachungsstaat. Wohin man sah, Computerkassetten, Streifen, Bänder, gespeicherte Informationen, in welcher Form auch immer. Das meiste, was da gespeichert wurde, war schon im Augenblick der Aufzeichnung nutzlos. Trotzdem wurden die Informationen aufbewahrt. Und warum? Sally Montgomery war in ihren Berufsjahren als Computerprogrammiererin zu der Überzeugung gekommen, daß all das Gerede von Forschung und Wissenschaft eine einzige große Lüge war. Die einen Menschen waren neugierig, was die anderen trieben. Sie nützten ihr Wissen aus, um Macht über diese Menschen auszuüben.

Gewiß, die Technologie, die hinter dieser neuen Schnüffelkultur stand, war faszinierend. Aber die Nachteile überwogen die Vorteile. Was zur Erleichterung, mit der Hoffnung auf Fortschritt und mehr Lebensqualität, geschaffen worden war, wandte sich jetzt gegen jene, die es schützen sollte.

Das CHILD-Institut hatte also vorgehabt, Julie einundzwanzig Jahre lang zu überwachen. Wie hatte man sich das denn vorgestellt? Das Institut verfügte ja nur über die Daten, die im Krankenhaus gespeichert waren. Was wäre geschehen, wenn Julie als heranwachsendes Kind, als Teenager genauso gesund gewesen wäre wie Jason? Dann wären im Krankenhaus von Eastbury keinerlei neue Daten mehr eingespeichert worden. Wie also konnte das Institut Aktuelles über das Kind in Erfahrung bringen?

Plötzlich hatte sie die Lösung.

Die Karteiblätter, die in der Schule geführt wurden.

Sie öffnete die Wagentür und stieg aus. Das Läuten der Pausenglocke war zu hören. Die ersten Kinder kamen aus dem Portal gelaufen. Wenig später erkannte sie Jason. Sie winkte ihm zu. Er wartete und ließ ein Auto vorbei, dann kam er quer über die Straße gerannt.

»Weißt du was?« begrüßte sie ihn. »Ich hatte in der Nähe zu tun und bin gekommen, um dich zu einem Eis einzuladen.« Strahlend kletterte er zu ihr in den Wagen. Sie wollte gerade losfahren, als ihr etwas einfiel. »Warte auf mich«, sagte sie zu ihrem Sohn gewandt. »Ich habe noch rasch etwas in der Schule zu erledigen.« Sie wartete seine Reaktion nicht ab, sondern schwang sich aus dem Wagen. Zügigen Schrittes ging sie auf das Schulgebäude zu.

»Sind Sie Mrs. Oliphant?«

Die Schulschwester sah von ihrem Schreibtisch auf. Ein strahlendes Lächeln. Sie stand auf. »Ganz recht. Ich bin Mrs. Oliphant.«

»Mein Name ist Montgomery. Sally Montgomery. Ich bin Jasons Mutter.«

»Das erklärt zugleich, warum wir uns noch nie gesehen haben«, sagte Mrs. Oliphant fröhlich. »Ich lerne nur die Eltern jener Kinder kennen, die oft krank sind.« Das Lächeln wich aus ihrem Gesicht. »Es tut mir leid, Mrs. Montgomery. Vielleicht habe ich Sie verletzt, wenn ich das sagte. Wie dumm von mir. Wir nehmen in der Schule großen Anteil an dem Unglück, das Sie getroffen hat.«

»Sie wissen von der Sache mit Julie?« fragte Sally. Sie war erleichtert, daß sie der Schulschwester nicht die Geschichte vom rätselhaften Tod Julies erzählen mußte.

»Aber natürlich, Mrs. Montgomery. Die ganze Stadt weiß davon. Ich würde so gern irgend etwas tun, um Ihre Verzweiflung zu lindern. Ich war schon drauf und dran, mit Jason darüber zu sprechen. Aber dann habe ich mir gesagt, das tust du besser nicht. Misch dich nicht ein. Allerdings habe ich, seitdem seine Schwester gestorben ist, ein besonderes Augenmerk auf Ihren Jungen. Soweit ich das beobachten kann, hat er den Verlust seiner Schwester ganz gut verwunden. Er ist überhaupt ein Junge, auf den Sie stolz sein können.«

Sally nickte. Sie dachte nach, wie sie auf das Thema zu sprechen kommen könnte, das ihr am Herzen lag. »Ich habe Jason gerade abgeholt«, sagte sie. »Er wartet draußen im Wagen auf mich. Ich wollte die Gelegenheit benutzen, um Sie etwas zu fragen, Mrs. Oliphant.«

»Gerne«, sagte sie Schulschwester. Sie ließ sich in ihren Drehstuhl sinken.

»Vielleicht kommt Ihnen die Frage etwas merkwürdig vor«, begann Sally. »Es geht um ein Institut in Boston, das sich...

»Sie meinen sicher das CHILD-Institut«, sagte Mrs. Oliphant.

»Sie kennen CHILD?«

»Gewiß doch. Das Institut fragt regelmäßig die Daten bestimmter Schüler ab.«

»Über Computer?«

»So ist es. Sie bringen ihre Unterlagen alle paar Monate aufs laufende. Es handelt sich um ein Forschungsprojekt. Die Kinder werden dabei bis zu einem bestimmten Alter...«

»Bis zum Alter von einundzwanzig Jahren, nicht wahr?« warf Sally ein.

»Ganz recht. Man will die Kinder bis zum Alter von einundzwanzig Jahren beobachten. Ich sehe, Sie wissen über das Projekt Bescheid. Als ich neulich mit Mrs. Corliss über das CHILD-Projekt sprach, war sie sehr erstaunt. Sie wußte gar nicht, daß es so etwas gab. Ich hatte immer angenommen, die Schule hätte die Eltern der Kinder darüber informiert. Aber bei Mrs. Corliss war das offensichtlich nicht der Fall.« Ihre Miene verdüsterte sich. »Ich bin so traurig für Mrs. Corliss, daß Randy von zu Hause fortgelaufen ist.«

»Ich möchte, daß Sie mir mehr über CHILD erzählen, Mrs. Oliphant.« Sie berührte die Schulschwester am Arm.

»Nennen Sie mich Annie. Also gut, ich sage Ihnen gern alles, was ich weiß. Ihr Sohn Jason gehört zu den Kindern, deren Daten an CHILD übermittelt werden. Ebenso Randy Corliss und zwei jüngere Kinder.«

»Ich verstehe.«

»Randys Mutter hat das Verschwinden ihres Sohnes übrigens sehr mitgenommen«, sagte die Schulschwester. »Alle glauben, der Junge ist von zu Hause fortgelaufen. Sie hingegen meint, er ist entführt worden. Ich glaube, sie kann sich ganz einfach nicht vorstellen, daß ihr der eigene Sohn davonläuft. Deshalb die Idee mit der Entführung.«

»So könnte es sein«, murmelte Sally. Ihr war schwindlig geworden. Nur mit Mühe gelang es ihr, von dem Stuhl aufzustehen, den ihr Annie Oliphant angeboten hatte. »Ich danke Ihnen, Annie. Sie haben mir großartig weitergeholfen.«

Dann fiel ihr Blick auf den Karteikasten. Irgendwo dort war auch Jasons Akte. »Könnten Sie mir eine Kopie von Jasons Akte machen, Annie?«

Die Schulschwester zögerte. Es war gegen die Vorschriften, daß sie Lucy Corliss eine Kopie von Randys Unterlagen ausgehändigt hatte. Jetzt verlangte man schon das zweite Mal von ihr, daß sie gegen die Weisungen der Schulbehörde verstieß.

Andererseits, man mußte auch bedenken, daß beide Frauen ein schweres Schicksal hatten. Mrs. Oliphant suchte Jasons Akte heraus und verschwand auf dem Flur, um den Inhalt zu fotokopieren. Als sie zurückkam, reichte sie Sally einen Stapel Kopien. »Es freut mich, daß ich Ihnen einen Gefallen tun konnte.« Sie sah Sally Montgomery nach, wie sie die Treppe hinuntereilte und zu ihrem Wagen ging. Dann wandte sie sich wieder ihrer Kartei zu.

CHILD. Die Schulschwester war nachdenklich geworden. Über welche Informationen verfügte das Institut? Und wofür wurden die Daten verwendet? Erst jetzt wurde ihr klar, daß CHILD keinerlei Erklärung über den Zweck des ganzen Projektes gegeben hatte. Es gab Datenbanken im ganzen Land. Die Daten der Bürger, sogar die Krankheitsunterlagen der Kinder wurden computermäßig erfaßt. Warum? Zu welchem Zweck? Und mit welchen Auswirkungen?

Eine der Auswirkungen würde sein, daß niemand mehr verschwinden konnte. Wo immer ein Mensch auch hinging, man konnte ihn aufspüren. Man brauchte nur gewisse Daten in den Zentralcomputer einzugeben.

Annie Oliphant war nicht sicher, daß das eine gute Sache war.

Im Leben eines Menschen ergab sich manchmal die Notwendigkeit, sich zu verbergen, sich irgendwohin zu flüchten, wo ihm niemand folgen konnte. Es war nicht gut, wenn man den Menschen diese Möglichkeit nahm.

Eine beklemmende Idee, sich vorzustellen, daß die Daten, die Besonderheiten, die Fähigkeiten und sicherlich auch die Fehlschläge jedes Menschen in Computerbändern gespeichert wurden.

Irgendwo in den Datenbänken von CHILD, vielleicht auch bei anderen Stellen, lagerten die Daten eines neunjährigen Jungen, der seiner Mutter weggelaufen oder entführt worden war. Es war das erste Mal, daß Annie sich erschrocken die Frage stellte: Sind *meine* Daten auch gespeichert?

Jason Montgomery war auf den Hof gegangen. Er spielte. Lucy hatte Sally in die Küche eingeladen. Die beiden Frauen tranken Kaffee.

Seit einer halben Stunde unterhielten sie sich über das Forschungsprogramm, von dem ihre Kinder, ohne Wissen der Eltern, erfaßt wurden.

»Warum sind gerade unsere Kinder ausgewählt worden? Das will mir nicht in den Kopf.« Sally stellte ihre Tasse auf den Tisch zurück. »Wonach sucht das Institut?«

Lucy hob resigniert die Schultern. »Ich wünschte, ich hätte eine Antwort darauf, Sally. Vielleicht kann ich Ihnen nächste Woche mehr sagen. Ich habe mich für Montag im Institut angemeldet, und ich werde die Büros dort nicht eher verlassen, bis man mir Aufklärung gegeben hat, was es mit diesem ganzen Projekt auf sich hat.«

»Was macht Sie denn so sicher, daß CHILD irgend etwas mit Randys Verschwinden zu tun hat?«

Lucy seufzte. »Ich bin keineswegs sicher. Es ist nur eine Vermutung, ein Verdacht. Es ist die einzige Spur, die ich zu fassen bekam. Der rote Faden heißt *kerngesunde Jungen.* Das CHILD-Institut interessiert sich für die Untersuchungsdaten von kerngesunden Jungen. Ist das nicht merkwürdig für eine Institution, die sich angeblich mit der Erforschung von Krankheiten befaßt? Und dann stellt sich noch eine zweite Frage. Wie konnte das Institut im vorhinein wissen, daß bestimmte Kinder in den Folgejahren kerngesund sein würden? Die Überwachung begann in der Kleinkindphase. Es paßt irgendwie nicht zusammen, finde ich.«

»Es gäbe eine mögliche Erklärung«, sagte Sally nachdenklich. »Das Institut hat seine Untersuchung vielleicht mit einer ziemlich großen Menge begonnen. Sie haben im Laufe der Zeit andere Kinder ausgeschieden. Es gibt vielleicht keine gezielte Beobachtung von Randy und Jason. Was wir als gezielt empfinden, ist nur Zufall. Wenn das Institut im Laufe der Jahre feststellt, Randy oder Jason sind besonders gesunde Jungen, wird man sie vielleicht aus der Untersuchung rausnehmen. Das Institut wird sich dann nur um die Kinder kümmern, die in der fraglichen Phase krank geworden sind.«

»Vielleicht«, echote Lucy ärgerlich. »Vielleicht hat meine Tante Räder. Dann wär' sie nämlich ein Auto. Lassen wir uns von den Ärzten doch nicht verrückt machen, Sally. Denken wir doch einmal nach! Annie Oliphant hat Ihnen gesagt, daß in der ganzen Schule nur vier Jungen von CHILD überwacht werden. Alle vier sind jünger als Randy. Wenn ich hingegen Ihrer These von vorhin folge, dann müßten viel mehr Kinder von CHILD erfaßt werden, zumindest in der frühen Phase, im Kindergarten und in den ersten Klassen. Das ist, wie wir wissen, nicht der Fall. Nur vier Kinder. Und das bedeutet, das ›Children's Health Institute for Latent Diseases‹ in Boston *wußte*, diese Kinder würden jahrelang nicht krank werden.«

»Und Julie? Wie paßt Julie in das ganze hinein?«

Lucy legte ihr die Hand auf den Unterarm. »Es tut mir so leid wegen Julie«, sagte sie leise. »Ich weiß nicht, wie sich Julie mit meiner These vereinbaren läßt. Vielleicht hatte sie irgendwelche Besonderheiten in gesundheitlicher Hinsicht, von denen Sie nichts erfahren haben.«

»Vielleicht«, sagte Sally. »Vielleicht auch nicht.« Sie war aufgestanden. »Wir kommen auf diese Weise nicht weiter, Lucy. Vielleicht sind wir beide verrückt. Vielleicht sollten wir nicht weiter die Stecknadel im Heuhaufen suchen. Vielleicht sollte ich mein Leben neu aufbauen und mir nicht weiter den Kopf über die Todesursache meines Kindes zerbrechen.«

»Aber so denken Sie doch an Ihren Sohn Jason. Julie ist tot. Randy ist verschwunden. Vielleicht ist Jason der nächste, dem etwas zustößt. Er gehört zu den Kindern, dessen Daten an CHILD übermittelt werden.«

Sally schüttelte den Kopf. »So kann man das nicht sehen. Die drei sind doch nur ein winziger Prozentsatz der Kinder, die insgesamt von dem Projekt erfaßt sind.« Sie dachte nach. Und dann sah Lucy, wie ihr die Tränen in die Augen schossen. »Sie müssen mir das nicht übelnehmen, Lucy. Ich versuche die Dinge mit dem Verstand zu erfassen. Und dabei spüre ich ganz genau, Sie haben recht. Ich mache mir Sorgen wegen Jason, obwohl ich es nicht gern zugebe. Seit Julie starb, mache ich mir Sorgen wegen des Jungen. Ich bin nervös. Ich bin unausstehlich. Ich kann meiner Arbeit nicht mehr nachgehen. Ich habe Angst, verrückt zu werden. Und was das Schlimmste ist: Ich sehe kein Licht im Tunnel.«

»Dann bleibt Ihnen keine andere Wahl als abzuwarten«, sagte Lucy. »Unternehmen Sie eine Weile lang gar nichts. Zumindest sollten Sie bis Montag warten, bis ich aus Boston zurück bin. Ich werde verlangen, daß mir die Leute im CHILD Institut klaren Wein einschenken. Wenn ich über neue Informationen verfüge, können wir gemeinsam die nächsten Schritte überlegen. Okay?«

Sally nickte. Wenig später saß sie in ihrem Wagen. Jason saß neben ihr. Sie hatte den Heimweg eingeschlagen. Verstohlen beobachtete sie ihren Sohn.

Was war Besonderes an diesem Jungen?

Tief in ihrem Herzen hoffte sie, daß er ein Junge war wie jeder andere.

Jedenfalls sah er aus wie die anderen.

Aber das war vielleicht nur eine zweite Haut, die man ihm übergestreift hatte.

Steve und Sally Montgomery spielten ein Spiel. Das Spiel hieß: Tun wir so, als ob nichts geschehen sei.

So natürlich, so unbeschwert sie sich gebärdeten, die Leere im Haus nahm bedrückende Formen an. Es gab Räume, die sie nicht mehr zu betreten wagten.

Es war Abend. Steve hatte den dritten Martini hinuntergestürzt. Das ungemütliche Gefühl in der Magengrube hatte das nicht zu vertreiben vermocht. Im Gegenteil. Er spürte, wie die Depression, unter der er litt, immer lähmender wurde.

Er stand an der Bar, um sich ein viertes Glas einzugießen. »Gibt's kein Abendessen heute abend?« hörte er sich sagen. Es klang schneidend, verletzend. Kaum daß die Worte heraus waren, taten sie ihm leid.

Sally musterte ihn mit einem erstaunten Blick. »Wenn du's so eilig hast, warum machst du dir das Abendessen nicht selbst«, sagte sie schnippisch.

Jason, der vor dem Fernseher kauerte, sah auf. »Warum fahren wir nicht in irgendein Restaurant?« schlug er vor.

»Weil ich zufällig kein Millionär bin«, sagte Steve. Er sah, wie die Mundwinkel des Kleinen zu zittern begannen. Er leerte das Glas und stellte es auf den Tisch zurück. »Tut mir leid, war nicht so gemeint. Ich bin etwas nervös heute abend, weißt du.«

Jason war ratlos. »Ist schon gut«, sagte er schließlich. Wenige Minuten später verließ er das Wohnzimmer und verschwand in seinem Zimmer.

Als die Tür des Kinderzimmers ins Schloß fiel, wandte sich Sally Montgomery ihrem Mann zu.

»Ich muß dir etwas Wichtiges sagen, Steve. Es geht nicht nur um Julie bei der ganzen Sache. Auch Jason ist bedroht. Es gibt das CHILD-Institut, ob wir's wollen oder nicht. Sie fragen regelmäßig alle Daten unseres Sohnes ab. Und wir tappen im dunkeln.«

»Hör auf damit!« stöhnte Steve. Er kannte die Litanei. Wieder und wieder hatte ihm Sally in der vergangenen Tagen von der Computerüberwachung erzählt, der die Kinder unterworfen waren. Die Schlußfolgerungen, die sie daraus zog, waren abenteuerlich. In Steves Sicht hatte das alles nichts zu bedeuten. Ein Zufall, weiter nichts. Warum konnte Sally das Thema nicht endlich ruhenlassen. »Verschone mich mit deinen Unkenrufen über das Computerprogramm des CHILD-Instituts!« herrschte er sie an. »Ich kann's wirklich nicht mehr hören.«

So ging das jetzt seit der Beerdigung. Ihre Ehe war aus dem Takt geraten. Steve war nicht mehr imstande, Freude oder Genugtuung zu empfinden, weder im Beruf noch daheim. Er kam sich in seinem eigenen Körper wie ein Fremder vor, wie ein mißgelaunter alter Mann, der seine Umgebung mit sarkastischen Sprüchen heimsuchte. Dabei wußte er genau, wo die Lösung für seine und für Sallys Probleme lag. Sie mußten Julie vergessen. Sie mußten vergessen, daß es Julie je gegeben hatte. Irgendwie mußten sie das Rad der Zeit in jene Stellung zurückdrehen, wo es nur Steve, Sally und Jason gegeben hatte. Nur wenn das gelang, konnten sie wieder eine glückliche Familie werden.

Aber es war nicht möglich, das Kind aus der Erinnerung zu vertreiben. Keine Stunde verging, wo Steve nicht durch irgendeine Bemerkung, einen Gegenstand oder durch eine gedankliche Assoziation an Julie erinnert wurde. Wenn das geschah, lief ihm die Galle über. Die kaum verheilte Wunde riß auf.

Er verspürte den Wunsch, anderen Menschen wehzutun. Als Opfer war dann jeder recht. Sally, Jason, wer auch immer. Das Schlimmste jedoch war, er konnte daran nichts ändern, obwohl ihm die Sinnlosigkeit und die Ungerechtigkeit seines Verhaltens bewußt war. Er war nicht einmal in der Lage, ein Gespräch mit Sally zu beginnen, in dem sie ihre Schwierigkeiten gemeinsam ausräumten.

Er steckte in einer Sackgasse. Keine Ahnung, wie Sallys Sturköpfigkeit beizukommen war. Die Zeit heilte alle Wunden, so hieß es. Aber Sallys Wunden waren nicht verheilt. Ebensowenig wie seine eigenen. Und dann war da heute nachmittag noch der Anruf von Dr. Wiseman gewesen.

Er machte sich Sorgen wegen Sally, hatte der Arzt gesagt. Und dann waren einige medizinische Fachausdrücke gefallen, deren Bedeutung Steve nicht ganz zu erfassen vermochte. Worte, die ihn wie ein Schlag ins Gesicht getroffen hatten.

»Verfolgungswahn.«

»Eine schwere Neurotikerin.«

Es lief darauf hinaus, daß Sally nicht vergessen konnte. Während er, Steve, bereit war, in die Zukunft zu schauen, so grau der Ausblick auch sein mochte, zerfleischte sie sich in der Erinnerung. Sie griff nach jedem Strohhalm. Sie sah Feinde, wo keine waren. Wenn das so weiterging, so der Tenor des Anrufs von Dr. Wiseman, würde Sally in der Anstalt landen.

Das Abendessen. Eine unglückliche Stimmung beherrschte den Tisch. Steve hatte an der Schmalseite des Tisches Platz genommen, Sally ihm gegenüber, so daß sie möglichst weit voneinander entfernt saßen. Dazwischen Jason. Der Junge verstand den Konflikt nicht, der sich zwischen seinen Eltern entsponnen hatte. Er ahnte nur, daß es etwas mit Julie zu tun hatte. Jedenfalls liebten sich seine Eltern nicht mehr, das war nicht zu übersehen. Wie an den anderen Abenden, so schaufelte Jason auch heute das Essen, so schnell es ging, in sich hinein. Dann stand er auf und verflüchtigte sich in sein Zimmer.

Als er den Raum verlassen hatte, begann Steve seine Serviette zu falten. Er legte sie im rechten Winkel an die Tischkante. »Ich möchte mit dir reden, Sally«, sagte er.

Sallys Lippen waren schmal geworden. Abweisend sah sie ihn an. »Hast du vor, dich zu entschuldigen, wegen vorhin?«

»Auch das«, sagte er. »Auch das.« Dann wußte er plötzlich nicht mehr, wie er anfangen sollte. Als das Schweigen drückend wurde, nahm er einen neuen Anlauf. »Schau mal, Sally, ich weiß ja, daß wir beide unter einem ungeheuren Druck stehen, nach dem, was passiert ist. Jeder muß auf seine Weise damit fertig werden. Aber trotzdem mache ich mir Sorgen um dich. Heute hat mich Dr. Wiseman angerufen.«

»Ach ja, hat er das«, sagte sie schneidend. »Ich kann dir auch verraten, was er über mich erzählt hat. Ich bin hysterisch, nicht wahr? Ich sehe Gespenster.«

»Aber Sally.« Er gab sich Mühe, sie nicht noch mehr gegen sich aufzubringen. »Dr. Wiseman hat nichts dergleichen gesagt. Er hat nur gesagt, daß dein Gesundheitszustand ihm Sorgen macht. Und er hat ja recht. Ich sehe dich ja täglich vor mir, dir geht es nicht gut. Wir können nicht so weitermachen. Wir machen uns doch gegenseitig kaputt. Schau uns doch an. Wir sprechen kaum noch miteinander. *Wenn* wir sprechen, dann streiten wir, wie vorhin. Und Jason leidet darunter. So etwas wirkt sich auf Kinder sehr nachteilig aus.«

Was er sagte, tat ihr weh. Um so mehr, als es die Wahrheit war. Und trotzdem war sie nicht bereit, die Erinnerung an ihre kleine Julie der Ehe und dem Kind zu opfern. Zuerst mußte sie sich von der Schuld reinwaschen. Von dem Verdacht, daß sie selbst Schuld am Tode ihres Kindes trug. Gelang ihr das nicht, wie sollte sie Jason je wieder eine gute Mutter sein? Wie konnte sie ihren Seelenfrieden wiederfinden, wenn in ihrem Unterbewußtsein die Furcht lauerte? War sie eine Mörderin? Das Problem schien unlösbar. Da war der blutige Nebel der Vergangenheit. Und auf der anderen Seite der kleine Jason, der sie brauchte, und Steve, ihr Mann. Ich liebe sie beide, dachte Sally. Zumindest für heute abend will ich die Vergangenheit vergessen und den beiden eine gute Mutter und Frau sein.

»Du hast recht«, sagte sie. »Es tut mir so leid, Steve.« Sie lehnte sich in ihrem Stuhl zurück und begann, mit der Gabel zu spielen. »Ich weiß, das klingt falsch und hohl, wie ich das sage. Unser Glück zerbricht, und alles, was mir dazu einfällt, ist eine Höflichkeitsfloskel. *Es tut mir leid.* Aber wir wollen es trotzdem versuchen. Es hat keinen Zweck zu resignieren.« Sie war aufgestanden und ging auf die Treppe zu, die zu den Schlafräumen hinaufführte. »Ich werde mit Jason sprechen. Ich möchte das wieder einrenken. Würdest du inzwischen das Geschirr abspülen?«

»Gern.« Er sah ihr nach, wie sie die Stufen hochging. Dann räumte er das Geschirr ab. Immerhin, dachte er. Sie hatten miteinander geredet, ohne sich anzuschreien. Es war ein neuer Anfang.

Als Sally an der Tür des zweiten Kinderzimmers vorbeikam, verspürte sie den unsinnigen Wunsch, die Tür aufzustoßen, ins Zimmer zu rennen und Julie abzuküssen, die in der Wiege liegen mußte. Vielleicht war alles, was sie dachte und erlebte, nur ein Alptraum. Wenn sie an die Wiege trat, würde sie vielleicht eine gesunde Julie vorfinden, ein Kind, das im Schlaf lächelte und mit den winzigen Beinen strampelte. Sie zwang sich weiterzugehen. Julie war tot. Dann stand sie vor dem Zimmer ihres Sohnes. Die Tür war nur angelehnt.

Kein Laut war zu hören. Sally befiel Angst. Am liebsten wäre sie wieder hinuntergerannt. Sie schloß die Augen und stieß die Tür auf.

Sie trat ein. Als sie ihre Augen wieder öffnete, erkannte sie Jasons Silhouette. Der Junge saß an seinem Tischchen. Er hatte seinen Chemiekasten geöffnet und war dabei, Flüssigkeit aus einer Plastikflasche in ein Reagenzglas zu gießen.

»Störe ich?« fragte Sally.

Erschrocken fuhr er herum. Die Plastikflasche entglitt seiner Hand. Es gelang ihm, die Flasche im Fluge wieder aufzufangen. Ein paar Spritzer benetzten seinen Handrücken. Er schrie auf.

Entsetzt erlebte Sally, wie ihr Sohn aufsprang und auf seine Hand starrte. Binnen Sekunden war eine häßliche Rötung auf dem Handrücken entstanden.

Sie rannte auf ihren Sohn zu, umfing ihn mit den Armen und führte ihn ins benachbarte Badezimmer. Sie öffnete den Wasserhahn und hielt seine Hand in den kräftigen Strahl.

»Was war in der Flasche?« fragte sie.

»Säure«, stammelte er. »Salzsäure. Ich wollte sie gerade mit Wasser verdünnen.«

»Du kannst mir nachher noch erzählen, was du vorhattest. Jetzt müssen wir das Zeug erst einmal abwaschen.«

Unter dem Strahl des kalten Wassers waren die ersten Blasen zu erkennen. An den Fingern hatte sich die Säure bereits tief in die Haut gefressen.

»Ich habe dir so oft gesagt, du darfst nicht mit gefährlichen Flüssigkeiten experimentieren«, sagte Sally. »Wo hast du die Salzsäure überhaupt herbekommen?«

»In dem Geschäft für Schwimmbadbedarf«, sagte Jason. Das kalte Wasser hatte den Schmerz an seiner Hand besänftigt. Eher neugierig als erschrocken betrachtete er die Wunde. »Ich wollte die Säure gerade verdünnen«, wiederholte er. »Wenn du mich nicht so erschreckt hättest, wäre nichts passiert.«

»Ich wollte nachsehen, was du treibst, und ich meine, das war auch ganz gut so. Wer weiß, was sonst noch passiert wäre.« Sie drehte den Hahn zu und besah sich seine Verletzung aus nächster Nähe. Das kalte Wasser war wohl genau das richtige gewesen. Jedenfalls sah die Wunde schon viel besser aus. Nur noch Blasen. Was sie vorher für eine Schwäre gehalten hatte, die bis auf den Knochen ging, war wohl nur die Spiegelung eines verletzten Hautlappens gewesen. Trotzdem, es war eine Wunde, die sich entzünden und zu Komplikationen führen konnte. »Komm, wir gehen zu deinem Vater. Er soll sich die Wunde ansehen.«

Sie kamen nicht mehr dazu, hinunterzugehen. Steve stand im Türrahmen. »Was geht denn hier vor?«

»Dein Sohn«, sagte Sally in vorwurfsvollem Ton.

»Mutter ist schuld«, sagte Jason. »Wenn sie nicht so plötzlich ins Zimmer gekommen wäre, wäre das nicht passiert.«

»Es ist jetzt nicht wichtig, wer schuld ist«, bemerkte Sally verärgert. »Steve, sieh dir die Wunde einmal an. Ich habe sofort kaltes Wasser drüberlaufen lassen, aber es sind trotzdem große Brandblasen entstanden. Jason hat sich beim Experimentieren mit Salzsäure bespritzt. Zuerst dachte ich, die Verletzungen gingen tiefer. Jedenfalls macht mir die Sache Sorgen. Es wird am besten sein, wenn wir den Jungen ins Krankenhaus bringen.«

Steve stand über seinen Sohn gebeugt. Er betrachtete die verletzte Hand aus nächster Nähe. Es waren keine Brandblasen mehr da. Nur noch eine leichte Rötung war zu sehen. Auch sie schien von Sekunde zu Sekunde schwächer zu werden. Steve hielt es für den Kältereiz, den das fließende Wasser auf die Haut ausgeübt hatte. Er sah seinem Sohn ins Gesicht und grinste.

»Tut's noch weh?«

Jason schüttelte den Kopf.

»Überhaupt nicht mehr?«

Wieder Kopfschütteln. »Ganz zu Anfang war's ein stechender Schmerz, aber seitdem Mutter das kalte Wasser hat drüberlaufen lassen, ist der Schmerz fort.«

Steve hob den Blick. »Du willst ihn wirklich ins Krankenhaus bringen? Er hat doch gar nichts. Schau dir die Hand doch an.«

Da waren Brandblasen gewesen, dachte Sally. Ich weiß es. Ich habe es mit meinen eigenen Augen gesehen. Erst zwei Minuten ist das her. Es war sogar eine tiefe Schwäre dagewesen, die Säure war bis auf den Fingerknochen durchgedrungen.

Oder vielleicht irre ich mich? Sind meine Nerven überreizt? Haben mir meine Augen einen Streich gespielt?

Sie spürte Steves Blick auf sich ruhen. Sie wußte sofort, was er dachte.

Du bist verrückt. Du drehst durch. Du hast deine sieben Sinne nicht mehr beisammen.

Sie wandte sich ab und ging ins Schlafzimmer. Hätte Steve die Feststellung, sie sei verrückt geworden, laut ausgesprochen, sie hätte keine Antwort gewußt.

Lucy Corliss hielt den Wagen vor dem Haus ihres Ex-Ehemannes. Sie ließ den Motor noch etwas laufen, bevor sie den Zündschlüssel abzog.

Sie stieg aus, ging die Stufen zum Eingang hinauf und drückte auf den Klingelknopf neben Jims Namensschild.

Seine Wohnung befand sich im zweiten Stock des Gebäudes, am äußeren Flügel. Er erwartete sie an der Wohnungstür.

»Weißt du was Neues von Randy?«

Sie schüttelte den Kopf. Zögernd folgte sie ihm hinein. Er führte sie ins Wohnzimmer. »Du hast's aber schön«, flüsterte sie. Der Raum war nicht groß, aber gemütlich. Es gab einen offenen Kamin, zwei bequeme Sessel und ein zweisitziges Kuschelsofa. Vor dem Kamin stand ein Messingtischchen mit Glasplatte. Lucy trat näher und erkannte eine Skulptur orientalischen Ursprungs. Die Bronzestatue eines Tänzers. Ein Bein war erhoben, die Arme wiesen in die Luft.

»Die Statue kommt aus Thailand«, sagte Jim. »Ich konnte mir den Kauf eigentlich gar nicht leisten. Ich hab's auf Abzahlung gekauft. Werde einfach zwei Jahre nicht mehr abends ausgehen, auf diese Weise wird das Geld schon wieder reinkommen.«

»Die Statue ist wunderschön«, sagte Lucy atemlos. Sie ließ sich in einem der beiden Kaminsessel nieder.

»Du konntest dir wahrscheinlich gar nicht vorstellen, daß ich für so was Geld ausgebe«, sagte er und lächelte. Dann wurde er unvermittelt ernst. Er hatte den Kopf auf die Seite gelegt. »Du hast etwas in Erfahrung gebracht«, sagte er. »Sag, was dich bedrückt.«

Sie erzählte ihm von dem Treffen mit Sally Montgomery.

»Und nun?« fragte er, als sie fertig war.

»Wir müssen bis Montag Geduld haben«, sagte Lucy. »Wir beide haben bei der Suche nach Randy getan, was in unserer Macht stand.« Sie verstummte und barg den Kopf auf ihren Knien. »Ich weiß nicht, wie lange ich das noch aushalten kann, Jim. Ich hatte den Entschluß gefaßt, dich nie wiederzusehen. Inzwischen weiß ich nicht mehr, was ich will. Ich bin mit dem Wagen umhergefahren, weil ich nicht mehr ein noch aus wußte. Plötzlich fiel mir dein Name ein. Mir ist klargeworden, daß du der einzige bist, den ich jetzt habe.« Sie betrachtete ihn prüfend und hoffte inständig, daß er sie nicht mißverstand. »Ich meine, wie die Dinge liegen, haben wir die gleichen Interessen.«

»Ich weiß schon, was du meinst«, sagte Jim leise. »Aber ich meine, wir haben uns selbst dann noch etwas zu sagen, wenn

Randy wieder auftaucht.« Er sah, daß sie etwas einwenden wollte, und kam ihr zuvor. »Möchtest du einen Drink?«

»Hast du Gin im Haus?«

»Ich habe eine Flasche Tanqueray da.«

»Also gut. Gib mir einen Schuß Tonicwasser dazu.« Als Jim aufgestanden und in der Küche verschwunden war, begann Lucy das Wohnzimmer zu erkunden. Sie inspizierte die Bücher, die im Regal standen. Dann die gerahmten Fotos.

Auf den meisten Fotos war Randy, ihr Sohn, abgebildet.

Es gab auch Fotos, auf denen sie, Lucy, abgebildet war. Die meisten waren vor der Scheidung aufgenommen. Ein Foto allerdings war neueren Datums.

»Ich sehe, du hast meine kleine Fotogalerie entdeckt«, sagte Jim, als er aus der Küche zurückkam.

»Wo hast du dieses Foto her?« Lucy deutete auf ein Bild, das erst vor zwei Jahren aufgenommen worden war.

Er war rot geworden. »Ich bin nur um drei Ecken an dieses Bild gekommen, ich geb's zu. Randy hatte mir erzählt, daß du dich in einem Fotostudio hast fotografieren lassen. Das Geburtstagsbild für deine Mutter, du erinnerst dich sicher. Ich habe damals in der ganzen Stadt herumtelefoniert, bis ich das richtige Fotostudio am Apparat hatte. Ich habe mir einen Abzug bestellt.« Er legte ihr die Hand auf die Schulter. »Es tut mir leid, daß deine Mutter gestorben ist. Ich habe sie immer gern gemocht, obwohl ich weiß, daß sie von mir nie viel gehalten hat.«

Lucy mußte lächeln. »Wenn sie dich jetzt sehen könnte, würde sie vielleicht ihre Meinung ändern.«

Er stand hinter ihr, und Lucy fühlte, wie er sie begehrte. Bevor er sie küssen konnte, wandte sie sich zur Seite. Er schlug den Blick nieder. »Wollen wir was essen?« fragte er verlegen.

»Übers Abendessen hab' ich noch gar nicht nachgedacht«, sagte sie. Sie hatte den Tag allein im Haus verbracht, hatte sich geängstigt vor den Abendstunden, wo sie allein und traurig im Wohnzimmer sitzen würde. Die einzige Unterbrechung war der Besuch von Sally Montgomery gewesen. Nachdem Sally gegangen war, hatte sich Lucy in ihren Wagen gesetzt. Zwei Stunden lang war sie ziellos durch die Stadt gefahren. Und dann hatte sie sich vor dem Wohnblock wiedergefunden, wo ihr Ex-Ehemann lebte.

»Meinst du, wir könnten in einem Restaurant essen gehen?« fragte sie.

Jim verzog den Mund zu einem gemütlichen Grinsen. »Du solltest vielleicht erst einmal meine Kochkünste kennenlernen«, schlug er vor. »Ich zahle noch an der Figur aus Thailand, und außerdem habe ich etwas Geld zur Seite gelegt für Randys weitere Ausbildung. Ich habe kochen gelernt, verstehst du? Wenn du mutig bist, probierst du einmal ein Steak, das ich in die Pfanne gelegt habe.«

»Gern«, sagte Lucy. Die Vorstellung, einen ruhigen Abend in Jims Gesellschaft zu verbringen, war mit einem Male gar nicht mehr so unangenehm. »Jim«, sagte sie, »du hast da eben Randys weitere Ausbildung erwähnt. Hast du denn noch Hoffnung, daß der Junge zurückkommt?«

Er zögerte mit der Antwort. Sie sah, daß er sich zu einem Lächeln zwang. »Die Chancen sind schwer zu beurteilen. Ich weiß, was Sergeant Bronski über die Sache denkt. Der sieht das schwarz in schwarz. Er geht ganz einfach von den Statistiken aus. So gesehen müßte man sich damit abfinden, daß wir Randy nie wiedersehen. Aber ich will dir etwas verraten. Tief in meinem Inneren bezweifle ich, daß Randy weggelaufen ist. Der Grund für sein Verschwinden ist irgendwo anders zu suchen. Ich glaube, du hast einen guten Instinkt für solche Dinge, Lucy. Wenn du sagst, Randy ist entführt worden, dann *ist* er entführt worden. Wenn du sagst, er lebt noch, dann lebt er noch. Und wenn du noch Hoffnung hast, daß wir den Jungen lebend wiedersehen, dann *werden* wir ihn wiedersehen. Es ist also ganz logisch, wenn ich weiter für sein College spare, findest du nicht?«

Lucy standen Tränen in den Augen. Sie streichelte seine Hand. »Danke«, flüsterte sie.

Ihre Blicke trafen sich. Jim kniff die Augen zusammen. »Du bist wahrscheinlich auf der richtigen Spur, Lucy. Montag sprichst du mit den Leuten von CHILD und findest heraus, was es mit diesem mysteriösen Forschungsprogramm auf sich hat. Du hast ein Recht zu erfahren, warum sie Randys Daten sammeln. Okay?«

Sie nickte. »Okay, Jim.«

Fünfzehntes Kapitel

Der vierzig Stockwerke hohe Monolith aus Stahl und Glas sah aus wie ein Grabstein. Das Gebäude befand sich im Zentrum der Innenstadt, eines von vielen Bürohochhäusern. Man konnte sich vorstellen, was für Menschen in diesen Hochhäusern arbeiteten. Jahr für Jahr verbrachten sie eingesperrt in den Waben eines Senkrechtsarges, in der Hoffnung auf ein goldenes Alter, wo sie ihre Pension bekamen. Und kaum einem war bei alledem klar, daß er schon seit dreißig Jahren tot war. Als Lucy Corliss auf die düstere Fassade zuging, meinte sie zu wissen, daß die Unterredung mit ihrem Gesprächspartner bei CHILD ergebnislos verlaufen würde. Nichts würde bei diesem Schlagwechsel herauskommen.

Nichts.

Die Angestellten der CHILD-Organisation waren mit Sicherheit ganz ähnlich wie das Gebäude, in dem sie arbeiteten. Kalt, hart, undurchdringlich.

Als sich im zweiunddreißigsten Stock die Fahrstuhltür öffnete, trat Lucy in den teppichbelegten Gang hinaus. An den beiden Enden, links und rechts, wurde der Gang von einer eindrucksvollen Doppeltür begrenzt. Sie ging auf das Schild mit der Aufschrift CHILD zu und stieß die Tür auf. Eine Empfangshalle. Eine blonde junge Sekretärin blickte auf, als Lucy nähertrat. Sie sah aus wie die Sprecherinnen der morgendlichen Talkshows: kühl bis ans Herz, sauber, leistungsbeflissen. Als Lucy an ihren Schreibtisch treten wollte, hob sie abwehrend die Hand. Warten Sie bitte. Sie beendete ihr Telefongespräch, legte den Hörer auf die Gabel und setzte ein geschäftsmäßiges Lächeln auf.

»Was kann ich für Sie tun?«

»Ich möchte gern mit Mr. Randolph sprechen. Mr. Paul Randolph.«

Das Mädchen kniff die Augen zusammen. Sie schien nachzudenken. Lucy betrachtete ihre Bluse. Kein Namensschild. Auch auf dem Tisch war kein Namensschild zu erkennen. Niemand konnte zurückverfolgen, wer an diesem Vormittag im Empfangsbüro der CHILD-Organisation Dienst getan hatte.

»Es tut mir leid, aber Mr. Randolph kann zu diesem Zeitpunkt keinen Besuch empfangen. Er ist beschäftigt.«

»Ich bin mit ihm verabredet«, sagte Lucy Corliss mit Nachdruck.

Das Mädchen runzelte die Stirn. »Mit Mr. Randolph?«

»Ganz recht. Mit Mr. Randolph.« War Lucy zunächst eingeschüchtert gewesen, so war sie inzwischen nur noch ärgerlich über das herablassende Benehmen der Empfangsdame. »Ich bin Lucy Corliss«, sagte sie kühl. »Wenn Sie mir bitte sagen würden, wo ich Mr. Randolph finde, ich kann dann schon selbst...«

Das Mädchen hörte ihr gar nicht mehr zu. Sie hatte die Wählscheibe betätigt und unterhielt sich im Flüsterton mit einem Unbekannten, der sich in den Tiefen der Büroflucht verbergen mochte. Als sie das Gespräch beendet hatte, schenkte sie Lucy ein eisiges Lächeln.

»Nehmen Sie doch bitte dort drüben Platz, Mrs. Corliss. Mr. Randolph steht gleich zu Ihrer Verfügung. Möchten Sie inzwischen eine Tasse Kaffee?«

Nein, Lucy wollte keinen Kaffee. Sie nahm Platz und genoß ihren kleinen Sieg. Das blonde Mädchen wendete sich ihrem Terminkalender zu.

Wenig später kreuzte eine Frau mittleren Alters auf. Sie kam schnurgerade auf Lucy zu.

»Ich bin Eva Phillips, Mr. Randolphs Sekretärin. Es tut Mr. Randolph leid, daß es so lange gedauert hat. Sie wissen ja, wie es im Büro manchmal zugeht.«

Lucy wurde durch ein Gewirr von Gängen geführt. Schließlich öffnete ihr Mrs. Phillips die Tür zu einem großen Eckbüro. Sie trat ein. Der Raum wurde von einem überdimensionalen Schreibtisch beherrscht. Der Mann, der hinter dem Schreibtisch saß, mußte wohl Paul Randolph sein.

Er war Ende Vierzig. Die Gesichtszüge waren sanft und weich. Das Haar sandgrau, schon etwas dünn an den Schläfen. Er trug es streng zurückgekämmt. Er war aufgestanden und kam Lucy entgegen. Sein Gang war von jener Grazie, die Lucy – sie wußte nicht warum – mit gesellschaftlicher Klasse und altem Geld in Verbindung brachte. So gingen Männer, die auf teuren Internaten aufgewachsen und seither jeden Sommer an der See verbracht hatten. Seine perfekt modulierte Stimme entsprach diesem Image.

»Mrs. Corliss, ich freue mich sehr, Sie kennenzulernen. Möchten Sie sich nicht setzen?« Er deutete auf ein Sofa, das an der Schmalseite seines Schreibtisches stand. Ohne lange nachzudenken, nahm sie den Platz ein, den er ihr angewiesen hatte. Er war um den Schreibtisch herumgekommen und ließ sich in einen dikken Ledersessel sinken. Lucy brachte ihre Knie zusammen und biß sich auf die Lippen. Sie fühlte sich auf einmal in die Ecke gedrängt. Mr. Randolph saß jetzt etwas höher als sie. Sein Lächeln kam freundlich und zugleich etwas spöttisch. »Darf ich Ihnen einen Kaffee kommen lassen?«

»Vielen Dank, nein.« Randolph machte eine knappe Geste zu Mrs. Phillips, die neben der Tür wartete. Die Sekretärin verließ den Raum.

»Dann nur heraus mit der Sprache«, sagte er betulich. »Gehe ich richtig in der Annahme, daß Sie sich für die Ziele des CHILD-Institutes interessieren?«

Mein Gott, dachte Lucy. Er denkt vielleicht, ich möchte dem Institut eine Schenkung machen. »Ich interessiere mich in der Tat für Ihre Arbeit«, sagte sie. »Ich bin gekommen, weil ich vor ein paar Tagen erfahren habe, daß die Daten meines Sohnes von CHILD gespeichert werden.«

Das Lächeln in seinem Gesicht änderte sich um keine Nuance. Nur der Ausdruck seiner Augen war härter geworden. Er war jetzt auf der Hut.

»Ich verstehe. Nun ja, wir speichern bei CHILD die Daten von Tausenden von Kindern.« Er lächelte. »Sie sind allerdings die erste Mutter, die uns besuchen kommt.«

»Mr. Randolph, mein Sohn ist entführt worden.«

Das Lächeln verschwand. »Was sagen Sie da, Mrs. Corliss?«

»Ich sagte, mein Sohn ist entführt worden. Die Polizei...« Sie erzählte ihm, was sich ereignet hatte.

»Aber warum kommen Sie mit diesem Problem zu uns, Mrs. Corliss?« sagte er, als sie fertig war. »Sie glauben doch hoffentlich nicht, daß wir bei CHILD etwas mit dem Verschwinden Ihres Sohnes zu tun haben?«

Sie zögerte mit der Antwort. Er selbst hatte den Vorwurf formuliert. Und sie mußte zugeben, daß es hier, in den Räumen eines modernen und wohl auch noch gemeinnützigen Institutes, ungeheuerlich klang. Undenkbar, daß CHILD hinter der Entführung ihres Sohnes steckte. Und trotzdem war dies der Verdacht, den Lucy Corliss hegte.

Wenn ich ihm auf den Kopf zusage, daß er die Finger im Spiel hat, wird er mich hinauswerfen. Sie beschloß, Zeit zu gewinnen.

»Ich weiß nicht, Mr. Randolph. Ich weiß nur, daß die Daten meines Sohnes seit Jahren an CHILD übermittelt werden, ohne daß man mich als Mutter des Kindes je über die Art des Forschungsprojektes informiert hat, wo diese Daten Verwendung finden.«

Er nickte verständnisvoll. Sein Lächeln kehrte in die Mundwinkel zurück. »Sie möchten demnach in Erfahrung bringen, was wir bei CHILD eigentlich treiben, stimmt's?«

»So ist es.«

Er stand auf und begann auf und ab zu gehen. »Ich will mich bemühen, es Ihnen anschaulich zu machen. Wobei ich sagen muß, ich bin selbst noch nicht in alle medizinischen Details eingedrungen. Ich bin Fachmann der Verwaltung, müssen Sie wissen, kein Wissenschaftler.«

»Um so besser. Dann sprechen Sie eine Sprache, die ich verstehen kann.«

Randolph war zu seinem Schreibtisch gegangen. Er nahm in dem matt schimmernden Drehsessel Platz und faltete die Hände über seinem Bauch. »Fangen wir also ganz vorn an. Erbforschung. Sie wissen vielleicht, Mrs. Corliss, daß die meisten Kinder bald nach der Geburt genetisch untersucht werden, oft auch schon im Mutterleib. Man entnimmt ihnen Gewebe und unterzieht diese Probe einer Analyse. Es geht um die Bestimmung der Chromosomen und um Vermeidung bestimmter Risiken. Wenn bei einem Kind Erbschäden vorliegen, kann dies zu Komplikationen führen. Solche Komplikationen lassen sich in einigen Fällen vermeiden, wenn man die Art der Schädigung rechtzeitig feststellt. Man schaut sich die Chromosomen an, weil sie das Muster vorgeben, nach dem sich die Zellen des Kindes bilden. Wir haben im Laufe der Zeit herausgefunden, daß bestimmte Erbschädigungen an chemischen Veränderungen des Gengutes zu erkennen sind.«

»Und was für eine Rolle spielt CHILD bei dem ganzen?«

»Das ist in wenigen Worten gesagt. Wir beobachten eine ausgewählte Anzahl von Kindern von der Geburt bis zum Eintritt ins Erwachsenenleben. Wir bestimmen zunächst die Chromosomen und verfolgen dann, welche Krankheiten diese Kinder bekommen. Nehmen wir einmal an, wir haben zwei Kinder, die im Alter von zehn oder elf Jahren psychische Besonderheiten zeigen. Nehmen wir weiter an, diese beiden Kinder wachsen in einer recht unterschiedlichen Umgebung auf. Es ist also unwahrscheinlich, daß die psychischen Besonderheiten durch Umwelteinflüsse verursacht werden. Nehmen wir weiter an, daß wir bei der Betrachtung der Chromosomen dieser Kinder die gleichen genetischen Abweichungen entdecken. Treffer! Zumindest ist das ein Hinweis, daß die psychische Erkrankung, die bei den beiden Kindern eingetreten ist, ihre Wurzel in einer genetischen Anomalie hat.«

»Das klingt sehr einfach«, sagte Lucy. »Zu einfach, für meinen Geschmack.«

»Sie haben völlig recht«, sagte Mr. Randolph. »Ich habe über Gebühr vereinfacht, damit wir den roten Faden nicht verlieren. Aber im Grunde ist das unsere Arbeit. Langfristig gesehen geht es darum, jene genetischen Anomalien herauszufiltern, die im Erwachsenenleben dann zu Erkrankungen führen könnten. Inwieweit sich solche Anomalien schon im frühen Stadium beeinflussen oder beseitigen lassen, ist Sache anderer Wissenschaftler. CHILD befaßt sich nicht mehr damit.«

»Und das ist alles?« fragte Lucy.

»Das ist alles, was CHILD tut«, versicherte er ihr.

»Warum hat man mich nicht verständigt, daß Randys Daten bei Ihnen erfaßt werden?«

»Vielleicht hat man das getan und Sie erinnern sich nicht mehr daran.«

»Was meinen Sohn angeht, habe ich ein sehr gutes Gedächtnis«, sagte sie aufgebracht. »Wenn man mich vor der Übermittlung der Daten verständigt hätte, dann hätte ich mit Sicherheit darauf bestanden, Näheres über das Forschungsprogramm zu erfahren, bei dem die Daten Verwendung finden. Ich hätte auch gefragt, wieso man gerade Randy für die Erfassung ausgewählt hat.«

»Das versuchte ich Ihnen doch die ganze Zeit zu erklären, Mrs. Corliss. Es gibt keinen besonderen Grund, warum Ihr Sohn für das Forschungsprogramm ausgewählt wurde. Es handelt sich um eine repräsentative Untersuchung, bei der die Kinder nach dem Zufallsprinzip ausgesucht wurden.«

»Könnte ich über die Ergebnisse des Forschungsprogramms Näheres erfahren?«

»Über die Ergebnisse? Aber, Mrs. Corliss, wir haben doch noch gar keine verwertbaren Ergebnisse. Ich sagte Ihnen bereits, daß die Kinder bis zum Eintritt ins Erwachsenenalter überwacht werden sollen. Erst dann kann man von Ergebnissen sprechen.«

»Was ist denn mit den Kindern, die gar nicht das Erwachsenenalter erreichen?« bohrte Lucy weiter. »Es gibt doch Kinder, die schon als Säuglinge sterben. Andere sterben im Schulalter, an einer Krankheit oder bei Unfällen. Sie müssen doch über vorläufige Ergebnisse verfügen. Wenn Sie nicht einmal nach acht oder zehn Jahren irgendwelche Aussagen machen können, hätten Sie das Forschungsprogramm längst gestoppt.«

Zum ersten Mal seit Beginn ihrer Unterhaltung schien Randolph ratlos. Lucy beschloß, ihren Vorteil auszubauen. »Mr. Randolph, ich habe mit der Schulschwester gesprochen. Und da habe ich etwas sehr Merkwürdiges erfahren. Auf unserer Schule werden nur vier Kinder von CHILD überwacht. Und diese vier sind die gesündesten. Zu ihnen gehört Randy. Wie die anderen drei ist er in seinem Leben nicht einen einzigen Tag krank gewesen. Er hat sich keine Verletzung zugefügt. Er zeigt keine psychischen Besonderheiten. Kein Befund. Sie werden jetzt verstehen, daß ich Ihnen nicht abnehme, was Sie vorhin gesagt haben. Randy wird beobachtet, weil er ein besonderes Kind ist. Und CHILD wußte von Anfang an, daß dieses Kind keine Krankheiten haben würde.«

Alle Farbe war aus Randolphs Gesicht gewichen. Als er ihr antwortete, gab er sich keine Mühe mehr, seine Verärgerung zu verbergen. »Wollen Sie allen Ernstes behaupten, Mrs. Corliss, wir von CHILD hätten Ihren Sohn entführt?«

»Ich weiß nicht, wer meinen Sohn entführt hat, Mr. Randolph«, erwiderte Lucy kühl. »Es würde allerdings zu meiner Beruhigung beitragen, wenn Sie mich Einblick in Randys Unterlagen nehmen lassen würden. Ich möchte außerdem die Ergebnisse des ganzen Forschungsprogramms kennenlernen. Wenn es in der Studie Dinge gibt, die ich nicht verstehe, dann werde ich sie mir von Fachleuten erklären lassen. Schon jetzt läßt sich sagen, daß Sie ohne meine Zustimmung medizinische Untersuchungsergebnisse meines Sohnes verwendet haben. Dies ist ein unzulässiger Einbruch in die Privatsphäre eines Kindes.«

Randolph war in seinen Sessel zurückgesunken. Er fuhr sich mit der Hand über die Haare. »Mrs. Corliss, ich weiß wirklich nicht, ob ich Ihnen helfen kann, aber ich werde mein Bestes tun. Wir brauchen allerdings etwas Zeit, um herauszufinden, in welche Programme die Daten Ihres Sohnes eingespeichert wurden. Wir brauchen weiter etwas Zeit, um die Daten zu einem Bericht für Sie zusammenzustellen. Aber ich verspreche Ihnen, daß Sie einen solchen Bericht bekommen werden. Dies ist der erste Fall in zwanzig Jahren, wo es zu Schwierigkeiten kommt. Vor allem möchte ich, daß Sie mir eines glauben: CHILD hat mit dem Verschwinden Ihres Sohnes wirklich nichts zu tun.«

»Wann kann ich den Bericht bekommen?«

»In einigen Tagen.«

Lucy war aufgestanden. »Sagen wir übermorgen. Kann ich Sie anrufen?«

»Ich schlage vor, daß wir Sie anrufen, Mrs. Corliss. Wenn Sie bei meiner Sekretärin Ihre Adresse hinterlassen würden.«

Sie antwortete mit einem ironischen Lächeln. »Das werde ich tun, Mr. Randolph. Obwohl es völlig unnötig ist. Ich bin sicher, daß Sie nicht nur Randys Daten, sondern auch seinen Namen und seine Adresse in Ihren Datenbanken gespeichert haben.«

Sie nahm ihre Tasche und verließ das Büro, ohne Randolph die Hand zu geben.

Als sie fort war, ging Paul Randolph zu seinem Schreibtisch zurück. Der kalte Schweiß war ihm auf die Stirn getreten. Er ließ sich in den Sessel fallen.

Was er seit Jahren befürchtet hatte, war eingetreten.

Die Schule war zu Ende, das Mittagessen vorbei. Spiel und Sport. Noch immer hatte Randy nicht recht die Regeln des Spiels verstanden, das die Jungen bevorzugten. Es ähnelte einem Räuber-und-Gendarmen-Spiel. Aber es gab Bestandteile, die von dem klassischen Muster abwichen.

Der Anfang des Spiels war ganz einfach.

Einer der Jungen ›war‹ es. Er mußte sich an einen Baum stellen, sich die Augen zuhalten und bis hundert zählen, während sich die anderen in den Büschen verbargen. Dann begann die Suche. Wenn der Junge einen der Versteckten erblickte, mußte er dessen Namen rufen. Die Jagd schloß sich an. Der Verfolger mußte den Verfolgten berühren. Wer zuerst gestellt wurde, ›war‹ es dann beim nächsten Spiel.

Es gab eine Besonderheit. Sobald der Verfolger den Namen des Verfolgten gerufen hatte, durften die anderen Jungen aus ihrem Versteck kommen und dem Verfolgten helfen.

Der Jäger wurde zum Gejagten.

Gleich zu Anfang hatte Randy einen Fehler gemacht. Er war losgerannt, sobald der Junge mit dem Zählen begonnen hatte. Allein. Die anderen Jungen waren zurückgeblieben, hatten einen Pulk gebildet. Randy versteckte sich im Unterholz, in der Nähe des Baches. Er war sicher, daß ihn hier niemand finden würde. Er hockte da und wartete.

Die Zeit schien endlos. Was die anderen wohl trieben? Vielleicht hatten sie längst ein anderes Spiel begonnen. Er kroch aus seinem Versteck hervor. Als er Adam Rogers erblickte, war es zu spät. »Randy!« schrie Adam. Und dann begann die wilde Jagd.

Erst jetzt wurde Randy bewußt, daß es dumm gewesen war,

sich von den anderen zu trennen. Sie waren so weit fort, daß sie ihm gegen seinen Verfolger nicht helfen konnten. Es dauerte nur ein paar Sekunden, dann war Adam Rogers über ihm. Er rang Randy zu Boden. Er hatte gewonnen.

Randy ›war‹ es.

Er stellte sich an den Baum und begann zu zählen. Als er bei Hundert angelangt war, öffnete er die Augen.

Niemand war zu sehen.

Er ging ins Gelände hinein, wobei er sich immer mehr vom Hauptgebäude entfernte. Die Spielkameraden mußten wohl in den Büschen jenseits der Baumgruppen stecken. Er lief hin. Seine Annahme bewahrheitete sich nicht.

Er bog die Äste zur Seite und betrat das Waldstück. Er ging auf Zehenspitzen. Es war wichtig, daß er einen der Versteckten allein erwischte. Nur dann hatte er eine Chance, ihn einzuholen und niederzuringen.

Als er von ferne Adams grauen Pullover entdeckte, wollte er schon ›Adam!‹ schreien. Aber dann raschelte es im Unterholz, und der Haarschopf von Jerry Preston kam zum Vorschein. Der Junge war nur noch drei oder vier Meter von ihm entfernt. Randy tat, als hätte er weder Adam noch Jerry entdeckt. Mit sorgfältigen Schritten ging er tiefer ins Dickicht hinein.

Als er an dem Busch angelangt war, wo Jerry Preston sich verbarg, mußte er feststellen, daß die Beute inzwischen das Weite gesucht hatte. Er stellte sich auf Zehenspitzen. Durch das Dickicht war der Zaun des Geländes zu erkennen. Und dort hockte auch Eric Carter, das rote Haar war unverkennbar. Langsam ging Randy auf den Zaun zu. Er war noch einige Meter von Eric entfernt, als er stehen blieb und sich umdrehte. Wo waren die anderen? Kein Rascheln, kein Wort. Nichts.

Als er auf wenige Schritte heran war, schrie er den Namen, so laut er nur konnte.

»Eric Carter!«

Eric war aufgesprungen. Er hastete am Zaun entlang. Auf den ersten Metern schien es, als könnte ihm die Flucht gelingen. Aber dann verringerte sich der Abstand zwischen Jäger und Verfolgtem. Randy hatte ihn fast erreicht und wollte sich eben auf ihn werfen, als drei Jungen aus dem Gebüsch hervorbrachen.

Es war eine Falle gewesen.

Er wandte sich um, suchte nach Adam Rogers, der eben noch hinter ihm gewesen war. Adam war nirgends zu erblicken. Plötzlich bekam er einen Schlag in den Rücken versetzt. Er kam ins Stolpern. Sekunden später waren Billy Mayhew und Jerry über ihm. Randy, der auf dem Boden lag, sah, wie Eric Carter stehen blieb.

Er kam zurückgerannt. Er grinste über das ganze Gesicht.

Randy wehrte sich mit Händen und Füßen. Aber die Kameraden waren stärker.

»Machen wir ihn fertig«, hörte er Jerry sagen. »Werfen wir ihn an den Zaun!«

Er wurde an Armen und Beinen ergriffen und zum Zaun geschleppt! Adam begann zu zählen: »Eins, zwei, drei…« Bei drei warfen ihn die Jungen in hohem Bogen auf den Maschendraht.

Es gab einen Funkenregen. Dann erfüllte der Gestank verkohlten Fleisches die Luft.

Randy fiel zu Boden und blieb liegen.

Das Spiel war vorüber.

Die Jungen kamen angelaufen. Sie bildeten einen Kreis um Randy. Adam Rogers warf Billy Mayhew einen fragenden Blick zu.

»Meinst du, daß wir deswegen Ärger kriegen?«

Billy zog die Schultern hoch. »Letztes Mal haben wir auch keinen Ärger gekriegt. Warum sollte es diesmal anders sein?«

Sie ließen Randy liegen und gingen zum Gebäude zurück. Randys Hand war in den elektrisch geladenen Zaun gekrallt.

Den größten Teil des Wochenendes hatte Sally Montgomery in ihrem Büro im Eastbury College verbracht. Was sie tat, war illegal, das wußte sie. Es war auch unmoralisch. Aber das störte sie nicht. Sie hatte viele Stunden geduldig gearbeitet, bis es ihr gelang, die Daten des *Eastbury Community Hospital* anzuzapfen. Sie wußte, daß diese Daten im Zentralcomputer gespeichert waren. Allerdings brauchte man geheime Codes, um die Daten über einen der angeschlossenen Computer abzurufen. Für einen Laien wäre die Ergründung dieser Code eine unlösbare Aufgabe gewesen. Nicht für Sally, die als Programmiererin ausgebildet war. Sie richtete ihr Augenmerk zunächst auf die Frage, aus wieviel Zeichen solch ein Code überhaupt bestand. Das System war dem Kinderspiel ›Schiffe versenken‹ vergleichbar. Man warf so lange Bomben, bis man einen Treffer erzielte. Dann bombardierte man die Umgebung des Quadrates. Das Codewort, das sie schließlich herausbekam, war genial einfach.

MEDREACH, MEDICAL, RECORDS, EASTBURY COMMUNITY HOSPITAL. Wie dumm ich bin, dachte sie. Ich habe Stunden gebraucht, um auf großen Umwegen eine Abkürzung herauszufinden. Dabei hätte ich wissen müssen, daß bei solchen Programmen Abkürzungen verwandt werden, die dem Inhalt der gespeicherten Daten entlehnt sind.

Es gab eine Frage, die sie sich mit Hilfe der gespeicherten medizinischen Daten beantworten wollte. Traf es zu, was Mr. Randolph behauptete, daß nämlich die Kinder für das Forschungsprogramm von CHILD nach dem Zufallsprinzip ausgesucht wurden?

Sally stellte verschiedene Programme zusammen und schickte eines nach dem anderen durch den Computer.

Kinder, die von CHILD überwacht wurden.

Kinder, die an SIDS gestorben waren.

Kinder, die noch nie krank gewesen waren.

Sie untersuchte die letzten zwanzig Jahre. Eine Arbeit, die ohne Computer Monate in Anspruch genommen hätte.

Sie schaffte es in zwei Stunden. Dann zeichneten sich die ersten Umrisse einer Antwort ab.

Der Computer hatte die Personengruppen, die sie abfragte, miteinander verglichen.

Bis vor zehn Jahren hatte es keine nennenswerten Unterschiede in der gesundheitlichen Entwicklung der CHILD-gespeicherten Kinder und der Entwicklung der übrigen Kinder gegeben.

Die Kinder hatten Mumps, Masern, Windpocken. Sie hatten psychische Probleme. Die Prozentsätze waren bei beiden Gruppen in etwa die gleichen.

Von beiden Gruppen war etwa die gleiche Anzahl Kinder an SIDS gestorben.

Zehn Jahre lang ging das so. Der Computer spuckte für zehn Jahrgänge die gleichen Zahlen aus. Die Schlußfolgerung: Die Kinder, deren Daten an CHILD übermittelt wurden, waren wirklich nach dem Zufallsprinzip ausgesucht worden. CHILD hatte sich die Daten vom Eastbury Community Hospital geben lassen. Das Natürlichste der Welt. Dort wurden die Kinder ja geboren.

Dann, im elften Jahr, wurde alles anders.

Innerhalb der Bevölkerung von Eastbury starb ein größerer Prozentsatz an Kindern als innerhalb der CHILD-gespeicherten Gruppe von Kindern.

Im elften Jahr war der Anteil der Eastbury-Kinder, die an SIDS starben, um 4 Prozent gestiegen.

In der Gesamtbevölkerung, soweit sie von CHILD überwacht wurde, hatten die SIDS-Todesfälle um 10% zugenommen.

Und dann hatte sich auch noch die Zusammensetzung der Gruppen geändert, wo SIDS als Todesursache auftrat. In den ersten zehn Jahren des Untersuchungszeitraums hatte die tödliche Krankheit Jungen und Mädchen gleichermaßen befallen. Im elften Jahr stieg die Sterblichkeit der Mädchen, die Sterblichkeit der Jungen sank. Der Trend hielt über die Folgejahre an.

Sally saß vor dem Computer, während die Listen ausgedruckt wurden. Gebannt starrte sie auf das Blatt, auf dem die Daten der besonders gesunden Kinder vermerkt waren. Es gab ein Problem bei der Beurteilung der Zahlen. Eine ganze Reihe Eltern waren aus Eastbury weggezogen. In der Schreibung gab es dann plötzlich einen Balken. NO INPUT. Die Daten dieser Kinder hätte Sally höchstens erhalten können, indem sie die Computer anderer Städte anzapfte. Eine schier unlösbare Aufgabe.

Immerhin zeichnete sich schon jetzt ein bestimmter Trend ab. Der Prozentsatz völlig gesunder Jungen, die von CHILD erfaßt wurden, hatte sich in den letzten zehn Jahren kontinuierlich vergrößert.

Es war Mittag geworden, als Sally Montgomery dem Computer die wichtigste Frage stellte.

Wenn man alle vorhandenen Daten berücksichtigte, war es dann so, daß die Auswahl der Kinder für das CHILD-Programm in den letzten zehn Jahren nach dem Zufallsprinzip erfolgt war? Oder hatte CHILD in dem fraglichen Zeitraum ein anderes Kriterium bei der Auswahl der Kinder angewendet?

Minuten vergingen, während der Computer die Informationen der Datenbänke abtastete. Schließlich erschien eine grüne Leuchtschrift auf dem Sichtschirm vor Sally.

VORHANDENE DATEN UNGENÜGEND

Sally hatte Tränen in den Augen, als sie die bedruckten Bögen zusammenpackte. Wenig später verließ sie das Büro.

Alles war umsonst gewesen. Und doch spürte sie, daß der Computer nicht recht haben konnte. Erst nach einer Weile legte sich ihr Zorn. Die Suche war nicht völlig hoffnungslos. Genaugenommen hatte der Computer nicht das Zufallsprinzip bestätigt. Er hatte eine ausweichende Antwort gegeben. Die eingespeicherten Daten genügten nicht, um die Frage zu beantworten. Was auch daran liegen konnte, daß die Frage falsch gestellt war.

Das war das Problem bei einem Computer. Er war kühl und sachlich. Objektiv. Zu objektiv, wie Sally fand.

Was CHILD anging, so konnte man das Institut wirklich nicht ›objektiv‹ nennen, davon war Sally überzeugt. Das CHILD-Programm war Tarnung für irgend etwas anderes. Aber für was? Und wie ließ sich der Vorwurf beweisen?

Sie wußte es nicht.

Ein Haus mit dunklen Zimmern. Hinter jeder Tür, die sich auftat, konnte der Tod lauern.

Sechzehntes Kapitel

Steve Montgomery stand unter dem Vordach und dachte nach. War es richtig, daß er mit seinen Problemen zu seiner Schwiegermutter ging? Konnte Phyllis Paine ihm helfen? Die Idee, mit der Mutter über die Tochter zu sprechen, war ganz allmählich gekommen. Zuerst hatte Steve den Gedanken noch sehr abwegig gefunden. Heute früh allerdings hatte er eine Kehrtwendung vollzogen. Mit wem konnte man über Sally reden, wenn nicht mit ihrer Mutter?

Er drückte auf den Knopf. Drinnen ertönte ein wohlklingendes Glockenzeichen. Er wartete nicht. Er drückte noch einmal auf den Knopf. Als er schon wieder fortgehen wollte, schwang plötzlich die Tür auf. Phyllis erschien im Türrahmen. Sie sah alt und leidend aus.

»Steve!« Sie trat zur Seite, um ihn vorbeizulassen. »Hast du Sally nicht mitgebracht?«

»Nein.« Er verzichtete darauf, das zu begründen.

»Komm rein.« Sie räusperte sich. »Ich muß fürchterlich aussehen. Ich habe eine schlimme Nacht hinter mir.«

Er war im Flur stehen geblieben. »Vielleicht komme ich besser ein anderes Mal, wenn es dir besser geht.«

»Nein, nein.« Sie ließ die Tür ins Schloß fallen und führte ihn ins Wohnzimmer.

»Weißt du, ich habe gerade etwas weggeworfen.«

»Etwas weggeworfen?«

»Ich habe ein paar Kleidchen weggeworfen, die ich für Julie nähen wollte. Ich hatte die Sachen schon zugeschnitten, verstehst du? Und jede Nacht bin ich aufgewacht und habe mir Vorwürfe gemacht, daß ich die Kleidchen nicht rechtzeitig fertig genäht habe.« Sie verzog den Mund zu einem traurigen Lächeln. »Du kennst mich ja, wie ich bin. Wenn ich etwas anfange, muß ich es fertig machen. Na ja, jedenfalls bin ich Nacht für Nacht aufgestanden und ins Nähzimmer gegangen. Heute nacht habe ich es dann mit der Wut bekommen. Ich habe mich hingesetzt und die Kleidchen fertig genäht. Erst als sie fertig waren, ist mir so recht klargeworden, wie sinnlos das alles ist. Und da habe ich die Kleidchen genommen und in den Müll geworfen.«

In ihren Augen zeichnete sich eine Unsicherheit ab, die Steve noch nie bei ihr beobachtet hatte. »Ich weiß, daß dich das schokkieren muß«, flüsterte sie. »Man wirft so etwas nicht fort. Es war wie ein Zwang. Ich konnte an nichts anderes mehr denken. Eine Symbolhandlung wahrscheinlich. Ich wollte endlich einen Schlußstrich ziehen. Mich mit dem Tod meiner Enkeltochter abfinden.« Sie sah auf. »Aber deshalb bist du ja nicht hergekommen.« Der Blick wurde scharf und prüfend, so wie Steve seine Schwiegermutter kannte. »Du kommst wegen Sally, nicht wahr?«

Er rutschte ungemütlich auf seinem Stuhl hin und her. Schließlich nickte er.

»Es sieht nicht sehr gut aus, wie? Ich meine, selbst wenn man die besonderen Umstände berücksichtigt, müßte Sally sich gefangen haben. Bist du deswegen gekommen?«

»Ja«, sagte Steve. »Ich weiß einfach nicht mehr, was ich machen soll.«

Ihre Brauen zuckten. »Ist etwas Besonderes passiert?«

»Dr. Wiseman hat mich angerufen, letzten Freitag. Er macht sich Sorgen wegen Sally. Sie will nicht akzeptieren, daß die Kleine an SIDS starb. Sie ist von der Idee besessen, daß jemand das Kind umgebracht hat. Eine Verschwörung, etwas in der Richtung.«

»Ich verstehe«, sagte Phyllis Paine. »Und was ist *deine* Meinung?«

»Ich bin unentschlossen. Aber die Sache spitzt sich zu. Sally hat sich am vergangenen Wochenende in ihrem Büro eingeschlossen. Sie wollte mir nicht sagen, an was sie arbeitet. Aber ich bin sicher, daß es in irgendeiner Weise mit Julie zu tun hat. Sally hat übrigens mit Lucy Corliss gesprochen.«

»Lucy Corliss? Ach ja, jetzt fällt es mir ein. Die Mutter des vermißten Jungen. Wie heißt der Kleine noch?«

»Randy. Der Junge war mit Jason befreundet. Aber das war nicht das Thema des Gesprächs, das Sally mit Randys Mutter geführt hat. Wie es scheint, ging es um ein medizinisches Institut in Boston. Ein Forschungsinstitut. Sally sagt, Jason, Randy und Julie sind in der Datenbank dieses Instituts gespeichert.«

Phyllis Paine blickte skeptisch drein. »Was ist daran so ungewöhnlich? Fast alle Bürger sind irgendwo gespeichert. Die eine Hälfte der Nation betrachtet die andere auf dem Sichtschirm. Na und?« Ihre Augen verengten sich zu Schlitzen. »Ich ahne, warum du zu mir kommst, Steve. Sally hat eine Art Verschwörungstheorie aufgebaut. Habe ich recht?«

»Na ja, was mich angeht, ich wollte ja nicht...«

»Ob sie eine Verschwörung annimmt, ja oder nein?«

»Ja«, sagte Steve und ließ die Schultern sinken.

Phyllis Paine schüttelte traurig den Kopf. »Hast du schon mit Dr. Wiseman darüber gesprochen?«

»Über die Verschwörungstheorie? Nein. Ich wollte zuerst mit dir sprechen. Ich befürchte, Dr. Wiseman würde Sally zur heillosen Neurotikerin erklären, wenn ich ihm das erzähle.« Er seufzte. »Oh, Phyllis. Mir kommt das alles vor wie ein Alptraum. Ich kann gar nicht glauben, daß wir beide uns darüber unterhalten, ob Sally verrückt geworden ist oder nicht.«

»Und doch ist es so«, erwiderte Phyllis. »Aber was können wir tun? Meinst du, ich soll einmal mit Dr. Wiseman darüber sprechen?«

»Würdest du das tun?«

Phyllis Paine entfuhr ein Seufzer. »Ich muß es wohl. Muß mich bei dem alten Herrn entschuldigen, verstehst du. Ich habe ihn bei Julies Beerdigung heftig angefahren, und das hat er nicht verdient. Ich werde heute nachmittag zu ihm fahren und mit ihm reden.«

»Ich wäre dir sehr dankbar«, sagte Steve. »Ich weiß, wie unangenehm es dir ist, in diese Dinge...«

Phyllis Paine brachte ihren Schwiegersohn mit einer Handbewegung zum Schweigen. »Red' keinen Unsinn. Es stimmt schon, ich mische mich normalerweise nicht ein. Aber ich bin und bleibe Sallys Mutter. Natürlich mache ich mir Sorgen um sie, auch wenn ich das nicht so zeige.« Sie musterte ihn neugierig. »Und du? Was ist mit dir? Du siehst ja nicht gerade wie das blühende Leben aus.«

»Es geht so. Ich versuche den Kopf oben zu behalten.«

»Es wird schon wieder werden«, sagte Phyllis Paine. Sie stand auf, um ihren Schwiegersohn zur Haustür zu geleiten. »Du bist der Mann in der Familie, Steve, vergiß das nicht. Sally braucht jetzt deine Hilfe. Sie ist...« Ihre Stimme brach. Sie sprach im Flüsterton weiter. »Sally ist nicht so gesund, wie sie tut. Sie leidet unter gewissen Gefühlsschwankungen. Sie steht unter einer starken nervlichen Anspannung, immer schon. Wenn dann noch besondere Umstände hinzukommen wie jetzt...« Sie schüttelte den Kopf.

Als Steve das Haus verließ, hatte er das Gefühl, Mitwisser eines streng gehüteten Geheimnisses geworden zu sein.

»Möchten Sie noch etwas Kaffee?« fragte Sally ihren Gast.

Lucy Corliss lehnte ab. »Was ich jetzt am liebsten trinken würde, wäre ein Glas Whisky, pur. Aber ich habe mir vorgenommen, so früh am Tage noch keinen Alkohol zu trinken.« Es war zwanzig nach drei. Seit zwei Stunden saßen sie in Sallys Küche und unterhielten sich. Sally ließ ihre Fingerspitzen über den Stapel mit Computerschreibungen wandern, der auf dem Küchentisch lag. »Man kann also noch nichts Abschließendes sagen. Wir müssen warten, ob wir nicht einen weiteren Schlüssel in die Hand bekommen.« Zuvor hatte sie Lucy Corliss die Bedeutung der Daten erklärt.

»Das ganze bleibt vorläufig ein Verdacht«, stellte Lucy fest. »Wir vermuten, daß dieses CHILD-Institut mit dunklen Machenschaften befaßt ist, aber wir können's nicht beweisen. Was diesen Randolph angeht, so mache ich mir wenig Hoffnungen. Er hat mir zwar einen Bericht versprochen, aber ich weiß jetzt schon, wie dieser Bericht aussehen wird. Frisiert und ohne alle relevanten Daten. Als ich vor ihm saß, hätte ich ihm am liebsten ins Gesicht geschlagen. Einer von diesen aalglatten Hurensöhnen.«

»Aber er hat sich doch verpflichtet, Ihnen diesen Bericht zu fertigen.«

»Er wird es schon so einrichten, daß die Wahrheit im dunklen bleibt, verlassen Sie sich drauf. Wenn das Institut wirklich mit offenen Karten spielte, dann hätte man uns nicht verheimlicht, daß die Daten der Kinder gespeichert werden. Dieser Randolph hat behauptet, wir seien informiert worden. Aber das stimmt nicht. Ich gehöre zu den Leuten, die alles aufbewahren. Ich habe heute noch die Quittungen von der Wäscherei, wo ich Randys Windeln waschen ließ. Das Papier ist vergilbt, und ich weiß, daß ich diese Zettel nie mehr brauchen werde, aber ich bewahre sie auf. Ich habe alles genau durchgesehen. Wirklich alles. Zu keinem Zeitpunkt habe ich eine Mitteilung der Schule, des Krankenhauses oder einer anderen Stelle erhalten, wo ich um Erlaubnis gebeten wurde, die Daten meines Sohnes zur Speicherung bei einem medizinischen Institut freizugeben. Nichts, keine Spur. Und wissen Sie was, Sally? Je länger ich darüber nachdenke, um so wütender werde ich. Ganz egal, ob CHILD etwas mit Randys Verschwinden zu tun hat, es ist einfach beängstigend, sich vorzustellen, daß wildfremde Menschen einen mit Hilfe der gespeicherten Daten wie unter einem Mikroskop betrachten können. Ich meine, wenn Randy, Jason und Julie erfaßt werden konnten, ohne daß irgend jemand davon erfuhr, dann kann das gleiche auch uns passieren. Ihnen und mir. Wir werden alle beobachtet. Es ist, als ob man nackt auf einem Tisch liegt. Hinter einem Einwegspiegel stehen die Fremden, die Auftraggeber der Studie, und betrachten dich. Ekelerregend!«

»So ist das Leben heute nun einmal«, sagte Sally. »Wir müssen uns damit abfinden. Was mich nur ärgert, ist, daß ich die ganze Arbeit umsonst gemacht habe.« Sie deutete auf den Papierstapel.

Plötzlich hatte Lucy eine Idee. »Würden Sie mir die Bögen überlassen?« bat sie.

»Und dann?«

»Ich will sie jemandem zeigen.« Sally wollte noch eine Frage stellen, aber Lucy legte ihr den Zeigefinger auf die Lippen. »Vertrauen Sic mir, bitte!«

Die Tür ging auf, Jason kam hereingerannt. »Tag, Mutti«, sagte er. »Ich habe...« Er hatte Lucy Corliss bemerkt. »Guten Tag, Mrs. Corliss.« Er musterte die beiden Frauen mit unverhohlener Neugier. »Ist Randy zurückgekommen?« fragte er hoffnungsvoll.

Lucy kämpfte mit den Tränen. »Leider noch nicht«, sagte sie leise und zwang sich zu einem Lächeln. »Aber ich bin sicher, er wird bald wieder in unserer Mitte sein. Vermißt du deinen Spielkameraden sehr?«

Jason nickte feierlich. »Er ist mein bester Freund. Ich hoffe, es ist ihm nichts passiert.«

Lucy stand auf. Sie ergriff den Stapel mit den Computerschreibungen und ging zur Tür. »Ich bringe sie Ihnen vollständig zurück, Sally«, versprach sie. Noch bevor Sally oder ihr Sohn Jason etwas sagen konnten, war sie verschwunden. Sally, die immer noch am Küchentisch saß, hob die Arme.

»Komm zu mir«, sagte sie und lächelte ihrem Sohn zu. Er kam

in ihre Arme. Sie drückte ihn und küßte ihn. »Ich hab' dich so lieb«, flüsterte sie.

Er machte sich von ihr frei. »So lieb, daß du mir Karamelbonbons kochen würdest?«

Sie mußte lachen. »Aber sicher«, sagte sie. »Das ist überhaupt die beste Idee, die mir heute untergekommen ist.«

Er sah zu, wie seine Mutter Zucker, Schokolade, Milch und eine Prise Salz in die Pfanne gab. Sie stellte die Pfanne auf den Herd und schaltete die Kochplatte ein.

»Ich werde das Bonbonthermometer prüfen, ob es noch funktioniert«, bot er an.

»Wenn du meinst... Aber es hat immer funktioniert.«

»In meinem Chemiebuch steht, man muß die Geräte immer erst prüfen, bevor man sie verwendet.«

»Das gilt für Experimente, aber nicht fürs Bonbonkochen.«

Jason indes wollte es wissen. Er nahm einen leeren Topf, ließ kaltes Wasser hineinlaufen und legte das Bonbonthermometer in das Wasser. Dann stellte er den Topf auf eine freie Kochstelle. Er schaltete die Platte ein. Dann ging er zum Kühlschrank und holte sich eine Flasche Cola heraus.

Sally schüttelte mißbilligend den Kopf. »Wenn du jetzt eine Cola trinkst, laß ich dich nicht die Pfanne auslecken.«

Jason warf einen sehnsüchtigen Blick auf die Pfanne, von der die ersten Düfte hochstiegen. Dann blickte er auf die Colaflasche in seiner Hand. »Bitte, Mutti«, bettelte er.

»Du kannst wählen, entweder Karamelbonbons oder Cola.«

Widerstrebend stellte er die Flasche in den Kühlschrank zurück. »Wenn Daddy jetzt hier wäre, er hätte mir die Flasche Cola sicher erlaubt«, nörgelte er. Als das Wasser im Topf zu sieden begann, kletterte er auf einen Stuhl, um das Thermometer zu beobachten.

Es war auf 200 Grad Fahrenheit angestiegen. Jason warf einen Blick auf die Bonbonpfanne. Der Zucker war geschmolzen.

Sally war zur Spüle gegangen. Sie blickte über ihre Schulter und lächelte über die Inbrunst, mit der Jason das Thermometer beobachtete.

»Wenn die rote Säule bei 212 stehenbleibt, dann ist es in Ordnung«, sagte sie. »Dann brauchst du es nur in die Bonbonpfanne zu legen. Aber du darfst die Masse nicht umrühren.«

»Ich weiß«, sagte Jason. »Das weiß doch jedes Kind. Wenn man den flüssigen Zucker umrührt, dann kristallisiert er.«

»Du tust so, als hättest du das Geheimnis von deinen Freunden erfahren«, frotzelte seine Mutter. »Dabei habe ich es dir beigebracht.« Sie nahm ein paar Walnüsse aus der Tüte, legte sie auf ein Holzbrett und zerkleinerte sie. Jason hatte das Thermometer aus dem kochenden Wasser gezogen und legte es in die Bonbonpfanne. »Und jetzt achte darauf, daß das Thermometer nicht über 234 Grad Fahrenheit steigt«, sagte Sally.

Er schien ihr gar nicht zuzuhören. Er starrte auf die Quecksilbersäule, die gerade 230 Grad passiert hatte. Als das Thermometer 234 Grad erreichte, ergriff er den Pfannenstil und angelte mit dem Fuß nach der kleinen Trittleiter.

Sie war nicht da, wo er sie vermutete.

Er geriet ins Schwanken, versuchte, die Pfanne auf die Kochplatte zurückzustellen, aber es war zu spät. Er fiel zu Boden und riß die Pfanne mit der siedenden Zuckerlösung mit sich. Sein Schrei hallte durch die Küche. Sally fuhr herum. Sie sah eben noch, wie sich die brodelnde Flüssigkeit über Jasons Arm ergoß.

Sally ließ das Messer fallen. In Bruchteilen von Sekunden kniete sie vor Jason, riß ihn hoch, ließ ihm kaltes Wasser über die verbrühte Stelle rinnen.

Der Karamelguß wurde fortgespült. Blasen erschienen, wo die brodelnde Flüssigkeit die Haut versengt hatte.

Jason war merkwürdig still. Er starrte auf seinen Arm. »Es tut nicht weh«, sagte er. »Warum nicht, Mutti?«

Sally hatte ihren Wagenschlüssel ergriffen, der noch auf dem Küchentisch lag. Sie ergriff Jason am Arm und zog ihn zur Tür hinaus. Sekunden später saßen sie im Wagen. Sally hatte den Weg zum Krankenhaus eingeschlagen.

Beim letzten Mal hatte sie sich zuviel Zeit gelassen. Julie war gestorben.

Jason war das einzige Kind, das ihr geblieben war. Sie würde kein Risiko eingehen.

Sie hatte die verbrühte Stelle mit einem Küchentuch verbunden. Mit quietschenden Reifen bog sie auf die Hauptstraße ein, an deren Ende das Krankenhaus lag.

Die Unterredung hatte fast eine Stunde gedauert. Dr. Wiseman begleitete Phyllis Paine zu ihrem Wagen. Zu einem Entschluß, was Sally Montgomery anbetraf, war man nicht gekommen. Phyllis Paine hatte dem Arzt versprochen, in den nächsten Wochen ein wachsames Auge auf ihre Tochter zu haben. Danach würde man weitersehen. Sie kamen gerade an der Ambulanz vorbei, als Phyllis Paine die Stimme ihrer Tochter hörte.

»Aber ich habe die Verletzung mit eigenen Augen gesehen, Dr. Malone. Es waren Brandblasen, groß wie ein Dollarstück. Und nun behaupten Sie, er hat keinerlei Verletzungen erlitten. Er hat sich verbrannt! Ist das denn so schwer zu verstehen?«

Phyllis Paine stieß die Tür auf. »Wer ist verletzt?« fragte sie.

Sally fuhr herum. Erstaunt erkannte sie ihre Mutter.

»Wer ist verletzt?« wiederholte Phyllis Paine ihre Frage.

»Mutter, was tust du denn hier?«

»Das ist jetzt nicht wichtig«, gab Phyllis Paine zurück. »Ist Jason etwas passiert?«

Sally nickte, die Tränen standen ihr in den Augen. »Wir haben Karamelbonbons zubereiten wollen, aus Zucker und Milch. Jason ist auf einen Stuhl geklettert. Dann ist er ausgerutscht und...« Sie hatte zu schluchzen begonnen. »Es war furchtbar, Mutter. Es ist meine Schuld. Ich hätte besser aufpassen müssen.«

»Unsinn, du machst dir unnötig Vorwürfe.« Phyllis Paine hatte den Arm um ihre Tochter gelegt und tröstete sie, so gut es ging. Dr. Malone war neben die beiden Frauen getreten. Er machte ein ratloses Gesicht. »Wie sieht's denn aus, Dr. Malone?« erkundigte sich Phyllis Paine.

Der Arzt zuckte die Schultern. »Nichts von Belang, Mrs. Paine. Genau gesagt, ich habe überhaupt keine Verletzung feststellen können.«

Phyllis Paine sah ihn mißtrauisch an. »Nun einmal langsam, junger Mann. Meine Tochter sagt, der Junge hat sich verbrüht. So etwas heilt schließlich nicht in fünf Minuten. Wo ist der Junge denn?«

Dr. Malone deutete auf den in halber Höhe verglasten Nebenraum. Phyllis Paine führte ihre Tochter zu einem Stuhl. Dann ließ sie sich von Dr. Malone in den Nebenraum geleiten. Sie fand Jason vor, der halb entkleidet auf einer Untersuchungsliege saß und mit den Beinen baumelte.

»Tag, Großmutter«, begrüßte er sie. »Willst du meinen Arm sehen?«

Er streckte ihr seinen rechten Arm entgegen. Phyllis inspizierte die Haut. »Ich sehe keine Brandblasen«, verkündete sie.

»Es hat auch gar nicht weh getan«, sagte Jason stolz. »Und dabei war die Karamelsauce fürchterlich heiß. Zweihundertvierunddreißig Grad Fahrenheit. Bei dieser Temperatur braucht man die Sauce nur in kaltes Wasser zu kippen, und schon hat man…«

»Ich weiß, was man mit Karamelsauce bei zweihundertvierunddreißig Grad macht«, unterbrach ihn Phyllis Paine. »Vor allem weiß ich, was mit der Haut eines Menschen passiert, wenn man kochende Sauce darüber gießt.« Sie ließ den Arm des Jungen sinken und kehrte in den Vorraum zurück. Sally sah ihr angstvoll entgegen. Ihre Mutter kniff beruhigend die Augen zusammen. »Es ist nichts, Sally. Wirklich nicht.«

Sally starrte sie verständnislos an. »Ich habe die Brandblasen aber selbst gesehen«, flüsterte sie. »Der Arm war über und über mit Blasen bedeckt.«

Dr. Malone warf Phyllis Paine einen Blick zu. Sie verstand. »Es hat hier wohl eine Verwechslung gegeben«, erklärte sie. »Wie es scheint, hat mein Enkelsohn das Kochthermometer falsch abgelesen. Es zeigte wahrscheinlich nicht zweihundertvierunddreißig Grad Fahrenheit, sondern nur einhundertvierunddreißig.«

»Egal, was das Thermometer gezeigt hat«, sagte Sally zu ihrer Mutter gewandt, »die Masse hat gekocht und Jason hat sich damit verbrüht.« Sie stand auf und eilte ins Behandlungszimmer. Sie kam mit Jason zurück. »Was sollen wir tun, Dr. Malone?« fragte sie. »Soll der Junge sicherheitshalber hierbleiben?«

»Das wird nicht nötig sein, Mrs. Montgomery. Sie haben die Schwere der Verletzung in der ersten Aufregung wahrscheinlich überschätzt.«

»Natürlich war ich aufgeregt«, sagte Sally wütend. »Jede Mutter ist aufgeregt, wenn sich ihr Kind gerade verbrüht hat. Ich lasse mir das nicht ausreden. Ich habe die Brandblasen gesehen. Und nun beantworten Sie mir bitte meine Frage. Soll ich Jason sicherheitshalber hierlassen? Und sollten Sie ihn nicht wenigstens verbinden?«

»Weder noch.«

»Danke, das genügt«, sagte sie eisig. Sie wandte sich zu ihrer Mutter und erstarrte. Sie hatte das stillschweigende Einvernehmen bemerkt, das zwischen Dr. Wiseman und ihrer Mutter herrschte. Man hatte sie einem mysteriösen Test unterworfen. Sie hatte den Test nicht bestanden.

Sally sah, wie Dr. Wiseman ihrer Mutter die Hand gab. »Auf Wiedersehen, Mrs. Paine. Wenn Sie mich brauchen, rufen Sie mich an. Es bleibt aber doch bei unserem Abendessen am Mittwoch, oder?«

»Gewiß doch, Dr. Wiseman«, sagte Phyllis Paine. Sie sah ihrer Tochter in die Augen. »Fahren wir, Sally. Ich werde hinter euch beiden herfahren. Ich helfe dir, zu Hause die Küche sauberzumachen.«

»Das ist nicht nötig, Mutter.« Ihre Stimme klang kalt und abweisend. Phyllis Paine tat, als ob sie die Beleidigung nicht bemerkt hätte.

»Keine Widerrede. Wozu hat man eine Mutter, wenn sie einem nicht hilft?« Sie geleitete ihre Tochter und ihren Enkelsohn zum Wagen. Bevor sie sich zu ihrem eigenen Wagen begab, blickte sie sich um. Dr. Wiseman stand auf der obersten Stufe der Eingangstreppe. Er schaute besorgt drein. Und Phyllis Paine wußte, warum.

Sergeant Bronski betrachtete den Stapel bedruckter Blätter, den Lucy auf seinen Tisch gelegt hatte. Er zuckte resigniert die Schultern. »Es tut mir leid, Mrs. Corliss, aber ich kann Ihnen leider nicht folgen.«

Lucy wiederholte, was sie gesagt hatte. Sie erklärte die Bedeutung der Zahlenkolonnen. Der Sergeant hörte ihr aufmerksam zu. Als sie fertig war, schüttelte er den Kopf.

»Es läuft darauf hinaus, daß Sie eigentlich nichts Konkretes wissen«, sagte er. »Sie selbst geben zu, daß die Computerschreibung keinen Anhaltspunkt für eine Strafverfolgung bietet.«

»Aber sie beweist, daß dieses CHILD-Institut seine Ziele mit unlauteren Mitteln verfolgt«, beharrte Lucy. »Ich kann das nicht konkretisieren, aber es geht bei dieser Organisation nicht mit rechten Dingen zu.«

Sergeant Bronski wischte sich den Schweiß von der Stirn. Seit zwei Stunden ging das jetzt so. Er verstand recht gut, was Lucy Corliss gegen CHILD aufbrachte. Unklar blieb, was er, Sergeant Bronski, dagegen unternehmen konnte. »Sie wollen mir nicht einmal sagen, woher die Schreibung stammt. Sie können weiter nicht erklären, wem durch die Übermittlung der Daten ein Schaden entstanden sein soll. Was erwarten Sie sich denn, was ich in dieser Situation unternehmen soll?«

»Ich möchte, daß Sie CHILD unter die Lupe nehmen, Sergeant. Ich möchte, daß Sie herausfinden, was dieses Institut mit den Daten meines verschwundenen Sohnes vorhatte.«

»Da gibt es nichts zu untersuchen, Mrs. Corliss. Die Computerschreibungen, die Sie mir da vorgelegt haben, stellen kein Beweismittel dar. Gegen eine Organisation von der Größe und Bedeutung von CHILD kann ich damit nichts unternehmen.«

Ein langes Schweigen folgte. Lucy war in sich zusammengesunken. »Also gut«, sagte sie. »Was halten Sie von folgendem Vorschlag: Ich bringe die – die Person, von der die Computerlisten stammen, mit Ihnen zusammen. Sie wird Ihnen erklären, wie sie an die Daten herangekommen ist und was sie bedeuten.«

Eine Frau also. *Sie*. Es war eine Frau gewesen, die Lucy Corliss mit den mysteriösen Daten versorgt hatte. Aber wer war diese Frau? Eine hysterische Mutter, wie Lucy Corliss? »Einverstanden«, sagte er schließlich. »Bringen Sie mich mit dieser Person zusammen. Je nachdem, was ich erfahre, werde ich das Nötige veranlassen. Oder aber die Sache wird im Sande verlaufen.«

Lucy Corliss schichtete die Computerblätter zu einem ordentlichen Stapel, klemmte sich das Paket unter den Arm und verließ das Eastbury Police Department. Zurück blieb ein nachdenklicher Sergeant Bronski.

Er erinnerte sich recht gut an Randy, den Sohn der Frau, mit der er eben gesprochen hatte. Er hatte mit niemandem darüber gesprochen, aber er hatte so seine Zweifel, ob dieser Junge imstande gewesen wäre, von zu Hause wegzulaufen.

Ein Rätsel also. Vielleicht würde das Gespräch mit der Kontaktperson, die Mrs. Corliss erwähnt hatte, Aufklärung bringen.

Siebzehntes Kapitel

Randy Corliss war in einen kleinen Raum am Ende des Korridors gelegt worden. Sein Atem ging ruhig. Die Instrumente, die mit Kabeln und Schläuchen mit seinem Körper verbunden waren, zeigten normale Werte an. Der Junge schlief. Man hatte ihm die Arme langgestreckt. Der Handrücken beider Hände war mit Heftpflastern bedeckt. Ein Mann im weißen Kittel stand über Randy gebeugt.

Der Junge zuckte mit den Augenlidern. Dann schlug er die Augen auf.

Unsicher ließ er seine Blicke durch den kleinen Raum schweifen. Die Decke. Die Risse und Linien in der Decke waren anders als jene Muster, an die er sich aus seinem Zimmer erinnerte.

Was war geschehen? Er hatte mit seinen Kameraden gespielt.

Draußen, im Gelände. Die Jungen hatten ihn überwältigt. Er hatte große Angst gehabt.

Er hatte versucht zu fliehen. Dann waren sie über ihm gewesen, hatten ihn an Armen und Beinen gepackt. Und dann?

Das Muster des Maschendrahts erschien vor seinen Augen. Der Zaun. Richtig. Die anderen hatten ihn wie einen Sack genommen und gegen den Maschendraht geworfen. Es war ein Gefühl gewesen, als würde seine Haut von einer Weihnachtskerze versengt. Und dann...

Die Erinnerung verblaßte. Leere, Schwärze, das Nichts.

Ein Gesicht erschien über ihm, kam näher, verzog sich zu einem Lächeln. Er erkannte Dr. Hamlin.

»Wie geht es uns?« hörte er Dr. Hamlin sagen.

»Wo bin ich?« fragte Randy. Er haßte es, wenn jemand im ›Wir‹-Ton mit ihm sprach.

»Du hast einen kleinen Unfall erlitten«, erklärte Dr. Hamlin. »Jemand muß vergessen haben, die elektrische Spannung am Zaun abzustellen. Du bist wohl an den Maschendraht gekommen. Aber du brauchst dir keine Sorgen zu machen. Du bist schon wieder ganz gesund. Dir ist nichts passiert.« Er streckte die Hand nach ihm aus. Randy zuckte zurück. In seiner Erinnerung erschien das Skalpell, das Dr. Hamlin in der Hand gehalten hatte, als er Peter Williams das Gehirn herausoperierte.

»Was werden Sie mit mir machen?« fragte er ängstlich.

»Wie meinst du das? Niemand wird etwas mit dir machen.«

Randy dachte nach. Es gab etwas in diesem kleinen weißen Raum, was ihm Angst einflößte. Sein Blick fiel auf die tickenden, summenden Meßgeräte. Dann sah er, daß seine Hände mit Pflastern überklebt waren. »Was ist mit meinen Händen?« fragte er. »Bin ich verletzt?«

Auf Dr. Hamlins Zügen erschien ein breites Grinsen. »Nun, wir sollten uns das am besten einmal ansehen«, schlug er vor. »Ich bin selbst neugierig, wie deine Hände ausschauen.« Er zog sich einen Stuhl heran und setzte sich neben das Bett. Dann löste er die Pflaster von Randys Händen.

Die Haut, die darunter zum Vorschein kam, war gesund und unversehrt. Die schweren Verbrennungen, mit denen Randy vor wenigen Stunden eingeliefert worden war, schienen verschwunden.

Als man ihm den bewußtlosen Jungen in die Ambulanz geschafft hatte, war er versucht gewesen, die Verbrennungen mit chirurgischen Eingriffen und Transplantationen von Hautpartien anderer Körperbereiche zu behandeln. Schließlich stand der Umgebungszaun des Internats unter einer elektrischen Spannung von 240 Volt. Die Verletzungen waren möglicherweise lebensgefährlich. Dann jedoch hatten die Instrumente angezeigt, daß sich der Gesamtzustand des Jungen normalisierte. Die Verbrennungen hatten zu heilen begonnen. Und das mit einer Geschwindigkeit, die in der Geschichte der Medizin ohne Beispiel war.

Der Erfolg, so schien es Dr. Hamlin, war in greifbarer Nähe. Endlich würde er die Früchte seiner Arbeit ernten. Er beschloß, die Operation aufzuschieben und die weitere Entwicklung bei Randy Corliss zu beobachten.

Er hatte mehrere Stunden am Bett des Jungen zugebracht, hatte die Meßgeräte abgelesen, die mit dem Körper des kleinen Patienten verbunden waren. Wunderbarerweise hatte sich der Puls normalisiert. Auch die Atmung ging normal.

Die Gehirnwellen, die mittels eines Elektroencephalographen aufgezeichnet wurden, zeigten ein normales Muster.

Und inzwischen war klar, daß sogar die Verbrennungen bereits verheilt waren. Es gab nicht einmal Narben. Nichts, was an den Unfall erinnerte.

Randy Corliss, der Todeskandidat, lag ruhig atmend, stark, gesund und widerstandsfähig in seinem Bett.

Der Junge hatte sich aufgerichtet. Er sah den Mann im weißen Kittel unsicher an.

»Kann ich jetzt auf mein Zimmer gehen?«

Dr. Hamlin legte den Kopf auf die Seite und dachte nach. Wieder das väterliche Schmunzeln. »Warum eigentlich nicht?« sagte er leutselig. »Ich glaube, du bist so gesund wie ich.« Er legte ihm die Hand auf die Schulter. »Du hast großes Glück gehabt, weißt du das?«

»Das finde ich gar nicht«, entgegnete Randy. »Ich habe einen Unfall gehabt. Nennen Sie das Glück?« Mißtrauen klang in seiner Stimme mit. Dr. Hamlin war verunsichert. Wieso freute sich der Junge nicht, daß er den Unfall so gut überstanden hatte? Es war schwierig, die Gedankengänge eines Kindes zu verstehen. »Ganz recht«, lenkte er ein. »Du hast einen Unfall gehabt. Aber du hast auch Glück gehabt. Du bist sofort in die Ambulanz eingeliefert worden, so daß wir dich behandeln konnten. Wenn wir Ärzte nicht dagewesen wären, ich fürchte, du wärst jetzt nicht mehr am Leben.«

Randy sah ihn aus großen Augen an. »Ich muß sowieso bald sterben, nicht?« sagte er ernst.

Ein Schatten senkte sich auf Dr. Hamlins Züge. »Wie kommst du denn darauf?«

»Das haben mir die anderen Jungen gesagt. Sie sagen, die Schüler sind immer nur ein paar Monate in diesem Internat. Dann verschwinden sie. Sie werden abgeholt und sterben. Die Jungen haben mir auch gesagt, man darf nicht darüber sprechen. Stimmt das?«

Dr. Hamlin schwieg. Das war das Problem mit kleinen Jungen. Wenn man ihnen sagte, sie sollten über einen bestimmten Sachverhalt nicht sprechen, dann war dies das sicherste Mittel, die Angelegenheit an die große Glocke zu hängen. Es würde nicht leicht sein, Randys Frage zu beantworten. Vor allem aus einem Grund. Die Vermutung des Jungen beruhte auf einer Tatsache. Die Schüler starben. Bisher hatte nicht ein einziger Schüler das Internat lebend verlassen. Aber konnte er das dem kleinen Patienten gegenüber eingestehen? Auf keinen Fall. Er streckte die Hand aus und begann Randys Arme zu streicheln.

»Du machst dir völlig unnötig Sorgen, Randy. Natürlich gibt es Jungen, die sterben. Das ist in jeder Schule so. Schließlich gibt es Krankheiten. Kinder sind nicht unsterblich. Was dich angeht, so sehe ich überhaupt keine Gefahr. Du bist perfekt, wirklich perfekt. Du bist der gesündeste Junge, der je hiergewesen ist.« Er schien nachzudenken. »Wir werden das am besten gleich ausprobieren.«

Er stand auf, verließ den Raum und kehrte wenig später mit einem metallenen Kästchen zurück, von dem zwei Kabel herunterhingen. Die Kabel endeten in zwei Metallgriffen.

Voller Angst sah Randy zu, wie der Arzt das Gerät mit dem Starkstromstecker in der Wand verband. »Was ist das?«

»Das ist ein Rheostat«, erklärte Dr. Hamlin. Er war bemüht, nichts von der Besorgnis spüren zu lassen, die er empfand. Das Experiment war lebensgefährlich. Wenn man von den Erfahrungen der klassischen Medizin ausging, war es glatter Mord. »Ich möchte nur einen kleinen Test mit dir anstellen, Randy«, erklärte er leichthin. »Ich möchte sichergehen, daß du völlig gesund bist. Wenn wir mit dem Test fertig sind, kannst du auf dein Zimmer gehen.«

»Was für ein Test?«

Dr. Hamlin zögerte mit der Antwort. »Ich möchte deine Empfindlichkeit gegenüber gewissen äußeren Reizen testen«, sagte er schließlich. »Du brauchst nur die beiden Metallgriffe in die Hand zu nehmen und mir zu sagen, was du fühlst.«

Mißtrauisch beäugte Randy das metallene Gerät. »Was ich fühle?«

Der Arzt nickte. »Ganz recht. Du sagst mir, ob du Kälte oder Hitze empfindest. Ob der Griff dir glatt oder rauh vorkommt. Was auch immer. Einverstanden?«

Randy fragte sich, was mit ihm geschehen würde, wenn er sich der Weisung des Arztes widersetzte. Würde man ihn auf dem Bett festbinden? Würde man seinen Kopf in ein Gestell schrauben, wie sie es mit Peter getan hatten? Das Risiko bestand. Es war wohl am besten, wenn er tat, was Dr. Hamlin von ihm verlangte. Er ergriff die Elektroden, die der Arzt ihm reichte.

Dr. Hamlin hatte das Kästchen auf einen Tisch gestellt. Sein Blick war auf die Skala an der Vorderseite gerichtet. Randy sah, wie er einen Hebel nach oben schob.

Randy spürte, wie der elektrische Strom seinen Körper durchfloß. Aber er spürte keinen Schmerz.

Als die Spannung 200 Volt überschritt, weiteten sich die Pupillen des Jungen. »Es kitzelt«, sagte er.

Es kitzelt.

Die beiden Worte hallten in Dr. Hamlins Gehirn wie Donner wider. Es war der Triumph. Vor ein paar Stunden noch hatte der gleiche Junge eine ähnlich hohe elektrische Spannung als Schmerz empfunden. Er war ohnmächtig geworden. Das Herz, das Nervensystem und das Gehirn waren geschädigt worden.

Und jetzt empfand er die Spannung nur noch als Kitzeln.

Nicht nur, daß er binnen kürzester Zeit auf wunderbare Weise von seinen Verletzungen genesen war. Er war auch resistent gegen elektrischen Strom geworden.

Dr. Hamlin schob den Hebel auf volle Spannung.

Randy Corliss begann zu kichern.

Es funktionierte! Der Versuch hatte bestätigt, was Dr. Hamlin in langen Versuchsreihen errechnet hatte. Der Arzt schob den Hebel auf die Nullstellung zurück. Er kontrollierte die Geräte und überzeugte sich, daß Atmung, Herzschlag und die übrigen Körperfunktionen durch das Experiment nicht beeinträchtigt worden waren. Dann zog er den Stecker aus der Buchse, nahm Randy die Elektroden aus den Händen und legte ihm anerkennend die Hand auf die Schulter.

»Du kannst jetzt auf dein Zimmer gehen«, sagte er. »Das Experiment ist beendet. Du bist völlig gesund.« Mit diesen Worten verließ er den Raum.

Randy blieb noch eine Weile auf der Bettkante sitzen. Was waren das für Experimente, die Dr. Hamlin mit ihm und den anderen Jungen veranstaltete? Der gesündeste Junge, der je hiergewesen ist. Was hatte das zu bedeuten? Er stand auf, zog sich an und ging auf den Flur hinaus. Langsam wanderte er an den geschlossenen Türen entlang. Vor einer weißgestrichenen Tür blieb er stehen. Er betätigte den Türknopf.

Ein Bett. In dem Bett lag ein Junge. Randy trat näher. Peter Williams.

Peters Atem war zu hören. Ein rasselndes Geräusch. Krank.

Immerhin. Peter war nicht tot. Er hatte die furchtbare Operation überlebt.

Perfekt, wirklich perfekt, hatte Dr. Hamlin gesagt. Meinte er damit, daß Jungen wie Peter und Randy unsterblich waren. Daß sie Verletzungen und Verstümmelungen überlebten, die bei allen anderen Menschen zum Tode führten?

Er verließ den Raum, zog die Tür hinter sich zu und lief den Korridor entlang. Er passierte die Doppeltür, die den Krankenflügel vom Schlafbereich trennte. Wenig später war er in seinem Zimmer. Ein perfektes Kind. Randy war gar nicht so sicher, daß er ein perfektes Kind sein wollte.

Der Preis war zu hoch. Man war wohl erst perfekt, wenn man zwischen Leben und Tod dahindämmerte. Wenn man ein Untoter war wie Peter Williams.

Dr. George Hamlin hatte seine Hornbrille abgenommen. Er massierte sich die schmerzende Nasenwurzel, an der sich zwei Druckstellen abzeichneten. Er würde die Nacht durcharbeiten. Er durfte keine Zeit verlieren.

Innerhalb weniger Stunden hatte sich alles dramatisch zugespitzt. Zuerst das geglückte Experiment mit Randy Corliss. Der Durchbruch.

Dann der Anruf aus Boston.

Was Randolph gesagt hatte, war in der Tat beunruhigend. Gewiß, es war nur logisch, daß irgendwann einmal eine Mutter nachbohrte, was eigentlich mit den medizinischen Daten ihres Kindes geschah. Wenn ein Kind verschwand, klammerten sich die Eltern an jeden Strohhalm. Aber war es Zufall, daß es sich bei der Mutter, die im CHILD-Institut auftauchte, ausgerechnet um Lucy Corliss handelte? Warum gerade heute? Warum pfuschte ihm die Mutter des Jungen dazwischen, der im Versuch die besten Ergebnisse gebracht hatte?

Er durfte sich von solchen Störversuchen nicht beeindrucken lassen. Die Lösung des Problems lag ganz einfach im Zeitfaktor. Er würde schneller arbeiten, die Versuche mit großer Energie vorantreiben müssen. Er beugte sich über seine Aufzeichnungen.

Als Ergebnis der jahrelangen Testreihen zeichnete sich ab, daß die Kombination der genetischen Enzyme für die gesundheitliche Verfassung eines Menschen entscheidend war. Verändern ließ sich die genetische Programmierung eines Menschen nur, wenn man die Struktur der Enzyme im unbefruchteten Ei beeinflußte. Die Vorgehensweise war einfach, in ausgedehnten Versuchsreihen hatte Dr. Hamlin das notwendige Instrumentarium entwikkelt. Die Gen-Kette mußte unterbrochen und in veränderter Form wieder zusammengesetzt werden.

An welcher Stelle der Einschnitt geschah, das zu ergründen, war nur im Experiment möglich gewesen. Im Experiment am lebenden Objekt. Versuch und Fehlschlag. Jawohl. Es hatte Fehlschläge gegeben. Eigentlich waren alle Kinder, die in die Versuchsreihe einbezogen wurden, gestorben.

Es waren Fehlschläge, die in keiner ärztlichen Statistik auftauchen würden. Es gab keine Todesurkunden, keine Ermittlungsverfahren. Und doch blieben es Fehlschläge.

Dr. Hamlin haßte Fehlschläge.

Er faltete den Laborbericht auf und überflog einmal mehr die ersten Zeilen. Dann die Graphiken. Ursache und Wirkung. Analysen. Experimente. Die Krankengeschichte der Kinder. CHILD. SIDS. Die Unvollkommenheit des menschlichen Materials.

Inzwischen stand fest, daß Randy Corliss den Schlüssel zur Lösung des Problems liefern würde. Dr. Hamlin schlug die Krankengeschichte des Jungen auf.

Die Intronen. Nach Ansicht der Wissenschaftler stellten die Intronen ein genetisches Abfallprodukt außerhalb der doppelspiraligen Gen-Kette dar. Elemente, die im Verlauf des Evolutionsprozesses entstanden waren. Da die Gesundheit des Menschen ausschließlich durch die Doppelspirale programmiert wurde, waren die Intronen überflüssig. Die Experimente hatten ergeben, daß keine Änderung entstand, wenn man sie entfernte.

Im Unterschied zu dieser Lehrmeinung war Dr. Hamlin zu der

Erkenntnis gekommen, daß die Intronen so etwas wie ein genetisches Versuchslabor der Natur waren. Hier wurde das Gen-Alphabet in neuen Kombinationen zusammengesetzt. Die so entstandenen Verschlüsselungen blieben abrufbereit gespeichert. Nur wenn sich der Organismus nach der Geburt als lebensfähig erwies, wurde der genetische Code an den Körper weitergegeben. Die Intronen wurden zu Extronen. Nach ihnen formten sich die künftigen Generationen der Gene.

Es war Dr. Hamlin gelungen, die Intronen durch Einwirkung von außen zu aktivieren. Er hatte gelernt, wie man ihre Funktionen beeinflussen, behindern oder fördern konnte.

Die mit Sorgfalt und Geduld durchgeführten Versuche hatten Erfolg gezeitigt.

Nach Tierversuchen war er auf Menschenversuche übergegangen.

Eine Zäsur. Er hatte die Versuche in aller Heimlichkeit anstellen müssen. Zumal die Erkenntnis an der Gen-Forschung durch den Tod der Versuchsperson erkauft wurde. Kein Junge hatte die Experimente überlebt. Mit Ausnahme von Randy Corliss.

Endgültiges ließ sich noch nicht sagen. In einigen Monaten würde Dr. Hamlin die Versuchsreihe abschließen können.

Es gab nur eine Bedingung, die vor den Erfolg gesetzt war. Randy Corliss mußte überleben.

War dieses Ziel erst einmal erreicht, dann hatte es ein Ende mit der Geheimniskrämerei. Dr. George Hamlin, Gen-Forscher und Experimentalwissenschaftler, konnte wieder seinen Platz in der vordersten Reihe weltberühmter Dozenten einnehmen.

Eine Erschwernis bei alledem war die Tatsache, daß die Experimente nicht in der überschaubaren Welt des Labors durchgeführt werden konnten.

Empfängnis außerhalb der Gebärmutter, das war kein Problem mehr für die Wissenschaft. Seit Jahren wußte man, wie man den männlichen Samen mit dem weiblichen Ei vermählte. Dazu brauchte man keine Frau mehr.

Wie so oft, lag das Problem im menschlichen Bereich. Nur wenige Eltern wollten ein Retortenbaby. Welche Frau wollte schon ein Kind austragen, das in einem Labor gezeugt worden war? Welche Mutter wollte ein Wesen zur Welt bringen, dessen Vater und Mutter Dr. Hamlin hieß?

Nachdem Dr. Hamlin erkannt hatte, wo die Schwierigkeit lag, hatte er eine einschneidende Entscheidung getroffen.

Die Gen-Kette des Eis wurde nicht mehr *in vitro*, sondern *in situ* zerschnitten.

Ging das Experiment schief, dann starb das Kind, ohne daß die Eltern Verdacht schöpften. Ein totes Kind. SIDS. Mit so etwas mußte man rechnen.

Gelang das Experiment, so zogen die Eltern, ohne daß sie sich dessen so recht bewußt wurden, einen jungen Menschen von wunderbarer Gesundheit auf. Wenn man das, was in Dr. Hamlins Versuchsküche entstand, als ›Menschen‹ bezeichnen konnte.

Randy Corliss mußte überleben. Er würde das Werk krönen.

Es waren vier Personen, die sich in Lucy Corliss' Wohnzimmer zusammengefunden hatten. Lucy und ihr geschiedener Mann Jim, Sally Montgomery und Sergeant Bronski vom Eastbury Police Department.

Es war Sally nicht leichtgefallen, zu dem Treffen zu gehen. Steve hatte sich eingeschaltet. Nachdem er mit Sally und ihrer Mutter gesprochen hatte, war er zu der Ansicht gekommen, daß seine Frau an den Folgen einer nervösen Erschöpfung litt. Er hatte ihr das auch unverblümt gesagt. Sally hatte nicht widersprochen, obwohl sie den Vorwurf als unsinnig empfand. Sie hatte seinem Vorschlag nachgegeben, daß sie sich jetzt einfach einmal ausschlafen und ausruhen mußte. Noch bevor sie gemeinsam überlegen konnten, wie und wo sie am besten zur Ruhe kam, hatte Lucy Corliss angerufen. Sie hatte gefragt, ob Sally bereit sei, die Computerlisten in Gegenwart von Sergeant Bronski zu interpretieren. Sally hatte ihre Zustimmung gegeben, und das hatte erneut Streit mit Steve ausgelöst. Inzwischen hatte sie auch noch ihre eigene Mutter gegen sich. Phyllis Paine hatte sich zunächst objektiv gegeben. Sie hatte, wie es schien, das Für und Wider abgewogen. Dann aber hatte sie sich auf die Seite ihres Schwiegersohns gestellt. Und der hielt gar nichts von einem Vierertreffen, wie es von Lucy Corliss vorgeschlagen worden war.

Sally, so hatte er argumentiert, sollte sich nicht mit den Problemen anderer Leute belasten. Sie hatte genug eigene Schwierigkeiten. Warum sich auch noch die Probleme einer gewissen Lucy Corliss aufhalsen?

Zum Schluß war Sally der Geduldsfaden geplatzt. »Ich fahre jetzt zu Lucy Corliss«, hatte sie verkündet, und dann war sie aus dem Haus gestürmt.

Inzwischen war sie nicht mehr so sicher, daß ihr Entschluß richtig gewesen war. Sie hatte Sergeant Bronski und Jim Corliss dargelegt, was es mit dem Computerschreibungen auf sich hatte.

Je ausführlicher ihre Erklärungen wurden, um so mehr hatte sich bei ihr selbst der Eindruck verdichtet, daß es keine Parallelen gab zwischen Julies Tod und Randys Verschwinden.

Es gab, wenn man es nüchtern betrachtete, nur eine Gemeinsamkeit. Beide Kinder waren vom CHILD-Institut überwacht worden.

Das Schweigen der Befangenheit hatte sich in der kleinen Gruppe Menschen ausgebreitet. Plötzlich erinnerte sich Sally an einen Gedanken, der ihr bei der Programmierung des Computers gekommen war.

»Sie werden meine Frage vielleicht als merkwürdig empfinden, Lucy«, begann sie, »aber wie standen Sie eigentlich zu Randy? Ich meine, bevor das Kind geboren war. War es ein Wunschkind?«

Bevor Lucy Corliss die Frage beantworten konnte, ergriff Jim das Wort. »Ich wollte damals keine Kinder mehr«, sagte er ernst. »Und meine Befürchtungen haben sich bewahrheitet. Randy war das Ende unserer Ehe. Lucy hoffte vielleicht, das Kind würde den Bruch wieder kitten, der bereits entstanden war. Aber das Gegenteil war der Fall.« Er wandte sich zu Lucy. »Ich weiß, daß du es gut gemeint hast, aber als du mir damals sagtest, du seist schwanger, da hatte ich das Gefühl, als würde die Tür einer Gefängniszelle hinter mir zuschlagen. Ich fühlte mich in der Falle. Und da bin ich aus dem Gefängnis ausgebrochen. Die Folge war Scheidung.«

»Aber ich habe die Schwangerschaft doch auch nicht gewollt«, entgegnete ihm Lucy. »Du meinst, ich wollte Randy haben, um unsere Ehe noch einmal zu kitten, aber so war es nicht. Ganz im Gegenteil. Ich wollte damals auf keinen Fall wieder schwanger werden. Ich hatte mir sogar die Spirale zur Empfängnisverhütung einsetzen lassen. Leider gehöre ich zu jenen Frauen, bei denen die Spirale nicht zu funktionieren scheint. Als ich merkte, daß ich schwanger war, war alles zu spät.«

Sally Montgomery schwirrte der Kopf. Es war einfach zuviel, was da auf sie einstürmte. Inzwischen waren es sage und schreibe vier Mütter, die trotz Spirale ein Kind bekommen hatten. Die Kinder dieser Mütter waren auf ungeklärte Weise in die Datenbänke des Children's Institute for Latent Diseases in Boston übernommen worden. Ein Kind war verschwunden. Nur Jason war übriggeblieben.

»Ein furchtbarer Gedanke«, sagte sie leise.

Sergeant Bronski sah sie fragend an. »Was ist ein furchtbarer Gedanke?«

Sally blickte in die Runde. Freundliche, wenngleich neugierige Gesichter. »Ich habe an Jan Ransom gedacht«, begann sie. »Es gibt da Zusammenhänge, die mit Zufall nicht mehr zu erklären sind.« Und dann ging sie alle Punkte durch, jederzeit darauf gefaßt, von Sergeant Bronski unterbrochen zu werden. Die Polizei, so fürchtete sie, sah diese Dinge nüchterner. Ängste einer Mutter waren für sie nichts als hysterische Anwandlungen. Eine solche Frau sah eine Verschwörung, wo keine war. Man würde sie der Obhut eines Nervenarztes anvertrauen.

Aber ihre Befürchtungen traten nicht ein. Der Sergeant unterbrach sie nicht.

Keiner ihrer Zuhörer widersprach.

Schweigen. Es war Sally Montgomery, die dann als erste die Sprache wiederfand.

»Lucy«, begann sie mit halberstickter Stimme, »von welchem Gynäkologen haben Sie sich damals betreuen lassen? Wer hat Ihnen die Spirale eingesetzt?«

Lucy Corliss dachte nach. »Ein Arzt im Eastbury Community Hospital«, sagte sie nach einer Weile. »Nachdem Randy geboren war, bin ich nie wieder hingegangen.« Sie lächelte zerstreut. »Ich bin keine Frau, bei der ein Arzt reich werden könnte, wissen Sie.«

»Wie war der Name des Arztes?«

»Dr. Weisfield oder so ähnlich.«

»Vielleicht Dr. Wiseman?« half Sally nach.

Lucys Züge entspannten sich. »Ganz recht. Dr. Wiseman. Ich muß sagen, ich habe diesen Arzt von Anfang an nicht gemocht. Aber ich hatte damals keine andere Wahl. Ich dachte...« Sie hatte den Ausdruck jähen Entsetzens in Sallys Gesicht bemerkt. »Was ist, Sally? Habe ich etwas gesagt, was Sie beleidigt hat?«

Sally Montgomery schüttelte den Kopf. Ihre Antwort klang bitter. »Es ist nur... Ich bin damals ebenfalls bei Dr. Wiseman in Behandlung gewesen. Ich war so mißtrauisch. Und dann wieder so unsicher. Er gab sich so väterlich. Richtig unangenehm. Was hat dieser Arzt mit uns getan?«

Sergeant Bronski war aufgestanden. »Es ist noch zu früh, um irgendwelche Vorwürfe gegen Dr. Wiseman zu formulieren«, sagte er ruhig. »Vorläufig gibt es keinen Hinweis darauf, daß er irgend etwas Gesetzwidriges getan haben könnte.«

Er verabschiedete sich. Wobei er seinen Gesprächspartnern die

Gedanken verschwieg, die ihm durch den Kopf gingen. Randy Corliss. Er war entschlossen, mit mehr Nachdruck als je zuvor nach Randy Corliss zu fahnden.

Nur noch ein Fenster war erleuchtet, als Sally zurückkehrte. Das Fenster des Schlafzimmers. Mutter, so schien es, war heimgefahren, jedenfalls war ihr Wagen nicht mehr zu sehen.

Sally suchte und fand das Schlüsselloch. Sie öffnete die Haustür, schloß sie wieder, schob die Riegel vor und inspizierte die Fenster im Erdgeschoß. Alle geschlossen. Gut. Langsam ging sie die Treppe zum Schlafzimmer hinauf. Es würde schwierig sein, Steves Einwilligung für das weitere Vorgehen zu erwirken. Nicht nur, daß sie Lucy interessiert zugehört hatte. Inzwischen war ihr Schicksal mit dem der anderen Frau verknüpft. Sie ahnte, was Steve sagen würde, wenn er das erfuhr. Und sie haßte die Vorhaltungen, die er ihr machen würde. Trotzdem war sie nicht bereit zu lügen. Er hatte einen Anspruch darauf, die Wahrheit zu erfahren.

Es mußte ihr gelingen, ihn umzustimmen. Schließlich ging es auch um sein Kind. Es war jetzt klar, daß es im Krankenhaus von Eastbury nicht mit rechten Dingen zuging. Es war offensichtlich, daß Dr. Wiseman bei ihr, bei Lucy Corliss und bei Jan Ransom Eingriffe vorgenommen hatte, deren wahrer Zweck den Betroffenen verheimlicht worden war. Wie viele andere Frauen waren in der gleichen Weise ›behandelt‹ worden? Wie viele Kinder hatten sterben müssen? Wie viele der von CHILD erfaßten Kinder waren spurlos verschwunden? Steve mußte verstehen, daß dies alles Fragen waren, die eine Antwort erwarteten.

Sie waren es Julie schuldig, daß sie die Spur verfolgten. Julie und all den Unschuldigen, die für CHILD gestorben waren.

Sie hatte das Obergeschoß erreicht und ging auf das Schlafzimmer zu. Vor der Tür blieb sie stehen. Jason. Sie wollte erst noch nach Jason sehen.

Sie fand ihn schlafend. Sein rechter Arm hing über der Bettkante. Sie beugte sich über ihn, um ihn zu küssen. Als ihr Mund seine Wangen berührte, wachte er auf.

»Mutter? Bist du es?« flüsterte er.

»Ja, mein Sohn«, sagte sie. Sie hatte sich neben das Bett gekniet. »Ist alles in Ordnung? Keine bösen Träume?«

»Alles okay«, sagte Jason. Er räkelte sich. »Wir haben den ganzen Abend zusammen gespielt, Großmutter, Papa und ich.« Es klang vorwurfsvoll. »Wo bist du gewesen, Mutter?«

Sie streichelte seinen Arm.

»Tut's gar nicht mehr weh?« fragte sie.

»Überhaupt nicht mehr«, erwiderte Jason. »Ich glaube, Großmutter hat recht. Ich muß das Thermometer falsch abgelesen haben. Die Karamelsauce war nicht so heiß, wie ich dachte.«

Sally starrte in die Dunkelheit. Ihr Herz schlug wie wild. Jason, so schien es, hatte sich damit abgefunden, daß ihm seine Augen einen Streich gespielt hatten. Er war nicht geheilt. Er war nie verletzt gewesen.

Ich habe es selbst gesehen, dachte sie. Wie kann ich mir Gewißheit verschaffen, was heute geschehen ist? Vielleicht habe ich wirklich nicht genau hingesehen? Vielleicht war ich wirklich zu aufgeregt, um die Schwere der Verletzungen realistisch zu beurteilen?

Sie gab ihrem Jungen noch einen Kuß, dann zog sie ihm die Bettdecke gerade. Auf Zehenspitzen ging sie zur Tür. Wenig später stand sie im schwach erleuchteten Elternschlafzimmer.

Steve war beim Lesen eingeschlafen. Das Buch war zur Seite gerutscht, es war noch geöffnet. Einige Minuten lang stand sie vor ihm. Ob ich ihn aufwecken soll? Besser nicht. Sie zog sich aus, knipste die Schirmlampe aus und schlüpfte zu ihrem Mann ins Bett.

Der Schlaf ließ auf sich warten. So viele Gedanken. So viele Sorgen. So viele Fragen.

Bilder. Da lag Julie. Warum hatte sie sterben müssen?

Jason. Die verbrühte Haut. Brandblasen. Wenige Minuten später war alles verheilt. Nicht einmal eine Narbe war zurückgeblieben.

Wieder Jason. Schwären auf seinem Arm. Der siedende Zuckerguß. Eine Wunde, die bis auf den Knochen reichte. Minuten später war alles vergessen. Kein Schmerz. Keine Entzündung. Nicht einmal eine Schwellung. Alles nur eine Sinnestäuschung.

Mein armer kleiner Junge, dachte sie. Ich habe dich nicht zur Welt bringen wollen. Ich habe dich unter meinem Herzen getragen, aber ich habe dich nicht geliebt.

Acht Jahre war das jetzt her. Sie hatte große Angst gehabt, als sie zu Dr. Wiseman ging. Die Spirale.

Acht Jahre der Angst hatten sich angeschlossen. Sally Montgomery spürte, wie die Verzweiflung von ihr Besitz ergriff.

Achtzehntes Kapitel

Steve Montgomery legte den Bericht auf den Schreibtisch zurück. Eine Studie über die finanzielle Situation zweier Unternehmen. Viermal hatte er sich das umfangreiche Machwerk schon zu Gemüte geführt. Immer noch hatte er kein Konzept, welche Empfehlung er dem Auftraggeber anbieten konnte. Eine kleine Firma ging in einer größeren auf. So weit, so gut. Die Manager der kleineren Firma wurden an der Transaktion mit einem bestimmten Prozentsatz des Veräußerungsgewinns beteiligt. Die Gehälter stiegen um das Doppelte. Aber wie ließen sich die Eigentumsverhältnisse in dem neuen Konsortium regeln? Es war Steves Aufgabe, dazu eine Empfehlung auszuarbeiten. Nichts, wovor man sich Angst machen mußte. Normalerweise.

Aber heute fehlte es ihm an Konzentration. Es war sinnlos, wenn er sich ein fünftes Mal durchlas, was er bei vier Durchgängen nicht verstanden hatte. Er schob die Akte zur Seite und seufzte. Dann gab er seinem Drehstuhl einen Stoß. Sein Blick ging auf den grünen Garten hinaus. Ein makelloser Frühlingsmorgen. Der schöne Anblick vermochte Steves traurige Stimmung nicht aufzuhellen.

Bis vor neun Tagen war alles gut gewesen. Er hatte eine Frau gehabt, die er liebte. Er wurde wiedergeliebt. Er hatte zwei prächtige Kinder. Er hatte einen Beruf, der ihm Spaß machte. Inzwischen war ein Schlag nach dem anderen gekommen. Er hatte seine kleine Tochter verloren. Seine Frau war zu einem Wesen geworden, das er nicht mehr verstand. Und sein Sohn...

Was ist mit meinem Sohn?

Jasons Bild erstand vor seinem geistigen Auge. Er mußte lächeln. Aber dann mischte sich Bitterkeit in das Lächeln. Ein Meerschweinchen, das in seinem Käfig lag. Tot. Warum? Was war passiert?

Steve schüttelte sich, versuchte die dunklen Gedanken abzuwälzen, die ihn verfolgten. Es gelang ihm nicht.

Jason ist gesund, redete er sich ein. Jason ist normal. Der Junge tut nichts, was Anlaß zur Sorge gäbe. Er ist auch nicht bedroht. Wenn er, Steve, sich heute wegen seines Sohnes Sorgen machte, dann lag das an Sallys unvernünftigen Einflüsterungen. Sally. Ihre Verzweiflung, ihre Nervosität und ihre düsteren Vorahnungen waren wie das Leichentuch einer tödlichen Seuche, das sich über ihn und den gemeinsamen Sohn zu breiten begann.

Ich werde mit Dr. Wiseman reden, beschloß er. Nur von dort konnte jetzt noch Hilfe kommen.

Dr. Arthur Wiseman begrüßte seinen Besucher mit einem gütigen Lächeln. Er deutete auf einen Sessel. Das Lächeln war zu einem breiten Grinsen geworden. »Sie sind das erste Mal bei einem Gynäkologen zur Behandlung? Dann möchte ich Ihnen sagen, daß alle Ihre Ängste völlig gegenstandslos sind. Die Untersuchung tut nicht weh, und...« Er hatte den besorgten Ausdruck in den Augen seines Besuchers bemerkt und verzichtete darauf, die Parodie der Begrüßung, wie er sie den Erstpatientinnen angedeihen ließ, zu Ende zu führen. »Bitte, nehmen Sie Platz, Steve«, sagte er ruhig.

Eine Weile lang musterten sie sich. Keiner von beiden sagte ein Wort. Vielleicht war es ein Fehler, daß ich hergekommen bin, dachte Steve.

Es war Dr. Wiseman, der schließlich das Schweigen brach. »Ich nehme an, Sie kommen wegen Sally.«

Steve nickte.

»Ist etwas Besonderes vorgefallen?«

»Es ist keine Besserung abzusehen«, sagte Steve. »Im Gegenteil. Sally ist außerordentlich gereizt. Was immer sie jetzt tut, sie übertreibt maßlos. Gestern zum Beispiel. Jason hatte einen kleinen Unfall. Für Sally eine Katastrophe.«

»Ich weiß«, erwiderte Dr. Wiseman. »Ich war im Krankenhaus, als Ihre Frau den Kleinen zur Untersuchung brachte. Sie hatte angenommen, er hätte schwere Verbrennungen erlitten. Falscher Alarm.«

»Und so reagiert sie auch in anderen Dingen. Sie ist zum Beispiel auf ein Forschungsprogramm gestoßen, hinter dem sie eine Art Verschwörung wittert. Julies medizinische Daten sind an ein Institut in Boston übermittelt worden, ebenso die Daten von Randy Corliss. Und nun haben sich die beiden Frauen zusammengesetzt und eine abenteuerliche Theorie ausgebrütet. Das Forschungsprojekt ist ein teuflischer Anschlag auf das Leben der Kinder. Etwas in der Richtung.«

Dr. Wiseman entfuhr ein Seufzer, als er sich an seine Unterhaltung mit Sally Montgomery erinnerte. »Sie fürchten, daß Ihre Frau paranoide Vorstellungen entwickelt?«

Es war eine Frage, die Steve zutiefst verunsicherte. Er wollte protestieren, aber Dr. Wiseman kam ihm zuvor.

»*Paranoid*«, wiederholte er. »Das ist so ein Reizwort. Ein Begriff, der Emotionen weckt. Aber sehen wir die Dinge doch wie sie sind. Es besteht die Gefahr, daß Ihre Frau paranoid wird.«

»Ich vermute es zumindest«, sagte Steve leise. Er beugte sich etwas vor. »Was ist denn Ihre Meinung, Herr Dr. Wiseman. Glauben Sie, daß Sally bereits paranoid ist?«

Dr. Wiseman zuckte die Schultern. »Ich bin weder Neurologe noch Psychiater und möchte dem Urteil meiner Kollegen da nicht vorgreifen«, sagte er vorsichtig. Steve war erleichtert. »Aber«, fügte Dr. Wiseman hinzu, »das bedeutet nicht, daß wir bei Ihrer Frau bereits Entwarnung geben können. Sie hat Schlimmes durchgemacht, und was Sie, Steve, jetzt als Überreaktion empfinden, ist Sallys Reaktion auf außergewöhnliche Vorkommnisse. Wie könnte sie sich denn anders verhalten nach dem Schicksalsschlag, den sie erlitten hat? Der Verlust eines Kindes ist das Schlimmste, was einer Frau zustoßen kann. Wir Mediziner wissen aus zahllosen Beispielen, daß eine Mutter ihr eigenes Leben opfern würde, wenn sie damit das Leben ihres Kindes retten kann.« Er hielt inne und begann mit den Fingerspitzen auf die Schreibtischplatte zu trommeln. »Möchten Sie, daß ich Ihnen einen Spezialisten empfehle, zu dem sich Sally in Behandlung begeben kann?«

»Sie meinen einen Psychiater?«

»Nicht unbedingt. Ich denke eher an einen Psychologen oder an einen Verhaltenstherapeuten. Wir wissen ja, daß die Ursache der Störung im seelischen Bereich liegt. Möglicherweise ist die Behandlung durch einen Psychologen erfolgversprechender als die Betreuung durch einen Psychiater.«

Steve schüttelte den Kopf. »Ich glaube nicht, daß Sally sich in Behandlung begeben würde, weder bei einem Psychiater noch bei einem Psychologen. Sie glaubt nicht, daß es irgendwelche seelische Anomalien bei ihr gibt.«

Dr. Wiseman war aufgestanden. Auch Steve erhob sich. »Ich kenne Sally ganz genau«, sagte er. »Sie geht nicht zum Psychologen. Mit Sicherheit nicht.«

»Manchmal muß man einen Menschen zu seinem Glück zwingen«, sagte Dr. Wiseman. »Ihre Frau kann in diesem Zustand nicht beurteilen, was gut für sie ist.«

Noch bevor Steve Montgomery klar wurde, was die Bemerkung eigentlich bedeutete, hatte ihn Dr. Wiseman aus dem Sprechzimmer geleitet. Sie hatten sich mit einem freundlichen Nicken verabschiedet. Dann kehrte der Arzt an seinen Schreibtisch zurück, ergriff einen Schreibblock und notierte untereinander die Namen von fünf Psychologen. Am Ende der Liste vermerkte er das Wort ›Ärzteversicherung‹ und versah es mit einem Ausrufezeichen. Es handelte sich um jene Versicherung, die ihn vor den finanziellen Folgen etwaiger Kunstfehler schützte. Er hatte die Seite aus dem Notizblock gerissen und in seine Schreibtischschublade gleiten lassen, als die Praxishilfe die erste Patientin ins Sprechzimmer führte.

Dr. Wiseman stand auf, ging um den Schreibtisch herum und begrüßte die junge Frau mit einem warmen Lächeln. Erica Jordan stand auf der Karteikarte, die von der Praxishilfe angelegt worden war. Er ließ die Frau Platz nehmen. Nachdem die Helferin das Sprechzimmer verlassen hatte, ließ Dr. Wiseman sich auf seinem Drehsessel nieder und studierte die Eintragungen auf der Karteikarte. Nach einer Weile hob er den Blick. Er lächelte Erica Jordan aufmunternd zu.

»Es sieht nach allem so aus, als ob eine Spirale das richtige wäre«, sagte er.

Erica Jordan wurde bleich. »Demnach bin ich allergisch gegen die Pille, Herr Doktor?«

»Nun, so kraß würde ich es nicht formulieren«, beruhigte er sie. »Es geht bei der Verschreibung der Pille nicht nur um mögliche Allergien. Die Pille hat bekanntlich Nebenwirkungen, die bei Frauen verschieden stark auftreten. Sie scheinen zu den Frauen zu gehören, bei denen mit starken Nebenwirkungen zu rechnen ist. Ihre Migräne zum Beispiel, hat erst begonnen, seitdem Sie die Pille nehmen. Es gibt einen weiteren Aspekt, der zu beachten ist. Krebs. In Ihrer Familie gibt es Krebsfälle.«

»Ich hatte gedacht, die Veranlagung zu Krebs sei nicht erblich«, widersprach Erica Jordan.

Er wich der Frage aus. »Es gibt keine gesicherten Zusammenhänge zwischen Krebs und Pille, da haben Sie recht. Aber vom ärztlichen Standpunkt aus ist es immer gut, wenn man auf Nummer Sicher geht. Wir Gynäkologen verschreiben nicht gern die Pille, wenn es in der Familie der Frau Krebserkrankungen gegeben hat.«

»Es ist zum Verzweifeln«, stöhnte Erica Jordan. »Was immer ich einnehme, ich bin allergisch dagegen. Und was machen wir, wenn ich eine Allergie gegen die Spirale entwickele?«

»Dann bleibt Ihnen nichts anderes übrig, als die empfängnisfreien Tage zu beachten.«

Sie verzog das Gesicht zu einer Grimasse. »Das ist mir zu unsicher, dazu kenne ich mich selbst zu gut. Ich bin einverstanden mit der Spirale. Versuchen wir's.«

Dr. Wiseman griff zum Hörer und gab seiner Praxishilfe eine Anweisung. Dann wandte er sich wieder seiner Patientin zu. »Sie können schon durchgehen in den Untersuchungsraum, Charlene erwartet Sie dort, Sie wird Ihnen behilflich sein. Ich komme dann gleich nach. Was die möglichen allergischen Reaktionen gegen die Spirale angeht, so gibt es ein Mittel. Eine Salbe. Sie wird bei der Einsetzung der Spirale angewendet. Die Salbe dient dazu, Irritationen des Gewebes zu vermeiden.«

»Wie lange ist die Salbe denn wirksam?« fragte sie.

»Wenn man der Fachliteratur glauben kann, einen ganzen Monat. Ich möchte ohnehin, daß sie spätestens in vier Wochen wieder zu mir kommen. Das ist sicherer.« Er geleitete sie zur rückwärtigen Tür, die das Sprechzimmer mit dem Behandlungsraum verband. »Es dauert nicht lange, ich bin gleich bei Ihnen.«

Die Prozedur nahm eine halbe Stunde in Anspruch. Nachdem Erica Jordan die Praxis verlassen hatte, ließ sich Dr. Wiseman an seinem Schreibtisch nieder, um auf der Karteikarte der Patientin die Einsetzung einer Spirale zur Empfängnisverhütung zu vermerken. Er fügte einen Vermerk hinzu, nach dem ›in Anbetracht der Tatsache, daß die Patientin zu allergischen Reaktionen neigt, die Behandlung mit Bicalcioglythemin (BCG) angeraten und durchgeführt wurde‹.

Dann tippte er die Daten in den Tischcomputer, der mit der Zentralen Datenverarbeitung des Distrikts Shefton verbunden war.

Paul Randolph war vom Highway auf eine Seitenstraße eingebogen. Er trat auf das Gaspedal. Die Alleebäume flogen vorbei. Randolph war nervös. Auf seinem Schreibtisch in der CHILD-Verwaltung stapelten sich die Akten. Für den Nachmittag hatten sich drei Besucher angesagt. Alle drei Mäzene, die sich wegen einer beabsichtigten Stiftung zugunsten des CHILD-Programms mit ihm beraten wollten. Paul Randolph hatte alle drei Termine abgesagt. Was er vorhatte, war wichtiger.

Ein Weg zweigte von der Straße ab. Randolph verringerte die Geschwindigkeit. Behutsam lenkte er den Wagen über die Unebenheiten. Von weitem war das Gebäude des Internats zu erkennen. ›The Oaks‹.

Er war am Tor angekommen und hielt, dann kurbelte er das Fenster hinunter und steckte das platinbeschichtete Plastikkärtchen in den Schlitz des Automaten, der in einem mächtigen Lorbeerbusch verborgen war. Das Tor schwang auf. Er legte den Gang ein, überquerte die Torlinie und sah im Rückspiegel, wie sich das Tor wieder schloß. Erst als die Stahlbügel ins Schloß klickten, setzte er seine Fahrt zum Hauptgebäude fort.

Er parkte das Fahrzeug vor dem Haupteingang und war schon auf den Stufen der Treppe, die zum Portal hochführte, als ihm etwas einfiel. Er ging die Stufen zurück, entfernte sich auf fünfzig Schritt von dem Gebäude und betrachtete es abwägend, wie es wohl ein Kaufinteressent betrachten würde.

Nein, dachte er. Ich würde solch ein Haus nicht kaufen. Es ist düster. Bedrohlich. Seit das Internat nur noch Forschungszwekken diente, hatte sich hier alles zum Nachteil verändert. Als er selbst, damals noch ein Junge, das Internat besuchte, war alles fröhlich und warmherzig gewesen. Damit war es wohl endgültig vorbei.

Ich darf den Dingen nicht weiter ihren Lauf lassen, dachte er. Ich werde einschreiten.

Entschlossen ging er die Stufen hinauf. Er kannte sich aus. Die Empfangshalle. Der Korridor. Das Sekretariat. Louise Bown kam ihm entgegen und begrüßte ihn. Er erwiderte ihren Gruß nicht.

»Wo ist Dr. Hamlin?« fragte er knapp.

Das Lächeln wich von ihren Lippen. Sie deutete auf die Tür eines Büros. »Dort. Ich fürchte allerdings...«

Er war an ihr vorbeigegangen, hatte die Tür geöffnet und verschwand in Dr. Hamlins Büro.

Dr. Hamlin sah von seinem Schreibtisch auf. Ein kühler Blick aus grauen Augen.

»Es wäre nicht nötig gewesen, daß Sie sich persönlich hierher bemühen, Paul«, sagte er mißbilligend. »Ihr Anruf gestern war klar genug.«

Paul Randolph dachte nicht daran, auf die Bemerkung einzugehen. Er war ans Fenster getreten und sah auf den Park hinaus. »Ich habe eine schlaflose Nacht hinter mir«, sagte er, ohne sich umzudrehen. »Ich habe nachgedacht. Was ich Ihnen zu sagen habe, ist zu wichtig, als daß ich es am Telefon übermitteln könnte.«

Er wartete auf Dr. Hamlins Antwort. Aber es blieb still. Nur das Ticken der alten englischen Uhr war zu hören, die auf dem Schreibtisch des Arztes stand. Schließlich wandte Randolph sich um. Er wäre nicht erstaunt gewesen, wenn Dr. Hamlin inzwischen den Raum verlassen hätte.

Aber das war nicht der Fall. Der Arzt hatte sich in seinem Kippsessel zurückgelehnt und die Füße bequem auf den Schreibtisch gelegt. Er hielt die Arme verschränkt. Sein Gesichtsausdruck war ruhig und selbstzufrieden. Randolph hatte sich wieder zum Fenster gedreht. Er fuhr zusammen, als er plötzlich Dr. Hamlins Stimme vernahm. »Es ist ein guter Trick, Paul. Aber bei mir sind Sie damit an der falschen Adresse. Ich gebrauche diesen Trick selbst zu oft, um noch darauf reinzufallen. Wenn Sie mir etwas zu sagen haben, dann von Angesicht zu Angesicht.«

Ihre Blicke trafen sich. Es war ein Kampf um die Macht. Es war Randolph, der den Kampf verlor. Er ließ sich in einen der Besuchersessel sinken und zündete sich eine Zigarette an.

»Ich bin zu einem wichtigen Entschluß gekommen, George«, sagte er, nachdem er das Feuerzeug in seiner Rocktasche verstaut hatte. »Ich habe beschlossen, das Projekt mit sofortiger Wirkung einzustellen.«

Dr. Hamlin starrte ihn ungläubig an. Er nahm die Füße vom Tisch. »Das können Sie unmöglich tun«, sagte er leise. »Wir stehen vor dem Durchbruch. Wir haben zuviel Arbeit und zuviel Geld in das Projekt investiert, als daß wir es jetzt abbrechen könnten.«

»Es geht nicht nur um das Geld, das wir investiert haben«, sagte Randolph. »Wir haben hier einige Dinge getan, die sowohl gesetzwidrig als auch unmoralisch sind. Wir werden das Projekt stoppen, solange noch Zeit ist.«

»Was bringt Sie zu dieser Einschätzung der Sachlage?«

»Lucy Corliss«, sagte Randolph voller Sarkasmus. »Haben Sie den Namen vor lauter Arbeit und Geld schon wieder vergessen?«

»Natürlich nicht«, sagte Dr. Hamlin beherrscht. »Die Mutter von Randy Corliss. Sie haben mich deswegen gestern angerufen.«

»Offensichtlich war ich nicht deutlich genug, sonst würden Sie nicht so ahnungslos fragen, warum ich das Projekt abbrechen will. Die Frau fahndet auf eigene Faust nach ihrem verschwundenen Sohn, den Sie hier versteckt halten. Sie hat herausgefunden, daß die medizinischen Daten ihres verschwundenen Kindes an

CHILD übermittelt wurden. Sie möchte klipp und klar wissen, was es mit diesem Forschungsprojekt auf sich hat.«

»Sie müssen die Frau hinhalten.«

»Muß ich das?« entgegnete Randolph ironisch. »Ich habe ihr gesagt, daß wir einen Bericht für sie zusammenstellen werden. Wir würden uns mit ihr in Verbindung setzen, sobald der Bericht fertig ist.«

Dr. Hamlin nickte. »Wo liegt dann das Problem? Machen Sie ihr einen Bericht. Es gibt hundert Forschungsprogramme, die Sie ihr als Spielmaterial anbieten können.«

»Das Problem, George, liegt in ihrer Person und in Ihrer Fehleinschätzung der Risiken«, sagte Randolph eisig. »Sie haben wiederholt die Auffassung vertreten, kein Außenstehender könne sich Kenntnis verschaffen über die Art des Projektes. Ganz einfach deshalb, weil niemand je einen Zusammenhang zwischen CHILD und den Todesfällen herstellen könnte. Eben das ist geschehen. Lucy Corliss hat herausgefunden, daß ihr Sohn ›beobachtet‹ wurde, wie sie es formuliert. Sie sieht einen Zusammenhang zwischen dieser Beobachtung und dem Verschwinden ihres Jungen. Und das ist nicht einmal das Hauptproblem. Es ist ihr gelungen, in Erfahrung zu bringen, daß und wo die Daten ihres Sohnes gespeichert werden. Wenn sie das geschafft hat, dann haben wir bald auch die anderen Eltern auf den Fersen.«

»Das sind doch nur Spekulationen, Paul. Ich verstehe überhaupt nicht, warum Sie sich von einer durchgedrehten Frau so verunsichern lassen. Sie wissen doch, daß Sie zu mir volles Vertrauen haben können.«

»Das habe ich eben nicht mehr«, erwiderte Randolph scharf. Er hatte begonnen, im Büro auf und ab zu gehen. »Erinnern wir uns doch einmal, wie das ganze begann. Sie haben mir hoch und heilig versichert, das Forschungsvorhaben werde innerhalb von vier oder fünf Jahren beendet sein. Das war vor zwölf Jahren. Vor zehn Jahren haben Sie mir versichert, Sie könnten die notwendigen Erkenntnisse im Tierversuch gewinnen. Aber Sie haben dann keine Tierversuche mehr gemacht. Ich kann heute noch nicht verstehen, wie Sie mich damals überreden konnten. Wir rennen sehenden Auges in unser Verderben, wenn wir so weitermachen. Sie haben mir versichert, daß die Geheimhaltung gewährleistet ist. Und doch steht plötzlich Lucy Corliss vor mir, in meinem Büro in Boston. Die Frau ist im höchsten Grade mißtrauisch. Alles in allem hat das Projekt im Laufe der Jahre eine ganz andere Zielrichtung bekommen, als ursprünglich vereinbart war. Es stellt ein Risiko für den guten Ruf des CHILD-Instituts dar. Es gibt keine andere Wahl. Das Projekt wird gekippt.«

Dr. Hamlin hatte seine Hände gespreizt. Er stützte sich auf die polierte Schreibtischplatte. »Ich werde das Projekt fortsetzen«, sagte er mit bedrohlichem Unterton. Randolph wollte ihm etwas entgegnen, aber er schnitt ihm das Wort ab. »Ich habe Sie reden lassen, jetzt werden Sie mich anhören. Verlieren wir doch nicht den Kopf. Was ist denn passiert? Eine hysterische Frau kommt zu Ihnen ins Büro gestolpert. Sie hat erfahren, daß die Daten ihres Kindes von CHILD gespeichert werden. Na und? CHILD betreut Hunderte von Programmen. Was bringt Sie auf die Idee, die Frau könnte von *diesem* Programm erfahren haben? Sie erwähnen den Punkt Geheimhaltung. Es ist statistisch überhaupt kein Wunder, daß irgendwann einmal eine Mutter oder ein Vater auftaucht, die sich darum kümmern, was mit den abgefragten Daten ihres Kindes geschieht. Der gute Ruf von CHILD ist durch dieses lächerliche Vorkommnis nicht beeinträchtigt.«

»Bisher nicht. Es ist meine Aufgabe, darüber zu wachen, daß dies so bleibt. Ich darf Sie daran erinnern, daß Ihr Projekt nur eins von vielen Forschungsvorhaben ist, die von CHILD finanziert werden. Die meisten dieser Forschungsvorhaben sind von großer Bedeutung für Amerika. Keines birgt Risiken, die mit den Risiken Ihres Projektes vergleichbar sind. Wenn bei Ihnen etwas außer Kontrolle gerät, könnte das unser ganzes Institut ruinieren.«

In Dr. Hamlins Augen funkelte Zorn. »Sie vergessen die zweite Möglichkeit. Mein Projekt könnte CHILD zum berühmtesten und angesehensten Forschungsinstitut der Welt machen.«

Randolph schüttelte voll grimmiger Entschlossenheit den Kopf. »Sie verstehen nicht und wollen nicht verstehen, George. Das ist das Problem mit Ihnen gewesen, von Anfang an. Sie können sich einfach nicht vorstellen, welch nachteilige Auswirkungen das ganze haben kann. Manchmal habe ich den Eindruck, Sie haben keine Ahnung, was Sie eigentlich tun.« Er machte eine Pause, um nachzudenken. Wie weit konnte er bei seinen Angriffen gegen Dr. Hamlin gehen? Er entschloß sich zur Flucht nach vorn. Seit Jahren hatte sich Sprengstoff angesammelt, weil dieser Arzt wichtige Gesichtspunkte außer acht ließ. Die Zeit war gekommen, wo der Sprengstoff gezündet werden mußte. »Ich habe Ihre Berichte gelesen, George. Alle, ohne Ausnahme. Ich habe sie sorgfältig gelesen. Ihre Berichte strotzen nur so von Verniedlichungen und verschleiernden Bezeichnungen. Ich zitiere. Ungeeignete Versuchspersonen. Experimente mit unbefriedigendem Ausgang. Schwächliches Versuchsmaterial.« Seine Stimme sank zum Flüsterton. Plötzlich war es, als spräche er nur noch zu sich selbst. »Ich habe Jahre gebraucht, bis ich verstand, was hinter diesen beschönigenden Bezeichnungen steckte, George. Jahrelang habe ich mir eingeredet, daß Sie mit der Vokabel Versuchsmaterial nicht Menschen meinten, sondern Ratten oder Versuchskaninchen. Affen vielleicht. Alles mögliche, aber keine Menschen. Ich wollte einfach nicht die Wahrheit wissen.« Er versuchte zu lächeln, aber das Lächeln geriet zu einer kläglichen Grimasse. »Ich hätte wahrscheinlich einen fabelhaften Nazi abgegeben, George. Und Sie auch.«

Als Dr. Hamlin ihm antwortete, zitterte er vor Wut. »Ich bin Wissenschaftler und nur Wissenschaftler!« schrie er. »In meinem Denken ist kein Raum für Sentimentalitäten.«

»Sie nennen es Sentimentalitäten.« Randolph fixierte ihn voller Abscheu. »Wie viele Kinder haben Sie in den letzten zehn Jahren umgebracht?«

Dr. Hamlins Blick war von Haß erfüllt, und dieser Haß richtete sich gegen den Mann, dem er seit Jahren Rede und Antwort stehen mußte. »Ich habe kein einziges Kind umgebracht«, schnaubte er. »Sie sind es, der keine Ahnung hat, was bei diesem Projekt eigentlich geschieht. Sie haben nie etwas von der Sache verstanden, und Sie verstehen auch heute noch nichts. Die Kinder, um die es sich dreht, befinden sich nicht hier in diesem Gebäude. Und die Frauen, die Sie in Ihren gefühlvollen Ausführungen erwähnen, sind keine Mütter. Für die Kinder gilt die Bezeichnung, die ich in meinen Berichten verwende: *Versuchstiere*. Zugegeben, sie sehen wie Menschen aus. Genetisch betrachtet ist das schon nicht mehr so klar. Um was handelt es sich? Tiere? Wesen? Menschliche Roboter? Eines Tages mögen sich die Gerichte und der Gesetzgeber darüber den Kopf zerbrechen. Aber erst, wenn ich diese Wesen zum störungsfreien Funktionieren gebracht habe. Solange es Kinder gibt, die bei den Versuchen sterben, handelt es sich nicht um Menschen, sondern um Versuchstiere. Aber es werden keine Kinder mehr sterben, George, das verspreche ich Ihnen. Ich stehe unmittelbar vor dem großen Durchbruch. Sie dürfen das Projekt in dieser Phase nicht stoppen.« Unvermittelt schwand sein Zorn. Sein Gesichtsausdruck erinnerte Randolph jetzt an einen Menschen, der gehetzt und in die Enge getrieben wird. »Ich rate Ihnen, Paul, versuchen Sie nicht, das Projekt zu Fall zu bringen. Wenn Sie das tun, werde ich das ganze CHILD-Institut mit in den Abgrund ziehen. Stehen Sie zu mir und ernten Sie mit mir die Früchte unserer Anstrengungen. Wenn Sie mir das Wasser abgraben, werde ich Sie mit mir in die Tiefe reißen.«

Randolph hatte gewußt, daß sie sich eines Tages als Gegner gegenüberstehen würden. Und er hatte immer schon geahnt, wie die Kraftprobe ausgehen würde, nämlich zugunsten von Dr. Hamlin. Der andere hatte recht. Es war zu spät, um das Projekt zu stoppen. Es sei denn, mit Zustimmung des Hauptbeteiligten, mit Zustimmung dieses Arztes. Inzwischen war klar, daß Dr. Hamlin auf Gedeih und Verderb weitermachen würde.

Die Kontrolle des ganzen lag von diesem Augenblick an allein in den Händen Dr. Hamlins. Randolph fiel der Name ein, den der Wissenschaftler vor Jahren, vor Beginn der Experimente, für dieses Vorhaben vorgeschlagen hatte. Projekt Gott.

Das Projekt stand vor der Vollendung. Und der Name war passend. Dr. Hamlin spielte Gott.

Neunzehntes Kapitel

Randy Corliss hielt die Bauanleitung für das Modellschiff auf den Knien. Seit dem Ende der Mittagsmahlzeit waren er und Eric mit dem Zusammensetzen der Legobausteine beschäftigt. »Wir haben einen Fehler gemacht«, sagte Randy. »Oder aber die Bauanleitung ist falsch. Jedenfalls fehlt hier jeder Hinweis, wie der Frachtraum beschaffen sein sollte.«

Eric war aufgestanden. Er trat einen Schritt zurück und musterte das aus blauen und roten Bausteinen zusammengesetzte Gebilde. Dann warf er einen Blick auf die Bauanleitung. »Es sind zwei verschiedene Schiffe, okay. Aber was soll's? Wir können das Schiff so bauen, wie wir Lust haben.«

»Nein«, sagte Randy stur. »Wir müssen es so bauen, wie es in der Anleitung steht.« Er deutete auf den Geschützturm. »Der Turm gehört weiter nach hinten. Statt dessen müßte da ein Radarturm stehen.«

»Laß man sehen.« Eric nahm ihm die Bauanleitung wieder ab. »Wenn du mich fragst, ich bin nicht einmal sicher, ob wir an der richtigen Ebene bauen.«

»Aber ja. Wir bauen an Ebene 14. Wenn wir mit dem Aufbau

der Brücke fertig sind, kommt die Startbahn für die Flugzeuge dran.«

Eric hatte sich in die Anleitung vertieft. Randy war ans Fenster getreten. Er starrte auf das mit Büschen und Baumgruppen besetzte Gebäude hinaus. Es war ein warmer Tag. Feuchtwarm. Randy tastete nach den Gitterstäben. »Hast du eigentlich je mit dem Gedanken gespielt, abzuhauen?« fragte er unvermittelt.

»Ich *bin* abgehauen«, sagte Eric. »Letztes Jahr, von zu Hause.«

»Das meine ich nicht. Ich meine, von hier abhauen.«

»Warum sollte ich?«

»Nur so. Nur um herauszufinden, ob man's schafft. Als Mutprobe.«

»Kein Interesse.« Eric hatte sich mit der Wange auf den Boden gelegt. Er verglich Modell und Anleitung. »Ich hab's«, sagte er. »Komm mal her, ich zeig' dir, was ich meine.«

Randy warf einen letzten Blick auf das fahle Grün, dann kehrte er zu seinem Spielgefährten zurück. Der hatte das halbfertige Gebilde in zwei Teile zerlegt. Er zählte die bereits miteinander verzahnten Bausteine vom Bug bis zum Mittschiff. Dann musterte er Randy mit einem triumphierenden Blick. »Siehst du? Wir haben nicht genügend Bausteine verwendet. Deshalb ist auch kein Platz fürs Rettungsboot.«

Randy kniete sich hin, um die Anleitung zu studieren. Plötzlich war ein ersticktes Gurgeln zu hören. Er sah auf.

Eric hatte den Mund geöffnet, es sah aus, als wollte er einen Schrei ausstoßen. Sein Kopf war in den Nacken gesunken.

»Was hast du, Eric?«

Eric gab keine Antwort. Die Farbe wich aus seinem Gesicht, er begann mit den Armen um sich zu schlagen. Entsetzt sah Randy, wie sein Gesicht sich blau verfärbte. Er fiel in sich zusammen wie ein Sack. Ein Zucken der Beine, dann lag er völlig still.

»Eric?« Randy schrie den Namen seines Freundes. »Eric!«

Und dann rannte er los wie von Furien gehetzt. Seine Schreie hallten durch das ganze Haus.

Louise Bown hatte es sich in ihrem Büro bequem gemacht. Sie dachte nach. Sie hatte nur einen Teil der Unterhaltung mitbekommen. Als Dr. Hamlin seinem Zorn über die Pläne von Mr. Randolph lautstark Ausdruck gegeben hatte, war sie Zeuge des Zerwürfnisses geworden.

Drei Jahre arbeitete sie jetzt schon für das Institut. Und heute erst waren die Befürchtungen, die sie schon seit Beginn hegte, bestätigt worden. Für Dr. Hamlin, das war jetzt klar, waren die Kinder keine Menschen. In gewisser Weise hatte er sogar recht. Die Kinder waren anders als ihre gleichaltrigen Gefährten. Sie reagierten anders. Und doch waren es Menschen.

Louise Bown mochte Kinder. Sie behandelte sie mit aller Fürsorge, zu der sie fähig war. Wenn einer der Jungen starb, dann war ihr, als würde ihr das eigene Kind von der Brust gerissen.

Ich werde die Arbeit hier aufgeben müssen, dachte sie. Ich kann das nicht länger ertragen.

Sie suchte sich einen Schreibblock und begann ihre Kündigung zu formulieren. Sie war bei der zweiten Fassung angelangt, als sie Randys Hilfeschrei hörte. Sie ließ den Kugelschreiber fallen und rannte los. Sie war auf dem Flur, als Randy schreckensbleich die Treppe heruntergestolpert kam. Als er Louise erblickte, lief er ihr in die Arme.

Sie kniete sich hin und drückte ihn an sich. »Was ist los, Randy? Was ist passiert?«

»Eric! Ich glaube, er ist... tot.« Was er weiter sagte, war nicht zu verstehen. Er barg seinen Kopf in ihren Armen und schluchzte.

Ein Mensch, dachte sie. Anders als die Kinder, die ich kenne, aber ein Mensch.

Behutsam machte sie sich von Randy frei. Sie ergriff den Jungen bei der Hand. »Zeig mir, wo Eric ist.«

»Er ist oben, in meinem Zimmer. Er liegt auf dem Boden und rührt sich nicht mehr. Sein Gesicht ist blau angelaufen. Wir hatten gerade...« Er begann wieder zu schluchzen.

Sekunden später betraten sie das Zimmer. Louise Bown untersuchte den Jungen, der in verkrümmter Haltung am Boden lag. Es war, wie sie befürchtet hatte. Kein Puls, keine Atmung.

Sie ging zum Telefon und sagte etwas, das Randy nicht verstand. Dann nahm sie ihn bei der Hand und ging mit ihm auf den Flur hinaus. Sie waren an der Treppe angelangt, als Randy stehenblieb. »Wollen wir denn nichts unternehmen wegen Eric?«

»Es gibt nichts, was wir da noch unternehmen könnten«, sagte sie ruhig.

Sie führte ihn die Treppe hinunter. Sie standen in ihrem Büro, als er zu weinen begann. Er schlang ihr die Arme um den Hals.

»Woran ist Eric gestorben?«

Was konnte sie ihm antworten? Sie würde die übliche Geschichte herunterbeten müssen. Dein Freund ist seit langer Zeit krank, und es war zu erwarten, daß er sterben würde.

Sie konnte die Lüge nicht mehr über die Lippen bringen.

So oft hatte sie gelogen, wenn die Jungen nach dem Verbleib ihrer Freunde fragten.

Sie würde Randy Corliss nicht belügen.

»Wir wissen nicht, woran Eric gestorben ist«, sagte sie.

»Muß ich auch sterben?« fragte er.

Alle Jungen in diesem Internat müssen sterben, dachte sie. Durfte sie Randy das sagen?

»Er hat nicht gelitten«, flüsterte sie. Sie zog ihn an sich. »Es ist, als wenn man ohnmächtig wird. Weißt du, wie das ist?«

Er schüttelte den Kopf.

»Ich schon. Man beginnt zu schwitzen, und plötzlich wird einem schwarz vor den Augen. Wenn man wieder aufwacht, kann man sich nicht mehr daran erinnern, wie es passiert ist. Ein merkwürdiges Gefühl. Aber es tut nicht weh.«

»Eric wird nicht wieder aufwachen«, sagte Randy.

»Nein«, sagte Louise Bown.

Und außerdem tut sterben weh, dachte Randy. Miß Bown war nicht dabeigewesen, sie konnte es also nicht wissen. Er aber hatte genau mitbekommen, wie Eric den Mund zu einer Grimasse des Schmerzes verzogen hatte.

Ich will nicht sterben, dachte er. Er hatte verstanden, was mit den Jungen geschah, bevor sie verschwanden. Es geschah nicht irgendwo, sondern hier, im Internat. Die Jungen starben. Und sie starben, weil sie hier waren.

Ich muß fliehen.

Aber wie? Und zu wem? Zu seinem Vater konnte er nicht gehen. Der hatte ihn schließlich in dieses Internat gesteckt. Er würde ihn zurückbringen. Und dann...

Die Vorstellung war fürchterlich. Aber es gab keinen anderen Ausweg.

Mutter.

Ich muß fliehen und mich zu meiner Mutter durchschlagen.

Er kuschelte sich in die Arme seiner Lehrerin. In Gedanken lag er in den Armen seiner Mutter.

Sie würde dafür sorgen, daß er nicht starb.

Sergeant Bronski saß an seinem Schreibtisch in der Eastbury Police Station. Er hatte den Kragenknopf gelöst. Einmal mehr verfluchte er die Dienstordnung, die das Tragen der Sommeruniform vor dem 21. Juni verbot. Für die Dienstordnung gab es keine Temperaturen, es gab nur Kalendertage.

Er dachte über das Gespräch nach, das er mit dem Ehepaar Corliss und Sally Montgomery geführt hatte. Den ganzen Vormittag hatte ihn die Erinnerung daran verfolgt. Der Gedanke, daß etwas dran sein könnte an den Anschuldigungen, die Sally Montgomery gegen Dr. Wiseman vorbrachte, verfolgte ihn. Schließlich stand er auf, zog die Akte Randy Corliss aus der Schublade und trat den Weg zum Büro des Chefs an.

Orville Cantrell empfing den Sergeant mit einem knappen Nikken. Er deutete auf den freien Stuhl, und schaute auf die Akte, die Sergeant Bronski ihm auf den Schreibtisch gelegt hatte. Er überflog den Inhalt und nickte.

»Der Junge ist von zu Hause weggelaufen. Ich kenne den Fall.«

»Der Junge ist vermißt. Ob er von zu Hause weggelaufen ist, wissen wir nicht.«

»Kommen Sie, Bronski, Sie wissen genau, was in den Familien los ist. Die Kinder laufen weg, auch Kinder von acht oder zehn.«

»Randy Corliss ist nicht weggelaufen.«

»Und was macht Sie so sicher, Sergeant?«

Bronski nickte. Er hatte Cantrell dort, wo er ihn haben wollte. Der Chef war neugierig geworden. In wenigen Sätzen legte Bronski dar, was Lucy Corliss und Sally Montgomery ihm erzählt hatten. Er ließ auch die Beschuldigungen nicht aus, die von den beiden Frauen gegen Dr. Wiseman vorgebracht worden waren. Sein Chef schien nicht hinzuhören.

»Was ist aus dem Einbruch bei A & P geworden? Irgendeine Spur?« sagte Cantrell unvermittelt.

»Ich denke, wir sprechen über den Fall Randy Corliss.«

»*Sie* sprechen über den Fall Randy Corliss. *Ich* spreche über A & P. Charlie Hyer war hier. Er ist der Ansicht, die Polizei könnte etwas für die Aufklärung des Einbruchs tun.«

»Und Lucy Corliss ist der Ansicht, die Polizei könnte etwas tun, um das Verschwinden ihres Sohnes aufzuklären«, gab Bronski stur zurück. »Was ist eigentlich wichtiger, Chef, die viertausend Dollar, die bei dem Einbruch geklaut wurden, oder das Leben eines neunjährigen Jungen?«

»Für Charlie Hyer sind die viertausend Dollar wichtiger.«

Sergeant Bronski schüttelte den Kopf. »Da kann ich Ihnen nicht folgen, Chef.«

Cantrell hatte sich zurückgelehnt. Er verschränkte die Hände hinter seinem Kopf. »Als ich noch in Ihrem Alter war, Bronski, da habe ich auch geglaubt, ich müßte mich den Fällen widmen, die ich für wichtig hielt. Inzwischen habe ich herausgefunden, daß für die Betroffenen ihr eigener Fall immer der wichtigste ist. Für Charlie Hyer sind seine verschwundenen viertausend Möpse genauso wichtig wie für Lucy Corliss der verschwundene Sohn.«

»Da bin ich anderer Meinung.«

»Deshalb sind sie ja auch nur Sergeant und ich Chef der Polizei.« Cantrell warf einen Blick auf seine Armbanduhr. »Sie haben noch eine halbe Stunde Dienst, Bronski. Ich möchte, daß Sie die verbleibende Zeit dem Fall A & P widmen. Was Randy Corliss angeht, so handelt es sich um einen Ausreißer. Noch Fragen?«

»Haben Sie mir denn vorhin überhaupt nicht zugehört?«

»Doch, das habe ich. Sie haben sich die Ohren vollheulen lassen von zwei hysterischen Frauen, die sich mit der Wirklichkeit nicht abfinden können. Was haben Lucy Corliss und Sally Montgomery vorzuweisen? Einen Haufen bedrucktes Papier. Computerschreibungen, die nicht einmal derjenige versteht, der das ganze Gewäsch eintippt. Ich will Ihnen mal was sagen, Bronski. Neunzig Prozent der Daten, die in den Computern gespeichert sind, werden nach der Einspeicherung nie wieder angesehen. Niemand weiß überhaupt, *was* in den Datenbänken gespeichert ist. Und deshalb möchte ich nicht, daß Sie mit dem Studium solcher Papierberge Ihre Zeit vertun.« Bronski wollte protestieren, aber Cantrell stoppte ihn mit einer Handbewegung. »Es tut mir leid, daß Randy Corliss von zu Hause weggelaufen ist, und es tut mir leid, daß dieser Frau das Kind gestorben ist. Es gibt viele Dinge, die mir leid tun, ohne daß ich daran etwas ändern kann. Was Dr. Wiseman betrifft, so hat die Bürgernähe der Polizei ihre Grenzen. Von dem Geschwätz, daß der Leiter einer angesehenen Klinik seine Patientinnen für irgendwelche obskuren Experimente mißbraucht, möchte ich nichts mehr hören. Habe ich mich einigermaßen verständlich gemacht?«

Sergeant Bronski war aufgesprungen. »Jawohl, Sir. Sie möchten nicht, daß ich meine Zeit auf den Fall Randy Corliss verwende.«

»Richtig!«

Bronski war schon in der Tür, als er Cantrell etwas sagen hörte. Er blieb stehen.

»Was Sie außerhalb Ihrer Dienstzeit tun, ist natürlich Ihre Sache, Bronski. Sie wissen ja, daß so ein Telexgerät auch außerhalb Ihrer Dienststunden arbeitet. Für welch einen Fall Sie das Gerät benutzen, darüber wird keine Kontrolle geführt.«

Sergeant Bronski durchquerte den Raum und trat zum zweitenmal vor den Schreibtisch seines Chefs.

»Hatten Sie etwas gesagt, Sir?«

»Nicht, daß ich wüßte, Sergeant. Gehen Sie bitte an Ihre Arbeit.«

Bronski zog die Tür des Chefzimmers hinter sich zu und trottete zu seinem Schreibtisch zurück. Der Fernschreiber in der Ecke des Raums hatte zu ticken begonnen. Bronski stand auf und betrachtete das Blatt, das sich zuckend über den Tisch schob.

Die üblichen Fahndungsersuchen. »Flüchtig ist...« Ein Fernschreiben, das aus Atlanta im Bundesstaat Georgia durchgegeben wurde, zog Bronskis Aufmerksamkeit auf sich. Ein Junge war von zu Hause weggelaufen. Adam Rogers war der Name des Jungen. Alter: Neun Jahre. Die Meldung wurde nach Eastbury durchgefunkt, weil der Vater des Jungen früher einmal in Eastbury wohnhaft gewesen war. Der Mutter zufolge war es nicht ausgeschlossen, daß sich der Ausreißer bis nach Eastbury durchschlug, um dort bei seinem Vater Unterschlupf zu finden. Wobei das Kind wohl außer acht ließ, daß der Vater längst nicht mehr dort wohnte. Immerhin wurde die frühere Anschrift des Vaters durchgegeben.

Bronski riß das Schreiben von der Walze und las es ein zweitesmal. Merkwürdig. Der Name des Vaters entsprach nicht dem Namen des Sohnes. Phillip J. Kramer hieß der Vater.

Er nahm das Fernschreiben und ging zum wachhabenden Beamten. Er zeigte ihm den Text. »Ist der Fall schon in Bearbeitung?«

Der Beamte sah nicht einmal auf. »Nein, das kannst du dir doch denken. Ist doch gerade erst durchgetickert worden.«

»Ich kümmere mich um die Sache«, sagte Bronski. Er ging zu seinem Arbeitsplatz, nahm das Telefonverzeichnis von Eastbury zur Hand und schlug den Buchstaben K auf. Eine Minute später wußte er, daß es keinen Phillip Kramer mehr in Eastbury gab. Zumindest hatte der Mann kein Telefon mehr.

Er holte sich das Adreßbuch mit dem Straßenverzeichnis. Unter der Anschrift, wo früher Phillip Kramer gewohnt hatte, waren jetzt Mr. und Mrs. Roland P. Strassman gemeldet.

Er suchte die Nummer aus dem Telefonverzeichnis heraus und wählte den Anschluß. Mary Strassman meldete sich.

Ob ich einen Mr. Phillip Kramer kenne? Und ob ich den kenne. Wir haben das Haus von ihm gekauft. Acht Jahre ist das jetzt her.

Nein. Mr. Kramer sei nicht verheiratet gewesen. Da sei sie ganz sicher. In dem Vertrag, der damals angefertigt worden war, hatte Mr. Kramer die Bezeichnung ›ledig‹ eingetragen.

Bronski bedankte sich und legte auf.

Er betrachtete das Fernschreiben, das vor ihm auf der Schreibtischplatte lag. Warum hatte Cantrell erwähnt, daß ihm der Fernschreiber zur Verfügung stehe? Warum wies der Chef des Police Department auf eine Selbstverständlichkeit hin? Das mußte einen Grund haben.

Der Ausreißer, um den es in dem Fernschreiben aus Atlanta ging, war neun Jahre alt. Wie Randy Corliss. Die Eltern des Jungen hatten sich getrennt. Ein unerwünschtes Kind möglicherweise. Vielleicht war der Junge in Eastbury geboren?

Bronski sah auf seine Armbanduhr. Dann auf die geschlossene Tür von Cantrells Büro. Sein Entschluß stand fest. Er erhob sich, knöpfte sich den Hemdkragen zu, streifte sich die Uniformjacke über und begab sich auf den Weg zum Ausgang.

Der wachhabende Beamte grinste. »Heiße Spur oder kaltes Bier?«

Bronski fand das nicht besonders lustig. Aber er ließ sich das nicht anmerken. »Vielleicht beides«, sagte er leichthin. »Wenn der Chef fragt, ich bin in der Sache A & P unterwegs, okay?«

»Okay.«

Er setzte sich in den Wagen und schlug die Richtung zu Lucy Corliss ein. Als er am Gebäude von A & P vorbeikam, sah er auf seine Armbanduhr.

Wie schön. Es war jetzt vier. Sein Dienst war zu Ende.

Zwanzigstes Kapitel

Jason Montgomery räkelte sich auf seinem Stuhl. Er spielte mit den Rosinen, die in den Weizenflocken schwammen. Er liebte dieses Spiel. Er mußte die Zahl der Rosinen schätzen. Und dann mußte er nachsehen, wieviel es wirklich waren.

Diesmal probierte er eine neue Variante des Spiels aus. Es galt, möglichst laut mit dem Löffel in der Schüssel zu rühren. Das war notwendig, um das Gezänk der Eltern zu übertönen.

Der Streit zwischen Sally Montgomery und ihrem Mann war immer erbitterter geworden. Es schien den Eltern egal zu sein, daß er jedes Wort mitbekam. Was ungewöhnlich war. Früher hatten sie gewartet, bis er außer Hörweite war. Erst dann hatten sie begonnen, aufeinander einzuhacken.

Diesen Morgen achtete niemand auf ihn. Als ob er unsichtbar wäre. Er betrachtete seine Eltern aus den Augenwinkeln. Sie hatten wie üblich an den beiden Schmalseiten des Tisches Platz genommen. Das Gesicht seiner Mutter war wie versteinert. Vater war vor Wut rot angelaufen.

»Alles, was ich möchte, ist, daß du dich bei Dr. Wiseman in Behandlung begibst, und zwar heute«, hörte er seinen Vater sagen. »Ist das denn so schlimm? Mein Gott, du bist doch schon so oft bei ihm gewesen. Was ist passiert, daß du dich jetzt mit Händen und Füßen sträubst?«

»Ich habe kein Vertrauen mehr zu Dr. Wiseman«, verkündete Sally.

»Dafür hast du Vertrauen zu einer wildfremden Frau, die ganz offensichtlich nicht alle Tassen im Schrank hat.«

Sallys Augen waren zu dunklen Schlitzen geworden. »Was willst du damit sagen?«

Steve entfuhr ein Seufzer der Erschöpfung. Es war noch früh, erst halb acht. Trotzdem hatte er das Gefühl, als hätte er bereits einen ermüdenden Arbeitstag hinter sich. »Was ich sagen will, ist, daß Lucy Corliss in psychiatrische Behandlung gehört, noch dringender als du.«

»Wie kannst du es wagen, so etwas zu sagen! Du hast doch noch nie auch nur ein einziges Wort mit dieser Frau gewechselt. Wieso maßt du dir ein Urteil über ihre psychische Verfassung an? Manchmal meine ich, ich bin mit einem verdammten Narren verheiratet!«

Jason ließ den Löffel sinken. Er glitt von seinem Stuhl und verließ das Wohnzimmer. Eine Minute später saß er vor dem niedrigen Arbeitstisch in seinem Zimmer. Immer noch war das Streitgespräch seiner Eltern zu hören. Es ging um Fragen, deren Bedeutung Jason verborgen blieb.

War Randys Mutter verrückt geworden?

Und warum wollte Vater, daß Mutter sich zu Dr. Wiseman in Behandlung begab? War Mutter denn ebenfalls geistesgestört?

Er nahm seine Schulbücher und stopfte sie in die grüne Büchertasche. Dann ging er die Treppe hinunter. Er lugte um die Ecke. Da saß seine Mutter. Sie weinte.

Ob ich hingehe und ihr einen Kuß gebe? Besser nicht. Es war unwahrscheinlich, daß Mutter zu weinen aufhörte. Wahrscheinlicher war, daß sie völlig die Fassung verlor, wenn er zu ihr ging. Womöglich brach er selbst noch in Tränen aus.

Es war nicht gut, wenn einen die Erwachsenen weinen sahen.

Er hatte sich weder von seiner Mutter noch von seinem Vater verabschiedet, als er in den warmen Frühlingsmorgen hinaustrat. Der Streit im Haus dauerte an, das Keifen seiner Mutter folgte ihm bis auf die Straße.

Er hatte die Entfernung eines halben Häuserblocks hinter sich gebracht, als er Joey Connors sah. Joey. Gute Freunde waren sie nie gewesen. Aber auch keine Feinde. Jason beschloß ihn einzuholen. Er begann zu laufen.

»Tag, Joey«, sagte er, als er auf seiner Höhe angelangt war.

Joey zog eine Fratze. Er antwortete nicht.

»Was hast du?«

»Nichts. Was willst du von mir?«

Jason zuckte die Schultern. »Ich will gar nichts von dir.« Was war mit Joey passiert? Eine Weile lang gingen sie schweigend nebeneinander her.

»Warum gehen wir nicht jeder für sich?« sagte Joey schließlich.

»Warum sollten wir das?« fragte Jason zurück. Ich habe ihm gar nichts getan, dachte er. Wie stellt er sich das wohl vor? Sollen wir hintereinander zur Schule gehen? Im Gänsemarsch?

»Meine Mutter hat gesagt, ich soll nicht mehr mit dir spielen«, sagte Joey. Zum erstenmal seit Beginn ihrer Begegnung sah er Jason in die Augen.

Jason war stehen geblieben.

»Warum sollst du nicht mehr mit mir spielen? Was habe ich dir denn getan?«

Joey hielt den Blick auf den Bürgersteig gerichtet. »Meine Mutter hat gesagt, mit deiner Mutter stimmt was nicht. Darum!«

Jetzt platzte Jason der Kragen. »Das nimmst du zurück. Mit meiner Mutter ist alles in Ordnung.«

»Das nehme ich *nicht* zurück. Seit deine Schwester tot ist, spielt deine Mutter verrückt, die ganze Nachbarschaft weiß das. Und außerdem sagt meine Mutter, deine Schwester ist umgebracht worden. Sie war nicht krank.«

»Unsinn! Sie war krank, deshalb ist sie gestorben.«

»Mich kannst du nicht hinters Licht führen«, grinste Joey. »Ich wette, du hast sie abgemurkst. Du und Randy Corliss, ihr beide habt die Kleine auf dem Gewissen. Deshalb ist Randy auch von zu Hause weggelaufen.«

Jason holte zum Schlag aus. Der Hieb in den Magen kam für Joey völlig unerwartet. Er knickte zusammen, dann warf er sich mit einem Wutgeheul auf Jason. Eine Sekunde später wälzten sie sich am Boden. Joey hatte einen Schlag auf Jasons Nase gelandet. Er sprang auf und begann Jason mit den Füßen zu bearbeiten.

Dann waren die Schritte anderer Kinder zu hören. Jason warf sich zur Seite. Es gelang ihm aufzustehen. Er tastete nach seiner Lippe, die anzuschwellen begann.

Aufs neue hatte sich Joey auf ihn geworfen. Jason spürte einen stechenden Schmerz im Arm. »Du hast mich gebissen!« sagte er wutentbrannt. Er stürzte sich auf seinen Angreifer. Es gelang ihm, den größeren Jungen zu überwältigen. Er kniete sich auf seine Brust und ballte die Faust.

»Sag, daß du aufgibst«, drohte er, »sonst schlag' ich zu.«

»Ich gebe auf«, stammelte Joey. Er stand auf und trat einen Schritt zurück. Die Tränen standen ihm in den Augen. »Ich werde alles meiner Mutter erzählen!« schrie er. »Du wirst die Hucke vollkriegen, bis du nicht mehr sitzen kannst.« Er machte kehrt und rannte zum Haus seiner Eltern zurück.

Jason sah ihm nach. Schließlich wandte er sich den anderen Kindern zu, die einen Kreis um ihn gebildet hatten. Sie betrachteten ihn voller Mißtrauen. Jason ahnte, daß diese Kinder auch nicht viel besser über ihn dachten als Joey.

»Und nun?« fragte ein Junge. »Was wirst du tun?«

Jason maß ihn mit einem herausfordernden Blick. »Jedenfalls werde ich mich nicht bei meiner Mutter ausweinen wie gewisse andere Jungen«, sagte er. Er trat auf den Jungen zu, der die Frage gestellt hatte. Der Kreis öffnete sich. Niemand folgte ihm, als er zur Straßenecke ging.

So wie ich aussehe, kann ich nicht nach Hause gehen, dachte er. Seine Hose war zerrissen. An den Knien waren Grasflecken. Sein Gesicht war blutverschmiert.

Meine Eltern, dachte er. Sie streiten sicher noch.

Eine Minute später wußte er, wie er das Problem lösen konnte. Er würde die Schule schwänzen. Er würde nicht nach Hause zurückkehren. Er würde ganz einfach tun, was ihm Spaß machte.

Niemand würde ihn zur Rede stellen. Niemand würde ihn ausschimpfen.

»Du und Dr. Wiseman, ihr seid euch einig?« fauchte Sally haßerfüllt. »Ihr wollt mich ins Irrenhaus bringen, gib's zu.«

»Aber Sally, das stimmt doch gar nicht. Wir glauben ganz einfach, daß du mehr Probleme hast, als du verarbeiten kannst. Wir glauben, daß du dich mit jemandem aussprechen solltest, der dir helfen kann. Dr. Wiseman möchte dir einen geeigneten Psychologen vorschlagen.«

»Wird der mir etwa helfen, Julies Todesursache herauszufinden?«

Er wollte antworten, als an die Tür geklopft wurde. Steve sprang auf und ging in die Küche. Sally hörte, wie die rückwärtige Tür geöffnet wurde. Dann kam ihr Mann in die Küche zurück, gefolgt von Joey und seiner wütenden Mutter. Joey blutete an der Augenbraue. Am Ohr hatte er eine Platzwunde erlitten. Sein Hemd war blutgetränkt.

»Um Gottes willen, Joey«, stammelte Sally. »Was ist denn passiert?«

»So sieht es aus, wenn Ihr Sohn zuschlägt«, sagte Joeys Mutter.

Sally Montgomery hatte ihre Serviette ergriffen. Mit einer fahrigen Bewegung wischte sie sich die Essensreste von den Lippen. Verständnislos, fast ängstlich betrachtete sie die Verletzungen, die der Sohn ihrer Nachbarin erlitten hatte. Was hatte Jason damit zu tun? »Jason ist noch gar nicht zur Schule gegangen«, sagte sie trotzig. Sie stand auf und trat in den Flur hinaus. Sie rief den Namen ihres Sohnes. Keine Antwort.

Jason war fort.

Sie kam ins Wohnzimmer zurück. Ihr Blick irrte zu Steve. »Wo ist der Junge? Er hat sich nicht einmal verabschiedet.«

»Vielleicht ist er noch oben.« Steve Montgomery durchquerte das Wohnzimmer und machte auf dem Treppenabsatz Halt. »Jason?«

»Wenn Ihr Sohn überhaupt im Haus ist, dann ist er im Bad und wäscht sich«, sagte Kay Connors aufgebracht.

»Was hat das alles zu bedeuten, Mrs. Connors?« fragte Sally.

»Ihr Sohn hat einen Streit mit Joey begonnen. Schauen Sie doch nur, wie er meinen Kleinen zugerichtet hat.«

Steve kam ins Wohnzimmer zurück. »Jason ist nirgends zu finden. Seine Schulsachen sind nicht mehr im Zimmer. Er muß also zur Schule gegangen sein. Ich verstehe das nicht. Er hat nicht einmal auf Wiedersehen gesagt.«

Sally saß da wie benommen. Warum hätte sich Jason auch verabschieden sollen, dachte sie. Wir haben keine Minute Zeit für unseren Jungen gehabt, unser Streit war uns wichtiger.

Sie dachten nach. War Jason überhaupt am Frühstückstisch gewesen? Sie erinnerte sich nicht.

Dann fiel ihr ein, daß sie ihm nachgesehen hatte, wie er das Wohnzimmer verließ. Was wohl in seinem Herzen vorging, wenn er seine Mutter weinen sah? Wenn er Zeuge der Kränkungen wurde, die sie sich gegenseitig antaten? War es nicht natürlich, daß er aus einem solchen Haus so schnell wie möglich verschwand? Sie begann zu weinen. Als sie merkte, daß sie ihren Tränenfluß nicht mehr stoppen konnte, rannte sie hinaus. Steve sah ihr traurig nach. Dann wandte er sich zu Kay Connors.

»Sagen Sie bitte, Mrs. Connors, was ist eigentlich vorgefallen?«

Kay Connors' Wut hatte sich gelegt. Sie zog ihren Jungen an sich. »Joey war auf dem Weg zur Schule«, berichtete sie. »Unterwegs hat er Jason getroffen. Die beiden haben eine Rauferei gehabt.«

»Aber du bist doch größer als Jason«, sagte Steve Montgomery, zu Joey gewandt.

»Er hat angefangen«, sagte Joey patzig.

»Aber warum hat er dich geschlagen?«

Joey senkte den Blick. »Keine Ahnung.«

»Komm schon, Joey. Es gibt immer einen Grund, wenn man miteinander in Streit gerät. Ich kann mir nicht vorstellen, daß Jason einfach auf dich zugegangen ist und dich geschlagen hat, ohne daß irgendein Wortwechsel vorausging.«

»Doch, das hat er. Ich ging auf dem Bürgersteig entlang, da kam Jason hinter mir hergelaufen. Als ich mich nach ihm umdrehte, hat er zugeschlagen.«

»Haben die beiden vielleicht vorher schon Streit gehabt?« fragte Steve Montgomery Mrs. Connors.

»Das ist wohl kaum möglich«, sagte Kay Connors. »Ich habe Joey verboten, mit Ihrem Sohn zu spielen. Ich bin überhaupt dafür, daß die Kinder beim Haus bleiben, wo man sie überwachen kann. Als Joey diesen Corliss-Jungen zum Freund hatte, da hat es auch schon Ärger gegeben. Seitdem...«

»Sie meinen Randy?« fiel ihr Steve ins Wort.

»Ganz recht, so heißt er. Randy.« Sie zögerte. »Ich weiß, daß es

Ihrer Frau im Augenblick gesundheitlich nicht gut geht, deshalb habe ich Joey gesagt, er soll sich von Jason fernhalten.«

Steve Montgomery dachte nach. Was diese Frau wohl ihrem Sohn über die Familie Montgomery erzählt hatte? »Ich werde Jason die Leviten lesen, Mrs. Connors«, versprach er. »Wenn es so ist, wie Joey sagt, werde ich den Jungen gehörig bestrafen.«

»Bestraft ist er schon«, mischte sich Joey ein. »Ich habe ihm ein blaues Auge beigebracht. Außerdem habe ich ihn gebissen.«

Kay Connors war fassungslos. »Du hast *was*?«

»Ich habe ihn gebissen. Er war über mir und hat mir den Arm umgedreht. Da habe ich ihn gebissen. Er hat sogar geblutet.«

»Davon hast du mir ja vorher gar nichts gesagt, Joey.«

»Du hast mich auch nicht danach gefragt«, erwiderte der Kleine.

Sie sah Steve an. »Ich habe mich vorhin zu sehr aufgeregt«, sagte sie.

Er mußte lächeln »Jedenfalls sieht es so aus, als hätten unsere beiden ganz schön hingelangt.«

Sie nahm ihren Jungen bei der Hand. »Wenn du das nächstemal bei einer solchen Rauferei Hiebe einsteckst, dann komm nicht mehr zu mir gelaufen, um dich an Muttis Schürzenzipfel auszuweinen. Es sei denn, dein Gegner ist doppelt so alt und viermal so groß wie du. Und jetzt nach Hause mit dir. Du wirst dich waschen und dann geht's in die Schule!«

»Muß ich wirklich in die Schule?«

»Natürlich, was denkst du denn? Wenn du zu spät kommst, das ist dein Problem, das hast du dir selbst eingebrockt. Denk das nächstemal nach, bevor du dich auf eine Schlägerei einläßt.«

Sie verschwand durch die rückwärtige Tür und nahm ihren Jungen mit sich. Steve ließ sich auf seinen Stuhl fallen und goß sich eine Tasse Kaffee ein. Eine Weile lang starrte er die gefüllte Tasse an. Dann stand er auf und eilte die Treppe hinauf, um nach seiner Frau zu sehen.

Sally lag im Bett. Er setzte sich zu ihr.

»Sally?«

Er sah sie an. Eine tiefe Traurigkeit stand in ihren Augen.

»Ich weiß nicht, was noch alles werden soll«, flüsterte sie. »Ich habe Angst, Steve. Furchtbare Angst. Mir ist, als würde eine Tür nach der anderen zugeschlossen. Als müßte ich ersticken.«

Er zog sie an sich. »Alles wird gut werden, Sally«, versuchte er sie zu trösten. »Ich werde mit dir gehen, wenn du mit Dr. Wiseman sprichst. Wir werden sehen, was er uns zu sagen hat. Ich werde dich nicht im Stich lassen, verstehst du? Du bist überlastet, du bist mit den Nerven fertig. Das ist alles. Du machst dir einfach zuviel Sorgen. Du darfst dich nicht so aufreiben, Sally, das führt zu nichts.«

Sie war zu erschöpft, um ihm zu widersprechen. Sie willigte in seinen Vorschlag ein. Jawohl, sie würde sich mit Dr. Wiseman über die weiteren Schritte beraten. Sie nahm sich vor, ruhig und beherrscht zu bleiben, wenn sie mit dem Arzt sprach.

Ich bin nicht verrückt, dachte sie. Ich bin ein vernünftiges Wesen. Ich bin nicht paranoid.

Ich werde Dr. Wiseman keinen Vorwand geben, mich hinter die Mauern einer Irrenanstalt zu bringen.

Dr. Malone las in einer Ärztezeitschrift, als das Gegensprechgerät auf seinem Schreibtisch zu schnarren begann.

»Dr. Melone?«

»Ja?«

»Hier spricht Suzy. Ein kleiner Patient von Ihnen ist zur Notaufnahme unterwegs. Er müßte gleich hier sein. Würden Sie rüberkommen und sich den Jungen ansehen?«

»Wer ist es denn?«

»Tony Phelps.«

Er erinnerte sich. Tony Phelps war zwei Jahre alt. Ein Kind, von dem sich eigentlich nur sagen ließ, daß er über eine beneidenswerte Gesundheit verfügte. Dies jedenfalls war das Ergebnis einer Routineuntersuchung, die Dr. Malone vor kurzem durchgeführt hatte.

»Tony Phelps? Was ist denn mit ihm? Ist er verletzt?«

»Ich weiß es nicht«, erwiderte die Krankenschwester. »Mrs. Phelps hat am Telefon nur unzusammenhängendes Zeug gestammelt. Mein armes Baby und so. Ich habe sofort den Krankenwagen hingeschickt. Ich schätze, wir haben den Kleinen in zehn Minuten hier.«

»Ich komme rüber.« Dr. Malone legte die Ärztezeitschrift auf den Stapel zurück. Er trat an den Tischcomputer und schaltete den Sichtschirm an. Dann tippte er den Namen des Kindes ein. Sekunden später erschienen die Daten von Tony Phelps auf der Mattscheibe. Die üblichen Impfungen, das war alles. Keine Erkrankungen. Dr. Malone nickte. Sein Gedächtnis hatte ihn nicht im Stich gelassen. Tony Phelps war das, was man etwas unakademisch als ›einen kerngesunden kleinen Kerl‹ bezeichnete. An der linken unteren Kante des Computerbildes blinkte das grüne Kürzel CHILD.

Die Sirene des Krankenwagens war zu hören. Das Geräusch kam näher, schwoll zu einem schmerzhaft hohen Ton an und erstarb als klägliches Winseln. Drei Minuten später kamen zwei Sanitäter mit einem Kind auf der Bahre in die Ambulanz gerannt. Arla Phelps, die Mutter des Kindes, folgte ihnen. Sie war bleich wie die Wand. Als sie Dr. Malone erblickte, lief sie auf ihn zu.

»Gut, daß Sie da sind, Dr. Malone. Der Kleine hat aus einer Flasche Lysol getrunken. Ich weiß auch nicht, wie das passieren konnte. Ich war nur für eine Minute aus der Küche gegangen. Als ich zurückkam...«

Sie verstummte. Dr. Malone war ins Behandlungszimmer geeilt. Der kleine Junge war von den beiden Krankenschwestern, die dort warteten, entkleidet worden. Arla Phelps ließ sich auf einen Stuhl sinken und steckte sich mit zitternder Hand eine Zigarette an.

Tony Phelps strampelte wie wild, aber die beiden Schwestern hielten ihn mit sanfter Gewalt auf der Liege fest. Dr. Malone nahm das biegsame Röhrchen, das ihm die Schwester reichte, und führte es in die Nase des Kindes ein. Mit sorgfältigen Bewegungen ließ er das Röhrchen durch Hals und Speiseröhre bis in den Magen gleiten. Die Magenwäsche begann.

»Ob er's überleben wird?« flüsterte die Schwester, die neben ihm stand.

»Das hängt davon ab, wieviel er von der Lösung getrunken hat, wie stark die Konzentration war und wie lange das Gift schon im Magen ist.«

Arla Phelphs war bei ihrer vierten Zigarette angelangt, als Dr. Malone in den Warteraum zurückkam.

»Wie geht es meinem Kind?«

»Es lebt noch«, sagte Dr. Malone ruhig. »Sagen Sie mir jetzt bitte genau, was sich zugetragen hat. Ich muß genau wissen, was er getrunken hat und wieviel.«

»Es war Lysol, Dr. Malone. Er hat die halbe Flasche ausgetrunken, bevor ich...«

Er sah sie erstaunt an. »Die halbe Flasche?« Was die Frau sagte, war kaum zu glauben. Wenn es stimmte, was sie sagte, dann hätten Mund, Speiseröhre und Magen verätzt sein müssen.

»Warten Sie bitte hier, ich bin gleich zurück.« Er eilte ins Behandlungszimmer, um den ausgepumpten Mageninhalt des Kindes analysieren zu lassen.

Er traf Tony Phelps bei bester Gesundheit an. Das Kind hatte sich auf gerichtet. Es kicherte und spielte mit der Krankenschwester. Dr. Malone war im Türrahmen stehen geblieben.

»Suzy?«

Sie wandte sich um. »Wie Sie bei der Vorsorgeuntersuchung schon sagten«, sagte sie. »Ein kerngesunder kleiner Kerl.«

Sein Ernst schwand. »Den Eindruck habe ich auch.« Er ging auf die Behandlungsliege zu. »Ich möchte, daß der Mageninhalt sofort analysiert wird. Auf den ersten Blick sieht es so aus, als ob der Junge nur Orangensaft getrunken hat. Wahrscheinlich falscher Alarm. Aber wir müssen sichergehen. Sorgen Sie dafür, daß die Analyse sofort gemacht wird.«

Er betrachtete das Kind und blinzelte. »Du hast uns allen einen ganz schönen Schrecken eingejagt, mein Herr«, sagte er. »Du wolltest wohl einmal erleben, wie sich so eine Sirene anhört.«

»Wo ist meine Mami?« fragte der kleine Junge.

»Sie wartet draußen auf dich.« Er half dem Kleinen von der Liege herunter, nahm ihn an der Hand und brachte ihn zu seiner Mutter.

»Ist er schon wieder gesund?«

»Es sieht so aus. Aber es ist sicherer, wenn Sie noch ein paar Minuten dableiben. Ich bekomme gleich die Ergebnisse aus dem Labor. Ich bin selbst neugierig, wieviel er von dem Gift geschluckt hat.«

Zwanzig Minuten waren vergangen, als die Assistentin mit dem Laborbericht den Raum betrat. Sie gab Dr. Malone ein Zeichen. Er folgte ihr in den Behandlungsraum und zog die Tür hinter sich zu.

»Nun?«

»Ich verstehe das nicht. Das Kind hat einen halben Liter Lysol getrunken. Nach allen Erfahrungswerten müßte es tot sein.«

Die Gefahr war also noch nicht vorüber. Dr. Malone machte sich auf einen langen, schwierigen Arbeitstag in der Klinik gefaßt.

Einundzwanzigstes Kapitel

Das Problem waren die Hände. Sally Montgomery wußte einfach nicht, wo sie ihre Hände hätte verbergen können. Sie war nervös. Und sie wollte nicht, daß Dr. Wiseman sah, wie nervös sie war.

Steve war draußen geblieben. Eine halbe Stunde redete Dr. Wiseman nun schon. Es war der ruhige Ausdruck seiner Augen, sein verständnisvolles Lächeln und seine sanfte Stimme, die Sally den Rest ihrer Selbstbeherrschung raubten. Sie hätte ihm am liebsten ins Gesicht geschlagen.

Wieder und wieder hatte er ihr klarzumachen versucht, daß sie in die Behandlung eines Psychologen gehörte. Es sei wichtig, daß sie sich mit einer Person beriet, die sie selbst als neutral empfand. Nur der Psychologe, wen immer sie da wählte, konnte wahrhaft objektiv sein, was ihre Probleme anbetraf. Möglicherweise stellte sich heraus, daß sie recht hatte. Daß Dr. Wisemans Ängste und Vermutungen unbegründet waren. Daß sie psychisch in keiner Weise gefährdet war. Eben das galt es abzusichern. Sie mußte den Mut aufbringen, sich einem Fremden anzuvertrauen.

Ich weiß jetzt schon, was mir der Psychologe erzählen wird, dachte Sally. Er wird mir einhämmern, daß ich mich mit der Wirklichkeit abfinden muß, daß ich den Kopf in den Sand stecken soll. Er wird mir beibringen, daß ich so tun muß, als sei es völlig normal, wenn ein Kind von einem Tag zum andern wegstirbt. Sie fühlte die Wut hochsteigen. Hilflose Wut.

»Möchten Sie eine Erfrischung?« hörte sie Dr. Wiseman sagen.

»Danke, nein«, antwortete sie, eine Spur zu hastig. Sie zwang sich zu einem Lächeln. »Ich habe mich gerade bei dem Wunsch nach einer Zigarette ertappt«, sagte sie. »Aber ich will nicht mehr rauchen. Ich will...« Sie biß sich auf die Lippen.

»Warum sperren Sie sich gegen meine Hilfe, Mrs. Montgomery?«

»Ich sperre mich nicht gegen Ihre Hilfe.«

»Doch. Sie sind mißtrauisch, und ich verstehe nicht, warum. Seit zehn Jahren sind Sie bei mir in Behandlung, und doch sitzen Sie mir gegenüber, als hätten Sie es mit einem Fremden zu tun, der Ihnen etwas Böses antun könnte. Wollen Sie denn nicht, daß ich Ihnen helfe?«

»Natürlich will ich das. Aber Sie verstehen einfach nicht, wo mein Problem liegt. Ich bin nicht geistesgestört.«

»Das hat auch niemand behauptet.«

Der sorgsam gebaute Damm gab nach. »O doch, Dr. Wiseman! *Alle* sagen das, und wer es nicht sagt, denkt es zumindest. Mein Mann, mein Mutter, die Nachbarn und auch Sie, Dr. Wiseman, obwohl Sie es nicht zugeben wollen. Wohin ich auch gehe, ich werde von der Seite angesehen. Die Frauen flüstern, wenn ich in den Supermarkt komme. Die arme Mrs. Montgomery. Seit ihr Kind gestorben ist, ist sie ein wenig merkwürdig. Es wird nicht mehr lange dauern, dann gehen die Leute auf die andere Straßenseite, wenn ich ihnen entgegenkomme. Ich könnte sie ja anfallen. Plötzlich stehe ich da und habe Schaum vor dem Mund. Aber ich sage Ihnen, Dr. Wiseman, ich bin nicht verrückt. Und Lucy Corliss ist auch nicht verrückt. Erinnern Sie sich noch an diese Patientin, Dr. Wiseman? Und erinnern Sie sich auch an Jan Ransom? Mit denen haben Sie das gleiche gemacht wie mit mir. Wir wollten keine Schwangerschaft, also haben Sie uns eine Spirale eingesetzt. Aber wir sind trotzdem schwanger geworden. Wir haben sogar ein Kind bekommen, jede von uns. Es war ein Geschenk von kurzer Dauer. Jan Ransoms Kind ist tot. Mein Kind ist tot. Lucys Kind ist verschwunden. Ist das Ihre Art von Geburtenkontrolle?«

Sie brach in hemmungsloses Schluchzen aus. Er beugte sich über den Schreibtisch und legte ihr beruhigend die Hand auf den Arm.

»Aber Mrs. Montgomery, ich habe Ihnen damals doch ausdrücklich gesagt, daß die Spirale kein sicheres Mittel zur Empfängnisverhütung ist. Es gibt Frauen, die trotz Spirale ein Kind bekommen. Daran kann kein Arzt etwas ändern, auch ich nicht.«

»Wirklich nicht? Ich werde herausfinden, was Sie damals getan haben, Dr. Wiseman. Ich will die Wahrheit wissen, und ich werde sie herauskriegen. Niemand kann mich daran hindern. Weder Sie, Dr. Wiseman, noch mein Mann noch meine Mutter. Niemand!« Sie stand auf, wankte zur Tür und griff nach dem Türknopf. Einen Augenblick lang schien es ihr, als sei die Tür von außen verriegelt worden. Panik befiel sie. Als sie den Knopf ein zweites Mal herumdrehte, schwang die Tür auf. Sie stürmte hinaus. Steve war aufgesprungen, er kam ihr entgegengelaufen. Sie schob ihn zur Seite. Am Ausgang der Praxis angekommen, blieb sie stehen und wandte sich um. »Laß mich in Ruhe«, sagte sie kalt. »Mach, was du willst, aber laß mich in Ruhe.« Dann war sie fort.

Steve fuhr herum, als er Dr. Wisemans Stimme hinter sich vernahm.

»Kommen Sie bitte in mein Sprechzimmer, Steve. Ich habe mit Ihnen zu reden.«

Er folgte ihm in den abgedunkelten Raum. Dr. Wiseman bat ihn, Platz zu nehmen.

»Sie haben's selbst mitbekommen«, sagte er nach einer Weile. »Es sieht nicht gut aus.«

»Was war denn eigentlich los? Warum war sie so aufgebracht?«

»Ich weiß es auch nicht genau«, antwortete Dr. Wiseman. »Zu Beginn der Unterredung hat mir Ihre Frau ganz ruhig zugehört. Dann hatte ich plötzlich den Eindruck, als wollte sie nicht mehr zur Kenntnis nehmen, was ich sagte. Sie ist nicht bereit, die Dinge zu nehmen wie sie sind. Heute weniger denn je. Zum Schluß habe ich sie gefragt, ob sie denn nicht will, daß ich ihr helfe. Na ja, Sie haben ja selbst gehört, wie sie darauf reagiert hat. Sie ist richtig explodiert.«

»O Gott«, seufzte Steve Montgomery, »was soll ich bloß tun?«

Der Arzt musterte ihn. »Ich kann mich täuschen, Steve, aber ich fürchte, Ihre Frau steht unmittelbar vor einem seelischen Zusammenbruch. Mir scheint es unter diesen Umständen das beste, wenn man sie aus der Gefahrenzone entfernt. Unter Gefahrenzone verstehe ich das Umfeld, in dem das traumatische Erlebnis stattgefunden hat. Der Tod des Kindes. Es wird am besten sein, wenn sie für ein oder zwei Wochen ganz aus Eastbury verschwindet. Sie braucht Schonung. Sie braucht eine Umgebung, wo sie nicht immer wieder an Julie erinnert wird.«

»Zwei Wochen Urlaub«, sagte Steve Montgomery nachdenklich. »Das ließe sich machen.«

»Ich fürchte, Sie haben mich nicht verstanden«, sagte Dr. Wiseman leise. »Ihre Frau braucht eine Umgebung, wo jeder auf ihre speziellen Probleme Rücksicht nimmt.«

»Sie meinen, wir sollten sie in eine Nervenklinik stecken?«

»Ich glaube, das wäre das beste.«

Steve Montgomery schüttelte den Kopf. »Damit wird sie unter keinen Umständen einverstanden sein.«

Dr. Wiseman sah auf. Er hatte einen Füllfederhalter ergriffen. Er schraubte die Kappe ab. »Es gibt Situationen, wo das Einverständnis des Patienten nicht erforderlich ist.«

Steve mußte schlucken. »Ich – ich weiß nicht, ob ich für Sally eine solche Entscheidung treffen könnte.«

»Wenn es zur Gesundung Ihrer Frau erforderlich ist, haben weder Sie noch ich eine andere Wahl, Steve.«

Steve beugte sich vor. »Müssen wir das jetzt entscheiden?«

»In dieser Minute? Natürlich nicht. Aber wir sollten die Entscheidung auch nicht auf die lange Bank schieben. Ich beobachte bei Ihrer Frau eine langsame, aber stetige Verschlechterung ihres Zustands. Wenn wir nichts unternehmen, könnte das ganze in einer Katastrophe enden. Mir machen außerdem die Auswirkungen Sorgen, die das Verhalten Ihrer Frau auf Ihren Sohn haben könnte.«

Jason. Es war die Erinnerung an die Unterredung mit Mrs. Connors, die für Steve Montgomery den Ausschlag gab.

»Also gut«, sagte er und ließ die Schultern sinken. »Ich werde Sally suchen und mit ihr sprechen.«

Sie war im Korridor des Krankenhauses stehen geblieben. Ich muß mich beherrschen, dachte sie. Wenn ich mich so gehenlasse wie vorhin, tritt genau das ein, was ich vermeiden will. Sie werden mich in eine Irrenanstalt einsperren.

Ich muß mich beherrschen, wenn ich mit Dr. Wiseman spreche. Auch bei Steve.

Wer bleibt mir? Mit wem kann ich überhaupt noch sprechen?

Meine Welt ist sehr klein geworden, dachte sie. Vor zwei Wochen noch dachte ich, es gäbe überhaupt keine Grenzen. Alle Menschen waren meine Freunde.

Heute gibt es nur noch drei Personen, denen ich vertrauen kann: das Ehepaar Corliss und Sergeant Bronski von der Polizei.

Merkwürdig. Eigentlich waren das Fremde. Und doch waren es Menschen, die ihr plötzlich sehr nahe standen.

Mit raschen Schritten strebte sie dem Ausgang zu. Sie würde zu Lucy Corliss fahren und sich mit ihr beraten. Als sie ihren Namen rufen hörte, blieb sie wie angewurzelt stehen.

»Mrs. Montgomery!«

Sie mußte sich zwingen, nicht davonzurennen. Langsam hob sie den Blick. Ein Mann. Sie erkannte Dr. Malone.

»Ist Ihnen nicht gut, Mrs. Montgomery?«

Sie betrachtete ihr Spiegelbild, das sich in der Fensterscheibe abzeichnete. Ihr Haar hing in wirren Strähnen herunter. Ihre Mundwinkel zuckten.

»Ich fühle mich ganz gut, Dr. Malone. Vielen Dank. Ich ... war gerade in Behandlung, jetzt bin ich auf dem Weg nach Hause.«

Dr. Malone musterte sie von der Seite. Er schien ehrlich besorgt. »Sie fühlen sich nicht gut, Mrs. Montgomery. Wollen Sie mir nicht sagen, was Sie bedrückt?«

»Ich...« Ihre Augen suchten die Empfangshalle des Krankenhauses ab. Die Treppe. »Ich muß dringend...«

»Hat es etwas mit der Sache von Montag zu tun?« fragte Dr. Malone.

Montag. Montag. Wovon redete er? Richtig. Es war Montag gewesen, als sie Jasons verbrühten Arm behandeln ließ.

»Warum fragen Sie?«

Er machte einen Schritt auf sie zu, sie wich zurück. »Sie glauben immer noch, daß Ihr Sohn bei dem Unfall ernsthafte Verletzungen erlitt, stimmt's?«

»Ja«, gab sie zu, »das stimmt. Aber ich bin die einzige, die das glaubt. Irgend etwas Geheimnisvolles geht hier vor, Dr. Malone, und ich bin entschlossen, das Geheimnis zu lüften. Ich lasse mir nicht einreden, daß ich verrückt bin. Von niemandem.«

Dr. Malone dachte nach. Eine Frau, die immer noch an dem Tod ihrer kleinen Tochter trug? Ein Mensch also, dessen Worte man nicht auf die Goldwaage legen durfte? Oder war Sally Montgomery tatsächlich einem Geheimnis auf die Spur gekommen? Es könnte sich lohnen, das herauszufinden, dachte er.

»Ich bin keineswegs der Meinung, daß Sie verrückt sind«, sagte er ernst. Und als er das Mißtrauen in ihren Augen sah, fügte er hinzu. »Ich glaube jedes Wort, was Sie mir Montag gesagt haben. Auch das, was Sie über die Verbrühungen Ihres Jungen erzählt haben.«

»Ich danke Ihnen«, flüsterte sie. »Aber ich muß jetzt wirklich...«

»Ich schlage vor, daß wir uns in Ruhe unterhalten, Mrs. Montgomery. Warum gehen wir nicht in mein Büro? Es ist gleich neben dem Parkplatz. Ich habe Ihren Wagen auf dem Parkplatz gesehen, daher wußte ich, daß Sie im Krankenhaus sind. Ich hatte vor, mit Ihnen zu sprechen. Gehen wir?«

Sie dachte nach. Schließlich nickte sie. Er begleitete sie die Treppe hinunter.

»Es wird Sie interessieren, Mrs. Montgomery...« Er zögerte. »Darf ich Sie Sally nennen?«

»Bitte.«

»Es wird Sie interessieren, Sally, daß heute etwas Ähnliches passiert ist wie letzten Montag. Ich meine die Verletzung Ihres Jungen. Bei uns ist heute ein Kind eingeliefert worden, das einen halben Liter Säure getrunken hatte. Nach allen medizinischen Erfahrungen hätte das Kind bereits tot sein müssen. Aber es zeigte keinerlei Reaktion auf das Gift.«

Sie war stehengeblieben und sah ihm in die Augen. Konnte sie ihm trauen? Oder war es eine Falle, die er ihr stellte? Vielleicht war er von Dr. Wiseman beauftragt worden, sie in ein Gespräch zu verwickeln, ihr die Fangfrage zu stellen, die dann zu ihrer Einlieferung in die Nervenklinik führen würde? »Wurde das Kind, von dem Sie sprechen, auch von CHILD überwacht, Dr. Malone?« hörte sie sich fragen.

Er nickte. »So ist es, Sally.«

Sie waren in seinem Büro angelangt. Er bot ihr einen Sessel an. Dann verriegelte er die Tür. »Ich möchte, daß Sie sich ganz sicher fühlen. Niemand wird uns stören.«

Er brauchte zehn Minuten, um ihr den Vorfall mit dem vergifteten Kind zu erklären. »Und Sie sind sicher, daß kein Irrtum möglich ist?« fragte sie, als er fertig war.

»Der Junge hätte eine solche Vergiftung normalerweise nicht überlebt«, sagte er. »Solche Kinder werden bereits bewußtlos eingeliefert und sterben wenig später, weil die erlittenen Verätzungen den Organismus zum Stillstand bringen. Aber dieses Kind war quickfidel. Es hat sich zwar sehr gegen die Behandlung gewehrt. Aber das geschah aus Angst, nicht weil ihm etwas weh tat. Es besteht auch keinerlei Unsicherheit über die Art und Konzentration des Giftes. Wir haben den ausgepumpten Mageninhalt analysiert. Lysol in höchster Konzentration. Tödlich.«

Das Gegensprechgerät auf seinem Tisch summte. Dr. Wisemans Stimme erklang. »Dr. Malone?«

»Ja?«

»Haben Sie Sally Montgomery irgendwo gesehen?«

Er warf Sally einen fragenden Blick zu. Die machte eine verzweifelte Gebärde der Ablehnung. »Nein«, erwiderte Dr. Malone.

»Wenn sie zu Ihnen kommt, verwickeln Sie sie in ein Gespräch und rufen Sie mich an. Lassen Sie sie unter keinen Umständen weggehen.«

»Verstanden. Was ist denn mit ihr?«

Dr. Wiseman antwortete nicht sofort. »Der Frau geht es nicht gut«, kam es schließlich aus dem Tischlautsprecher. »Ihr Mann war bei mir, und wir sind uns darüber einig, daß sie in Behandlung gehört, aber sie selbst ist leider sehr uneinsichtig. Ich fürchte, wir werden sie gegen ihren Willen unter Beobachtung stellen müssen.«

Sally war schon an der Tür, als das Rauschen der Gegensprechanlage erstarb.

»Sally?« Sie wandte sich um. »Wenn ich Ihnen helfen soll, dann müssen Sie mir sagen, wo ich Sie finden kann.« Sie starrte ihn an. Es war offensichtlich, daß sie ihm immer noch nicht traute. »Nennen Sie mir einen Namen«, sagte er ruhig. »Den Namen eines Freundes oder einer Freundin, die über Ihren Aufenthalt Bescheid wissen.«

»Lucy Corliss«, sagte Sally.

»Werden Sie dort auch schlafen?«

Sally nickte.

»Ich komme heute nach Dienstschluß zu Ihnen. Es gibt einiges, worüber ich mit Ihnen reden muß. Ich nehme Ihre Hinweise sehr ernst.« Er sah ihr nach, wie sie zu ihrem Wagen huschte. Sekunden später hatte sie den Parkplatz des Krankenhauses verlassen. Dr. Malone verließ sein Büro, um sich mit Dr. Wiseman zu besprechen.

Die drei Jungen hatten ein Spiel begonnen, dessen Regeln Louise Bown nicht verstand. Ein Ballspiel. Rauh ging es zu, daran war kein Zweifel. Ein Junge mußte den Ball vor den anderen beiden verteidigen. Eine Art Ringkampf, bei dem der Stärkere siegte.

Randy Corliss hielt sich abseits. Und Louise Bown ahnte auch warum. Der Tod seines Freundes war ihm sehr nahegegangen.

Beim Frühstück hatte er kaum einen Brocken hinuntergebracht. Er schwieg, wenn sie zu ihm sprach. Das gleiche beim Mittagessen. Er saß da, starrte in die Ferne. Sie würde sich um ihn kümmern müssen.

Sie sah ihm nach, wie er zu den Büschen hinüberging. Wenig später verschwand er im Unterholz der nahen Baumgruppe.

Randy Corliss wälzte Fluchtpläne.

Er brauchte eine volle Stunde, um die ganze Länge des Zaunes zu inspizieren, der das Anwesen umgab. Er war auf der Suche nach einem Baum. Ein Baum mit weittragenden Ästen. Er würde auf die Äste klettern und über den Zaun springen.

Aber es gab keinen solchen Baum. Was er fand, waren Stümpfe von Bäumen, die offensichtlich erst vor wenigen Tagen abgeholzt worden waren. Es gab keine einzige Stelle, wo man den elektrisch geladenen Zaun hätte überwinden können, ohne sich in Lebensgefahr zu begeben.

Oder doch? Er war nur noch fünfzig Schritte vom Tor entfernt, als er eine aufregende Entdeckung machte. Es gab einen Abwasserkanal. Ein Kanal, der unter dem Zaun hindurchführte. Ein schmutziggraues Rohr. Nicht sehr groß im Durchmesser. Aber wohl groß genug, daß Randy sich hindurchzwängen konnte. Mit unauffälligen Schritten ging er näher. Er kniete sich hin und steckte den Kopf in die Tiefe. Am Ende des Rohres war ein heller Schein zu erkennen. Der Ausgang.

Er stand auf und musterte die nahen Büsche. Ob er wohl beobachtet wurde? Zu sehen war niemand. In den ersten Tagen hatte es ihn nervös gemacht, wenn er bei einem Spaziergang durch den Wald plötzlich einen Lehrer bemerkte. Inzwischen hatte er sich daran gewöhnt, kontrolliert zu werden. Es war am besten, wenn er so tat, als bemerkte er es nicht.

Es gab Risiken bei der geplanten Flucht. Wenn man ihn faßte, würde er keine Gelegenheit zu einem zweiten Ausbruch bekommen. Zögernd ging er zum Hauptgebäude zurück. Er würde warten müssen, bis es dunkel war. Wobei sich eine Schwierigkeit ergab. Die Jungen wurden abends eingeschlossen. Die Fenster des Gebäudes waren vergittert, das Portal wurde durch eine Lehrkraft bewacht.

Was tun? Als er den Rasen vor dem Hauptgebäude überquerte, sah er es. Die Dachluke. Es gab ein Dachfenster mit Scharnier. Randy blieb stehen. Er stellte sich auf die Zehenspitzen. War das die Lösung? Vielleicht war das Fenster verschraubt, verschweißt, durch ein Schloß gesichert? Er mußte es herausfinden.

Zweites Problem: die Höhe des Daches. Drei Stockwerke. Die Dachrinne war so hoch, daß er sich die Knochen brechen würde, wenn er heruntersprang. Ein Baum. Er brauchte einen Baum, auf dem er herunterklettern konnte.

Langsam umrundete er das Gebäude. Plötzlich trat Louise Bown aus dem Gebüsch.

»Randy, ich suche dich überall.«

»Ich war im Wald, hab' gespielt.«

Sie lächelte und zauste ihm das Haar. »Ich habe mir Sorgen um dich gemacht.«

Sie nahm ihn um die Schultern und drückte ihn an ihre Brüste. Seine erste Eingebung war, sie zurückzustoßen. Er bezwang sich. Das wäre das Dümmste, was ich tun könnte, dachte er. Ich darf nichts tun, was Verdacht erweckt, sonst werden sie mich Tag und Nacht nicht mehr aus den Augen lassen. Er schlang die Arme um Louise und küßte sie auf den Hals. »Ich habe noch einmal darüber nachgedacht, was Sie gestern gesagt haben, Miß Bown.« Sein Herz klopfte wie wild. Hoffentlich merkt sie nicht, daß ich lüge. »Ich glaube, es war Gottes Wille, daß Eric starb.«

Sie streichelte seinen Scheitel. »Du bist ein sehr vernünftiger Junge«, lobte sie ihn.

»Jedenfalls habe ich keine Angst mehr«, sagte er.

»Das ist gut, Randy.« Sie sah ihm in die Augen und wußte sofort, daß alles Lüge war. Er hat einen Plan, dachte sie. Er will fliehen.

Er deutete auf einen Baum, dessen Wipfel die Dachrinne berührte. »Meinen Sie, dieser Baum wäre stark genug, um ein Baumhaus zu tragen?« fragte er unvermittelt.

»Ein Baumhaus?« Sie dachte nach. Warum sagte er das? Gerade noch sprach er von seinem toten Freund, jetzt von einem Baumhaus. Warum?

»Wissen Sie denn nicht, was ein Baumhaus ist?« wunderte sich Randy. »Man legt ein paar Bretter über die Zweige und befestigt sie mit Seilen und Nägeln.«

Louise Bown runzelte die Stirn. »Und wo würdest du solch ein Baumhaus hinsetzen?«

Sie waren am Fuß der Eiche angelangt. Randy deutete hinauf. »Man könnte die Bretter über die beiden mittleren Zweige legen«, sagte er.

Sie zuckte die Schultern. Sie waren aus dem Schatten getreten und gingen im knöchelhohen Gras. Randy war ungewöhnlich ernst. Louise Bown beugte sich vor. Das Haus. Sein Blick war auf das Dach gerichtet. Die Dachluke. Louise verstand.

Sie nickte. »Das mit dem Baumhaus ist eine gute Idee«, sagte sie. »Komm mit. Wir gehen einmal nachsehen, ob wir Bretter finden.«

Eine halbe Stunde später war klar, welche Maße das Baumhaus haben würde. Es war ebenfalls klar, welchen Fluchtweg Randy wählen würde, wenn er im Schutz der Nacht das Haus verließ.

Als Louise Bown allein ins Hauptgebäude zurückkehrte, haderte sie mit sich selbst. Eigentlich hätte sie Dr. Hamlin sofort von der Unterhaltung mit dem Jungen Meldung machen müssen. Aber das brachte sie nicht übers Herz. Für Dr. Hamlin war der Junge nur ein Versuchskaninchen. Er würde nicht zögern, Randy wie ein Tier einzusperren. Sie beschloß zu schweigen. Sie würde ein besonderes Augenmerk auf Randy haben, damit er sich nicht in Gefahr begab. Sobald sie mehr über seine Fluchtpläne wußte, würde sie entscheiden, ob sie der Leitung des Instituts Meldung machte.

Randy wähnte sich in Sicherheit. Louise Bown hatte nichts gemerkt. Heute nacht würde er die Flucht versuchen. Und er war zuversichtlich, daß der Versuch gelingen würde.

Zweiundzwanzigstes Kapitel

Das Zwielicht des Abends senkte sich auf die Häuser und Vorgärten, als Sally in Lucy Corliss' Straße einbog. Den ganzen Nachmittag war sie auf den Straßen außerhalb Eastbury herumgefahren. Gegen sechs hatte sie an einem Restaurant angehalten, um etwas zu essen. Aber sie hatte die Salatplatte, die man ihr servierte, unberührt stehen lassen. Statt etwas zu essen, hatte sie einen schwarzen Kaffee nach dem anderen getrunken.

Zweimal war sie drauf und dran gewesen, Steve anzurufen. Beide Male hatte sie im letzten Moment davor zurückgezuckt. Was hätte sie Steve schon sagen können? Daß sie in einem Restaurant zehn Meilen außerhalb saß und Angst davor hatte, nach Hause zurückzukehren? Was immer sie ihm sagte, es konnte nur die Befürchtungen bestätigen, die er in bezug auf ihre geistige Gesundheit bereits hegte.

Welche anderen Alternativen gab es? Da war Mutter. Wenn sie zu ihr ging, dann mußte sie damit rechnen, daß eine Viertelstunde später Steve draußen vorfuhr. Mutter würde sofort Steve zu Hilfe rufen. Gab es Freunde? Nachbarn? Vor ihr erstand das Gesicht Kay Connors'. Nein. Es hatte keinen Sinn, sich dieser Frau anzuvertrauen. Es blieb nur eine Möglichkeit. Lucy Corliss. Die Adresse, die sie Dr. Malone genannt hatte.

Sie bog auf eine Parklücke vor Lucys Haus ein und zog die Handbremse. Als sie den Vorgarten durchquerte, fiel ihr der Wagen auf, der in der Einfahrt stand. Das Nummernschild eines Arztes. Ob Dr. Malone sie an Dr. Wiseman verraten hatte? Vielleicht hatte er den Chef der Klinik mitgebracht, und die beiden warteten jetzt in Lucys Wohnung auf sie, um sie in eine Nervenklinik zu bringen.

Wenn ich so denke, dann leide ich wirklich an Verfolgungswahn. Ich darf diesen Gedanken nicht nachgeben. Sie zwang sich zur Ruhe. Mit einer äußersten Entschlossenheit, die in keiner Weise ihrem tatsächlichen Gemütszustand entsprach, ging sie die

Treppe zur Eingangstür hoch und läutete. Sekunden später wurde die Tür geöffnet. Lucy erschien im Türrahmen. Sie zog sie hinein.

»Endlich, Sally! Wo haben Sie denn gesteckt? Wir haben uns schon Sorgen gemacht. Wir hatten schon Angst, Sie würden überhaupt nicht mehr kommen. Mein Gott, wie sehen Sie denn aus?«

Sally strich sich das strähnige Haar aus der Stirn. Ihre Stimme zitterte, als sie antwortete. »Ich – ich habe Angst gehabt, hereinzukommen. Dieser Wagen in der Einfahrt...«

»Das ist Dr. Malone. Er wartet schon seit einer Stunde auf Sie.«

»Ist er allein gekommen? Oder...«

»Er ist allein gekommen.« Sie führte Sally ins Wohnzimmer, wo sie von Dr. Malone, Sergeant Bronski und Jim Corliss empfangen wurden. Jim war aufgesprungen, er bot Sally seinen Sessel an. Sie schüttelte den Kopf und nahm auf dem Sofa neben Lucy Platz. Lucy nahm ihre Hand und drückte sie. »Dr. Malone hat uns bereits erzählt, was heute vorgefallen ist«, sagte sie.

»Alles?« fragte Sally angstvoll.

»Alles, was Sie mir gesagt haben«, erwiderte Dr. Malone. »Nachdem Sie gegangen waren, bin ich zu Dr. Wiseman gegangen. Ich wollte herausfinden, was er vorhat.« Er lächelte. »Ich habe immerhin herausgekriegt, daß er bereits Ihre Mutter benachrichtigt hat. Sie soll Sie festhalten, wenn Sie dort auftauchen. Und dann soll sie ihn verständigen. Sie würden dann abgeholt.«

»Mein Gott, was kann ich jetzt noch tun?«

»Das wichtigste ist, daß Sie jetzt nicht den Kopf verlieren«, schaltete sich Sergeant Bronski ein. »Niemand kann einfach mit dem Auto aufkreuzen und Sie einladen, um Sie in eine geschlossene Anstalt zu stecken. Dazu wäre ein Gerichtsbeschluß erforderlich. Und bevor ein solcher Beschluß ergeht, kommt es zu einer Anhörung der Betroffenen. All das nimmt einige Zeit in Anspruch. Abgesehen vom Zeitfaktor, der für Sie arbeitet, vergessen Sie nicht, Mrs. Montgomery, vor Ihnen sitzen vier erwachsene Menschen, die Sie *nicht* für verrückt halten, darunter ein Arzt und ein Polizeibeamter. Sie brauchen also nicht zu befürchten, daß Dr. Wiseman Sie heute oder morgen hinter Schloß und Riegel bringen kann. Dr. Malone und ich, wir werden inzwischen nicht untätig sein. Wir werden herausfinden, was hier eigentlich gespielt wird.«

»Sie vermuten also auch, daß bei Dr. Wiseman nicht alles mit rechten Dingen zugeht? Sie halten mich nicht für verrückt?«

»Wenn Sie verrückt sind, Sally, dann sind wir alle verrückt, die wir hier sitzen«, sagte Jim Corliss. »Es gibt übrigens eine interessante Neuigkeit. Vielleicht ein zufälliges Zusammentreffen, vielleicht auch mehr. Sergeant Bronski sagt, bei der Polizei liegt ein Fahndungsersuchen vor, das einen kleinen Jungen aus Atlanta betrifft. Ein Ausreißer. Der Junge ist im gleichen Alter wie Randy. Er ist in Eastbury geboren. Er stammt aus einer unehelichen Verbindung.«

»Gehört der Junge zu den Kindern, deren Daten von CHILD gespeichert werden?« fragte Sally.

»Das haben wir noch nicht feststellen können«, antwortete Sergeant Bronski. »Vielleicht können Sie uns dabei behilflich sein, Mrs. Montgomery.«

»Ist der Name des Jungen in der Computerschreibung?«

Der Sergeant zuckte die Schultern. »Dort stehen nur sehr wenige Namen. Das meiste sind Codes.«

»Wenn wir die Codes haben, lassen sich die Namen leicht feststellen«, sagte Sally. »Wir bräuchten nur zur Schule zu fahren und die entsprechenden Daten aus dem Computer abzurufen. In meinem Büro...« Die Erkenntnis überkam sie wie eine eisige Dusche. Ihr Schlüssel. Sie hatte keinen Schlüssel zu ihrem Büro. Der hing am Schlüsselbund, den sie daheim in der Küche zurückgelassen hatte. »Wir können nicht rein in mein Büro«, sagte sie kleinlaut. »Ich habe keinen Schlüssel.«

»Kann der Beamte der Wach- und Schließgesellschaft Ihnen die Tür zu Ihrem Büro nicht öffnen?« fragte Sergeant Bronski.

»Das könnte er, aber das wird er nicht tun«, erwiderte sie.

Dr. Malone war aufgestanden. Er ging im Zimmer auf und ab. Schließlich blieb er stehen und umfaßte sein Kinn mit Daumen und Zeigefinger. »Was halten Sie davon, wenn wir alle zusammen zum Krankenhaus fahren. Wir könnten den Tischcomputer in meinem Büro benutzen, um die Daten abzufragen.«

»Und wenn Dr. Wiseman mich sieht?« fragte Sally.

»Er wird Sie nicht zu sehen bekommen«, beruhigte sie Dr. Malone. »Wir gehen nicht durch die Vorhalle, sondern durch den Seiteneingang, wo sich auch der Parkplatz befindet.«

Sie waren bereit aufzubrechen, als das Telefon läutete. Lucy Corliss verließ das Wohnzimmer. Sie ließ es fünfmal läuten, bevor sie abnahm. Wenig später kam sie ins Wohnzimmer zurück. »Für dich«, sagte sie, zu ihrem geschiedenen Mann gewandt. »Eine Frau.«

Sie warteten, während Jim Corliss in der Küche verschwand.

»Das war Joan Winslow«, erklärte er, als er zurückkam. »Eine Bekannte von mir«, fügte er hinzu. »Sie arbeitet in einer Werbeagentur. Wir haben uns schon zwei Jahre nicht mehr getroffen. Ich hatte Joan angerufen und um ihre Mithilfe gebeten.«

Lucy sah ihn mißtrauisch an. »Bei was?«

»Ich habe sie gebeten auszukundschaften, wer CHILD eigentlich finanziert.«

»Und wenn wir wissen, wer CHILD finanziert, was könnte uns das nützen?«

»Das könnte uns sehr viel nützen«, sagte Jim. »Die meisten Forschungsinstitute behaupten zwar, sie seien völlig unabhängig, aber das Gegenteil ist der Fall. Es gibt fast immer Hintermänner oder Firmen, die solche Institute finanzieren. Und zwar aus naheliegenden Beweggründen, nämlich zur Förderung ihrer eigenen wirtschaftlichen Interessen.«

»Und was hat Ihre Freundin herausgefunden?« fragte Sergeant Bronski. Jim sah ihn aus zusammengekniffenen Augen an. »Es gibt eine ganze Reihe von fördernden Mitgliedern. Die meiste Unterstützung bekommt CHILD von zwei Stellen. Da ist einmal die Firma PharMax.«

»Der Marktführer in der pharmazeutischen Industrie«, warf Dr. Malone ein. »Ich sehe in einer solchen Unterstützung nichts Besonderes. Wer sonst sollte ein medizinisches Forschungsinstitut unterstützen, wenn nicht eine Firma der pharmazeutischen Industrie?«

»Es gibt eine zweite Stelle, von der CHILD massive Zuwendungen bekommt«, sagte Jim Corliss ruhig. »So hohe Summen, daß sich die übrigen Spenden wie Trinkgelder ausnehmen.«

»Und was ist das für eine Stelle?« fragte Lucy Corliss.

»Das Verteidigungsministerium«, sagte Jim. »Und damit stellt sich eine wichtige Frage. Was zum Teufel hat das Verteidigungsministerium für ein Interesse daran, eine Institution wie CHILD zu fördern?«

Es war schon Nacht, als Jason Montgomery zu seinem Elternhaus zurückkehrte. Zögernd ging er durch den Vorgarten. Sein Vater, da war er sicher, würde ihm den Hintern versohlen. Und was Mutter betraf... Sie würde ihn mit Verachtung strafen. Und das würde schlimmer sein als die Striemen auf den Beinen. Wenn man geschlagen wurde, tat das eigentlich nur sehr kurze Zeit weh. Es gab Dinge, die viel schwerer zu ertragen waren.

Ob Joey geplaudert hatte? Die Chancen standen eins zu eins. Gewiß, Joey war mit zerrissenen Hosen heimgekommen. Dafür mußte er seiner Mutter eine Erklärung anbieten. Welche Ausrede hatte er wohl gefunden? Jason tastete nach seinen zerschlissenen Hosenbeinen. Was werde ich Mutter erzählen? Der Zaun am Schulhof. Jawohl, das war die Lösung. Ich bin auf dem Zaun herumgeklettert, und dabei habe ich mir die Hose zerrissen.

Ein Problem allerdings blieb. Was war, wenn Mutter herausfand, daß er gar nicht in die Schule gegangen war?

Er öffnete die Haustür und trat ein. Der Flur lag im Dunkel. Er schloß die Tür. In der Küche war die Stimme seines Vaters zu hören.

»Ich bin wieder zu Hause, Mutter«, rief Jason, so laut er konnte.

Die Küchentür ging auf. Die Silhouette seines Vaters erschien vor dem hellerleuchteten Hintergrund. Jason ging auf ihn zu. Die Tränen liefen ihm die Wangen herunter.

Steve Montgomery zog seinen Sohn an sich. Er hatte sich vorgenommen, Jason eine Strafpredigt zu halten. Aber als er den Kleinen weinen sah, schwand sein Zorn.

Steve hatte einen Tag voller Sorgen hinter sich. Als er vom Krankenhaus nach Hause fuhr, hatte er weder Sally noch seinen Sohn angetroffen. Er war zur Schule gefahren, um Jason abzuholen. Eines nach dem anderen waren die Kinder aus dem Schulgebäude gekommen. Jason war nicht dabei gewesen.

Als sich der Schulhof geleert hatte, war Steve in das Gebäude hineingegangen. Er hatte mit Jasons Lehrerin gesprochen und erfahren, daß sein Sohn heute gar nicht zum Unterricht erschienen war.

Er war nach Hause zurückgekehrt. Quälend langsam war der Rest des Nachmittags vergangen. Keine Spur von Sally. Keine Spur von Jason. Steve hatte die Wählscheibe des Telefons kreisen lassen. Nein, niemand hatte Sally gesehen. Nicht einmal Lucy Corliss. Steve hatte dann mit dem Gedanken gespielt, den Wagen zu nehmen und im Ort herumzufahren. Vielleicht hatte er Glück und fand Sally. Aber dann hatte er sich gegen diesen Plan entschieden. Wenn Sally oder Jason zu Hause anriefen, würde niemand da sein, der das Gespräch entgegennahm.

Gott sei Dank, Jason war heimgekommen.

»Wo bist du den ganzen Tag gewesen?« fragte er. »Warum bist du nicht zur Schule gegangen?«

»Ich hatte Streit mit Joey.«

»Du hättest trotzdem heimkommen können.«

»Du und Mutter, ihr schreit euch immer so an. Ich wollte nicht...« Er hatte wieder zu schluchzen begonnen. Sein Vater wischte ihm die Tränen ab.

»Wo ist Mutter?« fragte Jason.

»Sie wird bald heimkommen«, sagte Steve. Was hätte er seinem Sohn sonst sagen sollen? Daß er keine Ahnung hatte, wo Sally sich aufhielt?

Sein Blick fiel auf die zerfetzte Hose seines Sohnes. »Wie war das mit diesem Streit?« fragte er. »Wie kam es dazu?«

»Joey hat angefangen, wirklich. Er hat mir ein blaues Auge geschlagen. Außerdem hat er mich in den Arm gebissen, es hat fürchterlich geblutet. Ich sah so schlimm aus, daß ich mich nicht in die Schule getraut habe.«

Steve betrachtete seinen Sohn aus den Augenwinkeln. Ein blaues Auge? Davon war nichts zu sehen. Eine Bißwunde? Die Arme waren unversehrt.

Er deutete auf die Winkelhaken in den Hosenbeinen. »Du hast deine Jeans zerrissen.«

»Ja. Joey hat mich auf den Boden geworfen, dabei habe ich mir die Knie aufgeschürft.« Jasons Finger spielten mit den blutverkrusteten Stoffetzen am Knie.

»Laß mal sehen.«

Jason rollte die Hosenbeine seiner Jeans hoch. Von einer Schürfwunde war nichts zu sehen. Die Haut an den Knien war ebenmäßig rosa. Steve Montgomery starrte auf den blutverkrusteten Stoff.

»Du sagst, Joey hat dich gebissen. Wo?«

»Hier.« Jason deutete auf seinen Unterarm. Aber da war nichts. Nicht einmal eine Rötung oder die Spur eines Blutergusses.

Wie war das möglich? Beide Jungen berichteten übereinstimmend von ihrer Schlägerei. Joey Connors hatte heute früh bestätigt, daß er Jason in den Arm gebissen hatte. Aber es gab keine Bißwunde.

»Trink was«, sagte Steve. Er goß seinem Sohn ein Glas Cola ein. Dann ging er zum Telefon, nahm den Hörer und wählte.

»Mrs. Connors? Hier spricht Steve Montgomery. Ich rufe an, um mich zu erkundigen, wie es Joey geht.«

Es gab eine kleine Pause, bevor Kay Connors antwortete. »So einigermaßen. Ihm tun noch alle Knochen weh. Schätze, es wird ein paar Tage dauern, bis die Schrammen verheilen. Ist Jason schon nach Hause gekommen?«

»Ja«, sagte Steve. »Er sitzt neben mir.«

»Und Sally?«

»Nein.«

»Ich hoffe, Jasons Verletzungen sind nicht so schlimm«, sagte Kay Connors. »Das mit Joey tut mir leid.«

»Es sah wohl zunächst schlimmer aus, als es war. Jason hat kaum was abbekommen.«

»Ich verstehe«, sagte Kay Connors. Sie verstand jedoch nicht. Ihre Söhne hatten sich geschlagen. Jason, der Sohn des Nachbarn, ging ohne Verletzungen aus dem Zweikampf hervor. Sie beschloß, Joey das Spielen mit Jason ein für allemal zu untersagen. Die Montgomerys waren eine Familie, der man nicht trauen konnte. Mit dem Teufel im Bunde. Mit einer Verlegenheitsfloskel brachte sie das Gespräch zu Ende und hängte ein.

Steve war ratlos. Jason hatte Wunden gehabt. Aber es gab keine Wunden. Was war passiert?

Plötzlich fiel ihm ein, was Sally ihm über den Unfall in der Küche erzählt hatte. Jason hatte sich mit siedend heißer Karamelsauce verbrüht. Jason hatte sich mit Salzsäure bespritzt. In beiden Fällen hatte es keine sichtbaren Wunden gegeben. Und er, Steve, hatte angenommen, seine Frau sei ihren überreizten Nerven zum Opfer gefallen. Diesmal gab es zwei Augenzeugen für das Phänomen. Joey und Jason. Beide berichteten von Verletzungen, die geblutet hatten. Logen die Jungen? Und wenn ja, warum? Er nahm den Hörer von der Gabel und wählte die Nummer des Krankenhauses. Eine weibliche Stimme meldete sich.

»Eastbury Community Hospital.«

»Hier spricht Steve Montgomery. Kann ich bitte Dr. Malone sprechen?«

»Dr. Malone ist leider nicht im Hause.«

»Wo kann ich ihn erreichen?«

Es gab eine Pause, während das Mädchen in der Vermittlung in seinen Unterlagen nachsah. Nein, sagte sie schließlich. Dr. Malone hatte nicht hinterlassen, wo er zu erreichen war.

»Dann geben Sie mir bitte Dr. Wiseman«, sagte Steve.

»Gern, Mr. Montgomery.«

Sekunden später meldete sich der Leiter der Klinik. Er hörte aufmerksam zu, während Steve ihm von der Sache mit Jason berichtete. Ob wegen der Verletzungen irgendeine Gefahr bestand, wollte Steve wissen.

»Um ganz sicherzugehen, sollten Sie mir den Jungen kurz herbringen, Steve«, sagte Dr. Wiseman nachdenklich. »Wie Sie es schildern, ist wohl kein Nachspiel zu befürchten, aber es ist besser, wenn ich es mir ansehe.« Kleine Pause. »Ist Ihre Frau schon aufgetaucht?«

»Nein.«

Dr. Wisemans Bemerkung klang kühl und sachlich. »Darüber sollten wir auch sprechen, wenn Sie herkommen.«

Randy Corliss hatte gewartet, bis alles schlief. Zähflüssig vertropften die Minuten. Es war zwei Uhr nachts, als er aufstand und sich anzog. Er öffnete die Tür einen Spalt und lauschte auf den Flur hinaus. Nichts war zu hören. Er öffnete die Tür. Am Ende des Flurs war ein Tisch zu erkennen. Die Tischlampe brannte. Der Stuhl war leer.

Er hatte fast die Treppe erreicht, als er hinter sich Schritte hörte. Er fuhr herum. Niemand war zu sehen. Auf Zehenspitzen ging er zu der Tür, die auf den Dachboden führte.

Sie war unverschlossen.

Er zog die Schuhe aus und ging die Stufen hinauf. Auf dem Dachboden angekommen, hob er den Blick. Es dauerte eine Weile, bis sich über ihm das Viereck des Dachfensters abzeichnete. Er tastete an der Wand entlang. Seine Finger stießen an eine Kordel, die in einer Holzkugel endete. Die Holme einer Aluminiumleiter, ein Gestänge. Eine ausziehbare Leiter, die zur Luke hochführte. Randy trat einen Schritt zurück und zog. Er gab ein quietschendes Geräusch.

Erschrocken hielt er inne.

Louise Bown war aufgewacht. War es ein Traum gewesen, oder hatte sie ein Geräusch gehört? Sie richtete sich auf, tastete im Dunkeln nach ihrer Unterwäsche. Wenig später war sie an der Tür. Sie ging den Flur entlang. Die Inspektion der Zimmer begann.

Randy hatte fünf Minuten gewartet. Als sich im Hause nichts rührte, zog er die Trittleiter herab. Sekunden später war er oben. Die Dachluke war durch einen Riegel gesichert. Es gelang ihm, den Riegel beiseite zu schieben. Er spürte, wie der Rost über seine Arme rieselte. Er stieß die Luke auf, stieg die restlichen Sprossen der Leiter hoch und stemmte sich hoch, bis er seine Füße in der Mulde der Dachpfannen verankern konnte.

Die Neigung des Daches war steiler, als sie von unten ausgesehen hatte. Auf den Dachziegeln hatte sich Moos angesammelt. Behutsam kroch er zur Dachrinne hinab.

Louise Bown war vor Randys Zimmer angekommen. Sie zögerte. Was sollte sie machen, wenn sie Randy nicht in seinem Bett vorfand?

Sie drehte den Türknopf und stieß die Tür auf.

»Randy?« flüsterte sie.

Keine Antwort. Sie knipste das Licht an. Sein Bett war leer.

Nachdenklich knipste sie das Licht wieder aus. Sie ging die Treppe zum Erdgeschoß hinunter. Ich habe keine Wahl, dachte sie. Ich werde Meldung machen müssen, daß Randy geflohen ist.

Randy sah den Ast. Er lag auf dem Bauch und schob sich Zentimeter um Zentimeter über die Dachrinne. Plötzlich spürte er, wie sich die Moosschicht, auf der er lag, löste. Er verlor das Gleichgewicht. Während er vergeblich versuchte, mit den Füßen Halt zu bekommen, bekamen seine Finger die Dachrinne zu packen. Der Sturz. Nein. Er hing an der Rinne, schwang mit den Beinen hin und her. Er spähte nach unten. Der Ast, die Rettung, war einen halben Meter von seinen Fußspitzen entfernt. Er wartete ab, bis sein Körper nach außen schwang, dann ließ er los. Er kam auf der Astgabel auf, seine Hände bekamen einen Zweig zu fassen. Er verschnaufte, blickte zur dunklen Fassade des Hauses hinüber. Dann begann der Abstieg.

In weniger als zehn Sekunden hatte er die ebene Erde erreicht. Er rannte los. Als ein Lichtfinger über den Rasen zuckte, blieb er stehen. Im Haus gingen die Lichter an.

Es gab jetzt nur noch eine Möglichkeit. Er lief, so schnell er konnte, auf das kleine Waldstück zu, das zwischen dem Haus und dem Tor des Anwesens lag. Seine Flanken schmerzten. Das Rascheln des Laubes unter seinen Füßen. Er lief langsamer, blieb stehen, lauschte. Das Wasser. Dort unten mußte das Abflußrohr sein, das den Zaun unterquerte.

In der Ferne war das wütende Bellen der Hunde zu hören.

Er ließ sich in den Graben hinunterrutschen, spürte, wie das Wasser über seine Knie stieg. Das Bellen der Hunde war lauter geworden. Randy holte tief Luft und schloß die Augen. Dann schlüpfte er in das Abflußrohr.

Es war so eng, daß er nur langsam vorankam. Er wußte nicht, wieviel Zeit vergangen war, als das Rauschen des Wassers zu einem ohrenbetäubenden Gurgeln anschwoll. Er spürte, wie ihm die steigende Flut in die Nase stieg. Er hob den Kopf. Als er die Augen öffnete, vermeinte er vor sich einen Lichtschimmer zu erkennen.

Er kroch weiter. Als er mit dem Kopf an die Gitterstäbe stieß, verstand er, daß alles umsonst gewesen war. Er tastete das Gitter ab. Kein Ausweg. Es war ein Fehler gewesen, in das Rohr zu kriechen.

Eine dumpfe Hoffnungslosigkeit überkam ihn. Mit mühsamen Kriechbewegungen schob er sich zurück. Eine Ewigkeit verging. Dann fühlte er, wie seine Fußspitzen ins Leere tasteten. Die Röhre war zu Ende. Er suchte im schlammigen Untergrund des Grabens Halt. Erschöpft richtete er sich auf.

Die Hunde waren jetzt in dem Wäldchen, eine Steinwurfweite von der Kanalröhre, angelangt. Zwischen den Zweigen das Blitzen von Taschenlampen. Randy hob den Blick. Der Zaun. Im bleichen Licht der Mondsichel schimmerte der Maschendraht. Es gab nur noch diesen Weg. Er würde über den Zaun klettern müssen.

Er wollte auf den Zaun zulaufen, als er das Hecheln eines Hundes hinter sich hörte. Er warf sich nach vorn. Zu spät. Der Dobermann war über ihm. Das mächtige Tier hatte ihm die Pfoten auf den Leib gestellt. Randy holte zu einem Tritt aus. Der Hund jaulte auf. Und dann war die blendende Helle eines Lichtbogens zu sehen, der Schatten des Hundes, der an den Zaun gedrängt worden war. Zuckend sank das Tier in sich zusammen. Erst jetzt gab Randy das Fell am Hals frei, wo er sich festgekrallt hatte. Er kniete sich zu dem reglos daliegenden Tier und tastete nach dessen Pfoten. Tot. Randy verspürte ein Kribbeln in den Fingerspitzen. Er versuchte sich zu erinnern, was bei der Rauferei mit den Freunden geschehen war. Sie hatten ihn auf den Zaun geschleudert. Der Schock war so groß gewesen, daß er bewußtlos geworden war. Inzwischen spürte er die Spannung nur noch als sanften Kitzel. Der Strom kann mich nicht mehr töten, dachte er.

Das Japsen der Hundemeute war zu vernehmen. Und das Rascheln der Äste, als die Verfolger durch das Unterholz brachen. Randy ließ die Pfote des Hundes sinken, lief auf den Maschendraht zu und begann, an den ineinander verhakten Rauten hochzuklettern.

Da war es wieder, das Kitzeln in den Fingerspitzen. Kein Schmerz. Ein Gefühl, als wenn einem die Hand eingeschlafen war.

Strom war nicht tödlich. Nicht für ihn. Er fühlte sich im Gegenteil ganz angenehm an.

Er hatte den Zaun überstiegen und ließ sich zu Boden gleiten.

Dreiundzwanzigstes Kapitel

Der Parkplatz vor dem Krankenhaus lag im Dunkel. Niemand hätte sie sehen können. Dr. Malone schaltete außerdem die Scheinwerfer seines Wagens aus, bevor er auf den Parkplatz einbog. Vorsichtig fuhr er bis vor die Tür seines Büros im Seitentrakt.

Sally wartete, bis er die Bürotür aufgeschlossen hatte. Dann huschte sie hinaus und verschwand im Gebäude. Sie tastete sich zu einem Sessel und nahm Platz. Dann hörte sie, wie Dr. Malone den Riegel vorschob. Licht flammte auf.

Er ging zu seinem Schreibtisch und schaltete den Computer ein.

»Ich komme mir vor, als ob ich etwas Verbotenes tue«, sagte Sally.

»Da machen Sie sich Gewissensbisse zur falschen Zeit«, sagte er und lächelte. »Als Sie das erstemal den Code gebrochen und die Daten abgerufen haben, da haben Sie gegen das Gesetz verstoßen. Aber was wir jetzt tun, ist völlig legal. Ich bin Arzt, ich habe jederzeit Zugang zu den gespeicherten Informationen. Sollte Sie jemand fragen, inwieweit Sie mit der Sache zu tun haben, dann sagen Sie einfach, ich habe Sie fürs Programmieren des Computers engagiert. Als Hilfskraft. Sie sollen mir eine Schreibung zusammenstellen.«

»Einverstanden.« Sally legte ihre Handtasche auf den Schreibtisch. Sie nahm auf dem Bürostuhl Platz. Ein paar Sekunden lang betrachtete sie die Symbole, die auf der Mattscheibe flimmerten. Dann drückte sie die Taste »ENTER«. Sie lehnte sich in ihrem Stuhl zurück und strahlte Dr. Malone an. »Ich denke, in ein paar Minuten haben wir alles, was wir brauchen.«

Er sah sie bewundernd an. »Kennen Sie sich denn mit diesem Modell aus?«

Sie zuckte die Schultern. »Das Prinzip ist immer das gleiche.« Ihre Finger drückten eine Reihe von Tasten nieder. »Man muß präzis fragen, wenn man eine präzise Antwort bekommen will. Der Computer wird uns als erstes eine Liste aller Kinder dieser Gegend geben, die von CHILD überwacht werden.«

Noch während sie dem Arzt die Funktion des Computers erklärte, hatte sich der Sichtschirm mit Namen gefüllt. Er sah, wie sie auf eine rote Taste drückte. Der Schirm begann zu flimmern. Die Zeilen wanderten zum oberen Rand. Schließlich wurde das Ende der Aufstellung sichtbar.

»Das ist ja ungeheuerlich«, flüsterte Sally. Die letzte Zeile trug die Nummer 153. Auf jeder Zeile standen fünf Namen. Sally sah zu der Papierwalze hinüber. Leer. Dr. Malone half ihr eine neue Walze einzulegen.

»Dann können wir mit dem Ausdrucken beginnen«, sagte sie. Sie speicherte die Weisung ein. Das Druckwerk begann zu rattern.

Dr. Malone betrachtete die ersten Bogen, die aus dem Spalt rutschten. »Hier«, sagte er nach einer Weile. »Adam Rogers. Das ist der Name des Jungen, den Sergeant Bronski erwähnte.«

Sally nickte. Sie hatte einen neuen Suchbegriff eingetippt.

»Was machen Sie?« fragte er neugierig.

»Schauen Sie sich einmal den Schriftblock oben links an«, sagte Sally und deutete auf den Sichtschirm. »Die Zahl 4 bedeutet, daß CHILD insgesamt vier Forschungsprogramme laufen hat, bei denen die Daten der Kinder Verwendung finden. Das Symbol hier unten sagt aus, daß die Nummern der Kinder mit Hilfe der Zahlen 13, 17, 19 und 21 verschlüsselt wurden. Die eingespeicherten Zahlen lassen sich nämlich ausnahmslos durch 13, 17, 19 und 21 teilen.«

»Und das bedeutet?«

»Es bedeutet, daß Dr. Wiseman gelogen hat. Er hat behauptet, die Kinder würden nach dem Prinzip der Zufälligkeit ausgewählt. Aber das ist nur auf den ersten Blick so. Wenn man die laufende Nummer jedes einzelnen Kindes durch eine der vier genannten Zahlen teilt, ergibt sich eine neue Reihenfolge, nämlich die richtige. CHILD überwacht Kinder, die nach vorgegebenen Kriterien ausgesucht sind.« Sie dachte nach. »Ich werde Ihnen sofort den Beweis für meine These liefern.«

Ihre Finger huschten über die Tasten. Der Schirm verdunkelte sich. Als er wieder hell wurde, waren Namen zu lesen. Eine laufende Nummer, ein Familienname, ein Vorname. Eine Liste. Sally hatte zu schluchzen begonnen. Dr. Malone trat zu ihr und faßte sie am Arm. »Was ist denn, Sally?«

Sie schluckte. »Ich habe Julies Nummer eingetippt. Und dann habe ich den Computer angewiesen, alle Kinder aufzulisten, die zu Julies Gruppe gehören.« Sie deutete auf die Mattscheibe.

Randy Corliss.
Adam Rogers.
Julie Montgomery.
Eden Ransom.
Jason Montgomery.
Insgesamt 46 Namen.

»Es wird am besten sein, wenn Sie die Liste ebenfalls ausdrucken«, sagte er.

Sie nickte. Dann betätigte sie die Taste.

Steve Montgomery hatte seine Schilderung beendet. Dr. Wiseman beugte sich vor und lächelte Steves Sohn zu.

»Nun, junger Mann? Ist es so gewesen, wie dein Vater sagt?«

»Doch, doch«, stotterte Jason. »Ich meine, wir haben uns wirklich geschlagen, Joey und ich. Und wir haben geblutet, beide.«

»Dann sehen wir uns deine Verletzungen doch einmal an.«

Jason runzelte die Stirn. Er erinnerte sich an frühere Untersuchungen, die von Dr. Malone durchgeführt worden waren. Angenehm war das nicht gewesen. Man bekam einen hölzernen Spaten auf die Zunge gedrückt und mußte ›Aaah‹ sagen. Wenn der Spaten auf dem Zäpfchen landete, mußte man würgen. Und jedes Mal war die Untersuchung ohne Ergebnis verlaufen. Ihr Kind ist völlig gesund, Mrs. Montgomery.

»Ich brauche nicht untersucht zu werden«, sagte Jason trotzig. »Ich habe nichts.«

»Ich habe ja auch gar nicht behauptet, daß du krank bist«, sagte Dr. Wiseman. »Ich bin nur neugierig. Ich möchte mir nur einmal den Jungen wieder ansehen, bei dem ich damals den Geburtshelfer gespielt habe.«

»Waren Sie der Arzt, der meine Mutter bei der Niederkunft betreut hat?« fragte Jason ungläubig. »Ich hatte immer gedacht, das wäre Dr. Malone gewesen.«

»Nein«, sagte Dr. Wiseman mit breitem Lächeln, »Recht muß Recht bleiben, das war ich. Ich hab' dich gehalten, als du den ersten Schrei getan hast, und dann hab' ich dich an Dr. Malone weitergereicht. Sagte ich, Schrei? Du hast wie am Spieß gebrüllt. Uns ist damals fast die ganze Klinik zusammengefallen, so laut warst du.«

Sie waren im Untersuchungszimmer angekommen. Dr. Wiseman hob Jason auf den Untersuchungstisch.

Der Blick des Jungen war auf die Riemen gerichtet. »Was ist das?« fragte er mißtrauisch.

»Manche Patienten muß man festschnallen«, sagte Dr. Wiseman freimütig. »Aber dich nicht. Würdest du dir jetzt bitte das Hemd ausziehen.«

Jason gehorchte. Das Stethoskop wurde aufgesetzt. Herz. Atmung.

»Wie war das noch?« sagte Dr. Wiseman. »Dein Vater sagte etwas von einem blauen Auge. Welches Auge war es?«

Jason deutete auf sein rechtes Auge. »Dies hier.«

Dr. Wiseman untersuchte beide Augen. Er fand keinen Unterschied. Er fand nicht die Spur einer Verletzung. »So schlimm wird's wohl nicht gewesen sein«, sagte er schließlich.

»Wahrscheinlich nicht.«

»Dein Vater hat mir von dem Unfall in der Küche erzählt, Jason. Wie war das noch? Du hast dich verbrüht, nicht wahr? Hat das denn nicht weh getan?«

»Nur ganz zu Anfang«, sagte Jason. Er kratzte sich am Kopf und dachte nach. »Es war so ähnlich wie damals, als ich mich in den Finger geschnitten hatte.«

»Würdest du mir das bitte schildern?«

»Ich war beim Schnitzen, und da ist mir das Messer abgerutscht. Ich habe mich geschnitten.«

»Ein tiefer Schnitt?«

»Ich weiß nicht. Zu Anfang hat es ziemlich geblutet. Als ich ein Heftpflaster draufkleben wollte, war die Wunde weg.«

»Bist du sicher?«

»Ganz sicher.«

Dr. Wiseman sah ratlos drein. »Wärst du damit einverstanden, daß ich dein Blut untersuche?«

»Wozu?«

»Nur so, aus Neugier.«

»Gut.«

Dr. Wiseman hatte eine Spritze ergriffen. Er stieß dem Kind die Nadel in die Vene. Jason sah, wie sich der Glaskolben mit Blut füllte. Mit einer raschen Bewegung nahm der Arzt die Spritze fort und drückte einen Wattebausch auf die Einstichwunde. Dann winkelte er den Arm des Jungen an, so daß der Wattebausch zwischen Oberarm und Unterarm gehalten wurde.

»Nun?« fragte Steve, der alles aufmerksam verfolgt hatte.

»Genaues kann ich erst sagen, wenn der Laborbericht vorliegt.

Vorläufig sieht es so aus, als ob die Wunden, die sich Ihr Sohn zufügt, außergewöhnlich schnell verheilen.« Er sah auf seine Armbanduhr. Zwei Minuten waren vergangen, seit er die Nadel aus der Vene gezogen hatte. Er wandte sich zu Jason. »Zeig uns bitte deinen Arm.«

Jason streckte den Arm aus. Die blutgetränkte Watte fiel zur Erde. Von der Einstichstelle war nichts mehr zu sehen.

Dr. Wiseman biß sich auf die Lippen. Er nahm Jason vom Tisch, ergriff ihn an der Hand und führte ihn ins Wartezimmer. »Wir kommen gleich zu dir«, sagte er väterlich. »Ich habe nur noch etwas mit deinem Vater zu bereden.«

Jason war erleichtert. Die Untersuchung war vorüber. »Von Dr. Malone bekomme ich immer einen Dauerlutscher, wenn ich fertig bin«, sagte er.

Dr. Wiseman lächelte. »So gut bin ich nicht ausgestattet«, sagte er. »Aber ich könnte natürlich in Dr. Malones Sprechzimmer nachsehen, ob ich seinen Geheimvorrat an Dauerlutschern entdecke. Was hältst du davon?«

»Das fänd' ich großartig«, feixte Jason. Dr. Wiseman nickte ihm zu. Dann verschwand er in seinem Sprechzimmer und zog die Tür hinter sich zu.

»Es gibt kaum noch Zweifel«, sagte er.

Steve Montgomery sah ihn groß an. »Zweifel woran?«

»Ihr Sohn verfügt über eine abnorme Heilfähigkeit. Wenn er Verletzungen erleidet, bleiben keine Narben zurück.«

»Wie ist das möglich?«

Dr. Wiseman hob die Schultern. »Das weiß ich nicht. Möglicherweise werden die abgestorbenen Zellen in seinem Körper schneller regeneriert als im Körper anderer Menschen. Es ist eine Sache, die mir etwas Sorgen macht. Man weiß nicht, was das für Nebenwirkungen haben kann.«

»Ich verstehe nicht.«

Dr. Wiseman war entschlossen, nicht mehr zu sagen, als er nachweisen konnte. »Ich würde Jason am liebsten ein oder zwei Tage hierbehalten«, sagte er. »Ich möchte den Jungen beobachten. Was wir da bei einer Wundheilung erleben, ist nicht normal.«

»Aber er ist doch nicht krank«, widersprach Steve. »Was soll er denn im Krankenhaus?«

Dr. Wiseman zögerte. »Ich würde Jason eventuell in eine Diagnoseklinik einweisen. Es geht nicht um seine Behandlung, sondern um seine Beobachtung.«

Und dann legte er Jasons Vater im einzelnen die Vorteile dar, die eine solche Diagnoseklinik bot. Steve Montgomery schwirrte der Kopf. Warum türmten sich auf einmal soviel Schwierigkeiten auf? Zuerst war Julie gestorben. Dann war Sally krank geworden. Und jetzt mußte Jason, sein Sohn, in eine Diagnoseklinik.

Als Dr. Wisemans Vortrag endete, war Steves Widerstand gebrochen. Der Arzt hatte recht. Man mußte auf sicher gehen. Jason war am besten aufgehoben, wenn er unter ärztlicher Beobachtung stand.

Randy Corliss stand jenseits der Umzäunung. Neugierig betrachtete er die Hundemeute, die sich jenseits des Maschendrahts um den toten Dobermann versammelt hatte. Die Hunde schnüffelten und jaulten. Dann sah Randy, wie sie die Köpfe wandten. Sie hatten ihn entdeckt. Ein wütendes Kläffen begann, die Tiere überschlugen sich förmlich, heulten, bleckten die Zähne. Der Geifer rann ihnen über die Lefzen.

Erschrocken wandte sich Randy zur Flucht. Der Wald. Er lief los, achtete nicht auf die Zweige, die ihm ins Gesicht peitschten. Er war fünf Minuten lang gelaufen, als ihn ein querliegender Stamm zum Stehenbleiben zwang. Er lauschte in die Nacht. Von den Hunden war nichts mehr zu hören.

Weiter. Ich darf nicht stehen bleiben. Wenn sie den toten Hund finden, werden sie die Suche auf der anderen Seite des Zaunes fortsetzen. Sie werden die Spürhunde auf mich hetzen.

Er stolperte weiter. Weglose Finsternis. Der Fluß, dachte er. Da war ein Fluß gewesen. Der Bach, der durch die Betonröhre geleitet wurde, floß in einen Fluß. Ich muß den Flußlauf finden, nahm er sich vor. Das ist die schnellste Möglichkeit, um an eine menschliche Siedlung zu gelangen.

Er war vielleicht eine halbe Stunde gerannt, als er wieder an dem querliegenden Baum ankam. Die zerbrochenen Äste am Boden. Kein Zweifel. Er war im Kreis gegangen.

Panik befiel ihn, wie damals beim Schwimmenlernen. Seine Mutter war dagewesen, nur wenige Meter von ihm entfernt. Und trotzdem hatte Randy Todesangst verspürt.

Der Zuspruch der Mutter hatte ihm damals neuen Mut gegeben. Ich darf nicht in Panik geraten, dachte er. Wenn ich durchdrehe, ist alles zu Ende. Ich werde meinen Verfolgern in die Arme laufen. Sie werden mich töten, so wie sie die anderen Jungen getötet haben.

Mutter, dachte er. Ich werde sie wiedersehen. Ruhe überkam ihn. Er bog die Zweige zur Seite und ging auf den schwachen Lichtschein zu, der sich zwischen den Stämmen abzeichnete. Das Gebell der Hunde war wieder zu hören. Aber es machte Randy keine Angst mehr. Im Gegenteil. Er benutzte die Quelle des Geräusches als Kompaß. Er schlug eine Richtung ein, die von den Hunden fortführte.

Schließlich war das Gurgeln und Plätschern fließenden Wassers zu hören. Er lief schneller.

Er lief die Böschung hinab, watete ins Wasser. Der Grund des Baches war mit glatten Kieseln gefüllt, auf denen die Gummisohlen seiner Turnschuhe wenig Halt fanden. Randy geriet ins Stolpern, fing sich, taumelte der Strömung entgegen.

Bald war er so erschöpft, daß er sich am liebsten den Fluten überlassen hätte. Nur die Angst vor seinen Verfolgern hielt ihn aufrecht. Wenn sie mich einholen, bringen sie mich um. Er hatte jetzt keinen Zweifel mehr an dem Schicksal, das den Insassen des Internats bevorstand. Die Hunde. Wenn er im Fluß blieb, würden sie seine Spur verlieren.

Das Gurgeln zu seinen Füßen wurde lauter, und dann sah Randy, daß er an einem breiten Feld von Stromschnellen angelangt war. Weiter oben war ein kleiner Wasserfall. Er spähte den Hang hinauf. Im Mondlicht war ein Weg zu erkennen.

Er überlegte. War es denkbar, daß die Verfolger den Bach überschritten und am jenseitigen Ufer entlanggingen? Dann würden sie seine Fußspuren finden. Sie würden ihn auf dem Weg einholen.

Er beschloß, den mühseligen Marsch im Flußbett fortzusetzen. Er war unter dem Wasserfall angekommen. Aus einem Meter Höhe stürzte das Wasser auf die blankgewaschenen Steine. Er schob die Hand in das schäumende Weiß, fand einen glitschigen Ast, griff zu, zog den anderen Arm nach, hangelte sich hinauf. Mit erlahmender Kraft schob er sich über den Rand, ließ sich in das flache Wasser sinken. So blieb er drei oder vier Minuten. Dann raffte er sich auf und schwankte weiter. Es war heller geworden. Einen Steinwurf voraus war ein mächtiger Fels zu erkennen. Er watete an dem Fels vorbei, sah einen zweiten, der in zwei Stufen zum Wasser abfiel.

Es gelang ihm hinaufzuklettern. Er ließ sich auf den Stein sinken und verschnaufte.

Als er weiterging, spürte er knirschenden Sand unter den Füßen. Weiter. Sie werden alles tun, um mich zu finden. Sie wissen, daß ich alles verraten werde.

Er wußte nicht, wie lange er gelaufen war, als er Lichter sah. Waren es Suchlaternen? Taschenlampen? Scheinwerfer?

Vorsichtig kroch er die Böschung hinauf. Autos, eine Straße. Dort drüben, vielleicht dreihundert Meter entfernt, führte eine Straße entlang. Das Licht, das ihn geängstigt hatte, stammte von den Scheinwerfern. Es gab eine Kurve. Die Scheinwerfer waren zuerst klein, wuchsen, blendeten auf und versanken dann in der Dunkelheit. Wenig später leuchteten einige Handbreit weiter die Rücklichter auf.

Die Erinnerung an jene Nacht war wieder da, wo er von dem Streifenbeamten aufgelesen worden war. Vielleicht war wieder ein Polizeiauto unterwegs.

Er rutschte die Böschung wieder hinunter und watete den Bach entlang, bis er unter der Brücke ankam. Das Singen der Reifen war zu hören, es übertönte das Plätschern des Wassers.

Randy war fast oben, als ihm ein furchtbarer Gedanke kam. Wenn Dr. Hamlin die Straße inspizieren ließ? Es war kein Kunststück, einen kleinen Jungen ausfindig zu machen, der mitten in der Nacht in der Wildnis am Straßenrand stand.

Er blickte zum Bach zurück. Ich muß die Straße entlanggehen, dachte er. Ich habe nicht mehr die Kraft, im Bach weiterzuwaten. Stöhnend und keuchend bezwang er die Steigung.

Dunkelheit. Eine Wolke hatte sich vor den Mond geschoben. Keine Autos mehr. Stille. Nur das Geräusch seiner Schritte in der Einsamkeit.

Er begann zu zählen. Er war bei 634 angelangt, als er hinter der Straßenbeugung ein Licht aufflammen sah. Kein Auto. Das Licht bewegte sich nicht.

Er begann zu rennen. Eine Neonschrift.

Es war die Ankündigung eines Restaurants.

DIE GANZE NACHT GEÖFFNET.

Randy stolperte auf die bunten Buchstaben zu. Ich habe es geschafft, dachte er.

Vierundzwanzigstes Kapitel

Dr. Hamlin warf einen Blick auf die Wanduhr in seinem Büro. Es war spät geworden. Fast vier Uhr morgens. Er war müde. Anstrengende Stunden lagen vor ihm. Er haßte die Arbeit, die zu verrichten war, aber es gab keinen Ausweg. Er hatte seine Mitarbeiter zu sich gerufen. Sie saßen im Halbkreis um seinen Schreibtisch. Ob ich auch so übernächtigt aussehe wie sie? Louise Bown, die für das Vorkommnis die Verantwortung traf, hielt den Kopf gesenkt. Die anderen vier sahen ihn mit einer Mischung von Betroffenheit und Neugier an.

Diese Frau ist innerhalb weniger Wochen alt geworden, dachte er. Sie ist verbraucht. Er wunderte sich, daß er das dachte. Es war ihm immer gleichgültig gewesen, ob seine Mitarbeiter glücklich oder unglücklich, krank oder gesund waren.

»Sie alle wissen jetzt, was vorgefallen ist«, sagte er. »Die Ereignisse lassen mir keine andere Wahl. Das Projekt *Gott* wird eingestellt.«

Flüstern. Einer der Versammelten, ein Mann im weißen Kittel, hob die Hand. »Gibt es keinen anderen Ausweg?«

»Ich fürchte nein«, sagte Dr. Hamlin. »Randy Corliss ist verschwunden. Die Suche ist erfolglos verlaufen. Die Spur verliert sich am Fluß. Wir wissen nicht, ob er flußaufwärts oder -abwärts gegangen ist. Wie die Dinge liegen, müssen wir davon ausgehen, daß er sich nach Hause durchschlägt. Er wird auspacken, und das bedeutet das Ende.«

»Müßte er nicht bald ausgebrannt sein?«

»Der Zeitpunkt dafür steht nicht fest. Wenn wir Glück haben, liegt er irgendwo tot im Fluß. Aber darauf können wir uns nicht verlassen. Wir müssen vom schlimmsten Fall ausgehen: daß Randy Corliss lebt. Wir müssen das Internat schließen.«

Louise Bown blickte auf. »Aber was machen wir mit...« Sie verstummte.

Er fixierte sie aus kalten Augen. »Die Versuchstiere werden vernichtet, und das ist Ihre Aufgabe, Miß Bown.«

»Bitte, ich...«

»Ich gebe meine Anordnungen nicht gern zweimal«, sagte Dr. Hamlin mit schneidender Stimme. Louise stand auf und wankte zur Tür. Als sie den Raum verlassen hatte, wandte sich der Arzt wieder seinen Mitarbeitern zu. Diese vier waren verläßlich. Leute der ersten Stunde. Und Louise Bown? Konnte er sich nach dem, was heute nacht geschehen war, noch auf sie verlassen? Wohl kaum. Er würde sich um sie kümmern müssen, wenn es soweit war. Er sah auf. »Ich möchte, daß Sie sofort alle Unterlagen zusammenpacken. Ebenso die Ausrüstung, soweit sie überhaupt transportabel ist. Paul Randolph hat drei Lastkraftwagen zu uns losgeschickt.« Seine Stimme wurde bitter. »Ich habe Randolph auch gesagt, daß es ein Fehler war, die Versuche hier durchzuführen. Wir hätten uns besser eine Wüste aussuchen sollen oder ein fernes Land. Es ist einfach zu riskant, solche Projekte in der Nähe menschlicher Siedlungen durchzuziehen. Zehn Jahre Arbeit umsonst! Ich könnte...« Seine Fingerknöchel waren weiß geworden. Abrupt stand er von seinem Sessel auf. »Beginnen Sie sofort mit dem Packen. Sie haben anstrengende Stunden vor sich.«

Langsam ging Louise Bown die Treppe hinauf. Ich habe einen Fehler gemacht, dachte sie. Und jetzt muß ich dafür büßen.

Trotzdem. Es war ungerecht. Es war nur ein kleiner Fehler gewesen. Die Strafe, die dafür verhängt wurde, war ungeheuerlich.

Sie hatte Randys Bett leer vorgefunden. Die Tür zum Dachgeschoß stand offen. Sie war auf den Dachboden hinaufgegangen. Und dort hatte sie die heruntergezogene Leiter gefunden. Das Dachfenster stand offen. Sie war die Leiter hochgeklettert und hatte noch gesehen, wie Randy Corliss am Stamm hinunterglitt.

Ein paar Herzschläge lang war sie ratlos gewesen. Dann war sie zu Dr. Hamlin gehastet und hatte Meldung erstattet. Zu spät. Der Suchtrupp hatte den Jungen nicht mehr einholen können. Die Hunde hatten die Spur verloren. Die Folge war, daß auch die anderen Kinder sterben mußten.

Sie öffnete die Tür zu Adam Rogers' Zimmer. Er war aufgewacht. Sein weiches Haar hing ihm in die Stirn. »Haben Sie Randy gekriegt?« fragte er.

»Nein«, sagte Louise. Und jetzt kam der schwerste Teil. »Nachdem sowieso alle im Haus wach sind, machen wir eine kleine Party. Wir versammeln uns im Speisesaal. Es gibt eine Überraschung.«

Adam kam aus dem Bett geklettert. »Muß man sich richtig anziehen?« fragte er beflissen. »Oder kann ich im Pyjama runtergehen?«

»Du kannst gehen, wie du bist«, sagte Louise.

Sie sah ihm nach, wie er die Treppe hinunterlief. Dann ging sie in die anderen Zimmer und wiederholte, was sie Adam Rogers erzählt hatte. Jerry Preston und Billy Mayhew stolperten verschlafen die Stufen hinunter. Louise ließ die drei an einem Tisch Platz nehmen. »Wartet hier!«

Sie durchquerte die Küche und betrat das Laboratorium. Dr. Hamlin sah von seinen Papieren auf. »Ist alles vorbereitet?«

Sie nickte. Ein schmerzender Kloß hatte sich in ihrem Hals gebildet. »Ich habe ihnen gesagt, wir machen eine kleine Party.« Ihre Stimme zitterte, als sie weitersprach. »Kann ich den Jungen vorher noch etwas Kakao machen?«

Er sah sie zornig an. »Kakao? Warum denn das?«

»Damit es zumindestens so aussieht, als wäre es eine Party«, erwiderte sie. Sie gab sich keine Mühe, ihre Bitterkeit zu verbergen.

Dr. Hamlin sah auf die Uhr. Dann zuckte er die Schultern. Wahrscheinlich ging es am schnellsten, wenn er Louise Bown ihren Willen ließ. »Also gut. Aber in fünfzehn Minuten kommen Sie mit dem Versuchsgut zu mir.«

Sie ging in die Küche und stellte Milch auf. Die Kinder dürfen nicht merken, wie aufgeregt ich bin, dachte sie. Das würde alles nur noch schlimmer machen. Sie tat Kakao in warme Milch, stellte Topf und Gläser auf ein Tablett und trug das ganze zum Speisesaal.

Sie strahlte ihre drei kleinen Gäste an. »Schon fertig, seht ihr?«

Die drei grinsten.

»Und wo bleibt die Überraschung?« fragte Jerry Preston.

Louise zögerte mit der Antwort. »Das will Dr. Hamlin euch persönlich sagen.«

Sie hatten kaum ausgetrunken, als Dr. Hamlin an der Tür erschien.

»Jerry? Du bist der erste.«

Jerry Preston warf seinen Freunden einen triumphierenden Blick zu. Er durchquerte den Raum und folgte Dr. Hamlin ins Nebenzimmer. Die Tür fiel ins Schloß.

Nach fünf Minuten kam Dr. Hamlin zurück. Er war allein.

»Billy?«

Louise Bown blieb mit Adam zurück.

»Immer bin ich der letzte«, nörgelte der Kleine.

»Ach ja?« sagte sie zerstreut.

»Sie sehen es ja«, sagte er trotzig. »Und das liegt nur daran, daß ich der Kleinste bin.«

»Vielleicht ist das der Grund«, gab sie zu. Tränen schimmerten in ihren Augen.

»Ist Ihnen nicht gut, Miß Bown?« fragte Adam Rogers.

Bevor sie ihm antworten konnte, ging die Tür auf. »Du bist dran, Adam«, sagte Dr. Hamlin freundlich. »Und Sie kommen mit, Louise.«

Dr. Hamlin ging voran. Sie durchquerten die Küche und das Laboratorium. In einem kleinen Raum im rückwärtigen Teil des Gebäudes angekommen, blieb Dr. Hamlin stehen.

Der Junge musterte die schimmernde Metallröhre, die in der Mitte des Raumes stand. »Ist das die Überraschung?«

»Nein«, erklärte Dr. Hamlin. »Das ist nur unsere neue Testkammer.« Er strich mit der Hand über das Gebilde, das einer mannshohen Stahlzigarre ähnelte. Er drückte auf einen Knopf. Eine schmale Tür schwang auf. »Ich möchte, daß du die Testkammer einmal ausprobierst, Adam. Kommst du allein hinein, oder muß Miß Bown dich hineinheben?«

»Das kann ich allein«, sagte Adam. »Was wird mit dem Gerät getestet?«

»Das Volumen der Lungen«, sagte Dr. Hamlin. »Es dauert nur eine Minute, dann kannst du mit den anderen Jungen spielen gehen.«

Er stand daneben, als der Kleine in den Metallzylinder kletterte. »Alles okay?«

Der Junge nickte. Dr. Hamlin verriegelte die dicke Glastür. Dann wandte er sich zu Louise. »Öffnen Sie die Ventile«, wies er sie an.

Ihre Augen weiteten sich in namenlosen Entsetzen. »Ich kann es nicht tun«, flüsterte sie.

Sein Blick wurde hart. »Wenn das Projekt ein Erfolg wird, ist auch Ihr Name mit dem Erfolg verbunden, Louise. Bis es soweit ist, müssen wir alle unsere Pflicht tun. Öffnen Sie die Ventile!«

Louises Rechte tastete nach dem feingeriffelten Rädchen, das die Ventile der Unterdruckkammer öffnen würde. »Bitte, Dr. Hamlin, ich...«

Er ließ sich nicht erweichen. »Sie können es tun, und Sie werden es tun!«

Sie sah dem kleinen Adam Rogers in die Augen, während sie die Ventile öffnete. Ein Zischlaut war zu hören, als die Luft aus dem Metallzylinder abgesaugt wurde. Der Junge sah erstaunt aus, als würde er gleich in Lachen ausbrechen. Dann war alles vorüber.

Fünf Minuten später wurde Adam Rogers zu den Leichnamen der anderen Jungen gelegt. Die Düsen der Verbrennungsanlage flammten auf.

Beim dritten Läuten hatte Lucy Corliss das Telefon abgenommen. Sie erwartete einen Anruf von Sally Montgomery. Vielleicht war es auch Dr. Malone, der ihr eine Nachricht für Sally durchgeben wollte. Aber sie hatte sich geirrt.

»Spreche ich mit Mrs. Corliss?« fragte eine unbekannte Stimme.

»Ganz recht.«

»Sind Sie die Mutter von Randy Corliss?«

Lucy fühlte, wie ihre Knie weich wurden. Sie ließ sich auf den Stuhl sinken. Die Entführer, dachte sie. Jetzt werden sie ihre Forderung stellen. Randy lebt.

»Ja«, schrie sie ins Telefon. »Ja, ich bin die Mutter von Randy Corliss!« Sie hielt ihre Hand über die Muschel. »Jim!« rief sie. »Komm schnell, es ist wegen Randy!« Sekunden später kam ihr geschiedener Mann in die Küche gestürzt.

»Mein Name ist Max Birnbaum«, sagte die fremde Stimme. »Ich bin Besitzer eines Restaurants an der Langston Road.«

»Ich höre«, stammelte Lucy.

»Ich rufe Sie an, weil vor zehn Minuten ein kleiner Junge in mein Restaurant gekommen ist. Er ist patschnaß. Ist wohl in einen Bach gefallen oder so. Er sagt, ich soll Sie anrufen.«

»Randy?« sagte Lucy. Sie war außer Atem vor lauter Aufregung. »Ist Randy bei Ihnen?«

»So ist es, Mrs. Corliss. Er steht neben mir.«

Es gab eine kurze Pause. Dann meldete sich Randy. Die Stimme klang zittrig und ängstlich. Aber es war unverkennbar Randy. »Mami?«

»Randy! Was ist passiert? Wo steckst du?«

»Ich bin weggelaufen, Mami. Ich hatte Angst, ich muß sterben. Deshalb bin ich weggelaufen.«

»Oh, mein armer kleiner Junge! Ich habe mir so große Sorgen gemacht um dich.«

»Holst du mich ab?«

»Ja, Randy! Sofort! Wo bist du? Ich verspreche dir, ich hole dich sofort ab.«

»Ich bin hier im Restaurant von Mr. Birnbaum. Das liegt... Ich weiß auch nicht, wo es liegt, Mami. Mr. Birnbaum wird es dir erklären.«

Sie hatte Jim ein Zeichen gegeben, er rannte los und kam mit einem Block und einem Kugelschreiber zurück. Lucy Corliss notierte die Anschrift, die der Besitzer des Restaurants ihr durchgab, bedankte sich, sprach noch einmal mit ihrem Sohn und legte auf.

»Er lebt«, sagte sie. Der Alptraum der letzten Tage schien von ihr gewichen. »Er lebt, und er ist unverletzt. Jim!« Sie riß ihn in ihre Arme. »Wir bekommen unseren Sohn zurück, Jim.« Über seine Schultern hinweg sah sie den Schatten an der Tür. Sie löste ihre Arme.

Sergeant Bronski hatte die Küche betreten. »Ich hab's gehört«, sagte er ruhig. »Aber ich kann's noch nicht ganz glauben. Könnte ein Trick der Entführer sein.«

Die Freude wich aus Lucys Gesicht. »Ein Trick?«

»Zumindest muß man vorsichtig sein. Wiederholen Sie mir bitte genau, was der Anrufer gesagt hat.«

Lucy Corliss sagte ihm alles, woran sie sich erinnerte. Als sie endete, rieb sich Sergeant Bronski über die sprießenden Bartstoppeln. »Er ist also doch weggelaufen«, sagte er leise.

»Aber er möchte wieder nach Hause«, entgegnete sie. »Es ist kein Trick, glauben Sie mir.« Sie wandte sich zu Jim. »Komm, fahr mit. Wir holen den Jungen ab.«

»Warten Sie«, sagte Bronski. Er nahm das Telefonbuch, begann zu blättern, suchte eine Nummer heraus und wählte sie. Nachdem er ein kurzes Gespräch geführt hatte, legte er den Hörer auf die Gabel zurück. Er nickte. »Es scheint alles in Ordnung zu sein«, sagte er. »Fahren Sie los und holen Sie Ihren Jungen ab. Aber denken Sie an eines. Randy hat gesagt, er sei aus Angst weggelaufen. Er hätte Angst vor dem Sterben gehabt. Er hat nicht gesagt, *wer* ihn mit dem Tod bedroht hat. Und es ist auch nicht klar, ob er mit dem Weglaufen sein Elternhaus oder eine andere Unterkunft meinte.«

»Sie halten es also nach wie vor denkbar, daß er gekidnappt wurde?«

»Immerhin gibt es da noch diesen Adam Rogers, der auf ähnliche Weise verschwunden ist, und weiß Gott wie viele andere Kinder, von denen wir gar nichts wissen. Es könnte sein, daß wir es mit einem Ring von Entführern zu tun haben.« Er ging zum Telefon und hob die Hand. Dann ließ er sie wieder sinken. »Es wird am besten sein, wenn ich bis zu Ihrer Rückkehr hierbleibe. Wenn Mrs. Montgomery oder Dr. Malone anruft, kann ich den Anruf entgegennehmen. Es kommt jetzt auf jede Minute an, wenn wir aufklären wollen, was mit CHILD los ist.« Lucy und Jim waren schon an der Tür, als er sie zurückrief. »Noch eines ist sehr wichtig. Randy soll seine Geschichte erst erzählen, wenn Sie hier ankommen. Ich möchte dabei sein, wenn er auspackt, und ich möchte die allererste Fassung hören.«

Sie hatten die Hälfte der Strecke nach Langston zurückgelegt, als Lucy gewahr wurde, daß ihr geschiedener Mann ihre Erleichterung nicht zu teilen schien.

»Was hast du?« fragte sie schließlich.

»Nichts.«

Sie musterte ihn nachdenklich. Tiefe Sorgenfalten waren in sein Gesicht eingegraben.

»Sag die Wahrheit, Jim. Was hast du?«

Er zwang sich zu einem Lächeln und tastete nach ihrer Hand. »Wirklich nichts, Liebes.«

Sie wußte, daß er ihr etwas verschwieg. Schweigend legten sie die letzten Kilometer zurück. Als zwanzig Minuten später in der Ferne ein zuckendes Neonzeichen sichtbar wurde, deutete Jim nach vorn.

»Das muß es sein.«

Aufgeregt betrachtete Lucy die vom bunten Licht angestrahlte Fassade. Er war auf den Parkplatz des Restaurants eingebogen. Sie sprang aus dem Wagen, noch bevor er die Handbremse angezogen hatte. Sie lief in das Restaurant hinein. Und da saß ihr Randy, neben dem Mann, der sie angerufen hatte. Als er seine Mutter erkannte, lief er ihr entgegen.

»Mami, Mami, ich habe solche Angst gehabt!« Er umschlang sie und barg seinen Kopf an ihrem Busen. Dann kamen die Tränen, die er seit Stunden zurückgehalten hatte.

»Alles ist gut, mein kleiner Schatz«, flüsterte Lucy. »Deine Mutter ist bei dir, alles ist wieder gut.« Sie wiegte ihn in ihren Armen, bis sein Schluchzen verebbte. Als sie Jim durch die Tür kommen sah, streichelte sie ihrem Sohn über den Kopf. »Mach einmal die Augen auf«, sagte sie. »Es gibt eine Überraschung.«

Er sah sie aus tränenfeuchten Augen an. »Eine Überraschung?«

»Dreh dich um.«

Sie hatte erwartet, daß er sich von ihr losreißen und seinem Vater in die Arme stürmen würde. Statt dessen spürte sie, wie er zusammenzuckte.

»Vater.«

»Mein Sohn«, sagte Jim. Er ging auf Lucy und Randy zu. Der Kleine schauderte. »Ich will nie mehr in dieses Haus zurück, Vater. Bitte sag, daß ich bei euch bleiben darf.«

Lucy war es, als würde sie von einem Eiszapfen durchbohrt. Deshalb also hatte sich ihr geschiedener Mann so merkwürdig benommen. Kein Wunder, daß er sich über das Wiederauftauchen des Jungen nicht freuen konnte. Er steckte mit den Entführern unter einer Decke.

Sie wollte etwas sagen, aber er kam ihr zuvor. »Bitte, nicht. Ich weiß, was du jetzt sagen willst. Aber das würde alles zwischen uns wieder kaputtmachen. Hast du nicht gehört, was Bronski gesagt hat? Wir wissen nicht, wo der Junge die ganze Zeit gewesen ist. Es steckt mehr dahinter, als wir ahnen.«

»Fragen wir ihn doch.« Sie wandte sich zu ihrem Sohn. »Warum hast du Angst vor dem Sterben, Randy? Bist du deshalb von zu Hause weggelaufen?«

Der Junge sah sie erstaunt an. »Ich bin aus dem Internat weggelaufen, in das mich Vater gesteckt hat.«

Jim Corliss hielt dem bohrenden Blick seiner Frau stand. »Ich schwöre dir, Lucy, ich weiß nicht, wovon der Junge spricht.«

Die letzten Blätter waren ausgedruckt worden, als jemand an die Tür klopfte. Sally erschrak.

Dr. Malone war aufgestanden. »Wer ist da?«

»Herr Dr. Malone, sind Sie in Ihrem Büro?« Es war eine Frauenstimme. Er ging zur Tür und schob den Riegel auf. Eine junge Frau in weißer Krankenschwestertracht trat ein. Als sie Dr. Malone erblickte, wandelte sich ihr besorgter Gesichtsausdruck zu einem Lächeln der Erleichterung. »Gott sei Dank. Als ich so spät noch Licht in Ihrem Büro sah, dachte ich schon, es sei eingebrochen worden.« Sie hatte Sally erkannt. »Guten Abend, Mrs. Montgomery. Sie sind sicher gekommen, um Jason abzuholen.«

»Jason?«

»Ja. Ihr Sohn und Ihr Mann sind bei Dr. Wiseman, wußten Sie das denn nicht?«

Bevor sie etwas antworten konnte, hatte sich Dr. Malone eingeschaltet. »Vielen Dank«, sagte er zu der Krankenschwester gewandt. »Mrs. Montgomery ist hier, um sich wegen des Problems mit mir zu beraten.«

Die Schwester hatte den Raum verlassen. Dr. Malone schob den Riegel wieder vor.

Sally sah ihn düster an. »Jason und Steve sind bei Dr. Wiseman. Warum?«

»Ich habe keine Ahnung«, sagte Dr. Malone »Und wir haben keine Zeit mehr, das herauszufinden. Die Krankenschwester wird Dr. Wiseman sagen, daß Sie hier sind.« Sie sah, wie er die Computerblätter in seine Aktentasche stopfte. »Stellen Sie bitte den Computer ab, Sally. Beeilen wir uns. Wir müssen weg sein, ehe Dr. Wiseman kommt.«

Sie drückte den »Aus«-Knopf des Tischcomputers. Er war zur Tür geeilt, die das Büro mit dem Parkplatz verband. Sally durchquerte den Raum. Auf der Türschwelle blieb sie stehen. »Ich gehe zu Jason.«

Er starrte sie an. »Kommen Sie, Sally. Sie wissen doch selbst, daß Sie sich damit nur Schwierigkeiten einbrocken.«

»Ich bleibe hier. Ich muß herausfinden, warum mein Mann Jason zu Dr. Wiseman gebracht hat.«

»Bitte, Sally!«

»Sie haben alle Unterlagen, die Sie zur Aufklärung der Angelegenheit brauchen, Dr. Malone. Gehen Sie, ich kümmere mich inzwischen um meinen Sohn.« Sie sah ihn mit flehentlicher Geste an. »Vielleicht ist Jason krank. Ich kann dieses Haus nicht verlassen, bevor ich Klarheit habe.«

In Dr. Malones Kopf jagten sich die Gedanken. »Ich komme mit Ihnen«, sagte er. Er schloß die äußere Tür und kam zum Schreibtisch zurück. Sally wich zur Seite.

»Es ist besser, wenn Sie die Beweise in Sicherheit bringen, Dr. Malone. Fahren Sie zu Lucy. Ich komme nach, sobald ich hier fertig bin.«

»Ich habe meine Zweifel, ob Dr. Wiseman Sie überhaupt noch weggehen läßt«, sagte er. »Was das Beweismaterial betrifft, ohne Sie ist es wertlos. Man braucht einen Dolmetscher, der einem erklärt, was da steht. Kommen Sie, Sally.«

Er bot ihr den Arm. Wenige Minuten später betraten sie Dr. Wisemans Vorzimmer. Jason saß in einen Sessel gekauert und las in einer Illustrierten. Als er seine Mutter erkannte, sah er auf und grinste.

»Guten Abend, Mama. Guten Abend, Dr. Malone.«

Sally kniete sich zu ihm und drückte ihn liebevoll an sich. »Was tust du hier, mein kleiner Liebling? Bist du verletzt?«

»Mir fehlt gar nichts.« Jason hatte sich aus ihrer Umarmung befreit.

»Warum bist du dann im Krankenhaus?«

Er erklärte ihr, was geschehen war. »Und dann hat Dr. Wiseman gesagt, Vater soll mich in die Klinik bringen. Ich soll in eine Diagnoseklinik.«

»Um Gottes willen«, flüsterte Sally. »In eine Diagnoseklinik?«

Jason verzog sein Gesicht zu einer schuldbewußten Grimasse. »Ich geb's zu«, sagte er. »Ich hab' an der Tür gelauscht. Dr. Wiseman hat gesagt: *zur Beobachtung.*«

Sally Montgomery und Dr. Malone wechselten einen raschen Blick. »Das verstehe ich nicht«, stammelte sie.

»Ich schon«, sagte Dr. Malone leise. Er ging auf Jason zu und streckte ihm die Arme entgegen. »Kommst du mit zu einer Spazierfahrt mit deiner Mutter und mir? Na, wie ist's?«

»Wo geht's denn hin, Dr. Malone?«

»Wir besuchen Freunde.« Sie waren schon auf dem Flur, als Dr. Malone sich zu Sally umwandte. »Schnell!« flüsterte er. »Wenn wir uns jetzt nicht beeilen, ist alles verloren.«

Er hob das Kinn und deutete auf Dr. Wisemans Namensschild. Sally verstand. Sie folgte ihm. Jason war vorausgelaufen.

Fünfundzwanzigstes Kapitel

»Dann sind wir uns also einig«, sagte Dr. Wiseman. Er stand auf und streckte sich. »Ich überweise Ihren Jungen in die Diagnoseklinik. Wenn die Spezialisten von CHILD nicht herausfinden, was mit Ihrem Jungen los ist, dann kann es niemand.« Er rieb sich die Wangen mit Zeige- und Mittelfinger. »Es ist spät geworden. Wahrscheinlich am besten, wenn der Junge gleich hier bleibt. Ich lasse ihn dann in aller Frühe nach Boston bringen.«

Der Vorschlag war eine unwillkommene Überraschung für Steve. »Ich hatte gedacht, Jason würde zumindest noch die Nacht zu Hause verbringen.«

»Was er jetzt vor allem braucht, ist Ruhe«, sagte Dr. Wiseman mit der Autorität des erfahrenen Praktikers. »Und Sie, Steve, können ungestörte Nachruhe ebenso gut gebrauchen.«

»Aber der Junge hat doch nichts.«

»So genau wissen wir das nicht«, widersprach ihm Dr. Wiseman. »Man kann da seine Überraschungen erleben. Vergessen Sie nicht, wie schnell es mit Julie zu Ende gegangen ist.«

Als der Name seiner Tochter fiel, brach Steves Widerstand in sich zusammen. Er stand auf, ging zur Tür und ergriff den Türknopf. »Jason?«

Er trat ins Wartezimmer hinaus, dann auf den Flur. Jason war verschwunden.

»Vielleicht hat er sich gelangweilt und ist in die Aufnahme gegangen.«

Aber die Krankenschwester, die in der Aufnahme Dienst tat, hatte Jason Montgomery nicht gesehen. »Vielleicht ist er im Büro von Dr. Malone«, sagte sie.

»Bei Dr. Malone? Ist der denn so spät noch im Dienst?«

»Wußten Sie das nicht? Ich war eben dort, Mrs. Montgomery saß bei ihm.«

»Mrs. Montgomery?« Flammende Röte überzog Dr. Wisemans Gesicht. »Ich habe doch Anweisung gegeben, daß man mich sofort ruft, wenn Mrs. Montgomery auftaucht.«

Die Krankenschwester hätte sich am liebsten in ein Mauseloch verkrochen. »Es tut mir leid, Dr. Wiseman, aber davon weiß ich nichts. Als ich vorhin meinen Dienst antrat, hat mir niemand Bescheid...« Sie vollendete ihren Satz nicht, weil Dr. Wiseman bereits hinausgestürmt war. Steve folgte ihm.

Wenig später standen sie vor Dr. Malones Büro. Dr. Wiseman brachte einen Schlüssel zum Vorschein und öffnete. Das Büro war leer.

Schweigend sahen sich die beiden Männer an. Es war Steve, der zuerst die Sprache wiederfand. »Das verstehe ich nicht.«

»Ich auch nicht«, sagte Dr. Wiseman, sichtlich verärgert. »Aber ich habe einen Verdacht. Es muß Ihrer Frau gelungen sein, Dr. Malone einzureden, daß an ihren Fantasien etwas dran ist.«

»Ich weiß, wo sie ist«, sagte Steve. »Bei Lucy Corliss. Gehen wir!«

»Einen Augenblick! Wo wollen Sie hin?«

»Ich hole mir meine Frau und meinen Sohn zurück.«

»Und wenn Ihre Frau nicht mitkommen will?«

»Sie muß. Ich bin ihr Mann.«

»Denken Sie doch einmal nach, Steve. Ihre Frau traut weder Ihnen noch mir über den Weg. Statt dessen hat sie Vertrauen zu Dr. Malone und Mrs. Corliss. Sie können sie nicht zwingen, das Haus von Lucy Corliss zu verlassen. Nicht einmal, wenn das aus gesundheitlichen Gründen erforderlich wäre.«

Steve ließ die Schultern hängen. Noch nie hatte er sich so frustriert gefühlt. »Aber ich muß doch etwas unternehmen, Dr. Wiseman. Sie hat Jason bei sich. Sie ist labil. Wer weiß, was sie in diesem Zustand ...«

»Sehen wir den Tatsachen ins Auge«, unterbrach ihn Dr. Wiseman. »Vor morgen früh können Sie nichts unternehmen, Steve.«

Sie gingen in Dr. Wisemans Sprechzimmer zurück. Der Arzt öffnete einen verglasten Schrank und nahm ein Fläschchen heraus. Er ließ vier Tabletten in einen Umschlag gleiten und reichte Steve Montgomery den Umschlag. »Sie fahren jetzt am besten nach Hause und versuchen zu schlafen. Wenn Sie nicht einschlafen können, nehmen Sie diese Tabletten. Und machen Sie sich bitte keine Sorgen. Dr. Malone ist ein guter Arzt. Er wird dafür sorgen, daß Ihre Frau und Ihr Sohn richtig betreut werden. Wenn Ihre Frau morgen vormittag nicht in Ihr Haus zurückkehrt, werden wir die nötigen Maßnahmen treffen, um sie vor sich selbst zu schützen.«

Steve Montgomery verabschiedete sich. Nachdenklich trat er in die Nacht hinaus.

»Warum bist du überhaupt bei der Frau eingestiegen?« Es war das drittemal, daß Lucy Corliss ihrem Sohn diese Frage stellte. Und zum drittenmal gab Randy die Antwort: »Weil sie gesagt hat, sie kommt von Daddy. Sie hat gesagt, Daddy ist verreist, wenn er wieder in Eastbury ist, käme er mich im Internat besuchen.«

»Aber ich bin überhaupt nicht verreist gewesen«, sagte Jim Corliss zu seinem Sohn.

Randy sah seine Mutter fragend an. »Es ist so, wie dein Vater sagt«, beruhigte sie ihn. »Er ist die ganze Zeit hiergewesen, bei mir. Wir haben uns beide ganz fürchterliche Sorgen um dich gemacht.«

»Muß ich denn nicht sterben?« fragte Randy.

Sie nahm ihn in die Arme. »Niemand will dir etwas tun, mein Kleiner. Und krank bist du auch nicht. Du bist ein kerngesunder Junge, du brauchst keine Angst zu haben, daß dir etwas zustößt.«

Sie verbarg ihm, daß sie sich immer noch Sorgen machte. Zu wirr, zu beunruhigend war, was er ihr von jenem Internat erzählt hatte, wo er festgehalten worden war.

Hatte er das Ganze vielleicht nur erfunden?

Lucy Corliss hatte Sergeant Bronski beobachtet, während Randy seine Geschichte erzählte. Es war offensichtlich, daß der Sergeant seine Zweifel an der Version hatte. Als Sally, Jason und

Dr. Malone dazukamen, war keine Gelegenheit mehr, diese Zweifel auszuräumen. Lucy erzählte Sally, was geschehen war. Schließlich wandte sie sich an Dr. Malone. »Würden Sie sich den Jungen einmal ansehen, Dr. Malone? Ich habe ihn bereits gebadet und keine Verletzungen festgestellt, aber nach allem, was er erzählt hat…«

»Warum nicht«, sagte Dr. Malone. Er stand auf. »Randy? Ich würde dich gern untersuchen.«

»Ich bin gesund«, sagte Randy. Lucy schritt ein. »Du gehst jetzt mit Dr. Malone in dein Zimmer. Und nachher wirst du schlafen. Es ist schon sehr spät. Jason wird heute bei dir übernachten.«

Randy grinste. »Das ist etwas anderes.« Er sah seinen Spielgefährten triumphierend an. »Gehen wir!« Er war an der Türschwelle angekommen, als er stehenblieb. »Darf Jason bei der Untersuchung dabei sein?«

»Natürlich«, sagte Dr. Malone und lächelte. »Ich fürchte nur, daß er sich fürchterlich langweilen wird. Ich will eigentlich nur wissen, ob die Lungen normal arbeiten. Also dann.« Die beiden Jungen liefen voran, er folgte ihnen.

Schweigen senkte sich über die kleine Gesellschaft, die im Wohnzimmer zurückgeblieben war. Schließlich sagte Sally: »Lucy, ich freue mich so für Sie und Jim, daß Ihr Junge zurück ist. Es ist wie ein Wunder. Wo hat er eigentlich gesteckt?«

»Warten wir damit, bis Dr. Malone zurückkommt«, schlug Sergeant Bronski vor. »Sonst muß Lucy alles zweimal erzählen.« Er wandte sich zu Sally. »Und nun erklären Sie mir einmal, was der Computer ausgespuckt hat.«

Sally war ernst geworden. »Was wir rausgefunden haben, ist recht beunruhigend«, begann sie. »Ich habe die Ergebnisse ausdrucken lassen, damit wir's uns in Ruhe ansehen können. Es steht inzwischen fest, daß es sich bei den CHILD-Untersuchungen nicht mit rechten Dingen zugeht. Es steht weiter fest, daß Dr. Wiseman mich belogen hat. Die Kinder, deren Daten an CHILD gemeldet werden, wurden nicht nach dem Zufallsprinzip ausgesucht.«

»Sind Sie sicher, Sally?«

»Ich bin sicher. Ich weiß noch nicht, was der eigentliche Grund für diese ganze Testreihe ist, aber das läßt sich herausfinden.« Sie öffnete Dr. Malones Aktentasche und tippte auf den Stapel mit Schreibungen. »Den Anfang haben wir gemacht.«

»Und wie wollen Sie vorgehen?« fragte Lucy.

»Wir werden das Material Zahl für Zahl durchpflügen, bis wir die wahren Zusammenhänge erkennen. Es gibt eine mysteriöse Gemeinsamkeit bei den Kindern, die von CHILD kontrolliert werden, einen verbindenden Faktor.«

Sergeant Bronski beugte sich über den Tisch und ergriff die obersten Blätter. »Was ist das?« fragte er.

»Die Deckblätter mit den Korrelationen. Auf Seite drei finden Sie die Liste der Kinder von Gruppe 21.«

Jim Corliss sah von dem Stapel Papiere auf, in dem er zu lesen begonnen hatte. »Gruppe 21?«

»Das ist der Name, den Dr. Malone und ich dieser Gruppe Kinder gegeben haben.« In kurzen Worten erklärte sie die Codezahlen, die CHILD zur Chiffrierung der einzelnen Gruppen verwandt hatte. »Das Bemerkenswerte ist«, so beendete sie ihre Darlegung, »daß unsere Kinder alle in Gruppe 21 sind. Jason, Randy, Julie und das Baby von Jan Ransom.«

Sergeant Bronski hatte sich in die Namensliste vertieft. Schließlich sprang er auf. »Ich brauche die Liste«, sagte er knapp. »In einer Stunde bin ich zurück.« Noch bevor jemand ihm eine Frage stellen konnte, war er verschwunden.

Wenige Minuten später kam Dr. Malone aus dem Kinderzimmer zurück.

»Randy geht's prächtig«, sagte er. »Um die Wahrheit zu sagen, ich habe auch nicht erwartet, irgendwelche Verletzungen vorzufinden.« Er sah Jim und Lucy an. »Erzählen Sie mir doch bitte, was Randy über seinen abenteuerlichen Ausflug ausgepackt hat.«

Sie wiederholten die Geschichte, die Randy ihnen erzählt hatte. »Ich weiß, es ist unglaublich«, beendete Lucy die Schilderung. »Niemand kann über einen elektrisch geladenen Zaun klettern.«

»Und niemand kann sich mit siedender Karamelsauce bekleckern, ohne sich zu verbrühen«, warf Sally ein. »Niemand kann einen halben Liter Lysol trinken, ohne sich die Kehle und den Magen zu verätzen. Und trotzdem geschieht es.«

Lucy spürte, wie ihr ein kalter Schauer über den Rücken kroch. die Erleichterung, die sie bei dem Wiedersehen mit Randy verspürt hatte, schwand. »Wollen Sie damit etwa sagen, daß die Schilderung des Jungen auf Tatsachen beruht?«

Dr. Malone schaltete sich ein. »Es ist zu früh, um darüber endgültig zu befinden. Wir sind hier zusammengekommen, um die Spreu vom Weizen zu sondern. Was mich angeht, ich glaube, daß uns das sorgfältige Studium der ausgedruckten Unterlagen einen entscheidenden Schritt weiterbringt. Ich werde jetzt jedem von Ihnen einen Stapel geben. An die Arbeit! Wir suchen nach Ähnlichkeiten. Nach einem gemeinsamen Faktor. Nach einem Schlüssel.« Er gab Jim, Lucy und Sally je einen Stoß Computerschreibungen. Dann widmete er sich der Lektüre des Bogens, der ausgebreitet vor ihm auf dem Tisch lag.

Der diensthabende Beamte in der Eastbury Police Station sah erstaunt auf, als Sergeant Bronski zur nächtlichen Stunde das Revier betrat. »Was willst du denn hier?«

»Ich habe ein Fernschreiben durchzugeben.«

Der Beamte, seit eh und je ungeschickt bei der Bedienung der Tastatur, fluchte. Erst als er fertig war, eröffnete ihm Sergeant Bronski, daß er das Fernschreiben selbst eintippen würde. Das Gesicht seines Kollegen hellte sich auf. »In diesem Fall, bitte schön.« Er deutete auf das Gerät.

Sergeant Bronski nahm auf dem Schemel Platz und begann zu tippen. Er brauchte über zwanzig Minuten. Als der Text fertig war, schob er das Band in den Schlitz. Das Gerät begann zu tikkern.

»Wichtiger Fall?« fragte der diensthabende Beamte.

»Könnte ein wichtiger Fall werden«, sagte Bronski geheimnisvoll. Er kritzelte Lucy Corliss' Telefonnummer auf einen Zettel und legte ihn dem Kollegen auf die Schreibunterlage. »Ruf mich bitte an, wenn einer der Empfänger antwortet.«

»Sind es denn *mehrere* Empfänger?« wunderte sich der Beamte. »Du sagtest vorhin, du wolltest nur ein Fernschreiben aufgeben. Einzahl, mein Herr.«

»Ich hab' auch nur ein Fernschreiben aufgegeben«, sagte Bronski. »Immer der gleiche Text. Allerdings an eine ganze Reihe von Empfängern.«

»An wen denn alles?«

»An alle Polizeistationen der Vereinigten Staaten.«

Der Beamte starrte ihn an, als hätte er ihm die vollzogene Ermordung des Präsidenten gebeichtet. »Verdammt noch mal, Bronski! Was glaubst du, was der Chef sagt, wenn er die Rechnung sieht?«

Bronski erwiderte mit einem Grinsen. »Wahrscheinlich das gleiche wie du. *Verdammt noch mal!* Es kann aber auch sein, daß er mir zu der Sache gratuliert. Achte auf die Antworten, die reinkommen, okay?« Er machte Anstalten zu verschwinden. Sein Kollege war ihm zur Tür gefolgt.

»Kannst du mir nicht sagen, was das ganze soll?«

Sergeant Bronski kratzte sich hinter den Ohren. »Dazu ist es noch zu früh«, meinte er vorsichtig. »Aber eines kann ich dir sagen. Wenn die Antworten kommen, die ich mir erwarte, dann hast du deine Finger in dem größten Kriminalfall, den Eastbury je erlebt hat.« Er ließ den verdatterten Beamten an seinem Schreibtisch zurück und fuhr zu Lucy Corliss zurück. Unterwegs hielt er an einem Schnellimbiß an und kaufte ein Dutzend Becher Kaffee.

Es würde eine lange Nacht werden, und aus irgendeinem Grunde hatte Kaffee auf Bronski keine aufputschende Wirkung, wenn er ihn aus Porzellantassen trank. Plastikbecher mußten es sein. Noch besser, wenn der Kaffee außerdem kalt war. Er nahm sich vor, die Plastikkappen abzunehmen, so bald er im Hause von Lucy Corliss angekommen war.

»Ich glaube dir kein Wort«, flüsterte Jason. Sie lagen im Dunkeln. Die Mutter seines Freundes hatte Jason eine Luftmatratze zum Schlafen gegeben. Seit einer Stunde lauschte er Randys Schilderungen.

»Es ist aber wahr«, beharrte Randy. »Ich habe den Hund gegen den elektrisch geladenen Zaun geworfen. Das Tier war sofort tot. Dann bin ich über den Zaun geklettert. Ich habe nicht einmal einen Schmerz gespürt.«

»Dann hat eben jemand den Strom abgeschaltet«, sagte Jason. »Anders kann ich mir das nicht vorstellen.«

»Du Idiot!« sagte Randy zornig. Er sagte es leise, weil er auf keinen Fall seine Mutter wecken wollte. Wenn seine Mutter erfuhr, daß sie noch wach waren, würde sie darauf dringen, daß sie ihre Erzählstunde beendeten. Dabei hatte er die spannendsten Geschichten noch gar nicht erzählt. »Ein paar Tage vorher haben mich die anderen Jungen beim Spielen gegen den elektrischen Zaun geworfen«, prahlte er. »Hat mir auch nichts ausgemacht. Nur ohnmächtig geworden bin ich. Aber keine Verletzungen.«

»War vielleicht nur eine ganz geringe Spannung«, sagte Jason.

»Du bist wirklich dümmer, als ich gedacht habe. So ein Zaun ist entweder eingeschaltet oder abgeschaltet.«

»Und du sagst, Strom macht dir nichts.«

»Ganz recht.«

»Beweise es.«

»Wie denn?«

»Das ist *dein* Problem.«

Randy knipste seine Nachttischlampe an und setzte sich im Bett auf. »Also gut, ich werde dir einen Beweis liefern.« Er stand auf, ging zum Radio und zog den Stecker aus der Wand. Dann nahm er das Schweizer Armeemesser, das ihm sein Vater zu Weihnachten geschenkt hatte, und kehrte, das Radio unter dem Arm, zum Bett zurück.«

»Was hast du vor?« fragte Jason.

»Paß auf.« Er klappte das Messer auf und schnitt die Schnur vom Radio ab. Sorgfältig löste er die Isolierung, die um die Drähte gewickelt war. Als die Drähte völlig freilagen, legte er das Messer fort und ergriff die bloßen Enden mit beiden Händen.

»Steck den Stecker rein«, forderte er Jason auf.

Jason sah ihn an wie einen Geist. »Nein«, flüsterte er. »Das überlebst du nicht.«

»Keine Angst«, sagte Randy. »Steck den Stecker rein.«

Er sah sich suchend um und entdeckte einen Steckkontakt unter dem Bett. »Was ist?« fragte er. »Hast du Angst?«

Jason dachte nach. Wenn Randy sich verletzte, würde man ihm die Schuld aufladen. Die Sache mit Julie war noch nicht vergessen. Und dann war da das tote Meerschweinchen gewesen. Sowohl mit Julie als auch mit dem Meerschweinchen hatte er etwas getan, was er nicht tun durfte. Beide waren daran gestorben.

»Das mache ich nicht«, sagte er entschlossen.

»Dann mache ich es selbst«, sagte Randy. Er ergriff den Stekker und drückte ihn in den Kontakt. Dann ergriff er eines der beiden Drahtenden mit der linken Hand.

»Und nun paß gut auf«, flüsterte er. Er nahm das zweite Ende in die rechte Hand. »Siehst du? Nichts.«

»Na wenn schon«, sagte Jason verächtlich. »Die Buchse hat wahrscheinlich keinen Strom.«

»Sollen wir wetten?«

»Wie meinst du das?«

»Probier's doch aus.«

Sie starrten sich an.

»Ich sehe schon, du bist feige«, sagte Randy.

»Das bin ich nicht.«

»Dann beweise es mir.«

Jason war vor Wut rot angelaufen. »Das werde ich auch. Gib mir die Schnur.«

Er gab ihm die Schnur. Jason ergriff zuerst den einen Draht, dann, mit zögernder Hand, den zweiten. Ein Funke sprühte. Er zog die Hand wieder weg.

»Feigling!« sagte Randy.

Jason achtete nicht auf ihn. Sein Blick war auf seine rechte Hand gerichtet. Der Funke hatte weh getan. Aber bei weitem nicht so weh, wie er befürchtet hatte.

»Versuch's noch einmal«, ermunterte ihn Randy.

Randy berührte den Draht zum zweitenmal. Diesmal gelang es ihm, seine Angst zu überwinden und die Finger um den Draht geschlossen zu halten. Er spürte, wie ihn der elektrische Strom durchpulste.

Aber er spürte keinen Schmerz. Eher einen süßen Kitzel. Ein durch und durch angenehmes Gefühl.

Er sah Randy ins Gesicht und grinste. Randy blieb ernst.

»Warum glaubst du, daß Strom uns nicht weh tut?« fragte er.

»Ich weiß nicht«, sagte Jason. »Aber was mich angeht, ich kann nicht nur elektrischen Strom aushalten. Ich kann noch ganz andere Dinge.«

»Zum Beispiel?«

Jason hatte das Messer vom Boden aufgenommen. Er hielt es über seine Hand. Mit einer raschen Bewegung fügte er sich einen tiefen Schnitt im Handballen zu. Randy war vor Schreck wie gelähmt. Er starrte auf das Blut, das aus dem Schnitt quoll.

»Du wirst den ganzen Teppich schmutzig machen«, sagte er schließlich.

»Das werde ich nicht«, sagte Jason. »Die Wunde wird nämlich sofort zu bluten aufhören. Hast du ein Papiertaschentuch?«

Randy begann in der Schublade seines Nachttisches zu kramen und brachte ein zerknittertes Papiertaschentuch zum Vorschein. Er gab es seinem Freund. Die Wunde hatte zu bluten aufgehört.

Randy schüttelte den Kopf. »Sieht übel aus.«

»So warte doch.«

Sie konnten sehen, wie sich die Wunde schloß. Drei Minuten später war nicht einmal mehr eine Narbe zu sehen.

Randy konnte es einfach nicht glauben. »Und es hat überhaupt nicht weh getan?«

Jason zog die Schultern hoch. »Doch. Etwas. Ganz zu Anfang.«

Ohne sich selbst Zeit zum Nachdenken zuzubilligen, nahm er das Messer, das ihm Jason reichte, und stieß sich die Spitze tief in die Hand.

»Zieh's wieder raus«, flüsterte Jason.

Randy zog das Messer wieder heraus. Nach einer Minute hörte die Wunde zu bluten auf. Nach drei Minuten war sie verheilt.

»Weißt du was?« sagte Randy und grinste.

»Nein.«

»Wir können machen, was wir wollen, Jason. Niemand kann uns bestrafen. Weil uns niemand verletzen kann.«

Sechsundzwanzigstes Kapitel

Das Morgengrauen kam durch die Bürofenster gekrochen. Paul Randolph wischte sich den Schweiß von der Stirn. Es war eine schwere Nacht gewesen. Zwei Männer weilten seit Stunden bei ihm. Inzwischen fühlte er sich von ihnen bespitzelt.

»Ich fasse zusammen, meine Herren«, sagte Randolph. »Alle Unterlagen über das Projekt sind in Stahlkästen eingeschweißt worden. Wir werden das Material heute nachmittag nach Washington weiterleiten. Die Daten in den Computern sind gelöscht worden. Das Internat wurde aufgegeben. Wie steht es mit Ihren Mitarbeitern, Dr. Hamlin?«

Dr. Hamlin schnippte ein imaginäres Stäubchen von der Bügelfalte seines rechten Hosenbeins. »Ich sehe da keine Risiken«, sagte er mit Nachdruck. »Ich kenne die Leute seit Jahren. Sie sind mir alle treu verbunden.«

»Und der Junge, der Ihnen entwischt ist?« Die Frage kam von dem dritten Mann. Er war von muskulöser Gestalt. Sein graues Haar war auf Streichholzlänge gestutzt. Er trug Zivil. Aber Dr. Hamlin hatte sofort gewußt, daß es sich um einen hochrangigen Entscheidungsträger der Streitkräfte handelte, noch bevor Randolph sie miteinander bekanntgemacht hatte.

»Nun?« Generalleutnant Scott Carmody musterte den Arzt mit spöttischem Lächeln.

»Wenn Sie den Jungen als Problem empfinden, dafür gibt es eine Lösung«, sagte Dr. Hamlin. »Allerdings bräuchte man dazu Ihre Hilfe.« Ein Zug war um seinen Mund getreten, ein Grinsen, das Randolph von Herzen haßte. »Ich glaube, so etwas nennen Sie unter Fachleuten einen wet job. Habe ich recht?«

»Nennen wir die Dinge beim Namen«, sagte Carmody trocken. »Sie wollen, daß wir den Jungen umbringen.«

Paul Randolph war aufgestanden. »Einspruch. Es gibt Dinge, zu denen ich mich im Namen des CHILD-Institutes nicht bereit erklären kann.«

Dr. Hamlin musterte ihn mit unverhohlener Verachtung. »Ach ja? Ist es nicht etwas spät für solche Gefühlsduseleien? Ich sehe keinerlei Bedenken, wenn sich ein Beauftragter von Generalleutnant Carmody um Randy Corliss kümmert.«

»*Kümmern?*« echote Randolph. »Sie meinen *töten.*«

»Was auch immer. Töten. Beseitigen. Ausschalten. Ihren stilistischen Finessen sind keine Grenzen gesetzt. Ich darf daran erinnern, daß der Junge über das gesamte Programm informiert ist. Er stellt ein kaum quantifizierbares Risiko dar.«

»Müssen wir ihn deshalb töten?«

»Er wird aller Wahrscheinlichkeit nach sowieso bald sterben«, sagte Dr. Hamlin. »Die andern sind auch alle gestorben.«

Generalleutnant Scott Carmody runzelte die Stirn. »Alle? Vor kurzem haben Sie noch in Ihren Berichten geschrieben, Sie seien unmittelbar vor dem Durchbruch.«

»Das bin ich auch. Lebender Beweis ist Randy Corliss. Der Junge hat bisher völlig störungsfrei funktioniert. Leider erlauben die Umstände nicht, daß wir ihn weiterleben lassen. Er ist zur Bedrohung für uns alle geworden.«

»Ein kleiner Junge«, sagte Randolph kopfschüttelnd.

»Die Bezeichnung ist unpassend«, korrigierte ihn Dr. Hamlin. »*Gott* schafft kleine Jungen. *Ich* erschuf Randy Corliss.« Er maß Randolph mit verletzender Herablassung. »Sie haben nie so recht verstanden, um was es bei dem ganzen Projekt ging, nicht wahr?«

»Sie wissen, daß das nicht stimmt, Dr. Hamlin.«

»Dann muß ich wohl etwas weiter ausholen, damit Sie Ihren Irrtum endlich einsehen. Sie bezeichnen meine Versuchstiere hartnäckig als Menschen. Aber Randy Corliss und all die anderen sind keine Menschen. Sie sind eine neue Spezies, die mit Hilfe einer revolutionären Gen-Forschung möglich wurde.« Sein Blick wanderte von Randolph zu Generalleutnant Scott Carmody. »Es handelt sich um eine Spezies, die für die Verteidigung der Vereinigten Staaten von besonderer Bedeutung ist. Trotzdem dürfen wir nicht den Fehler machen und sie als menschliche Wesen bezeichnen. Zugegeben, sie sind sehr menschenähnlich. Aber genetisch gibt es grundlegende Unterschiede. Und deshalb habe ich recht, wenn ich bei ihrer Beseitigung nicht von Mord spreche. Es dreht sich wirklich nur um die Ausschaltung eines Sicherheitsrisikos. Wir dürfen die Bedeutung der gewonnenen Erkenntnisse auf keinen Fall unterschätzen. Niemand außer ein paar Eingeweihten, Sie gehören zu ihnen, ahnt, welche Resultate wir erzielt haben. Amerika hat sich beim Wettlauf zum unsterblichen Menschen an die Spitze gesetzt. Es ist ein zusätzlicher Vorteil, daß unser Projekt streng geheim ist, und dabei muß es auch bleiben. Wir werden noch in absehbarer Zukunft in der Lage sein, die biologische Funktion des amerikanischen Menschen ebenso perfekt zu gestalten wie unsere Technologie. Mit der Besonderheit, daß dies kein Mensch im biologischen Sinne mehr sein wird. Wir werden lebende Roboter erschaffen. Das Projekt ist für die Zukunft unserer Nation so bedeutend, daß es unter keinen Umständen gefährdet werden darf.«

Generalleutnant Scott Carmody war zu Randolph getreten. »Sie wissen selbst, welche Summen das Verteidigungsministerium in das Projekt investiert hat, Mr. Randolph. Wir erwarten von Ihnen, daß Sie mithelfen, diese Investitionen zu schützen. Habe ich mich klar genug ausgedrückt?«

»Das haben Sie«, seufzte Randolph. »Ich gebe Ihnen und Dr. Hamlin grünes Licht. Veranlassen Sie, was Ihnen notwendig erscheint.«

Randolph wußte, daß er damit seine Zustimmung zur Ermordung eines neunjährigen Kindes gegeben hatte.

»Ich finde einfach keinen Zusammenhang«, sagte Dr. Malone. »Eine Fülle von Daten und kein roter Faden.« Er stand auf und goß sich Kaffee aus der dampfenden Kanne nach. Er nahm einen vorsichtigen Schluck. Sergeant Bronski beugte sich vor und ergriff den Plastikbecher, in dem ein Rest Kaffee schwappte. Das Getränk war kalt geworden. Mißbilligend sah Dr. Malone zu, wie Bronski den Becher leerte. »Wußten Sie, daß kalter Kaffee Krebs verursacht?« frotzelte er.

Bronski war nicht zu Witzeleien aufgelegt. »Sie sagen, es gibt keinen Zusammenhang. Ich denke, Sally hat uns erklärt, wo's langgeht.«

»Und trotzdem sehe ich nicht klar«, entgegnete Dr. Malone. »Betrachten wir die vier Gruppen von Testkindern, die der Computer zusammengestellt hat. Sally zufolge stehen die vier Gruppen seit der Geburt unter Beobachtung von CHILD. Man hat den Kindern von Anfang an chiffrierte Nummern zugeteilt. Mit Hilfe dieser Nummern war es uns möglich, die Zugehörigkeit zu bestimmten Gruppen nachzuweisen. Was ich nicht verstehe, sind die Unterschiede zwischen den Gruppen. In drei Gruppen treffen wir keine Besonderheiten an, was die gesundheitliche Entwicklung der Kinder angeht. Wohl aber in der Gruppe 21.«

Jim Corliss war an den Tisch getreten. »Dr. Malone hat recht. Der Schlüssel muß in der vierten Gruppe verborgen sein. Alle Mädchen dieser Gruppe sind gestorben, keines wurde älter als elf Monate. Todesursache: SIDS.«

»Und das bedeutet, daß wir wieder im Nebel stehen«, sagte Dr. Malone. »Wir wissen medizinisch gesehen praktisch nichts über SIDS. Zwar hat man vor einem Jahr in der Universität Maryland für SIDS einen Zusammenhang mit dem Hormon T-3 nachgewiesen. Aber bis heute steht nicht fest, ob eine hohe Konzentration von T-3 die Ursache oder die Folge der Erkrankung ist. Die Frage stellt sich: Wie konnte CHILD wissen, daß die Mädchen sterben würden?«

»Vielleicht wußte CHILD das gar nicht«, warf Lucy ein. »Vielleicht ist es ein Zufall, daß die Mädchen dieser Gruppe so früh starben.«

»Das ist praktisch ausgeschlossen«, widersprach Sally. »Die rechnerische Wahrscheinlichkeit für einen solchen Zufall ist irgendwo jenseits von eins zu einer Milliarde. Außerdem sind es nicht nur die Mädchen dieser Gruppe, die früh starben. Auch von den Jungen lebt kaum noch jemand.«

»Es gibt einen gemeinsamen Nenner, auf den sich das ganze bringen läßt«, sagte Lucy. »Der Nenner heißt Dr. Wiseman. Er war der Gynäkologe, der die Mütter der 46 Kinder in der Gruppe 21 behandelte.«

»Wie viele Geburten macht Dr. Wiseman pro Jahr?« fragte Sally zu Dr. Malone gewandt.

»Letztes Jahr waren es siebenundzwanzig«, antwortete der Arzt. Er wollte weitersprechen, als das Telefon klingelte. Jim Corliss nahm ab. Nach wenigen Worten reichte er den Hörer an Sergeant Bronski weiter.

»Bill, bist du's?« sagte Bronski in die Muschel.

»Yeah«, klang es aus dem Hörer. »Jetzt sag mir erst einmal, was sind das für Namen, die du in dem Fernschreiben durchgetickert hast?«

»Das tut jetzt nichts zur Sache. Sind irgendwelche Antworten eingetrudelt?«

Ein Stöhnen war zu hören. »Von überall her sind Fernschreiben gekommen. Wie viele Namen enthielt deine Aufstellung?«

»Zwölf.«

»Acht der Kinder, die du angefragt hast, sind als vermißt gemeldet. Von zu Hause weggelaufen. Quer durch die Staaten, es gibt keine Schwerpunkte. Alle Fälle sind ungelöst. Keines der vermißten Kinder ist tot aufgefunden worden.«

»Ich brauche die Namen und die Geburtsdaten der Kinder, die als vermißt gemeldet sind«, sagte Bronski. Er hatte sich einen Block herangezogen und notierte die Namen, die ihm sein Kollege durchgab. »Okay«, sagte er, als der letzte Name notiert war. Er riß das oberste Blatt ab und reichte es Dr. Malone. »Vielen Dank, Bill, und wenn was Besonderes ist, du weißt ja...«

»Da wäre noch was Wichtiges, Bronski«, unterbrach ihn der Polizeibeamte.

»Und zwar?«

»Die Kinder, die *nicht* als vermißt gemeldet wurden, sind tot.«

»Ermordet?«

»Darüber weiß man nichts Klares. Es handelt sich um vier Jungen. Sie wurden tot aufgefunden.«

»Keine weiteren Einzelheiten bekannt?«

»Doch. Zunächst einmal die Staaten, wo man die Kinder fand. Washington, Kansas, Texas und Florida. Die Kinder lagen in Parks, auf Spielplätzen, auf verlassenen Grundstücken.«

»Und keine klaren Hinweise auf die Todesursache?«

»Nein. Anzeichen äußerer Gewalteinwirkung gab es keine.« Eine kurze Pause entstand. »Es wäre besser, du sagst mir, was es mit der ganzen Sache auf sich hat, Bronski.«

Der Sergeant ignorierte die Aufforderung. »Ich brauche die Namen der toten Jungen, Bill.« Er notierte, was ihm der Beamte durchgab.

Er legte den Hörer auf die Gabel zurück. »Wir haben jetzt noch ein paar Mosaiksteinchen, über die wir uns den Kopf zerbrechen können«, sagte er voller Sarkasmus. »Jedenfalls ist Randy nicht das einzige Kind in der Gruppe 21, das von zu Hause weggelaufen ist. Und damit das ganze nicht so fürchterlich einfach ist: Wir haben vier unaufgeklärte Todesfälle.«

Sally betrachtete die Liste, die der Computer ausgedruckt hatte. Von 46 Kindern waren 22 Mädchen tot. Und das bedeutete, kein einziges Mädchen hatte überlebt. Von den 24 Jungen der Gruppe waren die neun ältesten, unter ihnen Randy Corliss, den Ausreißern zuzurechnen. 4 Jungen waren tot aufgefunden worden. Der älteste Junge auf der Liste hieß Jason Montgomery. Von den übrigen elf – sie waren zwischen sechs Monate und sieben Jahre alt – gab es keine Spur.

»Wir kommen so nicht weiter«, sagte Jim Corliss. »Wir müssen einen Plan machen.«

Die Augen richteten sich auf Sergeant Bronski. Der stand auf und trat ans Fenster. »Es wird hell«, sagte er. »Ich schlage vor, wir wecken Randy auf und sehen uns einmal das Haus an, wo er versteckt gehalten wurde.«

»Um Gottes willen«, sagte Lucy. »Sie können den Jungen doch nicht zu diesen Verbrechern zurückbringen.«

Jim Corliss legte ihr die Hand auf die Stirn. »Mach dir keine Sorgen, Liebes. Ich werde mitfahren. Wenn Sergeant Bronski dabei ist, kann es keine Schwierigkeiten geben.«

Bronski kniff die Augen zusammen. »Wir müssen zuerst einmal herausfinden, wo dieses geheimnisvolle Haus überhaupt liegt«, sagte er.

Lucy wollte protestieren. Als sie jedoch den entschlossenen Blick des Polizeibeamten bemerkte, nickte sie. »Also gut«, murmelte sie. Es klang resigniert.

Sie ging ins Kinderzimmer, um Randy aufzuwecken. Er sah sie aus schläfrigen Augen an. Willenlos ließ er sich ins Wohnzimmer führen. Sergeant Bronski erklärte ihm seinen Plan.

»Ich denke schon, daß ich es wiederfinde«, sagte Randy. »Es war zwar ziemlich dunkel, aber...« Er dachte nach. »Ich werd's finden!« verkündete er selbstbewußt. Er rannte in sein Zimmer zurück, um sich anzuziehen. Nach wenigen Minuten stand er wieder im Wohnzimmer. Sergeant Bronski führte ihn aus dem Haus, Jim Corliss folgte den beiden.

Sally Montgomery, Lucy Corliss und Mark Malone blieben zurück.

Es sollte noch zwei Stunden dauern, bis Dr. Malone fand, wonach er die ganze Nacht gesucht hatte.

»Schlimm«, sagte er leise. »Es ist schlimmer, als ich es mir in meinen düstersten Träumen vorgestellt habe.«

Siebenundzwanzigstes Kapitel

Sergeant Bronski nahm den Fuß vom Gas. Es war wichtig, daß der Junge sich die Gegend, durch die sie fuhren, genau ansehen konnte. Randy hatte sich umgedreht, er spähte aus dem Rückfenster des Wagens. In der Ferne war das Restaurant zu erkennen.

»Die Stelle muß noch weiter weg sein«, sagte er.

»Nachts überschätzt man leicht die Entfernung«, bemerkte der Sergeant.

»Ich glaube trotzdem, die Stelle, wo ich auf die Straße gestoßen bin, war weiter weg vom Restaurant.«

Sie hatten eine sanfte Kurve durchfahren. Eine Straßenbrücke kam in Sicht.

»Ist das der Bach, in dem du entlanggewatet bist?« fragte Jim Corliss. Randy starrte nach vorn. »Ich glaube, ja.« Der Wagen rollte weiter. »Dort ist die Stelle«, sagte Randy. Er deutete auf einen Fußweg, der von der Uferböschung zur Straße führte.

»Und nun?« fragte Bronski.

»Wir müssen bachabwärts suchen«, sagte Randy.

»Wie weit schätzt du?«

»Ich weiß nicht.«

Sergeant Bronski lenkte den Wagen auf den Randstreifen und hielt. Sie stiegen aus. Randy ging voran. Die beiden Männer folgten ihm, Sergeant Bronski bildete die Nachhut. Der schmale Pfad, von dem Randy bei seiner Flucht nur das letzte Stück gesehen hatte, führte am Bach entlang. Bei Sonnenlicht sah alles anders aus, als der Junge es in Erinnerung hatte. Nachts war ihm das Wasser viel tiefer vorgekommen.

Vielleicht war es gar nicht die richtige Brücke gewesen? Vielleicht gab es in einiger Entfernung einen zweiten Flußlauf, der von der Straße überquert wurde? Randys Unsicherheit wandelte sich zur stillen Verzweiflung. Was würde sein Vater von ihm denken, wenn er nicht in der Lage war, zum Internat zurückzufinden? Würde er dann nicht als Lügner, als Aufschneider dastehen?«

Sergeant Bronski war die wachsende Unruhe des Jungen nicht verborgen geblieben. Er tauschte einen skeptischen Blick mit Randys Vater.

»Wenn es wirklich so ist, wie du sagst, dann bist du ein schönes Stück gelaufen«, bemerkte der Sergeant.

Der Junge antwortete ihm nicht. Er betrachtete die Büsche und

Baumgruppen, die sich auf dem jenseitigen Ufer abzeichneten. Es gab keine einzige Stelle, an die er eine Erinnerung hatte.

Ein Rauschen war zu hören. Er lief voran. Da! Der Wasserfall! Dahinter die Stromschnellen.

»Dort ist es!« schrie er. Sergeant Bronski und Jim Corliss folgten ihm im Laufschritt. Keuchend blieb Randy stehen. Er deutete auf den Felsen. »Dort habe ich mich ausgeruht.« Er lief weiter.

»Was halten Sie davon?« fragte Jim.

Der Sergeant zuckte die Schultern. »Immerhin. Er hat die Brücke wiedererkannt. Und er hat den Wasserfall gefunden. Wir müssen's versuchen.«

Randy war vorausgerannt und hinter einer Biegung verschwunden. Sie liefen ihm nach. Er stand am Ufer und betrachtete die Stelle, wo sich der Bach gabelte.

»Links oder rechts?« fragte Jim.

»Links«, sagte Randy.

Der Pfad endete. Sie mußten sich durch dichtes Buschwerk vorankämpfen. »Es ist leichter, wenn wir im Bach entlanggehen«, schlug Randy vor.

»Wie weit ist es denn noch?«

»Genau kann ich das auch nicht sagen. Nicht sehr weit. Ich erinnere mich, daß ich an dieser Stelle das Bellen der Hunde noch hören konnte.«

Dann sahen sie es. Ein Abwasserkanal, der im Seitenarm des Baches endete. Die Mündung des Betonrohrs war mit einem starken Metallgitter versehen. Etwas oberhalb war, halbverdeckt von Lorbeerbüschen und Baumgruppen, ein hoher Zaun aus Maschendraht zu erkennen.

»Wir sind da«, sagte Randy. »Das ist der Zaun, der das Schulgebäude umgibt.«

Sergeant Bronski hatte die Führung übernommen. Sie gingen an dem Zaun entlang. Von dem Gebäude, das in der Schilderung des Jungen solch eine wichtige Rolle gespielt hatte, war nichts zu sehen.

»Wo ist das Schulgebäude?« fragte der Sergeant ungeduldig.

»Hinter den Bäumen«, antwortete Randy. »Sobald wir auf der Anhöhe sind, können wir es sehen.«

Bronski war die Böschung hinaufgegangen. Er betrachtete den Zaun. »Hast du nicht gesagt, hier müßte der tote Hund liegen, Randy?«

Der Junge nickte. »Ich habe den Hund gegen den Maschendraht gedrückt. Er war sofort tot.«

»Dann zeig mir, wo der Kadaver liegt.«

Randy trat näher. Er erkannte die Stelle wieder, wo sein nächtlicher Zweikampf mit dem Hund stattgefunden hatte. Eine flache, langgestreckte Mulde, die drei Büsche.

»Hier«, sagte er.

»Ich sehe keinen Hund«, sagte Bronski.

Doch es gab keinen Hund. Es gab nicht einmal Spuren des Kampfes.

Randy streckte die Hand aus. Vorsichtig brachte er eine Fingerspitze in den Maschendraht.

Keine Spannung.

»Ich weiß, daß es hier war«, sagte er trotzig. Er sah die beiden Männer an. Tränen standen ihm in den Augen. »Ich habe nicht gelogen. Wirklich nicht.« Er deutete nach vorn. »Dort drüben muß das Tor sein, von dort kann man das Gebäude sehen.« Entschlossenen Schrittes ging er an dem Zaun entlang, die beiden Männer stapften hinter ihm drein.

Das Tor. Randy blieb stehen und spähte durch die Gitterstäbe. In einiger Entfernung war die rote Backsteinfassade des Hauptgebäudes zu erkennen. Das Licht der Morgensonne spiegelte sich in den Fenstern.

Sergeant Bronski war neben ihn getreten. »Sieht nicht so aus, als ob das Haus bewohnt wäre«, sagte er.

»Es *muß* aber jemand drin sein«, beharrte Randy. Er war dem Weinen nahe. Er starrte auf die leblose Rasenfläche. Um diese Tageszeit mußten die Jungen draußen sein. Aber niemand war zu sehen.

»Warum klettern wir nicht über den Zaun und sehen nach?« schlug er vor.

»Das kommt nicht in Frage«, sagte Sergeant Bronski. »Wir haben keinen Durchsuchungsbefehl. Wir fahren nach Eastbury zurück.«

Randy mochte das nicht einsehen. »Aber…«

»Ohne aber«, wies Jim Corliss seinen Sohn zurecht. »Wir machen, was Sergeant Bronski sagt.«

»Aber das ist doch das Haus, wo ich festgehalten wurde«, heulte Randy los.

Bronski kniete sich zu ihm und sah ihm in die Augen. »Wir werden rauskriegen, was dahintersteckt, Randy, verlaß dich drauf!

Aber wir müssen nach dem Gesetz vorgehen, verstehst du das nicht? Wenn wir jetzt einfach über den Zaun klettern, dann kommen die Leute, die dich festgehalten haben, womöglich straffrei davon. Ich werde jetzt erst einmal feststellen, wem das Anwesen gehört. Dann werde ich mir einen Durchsuchungsbefehl besorgen. Wenn wir den haben, durchsuchen wir das ganze Gelände und das Haus. Du kannst mitkommen und uns alles zeigen. Einverstanden?«

Randy schmollte. »Ich verstehe nicht, warum wir nicht einfach rüberklettern und nachsehen.«

»Gesetz ist Gesetz«, sagte Jim Corliss. Und Randy verstand, daß jeder Widerspruch zwecklos war.

Sie gingen den Weg zurück. Eine halbe Stunde später hatten sie den geparkten Wagen erreicht. Es war neun Uhr morgens. Vor zwei Stunden waren sie von Eastbury losgefahren.

Steve Montgomery bog in eine Parklücke ein. Er sah Dr. Wiseman an, der neben ihm saß. »Beeilen wir uns. Dort steht Sallys Wagen.« Er öffnete dem Arzt die Beifahrertür, indem er sich über die vordere Sitzbank beugte.

»Und da ist ja auch Dr. Malones Wagen«, bemerkte Dr. Wiseman. Er schien nachzudenken. »Ob Dr. Malone wohl die ganze Nacht hier verbracht hat?« Es war eine Frage, auf die Steve keine Antwort wußte.

Sie verließen den Wagen und gingen die Stufen zu Lucy Corliss' Haus hinauf. Steve drückte auf die Klingel. Nichts. Er drückte ein zweites Mal. Die Tür öffnete sich einen Spalt. Das Gesicht einer Frau erschien.

»Sind Sie Mrs. Corliss?« fragte Steve.

Mißtrauisch betrachtete Lucy die beiden Männer. Sie erkannte Dr. Wiseman.

»Was wollen Sie von mir?«

»Ich bin Steve Montgomery, Sallys Mann.«

Die Tür wurde ihm vor der Nase zugeschlagen. Lucy Corliss lief ins Wohnzimmer zurück, wo Sally Montgomery und Dr. Malone über den Computerschreibungen saßen. »Sally, Ihr Mann ist draußen«, flüsterte sie. »Er hat Dr. Wiseman mitgebracht.«

Sally sah sie aus übernächtigten Augen an. »Was soll ich tun?«

Dr. Malone war aufgestanden. »Es kann eigentlich nichts passieren, wenn wir die beiden reinlassen.« Sie war auf ihren Stuhl zurückgesunken. »Ich bleibe bei Ihnen«, beruhigte er sie. »Außerdem müssen Mr. Corliss und Sergeant Bronski jeden Augenblick zurückkommen.« Er ging zum Flur und öffnete.

»Ist meine Frau hier?« fragte Steve.

»Ja«, sagte Dr. Malone. »Kommen Sie rein.« Er ließ Steve und Dr. Wiseman vorangehen und folgte ihnen ins Wohnzimmer.

Steve erschrak, als er seine Frau sah. Wie ein gehetztes Tier blickte sie ihn an. Sie war totenbleich. Ihr Haar hing in wirren Strähnen auf ihre Schultern.

»Mein Gott, Sally«, flüsterte er, »was ist denn passiert?«

»Nichts weiter«, sagte Dr. Malone. »Sie ist erschöpft. Wir sind alle erschöpft. Ihnen würde es auch nicht bessergehen, wenn Sie sich die Nacht um die Ohren schlagen.«

Steve achtete nicht darauf, was Dr. Malone sagte. Er kniete sich neben Sally und schlang seine Arme um sie.

»Oh, Sally, alles wird wieder gut werden, ich verspreche es dir. Du wirst wieder gesund werden. Dr. Wiseman hat eine geeignete Klinik für dich gefunden, wo du dich ausruhen kannst. Es wird dir sicher dort gefallen. Es wird nur ein paar Wochen dauern, weißt du, und danach ...«

Sally machte sich von ihm frei. In ihren Augen sprühte der Zorn. »Dr. Wiseman hat also eine geeignete Klinik für mich gefunden. Wie reizend! Dutzende von Ärzten werden um mich herumwirbeln und mir eine Spritze nach der anderen geben. Das Dumme ist nur, ich bin gar nicht krank, Steve.«

»Aber, Sally!« Er versuchte sie an sich zu drücken.

»Rühr mich nicht an!« fauchte sie. All die Wut, die sich in den letzten Wochen angestaut hatte, brach hervor. »Sag mir bitte nicht, daß du mich lieb hast, und sag auch nicht, daß Dr. Wiseman mich gesund machen wird. Ich kann diese Lügen nicht mehr hören. Jedes Wort, was Dr. Wiseman sagt, ist eine Lüge.« Sie war aufgesprungen. Sie stemmte die Arme in die Seiten und trat vor den Arzt. »Was haben Sie mit mir gemacht, Dr. Wiseman? Was haben sie mit den anderen Frauen gemacht? Warum mußten unsere Kinder sterben?« Sie warf sich auf ihn und begann mit den Fäusten auf ihn einzuhämmern. »Wie viele Kinder haben Sie umgebracht, Dr. Wiseman? Zehn? Hundert? Gott verfluche Sie!«

Sie brach schluchzend zusammen. Lucy Corliss eilte zu ihr. Während sie Sally in die Arme nahm, hob sie den Kopf und maß den alten Arzt mit haßerfülltem Blick.

»Ich verstehe nicht, wie sie zu solchen Anschuldigungen kommt«, stammelte Dr. Wiseman. »Diese Frau ist ...«

»Sie ist *nicht* verrückt«, fiel ihm Lucy Corliss ins Wort. »Keiner von uns ist verrückt. Wir haben die ganze Nacht mit der Auswertung der Computerschreibungen zugebracht. Ihretwegen, Dr. Wiseman. Wir werden Sie zur Verantwortung ziehen für alles, was Sie angerichtet haben.«

»Was *ich* angerichtet habe?« Seine Hände zitterten.

Die Tür flog auf. Jason kam in den Raum gestolpert. Als er seinen Vater und Dr. Wiseman erkannte, erschrak er. »Ich will nicht wieder ins Krankenhaus!« Er brach in Tränen aus und lief seiner Mutter in die Arme. Sie barg ihn an ihrer Brust. »Sie dürfen nicht zulassen, daß sie uns fortbringen«, flüsterte sie, zu Lucy Corliss gewandt.

Steve fühlte, wie ihn der letzte Rest Lebensmut verließ. Seine Frau war nur noch ein Schatten ihrer selbst. Der Tod seiner kleinen Tochter war ein grausiges Mysterium. Sein Sohn nur noch ein nervöses Bündel, ein verängstigtes Geschöpf, das bei den kleinsten Anlässen in Tränen ausbrach.

Sein Blick irrte in die Runde. »Dr. Malone«, flüsterte er. »Warum helfen Sie uns nicht?«

Dr. Wiseman hatte sich gefangen. Er trat zu seinem jungen Kollegen. »Was geht hier vor, Dr. Malone?«

Der Arzt musterte ihn kühl. »Das wissen Sie nicht?«

Dr. Wiseman ließ sich in einen Sessel sinken. »Ich verstehe inzwischen überhaupt nichts mehr. Meine Patientin Mrs. Montgomery, die vor zehn Tagen noch eine ausgeglichene, gesunde Frau war, ist...« Sein Blick wanderte zu Sally. »Diese Frau beschuldigt mich unvorstellbarer Dinge. Ich soll Kinder getötet haben. Was hat das zu bedeuten?«

Dr. Malone hatte eines der ausgedruckten Formblätter ergriffen, das auf dem Tisch lag. »Vielleicht sehen Sie sich das einmal an, Dr. Wiseman.«

»Was ist das?«

»Das sind die Daten der Kinder, von denen Mrs. Montgomery spricht. Sie stammen aus dem Computer des Krankenhauses.«

Dr. Wisemans Züge erstarrten zu einer Grimasse des Ärgers. »Mrs. Montgomery hatte kein Recht, die Daten aus unserem Computer abzurufen.«

»Ich habe sie dazu ermächtigt«, erwiderte Dr. Malone. »Ich war dabei. Es kommt jetzt ohnehin nicht mehr darauf an, wie die Daten aus dem Computer abgerufen wurden. Viel wichtiger ist, was diese Daten bedeuten!«

Dr. Wiseman sah ihn fassungslos an. »Sie werden sich vor Gericht zu verantworten haben«, setzte Dr. Malone nach. »Da ist nicht nur Mrs. Montgomery, die gegen Sie antritt. Sie haben Jim Corliss gegen sich und Sergeant Bronski. Es dürfte Ihnen schwerfallen, eine befriedigende Erklärung für die Todesfälle beizubringen. Sie werden Ihre Zulassung als Arzt verlieren, Dr. Wiseman. Sie werden den Rest Ihres Lebens hinter Gittern verbringen. Was Sie getan haben, kann man nur noch mit Massenmord bezeichnen. Wir alle wissen nicht, warum Sie das getan haben. Aber die Beweise, daß *Sie* der Schuldige sind, liegen hier auf dem Tisch.«

Dr. Wiseman hatte den Bogen ergriffen, den Dr. Malone ihm reichte. »Ich weiß wirklich nicht, wovon Sie sprechen, Dr. Malone«, sagte er kopfschüttelnd.

»Schauen Sie sich aufmerksam diese Unterlagen an«, erwiderte der jüngere Arzt. »Wenn Sie etwas nicht verstehen, kann ich es Ihnen erklären. Ich kenne die meisten Zahlen inzwischen auswendig.«

Dr. Wiseman biß sich auf die Lippen. Mit einer müden Bewegung drehte er den Bogen um und begann die Lektüre.

Auf der anderen Straßenseite war ein grauer Lastwagen vorgefahren. Er parkte 200 Meter von Lucy Corliss' Haus entfernt. Darin saßen zwei Männer. Sie betrachteten das Haus und die davor geparkten Personenwagen durch zwei Ferngläser. Schließlich ließ Ernie Morantz das Glas sinken. »Kein schöner Job«, seufzte er.

»Wieso nicht?« fragte Victor Kaplan.

»Einen neunjährigen Jungen entführen, das ist nicht gerade das, wofür ich mir einen Orden anheften lassen würde.« Morantz schüttelte den Kopf.

»Befehl ist Befehl«, sagte Kaplan.

»Ich habe bisher noch jedem Befehl Folge geleistet«, sagte Morantz. »Bisher ging es immer nur gegen Terroristen und Spione. Jetzt werden wir auf ein Kind angesetzt. Was hat der Junge denn getan? Bomben legt er ja wohl noch nicht mit neun Jahren, oder? Haben fremde Mächte begonnen, die Vereinigten Staaten zu unterminieren, indem sie neunjährige Jungen zu Helfern der Revolution ausbilden? Daß ich nicht lache!«

»Du weißt, wie der Auftrag lautet. Es hat keinen Zweck drumherumzureden.«

»Der Auftrag lautet, wir sollen den Jungen da rausholen. Was man uns nicht gesagt hat, ist, daß wir es mit einer ganzen Gruppe von Personen zu tun haben.«

Die beiden Männer gingen an ihre Gucklöcher zurück und legten ihre Ferngläser an. Vor Lucy Corliss' Haus war ein Wagen vorgefahren. Zwei Männer und ein Kind stiegen aus. »Das ist der Junge«, sagte Morantz. »Sieht aus wie ein ganz normales Kind. Hast du eine Ahnung, wer die beiden Männer sind?«

»Yeah«, sagte Kaplan. »Die Sache wird immer schöner. Der eine ist ein Polizist. Und der zweite ist wohl der Vater des Jungen.«

»Dann wollen wir mal«, grunzte Morantz. Er war auf die Sitzbank geklettert, ließ den Motor an und legte den ersten Gang ein. Sie fuhren an dem Haus vorbei. »Wo willst du hin?« fragte Kaplan.

»Wir machen Kaffeepause«, bestimmte Morantz. »Und bei der Gelegenheit wirst du Carmody anrufen und ihm sagen, die Sache gestaltet sich nicht ganz so einfach, wie er dachte. Ursprünglich war davon die Rede, daß der Junge nur von seiner Mutter beaufsichtigt wird. Inzwischen ist ein leibhaftiger Polizist mit von der Partie. Carmody soll klar sagen, was er will.«

Sie stoppten in der Nähe eines Schnellimbisses, stiegen aus, bestellten sich ein paar Hamburger und zwei Becher Kaffee. Kaplan ging telefonieren. »Ich habe Carmody die Autonummern durchgegeben«, sagte er, als er an den Tisch zurückkam. »Er stellte die Namen der Besitzer fest, dann wissen wir, wer alles im Haus ist. Carmody hat eventuell vor, uns ein paar Mann Verstärkung zu schicken. Wir sollen ihn in einer Viertelstunde wieder anrufen.«

»Scheiße«, sagte Morantz leise. Er sah auf den Strom der Autos hinaus, der sich über die Straße wälzte. »Wenn du mich fragst, wir werden hier verarscht, du und ich. Man schickt uns los wie die Zinnsoldaten. Befehl ist Befehl. Und wie lautet dieser Befehl? Wir sollen ein Kind ertränken, das nichts verbrochen hat. Kommunisten und Spione, jederzeit. Aber ein Kind? Ich will dir mal was sagen. Ich habe nichts gegen Kinder. Ich mag sie sogar. Es geht mir gegen den Strich, daß man uns zumutet, ein Kind umzubringen.«

»Und nun?«

Ernie Morantz zuckte die Schultern. »Ich weiß nicht, wie wir da wieder rauskommen, Vic. Wahrscheinlich müssen wir abwarten, bis Carmody die Katze aus dem Sack läßt. Ich möchte von ihm wissen, was der Junge denn angestellt haben soll. Wenn er glaubt, ich stürme mit der Maschinenpistole im Arm in das Haus und schieße die Mutter und einen Polizisten zusammen, damit wir den

Jungen rausholen können, dann hat er sich in den Finger geschnitten. Ich glaube nicht, daß ich dazu fähig wäre.«

»Ich bezweifle, ob wir eine andere Wahl haben«, sagte Kaplan düster.

Morantz leerte seinen Becher. Er warf einen Vierteldollar Trinkgeld auf den Tisch. »Wahrscheinlich hast du recht, Vic.« Er seufzte. »Komm, wir wollen Carmody anrufen.«

Drei Minuten später hatten sie Carmody am Apparat. Und Morantz kam der Kaffee hoch.

Achtundzwanzigstes Kapitel

Dr. Wiseman war kreidebleich geworden. Er legte den Stapel mit den Computerschreibungen auf den Tisch zurück. Er sah Sally fragend an.

»Sie sagen, Sie haben die Daten selbst abgefragt?«

»So ist es«, antwortete Sally.

»Wäre es denkbar, daß es einen Programmierfehler gibt, der dazu führt, daß falsche Ergebnisse ausgedruckt worden sind?«

Sie schüttelte den Kopf. »Nein.«

Er starrte sie an. Er schien um Jahre gealtert. »Ich hatte keine Ahnung, wo die Entwicklung hinführen würde«, flüsterte er. Sein Blick verschwamm. »Sie müssen verstehen, zu Anfang war es so, daß ich keinen Verdacht schöpfen konnte. Dann kamen die ersten Todesfälle. Es ist einem Arzt nicht egal, wenn ein Kind stirbt, wirklich nicht. Wir lernen es, den Tod zu akzeptieren. Aber man gewöhnt sich nicht daran. Es tut immer weh.« Er griff nach der Liste, auf der die Namen der Gruppe 21 ausgedruckt waren. »Meine Kinder«, sagte er leise. »Alles meine Kinder.«

Sally mußte an sich halten, um nicht auf ihn einzuschlagen. »Ihre Kinder, Dr. Wiseman? Julie war nicht Ihr Kind. Sie war mein kleines Mädchen.«

»So habe ich das nicht gemeint.«

»Wie *haben* Sie es denn gemeint?« kam Sallys Gegenfrage. »Was tut CHILD, Dr. Wiseman?«

»Mrs. Montgomery, Sie kennen mich seit vielen Jahren. Glauben Sie wirklich, daß ich mich als Komplize für einen Massenmord einspannen ließe?«

Sally blieb kühl. »Die Spur führt zu Ihnen.«

Dr. Wiseman schüttelte den Kopf. »Ich verstehe nicht, wie das möglich ist. Wirklich nicht, glauben Sie mir.« Er sah zu Dr. Malone hinüber. »Was besagen eigentlich die Analysen der Chromosomen?«

Dr. Malone blätterte im Stapel. Er legte einen Teil der Bögen auf die linke Seite des Tisches. »Keine Besonderheiten«, sagte er nach einer Weile. Er runzelte die Stirn. »Allerdings frage ich mich, wieso überhaupt die Chromosomen aller Kinder untersucht wurden. Warum haben Sie die Anweisung dazu gegeben, Dr. Wiseman?«

»Das habe ich ja gar nicht getan. Ich habe eine solche Anweisung nur in ganz besonderen Fällen gegeben, wenn es medizinisch erforderlich war.«

Dr. Malone schüttelte den Kopf. »Die Schreibung besagt etwas anderes. Hier sind die Resultate der Chromosomenuntersuchungen aller Kinder ausgedruckt. Die ganze Gruppe 21, ohne Ausnahme.«

»Das verstehe ich nicht«, stammelte der alte Arzt.

»Wirklich nicht?« erwiderte Dr. Malone mit schneidender Schärfe. »Es ist der behandelnde Gynäkologe, der solche Untersuchungen veranlaßt, sind wir uns da einig? Man führt die Tests am ungeborenen Kind durch, wenn der Zustand der Frau Probleme bereitet. Aber die Liste beweist, daß es bei den Müttern dieser Gruppe keinerlei Probleme gab. Die Probleme begann erst nach der Niederkunft. Die Kinder starben, eines nach dem anderen. Warum, Dr. Wiseman? Wenn Sie die Anweisungen zu Untersuchung der Chromosomen nicht gegeben haben, wer dann? Und warum?«

»Sie sind auf der falschen Fährte«, sagte Dr. Wiseman. Seine Augen waren müde und traurig. »Ich wäre gar nicht in der Lage, den Kindern oder ihren Müttern Schaden zuzufügen.«

Die Tür ging auf, Randy, sein Vater und Sergeant Bronski betraten den Raum.

»Ich hab's gefunden«, jubelte Randy. »Ich habe das Internat wiedergefunden.«

Lucy Corliss warf ihrem geschiedenen Mann einen fragenden Blick zu. Der nickte. »Wir sind auf dem Rückweg am Grundstücksregister vorbeigefahren«, sagte er. »Das Gelände ist auf den Namen von Paul Randolph eingetragen.«

Dr. Wiseman zuckte zusammen. »Paul Randolph ist der leitende Manager der CHILD-Institutes.«

Sergeant Bronski war an den Tisch getreten. Er sah Dr. Wiseman in die Augen. »Was führt Sie hierher, Dr. Wiseman?«

Es war Dr. Malone, der den Beamten informierte. »Wir wissen allerdings noch nicht, auf welche Weise die Kinder umgebracht wurden«, beschloß er seine Erklärung.

»Könnte man das nicht mittels der Computerdaten herausbekommen?« fragte Sally.

Dr. Malone zuckte die Schultern. »Das hängt unter anderem von Ihrer Geschicklichkeit ab, Mrs. Montgomery. Sie sind die einzige in diesem Kreis, die das verhältnismäßig schnell feststellen könnte.«

Sally wollte ihm antworten, aber Sergeant Bronski kam ihr zuvor. »Ich schlage vor, daß Sie sofort zum Krankenhaus fahren, Mrs. Montgomery. Sie werden aus dem Computer alle Daten abfragen, die zur Aufklärung der Angelegenheit notwendig sind. Dr. Malone wird Sie begleiten. Und Sie ebenfalls, Dr. Wiseman, ist das klar?«

Dr. Wisemans Stimme zitterte, als er antwortete. »Ich will alles tun, was in meiner Macht steht.«

Bronski musterte ihn voller Skepsis. »Das Internat«, sagte er. »Ich werde telefonisch einen Durchsuchungsbefehl für das Haus erwirken.« Er wandte sich zu Lucy Corliss. »Es tut mir leid, aber ich muß den Jungen noch einmal mitnehmen.«

»Nein!«

»Lucy!« Jim war zu ihr getreten. »Es gibt keinen anderen Weg.«

»Es ist nicht notwendig, daß Randy ein zweites Mal mitfährt!« sagte sie stur.

»Es ist nicht so, wie Sie denken, Mrs. Corliss«, sagte Bronski. »Wir haben das Gelände, wo Ihr Sohn versteckt war, ja noch gar nicht betreten. Ich bin zurückgekommen, um Sie um Ihr Einverständnis zu bitten, daß Randy mit hineingehen darf.«

»Ich *verweigere* Ihnen dieses Einverständnis«, sagte sie spitz.

Jim hatte sich zu ihr aufs Sofa gesetzt. Er zog sie an sich. »Liebling, du mußt...« Er sah den versteinerten Ausdruck in ihren Augen. »Natürlich kann dich niemand zwingen, deine Erlaubnis zu geben, Lucy. Aber es wäre ziemlich sinnlos, wenn der Sergeant allein hinfährt. Wenn Randy nicht mitkommt, wird er wahrscheinlich nicht einmal einen Durchsuchungsbefehl bekommen. Die Durchsuchung stützt sich ja darauf, daß Randy ihm erklären soll, was in diesem Internat vor sich gegangen ist.«

Lucy war erschöpft, ihr schwirrte der Kopf. Hilfesuchend wandte sie sich zu Sally.

»Ich kann Sie nur zu gut verstehen«, sagte Sally. »Andererseits wäre es wichtig, herauszubekommen, wofür CHILD das Haus dort verwendete.«

Lucy Corliss holte tief Luft und stand auf. »Also gut«, sagte sie. »Randy kann mitfahren.« Sie stand dabei, als Bronski den Richter anrief. Nachdem der Sergeant das Gespräch beendet hatte, trat sie zu ihrem geschiedenen Mann. »Paß gut auf den Jungen auf«, bat sie.

»Das verspreche ich dir.«

Sie streichelte ihm über die Stirn. »Es geht nicht nur um Randy«, sagte sie leise. »Es geht auch um uns. Wir sind uns ganz nahegekommen in den letzten Tagen, und ich möchte, daß das so bleibt. Ich brauche deine Hilfe, Jim.«

»Du kannst dich auf mich verlassen«, sagte er.

Und dann löste sich die kleine Gruppe auf. Dr. Malone packte die Computerblätter in seine Aktentasche zurück. Er und Dr. Wiseman verließen das Haus.

Sally und Steve bestiegen ihren Wagen. Sie würden Jason zu seiner Großmutter bringen. Dann würden sie zum Krankenhaus fahren, wo Sally dem jungen Arzt bei der Arbeit am Computer behilflich sein wollte.

Sergeant Bronski stand an der Tür. Er winkte Jim und dessen Sohn zu, ihm zu folgen.

Noch bevor sich die Tür hinter ihnen schloß, kam Lucy Corliss angelaufen. »Ich fahre mit«, sagte sie atemlos. »Wenn ich allein im Hause warten soll, werde ich verrückt.«

Er wollte sie von ihrer Idee abbringen. Sie schüttelte den Kopf. »Du kannst mich nicht umstimmen, Jim. Ich muß bei Randy sein. Und bei dir.«

Er mußte lächeln. »Wo ich hingehe, da willst auch du hingehen?«

Sie nickte. »So ist es.«

Langsam durchquerten sie Eastbury. Steve Montgomery saß am Steuer des Wagens. Sally saß auf dem Beifahrersitz, Jason hinten. Er war ungewöhnlich schweigsam, aber seine Eltern waren durch die Ereignisse zu sehr in Anspruch genommen, als daß ihnen die Veränderung im Verhalten ihres Sohnes aufgefallen wäre.

Es war Steve, der schließlich das Schweigen brach. »Es tut mir leid, Sally.«

Sie fuhr aus ihren Träumen hoch. »Hast du etwas gesagt, Liebling?«

»Ich möchte mich entschuldigen«, sagte Steve. »Ich habe zu Anfang geglaubt... Du weißt schon, was ich sagen will. Zunächst war die Sache so verworren, daß ich mir gar nicht vorstellen konnte, wie du...« Er verstummte. Er hatte sich vergaloppiert.

»Es *ist* auch schwierig, sich das vorzustellen«, sagte Sally ruhig. Sie hatte über die Worte nachgedacht, die Dr. Malone gesagt hatte. Die genetischen Anlagen der Kinder waren beeinflußt worden. Der Junge, der hinter ihnen auf dem Rücksitz saß, war kein Mensch. Er war ein Mutant.

Jason war kein achtjähriges Kind. Er war nicht entstanden aus der Liebe, die sie und ihr Mann füreinander verspürt hatten.

Ein Mutant.

Anders. Fremdartig. Ein unbekanntes Wesen.

Plötzlich fielen ihr die Artikel ein, die sie in den medizinischen Fachzeitschriften gelesen hatte. Beeinflussung von Erbanlagen, Gen-Ketten. Mutationen. Eine neue Wissenschaft hatte sich aus der Erbforschung herausgeschält. Eine Wissenschaft, die Hilfe versprach für jene Probleme, die den Menschen seit Urzeiten zu schaffen machten.

Welche Nebenwirkungen die Mutationen verursachen würden, das kümmerte die Wissenschaftler wenig. Sally Montgomery spürte, wie sie eine stille Verzweiflung überkam. War man auf dem Weg in eine wunderschöne neue Welt? Oder würden die Menschen jetzt den Mutanten Platz machen? Welches war der verborgene Zweck, für den die Mutanten entwickelt wurden?

Sie wußte es nicht. Und sie hatte Zweifel, ob sie es je erfahren würde. Was Jason betraf, so hatte ihm niemand Schaden zufügen wollen. Der Junge war das Ergebnis eines Experimentes. Nicht mehr, nicht weniger.

Der Gedanke ließ ihren Herzschlag stocken. Sie wandte sich um und betrachtete ihren Sohn, der mit seinen Fingern spielte. Sie streichelte ihm die Wange. Erschrocken wich er zurück.

»Warum bringt ihr mich zu Großmutter?« fragte er.

»Das ist doch nur für ein paar Stunden«, sagte sie.

»Ich wäre lieber bei Mrs. Corliss geblieben. Dann hätte ich mit Randy spielen können, wenn er zurückkommt.«

Randy.

Jason und Randy.

Wie lange waren die beiden schon Freunde? Hatte Jason überhaupt Freunde außer Randy?

Gedankensplitter. Plötzlich fügten sich die Steinchen zu einem Bild zusammen.

Beides waren Mutanten. Deshalb waren sie Freunde.

Wußten sie, daß sie Mutanten waren? Kannten sie überhaupt den Unterschied zwischen Menschen und Mutanten?

Sie wandte sich nach vorn. Er sieht aus wie ein ganz normales Kind, dachte sie. Jason war seinem Vater wie aus dem Gesicht geschnitten. Blaue Augen, blondes Haar. Der energische Zug um den Mund. Begeisterungsfähig, oft auch stur.

Und doch war er nicht ihr Sohn.

Mein Gott, was haben sie mit Jason gemacht? Was haben sie mit mir gemacht? Sie tastete nach der Hand ihres Mannes.

»Steve?«

Er beugte sich zu ihr und erwiderte den Druck ihrer Hand. »Liebling?«

»Ich habe Angst, Steve. Du mußt uns beschützen, hörst du! Beschütze uns, was auch kommt, den Jungen und mich.«

»Mach dir keine Sorgen«, sagte er. »Ich lasse euch nicht im Stich.«

Ob er sein Versprechen halten konnte? Sally schämte sich ihrer Zweifel. So viele Fragen gab es in ihrem Herzen. Und so wenig Antworten.

Steve dachte über das Streitgespräch nach, das Dr. Malone und Dr. Wiseman miteinander geführt hatten. Gab es wirklich so etwas wie eine Verschwörung gewissenloser Wissenschaftler, die am Erbgut ungeborener Kinder herumlaborierten? Das war höchst unwahrscheinlich. Wenn seine kleine Julie gestorben war, dann lag das wohl eher am defekten Erbgut des Vaters. Oder an einem Gen-Defekt bei Sally.

Das CHILD-Institut hatte diese Gen-Schwäche aufgespürt, deshalb wurden die Kinder bestimmter Familien ohne Wissen der Eltern beobachtet. Man war bemüht, bestimmte Fehlentwicklungen zu korrigieren. Eine gute Sache. Mediziner, die ihren Auftrag wahrnahmen.

Es gab also nichts, wovor er Sally und Jason beschützen mußte. Er würde mit der Erkenntnis zu leben haben, daß er Träger kranken Erbguts war. Julie war tot. Wahrscheinlich war das seine Schuld.

Und Jason? Der Junge war nie krank gewesen. Ein perfektes Kind. Die Art von Nachwuchs, von der er immer geträumt hatte.

Sie waren vor dem Haus seiner Schwiegermutter angekommen. Er hielt. Jason ist gesund, dachte er. Und ich bin sein Vater.

Es war ein gutes Gefühl.

Sie standen vor dem Computer in Dr. Malones Büro. Der Kreis begann sich zu schließen.

Sechsundvierzig Frauen.

Keiner dieser Frauen hatte ein Kind gewollt.

Alle waren schwanger geworden.

Und das trotz der Spirale zur Empfängnisverhütung, die Dr. Wiseman, der betreuende Gynäkologe, ihnen eingesetzt hatte.

Die Krankengeschichten der Frauen wiesen weiter aus, daß Dr. Wiseman zur Vorbeugung gegen mögliche Allergien Bicalcioglythemin verordnet hatte.

»Was ist das für ein Präparat?« fragte Dr. Malone.

»BCG? Ein Medikament, das der Abstoßung der Spirale entgegenwirkt«, erwiderte Dr. Wiseman.

»Nie gehört«, sagte Dr. Malone. »Wer stellt das Zeug her?«

»Die Firma PharMax.«

Dr. Malone pfiff durch die Zähne. Der Ältere sah ihn erstaunt an. »Ich sehe da keinen Grund zum Mißtrauen. Ich verordne das Präparat seit zehn Jahren.«

»Und seit zehn Jahren gibt es die mysteriösen Todesfälle, die den ganzen Wirbel ausgelöst haben.«

»Ich sehe keinen Zusammenhang.«

»Nein. Dabei ist es doch ganz klar. Die Firma PharMax ist eines der Unternehmen, die CHILD unterstützen. Außerdem Gründungsmitglied des Instituts. Ist die Verbindung direkt genug?«

Dr. Wiseman schwieg.

»Was mich mißtrauisch macht, ich habe noch nie von diesem Medikament gehört.«

»Die Erklärung dafür ist sehr einfach. Sie sind kein Gynäkologe.«

»Aber ich lese unsere Fachzeitschriften. Vor allem unterhalte ich mich ausführlich mit den Ärztebesuchern. Bob Pender hat nie etwas von BCG erwähnt.«

Dr. Wiseman wurde ärgerlich. »Warum sollte er auch? Das

Mittel ist nur in der Gynäkologie zu verwenden. Was die Wirkungsweise angeht, BCG ist nichts als ein Antiseptikum, zugleich ein Beruhigungsmittel.«

»Mag sein«, gab Dr. Malone zurück. »Sicher bin ich erst, wenn mir die Analyse des Präparats vorliegt.«

Der Ältere starrte ihn feindselig an. »Was wollen Sie eigentlich, Dr. Malone?«

»Ich will herausfinden, womit Sie diese Frauen behandelt haben. Dr. Wiseman. Die Sache ist wichtig genug. Sechsundvierzig Frauen, die trotz Spirale schwanger wurden. Die meisten Kinder sind inzwischen gestorben.« Er tippte auf den Stapel bedruckter Blätter, der auf dem Schreibtisch lag. »Wissen Sie, was das Interessanteste an dieser Schreibung ist? Die Daten, wann Ihre Behandlung mit BCG begann. Immer zeitgleich mit der Einsetzung der Spirale. Die Gene sind durch chemische Einwirkung verändert worden. Durch BCG. Ob mit Absicht oder ohne.«

»Eine Gen-Veränderung im Fötus?«

»Schon vorher, Dr. Wiseman. Im Ei.«

Der alte Arzt spürte, wie die Furcht sein Herz umkrallte. Die Furcht und die Erinnerung.

Wie viele Frauen hatte er mit BCG behandelt? Einmal monatlich war die Salbe bei jeder Frau angewendet worden. Der eigentliche Zweck war in keinem Fall erreicht worden. Alle Frauen hatten die Spirale abgestoßen. Welche Wirkung hatte BCG?

Die Thalidomide fielen ihm ein. Schmerzmittel.

Von Ärzten auf der ganzen Welt wurden diese Mittel verschrieben. Und das, obwohl sie nie in größerem Umfang getestet worden waren. Die Ärzte hatten diese Mittel sogar schwangeren Frauen verordnet. Die Folge waren mißgebildete Kinder gewesen.

BCG. Fluch oder Segen? Was hatte die Substanz bewirkt? Welcher Schaden war angerichtet worden?

»Ich werde eine chemische Analyse des Mittels machen«, sagte er. »Ich kann nicht glauben, daß BCG...« Er ließ den Satz unvollendet. »Ich gehe ins Labor.«

Er ließ Dr. Malone beim Computer zurück und begab sich in seine Behandlungsräume. Er durchquerte das Sprechzimmer. Sekunden später stand er im Labor. Er griff ins Regal, wo der Tiegel mit BCG stand.

Das Regal war leer. Der Tiegel war verschwunden.

Er ging zum Telefon und nahm den Hörer ab. Die Assistentin meldete sich.

»Hat heute vormittag irgend jemand mein Labor betreten?«

»Lassen Sie mich nachdenken, Dr. Wiseman. Jawohl. Mr. Pender von der Firma PharMax ist hier gewesen. Er wollte ein Inventar der PharMax-Präparate aufnehmen, die Sie verwenden. Ich habe ihm Zugang zum Labor gewährt, wie beim letzten Mal.«

Dr. Wiseman war es, als hätte er einen Stich ins Herz erhalten. »Ich verstehe«, sagte er. »Danke.«

Seine Helferin hatte die Veränderung im Tonfall bemerkt. »Hätte ich Mr. Pender nicht ins Labor lassen dürfen?« fragte sie besorgt. »Er macht diese Aufstellungen doch seit vielen Jahren.«

»Das geht schon in Ordnung, Charlene«, sagte Dr. Wiseman. Er legte den Hörer auf die Gabel zurück. Langsam ging er zu Dr. Malone zurück.

»Ich kann keine Analyse machen«, sagte er leise.

»Und warum nicht?«

»Mr. Pender von der Firma PharMax ist heute vormittag im Labor gewesen. Er wollte das Inventar der PharMax-Präparate aufnehmen. Der Tiegel BCG ist fort.«

»Dann werden wir das Präparat eben neu bestellen«, sagte Dr. Malone. Er ging zum Telefon und bat das Mädchen in der Vermittlung, ihn mit der Verkaufsabteilung der Firma PharMax zu verbinden.

Wenig später kam das Gespräch. »BCG? Würden Sie mir das bitte buchstabieren? Ich kenne das Präparat nicht.«

Dr. Malone dachte nach. Anstatt dem Mann eine lange Erklärung zu geben, war es wohl einfacher, wenn Dr. Wiseman mit ihm sprach. Er reichte den Hörer an den alten Arzt weiter.

»Dr. Wiseman, Eastbury Community Hospital. Ich brauche einen Tiegel BCG. *Bicalcioglythemin!* Zwölf Unzen, die übliche Menge.«

Der Mann am anderen Ende schwieg. Dr. Wiseman hörte, wie die Seiten eines Katalogs umgeblättert wurden. Dann kam die Stimme wieder näher. »Sind Sie sicher, daß Sie mit der richtigen Firma verbunden sind, Dr. Wiseman? Hier ist PharMax.«

»Ganz recht. Ich will mit PharMax sprechen. Und ich möchte BCG bestellen. Ich beziehe das Präparat seit zehn Jahren von Ihnen.«

»Sie sagen, Sie rufen vom Eastbury Community Hospital an?«

»Jawohl.«

»Warten Sie bitte einen Augenblick.«

Zwei Minuten verstrichen.

»Es tut mir leid, Dr. Wiseman, aber unsere Firma stellt kein Präparat namens Bicalcioglythemin oder BCG her. Auch in der Vergangenheit ist kein solches Produkt hergestellt worden. Ich habe unseren Computer abgefragt. Sie haben zu keinem Zeitpunkt von uns ein solches Präparat bezogen. Es gibt keinerlei Lieferscheine dafür und natürlich auch keine Rechnungen. Es muß sich bei Ihrer Anfrage um einen Irrtum handeln. Wahrscheinlich haben Sie das Präparat bei einer anderen Firma bezogen.«

»Ich verstehe«, flüsterte Dr. Wiseman. Er zitterte am ganzen Körper, als er auflegte.

»Wir brauchen keine Analyse, Dr. Malone«, sagte er. »Ich weiß, woraus BCG besteht. Das Präparat enthält Nucleotiden, als Basis Kalzium, außerdem ein Bindemittel.«

Das Telefon klingelte. Dr. Malone nahm ab. »Für Sie.«

Dr. Wiseman ergriff den Hörer. Seine Sprechstundenhilfe meldete sich. Nach einer kurzen Unterhaltung legte er wieder auf. Er hielt den Blick gesenkt. »Sally Montgomery und ihr Mann sind da«, sagte er leise. »Würden Sie mir die Unterredung mit den beiden abnehmen? Ich bin jetzt nicht in der Verfassung, um dem Ehepaar die nötigen Erklärungen zu geben. Ich muß erst einmal nachdenken.«

Dr. Malone war unterwegs zur Tür. Auf der Schwelle angekommen, blieb er stehen. »Dr. Wiseman«, sagte er, »haben Sie BCG vielleicht selbst zubereitet?«

Der alte Arzt starrte ihn entgeistert an. »Ich? Was sagen Sie da, Dr. Malone?«

»Es wird Ihnen kaum jemand abnehmen, daß Sie BCG von der Firma PharMax bezogen haben. Offen gesagt, nicht einmal ich nehme Ihnen das ab.«

Neunundzwanzigstes Kapitel

Jim Corliss deutete auf die Kette, die quer über die Zufahrt zum Internatsgebäude gespannt war. »Wir sollten den Wagen vielleicht besser draußen stehen lassen und zu Fuß hineingehen«, sagte er.

»Nein«, sagte Sergeant Bronski. »Ich brauche den Wagen möglichst nah am Haus.« Sie stiegen aus. Bronski öffnete den Kofferraum und holte eine Drahtschere hervor. »Damit habe ich noch jede Kette kleingekriegt«, sagte er. Er durchtrennte das Hindernis, ebenso die zweite Kette, die den Querbalken am inneren Tor sicherte. Dann öffnete er mit Hilfe eines Brecheisens das Kästchen, in dem sich die Elektronik der Öffnungsautomatik befand. Das Tor rollte zur Seite. Er legte das Werkzeug in den Kofferraum zurück und schloß die Haube. »Die Haustür wird wohl keine nennenswerten Schwierigkeiten bieten.«

Sie fuhren das kurze Wegstück entlang. An der Rückseite des Gebäudes angekommen, hielt der Sergeant den Wagen an. Er stieg aus, Jim Corliss folgte ihm. Sie öffneten Lucy und Randy die Türen.

Der Sergeant ging voran. Er schlug mit der Faust an die Hintertür des Gebäudes. Drinnen rührte sich nichts. Sie gingen um das Haus herum und wiederholten die Prozedur an der Vordertür. Nichts.

»Niemand drin«, stellte Lucy Corliss fest. »Die haben sich dünngemacht.«

»Wir werden nachsehen«, sagte Bronski. Er trat ein paar Schritte zurück und sah zu den vergitterten Fenstern hinauf. Randy folgte seinem Blick. »Es gibt keine Fluchtmöglichkeit aus den Zimmern«, sagte er. »Und die Treppe zum Erdgeschoß wurde Tag und Nacht überwacht.«

Sergeant Bronski nickte. Er ging auf die Vordertür zu, nahm seine Pistole aus dem Halfter und benutzte den Knauf, um die Türfüllung einzuschlagen. Nachdem ein tellergroßes Loch entstanden war, griff er durch die Öffnung und betätigte den Innenknauf. Er sah Randy an und kniff die Augen zusammen. »Wie im Gangsterfilm«, frotzelte er.

Knarrend öffnete sich die Tür. Sie gingen hinein. »Da vorn, das ist der Speisesaal«, sagte Randy. »Gleich dahinter ist die Küche. Außerdem gibt's im Erdgeschoß noch ein Spielzimmer. Das übrige sind Büros.« Er wollte losrennen. Sergeant Bronski hielt ihn zurück.

»Ich gehe vor.«

»Es ist doch niemand mehr da.«

»Trotzdem.« Die vier durchquerten den Raum. Vor der Treppe, die zum ersten Stock hochführte, blieben sie stehen.

»Wo geht's da hin?« fragte Bronski.

»Zu den Schlafräumen«, sagte Randy. »Soll ich Ihnen zeigen, wo ich geschlafen habe?«

»Ja, tu das.«

Sie eilten die Treppe hinauf. Auf dem obersten Treppenabsatz befand sich ein Tisch, davor ein Stuhl. Von hier konnte man sowohl die Türen der Schlafräume als auch die Treppe in ihrer gesamten Länge überblicken. Sie gingen den Flur entlang. Vor der dritten Tür blieb Randy stehen.

»Hier hat Eric geschlafen«, sagte er.

»Was für ein Eric?«

»Eric Carter. Er hat mir erzählt, er käme aus Kalifornien.«

Bronski dachte nach. Ein grimmiges Nicken. Eric Carter. Die Kollegen in San José hatten den Jungen als vermißt gemeldet. Ob Randy in den Computerlisten herumgestöbert hatte?

»Randy, hast du dir die Computerlisten angesehen, die Dr. Malone gestern zu euch gebracht hat?«

Randy schüttelte den Kopf.

»Wirklich nicht?«

»Wirklich nicht. Das waren doch sowieso nur Zahlen.«

»Nun gut. Du hast gesagt, das *war* Erics Raum. *Ist* es denn nicht mehr sein Raum?«

»Eric ist gestorben«, sagte Randy. Er sah, wie seine Mutter zusammenzuckte. »Deshalb bin ich ja weggelaufen. Als Eric starb, habe ich es mit der Angst zu tun bekommen.«

»Kann ich gut verstehen«, brummte Sergeant Bronski. »Und jetzt zeig uns einmal, wie du aus dem Haus gekommen bist.«

Randy ging voran. Er führte die drei auf den Dachboden und deutete auf die Luke. Sie stand noch offen. Die Aluminiumleiter war angelehnt. »Dort bin ich rausgeklettert. Und dann bin ich auf den Baum rübergestiegen. Es war ganz leicht.«

Sergeant Bronski nickte. Was er hier vorfand, entsprach in jedem Punkt der Schilderung, die das Kind unmittelbar nach seiner Rückkehr gegeben hatte. »Gehen wir wieder runter«, sagte er.

Sie besichtigten die Krankenräume. Und dann zeigte ihnen Randy das Zimmer, wo Peter Williams tagelang bewußtlos gelegen hatte.

»Und was ist dort?« fragte Sergeant Bronski. Er deutete auf eine kleine Tür.

Randy war ratlos. »Keine Ahnung. Dort haben sie uns nie hineingelassen.«

»Dann wollen wir uns den Raum einmal ansehen«, sagte Bronski. Er öffnete die Tür. Sie betraten das Laboratorium.

Morantz und Kaplan duckten sich in den Schatten der Büsche. Der Junge war das Ziel. Das hatte die Zentrale bestätigt. Und deshalb waren sie dem Wagen gefolgt, in dem Randy Corliss saß. Die Verfolgung hatte keinerlei Probleme bereitet. Sobald der Wagen das Stadtgebiet verlassen hatte, wurde klar, daß die Fahrt zum Internat ging. Morantz und Kaplan kannten die Strecke.

Morantz bog einen Zweig zur Seite. »Ich kann den Wagen sehen«, sagte er. Obwohl sie über hundert Meter entfernt waren, sprach er im Flüsterton.

»Wir schleichen uns am besten im Schutz der Garagen an«, sagte Kaplan. Seine Hand umkrallte den Leinensack. »Selbst wenn sie eine Wache ans Fenster gestellt haben, können sie uns zwischen den Garagen und dem Waldstück nicht sehen.« Fünf Minuten später waren sie im düsteren Schatten des Garagentraktes angelangt. Kaplan öffnete den Leinensack.

Er nahm ein Kästchen von der Größe einer Zigarrenschachtel heraus. Eine Anzahl von Magneten wurde sichtbar. Er betrachtete den Draht, der in die Gelignitmasse eingebettet war, checkte den Empfänger und den Zünder. Dann schloß er das Kästchen.

»Siehst du was?«

Morantz setzte den Feldstecher ab. Er schüttelte den Kopf. »Wenn sie überhaupt noch im Gebäude sind, dann im vorderen Bereich. Worauf wartest du noch?«

Kaplan nickte. Er lief, jeden Busch und Baum als Deckung ausnutzend, über die kleine Freifläche zwischen Garagentrakt und Hauptgebäude. Neben Bronskis Wagen angekommen, prüfte er die Türen und Kofferraum. Verschlossen. Er kniete sich neben das rechte Hinterrad. Schon nach wenigen Sekunden hatte er die Stelle gefunden, die er suchte. Ein sanftes Klicken bestätigte ihm, daß sich die Magneten am Tank festgesaugt hatten.

Er lief zum Garagengebäude zurück. Und dann waren Kaplan und Morantz im Schutz des nahen Waldes verschwunden. Der Rest des Jobs war einfach. Sie brauchten nur in ihrem Lastwagen zu sitzen und abzuwarten.

Lucy Corliss sah sich im Laboratorium um. Ihr Blick fiel auf die geöffneten Schubladen. Es gab eine lange Theke mit Geräten, deren Funktion keiner der vier erahnte.

»Ein schönes Durcheinander«, stellte sie fest.

»Die haben ihre Papiere zusammengepackt und sind Hals über Kopf verschwunden«, war Bronskis Kommentar.

»Was den Schluß zuläßt, daß die Regierung dahintersteckt«, sagte Jim Corliss. »Vor allen Dingen nichts Schriftliches zurücklassen. Ich verstehe trotzdem nicht, was die ganze Geheimniskrämerei soll. Wenn das Institut hier wirklich wissenschaftliche Studien betrieben hat, dann braucht das Personal doch nicht bei Nacht und Nebel zu verschwinden.«

Bronski grinste. »Machen wir uns doch nichts vor, Mr. Corliss. Dies war kein normales Forschungsinstitut. Diese Leute haben Kinder entführt und gefangengehalten. Wenn man Randy glauben kann, und ich glaube ihm, dann sind einige dieser Kinder getötet worden.« Er trat an die Türschwelle zum Nebenraum und betrachtete Randy, der zum Fenster hinaussah. Dann kehrte er zu Jim Corliss zurück. »Der Junge sagt, er hat keinen Krankenwagen gesehen«, flüsterte er. »Ich vermute, daß die Leichen irgendwo auf dem Gelände versteckt sind. Schauen wir uns doch einmal an, was hinter diesem Vorhang verborgen ist.«

Er zog den Vorhang zur Seite. Ein aufrechtstehender Metallzylinder von der Größe eines erwachsenen Menschen kam zum Vorschein. Randy war ins Laboratorium zurückgekehrt. »Ist das eine eiserne Lunge?« fragte er.

Sergeant Bronski schüttelte den Kopf. »Sieht nicht so aus.«

»Was ist es denn dann?« fragte Lucy, zu dem Beamten gewandt.

»Vermutlich eine Unterdruckkammer«, sagte Bronski düster. Er und Lucy Corliss tauschten einen raschen Blick. Sie zog ihren kleinen Sohn an sich.

»Warte auf uns im Mittelgang«, sagte sie. »Wir kommen gleich nach.« Sie sah ihm nach, wie seine kleine Gestalt von der Finsternis des Korridors aufgenommen wurde. Sie wandte sich zu Sergeant Bronski. »Was ist das?«

Er schluckte. »Eine Unterdruckkammer, wie sie in den Tierheimen Verwendung finden.«

Sie verstand nicht und wollte nicht verstehen. Hilfesuchend sah sie Jim an.

Der kniff die Lippen zusammen. »Damit töten sie die Welpen.«

Sie war kreidebleich geworden. »Mein Gott! Wollen Sie damit sagen, sie haben die Unterdruckkammer benutzt, um...«

»So sieht es aus«, erwiderte Bronski. Er sah sich im Raum um. Dann ging er auf eine Stahlblende zu, die in halber Höhe angebracht war. Er betätigte den Griff. Eine Tür, dick wie eine Bibel, schwang auf.

Bronski nickte. »Hier haben sie die Leichen verbrannt«, sagte er. Er berührte die Innenseite der Tür mit dem Handrücken. Sie war noch warm. Er warf einen Blick in die Brennkammer. Roste. Eine Anordnung von Düsen. Asche war keine zu sehen.

Er zog seine Taschenlampe hervor und ließ den Kegel über die Roste gleiten. Zwischen zwei Stäben wurde ein schwärzlicher Klumpen sichtbar. Bronski nahm eine kleine Plastiktüte aus der Tasche, ergriff den Klumpen mit zwei Fingern, löste ihn von dem Rost und ließ ihn in die Tüte plumpsen. Er versiegelte die Tüte und steckte sie in die Tasche zurück.

»Gehen wir«, sagte er. »Mir reicht's. Was sonst noch zu tun ist, soll die Spurensicherung machen. Ich bin sicher, sie werden jede Menge Beweise vorfinden. Fingerabdrücke. Weiß Gott, was sonst noch. Die Burschen werden jeden Quadratmeter des Geländes durchpflügen.« Er starrte in die Brennkammer. »Die haben den Ofen gesäubert, aber sie haben ihn nicht gut genug gesäubert.« Er grinste. »Sie hatten keine Zeit mehr, die Spuren ihrer Verbrechen zu beseitigen. Es muß ihnen plötzlich sehr brenzlig unter den Füßen geworden sein. Dieser Tatsache haben wir wohl auch zu verdanken, daß Randy noch lebt. Ich wette, die haben sich gar nicht erst mit seiner Verfolgung aufgehalten. Sie haben einfach ihre Sachen zusammengepackt und sind verschwunden.«

Sie gingen zum Hinterausgang. Bronski zog die Tür ins Schloß. Wenig später saßen sie alle vier wieder im Wagen. Er startete. Sie fuhren den Weg entlang. Nachdem sie die Tore passiert hatten, bog der Sergeant auf die Asphaltstraße ein.

»Wie geht's weiter?« fragte Jim Corliss.

»Sobald wir nahe genug an Eastbury heran sind, werde ich Funkkontakt mit dem Revier aufnehmen«, sagte Bronski. »Ich werde veranlassen, daß sie sofort die Spurensicherung in Bewegung setzen. Wenn das läuft, möchte ich ein paar Worte mit Paul Randolph sprechen.« Er hatte Lucys fragenden Blick im Rückspiegel bemerkt. »Sie haben richtig verstanden, Mrs. Corliss. *Ich.* Sie und Ihr Mann sind jetzt raus aus der Sache. Das weitere ist Sache der Polizei.« Er hob den Kopf und blinzelte. Er hatte im Rückspiegel die Umrisse eines grauen Lastwagens erkannt, der von einem Seitenweg auf die Hauptstraße einbog.

»Werden wir verfolgt?« fragte Jim Corliss.

Bronski betrachtete den Wagen, der kleiner zu werden begann. »Nein«, sagte er. »Einen Augenblick lang hatte ich den Eindruck. Aber ich habe mich geirrt.«

Er trat aufs Gas. Ein unangenehmes Gefühl hatte von ihm Besitz ergriffen.

Der Polizeiwagen war in der Kurve verschwunden. Morantz beugte sich zu Kaplan. »Noch zehn Sekunden«, flüsterte er.

Bronski grübelte. Ein grauer Lastwagen. Irgendwo kam ihm das Gefährt bekannt vor. Aber ihm wollte nicht einfallen, wo er das Ding schon mal gesehen hatte.

Jedenfalls war es nicht lange her.

Heute? Ja, dachte er. Heute morgen war es gewesen.

Aber wo? Warum kann ich mich an so etwas Wichtiges nicht erinnern?

Vor seinem geistigen Auge erschien Lucy Corliss' Haus. Die geparkten Fahrzeuge. Ganz richtig. Da hatte ein grauer Lastwagen gestanden.

Der gleiche, den er soeben im Rückspiegel gesehen hatte?

Wenn es der gleiche war, dann wurden sie verfolgt.

Der Wagen war allerdings in der Gegenrichtung davongefahren. Warum?

Die Antwort war leicht. Weil der Mann, der den Lastwagen lenkte, bereits wußte, was er auskundschaften wollte. Weil...

»Verdammt!« schrie er. Er trat mit voller Wucht auf die Bremse, der Wagen geriet ins Schleudern. »Raus aus dem Wagen! Sofort! Alle raus!«

Er steuerte das schleudernde Fahrzeug auf die Böschung zu und griff nach der Türklinke. Hoffentlich...

Mit einem ohrenbetäubenden Donnern explodierte die Ladung, die am Tank befestigt worden war. Sekunden später stand der Wagen in Flammen.

Sergeant Bronski war sofort tot. Er war aus dem Wagen geschleudert worden und hatte sich beim Aufprall auf einem Baum das Genick gebrochen.

Jim Corliss war mit den Füßen unter dem Armaturenbrett eingeklemmt worden. Der Gestank brennenden Gummis stieg ihm in die Nase. Vergeblich versuchte er, sich von dem Plastikbügel, der seine Schenkel auf den Sitz preßte, zu befreien. »Randy! Lucy!« Er ruderte mit den Armen. Nichts. Sehen konnte er weder seine Frau noch den Jungen, der Qualm erfüllt das Wageninnere. Dann waren die Flammen da. Glühend heiße Luft strömte in seine Lungen. Er wußte jetzt, daß er das Inferno nicht überleben würde.

Als der Wagen ins Schleudern geriet, hatte sich Lucy über ihren Sohn geworfen. Jetzt ist alles zu Ende, dachte sie. Sie begann zu schreien.

Das Fahrzeug hatte sich überschlagen, es landete auf dem Wagendach. »Mutter!« schrie Randy. »Laß mich los!«

Sie hörte ihn nicht. Sie wußte nur, daß sie ihren Sohn vor den Flammen schützen mußte.

Jim, dachte sie. Er muß uns helfen. »Hilfe!« schrie sie. Erst als sie heiser wurde, bemerkte sie, daß Randy verschwunden war. Sie beugte sich vor und gewahrte seine Gestalt in der Lücke zwischen den beiden Vordersitzen. Als sich ihre Hand um seinen Fuß schloß, zuckte er zusammen. Er sah sich um.

Eine Halluzination, dachte sie. Ihre Hand wurde vom Feuer zerfressen. Randys Fuß blieb unversehrt. Es war, als ob das Feuer ihm nichts anhaben könnte. Dann hörte sie seine Stimme und wußte, daß es keine Halluzination war.

»Laß mich los, Mutter«, schrie er. »Ich werde nicht sterben. Ich *kann* nicht sterben.« Sie war jetzt so entkräftet, daß sie sein Bein freigab.

Während Randy unter dem lodernden Vorsitz wegkroch, glitt seine Mutter ins Koma hinüber. Ihr Sohn hatte das Seitenfenster erreicht. Der Rauch stieg ihm in die Augen. Und dann sah Randy die Gestalt, deren Oberkörper von der Wagendecke herunterhing.

Sein Vater.

Der Kopf war klar zu erkennen. Und der Mund, der sich bewegte. Randy schauderte. Er kroch weiter. Der Fahrersitz war leer, Bronski verschwunden. Die Fahrertür war halb geöffnet.

Er warf einen Blick auf seinen Vater. Dann wurde es so heiß, daß er keinen klaren Gedanken mehr fassen konnte. Er ließ sich in die Lücke fallen, die sich zwischen Wagendach und Tür auftat.

Mit einem dumpfen Geräusch kam sein Körper auf dem Boden auf. Instinktiv rollte er sich zur Seite, bis er eine Stelle erreicht hatte, die etwas höher lag und aus diesem Grunde von dem auslaufenden Benzin verschont geblieben war.

Er sprang auf. Keuchend lief er auf den Wald zu. Als er sich umblickte, sah er seinen Vater, dessen Züge vom Todeskampf entstellt waren. Er hastete weiter. Als er am Waldrand ankam, brach er zusammen.

Es wurde dunkel um ihn. Und dann fühlte er gar nichts mehr.

Er war bewußtlos. Und trotzdem wirkte die genetische Programmierung, die ihm von Dr. Hamlin mitgegeben worden war.

Die Brandblasen glätteten sich. Die Schwären auf dem Rücken zerschmolzen, um neues, gesundes Gewebe zu bilden.

Morantz und Kaplan hatten ihre Fahrt verlangsamt, als sie den Donner der Explosion vernahmen. Kaplan nickte zufrieden. »Das war's dann wohl. Wieviel Zeit haben wir?«

»Alle Zeit der Welt«, sagte Morantz. »Es ist unwahrscheinlich, daß Bronski als Gespenst hinter uns hergefahren kommt.«

»Haben wir sauber hingekriegt.«

Morantz musterte ihn voller Verachtung. »Wir haben gerade vier Menschen getötet, darunter eine Frau und ein Kind. Es kotzt mich an, wenn du so darüber sprichst.« Er schwieg eine Weile. »Weißt du was?« sagte er, nachdem er den Wagen wieder beschleunigt hatte. »Wenn das alles vorüber ist, mache ich Fliege.«

Kaplan quittierte die Bemerkung mit einem breiten Grinsen. »Das höre ich öfter von dir. Ich höre es eigentlich bei jedem Job von dir.«

Sie hatten auf der Straße gewendet. Als sie an der Einfahrt zum Internat ankamen, trat Morantz auf die Bremse. Er stieg aus, öffnete das Tor und kam in den Wagen zurück. Sie fuhren auf das Hauptgebäude zu. Morantz parkte den Wagen hinter dem Haus. »Beeilen wir uns«, sagte er. »Bis zwölf muß alles erledigt sein.«

Sie luden ihr Gerät aus und trugen es ins Haus. Als die Sprengladungen befestigt waren, rieb sich Morantz über das Kinn. »Ich weiß nicht, was sie sich davon versprechen. Okay, okay, wir werden das Gebäude in Schutt und Asche legen. Daß die ganze Sache oberfaul war, ist jedem Eingeweihten trotzdem klar. Und der Brand ist dabei das i-Tüpfelchen. Er beweist, daß Profis am Werk waren. Nämlich wir.«

»Meinst du, daß sich überhaupt jemand um den Brand kümmern wird? Wir sind hier mitten in der Wildnis.«

»Du bist richtig lustig. Man hört eine solche Explosion auf mehrere Kilometer. Die Leute werden in Scharen hierher strömen, um sich das Feuerwerk anzusehen. Unter anderem die Polizei. Wenn die Beamten ihr Geld wert sind, müßten sie innerhalb von fünf Minuten wissen, was gespielt wurde.«

Das Befestigen der Sprengsätze und das Verlegen der Zündkabel hatte eine halbe Stunde gedauert. Es war Morantz, der die letzten Kontakte verlegte. Er hielt die Uhr in der Hand, die durch ein Spiralkabel mit dem Zündmechanismus verbunden war. »Fünf Stunden?«

Kaplan sah ihn düster an. »Warum so lange? Was ist, wenn die Polizei schon heute nachmittag kommt?«

»Das ist sehr unwahrscheinlich«, belehrte ihn Morantz. »Die werden sich als erstes um das verbrannte Auto und die Identifizierung der Insassen kümmern. Du weißt doch, der Mensch steht im Mittelpunkt.«

Sie verließen das Gebäude. Morantz öffnete die Ladeklappe und nahm ein Schild heraus. Sie bestiegen das Führerhaus, er hielt das Schild auf seinen Knien, während er auf das Tor zufuhr. Nachdem sie die äußere Umfriedung passiert hatten, hielt er den Wagen an und stieg aus. Er befestigte das Schild an der Kette.

LEBENSGEFAHR!

DIESES GELÄNDE STEHT UNTER QUARANTÄNE!

DIE REGIERUNG DER VEREINIGTEN STAATEN V. AMERIKA

Unterhalb der dicken Lettern der ersten drei Zeilen gab es einen enggeschriebenen Schriftblock, in dem auf die Strafen hingewiesen wurde, die denjenigen treffen würden, der das Verbot mißachtete.

Morantz kam zurück und erklomm den Fahrersitz. »Komisch«, sagte er. »Man kann ein Gelände mit Stacheldraht umzäunen. Was passiert? Jeder Einbrecher, der auf sich hält, wird einen Einbruch versuchen. Denn er muß ja in Erfahrung bringen, was so wichtig und wertvoll ist, daß man es mit Stacheldraht schützen muß. So ein Schild hingegen wirkt. Wochenlang.«

Sie fuhren auf die qualmende Fackel zu, die einige hundert Meter voraus in den Himmel loderte. Langsam steuerte Morantz den Wagen an der Unglücksstelle vorbei. Drei Streifenwagen der Polizei, ein Feuerwehrauto und zwei Krankenwagen waren vorgefahren.

Morantz warf einen Blick in den Rückspiegel. »Ein Feuer, wie's im Buche steht.« Er schmunzelte. »Ich kenne niemanden, der so was überlebt. Du?«

Dreißigstes Kapitel

Dr. Arthur Wiseman stand in seinem Büro und betrachtete seine Promotionsurkunde, die in Glas und Aluminium gerahmt an der Breitseite des Raumes hing.

Erinnerungen. Wie viele Patientinnen hatten ihm an diesem Schreibtisch gegenüber gesessen. Das Diplom, leicht vergilbt, wies ihn als Spezialisten aus, der sich in der ärztlichen Kunst auskannte.

Er schloß die Augen. Ich bin schuldig, dachte er. Wie viele Kinder habe ich zum Tode verurteilt? Wieviel Unglück habe ich in die Familien getragen?

Er kannte die Statistiken. Nicht nur die Kinder waren Opfer geworden. Auch die Eltern. Ehen gingen zu Bruch, wenn ein Kind starb und Schuldvorwürfe die Liebe zwischen Mann und Frau vergifteten.

Jahrelang hatte er die Wahrheit verdrängt. SIDS, das war der hassenswerte Feind, der den Kindern die Kehle zuschnürte. Ein Feind, der sich nach vollbrachter Tat in die Dunkelheit flüchtete.

Es gab keine Dunkelheit mehr. Der Mann, der ihm aus dem Spiegel entgegenstarrte, stand im Licht. Ich selbst bin der Feind, dachte er.

Zeit. Immer hatte er zu wenig Zeit gehabt. Es waren die Patientinnen, die seine Zeit in Anspruch nahmen. Der Beruf. Die Klinik. Die täglichen Pflichten. Eastbury hatte ein Krankenhaus, auf das die Bürger stolz sein konnten.

Und so hatte er keine Zeit gehabt, sich die Medikamente näher anzusehen, die er verordnete. Die Hersteller taten ein übriges, um Kritik und Skepsis zu unterlaufen. Jedes Mittel, das neu auf den Markt kam, wurde von den Ärztebesuchern als Wundermittel angepriesen.

Der Mangel an Zeit. Es war keine Zeit gewesen, die Resultate der Forschungsprogramme zu hinterfragen, die ihm von Instituten und Firmen übermittelt wurden. Keine Zeit, um die Dokumentationen zu lesen, die von den Fachverlagen herausgegeben wurden.

Statt dessen hatte er bereitwillig nach allem gegriffen, was ihm angepriesen wurde. Er hatte die Symptome behandelt. Wie gut, daß die pharmazeutischen Hersteller unermüdlich neue

Produkte entwickelten, die dem jeweiligen Geschmack der Patienten entsprachen.

Allerdings gab es auch Produkte, die nicht halfen. Wie BCG. Die Kinder waren gestorben.

Nicht *alle* waren gestorben, dachte er. Ein paar lebten noch.

Aber konnte man das Leben nennen?

Waren das gesunde kleine Jungen oder künstlich geschaffene Wesen, die nur funktionierten?

Die Wunden, die sich diese Jungen beim Spielen zufügten, heilten innerhalb weniger Minuten. Dr. Wiseman dachte nach. Das Gespräch mit Dr. Malone kam ihm in Erinnerung. Es war auf der Fahrt zur Klinik gewesen. Dr. Malone hatte das Verteidigungsministerium erwähnt. Die Jungen, so hatte er gesagt, würden einmal perfekte Soldaten abgeben.

Krieg war plötzlich kein Risiko mehr. Man sandte Soldaten in dem Kampf, die unsterblich waren.

Wie sicher war der Friede, wenn die eine Seite sicher war, daß sie überleben würde?

Die Zukunft des Menschen. Die Männer waren Tötungsmaschinen. Wahrscheinlich würde es auch andere Wesen geben. Züchtungen. Jede Gruppe würde für einen ganz bestimmten Zweck geschaffen werden. Diese Wesen würden all jene Aufgaben erfüllen, bei denen normale Menschen versagten.

Normale Menschen.

Würde es überhaupt noch den Menschen geben, der aus dem Zusammenwirken von Zufall, Auslese und göttlichem Funken entstand? Wahrscheinlich nicht. An die Stelle der soeben überwundenen Rassenfeindlichkeit würde der Dünkel der genetischen Gruppen treten. Jede Gruppe wurde für bestimmte Zwecke eingesetzt. An der Spitze stand ›ein normaler Mensch‹.

Irgendwann freilich würden die Mutanten rebellieren. Sie würden die Herrschaft des normalen Menschen nicht mehr anerkennen. Was dann?

Dr. Wiseman schätzte sich glücklich, daß er das nicht mehr erleben würde. Es würde ihm erspart bleiben, den Frauen Rede und Antwort zu stehen, die er ins Unglück gestürzt hatte.

Er öffnete das verglaste Wandschränkchen und zog eine Spritze auf. Er legte sie auf den Schreibtisch. Dann schaltete er den Computer ein. Er löschte die Daten, die in der einen oder anderen Weise mit BCG zu tun hatten. Sein guter Ruf würde unangetastet bleiben.

Nachdem er sich den Inhalt der Spritze in die Vene injiziert hatte, nahm er an seinem Schreibtisch Platz. Fünf Sekunden später war er tot.

Randy Corliss öffnete die Augen. Wo bin ich? Dann erinnerte er sich.

Er hatte auf dem Rücksitz des Polizeiautos gesessen, neben seiner Mutter. Der Wagen war ins Schleudern geraten. Sergeant Bronski hatte geschrien: »Raus!« Und dann...

Er richtete sich auf und sah in die Runde. Bäume. Die Straße. Dann ein brennendes Autowrack. Ein Pulk von Leuten verharrte in respektvoller Entfernung.

Er stand auf und sah an sich herab. Er war nackt. Auf dem Boden lag die Asche seiner Kleider. Seine Haut war makellos. Keine Wunden, keine Narben.

Ein kalter Wind wehte. Und doch blieben die Blätter an den Bäumen unbewegt. Er fuhr sich mit der Hand über den Schädel. Keine Haare.

Feuer.

Er mußte in ein Feuer geraten sein. Wo sind meine Eltern?

Er stolperte auf die Bäume zu. »Mutter, wo bist du?« schrie er. »Vater!« Plötzlich blieb er stehen. Die Erinnerung hatte ihn eingeholt. Er rannte auf den brennenden Wagen zu. »Mutter! Vater!«

Die Menschen, die im Halbkreis um das Wrack standen, starrten ihn an wie eine Erscheinung.

»Wo zum Teufel kommt denn der Junge her?« hörte er einen Sanitäter sagen. Der Mann kam auf ihn zugelaufen und warf ihm eine Decke über.

Randy brach in Tränen aus. »Wo ist meine Mutter?«

»Keine Ahnung, mein Junge«, sagte der Mediziner. Er legte ihm den Arm um die Schultern. »Wo kommst du denn her?«

Randy hatte sich mit einer unwilligen Geste von ihm freigemacht. Er lief auf das Wrack zu. Die Sitze waren leer. Er brach zusammen.

»Schaffen Sie den Jungen ins Krankenhaus«, sagte der Unfallarzt. »Vielleicht ist es der Kleine, der auf dem Rücksitz saß. Er muß ins Krankenhaus, so schnell wie möglich.«

Randy wurde auf eine Trage gelegt und in den Krankenwagen geschoben. Mit heulender Sirene raste das Gefährt Richtung Eastbury. Der Krankenpfleger, der auf dem Klappsitz neben Randy Platz genommen hatte, beugte sich über ihn. Vorsichtig hob er die

Decke hoch. Als er sah, daß die Haut des Jungen unversehrt war, schüttelte er den Kopf. Er wandte sich zu einem Kollegen, der auf dem Beifahrersitz saß.

»Sieh dir das einmal an. Die Kleider des Jungen sind verbrannt. Das Haar ist verbrannt. Der Bursche hat mitten im Feuer gesessen wie die Eltern. Der müßte eigentlich tot sein.«

Dr. Malone sah die Frau vor seinem Schreibtisch mit beschwörendem Blick an.

Sally Montgomery war von ihrem Mann ins Büro geführt worden. Steve hatte neben ihr auf dem Sofa Platz genommen. Dr. Malone hatte dem Ehepaar von seiner Unterredung mit Dr. Wiseman berichtet. Zweimal hatte Sally den jungen Arzt unterbrechen wollen. Beide Male hatte Steve ihr in die Hand gekniffen, damit sie schwieg. Jetzt war sie aufgestanden. »Ich gehe zu ihm«, sagte sie. »Was er zu sagen hat, möchte ich unmittelbar von ihm hören.«

»Ich weiß nicht, ob er jetzt Zeit für Sie hat«, sagte Dr. Malone. »Als ich mich von ihm verabschiedete...«

»Keine Zeit für mich?« Sally wäre ihm vor Wut fast ins Gesicht gesprungen. »Dieser Mann hat meine kleine Julie getötet, und jetzt hat er keine Zeit für mich? Er ist ein Killer, Dr. Malone. Er hat -zig Kinder und -zig Frauen auf dem Gewissen. Deshalb wollte er mich auch in eine geschlossene Anstalt einweisen. Ich wußte zuviel.« Sie war zur Tür unterwegs, als das Telefon läutete.

Dr. Malone nahm den Hörer ab. Als er wieder auflegte, zitterten seine Hände. »Es ist zu spät, Mrs. Montgomery«, sagte er leise. »Die Sekretärin von Dr. Wiseman war dran. Sie hat ihn soeben tot in seinem Büro aufgefunden.«

»Tot?« echote Sally. »Er ist tot?«

»Auf dem Schreibtisch lag ein leeres Injektionsbesteck. Es sieht so aus, als ob er Selbstmord begangen hat.«

»O Gott«, flüsterte Sally. »Wer wird als Nächster sterben?«

Wieder klingelte das Telefon. Als Dr. Malone das Gespräch beendete und Sally Montgomery ansah, ahnte sie, daß ihr weitere schlimme Nachrichten bevorstanden.

»Sprechen Sie, Dr. Malone. Was ist passiert?«

»Ein Unfall. Jedenfalls... Es scheint ein Unfall gewesen zu sein.«

Ihre Augen weiteten sich. »Wer?«

»Sergeant Bronski«, flüsterte er. »Er ist bis zur Unkenntlichkeit verbrannt. Und... Lucy Corliss. Mrs. Corliss und ihr Mann. Alle tot.«

»Nein!« schrie Sally. Sie sprang auf und wankte auf den jungen Arzt zu. »Sagen Sie, daß es nicht wahr ist! Sie *können* nicht tot sein.« Plötzlich versagten ihr die Beine den Dienst. Schluchzend brach sie zusammen.

Dr. Malone ging zu ihr. Sie trugen die Weinende zum Sofa. »Ich werde ihr ein Beruhigungsmittel geben«, sagte Dr. Malone. Er ging zu seinem Arzneischrank, zog eine Spritze auf und injizierte sie Sally in die Armbeuge. Steve hörte, wie ihr Atem ruhiger wurde. Sie schloß die Augen.

»Randy hat das Unglück überlebt«, sagte Dr. Malone. »Der Krankenwagen bringt ihn hierher.«

»Aber wie konnte es denn zu diesem Unfall kommen?« fragte Steve.

»Die Polizei hat die Unfallursache noch nicht feststellen können«, sagte der Arzt. »Das Fahrzeug ist von der Fahrbahn abgekommen, hat sich überschlagen und ist in Brand geraten.«

Steve starrte ihn an. »Ich glaube nicht, daß das ein Unfall war, Dr. Malone. Es gibt genügend Menschen, die am Tod Bronskis interessiert waren. Zum Beispiel...«

»Es ist zu früh, um sich darüber den Kopf zu zerbrechen«, schnitt ihm Dr. Malone das Wort ab. »In einer solchen Situation ist es am besten, wenn man ein Problem nach dem anderen löst. Ihre Frau braucht jetzt erst einmal Ruhe. Ich werde dafür sorgen, daß sie bei uns ein Bett bekommt. Danach muß ich in die Aufnahme. Ich möchte dabeisein, wenn sie Randy Corliss bringen.«

Paul Randolph ging mit nervösen Schritten in seinem Büro auf und ab. Nein, dachte er. Ich werde mir keine Zigarette anzünden. Für jemanden, der sich in der Medizin auskannte, war es kein gutes Aushängeschild, wenn man ihn mit einer Zigarette antraf. Er warf einen Blick auf die Männer, die in seinem Büro warteten, und wunderte sich über ihre Geduld. Die beiden konnten warten, ohne zu rauchen.

Die beiden Agenten, die zu Carmodys Team gehörten, hatten noch nicht wieder angerufen. Seit jenem Telefongespräch, als CHILD über die Besucher von Mrs. Corliss informiert worden war, gab es keinen Kontakt mehr.

Paul Randolph wünschte diese Mrs. Corliss zum Teufel. Zum Teufel wünschte er auch Mrs. Montgomery und Dr. Malone.

»Alles in allem hält sich der Schaden eigentlich in Grenzen«, hörte er Dr. Hamlin sagen. »Wir haben ein Präparat entwickelt, das einer Reihe von Frauen verabreicht wurde. Ausnahmslos Frauen, die kein Kind wollten, sonst hätten sie sich nicht die Spirale einsetzen lassen. Sie haben trotzdem ein Kind bekommen. Und dann hat man ihnen dieses Kind wieder weggenommen. Ich sehe nicht, wer da geschädigt ist.«

»Die betroffenen Frauen scheinen das nicht so milde zu beurteilen«, sagte Paul Randolph mit allem Sarkasmus, zu dem er fähig war. »Sie glauben, wir hätten ihre Kinder umgebracht. Und das haben wir ja auch, nicht wahr?«

Generalleutnant Scott Carmody rutschte unruhig auf seinem Sessel hin und her. Er war es nicht gewöhnt, daß man ihn warten ließ. »Für ein gutes Ergebnis muß man Opfer bringen«, sagte er. »Die Armee braucht diese Jungen, Mr. Randolph. Je eher das Projekt zum Erfolg geführt wird, um so besser.«

»Egal unter welchen Opfern?«

Sein Ausdruck wurde hart. »Bei jedem unserer Forschungsprogramme sterben Menschen. Das ist der Preis des Fortschritts. Wir wußten das, ehe wir die Programme starteten.«

Paul Randolph sah ihn wütend an. »Jetzt werden Sie mir als nächstes erzählen, daß man kein Omelette machen kann, ohne das Ei zu zerschlagen. Sie vergessen dabei nur eines. Es geht um Kinder, nicht um Eier.«

»Wieso sind Sie so sicher, daß es sich nicht *nicht* um Eier handelt!« warf Dr. Hamlin ein. Er stand auf, reckte sich, trat ans Fenster und blickte zum Logan Airport hinaus. Mit Genugtuung betrachtete er das Düsenflugzeug, das zum Start beschleunigte und wenig später von der Piste abhob. Er hatte immer schon gern Flugzeuge starten sehen.

Das Telefon auf Paul Randolphs Tisch klingelte. Er nahm ab. Nach wenigen Worten gab er den Hörer an Carmody weiter. Der Generalleutnant sprach fünf Minuten lang. Er gab eine Reihe von Anweisungen. Dann legte er auf.

»Ich glaube, das Problem ist gelöst«, sagte er. »Das Ehepaar Corliss ist tot, Sergeant Bronski und Dr. Wiseman ebenfalls.«

»Dr. Wiseman?« fragte Randolph. »Wie ist das denn passiert?«

»Er hat sich umgebracht.«

»Und was ist mit Randy Corliss?« wollte Dr. Hamlin wissen.

»Er hat die Sache überlebt«, sagte Generalleutnant Carmody leise. »Er hat die Explosion und das Feuer unversehrt überstanden. Im Augenblick befindet er sich im Eastbury Community Hospital zur Beobachtung.«

Paul Randolph war aschfahl geworden. »Wie können Sie dann sagen, das Problem sei gelöst. Solange der Junge lebt...«

Dr. Hamlin schaltete sich ein. »Es spielt keine Rolle, ob der Junge weiterlebt oder nicht. Was könnte er schon erzählen? Die Daten in den Computern sind gelöscht, es gibt keine Spuren des Programms. Noch heute nacht geht das Internatsgebäude in die Luft. Es gibt keine Beweise, auf die sich die Frauen stützen könnten.«

»Randy Corliss stellt trotzdem eine Gefahrenquelle dar. Er kennt die Namen der Jungen, die in das Projekt einbezogen waren.«

Carmody zuckte die Schultern. »Die Spuren dieser Jungen verlaufen im Sande, Mr. Randolph. Wer auch immer in der Sache herumbohrt, er wird Schwierigkeiten haben nachzuweisen, daß es je Individuen auf der Welt gab, deren Name mit dem Projekt Gott verbunden sind. Nicht einmal Dr. Hamlin, unser Freund, könnte das nachweisen. Computer sind eine schöne Sache. Sie ermöglichen es uns nicht nur, einen Menschen zu kontrollieren. Sie ermöglichen es uns auch, ihn auszuradieren.«

Randolph war in seinen Sessel gesunken. »Ist das Ausradieren von Menschen damit zu Ende?«

»Nicht ganz«, sagte Dr. Hamlin. »Da gibt es noch die Familie Montgomery. Und das ist ein Job, der auf Sie zukommt, Mr. Randolph.«

Eine Stunde später saß Randolph in seinem Wagen. Fahrtziel war Eastbury. Dr. Hamlins Plan, so schien es ihm, war gut. Mit etwas Geschick konnte es klappen.

Und wenn nicht?

Paul Randolph zog es vor, an diese zweite Möglichkeit gar nicht erst zu denken.

Einunddreißigstes Kapitel

Das erste, worauf Sally Montgomerys Blick fiel, als sie die Augen öffnete, war die Decke. Schalldämmende Gipsplatten. Das Material, das sie haßte. Ebenso unangenehm war die Farbe. Mattgrün. Ekelerregend. Sie lag in einem Krankenhausbett. Sie versuchte sich aufzurichten. Da drang Steves Stimme an ihr Ohr.

»Ich bin bei dir«, hörte sie ihn sagen. »Es ist alles in Ordnung. Du bist vor ein paar Stunden ohnmächtig geworden. Dr. Malone hat dir eine Beruhigungsspritze gegeben.«

Sie sank in die Kissen zurück und wälzte sich auf die Seite. Schweigend musterte sie ihren Mann. Log er? War es vielleicht Dr. Wiseman, der ihr die Spritze gegeben hatte?

Dann fiel ihr ein. Dr. Wiseman war tot. Auch das Ehepaar Corliss war tot. Und Sergeant Bronski. Die Tränen schossen ihr in die Augen. Sie begann zu schluchzen. Steve trat zu ihr und tupfte ihr die Wangen trocken.

»Sie sind alle tot, nicht wahr?«

»Alle außer Randy«, sagte Steve.

»Was ist passiert?«

»Ich erzähle es dir später, wenn es dir bessergeht. Du mußt jetzt schlafen.«

»Nein, ich will wissen, wie es passiert ist, Steve. Ich habe ein Recht darauf, es zu erfahren.«

»Es war ein Unfall. Wahrscheinlich hat Sergeant Bronski die Gewalt über seinen Wagen verloren. Ein geplatzter Reifen vielleicht, die Polizei kann noch nichts Endgültiges sagen. Jedenfalls ist der Wagen von der Fahrbahn abgekommen, und dann haben sie sich überschlagen. Der Tank ist explodiert.«

»Furchtbar«, stöhnte Sally. Sie sah ihrem Mann in die Augen. »Sind sie – verbrannt?«

Steve nickte. »Jim und Lucy sind verbrannt, ja. Bronski wurde aus dem Wagen geschleudert. Er hat sich das Genick gebrochen.«

»Und Randy?«

»Er hat's überlebt. Irgendwie ist es ihm gelungen, aus dem brennenden Wagen rauszukommen. Seine Kleider sind völlig verbrannt. Auch sein Haar ist abgesengt...«

Sie schloß die Augen. »Wie ist das möglich, Steve? Die Verbrennungen...«

»Er hat's überlebt, und das ist die Hauptsache.«

Die Tür ging auf, Dr. Malone kam ins Zimmer. Er trat ans Fußende des Bettes. Er lächelte Sally zu. »So ganz gesund sind Sie noch nicht, fürchte ich.«

»Steve hat mir gerade erzählt, wie das Ehepaar Corliss...« Ihr versagte die Stimme, die Tränen flossen ihr die Wangen hinunter. Sie nahm ein Papiertaschentuch und tupfte sich ab. Dann stützte sie sich auf. »Was hat das zu bedeuten, Dr. Malone?« fragte sie. »War es wirklich ein Unfall?«

»Ich wünschte, ich könnte Ihnen Ihre Frage beantworten«, sagte Dr. Malone. Er zögerte, bevor er weitersprach. »Es gibt jemanden, der Ihnen gern einen Besuch abstatten möchte. Sie selbst entscheiden, ob Sie den Besucher empfangen wollen.«

»Ein Besucher? Wer?«

»Mr. Paul Randolph aus Boston.«

»Der Leitende Manager von CHILD? Warum? Was will er von mir?«

»Er hat mich vor einer Stunde angerufen. Er wollte wissen, was mit unserem Computer los ist.«

»Und?«

»Er sagte, sie haben versucht, die neuesten Daten vom Eastbury Community Hospital abzurufen. Der Bildschirm blieb leer.«

Steve runzelte die Stirn. »Und das bedeutet?«

»Das bedeutet, die Programme sind gelöscht worden«, sagte Dr. Malone. »Wir haben keine Beweismittel mehr.«

»Es gibt noch die Schreibungen«, sagte Sally.

Dr. Malone schüttelte den Kopf. »Dr. Wiseman hat die Schreibungen verbrannt, bevor er sich umbrachte, Mrs. Montgomery. Er ist es auch, der die Programme gelöscht hat. Wir haben nichts mehr. Überhaupt nichts.«

Sally spürte, wie sie eine unheimliche Müdigkeit befiel. Es hatte keinen Zweck gegen das Unglück anzurennen. Es gab keine Beweismittel mehr.

»CHILD steckt dahinter, nicht wahr?« flüsterte Sally.

»Offensichtlich«, stimmte ihr Dr. Malone zu. »Obwohl Mr. Randolph das natürlich bestreitet. Er ist gekommen, um sich zu informieren. Ich habe ihm gesagt, was hier vorgefallen ist, auch die Sache mit dem Unfall. Er möchte mit Ihnen sprechen, um alle Vorwürfe aufzuklären. Bei dieser Gelegenheit möchte er Sie mit einigen Einzelheiten bekanntmachen, was die Gruppe 21 betrifft. Er nennt sie übrigens GT-aktive Gruppe.«

»Was bedeutet die Bezeichnung?« Die Frage kam von Steve.

»Die Bezeichnung ist von den Intronen abgeleitet«, erklärte Dr. Malone. »Mr. Randolph kann das sicher besser erklären als ich. Aber ich habe natürlich Verständnis, wenn Sie nicht mit ihm sprechen wollen.«

Sie sah ihn aus kalten Augen an. »Ich werde mit ihm sprechen. Ich möchte wissen, was CHILD mit den Kindern angestellt hat, und vor allen Dingen möchte ich wissen, *warum* sie das getan haben.«

Dr. Malone warf Steve einen fragenden Blick zu. Der nickte.

»Wenn Sally mit Mr. Randolph sprechen will, bringen Sie ihn herein. Aber lassen Sie uns bitte nicht mit ihm allein.«

»Keine Sorge«, versprach Dr. Malone. »Ich bin auf Mr. Randolphs Version ebenso gespannt wie Sie.« Er verließ den Raum. Wenig später betrat Paul Randolph, von dem jungen Arzt begleitet, das Krankenzimmer. Er ging auf das Bett zu und reichte Sally die Hand.

»Mrs. Montgomery«, begrüßte er sie, »ich kann Ihnen nicht sagen, wie sehr ich die Entwicklung bedauere, die alles genommen hat. Mein Name ist…«

»Ich weiß, wer Sie sind«, sagte Sally. Sie entzog ihm ihre Hand und verbarg sie unter der Bettdecke. »Was wollen Sie von mir?«

»Ich brauche Ihre Hilfe«, sagte Randolph. »Das ist der Grund meines Besuchs. Darf ich mich setzen?«

Sie nickte.

»Ich möchte, daß Sie mir sagen, was Sie über die Gruppe 21 herausgefunden haben, Mrs. Montgomery. Wie Dr. Malone mir am Telefon erklärte, verfügen Sie über Beweismittel, daß es bei den Todesfällen dieser Gruppe nicht mit rechten Dingen zugegangen ist.«

»Das wissen Sie besser als ich, Mr. Randolph.«

»Ich weiß nur, daß unser Institut vor einigen Jahren einem genetischen Störfaktor auf die Spur gekommen ist, dem wir die Bezeichnung *GT-aktiver Faktor* gaben. Die Sache ist sehr kompliziert. Im Grunde dreht es sich darum, daß bei bestimmten Kindern die Intronen, die normalerweise eine genetische Reserve darstellen, aktiv in die Zellreproduktion eingreifen. Es hat mit den Enzymbasen zu tun, die Anfang und Ende jeder Gen-Kette sind. Aus einem Grunde, den wir nicht kennen, ist die Guanin-Thymin-Funktion, die für die Weiterexistenz der Intronen unentbehrlich ist, bei diesen Kindern gestört. Es ist uns erst vor kurzem gelungen, das Intron zu finden, das die programmwidrige Aktivierung auslöst.«

Sally betrachtete ihn mit ungebrochenem Mißtrauen. »Sie beobachten diese Kinder seit vielen Jahren. Warum?«

»Weil sie über mehr Hormone verfügen als normale Kinder«, erklärte Randolph. »Sie wissen vielleicht, daß die Produktion der Hormone im menschlichen Körper durch die Gene gesteuert wird. Wir haben zunächst auf eine genetische Unregelmäßigkeit geschlossen, nur so konnten wir uns das Plus an Hormonen vorstellen. Inzwischen wissen wir, daß der GT-aktive Faktor für die Fehlfunktion verantwortlich ist. Wir sind jetzt dabei zu ergründen, wie man diesen Faktor aktivieren beziehungsweise ausschalten kann. Wie es scheint, ist die Veranlagung erblich. Aber erzählen Sie mir doch bitte, zu welchen Schlußfolgerungen Sie gekommen sind, Mrs. Montgomery.«

Sie erzählte ihm, wie sie nach dem mysteriösen Tod ihrer kleinen Julie Beweis für Beweis gesammelt hatte, bis ihre These abgesichert war. Eine Stunde lang sprach sie. Paul Randolph saß, machte sich Notizen. Er unterbrach sie nicht ein einziges Mal. Als sie fertig war, sank sie erschöpft ins Bett zurück. »Ich weiß nicht, warum Sie das alles noch einmal von mir hören wollen«, fügte sie bitter hinzu. »Sie wußten von Anfang an Bescheid. Die Spur führt zu CHILD. Sie haben unsere Kinder gekidnappt. Sie haben sie getötet, Mr. Randolph. Sie haben auch Julie auf dem Gewissen.«

Er widersprach ihr nicht. Langsam war er an das Fenster getreten. Er drehte ihr den Rücken zu, als er zu sprechen begann. »Zum Teil muß ich Ihnen recht geben, Mrs. Montgomery. Es stimmt. Wir haben einige dieser Kinder gekidnappt. Und ich will Ihnen noch etwas sagen. Das nächste Kind, das wir entführen wollten, ist Ihr Sohn Jason.«

Sally war totenbleich geworden. Ihr Mann hatte die Fäuste geballt. Er ging auf Randolph zu. Noch bevor er ihn erreicht hatte, drehte sich Randolph um. »Es tut mir leid, was ich Ihnen jetzt sagen muß, aber ihr Sohn wird sehr bald sterben.«

»Nein!« schrie Sally. »Jason wird nicht sterben. Er ist gesund. Er ist in seinem Leben noch keinen einzigen Tag krank gewesen.«

»Keines dieser Kinder war krank, bevor es starb«, sagte Randolph ruhig. Es war etwas in seinem Auftreten, das sie alle in seinen Bann zwang. »Das ist das Problem bei diesem Programm. Kinder, deren Gene vom GT-aktiven Faktor bestimmt werden, sind scheinbar gesund. Die Überproduktion des Hormons wird durch kleine Verletzungen oder durch Infektionen ausgelöst. Das Hormon wiederum sorgt für eine äußerst rasche Regeneration der

Zellen. Es grenzt an ein Wunder. Zellen, die normalerweise Tage brauchen, um sich zu erneuern, werden innerhalb von Minuten, zum Teil innerhalb von Sekunden regeneriert.«

Sally fiel die Verbrühung ein, die ihr Sohn erlitten hatte. Die Verätzung durch die Säure. Die Verletzung, die er bei der Rauferei mit Joey Connors davongetragen hatte. Das große Mysterium war gelüftet.

Sie hob den Blick. »Sie sagten, Jason würde sehr bald sterben, Mr. Randolph...«

»So ist es, Mrs. Montgomery. Das ist die andere Seite der Medaille. Das Hormon, das den Kindern jahrelang eine fabelhafte Gesundheit beschert, tötet sie, bevor sie das Erwachsenenalter erreichen. Es scheint, als ob das Hormon alle Energie aufsaugt, die das Kind besitzt. Eines Tages sind die Kraftreserven erschöpft. Das Kind stirbt. Es brennt aus, wie wir sagen. Bei den Mädchen findet das in einem sehr frühen Stadium statt. Kein Mädchen der Gruppe ist älter als ein Jahr geworden. Bei den Jungen verläuft der Brennprozeß langsamer. Trotzdem ist keiner älter als zehn Jahre geworden. Und das ist der Grund, warum wir einige dieser Kinder gekidnappt haben. Wir wollten sie in geeigneter Weise zum Tode begleiten.«

»Ist Ihnen klar, daß Entführung ein abscheuliches Verbrechen ist, das von den Bundesbehörden verfolgt wird, Mr. Randolph?« fragte Steve.

»Natürlich weiß ich das«, gab Randolph zurück. »Und trotzdem bleibt Entführung die einzige Lösung. Eine wirklich menschliche Lösung.«

Steve hatte Mühe, seinen Zorn und seinen Widerwillen zu beherrschen. »Menschlich nennen Sie das?«

Randolph nickte. »Jawohl, menschlich. Nachdem wir herausbekommen hatten, daß die Jungen sterben mußten, haben wir mit einigen Elternpaaren Kontakt aufgenommen. Wir haben den Eltern vorgeschlagen, ihre Jungen zur Beobachtung ins Krankenhaus zu geben. Die Eltern haben abgelehnt. Ganz logisch. Für sie war das Kind ja völlig gesund. Es hat sich als unmöglich erwiesen, den betroffenen Eltern die Situation klarzumachen.«

»Und da haben Sie beschlossen, die Kinder zu entführen, damit Sie sie ständig unter Kontrolle haben?«

»Das kam erst später. Wir haben zunächst versucht, die betroffenen Kinder aus der Ferne zu überwachen. Diesen Teil der Geschichte kennen Sie ja, Mrs. Montgomery, Sie sind unserem Überwachungssystem ja auf die Spur gekommen. Vor zwei Jahren machten wir dann die furchtbare Entdeckung, daß alle Kinder der Versuchsgruppe sterben würden. So oder so, die Eltern würden den Verlust ihrer Kinder zu beklagen haben. Damals haben wir begonnen, die Kinder zu entführen. Wir hatten die Hoffnung, daß es uns bei ständiger Überwachung gelingen würde, dem Aufbrennphänomen auf die Spur zu kommen. Bisher haben wir bei diesen Bemühungen keinen Erfolg gehabt. Allerdings wissen wir inzwischen, wer das Problem eigentlich in die Welt gesetzt hat: Dr. Wiseman.«

»Nein«, widersprach ihm Sally. »Es war nicht Dr. Wiseman. Als er sah, was Sie angerichtet haben, hat er sich umgebracht.«

»Dafür gibt es *zwei* mögliche Erklärungen«, sagte Randolph. »Möglich wäre, daß er sich mißbraucht und ausgenutzt fühlte. Dann hätten Sie recht. Die zweite Alternative ist, er hat sich den Tod gegeben, weil er wußte, daß wir ihm auf die Schliche gekommen waren.«

»Was sagen Sie da?«

»Wußten Sie, daß Dr. Wiseman ein Genetikexperte war, Mrs. Montgomery?«

Sally sah ihn entgeistert an. »Davon hatte nicht einmal ich eine Ahnung«, warf Dr. Malone ein.

»Ich sehe nicht, welche Bedeutung das...«

Randolph schnitt ihr das Wort ab. »Dr. Wiseman ist schuld, es gibt keinen Zweifel daran. Die Eingriffe an den Frauen wurden in seiner Sprechstunde vorgenommen. Er hat Dr. Malone von der Salbe erzählt, die er beim Einsetzen der Spiralen anwendete. Angeblich bezog er das Präparat von der Firma PharMax. Wir haben das nachgeprüft. Das Präparat ist bei der Firma PharMax völlig unbekannt. Dr. Wiseman muß es selbst hergestellt haben.«

»Aber warum?«, stammelte Sally. »Warum sollte er das tun?«

»Die Droge Wissenschaft«, sagte Randolph. »Es gibt Menschen, für die das Wort Forschung den obersten Stellenwert im Leben hat. Sie haben keinerlei Hemmungen, irgendwelche Produkte oder Verfahren zu entwickeln. Es ist ihnen egal, welche Wirkungen oder Nebenwirkungen ihre Produkte haben. Alles ist Forschung, die Forschung rechtfertigt alles. Was machbar ist, *muß* gemacht werden. Dr. Wiseman hatte einen Weg gefunden, die Gene des Menschen zu verändern. Was für Konsequenzen das hatte, ist ihm offensichtlich erst heute früh klargeworden. Und deshalb hat er alle Informationen im Computer gelöscht. Es gibt keine Beweise mehr, welche Frauen mit BCG behandelt wurden.«

Sally lag da und hörte zu. Sagte Randolph die Wahrheit?

Nein, entschied sie. Es war ein Gespinst aus Lüge und Wahrheit, mit dem er sie verwirren wollte. Er wollte von seiner Verantwortung für das Geschehene ablenken. Vor ihr stand ein Mann, der die Entführung von Randy Corliss geplant und durchgeführt hatte. War er vielleicht auch für den Tod von Randys Eltern, für das furchtbare Ende von Sergeant Bronski verantwortlich?

Sie war nicht sicher. Aber es gab einen Hinweis, daß sie auf der richtigen Spur war. Die Gegenseite hatte das Beweismaterial vernichtet. Die Informationen waren gelöscht worden. Vermutlich hatte man das ganze in einen geheimen Computer eingespeist, der nur den Verbrechern zugänglich war.

Wenn sie neuerlich versuchte, an das Beweismaterial heranzukommen, würde man sie töten.

Ich will nicht sterben, dachte Sally. Und deshalb werde ich das Spiel mitspielen. Ich werde überleben und mein Kind aufziehen.

Mein Sohn. Jason. War er wirklich vom Tode bedroht? Oder war auch das eine Lüge? Die Antwort auf diese Frage würde die Zeit geben.

Sally richtete sich mühsam auf und glättete die Bettdecke, die ihre Blöße verhüllte. Sie sah Randolph in die Augen.

»Ich danke Ihnen, Mr. Randolph. Ich danke Ihnen, daß Sie hergekommen sind. Ich habe in einem Alptraum gelebt.«

»Der Alptraum ist vorüber, Mrs. Montgomery. Zumindest für Sie. Die Kinder allerdings...«

»Was kann man tun, Mr. Randolph?«

Er beschrieb eine Geste der Hilflosigkeit. »Wenn ich das wüßte! Lieben und hoffen, das ist wohl alles.«

»Hoffen? Auf was? Sie sagten, keiner der Jungen hat das zehnte Lebensjahr überlebt.«

»Das ist die traurige Wahrheit, Mrs. Montgomery. Und trotzdem habe ich Hoffnung. Wir wissen im Grunde wenig über die Kinder mit dem GT-aktiven Faktor. Vielleicht werden einige das Erwachsenenalter erreichen. Vielleicht gehört Ihr Sohn zu ihnen. Oder Randy Corliss. Wir können nur hoffen.«

»Randy Corliss«, echote sie. Ein bedrückende Stille erfüllte den Raum. Sally sah ihren Mann an. »Was wird jetzt aus Randy?«

Steve zuckte die Schultern. »Ich weiß nicht. Vielleicht hat die Familie Verwandte...«

»Wir nehmen den Jungen zu uns...«

»Sally, du kannst doch nicht...«

»Steve, wir haben die Pflicht, uns um dieses Kind zu kümmern. Er gehört in unsere Obhut. Du weißt, daß Jason und er... Oh, Steve, sag ja! Wir werden Randy aufziehen, das sind wir Lucy und Jim schuldig.«

»Wir sollten erst in Ruhe darüber nachdenken, Sally.«

»Nein, Steve. Wir entscheiden das jetzt und hier. Wenn du den Jungen nicht willst, dann übernehme ich die Verantwortung allein.« Sie senkte ihre Stimme. »Es ist ja sowieso nur für kurze Zeit.«

Steve wußte, daß er dem Wunsch seiner Frau nichts entgegenzusetzen hatte. Seine Gedanken eilten der Zeit voraus. Was würde sein, wenn die beiden Jungen starben? Würden er und Sally die gleiche Verzweiflung durchleben wie bei Julies Tod?

Ich muß mit Sally darüber sprechen, ehe eine Entscheidung fällt. Unter vier Augen. Er sah zu Dr. Malone hinüber. Der verstand. »Gehen wir«, sagte er zu Randolph gewandt. »Mrs. Montgomery möchte jetzt mit ihrem Mann allein sein.«

Paul Randolph nickte. »Natürlich«, sagte er. Er bot Steve die Hand. Der wandte sich ab. An der Tür angekommen, blieb Randolph stehen. »Es tut mir leid, daß ich all diese Dinge sagen mußte, Mrs. Montgomery. Aber es war Zeit, reinen Tisch zu machen.« Er verließ das Krankenzimmer, der junge Arzt folgte ihm. Die Schritte der beiden verhallten auf dem Gang.

»Er lügt«, sagte Sally. Sie hatte Steves Hand ergriffen »Jedes Wort war eine Lüge.«

»Du irrst. Es ist vorüber.«

»Nein, Steve. Nichts ist vorüber. Ich habe den Kampf verloren. Und bleibt jetzt nichts anderes zu tun, als die beiden Jungen für die Monate oder Jahre, die sie noch leben, zu betreuen. Wenn ich den Machenschaften von CHILD weiter nachgehe, werden sie mich töten. So wie sie die Corliss' und Sergeant Bronski getötet haben.«

»Ich weiß nicht, wem ich glauben soll, Randolph oder dir.«

Sally vermied es, ihn anzusehen. »Ich weiß, wie dir zumute ist, Steve. Was Randolph gesagt hat, klingt logisch. Aber es ist eine Lüge.«

Er dachte nach. Nur das leise Summen der Uhr war zu hören. »Wir machen es, wie du meinst«, sagte er schließlich. Er setzte sich neben sie und zog sie in seine Arme. Plötzlich spürte er, wie sich ihre Haltung lockerte. Sie schlang ihm die Arme um den Hals.

»Halte mich fest«, flüsterte sie. »Bitte, Steve, beschütze mich und die Jungen.«

Dr. Malone öffnete die Tür seines Büros. Er ließ Randolph vorangehen und zog die Tür wieder hinter sich zu.

»Die beiden glauben Ihnen nicht«, sagte er. »Zumindest die Frau nicht.«

»Den Eindruck habe ich auch«, sagte Randolph. »Aber sie hat verstanden, daß sie uns nichts mehr nachweisen kann. Und außerdem habe ich ihr den Brocken Dr. Wiseman hingeworfen, an dem sie nagen kann. Ich denke, sie wird Ruhe geben.«

»Bis ihr Sohn stirbt.«

Paul Randolph lächelte. »In dem Punkt könnten wir Überraschungen erleben, angenehme Überraschungen. Dr. Hamlin sagt, Jason Montgomery und Randy Corliss werden leben. Er hat die Formel gefunden. Es ist der Durchbruch, Dr. Malone.«

Der junge Arzt schloß seinen Schreibtisch auf und nahm den Stapel Computerblätter heraus, den er von Sally bekommen hatte. Er überreichte Randolph das Material.

»Es dürfte für Sie und Dr. Hamlin interessant sein festzustellen, was Mrs. Montgomery alles herausgefunden hat«, sagte er. »Das nächstemal sorgen Sie bitte dafür, daß keinerlei Spuren bleiben.«

Er ging zum Schrank, öffnete die Hausbar und nahm die Flasche Cognac heraus, die er gekauft hatte, als das Projekt Gott begann. Zehn Jahre war das jetzt her. Zehn Jahre lang war er der Wachhund gewesen. Jetzt war er mehr. Er hatte sich als der Retter in der Not erwiesen. Er brach das Siegel auf und goß zwei Gläser ein.

»Auf die Zukunft!« Er prostete seinem Besucher zu. »Auf all die wunderbaren Kreaturen, die wir erschaffen werden.«

Epilog
Drei Jahre später

Sally Montgomery betrachtete sich im Spiegel. Ihre Wangen waren eingesunken. Die Augen verbargen sich in tiefen, dunklen Höhlen. Das Haar, vor drei Jahren noch braun, war grau geworden. Sorgenfalten hatten sich in ihre Stirn eingegraben. Um den Mund zuckten Hunderte von Krähenfältchen. Sie seufzte. Bald würde alles vorüber sein.

Es waren *die Jungen,* die ihr das angetan hatten.

Sally und ihr Mann sprachen nicht mehr von Jason oder Randy, wenn es um ihren Sohn und ihr Pflegekind ging. Die beiden, das waren *die Jungen.* Fremde Wesen, denen man nicht trauen konnte.

Es hatte ganz unverdächtig angefangen. Sie hatte Jason in ihr Herz geschlossen. Auch Randy, der als Vollwaise aus dem entsetzlichen Unfall seiner Eltern zurückgeblieben war. Die beiden nahmen den Platz ein, den Julie hinterlassen hatte. Randy. Noch heute traten Sally Tränen in die Augen, wenn sie an das Gespräch mit ihm zurückdachte. Im Krankenhaus war es gewesen. Sie hatte Randy in seinem Zimmer besucht.

Ganz still hatte er im Bett gelegen, mit weit aufgerissenen Augen. In diesem Moment sah Sally die Bilder der Kinder vor sich, die man am Ende des Zweiten Weltkriegs aus den Konzentrationslagern befreit hatte. Augen, in denen keine Hoffnung mehr war.

Randys Schädel war kahl, die Haut rauh. Sein Verhalten, als sie zu ihm kam und ihn küßte, war merkwürdig. Er sah sie mit einer Mischung aus Neugier und Verständnislosigkeit an.

»Mutter und Vater sind tot, stimmt's? Sie sind bei dem Unfall verbrannt.«

Sie hatte sich an sein Bett gesetzt und tastete nach seiner Hand. »Es tut mir so leid für dich, Randy.«

»Was wird jetzt aus mir?« kam seine Frage.

Er hat einen Schock erlitten, dachte sie. Wenn er so kalt auf den Tod seiner Eltern reagiert, dann hilft ihm das, den furchtbaren Schmerz zu überwinden, den er in seinem Herzen spürt... Sie erklärte ihm, Steve und sie hätten entschieden, daß er bei ihnen aufwachsen konnte. Sie würden sich um ihn kümmern wie um einen Sohn. Jason und er würden wie Brüder großwerden.

Randy hatte gelächelt. Wenig später war er erschöpft eingeschlafen.

Am Tag darauf hatten sie Randy im Krankenhaus abgeholt. Ein Leben der Unsicherheit hatte begonnen. Tag und Nacht hatten sie die beiden Jungen beobachtet. Wann würde der Tod seine Hand nach ihnen ausstrecken?

Die Wochen wurden zu Monaten. Nichts passierte. Keine Krankheit. Keine Anzeichen körperlichen Verfalls. In Sally und Steve vollzog sich eine bedeutsame Wandlung. Statt sich zu ängstigen und auf den Tod der Jungen zu warten, begannen sie darüber nachzudenken, wie schön es sein würde, wenn die beiden das Erwachsenenalter erreichten.

Randy war elf und Jason zehn, als sie die beiden zu einer der regelmäßigen Untersuchungen begleitete, die Dr. Malone vorgeschlagen hatte. Als die Untersuchung beendet war, bat der Arzt die Eltern zu sich und schloß die Tür.

»Ihre Jungen sind für ihr Alter ungewöhnlich gut entwickelt«, sagte er. »Der GT-aktive Faktor sorgt offensichtlich für eine schnellere Reife.«

»Und was sind die Nebenwirkungen?« fragte Sally voller Angst.

»Darüber läßt sich jetzt noch nichts sagen, Mrs. Montgomery. Es wäre denkbar, daß der Ausbrennfaktor gelöscht wird, sobald die Jungen das Erwachsenenalter erreichten. Aber das sind Spekulationen. Wir müssen abwarten.«

Seitdem waren zwei Jahre vergangen. Die Jungen waren sich immer ähnlicher geworden. Sie sprachen wenig miteinander. Und trotzdem schien jeder zu wissen, was der andere dachte. Bezeichnend war, daß Randy die Verantwortung übernahm, wenn Jason etwas getan hatte, und umgekehrt.

Randy und Jason hatten keine Freunde. Ihre Eltern vermochten nicht herauszufinden, ob sie keine Freundschaft suchten oder ob ihre Vorstöße von den anderen Kindern zurückgewiesen wurden.

Es hatte einige Zwischenfälle gegeben. Ereignisse, die das Leben der Familie überschatteten.

Da war zum Beispiel die Sache mit dem Kinderfest gewesen. Die Kinder der Nachbarschaft hatten Zirkus gespielt. Die meisten verkleideten sich als Clown. Jason und Randy machten eine Ausnahme. Sie kostümierten sich als Messerwerfer.

Ihre Nummer war ans Ende der Vorstellung gesetzt worden, sie war der Höhepunkt. Eine Nachbarin hatte Sally erzählt, wie es dabei zugegangen war. Jason war der erste. Er hatte sich vor die Garagenwand gestellt, und dann hatte Randy sechs Messer nach ihm geworfen. Danach hatten die beiden die Rollen gewechselt, jetzt war Jason der Messerwerfer.

Das erste Messer landete über dem Kopf, das zweite in der Halsbeuge, das dritte zwischen den Schenkeln. Die Kinderschar hatte vor Schreck laut aufgeschrien. Kay Connors lief ans Fenster, beugte sich hinaus und wurde Zeuge des weiteren Geschehens.

Jason holte aus. Das vierte Messer wirbelte durch die Luft und grub sich in Randys Bauch. Mit dem fünften und sechsten Messer nagelte Jason die ausgebreiteten Hände seines Stiefbruders an der Garagenwand fest. Kreischend und weinend war die Kinderschar auseinandergelaufen.

Die beiden Jungen waren zurückgeblieben. Wie gelähmt vor Schreck sah Kay Connors, wie Jason auf Randy zuging und die drei Messer aus den Wunden zog.

Wenig später saß Kay Connors bei Sally und erstattete ihr Bericht über das Unglaubliche. Sie zitterte am ganzen Körper. »Ich verstehe nicht, wie so etwas möglich ist. Die Wunden haben geblutet, aber Randy hat nur gelacht. Das Messer hat bis zum Heft im Bauch gesteckt.« Kay Connors war aufgestanden. »Ich will Ihnen eines sagen, Mrs. Montgomery. Ich will mit Ihren Jungen nichts mehr zu tun haben. Meine Kinder sollen mit Spielgefährten spielen, die ...« Die Frau war davongestürzt. Sally war nachdenklich zurückgeblieben.

Schlimm war nicht nur die Vereinsamung, die der Vorfall für die Jungen mit sich brachte. Schlimm war das Nachspiel. Vier Tage nach der Vorführung hatten zwei fünfjährige Jungen das Bravourstück wiederholen wollen. Einer der beiden war dabei fast verblutet. Der andere war wie durch ein Wunder unverletzt geblieben, obwohl ein Augenzeuge berichtete, das Messer sei ihm mitten ins Auge gedrungen. Tony Phelps hieß der Junge. Und Sally meinte sich zu erinnern, daß dieser Name sich auf der Liste der Gruppe 21 befunden hatte. Nachprüfen ließ sich das freilich nicht.

Sally hatte den Wirbel um die Zirkusvorstellung ihrer beiden Jungen zum Anlaß genommen, mit den Protagonisten ein ernstes Wort zu reden. Die Jungen hatten nicht reagiert. Wie geistesabwesend hatten sie dagesessen.

»Es ist egal, wann man stirbt«, sagte Randy, als sie fertig war.

Und Jason hatte ihm zugestimmt. »Wer verletzt werden kann, soll eben nicht unsere Spiele nachmachen. Die Kinder sollen tun, was wir ihnen sagen.«

»Und warum sollen sie tun, was ihr ihnen sagt?«

»Weil wir etwas Besonderes sind. Wir sind besser als andere Menschen.«

Sally hatte ihnen zu erklären versucht, daß sie ungeachtet ihrer wunderbaren Heilfähigkeit keine besseren Menschen waren als die anderen. Im Gegenteil. Daß sie unverletzt waren, legte ihnen die Verpflichtung auf, besonders behutsam mit jenen umzugehen, die den normalen Risiken von Krankheiten und Unfällen ausgesetzt waren. Aber die beiden hatten Sally nur groß angeschaut und mit den Schultern gezuckt.

Inzwischen war Jason zwölf. Randy war dreizehn. Sie sahen aus wie siebzehn oder achtzehn.

Sie taten, was sie wollten. Sie taten es, wann sie wollten.

Gestern abend hatte Sally mit ihrem Mann über Jason und Randy gesprochen. »Die Jungen sind keine Menschen«, hatte sie geflüstert. »Sie sind eine Gefahr für uns und für andere Kinder.«

Steve hatte ihr ruhig zugehört. »Was sollen wir tun?« fragte er schließlich.

Sie zögerte ihm zu sagen, worüber sie nun schon seit Monaten nachdachte. Aber es mußte sein. Wenn sie es sich nicht von der Seele redete, würde sie den Verstand verlieren.

»Wir müssen die beiden töten, Steve.«

Er hatte sie angestarrt, als hätte er es mit einem Gespenst zu tun. Ein langes Gespräch hatte sich angeschlossen. Es war Mitternacht, als Steve seine Zustimmung gab. »Du hast recht, Sally. Es sind keine Menschen. Wir haben keine andere Wahl.«

Erst nachdem sie sich seiner Zustimmung vergewissert hatte, erzählte sie ihm, welche Vorbereitungen sie getroffen hatte. Am Nachmittag jenes Tages war sie zu Dr. Malone gegangen. Sie hatte ihm frank und frei gesagt, was sie vorhatte. Der Arzt hatte ihre Beichte mit ausdruckslosem Gesicht entgegengenommen. »Ich weiß nicht, welchen Rat ich Ihnen dazu geben soll«, sagte er schließlich. »Ich muß darüber nachdenken.«

»Wie lange, Dr. Malone?«

»Ein oder zwei Stunden. Ich rufe Sie an.«

Sie war nach Hause gegangen. Und dann hatte das Telefon geläutet. »Hier spricht Dr. Malone. Ich sehe eine Lösung für Ihr Problem.«

»Und welche?«

»Ein Gift. Die Bezeichnung ist Succinylcholinchlorid. Sie können es bei mir abholen. Ich werde Ihnen erklären, wie man es anwendet.«

Es war spät am Abend, als Randy und Jason in die Wohnhalle kamen, um ihren Eltern gute Nacht zu sagen. Sie waren schon wieder zum Schlaftrakt des Hauses unterwegs, als Sally sie zurückrief. »Fast hätte ich es vergessen. Dr. Malone hat mir eine Medizin für euch mitgegeben. Ich soll euch das Mittel vor dem Schlafengehen injizieren.«

»Wozu ist die Medizin denn gut?« fragte Randy.

»Das weiß ich auch nicht genau«, sagte sie.

»Ich will keine Spritze«, sagte Jason bockig.

Steve erhob sich aus seinem Sessel. »Es wird gemacht, wie Mutter sagt«, verkündete er mit fester Stimme.

Die beiden Jungen sahen sich an. »Warum eigentlich nicht?«, sagte Randy. »Was kann denn schon passieren?«

Mein Gott, dachte Steve. Er hat keine Ahnung. Das Gift lähmt die Atemwege. Ehe der GT-aktiv Faktor wirksam werden kann, sind sie erstickt. Sally hatte die Spritze aufgezogen. Sie standen im Schlafzimmer der beiden Jungen. Randy grinste. »Hast du schon einmal eine Spritze bekommen, Jason?«

»Nein. Nicht, daß ich mich erinnern könnte.«

»Ich schon. Im Internat, als sie mich entführt hatten. Es tut gar nicht weh.«

»Ich habe keine Angst«, sagte Jason trotzig. »Allerdings würde ich gern wissen, was das für ein Mittel ist.«

»Das Präparat heißt Succinylcholinchlorid«, erklärte Sally. »Dr. Malone hat gesagt, ich soll jedem 500 Milligramm injizieren. Wer will zuerst?«

Die beiden tauschten einen raschen Blick. »Ich«, sagte Randy.

»Also gut.« Sally ergriff Randys Arm und rollte ihm den Ärmel des Schlafanzugs hoch. Die Injektion mußte in den Muskel verabreicht werden, hatte Dr. Malone gesagt.

Sie hob die Nadel. Dann zögerte sie. Sie sah ihren Mann an, der soeben das Zimmer betreten hatte. »Ich – ich kann es nicht tun«, flüsterte sie.

Er biß sich auf die Lippen. »Ich auch nicht, Sally.«

Die beiden Jungen brachen in wieherndes Lachen aus. »Ich gebe mir die Spritze selbst«, sagte Randy.

»Ich auch«, sagte Jason.

Sally gab ihnen die Spritzen.

Sally sah, wie sie sich die Spritze in den Beinmuskel stachen und den Kolben durchdrückten.

»Na, wie war das?« fragte Jason stolz. Er zog die Spritze wieder aus dem Beinmuskel. Randy folgte seinem Beispiel.

»Ihr seid mutige Kinder«, sagte Sally. Tränen schimmerten in ihren Augen. »Und nun ins Bett mit euch!«

Sie wartete, bis die beiden sich hingelegt hatten, und deckte sie zu. Sie beugte sich über das Bett und küßte jeden der beiden auf die Stirn. Dann knipste sie das Licht aus und sank ihrem Mann in die Arme. Er führte sie aus dem Zimmer.

Die Jungen waren allein.

»Ein komisches Gefühl«, sagte Jason.

»Wie Menthol«, sagte Randy. Er versuchte sich aufzusetzen. Kraftlos fiel er zurück.

Jason war der Schweiß auf die Stirn getreten. »Ich kriege keine Luft mehr«, keuchte er. »Was war das für ein Mittel, was sie uns da gegeben haben?«

»Keine Ahnung. Ich bekomme...« Er sank in die Kissen zurück. Das Gift hatte zu wirken begonnen. Die Jungen waren ohnmächtig geworden.

Sally hatte sich auf das Sofa gekauert. Was habe ich getan? dachte sie. Was ist aus mir geworden?

Sie spürte, wie Steve ihr die Hand drückte. »Wir hatten keinen anderen Ausweg, nicht wahr?« flüsterte sie. »O Gott, Steve, ich weiß nicht, wie ich mit dieser Schuld weiterleben soll.«

»Es waren keine Menschen, Sally, vergiß das nicht. Bei Randy bin ich ganz sicher.« Er hielt inne. »Jason allerdings...« Er ließ den Gedanken unvollendet.

»Jason war nicht unser Sohn!«, sagte Sally mit fester Stimme. »Er wäre gestorben, so oder so. Er war eines jener Wesen, die...« Sie hatte zu schluchzen begonnen. »Was wird nun aus uns werden, Steve?«

»Man wird uns vor Gericht stellen, Sally«, sagte er. Seine Stimme schien von weither zu kommen. »Man wird uns des Mordes an unseren Kindern beschuldigen. Niemand wird uns glauben, daß wir gar keine andere Wahl hatten.«

»Wir sind schuldig, Steve«, sagte sie leise. »Du kannst es drehen, wie du willst. »Wir haben Randy und Jason umgebracht.«

Auf der Holztreppe, die vom ersten Stock in die Wohnhalle hinunterführte, war das Tapsen nackter Füße zu vernehmen. Sally fuhr erschrocken hoch.

Jason und Randy kamen die Treppe herunter. Als sie in der Mitte des Raumes angekommen waren, blieben sie stehen. Ihr Blick war auf Sally und Steve gerichtet.

»Ihr könnt uns nicht töten«, sagte Jason. »Dr. Malone wußte das, als er dir das Gift gab, Mutter. Es war nur ein Experiment. Versuche nie wieder uns zu töten. Wenn du es noch einmal versuchst, werden wir dich umbringen.«

Die Jungen wandten sich um und stapften im Gleichschritt die Treppe hinauf.

John Saul

Der Meister des psychologischen Horror-Romans verbindet sanftes Grauen mit haarsträubendem Terror. Er versteht es, seinen Lesern das Gruseln zu lehren.

01/7659

01/7755

01/7873

01/7944

01/8035

Darüber hinaus sind als Heyne-Taschenbücher erschienen:

„Blinde Rache“
(01/6636)

„Wehe, wenn sie wiederkehren“
(01/6740)

„Das Kind der Rache“
(01/6963)

Wilhelm Heyne Verlag München

HEYNE BÜCHER

Dean R. Koontz

01/6667

Die Romane von Dean R. Koontz gehören zu den Highlights der anspruchsvollen Horror-Literatur.

01/6833

01/6913

01/6951

01/7707

01/7810

01/7903

Wilhelm Heyne Verlag München

HEYNE BÜCHER

PETER STRAUB

Peter Straub ist ein Meister des unheimlichen Romans. Neben Stephen King zählt er zu den Erneuerern der phantastischen Literatur.

01/6713

01/6724

01/6781

01/6877

01/7909

01/8223

Wilhelm Heyne Verlag München